HEYNE

Das Buch
Atemberaubende Spannung und abgründige Leidenschaften sind die Merkmale der modernen Liebesgeschichten von Nora Roberts. Auch in den beiden Romanen dieses Doppelbandes geraten ganz unterschiedliche Frauen in ein Labyrinth aus Leidenschaft und Gefahr.
Wie Kathleen in »Verlorene Liebe«. Im Gegensatz zu ihrer unbekümmerten Schwester Grace, die als Krimiautorin Karriere macht, hat Kathleen eine gescheiterte Ehe hinter sich und unterrichtet nun an einer Klosterschule. Nebenbei verdient sie sich mit Telefonsex das nötige Geld, um in einer Gerichtsverhandlung das Sorgerecht für ihren Sohn zu erkämpfen. Als Grace sie für einige Tage besuchen kommt, geschieht etwas Furchtbares...
In »Nächtliches Schweigen« ist Emma, die schöne Tochter des Pop-Stars, gezeichnet von einem Trauma, das tiefe Spuren in ihrer Seele hinterlassen hat: Als Kind mußte sie mitansehen, wie ihr kleiner Bruder bei einer Entführung ermordet wurde. Auch ihre Beziehung zu Drew zerbricht, als dieser sich als brutaler Sadist entpuppt. Und sie lebt mit einer quälenden Wahrheit: Solange die Mörder frei herumlaufen, schwebt auch sie noch in Lebensgefahr. Mit ihrer Jugendliebe Michael macht sie sich auf die Suche nach den Tätern...

Die Autorin
Nora Roberts, geboren in Silver Springs, Maryland, hat 1981 ihren ersten Roman veröffentlicht, der rasch zu einem Bestseller wurde. Seitdem hat sie über 100 Bücher geschrieben, von den mehr als 25 Millionen Exemplare verkauft wurden. Ihre modernen Gesellschaftsromane erschienen in mehr als 30 Sprachen. 1986 wurde sie als erste Frau in die Romance Writers Hall of Fame aufgenommen. Nora Roberts lebt mit ihrem Mann und ihren beiden Söhnen in Maryland.
Eine Auswahl ihrer zuletzt im Wilhelm Heyne Verlag erschienen Bücher: *Verborgene Gefühle* (01/10013), *Schatten über den Weiden* (01/9872), *Dunkle Herzen* (01/10268), *Der weite Himmel* (01/10533), *Die Tochter des Magiers* (01/10677), *Insel der Sehnsucht* (01/13019), *Das Haus der Donna* (01/13122) und die Familiensaga: *Tief im Herzen* (01/10968), *Gezeiten der Liebe* (01/13062), *Hafen der Träume* (01/13148), *Ufer der Hoffnung* (01/13686).

Nora Roberts

Verlorene Liebe
Nächtliches Schweigen

Zwei große Romane

WILHELM HEYNE VERLAG
MÜNCHEN

HEYNE TIPP DES MONATS
Nr. 23/180

Umwelthinweis:
Dieses Buch wurde auf
chlor- und säurefreiem Papier gedruckt.

6. Auflage

Taschenbuchausgabe 08/2001
Copyright © dieser Ausgabe 2001 by
Wilhelm Heyne Verlag GmbH & Co. KG, München
Printed in Germany 2003
Quellennachweis: s. Anhang
http://www.heyne.de
Umschlagillustration: Bavaria Bildagentur/VCL
Umschlaggestaltung: Nele Schütz Design, München
Druck und Bindung: Elsnerdruck, Berlin

ISBN: 3-453-18857-8

Verlorene Liebe

*Für Amy Berkower
in Dankbarkeit und Zuneigung*

Prolog

»Und was möchten Sie, daß ich für Sie tue?« fragte die Frau, die sich Desiree nannte. Ihre Stimme war weich und sanft wie Rosenblätter. Sie erledigte ihre Arbeit gut, sehr gut sogar, und immer mehr Kunden verlangten nur sie. Im Moment hatte sie einen ihrer Stammkunden am Apparat, und sie kannte seine Vorlieben. »Das will ich gerne tun«, flüsterte sie. »Schließen Sie jetzt Ihre Augen und entspannen Sie sich. Schließen Sie die Augen. Ich möchte, daß Sie alles vergessen. Ihr Büro, Ihre Frau und Ihren Geschäftspartner. Es gibt nur noch Sie und mich.«

Als er wieder sprach, lachte sie leise und rauchig. »Ja, Sie wissen, daß ich das will. Habe ich das nicht immer gewollt? Schließen Sie nur die Augen, und lauschen Sie meiner Stimme. Wir befinden uns in einem Raum voller Kerzenlicht. Dutzende von weißen, duftenden Kerzen brennen. Können Sie sie riechen?« Sie lachte wieder leise, rauh und verlockend. »Ganz richtig. Weiß. Auch das Bett ist weiß. Groß, rund und weiß. Sie liegen darauf, nackt und bereit. Sind Sie bereit, Mr. Drake?«

Desiree verdrehte die Augen. Es nervte sie, daß der Mann wünschte, gesiezt und mit Mister angeredet zu werden. Aber in diesem Job kamen einem alle Arten von Männern unter. »Ich verlasse gerade die Dusche. Mein Haar ist naß, und kleine Wassertropfen bedecken meinen nackten Körper. Ein Tropfen hängt an meiner Brustwarze. Als ich mich aufs Bett knie, fällt er auf Sie herab. Können Sie den Tropfen fühlen? Ja, genau, er ist so kühl, und Sie sind so heiß.« Sie unterdrückte ein Gähnen. Mr. Drake keuchte bereits wie eine Dampfmaschine. Dem Himmel sei Dank, daß er sich so leicht hochbringen ließ. »Oh, wie ich Sie will. Meine Hände wollen Sie unablässig berühren. Ich will Sie spüren und schmecken. Ja, o ja, es bringt mich um den Verstand, wenn Sie das tun. Ohhh, Mr. Drake, Sie sind wahrhaftig der Größte. Der Allergrößte.«

Während der nächsten Minuten lauschte sie nur seinem lustvollen Stöhnen. Zuhören machte den größten Teil ihrer Arbeit aus. Mr. Drake stand kurz vor dem Höhepunkt, und Desiree warf dankbar einen Blick auf ihre Uhr. Seine Zeit war fast abgelaufen, und er war heute abend ihr letzter Kunde. Sie flüsterte ihm leise etwas zu und brachte ihn so zum Ziel.

»Ja, Mr. Drake, es war ganz wundervoll. Sie sind wirklich der Tollste. Nein, morgen arbeite ich nicht. Am Freitag? Ja, ich freue mich schon darauf. Gute Nacht, Mr. Drake.«

Sie wartete aufs Klicken, legte dann auf, und aus Desiree wurde Kathleen. Zweiundzwanzig Uhr fünfundfünfzig, dachte sie seufzend. Um dreiundzwanzig Uhr war Schluß, und somit waren heute keine Anrufe mehr zu erwarten. Kathleen mußte noch Klassenarbeiten korrigieren und für ihre Schüler ein Pop-Quiz vorbereiten. Als sie aufstand, warf sie einen Blick auf den Telefonapparat. Dank der Telefongesellschaft und der Firma Fantasy, Incorporated, hatte sie heute abend zweihundert Dollar verdient. Lachend packte sie ihre Kaffeetasse ein. Diese Arbeit war eindeutig besser, als irgendwo hinter einer Theke Kunden zu bedienen.

Ein paar Meilen entfernt betrachtete auch ein Mann sein Telefon. Seine Hand war feucht, und in seinem Zimmer roch es nach Sex, obwohl er sich allein hier aufhielt. Nur in seiner Vorstellung war Desiree bei ihm gewesen. Desiree mit ihrem weißen, tropfnassen Körper und ihrer süßen, leisen Stimme.

Desiree . . .
Sein Herz klopfte noch immer schnell, als er sich auf dem Bett ausstreckte.
Desiree.
Er mußte sie unbedingt treffen – und zwar bald.

1. Kapitel

Das Flugzeug sauste über das Lincoln Memorial hinweg. Grace' Aktenkoffer lag offen auf ihrem Schoß. Dutzende Dinge wollten eingepackt werden, doch sie blickte in aller Ruhe aus dem Fenster und freute sich zu sehen, wie der Boden näher kam. Was sie betraf, gab es nichts, das sich mit dem Fliegen vergleichen ließe.

Das Flugzeug hatte Verspätung. Grace wußte das, weil der Mann auf Sitzplatz 3B sich ständig darüber beschwerte. Sie war versucht, sich über den Mittelgang zu beugen, seine Hand zu tätscheln und ihm zu versichern, daß eine zehnminütige Verspätung nun wirklich nicht den Untergang der Welt bedeutete. Aber er machte nicht den Eindruck, als sei er für solchen Trost empfänglich.

Kathleen würde bestimmt auch schon ungehalten sein, dachte Grace. Natürlich würde sie sich nicht lautstark beschweren oder ihrem Unmut sonstwie Luft machen, sagte sie sich mit einem Lächeln und lehnte sich zurück, um sich für die Landung anzuschnallen. Kathleen mochte genauso irritiert sein wie der Herr auf 3B, aber sie war viel zu sehr Dame, um sich wie der Mann in lautstarken Beschwerden zu ergehen.

Grace kannte ihre Schwester gut genug, um zu wissen, daß Kathleen eine Stunde vor der Zeit das Haus verlassen hatte, weil sie natürlich damit rechnete, irgendwo im unvorhersehbaren Verkehr von Washington steckenzubleiben. Grace hatte deutlich aus der Stimme ihrer Schwester einen Vorwurf darüber herausgehört, daß sie sich ausgerechnet einen Flug ausgesucht hatte, der um achtzehn Uhr fünfzehn landen sollte, wenn die Rush Hour ihren Höhepunkt erreichte.

Kathleen war bestimmt zwanzig Minuten zu früh angekommen, hatte ihren Wagen auf den Platz für Kurzparker abgestellt, das Fenster hochgekurbelt, kontrolliert, ob alle Türen verriegelt waren, und sich dann, ohne sich von den Auslagen der Geschäfte ablenken zu lassen, direkt auf den Weg zur Ankunftshalle gemacht. Kathleen würde nie vor dem falschen Gate warten oder die Ankunftszeit durcheinanderbringen.

Kathleen war stets pünktlich. Grace hingegen kam ständig und überall zu spät. So war es immer gewesen, und so würde es immer sein.

Trotzdem hoffte Grace jetzt aus tiefstem Herzen, daß es zwischen ihnen ein paar Gemeinsamkeiten geben würde. Sie waren zwar Schwestern, hätten aber unterschiedlicher nicht sein können.

Das Flugzeug setzte auf, und Grace fing an, alles, was ihr zwischen die Finger kam, in den Aktenkoffer zu werfen: Lippenstift und Streichholzbriefchen, Kugelschreiber und Pinzette. Das war auch eines der Dinge, die eine so ordentliche Frau wie Kathleen nie verstehen konnte. Bei ihr hatte alles seinen festen Platz. Grace stimmte ihr da im Prinzip durchaus zu, aber irgendwie schienen sich bei ihr die Plätze für die Dinge von Mal zu Mal zu ändern.

Mehr als einmal hatte Grace sich gefragt, wie zwei so verschiedene Frauen Schwestern sein konnten. Sie selbst war sorglos, saumselig und erfolgreich, Kathleen hingegen liebte die Ordnung, war praktisch veranlagt und hatte es im Leben nie leicht gehabt. Dabei hatten sie dieselben Eltern, waren im selben Einfamilienhaus in einem Vorort von Washington aufgewachsen und hatten dieselben Schulen besucht.

Die Nonnen in der Schule hatten es nie vermocht, Grace beizubringen, ihre Hefte ordentlich zu führen. Aber schon in der sechsten Klasse waren sie davon fasziniert, wie geschickt und spannend das Mädchen Geschichten erfinden und erzählen konnte.

Als das Flugzeug am Gate stand, blieb Grace sitzen, während die eiligeren Passagiere bereits den Mittelgang verstopften. Sie wußte, daß Kathleen jetzt nervös vor dem Ausgang auf und ab lief und sich bereits fragte, ob ihre schusselige Schwester womöglich den Flug verpaßt hatte. Aber Grace brauchte noch eine Minute, um sich zu sammeln. Wenn sie gleich ihrer Schwester gegenüberstand, wollte sie an die schönen Momente und nicht an die Wortgefechte denken.

Wie Grace es vermutet hatte, wartete Kathleen unmittelbar am Ausgang. Sie verfolgte, wie die Passagiere einer nach dem anderen herausströmten, und spürte eine neue Aufwallung von Ärger. Die ersten fünfzig Personen hatten sie passiert, und Grace war nicht unter ihnen gewesen. Vermutlich hält sie gerade mit den Flugbegleitern ein Schwätzchen, dachte Kathleen und bemühte sich, den Neid zu unterdrücken, der bei dieser Vorstellung in ihr hochstieg.

Grace hatte nie Mühe gehabt, Freunde zu finden. Im Gegenteil, die Menschen fühlten sich sofort zu ihr hingezogen. Schon zwei Jahre nach ihrem Abschluß hatte Grace, die auf der Wolke ihres Charmes durch die Schule geschwebt war, ihre Karriere begonnen. Ein halbes Leben später arbeitete Kathleen, die ihren Abschluß mit Auszeichnung bestanden hatte, an derselben High-School, die sie und ihre Schwester früher besucht hatten. Sie saß zwar heute auf der anderen Seite des Lehrerpults, aber sonst hatte sich seit damals wenig geändert.

Aus dem Lautsprecher ertönten in endloser Folge Ankunfts- und Abflugzeiten. Änderungen der Gate-Nummer und Verspätungen wurden durchgegeben, und noch immer war keine Grace in Sicht. Gerade als

Kathleen sich entschloß, an der Information nach ihrer Schwester zu fragen, kam Grace heranmarschiert. Der Neid in Kathleen verging, und ebenso verflog ihre Irritation. Es war unmöglich, auf Grace böse zu sein, wenn man ihr von Angesicht zu Angesicht gegenüberstand.

Warum sah Grace immer so aus, als käme sie gerade aus einem schweren Sturm? Ihr Haar, genauso tiefschwarz wie das von Kathleen, reichte bis auf Kinnhöhe herab und wirkte in seinem kühnen Schwung, als hätten sich diverse Böen daran ausgetobt. Beide Frauen besaßen den gleichen Körper, doch während er bei Kathleen zu stämmig aussah, wirkte er bei Grace schlank und biegsam. Sie ähnelte einer Weide, die sich geschmeidig im Wind beugt. Allerdings machte sie im Moment einen etwas verknitterten Eindruck. Sie trug einen hüftlangen Pullover über Leggings, eine Sonnenbrille, die von der Nase zu rutschen drohte, und gelbe hohe Turnschuhe, die farblich zum Pullover paßten. Kathleen hingegen hatte noch immer den Rock und das Jackett an, in denen sie zum Unterricht erschienen war.

»Kath!« Kaum hatte Grace ihre Schwester erspäht, ließ sie alle Taschen fallen, die sie mit sich schleppte, ohne einen Gedanken daran zu verschwenden, daß sie den nachfolgenden Passagieren dadurch den Weg versperrte. Sie umarmte Kathleen mit dem Enthusiasmus, mit dem sie alles anzugehen pflegte. »Ich freue mich so sehr, dich zu sehen. Du siehst großartig aus. Oh, ein neues Parfüm.« Sie schnüffelte intensiv. »Hm, gefällt mir.«

»Lady, geht es heute nochmal weiter?«

Ohne Kathleen loszulassen, lächelte Grace den entnervten Geschäftsmann hinter ihr an und riet ihm: »Steigen Sie doch einfach über die Sachen.« Knurrend befolgte er ihren Vorschlag. Grace hatte ihn schon vergessen, so wie ihr Unannehmlichkeiten nie lange etwas anhaben konnten. »Und, wie gefällt dir mein Outfit?«

fragte sie ihre Schwester. »Was sagst du zu meiner neuen Frisur? Ich hoffe, du magst sie, denn ich habe ein wahres Vermögen für die Publicity-Aufnahmen hingeblättert.«

»Ich hoffe, du hast dich vorher wenigstens gekämmt.«

Grace fuhr sich mit einer Hand durchs Haar. »Wahrscheinlich.«

»Die neue Frisur steht dir gut«, urteilte Kathleen. »Und jetzt komm. Gleich bricht hier ein Aufstand los, wenn wir deine Sachen nicht endlich aus dem Weg räumen. Was ist denn das?« Sie hob einen klobigen Aktenkoffer.

»Maxwell«, antwortete Grace und sammelte ihre Taschen ein. Mein tragbarer Computer. Maxwell und ich haben die wundervollste Affäre, die du dir nur vorstellen kannst.«

»Ich dachte, du wolltest Urlaub machen.« Kathleen gelang es, sich den wiederaufkeimenden Ärger nicht anmerken zu lassen. Der Computer war ein zu deutliches Symbol für Grace' Erfolg und ihr eigenes Scheitern.

»Ich will ja auch Urlaub machen. Aber irgendwie muß ich mir doch die Zeit vertreiben, wenn du in der Schule unterrichtest. Hätte das Flugzeug noch weitere zehn Minuten Verspätung gehabt, wäre das Kapitel zu Ende geschrieben.« Sie warf einen Blick auf ihre Uhr, stellte fest, daß sie schon wieder stehengeblieben war, und vergaß sie im nächsten Moment. »Ehrlich, Kath, das wird der sensationellste Mord, von dem du je gelesen hast.«

»Wo ist dein Gepäck?« unterbrach Kathleen sie rasch, weil sie wußte, daß Grace ihr sonst den ganzen Roman erzählt hätte.

»Meine Kiste wird morgen bei dir zu Hause abgeliefert.«

Die Kiste. In Kathleens Augen eine weitere Exzentrizität ihrer Schwester. »Grace, wann fängst du endlich an, wie normale Menschen mit Koffern zu verreisen?«

Sie liefen am Gepäckförderband vorbei, wo die Menschen dicht gedrängt standen, um sich beim Anblick ihres geliebten Samsonite-Koffers gegenseitig totzutrampeln. Erst wenn die Hölle zufriert, verreise ich so wie alle normalen Menschen, dachte Grace und lächelte. »Du siehst wirklich gut aus. Wie fühlst du dich?«

»Gut.« Doch weil sie schließlich ihre Schwester vor sich hatte, fügte Kathleen hinzu: »Eigentlich schon besser.«

»Du bist ohne den Mistkerl auch wirklich besser dran«, sagte Grace, als sie durch die automatischen Türen gingen. »Ich sage das nicht gern, weil ich weiß, wie sehr du ihn geliebt hast, aber es ist die Wahrheit.« Eine kalte Brise wehte aus dem Norden heran und ließ die Menschen vergessen, daß es bereits Frühling war. Über ihnen dröhnten startende und landende Flugzeuge. Grace lief, ohne sich nach links oder rechts umzusehen, auf die Straße und zum Parkplatz. »Das einzige Schöne, was er in dein Leben gebracht hat, war Kevin. Wo steckt mein Neffe eigentlich? Ich hatte gehofft, du würdest ihn mitbringen.«

Der schmerzhafte Stich kam und verging. »Er ist bei seinem Vater. Wir sind übereingekommen, daß es für ihn besser ist, wenn er während der Schulzeit bei Jonathan bleibt.«

»Wie bitte?« Grace blieb mitten auf der Fahrbahn stehen. Eine Hupe ertönte, aber sie kümmerte sich nicht darum. »Kathleen, das kann doch unmöglich dein Ernst sein. Kevin ist erst sechs! Er sollte bei seiner Mutter sein. Jonathan läßt ihn wahrscheinlich nicht die *Sesamstraße*, sondern irgendwelche Schundcomics gucken.«

»Die Entscheidung ist getroffen. Wir sind der festen Überzeugung, daß es so für alle am besten ist.«

Grace kannte den Gesichtsausdruck, den ihre Schwester bei diesen Worten aufsetzte. Er besagte, daß Kathleen jetzt nicht mehr darüber reden wollte. Sie würde das Thema erst dann wiederaufnehmen, wenn sie sich dazu bereit fühlte. »Okay«, sagte Grace und lief neben ihr her. Automatisch beschleunigte sie ihre Schritte, während Kathleen über den Parkplatz raste. Ihre Schwester hatte es immer eilig. Sie selbst hingegen wanderte eher ziellos hierhin und dahin. »Du weißt, daß du immer mit mir reden kannst, wenn du das Bedürfnis dazu hast.«

»Ja, das weiß ich.« Kathleen blieb neben ihrem gebrauchten Toyota stehen. Vor einem Jahr noch hatte sie einen Mercedes gefahren. Aber dieser Verlust war noch der geringste gewesen. »Tut mir leid, wenn ich eben etwas barsch geklungen habe, Grace. Es ist nur so, daß ich im Moment nicht daran erinnert werden möchte. Ich habe mein Leben fast wieder in den Griff bekommen.«

Grace sagte nichts dazu und stellte ihre Taschen in den Kofferraum. Sie sah dem Wagen an, daß er seine besten Jahre hinter sich hatte, und sie wußte, daß er bei weitem nicht dem Lebensstil entsprach, den ihre Schwester früher gepflegt hatte. Aber weitaus mehr als dieser soziale Abstieg besorgte sie der angespannte Unterton in Kathleens Stimme. Am liebsten hätte Grace sie jetzt in den Arm genommen, unterließ das aber, weil sie wußte, daß ihre Schwester Mitgefühl für eine Form von Mitleid hielt. »Hast du in der letzten Zeit mit Mom und Dad gesprochen?«

»Ja, letzte Woche. Es geht ihnen gut.« Kathleen setzte sich hinters Steuer und legte den Sicherheitsgurt an. »Wenn man sie hört, könnte man annehmen, Phoenix sei das Paradies auf Erden.«

»Solang es ihnen nur gutgeht.« Grace nahm auf dem Beifahrersitz Platz und fand zum erstenmal Gelegenheit, sich umzusehen. National Airport. Von hier aus war sie abgeflogen, vor acht, nein, großer Gott, schon vor zehn Jahren. Was für eine Angst sie damals gehabt hatte. Sie wünschte, sie könnte diese Mischung aus Elan und Bangen vor der Zukunft in all ihrer Unschuld und Frische noch einmal erleben.

Bist du es langsam müde, Gracie? fragte sie sich, die zu vielen Flüge, die zu vielen Städte, die zu vielen Gesichter? Nun war sie zurückgekehrt, nur noch wenige Meilen von dem Haus entfernt, in dem sie ihre Kindheit verbracht hatte, und Seite an Seite mit ihrer Schwester. Eigenartig, daß sie nicht das Gefühl hatte heimzukommen.

»Was hat dich eigentlich dazu bewogen, nach Washington zurückzukehren, Kath?«

»Ich mußte dringend raus aus Kalifornien. Und das hier war der einzige Ort, den ich kannte.«

Aber warum wolltest du nicht bei deinem Sohn bleiben? Wie kannst du als Mutter dein Kind zurücklassen? dachte Grace, und sie mußte an sich halten, das nicht laut auszusprechen; sie wußte aber, das dies nicht der rechte Moment war, ihre Schwester danach zu fragen. »Und jetzt unterrichtest du wieder an der Our Lady of Hope? Auch vertrautes Terrain, nicht wahr, obwohl sich dort so manches verändert hat.«

»Es gefällt mir da sehr gut. Vermutlich brauche ich die Disziplin, die das Unterrichten von mir fordert.« Kathleen fuhr den Toyota mit gewohnter Präzision aus der Parklücke und zum Schalter. Hinter dem Sonnenschutz steckten der Parkschein und drei Ein-Dollar-Noten. Grace fiel ein, daß Kathleen immer schon ihr Geld abgezählt bereitgelegt hatte.

»Und gefällt es dir im Haus?«

»Die Miete ist erträglich, und von dort fahre ich nur fünfzehn Minuten bis zur Schule.«

Grace unterdrückte das Bedürfnis zu seufzen.

Konnte Kathleen denn nie Freude über etwas zeigen?
»Und, hast du jemand Neues kennengelernt?«

»Nein.« Aber Kathleen setzte wenigstens ein leises Lächeln auf, als sie sich in den Verkehr einfädelte. »Sex interessiert mich nicht mehr.«

Grace zog die Brauen hoch. »Aber jeder interessiert sich doch für Sex. Was glaubst du denn, warum die Bücher von Jackie Collins immer auf den Bestsellerlisten landen? Aber davon abgesehen, ich meinte, ob du jemanden kennst, der hin und wieder mal mit dir etwas unternimmt, mit dem du reden kannst.«

»Im Moment steht mir nicht der Sinn danach, mit jemandem zusammenzusein.« Dann legte sie eine Hand auf die ihrer Schwester, und das war mehr, als sie, mit Ausnahme von ihrem Mann und Kevin, je einem Menschen zu geben vermocht hatte. »Damit meine ich natürlich nicht dich. Im Gegenteil, ich bin richtig froh, daß du gekommen bist.«

Wie stets reagierte Grace ihrerseits mit Wärme, sobald sie solche empfing. »Ich wäre schon viel früher gekommen, wenn du mich gelassen hättest.«

»Du warst doch mitten in einer Tournee.«

»Tourneen kann man auch absagen.« Sie rutschte auf dem Sitz hin und her. Sie hätte die Tournee platzen lassen, wenn das ihrer Schwester hätte weiterhelfen können. »Na ja, jetzt ist die Sache ja ausgestanden, und ich bin hier.« Sie kurbelte das Fenster herunter und spürt den Aprilwind, der noch genauso wie der im März biß. »Frühling in Washington. Was machen die Kirschblüten?«

»Der späte Frosteinbruch hat ihnen großen Schaden zugefügt.«

»Hier bleibt doch stets alles gleich.« Hatten sie sich eigentlich immer noch so wenig zu sagen? Grace drehte das Radio auf, um die Kluft zwischen ihnen zu füllen. Wie konnten zwei Menschen miteinander aufwachsen, zusammen leben, miteinander streiten und sich doch fremd bleiben? Jedesmal, wenn sie ihre Schwester sah, hoffte sie, diesmal würde es anders. Und regelmäßig wurde sie enttäuscht.

Als der Toyota die Fourteenth Street Bridge überquerte, erinnerte sich Grace an das Zimmer, das sie sich in der Kindheit mit Kathleen geteilt hatte: die eine Hälfte stets adrett und ordentlich, die andere ein immerwährendes Chaos. Dieser krasse Gegensatz war zwischen ihnen ein stetiger Stein des Anstoßes gewesen. Ein anderer waren die Spiele, die Grace sich ausdachte und die ihre Schwester mehr frustrierten als erfreuten. Wie lauten die Regeln? Kathleen hatte bei allem und jedem stets zuerst die Regeln auswendig gelernt. Und wenn es keine gab – oder zumindest keine klaren –, war Kathleen nicht in der Lage, das Spiel an sich zu begreifen.

Immer nur Regeln, Kath, dachte Grace, während sie schweigend neben ihrer Schwester saß. In der Schule, in der Kirche und im Leben. Kein Wunder, daß eine Regeländerung sie in tiefste Verwirrung stürzte. Und jetzt hatten sich die Regeln im Spiel ihres Lebens schon wieder gewandelt.

Hast du deine Familie einfach verlassen, Kath, so wie du früher immer aufgestanden und gegangen bist, wenn dir die Regeln eines Spiels nicht zusagten? Bist du hierher an den Anfang zurückgekehrt, um alle bisherigen Ergebnisse zu tilgen und nach deinen eigenen Regeln von vorn anzufangen? Ja, das ist deine Art, die Dinge anzugehen, dachte Grace und hoffte für ihre Schwester, daß es so endlich funktionieren würde.

Aber dann war sie doch überrascht, als sie die Straße sah, in die Kathleen gezogen war. Grace hatte ein hochmodernes Apartmenthaus erwartet. Die modernsten Einrichtungen und vierundzwanzigstündiger Hausmeisterdienst entsprachen mehr Kathleens Stil als diese altmodischen, leicht heruntergekommenen Häuser inmitten von hohen Bäumen.

Kathleens Haus war eines der kleinsten auf dieser Straßenseite. Obwohl Grace sich kaum vorstellen konnte, daß ihre Schwester mehr im Garten getan hatte, als den Rasen zu mähen, schoben sich am Rand des gepflegten Bürgersteigs die ersten Blüten aus dem Boden.

Als Grace neben dem Wagen stand, ließ sie den Blick über die Straße wandern. Vor jedem Haus lagen Fahrräder und standen mehrere Jahre alte Kombiwagen. Hier und da war ein frischer Farbanstrich auszumachen. Man sah den Häusern an, daß die Familien schon lange in ihnen wohnten, und die Gegend lag irgendwo in der Mitte zwischen frisch renoviert und altersschwach. Grace gefiel diese Straße; irgendwie fühlte man sich hier gleich wie zu Hause und geborgen.

Genau ein solches Viertel hätte Grace sich ausgesucht, wenn sie hierher zurückgezogen wäre. Und ihr Lieblingshaus wäre das nebenan gewesen, entschied sie sofort und ohne länger darüber nachzudenken. Das Gebäude mußte dringend generalüberholt werden. Eines der Fenster war mit Brettern vernagelt, und auf dem Dach fehlten ein paar Ziegel. Aber im Garten hatte jemand Azaleen gepflanzt. Die Erde sah noch frisch umgegraben aus, und die Pflanzen waren in kleine Hügel eingebettet. Noch erreichten die Sträucher kaum einen halben Meter Höhe, aber schon zeigten sich die ersten Knospen, die bald aufblühen würden. Während Grace sie betrachtete, hoffte sie, sie könnte lange genug bleiben, um die Azaleen in voller Blütenpracht zu erleben.

»Oh, Kath, es ist wunderschön hier.«

»Na ja, ist nicht ganz Palm Springs«, entgegnete Kathleen, doch ohne Bitterkeit in der Stimme, und fing an, Grace' Sachen auszupacken.

»Nein, meine Liebe, ich meine es ernst. So stelle ich mir ein richtiges Zuhause vor.« Und sie sagte das wirklich nicht aus Höflichkeit. Ihre Fantasie und ihr Schriftstellerauge malten sich bereits aus, wie es sein mußte, hier zu leben.

»Ich wollte Kevin etwas bieten ... wenn er zu mir kommt.«

»Er wird sich sofort darin verlieben«, verkündete Grace mit der für sie typischen Selbstverständlichkeit. »Der Bürgersteig ist wie geschaffen für Skateboards und erst die vielen Bäume.« Ein Stück weiter stand ein Baum, der aussah, als sei der Blitz in ihn eingeschlagen, aber davon ließ Grace sich nicht beeinträchtigen. »Kath, wenn ich dieses wunderbare Haus so sehe, frage ich mich ernsthaft, was ich eigentlich noch in Upper Manhattan will.«

»Reich und berühmt werden.« Wieder war ihr nichts von ihrer Bitterkeit anzumerken. Sie reichte ihrer Schwester die Taschen.

Grace blickte abermals zum Nachbarhaus. »Ich denke, ein paar Azaleen könnte ich mir auch zulegen.« Sie hakte sich bei Kathleen ein. »Und jetzt mußt du mir unbedingt zeigen, wie es drinnen aussieht.«

Die Einrichtung entsprach dem, was Grace erwartet hatte. Kathleen hatte es gern, wenn alles ordentlich war und hübsch an seinem Platz stand. Das Mobiliar war eine Spur zu wuchtig, aber geschmackvoll (und natürlich entstaubt und poliert). Genauso wie Kath, dachte Grace mit einer Spur Bedauern. Die vielen kleinen Zimmer, die irgendwie ineinander verschachtelt wirkten, gefielen ihr sehr.

Kathleen hatte in einem Raum ein Arbeitszimmer eingerichtet. Der Schreibtisch wirkte noch sehr neu. Sie hat wirklich nichts aus Kalifornien mitgenommen, sagte sich Grace. Nicht einmal ihren Sohn. Ihr fiel auf, daß auf dem Schreibtisch ein Telefon stand und nicht weit davon auf einem Stuhl noch eins. Aber sie schwieg dazu, wußte sie doch, daß Kathleen bestimmt eine durchaus einleuchtende Erklärung dafür hatte.

»Spaghetti-Soße!« Der Duft führte Grace geradewegs in die Küche. Wenn jemand sie nach ihrer Lieblingsfreizeitbeschäftigung fragen würde, hätte Essen bestimmt ganz oben auf der Liste gestanden.

Die Küche war genauso makellos gepflegt wie der Rest des Hauses. Grace war fest davon überzeugt, daß sich im Toaster kein einziger Krümel finden ließe, darauf hätte sie sogar gewettet. Ihre Schwester hob immer noch alle Reste in Plastikdosen auf und stellte sie ordentlich etikettiert in den Kühlschrank; die Gläser waren bestimmt der Größe nach geordnet im Küchenschrank untergebracht. So hatte Kathleen es immer schon gehalten und sich in dieser Hinsicht in dreißig Jahren um keinen Deut geändert.

Während Grace über den alten Linoleumboden lief, hoffte sie, daß sie nicht vergessen hatte, sich vor der Tür die Füße abzutreten. Dann hob sie den Deckel vom Topf auf dem Herd und sog das Aroma lange und tief ein. »Ich würde sagen, du hast deine Kochkünste nicht verlernt.«

»Ich habe mich wieder auf sie besonnen.« Und das nach Jahren in einem Haushalt voller Bediensteter und Köche. »Hast du Hunger mitgebracht?« Zum erstenmal wirkte Kathleens Lächeln ehrlich und entspannt. »Was frage ich überhaupt.«

»Ach je, ich habe völlig vergessen, daß ich dir etwas mitgebracht habe.«

Während Grace in die Diele zurückeilte, stellte sich Kathleen ans Fenster. Warum nur wurde ihr nun, da Grace gekommen war, bewußt, wie leer sich ihr Haus vorher angefühlt hatte? Welchen besonderen Zauber besaß ihre Schwester, mit dem sie einen Raum, ein Haus, ja vermutlich eine ganze Arena ausfüllen konnte? Und was um alles in der Welt sollte sie nur anfangen, wenn Grace wieder abgereist war?

»Valpolicella!« verkündete sie, als sie in die Küche zurückkehrte. »Du siehst, ich habe schon mit einem italienischen Essen gerechnet.« Als Kathleen sich vom Fenster abwandte und zu ihr umdrehte, konnte sie die Tränen nicht länger zurückhalten. »Ach, du armes Liebes.« Mit der Flasche in der Hand lief Grace auf sie zu.

»Gracie, ich vermisse ihn so furchtbar, daß ich manchmal am liebsten sterben möchte.«

»Ich weiß, wie du dich fühlst. Ach, Kleines, mir tut es so leid für dich.« Sie fuhr ihrer Schwester übers Haar, und Kathleen strich die Strähnen sofort wieder gerade. »Laß mich dir helfen, Kath. Sag mir, was ich für dich tun kann.«

»Ach, da ist nichts.« Diese Worte auszusprechen, kostete sie mehr Kraft, als sie je zuzugeben bereit gewesen wäre, aber wenigstens hörten die Tränen auf. »Ich mache mich jetzt besser an den Salat.«

»Nein, tust du nicht.« Grace nahm ihren Arm und führte sie zu dem kleinen Küchentisch. »Setz dich hin. Es ist mir ernst, Kath.«

Obwohl sie ein Jahr älter war als ihre Schwester, gehorchte sie. So war es zwischen ihnen immer schon gewesen, und beide konnten es sich nicht anders vorstellen. »Ich möchte eigentlich nicht darüber reden, Grace.«

»Dann scheint es ja wirklich schlimm um dich zu stehen. Wo bewahrst du den Korkenzieher auf?«

»In der obersten Schublade links vom Ausguß.«

»Und die Gläser?«

»Im zweiten Fach im Schrank neben dem Kühlschrank.«

Grace entkorkte die Flasche. Obwohl draußen bereits die Dämmerung einsetzte, machte sie sich nicht die Mühe, in der Küche das Licht einzuschalten. Sie stellte ein Glas vor ihre Schwester und füllte es bis fast an den Rand. »Jetzt trink. Ist ein ziemlich edler Tropfen.« Sie fand ein leeres Mayonnaiseglas (an dem Platz, an dem ihre Mutter sie aufzubewahren pflegte) und schraubte den Deckel ab, um ihn als Aschenbecher zu benutzen. Grace wußte, wie sehr Kathleen das Rauchen ablehnte, und sie hatte sich auch fest vorgenommen, sich in dieser Hinsicht zurückzuhalten. Aber wie die meisten Vorsätze brach sie auch diesen ohne Anflug eines schlechten Gewissens. Sie zündete sich eine Zigarette an, füllte das zweite Glas und nahm am Tisch Platz. »Erzähl mir alles, Kath. Sonst muß ich dich so lange piesacken, bis du endlich den Mund aufmachst.«

Dazu war sie durchaus fähig, wußte Kathleen. Und sie hatte das schon gewußt, bevor sie zugestimmt hatte, daß Grace sie besuchen kam. Möglicherweise war das sogar der Grund dafür gewesen, dem Ansinnen ihrer Schwester zuzustimmen. »Ich wollte die Trennung nicht. Und du brauchst mir jetzt gar nicht vorzuwerfen, ich sei blöd, weil ich an einem Mann hänge, der mich nicht will. Ich weiß nämlich selbst, wie dumm das von mir ist.«

»Ich halte dich bestimmt nicht für dumm.« Grace stieß den Zigarettenrauch aus und verbarg sich schuldbewußt dahinter, denn sie hatte ihrer Schwester schon mehr als einmal mangelnde Intelligenz unterstellt. »Du liebst Jonathan und Kevin. Sie haben dir gehört, und du willst sie behalten.«

»Ich glaube, das trifft den Punkt.« Sie nahm einen großen Schluck. Grace hatte wie so oft recht. Der Wein war wirklich gut. Es widerstrebte ihr zutiefst, das zuzugeben, und sie hatte sich lange genug dagegen gewehrt, aber jetzt war es soweit: Sie mußte dringend mit jemandem reden. Und dieser jemand sollte Grace sein; denn ihre Schwester würde trotz aller Differenzen, die zwischen ihnen bestanden hatten und immer noch bestanden, bedingungslos auf ihrer Seite stehen. »Eines Tages kam der Moment, an dem ich der Trennung zustimmte, zustimmen mußte.« Sie war noch nicht in der Lage, das Wort »Scheidung« auszusprechen. »Jonathan war . . . grausam zu mir.«

»Was soll das heißen?« Grace' leicht rauchige Stimme war wie Stacheldraht. »Hat er dich mißhandelt, gar geschlagen?« Sie war aufgesprungen und bereit, sich sofort ins nächste Flugzeug nach Kalifornien zu setzen.

»Es gibt mehrere Arten von Grausamkeit«, antwortete Kathleen müde. »Zum Beispiel seelische. Er hat mich gedemütigt. Da waren andere Frauen, recht viele sogar. Oh, Jonathan war überaus diskret. Ich glaube, nicht einmal seine besten Freunde haben davon gewußt. Aber er hat dafür gesorgt, daß ich es erfahre . . . hat mich geradezu mit der Nase draufgestoßen.«

»Das tut mir so leid.« Grace setzte sich wieder hin. Sie wußte, daß es eigentlich Kathleens Art gewesen wäre, ihm dafür eine runterzuhauen. Und wenn sie darüber nachdachte, mußte sie zugeben, daß sie und ihre Schwester wenigstens in puncto ehelicher Untreue die gleiche Meinung vertraten.

»Du hast ihn doch nie gemocht.«

»Habe ich auch nicht, und es tut mir auch nicht leid.« Grace schnippte heruntergefallene Asche in den Mayonnaisedeckel.

»Das spielt ja jetzt auch keine Rolle mehr. Wie dem auch sei, als ich in die Trennung eingewilligt habe, hat Jonathan deutlich klargemacht, daß sie zu seinen Bedingungen erfolgen würde. Er wollte die Vereinbarungen aufsetzen, und darüber sollte es keine Diskussion geben. Acht Jahre meines Lebens sind ausgelöscht, und niemandem ist ein Vorwurf zu machen.«

»Kath, du weißt, daß du diesen Bedingungen nicht zustimmen mußtest! Wenn er dich betrogen hat, kannst du erst recht Ansprüche an ihn geltend machen.«

»Wie hätte ich ihm denn seine Seitensprünge nachweisen können?« Diesmal war flammende und scharfe Verbitterung in ihrer Stimme. Kathleen war anzumerken, daß sie sehr lange gewartet hatte, bis sie all die aufgestaute Enttäuschung herauslassen konnte. »Du weißt nicht, in was für einer Welt ich dort gelebt habe, Grace. Jonathan Breezewood der Dritte ist nicht wie jeder x-beliebige Normalbürger zu belangen. Er ist Anwalt, verdammt nochmal, und Partner in einer Familienkanzlei, die sogar Satan gegen Gott den Allmächtigen vertreten und eine gütliche Vereinbarung herausholen würde. Selbst wenn jemand von seinen Affären gewußt oder sie zumindest geahnt hätte, wäre er mir nicht zu Hilfe geeilt. Für unsere Freunde und Bekannten war ich nicht Kathleen, sondern Jonathans Frau, Mrs. Jonathan Breezewood III. Das war in den vergangenen acht Jahren meine ganze Identität.« Und abgesehen von Kevin war sie am schwierigsten aufzugeben gewesen. »Kein einziger von ihnen würde einer Kathleen McCabe zur Seite stehen. Aber es war schließlich meine eigene Schuld. Ich bin ganz darin aufgegangen, Mrs. Breezewood zu sein, ich wollte es unbedingt. Ich wollte die perfekte Ehefrau, die perfekte Gastgeberin, die perfekte Mutter und die Frau sein, die ihrer Familie ein perfektes Heim beschert. Und damit bin ich immer langweiliger geworden. Als ich ihm schließlich zu langweilig war, wollte er mich nur noch loswerden.«

»Verdammt nochmal, Kathleen, warum mußt du dich selbst immer so runtermachen?« Grace drückte erregt die Zigarette aus und griff nach ihrem Weinglas. »Es war seine Schuld, Himmel nochmal, und nicht deine. Du hast ihm genau das gegeben, was er von dir verlangte. Du hast deine Karriere, deine Familie, dein Zuhause, einfach alles für ihn aufgegeben und dein ganzes Leben auf ihn ausgerichtet. Und jetzt ist es damit vorbei. Du verzichtest wieder mal auf alles und bist sogar bereit, Kevin herzugeben.«

»Ich gebe Kevin nicht her!«

»Aber du hast doch gesagt . . .«

»Ich habe mit Jonathan nicht um Kevin gestritten. Ich konnte es nicht, weil ich viel zuviel Angst davor hatte, was er dann tun würde.«

Grace war so wütend, daß sie ihr Weinglas lieber wieder hinstellte. »Angst davor, was er dir oder was er Kevin antun würde?«

»Nein, nicht Kevin«, antwortete Kathleen rasch. »Was immer Jonathan tun wird oder zu tun imstande ist, er wird dem Jungen kein Haar krümmen. Er liebt ihn über alles. Und mag er auch noch so ein schlechter Ehemann sein, als Vater ist er einfach wunderbar.«

»Na gut.« Grace wollte sich einstweilen ein Urteil darüber vorbehalten. »Aber du hattest Angst vor dem, was er dir antun könnte. Meinst du damit, er hätte dich körperlich angegriffen?«

»Jonathan hat nur sehr selten die Beherrschung verloren. Er hat sich gut im Griff, vermutlich weil er weiß, daß er sonst zur Gewalttätigkeit neigt. Einmal, als Kevin noch sehr klein war, habe ich ihm ein kleines Kätzchen geschenkt.« Kathleen erzählte vorsichtig und mit Bedacht, wußte sie doch, daß ihre Schwester voreilige Schlüsse zog und aus diesen eine ganze Geschichte zusammensetzte, von der man sie nur schwer wieder abbringen konnte. »Die beiden haben miteinander gespielt, und plötzlich hat das Kätzchen Kevin gekratzt. Als Jonathan später die Spuren davon auf Kevins Wange entdeckt hat, ist er so außer sich geraten, daß er das Tier vom Balkon geworfen hat. Und das aus dem dritten Stock.«

»Ich wußte ja immer, daß er etwas ganz Besonderes

ist«, bemerkte Grace ironisch und nahm noch einen Schluck von dem Wein.

»Dann war da die Sache mit dem Aushilfsgärtner. Der Mann hatte aus Versehen einen Rosenstrauch ausgegraben. Es war wirklich nur ein Mißverständnis, denn er sprach nicht sehr gut Englisch. Jonathan hat ihn auf der Stelle entlassen. Darüber sind die beiden in Streit geraten. Jonathan hat ihn so furchtbar verprügelt, daß der Mann ins Krankenhaus mußte.«

»Allmächtiger!«

»Natürlich hat Jonathan später die Krankenhauskosten in voller Höhe übernommen.«

»Natürlich«, sagte Grace spitz, wußte aber, daß ihr Sarkasmus gar nicht zu Kathleen durchdrang.

»Jonathan hat ihm dann noch ein Schweigegeld bezahlt, damit er die Presse aus dem Spiel ließe. Dabei ging es doch nur um einen Rosenstrauch. Ich weiß nicht, wozu Jonathan fähig wäre, wenn ich ihm Kevin wegnehmen würde.«

»Kath, Liebes, du bist doch seine Mutter. Und du hast Rechte. Ich bin mir sicher, daß es hier in Washington ein paar ausgezeichnete Anwälte gibt. Wir suchen einige von ihnen auf und lassen uns beraten. Es gibt doch bestimmt einiges, was du unternehmen kannst.«

»Ich habe mir bereits einen Anwalt genommen«, erklärte Kathleen und mußte einen Schluck trinken, weil ihr Mund wie ausgetrocknet war. Der Wein half ihr, die Worte leichter über die Zunge zu bringen. »Und ich habe einen Privatdetektiv beauftragt. Es wird bestimmt nicht einfach, und man hat mir auch schon gesagt, daß die ganze Geschichte mich viel Zeit und Geld kosten wird. Aber so habe ich wenigstens eine Chance.«

»Ich bin sehr stolz auf dich.« Grace legte die Hände auf die ihrer Schwester und verschränkte die Finger ineinander. Die Sonne war fast untergegangen, und in der Küche breiteten sich Schatten aus. Grace' graue Augen leuchteten jedoch auf: »Liebes, Jonathan Breezewood III. erwartet eine unliebsame Überraschung, wenn er es mit den McCabes zu tun bekommt. Ich verfüge hier auch über die eine oder andere Verbindung.«

»Nein, Grace, ich muß sehr vorsichtig vorgehen. Niemand darf von der Aktion erfahren, nicht einmal Mom und Dad. Ich darf kein Risiko eingehen.«

Grace dachte einen Moment darüber nach, was sie über Familien wie die Breezewoods wußte. Alteingesessene Familien, Geldadel, Klans mit langen Tentakeln. »Also gut, vermutlich ist es am besten so. Ich kann dir trotzdem helfen. Anwälte und Detektive kosten ein Vermögen. Und ich habe mehr Geld, als ich brauche.«

Zum zweitenmal seit dem Wiedersehen füllten sich Kathleens Augen mit Tränen. Doch diesmal gelang es ihr, sie zurückzuhalten. Sie wußte, daß Grace über ein kleines Vermögen verfügte, und sie wollte ihr das auch nicht übelnehmen. Doch genau dieses Gefühl beherrschte sie, auch wenn ihr bewußt war, daß ihre Schwester es sich redlich verdient hatte. O Gott, warum konnte sie es ihr nicht einfach gönnen? »Ich muß da allein durch.«

»Kath, jetzt ist nicht der richtige Moment für falschen Stolz. Du kannst eine Schlacht wie diese nicht mit einem Lehrergehalt gewinnen. Und bloß, weil du dich wie eine Idiotin benommen und dich ohne einen Penny von Jonathan hast vor die Tür setzen lassen, mußt du noch lange nicht meinen, du könntest jetzt auf meine finanzielle Hilfe verzichten.«

»Ich wollte nichts von Jonathan haben. Ich habe die Ehe mit genau dem verlassen, was ich in sie eingebracht habe: dreitausend Dollar.«

»Ich will dir jetzt gar nicht groß mit der Frauenemanzipation kommen, aber der Umstand bleibt bestehen, daß du dir nach acht Jahren Ehe mindestens eine Abfindung verdient hast. Und hier geht es doch nur darum, daß ich deine Schwester bin und dir helfen will.«

»Aber nicht mit Geld. Du kannst es falschen Stolz nennen, aber es ist sehr wichtig für mich, die Sache allein durchzustehen. Davon abgesehen habe ich mir eine Beschäftigung nach Feierabend gesucht.«

»Was denn? Etwa Tupperware-Partys abhalten? Oder denkfaulen Kindern Nachhilfe geben? Oder gehst du gar auf den Strich?«

Zum erstenmal seit Wochen lachte Kathleen befreit auf. Sie schenkte für sie beide Wein nach. »Du hast ins Schwarze getroffen.«

»Du verkaufst wirklich Tupperware?« Grace brauchte eine halbe Sekunde, um das zu verdauen. »Führen sie immer noch diese kleinen Cornflakes-Schüsseln mit den undurchlässigen Deckeln?«

»Keine Ahnung. Ich vertreibe keine Tupperware.« Sie nahm einen langen Schluck. »Ich arbeite in Sachen Liebe.«

Sie erhob sich, um das Licht einzuschalten, und Grace mußte dringend etwas trinken. Es kam selten genug vor, daß Kathleen einen Witz machte. Deshalb wußte sie jetzt nicht, ob sie lachen sollte. Sie entschied sich dafür, erst einmal nachzufragen: »Hast du nicht vorhin gesagt, du seist an Sex nicht mehr interessiert?«

»Auf mich persönlich trifft das auch voll und ganz zu, wenigstens für den Augenblick. Ich bekomme für einen siebenminütigen Anruf sieben Dollar, und wenn ich einen Stammkunden dranhabe, muß er insgesamt zehn ausspucken. Die meisten meiner Anrufer sind Stammkunden. Im Durchschnitt führe ich pro Abend zwanzig Telefonate, und das an drei Tagen in der Woche. Hinzu kommen fünfundzwanzig bis dreißig Anrufe an den Wochenenden. So komme ich in der Woche locker auf neunhundert Dollar.«

»Großer Gott!« Grace' erster Gedanke war, daß sie ihrer Schwester so viel Energie nie zugetraut hätte. Doch dann kam ihr gleich in den Sinn, daß Kathleen sich einen Scherz mit ihr erlaubte, um sie davon abzubringen, ihr Geld geben zu wollen.

Grace starrte ihre Schwester in dem grellen Neonlicht an. Nichts in ihrer Miene oder in ihrem Blick ließ den Schluß zu, daß sie scherzte. Im Gegenteil, sie machte einen durchaus selbstzufriedenen Eindruck. So wie damals, in ihrer Kindheit, als sie fünf Schachteln Pfadfinder-Plätzchen mehr verkauft hatte als Grace.

»Allmächtiger!« stöhnte Grace wieder und zündete sich eine neue Zigarette an.

»Kommt keine Moralpredigt, Gracie?«

»Nein.« Sie schluckte hart und mußte etwas trinken. Grace war sich noch lange nicht im klaren darüber, welchen moralischen Standpunkt sie in diesem Fall einnehmen sollte. »Tut mir leid, Kath, aber das muß sich erst in mir setzen. Hast du das eben wirklich ernst gemeint?«

»Absolut ernst.«

Natürlich, Kathleen machte nie Witze. Zwanzig Anrufe in der Nacht, dachte Grace und schüttelte sich, um das Bild aus ihren Gedanken zu vertreiben. »Nein, du bekommst von mir keine Moralpredigt, aber ich werde dir wohl etwas über gesunden Menschenverstand erzählen müssen. Mein Gott, Kathleen, hast du überhaupt eine Ahnung, wie viele Irre und Spinner sich da draußen herumtreiben? Selbst ich weiß das, und ich hatte seit sechs Monaten keine richtige Verabredung mehr, nur geschäftliche Treffen und so. Und ich rede hier nicht davon, daß du dir dabei etwas holen kannst, das du neun Monate später auf den Knien schaukelst. Was du da treibst, Kathleen, ist nicht nur dumm, sondern auch gefährlich. Und wenn du nicht auf der Stelle damit aufhörst, werde ich . . .«

»Mom davon erzählen?«

»Mir ist es auch ernst!« Grace rutschte nervös auf dem Stuhl hin und her, denn ihr hatte genau das auf der Zunge gelegen, was Kath gesagt hatte. »Und wenn du schon nicht an dich selbst denken willst, dann wenigstens an Kevin. Falls Jonathan davon Wind bekommen sollte, kannst du es dir abschminken, deinen Sohn jemals wiederzusehen.«

»Ich denke dabei an Kevin. Er ist alles, woran ich in diesen Zeiten überhaupt denken kann. Jetzt trink deinen Wein, Grace, und hör mir zu. Du hast immer schon dazu geneigt, vorschnell zu urteilen, noch bevor du alle Fakten kanntest.«

»Eines dieser Fakten lautet ja wohl, daß meine Schwester nach Feierabend als Callgirl tätig ist.«

»Damit hast du den Nagel auf den Kopf getroffen. Ich bin ein ›Callgirl‹, eine Frau, die man anruft. Ich verkaufe meine Stimme, Grace, nicht meinen Körper.«

»Nach zwei bis drei Gläsern Wein arbeitet mein Verstand anscheinend nicht mehr so gut. Warum erklärst du es mir nicht in ganz einfachen Worten, Kath?«

»Ich arbeite für Fantasy, Incorporated. Eine Firma, die sich auf Telefonservice aller Art spezialisiert hat.«

»Telefonservice?« rief Grace. Sie zog kräftig an der Zigarette. »Du redest doch nicht etwa von Telefonsex, oder?«

»Über Sex zu reden, ist alles, was ich in den letzten zwölf Monaten gemacht habe.«

»In einem ganzen Jahr?« Grace mußte jetzt erst recht schlucken. »Ich würde dir ja gern mein Beileid aussprechen, aber im Moment muß ich das erst einmal verdauen. Jetzt mal im Ernst: Du tust das, wofür im hinteren Anzeigenteil von Herrenmagazinen immer geworben wird?«

»Woher kennst du dich denn so gut mit Herrenmagazinen aus?«

»Im Rahmen von Recherchen mußte ich mich auch einmal damit befassen. Und du willst mir sagen, bloß dafür, dich mit ein paar Männern am Telefon zu unterhalten, bekommst du tausend Dollar in der Woche?«

»Ich hatte immer schon eine besonders angenehme Stimme.«

»Ja.« Grace lehnte sich zurück und bemühte sich, ihre Gedanken zu ordnen. Sie konnte sich nicht daran erinnern, daß ihre Schwester auch nur einmal in ihrem Leben etwas Unkonventionelles gemacht hatte. Kathleen hatte sogar bis zur Hochzeitsnacht gewartet, ehe sie mit Jonathan ins Bett gegangen war. (Grace wußte das, weil sie gefragt hatte, sowohl sie als auch ihn.) Dann fiel ihr etwas ein, das sie zum Lachen brachte, weil es so komisch war. »Schwester Mary Francis hat damals in der achten Klasse erklärt, du hättest die sauberste und klarste Stimme der ganzen Jahrgangsstufe. Ich würde gerne wissen, was die treue Seele wohl sagen würde, wenn sie wüßte, daß diese wunderbare Stimme heute als Telefonhure arbeitet.«

»Ich finde diesen Ausdruck nicht besonders nett, Grace.«

»Ach, hab dich nicht so. Hört sich doch irgendwie lustig an.« Sie kicherte. »Tut mir leid. Dann erzähl mir doch bitte, wie das alles vor sich geht.«

Kathleen hätte wissen müssen, daß Grace sich erst einmal darüber amüsieren würde. Von ihrer Schwester hatte man selten Vorwürfe oder Anschuldigungen zu erwarten. Die Verspannung zwischen Kathleens Schultern löste sich langsam, als sie das Glas erneut zum Mund führte. »Also gut: Die Männer rufen bei der Nummer von Fantasy an, und wenn sie Stammkunden sind, verlangen sie eine bestimmte Frau. Erstanrufer werden gebeten, ihre persönlichen Vorlieben anzugeben, und dann sucht man dort die passende Dame für sie aus.«

»Was sind das denn für Vorlieben?«

Kathleen kannte Grace' Neigung, alles ganz genau erfahren zu wollen und notfalls nachzubohren. Doch nach drei Gläsern Wein ärgerte sie sich nicht mehr darüber. »Manche Männer reden lieber selber und erzählen dir dann, was sie sich gerade vorstellen, das sie mit dir machen, und was sie an sich selbst anstellen. Aber es gibt auch solche, die der Frau das Reden überlassen. Es heizt sie auf, wenn die Frau ihnen erzählt, wie sie aussieht, was sie anhat und wie es in dem Zimmer aussieht, in dem sie sich aufhält. Und dann gibt es Männer, die auf Sadomasochismus, Fesseln und ähnliches stehen. Aber solche Kunden nehme ich nicht.«

Grace verzog das Gesicht, um nicht loszuprusten. »Du sprichst nur mit denen, die ehrlichen, schweißtreibenden Sex wollen.«

Zum erstenmal seit sehr langer Zeit fühlte Kathleen sich auf die angenehmste Weise entspannt. »Ganz recht. Und ich bin sogar ziemlich gut auf meinem Gebiet. Viele Anrufer verlangen mich.«

»Da kann man ja nur gratulieren.«

»Weiter: Also die Männer rufen an und hinterlassen ihre Telefonnummer und die Nummer ihrer Kreditkarte. Das Büro überprüft dann die Karte und tritt mit einer von uns in Kontakt, zum Beispiel mit mir. Wenn ich zustimme und Zeit habe, rufe ich den Herrn von dem Telefon aus an, das Fantasy hier installiert hat und das über das Büro läuft.«

»Klar. Und dann?«

»Dann unterhalten wir uns.«

»Dann unterhaltet ihr euch ... Deshalb hast du in deinem Arbeitszimmer auch den zweiten Apparat stehen, oder?«

»Dir entgeht auch nichts, was?« Kathleen stellte fest, wenn auch vollkommen ohne Reue, daß sie auf dem besten Wege war, einen Schwips zu bekommen. Es fühlte sich so gut an, Watte im Kopf zu haben, keine Last mehr auf den Schultern zu spüren und der eigenen Schwester am Tisch gegenüberzusitzen.

»Kath, was hindert diese Kerle denn daran, an deinen Namen und deine Adresse zu gelangen? Einer von ihnen könnte doch auf die Idee kommen, daß ihm deine Stimme nicht mehr ausreicht.«

Kathleen schüttelte langsam den Kopf und wischte mit einem Finger den feuchten Kranz vom Tisch, den das Glas hinterlassen hatte. »Alle Akten von Mitarbeitern der Firma stehen unter strengstem Verschluß. Einem Anrufer wird nie, unter gar keinen Umständen, unsere Privatnummer gegeben. Und fast alle von uns benutzen falsche Namen. Ich zum Beispiel melde mich als Desiree.«

»Desiree . . .« Grace wiederholte den Namen mit einiger Bewunderung.

»Ich bin ein Meter sechzig groß und blond. Und ich habe einen absoluten Traumkörper.«

»Was?« Normalerweise vertrug Grace Alkohol besser als ihre Schwester, aber sie hatte heute nicht mehr als einen Schokoladenriegel auf dem Weg zum Flughafen zu sich genommen. Die Vorstellung, ihre Schwester habe ein Alter ego, erschien ihr jetzt nicht nur plausibel, sondern auch logisch. »Dazu kann man dir ja wirklich nur gratulieren. Aber was passiert, wenn einer der männlichen Angestellten von Fantasy, Incorporated, beschließt, das Arbeitsverhältnis zu einer der weiblichen Angestellten auf eine mehr private Ebene zu verlagern?«

»Du arbeitest schon wieder an einem neuen Roman, was?«

»Schon möglich, aber trotzdem . . .«

»Grace, wir sind wirklich perfekt geschützt. Alles läuft streng auf rein geschäftlicher Ebene ab. Ich rede am Telefon, der Kunde bekommt das, wofür er bezahlt hat, die Firma macht dabei auch ihren Schnitt, und so sind alle Beteiligten glücklich und zufrieden.«

»Klingt vernünftig.« Grace schwenkte den Wein in ihrem Glas und versuchte, alle Zweifel zu verdrängen. »Und damit liegst du voll im Trend. Das neue Sexualverhalten der Neunziger. Von einem Telefongespräch kann man schließlich kein AIDS bekommen.«

»Ja, vom medizinischen Standpunkt ist das sehr vernünftig. Worüber lachst du denn?«

»Ich stelle mir das nur gerade vor.« Grace wischte sich mit dem Handrücken über den Mund. »›Haben Sie Angst vor einer festen Bindung? Sind Sie die Single-Bars leid? Dann rufen Sie Fantasy, Incorporated, an und sprechen Sie mit Desiree, Delilah oder Dee-Dee. Orgasmus garantiert oder Geld zurück. Wir akzeptieren alle gebräuchlichen Kreditkarten.‹ Himmel, ich sollte wirklich auf Werbetexter umsatteln.«

»Ich habe diese Sache nie als Witz angesehen.«

»Du hast überhaupt nur sehr wenige Dinge im Leben leichtgenommen«, entgegnete Grace, wenn auch freundlich. »Hör mal, wenn der nächste Kunde anruft, darf ich dann neben dir sitzen und mithören?«

»Nein.«

Grace zuckte nach dieser Ablehnung nur die Achseln. »Na ja, da können wir später nochmal drüber reden. Wann essen wir denn?«

Als sie in dieser Nacht, angefüllt mit Pasta und Wein, in das Bett in Kathleens Gästezimmer schlüpfte, fühlte Grace eine Nähe zu ihrer Schwester, wie sie sie schon lange nicht mehr verspürt hatte. Wann war Kathleen zuletzt so lange aufgeblieben, hatte mit ihr getrunken und wie mit ihrer besten Freundin geredet? Es fiel Grace nicht leicht, sich einzugestehen, daß es eigentlich nie so zwischen ihnen abgelaufen war.

Kathleen unternahm endlich etwas Außergewöhnliches, und parallel dazu fing sie endlich an, auf eigenen

Beinen zu stehen und sich um sich selbst zu kümmern. Solange ihre Schwester sich damit nicht in Schwierigkeiten brachte, war Grace nicht nur vollauf damit einverstanden, sondern geradezu begeistert darüber. Kathleen übernahm die Kontrolle über ihr Leben. Und allem Anschein nach ging es ihr richtig gut dabei.

In dieser Nacht lauschte er drei Stunden lang und wartete auf sie. Doch Desiree meldete sich nie. Natürlich hörte er andere Frauen, die exotische Namen trugen und sehr sexy Stimmen hatten, aber keine von ihnen kam Desiree nahe. Er lag zusammengerollt in seinem Bett, stellte sie sich vor und versuchte auf diese Weise, zum Höhepunkt zu gelangen, doch leider reichte das nicht. So streckte er schließlich frustriert und verschwitzt alle viere aus und fragte sich, wann er endlich den nötigen Mut aufbringen würde, Desiree aufzusuchen.

Bald, schwor er sich. Wie würde sie sich freuen, ihn endlich persönlich kennenzulernen. Desiree würde ihn einlassen und ihn dann auf diese Weise entkleiden, wie sie es ihm am Telefon immer beschrieb. Und dann durfte er sie berühren. Wo immer er wollte. Ja, er würde sie schon sehr bald aufsuchen.

Im schattigen Mondlicht erhob er sich und setzte sich an seinen Computer. Er wollte sie noch einmal sehen, bevor er sich schlafen legte. Der Terminal erwachte mit leisem Summen zum Leben. Seine schlanken, geschickten Finger tippten rasch ein paar Befehle ein. Sekunden später erschien sie auf dem Bildschirm: Desirees Adresse.

Sehr bald schon.

2. Kapitel

Grace hörte das leise Dröhnen, das nicht vergehen wollte, und machte den Wein dafür verantwortlich. Sie stöhnte nicht und beschwerte sich auch nicht über den Kater; schließlich hatte man ihr schon in früher Kindheit beigebracht, daß jeder Sünde, gleichgültig, ob läßlich oder schwer, die Bestrafung folgte. Dieser Grundsatz war einer der wenigen Aspekte ihrer katholischen Erziehung, die sie auch als Erwachsene nicht abgelegt hatte.

Die Sonne stand schon am Himmel, und ihre Strahlen drangen mühelos durch den dünnen Vorhang am Fenster. Um dem grellen Schein zu entgehen, vergrub sie ihr Gesicht im Kissen. Dem Licht entfloh sie damit, dem Dröhnen jedoch nicht. Grace konnte nicht mehr einschlafen, und das ärgerte sie wirklich.

Mit dem Gedanken an Aspirin und Kaffee stieg sie schließlich aus dem Bett. Erst jetzt erkannte sie, daß das schreckliche Geräusch nicht in ihrem Kopf war, sondern von draußen kam. Grace kramte in ihrer Tasche und zog schließlich einen abgetragenen Samtmorgenmantel heraus. Zu Hause in ihrem begehbaren Kleiderschrank hing einer aus Seide, ein Geschenk eines früheren Liebhabers. Ihre Erinnerungen an ihn waren voller Zärtlichkeit, aber trotzdem bevorzugte sie den alten Morgenmantel. Noch nicht ganz wach, stolperte sie zum Fenster und zog den Vorhang auf.

Ein wunderbarer Tag erwartete sie, leicht kühl und voll von den Düften des Frühlings und der erwachenden Erde. Ein Maschendrahtzaun trennte Kathleens Garten vom Nachbargrundstück. Ein vernachlässigter und leicht verwilderter Forsythienstrauch wuchs daran. Er gab sich redliche Mühe zu erblühen, und in Grace' Augen wirkten die kleinen gelben Knospen mutig und kühn. In diesem Moment wurde ihr bewußt, wie sehr sie Treibhaus- und Zuchtblumen mit ihren perfekten Blüten satt hatte. Herzhaft gähnend ließ sie den Blick über das Grundstück auf der anderen Seite wandern.

Und dann sah sie ihn nicht weit von der Hintertür des Nachbarhauses. Lange schmale Bretter ruhten auf Sägeböcken, und der Mann maß, markierte und schnitt sie mit einem lässigen Sachverstand, den Grace als überaus anziehend empfand. Fasziniert öffnete sie das Fenster, um besser sehen zu können. Die Morgenluft war kühler, als sie erwartet hatte, aber sie genoß die frische Brise dennoch, blies sie doch Klarheit in ihren Kopf. Wie der Forsythienbusch war der Mann den Anblick durchaus wert.

Paul Bunyan fiel ihr ein, und sie mußte grinsen. Der Mann war ein Meter neunzig groß und besaß die Figur eines Footballspielers. Selbst aus dieser Entfernung konnte sie erkennen, wie sich die starken Muskeln unter seiner Jacke bewegten. Er hatte dichtes rotes Haar und trug einen Bart – nicht einen modisch getrimmten Dreitagebart, sondern einen richtigen Vollbart. Grace bemerkte, daß sich seine Lippen in diesem Haargewirr zum Gesang der Country-Musik bewegten, die aus einem Kofferradio drang.

Als das Dröhnen aufhörte, hatte sie sich aus dem Fenster gebeugt, stützte sich auf den Ellenbogen auf und lächelte ihm zu. »Hi!« rief Grace. Ihr Lächeln wurde breiter, als er sich umdrehte und zu ihr hinaufblickte. Ihr fiel auf, wie sein Körper sich dabei anspannte, nicht so sehr aus Überraschung, sondern eher wie bereit zur Aktion. »Ihr Haus gefällt mir!«

Ed entspannte sich, als er die Frau im Fenster entdeckte. In dieser Woche hatte er sechzig Stunden gearbeitet und einen Menschen getötet. Der Anblick einer hübschen Frau, die ihm vom ersten Stock des Nachbarhauses zulächelte, beruhigte seine strapazierten Nerven. »Danke.«

»Renovieren Sie gerade?«

»Ja, Stück für Stück.« Er schirmte die Augen mit einer Hand gegen die Sonne ab und betrachtete sie. Nein, das war nicht seine Nachbarin. Obwohl er und Kathleen kaum mehr als ein Dutzend Wörter miteinander gewechselt hatten, war ihm ihr Anblick vertraut. Allerdings sah die Frau im Fenster mit dem fröhlichen Gesicht und dem zerzausten Haar ihr ähnlich. »Sie sind zu Besuch hier?«

»Ja, Kathy ist meine Schwester. Ich schätze, sie hat das Haus schon verlassen. Sie ist nämlich Lehrerin.«

»Ach so.« In zwei Sekunden hatte er mehr über seine Nachbarin erfahren als zuvor in zwei Monaten: Die Kurzform ihres Namens lautete Kathy, sie hatte eine Schwester, und sie war Lehrerin. Ed legte das nächste Brett auf die Böcke. »Bleiben Sie länger?«

»Ich weiß noch nicht.« Sie beugte sich etwas weiter nach draußen, damit der Wind durch ihr Haar fahren konnte – ein Genuß, der ihr im temporeichen New York versagt blieb. »Haben Sie die Azaleen im Vorgarten angepflanzt?«

»Ja, letzte Woche.«

»Sie sehen toll aus. Ich denke, ich werde auch ein paar einsetzen, für Kath.« Grace lächelte wieder breit. »Bis bald.« Sie zog den Kopf ein und war verschwunden.

Ed starrte mindestens noch eine Minute auf das leere Fenster. Die Unbekannte hatte es offengelassen, obwohl die Tagestemperatur noch nicht einmal fünfzehn Grad erreicht hatte. Er zückte einen dicken Bleistift und zog wieder Markierungsstriche. Das Gesicht kam ihm irgendwie bekannt vor. Die Gabe, nie ein Gesicht zu vergessen, kam ihm bei seiner Arbeit sehr zugute. Er wußte, daß ihm über kurz oder lang der Name zu diesen Zügen einfallen würde.

Im Haus zog Grace sich einen Pullover an. Ihre Haare waren vom Duschen noch feucht, aber sie hatte keine Lust, sich jetzt lange mit Fön und Stylingbürsten aufzuhalten. Schließlich warteten Kaffee und die Zeitung auf sie. Und dann mußte noch ein Mord aufgeklärt werden. Wenn nichts dazwischenkam, konnte sie gleich ihren Maxwell einschalten und genug Arbeit erledigt haben, bis Kathleen von der Our Lady of Hope zurückkehrte.

Unten in der Küche schaltete sie die Kaffeemaschine ein und suchte im Kühlschrank nach etwas Eßbarem. Am ehesten kamen noch die Spaghetti in Frage, die von gestern abend übriggeblieben waren. Grace griff hinter die Eier und zog den praktischen Plastikbehälter heraus. Nach einminütiger Inspektion der Küche stand fest, daß Kaths Einrichtung den Anschluß an das elektronische Zeitalter noch nicht so weit vollzogen hatte, um über so etwas wie eine Mikrowelle zu verfügen. Sie warf den Deckel des Behälters in die Spüle und war bereit, die Spaghetti kalt zu essen. Beim ersten Bissen entdeckte sie auf dem Küchentisch eine Nachricht. Kathleen hatte immer schon gern Zettel zurückgelassen.

Nimm dir in der Küche, was du brauchst. Grace lächelte und schob sich die nächste Gabelladung kalter Pasta in den Mund. *Mach dir keine Gedanken um das Abendbrot, ich besorge uns unterwegs ein paar Steaks.* Sie wußte, daß ihre Schwester sie damit höflich darum bat, in der Küche keine Unordnung anzurichten. *Heute nachmittag haben wir eine Sitzung. Ich werde so gegen halb sechs wieder da sein. Benutz auf gar keinen Fall das Telefon in meinem Arbeitszimmer.*

Grace zog die Nase kraus, als sie die Notiz einsteckte. Es würde viel Zeit kosten und einiger Überredungskünste bedürfen, um mehr über diese nächtlichen Abenteuer in Erfahrung zu bringen. Und dann mußte sie auch noch den Namen von Kathleens Anwalt ausfindig machen. Trotz der Bedenken und des dummen Stolzes ihrer Schwester wollte Grace unbedingt persönlich mit dem Mann sprechen. Wenn sie es nur vorsichtig genug anginge, hätte Kathleen keinen Grund, sich bevormundet zu fühlen. Außerdem mußte man gelegentlich kleine Unannehmlichkeiten in Kauf nehmen und direkt auf das Ziel vorstoßen. Solange ihre Schwester Kevin nicht zurückhatte, würde es ihr nie gelingen, ihr Leben in Ordnung zu bringen. Dieser elende Breezewood hatte nicht das geringste Recht, den Sohn als Waffe gegen seine Frau zu benutzen.

Er hat immer schon gewußt, dachte Grace, wie er das bekommt, was er haben will. Jonathan Breezewood III. war ein kalter und berechnender Manipulator, der seinen Familiennamen und sein Geld dazu einzusetzen wußte, seine Ziele zu erreichen. Aber dieses Mal sollte er nicht triumphieren. Grace würde schon eine Möglichkeit finden, alles zum Guten zu fügen, auch wenn sie sich dabei unter Umständen der gleichen Mittel wie Jonathan bedienen mußte.

Als sie die Warmhalteplatte an der Kaffeemaschine einschaltete, klopfte es an der Tür.

Meine Kiste, schoß es ihr gleich in den Sinn. Sie eilte mit Gabel und Spaghettidose in die Diele. Zehn Dollar müßten eigentlich ausreichen, den Lieferanten zu überreden, das gute Stück hinauf in den ersten Stock zu befördern. Als sie die Tür öffnete, hatte sie schon ihr überzeugendstes Lächeln aufgesetzt.

»G. B. McCabe, habe ich recht?« Ed stand draußen und hielt ein Exemplar von *Murder in Style* in der Hand. Er hatte sich fast einen Finger abgesägt, als ihm der Name zu dem Gesicht endlich eingefallen war.

»Ja, stimmt.« Sie warf einen Blick auf das Autorenfoto auf dem Cover. Darauf war sie mit einer sehr modischen, gekräuselten Frisur abgebildet. Der Fotograf hatte die Schatten betont, um sie geheimnisvoll erscheinen zu lassen. »Sie haben aber ein gutes Auge. Auf dem Bild würde ich mich selbst kaum wiedererkennen.«

Jetzt, da er vor ihrer Tür stand, wußte er nicht mehr so recht weiter. So etwas widerfuhr ihm regelmäßig, wenn er aus einem Impuls heraus handelte; ganz besonders bei Frauen. »Ich mag Ihre Bücher. Die meisten davon habe ich gelesen.«

»Nur die meisten?« Sie lächelte ihn an und stieß die Gabel in die Pasta. »Wissen Sie denn nicht, daß Schriftsteller ein ebenso großes wie empfindliches Ego ihr eigen nennen? In solchen Fällen müssen Sie sagen, daß sie jedes Wort von mir verschlungen haben und gar nicht genug davon bekommen können.«

Er entspannte sich ein wenig, weil ihr Lächeln ihn aufzufordern schien, das jetzt schleunigst nachzuholen. »Wie fallen Ihnen nur immer wieder so mörderisch gute Geschichten ein?«

»Ich bin ein Naturtalent.«

»Als mir eingefallen ist, wer Sie sind, verspürte ich sofort den Wunsch hierherzukommen, um festzustellen, ob ich richtig gelegen habe.«

»Tja, dann haben Sie jetzt den ersten Preis gewonnen. Aber warum kommen Sie denn nicht herein?«

»Danke.« Er schob das Buch von der einen in die andere Hand und kam sich vor wie ein Idiot. »Ich wollte aber eigentlich nicht stören.«

Grace betrachtete ihn für einen langen Moment. Aus der Nähe wirkte er sogar noch beeindruckender. Und seine Augen waren blau, ein dunkles, sehr interessantes Blau. »Wie, soll das heißen, Sie wollen kein Autogramm von mir?«

»Ja, doch, nur . . .«

»Dann müssen Sie aber hereinkommen.« Sie legte eine Hand auf seinen Arm und zog ihn in die Diele. »Der Kaffee ist noch warm.«

»Das trinke ich nicht.«

»Was, kein Kaffee? Wie haben Sie so lange überlebt?« Sie zeigte mit der Gabel nach hinten. »Kommen Sie trotzdem mit in die Küche. Dort wird sich schon irgendwas Trinkbares für Sie auftreiben lassen. Sie lesen also gerne Krimis?«

Die Art, wie sie sich bewegte, gefiel ihm – so ohne Hast und unbesorgt, als könnte sie sich jeden Moment dazu entschließen, in eine andere Richtung weiterzulaufen. »Man könnte sagen, Kriminalfälle sind mein Leben.«

»Genau wie bei mir.« In der Küche öffnete sie ein weiteres Mal die Kühlschranktür. »Kein Bier«, murmelte sie und beschloß, das bei nächstbester Gelegenheit zu ändern. »Und auch keine Cola oder Limonade. Gott, Kathy. Aber hier steht Saft. Sieht nach Orange aus.«

»Paßt mir ausgezeichnet.«

»Ich habe hier noch Spaghetti. Wollen Sie was davon abhaben?«

»Nein, danke. Ist das Ihr Frühstück?«

»Hm.« Sie goß ihm ein Glas Saft ein, zeigte auf einen Stuhl und ging zur Kaffeemaschine. »Wohnen Sie schon lange nebenan?«

Eine Bemerkung über falsche Ernährung lag ihm auf der Zunge, aber er beherrschte sich. »Ich bin erst vor ein paar Monaten eingezogen.«

»Ich stelle mir das toll vor, ein Haus so zu gestalten, wie einem das vorschwebt.« Sie nahm noch einen Bissen Pasta. »Sind Sie denn Zimmermann? Ich meine, die Hände dafür haben Sie.«

Es erleichterte ihn sehr, daß sie nicht auf seine Figur angespielt und ihn gefragt hatte, ob er Footballspieler sei. »Nein, ich bin Polizist.«

»Ist nicht wahr! Ehrlich?« Sie schob die Dose beiseite und beugte sich zu ihm vor. Ihm wurde sofort bewußt, daß die Augen das Attraktivste an ihr waren. So viel Leben und Faszination steckte in ihnen. »Ich bin ganz verrückt nach Polizisten. Einige der besten Charaktere, die ich je entwickelt habe, sind Polizisten, manchmal sogar die Bösewichter.«

»Das weiß ich.« Er mußte lächeln. »Bei der Lektüre ist mir aufgefallen, daß Sie ein wirkliches Gespür für die Polizeiarbeit haben. Das erkennt man allein schon daran, wie Sie einen Roman anlegen und aufbauen. Die Geschichten basieren auf Logik und Schlußfolgerung.«

»All meine Logik fließt ins Schreiben.« Sie nahm die Tasse hoch und entdeckte, daß sie vergessen hatte, Milch hineinzugeben. Doch da sie keine Lust hatte, sich vom Tisch zu entfernen, trank sie den Kaffee eben schwarz. »Was für eine Art Polizist sind Sie denn? Gehen Sie auf Streife, oder arbeiten Sie am Ende als verdeckter Ermittler?«

»Ich bin beim Morddezernat.«

»Das muß Schicksal sein!« Sie lachte laut und drückte seine Hand. »Einfach unfaßbar. Da komme ich meine Schwester besuchen und finde mich neben einem Detective wieder. Arbeiten Sie gerade an einem Fall?«

»Um ehrlich zu sein, wir haben gerade gestern einen abschließen können.«

Muß eine harte Nuß gewesen sein, schloß sie aus der Art und dem leisen Tonwechsel, mit dem er das gesagt hatte. Obwohl ihre Neugier jetzt natürlich geweckt war, beherrschte sie sich lieber. »Ich persönlich arbeite auch gerade an einem ziemlich vertrackten Mordfall. Eigentlich geht es um eine ganze Mordserie. Ich habe...« Sie war in Gedanken bei ihrem Roman, erkannte Ed an der Weise, wie ihre Augen dunkler wurden. Grace lehnte sich zurück und legte die Füße auf einen freien Stuhl. »Ich könnte natürlich den Ort ändern«, erklärte sie dann langsam. »Ja, ich siedle die Geschichte hier in Washington an. Genau, so ist es schon viel besser. So könnte es funktionieren. Was halten Sie davon?«

»Na ja, ich . . .«

»Vielleicht besteht die Möglichkeit, daß ich mal auf der Wache vorbeischaue. Sie könnten mich dann ja etwas herumführen.« Grace war jetzt ganz bei der Sache, und gedankenverloren griff sie in die Morgenmanteltasche, um das Zigarettenpäckchen herauszuholen. »Das ist doch hoffentlich erlaubt, oder?«

»Ich könnte etwas arrangieren.«

»Großartig. Hören Sie, haben Sie eine Frau, oder sind Sie mit einer zusammen oder etwas in der Art?«

Ed starrte sie an, während sie sich eine Zigarette anzündete und nach dem ersten Zug den Rauch herausblies. »Im Moment nicht«, antwortete er zögernd.

»Nun, dann steht dem ja nichts im Wege, daß Sie sich hin und wieder an einem Abend ein paar Stunden für mich freinehmen.«

Er hob sein Glas und trank einen großen Schluck. »Ein paar Stunden?« wiederholte er. »Hin und wieder?«

»Ja. Ich erwarte nicht, daß Sie mir Ihre gesamte Freizeit widmen. Nur dann, wenn Sie gerade in der Stimmung sind.«

»Wenn ich in der Stimmung bin . . .«, murmelte Ed. Ihr Morgenmantel hing bis zum Boden herab, öffnete sich aber am Knie und gab den Blick auf ihre noch winterweißen, aber herrlich glatten Beine frei. Möglicherweise wurden ja doch Träume wahr, sagte er sich.

»Wissen Sie, Sie könnten so etwas wie mein Berater oder Sachverständiger werden. Ich meine, wer würde sich besser mit Mordermittlungen in Washington auskennen als ein Detective vom hiesigen Mordkommissariat?«

Berater. Etwas verlegen ob seiner Hintergedanken riß er den Blick mit Gewalt von ihren Beinen los. Er atmete vernehmlich aus und mußte dann lachen. »Sie kommen gleich zur Sache, was, Miß McCabe?«

»Für Sie Grace, und ja, es stimmt, ich packe den Stier stets bei den Hörnern. Aber ich würde bestimmt nicht lange schmollen, wenn Sie nein sagen würden.«

Während er sie ansah, fragte er sich, ob es auf der Welt wohl irgendeinen Mann gab, der angesichts dieser Augen nein sagen könnte. Aber dann fiel ihm ein, daß sein Partner Ben ihm oft genug vorwarf, viel zu leichtgläubig zu sein. »Nun ja, hin und wieder könnte ich sicher ein paar Stunden erübrigen.«

»Sehr schön. Wie wäre es denn gleich morgen mit einem Dinner? Bis dahin ist meine Schwester bestimmt überglücklich, mich für ein paar Stunden los zu sein. Wir könnten uns über Mordfälle unterhalten.«

»Ja, ich denke, das wäre mir recht.« Er erhob sich, und es kam ihm so vor, als hätte er gerade eine stürmische Fahrt ins Ungewisse angetreten. »Jetzt muß ich aber wirklich wieder an die Arbeit.«

»Dann will ich noch rasch Ihr Buch signieren.« Nach einer kurzen Suche fand sie neben dem Telefon einen Kugelschreiber. »Oh, ich kenne Ihren Vornamen noch gar nicht.«

»Ed. Ed Jackson.«

»Hi, Ed«, schrieb sie auf die erste Seite und steckte dann den Stift gedankenverloren in die Tasche des Morgenmantels. »Dann bis morgen, neunzehn Uhr?«

»Okay.« Er bemerkte, daß Grace Sommersprossen hatte. Ein halbes Dutzend dieser Punkte waren über ihren Nasenrücken verteilt. Und ihre schlanken Handgelenke wirkten zerbrechlich. Ed schob das

Buch wieder von einer Hand in die andere. »Und vielen Dank für das Autogramm.«

Grace ließ ihn zur Hintertür hinaus. Er roch gut, dachte sie, nach frisch geschnittenem Holz und nach Seife. Als Ed fort war, rieb sie sich die Hände und begab sich nach oben, um den tragbaren Computer anzuschließen.

Sie arbeitete den ganzen Tag an ihrem Roman und begnügte sich zum Mittagessen mit einem Schokoriegel, den sie in der Tasche gefunden hatte. Wann immer sie aus der Welt, die sie dort erschuf, auftauchte und in die Wirklichkeit zurückkehrte, hörte sie das Hämmern und Sägen von nebenan. Grace hatte die Maschine direkt am Fenster aufgestellt, weil sie gern einen Blick auf das Nachbarhaus warf und sich dabei vorzustellen versuchte, was gerade innerhalb der vier Wände vor sich gehen mochte.

Einmal bemerkte sie einen Wagen, der dort vorfuhr. Ein breitschultriger, dunkelhaariger Mann stieg aus, marschierte über die Einfahrt und trat ein, ohne anzuklopfen. Grace ließ für ein paar Momente ihrer Fantasie über diesen Besucher freien Lauf. Dann versenkte sie sich wieder in ihre Arbeit. Als sie das nächste Mal aufschaute, waren zwei Stunden vergangen. Von dem Wagen war nichts mehr zu sehen.

Grace drückte den Rücken durch, zog die letzte Zigarette aus dem Päckchen und las die letzten Absätze, die sie geschrieben hatte. »Gute Arbeit, Maxwell«, lobte sie das Gerät. Dann flogen ihre Finger über ein paar Tasten. Der Computer hatte sein Tagespensum erledigt. Kathleen fiel ihr wieder ein, und sie stand auf, um ihr Bett zu machen.

Die Kiste stand mitten im Gästezimmer. Der Lieferant hatte sich tatsächlich einverstanden erklärt, sie nach oben zu bringen. Er hätte sie sogar für ein Lächeln von ihr ausgepackt. Grace betrachtete das sperrige Teil für einen Moment, rang mit sich und beschloß dann, sich erst später um das Chaos unter dem Deckel zu kümmern. Statt dessen begab sie sich wieder nach unten, fand im Radio einen Sender mit flotter Musik, und daraufhin dröhnte der neueste Song von ZZ Top durch das Haus.

Kathleen fand sie im Wohnzimmer, ausgestreckt auf der Couch, mit einem Glas Wein in der Rechten und einer Illustrierten in der Linken. Ungeduld brodelte in ihr hoch, aber sie kämpfte dagegen an. Sie hatte gerade einen anstrengenden Tag hinter sich, in dem sie sich bis zur Erschöpfung damit abgemüht hatte, etwas in die Hirne von hundertdreißig Teenagern hineinzuzwingen. Die Konferenz am Nachmittag hatte nur Zeit gekostet, aber keine Ergebnisse erbracht, und dann hatte auch noch ihr Wagen auf der Heimfahrt eigenartige Geräusche von sich gegeben. Und zu allem Überdruß traf sie ihre Schwester in schönstem Müßiggang an, so als wüchse das Geld auf Bäumen.

Ohne die Einkaufstüten abzusetzen, marschierte Kathleen als erstes zum Radio und schaltete es aus. Grace blickte von der Illustrierten auf, blinzelte und lächelte dann. »Oh, hallo, ich habe dich gar nicht hereinkommen hören.«

»Das überrascht mich nicht. Die Musik aus dem Radio konnte man bis zur nächsten Straße hören.«

»Tut mir leid.« Grace dachte im letzten Moment daran, die Zeitung zurück auf den Tisch zu legen, statt sie achtlos auf den Boden fallen zu lassen. »War wohl ein anstrengender Tag, was?«

»Für einige von uns schon.« Kathleen ließ ihre Schwester stehen und verschwand in der Küche.

Grace schob die Beine vom Sofa und stützte den Kopf in die Hände. Nachdem sie mehrmals tief durchgeatmet hatte, erhob sie sich und folgte Kathleen in die Küche. »Ich habe die Reste von gestern abend gegessen.«

»Schön.« Ihre Schwester legte bereits ein Backblech mit Bratenfolie aus.

»Möchtest du ein Glas Wein?«

»Nein, ich muß heute abend arbeiten.«

»Telefondienst?«

»Richtig. Telefondienst.« Kathleen knallte die Steaks auf das Blech.

»Hey, Kath, das war kein Vorwurf, sondern nur eine Frage.« Als Grace keine Antwort erhielt, goß sie sich ein Glas Wein ein. »Weißt du, was mir gestern eingefallen ist? Ich könnte das, was du nachts tust, in meinem Buch verwenden.«

»Du änderst dich wohl nie, was?« Ihre Schwester wirbelte herum. Ihr Blick hätte töten können. »Wo du auftauchst, gibt es kein Privatleben mehr!«

»Um Himmels willen, Kathy, ich habe doch nicht vor, deinen Namen oder deine momentane Situation darzustellen. Mir erscheint nur die Idee interessant, mehr steckt nicht dahinter. War ja auch nur so ein Einfall.«

»Bei dir ist alles Wasser auf die Mühle, auf deine Mühle. Warum verbrätst du nicht auch noch gleich meine Scheidung?«

»Ich habe dich nie benutzt«, entgegnete Grace leise.

»Du benutzt jeden, ob Freunde, Liebhaber oder Familienangehörige. Oh, nach außen hin gibst du dich teilnahmsvoll und tust so, als würdest du dich für unsere Probleme interessieren, aber im Innern denkst du einzig und allein daran, wie du dieses oder jenes in einer deiner Geschichten verwenden kannst. Kann man dir denn nichts anvertrauen, ohne daß es wenig später in einem Roman von dir auftaucht?«

Grace öffnete den Mund, um zu widersprechen, schloß ihn dann aber wieder und seufzte nur. Vermutlich sollte sie sich wirklich der Wahrheit stellen, so unangenehm die auch sein mochte. »Wahrscheinlich nicht. Es tut mir sehr leid.«

»Dann laß es in Zukunft, einverstanden?« Kathleen wurde übergangslos wieder ruhig. »Ich habe heute abend keine Lust, mich zu streiten.«

»Ich auch nicht.« Sie überwand sich und unternahm dann einen neuen Versuch, ein Gespräch in Gang zu bringen. »Ich habe mir überlegt, ich könnte mir doch einen Leihwagen nehmen und ein bißchen die Gegend unsicher machen. Und wenn ich schon einen fahrbaren Untersatz habe, könnte ich doch auch gleich die Einkäufe übernehmen und dir so etwas Zeit sparen.«

»Gut.« Kathleen schloß den Backofen und kehrte ihrer Schwester halb den Rücken zu, damit die nicht sehen konnte, wie sehr ihre Hände zitterten. »Auf dem Weg zur Schule kommt man an einer Leihwagenfirma vorbei. Ich könnte dich morgen früh dort absetzen.«

»Okay«, sagte Grace. Und wie jetzt weiter? dachte sie, während sie einen Schluck Wein trank. »Ach, ich habe übrigens heute morgen deinen Nachbarn kennengelernt.«

»Das hätte ich mir denken können.« Ihre Stimme klang recht hart, während sie den Backofen einschaltete. Sie wunderte sich nur, daß ihre Schwester sich noch nicht mit der ganzen Straße bekannt gemacht hatte.

Grace trank rasch noch etwas von ihrem Wein, um nicht die Beherrschung zu verlieren. Sie wußte nur zu gut, daß sie es war, die üblicherweise als erste aus der Haut fuhr. Dieses Mal sollte es nicht dazu kommen, schwor sie sich. »Er ist sehr nett. Wußtest du, daß er bei der Polizei ist? Wir haben uns für morgen abend zum Dinner verabredet.«

»Ist ja wunderbar.« Kathleen knallte einen Topf auf die Herdplatte und füllte ihn mit Wasser. »Du bist immer schon forsch rangegangen.«

Grace nahm noch einen Schluck und stellte das Glas dann auf die Anrichte. »Ich glaube, ich gehe mir etwas die Beine vertreten.«

»Tut mir leid.« Kathleen lehnte mit geschlossenen Augen am Herd. »Ich habe es nicht so gemeint. Ich wollte nicht barsch werden.«

»Ist schon in Ordnung.« Normalerweise gehörte es nicht zu Grace' Charaktereigenschaften, rasch zu vergeben, aber hier stand sie ihrer einzigen Schwester gegenüber. »Warum setzt du dich nicht einfach für ein paar Minuten hin? Du siehst ziemlich erschöpft aus.«

»Nein, ich habe heute abend Telefondienst, und ich möchte das Essen fertig haben, bevor der Apparat zum erstenmal läutet.«

»Ich kann mich doch um das hier kümmern.« Sie nahm ihre Schwester am Arm und setzte sie auf einen Stuhl. »Was kommt denn in den Topf?«

»Die Tüte, die noch in der Einkaufstasche liegt.« Kathleen griff in ihre Handtasche, holte ein Fläschchen heraus und entnahm ihm zwei Tabletten.

Grace kramte in der Einkaufstasche. »Oh, Nudeln in Knoblauchsoße. Toll.« Sie riß die Tüte auf und schüttete den Inhalt in den Topf, ohne sich mit der Lektüre der Zubereitungsanleitung aufzuhalten. »Ich möchte nicht, daß du mir wieder gleich an die Kehle springst, aber hast du nicht Lust, dir alles von der Seele zu reden?«

»Da ist nichts. Ich habe nur einen langen, harten Tag hinter mir.« Sie schluckte die Tabletten ohne Wasser. »Und ich muß noch ein paar Klassenarbeiten durchsehen.«

»Tja, dabei kann ich dir leider nicht helfen. Aber wie wäre es denn, wenn ich für dich den Telefondienst übernehme?«

Kathleen setzte ein schiefes Grinsen auf. »Nein, danke.«

Grace holte die Salatschüssel aus dem Schrank und setzte sie auf den Tisch. »Ich bräuchte ja nur die Anrufe entgegenzunehmen und Notizen für dich zu machen.«

»Nein. Und wenn du nicht bald die Nudeln umrührst, kleben sie am Boden fest.«

»Oh!« Um keinen neuen Streit zu provozieren, wandte Grace sich gleich dem Topf zu. In dem Schweigen, das nun folgte, hörte sie, wie das Fleisch anfing zu brutzeln. »Nächste Woche ist Ostern. Bekommst du da nicht ein paar Tage frei?«

»Fünf, mit dem Wochenende.«

»Warum unternehmen wir dann nicht einen Kurztrip? Stürzen uns in das Getümmel in Fort Lauderdale und bekommen ein bißchen Farbe, oder?«

»Kann ich mir nicht leisten.«

»Dann laß dich von mir einladen, Kath. Komm, gib dir einen Ruck, wird bestimmt ein großer Spaß. Erinnerst du dich noch an unser letztes Jahr auf der High School, als wir so lange unsere Eltern angebettelt haben, bis sie uns fahren ließen?«

»Du hast das Betteln übernommen«, entgegnete Kathleen.

»Wie auch immer, am Ende sind wir gefahren, oder? Drei Tage lang nur Partys und Sonne. Und wir haben mindestens ein Dutzend Jungs kennengelernt. Kannst du dich noch an diesen Joe oder Jack erinnern, der versucht hat, durch das Fenster unseres Motelzimmers einzusteigen?«

»Ja, aber bloß, weil du ihm erzählst hast, ich wäre ganz scharf auf ihn.«

»Na, das warst du doch auch, oder? Der arme Tropf hat sich dabei fast umgebracht.« Grace lachte, stach nach ein paar Nudeln und fragte sich, ob sie schon gar waren. »Gott, was waren wir damals jung und unerfahren. Zum Teufel damit, Kathy, wir beide sehen immer noch knackig genug aus, daß ein paar College-Jungs bei unserem Anblick Stielaugen kriegen.«

»Trinkgelage und College-Bengel interessieren mich aber nicht. Davon abgesehen habe ich mich für das Wochenende in den Dienstplan eintragen lassen. Jetzt schalte die Nudeln auf eins herunter und wende die Steaks.«

Grace gehorchte und sagte nichts mehr, während Kathleen den Tisch deckte. Es ging Grace nicht ums Saufen oder um Jungs; sie wollte nur das alte Gefühl zwischen ihr und ihrer Schwester wiedererleben. »Du arbeitest wirklich zuviel«, sagte sie.

»Ich bin leider nicht in deiner Lage, Gracie. Und ich kann es mir ganz bestimmt nicht leisten, den ganzen Nachmittag auf der Couch zu liegen und Illustrierte zu lesen.«

Grace griff nach ihrem Weinglas und biß sich auf die Zunge. Es hatte mehr als einen Tag gegeben, an dem sie zwölf Stunden und mehr vor dem Bildschirm gehockt, und Nächte, in denen sie bis drei Uhr in der Frühe gearbeitet hatte. Und auf Lese-Tourneen war sie bis tief in die Nacht auf den Beinen und besaß dann nur noch genug Energie, um ins Bett zu fallen und in einen ohnmachtsähnlichen Schlaf zu fallen. Zugegeben, sie konnte sich glücklich schätzen angesichts ihres Erfolgs, und auch heute noch erstaunten sie manchmal die Summen, die auf ihr Konto strömten, aber wenn man gerecht sein wollte, mußte man zugeben, daß sie sich dieses Geld auch redlich verdient hatte. Ihre Schwester wollte das aber partout nicht einsehen, und das verdroß Grace immer wieder aufs neue.

»Ich bin schließlich auf Urlaub.«

»Ich aber nicht.«

»Okay. Wenn du schon nicht verreisen willst, ist es dir doch hoffentlich recht, wenn ich mich ein bißchen im Garten nützlich mache.«

»Ich habe nichts dagegen.« Kathleen rieb sich die Schläfen. Die Kopfschmerzen wollten seit einiger Zeit überhaupt nicht mehr vergehen. »Eigentlich wäre mir das sogar sehr recht. Ich bin noch nicht dazu gekommen, mich großartig um ihn zu kümmern. In Kalifornien hatten wir einen so schönen Garten, weißt du noch?«

»Aber natürlich.« Grace hatte den Garten immer als zu ordentlich und damit langweilig empfunden. Der Garten war so wie Jonathan gewesen. Oder wie Kathleen. Grace haßte den kurzen Anflug von Bitternis, der sie bei diesem Gedanken befiel, und schob das Gefühl rasch beiseite. »Wir könnten ein paar Stiefmütterchen kaufen. Wie hießen doch noch gleich die Blumen, die Mom so sehr geliebt hat? Winden?«

»Ja, wäre schön.« Aber Kathleen war mit den Gedanken ganz woanders. »Grace, gleich brennt das Fleisch an!«

Später schloß sie sich in ihrem Arbeitszimmer ein. Grace hörte das Telefon klingeln, den Fantasy-Anschluß, wie sie ihn für sich nannte. Nach zehn Anrufen ging sie nach oben auf ihr Zimmer. Sie fühlte sich noch nicht müde und schaltete den Computer ein. Aber sie konnte sich nicht auf ihre Arbeit oder die Morde, die sie erfunden hatte, konzentrieren.

Das zufriedene und glückliche Gefühl, das sie in der vergangenen Nacht und fast den ganzen Tag über begleitet hatte, war restlos vergangen. Mit ihrer Schwester stimmte etwas nicht. Ihre Launen wechselten zu rasch und zu abrupt. Grace hatte es schon auf der Zunge gelegen, Kathleen eine Therapie vorzuschlagen, aber sie wußte nur zu gut, was für eine Reaktion das hervorgerufen hätte. Ihre Schwester hätte sie nur mit einem dieser harten, aggressiven Blick bedacht, und damit wäre das Thema für sie beendet gewesen.

Grace hatte Kevin nur einmal erwähnt. Kathleen

hatte darauf scharf entgegnet, daß sie weder über ihn noch über Jonathan zu reden wünsche. Grace kannte ihre Schwester gut genug, um in diesem Moment zu begreifen, daß sie Grace' Besuch bereits bedauerte. Und schlimmer noch, Grace fing ebenfalls an zu bereuen, hierhergefahren zu sein. Kathleen hatte so eine Art an sich, immer die weniger angenehmen Eigenschaften ihrer Schwester hervorzulocken – Aspekte ihrer Persönlichkeit, die Grace ansonsten ganz gut im Griff hatte.

Doch sie war gekommen, um zu helfen. Irgendwie würde ihr das auch gelingen, trotz der Widerstände auf beiden Seiten. Natürlich brauchte das seine Zeit, beruhigte sie sich, während sie den Kopf auf den Arm legte. Sie entdeckte, daß im Nachbarhaus die Lichter angegangen waren.

Hier oben konnte Grace das Telefonklingeln aus dem Arbeitszimmer nicht mehr hören. Sie fragte sich, wie viele Anrufer ihre Schwester heute wohl noch entgegennehmen würde. Wie vielen Männern, die sie noch nie zu Gesicht bekommen hatte, würde sie Befriedigung verschaffen. Ob sie zwischen den Telefonaten die Klassenarbeiten durchsah? Grace stellte sich das komisch vor. Sie wünschte, die Vorstellung hätte sie tatsächlich erheitert, aber sie konnte Kathys angespanntes Gesicht nicht vergessen, während sie das Essen auf ihrem Teller hin und her geschoben hatte.

Grace rieb sich die Augen und sagte sich, daß sie heute abend sowieso nichts mehr für ihre Schwester tun konnte. Kathleen war fest entschlossen, alles auf ihre Art zu regeln.

Wie wunderbar es war, ihre Stimme wieder zu hören, das rasche, rauchige Lachen zu vernehmen. Heute abend trug sie etwas Schwarzes, ein dünnes durchsichtiges Nichts, das ein Mann ihr mit einem Ruck herunterreißen konnte.

Der junge Mann sprach kaum ein Wort. Das machte ihn glücklich. Wenn er die Augen schloß, konnte er sich vorstellen, sie spräche zu ihm. Nur zu ihm. Seit Stunden schon lauschte er ihrer Stimme und den zahllosen Telefonaten. Nach ein paar Worten spielten die Worte aus ihrem Mund für ihn keine Rolle mehr. Nur Desirees warme, lockende Stimme, die aus den Kopfhörern in sein Bewußtsein drangen, waren noch wichtig. Irgendwo im Haus lief ein Fernsehgerät, aber er bekam nichts davon mit, denn sein Kopf war angefüllt von ihr.

Desiree wollte ihn.

In seiner Vorstellung hörte er, wie sie ihn einige Male mit Namen anredete: Jerald. Sie sprach den Namen mit dem leisen Lachen aus, das er so sehr an ihr liebte. Sobald er zu ihr ging, würde sie die Arme ausbreiten und seinen Namen atemlos und langsam wiederholen: Jerald.

Und dann würden sie sich auf all die Arten lieben, die sie am Telefon immer beschrieb.

Er würde der Mann sein, der ihr endlich Befriedigung verschaffte. Und dann wäre er der Mann, den sie mehr wollte als jeden anderen. Seinen Namen würde sie wieder und wieder hauchen, stöhnen und hinausschreien.

Jerald! *Jerald!* JERALD!

Er erbebte, lehnte sich in seinem Schreibtischsessel vor dem Computer zurück und fühlte sich angenehm erschöpft.

Jerald war achtzehn Jahre alt und hatte bislang nur in seinen Träumen mit Frauen geschlafen. Heute abend träumte er nur von Desiree.

Und er war verrückt nach ihr.

3. Kapitel

»Und wo willst du mit ihr hin?«

Ed hatte das kleine Gerangel für sich entscheiden können und durfte deswegen hinters Steuer. Er und sein Partner Ben Paris hatten den ganzen Tag vor Gericht zugebracht. Offenbar reichte es nicht, die bösen Buben dingfest zu machen, man mußte auch noch im Gerichtssaal gegen sie aussagen.

»Was?«

»Ich habe gefragt, wo du mit ihr hinwillst.« Ben hielt eine Jumbotüte Schokoriegel in den Händen. »Mit deiner Schreiberin.«

»Weiß ich noch nicht.« Er schaltete vor einem Stoppschild in einen niedrigeren Gang, warf kurz einen Blick nach links und rechts und fuhr dann über die Kreuzung.

»Du hast nicht angehalten.« Ben biß in den ersten Riegel. »Wir haben abgemacht, daß du nur ans Steuer darfst, wenn du alle Verkehrsvorschriften einhältst.«

»Kam doch keiner. Was meinst du, soll ich mir eine Krawatte umbinden?«

»Woher soll ich das wissen, wenn du dir noch nicht einmal Gedanken darüber gemacht hast, wo du mit ihr hinwillst? Davon abgesehen siehst du mit Schlips wirklich zum Schießen aus. Wie ein Ochse mit einer Glocke um den Hals.«

»Vielen lieben Dank, *Partner*.«

»Ed, die Ampel schaltet um!« Er schob den angebissenen Riegel in die Tasche, als sein Kollege bei Rot über die Kreuzung fuhr. »Wie lange bleibt die berühmte Schriftstellerin denn in der Stadt?«

»Keine Ahnung.«

»Was soll das heißen? Du hast doch mit ihr geredet, oder?«

»Aber danach habe ich sie nicht gefragt. Irgendwie dachte ich, das geht mich nichts an.«

»Frauen mögen es aber, wenn man ihnen solche Fragen stellt.« Ben trat auf eine nicht vorhandene Bremse, als Ed mit quietschenden Reifen in die Kurve ging. »Sie schreibt tolle Sachen. Versteht wirklich was von dem, das sie zu Papier bringt. Ich hoffe, du hast nicht vergessen, daß ich es war, der dich auf ihre Romane aufmerksam gemacht hat.«

»Möchtest du, daß ich unser erstes Kind nach dir benenne?«

Grinsend drückte Ben auf den Zigarettenanzünder. »Und, sieht sie so aus wie auf dem Foto im Buch?«

»Noch viel besser«, lachte Ed und kurbelte das Fenster herunter, als sein Partner sich die Zigarette anzündete. »Sie hat große graue Augen. Und sie lächelt sehr viel. Ein tolles Lachen.«

»Bei dir dauert es wirklich nicht lange, bis du dich bis über beide Ohren verknallt hast.«

Ed rutschte unruhig auf dem Sitz hin und her und hielt den Blick auf die Straße gerichet. »Ich weiß nicht, wovon du sprichst.«

»Ist nicht das erste Mal, daß ich das bei dir erlebe.« Ben nahm den Fuß vom imaginären Bremspedal, als Ed hinter einer langsam fahrenden Limousine einscherte. »Da braucht nur eine Braut mit großen Augen und einem süßen Lächeln mit den Wimpern zu klimpern, und schon bist du hin und weg. Wenn es um Frauen geht, Kumpel, schmilzt du gleich dahin wie Butter in der Sonne.«

»Neuere Untersuchungen belegen, daß Männer, die noch keine sechs Monate verheiratet sind, die Tendenz entwickeln, ihrer Umgebung mit ungebetenen Ratschlägen auf die Nerven zu gehen.«

»Hast du das aus *Redbook*?«
»*Cosmopolitan.*«
»Hätte ich mir gleich denken können. Trotzdem, wo ich recht habe, habe ich nun einmal recht.« Der einzige Mensch, den Ben besser kannte als sich selbst, war Ed Jackson. Er hätte sogar zugegeben, daß er mehr von seinem Partner wußte als von seiner Frau. Und es bedurfte wirklich keines Mikroskops, um bei Ed die ersten Anzeichen von heftiger Verliebtheit zu erkennen.
»Warum kommst du nicht mit ihr auf einen Drink bei uns vorbei? Dann können Tess und ich sie uns mal ansehen.«
»Ich sehe sie mir lieber allein an.«
»Könnte dir aber von Nutzen sein, Partner. Du mußt wissen, daß ich jetzt, da ich verheiratet bin, Frauen sehr objektiv beurteilen kann.«
Ed grinste in sich hinein. »Soviel Blödsinn auf einmal habe ich ja noch nie gehört.«
»Das ist die Wahrheit, nichts als die reine Wahrheit.« Ben legte einen Arm auf die Kopfstütze. »Hör mal, ich rufe Tess an, und dann arrangieren wir es so, daß wir beide euch heute abend zufällig treffen. Natürlich nur, um dich vor dir selbst zu beschützen.«
»Heißen Dank, aber ich möchte mich diesmal lieber allein durchbeißen.«
»Hast du ihr denn schon mitgeteilt, daß du nur Körner, Wurzeln und Beeren zu dir nimmst?«
Ed warf ihm nur einen kurzen Blick zu.
»Ich meine, das könnte bei der Auswahl des Restaurants doch eine gewisse Rolle spielen, oder?« Ben warf seine Zigarette aus dem Fenster, aber das Grinsen verging ihm, als er entdeckte, auf welchen Parkplatz Ed fuhr. »O nein, nicht der Baumarkt. Nicht schon wieder!«
»Ich brauche noch ein paar Scharniere und Zargen.«
»Klar, das sagst du doch immer. Seit du das Haus ge-

kauft hast, Jackson, hast du dich zu einer richtigen Nervensäge entwickelt.«

Sie stiegen aus, und Ed warf ihm eine Münze zu. »Geh doch dort drüben in den Laden und bestell dir einen Kaffee. Ich brauche nicht lange.«

»Ich gebe dir zehn Minuten. War schon schlimm genug, den ganzen Morgen Torcellis Anwalt auszumanövrieren, aber jetzt auch noch mit einem wild gewordenen Heimwerker zusammenzusein ist echt die Härte.«

»Du hast mir schließlich geraten, das Haus zu kaufen.«

»Das tut hier doch nichts zur Sache. Und für einen Vierteldollar kriege ich keinen Kaffee.«

»Zeig ihnen deine Hundemarke. Vielleicht bekommst du dann Rabatt.«

Grummelnd lief Ben über die Straße. Wenn er schon irgendwo herumsitzen mußte, während sein Partner sich durch Schrauben und Bolzen wühlte, konnte er das genausogut bei einer Tasse Kaffee und einem Stück Kuchen tun.

Das kleine Café war so gut wie leer. Erst in ein paar Stunden würde die Feierabendmeute hier einfallen, um vor der Heimfahrt noch ein Sandwich oder einen guten Schluck zu sich zu nehmen. Die Bedienung hockte an der Kasse und las in einem Taschenbuch. Doch sie blickte gleich auf, als er eintrat. Hübscher Busen, entschied Ben ganz objektiv.

Am hinteren Ende des Tresens, bei der Mikrowelle und den Kochplatten, goß er sich eine große Tasse Kaffee ein, nahm dann den Wasserkessel und füllte eine Tasse mit heißem Wasser für Ed, der immer ein paar Teebeutel dabeihatte.

Lange Zeit war Ben der festen Überzeugung gewesen, sein Partner habe einen großen Fehler begangen, als er diese Ruine von einem Haus gekauft hatte. Aber als er dann mitbekommen hatte, wie es Stück für Stück zusammengeflickt, renoviert und verschönt wurde, hatte das bei ihm einiges Nachdenken ausgelöst. Vielleicht sollten sich Tess und er auch langsam nach eigenen vier Wänden umsehen. Natürlich nicht so eine Bruchbude wie die, die Ed sein eigen nannte und in der es von Löchern im Dach und Ratten unter dem Boden nur so wimmelte, sondern etwa Solides mit einem richtigen Garten, in dem man sommers draußen grillen oder Steaks auf Holzkohle braten konnte. Ein richtiges Heim, in dem man Kinder aufziehen konnte ... Er ermahnte sich, sich von seinen Gedanken nicht davontragen zu lassen. Mußte wohl an der Ehe liegen, daß man plötzlich ebensooft wie an den nächsten Tag ans kommende Jahr dachte.

Ben lief mit seinem Kaffee zur Kasse. Plötzlich stieß ihn jemand von hinten an, und die braune Flüssigkeit ergoß sich über sein Hemd.

»Verdammt nochmal!« rief er, verstummte aber augenblicklich, als er das Messer in der zitternden Hand des siebzehnjährigen Jungen erkannte.

»Das Geld.« Der Dieb richtete das Messer auf Ben, sprach aber zu der Bedienung. »Den Kasseninhalt. Und ein bißchen dalli.«

»Großartig«, murmelte der Polizist und warf einen Blick auf die Frau hinter dem Tresen, die ziemlich blaß geworden war und wie erstarrt dastand. »Hör mal, Junge, aus solchen Registrierkassen ist nie viel zu holen. Sie bewahren dort selten größere Summen auf.«

»Das Geld, los! Ich habe gesagt, Sie sollen mir die verdammte Kohle geben!« Die Stimme des jungen Mannes klang brüchig und schrill. Speicheltropfen flogen aus seinem Mund. Sie waren rötlich gefärbt, weil er sich die Unterlippe aufgebissen hatte. Er brauchte einen Schuß, und zwar verdammt dringend.

»Setzen Sie endlich Ihren Arsch in Bewegung, blöde Kuh, sonst ritze ich Ihnen meine Initialen in die Stirn.«

Die Bedienung starrte auf das Messer, zog dann die Lade aus der Kasse und kippte sie auf dem Tresen aus. Kleingeld fiel klirrend zu Boden.

»Ihre Brieftasche!« verlangte er von Ben, während er anfing, sich Münzen und Scheine in die Taschen zu stopfen. Ganz klar, der junge Mann beging heute seinen ersten Überfall. Vermutlich hatte er sich nie vorgestellt, daß es so einfach sein könnte. Aber das Herz schlug ihm dennoch bis zum Hals, und die dunklen Flecke unter seinen Achselhöhlen wurden stetig größer. »Langsam aus der Jacke ziehen und dann vorsichtig auf die Theke legen.«

»Okay, nur die Ruhe.« Ben überlegte, ob er statt der Brieftasche die Dienstwaffe zücken sollte. Der Junge schwitzte wie ein Schwein, und in seinen Augen stand mehr Angst zu lesen als bei der Frau hinter dem Tresen. So zog Ben mit zwei Fingern seine Brieftasche heraus. Er hielt sie hoch und verfolgte, wie der Dieb darauf starrte. Dann ließ er sie kurz vor dem Thekenrand fallen. In dem Moment, in dem der Junge ihr hinterherblickte, wurde Ben aktiv.

Er schlug dem Dieb das Messer aus der Hand. Das Heft war vor Schweiß ganz glitschig geworden. In diesem Augenblick fing die Bedienung an, aus Leibeskräften zu brüllen. Ein Schrei folgte dem nächsten, während sie wieder wie angewurzelt dastand. Der Junge wehrte sich wie ein verwundeter Bär. Ben schlang von hinten seine Arme um den Bauch des Diebs, verlor aber dabei das Gleichgewicht; gemeinsam krachten sie gegen die Auslage. Die Scheibe zersplitterte; Tortenstücke, Snacks und Gebäck bedeckten Tresen und Tische. Der Junge fluchte, schrie und wand sich wie ein Fisch, um wieder in den Besitz des Messers zu gelangen. Bens Ellenbogen knallte gegen die Kühltruhe, und

Sterne tanzten vor seinen Augen. Unter ihm lag der schmächtige Dieb, der jetzt nicht mehr nur an der Brust und an den Achselhöhlen naß war, sondern auch an Bauch und Beinen, weil seine Blase dem Druck nicht mehr standgehalten hatte. Der Polizist tat das erste, was ihm einfiel: Er setzte sich auf den Jungen.

»Du bist verhaftet, Freundchen.« Er zog seine Polizeimarke und hielt sie dem Dieb vors Gesicht. »Und in dem Zustand, in dem du dich befindest, hätte dir nichts Besseres passieren können.« Der Junge weinte hemmungslos, als Ben ihm die Handschellen anlegte. Atemlos und von dem Geschrei genervt, wandte Ben sich an die Bedienung: »Wollen Sie nun endlich die Polizei rufen, meine Liebe?«

Ed kam mit einer großen Tüte voller Zargen, Messing-Türgriffe und Keramikhaken aus dem Baumarkt. Letztere waren ein echtes Schnäppchen gewesen, paßten sie doch im Ton hervorragend zu den Kacheln, die er für das obere Badezimmer, seinem nächsten Projekt, ausgesucht hatte. Da er das Auto leer vorfand, ließ er den Blick über die Straße wandern und entdeckte schließlich den Streifenwagen. Seufzend stellte er die Tüte auf dem Rücksitz ab und machte sich auf den Weg zu seinem Partner. Ed betrachtete anzüglich Bens nasses und verfärbtes Hemd und warf dann einen Blick auf den zitternden und schluchzenden Jungen, der hinten im Streifenwagen hockte.

»Wie ich sehe, hast du doch einen Kaffee bekommen.«

»Ja, und auch noch auf Kosten des Hauses, du Mistkerl.« Ben nickte kurz in Richtung des uniformierten Beamten, schob dann die Hände in die Hosentaschen und machte sich auf den Weg zurück zum Auto. »Wegen dir muß ich jetzt einen verdammten Bericht schreiben. Und sieh sich nur mal mein Hemd an.« Er zog es von seiner Brusthaut, an der es kalt und klebrig klebte. »Was, zum Himmeldonnerwetter, soll ich nur gegen diese Flecken unternehmen?«

»Das Hemd einweichen und dann waschen.«

Kurz vor achtzehn Uhr kehrte Ed endlich heim. Er hatte viel zu lange auf der Wache herumgegangen, an seinem Schreibtisch getrödelt und sich ständig neue Beschäftigungen einfallen lassen. Der Grund dafür war einfach: Ed war sehr nervös. Er hatte nichts gegen Frauen, ganz im Gegenteil, er verstand sie bloß nicht. Der Beruf setzte seinem gesellschaftlichen Leben enge Grenzen, und wenn er sich mit einer Frau verabredete, dann möglichst mit einer, die nicht zu kapriziös war und auch nicht allzuviel auf dem Kasten hatte. So wie sein Partner war er nie rangegangen, der an jedem Finger zehn Bräute gehabt und sich wie ein Jongleur mal mit dieser und mal mit jener verabredet hatte. Noch viel weniger konnte Ed begreifen, warum Ben sich mit einemmal um hundertachtzig Grad gedreht und sich einer Frau total unterworfen hatte.

Ed bevorzugte Frauen, die ihm nicht ständig um eine Nasenlänge voraus waren oder bei ihm zu viele Knöpfe auf einmal drückten. Selbstverständlich liebte er lange und tiefgehende Gespräche, aber bislang war er noch nie mit einer Frau zusammengewesen, die ihm so etwas geboten hatte. Andererseits machte er sich auch nie die Mühe, die Gründe dafür zu analysieren.

Er bewunderte G. B. McCabes Verstand. Dummerweise hatte er keine Ahnung, auf welcher Ebene er ihr privat begegnen sollte. Ed war es einfach nicht gewohnt, daß eine Frau den ersten Schritt machte, sich mit ihm verabredete und darüber hinaus auch noch Ort und Zeit des ersten Ausgehens bestimmte. Er hatte bislang immer die Vorarbeit geleistet und die Initiative übernommen. Doch Ed wäre entsetzt und zutiefst beleidigt gewesen, hätte ihn jemand deswegen einen Chauvi genannt.

Seit Jahren schon unterstützte er aus ehrlicher Überzeugung die Frauenbewegung, aber das war eben Politik und damit etwas ganz anderes. Er hätte auch nicht einmal eine Braue gehoben, wenn statt Ben ein weiblicher Partner mit ihm Dienst getan hätte. Aber das war der Job und damit etwas ganz anderes.

Seine Mutter hatte, solange er zurückdenken konnte, gearbeitet, um ihre beiden Söhne und eine Tochter großziehen zu können. Seinen Vater hatte Ed nie kennengelernt, und als ältestes Kind hatte er schon in frühen Jahren den Mann im Haus ersetzen müssen. So war es für ihn eine Selbstverständlichkeit, wenn Frauen einen Job hatten, genauso wie er es gewohnt war, die Haushaltskasse zu verwalten und allein alle wichtigen Entscheidungen zu treffen.

Ganz am Rande seines Bewußtseins hielt sich allerdings hartnäckig die Vorstellung, daß die Frau, die er einmal heiraten würde, nicht dazu gezwungen sein mußte, sich einen Job zu suchen. Er würde sich um sie kümmern, so wie sein Vater es bei seiner Mutter nie getan hatte – so wie er sich immer um sie hatte kümmern wollen.

An dem Tag, an dem sein Haus renoviert, die Wände frisch gestrichen und der Garten in Ordnung gebracht waren, würde er die Richtige finden und sie heimführen. Und sich um sie kümmern.

Während er sich umzog, warf er immer wieder einen Blick auf das Nachbarhaus. Grace hatte die Vorhänge nicht zugezogen und das Licht angemacht. Während er sich noch überlegte, wie er sie später möglichst höflich darauf hinweisen konnte, mehr auf ihre Privatsphäre zu achten, erblickte er die junge Frau. Sie stürmte in das Zimmer. Auch wenn er nur ihren Oberkörper erkennen konnte, war er sich sicher, daß sie gerade gegen etwas trat. Und danach marschierte sie energisch in dem Raum auf und ab.

Was sollte sie nur tun? Grace fuhr sich mit beiden Händen durchs Haar, als könnte sie die Antwort aus ihrem Kopf ziehen. Ihre Schwester steckte in Schwierigkeiten, und zwar in größeren, als sie bislang angenommen hatte. Und Grace wußte nicht, was sie dagegen unternehmen konnte.

Du hättest nicht die Beherrschung verlieren dürfen, tadelte sie sich. Kathleen anzuschreien, war so ziemlich das gleiche, wie ›Krieg und Frieden‹ im Dunkeln zu lesen. Man bekam davon nur Kopfschmerzen, erzielte aber keinen Erfolg. Aber sie mußte etwas unternehmen. Grace warf sich aufs Bett, zog die Knie an und legte die Stirn darauf. Wie lange mochte das schon gehen, fragte sie sich. Seit der Scheidung? Da sie von Kathleen keine Antworten bekommen hatte, gelangte sie zu der Schlußfolgerung, daß wieder mal Jonathan an allem schuld war.

Aber was sollte sie nur tun? Kathleen war jetzt stinkwütend und würde bestimmt nicht auf sie hören. Grace kannte sich mit Drogen aus. Viel zu oft hatte sie schon mitbekommen, was Suchtmittel aus Menschen machen konnte. Sie hatte einigen, die davon loskommen wollten, auf ihrem schweren Weg geholfen; zu anderen, die sich kopfüber in die Selbstzerstörung stürzten, war sie auf Distanz gegangen. Einmal hatte sie sogar wegen Drogen eine Beziehung abgebrochen und den Mann radikal aus ihrem Leben entfernt.

Doch hier ging es um ihre Schwester. Sie preßte die Finger an die Augen und versuchte nachzudenken.

Valium. Drei Flaschen, von verschiedenen Ärzten verschrieben. Und woher sollte sie wissen, ob ihre Schwester nicht auch noch in der Schule oder im Wagen oder Gott weiß wo Vorräte angelegt hatte?

Sie hatte nicht herumgeschnüffelt, wie Kathleen es ihr gleich vorgeworfen hatte. Grace hatte nur nach einem Bleistift gesucht und sich gesagt, daß ihre Schwester bestimmt einen im Nachtschränkchen neben dem Bett aufbewahren würde. Dort war sie tatsächlich auf Stifte gestoßen, aber auch auf die Valiumflaschen.

»Du hast ja keine Ahnung, was nervliche Belastung bedeutet«, hatte Kathleen ihr vorgehalten. »Du weißt ja nicht einmal, was wirkliche Probleme sind. Alles, was dir je untergekommen ist, hat sich auf wunderbare Weise in das verwandelt, wie du es sehen und haben wolltest. Ich aber habe meinen Mann verloren. Und meinen Sohn. Wie kannst du es da wagen, mir vorschreiben zu wollen, was ich gegen meine ständigen Kopfschmerzen unternehmen soll?«

Grace hatte nicht die richtigen Worte gefunden, denn in ihr hatten nur Zorn und Vorwürfe getobt. Nun stell dich dem endlich, verdammt nochmal. Versuch wenigstens einmal in deinem Leben, einer Sache objektiv entgegenzutreten. Warum hatte sie ihrer Schwester nicht sagen können: Ich möchte dir helfen. Ich bin für dich da. Das hatte sie ihr nämlich eigentlich erklären wollen. Aber dafür war es jetzt zu spät. Wenn sie jetzt nach unten ginge, würde sie nur eine Reaktion erzielen, gleichgültig ob sie schimpfte, flehte oder schrie: Sie würde wie gegen eine Wand reden. Grace hatte diese Wand schon früher bei Kathleen erlebt: an dem Tag, an dem sie mit einem langjährigen Freund Schluß gemacht hatte; an dem Morgen, als Grace die Hauptrolle in der Theateraufführung der Klasse erhalten hatte.

Familie. Man wandte sich nicht ab, wenn es um die Familie ging. Nach einem langen Seufzer lief Grace die Treppe hinunter.

Kathleen befand sich in ihrem Arbeitszimmer. Die Tür war zu. Grace nahm sich fest vor, nicht noch einmal aus der Haut zu fahren, und klopfte an: »Kath?« Sie erhielt keine Antwort, stellte aber fest, daß die Tür nicht abgesperrt war. Sie stieß sie langsam auf. »Kath, es tut mir leid.«

Ihre Schwester las erst den Test eines Zehntkläßlers zu Ende, bevor sie aufblickte. »Du mußt dich nicht entschuldigen.«

»Okay.« Sie hat sich wieder beruhigt, dachte Grace, wußte aber nicht, ob dafür die Tabletten verantwortlich waren. »Hör zu, ich habe mir überlegt, ich laufe rasch nach nebenan und teile Ed mit, daß wir uns besser für einen anderen Abend verabreden. Und dann können wir beide uns in aller Ruhe unterhalten.«

»Es gibt zwischen uns nichts mehr zu bereden.« Kathleen legte die durchgesehene Arbeit auf einen Stapel und nahm sich eine neue vor. Sie war viel zu ruhig. Das konnte nur das Valium bewirkt haben. »Außerdem habe ich heute wieder Telefondienst. Geh du ruhig aus und mach dir einen schönen Abend.«

»Kathy, ich mache mir Sorgen um dich. Du bist doch meine Schwester, und ich liebe dich.«

»Ich liebe dich auch.« Das war von Kathleen durchaus ernst gemeint, und sie wünschte, es wäre ihr möglich, diese Liebe deutlicher zu zeigen. »Du brauchst dir um mich wirklich keine Sorgen zu machen. Ich weiß genau, was ich tue.«

»Sieht doch ein Blinder, wie sehr du unter Streß stehst. Ich möchte dir so gern helfen.«

»Das ist wirklich nett von dir.« Kathleen strich eine falsche Antwort rot an und fragte sich, woran es wohl liegen mochte, daß ihre Schüler einfach nicht mehr Aufmerksamkeit aufbrachten. Überhaupt schien Aufmerksamkeit heutzutage aus der Mode gekommen zu sein. »Ich komme schon zurecht. Vorhin habe ich dir gesagt, wie froh ich bin, daß du zu mir gekommen bist. Das habe ich wirklich so gemeint. Und ich kann nur hoffen, daß du möglichst lange bleibst – solange du dich nicht in alle möglichen Dinge einmischst.«

»Ach, Liebes, mit einer Valiumabhängigkeit ist nicht zu spaßen. Ich möchte nicht, daß dir etwas zustößt.«

»Ich bin nicht abhängig.« Kathleen schrieb eine Vier minus unter den Test. »Sobald ich meinen Kevin zurückhabe, ist mein Leben wieder in Ordnung, und dann brauche ich die Tabletten nicht mehr.« Sie lächelte zuversichtlich und nahm sich die nächste Arbeit vor. »Hör endlich auf, dir Sorgen zu machen, Gracie. Ich bin kein kleines Mädchen mehr.« Das Servicetelefon klingelte, und sie verließ den Schreibtisch und setzte sich dort auf den Stuhl. »Ja?« Kathleen nahm einen Bleistift in die Hand. »Ja, ich nehme ihn. Geben Sie mir bitte die Nummer.« Sie notierte sich die Rufwahl und legte dann auf. »Gute Nacht, Liebes. Ich lasse das Verandalicht für dich an.«

Grace zog sich zurück, weil ihre Schwester bereits die Nummer auf dem Block anwählte. In der Diele nahm sie den Mantel vom Haken, wo Kathleen ihn aufgehängt hatte, und lief nach draußen.

Die kalte Aprilabendluft rief ihr Florida ins Gedächtnis zurück. Sie könnte Kathie immer noch zu dem Trip überreden. Es mußte ja nicht unbedingt Florida sein. Auch die Karibik oder Mexiko kämen in Frage. Im Grunde jeder Ort, an dem es jetzt schön warm war und man herrlich ausspannen konnte. Und wenn sie ihre Schwester erst einmal aus dem Haus hatte, konnte sie sicher auch mit ihr reden. Falls das dann immer noch mit Schwierigkeiten verbunden sein sollte, würde sie sich an die drei Ärzte wenden, die Kathleen das Valium verschrieben hatten. Grace hatte sich ihre Namen eingeprägt, die auf den Flaschenetiketten vermerkt waren.

Sie mühte sich immer noch in ihren Mantel, als sie schon vor Eds Tür stand und anklopfte.

»Ich weiß, ich bin zu früh dran«, sprudelte es aus ihr heraus, kaum daß er die Tür öffnete, »und ich hoffe, es macht Ihnen nichts aus. Ich dachte, wir könnten vorher noch einen Drink zu uns nehmen. Darf ich eintreten?«

»Aber natürlich.« Er machte ihr Platz und begriff instinktiv, daß sie, bis auf die letzte Frage, keine Antwort erwartete. »Ist mit Ihnen alles in Ordnung?«

»Sieht man mir das so deutlich an?« Sie lachte etwas zu schrill und fuhr sich durchs Haar. »Ich hatte nur einen Streit mit meiner Schwester. Nichts Dramatisches. Wir konnten noch nie länger als eine Woche zusammensein, ohne daß es zu einigen Meinungsverschiedenheiten gekommen ist. Für gewöhnlich liegt es an mir.«

»Zu einem richtigen Streit gehören immer zwei.«

»Nicht wenn man mit mir unter einem Dach wohnt.« Wie gern hätte sie jetzt gern alles herausgelassen, was sich in ihr aufgestaut hatte. Ed hatte so liebe, verständnisvolle Augen. Aber der Krach von vorhin ging nur sie und Kathleen etwas an. Um sich abzulenken, sah sie sich gleich im Haus um. »Das ist ja ganz wunderbar hier.«

Grace' Blick fiel nicht auf die zerfetzten Tapeten, die Stapel von zugeschnittenen Bauhölzern und den herabrieselnden Verputz, sondern auf die hohe Decke und den schönen alten Dielenboden.

»Ich bin noch nicht bis zu diesem Raum vorgedrungen.« In seiner Fantasie wußte er jedoch genau, wie dieses Zimmer einmal aussehen würde. »Die Küche stand ganz oben auf meiner Liste.«

»Das würde ich genauso halten.« Sie lächelte und streckte eine Hand aus. »Was ist, wollen Sie mich nicht herumführen?«

»Aber gern, wenn Sie das möchten.« Normalerweise hatte er, wenn er die Hand einer Frau nahm, immer das Gefühl, sie würde von seiner mächtigen Pranke verschluckt. Doch hier war das anders. Grace' Rechte war zwar klein und schmal, aber sie erwiderte seinen Druck. Als sie am Treppenhaus vorbeikamen, blieb die junge Frau kurz stehen.

»Wenn Sie dieses Holz einmal abgeschliffen und gebeizt haben, sieht das bestimmt großartig aus. Ich liebe diese alten Häuser mit all den verschachtelten Zimmern. Komisch, nicht wahr, mein Apartment in New York besteht praktisch nur aus einem großen Raum, und ich fühlte mich dort auch sehr wohl, nur ... Oh, Mann, das ist ja einmalig!«

Ed hatte in der Küche alles Schadhafte herausgerissen, die Tapeten abgekratzt, die alte Farbe entfernt und alles viel schöner wieder hergerichtet. Zwei Monate Arbeit steckten in diesem Raum. Was Grace anging, so war jede Minute, die er in dieser Küche gewerkelt hatte, die Mühe wert. Die Anrichten prangten in Dunkelrosa, einer Farbe, die sie bei einem Mann nie erwartet hätte. Im Kontrast dazu hatte er die Schränke dunkelgrün gestrichen und weiß abgesetzt. Die Einrichtung war im Stil der vierziger Jahre gehalten. Ein Steinherd mit Backofen war das Prunkstück dieses Raums, und er hatte ihn liebevoll restauriert. Sie vermutete, daß einst Linoleum den Boden bedeckt hatte, doch den hatte er zugunsten des Eichendielenbodens entfernt.

»Neunzehnhundertfünfundvierzig. Der Krieg ist vorbei, und in Amerika beginnt ein goldenes Zeitalter. Gefällt mir ausgezeichnet. Wo haben Sie denn den alten Herd aufgetrieben?«

Ed fiel auf, wie sehr Grace in diese Umgebung paßte – mit ihrem lose herabhängenden Haar und dem Mantel mit den gepolsterten Schultern. »Nun ja, oben in Georgetown gibt es einen Antiquitätenladen. Hat 'ne Stange Geld gekostet, all die Ersatzteile zusammenzubekommen.«

»Es sieht wunderschön aus, einfach unbeschreiblich.« Sie lehnte sich an die Anrichte und sagte sich, daß sie hier Ruhe und Entspannung finden konnte. Der Ausguß war aus weißem Porzellan und erinnerte sie an zu Hause und an harmonischere Zeiten. Auf dem Fensterbrett standen kleine Steinguttöpfe, aus denen bereits die ersten grünen Spitzen sprossen. »Was haben Sie denn da angepflanzt?«

»Och, nur ein paar Kräuter.«

»Kräuter? Wie Rosmarin oder so?«

»Eher oder so. Sobald ich die Zeit dazu finde, will ich draußen meinen eigenen Kräutergarten anlegen.«

Grace schaute aus dem Fenster und sah die Stelle, an der er gestern Holz gesägt hatte. Die Vorstellung, dort bald einen kleinen Kräutergarten erblicken zu dürfen, löste einen eigentümlichen Zauber in ihr aus, auch wenn sie Thymian nicht von Oregano unterscheiden konnte. Kräuter im Fenster und Kerzen auf dem Tisch. Eds Haus würde sehr angenehm und heimelig werden – nicht so gestelzt und verkrampft wie das Haus nebenan. Sie schüttelte die unangenehme Erinnerung mit einem leisen Seufzer von sich ab.

»Sie scheinen ja über viele Talente zu verfügen, Ed.«

»Wie meinen Sie das?«

Grace lachte ihn an. »Ich entdecke hier nirgends eine Geschirrspülmaschine.« Sie streckte wieder ihre Hand aus. »Kommen Sie, ich spendiere Ihnen einen Drink.«

Kathleen saß mit geschlossenen Augen am Telefon und hatte den Hörer zwischen Schulter und Ohr eingeklemmt. Dieser Kunde schien das Reden ganz allein übernehmen zu wollen. Von ihr wurde nur verlangt, angesichts seiner Beschreibungen hin und wieder zu gurren oder lustvoll zu stöhnen. So lasse ich mir die Arbeit gefallen, dachte sie und wischte sich eine Träne von den Wimpern.

Sie durfte sich nicht soviel von Grace gefallen lassen. Schließlich wußte sie sehr genau, was sie tat. Und wenn sie wirklich einmal ein wenig Hilfe brauchen würde, um die Anspannung zu lindern, waren ihr die Ratschläge ihrer Schwester willkommen, aber nur dann.

»Nein, hört sich geil an. O nein, ich will nicht, daß du aufhörst.«

Kathleen unterdrückte ein frustriertes Seufzen und wünschte, sie hätte nicht vergessen, vor der Arbeit Kaffee aufzusetzen. Grace hatte sie ganz durcheinandergebracht. Sie warf einen Blick auf die Armbanduhr. Der Kunde hatte noch zwei Minuten. Manchmal konnten sich hundertzwanzig Sekunden unfaßbar lange hinziehen.

Sie blickte einmal auf, weil sie glaubte, ein Geräusch gehört zu haben, und wandte ihre Aufmerksamkeit dann gleich wieder dem Mann am anderen Ende zu. Vielleicht sollte sie sich wirklich von ihrer Schwester zu einem Trip nach Florida überreden lassen. Würde ihr bestimmt guttun, mal von zu Hause fortzukommen und etwas Sonne zu tanken. Und ein paar Tage lang nicht mehr grübeln zu müssen. Das Schlimme war nur, daß sie, sobald Grace in der Nähe war, automatisch an ihre Fehler und ihr Scheitern dachte. So war es schon immer gewesen, und Kathleen mußte sich wohl darein fügen, daß es auch immer so bleiben würde. Trotzdem hätte sie nicht so barsch zu ihrer Schwester sein dürfen, tadelte sie sich, während sie sich die Schläfen rieb. Aber daran ließ sich nun nichts mehr ändern, und außerdem hatte sie sich um ihre Kunden zu kümmern.

Jeralds Herz klopfte wie ein Preßlufthammer. Er hörte Desiree seufzen, murmeln und stöhnen. Als sie wieder ihr rauchiges Lachen ausstieß, lief ihm ein Schauer über den Rücken. Seine Hände waren kalt wie Eis. Er fragte sich, wie es wohl sein würde, sich an ihrer Haut zu wärmen.

Wie würde sie sich freuen, ihn zu sehen. Er schlich näher heran und biß sich in den Handrücken; schließlich wollte er sie mit seinem Besuch überraschen. Es hatte ihn zwei Stunden und drei Linien Koks gekostet, bis er endlich genug Mut gefaßt hatte, zu ihr zu gehen.

Letzte Nacht hatte er von ihr geträumt. Darin hatte sie ihn gebeten, ja geradezu angefleht, zu ihr zu kommen. Desiree wollte seine erste Frau sein.

Dunkelheit herrschte in der Diele, aber er sah das Licht, das unter der Tür ihres Arbeitszimmers herausdrang. Und er hörte von dort ihre Stimme. Oh, wie sie lockte, wie sie reizte.

Jerald mußte stehenbleiben und sich mit einer Hand an der Wand festhalten. Der Sex mit Desiree würde wilder und heftiger sein als jede Droge, die er geschnupft oder eingeworfen hatte. Mit ihr zu schlafen, war die absolute Spitze, der ultimative Höhepunkt. Und wenn sie fertig waren, würde sie ihm sagen, daß er der Größte sei.

Sie hatte aufgehört zu reden. Er hörte, wie sie in dem Zimmer herumlief. Sicher wollte sie sich für ihn bereit machen. Langsam, weil ihm vor Erregung die Sinne zu schwinden drohten, schob er die Tür auf.

Und da war sie.

Er schüttelte den Kopf. Sie sah so ganz anders aus als die Frau in seinen Träumen. Desiree hatte schwarzes und nicht blondes Haar. Und sie trug auch keine schwarze oder weiße Reizwäsche, sondern einen ganz gewöhnlichen Rock und eine einfache Bluse. In seiner Verwirrung blieb Jerald in der Tür stehen und konnte sie nur anstarren.

Als ein Schatten auf ihren Schreibtisch fiel, blickte Kathleen auf und erwartete schon, Grace zu sehen. Als sie den Besucher erblickte, bekam sie nicht gleich einen Schrecken. Der junge Mann, der sie so unentwegt anstarrte, war vermutlich einer ihrer Schüler. Sie straffte ihre Gestalt und verwandelte sich von einem Moment auf den anderen in die Lehrerin zurück.

»Wie sind Sie hier hereingekommen? Wer sind Sie?«

Nicht seine Miene beunruhigte sie, sondern seine Stimme, die sie dann hörte. Alles andere um sie herum verschwamm, und sie nahm nur noch seine Worte wahr. Er trat lächelnd auf sie zu. »Du brauchst nicht überrascht zu tun, Desiree. Ich habe dir doch versprochen, daß ich kommen würde.«

Als er in den Lichtschein trat, bekam sie es mit der Angst zu tun. Man mußte nicht Psychologie studiert haben, um einen Wahnsinnigen zu erkennen. »Ich weiß nicht, wovon Sie reden.« Der junge Mann hatte sie Desiree genannt, aber das war doch unmöglich. Niemand konnte wissen, wer sich hinter diesem Namen verbarg. Sie suchte auf dem Schreibtisch nach einer Waffe und versuchte gleichzeitig, die Entfernung zur Tür abzuschätzen. »Wenn Sie nicht auf der Stelle verschwinden, rufe ich die Polizei.«

Er lächelte immer noch. »Woche um Woche habe ich deiner Stimme gelauscht. Und, endlich, letzte Nacht hast du mich aufgefordert, zu dir zu kommen. Hier bin ich nun, bereit für dich.«

»Sie müssen verrückt sein. Ich habe noch nie mit Ihnen gesprochen.« Kathleen zwang sich zur Ruhe. »Sie haben sich geirrt, und jetzt bitte ich Sie zu gehen.«

Da war sie, Desirees Stimme. Er hätte sie unter Tausenden, unter Millionen wiedererkannt. »Jede Nacht habe ich dir zugehört. Jede Nacht.« Sein Glied war so steif, daß es schon weh tat, und sein Mund war wie ausgedörrt. Jerald hatte vorhin wohl nicht richtig hingesehen, denn sie war wirklich blond und begehrenswert schön. Vermutlich war eben das Licht falsch auf sie gefallen, oder er hatte sich von ihrem Zauber verwirren lassen. »Desiree«, flüsterte er, »ich liebe dich.«

Ohne den Blick von ihr zu wenden, öffnete er seinen Gürtel. Kathleen bekam ihren Briefbeschwerer zu fassen, riß ihn hoch und sprang zur Tür. Der Schlag streifte seinen Kopf nur.

»Du hast es mir versprochen.« Sie befand sich in seiner Gewalt. Dünne, drahtige Arme legten sich wie Stahlklammern um ihre Hüfte. Sein Atem ging stoßweise, während er seine Wange an die ihre preßte. »Du hast mir versprochen, mit mir die Dinge anzustellen, über die du am Telefon immer sprichst. Und ich will sie alle. Deine Stimme reicht mir jetzt nicht mehr, Desiree, ich verlange mehr von dir.«

Ein Alptraum, dachte Kathleen. Desiree war doch nur eine Erfindung. Ein Schutz für sie und ein Traum für die Kunden. Aber Träume fügten einem normalerweise keine Gewalt zu. Noch während sie sich wehrte, hörte sie, wie ihre Bluse aufgerissen wurde. Seine Hände waren überall, und sie konnte ihn nicht abwehren, sosehr sie auch um sich schlug und trat. Als sie ihn in die Schulter biß, schrie er, zwang sie aber im gleichen Moment zu Boden und schob ihren Rock hoch.

»Du hast es versprochen. Du hast es versprochen«, sagte Jerald immerzu. Er fühlte jetzt ihre Haut. Sie war warm und weich, genauso wie er sich das vorgestellt hatte. Nun konnte ihn nichts mehr aufhalten.

Als sie spürte, wie er in sie eindrang, fing sie an zu schreien.

»Aufhören.« Die Leidenschaft explodierte in seinem Kopf, aber nicht ganz so, wie er sich das wünschte. Desirees schrille Schreie stachen in seine Gedanken und verdarben ihm die ganze Freude. Das durfte nicht sein. Er hatte so lange auf diesen Moment gewartet, viel zu lange. »Ich habe gesagt, du sollst aufhören!« Er stieß härter zu, um zum Höhepunkt all ihrer Versprechen zu gelangen. Aber Desiree hörte nicht auf zu brüllen. Sie zerkratzte ihn, doch der Schmerz steigerte nur sein

Verlangen – und seinen Zorn. Sie hatte ihn belogen. So, wie es jetzt geschah, hatte Desiree es nie beschrieben. Sie war eine Lügnerin und eine Hure – und trotzdem begehrte er sie immer noch.

Kathleen bekam eine Hand frei, holte weit aus, stieß gegen den Telefontisch und warf ihn um. Der Apparat landete neben ihrem Kopf auf dem Boden.

Jerald nahm die Schnur, wickelte sie Desiree um den Hals und zog sie fest zusammen, bis das Schreien aufhörte.

»Ihr Partner ist also mit einer Psychiaterin verheiratet.« Grace kurbelte das Fenster herunter, bevor sie sich eine Zigarette anzündete. Das Dinner hatte ihr gutgetan. Nein, berichtigte sie sich, Ed hatte ihr gutgetan. Man konnte sich mit ihm wirklich über alles unterhalten, und er hatte eine so niedliche und lustige Art, die Dinge des Lebens zu betrachten.

»Sie haben sich bei einem Fall kennengelernt, an dem wir vor ein paar Monaten gearbeitet haben.« Ed hielt an der Kreuzung tatsächlich an. Immerhin war Grace nicht Ben. Grace ließ sich überhaupt mit niemandem auf der Welt vergleichen. »Die Geschichte interessiert Sie vielleicht, denn da ging es um einen Serienmörder.«

»Ehrlich?« Bislang war es ihr noch nie in den Sinn gekommen, ihre Faszination für Morde zu hinterfragen. »Dann hat die Psychologin wohl ein Profil des Täters erstellt, oder?«

»Ganz genau.«

»Und hat sie gute Arbeit geleistet?«

»Sie ist die Beste auf ihrem Gebiet.«

Grace nickte und mußte an Kathleen denken. »Ich würde sie gern einmal kennenlernen. Vielleicht veranstalten wir bei uns eine Dinner-Party. Kathleen kommt einfach nicht genug unter Leute.«

»Sie machen sich ziemlich viele Gedanken um sie, nicht wahr?«

Grace seufzte leise, als sie um die Ecke bogen. »Tut mir leid. Ich wollte Ihnen bestimmt nicht den Abend verderben. Trotzdem befürchte ich, keine angenehme Unterhaltung gewesen zu sein.«

»Ich habe mich doch gar nicht beschwert.«

»Ja, aber nur, weil Sie ein so höflicher Mensch sind.« Er fuhr auf die Einfahrt, und sie beugte sich zu ihm und küßte ihn auf die Wange. »Warum kommen Sie nicht noch auf einen Kaffee herein? Ach so, habe ich ganz vergessen, Sie trinken ja nur Tee. Ich setze Ihnen einen Tee auf und mache alles wieder gut.«

Grace war schon aus dem Wagen, noch ehe er eine Chance hatte, auszusteigen und ihr die Tür zu öffnen. »Sie müssen doch überhaupt nichts wiedergutmachen.«

»Ich könnte noch etwas Gesellschaft vertragen. Kathy liegt bestimmt schon im Bett, und ich habe noch keine Lust zu schlafen.« Sie kramte in ihrer Handtasche nach dem Schlüssel. »Wir könnten zum Beispiel besprechen, wann Sie mich auf dem Revier herumführen. – Verdammt, ich weiß doch, daß er hier irgendwo sein muß. Die Suche würde mir wirklich leichter fallen, wenn meine liebe Schwester das Verandalicht angemacht hätte. Ah, da ist er ja.« Grace sperrte die Haustür auf und ließ den Schlüssel dann achtlos in die Manteltasche fallen. »Warum setzen Sie sich nicht ins Wohnzimmer und schalten die Stereoanlage ein, während ich in der Küche Ihren Tee aufbrühe?«

Sie entledigte sich im Gehen ihres Mantels und ließ ihn gedankenlos auf einen Sessel fallen. Ed fing ihn rasch auf, als er zu Boden gleiten wollte, und legte ihn ordentlich zusammen. Das Stück roch nach ihr. Dann nannte er sich in Gedanken einen Narren und legte den Mantel rasch wieder auf den Sessel. Er trat ans Fenster und begutachtete die Vorhangschienen. Seit er ein eigenes Haus besaß, hatte er es sich zur Angewohnheit gemacht, sich in anderen Wohnungen umzusehen und Ideen zu holen. Während er mit einem Finger darüber fuhr, stellte er sich vor, wie sich das wohl an seinen Fenstern machen würde.

Ed hörte, wie Grace mehrmals den Namen ihrer Schwester rief. Anfangs klang es wie eine Frage, dann wie Entsetzen.

Er fand sie neben dem Körper Kathleens auf den Knien. Sie rüttelte ihre Schwester an den Schultern und schrie sie an. Als Ed Grace hochzog, wehrte sie sich wie eine Furie.

»Lassen Sie mich los. Verdammt nochmal, loslassen! Es ist Kathy!«

»Gehen Sie nach nebenan, Grace.«

»Nein, es ist meine Schwester. Lieber Gott, so lassen Sie mich doch los! Sie braucht mich.«

»Gehen Sie in ein anderes Zimmer.« Er hielt sie fest an den Schultern und schob sich zwischen sie und Kathleen. Dann schüttelte er sie durch. »Sie gehen jetzt sofort in einen anderen Raum. Ich kümmere mich um Ihre Schwester.«

»Aber ich muß ihr doch . . .«

»Bitte, hören Sie mir jetzt gut zu.« Er sah ihr direkt in die Augen. Aber er wußte nicht, wie er sie beruhigen sollte, und er entdeckte hier auch keine Decke, die er ihr hätte umlegen können. »Gehen Sie in ein anderes Zimmer. Und rufen Sie die Polizei an. Neun-eins-eins. Haben Sie das verstanden?«

»Ja.« Sie nickte und taumelte zur Tür. »Ja, natürlich. Neun-eins-eins.« Er sah ihr nach, wie sie ins Wohnzimmer lief, und wandte sich dann ihrer Schwester zu.

Mit Neun-eins-eins war Kathleen Breezewood nicht mehr zu helfen. Ed kniete sich neben die Tote und wurde übergangslos zum Detective.

4. Kapitel

Alles verlief wie in einer Szene aus ihren Romanen. Nach dem Mord kam die Polizei. Einige von ihnen würden übermüdet sein, andere nicht bereit, irgendeine Auskunft zu geben, und wieder andere würden zynische Sprüche klopfen. Kam ganz auf die Stimmung ihres Buches an. Manchmal auch auf die Persönlichkeit des Opfers. In jedem Fall aber auf ihre Fantasie.

Die Beamten erschienen in einer dunklen Gasse oder in einem Hobbyraum. Die Erschaffung der richtigen Atmosphäre war stets der Knackpunkt in der Beschreibung einer solchen Szene. In dem Buch, an dem Grace gerade schrieb, ging es um einen Mord in der Bibliothek des Außenministers. Es gefiel ihr, den Geheimdienst, die hohe Politik und Spionage in ihren Roman einfließen zu lassen. Und natürlich die Polizei.

In ihrem neuesten Werk ging es um Gift und darum, daß jemand aus dem falschen Glas getrunken hatte. Ein Mord wirkte um so interessanter, je verwickelter die Hintergründe waren. Grace war mit dem Plot, den sie entwickelt hatte, höchst zufrieden. Noch hatte sie sich nicht entschieden, wer der Mörder sein sollte. Diese Frage ließ sie auch für sich selbst möglichst bis zum Schluß offen. Sie ließ der Handlung ihren Lauf und war oft genug selbst überrascht, wer sich am Ende als Täter entpuppte.

Denn der Bösewicht beging immer einen gravierenden Fehler.

Grace saß auf dem Sofa, schwieg und starrte vor sich hin. Aus irgendeinem Grund blieb sie immer wieder an ihrem letzten Gedanken hängen. Der Selbstschutzmechanismus in ihrem Kopf hatte die Hysterie in einen lähmenden Schock verwandelt. Ein gelungener Mord erzielte noch mehr Wirkung, wenn jemand wie betäubt oder in völliger Verwirrung zurückblieb. Eine geradezu narrensichere Methode, den Leser in den Bann zu ziehen. Grace hatte immer schon ein besonderes Talent dafür gehabt, große Gefühle auszumalen: Kummer und Schmerz, Zorn, Herzeleid. Sobald sie ihre Charaktere verstand, fühlte sie geradezu mit ihnen. Wenn dieser Moment gekommen war, konnte sie stunden-, mitunter tagelang an der Geschichte arbeiten, die Emotionen und Beweggründe ausfeilen, ja geradezu in ihnen aufgehen und sich an den lichten wie dunklen Seiten der menschlichen Natur begeistern. Und danach war sie durchaus in der Lage, diese Gefühle ebenso einfach wie den Computer auszuschalten und ihr eigenes Leben fortzusetzen.

Schließlich war es doch nicht mehr als eine Geschichte, und im letzten Kapitel würde die Gerechtigkeit obsiegen.

Sie registrierte, welchen Tätigkeiten die Männer nachgingen, die durch das Haus liefen: der Gerichtsmediziner, die Männer von der Spurensicherung, die Polizeifotografen.

In einem Roman hatte Grace einen Polizeifotografen als Protagonisten eingesetzt und mit geradezu perversem Vergnügen die blutigen Details des Todes ausgemalt. Sie kannte die Prozedur, die hier vor sich ging, weil sie sie selbst wieder und wieder dargestellt hatte, und mittlerweile konnte sie das ohne Schaudern zu Papier bringen. Die Farben und Gerüche eines Mordes waren ihr nicht mehr fremd, wenigstens ihrer Fantasie nicht. Sie glaubte, wenn sie jetzt nur fest genug die Augen schlösse, würde das alles hier verschwinden, und dann könnte sie alles nach ihren Vorstellungen neu arrangieren, die mitspielenden Personen in Charaktere verwandeln, die ihrer Kontrolle unterlagen,

Charaktere, die in ihrem Kopf bereitstanden und die sie nach Belieben herausnehmen oder hinzufügen konnte.

Nur ihre Schwester nicht. Nicht Kathy.

Grace zog die Beine an und nahm sich vor, den Plot umzuschreiben. Sie würde die Geschichte umändern, den Mord auf einen späteren Zeitpunkt verschieben und die Figuren neu strukturieren. Grace wollte so lange an allem herumfeilen, bis die Sache nach ihren Vorstellungen verlief. Dazu mußte sie sich nur fest genug konzentrieren. Sie schloß wieder die Augen, schlang die Arme fest um ihre Brust und rang darum, alles vergehen zu lassen.

»Sie hat es ihm nicht leichtgemacht«, murmelte Ben, während er dem Gerichtsmediziner bei der Untersuchung der Leiche zusah. »Ich wette, sie stellen fest, daß einiges von dem Blut dem Mörder gehört. Und vielleicht stoßen wir an der Telefonschnur auf Fingerabdrücke.«

»Wie lange ist sie schon tot?« Ed notierte sich alles in einem Büchlein, während er sich bemühte, nicht dauernd an Grace denken zu müssen. Er konnte es sich jetzt einfach nicht leisten, sie in seinem Kopf zu haben. Wenn er nur daran dachte, daß sie wie eine zerbrochene Puppe nebenan auf der Couch hockte, würde er irgendein Detail, womöglich etwas entscheidend Wichtiges, nicht mitbekommen oder übersehen.

Der Gerichtsmediziner klopfte sich an die Brust. Das Chili mit Zwiebeln, das er zum Abendbrot gegessen hatte, machte sich immer wieder bemerkbar. »Höchstens zwei Stunden«, antwortete er und warf einen Blick auf seine Uhr, »eher weniger. Ich würde meinen, zwischen einundzwanzig und dreiundzwanzig Uhr. Sobald ich sie auf dem Tisch habe, kann ich was Genaueres sagen.« Er gab zwei Männern ein Zeichen. Noch während er sich mühsam erhob, wurde Kathleen

Breezewood schon in einen schwarzen Plastiksack gelegt. Die Männer gingen sehr gründlich vor, und ihr Tun hatte etwas Endgültiges an sich.

»Ja. Danke.« Ben zündete sich eine Zigarette an und studierte den Kreideumriß auf dem Teppich. »Hat den Anschein, als hätte er sie überrascht. Die Hintertür wurde aufgebrochen. War ein Kinderspiel. Überrascht mich nicht, daß sie davon nichts mitbekommen hat.«

»Ist eine ruhige Gegend hier«, murmelte Ed. »Die Leute hier schließen nachts nicht einmal ihre Wagen ab.«

»Ich weiß, trifft einen um so härter, wenn in der eigenen Nachbarschaft so etwas geschieht.« Ben wartete auf eine Antwort, erhielt aber keine. »Wir müssen mit ihrer Schwester reden.«

»Ja.« Ed schob das Notizbuch in die Tasche. »Können Sie noch ein paar Minuten warten, bevor Sie den Sack hier hinaustragen?« Er nickte dem Gerichtsmediziner zu und machte sich auf den Weg ins Wohnzimmer. Vorhin hatte er Grace nicht davor bewahren können, auf die Leiche zu stoßen. Sie mußte jetzt nicht auch noch mitbekommen, wie ihre Schwester nach draußen befördert wurde.

Ed fand sie, wo er sie zurückgelassen hatte. Grace kauerte immer noch auf dem Sofa. Ihre Augen waren geschlossen, und er hoffte, sie habe endlich Schlaf gefunden. Doch dann starrte sie ihn an. Ihre Augen waren groß und trocken. Er hatte schon oft genug Menschen gesehen, die unter Schock standen, um sofort zu erkennen, in welchem Zustand sie sich befand.

»Ich kann es einfach nicht verändern.« Ihre Stimme schwankte nicht, doch sie sprach so leise, daß er kaum etwas verstehen konnte. »Die ganze Zeit schon versuche ich, die Szene neu zu strukturieren: Ich bin früh zurückgekommen und nicht ausgegangen. Kath hat beschlossen, den heutigen Abend mit mir zu verbringen. Aber nichts will funktionieren.«

»Grace, kommen Sie bitte mit in die Küche. Wir trinken eine Tasse Tee und reden.«

Sie nahm die Hand, die er ihr reichte, erhob sich aber nicht. »Nichts klappt, weil es schon viel zu spät ist, um noch etwas ändern zu können.«

»Das tut mir leid, Grace. Warum kommen Sie jetzt nicht mit mir?«

»Sie haben Kathy doch noch nicht fortgeschafft, oder? Ich muß sie noch einmal sehen, bevor . . .«

»Aber nicht jetzt.«

»Ich muß warten, bis sie sie mitnehmen. Ist mir klar, daß ich nicht mit ihr gehen kann. Deshalb muß ich warten. Schließlich ist sie meine Schwester.« Sie verließ die Couch, begab sich aber nicht in die Küche, sondern stellte sich in die Diele, um dort zu warten.

»Laß sie besser in Ruhe«, riet Ben Ed, der ihr nachgehen wollte. »Sie braucht das jetzt.«

Ed stieß die Hände in die Hosentaschen. »Niemand braucht so etwas.«

Er hatte andere gesehen, die einem geliebten Menschen einen letzten Gruß mit auf den Weg geben wollten. Doch nach all diesen Szenen, nach so vielen Opfern, spürte er nichts mehr dabei. Aber hier und jetzt zwang er sich, wenigstens etwas zu empfinden, und sei es auch noch so wenig.

Grace stand mit zusammengepreßten Händen da, als Kathleen an ihr vorbeigetragen wurde. Keine Tränen traten in ihre Augen. Sie suchte tief in sich nach einer Regung, fand aber keine. Dabei wollte sie nichts lieber, als Schmerz und Trauer zu empfinden, brauchte das jetzt unbedingt. Doch aller Kummer schien sich in irgendeinem abgelegenen Winkel verkrochen zu haben und sie leer zurückzulassen. Als Eds Hand sich auf ihre Schulter legte, fuhr sie nicht zusammen und bekam auch keine Gänsehaut. Sie atmete lediglich tief ein.

»Jetzt müssen Sie mir sicher Fragen stellen, oder?«

»Nur, wenn Sie dazu bereit sind.«

»Ja.« Grace räusperte sich. Ihre Stimme hätte fester klingen müssen. Schließlich war sie von beiden immer die Stärkere gewesen. »Ich mache uns sofort einen Tee.«

In der Küche stellte sie den Wasserkessel auf den Herd und beschäftigte sich dann damit, nach Tassen und Untertellern zu suchen. »Kath hat immer auf Ordnung gehalten. Ich muß jetzt nicht mehr tun, als mich daran zu erinnern, wo meine Mutter das Geschirr aufzubewahren pflegte, und . . .« Grace' Stimme erstarb. Ihre Mutter. Sie mußte die Eltern anrufen.

Tut mir leid, Mom, tut mir wahnsinnig leid. Aber ich war nicht da und konnte nichts dagegen tun.

Nein, nicht jetzt, sagte sie sich, während sie umständlich Teebeutel in die Tassen legte. Sie wollte jetzt nicht an ihre Eltern denken. »Ich vermute, Sie nehmen keinen Zucker, oder?«

»Richtig.« Ed stand verlegen da und wünschte, Grace würde sich endlich hinsetzen. Ihre Bewegungen waren relativ normal, aber im Gesicht war sie leichenblaß. Seit er sie gefunden hatte, wie sie sich über ihre Schwester beugte, war die Farbe nicht in ihre Züge zurückgekehrt.

»Und Sie? Sie sind doch Detective Paris, Eds Partner, nicht wahr?«

»Nennen Sie mich Ben.« Er legte eine Hand auf einen Stuhlrücken und zog den Stuhl unter dem Tisch hervor. »Ich nehme zwei Löffel Zucker.« Ebenso wie Ed war auch ihm ihre Blässe aufgefallen, aber er erkannte auch ihre Entschlossenheit, diese Sache durchzustehen. Grace McCabe war weniger zerbrechlich als vielmehr spröde, dachte er, und sie erinnerte ihn an ein

Stück Glas, das nur in zwei Teile, nicht aber in tausend Scherben zerbricht.

Als sie die Tassen auf den Tisch stellte, warf sie einen Blick auf die Hintertür. »Durch die ist er hereingekommen, nicht wahr?«

»Ja, sieht ganz so aus.« Ben zückte sein eigenes Notizbuch und legte es neben die Tasse. Grace hielt ihren Kummer zurück, und als Polizist konnte er nicht anders, als diesen Moment zu nutzen. »Tut mir leid, daß wir Ihnen das jetzt zumuten müssen.«

»Macht nichts.« Sie hob die Tasse an den Mund und trank einen kleinen Schluck. Die heiße Flüssigkeit füllte ihren Mund aus, aber sie schmeckte nach nichts. »Eigentlich kann ich Ihnen nicht viel berichten. Als ich das Haus verließ, saß Kathleen in ihrem Arbeitszimmer, weil sie noch etwas durchsehen wollte. Ich bin gegen achtzehn Uhr dreißig gegangen, und als ich zurückkehrte, dachte ich zuerst, meine Schwester sei bereits zu Bett gegangen. Sie hatte das Verandalicht nicht eingeschaltet.« Details, dachte sie, während sie gegen eine neue Hysteriewoge ankämpfte. Die Polizei benötigte ebenso wie ein guter Roman Details. »Ich bin gleich zur Küche gegangen, und auf dem Weg dorthin fiel mir auf, daß die Tür zu ihrem Arbeitszimmer offenstand und das Licht darin nicht gelöscht war. Ich bin dann hineingegangen.« Sie hob wieder die Tasse, versteckte sich dahinter und sperrte aus ihrem Bewußtsein all das aus, was danach geschehen war.

Da Ed bei ihr gewesen war, brauchte Ben sie nicht zu bedrängen. Ed wußte genausogut wie sie, wie es dann weitergegangen war. Deswegen konnte Ben sich anderen Fragen widmen: »War Ihre Schwester mit jemandem liiert?«

»Nein.« Grace entspannte sich ein wenig. Sie würden über andere, über logische Dinge reden, und nicht über das Unfaßbare, was sich jenseits der Tür zum Arbeitszimmer abgespielt hatte. »Kathleen hatte gerade eine ziemlich unschöne Scheidung hinter sich und war noch lange nicht darüber hinweg. Sie hat sich lieber in die Arbeit gestürzt und darauf verzichtet, neue Bekanntschaften zu schließen. Ihr ganzes Streben und Denken war einzig und allein darauf ausgerichtet, genug Geld zusammenzubekommen, um einen Prozeß anzustrengen und das Sorgerecht für ihren Sohn zurückzuerhalten.«

Kevin. Du lieber Himmel, Kevin ... Grace nahm die Tasse in beide Hände und trank einen Schluck.

»Ihr Mann war Jonathan Breezewood III. aus Palm Springs. Vornehme Familie und alter Reichtum. Und ein richtiges Charakterschwein.« Ihr Blick wurde hart, als sie noch einmal zur Hintertür sah. »Vielleicht finden Sie ja bei den Ermittlungen heraus, daß er einen Flug an die Ostküste gebucht hat.«

»Haben Sie irgendwelche Gründe zu der Annahme, der Ex-Mann Ihrer Schwester habe ihr nach dem Leben getrachtet?«

Sie sah Ed an. »Nun ja, die beiden sind nicht gerade als gute Freunde auseinandergegangen. Er hatte sie jahrelang betrogen, bis sie schließlich einen Privatdetektiv auf ihn ansetzte und sich an einen Anwalt wandte. Möglicherweise ist er dahintergekommen. Breezewood gehört zu den Namen, die keine Flecke auf ihrer weißen Weste dulden.«

»Wissen Sie vielleicht, ob er Ihre Schwester jemals bedroht hat?« Ben trank von seinem Tee und warf sehnsüchtige Blicke auf die Kaffeemaschine.

»Nein, gesagt hat sie mir jedenfalls nichts davon, aber sie hatte große Angst vor ihm. Kathleen hat nicht um ihre Sohn gekämpft, weil sie Jonathans Jähzorn und den Einfluß seiner Familie fürchtete. Sie hat mir erzählt, daß er einmal wegen einer Unstimmigkeit über einen Rosenstrauch einen Gärtner krankenhausreif geprügelt habe.«

»Grace.« Ed legte eine Hand auf die ihre. »Ist Ihnen hier in der Gegend irgend jemand aufgefallen, der Ihnen nicht ganz geheuer war? Oder hat jemand an der Tür geklingelt und irgend etwas gewollt oder geliefert?«

»Nein . . . Doch, da ist der Mann gekommen, der mir meine Kiste gebracht hatte, aber der war harmlos. Ich war etwa fünfzehn oder zwanzig Minuten mit ihm allein im Haus.«

»Wie lautet der Name seiner Firma?« fragte Ben.

»Äh, weiß ich nicht mehr . . .« Sie rieb sich mit Daumen und Zeigefinger den Nasenrücken. Sonst fielen ihr immer rasch alle möglichen Details ein, aber jetzt kam es ihr vor, als müsse sie eine dichte Nebelwand durchdringen, um auf etwas zu stoßen. »Moment, ›Fix & Flott‹, ja – und der Mann hieß, äh, Jimbo, ja, Jimbo. Sein Name stand über der Hemdtasche. Und nach dem Akzent zu urteilen, stammte er aus Oklahoma.«

»Ihre Schwester hat als Lehrerin gearbeitet, nicht wahr?«

»Stimmt.«

»Hatte Sie vielleicht Probleme mit einigen Kollegen?«

»Die meisten Lehrkräfte dort sind Nonnen. Und denen kann man einfach nicht widersprechen.«

»Ja . . . Und wie steht's mit den Schülern?«

»Kathleen hat mir überhaupt nichts darüber erzählt. Wenn ich ehrlich sein soll, hat sie eigentlich noch nie über ihre Arbeit gesprochen.« Der Gedanke allein reichte aus, um ihren Magen wieder in Aufruhr zu bringen. »In der Nacht, in der ich hier angekommen bin, haben wir uns unterhalten und ein paar Gläser Wein getrunken. Da wa sie etwas lockerer und hat von Jonathan erzählt. Aber das war eine Ausnahme. Danach war sie in punkto Privatleben wieder so verschlossen wie eh und je. Genausowenig, wie Kathleen

Freunde gewinnen konnte, jedenfalls gute Freunde, hat sie sich Feinde gemacht. Während der letzten Jahre war sie nur für ihre Familie da und ist völlig darin aufgegangen. Und da meine Schwester noch nicht lange wieder in Washington lebte, hat sie hier auch noch keinen richtigen Anschluß finden können – und ganz bestimmt niemanden kennengelernt, der ihr so etwas antun würde. Deswegen kann nur Jonathan oder ein Fremder sie umgebracht haben.«

Ben schwieg dazu. Wer immer hier eingedrungen war, hatte das Haus nicht ausrauben, sondern die Bewohnerin vergewaltigen wollen. Das sagte ihm ganz eindeutig sein Polizisteninstinkt. Bis auf das Büro herrschte in allen Räumen noch die schönste Ordnung; doch über diesem Raum lag eine Atmosphäre von Gewalttätigkeit.

»Grace«, sagte Ed. Er war offenbar zu den gleichen Schlußfolgerungen gelangt wie sein Partner, aber noch einen Schritt weitergegangen. Der Eindringling mochte es auf die Hausbesitzerin abgesehen haben, konnte aber genausogut hinter der Frau hergewesen sein, die hier vor ihm saß. »Grace, gibt es irgendwen, der etwas gegen Sie hat?« Als sie ihn verständnislos anblickte, fuhr er fort: »Waren Sie in der letzten Zeit mit jemandem zusammen, der möglicherweise einen Groll gegen Sie hegt?«

»Nein. Ich hatte einfach nicht genug Zeit, um mich mit irgendwem so weit einzulassen.« Trotzdem reichte allein schon die Frage, um Panik in ihr zu erzeugen. War der Mörder tatsächlich wegen ihr gekommen? War Kathy am Ende ihretwegen ermordet worden? »Ich habe gerade eine Lesetournee hinter mir. Und ich kenne keinen Menschen, der mir so etwas antun wollte. Nicht einen!«

Ben übernahm wieder die Befragung: »Wer wußte darüber Bescheid, daß Sie hier sind?«

»Mein Redakteur, mein Verleger und zig andere. Ich habe eine Tour durch zwölf Städte hinter mir, auf der kräftig die Werbetrommel gerührt wurde. Wenn jemand mir etwas hätte antun wollen, hätte er unzählige Gelegenheiten dazu gefunden. In diversen Hotelzimmern, in meinem Apartment, ja sogar in der U-Bahn. Aber Kathleen ist umgebracht worden. Ich war nicht einmal im Haus.« Grace brauchte einen Moment, um sich wieder zu beruhigen. »Er hat sie doch vergewaltigt, oder etwa nicht?« Noch ehe die beiden Polizisten darauf antworten konnten, schüttelte sie heftig den Kopf. »Nein, nein, ich will das jetzt nicht unnötig aufbauschen.« Grace sprang auf und fand in dem Schrank neben dem Fenster eine Flasche Brandy. Sie besorgte sich einen Cognacschwenker und füllte ihn zur Hälfte. »Gibt es noch mehr Fragen?«

Ed hätte am liebsten ihre Hand genommen, ihr über das Haar gestrichen und erklärt, sie solle sich keine Sorgen mehr machen. Aber er war Polizist genug, um die Pflicht an die erste Stelle zu setzen.

»Grace, haben Sie eine Ahnung, warum im Arbeitszimmer Ihrer Schwester zwei verschiedene Telefonanschlüsse installiert sind?«

»Ja.« Sie nahm einen tiefen Schluck und dann noch einen. »Es besteht wohl nicht die Möglichkeit, das streng vertraulich zu behandeln, oder?«

»Wir werden tun, was wir können.«

»Kathleen wäre es sicher nicht recht, wenn das bekannt würde.« Sie ließ sich wieder nieder und hielt den Schwenker zwischen den Händen. »Meine Schwester hat immer großen Wert auf ihre Privatsphäre gelegt. Hören Sie, ich glaube wirklich nicht, daß der zweite Anschluß irgend etwas mit dieser Sache zu tun hat.«

»Grace, jede Kleinigkeit kann uns weiterhelfen.« Ed wartete, bis sie noch einmal getrunken hatte. »Und jetzt kann es Kathleen ohnehin nicht mehr weh tun.«

»Nein, sicher nicht.« Der Brandy half ihr nicht besonders, mußte sie sich eingestehen, aber ihr wollte keine bessere Medizin gegen die Übelkeit in ihrem Innern einfallen, und so blieb sie dabei. »Ich habe Ihnen doch schon erzählt, daß meine Schwester einen Anwalt nehmen wollte, um ihren Sohn zurückzubekommen. Um gegen Jonathan etwas zu erreichen, mußte es schon ein sehr guter Anwalt sein, und mit einem Lehrerinnengehalt kann man sich solche Leute nicht leisten. Von mir wollte sie nichts annehmen. Kathy war viel zu stolz dazu, und überhaupt hat sie sich immer dagegen gewehrt, von . . . Aber lassen wir das.« Grace atmete tief durch. Der Brandy war direkt in ihren Magen geströmt und zettelte dort einen Aufruhr an. Trotzdem nahm sie noch einen Schluck. »Der zweite Anschluß ist . . . war für ihre Nebentätigkeit. Meine Schwester hat abends für die Firma Fantasy, Incorporated, gearbeitet.«

Ben runzelte die Stirn, während er sich das notierte. »Fantasy-Telefon?«

»Das ist eine verharmlosende Umschreibung.« Grace seufzte und rieb sich mit den Handwurzeln die Augen. »In Wahrheit verbirgt sich dahinter Telefonsex. Ich war erstaunt, wie innovativ meine Schwester doch sein konnte, und ich habe sogar daran gedacht, das in meinen Roman einzuarbeiten.« Ihr Magen drehte sich um, und sie griff nach einer Zigarette. Ben kam ihr zu Hilfe, als ihre Finger zu sehr zitterten, um sie anzuzünden. »Danke.«

»Ganz ruhig«, sagte er ihr.

»Mir geht es gut. Kathleen hat dabei nicht schlecht verdient, und mir kam die ganze Angelegenheit relativ harmlos vor. Kein Kunde hat je ihren richtigen Namen oder ihre Telefonnummer erfahren, weil jeder Anruf über das Hauptbüro der Firma an sie vermittelt wurde. Sie hat dann den Kunden oder Freier oder wie auch immer zurückgerufen.«

»Hat Sie Ihnen gegenüber jemals einen Kunden erwähnt, der, äh, etwas zu enthusiastisch auf ihren Anruf reagiert hat?«

»Nein. Ich bin der festen Überzeugung, daß sie mir das gesagt hätte. Gleich am ersten Abend hat sie von dieser Tätigkeit gesprochen. Mir kam es so vor, als amüsiere es sie, Männern solche Sachen zu erzählen, vielleicht hat die ganze Geschichte sie auch etwas gelangweilt. Wenn ein Kunde in näheren Kontakt mir ihr hätte treten wollen, hätte er keine Möglichkeit gehabt, an ihre Privatadresse zu gelangen. Wie ich schon erwähnte, hat sie einen Künstlernamen verwendet. Ach ja, sie sagte noch, sie mache keine abartigen Geschichten, nur normalen Sex.« Grace legte eine Hand auf den Tisch. Genau hier hatten sie an jenem ersten Abend gesessen, während draußen die Sonne untergegangen war. »Keine Sado-Maso-Geschichten, kein Bondage und ähnliches. Und Kathleen hat sich ihre Kunden sehr genau ausgesucht. Wenn ein Kunde etwas, na, sagen wir, Unkonventionelles wünschte, mußte er sich eine andere Telefondame suchen.«

»Und sie hat sich nie mit einem ihrer Kunden privat getroffen?« fragte Ed.

Dafür hatte Grace natürlich keinen Beweis, aber so etwas hätte einfach Kathleens ganzer Art widersprochen. »Nein, bestimmt nicht. Der Telefonservice war für sie ein Job, und den hat sie genauso ernstgenommen wie ihre Lehrertätigkeit. Meine Schwester hat sich nicht mit einem Mann getroffen und auch keine Partys besucht. Die Schule und dieses Haus hier haben ihr ganzes Leben ausgemacht. Ed, Sie haben doch Tür an Tür mit ihr gelebt. Haben Sie je bemerkt, daß jemand zu ihr gekommen ist? Oder daß sie jemals noch nach einundzwanzig Uhr außer Haus war?«

»Nein, nie.«

»Wir werden das, was Sie uns mitgeteilt haben, natürlich überprüfen«, erklärte Ben und erhob sich. »Und wenn Ihnen noch irgend etwas einfallen sollte, rufen Sie uns bitte an.«

»Ja, das werde ich tun. Vielen Dank. Wird man mich informieren, wenn... sobald ich sie übernehmen kann?«

»Wir versuchen, den Vorgang zu beschleunigen.« Ben warf einen Blick auf seinen Partner. Er wußte besser als die meisten anderen, wie frustrierend es sein konnte, in einen Fall wie diesen emotional involviert zu sein. Aber er kannte auch Ed gut genug, um ihm Zeit zu lassen. Sein Partner mußte sich da ganz allein durchbeißen. »Ich schreibe den Bericht. Du kannst dich ja hier um alles kümmern.«

»Klar.« Ed nickte seinem Partner zu, stand vom Tisch auf und trug die Tassen in den Ausguß.

»Ein netter Mann«, bemerkte Grace, nachdem Ben gegangen war. »Ist er auch ein guter Polizist?«

»Einer der besten.«

Sie biß die Lippen zusammen, weil sie seine Antwort akzeptieren mußte, auch wenn diese ihr nicht gefiel. »Ich weiß, es ist schon spät, aber würde es Ihnen viel ausmachen, noch etwas hierzubleiben? Ich muß meine Eltern anrufen.«

»Kein Problem.« Er schob seine Hände in die Taschen. Grace sah noch viel zu zerbrechlich aus, als daß er gewagt hätte, sie anzufassen. Sie hatten gerade erst begonnen, Freunde zu werden, und jetzt mußte er schon wieder den Polizisten spielen. Eine Blechmarke und eine Dienstwaffe tendierten dazu, eine Menge Distanz zwischen einem Detective und einem Normalbürger zu schaffen.

»Ich weiß nicht, wie ich es ihnen beibringen soll. Ich weiß nicht einmal, was ich sagen soll.«

»Ich kann Ihre Eltern ja anrufen.«

Grace saugte scharf an ihrer Zigarette, weil ihr diese

Lösung als die angenehmste erschien. »Bislang hat mir immer irgendwer die unangenehmen Dinge abgenommen. Ich schätze, jetzt ist der Zeitpunkt gekommen, wo ich mich selbst darum kümmern muß. Diese schlimme Nachricht wird nur dann ein wenig erträglicher, wenn die beiden sie aus meinem Mund hören.«

»Ich warte gern so lange im Nebenzimmer.«

»Das wäre mir wirklich recht.«

Grace wartete, bis er den Raum verlassen hatte, und nahm dann allen Mut zusammen, um den Anruf zu tätigen.

Ed lief im Wohnzimmer auf und ab. Die Versuchung in ihm war groß, ins Arbeitszimmer zurückzukehren und dort nach Spuren zu suchen, aber er widerstand ihr. Er wollte nicht, daß Grace ihn jetzt dort sah. Für ihn gehörten gewaltsame Tode zwar zum beruflichen Alltag, aber auch nach vielen Jahren Polizeidienst war auch er noch nicht vollkommen immun gegen das Schaudern geworden, das der Anblick einer Leiche in ihm auslöste.

Wenn ein Leben gewaltsam beendet wurde, blieb meistens ein Dutzend oder mehr Personen zurück, die davon mehr oder minder betroffen waren. Eds Arbeit bestand darin, logisch an einen solchen Fall heranzugehen, die Details zu überprüfen und das Wichtige vom Unwesentlichen zu trennen, bis er genügend Indizien für eine Festnahme beisammen hatte. Und gerade dieses Zusammentragen war ihm das Liebste an seinem Beruf. Während Ben instinktiv und intensiv vorging, arbeitete sich Ed eher methodisch vor. Für ihn glich ein Fall einem Mosaik, bei dem Fakt um Fakt hinzugefügt wurde. Emotionen hielt man dabei besser unter strikter Kontrolle, besser noch, man schaltete sie ganz aus. Ed hatte gelernt, auf einem schmalen Grat zu wandeln – dem zwischen Betroffenheit und Kalkulation. Wenn ein Polizist davon, gleich in welche Richtung, abwich, war er für diesen Beruf nicht mehr zu gebrauchen.

Seine Mutter war dagegen gewesen, daß er zur Polizei ging. Sie hätte es lieber gesehen, wenn er in das Bauunternehmen seines Onkels eingetreten wäre. Du hast große, kräftige Hände, hatte sie ihm immer wieder erklärt, du könntest es zum Facharbeiter bringen. Selbst heute noch, Jahre nach seiner Entscheidung, hoffte sie insgeheim, er würde die Polizeimarke gegen den Schutzhelm eintauschen.

Ed hatte nie vermocht, ihr begreiflich zu machen, warum ihm das unmöglich war, warum er den Polizistenberuf liebte. Bestimmt nicht wegen des Abenteuers. Observierungen, kalter Kaffee – oder wie in diesem Fall lauwarmer Tee – und Berichte in dreifacher Ausfertigung waren alles andere als aufregend. Und ganz gewiß hatte das Gehalt nicht den Ausschlag für seine Entscheidung gegeben.

Das Besondere daran war vielmehr das Gefühl. Nicht das Gefühl, wenn man sein Pistolenholster umband, und erst recht nicht das, wenn man gezwungen war, die Waffe zu ziehen. Vielmehr das Gefühl, das sich manchmal kurz vor dem Einschlafen einstellte und einem sagte, heute habe man etwas Gutes, etwas Richtiges getan. Wenn er hin und wieder in eine philosophische Stimmung verfiel, dozierte er darüber, daß das Gesetz die beste und wichtigste Erfindung der Menschheit sei. Doch tief in sich spürte er, daß noch viel mehr daran war.

Ed stand auf der Seite der Guten. Und gelegentlich ließ sich alles auf eine so simple Lösung reduzieren.

Doch dann kamen auch Tage wie dieser hier, wenn man auf eine Leiche blickte und begriff, daß es an einem selbst lag, ob der Täter gefunden und überführt werden würde. Als Polizist schützte man das Gesetz und setzte es durch – und überließ es dann den Gerichten, ihm Genüge zu tun.

Gerechtigkeit. Nicht Ed war es, der dieses Wort oft in den Mund nahm, sondern Ben. Für Ed war alles nur eine Frage von Richtig oder Falsch.

»Danke, daß Sie so lange gewartet haben.«

Er drehte sich um und erblickte Grace in der Tür. Wenn das überhaupt möglich war, war sie noch blasser geworden. Ihre Augen blickten dunkel und groß drein, und ihr Haar wirkte so zerzaust, als habe sie es mehrmals zerwühlt.

»Ist mit Ihnen alles in Ordnung?«

»Ich glaube, mir ist gerade klargeworden, daß – ganz gleich, was in meinem Leben noch alles geschieht – nichts so schmerzhaft werden kann wie das, was ich gerade hinter mich gebracht habe.« Sie zog eine Zigarette aus dem zerknitterten Päckchen und zündete sie an. »Meine Eltern nehmen den ersten Flug gleich morgen früh. Ich habe sie angelogen und ihnen mitgeteilt, ich hätte einen Priester hergebeten. So etwas ist den beiden nämlich sehr wichtig.«

»Sie können doch morgen immer noch einen rufen.«

»Jemand muß Jonathan Bescheid geben.«

»Darum können sich wirklich andere kümmern.«

Grace nickte. Ihre Hände fingen wieder an zu zittern. Sie nahm einen tiefen Zug, um sich zu beruhigen. »Ich weiß überhaupt nicht, wen ich alles anrufen muß. Die Beerdigung. Ich weiß, daß Kathleen etwas eher Schlichtes wollte. Keinen Pomp und so. Und eine Messe muß für sie gelesen werden. Für meine Eltern ist so etwas unabdingbar. Der Glaube gibt dem Verzweifelten Trost – ich glaube, ich habe das einmal geschrieben.« Sie sog so kräftig an der Zigarette, daß sich die ganze Spitze in rote Glut verwandelte. »Wissen Sie, ich möchte soviel wie möglich erledigt haben, bevor meine Eltern hier eintreffen. O Gott, die Schule muß ja auch noch informiert werden.«

Ed erkannte, daß sie kurz vor einem Zusammenbruch stand. Ihre Bewegungen waren ruckartig, und ihre Stimme schwankte zwischen schrill und angespannt. »Morgen, Grace. Warum setzen Sie sich jetzt nicht einfach für ein paar Minuten hin?«

»Als ich aus dem Haus ging, war ich furchtbar wütend auf sie. Und als ich bei Ihnen vor der Tür stand, war ich immer noch furchtbar aufgebracht. Zur Hölle mit ihr, habe ich die ganze Zeit gedacht. Zur Hölle mit ihr...« Die zitternden Finger brachten die Zigarette nur mit Mühe an den Mund. »Die ganze Zeit muß ich daran denken: Wenn ich mich nur mehr angestrengt hätte, zu ihr durchzukommen, wenn ich doch etwas hartnäckiger gewesen und geblieben wäre, um sie zu einer Aussprache zu zwingen...«

»Das ist falsch. Es ist immer verkehrt, sich über Dinge den Kopf zu zerbrechen, über die man keine Kontrolle mehr hat.« Er streckte eine Hand aus, um sie ihr auf den Arm zu legen, doch Grace wich ihm aus und schüttelte den Kopf.

»Aber ich hatte doch alles unter Kontrolle! Verstehen Sie das denn nicht? Niemand versteht es so wie ich, Menschen zu manipulieren. Es war nur so, daß ich bei Kath nicht die richtigen Knöpfe gefunden hatte. Wir haben uns immer voneinander abgeschottet. Ich könnte Ihnen noch nicht einmal sechs Personen nennen, die im Leben meiner Schwester eine Rolle gespielt haben. Wenn ich sie härter bedrängt hätte, wüßte ich jetzt vermutlich mehr über ihre Biographie. Natürlich habe ich Fragen gestellt.« Sie lachte kurz auf. »Aber Kath hat gleich abgewehrt, und ich habe nicht nachgebohrt oder es noch einmal versucht. So war es für uns beide einfacher. Erst heute abend habe ich herausgefunden, daß sie süchtig war – tablettensüchtig.«

Erst jetzt fiel ihr auf, daß sie den Polizisten zuvor nichts davon erzählt hatte. Vermutlich, weil sie es ihnen nicht mitteilen wollte. Grace atmete zitternd aus und erkannte, daß sie jetzt nicht zu Ed, dem Detective, sondern zu Ed, dem netten jungen Mann von nebenan, gesprochen hatte. Aber nun war es schon heraus, und sie konnte nicht mehr zurück. Zu spät, um auf der Hut zu sein und im Gedächtnis zu behalten, daß Ed nicht nur ein netter Mann mit freundlichen Augen war.

»Drei gottverdammte Flaschen Valium liegen in ihrem Nachtschränkchen. Ich habe sie entdeckt, und schon bekamen Kath und ich wieder Streit. Und als ich nicht zu ihr durchdringen konnte, bin ich gegangen, weil es so einfacher war.« Sie drückte die Zigarette aus, als könnte sie damit allen Schmerz in sich tilgen, und zog sofort eine neue aus dem Päckchen. »Sie steckte in großen Schwierigkeiten, sie war verletzt, und ich habe sie einfach verlassen.«

»Grace.« Er trat zu der jungen Frau und nahm ihr die Zigarette ab. »Meistens hilft es, wenn man sich selbst die Schuld gibt.«

Sie starrte ihn fast eine Minute lang an. Dann riß sie die Hände vors Gesicht, und der Damm brach. »O Gott, was muß Kath für Ängste ausgestanden haben. Sie war so allein, und niemand hat ihr geholfen. Warum nur, Ed? Wie konnte jemand ihr so etwas antun? Ich bekomme es einfach nicht auf die Reihe. Ich begreife es absolut nicht.«

Er legte seine Arme um sie und hielt sie sanft fest. Selbst dann, als ihre Finger sich in sein Hemd schoben, verstärkte er den Druck nicht. Ohne ein Wort zu sprechen, streichelte er ihr über den Rücken.

»Ich habe sie geliebt. Habe sie aus tiefstem Herzen geliebt. Als ich hier ankam, war ich überglücklich, Kath wiederzusehen, und für eine Weile hatte es wirklich den Anschein, wir könnten die Kluft zwischen uns schließen. Endlich, nach so vielen Jahren. Und nun ist sie nicht mehr, und ich kann nichts daran ändern. Meine Mutter . . . O Gott, Ed, meine Mutter. Ich kann es einfach nicht ertragen.«

Er tat das, was ihm in diesem Fall als einzig richtig erschien. Ed hob sie auf und trug sie zum Sofa, um sie zu wiegen und zu beruhigen. Er verstand wenig davon, eine Frau zu trösten, verstand nichts davon, die richtige Worte und den rechten Tonfall zu finden. Ed kannte sich mit dem Tod aus und dem Schock und Unglauben, die ihm folgten. Aber Grace war nicht eine weitere Fremde, der er Fragen stellen oder sein Mitgefühl ausdrücken mußte. Sie war die Frau, die ihm an einem schönen Frühlingsmorgen aus dem Fenster etwas zugerufen hatte. Er kannte ihren Geruch, den Klang ihrer Stimme und die kleinen Grübchen, die ihre Lippen beim Lächeln erzeugten. Und jetzt weinte sie an seiner Schulter.

»Ich kann es nicht ertragen, daß sie mich verlassen hat«, schluchzte sie schließlich. »Und ich kann es nicht ertragen, daran denken zu müssen, was ihr zugestoßen ist . . . oder an das, was jetzt wird.«

»Denken Sie nicht daran. Es hilft Ihnen nicht.« Er hielt sie fester, aber nur ein wenig. »Sie sollten heute nacht nicht hierbleiben. Ich bringe Sie besser nach nebenan.«

»Nein, wenn meine Eltern nun anrufen . . . Ich . . . es geht nicht.« Grace preßte ihr Gesicht an seine Schulter. Sie konnte einfach keinen klaren Gedanken fassen. Solange die Tränen aus ihren Augen quollen, war ihr Verstand wie gelähmt. Und es gab doch noch so viel zu tun. Aber der Schock verlangte seinen Tribut in Form von Erschöpfung, und sie konnte sich auf nichts mehr konzentrieren. »Könnten . . . könnten Sie nicht hierbleiben? Bitte, ich will jetzt nicht allein sein. Bleiben Sie, sagen Sie ja.«

»Ja. Und jetzt entspannen Sie sich bitte. Keine Angst, ich gehe nicht fort.«

Er lag auf seinem Bett. Sein Herz hämmerte wie wild, und die Schreie hallten noch in seinem Kopf wider. Die Stelle am Arm, wo sie ihn gekratzt hatte, pochte dumpf. Er hatte sich einen Verband angelegt, damit kein Blut aufs Bett tropfte. Seine Mutter war sehr eigen, wenn es um die Laken ging. Der dumpfe Schmerz war wie eine ständige Erinnerung, wie ein Souvenir.

Grundgütiger, er hätte sich nie vorgestellt, daß es so werden würde. Sein Körper, sein Geist, sogar seine Seele, wenn es so etwas überhaupt gab, waren in ungeahnte Höhen aufgestiegen. Alles andere, was er ausprobiert hatte, der Alkohol, die Drogen, das Fasten, nichts davon kam dieser unverfälschten Leidenschaft auch nur annähernd gleich.

Er fühlte sich krank. Und er fühlte sich stark und unbesiegbar.

Was hatte ihn mehr erregt, der Sex oder das Töten?

Jerald lachte leise, während er sich auf seinem naßgeschwitzten Laken drehte. Woher sollte er das wissen, wenn er beide Erfahrungen zum erstenmal gemacht hatte? Vielleicht war ja gerade die faszinierende Kombination von beidem das Besondere gewesen. Wie auch immer, er würde es herausfinden müssen.

Für einen kurzen, kalten Moment überlegte er, ob er gleich nach unten gehen und eine der Dienerinnen im Schlaf ermorden sollte. Als die Vorstellung sein Blut aber nicht in Wallung brachte, verwarf er die Idee ebenso rasch und kalt wieder. Jerald mußte noch ein paar Tage damit warten und erst alles sorgfältig und logisch planen. Eines stand aber jetzt schon fest: Eine Dienerin zu ermorden, die ihm im Grunde nichts bedeutete, würde ihn bei weitem nicht so erregen, nicht so wie bei Desiree.

Er drehte sich auf die Seite und fing an zu weinen. Eigentlich hatte er ihr gar nicht weh tun wollen. Jerald hatte sie nur lieben und ihr zeigen wollen, wieviel er ihr zu geben hatte. Aber sie hatte einfach nicht aufgehört zu schreien, und das hatte ihn in den Wahnsinn getrieben, hatte ihn die Höhen einer Leidenschaft kosten lassen, von deren Existenz er nichts gewußt hatte. Ein unbeschreibliches Erlebnis. Er fragte sich, ob sie vor ihrem Tod noch diese wilde, mächtig anschwellende Flut gespürt hatte. Jerald hoffte es für sie, schließlich hatte er ihr sein Allerbestes geben wollen.

Und nun war Desiree nicht mehr. Obwohl sie in seinen Händen gestorben war und er dabei eine unerwartete Erregung erlebt hatte, war er jetzt über diesen Verlust tieftraurig. Nie wieder würde er ihre Stimme und ihre lockenden, verheißenden Worte vernehmen.

Er mußte eine Neue finden. Schon bei dem Gedanken daran fingen seine Muskeln an zu zittern. Eine weitere Stimme, die nur zu ihm sprach. Ganz gewiß war es ihm nicht bestimmt, einen solchen allumfassenden Höhepunkt nur einmal in seinem Leben erfahren zu dürfen. Jerald würde seine Desiree wiederfinden, ganz gleich, wie sie sich dann nennen mochte.

Der junge Mann rollte sich auf die andere Seite und verfolgte, wie das erste Licht der Dämmerung durch sein Fenster kroch. O ja, er würde sie finden.

5. Kapitel

Grace wachte beim ersten Tageslicht auf. Sie erlebte keinen kurzen Moment der Orientierungslosigkeit oder der lähmenden Verwirrung. Ihre Schwester war tot, und diese nüchterne Tatsache hämmerte unerbittlich in ihren Gedanken, während sie sich aus dem Bett schob und damit fertig zu werden versuchte.

Kathleen war nicht mehr, und sie konnte nichts daran ändern. Genausowenig wie sie etwas gegen all das unternehmen konnte, was zwischen ihr und ihrer Schwester schiefgelaufen war. Jetzt, im hellen Tageslicht, konnte sie diese Wahrheit noch viel weniger akzeptieren, da der Ansturm heißen Kummers zu einem trockenen, dumpfen Schmerz verebbt war.

Sie waren Schwestern gewesen, aber niemals Freundinnen. Sie hatte Kathleen nie richtig gekannt, zumindest nicht so, wie es bei anderen Menschen der Fall war, die zu ihrem Freundeskreis gehörten. Nie war ihr das Privileg zuteil geworden, in die Träume und Hoffnungen, die Fehlschläge und die Verzweiflung ihrer Schwester eingeweiht zu werden. Selbst als Kinder hatten sie nicht kichernd Geheimnisse oder kleine Schrecknisse miteinander geteilt. Und Grace hatte nie ausdauernd genug versucht, die Kluft zwischen ihnen zu überbrücken.

Und nun würde sie es nie mehr erfahren. Grace vergrub das Gesicht in den Händen. Nur für einen Moment, um Kraft für den nächsten Schritt zu sammeln. Nun würde sie nie mehr Gelegenheit haben herauszufinden, ob diese Kluft jemals hätte überwunden werden können. Für sie gab es jetzt nur noch eins zu tun: sich mit den Details auseinanderzusetzen, die der Tod in seiner kalten Art für die Hinterbliebenen zurückgelassen hatte.

Grace schob die Decke fort, die Ed liebenswerterweise über sie gelegt hatte. Sie mußte ihm danken. Er hatte mehr getan, als nur bei ihr zu bleiben und an ihrer Seite zu wachen, bis sie eingeschlafen war. Jetzt brauchte sie erst einmal einen Eimer Kaffee, um den Hörer abnehmen und all die erforderlichen Anrufe tätigen zu können.

Sie wollte nicht vor der Tür von Kathleens Arbeitszimmer stehenbleiben, sie wollte einfach daran vorbeigehen, ohne einen Blick darauf zu werfen. Und doch hielt sie wie unter einem Zwang an der Tür inne. Grace wußte, daß sie abgeschlossen und von der Polizei versiegelt war, aber in ihrer schriftstellerisch geschulten Fantasie blickte sie durch das Holz hindurch. Sie konnte sich jetzt auch an das erinnern, was ihr Verstand nach dem Schock herausgefiltert hatte: der umgestoßene Tisch, die in alle Ecken geflogenen Blätter, der zerbrochene Briefbeschwerer und das Telefon, das auf dem Boden gelegen hatte.

Und natürlich ihre Schwester: blutbeschmiert, halb nackt und mißhandelt. Sogar die letzte Würde war ihr verwehrt worden.

Kathleen Breezewood war nun nur noch ein Fall, eine Akte und eine Schlagzeile für die Sensationslüsternen, die am Frühstückstisch oder im Stau die Zeitung aufschlugen. Grace half es wenig, sich einzugestehen, daß sie sich genauso auf die Schlagzeile gestürzt hätte, wenn Kathleen für sie eine vollkommen Fremde gewesen wäre. Sie hätte es sich am Tisch gemütlich gemacht und den Artikel von Anfang bis Ende gelesen; und ihn danach ausgeschnitten und in ihren Unterlagen für zukünftige Romanprojekte abgeheftet.

Morde hatten immer schon eine große Faszination

auf sie ausgeübt – schließlich verdiente sie sich ihre Brötchen damit.

Grace wandte sich vom Arbeitszimmer ab und lief durch die Diele. Details. Sie würde sich damit beschäftigen, Details zu untersuchen, bis sie wieder genug Kraft hatte, sich den Emotionen zu stellen. Zum erstenmal in ihrem Leben wollte sie praktisch vorgehen. Was blieb ihr auch anderes übrig?

Grace hatte nicht erwartet, Ed in der Küche anzutreffen. Für einen Mann von seiner Statur bewegte er sich erstaunlich leise. Einen Moment lang verspürte sie Unbehagen, und das kam ihr eigenartig vor, denn nie zuvor hatte sie sich in der Gegenwart eines Menschen, den sie zumindest etwas kannte und der sich als sehr freundlich erwiesen hatte, derart verkrampft.

Ed war geblieben, nicht nur, bis sie eingeschlafen war, sondern die ganze Nacht. Er war bei ihr geblieben. Vielleicht rief seine tief verwurzelte Nettigkeit das Unbehagen in ihr hervor. Grace blieb in der Tür stehen und fragte sich, wie man jemandem für seine Rücksichtnahme und sein dezentes Vorgehen dankte.

Er hatte die Ärmel hochgekrempelt, stand barfuß vor dem Herd und rührte in einem Topf, aus dem es zu ihrem großen Verdruß nach Haferbrei roch. Doch sie nahm auch das Aroma von Kaffee wahr.

»Hi.«

Ed drehte sich um und stellte mit einem Blick fest, daß sie wie durch den Wolf gedreht aussah und tiefe Ringe unter den Augen hatte, aber insgesamt einen stabileren Eindruck als letzte Nacht machte. »Hallo. Ich dachte eigentlich, Sie würden es noch etwas länger im Bett aushalten.«

»Ich habe doch so viel vor. Und ich habe nicht damit gerechnet, Sie hier vorzufinden.«

Ed nahm einen Becher und füllte ihn mit Kaffee. Eigentlich war er gestern nacht auch nicht davon ausgegangen, am nächsten Morgen immer noch hier zu sein. Aber es war ihm einfach unmöglich gewesen, sie allein zu lassen. »Sie haben mich doch gebeten zu bleiben.«

»Ich weiß.« Warum war sie wieder den Tränen nahe? Grace schluckte und atmete dann einige Male tief durch, um sich zu fassen. »Verzeihen Sie bitte. Vermutlich haben Sie die ganze Nacht kein Auge zutun können.«

»Ich habe ein paar Stunden im Sessel geschlafen. Bullen können überall ein Nickerchen machen.« Weil sie immer noch in der Tür stand, ging er zu ihr und reichte ihr den Becher. »Tut mir leid, aber mein Kaffee schmeckt miserabel.«

»Heute morgen würde ich sogar Motoröl zu mir nehmen.« Sie nahm den Becher und auch seine Hand, bevor er sich wieder entfernen konnte. »Sie sind ein sehr netter Mann, Ed. Ich weiß nicht, was ich letzte Nacht ohne Sie angefangen hätte.«

Weil er nie so recht wußte, was er auf eine Freundlichkeit erwidern sollte, schwieg er lieber und drückte nur ihre Hand. »Warum nehmen Sie nicht Platz? Sie sehen aus, als könnten Sie etwas zu essen vertragen.«

»Ich glaube nicht, daß . . .« Das Telefon klingelte. Sie fuhr zusammen und verschüttete Kaffee auf ihre Hand.

»Setzen Sie sich, ich gehe ran.«

Ed schob sie auf einen Stuhl und nahm dann den Hörer des Wandtelefons ab. Er hörte einen Moment zu, warf einen Blick auf Grace und stellte die Flamme unter dem Topf ab. »Ms. McCabe kann zu diesem Zeitpunkt nichts dazu sagen.« Danach legte er auf und fing an, Haferbrei in eine Schüssel zu geben.

»Die verlieren wirklich keine Zeit, was?«

»Ja. Vermutlich wird das Telefon den ganzen Tag nicht mehr stillstehen. Die Presse weiß, daß Sie Kathleens Schwester und in der Stadt sind.«

»›Kriminalautorin entdeckt Leiche ihrer Schwester.‹ – Eine zündende Schlagzeile, was?« Sie nickte und starrte auf den Apparat. »Ich werde mit den Reportern schon fertig, Ed.«

»Wäre vielleicht besser, wenn Sie für ein paar Tage in ein Hotel ziehen.«

»Nein.« Grace schüttelte den Kopf. Sie hatte zwar noch nicht darüber nachgedacht, aber jetzt, da er das Thema angeschnitten hatte, stand ihr Entschluß fest. »Ich muß im Haus bleiben. Machen Sie sich keine Sorgen, ich weiß, wie man mit der Presse umgehen muß.« Es gelang ihr, ein Lächeln aufzusetzen, bevor er widersprechen konnte. »Sie erwarten doch wohl nicht ernsthaft, daß ich das hier esse, oder?«

»Doch.« Er stellte die Schüssel vor sie hin und reichte ihr einen Löffel. »Heute brauchen Sie mehr als nur kalte Spaghetti.«

Grace beugte sich über den Brei und schnüffelte daran. »Riecht ja köstlich«, murmelte sie wenig begeistert. Doch dann fiel ihr ein, daß sie Ed etwas schuldig war, und sie schob folgsam den Löffel in die Masse. »Muß ich auf die Wache kommen und irgend etwas unterschreiben?«

»Sobald Sie dazu in der Lage sind. Immerhin war ich ja die ganze Zeit hier, und das vereinfacht die Dinge erheblich.«

Grace nickte und probierte das Porridge. Es schmeckte ganz anders als bei ihrer Mutter. Ed mußte irgend etwas hinzugegeben haben, Honig oder braunen Zucker. Aber Haferbrei war Haferbrei. Grace beschloß, es lieber mit dem Kaffee zu versuchen.

»Ed, können Sie mir eine ehrliche Antwort geben?«

»Wenn es mir möglich ist.«

»Glauben Sie, ich meine, sagt Ihnen Ihre Berufserfahrung, daß der Täter sich vielleicht zufällig für dieses Haus entschieden hat?«

Letzte Nacht, nachdem er überpüft hatte, ob Grace schlief, hatte er sich noch einmal Kathleens Arbeitszimmer vorgenommen. Doch da war nur wenig Wertvolles zu finden gewesen. Am ehesten noch die neue, unbenutzte elektronische Schreibmaschine. Er erinnerte sich, an Kathleens Hals ein goldenes Medaillon gesehen zu haben, das beim Pfandleiher gut und gerne seine fünfzig bis sechzig Dollar bringen würde. Was sollte er Grace jetzt sagen? Sie mit einer Lüge beruhigen? Nein, er las in ihren Augen, daß sie die Wahrheit bereits wußte.

»Das glaube ich nicht.«

Grace nickte und starrte in den Kaffee. »Ich muß die Schule anrufen. Vielleicht kann die Mutter Oberin mir eine Kirche und einen Priester empfehlen. Was meinen Sie, wann Kathy freigegeben wird?«

»Lassen Sie mich ein paar Telefonate führen, dann geht es etwas schneller.« Er hätte gern mehr für sie getan, aber ihm fiel nur ein, ihre Hand zu drücken. Was für eine unbeholfene Geste, dachte er. »Ich würde Ihnen gerne helfen.«

Sie blickte auf seine Rechte. Ihre beiden Hände konnten darin leicht verschwinden. Kraft ging von der Hand aus, diese Rechte schien alles abwehren zu können. Grace betrachtete sein Gesicht. Auch hier war Stärke zu entdecken und Verläßlichkeit. Bei dem Gedanken daran verzog sie ihren Mund zu einem bitteren Lächeln. Das Leben gab einem so wenig, auf das man sich wirklich verlassen konnte.

»Das weiß ich.« Sie führte seine Rechte an ihre Wange.

»Und Sie haben mir schon so viel geholfen. Die nächsten Schritte muß ich allein tun.«

Ed wollte sie noch nicht verlassen. Er konnte sich nicht daran erinnern, jemals so für eine Frau empfunden zu haben. Als ihm das bewußt wurde, beschloß er, lieber gleich zu gehen. »Ich schreibe Ihnen die Nummer vom Revier auf. Rufen Sie mich an, wenn Sie bereit sind, zu uns zu kommen.«

»Okay. Danke für alles. Ich bin Ihnen wirklich sehr dankbar.«

»Draußen halten sich immer noch Beamte auf. Trotzdem würde ich mich besser fühlen, wenn Sie hier nicht allein blieben.«

Grace hatte schon zu lange allein gelebt, um sich davor zu fürchten. »Keine Sorge, meine Eltern kommen bald.«

Sie wartete, bis die Tür sich hinter ihm geschlossen hatte, und stand dann auf, um zum Telefon zu gehen.

»Niemand hat etwas gehört oder gesehen.« Ben lehnte an seinem Wagen und zündete sich eine Zigarette an. Er und Ed waren den ganzen Morgen von Haus zu Haus gelaufen und hatten die Bewohner befragt. Jedesmal mit dem gleichen Ergebnis. Im Moment hatte er gerade eine kleine Pause eingelegt und betrachtete die Gegend mit ihren müden Häusern und kleinen Vorgärten.

Wo waren bloß die Wichtigtuer? fragte er sich. Und warum sah man hier niemanden, der hinter der Gardine stand und genau verfolgte, wer wann wo kam oder ging? Ben war in einem Viertel aufgewachsen, das sich von diesem hier nicht sonderlich unterschied. Wenn dort irgendwer eine neue Lampe bekam, wußte schon die ganze Straße darüber Bescheid, noch bevor der stolze Besitzer den Stecker in die Dose geschoben hatte. Vermutlich hatte Kathleen Breezewood ein so zurückgezogenes Leben geführt, daß niemand sich weiter für sie interessiert hat.

»Nach allem, was wir bislang zu hören bekommen haben, hat die Breezewood nie Besuch bekommen und ist jeden Abend zwischen halb fünf und sechs Uhr von der Arbeit zurückgekehrt. Die Frau scheint geradezu versessen darauf gewesen zu sein, allein zu bleiben. Und letzte Nacht hat niemand irgend etwas Ungewöhnliches gehört. Nur der Hund von Haus Nummer 634 fing gegen einundzwanzig Uhr dreißig an zu bellen. Daraus läßt sich unter Umständen schließen, daß der Täter seinen Wagen einen Block weiter abgestellt und sich dann durch den Garten von Nummer 634 hierhergeschlichen hat. Könnte nicht schaden, wenn wir uns auch die nächste Straße vornehmen und uns umhören, ob irgendwer einen fremden Wagen oder einen unbekannten Mann gesehen hat, der zu Fuß unterwegs gewesen ist.« Er sah seinen Partner besorgt an, weil der die ganze Zeit auf den Boden starrte. Im Breezewood-Haus waren die Vorhänge noch zugezogen. Es wirkte verlassen, obwohl sich Grace noch darin aufhielt. »Ed?«

»Was ist?«

»Willst du eine Pause einlegen? Ich kann die nächsten paar Häuser auch allein abklappern.«

»Mich beunruhigt lediglich die Vorstellung, daß sie dort drüben ganz allein ist.«

»Dann geh doch zu ihr.« Ben trat seine Zigarette aus. »Ich komme schon allein klar.«

Ed zögerte und war noch dabei, sich einen Ruck zu geben, als ein Taxi vorbeifuhr und vor dem Grundstück anhielt. Die beiden Polizisten verfolgten, wie ein Mann und eine Frau ausstiegen. Der Mann bezahlte den Fahrer und nahm eine Reisetasche, während sie die Einfahrt hinaufging. Selbst aus der Distanz erkannte Ed die Ähnlichkeit zwischen der Frau und Grace, nicht nur in den Zügen, sondern auch in der Statur. Dann ging die Tür auf, und Grace kam aus dem Haus gestürmt. Als die Frauen sich in die Arme fielen, war das Schluchzen der Mutter durch die halbe Straße zu vernehmen.

»Daddy!« Sie ergriff die Hände des Mannes, und zusammen standen die drei für einen Moment da und schienen sich nicht zu genieren, in aller Öffentlichkeit ihren Kummer zu zeigen.

»Was für ein Drama«, murmelte Ben.

»Komm schon.« Ed wandte der Familie den Rücken zu und schob die Hände in die Taschen. »Vielleicht haben wir beim nächsten Haus ja mehr Glück.«

Er klopfte selbst an die Tür, um der Versuchung zu widerstehen, einen Blick zurück auf Grace zu werfen. Wenn er jetzt zu ihr hinübergesehen hätte, wäre ihm das wie ein Eindringen in ihre Privatsphäre vorgekommen. In seinem Beruf kam es viel zu oft vor, daß er sich in die Intimsphäre anderer Menschen einmischen mußte.

»Lowenstein kümmert sich um den Ex-Mann der Toten«, bemerkte Ben. »Sie hat bestimmt etwas für uns herausgefunden, wenn wir zum Revier zurückkehren.«

»Ja, bestimmt.« Ed rieb sich den Nacken. Seine Schultern waren vom Schlaf in dem Sessel noch etwas steif. »Irgendwie kann ich nicht so recht daran glauben, daß der Mann einfach hierhergeflogen, ins Haus geschlichen und seine Ex-Frau umgebracht haben soll.«

»Sind schon sonderbarere Dinge passiert. Denk doch nur mal an ...« Ben schloß den Mund, als sich die Tür einen Spaltbreit öffnete. Die beiden bekamen nur einen mopartigen weißen Haarschopf und eine knorrige Hand mit billigen Glasringen an den Fingern zu sehen.

»Polizei, Ma'am.« Er zeigte ihr seine Marke. »Dürfen wir Ihnen ein paar Fragen stellen?«

»Kommen Sie doch herein, kommen Sie. Ich habe Sie bereits erwartet.« Die Stimme klang von Alter und Aufgeregtheit brüchig. »Zurück, Boris und Lillian. Ja, meine Schätzchen, wir haben Besuch. Nun treten Sie doch ein!« ächzte sie, und ihre Knochen knackten, als sie sich bückte, um eine verfettete Katze hochzuheben. »Keine Angst, Esmeralda, das sind Polizeibeamte. Leg dich wieder hin. Kusch.« Die Alte bahnte sich einen Weg durch die Katzenschar – Ben zählte fünf Tiere – und führte die Männer in einen staubigen kleinen Raum mit Stores und vergilbten Zierdeckchen. »Ich habe Esmeralda erst heute morgen erklärt, daß wir heute noch Besuch bekommen. Sitzt. Kusch.« Sie bedeutete den Beamten mit einer Handbewegung, auf der von Katzenhaaren übersäten Couch Platz zu nehmen. »Es geht natürlich um die arme Frau, die arme Person, die in unserer Straße gelebt hat.«

»Ja, Ma'am.« Ed unterdrückte Niesreiz, als er sich vorsichtig am Sofarand niederließ. Eine orangefarbene Katze näherte sich sofort seinen Schuhen und fing an zu fauchen.

»Sei nicht so ungezogen, Bruno.« Die Frau lächelte und schuf damit ein neues Muster in den Falten auf ihrem Gesicht. »Ist er nicht süß? Ich bin Mrs. Kleppinger, Ida Kleppinger, aber das wissen Sie bestimmt.« Mit einer Umständlichkeit, die etwas von einer Zeremonie an sich hatte, setzte die Alte sich die Brille auf die Nase und blinzelte so lange, bis sie etwas erkennen konnte. »Aber Sie sind doch der junge Mann, der zwei Häuser weiter wohnt. Sie haben das Haus der Fowlers gekauft, nicht wahr? Schreckliche Menschen. Mochten keine Katzen. Sie haben sich ständig bei mir beschwert, die Katzen hätten den Müll durch die Gegend verstreut. Wissen Sie, was ich denen geantwortet habe? Sie sollen gefälligst die Deckel ihrer Mülltonnen richtig schließen, dann würde es meinen Babys im Traum nicht einfallen, sich über ihren stinkigen Unrat herzumachen. Sind nämlich sehr brave, müssen Sie wissen, und überhaupt nicht wild. Ich spreche natürlich von meinen Babys und nicht von diesen unmöglichen Menschen. Ich bin froh, daß sie fort sind, doch wirklich. Sind wir nicht glücklich darüber, Esmeralda?«

»Ja, Ma'am.« Ed räusperte sich und versuchte, dabei nicht zu tief einzuatmen. Ihm war gleich aufgefallen, daß die im ganzen Haus verteilten Katzenklos sich regen Zuspruchs erfreuten. »Wir würden Ihnen jetzt gern ein paar Fragen stellen.«

»Über die arme Mrs. Breezewood, ich weiß, ich weiß. Wir haben heute morgen im Radio davon gehört, nicht wahr, meine kleinen Schätzchen? Ich besitze nämlich keinen Fernsehkasten. Die machen einen nämlich unfruchtbar, nicht wahr? Also, er hat sie erwürgt, oder?«

»Wir würden gerne wissen, ob Ihnen letzte Nacht etwas Ungewöhnliches aufgefallen ist.« Ben biß die Zähne zusammen, als ihm eine Katze auf den Schoß sprang und gefährlich nah an seinem Unterleib die Krallen in den Oberschenkel bohrte.

»Boris mag Sie. Ist das nicht herzig?« Mrs. Kleppinger lehnte sich zurück und streichelte ihre Esmeralda. »Wir haben letzte Nacht meditiert, und ich bin bis ins achtzehnte Jahrhundert zurückgereist. Ich war eine der Kammerzofen der Königin, müssen Sie wissen. Was war das damals für eine aufregende Zeit . . .«

»Ja, sicher.« Genug war genug. Ben erhob sich und hatte sichtliche Mühe, die Katze von seinem Bein zu entfernen. »Wir danken Ihnen, daß Sie uns Ihre Zeit geopfert haben.«

»Keine Ursache. Natürlich war ich nicht im mindesten überrascht, von dem Mord zu hören. Ich habe schon lange damit gerechnet.«

Ed, der befürchtete, daß die Katze zu seinen Füßen sich über seine Schuhe hermachte, sah die Frau jetzt überrascht an. »Sie haben damit gerechnet?«

»Aber natürlich. Das arme Ding hatte doch nie eine Chance. Die Sünden der Vergangenheit holen einen immer wieder ein.«

»Die Sünden der Vergangenheit?« Ben blieb auf halbem Weg zur Tür stehen. »Haben Sie Mrs. Breezewood gut gekannt?«

»Sehr gut sogar. Wir beide haben gemeinsam die Schlacht bei Vicksburg überlebt. Im Bürgerkrieg, wissen Sie? War ein entsetzliches Ringen. Ich höre heute noch den furchtbaren Kanonendonner. Aber ihre Aura...« Mrs. Kleppinger schüttelte traurig den Kopf. »Ich fürchte, ein Fluch lastete auf ihr. Ein Trupp plündernder Yankee-Soldaten hat sie umgebracht.«

»Ma'me, verzeihen Sie, aber wir sind mehr daran interessiert, was Mrs. Breezewood letzte Nacht zugestoßen ist.« Ed, der sonst über eine Engelsgeduld verfügte, wurde zusehends kribbeliger.

»Natürlich, natürlich.« Die Brille rutschte an ihrer Nase hinab, und die Alte starrte die Polizisten halbblind an. »So eine traurige Frau. Sexuell unterdrückt, da bin ich mir hundertprozentig sicher. Ich dachte, es würde sie aufheitern, wenn ihre Schwester zu Besuch kommt; aber dem war wohl nicht so. Ich sehe die junge Frau jeden Morgen, wenn sie zur Arbeit fährt. Um die Zeit gieße ich nämlich immer meine Gardenien. Mrs. Breezewood wirkte sehr angespannt, ein einziges Nervenbündel, genauso, wie ich sie von Vicksburg in Erinnerung habe. Ach ja, an einem Morgen ist ihr ein Wagen gefolgt.«

Ben setzte sich wieder hin und ertrug still die nächste Katzenattacke. »Was für ein Wagen?«

»Oh, ein dunkler, einer von denen, die nur die Reichen fahren. Normalerweise hätte ich mir nichts dabei gedacht, und so habe ich weiter meine Gardenien gegossen. Man muß mit diesen Pflanzen sehr vorsichtig sein, sie sind unglaublich empfindlich. Nun denn, ich hielt gerade die Gießkanne in der Hand, als dieses fremde Auto auftauchte und hinter Mrs. Breezewood herfuhr. Ich habe davon richtig Herzklopfen bekommen.« Die Frau wedelte mit der Hand vor ihrem Gesicht herum, als wollte sie sich Luft zufächeln. Die Glasringe an ihren Fingern waren zu stumpf, um das Sonnenlicht zu reflektieren. »Mein Herz hat so gepocht, daß ich mich hinsetzen mußte. Wie damals in Vicksburg oder wie in der Zeit im Unabhängigkeitskrieg. Ich konnte nur noch an die arme Lucilla denken. So hieß sie nämlich damals – Lucilla Greensborough. Arme Lucilla, dachte ich, nun geschieht es also von neuem. Natürlich konnte ich es nicht verhindern.« Sie senkte die Hand und streichelte wieder die Katze. »Gegen die Mächte des Schicksals sind wir machtlos.«

»Haben Sie gesehen, wer am Steuer dieses Wagens saß?«

»Ach du liebe Güte, nein. Meine Augen sind schon lange nicht mehr so gut, wie sie einmal waren.«

»Dann vielleicht das Nummernschild?«

»Ach, mein Junge, ich könnte nicht einmal einen Elefanten im Nachbargarten erkennen.« Sie schob die Brille wieder hoch und machte ein verdutztes Gesicht, als ihre Augen allmählich die Besucher ausmachten. »Mich überkommen eigenartige Gefühle und Vorahnungen. Das fremde Auto hat sehr negative Strömungen in mir freigesetzt. Von wegen Tod und so. Tja, und da war ich nicht im mindesten überrascht, heute morgen im Radio von ihrem Tod zu hören.«

»Mrs. Kleppinger, können Sie sich noch an den Tag erinnern, an dem Ihnen der Wagen aufgefallen ist?«

»Zeit bedeutet gar nichts. Alles verläuft in einem ewigen Kreislauf. Der Tod ist ein natürlicher Vorgang und auf einen Zeitraum begrenzt. Mrs. Breezewood wird zurückkehren und dann vielleicht endlich ihr Glück finden.«

Ben schloß die Tür hinter sich und atmete erst einmal tief durch. »Gott, was für ein Gestank!« Vorsichtig tastete er die Gegend rings um seinen Oberschenkel ab. »Ich dachte schon, der kleine Mistkerl wollte mich zerfetzen. Vermutlich ist er nicht einmal geimpft.« Auf dem Weg zum Wagen bemühte er sich vergeblich, die Katzenhaare von seiner Kleidung zu entfernen. »Was hältst du denn von ihr?«

»Ich fürchte, damals bei Vicksburg hat sie einen mächtigen Schlag auf den Kopf erhalten. Aber es ist nicht auszuschließen, daß sie tatsächlich einen Wagen gesehen hat.« Er drehte sich zum Haus um und stellte fest, daß einige Fenster sauber genug waren, um einen Blick auf die Straße zu ermöglichen. »Aber ob der auch der Breezewood gefolgt ist, steht auf einem anderen Blatt. Wie dem auch sei, wir sollten die Sache weiterverfolgen.«

»Der Meinung bin ich auch.« Ben nahm hinter dem Steuer Platz. »Sollen wir dort drüben kurz anhalten.« Er nickte in Richtung von Kathleens Haus. »Du könntest auf einen Sprung vorbeischauen.«

»Nein, laß uns weitermachen. Sie hat jetzt bestimmt mit ihren Eltern vollauf zu tun.«

Grace hatte ihrer Mutter eine Tasse Tee gemacht und ihrem Vater die Hand gehalten. Und natürlich hatte sie wieder geweint, so lange, bis es ihr an der Kraft fehlte, weitere Tränen zu vergießen. Und um es ihren Eltern leichter zu machen, hatte sie ihnen ein paar Lügen aufgetischt. Danach habe sich Kathleen auf dem besten Weg befunden, ein neues Leben zu beginnen. Grace verlor kein Wort über die Valiumflaschen und die Verbitterung ihrer Schwester. Schließlich wußte sie, daß ihre Eltern die größten Hoffnungen in ihre älteste Tochter gesetzt hatten.

In den Augen der Eltern war Kathleen stets die Stabilere, die Verläßlichere gewesen, während der Gedanke an ihre zweite Tochter ihnen stets ein Lächeln, aber kaum mehr entlockt hatte. Sie erfreuten sich an Grace' Kreativität, ohne sie im mindesten zu begreifen. Kathleen mit ihrer konventionellen Hochzeit, ihrer konventionellen Ehe und ihrer konventionellen Familie verstanden sie hingegen um so besser.

Natürlich war die Scheidung ein herber Schlag für sie gewesen, aber als liebende Eltern war es ihnen möglich gewesen, ihre Überzeugungen für einen Moment beiseite zu schieben und diese Schicksalsfügung zu akzeptieren. Insgeheim nährten sie allerdings die Hoffnung, daß Kathleen sich mit ihrem Mann aussöhnen würde und dann wieder mit ihrer Familie vereint wäre.

Und nun mußten sie sich der Tatsache stellen, daß es nie mehr dazu kommen konnte. Sie mußten sich damit abfinden, daß ihre älteste Tochter, in die sie all ihre Hoffnungen gesetzt hatten, tot war. Das war mehr als genug für sie, sagte sich Grace, fast schon zuviel.

Deswegen verschwieg sie lieber die häufigen Stimmungsumschwünge, den Tablettenkonsum und den Verdruß, der ihre Schwester von innen her aufgefressen hatte.

»Sie war hier also glücklich, Gracie?« Louise McCabe hockte zusammengesunken neben ihrem Mann und zerriß ein Kleenextuch in kleine Stücke.

»Ja, Mom.« Grace wußte nicht mehr, wie oft ihre Mutter diese Frage in der letzten Stunden schon gestellt hatte, aber sie wollte sie gern weiterhin beantworten. Grace hatte ihre Mutter noch nie so hilflos erlebt. Ihr Leben lang hatte sie Louise McCabe als eine dominante Persönlichkeit gekannt, die sich nicht scheute, Entscheidungen zu treffen und dann auch durchzusetzen. Und der Vater war immer für sie alle dagewesen. Er steckte einem heimlich fünf Dollar zu, wenn man gerade wieder abgebrannt war, und er machte sofort sauber, wenn dem Hund auf dem Teppich ein Malheur unterlaufen war.

Als Grace ihn jetzt ansah, wurde ihr zum erstenmal bewußt, wie sehr er gealtert war. Sein Haar war schütterer, als sie es aus der Kindheit in der Erinnerung hatte. Die viele Zeit, die er im Freien verbrachte, hatte ihm zu einer gesunden Gesichtsfarbe verholfen. Überhaupt waren seine Züge fülliger geworden. Eigentlich war er ein Mann in den besten Jahren, dachte sie, und doch wirkte er jetzt zusammengesunken, und seine lebenslustigen Augen hatten allen Glanz verloren.

Grace hätte diese beiden Menschen, denen sie viel von dem zu verdanken hatte, was aus ihr geworden war, jetzt am liebsten festgehalten und für sie die Uhr bis zu der Zeit zurückgedreht, als alle vier zusammen mit dem wuscheligen Hund in dem hübschen Vororthaus gelebt hatten.

»Wir hatten ihr vorgeschlagen, für einige Zeit nach Phoenix zu ziehen«, sagte Louise und tupfte sich mit einem Rest des Kleenextuches die Augen ab. »Mitch hat auf sie eingeredet. Du weißt doch, daß sie auf Dad immer gehört hat. Aber diesmal nicht. Wir waren überglücklich, als du dich dazu entschlossen hast, sie zu besuchen. All der Ärger, den Kathy durchmachen mußte. Armer, kleiner Kevin.« Sie schloß die Augen. »Der arme, kleine Junge.«

»Wann können wir sie sehen, Gracie?«

Sie drückte die Hand ihres Vaters und beobachtete ihn genau. Sein Blick irrte durch das Zimmer, und Grace glaubte, er wolle das in sich aufnehmen, was von seiner älteren Tochter hier zurückgeblieben war. Aber es gab so wenig: ein paar Bücher, einen Topf mit Seidenblumen. Sie hielt seine Hand sehr lange und hoffte, er bemerke nicht, wie leer und kalt dieser Raum war.

»Vielleicht schon heute abend. Ich habe Pastor Donaldson gebeten, am Nachmittag vorbeizukommen. Warum kommst du nicht mit mir nach oben, Mom, damit du ein wenig ausgeruht bist, sobald er erscheint?

Du fühlst dich bestimmt besser, wenn du mit ihm redest.«

»Sie hat recht, Lou.« Er hatte es erkannt. Wie Grace besaß er ein Auge für Details. Das einzige Lebendige in diesem Zimmer war die Jacke, die sie nachlässig in einen Sessel hatte fallen lassen. Mitch McCabe hätte darüber mehr als über alles andere Tränen vergießen können, auch wenn er keinen Grund dafür wußte. »Komm, ich bringe dich jetzt nach oben.«

Louise, eine schlanke Frau mit dunklem Haar und breiten Schultern, lehnte sich schwer an ihren Mann. Als Grace den beiden hinterhersah, wurde ihr bewußt, daß Mom und Dad in ihrem Schmerz und Kummer ihre verbliebene Tochter zum Familienoberhaupt bestimmt hatten. Grace hoffte inständig, sie möge die nötige Stärke besitzen, um sich dieser Aufgabe würdig zu erweisen.

Ihr Verstand war vom vielen Weinen stumpf und angefüllt mit den Dingen, die sie bereits erledigt hatte, und vor allem mit denen, um die sie sich noch kümmern mußte. Grace wußte, daß ihre Eltern, sobald der erste Schmerz sich gelegt hatte, in ihrem Glauben Trost finden würden. Mit Kathleens Ermordung hatte Grace zum erstenmal erkennen müssen, daß das Leben kein Spiel war, in dem man sich mit einem entschlossenen Grinsen und etwas Köpfchen durchaus behaupten konnte. Optimismus war keineswegs ein verläßlicher Schild, der einen gegen alle Widrigkeiten wappnete; und die negativen Seiten nur zu akzeptieren, reichte bei weitem nicht aus.

Grace hatte noch nie zuvor einen solchen Schlag erlitten, weder in ihrem Privatleben noch in ihrer Karriere. Ihr war auch nie zu Bewußtsein gekommen, was für ein privilegiertes Leben sie führen durfte. Bislang hatte sie nie den Menschen gegenüber Geduld aufgebracht, die sich darüber beklagten, wie übel das Schicksal ihnen mitgespielt habe. In ihren Augen war jeder seines Glückes Schmied gewesen, nach dem Motto: Wenn das Leben dich voll erwischt, gönn dir einen Moment, um wieder zu dir zu kommen, und such dann nach dem günstigsten Ausweg.

Als Grace beschlossen hatte, Schriftstellerin zu werden, hatte sie sich einfach an den Schreibtisch gesetzt und mit ihrem Buch begonnen. Natürlich besaß sie ein angeborenes Talent, eine lebhafte Fantasie und genug Ausdauer, um eine angefangene Tätigkeit auch zu Ende zu führen. Aber in ihr wohnte auch das Wissen, alles erreichen zu können, wenn sie sich nur genug anstrenge. Grace hatte nie in einer Dachkammer hungern oder mit einer kreativen Blockade ringen müssen. Und nie hatten sie die Krisen oder die Agonie befallen, an der so viele andere Künstler litten. Grace hatte damals einfach ihre Ersparnisse zusammengekratzt und war nach New York gezogen. Dort hatte sie eine Teilzeitarbeit angenommen, um die Miete bezahlen zu können, und dann in neunzig wilden und atemlosen Tagen ihren ersten Roman zu Papier gebracht.

Als ihr in den Sinn kam, es sei an der Zeit, sich zu verlieben, hatte sie auch das mit der gleichen Verve und Energie bewerkstelligt, und zwar ohne Zögern und ohne Bedauern. Sie hatte sich ihren Gefühlen hingegeben, solange diese anhielten, und als die Geschichte vorbei war, hatte sie das ohne Tränen oder Vorwürfe akzeptiert.

Grace war heute Ende Zwanzig, und noch nie hatte man ihr das Herz gebrochen oder einen Traum zerstört. Gut, das eine oder andere Mal hatte es auch in ihrem Leben ein Beben gegeben, doch es war ihr stets gelungen, die Sache durchzustehen und erhobenen Hauptes daraus hervorzukommen. Doch nun war sie zum erstenmal gegen eine Wand geprallt, die sich weder durchbrechen noch übersteigen ließ. Den Tod ihrer

Schwester konnte sie nicht ungeschehen machen, indem sie einen anderen Gang einlegte. Der Mord an Kathleen ließ sich nicht einfach als eine der kleinen Irrungen und Wirrungen des Lebens abtun.

Während sie sich jetzt allein im Wohnzimmer aufhielt, verspürte sie den mächtigen Wunsch, zu schreien, zu toben und etwas an die Wand zu werfen. Ihre Hände zitterten, als sie das Geschirr vom Tisch räumte. Wenn sie allein gewesen wäre, hätte sie diesem Drang sicher nachgegeben. Mehr noch, sie hätte den destruktiven Moment ausgelebt, bis all das aus ihr geströmt wäre, das sich in ihr angesammelt hatte. Aber sie tat nichts dergleichen, sondern nahm sich zusammen. Ihre Eltern brauchten sie. Zum erstenmal waren sie auf ihre Tochter angewiesen. Und sie wollte sie nicht im Stich lassen.

Grace stellte das Geschirr ab, als es an der Tür klingelte. Wenn das Pastor Donaldson war, könnte sie gleich mit ihm die Beerdigungsarrangements besprechen. Doch als sie die Tür öffnete, stand draußen kein Priester, sondern Jonathan Breezewood III.

»Grace.« Er nickte, reichte ihr aber nicht die Hand. »Darf ich eintreten?«

Sie mußte wirklich an sich halten, um ihm nicht die Tür vor der Nase zuzuschlagen. Als Kathleen noch lebte, hatte er sich nicht um sie gekümmert. Was scherte sie ihn jetzt, wo sie tot war? Ohne ein Wort zu verlieren, trat sie beiseite.

»Gleich nachdem man mich informiert hatte, bin ich los.«

»In der Küche ist Kaffee.« Sie kehrte ihm den Rücken zu und eilte durch die Diele. Weil er ihr eine Hand auf die Schulter legte und mehr noch, weil sie ihm ihre Schwäche nicht zeigen wollte, blieb sie vor Kathleens Arbeitszimmer stehen.

»War es hier?«

»Ja.« Sie starrte ihn so lange an, bis sie auf seine Miene eine kurze Regung bemerkte. Aber sie war zu müde, um darin Trauer, Abscheu oder Bedauern zu erkennen. »Du hast Kevin nicht mitgebracht.«

»Nein.« Er schien den Blick nicht von der Tür wenden zu können. »Ich dachte, es sei das beste, ihn für eine Weile bei meinen Eltern zu lassen.«

Da Grace dem kaum widersprechen konnte, schwieg sie lieber. Immerhin war Kevin ein Kind und noch viel zu jung, um mit der Beerdigung seiner Mutter oder der Trauer der Hinterbliebenen konfrontiert zu werden.

»Meine Eltern sind oben und ruhen sich aus.«

»Sind sie in Ordnung?«

»Nein.« Grace setzte sich abrupt wieder in Bewegung, so als treibe etwas sie dazu, möglichst viel Distanz zwischen sich und das abgesperrte Arbeitszimmer zu bringen. »Ich habe nicht damit gerechnet, dich hier zu sehen, Jonathan.«

»Kathleen war meine Frau und die Mutter meines Sohnes.«

»Ja, aber anscheinend hat das nicht ausgereicht, um dich zur ehelichen Treue anzuhalten.«

Er sah sie mit ruhigem Blick an. Man konnte ihm wirklich nicht absprechen, gut auszusehen: gerade, sauber geschnittene Züge, kalifornisch blondes dichtes Haar, eine gute Figur, ein durchtrainierter Körper. Nur seine Augen hatten Grace immer gestört: ruhig, stets gelassen, beinahe kalt.

»Nein, offenbar nicht. Ich bin mir sicher, daß Kathleen nicht gezögert hat, dir ihre Version des Verlaufs unserer Ehe zu erzählen. Im Augenblick erscheint es mir nicht schicklich, dich mit meiner Version zu belästigen. Ich bin eigentlich gekommen, um zu erfahren, was geschehen ist.«

»Kathie wurde ermordet!« Grace mußte alle Kräfte aufbieten, um an sich zu halten, während sie ihm eine

Tasse Kaffee einschenkte. »Sie wurde letzte Nacht in ihrem Arbeitszimmer vergewaltigt und erwürgt.«

Jonathan nahm die Tasse entgegen und ließ sich dann auf einem Küchenstuhl nieder. »Warst du im Haus, als . . . als es geschehen ist?«

»Nein, ich bin aus gewesen. Ich kam kurz nach dreiundzwanzig Uhr zurück und habe sie gefunden.«

»Verstehe.« Was immer er empfand, wenn er überhaupt etwas fühlte, ließ sich an diesem einen Wort nicht erkennen. »Hat die Polizei schon einen Tatverdächtigen?«

»Zur Zeit noch nicht. Aber ich schätze, du wirst dich mit den Herren noch unterhalten wollen. Die Detectives Jackson und Paris leiten die Ermittlungen.«

Jonathan nickte. Bei seinen Verbindungen konnte er sich binnen einer Stunde Kopien aller Ermittlungsunterlagen kommen lassen, ohne sich direkt an Ed und Ben wenden zu müssen. »Ist schon ein Termin für die Beerdigung festgelegt worden?«

»Übermorgen. Elf Uhr. Die Messe wird in St. Michael's abgehalten, unsere alte Gemeindekirche. Morgen kann man von Kathleen Abschied nehmen. Meine Eltern wollen es so. Im Bestattungsinstitut Pumphrey. Die Adresse steht im Telefonbuch.«

»Ich würde mich freuen, bei den Arrangements helfen oder bei den Kosten einspringen zu können.«

»Nein.«

»Gut.« Er erhob sich, ohne seinen Kaffee angerührt zu haben. »Ich bin im Hotel Washington zu finden, für den Fall, daß du mit mir in Kontakt zu treten wünscht.«

»Dazu wird es nicht kommen.«

Angesichts der Bitterkeit in ihrer Stimme runzelte er leicht die Stirn. Jonathan hatte nie die geringste Ähnlichkeit zwischen den beiden Schwestern feststellen können. »Du konntest mich noch nie ausstehen, nicht wahr, Grace?«

»Du drückst es noch gelinde aus. Aber wie wir beide zueinander stehen, dürfte im Moment kaum eine Rolle spielen. Eines möchte ich dir allerdings noch sagen.« Grace zog die letzte Zigarette aus dem Päckchen, und es gelang ihr, sie anzuzünden, ohne daß ihre Finger zitterten. Der Abscheu, den sie für Jonathan empfand, verlieh ihr eine Stärke, die ihr in diesem Moment höchst willkommen war. »Kevin ist mein Neffe. Ich erwarte, ihn zu sehen zu bekommen, wann immer ich mich in Kalifornien aufhalte.«

»Natürlich.«

»Das gleiche gilt auch für meine Eltern.« Sie hielt einen Moment inne und preßte die Lippen aufeinander. »Kevin ist alles, was ihnen von Kathleen geblieben ist. Sie sehnen sich nach einem regelmäßigen Kontakt zu ihrem Enkel.«

»Das ist doch eine Selbstverständlichkeit. Ich habe mich mit deinen Eltern immer auf einer vernünftigen Basis verständigen können.«

»Hältst du dich etwa für einen vernünftigen Mann?« Grace war selbst überrascht, wieviel schneidende Schärfe in ihrer Stimme mitschwang. Für einen Moment hatte sie sich tatsächlich so verbittert wie ihre Schwester angehört. »Hast du es etwa für vernünftig angesehen, Kevin von seiner Mutter fernzuhalten?«

Jonathan sagte zuerst nichts dazu. Obwohl seine Miene wie üblich undurchdringlich war, glaubte Grace doch zu spüren, wie es hinter dieser Fassade arbeitete. Dann erklärte er ebenso knapp wie ausdruckslos: »Ja. Ich finde allein zur Tür.«

Grace verfluchte ihn. Sie drehte sich um, stützte sich auf der Anrichte auf und verfluchte ihn, bis ihr keine Verwünschung mehr einfallen wollte.

Ed schob seinen Kopf in die mit kaltem Wasser gefüllte Spüle und hielt die Luft an. Fünf Sekunden. Zehn Sekunden. Dann spürte er, wie die Erschöpfung langsam von ihm abfiel. Ein Zehn-Stunden-Tag war für ihn nichts Ungewöhnliches. Zehn Stunden Dienst nach zwei Stunden Schlaf konnten ihn auch nicht aus der Bahn werfen. Aber die Sorge machte ihm zu schaffen. Er mußte feststellen, daß sie ihn mehr als ein paar Gläser Gin seiner Energie beraubte.

Was sollte er Grace bloß sagen? Er hob den Kopf aus dem Wasser, und die Tropfen rannen seinen Bart hinab. Die Polizei hatte noch keinen Verdächtigen, nicht einmal eine vage Ahnung. Grace war nicht dumm. Sie wußte, daß eine Spur nach den ersten vierundzwanzig Stunden rasch erkaltete.

Was konnten sie bislang überhaupt vorweisen? Da war die wunderliche alte Frau, die vielleicht einen Wagen gesehen hatte, der möglicherweise Kathleen Breezewood gefolgt war oder auch nicht. Und dann war da noch der Hund, der in der Nacht gebellt hatte. Kathleen Breezewood hatte weder Freunde, noch hatte sie einem Kollegen nahegestanden. Der einzige Mensch, den sie überhaupt an sich herangelassen hatte, war ihre Schwester gewesen. Und wenn Grace ihnen alles mitgeteilt hatte, was sie wußte, blieben die Ermittlungen auf Zufälle angewiesen. Jemand, der Kathleen auf ihrem Weg zur Arbeit, auf dem Markt oder im Garten gesehen hatte. In dieser Stadt gab es genauso viele Gewaltverbrechen wie andernorts auch, ob mit Vorsatz oder ohne. Zur Zeit sah es so aus, als wäre Kathleen nicht mehr als ein weiteres Opfer.

Sie hatten heute morgen einige Personen verhört, waren aber nicht weitergekommen. Darunter zwei Männer, die man wegen Überfällen auf Frauen festgenommen hatte, die aber von ihren Anwälten herausgeboxt worden waren. Beweise zu sammeln und einen Tatverdächtigen zu verhaften, führte nicht zwangsläufig zu dessen Aburteilung – genausowenig wie Recht und Gerechtigkeit ein und dasselbe waren. Ben und Ed hatten gegen die beiden nicht genug in der Hand gehabt, um sie länger festsetzen zu können. Ed wußte zwar, daß die Männer früher oder später eine andere Frau vergewaltigen würden, ihm war aber auch klar, daß sie mit dem Verbrechen an Kathleen nichts zu tun hatten.

Die zehn Sekunden unter Wasser reichten nicht aus. Ed holte ein Handtuch aus dem Schrank Dessen Türen lehnten unten an einer Wand und warteten darauf, abgeschmirgelt zu werden. Er hatte eigentlich vorgehabt, heute abend ein oder zwei Stunden an ihnen zu werkeln, damit er sie an seinem nächsten freien Tag einhängen konnte. Aber eine innere Stimme sagte ihm, daß ihn die Arbeit mit den Händen nicht von seinen düsteren Gedanken ablenken konnte.

Er vergrub das Gesicht im Handtuch und überlegte, ob er Grace anrufen sollte. Aber was hätte er ihr sagen können? Die Leiche würde morgen freigegeben, und Ed hatte dafür gesorgt, daß man Grace darüber in Kenntnis setzte. Der Bericht des Gerichtsmediziners hatte auf seinem Schreibtisch gelegen, als er um achtzehn Uhr aufs Revier zurückgekehrt war.

Nein, es hatte keinen Sinn, Grace alle Details zu berichten. Überfall mit Vergewaltigung. Tod durch Strangulation. Tod eingetreten zwischen einundzwanzig und zweiundzwanzig Uhr. Reste von Kaffee und Valium in ihrem Verdauungssystem festgestellt (und sonst kaum etwas). Blutgruppe: 0 positiv. Damit war erwiesen, daß das Blut der Gruppe A positiv vom Täter stammte. Kathleen hatte sich gewehrt und ihn nicht ganz ungeschoren davonkommen lassen.

Unter ihren Fingernägeln hatte man zusammen mit dem Blut Hautpartikel und Haare des Täters gefunden. Deshalb wußte man jetzt, daß es sich um einen Weißen unter dreißig gehandelt hatte.

Man hatte sogar einige bruchstückhafte Fingerabdrücke auf der Telefonschnur festgestellt. Ed schloß daraus, daß der Täter entweder dumm sein mußte oder aber der Mord nicht geplant gewesen war. Leider halfen Fingerabdrücke nur dann weiter, wenn in den Unterlagen solche aufzufinden waren, die mit ihnen übereinstimmten. Und bislang war der Computer auf nichts dergleichen gestoßen.

Falls sie den Täter ausfindig machten, hatten sie jetzt schon genug Beweise zusammen, um ihn vor Gericht zu bringen. Möglicherweise reichten sie sogar zu seiner Verurteilung aus. Aber dazu mußten sie ihn erst einmal finden.

Und sie wußten nicht einmal, wo sie mit der Suche beginnen sollten.

Ed warf das Handtuch ins Waschbecken. War er so gereizt, weil der Mord im Nachbarhaus begangen worden war? Weil er das Opfer gekannt hatte? Oder weil die Schwester der Toten immer mehr Raum in seinen Gedanken einnahm?

Er lachte, strich sich die nassen Haare aus dem Gesicht und lief nach unten. Nein, sagte er sich, die Gefühle für Grace, wenn man überhaupt von so etwas sprechen konnte, hatten bestimmt nichts damit zu tun, daß sein Instinkt ihm sagte, in diesem Fall gebe es eine garstige Seite, die überhaupt noch nicht zutage getreten war.

Vielleicht hatte die Nähe etwas mit seiner Unrast zu tun. Aber er hatte Menschen verloren, die ihm bedeutend näher als Kathleen Breezewood gestanden hatten: Kollegen oder Menschen aus Familien, mit denen er aufgewachsen war. Ihre Tode hatten in ihm Wut und Frustration hinterlassen, nicht eine solche Nervosität.

Verdammt, er würde sich bedeutend besser fühlen, wenn sie endlich dieses verwünschte Haus verließe.

Ed stürmte in die Küche. In diesem Raum, den er

selbst umgebaut und ausgestaltet hatte, fühlte er sich stets wohler als in den anderen Zimmern. Er nahm sich einen Früchtekorb vor und fing an, das Obst zu schälen, um einen Salat zuzubereiten. Ed arbeitete präzise und hart, so wie jemand, der etwas loswerden mußte, wie jemand, der sich sein Leben lang in Abwehrkämpfen befunden hatte.

Er kannte viele Männer, die sich damit begnügten, im Stehen den Inhalt einer aufgewärmten Konservendose oder eine Fertigmahlzeit zu sich zu nehmen. Für Ed war so etwas der deprimierendste Aspekt des Single-Daseins. Und die Mikrowelle verstärkte diesen Effekt nur noch. Man konnte eine komplette Mahlzeit in einer Alufolienschachtel in ein paar Minuten aufwärmen und sie ohne den Einsatz von Pfannen, Töpfen oder Geschirr verspeisen. Ein zeitsparendes, praktisches und sehr einsam machendes Verfahren.

Ed hatte oft allein gegessen und höchstens ein Buch zur Gesellschaft gehabt. Aber für ihn bedeutete Nahrungsaufnahme mehr, als nur auf Kohlehydrate oder Cholesterinwerte zu achten. Schon vor langem war er für sich zu der Erkenntnis gelangt, daß es darauf ankam, wie man an Mahlzeiten heranging. An einem Tisch zu sitzen und Teller und Besteck zu benutzen, machte den großen Unterschied zwischen einem Dinner für eine Person und einem hastigen Verschlingen in Einsamkeit aus.

Er gab einige Karotten und etwas Sellerie in die Saftpresse und schaltete sie ein. Als es an der Hintertür klopfte, überraschte ihn das. Ben kam ihn gelegentlich besuchen, aber er machte sich nie die Mühe, zu klopfen oder zu klingeln. Ehefrauen und Partner entwickelten ziemlich ähnliche Verhaltensmuster. Ed schaltete das Gerät aus, wischte sich die Hände an einem Geschirrtuch ab und öffnete dann die Tür.

»Hi.« Grace schenkte ihm ein kurzes Lächeln, behielt

die Hände aber in den Hosentaschen. »Ich habe bei Ihnen Licht gesehen und mir gedacht, schau mal auf einen Sprung vorbei.«

»Kommen Sie doch herein.«

»Ich hoffe, es macht Ihnen nichts aus. Nachbarn können manchmal eine arge Plage sein.« Sie trat in die Küche und fühlte sich zum erstenmal seit vielen Stunden geborgen und etwas wohler. Grace hatte sich vorher gesagt, sie wolle Ed nur besuchen, um ihm die Fragen zu stellen, deren Antwort sie erfahren mußte. Aber jetzt wußte sie, daß sie auch gekommen war, um in seiner Nähe zu sein. »Oh, ich störe Sie gerade bei der Essenszubereitung. Na, dann belästige ich Sie doch lieber ein anderes Mal.«

»Nein, setzen Sie sich ruhig hin, Grace.«

Sie nickte dankbar und nahm sich im Innern fest vor, weder in Tränen auszubrechen noch zu wüten. »Meine Eltern sind in der Kirche. Ich hätte nie gedacht, wie einsam ich mich in dem Haus fühlen könnte.« Grace setzte sich, nahm die Hände aus dem Schoß, legte sie auf den Tisch und zog sie wieder auf die Oberschenkel zurück. »Ich wollte mich bei Ihnen dafür bedanken, daß Sie mir den Papierkram und all das andere abgenommen haben. Meine Eltern hätten keinen weiteren Tag durchgestanden, ohne Kath zu sehen.« Die Hände erschienen wieder auf der Tischplatte. »Sie müssen es mir aber ehrlich sagen, wenn ich Sie aufhalte, okay.«

Fast wäre es ihr gelungen, ein Lächeln aufzusetzen. »Wir haben vorhin zu Abend gegessen. Ich sagte mir, die einzige Möglichkeit, sie dazu zu bewegen, etwas zu sich zu nehmen, bestünde darin, die beiden durch mein Beispiel dazu zu animieren. Ist wirklich komisch, wie sich in einer solchen Situation die Rollen umkehren... Was ist denn das?« Sie starrte auf das Glas, das Ed auf den Tisch gestellt hatte.

»Möhrensaft. Möchten Sie welchen?«

»Sie trinken Karotten?« Trotz ihrer Stimmung mußte sie ein wenig lachen. »Äh, im Kühlschrank steht nicht zufällig ein Bier, oder?«

»Aber sicher.« Er holte eine Flasche, vergaß nicht, auch ein Glas zu besorgen, und stellte beides vor sie hin. Als er auch noch eine Küchenschublade öffnete und einen Aschenbecher hervorzauberte, kannte ihre Dankbarkeit keine Grenzen.

»Sie sind ein echter Kumpel, Ed.«

»Klar doch. Brauchen Sie morgen meine Hilfe?«

»Ich schätze, wir kommen auch so zurecht.« Grace schenkte dem Glas keine weitere Beachtung und trank aus der Flasche. »Tut mir leid, überhaupt zu fragen, aber ich möchte doch wissen, ob Sie schon etwas herausgefunden haben.«

»Nein, wir befinden uns immer noch im Anfangsstadium, Grace. Dauert halt alles seine Zeit.«

Sie nickte zwar, wußte aber so gut wie er, daß die Zeit im Moment der größte Feind war. »Jonathan ist in der Stadt. Werden Sie ihn befragen?«

»Natürlich.«

»Nein, ich meine, werden *Sie* ihn verhören?« Er setzte sich zu ihr, und sie zündete sich eine Zigarette an. »Ich bin mir sicher, daß Sie eine Menge guter Polizisten haben, aber wäre es möglich, daß Sie sich den Herrn vorknöpfen?«

»Läßt sich einrichten.«

»Er verheimlicht etwas, Ed.« Als er nichts dazu sagte, setzte sie die Flasche wieder an den Mund. Es nutzte niemandem etwas, wenn sie jetzt hysterisch würde und all die Anschuldigungen gegen Kathleens Ex-Mann vorbrächte, die ihr den ganzen Tag durch den Kopf gegangen waren. Ed mochte noch so freundlich und teilnahmsvoll sein, er würde nichts von dem ernst nehmen, was sie im Zustand äußerster Erregung von sich gab.

Und wenn sie sich selbst gegenüber ganz ehrlich war, mußte sie zugeben, daß sie sich wünschte, Jonathan sei für den Mord verantwortlich. Damit hätte sie alles leichter ertragen können. Es war viel schwieriger, einen vollkommen Fremden zu hassen.

»Hören Sie, ich weiß, daß ich zur Zeit nicht ganz ich selbst bin, und es fällt mir nicht leicht, Jonathan gegenüber unvoreingenommen zu sein . . .« Sie mußte tief durchatmen, um sich unter Kontrolle zu halten. Bislang klang ihre Stimme noch ruhig und sachlich, glaubte sie; aber Ed hatte längst die leisen Schwankungen registriert, die ihre Verzweiflung und Erregung verrieten. »Aber er verheimlicht etwas. Und das ist mehr als nur ein vager instinktiver Verdacht. Ed, Sie haben gelernt, Menschen zu beobachten. Mir ist diese Fähigkeit angeboren. Von klein auf habe ich Menschen in Schubladen eingeordnet. Tut mir leid, ich kann einfach nichts dagegen tun.«

»Wenn man zu dicht vor etwas steht, Grace, verschwimmt die Sicht.«

Ihre Nackenhaare stellten sich auf, und der Streß der letzten vierundzwanzig Stunden machte sich bemerkbar. Sie spürte, wie sie die Beherrschung verlor und nichts dagegen tun konnte. »Also gut. Deswegen möchte ich ja auch, daß Sie mit ihm reden. Dann werden Sie es selbst feststellen und können mir danach davon berichten.«

Ed nahm langsam seinen Obstsalat zu sich. Je länger diese Situation hier andauerte, desto schwieriger würde es für ihn, mit ihr zurechtzukommen. »Grace, ich darf Ihnen nichts von den Ermittlungen erzählen. Keine Details, keine Verdachtsmomente. Nur das, was die Führung bereit ist, an die Presse weiterzugeben.«

»Ich bin kein gottverdammter Reporter, sondern ihre Schwester! Wenn Jonathan irgend etwas mit dem zu tun hat, was Kathleen zugestoßen ist, habe ich dann kein Recht, das zu erfahren?«

»Vielleicht.« Er sah ihr ruhig und distanziert in die Augen. »Aber ich habe kein Recht, Ihnen irgend etwas mitzuteilen, das noch nicht offizielle bekanntgegeben werden darf.«

»Verstehe.« Grace erhob sich langsam und drückte dann mit der Präzision, die nur über sie kam, wenn sie sich mit aller Kraft bemühte, die Fassung zu wahren, ihre Zigarette aus. »Meine Schwester wurde vergewaltigt und ermordet. Ich habe ihre Leiche gefunden. Und ich bin als einzige übrig, um meinen Eltern Trost zu spenden. Doch der Herr Polizist sagt mir, die Ermittlungen sind vertraulich.« Sie stützte sich auf die Stuhllehne, um den sich ankündigenden Schreikrampf abzuwehren.

»Grace...«

»Nein, jetzt bitte keine Plattheiten. Dafür würde ich Sie nur hassen.« Sie zwang sich zur Ruhe und sah ihn dann an. »Haben Sie eine Schwester, Ed?«

»Ja.«

Grace machte sich auf den Weg zur Tür. »Dann denken Sie doch einmal darüber nach, wieviel Ihnen die Dienstvorschrift noch bedeuten würde, wenn man Ihre Schwester zu Grabe trüge.«

Als die Tür ins Schloß gefallen war, schob Ed den Teller von sich fort, nahm die angebrochene Bierflasche und leerte sie in zwei Zügen.

6. Kapitel

Jerald wußte nicht mehr genau, warum er zu ihrer Beerdigung Blumen geschickt hatte. Zum Teil sicherlich, weil er damit anerkannte, daß sie in seinem Leben eine ebenso sonderbare wie einzigartige Rolle gespielt hatte. Er glaubte, wenn er das auf diese Weise akzeptierte, konnte er das Kapitel damit abschließen und mußte nicht mehr von ihr träumen.

Jerald war bereits auf der Suche nach einer Neuen. Stundenlang lauschte er den Telefonsexgesprächen, suchte nach der Stimme, die ihn wiederum in höchste Erregung versetzen konnte und ihn um den Verstand bringen würde. Er zweifelte keine Sekunde daran, früher oder später auf sie zu stoßen. Ein einziger Satz, ja nur ein Wort genügte, um sie sofort zu erkennen. Die Stimme würde ihn dann zu der Frau führen, und die wiederum brachte ihm einen neuen, alles umfassenden Höhepunkt.

Geduld war vonnöten, und das Timing mußte stimmen, aber er wußte nicht, wie lange er auf die Richtige warten konnte. Die Erfahrung, die er mit Desiree gemacht hatte, war ebenso ungeheuer wie unerreicht gewesen. Dies noch einmal zu erleben, wäre gleichbedeutend mit Tod.

Er schlief zu wenig. Das war sogar schon seiner Mutter aufgefallen, und die bekam zwischen all ihren Cocktailpartys und Wohltätigkeitsempfängen kaum etwas mit. Natürlich hatte sie sich mit seiner Erklärung zufriedengegeben, daß er zuviel für das Studium büffeln mußte, ihm die Wange getätschelt und ihn ermahnt, nicht soviel und so hart zu arbeiten. Was für eine Närrin sie doch war. Aber Jerald lehnte sie keineswegs ab. Ihre vielfältigen Tätigkeiten hatten ihm stets genügend Freiraum verschafft, um seinen eigenen Beschäftigungen nachzugehen. Im Gegenzug vermittelte er ihr die Illusion, den idealen Sohn zu besitzen. Der Junge spielte seine Musik nie zu laut und besuchte auch keine wilden Partys. Solche Dinge empfand er ohnehin als kindisch.

Tief in seinem Innern empfand er auch die Schule als Zeitverschwendung, obwohl er durchgehend gute, hin und wieder sogar hervorragende Noten mit nach Hause brachte. Doch er hatte früh genug gelernt, daß die einfachste Methode, sich Menschen vom Hals zu halten, darin bestand, ihnen das zu geben, was sie von einem wünschten – oder vor ihnen zumindest so zu tun als ob.

Was sein Zimmer und seine Körperhygiene anging, so war er geradezu pedantisch. Dank dieses Gehabes hatte er das Personal dazu bringen können, sich von seinem kleinen Reich fernzuhalten. Seine Mutter sah darin nicht mehr als eine liebenswerte Marotte. Wie sollte sie auch ahnen, daß diese Maßnahmen vor allem dazu dienten, niemanden etwas von seiner Schachtel mit Drogen erfahren zu lassen.

Aber am allerwichtigsten war ihm, daß niemand, weder Familienangehörige noch Bedienstete, noch Freunde, jemals auch nur in die Nähe seines Computers kam.

Jerald besaß ein besonderes Talent für Maschinen und Geräte jeder Art. Für ihn waren Apparate um so vieles besser und sauberer als Menschen. Schon im Alter von fünfzehn Jahren hatte er das Konto seiner Mutter angezapft. Wie einfach es gewesen war, sich das zu besorgen, was er für sich benötigte – und wieviel lohnender, als sie um die Beträge zu bitten. Später hatte er sich auch von anderen Konten bedient, das aber irgendwann aufgegeben, als Geld ihn nicht mehr interessierte.

Ungefähr zu diesem Zeitpunkt entdeckte er den Telefonservice – und wie aufregend es war, sich wie ein Geist einzuschalten und den Gesprächen zu lauschen. Auf die Fantasy-Leitung war er mehr durch Zufall gestoßen, doch schon bald beherrschte sie sein ganzes Denken.

Und jetzt konnte er damit nicht mehr aufhören; so lange nicht, bis er die nächste Stimme gefunden hatte, diejenige, die das Hämmern in seinem Kopf ruhigstellen konnte. Aber er wußte, daß er mit Umsicht vorgehen mußte.

Seine Mutter war eine Idiotin, aber sein Vater ... Wenn seinem alten Herrn etwas auffiele, würde er Fragen stellen. Allein schon der Gedanke daran brachte Jerald dazu, ein paar Pillen einzuwerfen. Obwohl er für gewöhnlich die Amphetamine den Barbituraten vorzog, wollte er heute nacht durchschlafen und nicht von Träumen belastet werden.

Jerald wußte, wie clever sein Vater war. Jahrelang hatte er sein Talent vor Gericht eingesetzt, bevor er nahezu übergangslos in die Politik gegangen war. Vom Kongreßabgeordneten zum Senator hatte Charlton P. Hayden sich den Ruf erworben, ein ebenso mächtiger wie intelligenter Mann zu sein. Er besaß das Image eines reichen, priviligierten Gentleman, der die Nöte der Masse kannte, sich auch für aussichtslose Fälle einsetzte und sie sogar zu einem glücklichen Ende bringen konnte. Ein Vorbild mit makellos weißer Weste. Jeralds Vater war stets sehr umsichtig, sehr entschlossen und sehr geschickt gewesen.

Der Junge zweifelte keine Minute daran, daß nach dem Ende des Wahlkampfes, wenn alle Stimmen ausgezählt und das letzte Konfetti zusammengefegt war, sein Vater als der jüngste und bedeutendste Mann seit Kennedy ins Weiße Haus einziehen würde.

Charlton P. Hayden wäre bestimmt nicht glücklich,

wenn er erführe, daß sein einziger Sohn, sein Stammhalter und Erbe, eine Frau erwürgt hatte und schon auf der Suche nach dem nächsten Opfer war.

Aber Jerald war auch nicht ohne. Niemand würde je herausfinden, daß der Sohn des in allen Umfragen führenden Präsidentschaftskandidaten Geschmack am Mord gefunden hatte. Wenn er diese Vorliebe vor seinem Vater geheimhalten konnte, würde auch sonst niemand jemals einen Verdacht gegen ihn hegen.

Deshalb hatte er die Blumen geschickt, und deshalb blieb er bis spät in der Nacht auf, um die richtige Stimme und die richtigen Worte zu vernehmen.

»Vielen Dank, daß Sie gekommen sind, Schwester.« Grace schalt sich eine Närrin, weil es ihr eigenartig vorkam, einer Nonne die Hand zu schütteln. Aber sie konnte sich nie gegen die Erinnerung an die nicht eben seltenen Male in ihrer Schulzeit wehren, an denen eine Nonne ihr mit einem Lineal auf die Hände geschlagen hatte. Und sie hatte sich noch nicht daran gewöhnt, daß solche Frauen keine Trachten mehr trugen. Die Nonne, die sich ihr als Schwester Alive vorgestellt hatte, war mit einem kleinen silbernen Kruzifix, einem konservativen schwarzen Kostüm und Schuhen mit niedrigen Absätzen, aber nicht mit Schleier und Robe erschienen.

»All unsere Gebete sind bei Ihnen und Ihrer Familie, Miß McCabe. In den wenigen Monaten, die ich Kathleen kannte, hat sie mir aufgrund ihres Einsatzes und ihrer Fähigkeiten als Lehrerin Respekt abgenötigt.«

Respekt abgenötigt. Diese Worte hatte Grace des öfteren zu hören bekommen. Niemand schien je Zuneigung oder Freundschaft für Kathleen empfunden zu haben. »Vielen Dank, Schwester.«

Viele Mitglieder des Lehrkörpers und ein paar Schüler waren in die Kirche gekommen. Ohne sie hätte es in den Bankreihen recht leer ausgesehen. Jeder, dachte

Grace, als sie auf einer hinteren Bank Platz nahm, wirklich jeder war aus Pflichtbewußtsein erschienen.

So viele Blumen. Grace betrachtete die Kränze und Gebinde, die im Mittelschiff aufgebaut waren, und fragte sich, ob sie die einzige war, die unter den gegebenen Umständen die Farben der Blüten als obszön empfand. Die meisten dieser letzten Grüße stammten aus Kalifornien. Ein Strauß Gladiolen nebst formeller Beileidskarte war anscheinend alles, was man von den Menschen erwarten durfte, die einmal Bestandteil von Kathleens Leben gewesen waren. Oder besser: von Mrs. Breezewoods Leben.

Grace haßte den Duft der Blumen genausosehr wie den glänzenden weißen Sarg, dem sie sich nicht nähern wollte. Und auch die Musik war ihr zuwider, die leise die Kirche erfüllte. Sie wußte, daß sie nie wieder Orgelmusik hören konnte, ohne an den Tod zu denken.

Dies war der Schmuck und das Ritual, das die Toten von den Lebenden erwarteten. Oder war es vielmehr so, daß die Lebenden glaubten, sie waren das den Toten schuldig? Grace wußte gar nichts mehr, außer daß sie, sobald ihre Zeit gekommen war, sich alle Zeremonien, Grabgesänge, Freunde und Verwandten, die mit tränenfeuchten Augen auf ihre sterblichen Überreste hinabstarrten, verbitten würde.

»Grace.«

Sie drehte sich um und hoffte inständig, daß ihr nichts von ihren Gefühlen anzumerken war. »Oh, Jonathan, du hier?«

»Selbstverständlich.« Anders als Grace blickte er den Mittelgang hinab auf den weißen Sarg, in dem seine frühere Frau lag.

»Immer noch ums Image bemüht, was?«

Die Köpfe, die sich nach Grace' Worten zu ihnen umdrehten, entgingen ihm nicht, aber er reagierte darauf lediglich mit einem Blick auf seine Uhr. »Ich fürchte, ich kann nur an der Messe teilnehmen. In einer Stunde will mich ein Detective Jackson sprechen. Und danach muß ich zum Flughafen.«

»Wie überaus liebenswert von dir, in deinem Terminplan noch etwas Zeit für die Beerdigung deiner Frau freigemacht zu haben. Stört es dich eigentlich nicht, ein solcher Heuchler zu sein? Kathleen hat dir doch überhaupt nichts ... ach was, noch weniger als nichts bedeutet.«

»Ich halte weder den Ort noch den Zeitpunkt für geeignet, eine solche Diskussion zu führen.«

»Da irrst du dich.« Sie legte ihm eine Hand auf den Arm, damit er sich nicht von ihr entfernen konnte. »Es wird nie wieder einen besseren Ort oder Zeitpunkt geben.«

»Grace, wenn du mich bedrängst, wirst du Dinge zu hören bekommen, von denen du lieber nichts wissen willst.«

»Ich habe noch gar nicht angefangen, dich zu bedrängen. Es macht mich ganz krank, dich hier zu sehen und mitzuerleben, wie du den trauernden Gatten mimst – und das nach all dem, was sie deinetwegen hat durchmachen müssen!«

Das immer lauter werdende Gemurmel und die betroffenen, vorsichtigen Blicke der Anwesenden schienen ihn zur Umkehr zu bewegen. Er faßte Grace am Arm und zog sie nach draußen.

»Ich möchte Familiendebatten lieber privat führen.«

»Wir sind keine Familie.«

»Nein, und es wäre töricht, so zu tun, als hätte jemals die geringste Zuneigung zwischen uns bestanden. Du hast dir nie sonderliche Mühe gegeben, deine Verachtung mir gegenüber zu verbergen.«

»Ich habe noch nie etwas davon gehalten, eine falsche Fassade aufzusetzen, besonders dann nicht, wenn es um tiefsitzende Gefühle geht. Kathleen hätte dich nie heiraten dürfen!«

»Wenigstens in diesem Punkt stimmen wir hundertprozentig überein. Kathleen hätte überhaupt nie jemanden heiraten sollen. Sie hat als Mutter komplett versagt und war auch als Gattin eine komplette Versagerin.«

»Wie kannst du es wagen? Wie kannst du dich erdreisten, vor mir zu stehen und so über Kathleen zu reden? Du hast sie gedemütigt und noch vor ihr mit deinen Affären geprahlt.«

»Hätte ich die kleinen Verhältnisse hinter ihrem Rücken haben sollen?« Er lachte leise auf und starrte an Grace vorbei auf eine alte Ulme, die bei der Grundsteinlegung der Kirche hier angepflanzt worden war. »Meinst du denn, es hätte ihr etwas ausgemacht? Dann bist du eine noch größere Närrin, als ich bisher geglaubt habe.«

»Sie hat dich geliebt!« Die Wut war deutlich aus ihrer Stimme herauszuhören. Denn es tat ihr mehr weh, als sie je für möglich gehalten hatte, hier auf den Stufen zu stehen, über die sie früher so oft mit ihrer Schwester gelaufen war. Während der Fronleichnams- und Ostersonntagsprozessionen, an denen sie in hübschen weißen Kleidchen und gelben Mützen teilgenommen hatten. Wie oft waren sie als Kinder über diese Treppe geschritten, und jetzt befand sie sich ganz allein hier. Die Orgelmusik dröhnte nun laut und klagend durch die angelehnte Tür. »Du und Kevin waren ihr ganzes Leben.«

»Da liegst du grundfalsch, Grace. Ich will dir von deiner Schwester erzählen. Ihr hat niemand etwas bedeutet. Leidenschaft und tiefe Liebe waren ihr fremd, liefen geradezu ihrem Wesen zuwider. Und mit Leidenschaft meine ich sowohl die physische als auch die emotionale. Sie hat sich nie etwas aus meinen Affären gemacht, solange ich dabei diskret vorging und nicht das einzige in Gefahr brachte, was ihr wirklich wichtig war: eine Breezewood zu sein.«

»Hör auf!«

»Nein, jetzt hörst du mir einmal zu.« Er hielt Grace fest, als sie in die Kirche zurückflüchten wollte. »Es war nicht allein der Sex, den sie nur als Mittel zum Zweck gesehen hat. Sie wollte einen Sohn, einen Breezewood, und sobald sie Kevin hatte, hielt sie damit ihre ehelichen Pflichten für beendet. Und Kevin war für sie weniger ein Kind als vielmehr ein Symbol.«

Damit traf er Grace an ihrer verwundbarsten Stelle, genau dort, wo ihre eigenen Gedanken über Kathleen schon vor Jahren angelangt waren. Und sie schämte sich grenzenlos. »Das ist nicht wahr. Sie hat Kevin über alles geliebt.«

»Soweit ihr so etwas überhaupt möglich war. Sag mir doch, Grace, hast du je miterlebt, daß sie einmal spontan Zuneigung zeigen konnte, dir oder euren Eltern gegenüber?«

»Kathleen trug eben nicht das Herz auf der Zunge. Das bedeutet aber noch lange nicht, daß sie keine Gefühle hatte.«

»Kathleen war kalt wie ein Stein.« Grace prallte zurück, als hätte man ihr ins Gesicht geschlagen. Dabei überraschte sie nicht so sehr, solche Worte zu hören, sondern vielmehr zu erkennen, daß sie selbst ihr Leben lang insgeheim genau das von ihrer Schwester gedacht hatte. »Und ich glaube, das schlimmste daran war, daß sie nichts dagegen tun konnte. Während der meisten Zeit in unserer Ehe ist jeder von uns seiner eigenen Wege gegangen, weil das für uns beide so am besten war.«

Diese Worte riefen in ihr etwas Furchtbareres als Scham hervor: Grace fühlte sich elend; denn sie wußte, wie recht Jonathan damit hatte. Sie hatte ihre Schwester selbst so erlebt, auch wenn sie sich lange geweigert hatte, sich das einzugestehen. Sie sah, wie er sich das Haar glattstrich, nachdem eine leise Brise hindurchgefahren war. Die lässige Geste eines Mannes, der alles Unperfekte nicht ertrug. Kathleen mochte ihre Fehler gehabt haben, aber sie hatte damit nicht allein gestanden.

»Und irgendwann war das für dich nicht mehr das beste, oder?«

»Stimmt. Als ich ihr die Scheidung vorschlug, hat sie zum erstenmal seit vielen Jahren so etwas wie eine Emotion gezeigt. Sie weigerte sich einzuwilligen, sie hat mich bedroht und dann angefleht. Sie fürchtete sich keineswegs davor, mich zu verlieren, sondern die gesellschaftliche Stellung, an die sie sich so sehr gewöhnt hatte. Als Kathleen erkennen mußte, daß es mir mit der Trennung ernst war, hat sie fluchtartig das Haus verlassen und sich geweigert, irgendeine Übereinkunft überhaupt in Erwägung zu ziehen. Drei Monate blieb sie fort, ehe sie wieder Kontakt zu mir aufnahm und sich nach Kevin erkundigte. Drei Monate lang hatte sie ihren Sohn weder gesehen noch gesprochen.«

»Sie mußte erst ihren Schmerz verarbeiten.«

»Vielleicht. Aber mir war inzwischen klargeworden, daß ich von dieser Frau nichts mehr wollte. Ich habe ihr erklärt, daß ich es nicht zulassen würde, wenn sie Kevin aus seiner gewohnten Umgebung herausreißen wollte. Aber ich habe ihr auch Zeiten vorgeschlagen, wann sie den Jungen bei sich haben könnte.«

»Sie wollte um ihren Sohn kämpfen. Kathleen hatte Angst vor dir und deiner Familie, aber sie war trotzdem fest entschlossen, um ihren Kevin zu kämpfen.«

»Das ist mir bekannt.«

»Du wußtest, was sie getan hat?«

»Mir war bekannt, daß sie einen Anwalt und einen Privatdetektiv auf mich angesetzt hat.«

»Und was hättest du unternommen, um sie daran zu hindern, das Sorgerecht für Kevin zu bekommen?«

»Alles menschenmögliche.« Wieder warf er einen Blick auf seine Uhr. »Es hat den Anschein, als würden wir die Messe aufhalten.«

Er öffnete die Tür und trat in die Kirche.

Als Ben vor der roten Ampel anhielt, zog er einen mit Zuckerguß überzogenen Doughnut aus der weißen Tüte. Draußen war es warm genug, um die Seitenfenster halb herunterzukurbeln, und die seichte Musik aus dem Wagen neben ihnen übertönte die Blues-Songs von B. B. King, die Ben eingelegt hatte.

»Wie kann sich jemand freiwillig einen solchen Scheiß anhören?« Er warf einen Blick auf das andere Auto, erkannte einen Volvo und verdrehte die Augen. »Ich habe den starken Verdacht, daß es sich dabei um eine großangelegte sowjetische Verschwörung handelt. Sie haben insgeheim die Radiosender übernommen und überschwemmen uns jetzt so lange mit diesem James-Last-Brei, bis die Gehirne von allen aufrechten Amerikanern sich in Gelee verwandelt haben. Und während sie darauf warten, daß wir ins Barry-Manilow-Koma fallen, hören sie sich selbst Stones an.« Ben biß in seinen Doughnut und drehte die Lautstärke von B. B. King auf. »Und wir machen uns Sorgen wegen der SS-20 in Mitteleuropa.«

»Das solltest du unbedingt dem Pentagon schreiben«, bemerkte Ed.

»Dafür ist es längst zu spät.« Ben fuhr los und bog kurz hinter der Kreuzung rechts ab. »Die Burschen dort sind bestimmt im Carpenters-Taumel. Sie kleistern uns die Hirne zu, Ed. Die Rußkis geben keine Ruhe, bis wir willenlose Zombies geworden sind.«

Ed sagte nichts mehr dazu, und Ben drehte die Lautstärke wieder herunter. Wenn es ihm schon nicht gelang, seinen Partner auf andere Gedanken zu bringen, konnte er genausogut die Sprache auf das eigentliche Thema bringen.

»Heute findet die Beerdigung statt, nicht wahr?«

»Ja.«

»Sobald wir diesen Einsatz hier hinter uns haben, könnten wir uns ein paar Stunden freinehmen.«

»Sie will mich nicht mehr sehen, bis ich ihr was Neues berichten kann.«

»Vielleicht gäbe es da etwas.« Ben studierte die Hausnummern, an denen sie vorbeikamen. »Wann will sie denn zurück nach New York?«

»Weiß ich nicht.« Ed hatte sich bislang nach Kräften bemüht, nicht daran zu denken. »In ein oder zwei Tagen.«

»Ist es dir mit der Schriftstellerin ernst?«

»Hab noch keine Gelegenheit gefunden, mir darüber Gedanken zu machen.«

Ben parkte den Wagen an der Bordsteinkante. »Das solltest du aber schleunigst nachholen.« Er blickte an Ed vorbei auf einen kleinen Laden, der sich zwischen ein halbes Dutzend anderer drängte. Früher mochte das eine schicke Boutique oder ein Kunsthandwerk-Shop gewesen sein, heute hatte dort Fantasy, Incorporated, sein Zuhause gefunden.

»Sieht nicht gerade wie ein Sündenpfuhl aus, was?«

»Was weißt du denn schon darüber?« Ben leckte sich Zuckerguß vom Daumen ab. »Für ein profitables, gutgehendes Unternehmen legen sie aber nicht allzuviel Wert auf ihr äußeres Erscheinungsbild.«

»Ich schaue mir regelmäßig *Miami Vice* an«, widersprach Ed. Er wartete, bis zwei Autos vorbeigefahren waren, und stieg dann aus.

»Hat ganz den Anschein, als kämen nicht sonderlich viele Kunden auf ein Schwätzchen vorbei.«

Das Büro war nicht größer als ein durchschnittliches

Schlafzimmer und hatte offenbar noch nie einen Innenarchitekten gesehen. Die Wände waren weiß gestrichen, den Boden bedeckte ein billiger Teppich. Zwei Schreibtische, ausgemustertes Army-Inventar, bildeten eine von Wand zu Wand reichende Trennlinie, und auf dem wenigen freien Platz standen ein paar Stühle, von denen keine zwei zusammenpaßten und die allesamt den Eindruck machten, von diversen Flohmärkten zu stammen. Nur die Computer auf den Tischen sahen hochmodern aus.

Eine Frau saß an einem Monitor und hörte sofort auf zu tippen, als die beiden eintraten. Sie hatte sich das dichte braune Haar aus dem hübschen, runden Gesicht gekämmt. Auf der Rückenlehne des Schreibtischsessels hing ihr Jackett. Sie lächelte geschäftsmäßig und erhob sich.

»Hallo. Kann ich Ihnen helfen?«

»Wir würden gern mit dem Geschäftsführer sprechen.« Ben zog seine Marke. »Dienstlich.«

Sie nahm seine Marke, studierte sie und reichte sie zurück. »Ich bin die Geschäftsführerin. Was kann ich für Sie tun?«

Ben steckte seinen Ausweis wieder ein. Er wußte nicht mehr genau, wen er hier anzutreffen erwartet hatte, aber ganz gewiß keine adrette junge Frau, die aussah, als hätte sie gerade mit ihren Freundinnen ein Picknick geplant. »Wir würden uns gern mit Ihnen über eine Ihrer Angestellten unterhalten, Miß . . .«

»Mrs. Cawfield, Eileen Cawfield. Es geht um Kathleen Breezewood, nicht wahr?«

»Ja, Ma'am.«

»Nehmen Sie doch Platz, Detective Paris.« Sie sah Ed fragend an.

»Jackson, ebenfalls Detective.«

»Auch Sie dürfen sich setzen. Möchte einer der Herren Kaffee?«

»Nein, danke«, entgegnete Ed rasch, bevor Ben ja sagen konnte. »Sie wissen, daß Kathleen Breezewood ermordet wurde?«

»Ja, ich habe davon in der Zeitung gelesen. Wie furchtbar.« Sie ließ sich wieder an ihrem Schreibtisch nieder und faltete die Hände auf einer rosafarbenen Schreibunterlage. »Ich habe sie nur einmal gesehen, damals, als sie sich vorstellte. Trotzdem fühle ich mich allen meinen Damen sehr nahe. Sie war sehr beliebt. Im Grunde genommen war Desiree – Verzeihung, wir machen es uns hier viel zu oft zur Angewohnheit, den Künstlernamen unserer Angestellten zu gebrauchen – meine Top-Dame. Kathleen hatte eine so einschmeichelnde Stimme. So etwas ist in unserer Branche von großem Vorteil.«

»Hat Kathleen sich jemals über einen Anrufer beschwert?« Ed zückte sein Notizbuch und schlug es auf einer freien Seite auf. »Hat vielleicht jemand sie bedrängt oder bedroht?«

»Nein, Kathleen hat sich ihre Kunden sehr genau ausgesucht und nicht jeden genommen. Sie war eher, na ja, konservativ, und wir haben das natürlich respektiert. Ein paar von den anderen Damen, die für uns tätig sind, übernehmen die eher ausgefalleneren Wünsche.« Ihr Telefon läutete. »Verzeihen Sie bitte.«

Wie eine altgediente Empfangsdame hatte sie gleich einen Stift in der Hand. »Fantasy, Incorporated ... Aber natürlich, gern. Ich stelle gleich fest, ob Louisa zur Verfügung steht. Ich brauche die Nummer Ihrer Kreditkarte ... Ja, danke, und jetzt noch die Gültigkeitsdauer bitte ... Unter welcher Rufnummer kann man Sie erreichen? ... Falls Louisa gerade verhindert ist, wäre Ihnen da eine andere unserer Damen recht? Aha, verstehe. Vielen Dank für den Anruf.«

Eileen legte auf und lächelte den Polizisten halb entschuldigend an. »Dauert nur noch eine Minute. Er gehört zu unseren Stammkunden, deswegen dürfte es ziemlich rasch gehen.« Sie tippte etwas auf ihrer Tastatur ein und nahm dann wieder den Hörer in die Hand. »Louisa? Ja, ich bin's, Eileen. Mir geht es gut, danke. Mr. Dunnigan würde gerne mit Ihnen plaudern. Ja, die übliche Rufnummer. Sie haben sie griffbereit? Ausgezeichnet ... Keine Ursache. Tschüs.« Nachdem sie eingehängt hatte, faltete sie wieder die Hände auf der Schreibunterlage. »Verzeihen Sie bitte die Unterbrechung.«

»Haben Sie viele von denen?« fragte Ben. »Ich meine Stammkunden.«

»O ja. Es gibt so viele einsame, sexuell frustrierte Menschen. Und bei den heutigen Zuständen ziehen viele die Sicherheit und Anonymität eines Telefonanrufs den Risiken und Unwägbarkeiten vor, die der Besuch einer Single-Bar mit sich bringt.« Eileen lehnte sich zurück und schlug unter dem Schreibtisch die Beine übereinander. »In diesen Zeiten sind sich die meisten Menschen der Krankheiten bewußt, die durch Geschlechtsverkehr übertragen werden können. Das Sexualverhalten der sechziger und siebziger Jahre hat sich seit der zweiten Hälfte der neunziger deutlich gewandelt. Fantasy, Incorporated, bietet da durchaus eine Alternative.«

»Natürlich.« Ed sagte sich, daß sie das wohl auch ihren Kunden erzählte, die sich sicher davon beeindrucken ließen. Im Grunde genommen stimmte er ihr ja auch zu, aber im Moment war er mehr an der Erörterung des Sexualverhaltens im ausklingenden zwanzigsten Jahrhundert interessiert. »Hatte Kathleen viele Stammkunden?«

»Wie ich schon erwähnte, war sie sehr beliebt. In den letzten Tagen haben etliche ihrer Kunden hier angerufen und waren sehr enttäuscht, als sie von mir erfahren mußten, daß Desiree nicht mehr für uns tätig ist.«

»Hat sich einer ihrer Stammkunden noch nicht gemeldet?«

Eileen dachte darüber nach, wandte sich dann an ihren Computer und fragte ihn ab. »Nein . . . Mir ist natürlich klar, daß Sie jeden befragen müssen, der mit Kathleen zu tun hatte. Aber verstehen Sie bitte, daß die Männer, die hier anrufen, sie nur als Desiree gekannt haben. Sie war für sie nur eine Stimme und gesichtslos, nein, besser gesagt, die Kunden konnten die Stimme mit dem Gesicht ihrer Wahl versehen. Wir haben hier ziemlich strenge Bestimmungen, sowohl um dem Gesetz genüge zu tun als auch aus geschäftlichen Gründen. Unsere Damen nennen nie mehr als ihren Künstlernamen, und es ist ihnen nicht gestattet, einem Kunden ihre Privatnummer zu geben oder sich mit ihm zu treffen. Diese Art von Anonymität dient sowohl der Illusion, die wir verkaufen, als auch dem Schutz unserer Angestellten. Und keiner unserer Kunden hat die Möglichkeit, außerhalb der Büroanschlüsse von Fantasy, Incorporated, mit einer der Damen in Kontakt zu treten.«

»Wer besitzt Zugang zu Ihren Unterlagen?«

»Mein Mann, seine Schwester und ich. Wir sind ein Familienunternehmen.« Wieder klingelte das Telefon. »Meine Schwägerin besucht noch das College und besetzt nachts das Büro. Entschuldigen Sie mich bitte für einen Moment.«

Eileen hob ab und erledigte den Anruf mit der gleichen Routine wie zuvor. Ed warf einen Blick auf seine Uhr. Viertel nach zwölf. Offensichtlich erfreute sich der Telefonsex besonders in der Mittagspause großen Zuspruchs. Er fragte sich, ob die Beerdigung bereits vorüber war und Grace wieder allein zu Hause hockte.

»Tut mir leid«, erklärte Eileen, »aber bevor Sie fragen, sage ich Ihnen lieber gleich, daß unsere Unterlagen streng vertraulich sind. Keiner von uns dreien spricht je mit einem Außenstehenden über unsere Kunden oder Angestellten. Hier geht es um ein Geschäft, Gentlemen, und wir plaudern auch in Bars oder auf Partys nicht darüber. Jeder von uns achtet strikt darauf, daß wir nicht mit dem Gesetz in Konflikt geraten und uns im Rahmen der allgemeinen Geschäftsbestimmungen bewegen. Unsere Damen sind keineswegs Huren. Sie verkaufen nicht ihre Körper, sondern Gespräche. Wir überwachen unsere Angestellten, natürlich auf diskrete Weise, und sollte eine von ihnen sich nicht an die Regeln halten, fliegt sie sofort raus. Selbstverständlich ist uns bewußt, daß es in unserer Branche Unternehmungen gibt, bei denen auch Kinder anrufen können, und zwar auf Kosten ihrer Eltern. Ich persönlich halte solches Geschäftsgebaren für unverantwortlich und sehe darin eine ziemlich traurige Entwicklung. Wir hier bei Fantasy, Incorporated, nehmen nur erwachsene Kunden und machen jeden, bevor irgend etwas in Rechnung gestellt wird, auf unsere Geschäftsbestimmungen aufmerksam.«

»Wir sind vom Morddezernat, nicht von der Sitte«, erklärte Ben. »Davon abgesehen haben wir Ihre Firma längst überprüft und festgestellt, daß hier nichts Illegales geschieht. Im Augenblick sind wir einzig und allein an Kathleen Breezewood interessiert. Eine Liste ihrer Kunden käme uns bei unseren Ermittlungen wirklich sehr gelegen.«

»Das kann ich nicht tun. Aus offensichtlichen Gründen ist unser Kundenverzeichnis streng vertraulich, Detective Paris.«

»Und aus ebenso offensichtlichen Gründen darf bei der Aufklärung eines Mordes nichts streng vertraulich bleiben, Mrs. Cawfield.«

»Ich verstehe Ihre Position, aber bitte verstehen Sie auch meine.«

»Wir könnten einen Gerichtsbeschluß erwirken«, ermahnte Ed sie. »Das würde uns nur Zeit kosten, aber nicht mehr.«

»Dann besorgen Sie sich einen Gerichtsbeschluß, Detective Jackson. Solange Sie mir den nicht vorlegen können, sehe ich mich gezwungen, meine Kunden zu schützen. Ich kann Ihnen nur noch einmal versichern, daß keiner unserer Anrufer in der Lage ist, eine der Damen ausfindig zu machen, es sei denn, er könnte sich Zugang zu diesem Computer verschaffen und den Code knacken.«

»Wir möchten uns auch mit Ihrem Mann und mit Ihrer Schwägerin unterhalten.«

»Selbstverständlich. Abgesehen vom Vertrauensbruch unseren Kunden gegenüber sind wir zu jeder Form der Zusammenarbeit mit den Behörden bereit.«

»Mrs. Cawfield, wissen Sie, wo sich Ihr Mann in der Nacht vom zehnten April aufgehalten hat?« Ed sah sie freundlich an, während er mit gezücktem Bleistift dasaß. Ben bemerkte, wie sie rasch die Finger zusammenzog.

»Ich sehe ein, daß Sie sich danach erkundigen müssen. Trotzdem erachte ich Ihre Frage als geschmacklos.«

»Ja«, sagte Ben und schlug die Beine übereinander. »Aber Morde sind nicht gerade eine geschmackvolle Angelegenheit.«

Eileen befeuchtete sich die Lippen. »Allen spielt Softball. In der fraglichen Nacht hatte er ein Spiel. Er hat alle neun Innings geschafft. Das habe ich selbst gesehen, ich war nämlich dort. Das Spiel war kurz vor einundzwanzig Uhr zu Ende, und danach sind wir mit Freunden Pizza essen gegangen. Wir kamen erst nach dreiundzwanzig Uhr nach Hause.«

»Wenn wir das überprüfen möchten, werden Sie uns dann die Namen Ihrer Freunde mitteilen?«

»Natürlich. Es tut mir wirklich sehr leid wegen Kathleen, aber mein Geschäft hat nichts mit ihrer Ermordung zu tun. Wenn Sie mich jetzt bitte entschuldigen wollen, aber ich muß mich um den nächsten Anrufer kümmern.«

»Vielen Dank, daß Sie so viel Zeit für uns erübrigt haben.« Ed verließ den Laden und wartete draußen auf dem Bürgersteig auf Ben. »Wenn sie uns nichts vorgemacht hat, und den Eindruck habe ich eigentlich gewonnen, dann war es tatsächlich keinem Kunden möglich, über das Büro an Kathleen heranzukommen.«

»Vielleicht hat Desiree sich nicht an die Regeln gehalten.« Ben zündete sich eine Zigarette an. »Irgendein Kerl hat sie interessiert, und da hat sie ihm ihre Privatnummer und Adresse gegeben. Womöglich hat sie sich auch mit ihm getroffen. Und er ist ihr dann heimlich gefolgt, weil er mehr von ihr wollte als nur reden.«

»Könnte sein«, murmelte Ed, auch wenn er sich nur schwer vorstellen konnte, daß es zu den Wesensmerkmalen seiner ehemaligen Nachbarin gehört, sich nicht an Vereinbarungen zu halten. »Ich frage mich, wie hoch deine Frau wohl die Wahrscheinlichkeit einschätzen würde, daß ein Mann, der sich von Telefonsex stimulieren läßt, auch zu Vergewaltigung und Mord fähig ist.«

»Tess arbeitet nicht an dem Fall, Ed.«

»War ja auch nur so eine Idee.« Ihm war nicht entgangen, wie angespannt Ben auf seine Überlegung reagiert hatte, und so verfolgte er das Thema nicht weiter. Sein Partner hatte schon genug daran zu beißen, daß seine Frau einmal bei einer Mordermittlung zu Hilfe gerufen worden war. »Weißt du, ich halte es für wahrscheinlicher, daß jemand zufällig in Kathleens Haus eingebrochen ist, dort von ihr überrascht wurde und dann die Nerven verloren hat.«

»Könnte sein, aber irgend etwas ist an dieser Theorie unstimmig.«

»Ja«, sagte Ed, als er die Wagentür öffnete, »irgendwie fühlt es sich nicht richtig an.«
»Wir sollten uns noch einmal mit Grace unterhalten.«
»Wird sich wohl nicht vermeiden lassen.«

Er mußte wieder lauschen. Zuviel Zeit war vergangen. Nach Schulschluß eilte er sofort nach Hause und schloß sich in seinem Zimmer ein. Am liebsten hätte er die letzten Stunden geschwänzt, aber er wußte nur zu gut, daß man dann seine Eltern benachrichtigt hätte und sein Vater anfangen würde, Fragen zu stellen. So hatte er bis zum Schluß durchgehalten und ganz den ruhigen, wohlerzogenen und gescheiten Jungen mit der klaren, deutlichen Stimme gegeben. Jerald verstand es so ausgezeichnet, sich seiner Umgebung anzupassen, daß keiner seiner Lehrer sonderlich auf ihn aufmerksam geworden wäre, hätte es sich bei ihm nicht um den Sohn des kommenden Präsidenten gehandelt.

Jerald vermied jedes Aufsehen, denn er mochte es nicht, wenn Menschen ihn beobachteten. Wenn sie ihn zu lange studierten, stießen sie womöglich auf eines seiner Geheimnisse.

Es kam nicht häufig vor, daß er sich schon tagsüber in die Leitung von Fantasy einklinkte. Die Dunkelheit der Nacht war ihm wesentlich lieber, denn dann konnte er sich die betreffende Frau viel besser vorstellen. Doch seit Desiree in sein Leben getreten war, hatte er kaum noch von seinem Hobby lassen können. Er setzte den Kopfhörer auf, schaltete das Terminal ein, lehnte sich zurück und wartete auf die richtige Stimme.

Jerald kannte die von Eileen. Sie interessierte ihn nicht, denn sie klang zu geschäftsmäßig. Und die von der anderen, die nachts die Anrufe entgegennahm, war ihm auch nicht recht. Deren Stimme klang zu jung und zu affektiert. Beiden Frauen gelang es nicht, ihn in irgendeiner Weise zu erregen.

Er schloß die Augen. Irgendwann würde er auf die Richtige stoßen, dessen war er sich absolut sicher.

Und dann hörte er sie: Roxanne.

7. Kapitel

Hyazinthen. Grace hockte auf den Stufen vor dem Haus ihrer Schwester und betrachtete die weißen und rosafarbenen Blüten, die sich geöffnet hatten. Zu ihrer Erleichterung verbreiteten sie nur einen leichten Duft. Grace hatte für heute mehr als genug vom Blumengeruch. Die Hyazinthen sahen auch ganz anders aus als die Kränze, Gebinde und Sträuße. Kräftig und zuversichtlich erhoben sie sich neben dem rissigen Beton. Diese Pflanzen erinnerten sie nicht an Särge und Tränen.

Grace hatte es bei ihren Eltern nicht mehr ausgehalten. Obwohl sie sich dafür haßte, war sie zuvor aufgesprungen und hatte die beiden mit ihrem endlosen Händchenhalten und Teetrinken allein gelassen, weil sie dringend frische Luft, freien Himmel und Zeit für sich brauchte. Es mußte ihr gelingen, dem Kummer zu entkommen, sei es auch nur für eine Stunde.

Gelegentlich fuhr auf der Straße ein Auto vorbei, und dann blickte sie auf. Ein paar Nachbarskinder nutzten das schöne Wetter und die länger werdenden Tage, um auf den unebenen Bürgersteigen rad- oder Skateboard zu fahren. Ihr Vergnügen und ihre Rufe erinnerten an den Sommer, der bereits hinter der nächsten Ecke wartete. Hin und wieder starrte einer mit großen, runden und neugierigen Augen zum Haus hinüber. Grace sagte sich, daß mittlerweile alle in der Straße Bescheid wissen mußten, und wahrscheinlich hatten die Eltern bereits ihre Sprößlinge ermahnt, sich bloß nicht dem Grundstück zu nähern. Wenn Kathleens Haus lange genug leer stand, würden die Kinder sich gegenseitig anstacheln, den Garten zu betreten und sich bis zur Veranda zu wagen. Die Mutigsten unter ihnen würden sich vielleicht sogar getrauen, bis zu einem Fenster zu laufen und einen vorsichtigen Blick hineinzuwerfen.

Das verwunschene Haus. Das Mordhaus. Die Kinder würden feuchte Hände bekommen, und ihre Herzen würden schneller schlagen, wenn sie das Grundstück fluchtartig wieder verließen, um ihren weniger tapferen Freunden von ihrem Heldenstück zu berichten. Grace hatte zu ihrer Zeit genau das gleiche getan.

Morde besaßen eine unwiderstehliche Anziehungskraft.

Sie wußte, daß man in den ruhigen kleinen Häusern entlang der Straße bereits über die Bluttat redete und beschloß, neue Schlösser einzusetzen und jeden Abend doppelt zu überprüfen, ob alle Türen und Fenster fest verschlossen waren. Aber nach ein paar Wochen würde die allgemeine Wachsamkeit wieder nachlassen. Schließlich war der Mord ja nicht bei einem selbst, sondern ein paar Häuser weiter geschehen.

Aber Grace würde die Untat nie vergessen. Sie rieb sich die müden Augen. Nein, das konnte sie einfach nicht.

Als sie Eds Wagen erkannte, der gerade in die Ausfahrt einbog, atmete sie tief durch. Bis eben war ihr nicht klargewesen, daß sie auf seine Rückkehr gewartet hatte. Grace erhob sich, lief über das Gras und erreichte ihn, als er gerade aus dem Auto stieg.

»Überstunden gemacht, Detective?«

»Läßt sich manchmal nicht vermeiden.« Er zog die Schlüssel ab und öffnete den Kofferraum. Von ihrem Make-up war nicht mehr als ein paar Mascara-Flecken übriggeblieben. »Ist mit Ihnen alles in Ordnung?«

»Geht so.« Sie warf einen Blick zurück auf das Haus ihrer Schwester. Ihre Mutter hatte gerade in der Küche Licht gemacht. »Morgen früh begleite ich meine Eltern zum Flughafen. Es hilft keinem von uns, wenn sie noch länger hierbleiben; deswegen fiel es mir nicht schwer, sie von der Notwendigkeit der Abreise zu überzeugen. Die beiden geben sich gegenseitig genug Halt.« Sie fuhr sich mit den Händen über die Hose, wußte nicht, wohin mit ihnen, und ließ sie schließlich in den Taschen verschwinden. »Wissen Sie, bis vor ein paar Tagen ist mir nie klargewesen, wie sehr die zwei miteinander verheiratet sind, wie sehr sie ein Paar sind.«

»In solchen Situationen ist es sehr wichtig, einen Partner zu haben.«

»Ich denke, sie kommen darüber hinweg. Sie haben . . . sich bereits mit Kathleens Tod abgefunden.«

»Und wie steht's mit Ihnen?«

Grace sah ihn einen Moment an und wandte dann rasch den Blick ab. Die Antwort stand in ihren Augen zu lesen. Sie hatte den Verlust ihrer Schwester noch längst nicht verarbeitet. »Meine Eltern fliegen erst für ein paar Tage nach Hause und reisen dann nach Kalifornien, um Kevin, den Sohn meiner Schwester, zu sehen.«

»Fliegen Sie nicht mit ihnen dorthin?«

»Nein. Ich habe es mir durch den Kopf gehen lassen, aber im Moment wäre das keine so gute Idee. Ich weiß nicht, wie ich es erklären soll, aber irgendwie hat die Beerdigung sie beruhigt.«

»Sie nicht?«

»Ich habe die ganze Veranstaltung gehaßt. Sobald ich wieder in New York bin, werde ich mich an ein Krematorium wenden, um Vorsorge für mein eigenes Begräbnis zu treffen.« Sie fuhr sich mit beiden Händen durchs Haar. »Gott, das klingt krank, nicht wahr?«

»Nein, nicht unbedingt. Beerdigungen zwingen einen, sich mit dem Tod auseinanderzusetzen. Das ist ihr eigentlicher Sinn und Zweck, oder?«

»Ich habe den ganzen Tag über ihren Sinn und

Zweck nachgedacht. Und ich glaube, ich ziehe unter allen Formen die Wikinger-Bestattung vor. Draußen auf hoher See in einem brennenden Boot zu vergehen. Mir behagt einfach die Vorstellung nicht, in einer Kiste verscharrt zu werden.« Sie bekam sich wieder in den Griff und drehte sich zu Ed um. Wieviel angenehmer war es doch, sich von den Kindern, die auf der Straße spielten, und den erblühenden Blumen ablenken zu lassen. »Tut mir leid. Ich bin aus dem Haus geflüchtet, weil ich nicht länger grübeln wollte. Meinen Eltern habe ich gesagt, ich wollte einen kleinen Spaziergang unternehmen. Sehr weit bin ich nicht gerade gekommen, was?«

»Möchten Sie sich denn noch etwas die Beine vertreten?«

Grace schüttelte den Kopf und legte ihm eine Hand auf den Arm. Wie dezent er doch war. Sie war schon die ganze Zeit auf der Suche nach einer kurzen und treffenden Beschreibung für ihn gewesen, und gerade war sie ihr in den Sinn gekommen. »Sie sind ein sehr netter Mann. Ich möchte mich dafür entschuldigen, Sie gestern abend so angefahren zu haben.«

»Ist schon okay. Sie hatten gar nicht so unrecht.« Eine Mutter erschien auf einer Veranda und rief ihre Kinder zum Essen. Sie bettelten so lange, bis sie noch eine Viertelstunde herausgeschlagen hatten.

»Mir tut eigentlich nicht leid, was ich gesagt habe, sondern wie ich es gesagt habe. In meinem Leben gibt es immer wieder längere Perioden, in denen ich wenig Kontakt zu anderen Menschen habe. Und wenn ich mich dann wieder unters Volk mische, endet es regelmäßig damit, daß ich meine Umgebung bedränge oder aus der Haut fahre.« Grace sah den Kindern beim Spielen zu. Sie erinnerte sich, daß sie in ihrer Kindheit versucht hatte, so schnell zu rennen, wie sie nur konnte, um den Sonnenuntergang zu schlagen. Kathleen und sie waren in einer Straße aufgewachsen, die sich von dieser hier kaum unterschied. »Dann sind wir immer noch Freunde?«

»Aber sicher.«

Er ergriff die Hand, die sie ihm hinhielt.

Genau das brauchte sie jetzt, wurde ihr in dem Moment klar, als er sie berührte. »Heißt das, daß wir uns noch zum Dinner verabreden können, bevor ich abreise?«

Er ließ ihre Hand nicht los und umschloß sie mit seinen kräftigen Fingern. »Wann wollen Sie denn fort?«

»Ich weiß noch nicht so genau. Es gibt hier noch allerlei zu erledigen. Vielleicht nächste Woche.« Ohne nachzudenken und nur, weil es ihr angenehm war, hob sie seine Hand an ihre Wange. Der Kontakt mit seiner Haut war unbeschreiblich schön. Sie wußte, daß sie solche Berührungen ebenso brauchte wie lange Phasen des Alleinseins. Doch in diesem Moment wollte sie nicht einmal daran denken, ohne Gesellschaft zu sein. »Waren Sie jemals in New York?«

»Bin leider noch nie so weit gekommen. Sie frieren ja«, murmelte er, als seine Fingerknöchel über ihr Gesicht strichen. »Sie hätten sich eine Jacke anziehen sollen.«

Grace lächelte und ließ seine Hand los. Doch sie blieb noch einen Moment auf ihrer Wange. Grace war immer ihrem Instinkt gefolgt und hatte sich sowohl mit den Niederlagen wie auch den angenehmen Seiten solchen Vorgehens abgefunden. Bevor er seine Hand zurückziehen konnte, schlang sie die Arme um ihn. »Das macht Ihnen doch hoffentlich nichts aus, oder? Ich brauche jetzt einfach jemanden, der mir zeigt, daß ich noch lebe.«

Sie hob den Kopf und drückte sanft ihre Lippen auf die seinen.

Solide. Dieses Wort entstand in ihrem Bewußtsein.

Das hier war solide und greifbar. Sein Mund war warm, und er erwiderte den Druck ihrer Lippen. Er drängte nicht, nahm nicht vollkommen Besitz von ihr und versuchte auch nicht, sie mit irgendwelchen raffinierten Kußtechniken zu beeindrucken. Er küßte sie genau so wie sie ihn. Sein Bart war ihr wie ein weiches Kissen. Und als seine Finger sich gegen ihre Haut preßten, erregte sie das. Wie wunderbar es doch war, noch einmal erfahren zu dürfen, daß sie so etwas brauchte und auch annehmen konnte. Ja, in diesem Moment wußte sie, daß sie noch lebte. Ein wunderbares Gefühl.

Sie hatte ihn überrascht, aber er ließ sich davon nicht aus der Fassung bringen, jedenfalls nicht lange. Schon seit geraumer Zeit wünschte er sich, Grace so zu halten und seine Finger durch ihre Haar wandern zu lassen. Die hereinbrechende Dämmerung brachte eine kühle Brise mit sich, und so zog er sie noch näher an sich heran, um ihr Wärme zu geben. Ed spürte, wie sich sein Puls beschleunigte und geradezu raste, als sie sich an ihn schmiegte.

Grace beendete den innigen Moment nur zögernd, weil sie von ihrer eigenen Reaktion wie gelähmt war. Er ließ sie los, auch wenn die wilde, romantische Vorstellung, sie hochzunehmen und in sein Haus zu tragen, sich noch lange in seinem Bewußtsein hielt.

»Danke«, brachte Grace schließlich hervor.

»Keine Ursache.«

Sie lachte, überrascht von ihrer Nervosität und entzückt über das, was seine Berührung in ihr ausgelöst hatte. »Ich glaube, ich lasse dich jetzt besser in Ruhe. Schließlich weiß ich doch, daß du auch nachts noch arbeitest.« Als er sie fragend ansah, ergänzte sie: »Ich sehe doch noch spät das Licht brennen.«

»Mit dem Badezimmer bin ich fast fertig. Fehlt eigentlich nur noch die Tapete.«

Grace warf einen Blick in seinen Kofferraum und

entdeckte darin vier Zwanzig-Liter-Eimer Kleister.
»Das reicht ja für einen ganzen Saal.«
»Den Kleister gab's als Sonderangebot.«
»Meine Mutter würde dich sofort ins Herz schließen«, lächelte sie. »Ich gehe jetzt besser wieder ins Haus, sonst machen sie sich noch Sorgen um mich. Bis bald.«
»Bis morgen. Ich lade dich zum Abendbrot ein.«
»Einverstanden.« Sie lief los, blieb aber mitten auf dem Rasen stehen und drehte sich um: »Aber keinen Möhrensaft, bitte.«

Roxanne hieß eigentlich Mary. Insgeheim hatte sie ihren Eltern immer einen leisen Vorwurf daraus gemacht, bei der Namensgebung so wenig Fantasie bewiesen zu haben. Sie fragte sich oft, ob ihre Entwicklung mit einem exotischeren, klangvolleren oder frivoleren Namen anders verlaufen wäre.
Mary Grice war achtundzwanzig, alleinstehend und stark übergewichtig. Schon in ihrer Pubertät hatte sie Fett angesetzt und dafür gleich ihre Eltern verantwortlich gemacht. Das liege nur an den Fettgenen, pflegte ihre Mutter zu sagen. Und das war mindestens die halbe Wahrheit. Die volle lautete, daß die ganze Familie Grice dem Essen nicht wiederstehen konnte – und das war schon immer so gewesen. Nahrungsaufnahme bedeutete für sie so etwas wie eine religiöse Erfahrung, und alle drei – Moma, Poppy und Mary – waren in dieser Hinsicht tiefgläubig.
Mary war in einem Haus aufgewachsen, in dem die Speisekammer und der Kühlschrank stets gut gefüllt waren und nie Mangel an Chips, kleinen Leckereien oder Schokoladensirup herrschte. Das Mädchen hatte schon früh gelernt, aus Brotscheiben, Wurst und Käse Sanwichtürme von ungeahnter Höhe zu bauen, diese mit Mengen von Schokomilch hinunterzuspülen und

dann immer noch im Bauch Platz genug für eine Schachtel gefüllter Plätzchen zu haben.

Während der Pubertät hatte Marys Haut verrückt gespielt und sie bald wie eine der reichbelegten Pizzas aussehen lassen, die sie so gern verdrückte. Selbst heute noch war ihr Gesicht von Kratern und Unreinheiten übersät. Mary hatte es sich schon früh angewöhnt, ihre Züge mit einer zentimeterdicken Schicht Make-up zu bedecken. Bei wärmerem Wetter, wenn ihre Schweißdrüsen sich allzu bereitwillig öffneten, wurde es rissig und zerschmolz auf ihrem Gesicht wie eine Gummipuppe im Feuer.

Sie hatte die High School und das College ohne eine einzige Verabredung mit einem Jungen hinter sich gebracht. Schlimmer noch, es war ihr nicht einmal gelungen, eine rein platonische Freundschaft mit einem jungen Mann aufzubauen. Trost fand sie wie eh und je im Essen. Wann immer jemand ihre Gefühle verletzt hatte oder die Hormone in ihr revoltierten, stopfte sich Mary mit Cheeseburgern und Fritten voll.

Im Alter von zwanzig Jahren war ihr Hals unter mehreren Faltenlagen verschwunden. Sie trug ihr Haar lang und hielt es hinten mit einer Spange zusammen. Schönheitssalons mochte sie nicht, weil dort zu viele Spiegel angebracht waren. Doch hin und wieder überkam es sie, und dann färbte sie sich das Haar flammendrot, rabenschwarz oder blond wie weiland Jean Harlow. Nach jeder Tönung fühlte sie sich als neue Persönlichkeit. Jede neue Identität wäre ihr willkommen gewesen, insofern sie sich nur von ihrer wahren unterschied.

Als der Arzt sie wegen ihres zu hohen Blutdrucks und der Herzbelastung warnte, verstellte sie die Skala an ihrer Waage, so daß sie von nun an fünf Kilogramm weniger wog. Diese Illusion erfreute sie so sehr, daß sie sich beim Essen noch weniger Zurückhaltung auferlegte. Sie hatte die zehn Pfund bald wieder drauf und glaubte, ihr Normalgewicht wieder erreicht zu haben.

Und eines Tages erfand sie Roxanne.

Roxanne war verführerisch, wanderte von einem Bett zum anderen und besaß eine Traumfigur. Sie konnte einen Eisberg in eine Dampfwolke verwandeln, solange es sich bei diesem nur um einen Mann handelte. Roxanne kannte weder Zurückhaltung noch Moral.

Marys Alter ego lebte für den Sex und frönte ihm an jedem Ort, zu jeder Gelegenheit und zu jeder Tageszeit. Wenn ein Mann harten, schnellen und schmutzigen Sex suchte, war er bei Roxanne genau an der richtigen Adresse.

Aus einer Laune heraus hatte Mary sich bei Fantasy, Incorporated, beworben. Auf das Geld war sie nicht angewiesen. Im College hatte sie über Roastbeeftellern und Käseplatten viel gebüffelt. Sie hatte ihren Abschluß in Volkswirtschaft gemacht und war mittlerweile in einem der führenden Broker-Häuser des Landes tätig. Für ihre Klienten war sie nicht mehr als eine Stimme am Telefon, und das hatte sie schließlich auf die Idee gebracht.

Vielleicht gehörte es zu den Launen der Natur, ihren aufgeschwemmten Körper mit einer wunderschönen Stimme zu versehen. Sie sprach sanft und in einer angenehmen, etwas zu hohen Tonlage. Wenn Mary aufgeregt war, klang sie leicht atemlos und erzeugte so das Bild einer kleinen und zierlichen Frau aus gutem Hause. Die Vorstellung, die Stimme zu mehr zu nutzen, als nur Aktien und Investmentpapiere an den Mann zu bringen, war zu stark gewesen, um ihr widerstehen zu können.

Mary betrachtete sich selbst als Telefonhure. Natürlich wußte sie, daß Eileen ihr Gewerbe als eine Art Sozialdienst ansah, aber Mary gefiel sich viel zu sehr in der Rolle einer Prostituierten. Alle Frustrationen, alle unerfüllten Sehnsüchte und alle Träume, aus denen sie schweißgebadet erwacht war, ließen sich durch die siebenminütigen Telefongespräche kompensieren und ertragen.

In ihrer Fantasie war Mary tatsächlich mit jedem einzelnen Mann im Bett gewesen, mit dem sie je über die Fantasy-Leitung telefoniert hatte. In der Wirklichkeit hatte sie es nie soweit gebracht. Die Gespräche mit den gesichtslosen Kunden waren die Überdruckventile für die erhitzten, unerfüllten Fantasien, die sich in ihr angestaut hatten. Für ein paar Dollar erfüllte sie in sieben Minuten die sexuellen Bedürfnisse ihrer Kunden und bekam von ihnen noch mehr zurück.

Tagsüber verfolgte sie Kursentwicklungen, verkaufte Wertpapiere und kaufte andere an. In der Nacht aber tauschte sie ihren Geschäftsanzug gegen sexy Wäsche von Frederick's of Hollywood aus und verwandelte sich in Roxanne.

Und sie genoß jeden Augenblick davon.

Mary war eine der wenigen Angestellten bei Fantasy, die an sieben Abenden in der Woche Anrufe entgegennahmen. Wenn eine ihrer Kolleginnen einen Kunden aus irgendwelchen Gründen ablehnte oder seine Wünsche als zu abartig empfand, sprang Roxanne gern für sie ein. Das Geld, das Mary dabei verdiente, gab sie für Reizwäsche aus roter Seide, Parfüms und Nahrungsmittel aus. Vor allem für letzteres. Zwischen zwei Anrufen konnte sie mit Leichtigkeit eine Jumbotüte Kartoffelchips und dazu ein großes Glas Tzaziki mit viel Knoblauch verdrücken.

Sie erkannte Lawrence gleich an der Stimme, und sie wußte auch über seine Vorlieben Bescheid. Obwohl er nicht zu den Abartigsten unter ihren Stammkunden gehörte, liebte er es, gelegentlich mit Fantasien über Leder und Handschellen überrascht zu werden. Lawrence hatte ihr von Anfang an die Wahrheit über seine äußere Erscheinung gesagt. Sie glaubte ihm, denn wer würde schon freiwillig von sich behaupten, einen Überbiß zu haben und an Asthma zu leiden. Dreimal in der Woche rief er bei ihr an – ein Drei-Minuten-Quickie und zwei reguläre Gespräche zu sieben Minuten. Lawrence arbeitete als Buchhalter, und so hatten sie auch über den Sex hinaus noch ein gemeinsames Gesprächsthema.

Roxanne hatte überall in ihrem Zimmer Kerzen aufgestellt und angezündet. Sie schuf sich gern das passende Ambiente, während sie sich mit einer Zweiliterflasche der guten, alten zuckersüßen Coca-Cola auf ihrem überdimensionierten Bett ausbreitete. Mary machte es sich auf dem Satinbezug bequem, schob sich ein paar Kissen in den Rücken, und wenn sie mit Lawrence sprach, spielten ihre Finger mit der Telefonschnur.

»Du weißt, daß ich ganz besonders gern mit dir spreche, Lawrence. Mir wird schon bei dem Gedanken, deine Stimme zu hören, ganz kribbelig. Ich trage heute ein neues Negligé. Es ist rot, und der Stoff ist durchsichtig.« Sie lachte leise und schmiegte sich in die Kissen. Zur Zeit hatte sie die Figur einer Mastkuh, und die Beine vermochten den Körper kaum noch zu tragen. »Du unartiger Junge, Lawrence. Wenn es wirklich das ist, was du von mir willst, nun, das tue ich gerade und stelle mir dabei vor, du wärst es. Also gut, dann hör nur zu. Lehn dich zurück, und ich erzähle dir ganz genau, was ich in diesem Moment mache.«

Er wußte, daß er zu schnell vorging, aber verdammt nochmal, er mußte einfach feststellen, ob es noch einmal zu einem solchen Erlebnis kommen konnte. Roxanne schien wie geschaffen dafür. Kaum hatte er ihre Stimme zum erstenmal vernommen, wußte er, daß sie die Richtige war. Auf seinen Armen hatte sich eine Gänsehaut gebildet, und sein Glied hatte sich so rasch und hart versteift, daß es ihm weh tat.

Roxanne mußte die nächste werden. Sie wartete schon auf ihn. Sie lockte ihn nicht mit heißen Versprechen wie Desiree, sondern bildete die nächste Stufe. Roxanne sprach von Dingen, die er sich selbst in seinen kühnsten Träumen nie vorgestellt hatte. Sie wollte, daß er ihr Schmerzen zufügte. Wie hätte er da widerstehen können?

Aber er mußte vorsichtig sein.

In dieser Gegend hier ging es nicht so ruhig zu wie in der von Desiree. Auf der Straße herrschte reger Verkehr, und auf den Bürgersteigen eilten Passanten hin und her. Aber vielleicht war es nicht das schlechteste, wenn jemand ihn bemerkte und sich womöglich später an ihn erinnerte. Die Vorstellung erhöhte seinen Nervenkitzel.

Das Haus, in dem sich Roxannes Apartment befand, stand in der Wisconsin Avenue. Jerald hatte seinen Wagen zwei Blocks davon entfernt abgestellt. Er zwang sich, langsam zu gehen, weniger, um nicht aufzufallen, als vielmehr um alles an dieser Nacht genießen zu können. Wolken zogen über den Himmel, und ein leichter Wind wehte. So blieb sein Gesicht kühl, doch die Hände in den Taschen seiner Schuljacke waren erhitzt und schwitzig. Seine Finger schlossen sich um das Seil, das er aus der Hausmeisterloge mitgenommen hatte. Roxanne würde es begrüßen, daß er an das gedacht hatte, was sie am meisten mochte. Oh, wie sehr würde sie sich dafür begeistern.

Offiziell hielt er sich jetzt in der Bibliothek auf, um für ein Referat über den Zweiten Weltkrieg zu recherchieren. Die Arbeit hatte er schon vor einer Woche geschrieben, aber das brauchte seine Mutter ja nicht zu wissen. Sie war nach Michigan geflogen, um für seinen Vater die Werbetrommel zu rühren.

Nach Ende des Schuljahres wurde von Jerald erwartet, sich zu den beiden zu gesellen und an ihrer Seite die heiße Phase des Wahlkampfs durchzustehen. Der Junge war sich noch nicht ganz schlüssig, wie er dem aus dem Wege gehen sollte; er wußte nur, daß er diesen Zirkus auf keinen Fall mitmachen würde. Aber bis dahin blieben ihm noch sechs Wochen Zeit.

Beschissene, verknöcherte Schule, schimpfte er leise, doch ohne sonderliche Verärgerung. Sobald er einmal auf dem College war, würde er sein eigener Herr sein. Dann brauchte er sich keine Entschuldigungen mehr auszudenken und die Bibliothek, irgendeinen Club oder einen Kinobesuch vorzuschieben, um nachts für ein paar Stunden aus dem Haus zu kommen.

Aber wenn sein Vater die Wahl gewonnen hatte, tauchte ein neues Problem auf: die Leibwächter vom Secret Service. Jerald machte sich allerdings keine allzu großen Sorgen um diese Männer. Im Gegenteil, er freute sich schon darauf, ihnen ein Schnippchen zu schlagen und sie an der Nase herumzuführen. Sie waren doch nur Roboter, die man in Anzug und Krawatte gesteckt hatte.

Jerald trat hinter einen Strauch und holte das Röhrchen mit dem Kokain aus der Tasche. Er schnupfte den Inhalt rasch und spürte gleich, wie sich in seinem Verstand ein einziger Gedanke kristallisierte:

Roxanne.

Mit einem glücklichen Lächeln lief er um das Apartmenthaus herum. Er machte sich nicht die Mühe, sich nach links und rechts umzusehen, ging aber um so umsichtiger vor, als er ein Stück aus dem Wohnzimmerfenster von Roxannes Parterrewohnung schnitt. Nun konnte ihn niemand mehr aufhalten. Dafür war er viel zu mächtig und kraftvoll. Und Roxanne wartete auf ihn.

Er schnitt sich in den Finger, als er durch das Loch nach dem Griff langte. Doch jetzt blieb keine Zeit, sich lange um die Wunde zu kümmern, und so saugte er nur daran. Im Apartment herrschte Dunkelheit, und Jeralds Herz klopfte ein wenig zu schnell. Er schwang sich hoch, stieg ein und hielt sich nicht damit auf, das Fenster hinter sich zu schließen.

Sie würde ihn bereits erwarten und sich danach sehnen, daß er ihr Schmerzen zufügte und sie zum Schwitzen und Schreien brachte. Roxanne verzehrte sich sicher bereits danach, daß er ihr zum ultimativen Orgasmus verhalf.

Sie hörte ihn nicht kommen. Lawrence hatte bereits seinen Höhepunkt erreicht, und der ihre stand kurz bevor.

Er sah Roxanne, wie sie ausgebreitet auf dem satinbezogenen Bett lag. Ihre von einem Schweißfilm überzogene Haut glitzerte im Kerzenschein. Jerald schloß die Augen und lauschte ihrer Stimme. Als er sie wieder öffnete, lag vor ihm keine fette Tonne mit herabhängenden Fleischlappen, sondern eine aufregende Rothaarige mit langen Beinen. Lächelnd trat er an ihr Bett.

»Der Moment ist gekommen, Roxanne.«

Sie riß die Augen auf. Noch halb benommen von ihren erotischen Fantasien konnte sie ihn nur anstarren. Ihre mächtigen Brüste hoben und senkten sich. »Wer sind Sie?«

»Du kennst mich.« Er lächelte immer noch, als er ihre Oberschenkel auseinanderzog.

»Was wollen Sie? Was suchen Sie hier?«

»Ich gebe dir alles, wonach du gebettelt hast, und noch viel mehr.« Er riß den dünnen Stoff von ihrem Busen.

Sie kreischte und stieß ihn fort. Der Hörer fiel auf die Matratze, als sie versuchte, sich aus dem Bett zu wälzen. »Lawrence! Lawrence, ein fremder Mann ist in meinem Schlafzimmer! Ruf die Polizei! Ruf Hilfe!«

»Es wird dir sehr gefallen, Roxanne.«

Die Frau besaß das Dreifache seines Gewichts, aber sie war vor Schrecken wir gelähmt. Hilflos schlug sie um sich und traf ihn einmal an der Brust. Doch er spürte nichts davon. Roxanne kreischte hysterisch, und ihr Herz, das für den mächtigen Körper zu schwach war, schlug viel zu schnell und setzte immer wieder einmal aus. Als Jerald ihr eine Ohrfeige verpaßte, lief ihr Gesicht dunkelrot an.

»Es wird dir wirklich gefallen«, versicherte er ihr wieder, als sie auf die Kissen zurückfiel. Aus einem Reflex heraus riß sie die Hände vors Gesicht, um es vor einem neuen Schlag zu schützen. »Eine solche Erfahrung wirst du nie wieder machen.«

»Tun Sie mir nicht weh!« Tränen quollen aus ihren Augen und gruben Furchen in ihr Make-up. Roxannes Atem ging rasselnd, als er ihre Hände ans Bettgestell zog und dort mit dem Seil festband.

»So magst du es doch am liebsten. Ich habe es aus deinem Mund gehört und nicht vergessen.« Er drang hart in sie ein und grinste dabei wie ein Wahnsinniger. »Ich will, daß du es genauso genießt wie ich, Roxanne. Es soll für uns beide der absolute Höhepunkt werden.«

Sie heulte und wimmerte, und jeder Schluchzer ließ ihren Körper erzittern. Jerald ritt sie und geriet in eine Zustand der Erregung, der ihm die Sinne nahm. Er spürte, wie der Orgasmus mit tosender Macht herannahte, und wußte, daß der Zeitpunkt gekommen war.

Lächelnd und mit halbgeschlossenen Augen band er die Telefonschnur um Roxannes Hals und zog kräftig zu.

Ed nahm schon nach dem ersten Klingeln den Hörer ab und war im selben Moment hellwach. Auf der Mattscheibe unterhielt David Letterman sein Late-Night-Publikum. Ed bewegte seinen eingeschlafenen Arm, starrte verwirrt auf den Bildschirm und räusperte sich.

»Jackson.«

»Zieh deine Hose an, Partner. Wir haben eine Leiche.«

»Wo?«

»Wisconsin Avenue. Ich hol dich gleich ab.« Ben lauschte für einen Moment und bemerkte dann: »Wenn du eine Frau hättest, würdest du nachts nicht bei David Letterman einschlafen.«

Ed legte auf und taumelte ins Badezimmer, um den Kopf unter kaltes Wasser zu halten.

Eine Viertelstunde später saß er in Bens Wagen auf dem Beifahrersitz. »Ich wußte, daß es zu schön ist, um wahr zu sein.« Ben biß ein Stück von seinem Schokoriegel ab. »Immerhin ist schon eine Woche vergangen, seit man mich zum letztenmal mitten in der Nacht aus dem Bett geklingelt hat.«

»Wer hat dir das denn angetan?«

»Ein paar Streifenbeamte. Jemand hat bei ihnen angerufen und einen Überfall gemeldet. In einem Apartment im Erdgeschoß, das von einer alleinstehenden Frau bewohnt werde. Die Polizisten sind hin und haben ein offenstehendes Fenster entdeckt, aus dem ein Stück herausgeschnitten war. Sie sind dann hinein und stießen auf die Bewohnerin. Die hat es wohl hinter sich.«

»Einbruch?«

»Keine Ahnung. Mehr hat man mir leider nicht mitgeteilt. Der Polizist, der bei mir anrief, war wohl noch ein Frischling. Der Kollege meinte, der Junge hätte Mühe, sein Abendbrot bei sich zu behalten. Ach übrigens, bevor ich es vergesse, Tess hat sich beschwert, du würdest sie vernachlässigen. Warum kommst du nicht auf einen Drink bei uns vorbei? Und bring deine Schriftstellerin mit.«

Ed schnaubte leise und sah seinen Partner von der Seite an. »Will sie mich sehen oder Grace kennenlernen?«

»Beides.« Ben grinste und verdrückte das letzte Stück vom Schokoriegel. »Du weißt doch, wie sehr sie dich mag. Wenn ich nicht soviel besser aussähe als du, hättest du unter Umständen vielleicht Chancen bei ihr. So, da wären wir. Schau sich einer nur einmal diese Burschen an! Die wollen wohl sicherstellen, daß alle in der Straße von der Leiche erfahren!«

Er stellte sein Auto hinter zwei Streifenwagen ab. Die Lichter auf den Dächern drehten sich, und aus den Funkgeräten drangen immer neue Klanggewitter. Ben nickte dem ersten Beamten in Uniform zu, dem sie begegneten.

»Apartment Nr. 101, Sir. Offenbar ist der Eindringling durch das Wohnzimmerfenster hineingelangt. Das Opfer lag im Bett. Die Beamten, die sie gefunden haben, befinden sich in der Wohnung.«

»Spurensicherung?«

»Ist schon auf dem Weg, Sir.«

Ben schätzte den Mann auf höchstens zweiundzwanzig. Die werden auch jedes Jahr jünger, dachte er. Zusammen mit Ed marschierte er ins Haus und betrat die Wohnung. Zwei Polizisten standen im Wohnzimmer. Der eine kaute Kaugummi, der andere war leichenblaß und schwitzte.

»Wir sind die Detectives Paris und Jackson«, erklärte Ed. »Gehen Sie nach draußen, frische Luft schnappen.«

»Danke, Sir.«

»Kannst du dich noch an deine erste Leiche erinnern?« fragte Ben seinen Partner auf dem Weg ins Schlafzimmer.

»Ja. Nach Dienstschluß habe ich mich gleich volllaufen lassen.« Ed stellte ihm nicht die gleiche Frage.

Er wußte, daß Bens erste Leiche die seines eigenen Bruders gewesen war.

Als sie auf der Schwelle zum Schlafzimmer standen, fiel ihr Blick gleich auf Mary. Die beiden sahen sich an.

»Scheiße«, war alles, was Ben sagen konnte.

»Hat ganz den Anschein, als hätten wir es mit einem Serienmörder zu tun. Der Captain wird alles andere als begeistert sein.

Ed behielt recht.

Um acht Uhr am nächsten Morgen befanden sich die beiden Detectives im Büro von Captain Harris. Ihr Vorgesetzter saß an seinem Schreibtisch und studierte mit seiner neuen und unmöglich aussehenden Brille ihre Berichte. Dank seiner Diät hatte er bereits fünf Pfund abgenommen, war aber auch im gleichen Maße verdrießlicher geworden. Mit den Fingern einer Hand trommelte er immerzu einen monotonen Takt auf die Schreibtischplatte.

Ben lehnte an der Wand und wünschte sich, er hätte die Zeit und die Energie, um seine Frau zu lieben. Ed hockte mit ausgestreckten Beinen auf einem Stuhl und tauchte einen Teebeutel in eine Tasse mit heißem Wasser.

»Die Spurensicherung hat ihren Bericht noch nicht geschickt«, erklärte der Captain schließlich. »Ich rechne allerdings nicht damit, dort auf Überraschungen zu stoßen.«

»Der Mann hat sich beim Einstieg durch das Fenster geschnitten«, sagte Ed. »Ich bin fest davon überzeugt, daß das Blut mit dem übereinstimmt, was wir im Arbeitszimmer von Mrs. Breezewood gefunden haben.«

»Wir haben der Presse nichts von der Vergewaltigung und dem Mordwerkzeug mitgeteilt«, ergänzte Ben. »Also dürften wir es kaum mit einem Nachahmungstäter zu tun haben. Beim zweiten Opfer scheint es allerdings keinen Kampf gegeben zu haben. Entweder hat er sich diesmal geschickter angestellt, oder die Frau hatte zuviel Angst, um sich zur Wehr zu setzen. Sie besaß ein ziemliches Gewicht, und trotzdem ist es ihm gelungen, sie ans Bettgestell zu fesseln, ohne daß dabei etwas umgestoßen worden wäre.«

»Nach dem, was wir bei ihr gefunden haben, muß sie Börsenmaklerin gewesen sein. Wir überprüfen das noch heute morgen und stellen dann fest, ob es irgendeine Verbindung zwischen den beiden Opfern gegeben hat.« Als Ed von seinem Tee trank, fiel ihm auf, daß Ben sich an diesem Morgen schon die dritte Zigarette anzündete. »Eine Frau hat den Vorfall der Polizei gemeldet, aber leider versäumt, ihren Namen durchzugeben.«

»Lowenstein und Renockie sollen sich in der Nachbarschaft umhören.« Harris nahm zwei Grapefruittabletten, starrte sie mürrisch an und trank sie dann mit dem Glas lauwarmen Wassers, das auf seinem Schreibtisch stand. »Solange uns keine gegenteiligen Beweise vorliegen, suchen wir nach ein und demselben Täter. Wir müssen den Fall lösen, bevor er uns über den Kopf wächst. Paris, Ihre Frau war uns letztes Jahr eine große Hilfe. Sie hat nicht zufällig eine Idee, wie wir in dieser Angelegenheit vorgehen sollen, oder?«

»Nein.« Ben blies Rauch aus und beließ es bei dieser kurzen Antwort.

Der Captain trank sein Glas leer, und gleich fing sein Magen an zu knurren. Seit nunmehr einem Monat hatte er keine anständige Mahlzeit mehr zu sich genommen. »Bis sechzehn Uhr möchte ich neue Berichte vorliegen haben.«

»Der hat gut reden«, murrte Ben, als er die Bürotür hinter sich geschlossen hatte. »Es war schon ein echtes Kreuz mit ihm, als man ihn noch nicht auf Diät gesetzt hatte.«

»Entgegen landläufiger Meinung sind dicke Menschen nicht unbedingt fröhlicher. Überschüssiges Gewicht belastet den Körper nur. Der Betreffende fühlt sich unwohl, und das wirkt sich auf seinen Gemütszustand aus. Und eintönige Diäten verschlimmern das Unbehagen nur noch. Eine ausgewogene Ernährung, viel körperliche Bewegung und ausreichend Schlaf hingegen machen einen Menschen fröhlich und gesund.«

»Scheiße.«

»Genau, regelmäßiger Stuhlgang tut ein übriges.«

»Die Drinks gehen auf mich.« Lowenstein trat von hinten zwischen sie und legte ihnen je einen Arm um die Taille.

»Erst seit ich verheiratet bin, bist du freundlich zu mir. Vorher wäre dir das nie eingefallen.«

»Mein Mann hat eine Gehaltserhöhung bekommen. Dreitausend mehr im Jahr. O Mann, sobald die Kinder aus der Schule kommen, geht's ab nach Mexiko.«

»Wie wäre es mit einem kleinen Darlehen bis zum nächsten Zahltag?« fragte Ed.

»Nichts da. Die Berichte von der Spurensicherung sind gekommen. Phil und ich dürfen Klinken putzen gehen. Vielleicht kann ich in der Mittagspause ein paar Einkäufe erledigen. Mann, ich habe schon seit drei Jahren keinen Bikini mehr angehabt.«

»Hör auf, du machst mich ganz scharf«, verdrehte Ben die Augen.

»Auf daß dich der Neid zerfresse, Paris: In genau sechs Wochen überquere ich im Süden die Grenze, und dann gibt es für mich nur noch Margaritas und fette Fajitas.«

»Vergiß nicht, Kohletabletten mitzunehmen«, sagte Ed und hockte sich auf Bens Schreibtischkante.

»Keine Bange, ich habe einen Magen aus Stahl. Komm schon, Renockie, setz deinen Hintern in Bewegung.«

Ben schlug den Bericht auf, der auf seinem Schreibtisch lag. »Kannst du dir Lowenstein im Bikini vorstellen?«

»Muß traumhaft aussehen. Was haben wir denn da?«

»Blutspuren am aufgeschnittenen Glas: A positiv. Und schau dir das an: Fingerabdrücke am Fensterbrett.« Er legte die Breezewood-Akte daneben. »Was sagst du dazu?«

»Ich würde sagen, wir haben eine Übereinstimmung.«

»Ja, das glaube ich auch. Jetzt müssen wir den Mann nur noch finden.«

Grace warf ihre Handtasche aufs Sofa und ließ sich daneben fallen. Sie konnte sich nicht erinnern, sich jemals so erledigt gefühlt zu haben. Weder nach einem Schreibmarathon von vierzehn Stunden noch nach einer Party, die bis in den frühen Morgen angedauert hatte, noch nach einer Lesetournee durch zwölf Städte.

Von dem Augenblick an, in dem sie ihre Eltern in Phoenix angerufen hatte, bis eben, als sie mit ihnen zum Flughafen gefahren war, hatte sie ihre Energie bis auf den letzten Rest aufgebraucht. Dem Himmel sei Dank, daß Mom und Dad einander hatten; denn sie konnte ihnen einfach nichts mehr geben.

Grace wäre am liebsten nach Hause geflogen, zurück nach New York, wo es so lärmend und hastig zuging, daß man alles andere darüber vergessen konnte. Es juckte sie schon in den Fingern, ihre Kiste zu packen, Kathleens ehemaliges Heim zu verriegeln und das nächste Flugzeug zu besteigen. Aber das wäre ihr dann doch wie Flucht vor der Realität vorgekommen. Außerdem gab es hier noch über hundert Dinge, um die sie sich kümmern mußte: Versicherungen, Vermieter, Bankverbindungen und alles andere, was Kathleens Leben betraf.

Die meisten Besitztümer ihrer Schwester wollte sie zusammenpacken und der Kirche schenken. Doch da fanden sich bestimmt auch einige Gegenstände, die sie besser Kevin oder ihren Eltern schickte. Erinnerungen an die Mutter beziehungsweise die Tochter.

Aber nein, Grace spürte, daß sie noch lange nicht soweit war, die Kleider und den Schmuck Kathleens durchzusehen.

Dann mußte sie eben mit dem Papierkrieg anfangen. Zuerst die Beerdigung und von dort aus weiter zurück. So viele Beileidskarten waren gekommen. Ihre Mutter wollte die bestimmt haben, um sie in einer Schachtel aufzuheben. Vielleicht wäre das der günstigste Einstieg in die Arbeit. Die meisten Namen würden ihr sicher nichts sagen. Doch sobald sie einmal begonnen hatte, würde es ihr zunehmend leichterfallen, sich auch um die persönlicheren Angelegenheiten ihrer Schwester zu kümmern.

Aber als allererstes mußte sie Energie tanken. Grace setzte die Kaffeemaschine in Gang.

Sie nahm die dampfende Glaskanne mit auf ihr Zimmer und warf dort ihrem Computer einen sehnsuchtsvollen Blick zu. Seit Tagen hatte sie ihn nicht mehr eingeschaltet. Wenn sie den Abgabetermin für den neuen Roman nicht einhalten konnte, was zunehmend wahrscheinlicher wurde, brachte ihre Redakteurin gewiß Verständnis für die besonderen Umstände auf. Ein halbes Dutzend Freunde und Bekannte hatte bereits aus New York angerufen, um Mitgefühl auszudrücken oder Hilfe anzubieten. Das hatte Grace gutgetan und sie das Foto und die Schlagzeile in der Zeitung ertragen lassen. Ersteres zeigte sie auf der Beerdigung ihrer Schwester, zweitere lautete:

SCHWESTER VON PREISGEKRÖNTER AUTORIN
BEIGESETZT

– G. B. McCabe nimmt an der Beerdigung ihrer
auf brutale Weise ermordeten Schwester teil –

Grace war die Lust vergangen, auch noch den Artikel zu lesen.

Aber die Schlagzeilen waren doch eigentlich egal, sagte sie sich. Und wenn sie ehrlich war, hatte sie mit so etwas gerechnet. Sensationsmache gehörte als fester Bestandteil zum Spiel. Und bis vor ein paar Nächten hatte sie den ganzen Rummel auch noch als Spiel angesehen.

Grace trank ihre Tasse leer und füllte sie wieder auf, bevor sie sich an den großen Umschlag machte, der mit Karten vollgestopft war. Einen Moment lang war sie versucht, sie gar nicht erst herauszuholen, sondern gleich an ihre Mutter zu schicken. Doch dann legte sie sich aufs Bett und ging die Beileidsbekundungen eine nach der anderen durch. Einige der Absender erwarteten sicher eine Antwort. Das erledigte sie lieber gleich; sonst mußte sich ihre Mutter später damit abplagen.

Eine Karte stammte von der Schülerschaft von Our Lady of Hope. Grace betrachtete sie und nahm sich vor, Geld für ein Stipendium in Kathleens Namen zu spenden. Sie legte die Karte beiseite, um die Angelegenheit später mit ihrem Anwalt zu erörtern.

Grace kannte nur einige wenige der Namen auf den Abschiedsgrüßen aus Kalifornien – reiche und mächtige Familien an der Westküste, mit denen Kathleen gesellschaftlichen Umgang gepflegt hatte. Sollte Jonathan sich doch um die kümmern, entschied sie und warf diese Karten auf einen Haufen.

Als sie auf einen Gruß von einer alten Nachbarin stieß, traten ihr wieder Tränen in die Augen. Ihre Familie hatte fünfzehn Jahre lang Tür an Tür mit Mrs. Brackleman gelebt. Schon damals war die Frau recht betagt gewesen, oder zumindest war sie Grace so vorgekommen. Bei ihr hatte es stets Plätzchen, die gerade aus dem Backofen kamen, oder Stoffreste gegeben, aus denen man herrliche Puppenkleider anfertigen konnte. Grace legte diese Karte ebenfalls beiseite.

Sie nahm die nächste in die Hand, überflog sie, stockte, rieb sich die Augen und starrte dann darauf. Da stimmte doch etwas nicht. Die Karte stammte von einem Floristen und zeigte einen Strauß Rosen und daneben den Aufdruck: IN MEMORIAM. Darunter war handschriftlich hinzugefügt:

Desiree, ich werde dich nie vergessen.

Das Kärtchen glitt ihr aus den Fingern, fiel zu Boden und landete auf der unbeschrifteten Seite.

Desiree. Das Wort schien zu wachsen, bis es die ganze Fläche bedeckte.

»Ich nenne mich Desiree«, hatte Kathleen ihr am ersten Abend mitgeteilt. *Ich nenne mich Desiree.*

»Großer Gott!« Grace fing an zu zittern. »O du mein Gott!«

Jerald hockte in der Klasse auf seinem Platz. Englische Literatur stand auf dem Stundenplan, und der Lehrer quasselte unermüdlich über die Subtilität und den Symbolismus in *Macbeth*. Jerald mochte das Stück, hatte es mehrere Male gelesen und konnte daher auf Mr. Brenners Interpretationsversuche verzichten. In dem Drama ging es um Mord und Wahnsinn. Und natürlich um Macht.

Jerald war mit der Macht aufgewachsen. Sein Vater war der mächtigste Mann der Welt. Und mit Mord und Wahnsinn kannte der Junge sich bestens aus.

Der Lehrer würde bestimmt einen Herzinfarkt erleiden, wenn Jerald jetzt aufstünde und ihm erklärte, wie es sich anfühlte, jemanden zu töten. Welche Geräusche das Opfer dabei von sich gab oder was für ein Gesicht es machte, wenn das Leben aus ihm wich. Und erst die Augen. Ihr Blick war das Unglaublichste daran.

Der Junge kam zu dem Schluß, daß ihm das Morden gefiel, genauso wie George Lowell, seinem Banknachbarn, der Baseball. In gewisser Weise konnte man vom Töten sogar als der ultimativen Sportart sprechen. Und wenn man bei diesem Bild blieb, konnte Jerald sich bestimmt schon tausend Punkte gutschreiben.

Nun gut, Roxanne hatte ihm nicht soviel bedeutet wie Desiree. Natürlich hatte er die Sekunde genossen, in der Tod und Orgasmus eins geworden waren, aber nicht so wie bei Desiree. Bei der war das Erlebnis viel unbeschreiblicher gewesen.

Wenn er diese Erfahrung doch nur noch einmal machen könnte. Wenn er doch nur noch einmal einer wie Desiree begegnen würde. Es wäre einfach nicht fair, wenn ihm dieser Rausch von Liebe und Erfüllung in Zukunft versagt bleiben sollte.

Jerald kam zu dem Schluß, daß die Erwartung viel zu der Einmaligkeit des Erlebnisses mit Desiree beigetragen hatte. Wie Macbeth vor seinem Mord an Duncan hatte er zunächst eine gewaltige Aufregung gespürt, dann war der schreckliche Moment gekommen, und dem folgte dann die Erfüllung. Roxanne hingegen war kaum mehr als ein Experiment gewesen. So wie ein Physiker einen Versuch durchführt, um eine Theorie zu beweisen.

Er mußte es einfach noch einmal tun. Ein weiteres Experiment. Eine neue Chance, den vollkommenen Höhepunkt zu finden. Sein Vater würde das sicher verstehen können; schließlich gab er selbst auch keine Ruhe, bis er nicht die Perfektion erreicht hatte. Und immerhin war Jerald der Sohn seines Vaters.

Der Junge war schon immer leicht Versuchungen erlegen, und Mord war für ihn eine neue Verlockung.

Aber beim nächsten Mal wollte er vorher die Frau etwas besser kennenlernen. Er glaubte, es sei wichtig, ein Band zu ihr zu knüpfen.

    Mr. Brenner schwafelte über Lady Macbeths Wahnsinn. Jerald strich sich mit der Hand über die Brust und wunderte sich über die Schürfwunden und den Schnitt am Finger.

8. Kapitel

Grace betrat nicht zum erstenmal ein Polizeirevier, und wie stets war sie auch von diesem fasziniert. Ob Kleinstadtwache oder Großstadtrevier, ob im Norden oder im Süden, überall traf man die gleiche Atmosphäre des kontrollierten Chaos an.

Diese Station hier bildete keine Ausnahme. Auf dem Boden lag Linoleum, das schon ganz blasig und rissig geworden war. Die Wände präsentierten sich in Beige, mochten aber einmal weiß gewesen sein und diese Farbe im Lauf der Jahre angenommen haben. An mehreren Stellen hingen Plakate, auf denen, versehen mit der Dienststellennummer, vor verschiedenen Verbrechen gewarnt oder Hilfe angeboten wurde: Drogen, Selbstmord, Kindesmißhandlung und ähnliches mehr. Die Jalousien mußten dringend abgestaubt werden, und am Süßigkeitenautomat hingen ein Schild mit der Aufschrift: AUSSER BETRIEB.

Im Mordkommissariat telefonierten etliche Detectives, während andere angestrengt über ihre Schreibmaschinen gebeugt waren. Ein Mann war auf der Suche nach etwas Trinkbarem halb im verbeulten Kühlschrank verschwunden. Grace drang der Geruch von Kaffee und einem Thunfisch-Sandwich in die Nase.

»Kann ich Ihnen helfen?«

Sie zuckte bei dieser Anrede zusammen, und ihr wurde bewußt, wie blank ihre Nerven lagen. Der Polizist war Mitte Zwanzig, hatte dunkles Haar und ein Grübchen am Kinn. Grace hielt krampfhaft die Handtasche fest, um ihre Finger nicht zu sehr zittern zu lassen.

»Ich muß dringend Detective Jackson sprechen.«

»Der ist zur Zeit unterwegs.« Nach einer Minute erkannte der Polizist sie. Er schien kein großer Leser zu sein, hatte ihr Bild aber in der Morgenzeitung gesehen. »Miß McCabe?«

»Ja?«

»Sie können auf ihn warten. Oder ich könnte feststellen, ob der Captain für Sie zu sprechen ist.«

Der Captain. Sie kannte ihn genausowenig wie diesen jungen Mann mit dem Kinngrübchen hier. Und schließlich war sie gekommen, um Ed zu sehen. »Danke, aber ich warte lieber.«

Da er zwei Colabecher und eine dicke Akte trug, konnte er sie nur mit einer Kopfbewegung auf den freien Stuhl in der Ecke hinweisen. Grace ließ sich dort nieder, schloß die Hände über der Handtasche und übte sich in Geduld.

Einmal bemerkte sie eine blonde, attraktive Frau, die hereinkam. In ihrem rosafarbenen Seidenkostüm erweckte sie nicht den Anschein, irgend etwas mit dem Mordkommissariat zu schaffen zu haben. Entweder eine Managerin oder die Gattin eines Politikers, vermutete Grace. Doch es mangelte ihr an der Energie, ihre Fantasie jetzt, wie sie es sonst zu tun pflegte, weiter zu bemühen und sich zu der Erscheinung eine Biographie auszudenken. Sie wandte den Blick wieder der Halle zu.

»Hallo, Tess!« rief der junge Polizist von seinem Schreibtisch. »Wurde auch höchste Zeit, daß etwas Klasse in diesen Laden kommt.«

Sie lächelte und trat zu ihm. »Ist Ben nicht da?«

»Läuft draußen durch die Stadt und spielt Detective.«

»Ich habe gerade eine Stunde frei und dachte, er könnte sich etwas Zeit nehmen, um mit mir zu Mittag zu essen.«

»Ich könnte ja für ihn einspringen.«

»Tut mir leid, aber mein Mann ist ein sehr eifersüchtiger Bulle mit einer Kanone. Richten Sie ihm bitte aus, daß ich kurz hereingeschaut habe.«

»Werden Sie uns helfen? Uns ein Psychoprofil des Mörders erstellen?«

Tess zögerte. Natürlich hatte sie schon mit dem Gedanken gespielt und das auch einmal Ben gegenüber erwähnt. Aber seine grimmige Entgegnung und die vielen Fälle, um die sie sich sonst noch kümmern mußte, hatten es ihr ratsamer erscheinen lassen, die Finger davon zu lassen. »Ich glaube nicht. Teilen Sie Ben bitte mit, daß ich was beim Chinesen besorge und um achtzehn Uhr zu Hause bin. Nein, besser achtzehn Uhr dreißig.«

»Einige Männer haben wirklich mehr Glück als Verstand.«

»Das müssen Sie ihm natürlich auch sagen.« Tess machte sich auf den Weg zur Tür, als ihr Blick auf Grace fiel. Sie erkannte sie gleich von den Fotos auf den Buchumschlägen und in der Zeitung wieder. Und sie bemerkte sofort den Streß und den Kummer in ihren Zügen. Der Psychologin in ihr war es unmöglich, jetzt einfach weiterzugehen. Sie trat zu ihr und wartete, bis sie aufblickte. »Miß McCabe?«

Bitte, kein Fan, dache Grace. Nicht hier und nicht jetzt. Tess bemerkte, wie ihr Gegenüber in Abwehrhaltung ging, und streckte die Hand aus.

»Ich bin Tess Paris, die Frau von Ben.«

»Oh, hallo.«

»Warten Sie hier auf Ed?«

»Ja.«

»Sieht so aus, als hätten wir beide kein Glück. Möchten Sie einen Kaffee?«

Grace zögerte und wollte gerade höflich ablehnen, als eine weinende Frau in den Raum geführt wurde.

»Mein Sohn ist ein guter Junge. Ein lieber Junge. Er

hat sich doch nur verteidigt. Sie dürfen ihn nicht hier festhalten.«

Grace verfolgte, wie ein weiblicher Detective sie zu einem Stuhl führte und dann beruhigend auf sie einredete. Beide Frauen waren blutbespritzt.

»Ja«, sagte sie rasch, »ein Kaffee wäre jetzt genau das richtige.« Sie erhob sich und trat hinaus auf den Flur. Tess holte Kleingeld aus ihrer Handtasche und steckte es in den Automaten. »Mit Milch?«

»Nein, schwarz.«

»Eine gute Wahl.« Sie reichte Grace den ersten Becher. Als Psychologin wußte sie, daß man eine möglichst vertrauensvolle Atmosphäre schaffen mußte, und es kam ihr zugute, eine natürliche Begabung dafür zu haben. Als sie das leise Zittern von Grace' Fingern bemerkte, war ihr berufliches Interesse vollends erwacht. »Sollen wir ein wenig an die frische Luft gehen? Ist ein wunderschöner Tag heute.«

»Einverstanden.«

Tess führte sie nach draußen und lehnte sich ans Geländer. Gern erinnerte sie sich daran, Ben hier mitten in strömendem Regen zum erstenmal begegnet zu sein. »In Washington ist es im Frühling am schönsten. Bleiben Sie noch länger hier?«

»Ich weiß nicht.« Die Sonne strahlte fast schon etwas zu stark vom Himmel. Beim Herfahren war ihr das gar nicht aufgefallen. »Zur Zeit fällt es mir schwer, Entscheidungen zu treffen.«

»Das ist in Ihrer Situation nicht ungewöhnlich. Nach einem schweren Verlust lassen sich die meisten Menschen für eine Weile treiben. Sobald Sie sich wieder gefangen haben, findet alles von selbst an seinen Platz zurück.«

»Ist es denn auch normal, Schuldgefühle zu entwickeln?«

»Weswegen?«

»Es nicht verhindert zu haben.«

Tess nippte an ihrem Kaffee und beobachtete, wie einige Narzissen von einer Brise hin und her bewegt wurden. »Hätten Sie es denn verhindern können?«

»Keine Ahnung.« Grace mußte an die Karte denken, die sich in ihrer Handtasche befand. »Ich weiß es wirklich nicht.« Sie lachte bitter und hockte sich auf eine Stufe. »Es kommt mir so vor, als befände ich mich beim Psychiater. Fehlt nur noch die Couch.«

»Manchmal hilft es, mit einem Außenstehenden zu reden.«

Grace drehte sich zu ihr um und schirmte mit einer Hand die Augen vor dem Sonnenlicht ab. »Ed hält große Stücke auf Sie.«

»Er ist ja auch ein besonders lieber Mann.«

»Ja, das kann man wirklich sagen.« Sie legte wieder die Hände auf die Handtasche. »Wissen Sie, bisher war ich immer in der Lage, alles so zu nehmen, wie es kommt. Und oft genug ist es mir gelungen, die Entwicklung der Dinge so zu steuern, wie es mir am besten gefiel. Aber jetzt ist alles ganz anders. Ich hasse es, so verwirrt zu sein und nicht mehr zu wissen, ob ich mich nach links oder nach rechts wenden soll. In den letzten Tagen erkenne ich mich manchmal selbst nicht wieder.«

»Starke Persönlichkeiten haben größere Probleme mit der Trauer und einem großen Verlust.« Tess hörte das Quietschen von Bremsen und wußte gleich, daß Ed am Steuer sitzen mußte. »Wenn Sie noch eine Weile hierbleiben und mit jemandem reden wollen, rufen Sie mich ruhig an.«

»Danke.« Sie stellte den Becher ab und erhob sich langsam. Als sie Ed kommen sah, wurden ihre Handflächen feucht, und sie rieb sie rasch an den Jeans ab.

»Grace.«

»Ich muß dir etwas zeigen.«

Ben nahm Tess' Hand und lief mit ihr in Richtung Eingang.

»Nein, bitte, warten Sie einen Moment.« Grace atmete langsam aus und öffnete ihre Handtasche. »Ich habe das hier heute morgen entdeckt, als ich die Beileidskarten durchsah.«

Sie öffnete das weiße Kuvert, in das sie das Kärtchen gesteckt hatte.

Ed hielt das Kärtchen so, daß Ben mitlesen konnte. »Hm, hat das irgendeine besondere Bedeutung?«

»Ja.« Sie schloß die Handtasche und wunderte sich über die Übelkeit, die plötzlich in ihr aufstieg. Dann fiel ihr ein, daß sie heute noch nichts gegessen hatte. »Das war Kathys Künstlername bei Fantasy. Sie nannte sich ihren Kunden gegenüber Desiree, damit niemand hinter ihre wahre Identität kommen konnte. Aber irgendwem ist das doch gelungen. Und der hat sie auch umgebracht.«

»Komm bitte mit auf die Wache, Grace.«

»Ich glaube, ich muß mich dringend setzen.«

Tess stieß Ed beiseite und drückte Grace den Kopf zwischen die Knie. »Ich bringe sie gleich zu euch«, teilte sie den beiden Detectives mit.

»Komm schon.« Ben hielt die Tür auf und legte Ed eine Hand auf die Schulter. »Wir erzählen besser dem Captain davon. Tess kümmert sich schon um sie«, drängte er, als sein Partner sich nicht rührte.

»Atmen Sie tief durch«, riet die Psychologin Grace und massierte ihr die Schultern.

»Verdammt, ich bin das alles so leid!« Grace kämpfte gegen die Übelkeit an.

»Dann sollten Sie besser damit anfangen, etwas zu essen, statt sich nur von Kaffee zu ernähren. Und Sie müssen sich unbedingt etwas Ruhe gönnen. Andernfalls wird Ihnen in der nächsten Zeit öfter schwarz vor Augen.«

Grace behielt den Kopf unten, drehte ihn aber, bis sie Tess ansehen konnte. Sie entdeckte in den Augen der Psychologin Mitgefühl, Verständnis und eine gute Portion gesunden Menschenverstand. Genau das, was sie jetzt brauchte. »Gut.« Als sie den Kopf hob, war sie immer noch bleich, aber ihr Puls ging schon wieder etwas schneller. »Der Mistkerl hat meine Schwester ermordet. Ganz gleich, wie lange ich dazu benötige, aber irgendwann wird er dafür bezahlen.« Sie strich sich die Haare aus dem Gesicht und atmete lange ein. »Ich glaube, jetzt geht es wieder.«

»Fühlen Sie sich fit genug hineinzugehen?«

Grace nickte und erhob sich. »Ja.«

Wenig später saß sie im Büro von Captain Harris. Langsam und der Reihe nach berichtete sie von Kathleens Beziehung zu Fantasy, Incorporated.

»Zuerst war ich besorgt und befürchtete, sie könnte an den Falschen geraten, an irgendeinen Perversling, der sie in Gefahr bringen würde. Aber dann hat sie mir das Schutzsystem von Fantasy erklärt und daß niemand, bis auf die Zentrale, ihre richtige Nummer erfahren würde. Und natürlich, daß sie sich nicht mit ihrem eigenen Namen meldete. Alle Kunden kannten sie nur als Desiree. Dieses, sagen wir, Pseudonym, war mir ganz entfallen, bis ich diese Karte in Händen hielt. Nur die Leute von Fantasy und die Kunden kannten sie unter diesem Namen.«

Ben zog sein Feuerzeug aus der Tasche und spielte damit herum. Die Art, wie Tess ihn vorhin zum Abschied angesehen hatte, hatte ihm überhaupt nicht gefallen. Er ahnte, daß er sich heute abend einiges würde anhören müssen. »Besteht die Möglichkeit, daß Ihre Schwester irgendwem von ihrer Nebentätigkeit erzählt und womöglich dabei ihren Künstlernamen erwähnt hat?«

»Nein, ausgeschlossen.« Sie nahm die Zigarette, die

Ben ihr anbot. »Kathy war in solchen Dingen sehr zurückhaltend. Vielleicht hätte sie ihrer besten Freundin davon erzählt, wenn sie eine gehabt hätte.« Sie atmete den Rauch tief ein.

»Sie hat immerhin dich eingeweiht«, erinnerte Ed Grace.

»Ja, sie hat mir alles erzählt.« Grace schwieg für einen Moment, um ihre Gedanken zu ordnen. »Wenn ich mich recht erinnere, hat sie das Thema überhaupt nur angeschnitten, weil sie sich selbst nicht ganz sicher war, ob sie das richtige tat oder nicht. Wahrscheinlich hat sie lediglich aus einem Impuls heraus damit angefangen und danach zutiefst bedauert, überhaupt darüber gesprochen zu haben. Ich habe danach versucht, etwas mehr über diese Tätigkeit zu erfahren, aber sie wollte kein Wort mehr darüber verlieren. Die Angelegenheit war allein ihre Sache und ging niemanden sonst etwas an. Kath war in solchen Dingen immer sehr stur.« In ihr drehte sich wieder alles. Sie schloß die Augen und versuchte, sich zu konzentrieren. »Jonathan ... er könnte davon gewußt haben.«

»Ihr Ex-Mann?« fragte der Captain.

»Ja. Als ich während der Trauermesse mit ihm redete, hat er zugegeben, davon gewußt zu haben, daß meine Schwester einen Anwalt und einen Privatdetektiv beauftragt hatte. Wenn er das schon in Erfahrung gebracht hat, könnte er leicht auch alles andere ausspioniert haben. Ich habe ihn gefragt, was er unternommen hätte, um Kath daran zu hindern, ihren Sohn zugesprochen zu bekommen, und er hat geantwortet, daß er nichts unversucht gelassen hätte.«

»Grace.« Ed reichte ihr einen Styroporbecher mit Tee. »Breezewood befand sich in der Nacht, in der Kathleen ermordet wurde, in Kalifornien.«

»Männer wie Jonathan pflegen sich nicht selbst die

Hände schmutzig zu machen. Sie bezahlen andere dafür, ihnen die Drecksarbeit abzunehmen. Er hat meine Schwester gehaßt, hatte also ein Motiv.«

»Wir haben bereits mit ihm geredet.« Ed nahm ihr die Zigarette ab, die zwischen ihren Fingern verbrannte, und drückte sie im Aschenbecher aus. »Er hat sich sehr kooperativ verhalten.«

»Das kann ich mir denken.«

»Mr. Breezewood hat zugegeben, eine Detektei damit beauftragt zu haben, Kathleen zu überwachen.« Ed sah, wie sich ihr Blick verfinsterte. »Er hat sie nur observieren lassen, Grace, denn er wußte von ihrem Vorhaben, einen Prozeß wegen des Sorgerechts für Kevin anzustrengen.«

»Und warum habt ihr ihn dann nach Kalifornien zurückfliegen lassen?«

»Weil wir nichts gegen ihn in der Hand hatten.«

»Meine Schwester ist tot. Verdammt nochmal, sie ist tot!«

»Uns liegt nicht ein Beweis dafür vor, daß Ihr ehemaliger Schwager in irgendeiner Weise an dem Mord an ihrer Schwester beteiligt gewesen sein könnte.« Harris beugte sich vor. »Und erst recht können wir ihm im zweiten Mordfall nichts nachweisen.«

»Ein zweiter Mord?« Grace zwang sich dazu, langsam zu atmen. »Noch jemand ist getötet worden?«

»Ja, letzte Nacht.«

Sie wollte auf gar keinen Fall einen neuen Schwächeanfall hinnehmen und probierte den Tee, den Ed ihr gegeben hatte. Grace wußte, daß sie jetzt ruhig und vernünftig reden mußte. »War es derselbe Mann? Der, der auch Kathy auf dem Gewissen hat?«

»Ja. Wir brauchen irgendeine Verbindung zwischen den beiden Opfern. Kanntest du eine Mary Grice?« fragte Ed.

Grace dache nach. Sie hatte sich immer auf ihr Gedächtnis verlassen können. »Nein. Meinst du, Kathy habe sie gekannt?«

»Der Name stand nicht im Adreßbuch Ihrer Schwester«, antwortete Ben.

»Dann ist es ausgeschlossen, daß die beiden sich je über den Weg gelaufen sind. Kathy war in solchen Dingen sehr gründlich. Eigentlich nicht nur in solchen Dingen.«

»Captain!« Der junge Polizist steckte seinen Kopf durch die Tür. »Wir haben hier die Steuerunterlagen von Mary Grice.« Er warf Grace einen Blick zu, bevor er Harris die Papiere reichte. »Darin sind alle ihre Arbeitgeber des letzten Jahres aufgeführt.«

Der Captain überflog die Kopie und blieb an einem Namen hängen. Grace zündete sich eine von ihren eigenen Zigaretten an. Ihr war wieder etwas mulmig zumute. »Sie hat für Fantasy, Incorporated, gearbeitet. Da haben wir ja unsere Verbindung!« Nach dem ersten Zug fühlte sie sich gleich besser.

Harris sah sie ernst an. »Unsere Ermittlungen sind streng vertraulich, Miß McCabe.«

»Glauben Sie, ich würde mit dieser Information gleich zur Presse laufen?« Sie erhob sich und stieß den Rauch aus. »Dann liegen Sie grundfalsch, Captain. Das einzige, was mich interessiert, ist, daß der Mörder seine gerechte Strafe bekommt. Und jetzt entschuldigen Sie mich bitte.«

Ed holte sie auf dem Flur ein. »Wo willst du denn hin?«

»Zu Fantasy, um dort mit dem Besitzer zu reden.«

»Nein, das läßt du hübsch bleiben.«

Sie blieb stehen, um ihm einen wütenden Blick zuzuwerfen. »Sag du mir nicht, was ich zu tun oder zu lassen habe.« Sie kehrte ihm den Rücken zu. Mehr zu ihrer Überraschung als zu ihrer Verärgerung fühlte sie sich im nächsten Moment herumgewirbelt und in ein leeres Büro geschoben. »Ich wette, jedes Football-Team wäre überglücklich, jemanden wie dich in den eigenen Reihen zu wissen.«

»Setz dich, Grace.«

Das tat sie natürlich nicht, sondern drückte ihre Zigarette in einer leeren Tasse aus. »Weißt du, was mir aufgefallen ist? Ist mir gerade erst klargeworden, obwohl es sich schon seit einiger Zeit so abgespielt: Du gibst Befehle, und ich befolge sie nicht.« Grace war ganz ruhig, fast schon zu ruhig, aber genauso war es ihr jetzt recht. »Gut, du bist größer und stärker als ich, aber bei Gott, wenn du jetzt nicht beiseite trittst, mache ich dich nieder und steige über dich hinweg.«

Er bezweifelte nicht, daß sie das vorhatte, und wollte es lieber nicht darauf ankommen lassen. »Grace, das ist Sache der Polizei.«

»Es ist auch meine Sache. Hier geht es um meine Schwester. Und endlich gibt es etwas, das ich tun kann, statt nur an die Decke zu starren und ins Grübeln zu verfallen.«

Ihre Stimme schwankte mitten im Satz kurz, festigte sich dann aber wieder. Ed wußte, wenn er sie jetzt in den Arm nähme oder sie sonstwie zu trösten versuchte, würde sie ihn von sich stoßen. »Es gibt Regeln. Du kannst sie mögen oder nicht, sie bleiben trotzdem bestehen.«

»Die Regeln können mir den Buckel runterrutschen.«

»Okay, dann stoßen wir morgen auf die nächste weibliche Leiche. Und übermorgen auf eine weitere.« Er erkannte, daß er damit ins Schwarze getroffen hatte, und fuhr gleich fort. »Du schreibst verdammt gute Krimis, aber hier befinden wir uns in der Realität. Ben und ich erledigen unsere Arbeit, so gut wir nur können, und du gehst jetzt nach Hause. Weißt du, ich kann dich auch vierundzwanzig Stunden hier festhalten.« Er schwieg für einen Moment, als er sah, wie sie ihn in einer Mischung aus Amüsement und Zorn anstarrte. »Ich könnte dich sogar in Vorbeugehaft nehmen. Das würde dir bestimmt nicht gefallen, oder?«

»Bastard!«

Ed wußte, daß sich hinter diesem Kraftwort das Eingeständnis ihrer Niederlage verbarg. »Fahr heim, und leg dich ein bißchen hin. Nein, besser noch, du fährst zu mir.« Er griff in seine Tasche und zog den Schlüssel heraus. »Wenn du nicht mehr acht auf dich gibst, kippst du über kurz oder lang wieder aus den Latschen. Und damit wäre nun wirklich keinem gedient.«

»Ich werde nicht irgendwo herumsitzen und Däumchen drehen.«

»Nein, sollst du ja auch nicht. Du wirst etwas essen, du wirst schlafen und du wirst darauf warten, daß ich nach Hause komme. Und sollte ich irgend etwas in Erfahrung bringen, werde ich dich sofort informieren.«

Er warf ihr den Schlüssel zu, und sie fing ihn auf. »Und wenn er noch jemanden ermordet?«

Diese Frage hatte Ed sich selbst schon mehrere Male gestellt, seit sie auf Mary Grice gestoßen waren. »Wir kriegen ihn, Grace.«

Sie nickte, weil sie der festen Überzeugung war, daß das Gute am Ende immer siegte. »Wenn ihr ihn habt, will ich ihn sehen, ihm von Angesicht zu Angesicht gegenübertreten.«

»Darüber reden wir, wenn es soweit ist. Soll ich dir einen Wagen kommen lassen, der dich nach Hause bringt?«

»Nein, ich bin immer noch in der Lage, mich ans Steuer zu setzen.« Sie öffnete ihre Handtasche und ließ Eds Schlüssel hineinfallen. »Ich warte auf dich, Jackson, aber ich warne dich: Geduld gehört nicht zu meinen stärksten Seiten.«

Als sie sich an ihm vorbeidrängte, hob er mit zwei

Fingern ihr Kinn. Ihr Gesicht zeigte wieder etwas Farbe, zum erstenmal seit einigen Tagen. Trotzdem war er darüber nicht erleichtert. »Schlaf dich aus«, ermahnte er sie und hielt ihr die Tür auf.

Als sie das Büro von Fantasy, Incorporated, betraten, telefonierte Eileen gerade. Sie hob den Kopf, aber keine Überraschung zeigte sich auf ihrer Miene, und sie führte das Gespräch ungerührt fort. Selbst als Ben ihr den Gerichtsbeschluß auf den Schreibtisch warf, verzog sie keine Miene. Eileen beendete das Telefonat in aller Ruhe, legte auf und studierte dann das Papier.

»Scheint in Ordnung zu sein.«

»Sie haben letzte Nacht eine weitere Angestellte verloren, Mrs. Cawfield.«

Sie sah kurz Ben an und dann wieder die richterliche Verfügung. »Das ist mir bekannt.«

»Dann dürfte Ihnen auch klar sein, daß Ihre Agentur die Verbindung zwischen beiden Morden darstellt. Sowohl Kathleen als auch Mary sind für Sie tätig gewesen.«

»Ja, das muß natürlich einen gewissen Verdacht hervorrufen.« Sie fuhr mit einer Fingerspitze über das Papier. »Aber ich glaube einfach nicht, daß wir etwas damit zu tun haben könnten. Ich habe Ihnen doch schon bei Ihrem ersten Besuch erklärt, daß wir keine von diesen schmuddeligen Pornobuden betreiben. Unser Unternehmen wird ordentlich geführt und erfüllte alle Auflagen.« Ein kurzer Anflug von Panik huschte über ihr Gesicht, der Ed nicht entging. Ihrer Stimme war jedoch nichts davon anzumerken, als sie fortfuhr: »Ich habe am Smithsonian meinen Abschluß in Betriebswirtschaftslehre gemacht. Und mein Mann ist Rechtsanwalt. Wir sind also keine besseren Zuhälter oder was auch immer, sondern ein Dienstleistungsunternehmen. Wir bieten Gespräche und Telefonunterhaltung an. Wenn ich das Gefühl hätte, in irgendeiner Weise für den Tod von zwei Frauen verantwortlich zu sein . . .«

»Mrs. Cawfield, dafür ist nur einer verantwortlich: der Täter.« Sie bedachte Ed mit einem dankbaren Blick. »Eine Frau hat gestern nacht bei der Polizei angerufen und einen Einbruch in der Wohnung von Mary Grice gemeldet. Unsere Ermittlungen haben ergeben, daß es sich dabei nicht um jemanden aus dem Haus gehandelt hat.«

»Nein. Könnte ich eine von denen haben?« fragte sie, als Ben sein Zigarettenpäckchen zückte. »Ich habe vor zwei Jahren damit aufgehört«, lächelte sie, als er ihr Feuer gab. »Zumindest glaubt mein Mann das. Er ist ein richtiger Gesundheitsapostel, wenn Sie wissen, was ich meine. Leb gesund, dann lebst du länger. Deine Körper ist ein Tempel, behandle ihn entsprechend. Ich kann Ihnen gar nicht sagen, wie sehr ich Tofu satt habe.«

»Der Anruf, Mrs. Cawfield«, drängte Ben.

Sie zog kräftig an der Zigarette und blies dann etwas zu rasch den Rauch aus. »Mary hatte gerade einen Kunden am Hörer, als . . . als sie angegriffen wurde. Er hörte ihre Schreie und Kampfgeräusche und hat dann hier angerufen. Meine Schwägerin wußte nicht, was sie tun sollte, und hat sich deswegen an mich gewandt. Kaum hatte sie mir alles erzählt, habe ich die Polizei verständigt.« Das Telefon auf ihrem Schreibtisch klingelte, aber sie schenkte dem keine Beachtung. »Verstehen Sie, der Kunde hätte das nicht der Polizei melden können, denn er wußte ja nicht, wie Mary wirklich hieß und wo sie wohnte. Das gehört schließlich zu unserem Schutzprogramm.«

»Wir benötigen den Namen dieses Kunden, Mrs. Cawfield.«

Sie nickte und drückte dann langsam ihre Zigarette aus. »Ich muß Sie bitten, so diskret wie nur irgend möglich vorzugehen. Es geht mir dabei weniger um die Zukunft meines Unternehmens, auch wenn mir klar sein dürfte, daß ich es in den Wind schreiben kann. Ich habe dabei vielmehr das Gefühl, das Vertrauen meiner Kunden zu mißbrauchen.«

Ben starrte kurz auf ihr Telefon, als es wieder zu läuten begann. »Wenn es um einen Mord geht, kann man auf so manches keine Rücksicht mehr nehmen.«

Ohne etwas darauf zu antworten, wandte Eileen sich ihrem Computer zu. »Die Anlage ist vom Allerfeinsten«, erklärte sie, als der Drucker zu rattern begann. »Ich wollte von Anfang an nur die beste Ausstattung.« Sie nahm den Hörer ab und vermittelte den nächsten Kunden. Als sie wieder auflegte, zog sie den Ausdruck heraus und reichte ihn Ed.

»Der Gentleman, der letzte Nacht zur fraglichen Zeit mit Mary gesprochen hat, heißt Lawrence Markowitz. Seine Adresse habe ich natürlich nicht, aber seine Telefonnummer und die Kreditkartennummer.«

»Wir kümmern uns darum«, sagte Ed.

»Das hoffe ich sehr. Und kümmern Sie sich bald darum.«

Als die beiden Detectives das Büro verließen, fing das Telefon wieder an zu klingeln.

Sie brauchten nicht lange, um die Adresse von Lawrence K. Markowitz herauszufinden.

Er war siebenunddreißig, selbständiger zugelassener Steuerberater und geschieden. Und er arbeitete bei sich zu Hause in Potomac, Maryland.

»Gott, schau dir nur diese Häuser an.« Ben nahm den Fuß vom Gas, bis sie nur noch Schrittgeschwindigkeit fuhren, und verdrehte den Hals, um die Villen bewundern zu können. »Hast du eine Ahnung, was solche Prachtbauten kosten? Mindestens vier- bis fünfhunderttausend. Die Gärtner, die hier angestellt sind, verdienen mehr als wir.«

Ed zerkaute einen Sonnenblumenkern. »Mein Heim gefällt mir besser. Hat mehr Charakter.«

»Mehr Charakter!« schnaubte Ben und richtete den Blick wieder auf die Straße. »Die Grundsteuer von dem Kasten da vorn ist höher als deine Hypothekenzinsen.«

»Mag so ein Haus auch noch so teuer sein, ein gemütliches Heim ist es deswegen noch lange nicht.«

»Junge, das solltest du als Aufkleber auf deinen Wagen pappen. Sieh dir mal das Anwesen da an . . . mindestens vier –, wenn nicht fünftausend Quadratmeter.«

Ed schaute hin, zeigte sich aber wenig beeindruckt. Und die Architektur des Hauses war für seinen Geschmack viel zu modernistisch. »Ich hatte keine Ahnung, daß du dich so für Immobilien interessierst.«

»Tu ich doch gar nicht. Na ja, bis vor kurzem nicht.« Sie fuhren an einer rosafarbenen Azaleenhecke vorüber. »Ich denke nur, daß meine Seelenklempnerin und ich uns früher oder später nach einem Häuschen umsehen werden. Sie würde bestimmt hervorragend in eine solche Gegend passen«, murmelte er. »Ich nicht. Wahrscheinlich muß man hier draußen sogar den Müll nach Farben sortieren. Tja, Ärzte, Anwälte und nicht zu vergessen Finanzberater.« Und die Enkelinnen von Senatoren, fügte er in Gedanken hinzu, weil er gerade an seine Frau dachte.

»Und wehe einem Unkraut, das sich hier niederläßt.«

»Ich mag Unkraut. Da sind wir ja schon.« Er hielt vor einem zweigeschossigen, H-förmigen Haus mit gläsernen Schiebetüren. »Muß sich ja wirklich auszahlen, anderer Leute Verdienst an der Steuer vorbeizumogeln.«

»Mit Steuerberatern verhält es sich wie mit Polizisten«, entgegnete Ed, während er die Tüte mit den Sonnenblumenkernen wegsteckte. »Sie werden immer gebraucht.«

Ben fuhr auf die steile Einfahrt, fand einen freien Platz und stellte den Automatikhebel auf P. Am liebsten hätte er Steine unter die Räder gelegt, um ganz sicherzugehen, aber in diesem gepflegten Garten war so etwas nicht zu entdecken. Drei Türen standen den beiden zur Auswahl. Sie entschieden sich für die in der Mitte. Eine Frau in den mittleren Jahren, die ein graues Kleid und eine weiße Schürze trug, öffnete ihnen.

»Wir möchten gern mit Mr. Markowitz sprechen.« Ed zeigte ihr seine Polizeimarke. »Wir müssen ihm ein paar Fragen stellen.«

»Mr. Markowitz befindet sich in seinem Büro. Ich führe Sie hin.«

Nach der Diele gelangten sie in einen großen, in Schwarz und Weiß gehaltenen Raum. Ed empfand die Einrichtung als zu aufdringlich, aber die Oberlichter interessierten ihn. Er nahm sich vor, sich nach den Preisen dafür zu erkundigen. Die Frau führte sie nach rechts. Hier trafen sie Bogenlampen, moderne Ledersessel und eine Sekretärin hinter einem Schreibtisch aus Ebenholz an.

»Miß Bass, diese beiden Herren möchten mit Mr. Markowitz sprechen.«

»Haben Sie einen Termin?« Die Frau am Schreibtisch machte einen sehr gestreßten Eindruck. Ihr Haar stand in alle Richtungen ab, so als hätte sie es sich wieder und wieder zerwühlt. Sie schob den Bleistift hinter ein Ohr und suchte zwischen den Papieren auf dem Tisch nach dem Terminplaner. Das Telefon klingelte unaufhörlich. »Tut mir leid, aber Mr. Markowitz ist zur Zeit sehr beschäftigt. Es ist ihm leider nicht möglich, neue Klienten anzunehmen.«

Ben zückte seine Marke und hielt sie ihr ins Gesicht.

»Oh.« Sie räusperte sich und aktivierte die Gegensprechanlage. »Dann will ich mal nachfragen, ob er Zeit für Sie hat. Mr. Markowitz . . .« Ben und Ed zuckten bei dem statischen Gewitter zusammen, das nun folgte. »Tut mir leid, Mr. Markowitz. Zwei Herren sind gekommen. Nein, ich habe mich noch nicht um den Vorgang Berlin kümmern können. Mr. Marko ... Mr. Markowitz, die Herren sind von der Polizei.« Sie flüsterte das letzte Wort, so als handele es sich dabei um ein großes Geheimnis. »Doch, Sir, da bin ich mir sicher. Nein, Sir. Aber selbstverständlich, Sir.«

Sie legte die Lippen schief und blies nach oben, um eine Locke vor ihrem Auge zu entfernen. »Mr. Markowitz wird Sie jetzt empfangen. Gehen Sie bitte durch die Tür dort.« Da die Sekretärin damit ihre Pflicht erledigt hatte, wandte sie sich gleich dem Telefon zu. »Lawrence Markowitz und Co. . . .«

Wenn der Steuerberater tatsächlich Kompagnons haben sollte, so war von ihnen nichts zu sehen. Markowitz saß allein in seinem Büro, ein schmächtiger Mann mit Halbglatze, zu großen Schneidezähnen und einer starken Brille. Sein Schreibtisch war ebenfalls aus Ebenholz angefertigt und anderthalbmal so groß wie der seiner Sekretärin. Aktenstapel türmten sich darauf, und dazwischen standen und lagen zwei Telefone, ein Dutzend frischgespitzter Bleistifte, ein Taschenrechner und eine Rechenmaschine. Aus letzterer quoll ein Papierband bis zum Boden. In einer Ecke stand ein Wasserkühler. Vor dem Fenster hing ein Vogelkäfig an einer Stange, und in dem hockte ein großer grüner Sittich.

»Mr. Markowitz?« Die beiden Detectives wiesen sich aus.

»Ja, bitte, was kann ich für Sie tun?« Er fuhr sich mit einer Hand über das wenige verbliebene Haar und leckte sich die Lippen. Was seinen Überbiß anging, so hatte er Roxanne gegenüber keineswegs übertrieben. »Ich fürchte, ich ersticke zur Zeit in Arbeit. Wissen Sie, was für einen Tag wir heute haben? Den vierzehnten

April. Jeder wartet bis zum letzten Augenblick und erwartet dann ein Wunder von mir. Dabei verlange ich von meinen Klienten doch nicht mehr, als ein wenig Planung und Vorsorge. Ich kann schließlich nicht für jeden einzelnen eine Verlängerung erwirken. Sie scheinen zu glauben, ich könnte Kaninchen aus dem Hut zaubern.«

»Ja, Sir«, begann Ben und legte dann die Stirn in Falten. »Was ist denn mit dem vierzehnten April.«

»Ich habe meine Steuererklärung schon letzten Monat ausgefüllt«, bemerkte Ed.

»Das sieht dir ähnlich.«

»Tut mir leid, meine Herren, aber die neuen Steuergesetze treiben alle in den Wahnsinn. Wenn ich die nächsten vierundzwanzig Stunden durcharbeite, schaffe ich es vielleicht so gerade eben noch.« Markowitz' Finger kreisten über der Rechenmaschine.

»Scheiß auf das Finanzamt«, krächzte der Sittich.

»Ja, genau.« Ben fuhr sich über das dichte Haar. »Mr. Markowitz, wir sind nicht wegen irgendwelcher Steuerproblemen gekommen. Aber wo wir schon hier sind, wie hoch sind eigentlich Ihre Gebühren?«

»Wir möchten Ihnen ein paar Fragen zu Mary Grice stellen«, erklärte Ed rasch. »Sie kennen sie als Roxanne.«

Markowitz drückte aus einem Reflex heraus auf den Addierknopf, und sofort fing die Rechenmaschine an, leise zu surren. »Ich fürchte, ich weiß nicht, worüber Sie reden.«

»Mr. Markowitz, Mary Grice wurde letzte Nacht ermordet.« Er wartete einen Moment, beobachete dabei den Steuerberater genau und erkannte, daß er davon schon in der Morgenzeitung gelesen hatte. »Wir haben Grund zu der Annahme, daß Sie zu dem Zeitpunkt, als sie überfallen wurde, gerade mit ihr telefoniert haben.«

»Ich kenne niemanden dieses Namens.«

»Aber Sie kannten eine Roxanne«, brummte Ben.

Markowitz' blasse Gesichtsfarbe nahm einen Stich ins Grüne an. »Ich verstehe nicht, was Roxanne mit einer Mary Grice zu tun haben soll.«

»Es handelt sich bei beiden um ein und dieselbe Person«, entgegnete Ben und sah, wie Markowitz hart schluckte.

Der Mann hatte es gewußt. Spätestens, seit er heute morgen die Zeitung gelesen hatte, war es ihm bewußt geworden. Aber bis zu diesem Moment hatte er es nicht wahrhaben wollen. Doch die beiden Polizisten, die ihm jetzt gegenübersaßen, ließen keinen Zweifel mehr zu. »Ich betreue einige der umsatzstärksten Unternehmen in dieser Stadt. Etliche meiner Klienten sitzen im Senat oder im Kongreß. Ich kann mir wirklich keinen Skandal leisten.«

»Wir können Sie aufs Revier vorladen«, entgegnete Ed, »oder aber mit der nötigen Diskretion vorgehen. Kommt ganz auf ihre Kooperation an.«

»Ach, es ist dieser verdammte Druck.« Markowitz nahm die Brille ab und rieb sich die Augen. Ohne seine Gläser wirkte er hilflos wie ein Blinder. »Für ein paar Monate im Jahr dreht sich mein ganzes Leben um nichts anderes als um Abschreibungs- und Absetzmöglichkeiten. Sie können sich nicht vorstellen, was da auf einen zukommt. Niemand will freiwillig auch nur einen Dollar ans Finanzamt abführen. Und ehrlich gesagt, man kann den Leuten auch keinen Vorwurf daraus machen. Die meisten meiner Klienten verfügen über sechsstellige Einkommen und sehen natürlich überhaupt nicht ein, warum sie fünfunddreißig Prozent und mehr davon der Regierung in den Rachen werfen sollen. Sie verlangen von mir, alle möglichen Schlupfwinkel für sie zu finden.«

»Das ist sicher hart«, stimmte Ben ihm zu und beschloß, einen der tiefen Designersessel auszuprobieren. »Uns interessieren aber Ihre Beweggründe nicht, die Dienste von Fantasy in Anspruch zu nehmen. Wir möchten vielmehr, daß Sie uns genau berichten, was vergangene Nacht geschehen ist, während sie mit Mary Grice telefoniert haben.«

»Mit Roxanne. Es fällt mir leichter, von ihr als Roxanne zu sprechen. Sie hatte eine wunderbare Stimme, und sie war so . . . so abenteuerlustig. Mir bleibt nicht mehr viel Zeit für Frauen – seit meiner Scheidung. Aber die ist Schnee von gestern. Wie dem auch sei, mit Roxanne habe ich eine für mich befriedigende Form der Beziehung aufbauen können. Dreimal in der Woche habe ich sie angerufen und konnte mich danach wieder über meine Einkommensteuerbescheide hermachen.«

»Was geschah letzte Nacht, Mr. Markowitz«, drängte Ed.

»Ja, richtig. Nun, wir hatten noch nicht allzu lange miteinander geplaudert, und ich fing gerade an, mich der Sache wirklich hinzugeben, zu entspannen, wenn Sie verstehen, was ich meine.« Er zog ein Taschentuch aus der Hose und fing an, sich das Gesicht abzutupfen. »Und plötzlich fing sie an, mit einem anderen zu sprechen. So als befände sich noch jemand bei ihr. Sie sagte so etwas wie: ›Wer sind Sie?‹ und ›Was wollen Sie hier?‹ Zuerst dachte ich, sie meine mich damit, und das sei nur ein Scherz von ihr. Also habe ich etwas möglichst Witziges entgegnet. Doch dann stieß sie einen lauten Schrei aus, und mir fiel beinahe der Hörer aus der Hand. Roxanne rief: ›Lawrence, helfen Sie mir! Rufen Sie die Polizei oder sonstwen!‹« Markowitz hüstelte, so als reize es seine Stimmbänder, diese Worte zu wiederholen. »Ich habe ihr Fragen gestellt, weil mir das alles so unwirklich vorkam. Und ich habe versucht, sie zu beruhigen. Aber dann hörte ich die andere Stimme.«

»Eine Männerstimme?« Ed notierte sich etwas in sein kleines Buch.

»Ja, ich denke schon. Er sagte, wenn ich mich recht erinnere, folgendes: ›Es wird dir gefallen.‹ Und er nannte sie beim Namen.«

»Roxanne?« fragte Ben.

»Ja, genau. Ich hörte, wie er ihren Namen nannte, und dann . . .« Er bedeckte das Gesicht mit dem Tuch und schnaufte für einen Moment. »Bitte, Sie müssen das verstehen. Man könnte mich als ganz gewöhnlichen Mann bezeichnen, der sich bemüht, die Aufregungen und Komplikationen in seinem Leben auf ein Minimum zu begrenzen. Ich leide nämlich an niedrigem Blutzucker.«

Ed nickte ihm mitfühlend zu. »Berichten Sie uns einfach, was Sie dann gehört haben.«

»Ach, es waren ganz schreckliche Geräusche. So wie schweres Atmen und Schläge. Roxanne schrie nicht mehr, sie ächzte nur noch. Nein, eigentlich war es mehr Röcheln. Da habe ich aufgelegt. Ich wußte nicht, was ich tun sollte, und so habe ich eingehängt.«

Als er das Tuch herunternahm, war sein Gesicht grau. »Ich dachte, sie habe mir nur etwas vorgemacht. Die ganze Zeit habe ich mir einzureden versucht, daß Roxanne sich mit mir einen Spaß erlaubt hatte. Aber die Schreie wollten nicht aus meinem Kopf. Wieder und wieder hörte ich, wie sie kreischte und den Unbekannten anflehte, ihr nicht weh zu tun. Und die Stimme des anderen, der sagte, sie wolle doch, daß er ihr Schmerzen zufüge, und ein solches Erlebnis würde sie nie wieder haben. Ich glaube, er hat auch noch geäußert, sie sehne sich doch nach Schmerzen, aber da bin ich mir nicht sicher. Es ging alles so schnell. Tut mir leid.«

Er erhob sich und ging zum Wasserkühler. Dort füllte er einen Pappbecher, leerte ihn auf einen Zug und hielt ihn dann wieder unter den Kran. »Ich wußte wirklich nicht, was ich tun sollte. Die ganze Zeit saß ich nur da, während in meinem Kopf die Gedanken durcheinanderpurzelten. Nach einer Weile habe ich mich wieder an die Arbeit gemacht, weil ich hoffte, darüber alles zu vergessen. Wie ich vorhin schon erwähnte, war ich mir nicht sicher, ob Roxanne mir nur einen Streich gespielt hatte. Aber es hatte für einen dummen Spaß viel zu ernst geklungen.«

Er leerte den Becher. »Je länger ich dasaß, desto weniger kam mir das Ganze wie ein Witz vor. Also habe ich mich schließlich aufgerafft, bei Fantasy angerufen und durchgegeben, daß Roxanne wohl in Schwierigkeiten stecke, daß ich sogar den Eindruck gehabt hätte, jemand versuche, sie zu ermorden. Dann habe ich aufgelegt und mich wieder den diversen Anträgen und Erklärungen gewidmet. Was hätte ich auch sonst tun können?« Sein Blick flog hastig zwischen Ed und Ben hin und her, ohne auch nur für einen Moment einen von den beiden direkt anzusehen. »Die ganze Zeit habe ich gehofft, Roxanne würde mich anrufen und mir sagen, alles sei okay und nur ein Spaß gewesen. Aber der Anruf kam natürlich nie.«

»Ist Ihnen irgend etwas an der fremden Stimme aufgefallen, irgendeine Besonderheit?« Ed bemerkte, daß der Steuerberater schwitzte. »Ein Akzent, ein eigentümlicher Tonfall oder eine merkwürdige Betonung gewisser Worte.«

»Nein, es war eine ganz normale Stimme. Ich habe sie kaum richtig verstehen können, weil Roxanne so laut gekreischt hat. Hören Sie, ich weiß nicht einmal, wie Roxanne ausgesehen hat, und ich will es eigentlich auch gar nicht wissen.

Seien wir doch mal ehrlich: Sie war für mich nicht mehr als eine, na sagen wir, eine Angestellte in einem Supermarkt. Ich habe dreimal in der Woche ihre

Dienste in Anspruch genommen, um mich von der Arbeit abzulenken.« Es schien ihn deutlich zu beruhigen, so viel Distanz zwischen sich und ihr schaffen zu können. Immerhin war er nur ein Durchschnittsmensch, sagte er sich, eine grundehrliche Haut – na ja, bis zu einem gewissen Grad. Niemand verlangte von einem Steuerberater übertriebene Ehrlichkeit. »Ich nehme an, ihr Freund hat sie aufgesucht, weil er wegen dieser Telefonate eifersüchtig war. Ja, genau das denke ich.«

»Hat Sie denn einen Namen genannt?« fragte Ben.

»Nein, nur meinen. Sie hat Lawrene geschrien. Bitte, meine Herren, mehr kann ich Ihnen beim besten Willen nicht sagen. Ich habe alles getan, was ich konnte. Und eigentlich war ich gar nicht verpflichtet, bei Fantasy anzurufen.« Sein Tonfall änderte sich in dem Grad, in dem seine Selbstgefälligkeit zurückkehrte. »Ich hätte mich gar nicht in die Sache hineinziehen lassen brauchen.«

»Vielen Dank für Ihre Mitarbeit.« Ben wuchtete sich aus dem Sessel. »Sie müssen zur Wache kommen und Ihre Aussagen unterzeichnen.«

»Detective, wenn ich mich vor morgen Mitternacht von diesem Schreibtisch entferne, bin ich für ein Dutzend Strafbefehle verantwortlich.«

»Früh gemachter Bescheid hat noch nie gereut«, gab der Sittich zum besten.

»Dann suchen Sie uns doch am sechzehnten morgens auf. Und fragen Sie nach mir oder Detective Paris. Wir tun unser Möglichstes, Ihren Namen aus der Sache herauszuhalten.«

»Vielen Dank. Sie können hier hinaus.« Er zeigte auf eine Seitentür und beugte sich dann über seine Rechenmaschine. Soweit es ihn betraf, hatte er seine Pflicht als Staatsbürger mehr als erfüllt.

»Ist es schon zu spät, noch eine Verlängerung zu beantragen?« erkundigte sich Ben auf dem Weg nach draußen.

»Dafür ist es nie zu spät.« Markowitz' Finger flogen schon über die Tasten.

9. Kapitel

Grace war sich nicht sicher, warum sie Eds Rat angenommen hatte und zu ihm nach Hause gefahren war. Vielleicht weil es ihr hier, wo sie nicht überall an ihre Schwester erinnert wurde, leichter fiel, über alles nachzudenken. Sie mußte sich beschäftigen. Wenn ihre Hände zu tun hatten, arbeitete ihr Verstand viel besser. Also sah sie sich im Haus nach dem um, was zu erledigen war, und ging dabei die Möglichkeiten durch, die ihr blieben.

Es erschien ihr immer noch am sinnvollsten, persönlich mit der Leitung von Fantasy, Incorporated, zu reden. Auf ernstere Gespräche hatte sie sich immer schon besonders gut verstanden. Mit ein wenig Bedrängen hier und etwas Locken dort würde es ihr gewiß gelingen, die Klientenliste in die Hände zu bekommen. Dann wollte sie Namen für Namen durchgehen, und wenn Kathleens Mörder sich unter ihnen befand, würde sie ihn auch ausfindig machen. Und was dann?

Dann würde sie auf ihren Instinkt vertrauen. Genau so, wie sie einen Roman anging. Und überhaupt ihr ganzes Leben ausrichtete. Mit beidem hatte sie bislang Erfolg gehabt.

Grace wußte, daß Rache hier eine ihrer Hauptantriebsfedern war. Dieses Gefühl erlebte sie jetzt zum erstenmal, und sie gestand sich ein, daß es durchaus befriedigend war. Der Wunsch nach Rache gab einem Kraft. Ihm nachzugeben, bedeutete aber auch, noch länger in Washington zu bleiben. Eigentlich konnte sie hier genausogut arbeiten wie anderswo. Und wenn sie fertig war, würde New York nicht über Nacht verschwunden sein.

Wenn sie jetzt aber abreiste, wäre das so, wie der Redakteurin ein unfertiges Manuskript einzureichen. Und niemand außer G. B. McCabe sollte das letzte Kapitel schreiben.

So schwierig konnte es schon nicht werden. Grace war immer der Überzeugung gewesen, daß Polizeiarbeit vor allem Timing, Beharrlichkeit und Gründlichkeit verlangte. Und ein Quentchen Glück. Und ebenso verhielt es sich mit der Schriftstellerei. Jemandem, der so viele Mordfälle ersonnen und gelöst hatte wie sie, sollte es auch möglich sein, einen richtigen Killer zu stellen.

Sie brauchte die Klientenliste, die Ermittlungsberichte und einige Zeit zum Nachdenken. Das einzige Problem, das sich ihr stellte, war, einen Weg um den ebenso sturen wie kräftigen Detective Jackson herum zu finden.

Während sie noch ihre Strategie zurechtlegte, hörte sie, wie die Haustür aufging. Grace betrachtete ihr Gesicht im Spiegel und sagte sich, daß Ed nicht leicht zu täuschen sein würde. Und was die ganze Sache noch verschlimmerte, war der Umstand, daß sie ihn mochte. Sie rieb sich einen Klecks von der Nase und lief dann nach unten.

»Da bist du ja.« Grace blieb auf der letzten Stufe stehen und lächelte ihn an. »Hattest du einen schönen Tag?«

»Ja, war ganz okay.« Er hielt eine große Einkaufstüte im Arm. Grace trug immer noch wie schon am Morgen die hautenge Jeans und den ausgebeulten Sweater. Doch beide Kleidungsstücke waren voller weißer Farbe. »Was um alles in der Welt hast du denn angestellt?«

»Dein Badezimmer tapeziert.« Sie ging zu ihm und nahm ihm die Tüte ab. »Sieht jetzt großartig aus. Du hast wirklich einen Blick für Farbkompositionen.«

»Du hast was getan?«

»Jetzt sieh mich nicht so entgeistert an. Ich habe nichts vermasselt, du brauchst keine Angst um deine Tapete zu haben. Nur der Boden sieht schlimm aus. Aber ich dachte mir, es sei nur fair, wenn du dort das Saubermachen erledigst.« Sie strahlte ihn an. »Eine halbe Rolle ist übriggeblieben.«

»Toll. Äh, Grace, ich bin dir wirklich dankbar, daß du dich hier nützlich machen wolltest, aber das Tapezieren erfordert einige Grundkenntnisse.« Er mußte es wissen, schließlich hatte er eine ganze Woche Do-it-yourself-Handbücher gewälzt.

»Man schneidet die Rolle in Bahnen, kleistert sie ein und klebt sie auf Stoß. Ich habe ein wenig in deinen Heimwerkerbüchern geblättert.« Grace warf einen Blick in die Tüte, entdeckte dort aber nichts, was ihr den Mund wäßrig machte. »Nun geh schon nachschauen. Übrigens, ich habe mir erlaubt, den Rest von deinen Erdbeeren aufzuessen.«

»Das macht nichts.« Sie sah seiner besorgten Miene an, daß er gerade nachrechnete, wieviel ihn neue Tapeten und zusätzlicher Kleister kosten würden.

»Und ja, Mineralwasser ist ja ganz prima, aber du könntest ruhig deinen Vorrat an Limo und Cola ergänzen.«

Er blieb auf halber Treppe stehen, um sich für das zu wappnen, was ihn gleich erwartete. »So etwas trinke ich nicht.«

»Ich schon. Na ja, ich habe mich erst mal mit einem Bier beholfen. Ach, das hätte ich beinahe vergessen: Deine Mutter hat angerufen.«

Ed blieb ein weiteres Mal stehen. »Und?«

»Sie ist eine sehr nette Dame. Und sie hat sich wirklich gefreut, als sich eine weibliche Stimme meldete. Ich hoffe, es macht dir nichts aus, aber ich wollte sie nicht enttäuschen. Also habe ich ihr gesagt, daß wir fest miteinander liiert seien und uns schon Gedanken darüber gemacht hätten, vor den Traualtar zu treten, bevor das Baby käme.«

Weil er sich nicht sicher war, ob ihr Lächeln bedeutete, daß sie ihn nur auf den Arm nehmen wollte, schüttelte er lediglich den Kopf. »Vielen Dank, Grace, das hast du großartig gemacht.«

»Keine Ursache. Deine Schwester hat übrigens einen neuen Freund. Er ist Anwalt für Körperschaftsrecht. Der Bursche hat ein eigenes Haus und auch noch ein Condo in einer Stadt mit Namen Ocean City. Sieht sehr vielversprechend aus zwischen den beiden.«

»Gott«, konnte er nur stöhnen.

»Und der Blutdruck deiner Mutter beläuft sich zur Zeit auf hundertzwanzig zu achtzig. Soll ich dir was zu trinken holen?«

»Ja, tu das bitte.«

Sie marschierte in die Küche und fing an zu summen. Ed war wirklich ein Schatz. Sie fand in der Tüte eine Flasche Weißwein. Und er hatte auch Geschmack. Grace fing an auszupacken. Sie stieß auf ein klumpiges Gebilde, das entfernt an ein Bündel Spargel erinnerte. Vorsichtig schnüffelte sie daran und verzog dann das Gesicht. Geschmack, ja, aber nicht auf allen Gebieten.

Grace beförderte des weiteren Blumenkohl, Schalotten und Erbsen zutage. Das einzige, was sie halbwegs mit Freude erfüllte, war ein Beutel mit Weintrauben. Sie zögerte nicht, sich sofort davon zu bedienen.

»Sieht großartig aus.«

Grace schob sich noch eine Traube in den Mund, drehte sich um und sah ihn in der Tür stehen.

»Das Badezimmer. Hast du wirklich prima hinbekommen.«

»Ich bin halt sehr geschickt mit den Händen.« Sie hielt ihm das spargelähnliche Bündel entgegen. »Was macht man denn damit?«

»Kochen.«

Sie legte es auf die Anrichte. »Das habe ich befürchtet. Ich habe dich gar nicht gefragt, was du zu trinken haben möchtest.«

»Das kann ich doch auch selbst erledigen. Bist du heute überhaupt dazu gekommen, dir etwas Ruhe zu gönnen?«

»Ich fühle mich prächtig.« Sie sah ihm zu, wie er eine Flasche Apfelsaft aus dem Kühlschrank holte. Sofort bekam sie Durst. »Ich bin viel zum Nachdenken gekommen, während ich die Tapete angebracht und mit deiner Mutter ein Schwätzchen gehalten habe.«

»Und worüber hast du nachgedacht?« Er füllte einen Krug mit Apfelsaft, besorgte sich dann eine Flasche Wodka und gab zwei Gläschen davon hinein.

»Damit bekommst du jeden dazu, sein Vitamin C zu schlucken.«

»Möchtest du lieber einen Apfel?«

»Nein, danke. Also gut, wenn du schon fragst: Ich habe mir überlegt, ob ich nicht für eine Weile in Kathys Haus einziehen sollte. Dann habe ich mehr Ruhe, mich um alles zu kümmern.«

Ed, der gerade dabei war, zwei Gläser zu füllen, stellte den Krug abrupt ab. Sosehr es ihm als Mann gefallen hätte, wenn sie noch eine Weile bliebe, wußte doch der Polizist in ihm, daß sie besser schnellstmöglich nach New York zurückkehrte. »Worum willst du dich denn noch kümmern?«

»Nun, da muß einiges mit ihrem Anwalt beredet werden, und dann gibt es da auch noch ihre Versicherung.« Das könnte sie genausogut auch von New York aus erledigen. Grace sah ihm an, daß er das wußte und sie durchschaute. Ein törichter Versuch von ihr, ihn an der Nase herumzuführen. Auf der anderen Seite fiel es ihr auch verdammt schwer, unaufrichtig zu ihm zu sein – was sie zutiefst verblüffte. Früher hatte es ihr nie

Mühe bereitet, es mit der Wahrheit nicht so ganz genau zu nehmen. »Also gut, das ist nicht der eigentliche Grund. Ich kann einfach nicht von hier fort, ohne daß alles aufgedeckt ist. Kathy und ich haben uns nicht allzu nahegestanden. Es ist mir nie leichtgefallen, das zuzugeben, aber so war es nun einmal. Wenn ich hierbliebe und herausfinde, wer ihr das angetan hat, dann habe ich etwas für uns beide getan. Ich kann nicht einfach von hier verschwinden, so als sei nichts gewesen, Ed. Erst wenn ich alle Antworten kenne, bin ich bereit, Washington zu verlassen.«

Er wünschte, daß er ihre Beweggründe nicht so gut verstehen könnte. »Es ist aber nicht deine Aufgabe, den Mörder deiner Schwester aufzuspüren, sondern meine.«

»Ja, für dich ist es ein Job, für mich aber ein dringendes Bedürfnis. Begreifst du das denn nicht?«

»Es kommt nicht darauf an, was ich begreife, sondern was richtig ist.«

Sie zerknüllte die Papiertüte, bevor er sie ihr abnehmen, glattstreichen und für einen weiteren Einkauf zusammenfalten konnte. »Und was ist richtig?«

»Normalbürger dürfen sich nicht in Polizeiermittlungen einmischen, Grace. Sie verschlimmern nur alles und laufen Gefahr, verletzt zu werden – oder Schlimmeres.«

Sie fuhr sich mit der Zungenspitze über die Oberlippe und trat einen Schritt auf ihn zu. »Und was davon besorgt dich am meisten?«

Grace hatte unwahrscheinliche Augen. Man konnte stundenlang hineinblicken und darin versinken. Diese Augen sahen ihn nun fragend und abwartend an. Ebenso fasziniert wie vorsichtig strich er ihr mit dem Daumen über den Wangenknochen. »Ich weiß es nicht.« Und dann, als sich ihre Lippen leicht bewegten, mußte er sie einfach küssen.

Sie schmeckte so, wie er es sich vorgestellt hatte. Und als seine Finger sich auf ihr Gesicht legten, fühlte sie sich genau so an, wie er es erwartet hatte. Ed wußte, wie verrückt das war, was er hier tat. Grace kam aus New York und war grelle Lichter und hektisch Partys gewöhnt. Er war ein Kleinstadtpolizist, der nicht wußte, wann er wieder Blut an den Fingern hatte. Und trotzdem konnte er nicht von ihr lassen.

Als ihre Lippen sich trennten, öffnete Grace langsam die Augen. Sie atmete tief aus und setzte dann ein Lächeln auf. »Weißt du, die Welt dreht sich schneller, wenn du das tust. Vielleicht solltest du es dir zur Angewohnheit machen.« Sie drückte sich an ihn und knabberte an seinem Kinn entlang, bis sie seinen Mund gefunden hatte. Als seine Hände sich auf ihre Hüften legten, seufzte sie leise. Es war lange her, viel zu lange, seit sie zum letztenmal die Versuchung verspürt hatte, sich hinzugeben. Grace schlang ihre Arme um seinen Hals und spürte zu ihrer großen Befriedigung, daß sein Herz genauso schnell schlug wie das ihre. »Willst du etwa mit mir schlafen, oder was?«

Er vergrub seine Lippen an ihrem Hals und wollte unbedingt mehr von ihr. Wie einfach wäre es gewesen, sie jetzt hochzunehmen, sie hinauf in sein Schlafzimmer zu tragen und den Dingen ihren Lauf zu lassen. So wie es sich früher abgespielt hatte. Aber nein, etwas sagte ihm, daß es mit Grace nicht so einfach gehen durfte. Mit ihr könnte er sich nie im Bett vergnügen, ohne einen Gedanken an den nächsten Morgen zu verschwenden. Er gab ihr noch einen Kuß auf die Stirn und ließ sie dann los.

»Ich werde dich füttern.«

»Oh.« Grace trat einen Schritt zurück. Es kam nicht oft vor, daß sie sich einem Mann an den Hals warf. Dazu bedurfte es mehr als bloßer sexueller Anziehung, nämlich auch großer Zuneigung und eines gewissen

Mindestmaßes an Vertrauen. Und so weit sie zurückdenken konnte, war sie noch nie von einem Mann zurückgewiesen worden. »Bist du dir sicher?«

»Ja.«

»Dann ist es ja gut.« Sie drehte sich um, nahm den Blumenkohl von der Anrichte. Es würde ihr bestimmt guttun, ihm die Knolle an den Kopf zu werfen. Aber dann entschied sie sich dagegen. »Wenn du mich so wenig attraktiv findest, dann . . .«

Zum zweitenmal wirbelte er sie herum. Diesmal mußte sie die Erfahrung machen, daß der Zusammenstoß mit seiner Brust etwas von einem Aufprall gegen eine Wand an sich hatte. Wenn er nicht ihren Mund mit dem seinen blockiert hätte, hätte sie ihn bestimmt wütend angefahren.

Diesmal ging er nicht so sanft und behutsam vor. Als sie seine leidenschaftliche Zunge und die Anspannung spürte, die seinen ganzen Körper befallen hatte, fühlte sie Freude und Glück. Und binnen Sekunden bestand die Welt für sie nur noch aus seinen Küssen, seinen Händen und der Reaktion ihres Körpers darauf.

Ed verlangte so sehr nach ihr, daß er sie am liebsten gleich hier in der Küche genommen hätte. Doch er wollte mehr als nur das kurze Aufwallen der Leidenschaft, als den Genuß eines flüchtigen Augenblicks. Und er brauchte Zeit, um herauszufinden, was er wirklich wollte.

»Glaubst du immer noch, daß du mich nicht anziehst?«

Grace sank von den Zehenspitzen auf die Fußballen zurück. »Woher soll ich wissen, daß ich mich nicht irre?« Sie räusperte sich und strich sich mit dem Zeigefinger über die Lippen, die von seinem Kuß vibrierten. »Schwebe ich noch?«

»Sieht ganz so aus.«

»Gut. Okay. Dann reißen wir jetzt das Fenster auf,

damit sich etwas von der Hitze verzieht, die sich hier angesammelt hat. Und danach erzählst du mir, womit du mich füttern willst.«

Er lächelte und streichelte ihr Haar. »Gefüllte Artischockenböden à la Bordelaise.«

»Aha«, sagte sie nur. Nach einer kleinen Pause fragte sie: »Das willst du doch wohl nicht alles noch zubereiten und kochen, oder?«

»Dauert nur eine halbe Stunde.«

»Ob ich so lange warten kann?« Als er die Zutaten zusammenstellte, setzte sie sich an den Tisch. »Ed?«

»Ja?«

»Hast du vielleicht vor, mit mir eine Beziehung anzufangen?«

Er wusch gerade Gemüse unter kaltem Wasser und warf ihr über die Schulter einen Blick zu. »Ich habe daran gedacht.«

»Gut, wenn es mit uns klappen sollte, schließen wir ein Abkommen. Wenn du wieder mal Artischocken machst, gibt es am nächsten Abend Pizza.«

»Aber nur vegetarische, und der Teig muß aus ungeschrotetem Weizenmehl sein.«

»Darüber können wir dann reden, wenn es soweit ist.« Sie stand auf und suchte den Korkenzieher.

Ben rutschte auf dem Beifahrersitz hin und her und wartete darauf, daß die Ampel umschaltete. Neben ihm trommelte Tess mit den Fingern aufs Lenkrad. Sie wußte, daß sie recht hatte, aber ihr Problem bestand darin, daß sie nicht mehr allein war und auch auf die Gefühle ihres Partners Rücksicht nehmen mußte.

»Ich hätte auch allein fahren können«, begann sie.

»Du kriegst bestimmt keinen Wagen.«

»Ed setzt mich sicher ab.«

Die Ampel schaltete auf Grün. Tess bewegte sich

im zähflüssigen Strom des Morgenverkehrs. »Es tut mir leid, daß du jetzt deswegen sauer bist. Versuch doch bitte, mich zu verstehen. Ich tue das ganz gewiß nicht aus irgendeiner Laune heraus.«

Verärgert suchte er einen neuen Sender. »Mich hat schon keiner nach meiner Meinung gefragt, als du dich damals in den Fall eingeschaltet hast. Und irgendwie beschleicht mich das Gefühl, daß ich diesmal genausowenig zu sagen habe.«

»Du weißt, daß das nicht wahr ist. Deine Meinung bedeutet mir sehr viel.«

»Dann laß mich hier raus, und fahr zu deinem Büro. Und misch dich nicht ein.«

Tess schwieg angestrengt für eine halbe Minute. »Also gut.«

»Also gut?« Seine Hand, die sich auf dem Weg zum Zigarettenanzünder befunden hatte, stockte auf halbem Weg. »Einfach so?«

»Ja.« Sie rückte wie selbstverständlich eine lose Haarnadel gerade und bog dann zur Wache ab.

»Ohne weitere Debatte?«

»Letzte Nacht haben wir genug darüber geredet. Es besteht kein Grund, alles noch einmal durchzukauen.« Tess fuhr auf den Parkplatz. »Dann bis heute abend.« Sie beugte sich zu ihm und küßte ihn.

Er hielt ihr Kinn mit einer Hand fest, bevor sie sich abwenden konnte. »Du setzt wieder eine deiner Psycho-Maschen gegen mich ein, stimmt's?«

Ihre klaren violetten Augen lächelten ihn an. »Aber woher denn!«

»Ich hasse es, wenn du das tust.« Er ließ sich in seinen Sitz zurücksinken und fuhr sich mit beiden Händen über das Gesicht. »Du weißt genau, was es mir ausmacht, wenn du dich in diesen Teil meines Lebens einmischst.«

»Und du weißt genau, was es mir ausmacht, auch

nur von einem Teil deines Lebens ausgeschlossen zu sein. Ben . . .«

Sie strich ihm mit einer Hand über das Haar. Noch vor einem Jahr hatte sie nicht einmal gewußt, wer er war. Und mittlerweile war er der Dreh- und Angelpunkt ihres ganzen Lebens geworden – ihr Mann und der Vater des Kindes, von dem sie glaubte, daß sie es bereits in ihrem Bauch trug. Trotzdem war sie auch immer noch Psychologin. Sie hatte wie jeder Arzt den hippokratischen Eid abgelegt. Und sie konnte einfach nicht vergessen, wie Grace' Finger gezittert hatten, während sie den Kaffeebecher hielten.

»Ich könnte euch wirklich weiterhelfen. Zumindest euch seine Denkweise näherbringen. So etwas ist mir früher auch schon gelungen.«

»Und dabei hätte ich dich fast verloren.«

»Aber das läßt sich mit dem jetzigen Fall doch nicht vergleichen. Ich bin heute nicht so in die Geschichte involviert wie damals. Ben, glaubst du, er wird einen weiteren Mord begehen? Ben . . .« Sie nahm seine Hand, ehe er sich vollends von ihr abwenden konnte. »Glaubst du, er mordet wieder?«

»Aber klar. Alles spricht dafür.«

»Leben retten – geht es nicht genau darum? Sowohl in deinem wie in meinem Beruf?«

Er starrte die Ziegelsteinmauer der Wache an. Sie strahlte Tradition aus. Seine Tradition. Tess durfte nichts damit zu tun haben. »Mir wäre es wirklich lieber, wenn du weiter in deinem schmucken kleinen Büro in der City arbeiten würdest.«

»Und mir wäre es lieber, du würdest hinter einem Schreibtisch sitzen und über den Papierkrieg knurren. Aber so kann es leider nicht immer sein. Weder für dich noch für mich. Ich habe euch einmal geholfen, und ich bin mir ziemlich sicher, daß ich euch diesmal wieder weiterbringen kann. Dieser Mörder ist kein gewöhnlicher Mensch. Das vermag ich schon aus dem wenigen zu analysieren, das du mir über ihn erzählt hast. Ich halte ihn für sehr krank und sehr gefährlich.«

Bens Nackenhaare stellten sich auf. »Du darfst nicht schon wieder deine ganze Energie in diesen Fall stecken.«

»Zunächst will ich euch nur dabei behilflich sein, ihn zu finden. Und was danach geschieht, bleibt abzuwarten.«

»Ich kann dich nicht davon abhalten.« Doch als er ihre Hand in der seinen spürte, wußte er, daß er sehr wohl die Möglichkeit dazu besaß. »Gut, ich will mich dir nicht in den Weg stellen, aber ich verlange, daß du dich auch um deine anderen Fälle kümmerst, um die Klinik und die Privatpatienten.«

»Ich kenne meine Grenzen.«

»Ja.« Die Debatte ermüdete ihn zusehends. »Wenn du deine normale Arbeit vernachlässigst, verpetze ich dich bei deinem Großvater, und der wird dir schon den Kopf geraderücken, verlaß dich drauf.«

»Wenigstens bin ich jetzt gewarnt.« Sie zog ihn zu sich heran. »Ich liebe dich, Ben.«

»So? Wie wäre es dann mit einem kleinen Beweis?« Ihre Lippen preßten sich auf die seinen, zogen sich aber einen Moment später wieder zurück, als Ed seinen Kopf durchs Fenster steckte.

»Habt ihr zwei noch nie etwas von verschwiegenen Seitenstraßen gehört?«

»Verpiß dich, Jackson.«

»Guten Morgen, Ed.« Sie rieb ihr Gesicht an Bens Wange.

»Kommt nicht oft vor, Tess, daß wir dich hier innerhalb einer Woche zweimal zu sehen kriegen.«

»Dann mach dich mal drauf gefaßt, daß sie dir von nun an häufiger über den Weg läuft«, knurrte Ben und stieg aus dem Wagen. »Die Seelenklempnerin will uns ihre Hilfe andienen.«

»Ehrlich?« Ed kannte Ben und Tess gut genug, um sofort zu spüren, daß ihre Meinungen in dieser Frage geteilt waren. »Na, dann willkommen an Bord.«

»Es ist immer wieder eine Freude, ein paar Gesetzeshütern zur Hand gehen zu dürfen.« Tess hakte sich bei Ed ein. »Wie geht es Grace?«

»Von Tag zu Tag besser. Sie hat beschlossen hierzubleiben, bis der Fall geklärt ist.«

»Verstehe. Sehr gut.«

»Wie meinst du das?«

»Meiner Ansicht nach handelt es sich bei Grace um eine Persönlichkeit, die ihre Probleme damit hat, wenn um sie herum alles drunter und drüber geht. Sie kommt besser mit allem zurecht, wenn sie etwas tun kann, einige Kontrolle auszuüben vermag. Am schlimmsten bei der Trauer ist die Hilflosigkeit. Wenn man die überwindet, ist man eigentlich schon halb über den Berg.« Sie wartete, bis er ihr die Tür geöffnet hatte. »Gar nicht zu reden davon, daß es dir nicht leichtfallen dürfte, ihr den Hof zu machen, wenn sie wieder im fernen New York sitzt.«

Ben schloß zu den beiden auf. »Unsere Seelenklempnerin hier hat deine Telefonnummer, Ed. Deine Grace scheint mir eine lohnende Beute zu sein. Sie hat was im Kopf, sieht toll aus und ist vermögend.« Er legte Tess einen Arm um die Schultern. »Gefällt mir, daß du endlich auf den Trichter gekommen bist und meinem Beispiel folgen willst.«

»Tess ist doch nur auf dich hereingefallen, weil sie verstörten Schwachsinnigen noch nie widerstehen konnte.« Er betrat seine Abteilung und war froh, daß die anstehende Arbeit das Thema beenden würde.

Sie kamen im Konferenzraum zusammen. Tess breitete die Akten der beiden Fälle vor sich aus. Darin befanden sich Fotos der Opfer, Autopsieberichte und die Ermittlungsergebnisse ihres Mannes. Sie stellte rasch fest, daß bei der vorliegenden Mordserie viel mehr Gewalt im Spiel war als bei dem früheren Fall, bei dem sie mit dem Kommissariat zusammengearbeitet hatte – insofern man Mord überhaupt an dem Grad der Gewaltanwendung messen konnte. Worum es bei der Tötung der beiden Frauen ging, war ihr rasch genauso klar wie den Detectives, doch sie entdeckte darin noch etwas anderes, etwas Bedrohliches und zutiefst Beängstigendes.

Aufmerksam studierte sie die Aussage von Eileen Cawfield, die Ergebnisse der Befragung von Markowitz und Eds offizieller Bericht über die Ereignisse in der Nacht, in der Kathleen Breezewood ermordet wurde.

Ben gefiel es nicht, seine Frau so zu erleben, wie sie sich ernsthaft mit den Belegen und Dokumenten der grimmigeren Seite seines Berufs auseinandersetzte. Es war ihm schon nicht leichtgefallen, ihre Arbeit zu akzeptieren, wenn sie in ihrer Praxis in Uptown saß. Natürlich sagte ihm sein Verstand, daß er sie nicht vor allen dunkeln Facetten der heutigen Zeit abschirmen konnte, aber es machte ihn erst recht nervös, sie hier auf dem Revier zu sehen.

Sie fuhr mit einem hübschen, sorgfältig manikürten Finger über die Seiten des Berichts der Gerichtsmediziner. Bens Eingeweide verknoteten sich.

»Mir fällt auf, daß beide Morde zur gleichen Zeit verübt worden sind.«

Harris rieb sich mit einer Hand über den Bauch. Sein Magen fühlte sich jeden Tag etwas leerer an. »Wir dürfen wohl annehmen, daß dies zum Vorgehensmuster des Täters gehört.« Er brach ein winziges Stückchen von einem Rosinenbrötchen ab, das langsam hart wurde. Vor einigen Tagen schon hatte er sich einreden können, daß es nichts weiter ausmachte, wenn er Kalorien in kleinen Dosen zu sich nahm. »Ich habe Ihnen noch gar nicht sagen können, wie sehr die Abteilung sich über Ihre Mitarbeit freut, Dr. Paris.«

»Ich schätze, die Abteilung wird sich noch mehr freuen, wenn ich auch ein paar Resultate liefern kann.« Sie nahm kurz die Lesebrille ab, um sich die Augen zu reiben. »In diesem Stadium der Ermittlungen dürfen wir wohl feststellen, daß wir es mit jemandem zu tun haben, der zu extremen Gewaltausbrüchen neigt, und daß diese Gewaltausbrüche eindeutig sexuell orientiert sind.«

»Das ist doch eigentlich bei Vergewaltigungen der Normalfall«, brummte Ben.

»Nein, bei einer Vergewaltigung handelt es sich nicht um ein Sexual-, sondern um ein Gewaltdelikt. Und der Umstand, daß die Opfer nach der Gewalttat ermordet wurden, muß nicht als außergewöhnlich angesehen werden. Ein Vergewaltiger kann Frauen aus einer Vielzahl von Gründen überfallen: Frustration, niedriges Selbstwertgefühl, der Ansicht, daß Frauen minderwertig seien, Wut. Gerade letzteres spielt fast immer eine Rolle. Und in den Fällen, in denen der Vergewaltiger sein Opfer kannte, kommt noch der Wunsch nach Dominanz hinzu, das Verlangen, männliche Stärke und Überlegenheit zu demonstrieren oder sich das zu holen, von dem er glaubt, daß es ihm zusteht oder daß es ihm angeboten wurde. Der Täter steht oft unter dem Eindruck, das Opfer wehre sich nur, um für ihn den Reiz zu erhöhen, und in Wahrheit wolle die Frau mit Gewalt genommen werden.«

Tess setzte die Brille wieder auf und lehnte sich zurück. »In den beiden vorliegenden Fällen beschränkte sich die Gewaltanwendung auf jeweils einen Raum, in dem die Opfer dann auch aufgefunden wurden. Der Täter benutzte sowohl bei Kathleen wie auch bei Mary die gleiche Waffe: eine Telefonschnur. Und höchstwahrscheinlich ist das Telefon auch seine Verbindung zu den beiden Frauen. Über den Hörer haben sie ihm zuvor etwas in Aussicht gestellt, ihn mit etwas gelockt. Und so ist er zu ihnen gegangen, um sich das zu holen, was sie ihm versprochen haben. Er kam aber nicht durch die Haus-, beziehungsweise Wohnungstür, sondern ist bei ihnen eingebrochen. Möglicherweise, um sie zu überraschen oder auf diese Weise die Erregung zu steigern. Ich neige zu der Ansicht, daß es sich bei der ersten Tat um einen Mord im Affekt gehandelt hat, daß er Kathleen aus irgendeinem Impuls oder Reflex heraus umgebracht hat. Sie hat sich gegen ihn gewehrt und ihn physisch oder seelisch verletzt, vielleicht auch beides. Vermutlich entpuppte sich Kathleen nicht als die Frau, die er erwartet hatte; oder anders gesagt, als die Frau, als die sie sich in seiner Fantasie am Telefon dargestellt hatte. Er war der Ansicht, eine Beziehung mit ihr zu haben. Deshalb hat er auch zu ihrer, besser gesagt, zu Desirees Beerdigung Blumen geschickt. Es ist von größter Wichtigkeit, sich ständig vor Augen zu halten, daß der Täter Kathleen Breezewood gar nicht kannte, sondern nur Desiree. Er hat sie nie, selbst im Moment der Ermordung nicht, als die Frau gesehen, die sie war. Desiree war für ihn auch als Kathleen die Frau, die er sich in seiner Fantasie erschaffen hatte.«

»Aber wie konnte er sie dann überhaupt ausfindig machen?« wandte Ben ein. »Wie konnte er, ausgehend von einer Stimme am Telefon, das Haus finden, in dem die Frau wohnte? Was hat ihn auf ihre Spur gebracht?«

»Ich wünschte, ich wüßte die Antwort darauf.« Tess hätte gern seine Hand genommen. Wenn sie allein gewesen wären, hätte sie das bestimmt auch getan. Aber hier auf dem Revier entstand immer eine gewisse Distanz zwischen ihnen. »Alles, was ich sagen kann, ist, daß dieser Mann über eine enorme Intelligenz verfügt.

Auf seine Weise geht er höchst logisch vor und folgt Schritt für Schritt einem bestimmten Muster.«

»Der erste Schritt besteht wohl darin, eine geeignete Stimme zu finden«, murmelte Ed, »um sich dann in seiner Fantasie die dazugehörige Frau zu erschaffen.«

»Das kommt der Wahrheit wohl ziemlich nahe. Der Täter besitzt eine überdurchschnittliche Vorstellungskraft. Mehr noch, für ihn verwischen sich die Grenzen zwischen Fantasie und Wirklichkeit. Er neigt dazu, an das zu glauben, was er sich vorstellt. Daß er an beiden Tatorten Fingerabdrücke hinterlassen hat, geschah nicht etwa aus Unvorsichtigkeit. Der Mann ist vielmehr der Ansicht, unverwundbar zu sein, weil die Realität der Welt, die er sich geschaffen hat, nichts anhaben kann. Er lebt seine Fantasien aus und damit auch die, von denen er annimmt, daß sie die seiner Opfer sind.«

»Soll das etwa heißen, er vergewaltigt und ermordet Frauen, weil er glaubt, es würde ihnen gefallen?« Ben zog eine Zigarette aus seinem Päckchen und zündete sie an. Tess registrierte die Anspannung in seiner Stimme.

»Einfach ausgedrückt, ja. Nach dem, woran Markowitz sich erinnern konnte, hat der Täter so etwas von sich gegeben wie: ›Ich weiß, daß du es gerne hast, wenn ich dir weh tue.‹ Vergewaltiger rechtfertigen ihre Tat gern mit solchen Überzeugungen. Mary Grice hat er die Hände ans Bett gefesselt, Kathleen Breezewood hingegen nicht. Ich halte das für ein wichtiges Moment. Nach den uns vorliegenden Unterlagen hat Desiree eher konservative, normale Sexfantasien angeboten. Ganz anders hingegen Roxanne. Sie brachte auch gern schon einmal Fesselungen und andere Sadomaso-Praktiken ins Spiel. Deswegen hat der Täter den Frauen das gegeben, was sie seiner Überzeugung nach bevorzugten. Und dann hat er sie umgebracht, weil er die psychotische Lust entdeckte, die eine Vereinigung von Orgasmus und Tötung bewirkt. Wir müssen wohl davon ausgehen, daß er glaubt, seine Opfer hätten die gleiche Lust verspürt wie er. Kathleen hat er aus einem Impuls heraus umgebracht. Bei Mary hingegen handelt es sich um eine Rekonstruktion seiner Tat, weil er höchstwahrscheinlich dieses besondere Lustgefühl noch einmal erfahren wollte.« Sie drehte sich zu Ben um. Er mochte noch immer nicht davon begeistert sein, seine Frau hier zu sehen, aber wenigstens hörte er ihr zu. »Was hältst du denn von dem Umstand, daß beide Morde zur gleichen Zeit verübt wurden?«

»Was soll ich denn davon halten?«

Sie lächelte. Sonst war er es stets, der ihr vorwarf, eine Frage immer mit einer Gegenfrage zu beantworten. »Beide Taten ereigneten sich abends, aber nicht sehr spät. Ich nehme an, das gehört irgendwie zu seinem Vorgehensmuster. Vielleicht ist der Mann verheiratet oder lebt mit jemandem zusammen, der von ihm erwartet, zu einer bestimmten Zeit zu Hause zu sein.«

Ben studierte die Spitze seiner Zigarette. »Vielleicht ist er aber auch nur jemand, der gern zeitig schlafen geht.«

»Könnte natürlich auch sein.«

»Tess«, begann Ed, während er einen Teebeutel in heißes Wasser tauchte, »allgemein wird doch davon ausgegangen, daß ein Voyeur oder jemand, der Frauen am Telefon belästigt, es dabei beläßt und nicht zu Gewalttätigkeiten neigt. Warum ist das bei diesem Täter nicht der Fall?«

»Weil er nicht nur zusieht, sondern teilnimmt. Er glaubt, die Frauen haben zu ihm gesprochen. Hier fehlt die Distanz, sei es die tatsächliche oder die emotionale, die für jemanden besteht, der mit einem Fernglas in fremde Wohnungen späht. Und auch die Anonymität ist nicht vorhanden, in der derjenige sich sicher fühlt, der Frauen am Telefon belästigt. Unser Mann kannte seine Opfer. Natürlich nicht Kathleen oder Mary, aber Desiree und Roxanne. Ich hatte einmal eine Person in Behandlung, bei der es zu einer Vergewaltigung nach einer Verabredung gekommen war.«

»Dr. Paris, bei allem Respekt, die Sichtweise des Opfers hilft uns hier wohl kaum weiter«, erklärte der Captain.

»Ich habe mich vielleicht etwas unglücklich ausgedrückt: Ich mußte mich um den Vergewaltiger und nicht um das Opfer kümmern. Er hat die Frau nicht zum Sex gezwungen, weil er sich persönliche Befriedigung verschaffen wollte, sondern weil er glaubte, sie erwarte das von ihm. Er hat gedrängt und keine Ruhe gegeben, weil er an irgendeinem Punkt des Abends zu der Überzeugung gelangte, sie überlasse ihm nicht nur die Initiative, sondern erwarte geradezu von ihm, endlich etwas zu tun. Und schlimmer noch, wenn er das unterließ, würde sie ihn für unmännlich, für einen Schwächling halten. Wenn er sie aber bedrängte, erhielte er dadurch nicht nur Befriedigung, sondern beweise sich auch als richtiger Mann und erfahre so Anerkennung. Meiner Meinung nach muß unser Täter hier sich nicht selbst beweisen, sondern will Macht demonstrieren. Er hat Desiree und Roxanne nicht deswegen ermordet, damit sie ihn nicht mehr identifizieren können, sondern weil es in seinen Augen die höchste Form der Machtausübung ist, jemandem das Leben zu nehmen. Daraus läßt sich schließen, daß er in einer Umgebung aufgewachsen ist, in der er nicht viel zu sagen hatte, wo er sich sehr starken Persönlichkeiten beugen mußte. Dieser Täter muß als sexuell repressiv angesehen werden, als ein Mann, der jetzt nach Auswegen aus seiner Verklemmung sucht.«

Tess öffnete eine Akte. »Bei seinen Opfern handelt es sich um unterschiedliche Frauentypen, sowohl äußerlich als auch hinsichtlich der Persönlichkeiten, als die sie sich am Telefon ausgaben. Das mag natürlich Zufall sein, aber wir sollten lieber davon ausgehen, daß auch hier ein Vorsatz dahintersteckt. Das einzige, was diese Frauen gemeinsam hatten, waren der Sex und das Telefon. Beides hat er höchst gewaltsam gegen sie eingesetzt. Sein nächstes Opfer wird vermutlich schon wieder ein ganz anderer Typ sein.«

»Ich hoffe, wir müssen es nicht erleben, daß diese Theorie sich in der Praxis bewahrheitet.« Harris brach ein weiteres Bröckchen von dem Rosinenbrötchen. »Könnte er damit aufhören? Ich meine, von einem Tag auf den anderen?«

»Das glaube ich nicht.« Tess schloß die Akte und legte sie auf seinen Schreibtisch. »Den Täter plagen weder Gewissensbisse noch die Furcht, erwischt zu werden. Die Worte auf seiner Beileidskarte lauten nicht: ›Es tut mir leid‹ oder ›Verzeih mir‹, sondern: ›Ich werde dich nicht vergessen.‹ Damit meint er weniger Desiree als Person, sondern mehr das Erlebnis, das sie ihm verschafft hat. Dieser Mann plant seine Züge sorgfältig im voraus. Er zerrt nicht einfach eine x-beliebige Frau in eine Seitenstraße, ein Gebüsch oder einen Wagen. Wir dürfen nicht vergessen, daß er seine Opfer kennt oder zumindest zu kennen glaubt, und sich von ihnen das holt, von dem er meint, daß es ihm zusteht. Unser Täter ist in gewisser Weise ein typisches Produkt unserer heutigen Gesellschaft, in der man nur den Telefonhörer aufzunehmen braucht, um sich schlichtweg alles zu bestellen, von Pizza bis Pornographie. Man muß nur noch eine Nummer wählen, und schon bekommt man *das*, was man will, mehr noch, was einem zusteht. In diesem Fall haben wir es mit einer Mischung aus den Annehmlichkeiten der Technologie und soziopathischen Tendenzen zu tun. Ihm erscheint es nur logisch, sich frei zu bedienen.«

»Oh, Verzeihung.« Lowenstein zeigte sich in der Tür. »Wir haben eben die Kreditkartennummern überprüft.« Harris nickte, und sie reichte Ed die Blätter. »Nicht eine Übereinstimmung.«

»Nicht eine?« Ben stellte sich hinter seinen Partner und schaute ihm über die Schulter.

»Null. Wir haben uns auch die Namen, die Adressen und die möglichen Decknamen angesehen. Rein gar nichts.«

»Damit stehen wir also wieder ganz am Anfang.« Ben nahm die Papiere, die Ed ihm reichte.

»Nicht so vorschnell. Wir haben etwas anderes herausgefunden, als wir den Blumengruß des Täters überprüften. Der Strauß wurde telefonisch bei Bloom Town in Auftrag gegeben, und zwar mit Angabe der Kreditkartennummer. Die Karte gehört einem Patrick R. Morgan. Hier ist seine Adresse.«

»Steht der vielleicht auch auf dieser Kundenliste hier?« fragte Ed.

»Nein.«

»Dann sollten wir diesem Herrn einen Besuch abstatten.« Ben warf einen Blick auf seine Uhr. »Er wird wohl bei der Arbeit sein. Haben wir Namen und Adresse des Unternehmens, bei dem er beschäftigt ist?«

»Ja, das Kapitol. Mr. Morgan ist Kongreßabgeordneter.«

Heute war der Volksvertreter jedoch in seinem renovierten Heim in Georgetown anzutreffen. Die Frau, die den beiden Polizisten öffnete, wirkte sauertöpfisch und ungeduldig, was vielleicht mit dem Riesenberg Akten in Zusammenhang stand, den sie mit beiden Armen hielt. »Ja?« fragte sie nur unfreundlich.

»Wir würden gern den Kongreßabgeordneten Morgan sprechen.« Ed schaute an ihr vorbei in die große

Diele und bewunderte die Mahagoni-Täfelung, die aus echtem Holz angefertigt war.

»Tut mir leid, aber der Abgeordnete ist zur Zeit nicht zu sprechen. Wenn Sie einen Termin wünschen, rufen Sie sein Büro an.«

Ben zeigte ihr seine Marke. »Es geht um eine polizeiliche Ermittlung, Ma'am.«

»Selbst wenn Sie der liebe Gott persönlich wären, würde ich Sie nicht einlassen.« Sie schenkte seinem Ausweis keinerlei Beachtung. »Wie ich schon sagte, er ist nicht zu sprechen. Versuchen Sie es nächste Woche in seinem Büro.«

Ed lehnte sich mit der Schulter an die geöffnete Tür, um die Frau daran zu hindern, sie ihnen vor der Nase zuzuschlagen. »Ich fürchte, wir müssen darauf bestehen. Entweder wir reden hier mit ihm, oder wir lassen ihn aufs Revier vorladen.« Er sah ihren Blick und erkannte, daß sie festen Willens war, ihn trotz seiner Größe hinauszuschubsen.

»Margaret, zum Himmeldonnerwetter, was geht denn da vor?« Der Frage folgte eine Nies-Salve. Dann zeigte sich der Kongreßabgeordnete. Er war klein, dunkelhaarig und Ende Vierzig. Und er präsentierte sich blaß, rotäugig und in einem Morgenmantel.

»Diese Herren bestehen darauf, Sie zu sprechen, Sir, obwohl ich ihnen erklärt habe, daß...«

»Ist schon in Ordnung, Margaret.« Trotz seines Zustands setzte er ein breites Politikerlächeln auf. »Tut mir leid, Gentlemen, aber wie Sie sehen können, leide ich etwas unter der Witterung.«

»Verzeihen Sie bitte, Herr Abgeordneter.« Ben zeigte ihm seine Marke. »Aber die Angelegenheit ist wirklich dringend.«

»Verstehe. Nun, dann treten Sie doch ein. Ich muß Sie nur bitten, Abstand von mir zu halten. Zur Zeit geht wohl höchste Ansteckungsgefahr von mir aus.«

Er führte sie durch die Diele in einen in Blau und Grau gehaltenen Salon, an dessen Wänden gerahmte Zeichnungen und Stiche der Stadt hingen. »Margaret, hören Sie endlich damit auf, die Beamten so argwöhnisch zu beäugen, und kümmern Sie sich um die Akten.«

»Sie bekommen noch einen Rückfall«, beschwerte sich Margaret, zog sich dann aber pflichteifrig zurück.

»Sekretärinnen sind schlimmer als Ehefrauen. Nehmen Sie doch Platz, Gentlemen. Sie sehen es mir hoffentlich nach, wenn ich mich lieber auf die Couch setze.« Er ließ sich auf dem Sofa nieder und legte sich eine Angoradecke über die Knie. »Die Grippe«, erklärte er, während er nach einem Papiertaschentuch griff. »Den ganzen Winter hindurch habe ich vor Gesundheit gestrotzt, aber kaum fangen die Blumen an zu blühen, wirft es mich nieder.«

Ed setzte sich vorsichtshalber auf den Stuhl, der am weitesten von dem Kranken entfernt stand. »Die Menschen sehen sich im Winter eher vor.« Er bemerkte den Teekessel und den Saftkrug. Zumindest nahm der Abgeordnete viel Flüssigkeit zu sich. »Wir wollen Sie auch nicht länger als unbedingt nötig belästigen.«

»Es gehörte immer zu meinen vornehmsten Pflichten, mit der Polizei zusammenzuarbeiten. Schließlich stehen wir auf derselben Seite, oder etwa nicht?« Morgan schneuzte sich herzhaft.

»Gesundheit«, sagte Ed.

»Danke. Nun, meine Herren, was kann ich für Sie tun?«

»Kennen Sie ein Unternehmen mit Namen Fantasy, Incorporated?« fragte Ben wie beiläufig, während er die Beine übereinanderschlug. Doch er ließ den Mann keine Sekunde aus den Augen.

»Fantasy? Nein, nie gehört«, antwortete der Abgeordnete nach einem Moment des Nachdenkens. »Da klingelt bei mir überhaupt nichts.« Ihm war nicht einmal bewußt, welches Wortspiel er da von sich gegeben hatte. »Was ist das denn für eine Firma?«

»Telefon-Sex.« Ed mußte an die Bakterien denken, die hier durch die Luft flogen. Der Berufsalltag eines Polizisten war mit mannigfaltigen Gefahren angefüllt.

»Aha.« Morgan verzog das Gesicht, so als wollte er grinsen, beließ es dann aber bei dem Versuch. »In der Tat ein Thema, über das sich trefflich streiten ließe, aber doch wohl eher eine Angelegenheit für das Gewerbeaufsichtsamt oder die Gerichte als für einen Kongreßabgeordneten. Zumindest in meiner momentanen Verfassung.«

»Ist Ihnen eine Kathleen Breezewood bekannt?«

»Breezewood... Breezewood...« Er rückte sein Kissen gerade. »Ich fürchte, auch da muß ich passen.«

»Oder Desiree?«

»Nein, ganz bestimmt nicht«, lächelte er. »Welcher Mann könnte einen solchen Namen vergessen?«

Ed zückte sein Notizbuch und blätterte darin, so als wollte er sich etwas ins Gedächtnis zurückrufen. »Wenn Sie Mrs. Breezewood nicht gekannt haben, warum haben Sie dann Blumen zu ihrer Beerdigung geschickt?«

»Habe ich das getan?« Morgan machte ein verwundertes Gesicht. »Nun, diese Dame gehörte gewiß nicht zu meinem engeren Bekanntenkreis, aber ich schicke zu den unterschiedlichsten Gelegenheiten Blumen. Meist aus politischen Gründen. Meine Sekretärin kümmert sich für gewöhnlich darum. Margaret!« Er rief sie wohl etwas zu laut, denn er erlitt gleich einen Hustenanfall.

»Sie bringen sich noch ins Grab!« schimpfte die Frau, als sie in den Raum eilte. »Trinken Sie Ihren Tee, und hören Sie auf, hier herumzuschreien.«

Er hat doch gar nicht geschrien, dachte Ed. »Margaret, kenne ich eine Kathleen Breezewood?«

»Meinen Sie vielleicht die Frau, die vor ein paar Tagen ermordet wurde?«

Die Rötung, die der Husten auf seinem Gesicht ausgelöst hatte, verging, und er wandte sich an Ed. »Meine ich die Kathleen Breezewood?«

»Ja, Sir.«

»Haben wir ihr zur Beerdigung Blumen geschickt, Margaret?«

»Warum sollten wir? Sie haben die Frau ja nicht einmal gekannt.«

»Bei einer Blumenhandlung namens Bloom Town wurde mit Ihrer Kreditkarte ein Strauß für die Beerdigung bestellt.« Ed warf einen Blick in sein Notizbuch und trug die Nummer vor.

»Ist das meine Karte?« fragte der Abgeordnete.

»Ja, aber ich habe dort kein Gebinde bestellt. Wenn es um Blumen geht, wenden wir uns sowieso stets an Lorimar Florists, weil wir dort ein Konto unterhalten. Bei Bloom Town haben wir noch nie etwas bestellt. Und seit mindestens zwei Wochen haben wir keinen Strauß mehr in Auftrag gegeben. Der letzte ging an die Frau von Parsons, als sie ihr Baby bekommen hat.« Sie sah Ben triumphierend an. »Steht alles im Haushaltsbuch.«

»Holen Sie das Buch bitte, Margaret.« Morgan wartete, bis sie das Zimmer verlassen hatte. »Gentlemen, ich erkenne nun, daß die Sache ernster ist, als ich bislang angenommen habe, aber auf Ehre und Gewissen, ich fürchte, ich kann Ihnen nicht weiterhelfen.«

»Kathleen Breezewood wurde am Abend des zehnten April ermordet.« Ed wartete, bis der Kongreßabgeordnete sich ein weiteres Mal geschneuzt hatte. »Können Sie uns sagen, wo Sie sich an dem betreffenden Tag zwischen zwanzig und dreiundzwanzig Uhr aufgehalten haben?«

»Am zehnten April.« Morgan rieb sich mit zwei Fin-

228

gern die Augen. »Da hat doch die Spendenparty in Shoreham stattgefunden. Sie wissen schon, wir haben Wahlkampf. An dem Tag fing es bei mir mit der Erkältung an. Ich habe mich trotzdem hingeschleppt. Meine Frau war deswegen sehr böse. Wir haben an der Veranstaltung teilgenommen von neunzehn Uhr bis, äh, irgendwann nach zweiundzwanzig Uhr. Danach sind wir direkt nach Hause gefahren, weil mich am nächsten Morgen ein Arbeitsfrühstück erwartete.«

»In dem Buch sind seit dem Parsons-Baby keine Blumenbestellungen aufgeführt.« Margaret kehrte zurück und reichte es Ben. »Es gehört zu meinen Aufgaben, immer zu wissen, wann wem Blumen geschickt werden müssen.«

»Abgeordneter«, begann Ed, »wer außer Ihnen kann noch Ihre Kreditkarte benutzen?«

»Nun, Margaret. Und meine Frau, obwohl sie ihre eigenen Karten hat.«

»Und Ihre Kinder?«

Morgan verkrampfte sich kurz, bevor er antwortete: »Meine Kinder benötigen noch kein Plastikgeld. Meine Tochter ist erst fünfzehn. Und mein Sohn besucht im zweiten Jahr die St. James Prepatory Academy. Beide erhalten regelmäßig Taschengeld, und größere Ausgaben müssen sie erst mit uns besprechen. Offensichtlich ist der Verkäuferin in der Blumenhandlung ein Fehler unterlaufen, als sie die Nummer der Kreditkarte notierte.«

»Könnte sein«, murmelte Ed, obwohl er bezweifelte, daß die Verkäuferin auch noch den Namen falsch verstanden haben sollte. »Es würde uns vielleicht weiterhelfen, wenn Sie uns sagen würden, wo sich Ihr Sohn an dem betreffenden Abend aufgehalten hat.«

»Das lehne ich ganz entschieden ab.« Trotz seiner Erkältung setzte Morgan sich kerzengerade auf.

»Abgeordneter, wir haben es mit zwei Morden zu

tun.« Ben schloß das Haushaltsbuch. »Wir sind leider nicht in der Lage, Sie mit Samthandschuhen anzufassen.«

»Ihnen ist doch hoffentlich bewußt, daß ich keine Ihrer Fragen beantworten muß. Aber um des lieben Friedens willen werde ich darauf eingehen.«

»Das kommt uns sehr gelegen«, entgegnete Ben milde. »Also, zu Ihrem Sohn.«

»Er hatte eine Verabredung.« Morgan goß sich ein Glas Saft ein. »Michael trifft sich seit einiger Zeit mit der Tochter von Senator Fielding. Julia. Ich glaube, sie wollten an dem Abend ins Kennedy Center. Er war um dreiundzwanzig Uhr zurück. Schließlich mußte er am nächsten Tag in die Schule.«

»Und wo war er vergangene Nacht?« fragte Ben.

»Gestern war er den ganzen Abend über zu Hause. Wir haben bis gegen zweiundzwanzig Uhr Schach gespielt.«

Ed notierte sich alles. »Könnte sich einer Ihrer Mitarbeiter Ihrer Kreditkarte bedienen. Oder kennt sonst noch jemand die Kartennummer?«

»Nein.« So wie Morgan dieses Wort aussprach, wurde klar, daß seine Geduld und sein Wille zur Kooperation erschöpft waren. »Meiner Meinung nach ist jemandem in der Blumenhandlung ein Fehler unterlaufen. Mehr habe ich dazu nicht zu sagen. Wenn Sie mich jetzt bitte entschuldigen würden.«

»Vielen Dank für Ihre Mühe.« Ed erhob sich und steckte das Notizbuch weg. Er hatte bereits beschlossen, sich spätestens im Revier eine Extradosis Vitamin C zu verabreichen. »Wenn Ihnen noch irgendein Grund dafür einfallen sollte, warum man mit den Blumen Ihr Konto belastet haben könnte, lassen Sie es uns bitte wissen.«

Margaret schien es Genugtuung zu bereiten, die beiden zur Tür zu bringen. Als die Tür hinter ihnen vernehmlich ins Schloß fiel, schob Ben die Hände in die Hosentaschen. »Irgendwas sagt mir, daß der Abgeordnete etwas zu verbergen hat.«

»Ja. Die Teilnehmer der Spendenparty zu überprüfen, dürfte nicht schwierig sein, ich würde mich aber trotzdem lieber zuerst mit der Tochter des Senators unterhalten.«

»Da stimme ich dir zu.«

Sie liefen zum Wagen zurück. Trotz Bens Protesten nahm Ed hinter dem Steuer Platz. »Weißt du, Tess hat da vorhin etwas gesagt, das mir einfach nicht aus dem Kopf will.«

»Und was?«

»Nun, daß man nur den Hörer von der Gabel zu nehmen braucht, um sich alles ins Haus kommen zu lassen. Ich mache das ja genauso.«

»Pizza oder Pornographie?«

»Spachtel und Makulatur. Ich habe mir letzten Monat eine Ladung davon kommen lassen. Der Verkäufer wollte erst meine Kreditkartennummer wissen, bevor er die Lieferung zusammengestellt hat. Wie oft hast du schon am Telefon deine Kreditkartennummer durchgegeben? Heutzutage braucht man doch nur noch die Nummer und den Namen zu nennen. Ausweis oder Unterschrift sind längst nicht mehr erforderlich.«

»Stimmt.« Ben ließ sich seufzend auf dem Beifahrersitz nieder. »Ich schätze, das engt den Kreis der Verdächtigen auf lediglich ein paar hunderttausend ein.«

Ed startete. »Wir können immer noch hoffen, daß Michael seine Julia versetzt hat.«

10. Kapitel

Mary Beth Morrison war eine geborene Mutter. Schon im Alter von sechs Jahren hatte sie eine ganze Kollektion von Puppen besessen, die gefüttert, gewickelt und angezogen werden mußten. Einige von ihnen hatten sprechen, andere laufen können, aber Mary Beths Herz konnte sich ebenso für ein altes Stofftier, dem eines der Knopfaugen fehlte und ein Arm aufgerissen war, erwärmen.

Im Gegensatz zu anderen Kindern beschwerte sie sich nie über die Arbeiten im Haushalt, die ihre Eltern ihr zuwiesen. Sie liebte es sogar, zu waschen und Staub zu wischen. Mary Beth besaß ein kleines Bügelbrett, einen Miniaturherd und ein Teeservice. Im Alter von zehn verstand sie sich schon besser aufs Backen als ihre Mutter.

Ihr einziges Lebensziel bestand darin, einen eigenen Hausstand zu gründen und eine Familie um sich zu scharen, um die sie sich kümmern konnte. Visionen von Chefetagen in großen Unternehmen oder mit wichtigem Inhalt gefüllten Aktenkoffern waren nie über sie gekommen. Mary Beth sehnte sich nach einem hübschen weißen Gartenzaun und einem Kinderwagen.

Sie glaubte fest daran, daß jeder, gleich ob Mann oder Frau, das tun sollte, wozu er und sie am besten geeignet war. Ihre Schwester hatte studiert und war in eine vornehme Anwaltskanzlei in Chicago eingetreten. Mary Beth war stolz auf sie. Sie bewunderte die schikken Sachen, die ihre Schwester trug, wie sie vor Gericht das Recht vertrat und mit wie vielen interessanten Männern sie zusammenkam. Doch sie verspürte keinerlei Neid, denn so etwas war ihr zutiefst wesensfremd. Mary Beth schnitt lieber Gutscheine aus Zeitungen aus und buk Plätzchen für den Schulbasar. Für einige Zeit nahm sie auch aktiv an der Kampagne teil, die für Frauen gleiche Bezahlung für gleiche Arbeit forderte – obwohl sie ja doch nie Mitglied der arbeitenden Bevölkerung gewesen war.

Mit neunzehn heiratete sie ihre Jugendliebe. Diesen Jungen hatte sie sich schon in der Grundschule als ihren Zukünftigen ausgesucht. Er hatte nie auch nur den Hauch einer Chance, ihr zu entkommen. Mary Beth war ihm gegenüber stets aufmerksam, geduldig, verständnisvoll und hilfsbereit gewesen. Sie hatte ihn nicht durch eine List, sondern durch Aufrichtigkeit dazu gebracht, sie zum Traualtar zu führen. Mary Beth hatte sich an dem Tag in Harry Morrison verliebt, an dem ihn zwei Raufbolde auf dem Spielplatz niedergestoßen und ihm einen Schneidezahn ausgeschlagen hatten. Nach fünfundzwanzig Jahren (davon zwölf in der Ehe), die sie Harry nun schon kannte, und vier Kindern liebte sie ihn immer noch aus ganzem Herzen.

Ihre Welt drehte sich ausschließlich um ihr Heim und ihre Familie, und was draußen in der Welt vor sich ging, interessierte sie nur insoweit, als ihre Lieben davon betroffen würden. Es gab viele Frauen – ihre Schwester eingeschlossen –, die der Ansicht waren, ihnen würden zu viele Grenzen gesetzt. Mary Beth hingegen fand genug Grund zum Lächeln, und wenn doch mal eine Sorge drohte, buk sie einen Kuchen. Sie war glücklich. Und sie besaß das, was ihr der schönste Lohn für alle Mühen war: die Liebe ihres Mannes und ihrer Kinder. Ob das die Anerkennung ihrer Schwester oder all der anderen Frauen fand, war ihr überhaupt nicht wichtig.

Um ihrem Mann einen Gefallen zu tun, aber auch um zu sich selbst gut zu sein, achtete sie auf ihre Figur. Ihr zweiunddreißigster Geburtstag stand bevor, und sie war immer noch schlank und attraktiv. Ihre Haut wies kaum Falten auf, und ihre braunen Augen besaßen immer noch den sanften Blick. Dabei hatte Mary Beth durchaus Verständnis und Mitgefühl übrig für die Geschlechtsgenossinnen, die sich in ihrer Rolle als Hausfrau gefangen fühlten. Ihr wäre es sicher genauso ergangen, wenn sie in irgendeinem Büro hätte arbeiten müssen. Sobald sie Zeit dazu fand, engagierte sie sich für die Elternvereinigung oder für Wohltätigkeitsveranstaltungen. Ihre zweite große Liebe gehörte den Tieren; denn auch dies waren Geschöpfe, um die man sich kümmern mußte.

Im Moment überlegte sie, daß sie noch ein Kind haben wollte, bevor sie in dieser Hinsicht genug getan hatte.

Ihr Mann vergötterte sie. Obwohl sie ihm die meisten Entscheidungen überließ – oder ihm zumindest das Gefühl gab, er habe sie getroffen –, war sie alles andere als ein Heimchen am Herd. Auch ihnen beiden waren mittlere und größere Kräche nicht unbekannt. Und wenn ihr eine Sache wichtig genug erschien, fand sie keine Ruhe, bis sie ihren Willen durchgesetzt hatte. Fantasy, Incorporated, war zum Beispiel eine dieser wichtigen Angelegenheiten.

Harry sorgte dafür, daß die Familie ihr Auskommen fand. Doch es hatte auch Zeiten gegeben, in denen Mary Beth einen Teilzeitjob annahm, weil sein Gehalt für diese oder jene Anschaffung nicht ausreichte. So hatte sie sich einmal bei der Wohlfahrt beworben und sich um ältere Mitbürger gekümmert, die allein nicht mehr zurechtkamen. Von dem Geld, das sie dabei verdiente, konnte sich die Familie einen zehntägigen Urlaub in Florida samt Disney-World-Besuch leisten. Die Fotos von diesem Trip hatte sie hübsch ordentlich in ein blaues Album geklebt, das die Aufschrift trug: UNSERE FAMILIE AUF REISEN.

Ein anderes Mal hatte sie am Telefon Zeitschriften verkauft. Obwohl ihre angenehme Stimme ihr dabei sehr zugute gekommen war, hatte sie diese Tätigkeit als wenig lohnend empfunden. Als Frau, die schon früh gelernt hatte, den Wert von Zeit und Haushaltsgeld zu ermessen, begriff sie rasch, daß der Aufwand, den sie für diesen Job betrieb, in keinem Verhältnis zu dem erzielten Einkommen stand.

Und nun, Anfang Dreißig, wollte sie ein fünftes Kind und darüber hinaus etwas für den Collegebesuch der vier Sprößlinge, mit denen sie bereits gesegnet war, auf die hohe Kante legen. Das Gehalt ihres Mannes, der als Vorarbeiter bei einer Baufirma tätig war, reichte für die normalen Ansprüche, bot aber wenig Spielraum für Extras. Eines Tages stieß Mary Beth in einem der Herrenmagazine ihres Harry auf eine Anzeige von Fantasy, Incorporated. Die Vorstellung, bloß fürs Reden am Telefon Geld zu bekommen, faszinierte sie schon vom ersten Moment an.

Sie brauchte drei Wochen, um ihren Mann von strikter Ablehnung zu einer gelinden Skepsis zu bewegen. Nach einer weiteren Woche hatte sie ihn so weit, daß er grummelnd seine Einwilligung gab. Mary Beth war immer schon sehr geschickt im Umgang mit Worten gewesen. Und jetzt wollte sie dieses Talent in klingende Münze umsetzen.

Harry und sie kamen darin überein, daß sie nur für ein Jahr bei Fantasy arbeiten sollte. In diesen zwölf Monaten wollte Mary Beth zehntausend Dollar verdienen. Damit ließe sich den vier Kindern ein hübscher Start am College ermöglichen und, wenn das Schicksal ihr und Harry gnädig war, ein weiterer Mund stopfen.

Mary Beth war jetzt schon im vierten Monat für Fantasy tätig, besaß eine ansehnliche Schar von Stammkunden und hatte die Hälfte ihres selbstgesteckten Ziels bereits erreicht.

Es machte ihr nichts aus, über Sex zu reden. Schließlich konnte man ihr nach zwölf Jahren Ehe und vier Geburten wohl kaum Prüderie unterstellen, erklärte sie ihrem Mann. Harry verfolgte mittlerweile den neuen Job seiner Frau mit Amüsement. Hin und wieder rief er sogar selbst bei ihr an, um sie zu trainieren, wie er behauptete. Er gab sich dann als Stud Brewster aus, und das brachte sie immer wieder zum Kichern.

Mochte es an ihrem mütterlichen Instinkt liegen oder an ihrem natürlichen Verständnis für Männer und ihre Probleme, die meisten Anrufer jedenfalls wollten von ihr weniger erregt werden, als sich vielmehr ausweinen. Die Stammkunden hatten bald herausgefunden, daß sie bei ihr den Frust am Arbeitsplatz oder den Streß in der Familie abladen konnten und dafür Mitgefühl und manchen guten Rat erhielten. Mary Beth klang nie so gelangweilt, wie diese Männer es von ihren Ehefrauen oder Freundinnen gewohnt waren. Sie kritisierte sie nie, und die Ratschläge, die sie ihnen erteilte, befanden sich auf dem Niveau der Kummerkastentanten in den einschlägigen Illustrierten. Doch das störte die Kunden nicht, denn darüber hinaus bekamen sie von ihr auch noch einen gewissen sexuellen Kick.

Sie war Mutter, Schwester oder Geliebte, ganz wie der Kunde es wünschte. Die Anrufer waren zufrieden, und Mary Beth fing an, sich ernsthaft zu überlegen, ob es nicht langsam an der Zeit war, die Pille abzusetzen.

Mary Beth war eine unkomplizierte Frau, die mit beiden Beinen fest auf der Erde stand. Sie glaubte, daß die meisten Probleme sich mit etwas Zeit, gutem Willen und Selbstgebackenem aus der Welt schaffen ließen. Aber sie war nicht darauf vorbereitet, jemandem wie Jerald zu begegnen.

Er hatte sie entdeckt und lauschte ihr gern. Nacht für Nacht wartete er darauf, endlich wieder ihre Stimme zu hören. So viel Sanftheit und Ruhe ging von ihr aus.

Jerald stand kurz davor, sich in sie zu verlieben. Und bald darauf ergriff ihn eine ähnliche Besessenheit wie bei Desiree. Roxanne hatte er längst vergessen. Sie war für ihn kaum mehr als eine Art Laborratte gewesen. Mary Beth hingegen verbreitete Güte, und etwas Vertrautes, Althergebrachtes schwang in ihrem Namen mit. Sie hatte sich keinen Künstlernamen zugelegt, weil ihr der richtige Name viel zu gut gefiel und sie sich so an ihn gewöhnt hatte. Ein Mann vertraute dem Rat, den eine Frau namens Mary Beth ihm gab. So eine würde bestimmt ihre Versprechen einhalten.

Mary Beth war eine ganz neue Erfahrung für Jerald.

Er glaubte ihr. Wollte sie treffen. Und ihr unbedingt seine Dankbarkeit beweisen.

Von Frühabends bis spät in der Nacht lauschte er ihrer Stimme. Und legte sich seinen Plan zurecht.

Grace war es leid, nicht vom Fleck zu kommen und sich ständig in Geduld üben zu müssen. Eine Woche war bereits seit dem zweiten Mord vergangen, und falls die Ermittlungen überhaupt Fortschritte machten, schwieg Ed sich darüber aus. Grace glaubte, ihn zu verstehen. Er war großzügig und hatte keine Angst, seine Gefühle zu zeigen. Aber er war auch mit Leib und Seele Polizist und lebte nach den Vorschriften und seinen eigenen Regeln. Seine Disziplin konnte sie respektieren, sein Schweigen jedoch frustrierte sie. Die Zeit, die sie mit ihm verbrachte, wirkte sehr beruhigend auf sie. Wenn sie allerdings allein war, verfiel sie unweigerlich ins Grübeln. Und so fing sie eines Tages an, einen Plan zu schmieden.

Zuerst suchte sie bestimmte Personen auf. Die Treffen mit Kathleens Anwalt und dem Privatdetektiv, den sie angeheuert hatte, brachten kein Licht ins Dunkel. Beide konnten ihr kaum etwas erzählen, was sie nicht längst wußte. Dabei hatte sie so sehr gehofft, von ihnen irgendwelche Informationen zu erhalten, die sie gegen Jonathan einsetzen konnte. Tief in ihrem Herzen war er für sie immer noch der wahre Schuldige, obwohl ihr Verstand ihr immer häufiger das Gegenteil sagte. Aber Vorurteile haben ein zähes Eigenleben. Am Ende mußte Grace sich eingestehen, daß Jonathan der Hauptverantwortliche für die Verfassung war, in der Kathleen sich vor ihrem Tod befunden hatte, mit ihrer Ermordung selbst jedoch nichts zu tun hatte.

Ihre Schwester war und blieb tot, und Grace mußte auf anderen Wegen weiterforschen.

Die logischste und am leichtesten erreichbare führte sie zu Fantasy, Incorporated.

Als Grace eintrat, saß Eileen wie üblich an ihrem Schreibtisch. Sie legte ihren Terminkalender beiseite und empfing die Besucherin mit einem freundlichen Lächeln. Eine Zigarette brannte in dem Aschenbecher neben ihrem Ellenbogen. Vor einer Woche hatte Eileen es aufgegeben, vor aller Welt so zu tun, als habe sie das Rauchen aufgegeben.

»Guten Tag. Kann ich Ihnen helfen?«

»Mein Name ist Grace McCabe.«

Eileen brauchte einen Moment, bis sie den Namen einordnen konnte. Grace trug einen roten Pullover, schwarze Leggings und Schlangenlederstiefel. In dieser Aufmachung besaß sie wenig Ähnlichkeit mit der trauernden Schwester auf dem Foto in der Zeitung. »Ja, Miß McCabe ... Wir alle hier bedauern sehr, was Kathleen zugestoßen ist.«

»Danke.« Grace bemerkte sofort, wie ihr Gegenüber sich verkrampfte und für eine Auseinandersetzung wappnete. Es war sicherlich nicht die schlechteste Strategie, diese Frau noch für eine Weile in diesem Zustand zu halten. Grace hatte es noch nie Gewissensbisse bereitet, sich die Schuldgefühle anderer zunutze zu machen. »Es hat den Anschein, als wäre Ihre Firma der

Katalysator für den Überfall auf meine Schwester gewesen.«

»Miß McCabe«, begann Eileen und zog kurz und nervös an ihrer Zigarette, »es tut mir leid, wirklich sehr leid, daß Kathleen ein solches Ende finden mußte. Aber ich fühle mich in keiner Weise dafür verantwortlich.«

»Tun Sie nicht?« lächelte Grace und nahm Platz. »Dann muß ich wohl annehmen, daß Sie auch jegliche Verantwortung für den Tod von Mary Grice von sich weisen. Kann man hier einen Kaffee bekommen?«

»Ja, selbstverständlich, natürlich.«

Eileen erhob sich rasch und verschwand in dem besenkammergroßen Raum hinter dem Schreibtisch. Sie fühlte sich alles andere als wohl in ihrer Haut und bedauerte schon zutiefst, nicht dem Vorschlag ihres Mannes für einen Kurztrip auf die Bermudas zugestimmt zu haben. »Sie wissen hoffentlich, daß wir die polizeilichen Ermittlungen in jeder uns möglichen Weise unterstützen. Jeder hier möchte diesen Irren hinter Gittern sehen.«

»Ja, sicher, aber ich will, daß der Mann für seine Verbrechen bezahlt. Keine Milch bitte.« Sie wartete, bis Eileen mit einem großen Steingutbecher zurückkehrte. »Sie verstehen sicher, daß diese Geschichte mir nähergeht als Ihnen oder der Polizei. Und deswegen suche ich nach Antworten auf meine Fragen.«

»Ich weiß nicht, was ich Ihnen noch mitteilen könnte.« Eileen nahm wieder hinter ihrem Schreibtisch Platz. Kaum daß sie saß, griff sie auch schon nach ihrer Zigarette. »Ich habe der Polizei schon alles, wirklich alles gesagt. Verstehen Sie bitte, ich kannte Ihre Schwester nicht allzu gut. Wir sind uns nur einmal begegnet, an dem Tag, an dem sie sich hier vorgestellt hat. Alles weitere wurde telefonisch geregelt.«

Nein, sie schien Kathleen wirklich nicht gut gekannt zu haben, sagte sich Grace. »Ja richtig, das Telefon. Ich denke, das Telefon ist der Dreh- und Angelpunkt. Mir ist bekannt, wie Ihr Unternehmen arbeitet. Kathleen hat mir alles darüber erzählt. Sie müssen es mir also nicht lang und breit erklären. Ich wüßte allerdings gern, ob die Männer, die zu Ihren Kunden zählen, sich schon einmal persönlich hier blicken lassen.«

»Nein, nie.« Eileen rieb sich die Stirn, um die Kopfschmerzen zu vertreiben, die sich dort seit dem Tod von Mary Grice festgesetzt hatten. »Wir teilen unseren Kunden unsere Adresse nicht mit. Natürlich könnte jeder uns mit etwas Aufwand ausfindig machen, aber dazu besteht eigentlich kein Anlaß. Wir durchleuchten sogar potentielle Angestellte, bevor wir ihnen unsere Adresse bekanntgeben. Verstehen Sie bitte, Miß McCabe, daß wir sehr viel Vorsicht walten lassen.«

»Hat irgendwann einmal ein Kunde hier angerufen und Fragen über Kathleen beziehungsweise Desiree gestellt?«

»Nein, nicht ein einziges Mal, und wenn doch, hätte er von uns keine Antwort bekommen. Entschuldigen Sie mich bitte einen Moment«, fügte sie hinzu, als das Telefon läutete.

Grace trank von ihrem Kaffee und hörte nur mit einem Ohr zu. Warum war sie überhaupt hierhergekommen? Sie hätte sich doch denken können, daß sie hier kaum etwas erfahren würde, was die Polizei nicht längst ermittelt hatte. Höchstens ein paar kleine Details. Grace kam sich vor wie jemand, der im dunkeln tappt. Und doch mußte hier irgendwo die Lösung liegen. Dieses kleine, nach außen hin nichtssagende Büro war der Schlüssel. Sie mußte jetzt nur noch das Schloß dazu finden.

»Tut mir leid, Mr. Peterson, aber Jezebel hat heute keinen Dienst. Möchten Sie sich vielleicht mit einer anderen Dame unterhalten?« Noch während sie sprach, drückte sie auf ein paar Tasten an ihrem Computer und studierte dann den Bildschirm. »Denken Sie an jemand bestimmten? Verstehe . . . Nun, ich glaube, es würde Ihnen sicher gefallen, mit Magda zu reden . . . Ja, das ist sie. Magda wird Sie gern zurückrufen. Natürlich, ich arrangiere alles.«

Nachdem Eileen aufgelegt hatte, warf sie Grace einen nervösen Blick zu. »Ich fürchte, das dauert jetzt einen Moment. Wenn ich Ihnen irgendwie helfen kann . . .«

»Ist schon in Ordnung, ich warte gern.« Grace trank noch einen Schluck. Ihr war gerade eine Idee gekommen, und wie es ihrer Art entsprach, wollte sie die auch sofort in die Tat umsetzen. Als Eileen alles erledigt hatte, lächelte Grace. »Sagen Sie mir doch bitte, was ich tun muß, um hier eine Anstellung zu bekommen.«

Ed war nicht in bester Stimmung, als er die Einfahrt erreichte. Er hatte den Großteil des Tages damit verbracht, im Gerichtsgebäude Däumchen zu drehen und darauf zu warten, seine Zeugenaussage in der Wiederaufnahme eines Falles zu machen, den er schon vor zwei Jahren abgeschlossen hatte. Ed hatte nie den geringsten Zweifel an der Schuld des Angeklagten gehabt. Die Beweise waren ebenso eindeutig wie das Motiv des Mannes. Ben und er hatten alles zusammengetragen und als komplettes Bündel an den Staatsanwalt weitergegeben.

Obwohl der Fall damals in der Presse für große Schlagzeilen gesorgt hatte, war den beiden Detectives die Aufklärung nicht sonderlich schwergefallen. Der Täter hatte seine Frau, die sehr reich und älter als er gewesen war, umgebracht und dann die Wohnung verwüstet, um einen Einbruch vorzutäuschen. Die Geschworenen hatten nur sechs Stunden beraten und den Mann dann einstimmig schuldig gesprochen. Laut Gesetz stand ihm aber eine Berufung zu. Und heute, zwei

Jahre später, bescheinigte man dem Mörder der Frau, die er zu lieben, zu ehren und zu versorgen versprochen hatte, Opfer der Umstände geworden zu sein.

Ed wußte, daß der Mann gute Aussichten hatte, mit einem blauen Auge davonzukommen. An Tagen wie diesen fragte er sich, warum er sich morgens nach dem Aufstehen überhaupt die Mühe machte, seine Dienstmarke einzustecken. Die viele Papierarbeit erledigte er ohne zu klagen, und es machte ihm nichts aus, sein Leben aufs Spiel zu setzen, um die braven Bürger zu schützen. Selbst die Stunden und Tage, die er im Hochsommer oder im kältesten Winter in winzigen Verschlägen verbringen mußte, um einen Verdächtigen zu observieren, vermiesten ihm die Freude an seiner Arbeit nicht; denn das alles gehörte zum Polizistendasein. Aber was ihn wirklich von Jahr zu Jahr mehr bedrückte, waren die Gesetzeslücken und juristischen Winkelzüge, mit denen er vor Gericht konfrontiert wurde.

Ed wollte den heutigen Abend damit verbringen, die Wände zu verputzen, Holz abzumessen und zu schneiden und so lange zu hämmern und zu bohren, bis er vergessen hatte, daß er am Ende immer mit leeren Händen dastand, mochte er sich bei seiner Arbeit auch noch so sehr angestrengt haben.

Wolken zogen von Westen heran und versprachen einen regnerischen Abend. Den Pflanzen, die er hier auf seinem Grundstück und ein paar Meilen entfernt im Gemeindegarten eingesetzt hatte, würde dieser Guß höchst willkommen sein. Ed hoffte, am Wochenende Zeit für seine Zucchinizucht zu finden. Als er aus dem Wagen stieg, hörte er das Brummen eines Rasenmähers. Er sah sich um und entdeckte Grace, die nebenan das Gerät auf und ab schob.

Sie sah wirklich süß aus. Jedesmal, wenn sein Blick auf sie fiel, hätte er sie stundenlang betrachten können.

Die Brise, die die Wolken herantrug, fuhr auch in ihr Haar und ließ es in den wunderbarsten Mustern um das Gesicht tanzen. Sie hatte sich Kopfhörer aufgesetzt, die mit dem kleinen Walkman verbunden waren, den sie am Gürtel trug.

Eigentlich hatte Ed vorgehabt, den Rasen für sie zu mähen, doch als er sie jetzt so sah, war er insgeheim froh, zu spät gekommen zu sein. Endlich hatte er Gelegenheit, Grace in Ruhe zu betrachten, ohne daß sie etwas von seiner Anwesenheit ahnte. Während er so dastand, stellte er sich vor, wie es wohl sein würde, sie jeden Tag nach Feierabend hier anzutreffen.

Der Ärger, der sich in ihm zusammengeballt hatte, löste sich auf. Er ging zu ihr.

In den Ohren Chuck Berrys Gitarrendonner, zuckte sie am ganzen Leib zusammen, als er ihr eine Hand auf die Schulter legte. Sie griff sich mit einer Hand ans Herz und konnte ihn dann anlächeln. Während ›Maybelline‹ in ihrem Kopf dröhnte, sah sie, wie Eds Lippen sich bewegten. Ihr Lächeln verwandelte sich in ein Grinsen. Es tat ihr wirklich gut, ihn anzuschauen und ihm in die sanften freundlichen Augen zu blicken. Er hätte einen einmaligen Bergsteiger abgegeben, dachte sie. Ganz allein dort oben auf den Höhen, wo er sich mit allem selbst versorgte. Und die Indianer würden ihm vertrauen, weil seine Augen ihnen sagten, daß er nicht lügen konnte.

Vielleicht sollte sie sich einmal an einem historischen Roman versuchen, möglicherweise einem Western. Irgendeine Geschichte mit einer Verbrecherbande, langen Ritten und einem Sheriff, dessen Revolver immer traf und der einen roten Bart trug. »Hi, ich habe kein Wort von dem verstanden, was du gesagt hast.«

»Das ist mir schon aufgefallen. Du solltest die Musik nicht so laut aufdrehen. Das schadet nur deinen Ohren.«

»Rockmusik taugt nur etwas, wenn man sie laut hört.« Sie schaltete den Walkman aus. »Hast du heute früher frei?«

»Nein.« Beide mußten schreien, um sich trotz des Rasenmäherratterns verständlich zu machen. Schließlich stellte Ed das Gerät ab. »Du wirst vor dem Regen nicht damit fertig.«

»Was für Regen?« Verwundert starrte sie in den Himmel. »Wann soll der denn kommen?«

Er lachte herzhaft, und die langen Stunden im Gerichtsgebäude waren vergessen. »Bekommst du eigentlich überhaupt nichts von dem mit, was sich rings um dich tut?«

»Ich würde es nicht so drastisch ausdrücken, aber es kommt der Wahrheit irgendwie nahe.« Grace' Blick wanderte zwischen dem Himmel und dem noch zu mähenden Stück Rasen hin und her. »Na ja, den Rest kann ich morgen noch erledigen.«

»Die Arbeit nehme ich dir gern ab. Ich habe morgen nämlich frei.«

»Danke, aber du hast genug am Hals. Ich schiebe diesen Kasten jetzt wohl besser in die Garage zurück.«

»Laß mich dir dabei helfen.« Da ihm wirklich etwas daran gelegen zu sein schien, nahm sie die Hände von den Griffen und machte ihm Platz.

»Ich habe heute Ida getroffen«, sagte sie während er die Maschine, deren Motor noch nachdieselte, hinters Haus beförderte.

»Die alte Dame ein paar Häuser weiter?«

»Genau die. Sie muß mich im Garten beobachtet haben, denn plötzlich stand sie am Zaun. Mann, sie hat vielleicht nach Katze gerochen.«

»Das überrascht mich nicht.«

»Na ja, sie wollte mir nur mitteilen, daß sie, was mich beträfe, sehr gute Schwingungen gespürt habe.« Grace nahm die Plane, als Ed den Rasenmäher in eine Ecke geschoben hatte. »Sie wollte wissen, ob ich bei der Schlacht von Shiloh zugegen gewesen wäre, du weißt schon, 1862, im Bürgerkrieg.«

»Und was hast du ihr geantwortet?«

»Nun ja, ich wollte sie nicht enttäuschen.« Sie breitete die Plane über dem Gerät aus und streckte dann die Schultern. »Ich habe ihr gesagt, bei Shiloh hätte mich eine Yankee-Kugel ins Bein getroffen, und deswegen würde ich manchmal heute noch humpeln. Das scheint sie zufriedengestellt zu haben. Hast du heute abend schon etwas vor?«

Er lernte langsam, sich auf ihre Art und vor allem ihre Gedankensprünge einzustellen. »Verputz.«

»Oh. Diese eklige Pampe? Brauchst du meine Hilfe?«

»Wenn es dir nichts ausmacht.«

»Hast du wenigstens etwas Anständiges zu essen im Haus?«

»Irgendwo findet sich sicher was.«

Grace mußte an die eigenartig aussehenden Spargelstangen denken und schluckte. »Warte einen Moment.« Sie rannte ins Haus, und schon fielen die ersten Tropfen. Kurz darauf kehrte sie mit einer Jumbotüte Kartoffelchips zurück. »Notverpflegung. Ich bin Erster!« Noch bevor er wußte, wie ihm geschah, setzte Grace zu einem Sprint an. Er verfolgte amüsiert, wie sie über den Zaun grätschte. Drei Meter vor seiner Haustür überholte er sie, nahm sie in die Arme und riß sie hoch. Sie belohnte ihn mit einem dicken Kuß. »Du bist gut zu Fuß, Jackson.«

»Bleibt nicht aus, wenn man immer hinter bösen Buben her sein muß.« Der Regen fiel jetzt heftiger, und Ed preßte seine Lippen auf ihren Mund. Der Kuß war süß, vor allem, als er ihr leises Stöhnen hörte. Ihre Haut schmeckte feucht und kühl, und sie schien in seinen Armen überhaupt kein Gewicht zu besitzen. Er hätte noch Stunden so dastehen können. Doch plötzlich fing sie an zu zittern.

»Du wirst ja ganz naß.« Er rannte mit ihr zur Hintertür, setzte sie dort ab und schloß auf. Grace trat sofort ein und schüttelte sich in der Küche wie ein begossener Hund.

»Der Regen war ganz warm, so wie ich ihn mag.« Sie fuhr sich mit beiden Händen durchs Haar, bis es in heller Unordnung abstand – so wie es ihr besonders gut stand. »Ich weiß, daß ich jetzt die Stimmung ruiniere, aber ich hatte eigentlich gehofft, du hättest mir etwas zu berichten.«

Ed verging die gute Laune nicht, denn er hatte diese Frage schon erwartet. »Es geht ziemlich langsam voran, Grace. Die einzige Spur, die wir bislang finden konnten, hat sich als Sackgasse erwiesen.«

»Das heißt also, das Alibi von diesem Sohn des Kongreßabgeordneten hält?«

»Steht bombenfest.« Er setzte Teewasser auf. »In der Nacht, in der Kathleen ermordet wurde, saß er in der ersten Reihe im Kennedy-Center. Der Junge konnte uns die abgerissenen Karten vorlegen. Seine Freundin hat seine Aussage bestätigt, und es gibt mehrere Dutzend Augenzeugen, die ihn dort gesehen haben.«

»Vielleicht hat er sich irgendwann einmal verdrückt.«

»Nein, das ist niemandem aufgefallen. Um einundzwanzig Uhr fünfzehn gab es eine Pause, aber da hat man ihn gesehen, wie er an der Bar Limonade trank. Tut mir leid, Grace.«

Sie schüttelte den Kopf, lehnte sich an die Anrichte und zündete sich eine Zigarette an. »Weißt du, was mir wirklich zu schaffen macht? Ich ertappe mich immer wieder dabei, mir zu wünschen, der Junge sei es gewesen. Die ganze Zeit habe ich gehofft, sein Alibi würde wie ein Kartenhaus zusammenfallen, und ihr könntet ihn festnehmen. Dabei kenne ich ihn noch nicht einmal.«

»Das ist doch verständlich, Grace. Du sehnst dich danach, die ganze Angelegenheit hinter dich zu bringen.«

»Ich weiß überhaupt nicht mehr, was ich will.« Sie seufzte, und dieses Geräusch klang so kläglich, daß sie darüber erschrak. »Zuerst war ich ganz versessen darauf, daß die Polizei Jonathan überführt. Ihn kenne ich schließlich, ihm traue ich alles Schlechte zu, und er . . . Aber das tut jetzt nichts zur Sache. Und nun stellt sich heraus, daß weder er noch der Junge etwas damit zu tun haben.«

»Wir werden den Täter schon finden, Grace.«

Sie betrachtete ihn, während Dampf aus der Kesseltülle strömte. »Das weiß ich doch. Ich könnte sonst mein Leben überhaupt nicht mehr in den Griff bekommen, hätte keine Ahnung, was ich morgen tun sollte.« Grace nahm einen langen Zug von ihrer Zigarette. Da war noch ein anderes Thema, das sie mit Ed besprechen mußte und dem sie nicht ausweichen durfte. »Er wird nicht aufhören, oder? Sei ehrlich zu mir, Ed. Ich möchte nicht von der Wahrheit abgeschirmt werden.«

Er wollte sie aber beschützen, nicht nur weil er das für seine Pflicht als Polizist hielt, sondern auch, weil es um sie ging. Aber gerade weil sie ihm so wichtig war, durfte er sie nicht abschirmen. »Ich glaube nicht, daß er so bald aufhören wird.«

Grace nickte in Richtung des Wasserkessels. »Du solltest dich mal um das da kümmern, sonst verkocht dir noch alles.« Während er Tassen aus dem Schrank holte, mußte sie wieder an das denken, was sie heute getan hatte. Sie durfte es ihm nicht verschweigen, mahnte erbarmungslos ihr Gewissen. Natürlich würde sie es ihm mitteilen, beruhigte sie sich, aber erst dann, wenn es schon zu spät für ihn war, noch etwas daran ändern zu können.

Grace ging zu seinem Kühlschrank. »Du hast wohl nicht zufällig so etwas wie Hot Dogs im Haus?«

Der entsetzte Blick, den er ihr zuwarf, hätte sie fast laut auflachen lassen. »So etwas willst du doch wohl nicht zu dir nehmen!«

»Nein, woher denn?« Sie öffnete die Tür und hoffte, wenigstens Erdnußbutter zu entdecken.

Bei der Arbeit kamen sie gut miteinander aus. Grace leerte fast die ganze Chipstüte, ehe sie sich an den Hammer wagte. Bevor sie ihn benutzen konnte, mußte sie erst lang und breit mit Ed darüber debattieren. Seine Vorstellung von ihrer Mithilfe bestand darin, daß sie sich ruhig hinsetzte und ihm bei der Arbeit zusah. Schließlich gab er ihrem Drängen nach, behielt sie aber die ganze Zeit über im Auge. Er fürchtete zum einen, daß sie irgend etwas kaputtmachen oder vermurksen könnte, aber noch mehr besorgte ihn, sie könnte sich mit dem Hammer verletzen. Eine Stunde verging, ehe er davon überzeugt war, daß sie mit Werkzeug umgehen konnte. Mehr noch, er mußte zugeben, daß sie sich durchaus auch auf solche Arbeiten verstand und genug Durchhaltevermögen besaß, um nach einer gewissen Eingewöhnungszeit wie ein Profi mit allem umgehen zu können. Nur mit dem Verputzen haperte es noch, aber das war nicht weiter schlimm, die Kleckse ließen sich leicht entfernen. Und die zusätzliche Zeit, die er dafür brauchte, beunruhigte ihn nicht im mindesten. Es war doch eigenartig, sagte er sich, wieviel schneller und leichter die Arbeit von der Hand ging, wenn Grace bei ihm war.

»Dieses Zimmer wird bestimmt großartig.« Sie rieb sich mit dem Handrücken über eine juckende Stelle am Kinn. »Gefällt mir, wie du diesen Raum L-förmig anlegst. Ich finde, jedes anständige Schlafzimmer sollte über eine abgetrennte Sitzecke verfügen.«

Ed wünschte sich, daß es ihr gefiel. In Gedanken sah

er schon vor sich, wie alles im fertigen Zustand aussehen würde. Bis hin zu den blauen Vorhängen, die man raffen konnte, um die Sonne hereinzulassen.

»Ich glaube, ich werde ein paar Oberlichter anbringen.«

»Ehrlich?« Grace setzte sich aufs Bett und drehte den Kopf, um die Verspannung im Nacken zu bekämpfen. »Dann könnte man nachts hier liegen und die Sterne betrachten. Oder wie heute den Regen.« Ja, das wäre bestimmt wunderbar, sagte sie sich, während sie die noch unfertige Decke betrachtete. Hier ließe es sich aushalten. Ein idealer Ort zum Schlafen, um sich zu lieben oder einfach nur vor sich hin zu träumen. »Wenn es dir je in den Sinn kommen sollte, nach New York zu ziehen, könntest du dort als Innenarchitekt für Dachräume ein Vermögen machen.«

»Vermißt du die Großstadt?« Er wagte es nicht, sie jetzt anzusehen, und beschäftigte sich lieber damit, eine Kante zu glätten.

»New York? Na ja, manchmal.« Eigentlich immer weniger, wurde ihr in diesem Moment bewußt. »Weißt du, was dort drüben noch fehlt? Eine richtige Fensterbank. Ich meine eine, wo man sich auch hinsetzen kann.« Sie lag jetzt halb auf dem Bett und zeigte auf das Westfenster. »Als ich noch ein kleines Mädchen war, habe ich mir immer eine solche Sitzbank gewünscht, weil man sich darauf prima zusammenkuscheln und seinen Träumen hingeben kann.« Sie erhob sich und streckte die Arme. Eigenartig, wie rasch man in untrainierten Muskeln einen Krampf bekam. »Ich habe in meiner Kindheit viel Zeit in der Dachkammer verbracht, mich bei jeder sich bietenden Gelegenheit dort versteckt und meine Fantasien ausgelebt.«

»Und dort ist dir auch die Idee gekommen zu schreiben?«

Grace machte sich wieder über den Eimer mit der

Spachtelmasse her. »Ich habe immer schon gerne gelogen.« Sie lachte und schmierte etwas von der Masse in ein Loch. »Keine großen Lügen, nur kleine, aber dafür clever ausgedachte. Ich habe mich mehr als einmal durch solche erfundenen Geschichten aus der Affäre gezogen. Meine Eltern haben sich in der Regel so sehr darüber amüsiert, daß sie auf die Standpauke verzichteten. Das hat Kathleen stets auf die Palme gebracht.« Grace schwieg abrupt, als die Erinnerung wieder hochkam. Sie wollte jetzt nicht an die Zeiten mit ihrer Schwester denken müssen. »Wer singt denn da so schön?«
»Patsy Cline.«
Grace lauschte dem Song für einen Moment. Normalerweise stand sie nicht auf Country & Western, aber sie mußte zugeben, daß diese Melodie etwas hatte. »Hat man nicht einen Film über ihr Leben gedreht? Sie ist doch irgendwann in den Sechzigern bei einem Flugzeugabsturz ums Leben gekommen, oder?« Grace mußte wieder hinhören. Das Lied klang so vital, so lebensbejahend. Sie wußte bald nicht mehr, ob sie fröhlich lachen oder weinen sollte. »Ich glaube, ein anderer Grund fürs Schreiben war der, etwas zu hinterlassen. Ein Buch ist wie ein Song. Beide sind auch dann noch da, wenn man selbst schon im Grab liegt. In der letzten Zeit ist mir das immer öfter in den Sinn gekommen. Hast du auch schon einmal darüber nachgedacht, etwas hinterlassen zu wollen?«
»Natürlich.« Eigentlich eher in jüngster Zeit, sagte er sich, wenn auch aus anderen Gründen. »Urenkel.«
Sie mußte laut lachen, und Spachtelmasse tropfte auf ihren Pullover. Aber das war ihr in diesem Moment vollkommen egal. »Wie hübsch. Ich kann mir vorstellen, daß du dir Urenkel wünschst, wo du doch aus einer großen Familie kommst.«
»Woher willst du denn wissen, daß wir zu Hause eine große Familie waren?«

»Deine Mutter hat davon gesprochen. Du hattest zwei Brüder und eine Schwester. Beide Brüder haben längst geheiratet. Dabei sind Tom und . . . äh, Scott jünger als du. Und du hast, Moment, drei Neffen. Du kommst mir vor wie Donald Duck und Tick, Trick und Track.«

Ed konnte nur den Kopf schütteln. »Vergißt du eigentlich nie etwas?«

»Nie. Deine Mutter wünscht sich endlich eine Enkeltochter, aber bislang hat ihr keines ihrer Kinder den Gefallen getan. Und sie hofft, du gibst endlich die Verbrecherjagd auf und fängst in der Baufirma deines Onkels an.«

Da ihm dieses Thema nicht behagte, fing er gleich an, Tapetennägel in eine Zierleiste zu klopfen. »Anscheinend habt ihr beide euch länger unterhalten.«

»Eigentlich hat sie die ganze Zeit geredet.« Ed errötete ein wenig, aber gerade genug, daß Grace ihn am liebsten umarmt hätte. »Wie dem auch sei, es passiert mir häufiger, daß Menschen mir Geheimnisse aus ihrem Leben anvertrauen. Ich weiß auch nicht warum.«

»Weil du gut zuhören kannst.«

Sie lächelte und hielt das insgeheim für ein dickes Lob, mehr, als er vermutlich ahnte. »Warum hast du eigentlich keine Lust, mit deinem Onkel Häuser hochzuziehen? Ich sehe doch, wie geschickt du mit den Händen bist.«

»Kleine Werkeleien im Haus entspannen mich.« Genauso wie die Nummer von Merle Haggard, die jetzt aus dem Radio ertönte. »Wenn ich aber damit meinen Lebensunterhalt verdienen müßte, würde mich das bald langweilen.«

Grace biß sich auf die Zunge und klatschte lieber Spachtelmasse in eine Fuge. »Du hast hier jemanden vor dir, der weiß, wie langweilig der Polizeidienst sein kann.«

»Kommt einem schon manchmal wie eine Sisyphusarbeit vor. Hast du als Kind jemals Puzzles gelegt, ich meine diese Riesendinger mit fünfundzwanzigtausend Teilen oder was weiß ich?«

»Aber klar. Doch nach einer Weile habe ich immer angefangen zu mogeln. Hat die, die sich nach mir darangesetzt haben, immer an den Rand des Wahnsinns getrieben, wenn sie feststellen mußten, daß ich von einigen Teilen die eine oder andere Ecke abgerissen hatte, um es passend zu machen.«

»Ich habe tagelang an so einem Monstrum gesessen und keinen Moment die Lust daran verloren, mich vom Rand zum Zentrum vorgearbeitet. Je mehr Teile ich legen konnte, desto mehr Details traten zutage. Und je mehr Details zu sehen waren, desto näher befand man sich am Zentrum.«

Sie nickte, weil sie genau begriff, was er damit sagen wollte. »Hast du denn nie den Wunsch verspürt, direkt ins Zentrum vorzustoßen, ohne dich lange mit den Details aufhalten zu müssen?«

»Nein, denn dann mußt du viel mehr Zeit dafür aufwenden, die losen Enden zu verknoten und das eine vermaledeite Teil zu finden, das alles zusammenfügt und das Gesamtbild ergibt.« Er hatte den letzten Nagel eingeklopft und trat jetzt einen Schritt zurück, um sein Werk zu begutachten. »Der Moment, in dem man das letzte Teil legt und endlich das ganze Bild zu sehen bekommt, erfüllt einen doch mit enormer Befriedigung. Und was den Burschen angeht, hinter dem wir zur Zeit her sind, nun, da haben wir halt einfach noch nicht alle Puzzleteile zusammen. Doch das ist nur eine Frage der Zeit. Sobald wir alle Details vor uns liegen haben, schieben wir sie so lange herum, bis sie ein Bild ergeben.«

»Funktioniert so etwas immer?«

Er drehte sich zu ihr um. Ihr Gesicht war voller Gips.

Sie schien die Frage ernst gemeint zu haben. Ed wischte etwas von der weißen Masse von ihrer Wange. »Wie gesagt, ist eine Frage der Zeit.« Er nahm ihr Gesicht zwischen seine Hände. »Vertrau mir.«

»Das tue ich doch.« So liebe Augen, und so starke Hände. Sie lehnte sich an ihn, um mehr Geborgenheit von ihm zu erhalten. »Ed . . .« Grace mußte jetzt allen Mut zusammennehmen. Doch dann hämmerte unten jemand an die Tür, und sie schloß frustriert die Augen. »Hört sich so an, als würden wir Besuch bekommen.«

»Ja. Mit ein bißchen Glück kann ich ihn binnen fünf Minuten wieder hinauskomplimentieren.«

Grace zog die Brauen hoch. In seiner Stimme schwang ein Unterton mit, der sie erfreute und erregte. »Detective, das könnte heute noch dein Glückstag werden.« Sie nahm seine Hand, und zusammen liefen sie die Treppe hinunter. Kaum hatte Ed die Tür geöffnet, da schob Ben auch schon Tess herein.

»Gott, Ed, ist dir eigentlich bewußt, daß man hier draußen ertrinken kann? Was um alles in der Welt . . .« Er bemerkte Grace. »Oh, hallo.«

»Hi, Ben. Wir haben uns gerade mit Spachtelmasse beworfen. War lustig. Hallo, Tess. Ich freue mich, Sie zu sehen. Ich bin noch gar nicht dazu gekommen, mich bei Ihnen zu bedanken.«

»War doch eine Selbstverständlichkeit.« Die Psychologin stellte sich auf die Zehenspitzen, um Ed einen Begrüßungskuß zu geben. »Tut mir ehrlich leid. Ich habe Ben mehrmals erklärt, er soll vorher anrufen und nicht unangemeldet hereinschneien.«

»Macht doch nichts. Setzt euch.«

»Aber gern, hier stehen ja genug Kisten und Bretterstapel herum.« Ben war seiner Frau beim Platznehmen behilflich und zog dann eine Flasche Wein aus dem Mantel. »Du hast doch hoffentlich Gläser, oder?«

Ed nahm die Flasche und runzelte die Stirn. »Was ist

denn los? Normalerweise bringst du doch höchstens ein paar Dosen Bier mit, wenn du dich nicht gleich an meinem Kühlschrank bedienst.«

»Das soll eine Art Dankeschön im voraus sein, weil wir dich als Patenonkel auserwählt haben.« Ben nahm Tess' Hand. »In sieben Monaten, einer Woche und drei Tagen ist es soweit. Na ja, ungefähr.«

»Ein Baby? Ihr beide bekommt Nachwuchs?« Ed nahm seinen Partner in den Arm. »Hast du ja wirklich fein hinbekommen.« Dann schloß er zwei Finger um Tess' Handgelenk, so als wollte er ihren Puls messen. »Wie geht es dir.«

»Ich fühle mich großartig. Ben ist zwar beinahe aus den Schuhen gekippt, aber mir geht es gut.«

»Ich bin keineswegs aus den Schuhen gekippt. Vielleicht habe ich ein paar Minuten lang wirres Zeug geredet, aber ich bin nicht zusammengebrochen. Paß auf, daß sie sitzen bleibt, während ich die Gläser hole, ja?« forderte er Ed auf.

»Ich helfe Ihnen beim Suchen«, sagte Grace, nahm die Flasche und folgte Ben in die Küche. »Sie fühlen sich jetzt bestimmt wie auf dem Gipfel.«

»Ich fürchte, ich habe es noch gar nicht richtig begriffen. Eine Familie.« Er fing an, die Schränke zu durchstöbern, während Grace den Korkenzieher besorgte. »Früher habe ich eigentlich nie einen Gedanken daran verschwendet, einmal eine Familie zu haben. Aber dann trat wie aus heiterem Himmel Tess in mein Leben, und seitdem hat sich alles verändert.«

Grace hielt den Kopf gesenkt, während sie den Korken herauszog. »Ist doch komisch, wie eine Familie dem eigenen Leben einen ganz neuen Sinn gibt, nicht wahr?«

»Ja, und übrigens, wir sollten das Sie lassen.« Er legte ihr eine Hand auf die Schulter. »Wie kommst du denn mit allem zurecht?«

»Ganz gut. Die meiste Zeit jedenfalls. Am schwersten fällt es mir immer noch, mir klarzumachen, daß sie uns verlassen hat und ich sie nie wiedersehen werde.«

»Ich kenne das Gefühl. Ehrlich. Ich habe nämlich meinen Bruder verloren.«

Als sie den Korken aus der Flasche hatte, konnte sie ihn endlich ansehen. Auch seine Augen waren voller Freundlichkeit. Er mochte dynamischer sein als Ed, auch rastloser und sprunghafter, aber er besaß die gleiche Gutmütigkeit. »Wie bist du denn damit fertig geworden?«

»Schlecht. Eine fantastische Zukunft erwartete ihn, und ich habe ihn aus tiefstem Herzen bewundert. Gut, wir waren nicht in allen Dingen einer Meinung, aber wenn es darauf ankam, haben wir zusammengehalten wie Pech und Schwefel. Kaum hatte er die High School hinter sich, mußte er schon nach Vietnam.«

»Oh, tut mir leid. Muß schrecklich sein, jemanden, den man liebt, in einem Krieg zu verlieren.«

»Er ist nicht in Vietnam gefallen, er hat dort nur seinen Glauben an alles Gute und Richtige verloren.« Ben nahm die Flasche und fing an, die Gläser zu füllen. Wie seltsam, dachte er, sich nach so vielen Jahren so genau daran erinnern zu können. »Als er zurückkehrte, war er völlig verändert. In sich gekehrt, verbittert, verloren. Er hat Rauschgift genommen, um alles verdrängen zu können, aber das hat ihm natürlich nicht geholfen.« Ben sah Grace an, daß sie an Kathy denken mußte, vor allem an die Valium-Fläschchen, die überall im Haus versteckt gewesen waren. »Ist ziemlich schwierig, einem solchen Menschen keinen Vorwurf daraus zu machen, sich für den scheinbar einfachen Weg entschieden zu haben.«

»Ja, ganz richtig, das ist es. Was ist aus deinem Bruder geworden?«

»Am Ende konnte er alles nicht mehr ertragen und hat seinem Leben ein Ende gemacht.«

»Oh, mein Gott. Es tut mir so leid.« Die Tränen, die sie seit Tagen zurückgehalten hatte, rannen jetzt aus ihren Augen. »Ich will das nicht, will nicht mehr weinen.«

»Klar.« Sie spürte, daß er sie auch in diesem Punkt verstand. »Aber manchmal muß man den Tränen freien Lauf lassen, weil man sich danach etwas besser fühlt.«

»Alle sagen immer, wie furchtbar, wie schrecklich, aber in Wahrheit begreifen sie gar nichts.« Als er sie in den Arm nahm, wehrte sie sich nicht dagegen. »Man hat keine Ahnung, was es bedeutet, einen Teil von sich selbst zu verlieren, bis einem genau so etwas widerfährt. Es gibt keine Möglichkeit, sich darauf vorzubereiten, oder? Und später, wenn man sich um den Nachlaß gekümmert und auch alles andere erledigt hat, fühlt man sich immer noch so verdammt hilflos. Das ist überhaupt das Schlimmste daran, daß man einfach nichts tun kann. Wie lange hat es bei dir gedauert, bis du es überwunden hattest.«

»Ich gebe dir Bescheid, wenn es irgendwann einmal soweit ist.«

Grace nickte und ließ den Kopf noch für eine Minute an seiner Schulter. »Bleibt einem wirklich nichts anderes übrig, als einfach weiterzumachen.«

»Ja, so ist es. Nach einer Weile denkt man nicht mehr in jeder freien Minute daran. Und irgendwann geschieht etwas – man begegnet einem Menschen so wie ich Tess – dann kann man weitermachen, sein Leben weiterleben. Man vergißt zwar nicht, aber man kann weitermachen.«

Sie löste sich von ihm und wischte sich die Tränen aus den Augen. »Danke.«

»Geht's jetzt wieder?«

»Gleich.« Sie schniefte, und dann gelang es ihr, ein Lächeln aufzusetzen. »Komm, wir bringen das hier jetzt ins Wohnzimmer. Heute abend gibt es etwas zu feiern.«

11. Kapitel

Mary Beth Morrison saß über ihrem Haushaltsbuch und hörte, wie sich ihre beiden Ältesten um ein Spiel zankten. Keinen Moment hat man Ruhe, dachte sie, während sie herauszufinden versuchte, wann und wo sie im Supermarkt zuviel ausgegeben hatte.

»Jonas, wenn du dich so aufregst, bloß weil Lori dir ein Land abnimmt, solltest du ›Risiko‹ nicht mehr spielen.«

»Lori schummelt!« beschwerte sich der Junge. »Sie betrügt die ganze Zeit.«

»Tu ich gar nicht.«

»Tust du wohl!«

Wenn Mary Beth nicht gerade nach einer Möglichkeit gesucht hätte, hundert Dollar im Monat einsparen zu können, wäre der Streit kein Grund gewesen, sich einzumischen. Nach einer Weile hätten die beiden sich von allein wieder zusammengerauft. »Ich halte es für das beste, wenn ihr zwei das Spiel jetzt einpackt und auf eure Zimmer geht.« Der milde Tadel erzielte die gewünschte Wirkung. Jonas und Lori wurden schlagartig leiser und setzten ihre Anschuldigungen im Flüsterton fort.

Die Jüngste der Familie, die Kleine Pat, wie die anderen Kindern sie gern nannten, kam herein, und verlangte von der Mutter, ihr die Schleife im Haar zu binden. Mit ihren fünf Jahren war sie schon eine richtige kleine Dame. Während Mary Beth das Band richtete, bemühte sich der vierte im Bunde, ihr sechsjähriger Sohn, den Streit zwischen Jonas und Lori wieder zu entfachen. Doch nach einer Weile verbündeten sich die beiden Größeren gegen ihn. Aus dem Fernsehgerät ertönte lautes Getöse, und das jüngste Kätzchen fauchte Binky an, den Cockerspaniel, einen Rüden, der seine Jugend längst hinter sich hatte. Alles in allem, ein typischer Freitagabend in der Familie Morrison.

»Ich glaube, der Chevrolet läuft jetzt wieder. Mußte nur ein paar Schrauben anziehen.« Harry trat ein und wischte sich die Finger an einem Geschirrtuch ab. Mary Beth mußte kurz daran denken, wie oft sie ihn schon darum gebeten hatte, die Tücher nicht im ganzen Haus zu verteilen, dann ließ sie sich von ihm auf die Wange küssen. Er roch angenehm nach dem Rasierwasser, das sie ihm zum Geburtstag geschenkt hatte.

»Mein toller Held. Ich hätte es wirklich nicht gern gehabt, wenn der Wagen am Sonntag auf dem Weg zum Kuchenverkauf auf halber Strecke liegengeblieben wäre.«

»Er läuft wieder wie ein Uhrwerk. Blas die Wangen nicht so auf, Jonas.« Er hob Pat hoch, um sie zu liebkosen. »Warum unternehmen wir nicht alle zusammen eine Probefahrt?«

Mary Beth erhob sich vom Tisch. Allein schon die Vorstellung, für eine Stunde aus dem Haus zu kommen, war verlockend. Unterwegs konnten sie sich ein Eis kaufen oder mit den Kindern eine Runde Minigolf spielen. Doch dann fiel ihr Blick wieder auf das Haushaltsbuch.

»Ich muß erst diese Nuß hier knacken, damit ich morgen etwas zur Bank bringen kann.«

»Du siehst müde aus.« Er gab Pat einen Kuß auf die Stirn und setzte sie ab.

»Nur ein kleines bißchen.«

Er studierte kurz die Zahlenkolonnen und die Quittungen. »Ich könnte dir doch etwas zur Hand gehen.«

»Danke, aber als du mir das letzte Mal dabei geholfen hast, habe ich sechs Monate gebraucht, um alles wieder in Ordnung zu bringen.«

»Gemeine Unterstellungen«, lachte er und strich ihr übers Haar. »Wenn ich dich nicht besser kennen würde, käme mir der leise Verdacht, du hättest das wirklich so gemeint. Jonas, du befindest dich hart an der Grenze zu einem Donnerwetter.«

»Er nimmt diese Spiele viel zu ernst«, sagte Mary Beth leise. »Genau wie sein Vater.«

»Spiele wollen auch ernstgenommen werden.« Er beugte sich zu ihr und flüsterte ihr ins Ohr: »Mir fällt da gerade ein besonders tolles Spiel ein. Wie steht's?«

Sie lachte. Diesen Mann kannte sie jetzt schon seit über zwanzig Jahren, und es gelang ihm immer noch, ihren Puls zu beschleunigen. »Dann bin ich ja um Mitternacht noch nicht fertig mit der Buchführung.«

»Wäre es dir lieb, wenn ich die Kinder für eine Weile beschäftige?«

Mary Beth strahlte ihn an. »Manchmal kannst du wirklich meine Gedanken lesen. Wenn ich eine Stunde in Ruhe arbeiten kann, finde ich vielleicht einen Weg, Geld für die neuen Reifen lockerzumachen.«

»Bin schon unterwegs.« Seine Lippen fanden die ihren. Jonas, der auf dem Boden kniete, verdrehte die Augen. Ständig mußten seine Eltern sich küssen. »Tu dir einen Gefallen und nimm die Kontaktlinsen heraus. Du hast sie schon wieder viel zu lange dringelassen.«

»Ja, vermutlich hast du recht. Danke, Harry, wenn ich dich nicht hätte, würde ich bald den Verstand verlieren.«

»Ich mag es aber, wenn du verrückte Sachen machst.« Er küßte sie noch einmal und hob dann die Hände: »Alle, die Lust auf eine kleine Spritztour und ein Eis mit heißem Sirup haben, versammeln sich in zwei Minuten in der Garage.«

Augenblicklich brach die Hölle los. Spielsteine flogen in die Luft, Schuhe knallten über den Boden, und Binky fing an zu bellen, bis das Kätzchen ihn mit seinem Gefauche aus dem Zimmer verscheuchte. Mary Beth zog Pats pinkfarbenen Pullover, den mit den Straßsteinen, aus irgendeiner Ecke und ermahnte Jonas, sich zu kämmen. Das tat er natürlich nicht, aber zumindest hatte sie ihn darauf hingewiesen.

Binnen weniger Minuten war das Haus leer. Mary Beth saß wieder an ihrem Schreibtisch und genoß für einen Moment die Stille. Morgen mußte bestimmt groß aufgeräumt werden. Für den Augenblick aber wollte sie nicht einmal einen Blick auf die Verheerung werfen, die die Kinder hinterlassen hatten.

Mary Beth schätzte sich glücklich, besaß sie doch alles, was sie sich immer gewünscht hatte: einen liebenden Ehemann, Kinder die ihr eine Herzensfreude waren, ein Haus mit Charakter und einen Chevrolet, der, so Gott wollte, keine Macken mehr aufwies. Sie beugte sich über das Buch und fing wieder an zu rechnen.

Eine halbe Stunde später erinnerte sie sich an Harrys guten Rat, die Kontaktlinsen herauszunehmen. Brillen waren ihr schon immer verhaßt gewesen, schon seit damals, als ihr im zarten Alter von acht Jahren die erste verpaßt worden war. Auf der High School mußte sie Gläser so dick wie Colaflaschenböden tragen, und immer wieder war sie lieber halbblind durch die Flure und Gänge geirrt, als sich die Schmach einer solchen Verunstaltung anzutun. Da Mary Beth immer schon gewußt hatte, was sie wollte und wie sie das auch erreichte, hatte sie in den Sommerferien gearbeitet, bis es für Kontaktlinsen reichte. Seit jener Zeit hatte Mary Beth es sich zur Angewohnheit gemacht, sie schon morgens beim Aufstehen einzusetzen und erst abends beim Zubettgehen wieder herauszunehmen.

Beim Lesen oder der Buchführung fingen ihre Augen nach einer Weile an zu schmerzen. Dann mußte sie die Linsen aus ihren Augen nehmen und war gezwungen, das Buch direkt vors Gesicht zu halten, um die Seite zu Ende lesen zu können. Jetzt war es wieder soweit. Sie begab sich nach oben und nahm im Badezimmer die Linsen heraus.

Wie in allen Dingen ging sie auch hier äußerst gewissenhaft vor. Mary Beth reinigte die Kontaktlinsen und legte sie in neue Lösung. Weil Pat gern in den Schubladen ihrer Mutter nach Lippenstift suchte, stellte Mary Beth die Dose mit den Gläsern ins oberste Fach des Medizinschranks. Danach lehnte sie an der Tür, betrachtete sich im Spiegel und überlegte, ob sie ihr Make-up auffrischen sollte. Harry und sie hatten schon seit Tagen keine Gelegenheit mehr gefunden, miteinander zu schlafen. Vielleicht heute nacht, wenn die Kinder früh genug im Bett waren . . .

Lächelnd griff Mary Beth nach ihrem Lippenstift. Der Hund fing unvermittelt an zu bellen, aber sie achtete nicht weiter darauf. Wenn er sein Geschäft zu erledigen hatte, mußte er sich eben noch eine Minute gedulden.

Jerald stieß vorsichtig die Tür auf, die von der Garage in die Küche führte. So gut wie heute war es ihm schon seit Tagen nicht mehr gegangen. Erst dieses Gefühl, am Abgrund zu stehen und womöglich schon einen Schritt darüber hinaus zu sein, machte sein Leben wirklich spannend. Warum war ihm das früher nicht bewußt geworden? Er fühlte sich wie einer jener Halbgötter aus der griechischen Sagenwelt, die einen Gott zum Vater und eine Sterbliche zur Mutter gehabt hatten. Helden, die ohne lange nachzudenken, zur Tat schritten und vom Olymp gesegnet waren. Ja, genau so ein Wesen war er. Sein Vater war wie Zeus der Mächtigste von allen, der, der alles sah. Und seine Mutter war schön genug, um den Göttervater zu verlocken, und gleichzeitig mit den Makeln der Sterblichen behaftet.

Deswegen kannte er als ihrer beider Sohn sowohl das Gefühl der Macht wie auch das der Furcht. Eine unbeschreibliche Kombination, und auch der Grund dafür, daß er für die Normalsterblichen nur Mitleid und Verachtung empfinden konnte. Sie liefen blindlings durchs Leben und wurden sich nie bewußt, wie nahe sie stets dem Tod waren.

Jerald war der festen Überzeugung, seinem Vater von Tag zu Tag ähnlicher zu werden, so wie er alles zu sehen und alles zu wissen. Bald würde er den Computer nicht mehr benötigen, um sich den Weg zeigen zu lassen. Dann würde er es dank seiner Göttlichkeit von allein wissen.

Er befeuchtete seine Lippen und spähte durch den Türspalt. Mit einem Hund hatte er nicht gerechnet. Jerald konnte das Tier deutlich ausmachen, wie es sich in eine Ecke der Küche zurückgezogen hatte und knurrte. Natürlich mußte er den Köter töten. Während er darüber nachdachte, glitzerten seine Zähne in der Dunkelheit. Es wäre doch wirklich eine Schande, wenn er sich nicht die Zeit für ein solches Experiment nähme. Er schob die Tür ein Stück weiter auf und wollte schon in die Küche, als er ihre Stimme hörte.

»Himmel nochmal, Binky, jetzt reicht's aber. Nachher wird Mr. Carlyse sich wieder beschweren.« Mary Beth bewegte sich halb blind zur Hintertür und machte sich gar nicht erst die Mühe, das Licht anzuknipsen. »Mach schon, raus mit dir.«

Der Hund starrte immer noch auf die Tür zu Garage und knurrte.

»Hör zu, Junge, ich habe jetzt keine Zeit für deine Spielchen. Oben wartet eine Menge Arbeit auf mich.« Sie ging zu ihm und zog ihn am Halsband. »Geh nach draußen, Binky. Ich kann es gar nicht glauben, daß du dich wegen eines dummen Kätzchens so aufregst. Wart's nur ab, du wirst dich noch an unser Kleines gewöhnen.« Sie zerrte den Hund bis zur Tür und verabschiedete ihn mit einem nicht eben sanften Schubs in den Garten. Als sie sich umdrehte, blieb ihr das nachsichtige Lächeln im Halse stecken.

Genauso hatte Jerald sie sich vorgestellt: sanft, warm und verständnisvoll. Natürlich hatte sie auf ihn gewartet. Mary Beth hatte sogar den Hund vor die Tür geschickt, damit sie ungestört waren. Mit ihren schreckgeweiteten Augen und dem kaum verhüllten Busen wirkte sie unbeschreiblich anziehend. Sie duftete nach Weißdorn, und er erinnerte sich, wie sie davon gesprochen hatte, sich langsam und genußvoll auf einer Wiese zu lieben. Während er sie ansah, konnte er das Gras und den Klee schon riechen.

Jerald wollte sie in die Arme nehmen, damit sie all die wunderbaren Dinge tun konnte, die sie ihm versprochen hatte. Und danach sollte sie sein Bestes bekommen. Den ultimativen Höhepunkt.

»Was wollen Sie?« Mary Beth konnte kaum mehr als einen Schatten wahrnehmen, aber das reichte schon aus, ihren Herzschlag zu beschleunigen.

»Alles, was du versprochen hast, Mary Beth.«

»Ich kenne Sie doch nicht einmal.« Bleib ruhig, befahl sie sich. Wenn der Mann gekommen war, um das Haus auszurauben, wollte sie ihn nicht daran hindern und ihm sogar noch das Kristall ihrer Großmutter aushändigen. Was für ein Glück, daß die Kinder nicht im Haus waren. Dem Himmel sei Dank dafür. Letztes Jahr waren die Feldspars ausgeraubt worden, und es hatte Monate gedauert, bis die Versicherung für den Schaden aufgekommen war. Wie lange war Harry schon fort? In ihrem Kopf purzelten die Gedanken durcheinander, während sie versuchte, sich wenigstens auf einen zu konzentrieren.

»Doch, du kennst mich. Du hast mit mir gesprochen in all diesen Nächten. Mit mir. Und du hast mich immer verstanden. Jetzt endlich können wir zusammensein.« Er schritt auf sie zu. Mary Beth fuhr zurück, bis sie gegen die Anrichte stieß. »Ich gebe dir mehr, als du dir je erträumt hast. Ich weiß genau, was du brauchst.«

»Mein Mann kommt jeden Moment zurück.«

Er lächelte immer noch, aber seine Augen waren leer. »Ich möchte, daß du mich so ausziehst, wie du es mir am Telefon beschrieben hast.« Er griff in ihr Haar, aber nicht, um ihr Schmerzen zuzufügen, sondern um ihr seine Dominanz zu demonstrieren. Frauen mochten starke Männer, besonders die Frauen mit zierlicher Figur und sanfter Stimme. »Und nun, Mary Beth, legst du ganz langsam deine Kleidung ab. Und danach berührst du mich – überall. Mach all die hübschen Sachen mit mir, Mary Beth, all die wunderbaren Dinge, die du mir am Telefon versprochen hast.«

Er war ja noch ein halbes Kind, oder? Sie versuchte, sein Gesicht zu erkennen, aber in der Küche war es zu dunkel. »Das kann ich nicht. Und das wollen Sie doch auch nicht wirklich. Wenn Sie jetzt gehen, vergesse ich den ganzen . . .« Ihre Stimme versagte, als er mit aller Kraft an ihrem Haar riß. Dann legte er die freie Hand an ihren Hals, und Mary Beth erstarrte.

»Du möchtest also *überredet* werden? Meinetwegen, sollst du haben.« Er sprach ganz ruhig, aber die Erregung in ihm wurde immer stärker, breitete sich aus, erfüllte sein Herz und preßte in seine Lunge. »Desiree wollte auch überredet werden. Ich habe ihr den Gefallen getan. Sie war perfekt, und ich glaube, das bist du auch. Aber ich muß natürlich sichergehen. Ich werde dich jetzt ausziehen und dich dort berühren, wo es dir am liebsten ist.« Als seine Hand sich vom Hals fort zu ihren Brüsten bewegte, holte sie tief Luft, um einen lauten Schrei auszustoßen. »Tu das nicht.« Seine Finger bohrten sich so tief in ihr Fleisch, daß es ihr weh tat, und seine Stimme hatte sich verändert. Sie klang jetzt irgendwie quengelnd und damit weitaus furchtbarer als vorhin. »Ich will nicht, daß du schreist. Das habe ich nicht von dir erwartet, und wenn du es doch tust, werde ich dir Schmerzen zufügen. Bei Roxanne hat mir die Schreierei gefallen, aber von dir wünsche ich das nicht. Roxanne war nur eine nichtswürdige Nutte, weißt du?«

»Ja.« Sie hätte ihm jetzt alles erzählt, was er hören wollte.

»Du bist keine dreckige Schlampe. Desiree und du, ihr seid etwas Besonderes. Das habe ich schon in dem Moment gespürt, in dem ich zum erstenmal deine Stimme hörte.« Er schien sich wieder zu beruhigen, obwohl die Ausbuchtung seiner Hose unübersehbar war. »Ich möchte jetzt, daß du mir etwas erzählst, während ich anfange. Rede mit mir so wie am Telefon.«

»Ich habe keine Ahnung, was Sie damit meinen.« Ein bitterer Gallengeschmack trat in ihren Mund, während er sich an sie preßte. Großer Gott, er hatte das doch wohl nicht ernstlich vor! Das konnte doch nicht wahr sein. Sie wollte Harry bei sich haben, und ihre Kinder. Und daß alles vorbei war. »Ich kenne Sie nicht. Sie müssen mich mit jemandem verwechseln.«

Seine Hand fuhr zwischen ihre Beine. Es schien ihm zu gefallen, wie sie sich wand und wimmerte. Mary Beth zeigte ihm damit an, daß sie für ihn bereit war. »Dieses Mal wird es ganz anders. Wir wollen uns nämlich Zeit nehmen. Ich will, daß du mir schöne Sachen zeigst und noch schönere mit mir tust. Und wenn ich fertig bin, wird es noch toller gewesen sein als bei den vorherigen Malen. Berühr mich, Mary Beth. Das haben die anderen nämlich nicht getan.«

Sie fing an zu weinen und haßte sich dafür. Dies war ihr Haus, ihr Heim, und hier durfte sie sich nicht so behandeln lassen. Mary Beth zwang sich, ihn dort zu berühren, wo er es von ihr verlangte. Als er anfing zu stöhnen, rammte sie ihm mit der Kraft der Verzweiflung den Ellbogen in den Bauch und rannte los. Gerade als ihre Hand den Türknauf zu fassen bekam, riß er sie mit brutaler Gewalt an den Haaren zurück. In diesem Moment wurde ihr bewußt, daß der Junge sie umbringen wollte.

»Du hast gelogen. Du bist eine elende Lügnerin und eine Hure wie all die anderen. Deswegen werde ich dich auch so behandeln.« Ihm standen selbst Tränen in den Augen, und so holte er weit aus und schlug ihr ins Gesicht. Ihre Oberlippe platzte auf. Der Geschmack von Blut verlieh ihr die Energie, die sie benötigte.

Sie wollte sich nicht einfach so in ihrer eigenen Küche ermorden und ihren Mann und ihre Kinder im Stich lassen. Laut kreischend fuhr sie ihm mit den Fingernägeln durchs Gesicht, und als er gellend schrie, gelang es ihr die Tür aufzureißen. Aber Binky wollte den Helden spielen.

Der Hund war nicht besonders groß, besaß aber scharfe Zähne. Er biß Jerald sofort in den Unterschenkel. Der junge Mann heulte vor Wut und trat den Hund fort. Doch als er herumwirbelte, sah er sich der Spitze eines langen Küchenmessers gegenüber.

»Hinaus aus meinem Haus!« Mary Beth hielt den Griff mit beiden Händen. Sie war viel zu verwirrt, um zu erkennen, daß sie sofort zustechen würde, wenn der Eindringling auch nur einen Schritt näher kommen sollte.

Binky rappelte sich wieder auf. Kaum hatte er sich durchgeschüttelt, fing er erneut an zu knurren.

»Du Biest!« zischte Jerald sie an, während er sich rückwärts in Richtung Hintertür bewegte. Keine der Frauen hatte ihm bisher weh getan. Sein Gesicht schmerzte, und er spürte, wie Blut durch den Stoff seiner Jeans drang. Dafür sollte sie bezahlen. Sie alle würden dafür bezahlen. »Verlogenes Hurenpack. Dabei bin ich nur gekommen, um dir das zu geben, was du dir gewünscht hast. Und glaub mir, ich hätte es dir schön gemacht.« Er klang jetzt wieder quengelnd, und ein kalter Schauer lief ihr über den Rücken. Ihr Gegenüber hörte sich an wie ein verzogenes Kind, das sein Lieblingsspielzeug kaputtgemacht hatte. »Ich wollte es dir wirklich traumhaft schön machen. Aber das hast du dir selbst verdorben. Das wirst du noch bitter bereuen. Beim nächsten Mal.«

Als Harry zwanzig Minuten später mit den Kindern zurückkehrte, hockte Mary Beth immer noch am Küchentisch, umklammerte das Fleischermesser und starrte auf die Hintertür.

»Für jeden Wein, mit Ausnahme der werdenden Mutter.« Grace reichte jedem ein Glas. »Du bekommst Saft, Tess. Frag mich nicht, was da drin ist. Bei Ed weiß man nie.«

»Papaya«, erklärte er, als die Psychologin vorsichtig an ihrem Glas roch.

»Ich möchte einen Trinkspruch ausbringen«, sagte Grace. »Auf neue Anfänge und Kontinuität.«

Sie stießen miteinander an.

»Wann willst du eigentlich Möbel hier reinstellen?« fragte Ben, der neben seiner Frau auf einer Kiste hockte. »Du kannst doch nicht bis ans Ende deiner Tage auf einer Baustelle leben.«

»Ich habe halt Prioritäten gesetzt. Dieses Wochenende steht der Putz im Schlafzimmer an. Was machst du denn so morgen?«

»Da bin ich beschäftigt«, antwortete sein Partner sofort. »Ich, äh, werde das Gemüsefach im Kühlschrank reinigen. Tess kann ich in ihrem Zustand doch nicht zumuten, sich der Fron der Hausarbeit zu ergeben.«

»Den Satz werde ich mir merken«, grinste seine Frau und nippte an ihrem Saft. »Wie dem auch sei, ich muß sowieso morgen für ein paar Stunden in die Klinik. Ich könnte dich doch am Revier absetzen.«

Ben bedachte sie mit einem säuerlichen Blick. »Danke. Ed, meinst du nicht, daß Tess etwas kürzertreten und statt zu arbeiten lieber die Füße hochlegen sollte?«

»Na ja . . .« Er lehnte sich an einen Sägebock. »Ein reger Geist und viel Bewegung kommen sowohl der Mutter als auch dem Säugling zugute. Studien, die Geburtshelfer während der letzten zehn Jahre durchgeführt haben, besagen, daß . . .«

»Scheiße«, unterbrach Ben ihn. »Wenn man einmal eine einfache Frage stellt. Was hältst du davon, Grace? Du bist doch auch eine Frau. Meinst du nicht, daß eine werdende Mutter sich vor allem schonen sollte?«

Ohne sich um das Sägemehl zu scheren, hockte sie sich im Schneidersitz auf den Boden. »Kommt ganz darauf an.«

»Worauf.«

»Ob Tess dann nicht vor Langeweile eingehen würde. Mir erginge es bestimmt so. Wenn es aber darum ginge, an einem Marathonlauf teilzunehmen, sollte man das zumindest vorher diskutieren. Das denkst du doch auch, Tess?«

»Nun, ich dachte eigentlich, zuerst mit einem Hundertmetersprint zu beginnen.«

»So spricht eine wahre Mutter«, entschied Grace. »Tess ist eine wirklich sensible Frau. Du hingegen«, sie wandte sich an Ben, »verhältst dich mal wieder absolut typisch.«

»Wie meinst du das?«

»Na, eben typisch männlich. In diesem Fall und unter den gegebenen Umständen führst du dich päpstlicher als der Papst auf. Eigentlich ist das okay. Und irgendwie süß von dir. Ich bin mir sicher, daß Tess als Frau und erfahrene Psychologin dir das in den verbleibenden sieben Monaten, einer Woche und drei Tagen hinreichend klarmachen kann.« Sie nahm die Flasche und füllte Bens Glas auf.

»Danke. Jetzt hast du mir aber etwas zum Nachdenken gegeben.«

Grace lächelte ihn über den Rand ihres Glases an. »Ich mag dich, Detective Paris.«

Er grinste verlegen und stieß mit ihr an. »Ich dich auch, Gracie.« Das Telefon klingelte, und er sah auf. »Wenn du schon mal in der Küche bist, dann sieh doch bitte nach, ob es irgendwas Eßbares im Haus gibt, das nicht grün ist.«

»Amen«, murmelte Grace. Sie warf einen Blick über die Schulter und fügte dann leise hinzu: »Ihr werdet nicht glauben, was er mir neulich vorgesetzt hat: Artischockenböden.«

»Bitte«, erschauderte Ben, »nicht wenn ich gerade einatme.«

»Na ja, eigentlich waren sie nicht ganz so schlimm, wie ich befürchtet hatte. Ist er eigentlich immer schon so gewesen? Oder hat er sich auch mal von etwas anderem als Wurzeln und Unkraut ernährt?«

»Der Mann hat schon seit Jahren keinen Hamburger mehr in der Hand gehalten. Manchmal ist er mir richtig unheimlich.«

»Aber süß ist er doch«, sagte Grace und lächelte in ihr Glas. Tess wußte genau, was diese Geste zu bedeuten hatte.

»Tut mir leid«, erklärte Ed, als er zurückkehrte, »aber wir müssen zum Einsatz.«

»Himmeldonnerwetter, kann ein Mann denn nicht einmal mehr die Schwangerschaft seiner Frau feiern?« schimpfte Ben, stand dann aber sofort auf.

»Wir müssen ins Montgomery County.«

»Und was liegt da an?«

Ed warf Grace einen Blick zu. »Versuchte Vergewaltigung. Siehst ganz so aus, als hätte unser Mann wieder zugeschlagen.«

»O mein Gott.« Grace fuhr so rasch hoch, daß Wein aus dem Glas auf ihre Hand spritzte.

»Was ist mit dem Opfer?« wollte Tess wissen.

»Ist noch ziemlich durcheinander, ansonsten aber unverletzt. Irgendwie ist es ihr gelungen, sich mit einem Messer zu bewaffnen. Zusammen mit dem und ihrem Hund ist es der Frau gelungen, den Mann abzuwehren.«

»Gib mir die Adresse. Ich fahre Tess rasch nach Hause und treffe dich dann dort.«

»Nichts da, ich komme mit.« Bevor Ben etwas einwenden konnte, legte Tess ihm schon eine Hand auf den Arm. »Ich kann helfen. Nicht nur dir, sondern auch dem Opfer. Du weißt, daß ich auf solche Fälle spezialisiert bin, und es wird ihr sicher angenehmer sein, mit einer Frau zu sprechen.«

»Deine bessere Hälfte hat recht.« Ed war schon auf dem Weg zum begehbaren Kleiderschrank in der Diele, um seine Waffe einzustecken. Grace sah ihn zum erstenmal mit seinem Dienstrevolver. Sie versuchte, dieses Bild mit dem von dem Mann in Einklang zu bringen, der sie durch den Regen getragen hatte. »Zum erstenmal treffen wir auf eines seiner Opfer, das überlebt hat. Tess könnte sicher einiges von der Frau in Erfahrung bringen.« Er zog sich die Jacke über. Ihm war Grace' Blick auf seine Pistole nicht entgangen, und so wandte er sich an sie. »Tut mir leid, ich kann dir nicht sagen, wie lange wir fortbleiben.«

»Ich will mitkommen und mit der Frau sprechen.«

»Das geht nicht. Ausgeschlossen.« Er hielt sie fest, als sie an ihm vorbei wollte. »Mit ihr zu reden, hilft dir bestimmt nicht. Und dem Opfer wäre es bestimmt nicht angenehm.« Sie hatte eine trotzige Miene aufgesetzt. Ed hob ihr Gesicht, bis sie ihm in die Augen sehen mußte. »Grace, die arme Frau hat Furchtbares durchgemacht. Denk doch auch einmal an sie. Sie will jetzt bestimmt nicht das Haus voller Leute haben; ganz besonders nicht von solchen, die sie mit ihren Fragen an das erinnern, was auch aus ihr hätte werden können. Selbst wenn ich in deinem Fall eine Ausnahme machen würde, wärst du uns und ihr keine große Hilfe.«

Grace wußte, daß er recht hatte. Und sie haßte ihn dafür. »Ich gehe nicht nach Hause, bis du zurück bist und mir alles berichtet hast. Verdammt, ich muß wissen, wie er aussieht. Ich brauche in meinem Kopf ein Bild von ihm.«

Ed gefielen ihre letzten Worte nicht. »Du sollst von mir auch alles erfahren. Aber es kann eine Weile dauern.«

»Dann warte ich eben.« Sie verschränkte die Arme vor der Brust. »Und zwar hier.«

Er küßte sie und hielt sie einen Moment länger fest, als er eigentlich vorgehabt hatte. »Vergiß nicht, alles abzuschließen.«

Mary Beth wollte keine Tranquilizer. Sie hatte seit jeher eine morbide Furcht vor Tabletten und nahm höchstens einmal, und auch das nur in Ausnahmefällen, ein Aspirin. Zu einem Glas Brandy aus der Flasche, die Harry und sie für besondere Gelegenheiten aufgehoben hatten, sagte sie jedoch nicht nein.

Sobald Harry von seiner Frau erfahren hatte, was geschehen war, hatte er die Kinder zu Nachbarn gebracht. Er saß jetzt ganz nah neben seiner Frau, hatte einen Arm um ihre Hüfte gelegt und streichelte ihr Haar. Harry hatte sie immer schon von ganzem Herzen geliebt, aber der heutige Vorfall hatte ihm klargemacht, daß sie der Anfang und das Ende seines Lebens war.

»Wir haben schon mit der Polizei gesprochen«, erklärte er, als Ed ihm seine Marke zeigte. »Wie oft muß meine Frau denn noch die immer gleichen Fragen beantworten? Hat sie denn noch nicht genug durchgemacht?«

»Tut mir leid, Mr. Morrison. Wir bemühen uns, es für Ihre Gattin so einfach wie nur möglich zu machen.«

»Das einzige, worum Sie sich bemühen sollten, ist, dieses Schwein zu fassen. Dafür sind Polizisten schließlich da. Dafür bezahlen wir ihr Gehalt mit unseren Steuern.«

»Harry, bitte . . .«

»Tut mir leid, Schatz.« Sein Tonfall wurde augenblicklich sanfter, als er sich an seine Liebste wandte. Für ihn war es fast noch schlimmer, auf den schwarzblauen Fleck in ihrem Gesicht zu blicken, als sich vorzustellen, was unter anderen Umständen geschehen wäre. Schließlich war die Verletzung deutlich sichtbar, während der mögliche Alptraum zu schrecklich war, um ihn wirklich begreifen zu können. »Du mußt nicht mehr reden, wenn dir alles zuviel geworden ist.«

»Wir haben auch nur ein paar Fragen.« Ben hockte sich auf einen Stuhl, weil er aus Erfahrung wußte, daß sitzende Personen leichter Vertrauen erweckten als solche, die im Stehen Auskünfte einholen. »Glauben Sie mir, Mr. Morrison, wir wollen nichts lieber, als diesen Mann aus dem Verkehr zu ziehen. Aber dazu benötigen wir Ihre Hilfe.«

»Wie würden Sie sich denn fühlen, wenn es Ihre Frau erwischt hätte?« brauste Harry auf. »Wenn ich wüßte, wo ich ihn ausfindig machen könnte, wäre ich schon längst auf dem Weg dorthin.«

»Das hier ist meine Frau«, entgegnete Ben ganz ruhig und zeigte auf Tess. »Und ich weiß ganz genau, was in Ihnen vorgeht.«

»Mrs. Morrison«, begann Tess und hockte sich neben

sie auf die Sofalehne, »vielleicht wäre es Ihnen lieber, mit mir zu sprechen. Ich bin Ärztin und Psychologin.«

»Ich brauche keinen Arzt.« Mary Beth starrte auf das Glas Brandy, als wäre sie überrascht, es zwischen ihren Händen vorzufinden. »Er hat nicht... Ich weiß, er wollte es, aber er hat es nicht getan.«

»Er hat sie nicht vergewaltigt«, sagte Tess leise. »Trotzdem wurde ihre Intimsphäre verletzt, hat er sie angegriffen und in Angst und Schrecken versetzt. Wenn sie alles schlucken und den Schock, die Furcht und die Scham nicht herauslassen...« Sie erkannte, daß die Scham für die Frau das schlimmste war, und wartete einen Moment. »Das alles in sich hineinzufressen, bringt einem nur noch mehr Schmerzen und Pein. Es gibt Stellen, an die Sie sich wenden können. Dort treffen Sie Menschen an, die ähnliches mitgemacht haben. Die wissen genau, wie es jetzt in Ihnen und in Ihrem Mann aussieht.«

»In meinem eigenen Heim...« Mary Beth fing zum erstenmal seit dem Überfall an zu weinen. Die Tränen quollen aus ihren Augen und rannen dünn und heiß über ihre Wangen. »Alles ist so viel schlimmer, weil es in meinem eigenen Haus passiert ist. Die ganze Zeit beherrschte mich nur der Gedanke: Was wird er meinen Kindern antun. Und dann...« Tess hielt das Glas fest, als Mary Beths Hände zu zittern begannen. »Ich habe immerzu gebetet, das alles möge nur ein Traum sein... Er sagte, er kenne mich, und er nannte auch meinen Namen. Aber ich hatte ihn noch nie zuvor gesehen. Für mich war er ein Fremder, ein Fremder, der gekommen war, um mich zu vergewaltigen... Und er hat mich... hat mich berührt... oh, Harry!« Sie legte den Kopf an seine Schulter und schluchzte.

»Mein armer Schatz, er wird dir nie wieder etwas antun.« Seine Hände strichen sanft über ihr Haar, aber in seinen Augen stand ein Blick, der besagte, daß der Mann gewillt war, einen Mord zu begehen. »Du bist jetzt sicher. Keiner wird dir mehr weh tun. Verdammt, sehen Sie denn nicht, wie Ihre Fragen meiner Frau zusetzen?«

»Mr. Morrison . . .« Ed wußte nicht so recht, wie er anfangen sollte. Die Wut des Mannes schien ihm gerechtfertigt zu sein. Er selbst verspürte jetzt Zorn auf den Täter, war aber Polizist genug, um sich davon nicht in seiner Pflichtausübung behindern zu lassen. Trotzdem gab es keinen Anlaß, dieses Ehepaar im unklaren zu lassen. »Wir haben Grund zur Annahme, daß Ihre Frau heute abend großes Glück gehabt hat. Dieser Mann hat vorher schon zweimal zugeschlagen, und seine anderen Opfer haben das mit dem Leben bezahlt.«

»Er hat das schon einmal getan?« Die Tränen strömten immer noch, aber das schien Mary Beth gar nicht bewußt zu werden, als sie Ed fragte: »Sind Sie sich da sicher?«

»Dazu müssen wir Ihnen leider noch ein paar Fragen stellen.«

Sie atmete schwer, aber er erkannte, daß sie sich bemühte, ruhiger zu werden. »Einverstanden. Allerdings habe ich den anderen Beamten schon erzählt, was vorgefallen ist. Und ich möchte das nicht noch einmal durchmachen.«

»Das müssen Sie auch nicht«, beruhigte Ben sie. »Sind Sie bereit und in der Lage, zusammen mit einem unserer Zeichner ein Bild des Täters zu erstellen?«

»Ich habe ihn nicht sehr gut erkennen können. In der Küche war es so dunkel, und ich hatte meine Kontaktlinsen herausgenommen. Ohne die sehe ich so gut wie überhaupt nichts. Er war für mich nur als Schemen auszumachen.«

»Sie werden überrascht sein, wieviel Sie bemerkt haben, sobald Sie erst einmal anfangen, mit unserem Zeichner sein Gesicht zusammenzusetzen.« Ed zog sein Notizbuch aus der Tasche. Alles in ihm drängte danach, sie sanft zu behandeln. Mit ihrem schmucken kleinen Haus und dem lieben Gesicht erinnerte sie ihn stark an seine Schwester. »Mrs. Morrison, Sie sagten, er habe sie beim Namen genannt.«

»Ja, mehrere Male sprach er mich mit Mary Beth an. Es war sehr merkwürdig, ihn meinen Namen sagen zu hören. Und dann meinte er auch noch, ich hätte ihm allerlei Dinge versprochen. Und die wollte er sich jetzt holen.« Sie konnte Ed nicht länger ansehen und wandte sich an Tess. »Er verlangte, daß ich schöne Dinge mit ihm machen sollte. Daran kann ich mich noch genau erinnern, denn ich war vor Schrecken wie gelähmt, und es kam mir irgendwie unwirklich vor, das aus seinem Mund zu hören.«

Ben wartete einen Moment, während sie von ihrem Brandy trank. »Mrs. Morrison, sagt Ihnen vielleicht eine Firma namens Fantasy, Incorporated, etwas?«

Mary Beth errötete so sehr, daß die Gesichtswunde noch auffälliger hervortrat. Aber sie nahm sich vor, keine falsche Aussage zu machen. »Ja.«

»Das geht Sie überhaupt nichts an«, platzte es aus Harry heraus.

»Die beiden anderen Opfer waren bei Fantasy angestellt«, erklärte Ed.

»Gott im Himmel!« Mary Beth schloß die Augen ganz fest. In ihnen waren keine Tränen mehr, sondern nur noch nackte Furcht.

»Ich hätte dir das von Anfang an ausreden sollen.« Harry rieb sich mit einer Hand über das Gesicht. »Irgendwie muß ich damals nicht ganz bei Trost gewesen sein.«

»Seine Stimme, Mrs. Morrison«, drängte Ben. »Haben Sie die vielleicht wiedererkannt? Können Sie sich erinnern, früher einmal mit dem Mann telefoniert zu haben?«

»Nein, bestimmt nicht. Dessen bin ich mir ganz sicher. Er war doch noch ein halbes Kind. Wir nehmen keine Gesprächswünsche von Minderjährigen an.«

»Wie kommen Sie darauf, daß er noch nicht erwachsen gewesen ist?« fragte Ed rasch nach, weil er instinktiv erkannte, daß sie jetzt ziemlich dicht vor einer Spur standen.

»Weil er so ausgesehen hat. Höchstens siebzehn oder achtzehn, würde ich sagen. Sie wissen doch, daß man in unserem Staat erst mit einundzwanzig als volljährig gilt.« Die Röte war wieder vergangen. »Ich kann Ihnen nicht mehr dazu sagen, aber auf mich wirkte er noch sehr jugendlich. Und er war eher klein, vielleicht ein paar Zentimeter größer als ich. Na ja, ich bin eins zweiundsechzig, und er mag eins fünfundsechzig gewesen sein. Und er machte den Eindruck, noch nicht ganz ausgewachsen zu sein. Ich dachte die ganze Zeit, er ist doch noch ein Kind, das kann doch gar nicht wahr sein. Aber seine Stimme habe ich ganz bestimmt noch nie gehört; denn an die hätte ich mich gewiß erinnert.« Selbst jetzt, als sie sich im Arm ihres Mannes etwas geborgener fühlte, hatte sie den Tonfall noch im Ohr. »Und dann hat er gesagt...« Instinktiv griff sie nach Tess' Hand. »Grundgütiger, er meinte, diesmal würde es anders. Er wollte nichts überstürzen. Und er hat eine Desiree erwähnt und wie sehr er sie geliebt hat. Wenn ich mich recht erinnere, hat er ihren Namen mehrmals erwähnt. Und einmal auch eine Roxanne, die in seinen Augen aber eine Nutte gewesen sei. Ergibt das irgendeinen Sinn für Sie?«

»Ja, Ma'am.« Ed notierte sich alles. Ein neues Teil für das Puzzle, dachte er.

»Mrs. Morrison.« Die Psychologin drückte ihre Hand. »Hatten Sie den Eindruck, er könnte Sie mit Desiree verwechselt haben?«

»Nein«, antwortete Mary Beth nach einem Moment

des Nachdenkens. »Er schien mich eher mit ihr verglichen zu haben. Jedesmal, wenn er ihren Namen erwähnt hat, klang so etwas wie Hochachtung in seiner Stimme mit. Aber ich habe mich wohl geirrt, das hört sich doch einfach zu dumm an, oder?«

»Nein«, entgegnete Tess und warf einen Blick auf ihren Mann, »ganz und gar nicht.«

»Er versuchte, freundlich zu mir zu sein, wenn auch auf eine ganz schreckliche Weise. Ich weiß auch nicht, wie ich das besser beschreiben soll. Es hatte irgendwie den Anschein, als erwartete er von mir, über sein Erscheinen beglückt zu sein. Der Junge wurde erst wütend, als ich mich gegen ihn gewehrt habe. Da ist er richtig fuchsteufelswild geworden, wie ein Kind, dem man sein Lieblingsspielzeug wegnimmt. Die Tränen standen ihm in den Augen, und er klang richtig quengelig. Er nannte mich dann eine Hure. Nein, er sagte, wir alle seien verlogene Huren, und beim nächsten Mal würde er uns das heimzahlen oder so ähnlich.«

Ein verfetteter Cockerspaniel watschelte ins Wohnzimmer und beschnüffelte Tess.

»Das ist Binky«, sagte Mary Beth und fing wieder an zu weinen. »Wenn er nicht gewesen wäre...«

»Von nun an bekommt er bis ans Ende seiner Tage nur noch Steak zu fressen.« Harry küßte ihre Finger, und seine Frau mußte trotz ihres Schluchzens kichern.

»Ich habe den armen Kerl vor die Tür gesetzt, weil ich dachte, er würde die Katze verbellen. Dabei hat er die ganze Zeit nur...« Die Stimme versagte ihr, und sie schüttelte den Kopf. »Ich weiß, daß sich die Presse über diese Geschichte hermachen wird, aber es wäre mir lieb, wenn Sie so wenig wie möglich an die Reporter weitergeben könnten. Wegen der Kinder, Sie verstehen.« Sie sah die Psychologin an und wußte, daß hier eine Frau saß, der sie sich anvertrauen konnte. »Ich möchte nicht, daß die Kleinen einen Schrecken bekommen. Und was meine Tätigkeit für Fantasy angeht, nun, ich schäme mich nicht deswegen, aber ich fürchte, die anderen Mütter werden wenig Verständnis aufbringen, wenn sie erfahren müssen, daß die Frau, die sich so bei den Schulveranstaltungen engagiert, einer solchen Tätigkeit nachgeht.«

»Wir sehen zu, was sich machen läßt«, versprach Ed ihr. »Aber wenn ich Ihnen einen Rat geben darf, ich würde bei Fantasy aufhören.«

»Ist schon erledigt«, erklärte Harry.

»Und es wäre sicher angebracht, wenn Sie während der nächsten Tage nicht allein blieben.«

Mary Beth wurde noch blasser. Aller Mut, den sie in den vergangenen Minuten angesammelt hatte, drohte sie zu verlassen. »Glauben Sie, er kehrt zurück?«

»Man kann nie sicher sein.« Ed wollte der Frau keine Angst einjagen, aber es war seine Pflicht, ihr Leben zu schützen. »Dieser Mann ist außerordentlich gefährlich, Mrs. Morrison. Wir möchten nicht, daß Sie ein Risiko eingehen. Selbstverständlich werden wir Ihr Haus bewachen. Doch zunächst möchte ich, daß Sie mit uns aufs Revier kommen, sich dort die Verbrecherkartei ansehen und unserem Zeichner bei der Arbeit helfen.«

»Ich will alles tun, wenn ich Ihnen nur dabei helfen kann, ihn zu fassen, und zwar rasch.«

»Womöglich haben Sie uns schon einen entscheidenden Schritt weitergeholfen.« Ben erhob sich. »Vielen Dank für Ihre Mitarbeit.«

»Ich . . . ich habe Ihnen nicht einmal einen Kaffee angeboten.« Mary Beth hatte urplötzlich große Angst davor, die Beamten gehen zu lassen. Ihre bloße Anwesenheit vermittelte ihr Schutz und Sicherheit. Immerhin waren sie Polizisten, und als solche wußten sie, wie man mit Verbrechern umzugehen hatte. »Es ist mir wirklich peinlich, nicht daran gedacht zu haben.«

»Das macht doch wirklich nichts.« Tess drückte ihr

wieder die Hand. »Sie sollten sich jetzt hinlegen. Ihr Mann kann Sie nach oben bringen. Er bleibt heute bei Ihnen. Und wenn Sie morgen auf die Wache kommen, erhalten Sie dort die Telefonnummern von Organisationen, die Ihnen dabei helfen können, die ganze Geschichte hinter sich zu bringen. Oder wenn Ihnen das lieber ist, rufen Sie gleich mich an.«

»So viel Furcht habe ich noch nie erlebt.« Mary Beth erkannte in den Augen der Psychologin tiefe weibliche Anteilnahme. Und in diesem Moment wurde ihr bewußt, daß sie dieser noch mehr bedurfte als des Schutzes der Polizei. »In der Küche überfallen zu werden ... Ich habe mittlerweile Angst, meine eigene Küche zu betreten.«

»Darf ich Sie nach oben bringen?« Tess legte ihr einen Arm um die Hüfte. »Sie legen sich aufs Bett und ruhen sich aus.« Die beiden Frauen verließen das Zimmer. Harry sah ihnen hilflos und frustriert hinterher.

»Wenn ich doch nur zu Hause geblieben wäre ...«

»Dann hätte der Täter noch etwas länger gewartet«, erklärte Ed ihm. »Wir haben es hier mit einem zu allem entschlossenen Mann zu tun, Mr. Morrison.«

»Mary Beth hat in ihrem ganzen Leben keiner Fliege etwas zuleide getan. Sie ist die großzügigste und sanftmütigste Frau, der ich je begegnet bin. Er hatte kein Recht, ihr so etwas anzutun ... und ihr Gesicht so zuzurichten.« Er nahm das Brandyglas seiner Frau und leerte es. »Vielleicht ist der Kerl ja wirklich sehr gefährlich. Aber wenn ich ihn finde, mache ich ihn zum Eunuchen.«

12. Kapitel

Sie hatte das Licht für ihn brennen lassen. Ed war froh, daß Grace nach Hause gegangen war, denn andernfalls hätte sie ihn sofort mit Fragen bestürmt. Und die mußte er ihr beantworten. Doch im stillen erfreute ihn ihre kleine Geste.

Er war müde und erschöpft, aber viel zu aufgekratzt, um Schlaf finden zu können. In der Küche holte er den Saft aus dem Kühlschrank und trank ihn direkt aus dem Krug. Grace hatte den Wein weggestellt und die Gläser gespült. Wenn ein Mann wie er so viele Jahre allein gelebt hatte, empfand er bei so etwas unbeschreibliche Freude.

Ed war sich bewußt, daß er sich bereits in sie verliebt hatte. Aus den ersten romantischen Fantasien, die Grace in ihm ausgelöst hatte, waren eindeutige Träume und ehrliche Absichten geworden. Sein Problem bestand nur darin, daß er nicht so recht wußte, wie er weiter vorgehen sollte. Schon früher waren ihm Frauen begegnet, die seine Gedanken in Aufruhr versetzt hatten, und da war es ihm nie schwergefallen, den nächsten logischen Schritt zu tun. Doch hier handelte es sich um wirkliche Liebe, und die verwirrte ihn immer mehr.

Ed hatte ein eher traditionelles Verständnis vom anderen Geschlecht. Man mußte Frauen mit Wertschätzung und Freundlichkeit begegnen und sie beschützen. Und diejenige, die man in sein Herz geschlossen hatte, galt es zu verwöhnen und mit Respekt zu behandeln. Er hätte Grace am liebsten auf ein Podest gestellt, kannte sie aber schon gut genug, um zu wissen, daß sie es dort oben nicht lange aushalten würde.

Ed war durchaus in der Lage, Geduld aufzubringen. Er war mit dieser Eigenschaft geboren worden, und bei seinem Beruf als Polizist kam sie ihm immer wieder zugute. Also bedeutete der nächste logische Schritt in diesem Fall doch wohl, Grace Zeit zu lassen, bis sie soweit war, sich von ihm dorthin manövrieren zu lassen, wohin er sie haben wollte: an seine Seite.

Er ließ genug Saft fürs Frühstück übrig und machte sich dann auf den Weg nach oben. Auf dem Absatz fing er an, die Jacke auszuziehen. Normalerweise ließ er sie und seine Waffe unten im Dielenschrank. Aber jetzt war er einfach zu erledigt, um noch einmal nach unten zu gehen. Er rieb sich den verspannten Nacken, öffnete die Schlafzimmertür und machte Licht.

»O Gott, haben wir denn schon Morgen?«

Eds Hand fuhr sofort an den Griff seines Revolvers, aber er ließ die Waffe stecken, als er Grace erkannte, die ausgestreckt auf seinem Bett lag. Sie schirmte ihre Augen mit einer Hand gegen das Licht ab und gähnte herzhaft. Er brauchte einen längeren Moment, ehe ihm klar wurde, daß sie bis auf eines seiner Hemden nichts am Leib trug.

»Hi«, blinzelte Grace und lächelte ihn an. »Wie spät ist es denn?«

»Schon ziemlich spät.«

»Aha.« Sie erhob sich und streckte sich. »Ich wollte mich nur für fünf Minuten hinlegen. Dieser Körper ist nicht für handwerkliche Arbeit geschaffen. Ich habe vorhin geduscht. Du hast doch nichts dagegen, oder?«

»Nein, woher denn.« Er glaubte, es würde seinem inneren Gleichgewicht dienlicher sein, wenn er nur auf ihr Gesicht schaute. Aber da befand er sich im Irrtum. Sein Mund war völlig ausgetrocknet.

»Ich habe den Eimer mit der Pampe geschlossen, die du an die Wände klatschst, und die Werkzeuge saubergemacht. Und danach, tja, da habe ich eine Weile

Däumchen gedreht.« Grace war jetzt vollkommen wach und konnte wieder klar sehen. Sie legte den Kopf schief und betrachtete Ed. Er machte den Eindruck, als habe ihm gerade jemand einen Preßlufthammer in den Solarplexus gerammt. »Fehlt dir was?«

»Nein, ich hatte nur nicht gedacht, daß du noch hier sein könntest.«

»Ich mußte einfach bleiben, bis du wieder da bist. Gibt es etwas Neues?«

Er löste das Holster und hängte es unter den alten Stuhl, den er vorhatte zu restaurieren. »Die Frau hat großes Glück gehabt. Sie hat den Täter abgewehrt, und dann ist ihr Hund über ihn hergefallen.«

»Ich hoffe nur, der Hund war noch nicht geimpft. War es unser Mann, Ed? Bitte, ich muß es einfach wissen.«

»Möchtest die offizielle Erklärung oder meine Privatmeinung hören?«

»Deine Meinung.«

»Er war es. Und jetzt ist er sauer.« Er rieb sich mit beiden Händen übers Gesicht und hockte sich auf die Bettkante. »Tess glaubt, daß er jetzt noch gefährlicher und unberechenbarer ist. Eine Frau hat sich gegen ihn gewehrt, ihn zurückgestoßen und damit sein Vorgehensmuster zerstört. Tess meint, er habe sich jetzt zurückgezogen, um seine Wunden zu lecken. Und wenn er damit fertig ist, wird er von neuem und noch unbarmherziger auf die Jagd gehen.«

Grace nickte und dachte insgeheim, daß dies kaum der geeignete Zeitpunkt war, ihm zu erzählen, was sie vorhatte. »Die Frau hat ihn aber doch gesehen, oder?«

»Nein. Es war dunkel, und allem Anschein nach ist sie fast so blind wie ein Maulwurf.« Ed hätte am liebsten lautstark geflucht, wenn sich damit irgend etwas geändert hätte. Unter anderen Umständen hätte Mary Beth sie mit einer brauchbaren Täterbeschreibung versorgen können, und dann hätten sie ihn in Null Komma nichts aufgespürt und dingfest gemacht. »Die Frau hat kaum mehr als einen Schemen von ihm wahrgenommen. Vielleicht fällt ihr beim Polizeizeichner noch etwas ein.«

»Also nur ein paar weitere Puzzleteile?

Er verdrehte die Schultern, aber die Knoten in den Muskeln wollten sich nicht lösen. »Wir überprüfen die Kundenliste von Fantasy und befragen die Nachbarn. Vielleicht haben wir Glück. Unverhofft kommt oft.«

»Du bist ja ganz verspannt.« Sie rutschte zu ihm und massierte seine Schultern. »Mir ist bisher noch gar nicht aufgegangen, wie sehr dich so ein Fall mitnehmen kann. Ich dachte, das wäre nur Routine für dich, und du würdest alles so nehmen, wie es kommt.«

Er sah sie über die Schulter an. Sein Blick war kälter und härter, als sie je bei ihm bemerkt hatte. »Für mich ist es niemals Routine.«

Nein, für einen Mann wie Ed sicher nicht. Dafür nahm er seine Arbeit viel zu ernst. Obwohl sie sich vorgenommen hatte, nicht auf seine Pistole zu starren, wanderte ihr Blick jetzt unweigerlich dorthin. Gleichgültig, ob er sie trug oder nicht, seine Dienstauffassung veränderte sich nicht. Grace wußte, daß sie das im Gedächtnis behalten mußte. »Wie wirst du nur mit allem fertig? Ich meine, du wirst mit so vielen schrecklichen Dingen konfrontiert. Das muß dich doch belasten. Was unternimmst du dagegen, und wie schaffst du es, am nächsten Tag weitermachen zu können?«

»Einige von uns trinken. Nein, sehr viele von uns greifen zur Flasche.« Er lachte kurz. Die Verkrampfung wich aus seinen Schultern. Grace konnte mit ihren Händen wahre Wunder vollbringen. Zu gern hätte er ihr jetzt gesagt, daß er sich von diesen Händen festhalten lassen wollte. »Ist natürlich nur eine Flucht. Aber jeder sucht sich seinen Fluchtweg.«

»Und wie sieht deiner aus?«

»Ich arbeite mit den Händen. Ich lese Bücher.« Er zuckte die Achseln. »Und gelegentlich trinke ich.«

Grace legte ihr Kinn auf seine Schulter. Sie war so kräftig und breit, daß man es lange auf ihr aushalten konnte. »Seit Kathleen ermordet wurde, habe ich mir vor allem selbst leid getan. All die Zeit dachte ich: Das ist doch nicht fair! Womit habe ich das verdient! Es war wirklich nicht leicht für mich, über den Verlust meiner Schwester hinauszublicken und das Gesamtbild zu erkennen.« Sie schloß für einen Moment die Augen. Er roch unwahrscheinlich gut. So warm und so heimelig wie ein Feuer, das abends im Kamin brannte. »Doch während der letzten Tage habe ich mich darum bemüht. Und irgendwann ist mir klargeworden, wie sehr du mir eine Hilfe warst. Ich weiß nicht, wie ich die vergangenen zwei Wochen ohne dich durchgestanden hätte. Du bist mir wirklich ein guter Freund gewesen, Ed.«

»Es freut mich, wenn ich dir ein wenig zur Seite stehen konnte.«

Grace lächelte leicht. »Und dann habe ich mich auch gefragt, ob dir irgendwann der Gedanke gekommen ist, du könntest etwas mehr für mich sein. Bevor wir heute abend von Ben und Tess unterbrochen wurden, hatte ich den Eindruck, wir stünden kurz davor, einen Schritt weiterzugehen.«

Er nahm ihre Hand und löste sie von seinem Körper. Wenn sie ihn noch länger berührte, würde er nicht mehr in der Lage sein, ihr die Zeit zu lassen, die sie seiner Ansicht nach noch brauchte. »Ich bringe dich jetzt besser nach Hause, oder?«

Doch Grace gehörte nicht zu den Frauen, die leicht aufgaben. Und sie war auch nicht der Typ, der sich etwas in den Kopf setzte und dann mit demselben gegen die Wand lief. Sie atmete tief ein und hockte sich dann auf die Fersen. »Soll ich dir mal was sagen, Jackson? Wenn ich dich nicht besser kennen würde, könnte ich annehmen, du hättest Angst vor mir.«

»Ich habe sogar eine Heidenangst vor dir.«

Zuerst war Grace verblüfft, doch dann lächelte sie breit. »Tatsächlich? Nun gut, dann verspreche ich dir –« sie fing an, sein Hemd aufzuknöpfen –, »ganz, ganz vorsichtig zu sein.«

»Grace...« Er hielt ihre beiden Hände fest. »Einmal wird mir nicht genügen.«

Ihre Finger zogen sich in seinen Händen zusammen. Sie ging nicht leichtfertig Verpflichtungen ein. Wenn, dann war es ihr auch hundertprozentig ernst damit. »Okay. Und warum läßt du mich nicht damit fortfahren, dich zu verführen?«

Dieses Mal lächelte er. Er ließ sie los, um ihr über die Arme streichen zu können. »Das hast du doch schon an dem Tag getan, an dem ich dich im Fenster gesehen habe.«

Er zog ihr Gesicht heran und küßte sie sanft. An diesen Moment wollte er sich sein Lebtag erinnern. Grace' Lippen schmeckten süß und wunderbar. Ihre Arme legten sich um seinen Hals, und er spürte, wie sie sich ihm hingab. War es nicht genau das, was ein Mann von einer Frau wollte? Grace sparte nie mit ihren Gefühlen, und jetzt, in diesem Moment, brauchte er alles, was sie ihm geben konnte. Vorsichtig legte er sie auf den Rücken.

Das Licht war hell, und in dem Raum roch es nach Staub. Er hatte sich das erste Mal so ganz anders vorgestellt. Kerzen, Musik und funkelnder Wein in kristallenen Gläsern. Wie gern hätte er ihr all dieses romantische Beiwerk gegeben. Doch auf der anderen Seite war Grace genau so, wie er sie sich vorgestellt hatte, wie er sie und keine andere wollte.

Ihr leises Murmeln verwandelte seinen Pulsschlag in

ein Chaos. Als sie fortfuhr, sein Hemd aufzuknöpfen, spürte er wie einen sanften Lufthauch ihre kühlen Finger an seiner Brust. Ihre Lippen teilten sich, und ihr Seufzer füllte seinen Mund mit Wärme.

Das letzte, was er wollte, war, über sie herzufallen. Fast fürchtete er sich davor, sie zu berühren – dann würde er mit aller Wahrscheinlichkeit seine Beherrschung verlieren. Doch so, wie sie ihn berührte, wußte er, daß er schon jetzt verloren war.

Grace war noch nie mit einem so sanften, liebevollen und besorgten Mann zusammengewesen. Allein schon dieses Bewußtsein erregte sie mehr als alles andere. Noch kein Mann hatte sie wie etwas Zerbrechliches behandelt – vielleicht, weil sie alles andere als fragil war. Doch nun, während er sie mit so viel Rücksichtnahme und Zärtlichkeit verwöhnte, fühlte sie sich tatsächlich so.

Ihr Herz schlug schneller, ihre Haut schien weicher zu werden, und ihre Finger zitterten, als sie über seinen Körper wanderten. Sie hatte das hier schon vorher gewollt, aber sie hätte sich nie vorgestellt, wie wichtig und dringend es ihr war.

Dies war nicht einfach der nächste Schritt, sagte sie sich, sondern eine ganz neue Erfahrung, die sich von all denen unterschied, die sie früher gemacht hatte. Für einen Moment glaubte sie zu wissen, was er damit gemeint hatte, er habe eine Heidenangst.

Ihre Lippen suchten wieder seinen Mund, und sie spürte, wie ihr Verlangen die Nerven vibrieren ließ und daraus ein schmerzhafter Drang erwuchs. Ihre Finger zitterten noch mehr, als sie seinen Hosenknopf öffnen wollten. Wieder hielt er ihre Hand fest.

»Ich will dich«, flüsterte sie. »Ich habe gar nicht gewußt, wie sehr ich dich will.«

Er bedeckte ihr Gesicht mit Küssen, während in ihm alles brodelte. Nie wollte er den Anblick vergessen, den sie ihm jetzt bot. Der verschleierte Blick und die Haut, die vor Leidenschaft gerötet war. »Wir können uns doch Zeit lassen. Wir haben alle Zeit, die wir wollen.«

Den Blick weiterhin auf ihre Augen gerichtet, fing er an, ihr Hemd aufzuknöpfen. Als er es auseinanderzog, konnte er nicht anders als hinstarren. »Du bist unglaublich schön.«

Der schmerzende Drang ließ ein wenig nach, und sie lächelte. »Du auch.« Grace richtete sich ein Stück auf und nahm ihm das Hemd von den Schultern. Er besaß einen mächtigen Körperbau, fast wie ein wildes Tier, doch in diesem Moment spürte sie keinerlei Furcht. Sie legte ihm die Arme um den Hals und zog ihn zu sich herab.

Fleisch wärmte Fleisch, und beide heizten sich auf. Obwohl seine Hände weiterhin sanft blieben, spürte sie doch das Stählerne, das ihnen innewohnte. Er berührte sie, sie streichelte ihn, er schmeckte sie. Grace hatte geglaubt zu wissen, wie intim ein Mann und eine Frau miteinander werden konnten. Doch jetzt erfuhr sie, wie intensiv beide sich einander geben konnten. Sie erbebte, als sein Bart über ihre Brüste strich. Als ihre Hände sich auf seinen Rücken legten, um das Spiel seiner Muskeln zu fühlen, spürte sie die Kraft und die Kontrolle darin.

Seine Lippen wanderten immer tiefer über ihre dampfende Haut und lösten jetzt kein Beben mehr aus, sondern ein alles umfassendes Feuer. Grace drängte sich ihm entgegen, als die Lust nicht mehr auszuhalten war. Als er sie zum erstenmal zum Höhepunkt führte, stöhnte er mit ihr.

Danach hatte sie große Mühe, zu Atem zu kommen. Sie wollte seinen Namen hinausschreien und ihm alles sagen. Doch sie konnte nur erbeben und ihn festhalten.

Ihr Pulsschlag galoppierte, und sie zerrte an seinen

Kleidern. Die Leidenschaft verlieh ihr die Kraft der Verzweiflung. Dann rollte sie sich auf ihn, bedeckte sein Fleisch wie rasend mit Küssen und lachte befreit auf, als endlich das letzte Kleidungsstück entfernt war.

Er besaß den Körper eines urzeitlichen Kriegers, und ein solcher war er in Wahrheit auch. Die Stärke, die Selbstdisziplin und die Narben waren nicht zu übersehen. Es gab sie also doch, die wahren Helden, dachte Grace, während sie ihn überall berührte. Sie konnten einem in Fleisch und Blut begegnen, waren aber überaus selten.

Ed hätte noch länger gewartet, oder sich zumindest darum bemüht. Doch damit hätte er die Fesseln der Leidenschaft nur enger gebunden. Grace setzte sich rittlings auf ihn, führte ihn in sich ein und füllte sich selbst mit ihm aus. Er konnte nur ihre Hüften festhalten und sie auf und ab tanzen lassen.

Grace warf den Kopf in den Nacken und kam so rasch zum Höhepunkt, daß sie fast auf ihm zusammengebrochen wäre. Ihrer beider Hände fanden sich, die Finger verhakten sich. Der lustvolle Drang meldete sich machtvoll aufs neue, und schon ritt sie ihn so hart, wie sie sich selbst hochtrieb.

Sie hörte sein langgezogenes, verzweifeltes Stöhnen. Und direkt danach bäumte sich ihr eigener Körper auf, als das Feuer wie ein Pfeil durch sie fuhr. Alle Knochen in ihrem Körper schienen geschmolzen zu sein, und sie war völlig leer, als sie auf ihn hinabglitt.

Er zog die Decke über sie und sich, hatte aber keine Lust aufzustehen und das Licht zu löschen. Grace' Kopf lag auf seiner Brust. Er glaubte, sie sei eingenickt. Ed selbst hatte hingegen das Gefühl, nie mehr schlafen zu müssen. Es gefiel ihm, wie sie ein Bein um seinen Oberschenkel gewunden hatte, wie sie sich überhaupt an ihn kuschelte, als wollte sie ihn nicht mehr loslassen.

Er strich immer wieder über ihr Haar, weil er nicht aufhören wollte, sie zu berühren.

»Weißt du was?« Sie klang immer noch etwas heiser.

»Was denn?«

»Ich fühle mich, als hätte ich den Gipfel eines sehr hohen Berges erreicht. So etwa in der Größenordnung des Mount Everest. Und als wäre ich anschließend von dort mit dem Fallschirm durch die Lüfte geglitten. Endlos durch die kühle, dünne Luft. In meinem ganzen Leben war nichts so wundervoll.« Sie hob den Kopf und lächelte ihn an. »Du hattest übrigens recht: Einmal reicht bei weitem nicht.« Grace lachte und rieb ihre Nasenspitze an seinem Hals. »Du riechst wunderbar. Weißt du, vorhin, als ich dein Hemd angezogen habe, bin ich endlich daraufgekommen. Detective Jackson, ein harter Bulle, ehemals Linebacker im Football-Team . . .«

»Nur Defensive Tackle« korrigierte er sie.

»Was auch immer. Also, dieser Detective Jackson benutzt Babypuder. Johnson & Johnson, nicht wahr?«

»Tut mir gut.«

»Das kann ich nur unterschreiben.« Wie ein kleiner Hund schnüffelte sie an ihm. »Das Problem ist nur, wenn ich jetzt irgendwo ein Baby sehe, werde ich bestimmt gleich scharf.«

»Ich glaube, ich werde dieses Hemd hinter Glas aufhängen und ihm einen Ehrenplatz geben.«

Sie knabberte an seinem Ohr. »Hat das Hemd an meinem Körper dich endlich doch noch schwach gemacht?«

»Nein, aber auch nicht das Gegenteil bewirkt. Ich glaube, ich sollte dir ein Geständnis machen: Nackten langen Beinen konnte ich noch nie widerstehen.«

»Tatsächlich?« Sie lachte und rieb ihre Schenkel an den seinen. »Und was gibt's da sonst noch?«

»Dich. Dir konnte ich schon vom ersten Moment an nicht widerstehen.« Er griff in ihr Haar und sah sie an.

Soviel zu seinem Vorhaben, ihr Zeit zu lassen. »Grace, ich will, daß du meine Frau wirst.«

Sie konnte nicht verhindern, daß ihr Unterkiefer nach unten fiel, und auch das scharfe Einatmen nicht aufhalten, das teils von ihrer Überraschung und teils von den Alarmglocken herrührte, die in ihr schrillten. Grace wollte etwas sagen, doch zum erstenmal in ihrem Leben fiel ihr nichts ein. Sie konnte ihn nur anstarren, und langsam kam ihr die Erkenntnis, daß er ihr nicht aus einem Impuls heraus einen Antrag gemacht hatte. Allem Anschein nach hatte Ed lange und gründlich darüber nachgedacht.

»Wow!«

»Ich liebe dich, Grace.« Er bemerkte, wie ihr Blick ruhiger wurde. Doch die Furcht in ihr war noch nicht vergangen. »Du bist alles, was ich mir je gewünscht habe. Ich möchte mein Leben an deiner Seite verbringen und für dich sorgen. Natürlich ist es nicht leicht, mit einem Polizisten verheiratet zu sein, das ist mir durchaus bewußt, aber ich verspreche dir, alles in meiner Macht Stehende zu unternehmen, um dich trotzdem glücklich zu machen.«

Sie löste sich langsam von ihm. »Also eins muß man dir lassen. Wenn du dich einmal zu etwas entschlossen hast, verschwendest du keine Sekunde.«

»Ich wußte vorher nicht, worauf genau ich eigentlich warte. Mir war nur klar, daß ich es sofort erkennen würde, sobald es mir begegnete. Und jetzt ist es mir begegnet, in Gestalt von dir.«

»Großer Gott.« Sie preßte eine Hand an ihr Herz. Wenn sie sich jetzt nicht vorsah, würde sie noch anfangen zu hyperventilieren. »Mich hat selten etwas so vom Stuhl gehauen. Ed, wir kennen uns doch erst seit ein paar Wochen, und . . .« Die Stimme versagte ihr, als sie seinen Blick sah. »Es ist dir wirklich sehr ernst damit, nicht wahr?«

»Ich habe noch nie einer Frau einen Heiratsantrag gemacht, weil ich immer Angst hatte, einen Fehler zu begehen. Aber bei dir weiß ich, daß mir kein Fehler unterläuft.«

»Du . . . du kennst mich doch gar nicht richtig. Ich bin alles andere als ein freundlicher, umgänglicher Mensch. Wenn etwas nicht so läuft, wie ich mir das vorgestellt habe, kann ich ganz schön giftig werden. Selbst meine besten Freunde fürchten sich vor meinen Wutanfällen, und dann . . . Ich komme mir vor, als rede ich gegen eine Wand.«

»Ich liebe dich.«

»Ach, Ed.« Sie nahm seine Hände. »Ich weiß nicht, was ich dir sagen soll.«

Grace wollte nicht das aussprechen, was er zu hören wünschte. Sie sah ihm an, daß er bereits dabei war, die Enttäuschung zu verarbeiten. »Sag mir, was du fühlst«, bat er sie.

»Ich weiß nicht . . . darüber habe ich mir noch keine Gedanken gemacht. Was heute nacht geschehen ist, also, ich kann dir ganz ehrlich sagen, daß ich mich noch nie jemandem so nahe gefühlt, noch nie für jemanden so empfunden habe. Aber Heiraten steht auf einem ganz anderen Blatt, Ed. Ich habe nie viele Gedanken daran verschwendet, eines Tages vor dem Traualtar zu stehen, ganz zu schweigen, an wessen Seite. Tut mir leid, aber ich kann mir einfach nicht vorstellen, eine Ehefrau zu sein.«

Er ergriff ihre Hand und küßte die Fingerspitzen. »Heißt das etwa nein?«

Grace öffnete den Mund und schloß ihn wieder. »Ich kann dir nicht nein sagen. Aber es fällt mir genauso schwer, deinen Antrag anzunehmen. Verdammt, ich fühle mich wie in einer Zwickmühle.«

»Warum sagst du mir dann nicht, daß du noch etwas Zeit brauchst, um darüber nachzudenken?«

»Das tue ich doch längst. Gott, du hast meinen Kopf bereits in die schönste Unordnung gebracht.«

»Das ist immerhin ein Anfang.« Er zog sie zu sich herab. »Warum bringe ich es dann nicht gleich zu Ende?«

»Ed.« Sie legte ihm eine Hand auf die Wange, bevor er sie küssen konnte. »Vielen Dank für den Antrag.«

»Keine Ursache, gern geschehen.«

»Ed.« Grace hielt ihn ein zweites Mal zurück, doch jetzt blitzte es aus ihren Augen. »Bist du dir ganz sicher, daß du nicht nur meinen Körper willst?«

»Wer weiß. Am besten prüfe ich das gleich einmal nach, um sicherzugehen.«

Es hätte bestimmt angenehm werden können, den Samstag über zu faulenzen, oder Ed dabei zu helfen, die Wände zu verputzen. Trotzdem war Grace froh, daß er zum Dienst mußte. Schließlich gab es einiges zu überdenken, und das konnte sie am besten, wenn sie allein war. Außerdem erhielt sie so Gelegenheit, den zweiten Telefonapparat anschließen zu lassen, ohne ihm lange Erklärungen abgeben zu müssen. Dazu würde es noch früh genug kommen.

Grace hatte vor, den Lockvogel zu spielen. Das konnte sie nur, wenn sie bei Fantasy anfing. So lange, wie es sich als notwendig erweisen sollte – bis der Mörder gefaßt war –, wollte sie die Abende damit verbringen, sich am Telefon mit fremden Männern zu unterhalten. Und früher oder später würde einer von ihnen persönlich bei ihr auftauchen.

Ed konnte ja ruhig das Puzzle auf seine Weise zusammensetzen, sie aber wollte direkt ins Zentrum vorstoßen und widerspenstige Teile zurechtstutzen.

Grace war es nicht wohl in ihrer Haut gewesen, als sie sich die Pistole gekauft hatte. In Manhattan hatte sie nie das Gefühl gehabt, sich bewaffnen zu müssen. Sie wußte natürlich, daß in der Metropole allerlei Gefahren lauerten, aber meist nur für diejenigen, die sich zur falschen Zeit in der falschen Gegend befanden. Grace hingegen hatte sich in der riesigen Stadt stets sicher gefühlt und es genossen, sich inmitten der Menge auf den vertrauten Straßen zu bewegen. Erst hier, in diesem ruhigen Vorort des viel kleineren Washington, verspürte sie das Bedürfnis, sich mit einer Waffe versorgen zu müssen.

Sie hatte sich eine kleine 32er mit kurzem Lauf zugelegt. Die Automatik sah aus, als könnte man damit einen Gegner ausschalten. Natürlich kannte Grace sich im Gebrauch von Schußwaffen aus. Das war Bestandteil ihrer Recherchen gewesen. Sie hatte Stunden auf dem Schießstand zugebracht, um ein Gefühl für Revolver, automatische Waffen und dergleichen zu bekommen und vor allem, um zu erfahren, wie es sich anfühlte, wenn man abdrückte. Man hatte ihr dort gesagt, sie besitze ein sicheres Auge, und eine ruhige Hand. Aber als Grace die Waffe gekauft hatte, war sie voller Zweifel gewesen, ob es ihr wirklich möglich sein würde, diese zierlichen kleinen Patronen auf ein Lebewesen abzufeuern.

Sie legte die Automatik in die Schublade ihres Nachttischs und versuchte, sie zu verdrängen.

Der Morgen verging, während sie dem Mann von der Telefongesellschaft Kaffee brachte und immer wieder einen Blick aus dem Fenster warf. Nicht auszudenken, wenn Ed vorzeitig zurückkam. Sie wollte ihn lieber vor vollendete Tatsachen stellen. Andererseits konnte er natürlich auch nichts verbieten oder sie sonstwie von ihrem Vorhaben abbringen. Zumindest half es ihr, wenn sie sich das immer wieder sagte. Doch sicherheitshalber schaute sie von Zeit zu Zeit hinüber aufs Nachbargrundstück, trank ihren Kaffee und hörte dem Installateur zu, wie er ihr von den

Heldentaten seines Sohnes in der Junior-Liga vorschwärmte.

Wie sie Ed gegenüber bereits erwähnt hatte, faßten alle möglichen Menschen sofort Vertrauen zu ihr. Meist schon wenige Minuten, nachdem sie Grace kennengelernt hatten, fingen sie an, ihr das zu berichten, was sie sonst nur im Kreis ihrer Familie oder ihren besten Freunden mitteilten. Grace hatte sich daran gewöhnt und dachte sich nichts weiter dabei. Aber heute hielt sie es für ratsamer, die Gründe dafür zu erforschen.

Lag es an ihrem Gesicht, daß die Menschen gern mit ihr sprachen? Gedankenverloren strich sie sich über die Wange. Ja, das war bestimmt ein Bestandteil dieses Phänomens, aber der Hauptgrund lag wohl darin zu suchen, daß sie eine gute Zuhörerin war, wie Ed einmal bemerkt hatte. Oftmals hörte sie nur mit einem Ohr hin, während sie in Gedanken einen Handlungsstrang oder eine Figur in ihrem neuen Roman ausfeilte. Und allem Anschein nach reichte das den Menschen, die ihr so freimütig allerlei erzählten, vollkommen aus.

Die Menschen entwickelten wirklich rasch Vertrauen zu ihr. Und genau darauf basierte ihr Plan. Grace wollte alles daransetzen, daß auch Kathleens Mörder Zutrauen faßte. Und wenn er dann glaubte, sie gut genug zu kennen, würde er sie bestimmt aufsuchen. Sie befeuchtete sich die Lippen und lächelte, als der Mann von der Telefongesellschaft ihr berichtete, wie hervorragend sich sein Sohn im dritten Viertel des letzten Spiels geschlagen hatte. Und wenn der Täter kam, war sie auf ihn vorbereitet. Grace würde sich ganz bestimmt nicht wie die anderen Opfer überraschen lassen und vor Entsetzen wie gelähmt sein.

Sie wußte ganz genau, wie sie vorgehen würde. Hatte sie nicht ihr halbes Leben damit verbracht, Plots zu entwickeln? Und dies hier war die realistischste

Story, mit der sie es je zu tun gehabt hatte. Dank ihres Talents würde sie keinen Fehler begehen.

Als der Mann ging, waren sie schon per du. Grace wünschte seinem Sohn für das Spiel am heutigen Nachmittag viel Glück und fügte hinzu, sie hoffe, ihn in ein paar Jahren in der Profi-Liga spielen zu sehen. Wieder allein dachte sie nur an das neue Telefongerät, das jetzt auf dem kleinen Schreibtisch in ihrem Schlafzimmer stand. In einigen Stunden würde es zum erstenmal läuten. Und bis dahin gab es noch eine Menge zu erledigen.

Sie rief Tess an; das Gespräch vertrieb ihre Sorgen und festigte ihren Entschluß. Natürlich hatte die Psychologin auch einige Bedenken geäußert, aber die zählten nicht angesichts der neuen Argumente, die Grace jetzt besaß. Zufrieden nahm sie den Schlüsselbund ihrer Schwester in die Hand. Ja, das, was sie plante, war richtig, da bestand kein Zweifel mehr. Alles, was ihr jetzt noch zu tun blieb, war, die anderen davon zu überzeugen.

Als sie jetzt zur Wache fuhr, war sie kein bißchen nervös. Ihr Selbstbewußtsein war zurückgekehrt und damit auch die grimmige Entschlossenheit, das zu Ende zu bringen, was sie mit ihrer Bewerbung bei Fantasy begonnen hatte. Sie drehte das Autoradio auf und ließ sich von Madonnas neuestem verruchten Song bedröhnen. Die Musik tat ihr gut, und sie fühlte sich immer besser. Zum erstenmal seit Wochen konnte sie den Frühling genießen, der in voller Pracht in Washington Einzug gehalten hatte.

Die Azaleen zeigten sich von ihrer großartigsten Seite. In jedem Vorgarten standen sie fliederfarben, purpurn und korallenrot in überwältigender Blüte. Die Narzissen zogen sich langsam zurück und machten den Tulpen Platz. Die grünen Rasen erhielten ihren Sommerschnitt. Junge Burschen in T-Shirts oder alte

Männer mit Baseballkappen schoben Rasenmäher. Hyazinthen und Hartriegel fügten dem Gesamtbild weiße Tupfer hinzu.

Die Natur erwachte kraftvoll aus dem Winterschlaf. Nein, dieser Satz war nicht kitschig, sagte sie sich; denn genauso fühlte sie sich. Nach der langen Starre infolge von Kathleens Ermordung war sie endlich wieder fit und voller Tatendrang. Sie verlangte vom Leben mehr, als daß es einfach nur weiterging. Jahr für Jahr mußte es sich ihrer Ansicht nach verbessern. Mochten draußen in irgendeiner Wüste neue Waffen erprobt werden, hier sangen die Vögel und machten sich die Menschen Gedanken um die Dinge, die sie wirklich bewegten: die Junior-Liga, das erste Grillfest in diesem Jahr oder die Hochzeit eines ihrer Kinder. Ja, dies waren die Anlässe, die in Wahrheit zählten. Wenn der Tod ihrer Schwester ihr viel Kummer bereitet hatte, so hatte er ihr doch auch die Erkenntnis beschert, daß es nur auf die Kleinigkeiten im Alltag ankam. Und sobald sie dafür gesorgt hatte, daß der Gerechtigkeit Genüge getan worden war, konnte sie sich diesen Dingen auch wieder widmen.

Hinter den Vorgärten erwarteten sie Beton und zähfließender Verkehr. Dank ihrer natürlichen Fahrbegabung wieselte sie gewagt um die anderen Autos herum. Es machte wenig aus, daß sie nur relativ selten hinter dem Steuer saß; sobald sie sich auf der Straße befand, fuhr sie mit Entschiedenheit und einem geübten Blick für freiwerdende Lücken, mochten andere Fahrer auch mit den Zähnen knirschen und vor sich hin fluchen. Grace war allerdings so in Gedanken, daß sie zweimal falsch abbog, ehe sie endlich den Parkplatz vor der Wache erreichte.

Wenn sie nur ein bißchen Glück hatte, würde Ed gerade unterwegs sein. Dann konnte sie Captain Harris von ihrem Vorhaben in Kenntnis setzen, und die Angelegenheit wäre damit erledigt.

Doch kaum betrat sie das Mordkommissariat, erspähte sie Ed. Das Flattern, das sich sofort in ihrem Bauch entwickelte, rührte nicht vom schlechten Gewissen her, sondern aus der Freude, ihn zu sehen. Sie blieb stehen und betrachtete ihn. Er saß an einem Schreibtisch und tippte im Zwei-Finger-System etwas auf der Schreibmaschine.

Wie groß seine Hände waren. Grace erinnerte sich an ihre Berührungen in der letzten Nacht. Dies war der Mann, der sie liebte. Derjenige, der ihr einen Antrag gemacht hatte, und dem sie auch glaubte, daß er ernste Absichten hatte. Sie konnte schließlich dem Bedürfnis, ihn zu umarmen, nicht länger widerstehen.

Ed hörte sofort auf zu tippen, als er ihre Hand auf seiner Schulter spürte. Er wußte genau, wer da hinter ihm aufgetaucht war. Ihr Duft und ihre Berührung verrieten sie. Etliche Kollegen grinsten, als Grace sich zu ihm hinabbeugte und ihn küßte. Wenn er die Reaktion der anderen bemerkt hätte, wäre er sicher errötet. Doch in diesem Moment existierte nur sie.

»Hi.« Er hielt ihre Hand fest und zog sie zu sich heran. »Dich habe ich hier wirklich nicht erwartet.«

»Und ich störe dich bei der Arbeit. Ich persönlich werde fuchsteufelswild, wenn jemand mich bei etwas Wichtigem unterbricht.«

»Ich bin so gut wie fertig.«

»Ed, ich muß deinen Captain sprechen.«

Ihm fiel sofort die Zurückhaltung in ihrer Stimme auf. »Warum?«

»Das möchte ich lieber nur einmal erklären müssen. Ist er in seinem Büro?«

Ed studierte sie. Er kannte sie schon gut genug, um zu wissen, daß sie erst dann anfangen würde zu reden, wenn sie bereit dazu war. »Weiß ich nicht. Setz dich doch, während ich nachsehen gehe.«

»Danke.« Sie hielt seine Hand noch einen Moment

länger. Rings um sie herum klingelten Telefone und ratterten Schreibmaschinen. »Ed, wenn ich gleich anfange, das zu erklären, was ich euch sagen muß – versuch bitte, ganz Polizist zu sein. Bitte . . .«

Ihm gefiel ganz und gar nicht, wie sie ihn jetzt ansah.

Sein Magen verknotete sich, aber er überwand sich und nickte. »Dann mache ich mich mal auf die Suche nach Harris.«

Grace nahm auf seinem Sitz Platz. In der Schreibmaschine steckte sein Bericht über Mary Beth Morrison. Sie bemühte sich, ihn genauso kühl und sachlich zu lesen, wie er ihn verfaßt hatte.

»Ach, komm schon, Lowenstein, nur einmal einen Blick drauf werfen.«

Als sie Bens Stimme hörte, drehte sie sich um und sah, wie er mit einer schlanken brünetten Frau hereinmarschierte.

»Haben Sie nichts zu arbeiten, Ben«, entgegnete Lowenstein. Sie trug ein Paket in Händen, das mit einer Schleife zusammengebunden war. »Mir bleiben nur noch fünfzehn Minuten, bis ich zu dem Mutter-Tochter-Mittagessen aufbrechen muß.«

»Lowenstein, haben Sie ein Herz. Wissen Sie, wie lange es her ist, seit ich zum letztenmal einen selbstgebackenen Kuchen kosten durfte?« Er beugte sich über das Paket, bis sie ihm einen Zeigefinger in den Bauch stieß. »Hm, Kirsche, nicht wahr? Lassen Sie mich doch wenigstens einen Blick darauf werfen!«

»Das vergrößert Ihr Leiden nur noch.« Sie stellte das Paket auf ihren Schreibtisch und schützte es mit ihrem Körper. »Es ist ein wunderbarer Kuchen, eine Kirschpastete. Ein richtiges Kunstwerk.«

»Etwa mit einer knusprigen Kruste?« Als sie nur lächelte, versuchte er, einen Blick über ihre Schulter zu werfen. Wahrscheinlich litt er an Schwangerschaftssymptomen, wie sie häufiger werdende Väter befielen, sagte er sich. Heute morgen noch war ihm beim Aufwachen richtig schlecht gewesen. Wenn er schon Tess' Morgenübelkeit bekam, warum dann nicht auch ihren Heißhunger. »Stellen Sie sich doch nicht so an. Einmal hinschauen ist doch wohl erlaubt.«

»Ich kann Ihnen ja ein Foto davon zuschicken«. Sie wehrte ihn ab, indem sie ihm eine Hand auf die Brust legte, und entdeckte dabei Grace. »Wer sitzt denn da auf Eds Platz. Die sieht ja aus wie ein Filmstar. Mann, für eine solche Jacke könnte ich zur Mörderin werden.«

Ben folgte ihrem Blick und entdeckte Grace. Er grinste ihr zu. »Wenn Sie mir den Kuchen geben, kann ich Ihnen vielleicht etwas über sie erzählen. Abgemacht?«

Vergessen Sie's, Paris. Ist das etwa Jacksons neue Flamme?«

»Wenn Sie allerlei Gerüchte hören wollen, müssen Sie dafür auch etwas geben.« Aber Lowenstein sah ihn so streng an, daß er schließlich nachgab. »Ja, das ist sie, Grace McCabe. Sie schreibt erstklassige Kriminalromane.«

»Ehrlich?« Sie schob die Unterlippe vor und dachte nach. »Für mich sieht sie trotzdem aus wie ein Filmstar. Ich weiß nicht, wann ich das letzte Mal die Zeit für ein Buch gefunden habe. Ich komme ja nicht einmal dazu, die Rückseite der Cornflakes-Packung zu lesen.« Ihre Augen wurden schmal, als sie die sehr modischen und sehr teuren Schuhe bemerkte. Diese beiden Adjektive beschrieben überhaupt die ganze Erscheinung dieser Frau. Lowenstein fragte sich, wie Ed an sie gekommen war. »Sie wird ihm doch nicht das Herz brechen, oder?«

»Woher soll ich das wissen? Er ist ganz verrückt nach ihr.«

»Bis über beide Ohren verliebt?«

»Das ist noch milde ausgedrückt.«

Sie kannte Ben gut genug, um sicherheitshalber eine

Hand auf das Paket zu legen. »Da kommt er ja. Mensch, man kann die Geigen am Himmel ja fast schon spielen hören.«

»Wir wollen doch nicht etwa zynisch werden, oder, Lowenstein?«

»Immerhin bin ich es gewesen, die bei Ihrer Hochzeit Reis geworfen hat, oder?« In Wahrheit war sie tief in ihrem Herzen eine Romantikerin. »Aber wenn Sie schon eine so tolle Frau wie Tess dazu bringen konnten, Sie zu heiraten, warum sollte sich Jackson dann nicht seine Herzdame in Schriftstellerkreisen suchen?« Sie nickte in Richtung Ed. »Sieht ganz so aus, als würde man Sie brauchen.«

»Ja. Okay, Lowenstein, fünf Dollar für den Kuchen.«

»Wollen Sie mich beleidigen?«

»Zehn.«

»Er gehört Ihnen.« Sie streckte eine Hand aus und zählte die Scheine mit, die Ben aus seiner Brieftasche zog. Mit der angenehmen Vorstellung, den halben Kuchen zu Mittag zu essen, schob er ihn in die unterste Schublade seines Schreibtischs und folgte dann Ed in Harris' Büro.

»Was liegt denn an?«

»Miß McCabe hat um eine Zusammenkunft gebeten«, antwortete der Captain. Er lag bereits eine halbe Stunde im Zeitplan zurück und wollte diese Angelegenheit so rasch wie möglich hinter sich bringen.

»Ich freue mich, daß Sie etwas Zeit für mich freimachen konnten.« Grace lächelte Harris an und hatte ihn fast schon mit ihrem Charme für sich gewonnen. »Ich will Sie auch nicht lange aufhalten und deshalb gleich zum Thema kommen. Wir alle wissen, daß Fantasy die Verbindung zwischen den drei Überfällen darstellt. Und ich denke, wir stimmen darin überein, daß wir uns auf weitere Taten des Mörders gefaßt machen müssen.«

»Die Ermittlungen laufen auf Hochtouren, Miß McCabe«, wandte der Captain ein, »und ich kann Ihnen versichern, daß unsere besten Männer an dem Fall arbeiten.«

»Dessen bin ich mir sicher.« Grace warf Ed einen letzten Blick zu und hoffte inständig, er würde sie verstehen. »Ich habe lange über diese Sache nachgedacht, zum einen, weil meine Schwester davon betroffen wurde, und zum anderen, weil Morde mich schon immer interessiert haben. Wenn es sich dabei um einen Roman handeln würde, gäbe es zu diesem Zeitpunkt nur einen logischen Schritt, die Handlung voranzutreiben. Und ich bin entschlossen, ihn zu tun.«

»Wir danken Ihnen für Ihr Interesse, Miß McCabe.« Als sie ihn wieder anlächelte, entwickelte er schon so etwas wie Vatergefühle. Aber dann sagte er sich, daß sie sich mit der Polizeiarbeit kaum auskannte. »Allerdings muß ich hier feststellen, daß meine Leute über erheblich mehr Ermittlungserfahrung verfügen.«

»Das ist mir klar. Würde es Sie denn interessieren zu erfahren, daß ich glaube, einen Weg gefunden zu haben, diesem Mann eine Falle zu stellen? Nun, ich habe bereits alle Vorkehrungen getroffen und wollte Sie nur davon in Kenntnis setzen, damit Sie dann alles veranlassen können, was Sie für notwendig erachten.«

»Grace, wir haben es hier nicht mit einem Roman oder einem Fernseh-Krimi zu tun«, unterbrach Ed sie, weil das Gefühl in seinem Magen immer schlimmer wurde und er mittlerweile zu wissen glaubte, worauf sie hinauswollte.

Der Blick, den sie ihm jetzt zuwarf, wirkte so entschuldigend, daß seine Sorge sich nur noch vergrößerte. »Das ist mir bewußt. Und du ahnst nicht einmal, wie sehr ich mir wünsche, es ginge hier um eine Story.« Grace atmete tief durch und wandte sich dann an den Captain. »Ich bin bei Eileen Cawfield gewesen.«

»Miß McCabe...«

»Bitte, lassen Sie mich zu Ende reden.« Sie hob kurz ihre Hand, doch nicht, um Ruhe zu erbitten, sondern um ihre Entschlossenheit zu demonstrieren. »Ich weiß, daß jede Spur, die Sie bis jetzt verfolgt haben, in einer Sackgasse endet. Die einzige, die übriggeblieben ist, heißt Fantasy, Incorporated. Haben Sie die Firma inzwischen schließen lassen?«

Harris verzog das Gesicht und ordnete die Papiere auf seinem Schreibtisch. »So etwas dauert seine Zeit. Ohne entsprechende Unterstützung kann sich so etwas sehr lange hinziehen.«

»Dann sind wir uns doch wohl einig, daß weiterhin jede der Frauen, die für Fantasy arbeitet, als potentielles Opfer anzusehen ist.«

»Theoretisch ja«, stimmte der Captain zu.

»Und ist es theoretisch möglich, jeder dieser Frauen einen Beamten als Schutz zur Seite zu stellen? Ich denke, nein. Aber Sie könnten Ihre Kräfte auf eine Person konzentrieren. Auf eine Frau, die weiß, was vorgeht, die bereit ist, das Risiko auf sich zu nehmen, und die – was am meisten zählt – bereits eine Verbindung zu dem Täter besitzt.«

»Bist du verrückt?« Ed hatte sehr leise gesprochen. Zu leise. Und das warnte Grace mehr als alles andere, daß er kurz davor stand zu explodieren.

»Ich will es gern erläutern.« Um sich zur Ruhe zu zwingen, zündete sie sich eine Zigarette an. »Kathleens Stimme war die erste, von der unser Mann sich angezogen fühlte. Als meine Schwester und ich noch Kinder waren, haben wir uns gern einen Spaß daraus gemacht, uns am Telefon als die andere auszugeben. Hat immer funktioniert. Wenn ich mich mit Kathleens Stimme als Desiree melde, wird er versuchen, mich zu finden. Und wir alle wissen, daß ihm das möglich ist.«

»Das ist doch viel zu riskant. Der ganze Plan ist hirnrissig!« Ed preßte die Lippen zusammen, sah seinen Partner an und hoffte, bei ihm Unterstützung zu finden.

»Mir gefällt das Vorhaben auch nicht«, erklärte Ben, erkannte aber, daß zumindest eine Chance bestand, auf diese Weise an den Täter zu kommen. »Solide Polizeiarbeit hat sich immer schon mehr bezahlt gemacht als jedes Wagnis. Du hast keine Garantie, Grace, daß er auf deine Desiree-Imitation hereinfällt. Und noch weniger kannst du vorausberechnen, was er dann unternimmt. Davon ganz abgesehen sitzt Mrs. Morrison schon bei unserem Zeichner. Mit ein bißchen Glück bekommen wir noch heute eine brauchbare Täterbeschreibung.«

»Gut. Dann könnt ihr ihn ja womöglich fassen, bevor ich mich ans Telefon setzen muß.« Sie hob aus einem Impuls heraus die Hände, ließ sie aber ebenso rasch wieder sinken. »Ich würde mich aber nicht unbedingt darauf verlassen, was eine stark kurzsichtige, unter Schock stehende Frau in einem dunklen Raum gesehen zu haben glaubt.« Grace blies Zigarettenrauch aus und bereitete sich darauf vor, die nächste Bombe platzen zu lassen. »Ich habe heute morgen mit Tess telefoniert und sie gefragt, wie hoch die Chancen stehen, den Mann mit dem gleichen Namen, der gleichen Stimme und derselben Adresse anzulocken.« Sie sah Ben an, weil es ihr zu schwer fiel, Ed in die Augen zu blicken. »Tess meinte, er könne dieser Versuchung wohl kaum widerstehen. Schließlich sei es Desiree gewesen, die ihn überhaupt erst aktiv hat werden lassen. Und deshalb wird es auch Desiree sein, die ihn in die Falle tappen läßt.«

»Im allgemeinen vertraue ich den Worten unserer Psychologin.« Der Captain hob eine Hand, um Eds Protest abzuwehren. »Und darüber hinaus bin ich der Ansicht, daß wir nach drei Überfällen endlich stärkeres Geschütz auffahren sollten.«

»Und das Sonderkommando?« fragte Ed.

»Wird trotzdem seine Arbeit aufnehmen.« Der Captain tippte auf den zuoberst liegenden Ordner. »Wir halten wie geplant am Montag eine Pressekonferenz ab. Unser Ziel heißt jetzt vor allem, weitere Morde zu verhindern. Aus diesem Grund bin ich gewillt, Miß McCabe ihre Chance zu geben.« Er wandte sich an Grace. »Wenn wir uns Ihrer Theorie anschließen, müssen wir von Anfang bis Ende Ihrer hundertprozentigen Kooperation sicher sein. Wir könnten eine Beamtin in Ihr Haus setzen, die die Anrufe entgegennimmt, während Sie für eine Weile in ein Hotel ziehen.«

»Es geht aber um meine Stimme«, wandte Grace ein. Und um ihre Schwester. Sie würde nie vergessen können, was Kathleen widerfahren war. »Captain, Sie können gern so viele Beamtinnen einsetzen, wie Sie für richtig erachten, aber ich habe bereits alles Notwendige veranlaßt und werde für Fantasy arbeiten. Heute abend geht's los.«

»Du wirst den Teufel tun!« Ed sprang auf, packte sie am Arm und zerrte sie aus dem Raum.

»He, Moment mal!«

»Sei still!« Lowenstein, die sich gerade auf dem Weg zum Kaffeeautomat befand, trat erschrocken einen Schritt zurück und ließ Ed vorüberrauschen. »Ich dachte immer, du hättest Grips im Kopf. Und da läßt du dir einen solchen Mist einfallen!«

»Ich habe auch Grips im Kopf, aber ich habe bald keinen Arm mehr, wenn du weiter so an ihm herumreißt.« Doch er war schon mit ihr durch die Tür und draußen auf dem Parkplatz. Grace blieb nichts anderes übrig, als ihm halb stolpernd und kurzatmig zu folgen. Vielleicht sollte sie doch das Rauchen einschränken, sagte sie sich.

»Du steigst jetzt in deinen Wagen und fährst auf der Stelle nach Hause. Ich rufe Cawfield an und erkläre ihr, du hättest es dir anders überlegt.«

»Ich habe dir schon einmal gesagt, daß ich mir nichts befehlen lasse, Ed.« Sie hatte Mühe, zu Atem zu kommen, und noch mehr, nicht zu explodieren. »Es tut mir leid, daß du darüber so aufgebracht bist.«

»Aufgebracht?« Er hielt sie an den Armen und war versucht, sie zu packen und in ihr Auto zu werfen. »Sehe ich aus wie jemand, der nur aufgebracht ist?«

»Also gut, tut mir leid, daß du dich deswegen wie ein Wahnsinniger gebärdest. Warum zählst du nicht einfach bis zehn und hörst mich dann an?«

»Nichts von dem, was du zu sagen hast, kann mich davon überzeugen, daß du noch bei Trost bist. Wenn dir nur ein Funke Verstand geblieben ist und wenn meine Gefühle für dich dir überhaupt etwas bedeuten, dann steigst du jetzt in den Wagen, fährst nach Hause und wartest, bis ich zurückkomme.«

»Hältst du das etwa für fair? Findest du es richtig, die ganze Diskussion auf diese Ebene zu zerren?« Ihre Stimme war lauter, als sie eigentlich beabsichtigt hatte. Sie ballte eine Hand zur Faust und schlug sie ihm gegen die Brust. »Ich weiß, daß eine ganze Menge Menschen mich für exzentrisch halten und glauben, bei mir sei mehr als nur eine Schraube locker. Aber so etwas hätte ich am allerwenigsten von dir erwartet. Natürlich sind mir deine Gefühle für mich nicht egal. Und wenn du es unbedingt wissen willst, ich bin verrückt nach dir. Verdammt, jetzt kann ich dir auch alles sagen: Ich liebe dich. Und nun laß mich in Ruhe.«

Doch statt dessen nahm er ihr Gesicht in seine Hände. Als er sie küßte, waren seine Lippen nicht mehr sanft und zögernd. Und weil er fürchtete, sie könnte sich von ihm losreißen, hielt er sie noch fester als gewöhnlich, bis beider Zornaufwallung sich gelegt hatte.

»Fahr nach Hause, Grace«, sagte er leise.

Sie schloß die Augen und drehte sich um, bis sie glaubte, genug Kraft gesammelt zu haben, um ihm entgegentreten zu können. »Also gut, aber dann mußt du mir einen Gefallen tun. Ich möchte, daß du jetzt gleich zu deinem Captain gehst und ihm deine Marke und deinen Dienstrevolver aushändigst, um dann in der Firma deines Onkels anzufangen.«

»Was um alles in der Welt hat das denn damit zu tun.«

»Das ist eine große Bitte, die ich an dich habe, damit ich mir um dich keine Sorgen mehr machen muß.« Grace verfolgte, wie es in seinem Gesicht arbeitete. »Das wirst du für mich tun, nicht wahr? Denn ich habe gesagt, daß ich dich auch brauche. Du würdest es für mich tun und dich dann elend fühlen. Und du würdest mir nie so ganz verzeihen können, daß ich das von dir verlangt habe. Früher oder später würdest du mich sogar dafür hassen, dich gezwungen zu haben, etwas aufzugeben, das dir so wichtig ist. Und genauso verhält es sich umgekehrt. Wenn ich mich jetzt ins Auto setze und nach Hause fahre, wie du es wünschst, wird mich mein Leben lang die Frage quälen, warum ich meiner Schwester nicht diesen letzten Dienst erwiesen habe.«

»Grace, das mußt du doch nicht tun.«

»Ich möchte dir noch etwas anderes erzählen. Vielleicht verstehst du mich danach ja etwas beser.« Sie fuhr sich mit beiden Händen durchs Haar und lehnte sich gegen den Wagen. Nun, da die beiden sich nicht mehr anfuhren, kehrte eine Taube zurück und pickte erwartungsvoll an einem Stück Aluminiumverpackung. »Es fällt mir wirklich nicht leicht, das auszusprechen. Ich habe dir doch einmal gesagt, daß Kathleen und ich uns nie sehr nahegestanden haben. Nun, um ganz ehrlich zu sein, sie war nie die Schwester, als die ich sie gern sehen wollte. Ich habe mir lange etwas vorgemacht und sie gedeckt und in Schutz genommen, wann immer mir das möglich war. Aber in Wahrheit hat sie mich stets abgelehnt und manchmal sogar gehaßt. Dabei wollte sie das eigentlich gar nicht, doch sie konnte nichts dagegen tun.«

»Grace, belaste dich doch nicht damit, das alles wieder hervorzuzerren.«

»Ich muß es aber. Wenn ich es nicht endlich loswerde, werde ich es nie verarbeiten können. Ich habe Jonathan nie ausstehen können. Und, bei Gott, es war so einfach, ihn für alles verantwortlich zu machen. Das, was mir wirklich im Innern weh getan hat, schmerzte dann nicht mehr so sehr. Weißt du, ich mag ungelöste Probleme nicht.« Sie knetete ihre Stirn, was sie sonst nur bei großer Ermüdung oder innerer Verkrampfung zu tun pflegte. »Meistens gehe ich ihnen aus dem Weg oder ignoriere sie. Und eines Tages kam ich zu dem Schluß, daß alles allein an Jonathan lag, wenn Kathleen meine Briefe nie beantwortete oder mich alles andere als herzlich bei einem meiner seltenen Besuche begrüßte. Ich habe mir eingeredet, er habe sie zu einer solchen Frau gemacht. Und als die beiden sich scheiden ließen, war für mich sofort klar, daß allein Jonathan die Schuld daran trug. Für mich gab es eben immer nur Schwarz oder Weiß, aber nichts dazwischen.«

Grace schwieg und holte tief Luft, weil es jetzt erst recht schwierig für sie wurde. »Ich habe ihn für ihre Tablettensucht und sogar für ihren Tod verantwortlich gemacht. Ed, ich kann dir gar nicht sagen, wie sehr ich mir gewünscht habe, er sei ihr Mörder.« Als sie ihn ansah, fühlte sie sich auf unerträgliche Weise verletzlich. »Auf der Beerdigung hat Jonathan es mir dann gegeben. Er hat mir all die Dinge gesagt, die ich tief in meinem Herzen längst wußte, mir aber nie eingestehen wollte. Wie habe ich ihn in diesem Moment gehaßt. Vor allem dafür, mir all die Illusionen zerstört zu haben, die ich mir über meine Schwester gemacht hatte. In den vergangenen Wochen habe ich hart an mir gearbeitet, um Kathleen so zu akzeptieren, wie sie wirklich war.«

Ed strich ihr über die Wange. »Du mußtest es so handhaben. Das ist eben dein Naturell.«

Also verstand er sie doch. Wenn sie nicht schon längst in ihn verliebt gewesen wäre, hätte er spätestens jetzt ihr Herz erobert. »Nein, es ging wohl nur so. Die Schuldgefühle sind längst nicht mehr so schlimm. Aber weißt du, sie ist immer noch meine Schwester. Ich kann sie immer noch lieben. Und mir ist bewußt, daß ich ihr diesen letzten Dienst erweisen muß, weil ich sonst nie davon loskomme. Wenn ich mich jetzt für den einfacheren Weg entscheiden würde, fände ich mein Leben lang keine Ruhe mehr.«

»Grace, es bieten sich immer andere Möglichkeiten.«

»Aber nicht hier. Und nicht für mich.« Sie nahm seine Hand. »Du kennst mich längst nicht so gut, wie du vielleicht glaubst. Seit Jahren habe ich alles Unangenehme irgendeinem anderen zugeschoben. Meinem Anwalt, meinem Finanzberater, wem auch immer. Auf diese Weise konnte ich die meisten lästigen Ablenkungen vermeiden und mich ganz aufs Schreiben konzentrieren. Wenn dann doch einmal etwas auftauchte, das ich allein erledigen mußte, habe ich mich immer für den einfachsten Weg entschieden oder die Sache gleich vollkommen ignoriert. Bitte verlang jetzt nicht von mir, dir alles Weitere zu überlassen und nichts zu tun; denn es könnte dir womöglich gelingen, mich zu überzeugen.«

Er fuhr sich durchs Haar. »Was erwartest du denn, daß ich tun soll?«

»Mich verstehen«, antwortete sie leise. »Es ist für mich unglaublich wichtig, daß du mich verstehst. Auch wenn du es nicht kannst, werde ich mein Vorhaben durchziehen, aber es wäre mir wirklich angenehmer, wenn du es wenigstens versuchen würdest.«

»Es ist nicht so, daß ich dich nicht verstehen könnte. Ich halte deinen Plan nur einfach für einen Fehler. Nenn es meinetwegen Instinkt oder was auch immer.«

»Wenn es sich tatsächlich um einen Fehler handeln sollte, dann muß ich ihn machen und auch ausbaden.«

Ein Dutzend vernünftiger Argumente fiel ihm ein, die er jetzt hätte vorbringen können. Aber nur eines davon war ihm wirklich wichtig: »Ich könnte es nicht ertragen, wenn dir dabei etwas zustoßen sollte.«

Sie setzte ein schiefes Lächeln auf. »Ginge mir genauso. Hör zu, ich bin nicht ganz so blöde, wie du vielleicht vorhin geglaubt hast. Und ich schwöre dir, ich werde mich nicht so idiotisch benehmen wie irgendeine Heldin in einem billigen Action-Film. Du weißt schon, sie weiß, daß ein wahnsinniger Mörder sich in ihrer Gegend herumtreibt, und hört plötzlich draußen ein Geräusch.«

»Ja, und statt Türen und Fenster zu schließen, läuft sie vors Haus, um nachzusehen.«

»Genau.« Grace fand ihr Grinsen wieder. »Weißt du, es hat mich immer schon verrückt gemacht, nach einem vorgegebenen Plot schreiben zu müssen.«

»Warum kannst du nicht vergessen, daß wir uns hier nicht in einem deiner Romane befinden. Du gehst nicht nach einem Drehbuch vor, das du selbst geschrieben und entwickelt hast, Grace.«

»Ich habe wirklich vor, alle Vorsichtsmaßnahmen zu ergreifen. Und ich rechne damit, von den besten Kräften der hiesigen Polizei unterstützt zu werden.«

»Wenn wir mit dir zusammenarbeiten, wirst du dich dann genau an unsere Anweisungen halten?«

»Unbedingt.«

»Selbst dann, wenn sie dir nicht gefallen?«

»Ich hasse Blanko-Versprechungen, aber meinetwegen.«

Er nahm sie in die Arme. »Darüber reden wir noch.«

13. Kapitel

Charlton P. Hayden konnte auf seiner Wahlkampfreise durch den Norden des Landes große Erfolge verbuchen. In Detroit gelang es ihm, sich der Unterstützung durch die Gewerkschaften zu versichern. Die Facharbeiter der Automobilfabriken fühlten sich in großer Zahl von seinem Slogan »Amerika den Amerikanern« angezogen und versahen ihre Fords und Chevrolets mit Aufklebern wie HAYDENS AMERIKA – STARK, SICHER, ERFOLGREICH. Er bediente sich vor ihnen einer einfachen Sprache und schaute dem Volk aufs Maul. Zehn Autoren schrieben ihm die Reden, die er dann noch überarbeitete. Schließlich bereitete er sich schon seit über zehn Jahren auf seinen Einzug ins Weiße Haus vor. Hayden wäre persönlich lieber in einem Mercedes gefahren, aber um die Stimmen der Autohochburg Detroit zu gewinnen, mietete er für sich und seinen Stab einen Lincoln an.

Sein Auftritt im Tiger Stadion wurde so stürmisch gefeiert wie der Sieg der einheimischen Baseball-Mannschaft. Das Foto, auf dem er sich mit einer Baseballkappe und einem Schläger präsentierte, zierte die Titelseite der *Free Press*. Die Menschenmengen, die in Michigan und Ohio zu ihm strömten, glaubten seinen Versprechungen und klatschten ihm frenetisch Beifall.

Die Vorbereitungen für seine Tour durch Kansas, Nebraska und Iowa liefen bereits auf Hochtouren. Hier galt es, die Farmer auf seine Seite zu ziehen. Dank einer günstigen Fügung des Schicksals konnte er darauf verweisen, daß bereits sein Urgroßvater hier seinen Acker bestellt hatte. Damit galt er als einer der ihren, war wie sie das Salz der Erde und ein wahrhafter Sohn Amerikas. Dabei geriet der Umstand völlig in Vergessenheit, daß er bereits in der dritten Generation in Princeton studiert hatte.

Wenn er die Wahl gewinnen würde – das Wort ›falls‹ kam ihm in diesem Zusammenhang nicht einmal im Traum in den Sinn –, würde er seinen Plan in die Tat umsetzen, der das Rückgrat des Landes stärken sollte. Er glaubte an Amerika, und deswegen wirkten seine kraftvollen Reden und eindringlichen Bitten, ihn bei seinen Vorhaben zu unterstützen, auch so überzeugend. Das Schicksal seiner Person wie das des Landes lag in einem tiefen Glauben verwurzelt, auch wenn Hayden wußte, daß Blut und Tränen vergossen werden mußten, um Amerika eine Zukunft zu geben. Er kannte in seinem Leben nur ein Ziel: zu herrschen. Einigen würde seine Präsidentschaft keine Vorteile bringen, andere würden Opfer bringen müssen, und wieder andere hätten dann zu leiden. Aber es gehörte zu seinen festen Grundsätzen, daß die Interessen der Mehrheit stets die irgendeiner Minderheit überwogen. Auch wenn es sich bei dieser Minderheit um seine eigene Familie handelte.

Hayden liebte seine Frau. Er hätte nie mit jemandem sein Leben teilen können, der nicht seiner Schicht entstammte. Dafür waren sein Ehrgeiz und seine Ziele viel zu sehr Bestandteil seiner selbst. Claire paßte ausgezeichnet an seine Seite, aufgrund ihres Aussehens, ihres sozialen Hintergrunds und auch ihres Auftretens. Sie war eine geborene Merriville und wie die Angehörigen des Vanderbilt- oder Kennedy-Klans in der angenehmen Umgebung von ererbtem Reichtum und hoher gesellschaftlicher Position aufgewachsen, für die sich einst die ersten Kolonisten abgerackert hatten. Claire war zudem klug genug zu wissen, daß in ihren Kreisen die Planung eines Dinners genauso ernst und wichtig zu nehmen war wie die Vorlage und Unterzeichnung eines neuen Gesetzes.

Sie hatte Hayden in dem Bewußtsein geheiratet, daß er stets neunzig Prozent seiner Energie für die Durchsetzung seiner Ziele aufbringen würde. Er war ein tatkräftiger, entschlossener Mann, der davon ausging, daß zehn Prozent seiner Zeit für die Familie völlig ausreichte. Wenn jemand ihn beschuldigt hätte, seine Lieben zu vernachlässigen, wäre er darüber eher amüsiert als erzürnt gewesen.

Er liebte seine Familie. Natürlich erwartete er von ihnen, jederzeit nach außen hin ihr Bestes zu geben. So geboten es ihm sein Stolz und seine politischen Ziele. Es freute ihn, wenn seine Frau sich für irgendeinen Anlaß besonders schön gemacht hatte. Und es begeisterte ihn, daß sein Sohn zu den Besten in seiner Schulklasse gehörte. Doch Hayden gehörte zu den Menschen, die für etwas, das ihnen selbstverständlich erschien, kein Lob erteilten. Ganz anders läge der Fall natürlich, wenn Jeralds Notendurchschnitt absacken würde. Hayden wollte das Beste für seinen Sohn und das Beste von ihm.

Er hatte frühzeitig dafür gesorgt, daß Jerald die bestmögliche Ausbildung erhielt, und es erfüllte ihn mit Stolz, wenn er verfolgte, wie sein Sohn in der Schule vorankam. Hayden fing bereits an, Pläne für Jeralds politische Karriere zu schmieden. Obwohl er nicht beabsichtigte, während der nächsten Jahre etwas von seiner Macht abzugeben, sollte, sobald es sich denn nicht mehr vermeiden ließe, wenigstens sein eigen Fleisch und Blut an seine Stelle treten.

Hayden erwartete von Jerald, auf diesen Moment zu warten und sich gründlich darauf vorzubereiten.

Der Junge besaß ausgezeichnete Manieren, war intelligent und konnte sich rasch auf neue Situationen einstellen. Wenn er zuviel Zeit allein verbrachte, machte sein Vater dafür die Komplikationen des Heranwachsens verantwortlich, die sich noch für keinen als einfach erwiesen hatten. Der Junge hatte zu seinem Computer eine geradezu emotionale Beziehung. Mädchen schienen ihn noch nicht zu interessieren, und darüber war Hayden zutiefst erleichtert. Wenn ein Junge erst einmal den jungen Frauen hinterhergaffte, mußten Schule und Ambitionen oft zurücktreten. Nun ja, Jerald sah nicht besonders gut aus. Ein Spätzünder, wie Hayden sich oft im stillen sagte. Der Junge war immer schon etwas zu schmal und zu unauffällig gewesen, und wenn man ihn nicht ständig ermahnte, den Rücken gerade zu halten, lief er mit hängenden Schultern herum. Doch auf Dinner-Partys verhielt er sich höflich und gewandt, und mit seinen achtzehn Jahren besaß er solide politische Grundkenntnisse und wußte stets, welche Linie die Partei gerade verfolgte.

Eigentlich gab er seinem Vater nur selten Anlaß zur Sorge.

Das hieß, bis vor kurzem.

»Der Junge ist zu mürrisch, Claire.«

»Aber nein, Charlton.« Sie hielt in der einen Hand ihre langen Perlenohrringe und in der anderen die kleinen, diamantbesetzten, um herauszufinden, welche besser zu ihrem heutigen Abendkleid paßten. »Wir müssen ihm zugestehen, auch einmal schlechte Laune zu haben.«

»Und was soll dann diese komische Erklärung, er habe Kopfschmerzen und könne deshalb nicht an der Dinner-Party teilnehmen?« Charlton plagte sich mit den Manschettenknöpfen ab, die mit seinem Monogramm versehen waren. Die Wäscherei hatte die Hemden zu sehr gestärkt. Er würde mit seinem Sekretär darüber reden müssen.

Während er seine Konzentration auf etwas anderes richtete, betrachtete sie ihn kurz besorgt. »Ich fürchte, er lernt zu hart für die Schule. Und das tut er eigentlich nur, um dir zu gefallen.« Sie entschied sich für die Perlen. »Du weißt doch, wie sehr er zu dir aufschaut.«

»Er ist ein gescheiter Junge. Es besteht überhaupt kein Grund, sich selbst krank zu machen.«

»Sind doch nur simple Kopfschmerzen.« Das heutige Dinner war von großer Wichtigkeit. Da der Wahltag immer näher rückte, würden alle wichtigen Persönlichkeiten kommen. Auch Claire machte sich ihre Sorgen um Jerald, aber an einem Abend wie diesem wollte sie die lieber nicht zur Sprache bringen. Hayden war ihr stets ein guter Mann und immer aufrichtig zu ihr gewesen. Nur Toleranz gegenüber den Schwächen anderer gehörte nicht zu seinen starken Seiten. »Bedräng ihn bitte nicht, Charlton. Ich fürchte, er macht gerade eine schlimme Phase durch.«

»Meinst du damit vielleicht die Kratzer in seinem Gesicht?« Er machte sich daran, den Glanz auf seinen Schuhen zu inspizieren. Das Image mußte stimmen. Allein darauf kam es an. »Glaubst du etwa, daß er mit dem Rad in einen Rosenstrauch gefahren ist?«

»Warum sollte ich daran zweifeln?« Sie bemühte sich vergeblich, ihre Halskette im Nacken zu schließen. Ihre Finger waren einfach zu feucht. »Jerald hat uns noch nie belogen.«

»Ich habe ihn auch noch nie so zerfahren erlebt. Claire, ich muß es einfach sagen: Seit wir aus dem Norden zurück sind, ist er nicht mehr er selbst. Ich erlebe ihn nur noch nervös, so als sei er ständig auf dem Sprung.«

»Ach, Charlton, ihn beschäftigt einfach die Wahl viel zu sehr. Er möchte, daß du gewinnst. Für Jerald bist du bereits Präsident. Hilf mir doch bitte mal, Schatz, heute abend scheine ich wirklich zwei linke Hände zu haben.«

Gentleman, der er war, trat er sofort zu ihr und legte den Haken der Halskette ein. »Bist du aufgeregt?«

»Ich kann nicht verhehlen zu sagen, daß ich froh bin, wenn wir die Wahl hinter uns haben. Du stehst unter Streß, genauso wie wir auch. Charlton . . . « Claire griff über ihre Schulter nach seiner Hand. Sie mußte ihn einfach fragen, weil es sie viel zu sehr beschäftigte. Und vielleicht war jetzt der geeignetste Moment, um an seiner Reaktion zu erkennen, wie er darüber dachte. »Glaubst du, nun ja, ist dir je in den Sinn gekommen, daß Jerald bestimmte Versuche durchführen könnte?«

»Womit?«

»Mit Rauschgift.«

Es kam nicht oft vor, daß Hayden von einer Frage völlig aus der Bahn geworfen wurde. Aber jetzt konnte er sie nur anstarren und erst nach einem längeren Moment seine Sprache wiederfinden. »Aber das ist doch absurd. Jerald war einer der ersten, der sich in seiner Schule der Anti-Drogen-Kampagne angeschlossen hat. Er hat sogar ein Papier über die Gefahren und Langzeitwirkungen von Rauschgift verfaßt.«

»Das weiß ich, und vermutlich ist meine Angst auch absolut lächerlich.« Doch sie mußte Gewißheit haben. »Er ist mir nur in den letzten Wochen so rätselhaft vorgekommen. Entweder schließt er sich in seinem Zimmer ein, oder er verbringt ganze Abende in der Bibliothek. Charlton, ist dir eigentlich bewußt, daß unser Sohn keine Freunde hat? Nie ruft jemand für ihn an, und niemand kommt ihn je besuchen. Erst vor ein paar Tagen hat er Janet wütend angefahren, weil sie seine schmutzige Wäsche einsammeln wollte.«

»Du weißt doch, wieviel Wert er auf seine Privatsphäre legt. Wir haben diesen Wunsch stets respektiert.«

»Ja, aber manchmal denke ich, wir haben des Guten ein wenig zuviel getan.«

»Möchtest du, daß ich ihn einmal zur Rede stelle?«

»Nein.« Claire schloß die Augen und schüttelte den

Kopf. »Ich komme mir so dumm vor. Liegt nur am Streß. Du weißt doch, wie sehr Jerald sich in sich zurückzieht, wenn du ihm eine Standpauke hältst.«

»Um Himmels willen, Claire, ich bin doch kein Monster!«

»Ganz bestimmt nicht.« Sie nahm seine Hände und drückte sie. »Das Gegenteil trifft zu, mein Schatz. Kaum jemand ist so stark und so gütig wie du. Laß den Jungen einfach noch eine Weile gewähren. Alles kommt bestimmt wieder ins Lot, wenn er seinen Abschluß geschafft hat.«

Jerald wartete, bis er hörte, wie seine Eltern das Haus verließen. Er hatte schon befürchtet, sein Vater würde zu ihm kommen und von ihm verlangen, sie zu dem Dinner zu begleiten. Wieder so eine dämliche Hähnchen-mit-Spargel-Veranstaltung, auf der alle nur über Politik redeten und allein an ihren eigenen Anliegen interessiert waren, während sie insgeheim danach Ausschau hielten, an wessen Frackschoß sie sich hängen konnten.

Am begehrtesten war natürlich der seines Vaters. Er wurde bereits von zu vielen umringt, die ihm in den Hintern kriechen wollten. Das alles machte Jerald krank. Diese Leute wollten doch nichts anderes, als ein großes Stück vom Kuchen abbekommen. Und erst diese Reporter, die ständig ums Haus schlichen und nach irgendwelchem Schmutz suchten, mit dem sie den zukünftigen Präsidenten bewerfen konnten. Aber sie würden nichts dergleichen finden, denn sein Vater war perfekt und einfach der Beste. Und sobald er im November gewählt war, würde er all die Speichellekker mit eisernem Besen davonfegen. Sein Vater brauchte niemanden. Er würde reinen Tisch machen, all die Nichtstuer und Sesselfurzer aus der Verwaltung jagen und das Land regieren, wie es für alle das beste war. Und Jerald würde an seiner Seite stehen und die Macht genießen, die ihm zufiele. Und er würde lachen, würde sich über all die Idioten die Seele aus dem Leib lachen.

Und wie würden ihn die Frauen umschwärmen. Sie würden flehen und betteln, um die Aufmerksamkeit des Präsidentensohns erhaschen zu können. Mary Beth würde es bitterlich bereuen, ihn abgewiesen zu haben. Selbstverliebt tastete er über die Kratzer in seinem Gesicht. Mary Beth würde vor ihm auf die Knie fallen und um Vergebung bitten. Aber er würde ihr nicht verzeihen. Wahrhaft mächtige Männer vergaben nicht, sie bestraften. So würde es Mary Beth und all den anderen Nutten ergehen, die Versprechungen machten, ohne je wirklich vorzuhaben, sie einzuhalten.

Und niemand konnte dann zu ihm durchdringen, weil er nämlich jenseits ihres beschränkten Verständnishorizonts stehen würde. Noch verspürte er allerdings Schmerz. Sogar in diesem Moment pochten die Wunden an seinem Unterschenkel dumpf. Doch bald würde er auch dieses Stadium überwunden haben. Er kannte das Geheimnis. Alles kam nur auf den Willen an. Jerald war zu Großem berufen, das hatte ihm sein Vater immer wieder gesagt. Aus diesem Grund hatte sich auch nie einer der kleingeistigen Schwächlinge in seiner Klasse dafür qualifiziert, sein Freund zu werden. Die wahren Großen waren noch nie von der Masse verstanden worden. Doch die Masse bewunderte sie, verehrte sie. Der Tag würde kommen, an dem er die Welt in seinen Händen hielt, so wie es bald schon sein Vater tun würde. Dann besäße Jerald die Macht, sie nach seinem Willen umzuformen. Oder wenn nötig, sie zu zermalmen.

Er kicherte und griff in seinen Beutel. Jerald rauchte nie zu Hause. Er wußte, daß der süßliche Pot-Geruch zu leicht bemerkt wurde, und dann würde man ihn bei seinen Eltern verpetzen. Wenn es ihn nach einem Joint verlangte, ging er lieber nach draußen. Zigaretten vermied er, denn seine Eltern waren beide in Anti-Raucher-Kampagnen aktiv. Nur ein Hauch von Zigarettenqualm würde die Reinheit des Hayden-Hauses beschmutzen. Jerald grinste, als er den Joint aus dem Beutel zog. Eine erlesene Qualität, mit Zusatz versehen: PCP oder Angel Dust. Lächelnd strich er mit zwei Fingern darüber. Nur ein paar Züge, und man fühlte sich wie ein Engel. Oder wie Satan höchstpersönlich.

Seine Eltern würden erst in einigen Stunden heimkehren, und die Bediensteten hatten sich allesamt in ihren Flügel zurückgezogen. Er brauchte jetzt dringend eine Dröhnung. Wenn er jetzt gleich wieder den Frauen lauschte, wollte er so high sein wie schon lange nicht mehr. Denn seine nächste Kandidatin sollte leiden. Jerald nahm den Revolver seines Vaters aus der Schublade. Die Waffe, mit der Captain Charlton P. Hayden einst so viele Schlitzaugen in Vietnam abgeknallt hatte. Der zukünftige Präsident hatte sogar Orden für seine Tötungsquote erhalten, und das erfüllte Jerald mit mehr als bloßem Stolz und Bewunderung.

Er selbst wollte jetzt keine Orden, sondern nur einen Kick. Einen möglichst großen Kick. Der Teenager in ihm öffnete das Fenster, bevor er den Joint anzündete. Der Wahnsinnige in ihm schaltete den Computer ein und begann mit der Suche.

Grace verbrachte den ersten Abend an der Fantasy-Leitung hin- und hergerissen zwischen Belustigung und Verblüffung. Eigentlich war sie gar nicht so unglücklich darüber, noch zu solcher Überraschung fähig zu sein. Als Künstlerin zu leben und in New York zu wohnen, bedeutete allem Anschein nach doch nicht, schon alles gesehen oder gehört zu haben. Sie erhielt die unterschiedlichsten Anrufe: von Männern, die sich ausweinen wollten, von Träumern, von solchen mit wirklich bizarren Vorstellungen und von alten Lüstlingen. Grace hatte sich immer als Frau gesehen, die so leicht nichts umwerfen konnte und der nichts Menschliches fremd war. Doch in diesen Stunden geriet sie mehr als einmal ins Stocken. Ein Mann, der aus einer ländlichen Gegend in West Virginia anrief, erkannte gleich, daß sie auf dem Gebiet des Telefonsex noch neu war.

»Mach dir nichts draus, Schätzchen«, beruhigte er sie. »Ich sage dir schon, was du tun mußt.«

Sie tat drei Stunden lang am Telefon Dienst und mußte sich immer wieder ein Kichern verbeißen, einen gelinden Schock wegstecken und mit dem Wissen fertig werden, daß Ed unten wartete.

Gegen dreiundzwanzig Uhr rief sie den letzten Kunden an. Danach schloß sie ihre Notizen weg – man konnte ja nie wissen, wozu sich solche Erfahrungen noch einmal verwerten ließen – und lief die Treppe hinunter ins Wohnzimmer. Ed saß dort, und neben ihm sein Partner.

»Hi, Ben, ich wußte gar nicht, daß du auch gekommen bist.«

»Das ganze Team macht mit.« Ein Blick auf die Armbanduhr belehrte ihn, daß sie längst über die Zeit hinaus waren, in der der Täter zuzuschlagen pflegte. Sicherheitshalber wollte er aber noch eine halbe Stunde zugeben. »Und, wie ist es gelaufen?«

Grace hockte sich auf eine Sessellehne, warf einen vorsichtigen Blick auf Ed und zuckte dann die Achseln. »Irgendwie hatte ich es mir anders vorgestellt. Hat es einen von euch schon einmal erregt, eine Frau niesen zu hören? Na, macht ja nichts.«

Während sie sprach, beobachtete Ed sie genau. Er hätte schwören können, daß einige Anrufer sie doch etwas verlegen gemacht hatten. »Hat irgendeiner dich beunruhigt oder deinen Verdacht erweckt?«

»Hm, nein. Die meisten Kunden wollten eigentlich nur etwas Mitgefühl, jemand, der ihnen zuhört. Andere glaubten wohl, mit Telefonsex würden sie ihre Frau nicht unbedingt hintergehen. Am Telefon seine Wünsche erfüllt zu bekommen, ist doch viel sicherer und weniger drastisch, als zu einer Prostituierten zu gehen.« Aber für sie selbst war es nicht unbedingt einfacher gewesen, erinnerte sie sich. »Ihr habt alles mitgeschnitten, oder?«

»Ja, selbstverständlich«, antwortete Ed. »Du machst dir doch nicht etwa deswegen Sorgen, oder?«

»Vielleicht.« Sie spielte mit dem Ärmelsaum. »Ist schon eigenartig zu wissen, daß die Jungs im Revier alles zu hören bekommen, was ich am Telefon gesagt habe.« Aber dank ihres unbeschwerten Naturells konnte sie das rasch abschütteln. »Kommt mir ja selbst merkwürdig vor, was ich am Hörer alles von mir gegeben habe. Da war einer, der Bonsai-Bäume züchtet. Er hat mir während des ganzen Anrufs nur erzählt, wie sehr er diese japanischen Miniaturbäume liebt.«

»Tja, da kommt einem allerlei unter.« Ben bot ihr eine Zigarette an. »Wollte denn einer sich mit dir treffen?«

»Nun, einige ließen etwas in der Art durchklingen, aber keiner hat es wirklich ausgesprochen oder mich bedrängt. Na ja, das Einführungsgespräch heute nachmittag hat mir ziemlich weitergeholfen. Ich habe etliche Tips erhalten, wie man am besten auf diese oder jene Frage reagiert, und noch einiges mehr.« Grace fühlte sich jetzt so entspannt, daß sie das Ganze wieder belächeln konnte. »Ich war bei Jezebel. Sie arbeitet seit fünf Jahren für Fantasy. Nachdem ich eine Weile zuhören konnte, wie sie auf die verschiedenen Anrufer reagierte, hatte ich eine ziemlich gute Vorstellung von dem, was auf mich zukommen würde. Und dann habe ich noch das hier bekommen.« Sie zeigte ihnen einen blauen Schnellhefter. »Mein Handbuch.«

»Ehrlich?« Ben schien es gar nicht fassen zu können und riß ihr die Mappe förmlich aus der Hand.

»Da sind sexuelle Vorlieben aufgelistet. Die bekannten, aber auch einige, von denen ich noch nie gehört habe.«

»Ich auch nicht«, murmelte Ben, der schon eifrig blätterte.

»Außerdem kann man darin erfahren, wie sich ein und dieselbe Sache auf möglichst verschiedene Weise ausdrücken läßt.« Sie blies eine Rauchwolke aus und mußte dann kichern. »Wißt ihr eigentlich, auf wie viele verschiedene Arten man sagen kann . . .« Grace brach abrupt ab, als sie Eds Blick bemerkte. Ihr wurde gleich klar, daß er im Moment an einer solchen Aufzählung überhaupt nicht interessiert war. »Na ja, ist ganz nützlich. Aber eins könnt ihr mir glauben, es ist wesentlich einfacher, Sex zu praktizieren, als darüber zu reden. Hat jemand Appetit auf leicht angegammelte Schokoladenplätzchen?«

Ed schüttelte sofort den Kopf, und Ben grunzte nur, weil er bereits viel zu sehr in die Lektüre vertieft war.

»Paß nur auf, daß dir keine Haare auf den Handflächen wachsen«, ermahnte Ed ihn leise, als Grace das Zimmer verlassen hatte.

»Könnte es fast wert sein«, grinste Ben und sah auf. »Hier stehen Sachen drin, du glaubst es einfach nicht. Warum arbeiten wir beide eigentlich nicht bei der Sitte?«

»Deine Frau ist Psychologin«, erinnerte Ed ihn. »Ich wette, nichts von dem, was da drin steht, könnte sie überraschen.«

»Ja, da hast du vermutlich recht.« Ben legte den Schnellhefter beiseite. »Grace scheint es ganz gut über die Bühne gebracht zu haben, oder?«

»Ja, sieht ganz so aus.«

»Nun sei doch nicht so streng zu ihr, Ed. Sie muß das

tun. Und wer weiß, vielleicht löst sie diesen verknoteten Fall ja.«

»Ich hoffe nur, daß sie sich dann nicht rettungslos darin verheddert.«

»Schließlich sind wir ja auch noch hier.« Er schwieg teilnahmsvoll, wußte er doch, was das für ein Gefühl war, wenn man am liebsten gegen etwas treten wollte, aber nichts herumstand, was der Mühe wert schien. »Kannst du dich noch daran erinnern, wie es mir ergangen ist, als Tess im letzten Winter bei uns mitgemacht hat?«

»Ja, sehr gut sogar.«

»Ich stehe auf deiner Seite, mein Freund. Das tue ich doch immer.«

Ed, der während der letzten Minuten auf und ab gelaufen war, blieb plötzlich stehen, als ihm auffiel, wie sehr dieses Haus bereits den Charakter von Grace angenommen hatte. Von Kathleen war hier kaum noch etwas zu bemerken. Vielleicht war das Grace noch gar nicht aufgefallen, aber es war ihr gelungen, mit einigen herumliegenden Illustrierten und ein paar achtlos stehengelassenen Schuhen die sterile Atmosphäre ihrer Schwester verdrängt zu haben. Gar nicht zu reden von den Blumen, die in einer alten Vase verwelkten, und der Staubschicht auf den Möbeln. Binnen einiger Tage hatte sie dieses Haus in ein Heim verwandelt, auch wenn das womöglich gar nicht ihre Absicht gewesen war.

»Ich möchte, daß sie meine Frau wird.«

Ben starrte seinen Partner eine volle Minute lang an, ehe er schnaufend ausatmete. »Verdammt, da hat meine Seelenklempnerin ja schon wieder ins Schwarze getroffen. Hast du ihr denn schon einen Antrag gemacht?«

»Ja, habe ich.«

»Und was hat sie gesagt?«

»Daß sie noch etwas Zeit braucht.«

Ben nickte und verstand alles: Grace wollte noch etwas warten, Ed nicht. »Soll ich dir einen Rat geben?«

»Wenn es sich nicht verhindern läßt.«

»Gib ihr nicht zu lange Zeit. Sonst findet sie am Ende noch heraus, was für ein Blödmann du bist.« Ed grinste, und Ben stand auf, um seine Jacke anzuziehen. »Könnte dir übrigens nicht schaden, dir mal das Handbuch zu Gemüte zu führen. Vor allem die Seite sechs.«

»Willst du schon gehen?« fragte Grace, als sie mit einem Tablett zurückkehrte, auf dem sich eine Schüssel mit Plätzchen und drei Flaschen Bier befanden.

»Jackson kann heute allein die Nachtschicht übernehmen.« Ben nahm sich ein Plätzchen und biß herzhaft hinein. »Oh! Die sind ja furchtbar.«

»Ich weiß«, sagte sie und lachte, als er sich noch ein paar davon in die Tasche stopfte. »Kannst du nicht wenigstens auf ein Bier bleiben?«

»Nehme ich lieber mit, für unterwegs.« Die Flasche folgte den Plätzchen. »Du warst toll heute abend.« Und weil er das Gefühl hatte, sie könne das brauchen, beugte er sich zu ihr hinab und gab ihr einen Kuß. »Bis bald.«

»Danke.« Grace wartete, bis er draußen war, und stellte dann das Tablett ab. »Er ist ein feiner Kerl, nicht wahr?«

»Der Beste.«

Solange Ben sich hier aufgehalten hatte, hatten sie sich nicht richtig unterhalten können. Jetzt setzte Grace sich an ein Ende des Sofas und knabberte an einem Plätzchen. »Wie lange kennst du ihn schon?«

»Ziemlich lange. Ben hat den besten Instinkt im ganzen Kommissariat.«

»Deiner ist aber auch nicht schlecht.«

Ed nahm sein Bier und sah sie an. »Ja, und weißt du, was er mir gerade sagt? Daß ich dich am besten ins nächste Flugzeug nach New York setzen sollte.«

Grace runzelte die Stirn. »Bist du immer noch sauer auf mich?«

»Ich mache mir nur große Sorgen.«

»Ich möchte nicht, daß du das tust.« Sie lächelte ihn an und streckte ihre Hand nach ihm aus. »Doch, eigentlich möchte ich das schon.« Als er ihre Hand ergriff, führte sie seine Finger an ihre Lippen. »Ich habe das Gefühl, du bist das Beste, was mir je passiert ist. Tut mir ehrlich leid, daß ich dir gewisse Dinge nicht ein wenig einfacher machen kann.«

»Du hast meine ganzen Pläne ruiniert, Grace.«

Das Lächeln auf ihren Lippen fror etwas ein. »Das soll ich getan haben?«

»Komm herüber zu mir.«

Sie rutschte über das Sofa zu ihm, bis sie sich an ihn kuscheln konnte. »Als ich das Haus nebenan kaufte, hatte ich mir alles so schön zurechtgelegt. Erst wollte ich alles renovieren und aus dem Kasten ein Heim machen. Und sobald dort alles fertig war, würde ich mir eine Frau suchen. Ich hatte noch keine rechte Vorstellung, wie sie aussehen sollte, aber das spielte damals noch keine so große Rolle. Auf jeden Fall müßte sie süß und geduldig sein und sich von mir verwöhnen lassen. Und natürlich müßte sie nie so hart arbeiten, wie meine Mutter das getan hat. Sie würde den ganzen Tag zu Hause bleiben, sich um den Haushalt, den Garten und die Kinder kümmern, müßte gut kochen können und meine Hemden bügeln.«

Grace rümpfte die Nase. »Und so etwas müßte ihr gefallen?«

»Meine Auserwählte würde es sogar lieben.«

»Hört sich ganz so an, als müßtest du dir irgendwo in Nebraska eine Farmerstochter suchen, die seit zehn Jahren nichts mehr von der Welt mitbekommen hat.«

»Ich habe dir doch nur berichtet, was ich mir so überlegt hatte.«

»Tut mir leid. Erzähl bitte weiter.«

»Und jeden Abend, wenn ich vom Dienst nach Hause käme, würde sie auf mich warten. Wir würden uns zusammen hinsetzen, die Füße hochlegen und miteinander reden. Natürlich nicht über meine Arbeit. Damit würde ich sie nie belasten wollen. Und wenn ich in Pension gegangen wäre, würden wir beide uns die Zeit damit vertreiben, ein bißchen am Haus herumzuwerkeln...« Er strich über ihr Haar, hob mit zwei Fingern ihr Kinn und betrachtete ihr Gesicht. Die vorstehenden, hohen Wangenknochen, die großen Augen und die langen Wimpern. »Du bist nicht diese Frau, Grace.«

Für einen Moment überkam sie großes Bedauern. »Nein, ganz bestimmt nicht.«

»Du bist vielmehr die, die ich wirklich will.« Seine Lippen fuhren so sanft über die ihren, daß ihr Puls augenblicklich schneller schlug. »Siehst du, so hast du meine ganzen Pläne zunichte gemacht, und dafür liebe ich dich.«

Sie schlang die Arme um ihn.

Grace erwachte im Morgengrauen in seinen Armen. Die Decke reichte ihr bis zur Nasenspitze, und ihr Kopf ruhte an seiner Brust. Das erste, was sie zu hören bekam, war der langsame, regelmäßige Schlag seines Herzens. Sie mußte lächeln. Sanft und neblig drang das Licht durch die Fenster, und dazu erklangen die Morgengrüße der Vögel. Grace hatte ihre Beine um seine geschlungen, damit seine Wärme und Stärke sie bis in die Zehenspitzen erfüllte.

Sie drehte den Kopf, küßte ihn auf die Brust und fragte sich, ob es wohl irgendwo auf der Welt eine Frau gab, die nicht auf diese Weise erwachen wollte, wohlig und geborgen in den Armen des Liebsten.

Er regte sich und zog sie näher zu sich heran. Sein Körper war so hart, die Stärke darunter so im Zaum gehalten. Als ihre Haut mit der seinen zusammentraf, wurde sie heiß, feucht und sinnlich. Bevor der letzte Schleier des Schlafs von ihr gewichen war, fühlte sie sich im höchsten Maße erregt.

Leise seufzend ließ sie ihre Hände über seinen Körper wandern, suchend, erprobend und genießend. Noch halb träge bedeckten ihre Küsse seinen Leib. Als sie spürte, wie sich sein Herzschlag beschleunigte, stöhnte sie befriedigt und drehte sich lächelnd zu ihm um.

Seine Augen waren dunkel, seine Blicke intensiv. Und als er seinen Mund auf den ihren legte, verschwamm alles vor ihr. Seine Lippen waren nicht zärtlich, sondern fordernd und hungrig. Sein Verlangen war so stark und natürlich wie ihr Drang, ihm nahe zu sein. Grace wurde auf einer Woge panikähnlicher Erregung davongetragen.

Die Kontrolle, auf die er sich immer so verlassen hatte, war mit einem Schlag verflogen. Dennoch bewegte er sich vorsichtig, weil er um seine Körpergröße und Kraft wußte. Zusammen rollten sie über das Bett, als wären sie miteinander verschweißt, und er nahm sich das, was er wollte.

Sie zitterte nicht, sie bebte. Mit jeder Sekunde, die verstrich, steigerte sich ihre Leidenschaft, bis mächtiges Verlangen auf ebenso starkes traf. Vorher hatte er ihr Zärtlichkeit und grundehrlichen Respekt vor ihrer Person erwiesen, jetzt zeigte er ihr die dunkle und gefährliche Seite seiner Liebe.

Als ihr Kopf fest zwischen seinen Armen lag, drang er in sie ein. Ihre Finger, vom Schweiß ganz glitschig, fuhren über seinen Rücken. Am Ende erfuhren beide nicht nur Erfüllung, sondern geradezu Befreiung.

Grace keuchte immer noch, als er sich auf ihr niederließ. Sein Kopf ruhte zwischen ihren Brüsten, und ihre Finger waren mit seinem Haar verknotet. »Ich glaube, ich habe den besten Ersatz für Kaffee gefunden«, keuchte sie und mußte dann lachen.

»Koffein ist nicht komisch«, murmelte er. »Das Zeug bringt einen um.«

»Nein, ich mußte nur lachen, weil mir gerade der Gedanke gekommen ist, daß ich mein eigenes Handbuch verfassen kann.« Sie streckte die Arme und gähnte. »Ich frage mich, wie mein Agent die Marktchancen eines solchen Werkes beurteilen würde.«

Er hob den Kopf ein wenig, so daß das Ende seines Barts ihre Brust kitzelte. »Bleib lieber bei den Krimis.« Er wollte noch mehr sagen, aber in diesem Moment donnerte ein Rocksong aus dem Radio neben dem Bett. »Großer Gott, wachst du immer mit so etwas auf?«

»Keiner bringt morgens deinen Kreislauf so auf Touren wie Tina Turner.«

Ed hob sie mit beiden Armen hoch, drehte sie um und deckte sie zu. »Warum schläfst du nicht noch eine Runde? Ich muß aufstehen und mich für die Arbeit fertigmachen.«

Sie ließ ihn nicht los. Er war so süß, wenn er versuchte, sie zu verwöhnen. »Lieber würde ich jetzt zusammen mit dir duschen.«

Ed schaltete Tina mitten in der höchsten Stimmlage ab und trug Grace ins Bad.

Eine halbe Stunde später saß sie am Küchentisch und ging die Post durch, während Ed am Herd stand und Haferbrei zubereitete. »Und ich kann dich wirklich nicht zu leicht angegammeltem Gebäck überreden?«

»Unmöglich. Ich habe alles in den Müll geworfen.«

»Aber sie waren doch erst auf einer Seite grün.« Mit einem Achselzucken wandte sie sich wieder den Briefsendungen zu. »Aha, das sieht mir ganz nach den Tantiemen aus. Stimmt, die Zeit ist wieder einmal reif dafür.« Sie schnitt den Umschlag auf, legte den Scheck beiseite und studierte die Abrechnung. »Dem Himmel sei Dank, die gute alte G. B. findet immer noch ein paar Leser. Wie wär's denn mit einem Schokoriegel.«

»Grace, über kurz oder lang werden wir uns wirklich einmal ernsthaft über deine Diät unterhalten müssen.«

»Ich mache doch gar keine Diät.«

»Genau deswegen.«

Sie verfolgte, wie er die Grütze in einen Suppenteller gab und diesen vor sich hinstellte. »Jackson, du bist so gut zu mir.«

»Das weiß ich.« Grinsend füllte er seine Schüssel. Als er dann die Pfanne auskratzte, fiel sein Blick auf den Scheck. Seine Hand blieb in der Luft hängen, und Porridge tropfte auf den Tisch.

»Daneben«, neckte sie ihn.

»Äh, kriegst du so etwas öfters?«

»Was meinst du? Ach so, die Tantiemen. Na ja, zweimal im Jahr, möge Gott jeden einzelnen meiner Käufer segnen.« Grace war hungriger, als sie angenommen hatte, und schob einen großen Löffel Brei in den Mund. Wenn sie nicht aufpaßte, würde sie sich noch an dieses Zeug gewöhnen, sagte sie sich. »Dazu kommen natürlich noch die Vorschüsse. Weißt du, es könnte dieser Pampe wirklich nicht schaden, wenn etwas Zucker hineinkäme.« Sie griff nach der Dose, als sie seinen Gesichtsausdruck bemerkte. »Stimmt irgend etwas nicht?«

»Was? Nein.« Er stellte die Pfanne in den Ausguß, besorgte sich einen Lappen und fing an, den Porridgeklecks vom Tisch zu wischen. »Ich habe einfach nie geglaubt, daß man mit Büchern so viel Geld verdienen kann.«

»Na ja, das läuft nicht immer so. Aber manchmal hat man eben Glück.« Sie trank ihren Kaffee, und plötzlich fiel ihr auf, daß er immer noch die Stelle abwischte, auf die der Brei getropft war. »Ist das vielleicht ein Problem für dich?«

Er dachte an das Haus nebenan, auf das er so lange gespart hatte. Bei ihrem Einkommen hätte Grace es aus der Portokasse bezahlen können. »Ich weiß nicht. Ich denke, ich sollte kein Problem damit haben.«

Das hatte sie nicht erwartet. Nicht von ihm. Geld hatte für Grace nie eine besondere Bedeutung gehabt. Sie hatte es immer gern ausgegeben, nicht weil sie sich alles leisten konnte, sondern weil sie viel zu sorglos damit umging. So war es bei ihr immer schon gewesen, auch am Anfang ihrer Karriere, als sie noch nicht sehr viel verdient hatte.

»Nein, solltest du wirklich nicht. In den letzten Jahren bin ich mit dem Schreiben reich geworden. Aber deswegen habe ich nicht damit angefangen. Und es täte mir wirklich weh, wenn du deswegen deine Meinung über mich ändern solltest.«

»Ich komme mir wie ein Idiot vor, weil ich bis eben geglaubt habe, du könntest in einem solchen Häuschen mit mir glücklich werden.«

Sie legte die Stirn in Falten, und ihre Augen verengten sich zu schmalen Schlitzen. »Das ist vermutlich das erstemal, daß ich dich etwas wirklich Blödes sagen höre. Kann sein, daß ich mir noch nicht darüber im klaren bin, was für uns beide das beste ist. Aber wenn es soweit ist, ist es mir wirklich verdammt egal, an welchem Ort wir leben werden. Und jetzt halt endlich die Klappe. Selbstmitleid steht dir überhaupt nicht.« Grace schob die Post beiseite und schlug die Zeitung auf. Als erstes fiel ihr das Phantombild des Täters ins Auge, das der Polizeizeichner mit Mary Beth' Hilfe erstellt hatte.

»Ihr seid aber wirklich schnell«, sagte sie leise.

»Wir wollten, daß das Bild möglichst rasch in die Zeitungen kommt. Wird übrigens auch im Fernsehen gezeigt. Damit haben wir wenigstens etwas für die Pressekonferenz in der Hand.«

»Hm, ein Durchschnittstyp. Könnte praktisch jeder sein.«

»Mrs. Morrison war leider nicht in der Lage, uns mit mehr Details zu versorgen.« Ed gefiel überhaupt nicht, wie sie das Bild studierte, so als wollte sie sich jede einzelne Linie einprägen. »Die Frau meinte aber, die Gesichtsform und die Augen seien ziemlich gut wiedergegeben.«

»Der ist ja noch ein halbes Kind. Wenn ihr die High Schools der Umgegend abklappert, findet ihr mindestens ein paar hundert Jungs, die so aussehen.« Sie verspürte ein Brennen im Magen und stand auf, um sich ein Glas Wasser zu holen. Sie hatte sich wirklich das Gesicht eingeprägt. Auch wenn es sich dabei nur um eine Phantomzeichnung handelte, sie würde diese Züge nicht mehr vergessen. »Ein halbes Kind«, sagte sie wieder. »Einfach unfaßbar, daß ein Teenager so etwas meiner Schwester angetan haben soll.«

»Nicht alle Teenager stehen auf Schulbälle und Pizzerien, Grace.«

»Das weiß ich auch, ich bin schließlich nicht blöde!« Wütend starrte sie ihn an. »Ich weiß, wie es draußen in der Welt zugeht, verdammt nochmal! Mag sein, daß ich mein Leben nicht damit verbringe, durch dunkle Gassen zu schleichen und mich an verkommenen Ecken herumzudrücken, aber ich weiß trotzdem Bescheid. Schließlich bringe ich solche Sachen tagtäglich zu Papier. Und wenn ich mal naiv erscheinen mag, dann nur, weil ich das gerade beabsichtige. Zuerst muß ich damit fertig werden, daß man meine Schwester ermordet hat. Und jetzt muß ich auch noch schlucken, daß sie von einem Minderjährigen vergewaltigt, geschlagen und umgebracht wurde.«

»Von einem Psychopathen«, verbesserte er sie ganz

ruhig. »Geistesgestörtheit gehört nicht zu den Vorrechten bestimmter Altersgruppen.«

Sie zog eine Schnute und kehrte zu der Zeitung zurück. Grace hatte sich ein Bild vom Täter gewünscht, jetzt besaß sie eines, wenn auch ein recht vages. Ja, sie wollte sich diese Züge einprägen, die verdammte Zeichnung ausschneiden und sie sich übers Bett hängen. Und dann würde sie dieses Gesicht genausogut kennen wie ihr eigenes.

»Eins kann ich dir jedenfalls sagen. Letzte Nacht hat kein Jugendlicher bei mir angerufen. Glaub mir, ich habe jedem Kunden sehr genau zugehört und auf jede Nuance, jede Schwankung im Tonfall geachtet. Ein solcher Bengel wäre mir bestimmt aufgefallen.«

»Stimmen verändern sich, wenn Kinder zwölf oder dreizehn werden.« Als sie schon wieder nach ihrer Zigarettenpackung griff, lag ihm ein scharfer Protest auf der Zunge. Grace konnte sich doch nicht immerzu bloß von Tabak und Kaffee ernähren.

»Ich spreche nicht von der Tiefe der Stimmlage, sondern von der Phrasierung, von dem, was jemand vorzubringen hat. Vergiß nicht, Dialoge sind meine Spezialität.« Sie fuhr sich mit den Händen übers Gesicht, um sich zur Ruhe zu bringen. »Ehrlich, wenn ein Teenager angerufen hätte, wäre mir das gleich aufgefallen.«

»Mag sein. Nein, eigentlich bin ich sogar überzeugt davon. Du hast eine Auge für Details und notierst sie dir, das ist mir nicht entgangen.«

»Gehört zum Handwerkszeug«, murmelte sie und studierte wieder die Zeichnung. Die Zigarette qualmte unbeachtet vor sich hin. Irgend etwas fehlte an diesem Gesicht. Wenn sie nur lange genug hinsah, würde sie vielleicht dahinterkommen. »Er trägt das Haar recht kurz. Ein Militärschnitt vielleicht, auf jeden Fall sehr konservativ. Sieht mir nicht aus wie einer, der sich auf der Straße herumtreibt.«

Das war Ed auch schon aufgefallen, aber er wußte, daß die Frisur allein ihnen nicht viel weiterhelfen würde. »Mach mal Pause, Grace.«

»Geht nicht. Dafür bin ich viel zu sehr in die Geschichte verwickelt.«

»Und damit nicht mehr unbedingt objektiv.« Er drehte die Zeitung um. »Genausowenig wie ich. Verdammt, das ist mein Job, und du machst ihn mir zur Hölle.«

»Wie denn das?«

Er zwickte sich mit zwei Fingern in die Nase und hätte fast laut gelacht. »Vielleicht, weil ich verrückt nach dir bin. Während ich noch dabei bin, mein Selbstmitleid niederzuringen, kann ich gleich alles zur Sprache bringen. Mir gefällt die Vorstellung nicht, daß du dich mit fremden Männern am Telefon unterhältst.«

Sie leckte sich über die Vorderzähne. »Verstehe.«

»Um ganz ehrlich zu sein, ich hasse es sogar. Als Polizist kann ich nachvollziehen, warum du glaubst, das tun zu müssen, aber als ...«

»Du bist ja eifersüchtig.«

»Unsinn!«

»Bist du doch.« Sie strich ihm über die Hand. »Danke. Ich sag dir was. Wenn es einem dieser Kerle gelingen sollte, mich zu erregen, komme ich sofort zu dir gelaufen.«

»Grace, ich meine es ernst.«

»Gott, Ed, es muß sein. Wenn nicht, werde ich noch verrückt. Ich weiß nicht, wie ich es dir begreiflich machen soll, aber es war schon eigenartig, ihren Wünschen zu lauschen und dabei zu wissen, daß noch jemand mithört. Ich saß da, habe mich auf den jeweiligen Anrufer konzentriert und dabei doch auch an die Beamten gedacht, die alles aufzeichneten ...« Sie atmete tief durch. »Ehrlich gesagt, ich habe mich sogar gefragt, was du wohl denken würdest, wenn du jetzt gerade zuhörtest. Und diese Vorstellung hat mich bewogen, mich noch mehr zu konzentrieren.« Sie legte die Zeitung so, daß sie die Titelseite wieder sehen konnte. »Weißt du, auf der einen Seite kam mir alles so lachhaft vor, und auf der anderen Seite mußte ich mich ständig daran erinnern, warum ich das eigentlich tue. Aber wenn ich ihn höre, werde ich sofort Bescheid wissen. Das mußt du mir glauben.«

Aber Ed sah sie gar nicht an. Etwas von dem, was sie gesagt hatte, brachte ihn auf eine neue Idee. Und die schien gar nicht dumm zu sein. Als es an der Tür klopfte, drängte alles in ihm, sich an die Arbeit zu machen. »Das wird meine Ablösung sein. Bist du okay?«

»Aber ja. Ich werde versuchen, etwas zu schreiben. Wird mir bestimmt guttun, zur alten Routine zurückzufinden.«

»Du kannst mich jederzeit anrufen. Wenn ich gerade nicht da bin, weiß die Zentrale, wo du mich finden kannst.«

»Mach dir keine Sorgen, ich komme schon klar.«

»Ruf mich trotzdem an.«

»Einverstanden. Und jetzt raus mit dir, ehe die bösen Buben zu übermütig werden.«

14. Kapitel

Ben steckte bereits bis über beide Ohren in Telefonaten und Papierkrieg, als Ed das Revier betrat. Rasch stopfte er sich einen halben Doughnut in den Mund. »Ich weiß schon«, begann er und legte den Hörer auf die Schulter, »dein Wecker hat gestreikt. Und du hattest einen Platten. Und der Hund hat deine Polizeimarke gefressen.«

»Ich war bei Tess. In ihrer Praxis.«

Weniger die Mitteilung als vielmehr Eds Tonfall ließ Ben auffahren. »Ich rufe Sie zurück«, sagte er in den Hörer und legte auf. »Was ist los?«

»Grace hat heute morgen etwas gesagt, bei dem mir eine Idee gekommen ist.« Ed überflog die Memos und neuen Akten, die sich auf seinem Schreibtisch angesammelt hatten, und entschied, daß sie noch warten konnten. »Ich wollte das mit Tess besprechen, um von ihr zu erfahren, ob es dem psychologischen Täterprofil entspricht.«

»Und?«

»Volltreffer. Kannst du dich an Billings erinnern? Der früher im Raubdezernat gearbeitet hat?«

»Klar, war ein richtiges Arschloch. Vor ein paar Jahren hat er gekündigt und ist Privatdetektiv geworden. Angeblich Spezialist für Observierungen.«

»Komm mit, wir wollen ihm einen Besuch abstatten.«

»Sieht ganz so aus, als könnte man ein Vermögen damit machen, bei anderen Leuten Wanzen anzubringen«, brummte Ben, während er sich in Billings' Büro umsah. An den Wänden klebten elfenbeinfarbene Seidentapeten, und der torfbraune Teppich war so dick, daß man bis zu den Knöcheln darin versank. Aber einige von den Bildern würden Tess bestimmt gefallen, dachte er. Durch die breiten, getönten Fensterscheiben hatte man einen wunderbaren Ausblick auf den Potomac.

»Mein Allerheiligstes«, erklärte Billings und drückte auf einen Knopf. Eine Wand glitt beiseite und enthüllte ganze Reihen von Monitoren. »So hole ich mir die ganze Welt ins Haus. Wenn einer von Ihnen die Nase vom Polizeidienst voll hat, Anruf genügt. Es ist mir immer eine Freude, Jungs, die was auf dem Kasten haben, ein ordentliches Gehalt zu bezahlen.«

Ben hatte recht gehabt, Billings war ein Arschloch. Aber Ed versuchte jetzt, sich auf das Wesentliche zu konzentrieren, als er sich auf den Rand des riesigen Schreibtischs hockte. »Hübsch haben Sie es hier.«

Das einzige, was dem Privatdetektiv noch besser gefiel, als mit seiner High-Tech-Anlage zu spielen, war, mit dem zu prahlen, was er erreicht hatte. »Das ist doch noch gar nichts. Auf dieser Etage gehören mir fünf Büros, und ich denke schon ernsthaft daran, ein sechstes aufzumachen. Politiker, Freunde und Nachbarn.« Er breitete die langen Arme aus. »In dieser Stadt findet sich an jeder Ecke einer, der gewillt ist, nichts unversucht zu lassen, um es einem anderen heimzuzahlen.«

»Hört sich nach einem schmutzigen Geschäft an, Billings.«

Der Mann grinste breit über Bens Bemerkung. Er hatte Brücken und Kronen für zweitausend Dollar im Mund. »Ja, ehrlich, ist das nicht furchtbar? Also, was verschafft mir das Vergnügen, die beiden besten Detectives unserer Polizei bei mir begrüßen zu dürfen? Soll ich vielleicht für Sie herausfinden, mit wem sich der Polizeichef vergnügt, wenn seine Frau gerade nicht in der Stadt ist?«

»Vielleicht ein anderes Mal«, antwortete Ed.

»Sie bekommen natürlich von mir einen besonderen Rabatt, Jackson.«

»Daran werde ich mich erinnern. Doch bis dahin möchte ich Ihnen eine kleine Geschichte erzählen.«

»Schießen Sie los.«

»Wir haben da so eine Art Voyeur. Ein helles Bürschchen, aber irgendwie auch verdreht. Er klinkt sich gern in fremde Telefongespräche ein. Damit kennen Sie sich doch aus, oder?«

»Natürlich.« Billings lehnte sich in seinem Designersessel zurück.

»Nun, unser Freund belauscht besonders gerne Frauen. Er mag es, wenn sie sexy Dinge sagen, aber er selbst gibt sich nicht zu erkennen. Und eines Tages stößt er auf seine ganz private Goldmine, als er sich, vielleicht zufällig, in eine Telefonsex-Leitung einklinkt. Jetzt kann er stundenlang in seinem Kämmerchen hokken, zuhören und sich die Stimme heraussuchen, die ihn am meisten anmacht. Er lauscht ihr immerzu, wenn sie anderen Männern scharfe Sachen erzählt. Billings, wäre ihm so etwas möglich, ohne daß die Frau oder der Kunde etwas davon mitbekommt?«

»Mit der nötigen Ausstattung kann er sich wirklich in jedes Telefonat einklinken. Ich habe hier einige Anlagen, mit denen Sie alles von hier bis zur Westküste abhören können. Allerdings kostet so etwas eine Stange Geld.« Billings' Interesse war erwacht. Andere Leute zu belauschen hatte ihn immer schon begeistert. Wenn er eine Regierung gefunden hätte, die ihm vertraute, hätte er sich sicher der Spionage verschrieben. »Woran arbeiten Sie beide denn gerade?«

»Lassen Sie mich die Geschichte noch ein Stück weiterspinnen.« Ben hob die Kristallpyramide vom Schreibtisch und betrachtete sie eingehend. »Angenommen, unser neugieriger Lauscher beschließt, die

Frau aufzusuchen, die ihm immer so angenehme Gefühle bereitet. Er kennt weder ihren richtigen Namen noch ihre Adresse, und er hat auch keine Vorstellung, wie sie aussieht. Nun möchte er sie aber so gerne einmal kennenlernen, hat aber nicht mehr zur Verfügung als ihre Stimme und die betreffende Telefonleitung. Ist es ihm irgendwie möglich, sie ausfindig zu machen?«

»Hat er wirklich etwas auf dem Kasten?«

»Sagen wir ja.«

»Nun, wenn er außerdem noch über einen guten PC verfügt, kann er alles herausfinden. Geben Sie mir mal Ihre Telefonnummer, Paris.« Ben nannte sie ihm. Billings setzte sich an seine Anlage und tippte die Zahlenfolge ein. Der große Computer fing an zu summen und zu klicken. »Aha, eine Geheimnummer«, murmelte der Privatdetektiv. »Das macht es nur um so spannender.«

Ben zündete sich eine Zigarette an. Bevor er sie halb aufgeraucht hatte, erschien seine Adresse schon auf dem Bildschirm.

»Kommt Ihnen diese Anschrift bekannt vor?« fragte Billings.

»Kann so etwas jeder?«

»Jeder Hacker, der etwas auf sich hält. Ich sage Ihnen was: Mit diesem Baby hier und einem kleinen bißchen Fantasie kann ich alles herausfinden. Geben Sie mir noch eine Minute.« Er arbeitete weiter mit Bens Namen und Adresse. »Hm, auf Ihrem Konto sieht es aber etwas flau aus, Paris. An Ihrer Stelle würde ich nichts kaufen, das teurer ist als fünfundfünfzig Dollar.« Er drehte sich wieder zu den beiden um. »Man braucht Erfahrung, Geduld und die richtige Ausrüstung. Wenn ich noch ein paar Stunden an diesem Baby sitze, kann ich Ihnen die Schuhgröße Ihrer Mutter sagen.«

Ben drückte seine Zigarette aus. »Wenn wir Sie mit unserem Lockvogel verbinden, könnten Sie dann dem Lauscher auf die Spur kommen?«

Billings grinste. »Für einen alten Kumpel – und gegen angemessene Bezahlung – finde ich sogar heraus, was er heute zum Frühstück zu sich genommen hat.«

»Tut mir wirklich leid, Sie stören zu müssen, Senator, aber Mrs. Hayden ist am Telefon. Sie sagte, es sei dringend.«

Hayden studierte weiterhin die überarbeitete Rede, die er heute nachmittag vor der League of Women Voters halten wollte. »Welche Leitung, Susan?«

»Die Drei.«

Er klemmte den Hörer zwischen Schulter und Kinn ein und drückte auf den entsprechenden Knopf. »Ja, Claire, was gibt's? Ich stehe etwas unter Termindruck.«

»Charlton, es geht um Jerald.«

Nach zwanzig Jahren Ehe kannte er seine Frau gut genug, um sofort herauszuhören, daß sie in größter Sorge war. »Was ist denn mit ihm?«

»Ich wurde gerade aus der Schule angerufen. Jerald war in eine Prügelei verwickelt.«

»Eine Prügelei? Unser Jerald?« Er grinste grimmig und wandte sich wieder dem Manuskript zu. »Mach dich nicht lächerlich.«

»Charlton. Rektor Wight hat höchstpersönlich angerufen. Unser Sohn hat sich mit einem anderen Schüler geschlagen!«

»Claire, für jeden, der Jerald kennt, ist das ein Ding der Unmöglichkeit. Außerdem halte ich es geradezu für eine Belästigung, uns anzurufen, bloß weil er mit einem anderen ein wenig aneinandergeraten sein soll. Wir reden später darüber, wenn ich wieder zu Hause bin.«

»Charlton!« Sie klang so aufgeregt, daß er den Hörer noch nicht auflegte. »Nach dem, was Wight mir mitzuteilen hatte, war es nicht nur eine harmlose Balgerei.

Der andere Junge mußte ins Krankenhaus gebracht werden.«

»Lachhaft! Hört sich für mich ganz so an, als wollte jemand ein paar Beulen und Schrammen maßlos aufblähen, um bei uns groß abzukassieren.«

»Charlton! Nach dem, was der Rektor sagt, hat Jerald versucht, seinen Gegner zu erwürgen.«

Zwanzig Minuten später saß Hayden kerzengerade in Wights Büro. Auf dem Stuhl neben ihm hockte Jerald, den Blick nach unten gerichtet und die Lippen fest geschlossen. Sein weißes Leinenhemd war zerrissen und beschmutzt, aber er hatte sich wenigstens die Zeit genommen, seine Krawatte gerade zu binden. Zu den Kratzern in seinem Gesicht hatten sich ein paar dunkle Flecke gesellt. Und die Knöchel an beiden Händen waren geschwollen.

Ein Blick auf den Jungen hatte Hayden gleich in seiner Überzeugung bestätigt, daß es sich bei dem Vorfall lediglich um eine Rangelei gehandelt haben konnte. Natürlich würde er Jerald zur Ordnung rufen müssen. Ihm eine Strafpredigt halten und ihm für einige Wochen ein paar seiner Vergünstigungen streichen. Hayden überlegte bereits, was er unternehmen konnte, damit die Sache nicht an die Presse gelangte.

»Ich hoffe, wir können diese Angelegenheit rasch regeln.«

Der Rektor seufzte leise. Nur zwei Jahre trennten ihn noch vom Ruhestand. Zwei Jahrzehnte am St. James' lagen hinter ihm, in denen er die Söhne der Reichen und Mächtigen unterrichtet und ihnen Disziplin beigebracht hatte. Viele seiner Zöglinge hatten es zu etwas gebracht und standen mittlerweile im Rampenlicht des öffentlichen Interesses. Wenn er in seiner langen Dienstzeit eins gelernt hatte, dann daß die Familien, die ihren Nachwuchs zu ihm schickten, keine Kritik zu hören wünschten.

»Ich weiß, daß Sie zur Zeit einen vollen Terminkalender haben, Senator Hayden. Selbstverständlich wäre es mir nie in den Sinn gekommen, um diese Unterredung zu bitten, wenn die Sache mir nicht so dringlich erscheinen würde.«

»Und ich weiß, Rektor, daß Sie etwas von Ihrer Arbeit verstehen, sonst hätten wir Jerald nie auf diese Anstalt geschickt. Trotzdem kann ich nicht umhin, festzustellen, daß die ganze Geschichte unverhältnismäßig aufgebauscht wird. Natürlich heiße ich es nicht gut, wenn mein Sohn sich an Prügeleien beteiligt.« Die letzten Worte waren direkt an Jerald gerichtet. »Und ich versichere Ihnen, daß wir diese Angelegenheit klären werden, zu Hause.«

Wight rückte seine Brille gerade. Sowohl Vater wie auch Sohn Hayden durchschauten diese Geste als Zeichen der Nervosität. Der Senator saß ganz ruhig da, während Jerald sich insgeheim hämisch freute. »Ich weiß das zu würdigen, Mr. Hayden. Trotzdem ruht die Verantwortung für das St. James' und die Schülerschaft auf meinen Schultern. Als Rektor bleibt mir daher keine andere Wahl, als Ihren Sohn vom Unterricht zu suspendieren.«

Haydens Züge wurden zu Stein, wie Jerald aus dem Augenwinkel erkannte. Nun würde er es dem fettgesichtigen Rektor geben, sagte sich der Junge.

»Das erscheint mir ziemlich extrem. Ich habe selbst eine höhere Schule besucht und kann mich noch gut erinnern, daß Raufereien zwar nicht gern gesehen wurden, man sie aber nie mit so drastischen Maßnahmen wie einem Schulverweis bestrafte.«

»Senator, in diesem Fall kann man wirklich nicht mehr von einer Rauferei sprechen.« Wight hatte den Ausdruck in Jeralds Augen gesehen, als seine Hände um den Hals des Schülers Lithgow lagen. Der Blick hatte ihn erschreckt und zutiefst entsetzt. Selbst jetzt, als der Junge vor ihm mehr kauerte als saß, spürte er das Unbehagen noch. Randolph Lithgow hatte ernste Gesichtsverletzungen davongetragen. Als Mr. Burns versucht hatte, die beiden auseinanderzubringen, war Jerald so ungestüm auf ihn losgegangen, daß der Mann zu Boden gegangen war. Dann hatte er versucht, den schon bewußtlosen Schüler zu erwürgen, bis es mehreren Schülern mit vereinten Kräften gelungen war, ihn loszureißen.

Wight hielt die Hand vor den Mund und hustete nervös. Er war sich der Macht und des Einflusses des Mannes, der ihm gegenübersaß, durchaus bewußt. Aller Wahrscheinlichkeit nach würde Charlton Hayden der nächste Präsident werden. Und sich rühmen zu dürfen, den Sohn eines Präsidenten auf der Schule gehabt zu haben, der auch noch hier seinen Abschluß gemacht hatte, bedeutete natürlich einen enormen Prestigegewinn. Dieser Umstand hatte den Rektor davor zurückschrecken lassen, Jerald zu relegieren.

»In den vier Jahren, die Ihr Sohn bei uns ist, hatten wir nie den geringsten Ärger mit ihm, was sein Betragen und seine schulischen Leistungen angeht.«

Natürlich hatte Hayden nichts anderes erwartet. »Dann kann ich es mir nur so erklären, daß man Jerald provoziert hat.«

»Schon möglich.« Der Rektor hüstelte wieder. »Obwohl die Schwere des Vorfalls nicht geduldet werden kann, sind wir dennoch gewillt, Jeralds Version zu hören, bevor wir irgendeine Disziplinarmaßnahme verhängen. Ich kann Ihnen versichern, Senator, daß wir nicht leichtfertig eine Suspendierung aussprechen.«

»Wo liegt denn dann das Problem?«

»Jerald weigert sich, eine Erklärung abzugeben.«

Hayden stöhnte leise. Er bezahlte zigtausend Dollar im Jahr für Jeralds Erziehung und Ausbildung, und dieser Mann war noch nicht einmal in der Lage, von einem Oberschüler eine Erlärung zu bekommen. »Wenn Sie uns bitte ein paar Minuten allein lassen würden, Rektor.«

»Selbstverständlich.« Wight erhob sich und schien froh zu sein, möglichst viel Distanz zu diesem kalt dreinblickenden Senatorensohn schaffen zu können.

»Rektor!« Haydens befehlsgewohnte Stimme ließ ihn an der Tür stehenbleiben. »Ich darf doch in diesem Fall auf Ihre Diskretion rechnen, oder?«

Wight wußte, wieviel die Haydens in den letzten Jahren der Schule gespendet hatten. Und ihm war auch nicht unbekannt, wie leicht ein dunkler Fleck im Privatleben die politische Karriere eines Mannes vernichten konnte. »Schulprobleme sind bei uns immer schon schulintern geregelt worden, Senator.«

Als Wight das Zimmer verlassen hatte, erhob sich Hayden und stellte sich vor seinen Sohn – eine Geste, die seine Autorität erhöhte und die er nicht erst lange hatte einstudieren müssen, weil sie angeboren war. »Also gut, Jerald. Ich möchte jetzt deine Version des Vorfalls hören.«

Die Hände des Jungen lagen auf den Oberschenkeln, wie man es ihm beigebracht hatte. Er blickte zu seinem Vater auf und sah in ihm mehr als nur einen großen, tatkräftigen und gut aussehenden Mann – nämlich einen König, der ein blutiges Schwert in der Hand hielt und auf dessen Schultern die Gerechtigkeit ruhte. »Warum hast du ihm nicht gesagt, er soll sich zum Teufel scheren?« fragte Jerald allen Ernstes.

Hayden konnte ihn nur anstarren. Er wäre kaum weniger schockiert gewesen, wenn sein Sohn ihm ins Gesicht geschlagen hätte. »Wie bitte?«

»Es geht ihn doch einen feuchten Kehricht an, was wir tun oder lassen«, erklärte Jerald wie selbstverständlich. »Er ist doch bloß ein fettes Wiesel, das hinter einem Schreibtisch hockt und sich unheimlich wichtig vorkommt. Dabei hat er nicht die geringste Ahnung von dem, was wirklich in dieser Welt zählt. Wight ist doch bloß eine unbedeutende Kreatur.«

Der Junge klang, als würde er lediglich mit ihm plaudern, und sein Lächeln war so echt, daß Hayden es einfach nicht fassen konnte. »Wight ist der Rektor dieser Anstalt, und solange du hier zur Schule gehst, bist du ihm Respekt schuldig.«

Solange er hier zur Schule ging – das war doch nur noch einen Monat. Wenn sein Vater verlangte, daß er die paar Wochen noch warten sollte, ehe er Wight in den Arsch treten durfte, würde er sich eben solange in Geduld üben. »Ja, Sir.«

Erleichtert nickte Hayden. Der Junge stand sichtlich unter Streß, mußte womöglich erst noch den Schock verdauen. Es war ihm nicht angenehm, Jerald jetzt weiter zu bedrängen, aber leider mußte er von ihm einige Antworten erhalten. »Berichte mir von der Auseinandersetzung mit diesem Lithgow.«

»Er hat mich beleidigt.«

»So etwas habe ich mir schon gedacht.« Für Hayden war die Welt wieder in Ordnung. Heranwachsende besaßen oft zuviel überschüssige Energie, die sie oft in Balgereien loswerden mußten. »Ich gehe davon aus, daß er angefangen hat.«

»Er hat mich die ganze Zeit provoziert, dieser Idiot.« Jerald rutschte nervös auf seinem Platz hin und her, riß sich aber sofort zusammen. Kontrolle war wichtig. Sein Vater verlangte von ihm Kontrolle. »Ich habe ihn gewarnt und ihm gesagt, er soll mich in Ruhe lassen, was eigentlich ziemlich fair von mir war.« Der Junge lächelte seinen Vater an. Aus einem Grund, den er nicht genau definieren konnte, fing Haydens Blut an, in den Adern zu gefrieren. »Er sagte, wenn ich noch keine Verabredung zum Schulball hätte, könne er mir seine Cousine mit dem Klumpfuß vermitteln. In dem Moment habe ich rot gesehen und hätte ihn am liebsten umgebracht. Ich wollte ihm wirklich das Gesicht einschlagen.«

Hayden hätte gerne geglaubt, hier nur mit dem Zorn eines Teenagers konfrontiert zu sein, der in seiner Erregung alle möglichen Drohungen ausstieß. Aber irgendwie wollte ihm das nicht gelingen. »Jerald, die Fäuste zu erheben, war noch nie eine Lösung. Wir haben ein zivilisiertes Gesellschaftssystem, und an dessen Regeln müssen wir uns halten.«

»Wir lenken doch dieses System!«

Der Junge warf den Kopf in den Nacken. Hayden konnte jetzt beim besten Willen nicht mehr die Augen vor dem Wahnsinn, ja der Tollheit im Blick seines Sohnes verschließen. Doch dann wurde die Miene Jeralds von einem Moment auf den anderen wieder klar, und Hayden gab sich der Überzeugung hin, sich alles nur eingebildet zu haben. »Ich habe ihm entgegnet, ich hätte überhaupt keine Lust, mich auf irgendeiner Veranstaltung von Pickelgesichtern herumzutreiben, um dort Punsch zu trinken und irgendwelchen Mädchen in die Bluse zu fassen. Da hat er angefangen zu lachen. Er hätte mich nicht auslachen dürfen. Und er meinte, vielleicht stünde ich ja gar nicht auf Mädchen.« Jerald kicherte schrill und wischte sich die Speicheltröpfchen aus den Mundwinkeln. »Da stand für mich fest, daß ich ihn töten würde. Ich sagte ihm, natürlich mag ich keine Mädchen, ich stehe mehr auf Frauen. Und dann habe ich ihm eins auf die Nase gegeben, daß das Blut über seine ganze häßliche Visage gespritzt ist. Damit nicht genug, hat er sich gleich noch eine eingefangen, und noch eine, und noch eine...« Jerald grinste immer breiter, während sein Vater blaß wurde. »Er hat die Schläge nicht deswegen abbekommen, weil er eifersüchtig auf mich war, sondern weil er mich ausgelacht hat. Du wärst stolz auf mich gewesen, wenn du gesehen hättest, wie ich ihn gezüchtigt habe.«

»Junge...«

»Ich hätte sie alle umbringen können. Wirklich, aber ich habe es nicht getan. Es wäre den Aufwand nicht wert gewesen, oder was meinst du?«

Für einen Moment glaubte Hayden, einem Fremden gegenüberzustehen. Aber nein, dies war sein Sohn, sein wohlerzogener, gut geratener Sprößling. »Jerald, ich begrüße es nicht, wenn du die Beherrschung verlierst, muß aber einräumen, daß so etwas uns allen einmal unterlaufen kann. Mir ist auch klar, daß wir Dinge tun oder sagen, die eigentlich nicht unsere Art sind, wenn man uns provoziert...«

Jeralds Lippen verzogen sich zu einem Lächeln. Er liebte es, die volltönende Rednerstimme seines Vaters zu hören. »Ja, Sir.«

»Wight sagte, du hättest versucht, den Jungen zu erwürgen.«

»Tatsächlich?« Jeralds Augen waren für einen Moment leer, dann zuckte er mit den Achseln. »Na ja, dann war es sicher richtig so.«

Hayden entdeckte, daß er schwitzte. Seine Achselhöhlen waren schon ganz naß. Hatte er etwa Angst? Ach was, er war immerhin der Vater dieses jungen Mannes. Wovor sollte er sich da fürchten. »Ich nehme dich mit nach Hause.« Nur eine kleine Atempause, dachte er, als er Jerald aus dem Zimmer führte. Der Junge hatte in der letzten Zeit wirklich zuviel um die Ohren gehabt. Er brauchte jetzt dringend etwas Ruhe.

Grace seufzte, als das Telefon klingelte. Heute war sie zum erstenmal dazu gekommen, wieder zu arbeiten. Richtig zu arbeiten. Stundenlang hatte sie sich von ihrer Fantasie treiben lassen und etwas zu Papier gebracht, auf das sie stolz sein konnte.

Insgeheim hatte sie befürchtet, nie wieder schreiben zu können; jedenfalls nicht über Mörder und Opfer. Doch als sie sich heute an den Schreibtisch gesetzt hatte, war ihr Talent bald zurückgekehrt. Anfangs noch zögerlich, aber dann mit Macht. Die Geschichte, an der sie arbeitete, hatte nichts mit Kathleen, sondern nur mit ihr selbst zu tun. Nur noch ein oder zwei Stunden, und sie hätte genug zustande gebracht, um ein Päckchen nach New York schicken und die Nervosität ihrer Redakteurin lindern zu können. Aber jetzt mußte dieses dumme Telefon läuten und sie in die Realität zurückholen. In die Wirklichkeit, in der Kathleen eine große Rolle spielte.

Grace hob ab und notierte sich die Nummer des Kunden. Nachdem sie sich eine Zigarette angezündet hatte, rief sie die Vermittlung an und ließ sich ein R-Gespräch mit dem Mann geben. »Hallo, Mike, was kann ich für dich tun?«

Was für ein Abend, dachte sie. Ed saß unten und spielte mit Ben Gin Rommé, während sie hier so tat, als sei sie ein Bauer auf einem Schachbrett und Sir Michael der schwarze Springer.

Eigentlich ein harmloser Gentleman. Die meisten Anrufer verlangten nichts Unmögliches von ihr. Viele von ihnen fühlten sich einsam und suchten nach jemandem, der ihnen etwas die Zeit vertrieb. Die Kunden waren vorsichtige Männer, die lieber der Sicherheit des elektronischen Sex frönten. Oft standen sie unter großer Anspannung, sowohl im Beruf als auch von seiten ihrer Familie, und waren zu dem Schluß gelangt, daß ein Telefonanruf sie immer noch billiger kam als der Besuch bei einer Prostituierten oder bei einem Psychiater. So simpel konnte man diesen Dienst sehen.

Aber Grace wußte, daß es bei weitem nicht so einfach war.

Die Zeitung mit dem Phantombild des Täters lag auf ihrem Nachttisch. Wie oft hatte sie es sich schon angeschaut? Wie oft hatte sie es betrachtet und nach... ja, wonach eigentlich gesucht? Mörder und Vergewaltiger sollten anders aussehen als die restlichen Männer. Und doch wirkten sie so normal und durchschnittlich wie alle anderen auch. Das war ja das Entsetzliche an ihnen. Eine Frau konnte auf der Straße an ihnen vorbeilaufen, mit ihnen im Fahrstuhl stehen oder auf einer Party ein paar Worte mit ihnen wechseln, ohne auch nur zu ahnen, wen sie da vor sich hatte.

Würde sie ihn erkennen, wenn er sich meldete? Seine Stimme konnte durchaus so harmlos klingen wie die von Sir Michael. Trotzdem glaubte sie, dann sofort Bescheid zu wissen. Sie legte die Zeitung neben sich und warf wieder einen längeren Blick auf die Zeichnung. Ja, die Stimme würde zu diesem Gesicht passen, und dann hätte sie Gewißheit.

Ben verließ das Haus und lief über die Straße zu einem Lieferwagen. Ed hatte ihm bereits zwölf Dollar fünfzig abgeknöpft. Höchste Zeit, einmal nach Billings zu sehen. Er zog die Seitentür auf. Der Privatdetektiv sah ihn und salutierte.

»Ist ja einmalig«, grinste Billings. »Einfach unbeschreiblich. Wollen Sie mal reinhören?«

»Billings, Sie sind wirklich krank.«

Der Mann kicherte und schob sich eine Erdnuß in den Mund. »Die Lady zieht wirklich eine tolle Show ab, alter Freund. Ich muß mich eigentlich bei Ihnen für diesen Auftrag bedanken. Halb bin ich schon versucht, sie selbst anzurufen.«

»Warum tun Sie das nicht? Es würde mir bestimmt gut gefallen, dabei zuzusehen, wie Jackson Ihnen beide Arme ausreißt und sie Ihnen in die Nase stopft.« Doch genau aus dem Grund – um Ärger zu vermeiden – hatte Ben Ed zurückgehalten und sich selbst auf den

Weg zu dem Lieferwagen gemacht. »Haben Sie hier drin eigentlich noch etwas anderes für das Geld des Steuerzahlers gemacht, als sich einen runterzuholen?«

»Fangen Sie bloß nicht an zu hyperventilieren, Paris. Vergessen wir nicht, daß Sie zu mir gekommen sind, und nicht umgekehrt.« Er zerkaute die Erdnuß und schluckte sie herunter. »O Mann, den Burschen hat sie aber wirklich dort, wo er es gerne haben möchte. Jeden Moment . . .« Billings beugte sich über seine Anlage. »Achtung!« Er hielt mit einer Hand den Kopfhörer fest, während er mit der anderen rasch etwas auf der Tastatur der Anlage eintippte, die vor ihm aufgebaut war. »Hört sich ganz so an, als wolle hier jemand einen Freifahrtschein.«

Ben trat näher und beugte sich über den Privatdetektiv. »Haben Sie ihn?«

»Vielleicht, nur noch ein kleines bißchen. Beobachten Sie die Nadel. Ja, ja, das ist er.« Billings drehte an einigen Schaltern und kicherte. »Jetzt haben wir eine Menage à trois.«

»Können Sie ihn orten?«

»Trägt der Papst einen lustigen Hut? Verdammt, der Junge ist clever. Ein verflucht gerissener Hurensohn. Arbeitet mit einem Zerhacker. Scheiße!«

»Was ist denn?«

»Die Lady hat aufgelegt. Vermutlich sind die drei Minuten abgelaufen.«

»Konnten Sie ihm auf die Spur kommen, Billings?«

»Himmel nochmal, ich brauche länger als dreißig Sekunden. Wir können nur abwarten und darauf hoffen, daß er sich wieder einklinkt.« Billings Linke verschwand in der Erdnußtüte. »Wissen Sie, Paris, wenn dieser Junge das tut, was Sie glauben, daß er tut, dann stellt er sich nicht blöde an. Ein pfiffiges Kerlchen. Die Chancen stehen nicht schlecht, daß er über die beste und modernste Anlage verfügt und auch weiß, wie man damit umzugehen hat. Damit kann er problemlos dafür sorgen, daß ihm keiner auf die Schliche kommt.«

»Soll das etwa heißen, Sie sind nicht in der Lage, ihn festzunageln?«

»Wie kommen Sie denn darauf? Ich habe lediglich gesagt, daß er wirklich gut ist. Aber ich bin besser. Da kommt der nächste Anruf.«

Jerald konnte es einfach nicht fassen. Seine Handflächen waren schweißnaß. Ein Wunder war geschehen, und er hatte es bewirkt. Sein Verlangen nach ihr hatte nie aufgehört, und ständig mußte er an sie denken. Und jetzt endlich war sie zurückgekehrt und bereit für ihn. Desiree war wieder da und wartete auf ihn.

Wie in Trance setzte er erneut den Kopfhörer auf und schaltete sich erneut ein.

Diese Stimme. Desirees Stimme. Allein sie zu hören, rief bei ihm schon höchste Erregung und verzweifeltes Sehnen hervor. Desiree war die einzige Frau, die ihm das geben konnte, was er wollte. Die ihn bis an den Rand zu treiben vermochte. In ihr wohnte eine ähnliche Macht wie in ihm. Er schloß die Augen und ließ sich von ihr davontragen, ergab sich ganz dem Gefühl. Desiree war wieder da, war zu ihm zurückgekehrt, weil er einfach der Beste war.

Gott, alles entwickelte sich zu seinen Gunsten. Er hatte recht daran getan, seine Maske fallen zu lassen und den Schlappschwänzen in der Schule zu zeigen, wen sie in Wahrheit vor sich hatten. Desiree war zurück. Sie wollte ihn, wünschte sich nichts dringender, als ihn in sich zu spüren und durch ihn den ultimativen Höhepunkt zu erleben.

Er konnte sie schon unter sich spüren, wie sie schrie, sich an ihn preßte und ihn anflehte, es ihr noch härter zu besorgen. Desiree war zurückgekehrt, um ihm zu zeigen, daß er nicht nur Macht über die Lebenden, sondern auch über den Tod hatte. Er hatte sie zurückgebracht. Wenn er sie wieder besuchte, würde es noch besser werden als beim erstenmal.

Die anderen Frauen waren nur ein Test gewesen. Das wurde ihm jetzt in aller Eindeutigkeit bewußt. Sie waren nur dafür dagewesen, ihm zu beweisen, wie sehr er und Desiree zusammengehörten. Und heute sprach sie wieder mit ihm.

Natürlich mußte er so bald wie möglich zu ihr. Aber nicht heute abend. Schließlich galt es, die nötigen Vorbereitungen zu treffen.

»Er hat sich ausgeschaltet!« Billings fluchte und drückte vergeblich auf einige Knöpfe. »Der kleine Mistkerl hat sich verabschiedet. Komm zurück, Junge, komm schon, ich hatte dich schon fast.«

»Haben Sie überhaupt irgendwas herausgefunden, Billings?«

Immer noch Verwünschungen ausstoßend, zog der Mann einen Stadtplan aus einem Fach. Er kreiste darauf ein Rechteck aus sechs Straßenblocks ein. »Hier irgendwo hockt er. Mehr kann ich Ihnen nicht geben. Dafür muß er sich erst wieder einschalten. Gott, kein Wunder, daß er sich ausgeklinkt hat. Dieser Kunde plärrt ja wie ein Säugling.«

»Bleiben Sie dran.« Ben steckte den Stadtplan ein und sprang aus dem Wagen. Das reichte noch lange nicht, aber wenigstens waren sie jetzt weiter als noch vor einer Stunde. Er klopfte an die Haustür. Ed öffnete ihm. »Wir haben jetzt seinen ungefähren Standort. Liegt innerhalb von sechs Blocks.« Ben warf einen Blick die Treppe hinauf und marschierte dann ins Wohnzimmer, um die Karte auf dem Couchtisch auszubreiten.

Ed hockte sich auf die Sofalehne und beugte sich über den Plan. »Vornehme Gegend.«

»Das kannst du laut sagen. Tess' Großvater lebt

hier.« Er tippte auf eine Stelle, die sich außerhalb des Vierecks, aber dicht dran befand. »Und der Kongreßabgeordnete Morgan hat hier sein Domizil.« Sein Finger wanderte in den Kreis.

»Vielleicht war es ja doch kein Zufall, daß jemand mit Morgans Kreditkarte einen Strauß Blumen bestellt hat«, murmelte Ed. »Möglicherweise kennt unser junger Freund ihn oder seine Kinder.«

»Der Sohn des Kongreßabgeordneten dürfte ungefähr in seinem Alter sein.« Ben nahm sein Glas. Die Cola darin war schon etwas schal geworden.

»Sein Alibi ist aber wasserdicht, und dem Phantombild ähnelt er nicht sehr.«

»Stimmt, aber ich frage mich, was er uns wohl zu sagen hätte, wenn wir ihm die Zeichnung unter die Nase hielten.«

»Wie heißt doch noch die Schule, die der junge Morgan besucht? St. James', nicht wahr?«

»Ja, eine der vornehmsten, konservativsten und verkrustetsten höheren Schulen im Lande.«

Ed fiel der Bürstenhaarschnitt wieder ein, den der junge Mann auf dem Phantombild trug. »Ich rufe sofort dort an.«

Ben trat ans Fenster. Draußen war der Lieferwagen zu sehen. In ihm hockte Billings, knabberte Erdnüsse und war vielleicht gerade dabei, den Jungen noch weiter einzukreisen. Ben spürte, daß ihnen die Zeit davonlief. Bald, sehr bald schon, würde etwas geschehen. Und wenn irgendwas schiefging, steckte Grace in der Klemme.

Er warf einen Blick über die Schulter. Ed telefonierte noch. Er wußte, welche Emotionen einen beherrschen und wie furchtbar man sich fühlte, wenn sich die Frau, die man liebte, in einer Situation befand, die man nicht kontrollieren konnte. Man bemühte sich dann, ein guter Polizist zu sein. Aber sich an der eigenen Objektivität festzuhalten, war genauso, als wollte man sich an einem nassen Seil festklammern: Unweigerlich rutschte man immer weiter ab.

»Morgans Mutter ist heute morgen gestorben«, sagte Ed, nachdem er aufgelegt hatte. »Die ganze Familie hat für ein paar Tage die Stadt verlassen.« Ben las in Eds Augen, wie frustriert er war. Ein paar Tage waren viel zu lange. »Ich ziehe Grace von der Sache ab.«

»Das verstehe ich.«

»Verdammt, sie hat kein Recht, sich so der Gefahr auszusetzen. Grace gehört nicht einmal hierher. Sie ist New Yorkerin und lebt dort in einem Penthouse. Je länger sie bleibt ...«

»Desto schwerer wird es dir fallen, dich von ihr zu verabschieden«, wandte Ben ein. »Ed, vielleicht will sie gar nicht von hier fort.« Kein Partner ließ den anderen je im Stich.

»Ich liebe sie so sehr, daß es für mich einfacher wäre, sie sicher und geborgen in New York zu wissen als hier an meiner Seite.«

Ben hockte sich auf die Couchlehne und zündete sich eine Zigarette an. Die achtzehnte heute. »Weißt du, was ich immer an dir am meisten bewundert habe? Abgesehen von deiner Meisterschaft im Armdrücken? Deinen Blick für Menschen, Ed. Normalerweise weißt du schon nach zehn Minuten, wen du vor dir hast. Deswegen dürfte dir sicher längst aufgegangen sein, daß Grace bestimmt keinen Rückzieher macht.«

»Vielleicht habe ich es ihr nur noch nicht deutlich genug gesagt.« Er schob trotzig die großen Hände in die Hosentaschen.

»Noch vor ein paar Monaten hatte ich ernsthaft vor, Tess Handschellen anzulegen und sie ins nächste Flugzeug zu setzen. Ganz gleich wohin, Hauptsache, weit weg von hier.« Ben betrachtete bedauernd die Spitze seiner Zigarette. Wie rasch diese Glimmstengel doch verqualmten. »Heute, mit etwas Abstand, weiß ich es besser. Es hätte nie funktioniert. Wenn Tess sich einmal zu etwas entschlossen hat, zieht sie das auch bis zu Ende durch. Sie ist eben aus solchem Holz geschnitzt. Damals war mir um sie wirklich angst und bange. Und damit habe ich ihr wohl den letzten Nerv geraubt.«

»Wenn du sie mehr bedrängt hättest, wäre sie womöglich nicht in die Situation geraten, in der du sie beinahe verloren hättest.« Die Worte waren Ed wie bei einem Energieausbruch über die Lippen gekommen, und er bereute sie schon einen Moment später. »Tut mir leid, ich war nicht ganz bei mir.«

Wenn er nicht seinen Partner vor sich gehabt hätte, wäre Ben jetzt bestimmt auf ihn losgegangen, um ihm mit schlagkräftigen Argumenten die Meinung zu sagen. Aber weil es Ed war, schluckte er seinen Ärger hinunter. »Glaub mir, das habe ich mich selbst mindestens schon hundertmal gefragt. Ich kann einfach nicht vergessen, wie ich mich gefühlt habe, als er Tess in seiner Gewalt hatte.« Er drückte seine Zigarette aus, erhob sich und lief auf und ab. »Du willst Grace aus diesem Teil deines Lebens ausschließen, und zwar vollkommen. Du möchtest, daß sie gar nicht erst mit der ganzen Scheiße in Berührung kommt, durch die du Tag für Tag watest. Die Bandenüberfälle, die häuslichen Auseinandersetzungen, die Nutten und die Zuhälter. Doch laß dir von mir gesagt sein, daß das nie klappen kann; denn ganz gleich, wie sehr du dich auch anstrengst, du wirst immer etwas von dem ganzen Mist mit nach Hause bringen.«

»Zwischen etwas davon mit nach Hause bringen und die Liebste als Zielscheibe aufstellen, besteht ja wohl ein Unterschied.«

»Stimmt, aber Grace ist nun einmal in diese Sache verwickelt.« Ben fuhr sich durchs Haar. »Bei Gott, ich weiß, was du zur Zeit durchmachst, und ich kann es nicht ausstehen. Nicht nur wegen dir, sondern auch deswegen, weil alle Erinnerungen wieder in mir hochkochen. Aber die Tatsache bleibt bestehen, und kein Weg fürt daran vorbei, daß sie den Kerl an die Angel bekommt. Ganz gleich, wie sehr du dir wünschen magst, es wäre anders – Grace ist diejenige, die ihn für uns festnagelt.«

»Darauf hoffe ich selbst am allermeisten«, sagte sie. Grace stand in der Tür. Beide Männer drehten sich zu ihr um, aber sie sah nur Ed an. »Tut mir leid, aber als mir klar wurde, daß ihr beide euch privat unterhaltet, hatte ich schon zuviel von dem Gespräch mitbekommen. Ich bin auf dem Weg in die Küche, um Kaffee zu machen. Aber vorher möchte ich gern noch meine Meinung dazu sagen: Wenn ich etwas beginne, beende ich es auch. Immer.«

Grace verschwand, und Ben nahm seine Jacke. »Ich glaube, ich ziehe mich jetzt zurück und schaue draußen nochmal bei Billings rein.«

»Ja. Danke.«

»Wir sehen uns morgen.« Er ging zur Tür, blieb dann aber stehen. »Ich würde dir ja gern sagen: Nimm es locker. Aber das lasse ich lieber. Wenn ich an deiner Stelle wäre, könnte ich das auch nicht.«

Grace hörte, wie die Haustür ins Schloß fiel. Ein paar Minuten später näherten sich Eds Schritte der Küche. Sofort machte sie sich daran, den Kessel, den sie bis jetzt nur angestarrt hatte, mit Wasser zu füllen.

»Ich begreife einfach nicht, warum Kathy sich nie eine Mikrowelle zugelegt hat. Jedesmal, wenn ich mir hier etwas kochen will, komme ich mir vor wie im tiefsten Busch. Ich hätte Lust, eine Pizza aufzutauen. Hast du auch Hunger?«

»Nein.«

»Der Kaffee schmeckt wahrscheinlich sowieso nicht mehr.« Sie stellte die Tassen in den Schrank zurück.

»Im Kühlschrank steht sicher noch Saft. Nimm dir doch welchen.«

»Ich brauche jetzt nichts. Warum setzt du dich nicht einfach hin und läßt mich alles erledigen?«

»Jetzt reicht's!« Sie wirbelte so abrupt herum, daß die letzte Tasse in die Spüle fiel und zerbrach. »Verdammt nochmal! Hör endlich auf damit, mich zu verhätscheln und mir jede Arbeit abzunehmen. Ich bin kein Kind mehr. Seit vielen Jahren sorge ich schon für mich selbst, und bis jetzt hat alles immer bestens geklappt. Ich will nicht, daß du für mich Kaffee oder irgend etwas anderes machst.«

»Gut.« Wenn sie Streit wollte, sollte sie ihn haben. In ihm war genug Dampf, der abgelassen werden mußte. »Was um Himmels willen willst du denn eigentlich?«

»Ich will, daß du mich in Ruhe läßt. Daß du mich nicht einengst und mir die Luft zum Atmen nimmst. Daß du damit aufhörst, mich ständig zu beschützen, so als ob ich sofort auf die Nase fallen würde, wenn ich mal einen Schritt ohne dich mache.«

»Das dürfte mir nicht schwerfallen, wenn du ein wenig mehr darauf achten würdest, wohin du gehen willst.«

»Ich weiß sehr gut, was ich tue, und ich brauche niemanden, weder dich noch einen anderen, der ständig bereitsteht, mich aufzufangen. Wann siehst du endlich in mir die intelligente, vernünftige und durchaus fähige Frau, die ich bin!«

»Sobald du aufhörst, Scheuklappen zu tragen. Du siehst immer nach vorn, Grace, und deswegen bekommst du auch nie mit, was sich links und rechts von dir oder hinter dir tut. Und niemand wird dich in Ruhe lassen, am allerwenigsten ich, solange diese Geschichte nicht ausgestanden ist.«

»Dann hör damit auf, mir ständig wegen dem, was ich tun muß, Schuldgefühle einzujagen.«

»Was erwartest du eigentlich von mir? Soll ich aufhören, mir Sorgen um dich zu machen, mich dafür zu interessieren, wie es dir ergeht oder ergehen wird? Glaubst du denn, ich kann meine Gefühle wie einen Wasserhahn auf- und dann wieder abdrehen?«

»Du bist Polizist!« fuhr sie ihn an. »Und von solchen Männern erwartet man, objektiv zu sein. Dein einziges Interesse muß darin bestehen, den Täter zu fassen zu bekommen, und zwar ganz gleich wie!«

»Ich will ihn ja auch kriegen.« Grace sah, daß er wieder abkühlte. Doch seine Miene sagte ihr, wie weit er gehen würde, wenn er sich dazu genötigt sah.

»Dann ist dir doch wohl auch klar, daß ich ihn dir auf dem Silbertablett präsentieren werde. Denk doch nur mal für eine Minute darüber nach, Ed. Vielleicht darf eine Frau heute abend weiterleben, weil er auf mich steht und mich wiedergefunden hat.«

Das war ihm durchaus bewußt. Sein Problem bestand auch vielmehr darin, daß er ihr seinen Standpunkt einfach nicht deutlich machen konnte. »Alles wäre so verdammt viel einfacher für mich, wenn ich dich nicht so sehr lieben würde.«

»Dann liebe mich doch einfach so, daß du in der Lage bist, mich zu verstehen.«

Ed wollte gern vernünftig klingen, wieder der logische, ausgeglichene Mann sein, als den er sich selbst kannte. Aber es gelang ihm einfach nicht. Und wenn diese Situation nicht bald ein Ende fände, würde er nie wieder der alte sein. Mit einemmal fühlte er sich furchtbar müde und rieb sich die Augen. Sechs Blocks und ein Phantombild. Nicht viel, aber es mußte reichen. Er würde dem ein Ende bereiten. Entweder das, oder er mußte Grace morgen abend ins Flugzeug nach New York setzen. Ed ließ die Hände sinken.

»Dein Wasser brennt an.«

Grace verbiß sich eine Verwünschung und drehte

den Herd ab. Als sie den Kessel von der Platte nehmen wollte, griff sie daneben und verbrannte sich drei Fingerspitzen. »Nicht!« warnte sie Ed, als er instinktiv aufsprang.

»Ich habe mich verbrannt, und deswegen werde ich mich auch darum kümmern.« Sie warf ihm einen finsteren Blick zu und hielt die Hand unter kaltes Wasser. »Siehst du? Ich schaffe es auch ohne dich. Und ich will auch nicht, daß du Küßchen auf die Fingerspitzen gibst und die Schmerzen wegpustest.«

Wütend drehte sie das Wasser ab, stand dann nur da und starrte auf die tropfenden Finger. »Tut mir leid. Verdammt, es tut mir so leid. Ich kann mich selbst nicht ausstehen, wenn ich so häßlich bin.«

»Wirst du mich treten, wenn ich dich bitte, wieder Platz zu nehmen?«

Sie schüttelte den Kopf und ging zum Tisch. »Ich glaube, ich bin schon den ganzen Abend ziemlich nervös. Als ich dann herunterkam und dich mit Ben reden hörte, bin ich ausgerastet.« Sie nahm einen Topflappen und zupfte und zerrte an ihm herum. »Ich weiß nicht, wie ich mit deinen oder meinen Gefühlen klarkommen soll. Soweit ich mich zurückerinnern, kann, habe ich noch nie jemandem so viel bedeutet wie dir.«

»Gut.«

Das Wort klang aus seinem Mund so komisch, daß sie lachen mußte. Und danach konnte sie ihn endlich wieder ansehen. »Ich denke, es ist nur fair, wenn ich noch einen Schritt weitergehe und dir gestehe, daß ich noch nie für jemanden solche Gefühle hatte wie für dich.«

Er wartete einen Moment. Als von ihr nichts mehr kam, fragte er: »Aber?«

»Wenn es sich um die Vorlage für einen Roman handeln würde, wüßte ich längst, wie ich alle Verwicklungen auflösen kann. Weißt du, ich möchte dir gern sagen, was ich fühle, aber ich fürchte, wenn ich das tue, wird es für uns beide nur noch schwieriger.«

»Versuch es doch wenigstens.«

»Ich habe eine Scheißangst.« Sie schloß die Augen und wehrte ihn nicht ab, als er seinen Hand auf die ihre legte. »Ich fürchte mich so sehr. Als ich oben am Telefon saß, hätte ich am liebsten eingehängt und gesagt: ›So, das war's.‹ Aber das konnte ich dann doch nicht. Ich bin mir ja nicht einmal mehr sicher, ob ich überhaupt das Richtige tue. Die Gewißheit ist mir abhanden gekommen, und trotzdem muß ich weitermachen. Und was das Ganze noch schlimmer macht, bist du; denn du ziehst mich in die andere Richtung. Und das letzte, was ich will, ist dir weh zu tun.«

»Du willst meine Unterstützung. Du hoffst, ich sage dir, das, was du machst, ist richtig . . . Ich weiß nicht, ob ich das kann.«

»Dann sag mir einfach nicht mehr, daß ich etwas Falsches tue. Denn wenn du das noch oft von dir gibst, fange ich an, dir zu glauben.«

Er betrachtete ihre ineinanderverschränkten Hände. Sie waren so klein, fast zierlich. Sie hatte sich die Nägel geschnitten und nicht lackiert. Ein goldener, mit Diamantsplittern besetzter Ring steckte an ihrem kleinen Finger. »Bist du schon einmal campen gewesen?«

»In einem Zelt?« Verblüfft schüttelte sie den Kopf. »Nein. Und ich habe auch nie begreifen können, warum Menschen sich freiwillig in Schlamm und Dreck schlafen legen.«

»Ich kenne da eine hübsche Stelle in West Virginia. Ein Bach fließt da, und es gibt jede Menge Felsen und wilde Blumen. Ich würde gern einmal mit dir dorthin fahren.«

Sie lächelte. Auf seine Weise machte er ihr ein Friedensangebot. »In einem richtigen Zelt?«

»Ja.«

»Ich schätze, der Room Service ist da nicht so besonders.«

»Ich könnte dir eine Tasse Tee an den Schlafsack bringen.«

»Okay.« Sie drehte die Hand und zeigte ihm die Brandwunden. »Ed, warum küßt du meine Finger nicht und pustest die Schmerzen fort?«

15. Kapitel

»Tess, du siehst großartig aus.« Claire Hayden küßte kurz die Wange der Psychologin und nahm dann an dem Ecktisch im Mayflower Platz. »Ich bin dir wirklich dankbar, daß du am Ende eines arbeitsreichen Tages noch Zeit gefunden hast, dich mit mir zu treffen.«

»Ich freue mich doch immer, dich zu sehen, Claire.« Tess lächelte, obwohl ihre Füße brannten und sie sich nach einem heißen Bad sehnte. »Außerdem hat es ja ziemlich dringend geklungen.«

»Wahrscheinlich mache ich wieder einmal aus einer Mücke einen Elefanten.« Claire zog ihre elegante Jacke gerade. »Ich nehme einen trockenen Martini«, erklärte sie dem Kellner und sah dann Tess an. »Du auch?«

»Nein. Für mich lieber ein Perrier.« Die Psychologin verfolgte, wie ihr Gegenüber unablässig den Ehering am Finger drehte. »Wie geht es Charlton? Seit Monaten habe ich euch nicht mehr gesehen, höchstens in den Abendnachrichten. Dieser Wahlkampf bringt sicher viel Aufregung mit sich.«

»Du kennst doch Charlton. Er ist an so etwas gewöhnt, und es scheint ihm auch überhaupt nichts auszumachen. Was mich angeht, nun, ich versuche, mich auf den Hexenkessel vorzubereiten, der uns im Sommer erwartet. Immerzu lächeln, Reden über mich ergehen lassen und Veranstaltungen durchstehen. Die Presse hält unser Haus bereits unter Belagerung.« Sie zuckte mit den schmalen Schultern. »Das gehört wohl dazu. Charlton meint zwar immer, die Aussage ist wichtiger als der Kandidat, aber das kann er mir lange erzählen. Wenn er nur einmal die Tür zu laut schließt, steht am nächsten Tag in mindestens zwanzig Zeitungen, der zukünftige Präsident sei unbeherrscht.«

»Ist sicher nicht leicht, im Rampenlicht der Öffentlichkeit zu stehen. Und ganz sicher nicht für die Frau des Mannes, den seine Partei auf den Schild gehoben hat.«

»Ach, das ist doch halb so wild. Damit habe ich schon lange gerechnet.« Sie legte eine kleine Pause ein, während der Kellner die Bestellung brachte. Claire schwor sich, es bei dem einen Martini zu belassen, sosehr es sie auch nach einem zweiten Glas drängen mochte. Niemandem war damit gedient, wenn irgendwer sie dabei sah und man morgen in der Zeitung lesen konnte, die Frau des kommenden Präsidenten sei Alkoholikerin. »Allerdings muß ich zugeben, daß es Momente gibt, in denen ich mir wünsche, wir könnten alles stehen- und liegenlassen und uns irgendwo auf eine Farm verkriechen.« Sie nippte an ihrem Glas. »Natürlich hält so etwas nie lange an. Dafür liebe ich Washington viel zu sehr. Ich bin gern die Gattin eines bedeutenden Politikers. Und es wird mir bestimmt gefallen, die neue First Lady zu sein.«

»Wenn es nach meinem Großvater ginge, wirst du das eher, als du dich versiehst.«

»Der gute Jonathan.« Sie lächelte wieder, aber Tess entging die Anspannung nicht, die ihren Blick beeinträchtigte. »Wie geht es ihm?«

»Wie immer. Er wird sich sicher freuen, wenn ich ihm erzähle, daß wir beide uns getroffen haben.«

»Ich fürchte, das hier ist nicht ein bloßes Wiedersehen alter Freundinnen. Und eigentlich möchte ich auch nicht mit deinem Großvater darüber reden. Oder mit jemand anderem.«

»Einverstanden, Claire. Warum erzählst du mir nicht einfach, was dich so bedrückt.«

»Tess, ich habe immer deiner Berufserfahrung vertraut, und ich weiß, daß ich mich auf deine Diskretion verlassen kann.«

»Wenn du damit ausdrücken möchtest, daß ich das, was du zu sagen hast, für mich behalten soll, brauchst du dir wirklich keine Sorgen zu machen.«

»Danke, ich wußte, daß du mich verstehen würdest.« Claire wollte einen Schluck nehmen, beließ es dann aber dabei, mit dem Finger den Stiel des Glases hinabzufahren. »Wie ich schon sagte, hat es vermutlich nichts zu bedeuten. Charlton wäre sicher nicht begeistert, wenn er wüßte, daß ich mich damit an eine Psychologin wende, aber ich muß einfach mit jemandem darüber reden.«

»Dann weiß er also nicht, daß du hier bist?«

»Nein.« Sie hob den Kopf. Ihr Blick wirkte nicht mehr angespannt, sondern gehetzt. »Ich möchte auch nicht, daß er davon erfährt, jedenfalls jetzt noch nicht. Du verstehst doch sicher, daß er unter enormem Druck steht, vor allem, weil er sich überall und immerzu als der ideale Kandidat präsentieren muß. Sobald irgendein Fleck auf seiner weißen Weste entdeckt wird, stürzt sich sofort die Presse wie ein Wolfsrudel darauf und bauscht die Geschichte auf, bis der Mann als Monster dasteht. Tess, dir ist sicher klar, was irgendeine Torheit, die von einem seiner Familienmitglieder oder einem seiner engeren Freunde begangen würde, für seinen Wahlkampf bedeuten würde, oder?«

»Ja, aber ich glaube, du hast dich nicht wegen Charltons Wahlkampf mit mir treffen wollen.«

»Nein...« Claire zögerte. Wenn sie es einmal aussprach, konnte sie die Worte nicht mehr zurücknehmen. Zwanzig Jahre ihres und des Lebens ihres Mannes hingen von der Entscheidung ab, jetzt fortzufahren oder zu schweigen. »Es geht um Jerald. Um meinen Sohn. Ich fürchte, er, na ja, irgendwie ist der Junge in letzter Zeit nicht mehr er selbst.«

»Wie meinst du das?«

»Er war immer ein ruhiger Mensch und hatte nie viele Freunde. Wahrscheinlich kannst du dich nicht an ihn erinnern, obwohl er uns oft zu Dinner-Partys und Galas begleitet hat.«

Tess hatte das Bild von einem schmalen Jungen im Gedächtnis, der sich lieber zurückhielt und kaum ein Wort über die Lippen brachte. »Ich fürchte, ich muß gestehen, daß ich mich nicht sehr gut an ihn erinnere.«

»Macht nichts. Den meisten Menschen fällt er nicht besonders auf.« Ein kurzes Lächeln zuckte über ihre Lippen und verging rasch. Ihre Hände lagen im Schoß, und sie fing an, den Saum der Tischdecke zu kneten. »Jerald war schon immer unaufdringlich. Dabei ist er hochintelligent. Er gehört zu den Spitzenschülern seiner Klasse. Seit er auf der Oberschule ist, hat sein Name in jedem Jahr auf der Liste der Klassenbesten gestanden. Einige sehr renommierte Privat-Colleges haben sich bereit erklärt, ihn aufzunehmen, aber er wird natürlich der Familientradition folgen und nach Princeton gehen.« Sie redete immer schneller, so als befände sie sich auf der Achterbahn in der Abwärtsschleife und befürchte, der Atem würde ihr ausgehen. »Es bekümmert mich, daß er mehr Zeit an seinem Computer als mit seinen Mitmenschen verbringt. Ich selbst verstehe von solchen Apparaten ja nichts, aber Jerald hat ein ganz besonderes Geschick, wenn es um Maschinen geht. Ganz ehrlich, Tess, der Junge hat mir nie auch nur einen Moment lang Ärger gemacht. Er war nie unhöflich oder rebellisch. Wenn Freunde mir erzählen, wieviel Kummer ihnen ihre Sprößlinge bereiten, bin ich insgeheim überglücklich, daß Jerald stets ein so ruhiges und verständnisvolles

Kind gewesen ist. Mag sein, daß es bei ihm etwas mit der Liebenswürdigkeit hapert, aber er besitzt einen wirklich guten Kern.«

»Also der ideale Sohn«, murmelte Tess. Sie vermied lieber den Ausdruck »perfekt«, weil sich dahinter zu viele Dinge verbergen ließen, die unter den Teppich gekehrt worden waren.

»Ja, genau. Und er betet Charlton geradezu an. Vielleicht ein bißchen zu sehr, wenn du verstehst, was ich meine. Manchmal wäre etwas weniger angebracht, aber auf der anderen Seite gibt es einem so viel, wenn ein Junge zu seinem Vater aufblickt. Wie dem auch sei, wir wurden nie mit den Problemen konfrontiert, denen sich heutzutage so viele Eltern gegenübersehen. Drogen, Trotz, Sex und so weiter. Aber vor kurzem...«

Sie stockte, und Tess sagte: »Laß dir nur Zeit, Claire.«

»Danke.« Sie griff nach dem Glas und trank nur so viel, um ihre trockene Kehle anzufeuchten. »Seit einigen Monaten verbringt Jerald immer mehr Zeit allein. Jede Nacht schließt er sich in seinem Zimmer ein. Natürlich weiß ich, daß er sehr viel für die Schule arbeitet, und ich habe auch schon mit ihm darüber gesprochen, ob er nicht vielleicht etwas kürzertreten könnte. An manchen Morgen sieht er richtig übernächtigt aus. Und dann weiß man nie, woran man bei ihm ist, weil seine Launen sich ständig wandeln. Ich war in der letzten Zeit ziemlich im Wahlkampf eingespannt, deswegen habe ich versucht, diesem Stimmungswechsel nicht allzuviel Bedeutung beizumessen. Schließlich bin ich selbst ja auch nicht ständig bester Laune.«

»Hast du mit ihm darüber geredet?«

»Ich habe es versucht. Vielleicht nicht intensiv genug. Ich hätte mir auch nie vorgestellt, daß es so schwierig sein könnte, zu ihm durchzudringen. Vor einiger Zeit kam er abends aus der Bibliothek zurück, und was soll ich dir sagen, Tess, er sah furchtbar aus. Die Kleidung in Unordnung und das Gesicht zerkratzt. Offensichtlich war er in irgendeine Auseinandersetzung geraten, aber das einzige, was er dazu zu sagen hatte, war, er sei vom Rad gefallen. Damals habe ich es dabei bewenden lassen und ihn nicht bedrängt, die Wahrheit zu sagen. Heute bereue ich das. Selbst als sein Vater Zweifel anmeldete, habe ich mich auf Jeralds Seite gestellt, obwohl ich doch ganz genau wußte, daß der Junge an dem Abend nicht mit dem Rad, sondern mit dem Wagen unterwegs gewesen ist. Ich sagte mir, wir hätten seine Privatsphäre zu respektieren, und ansonsten sei er ja immer ein so lieber Junge gewesen. Doch seitdem ist irgend etwas in seinem Blick, das mich zutiefst beunruhigt.«

»Claire, vermutest du etwa, dein Sohn nimmt Drogen?«

»Ich weiß es nicht.« Für einen Moment konnte sie nicht anders, als ihr Gesicht mit beiden Händen zu bedecken. »Ich habe wirklich keine Ahnung, was ich vermuten soll. Ich weiß nur, daß ich etwas unternehmen muß, bevor es noch schlimmer wird. Erst gestern hatte er in der Schule eine furchtbare Schlägerei. Der Rektor hat ihn suspendiert. Tess, angeblich soll Jerald versucht haben, den anderen Jungen zu töten ... mit seinen bloßen Händen!« Sie sah auf ihre Finger. Der goldene Ring glitzerte im Licht. »Dabei ist er noch nie in solche Schwierigkeiten geraten.«

Tess wurde es ganz anders. Sie mußte schlucken, bevor es ihr gelang, so ruhig und neutral wie möglich die Frage zu stellen: »Was hat dein Sohn denn zu dem Kampf zu sagen gehabt?«

»Nichts. Jedenfalls nicht zu mir. Er hat aber mit seinem Vater darüber gesprochen. Charlton macht sich ziemliche Sorgen.« Ihr Blick wanderte kurz zu Tess und kehrte dann rasch zur Tischdecke zurück. »Er tut natürlich so, als wäre nichts, aber ich merkte es ihm deutlich an, wie sehr der Vorfall ihn beunruhigt. Er befürchtet natürlich, daß die Presse Wind davon bekommt. Nicht auszudenken, was dann aus seinem Wahlkampf wird. Charlton sagt mir immer, Jerald brauche lediglich ein paar Tage Ruhe, um wieder zu sich selbst zu finden. Ich wünschte, ich könnte das auch so sehen.«

»Möchtest du, daß ich mal mit Jerald rede?«
»Ja.« Sie nahm die Hand ihrer Freundin. »Ja, das möchte ich sogar sehr, denn ich weiß nicht, was ich sonst noch tun kann. Ich fürchte, ich bin in all den Jahren keine allzu gute Mutter gewesen. Jerald scheint mir immer mehr zu entgleiten. Ich mache mir die größten Sorgen um ihn. Er wirkt so distanziert, und dann wieder setzt er eine so selbstgefällige Miene auf. Es kommt mir dann vor, als wisse er etwas, von dem wir anderen keine Ahnung haben. Ich kann nur hoffen, daß er sich öffnet, wenn er mit jemandem sprechen kann, der nicht zur Familie gehört, aber trotzdem unserer Schicht angehört.«
»Ich will tun, was ich kann, Claire.«
»Das weiß ich. Danke.«

Randolf Lithgow haßte das Krankenhaus, und noch mehr Jerald, weil der ihm das eingebrockt hatte. Die Demütigung war für ihn weitaus schlimmer als der Schmerz der Verletzungen. Wie konnte er jemals wieder in die Schule gehen und den anderen gegenübertreten, nachdem ihn der Klassen-Freak verdroschen hatte?

Der kleine Spinner hielt sich für den Größten, bloß weil sein Vater für das Amt des Präsidenten kandidierte. Randolf wünschte sich, Charlton Hayden möge die Wahl haushoch verlieren und nicht einen einzigen Bundesstaat für sich gewinnen. Hoffentlich fiel seine

Niederlage so katastrophal aus, daß er Washington bei Nacht und Nebel und mit seinem größenwahnsinnigen Sohn verlassen mußte.

Der Junge rutschte in seinem Bett hin und her. Wann war endlich wieder Besuchszeit. Er konnte nur durch einen dünnen Schlauch etwas zu sich nehmen, und das Schlucken fiel ihm schwer, weil dann seine Kehle anfing zu brennen. Wenn er erst wieder auf den Beinen war, würde er es diesem verblödeten Spinner mit Zins und Zinseszins heimzahlen.

Ihm war langweilig, er fand keine Ruhe, und sein Selbstmitleid wurde immer größer. So klapperte er mit der Fernbedienung die TV-Kanäle ab. Nein, auf die Achtzehn-Uhr-Nachrichten hatte er jetzt wirklich keine Lust. Randolf suchte weiter und stieß auf die Wiederholung einer Sitcom-Episode. Die soundsovielte Wiederholung. Der Junge kannte die Dialoge auswendig. Schimpfend schaltete er um. Noch mehr Nachrichten. Randolf wollte gerade entnervt aufgeben und sich ein Buch vornehmen, als das Phantombild des Mannes gezeigt wurde, der Mary Beth Morrison überfallen hatte.

Unter anderen Umständen hätte er es vielleicht gar nicht bemerkt, wenn da nicht dieser Blick gewesen wäre. Er verengte die Augen zu Schlitzen und sah genauer hin. Genau so hatte Jerald ihn angestarrt, als er anfing ihn zu würgen. Randolf konzentrierte sich auf das Bild und versuchte, die Details hinzuzufügen, die dem Zeichner wohl nicht zur Verfügung gestanden hatten. Doch bevor er sicher sein konnte, erschien der Moderator wieder auf dem Bildschirm. Aufgeregt und überhaupt nicht mehr gelangweilt suchte Randolf nach anderen Nachrichtensendungen, um dort die Zeichnung noch einmal sehen zu können.

Wenn er sie wiedersah und seine Vermutung sich bestätigte, wußte er, was er dann unternehmen würde.

»Die ganze Nacht hindurch fahren unsere Wagen Streife.« Ben schloß die Mappe, während Ed immer noch auf den Stadtplan starrte, als warte er darauf, daß ihn irgendeine Erkenntnis anspringen würde. »Sobald er hier auftaucht, stehen die Chancen nicht schlecht, daß die Kollegen ihn entdecken.«

»Ich verlasse mich nicht gern auf Wahrscheinlichkeitsrechnungen.« Er warf einen Blick in die Diele. Oben fungierte Grace bereits schon in der dritten Nacht als Lockvogel. »Wie oft sind wir heute durch das umkreiste Gebiet gelaufen oder gefahren?«

»Weiß nicht, hab irgendwann aufgehört zu zählen. Ich halte die Schule immer noch für lohnend. Rektor Wight mag das Gesicht auf dem Phantombild nicht erkannt haben, aber er ist sehr nervös geworden.«

»Die meisten Menschen fangen an zu zappeln, wenn die Polizei zu ihnen kommt.«

»Ja, aber ich habe trotzdem so ein Gefühl, daß wir ein großes Stück weiterkommen, sobald Lowenstein allen Schülern die Zeichnung vorgelegt hat.«

»Könnte sein. Aber damit bleiben unserem Mann noch die ganze Nacht und der halbe morgige Tag.«

»Hör mal, wir sind doch beide hier im Haus, Billings sitzt draußen an seinem Wunderkasten, und alle Viertelstunde kommt ein Streifenwagen vorbei.«

»Ich muß die ganze Zeit an das Profil denken, das Tess von dem Täter angefertigt hat. Ich frage mich, warum es mir einfach nicht gelingen will, so wie er zu denken.«

»Vielleicht weil du persönlich und emotional in diesen Fall verstrickt bist.«

»Nein, daran liegt es nicht. Du weißt doch, wie es ist, wenn man über einen Täter eine Menge Fakten zusammengetragen hat. Ganz gleich, wie verdreht oder durchgeknallt er ist, man fängt an, wie er zu denken und seine nächsten Schritte vorauszuahnen.«

»Das tun wir doch hier auch. Deswegen läuft er uns über kurz oder lang in die Falle.«

»Nein, wir sind noch nicht auf seiner geistigen Wellenlänge.« Ed rieb sich die Augen. Seit dem Nachmittag plagten ihn Kopfschmerzen. »Und das liegt daran, daß er noch ein Kind ist. Je länger ich darüber nachgrüble, desto plausibler erscheint mir diese Erklärung. Kinder denken anders als Erwachsene. Das ist meiner Ansicht nach auch der Grund dafür, warum sie Kinder in den Krieg schicken. Wenn man jung ist, kann man sich noch gar nicht vorstellen zu sterben. Diese Erkenntnis kommt einem erst in den Zwanzigern.«

Ben mußte an seinen Bruder denken. »Manche Kinder sind schon mit sechzehn erwachsen.«

»Aber nicht unser Täter hier. Alles, was Tess über ihn herausgefunden hat, führt zu dem Schluß, daß er nicht nur ein Psychopath, sondern auch noch sehr unreif ist.«

»Na schön, dann fangen wir eben an, wie ein Teenager zu denken.«

»Wahrscheinlich hat er erst einmal eine Weile geschmollt, nachdem es bei der Morrison nicht so geklappt hat, wie er wollte.« Ed versuchte, sich in den Jungen hineinzuversetzen, und lief nachdenklich auf und ab. »Mary Beth hat doch ausgesagt, er habe richtig quengelig geklungen. So wie ein Kind, dem sein Lieblingsspielzeug zerbrochen ist. Was fängt so ein kleiner, verzogener Satansbraten an, wenn ihm etwas kaputtgegangen ist?«

»Er zerstört das Lieblingsspielzeug von einem anderen Kind.«

»Ganz genau. Aus dir wird bestimmt mal ein toller Vater.«

»Danke. Alle Vergewaltigungen und Vergewaltigungsversuche, die uns seit dem Überfall auf Mrs. Morrison gemeldet worden sind, passen nicht in sein Schema.«

»Ich weiß.« Hatte er nicht alle Berichte wieder und wieder studiert, um dort irgendeinen Hinweis zu finden? »Vielleicht hat er sein Mütchen ja gar nicht an einer Frau ausgelassen, sondern an jemand anderem. Du weißt doch, wenn ein Vergewaltiger daran gehindert wird, sein Vorhaben durchzuführen, wird er nur noch wütender und frustrierter. Unser Täter ist noch ein Kind, kann sich schlecht beherrschen. Er hat bestimmt seinen Frust längst an jemand abgelassen.«

»Du meinst, er hat sich an einem anderen Teenager abreagiert?«

»Ich vermute, er ist über einen Schwächeren oder Kleineren hergefallen, zumindest jemand, den er für unterlegen gehalten hat. Und seinem verletzten Stolz hat es bestimmt gutgetan, wenn es sich dabei um jemanden gehandelt hat, den er kannte.«

»Also sollten wir uns die Festnahmen der letzten paar Tage vornehmen.«

»Und die Krankenhäuser. Ich glaube kaum, daß er es bei ein paar Ohrfeigen und einem bißchen Gerangel belassen hat.«

»Du fängst schon an, wie Tess zu denken«, grinste Ben. »Deswegen liebe ich dich auch so sehr.« Das Telefon klingelte. »Das wird sie sicher sein. Ich habe meine Holde gebeten, mich gleich anzurufen, wenn sie wieder zu Hause ist.«

Ed setzte sich wieder zu den Unterlagen. Doch Bens Tonfall hinderte ihn daran, sie sich noch einmal anzuschauen.

»Wann? Haben wir eine Adresse? Gut, Sie und Renockie lösen uns hier ab, und wir fahren dorthin. Hören Sie, Lowenstein, mir ist wirklich scheißegal, um wen es sich . . . Was? Wer? Gott im Himmel.« Ben fuhr sich mit einer Hand übers Gesicht und versuchte nachzudenken. »Wenden Sie sich an Richter Meiter, der ist Republikaner. Nein, das war kein Witz. Ich will innerhalb einer Stunde einen Haftbefehl in Händen halten. Wenn Sie es nicht schaffen, fahren wir eben ohne ihn.«

Er legte auf und hätte jetzt dringend, obwohl er im Dienst war, einen doppelten Wodka gebraucht. »Jemand hat unseren Mann auf dem Phantombild erkannt. Ein Teenager, der im Georgetown-Krankenhaus liegt, hat gemeldet, das sei der Junge, der ihn zusammengeschlagen und versucht habe, ihn zu erwürgen. Beide besuchen das St. James. Der Captain schickt einen Beamten hin, um eine schriftliche Aussage zu bekommen.«

»Haben wir einen Namen?«

»Der Anrufer nannte ihn Jerald Hayden. Die Adresse liegt mitten in Billings' Kreis.«

»Dann nichts wie hin.«

»In diesem Fall müssen wir uns strikt an die Dienstvorschrift halten, Partner.«

»Scheiß auf die Dienstvorschriften.«

Ben machte sich nicht die Mühe, seinen Partner darauf hinzuweisen, daß für gewöhnlich er es war, der auf die Einhaltung der Bestimmungen pochte. »Der Bengel ist der Sohn von Charlton P. Hayden, dem Wunschkandidaten von Millionen.«

Ed starrte ihn für einen Moment verständnislos an. Dann schüttelte er den Kopf. »Ich hole Grace.«

Ben wollte noch etwas sagen, als sich wieder das Telefon meldete. »Paris.«

»Ben, tut mir leid, dich zu stören.«

»Hör, Schatz, ich muß diese Leitung dringend freihalten.«

»Ich beeil mich ja. Heute nachmittag bin ich auf etwas ziemlich Wichtiges gestoßen.«

Ben warf einen Blick auf die Uhr und stellte fest, daß Lowenstein noch achtundfünfzig Minuten blieben, um durchzukommen. »Schieß los.«

»Ich bewege mich hart an der Grenze zur Verletzung

der ärztlichen Schweigepflicht.« Das hatte schon die ganze Zeit in ihr rumort. »Heute nachmittag habe ich mich mit einer Frau getroffen, einer guten Bekannten, um genau zu sein. Sie macht sich große Sorgen um ihren Sohn. Allem Anschein nach hat er sich gestern in der Schule mit einem Klassenkameraden geprügelt und ihn dabei fast erwürgt. Ben, sehr vieles von dem, was sie mir zu sagen hatte, paßt haargenau in das Profil von unserem Serientäter.«

»Also hat er einem anderen Kind das Spielzeug kaputtgemacht«, murmelte er. »Sag mir den Namen.« Als Tess schwieg, stellte er sich vor, wie sie jetzt an ihrem Schreibtisch saß und mit ihrem Gewissen rang. »Dann versuchen wir es anders herum. Kommt dir der Name Jerald Hayden irgendwie bekannt vor?«

»Großer Gott!«

»Tess, ich brauche was Handfestes. Wir versuchen bereits, einen Haftbefehl zu erwirken. Ein Anruf von dir könnte die Angelegenheit wesentlich beschleunigen.«

»Ben, ich habe mich einverstanden erklärt, den Jungen in Behandlung zu nehmen.«

Er atmete tief durch, weil er wußte, daß es keinen Zweck hatte, sie jetzt anzuschreien. Schließlich konnte sie nicht aus ihrer Haut. »Dann sollte dir auch klar sein, daß es in seinem Interesse wäre, ihn möglichst bald dingfest zu machen. Ruf den Captain an und erzähl ihm, was du mir gerade berichtet hast.«

»Sei vorsichtig, Ben. Er ist jetzt noch gefährlicher als vorher.«

»Warte mit unserem Junior auf mich. Ich liebe euch beide.«

Er legte gerade auf, als Ed mit Grace ins Wohnzimmer kam. »Ihr habt herausgefunden, wer er ist?«

»Ja. Bist du bereit, deine glücklichen Stunden am Telefon aufzugeben?«

»Mehr als bereit. Wie lange dauert es noch, bis ihr ihn habt?«

»Wir warten auf den Haftbefehl. Du siehst etwas blaß um die Nase aus, Grace. Möchtest du einen Brandy?«

»Nein danke.«

»Tess hat gerade angerufen.« Ben zündete eine Zigarette an und reichte sie ihr. »Washington ist doch wirklich ein Dorf. Sie hat heute nachmittag mit Jeralds Mutter gesprochen. Die Frau glaubt nämlich, ihr Sprößling benötige dringend einen Seelenklempner.«

»Wie eigenartig«, sagte Grace und stieß den Rauch aus. »Ich dachte immer, wenn es soweit ist, kommt es bestimmt zu einem dramatischen Showdown. Statt dessen regelt sich alles mit einem Telefonanruf und einem Stück Papier. So was kann doch nicht möglich sein.«

»Die Polizeiarbeit setzt sich hauptsächlich aus Papierkrieg zusammen«, sagte Ed.

»Tja«, lächelte sie, »in meinem Job sieht es nicht viel anders aus. Ich möchte ihn sehen, Ed.« Sie nahm einen tiefen Zug. »Ich muß ihn unbedingt sehen.«

»Warum wartest du damit nicht, bis wir alles erledigt haben?« Er strich ihr über die Wange, und sie drehte den Kopf, um ihn anzusehen. »Du hast getan, was du tun mußtest, Grace. Jetzt kannst du Kathleen loslassen.«

»Sobald alles geregelt ist, werde ich meine Eltern anrufen. Und auch Jonathan. Ja, ich glaube, dazu bin ich jetzt in der Lage.«

Lowenstein brauchte weniger als vierzig Minuten, um Ben den Haftbefehl zu bringen. »Haydens Blutgruppe fand sich in den Unterlagen im Krankenhaus. Paßt haargenau zu der des Täters. Holen Sie ihn sich. Wir schieben hier Wache, bis Sie wieder da sind.«

»Du bleibst hier.« Ed legte die Hände auf Grace' Schultern.

»Ich habe auch gar nicht vor, irgendwo hinzugehen. Weißt du, ich glaube, die Welt braucht Helden, aber ich brauche dich mehr. Sei ein guter Polizist, Jackson, und paß auf dich auf.« Sie zog ihn am Hemdkragen herunter, damit sie ihm einen Kuß geben konnte. »Bis dann.«

»Passen Sie gut auf diese Lady auf, Renockie«, sagte Ben im Hinausgehen, »ich möchte nicht miterleben müssen, wie Ed Ihnen den Arsch aufreißt. Kein schöner Anblick.«

Grace atmete langsam aus und wandte sich dann an ihre neuen Beschützer. »Möchte jemand meinen lausigen Kaffee probieren?«

Claire hörte die Türglocke und hätte fast laut geflucht. Wenn sie nicht in fünf Minuten das Haus verließen, würden sie noch zu spät kommen. Sie schickte die Haushälterin zurück, strich ihr Haar glatt und öffnete dann die Tür.

»Detectives Jackson und Paris.« Die Blechmarken, die die beiden ihr entgegenhielten, lösten in Claire Alarm aus. »Wir möchten Jerald Hayden sprechen.«

»Jerald?« Die jahrelange Praxis machte sich bezahlt. Claire konnte ein unverbindliches Lächeln aufsetzen. »Worum geht es denn?« Der junge Lithgow, schoß es ihr durch den Sinn. Bestimmt hatten seine Eltern sich entschlossen, Anzeige zu erstatten.

»Wir haben hier einen Haftbefehl, Ma'am.« Ben reichte ihn ihr. »Die Polizei will Jerald Hayden in Zusammenhang mit den Morden an Kathleen Breezewood und Mary Grice und der versuchten Vergewaltigung von Mary Beth Morrison verhören.«

»Nein.« Claire war eine starke Frau. In ihrem ganzen Leben hatte sie noch keinen Ohnmachtsanfall erlitten. »Da muß ein Irrtum vorliegen.«

»Was ist denn da los, Claire? Wir sind wirklich schon etwas spät dran.« Charlton Hayden kam zur Tür. Das freundliche Lächeln auf seinen Lippen änderte sich nur geringfügig, als er die Dienstmarken sah. »Oh, Polizei. Gibt es ein Problem?«

»Es geht um Jerald.« Claires Finger verkrallten sich in seinem Arm. »Sie wollen unseren Jungen mitnehmen. Großer Gott, Charlton, sie lasten ihm zwei Morde an.«

»Das ist doch absurd.«

»Ihre Gattin hält den Haftbefehl in Händen, Senator«, entgegnete Ed. »Wir sind bevollmächtigt, Ihren Sohn mit auf die Wache zu nehmen.«

»Claire, ruf Stuart an.« Höchste Zeit, die Anwälte einzuschalten, sagte er sich. Obwohl er nicht glauben wollte, nicht akzeptieren konnte, daß Jerald etwas damit zu tun hatte, beschlich ihn doch das Gefühl, daß alles, was er in vielen Jahren aufgebaut und erreicht hatte, von Auflösung bedroht war. »Ich bin sicher, daß sich die Sache rasch klären läßt. Ich hole den Jungen.«

»Wir würden gern mitkommen«, sagte Ed.

»Meinetwegen.« Hayden drehte sich um und ging zur Treppe. Mit jeder Stufe, die er höher stieg, spürte er, wie sein Leben, seine Ambitionen und alles, was er für gut und richtig hielt, Stück für Stück zerbrach. Der Ausdruck in den Augen seines Sohnes fiel ihm wieder ein, als er mit ihm im Büro des Rektors gesprochen hatte. Nach außen hielt er sich aufrecht wie ein Feldherr mitten im Toben einer Schlacht. Dann standen sie vor Jeralds Zimmer, und er klopfte kräftig an.

»Darf ich mal, Senator?« Ben stieß die Tür auf. Das Licht brannte, und das Radio spielte, aber der Raum war leer.

»Er wird sicher unten sein.« Schweißbäche rannen über Haydens Rücken.

»Ich begleite Sie.«

Während Ben mit dem Senator ging, betrat Ed das Zimmer. Nach zehn Minuten stand fest, daß Jerald sich nicht im Haus aufhielt. Ben kehrte schließlich mit den Eltern in den Raum zurück.

»Ihr Sohn hat hier einen richtigen Vorrat angelegt.« Ed zeigte auf eine aufgezogene Schublade. »Bitte, fassen Sie nichts an«, erklärte er, als der Vater näher trat. »Ich lasse einen Kollegen kommen, der das alles sicherstellt. Meiner ersten Schätzung nach finden sich hier vierzig Gramm Kokain und ein Viertelpfund Marihuana.« Er tippte mit einem Bleistift auf eine Dose. »Und darin befinden sich etliche Pillen.«

»Das kann doch gar nicht sein!« Claire klang, als würde sie jeden Moment in Hysterie ausbrechen. »Jerald nimmt keine Drogen. Dafür ist er ein viel zu gewissenhafter Junge.«

»Tut mir leid.« Ben betrachtete die Computeranlage, die fast die ganze Schreibtischplatte beanspruchte, und wandte sich dann an seinen Partner. Wie Billings vermutet hatte, verfügte Jerald über die beste und modernste Ausrüstung. »Er ist nicht im Haus.«

Während Claire im Zimmer ihres Sohnes schluchzte, stieg Jerald über den Zaun, der Eds Grundstück von Kathleens trennte. In seinem ganzen Leben hatte er sich noch nie besser gefühlt. Das Blut rauschte in den Adern, und das Herz schlug wie rasend. Desiree wartete auf ihn, um ihn über den Tod hinaus in die Ewigkeit zu führen.

Renockie trank im Wohnzimmer Kaffee, während Grace mit ihrer Tasse spielte und immer wieder auf die Uhr schaute. Wo blieb Ed nur? Warum hatte er noch nicht angerufen?

»Ich glaube, man könnte sagen, daß ich ein großer Fan von Ihnen bin, Miß McCabe.«

»Das ist sehr freundlich von Ihnen, Detective.«

»Ich wollte lieber warten, bis Lowenstein nach draußen zu Billings gegangen war, um Ihnen mitzuteilen, daß ich selbst auch schriftstellerisch tätig bin. Natürlich nur als Amateur.«

Wer auf der großen weiten Welt hatte sich noch nicht auf diesem Gebiet versucht? dachte sie und zwang sich dann zu einem Lächeln. Es gehörte nicht zu ihrer Art, unfreundlich zu reagieren. »Tatsächlich? Verfassen Sie am Ende auch Kriminalromane?«

»Eigentlich nur Kurzgeschichten.« Sein breites, freundliches Gesicht lief rot an. »Wissen Sie, man verbringt eine Menge Zeit im Wagen. Herumsitzen und warten – das macht den Großteil meines Dienstes aus. Da hat man viel Zeit, um sich Gedanken zu machen.«

»Vielleicht sollten Sie mir einmal ein paar Ihrer Werke zeigen.«

»Ich möchte mich Ihnen wirklich nicht aufdrängen.«

»Ich würde sie aber gerne sehen. Warum kommen Sie nicht . . .« Sie schwieg abrupt, als sie sah, wie sich sein Gesichtsausdruck veränderte. Auch sie hatte das leise Geräusch gehört. So, als wenn jemand vorsichtig eine Tür geöffnet hätte.

»Warum gehen Sie nicht nach oben und stellen fest, ob alle Fenster geschlossen sind.« Der Detective zog seine Waffe und legte ihr die freie Hand auf den Arm. »Sicherheitshalber.«

Grace setzte sich sofort und ohne Widerspruch in Bewegung. Renockie hielt den Revolver jetzt mit beiden Händen und drehte sich langsam um die eigene Achse.

Im Schlafzimmer stellte sich Grace mit dem Rücken an die Tür, wartete und lauschte gespannt. Wahrscheinlich etwas ganz Harmloses. Warum auch nicht? Ed hatte den Jungen bestimmt schon längst festgenommen, und jeden Moment würde er sie anrufen.

Dann knarrte ein Dielenbrett, und Grace zuckte zusammen. Sofort trat ihr der Schweiß auf die Stirn. Führ dich nicht wie eine Närrin auf, ermahnte sie sich. Das konnte nur das hoffnungsvolle Nachwuchstalent sein, das ihr mitteilen wollte, alles sei in Ordnung.

»Desiree?«

Das Flüstern trocknete allen Schweiß in ihrem Gesicht. Sie roch und schmeckte Furcht, die sie nicht hinunterschlucken konnte. Der Türknauf drehte sich erst nach links und dann nach rechts.

»Desiree . . .«

Gefangen. In der Falle. Grace konnte an nichts anderes mehr denken. Sie war hier allein, und vor der Tür stand der Mann, der gekommen war, sie zu ermorden. Grace preßte beide Hände vor den Mund, um den Schrei zu ersticken. Warum war sie nur in diese Lage geraten, wo sie doch genau gespürt hatte, daß er sie aufsuchen würde? Aber halt, so ganz hilflos war sie nun doch nicht. Grace versuchte noch mit ungelenken Fingern die Schublade aufzuziehen, in der sich die Pistole befand, als die Tür aufging.

Er ist ja wirklich noch ein halbes Kind, dachte sie, als er vor ihr stand. Wie konnte so ein Junge, dem noch Pickel auf dem Kinn sprossen, ihre Schwester umgebracht haben? Aber dann blickte sie in seine Augen und erfuhr dort den Grund.

»Desiree, du wußtest, daß ich zurückkehren werde.«

»Ich bin nicht Desiree.« Er hatte ebenfalls eine Pistole. Grace blieb fast das Herz stehen, als sie die Waffe in seiner Rechten entdeckte – und dann das Blut an seinem Handgelenk. Und was war das in seiner Linken? Ein Strauß rosafarbener Nelken.

»Es spielt überhaupt keine Rolle, wie du dich jetzt nennst. Du bist zurückgekommen und hast mich angerufen.«

»Stehenbleiben.« Sie zielte mit der Pistole auf ihn, als er einen Schritt auf sie zu machte. »Kommen Sie mir nicht zu nahe. Ich will Ihnen nicht weh tun müssen.«

»Das könntest du auch gar nicht.« Er lachte voll des Glücks. Nie hatte er etwas so sehr gewollt wie sie, und es war sein größter Wunsch, sie glücklich zu machen. »Wir beide wissen, daß du mir kein Leid zufügen kannst. Diese Stufe haben wir längst hinter uns gelassen. Erinnerst du dich noch, wie es war? Weißt du es noch, Desiree? Dein Leben strömte in meine Hände, während das meine in dich floß.«

»Sie haben meine Schwester umgebracht. Die Polizei weiß das und ist schon auf dem Weg hierher.«

»Ich liebe dich.« Er kam näher, und sein Blick hätte sie fast hypnotisiert. »Du bist immer in meinem Herzen gewesen. Zusammen können wir alles erreichen, alles sein. Du kehrst immer wieder zu mir zurück. Und ich werde warten und lauschen. Genauso, wie es vorher war, wie es immer wieder sein wird.« Er hielt ihr die Blumen entgegen.

Sie hörten das Geräusch im selben Moment. Grace sah Renockie. Blut lief aus der Wunde, wo Jeralds Pistolenknauf ihn am Kopf getroffen hatte, über sein Gesicht. Er lehnte an der Tür und hatte Mühe, auf den Beinen zu bleiben.

Jerald fuhr herum und zog wie ein Raubtier die Lippen zurück. Als er die Waffe auf den Detective richtete, drückte Grace ab.

»Was ist denn da los?« Ben und Ed rannten über die Einfahrt. Lowenstein gelang es, die Haustür aufzubrechen.

»Ich bin nur schnell zu Billings gelaufen, um ihm ein paar Doughnuts zu bringen und ihm mitzuteilen, daß er zusammenpacken könne. Als ich zurückkam, war die Tür verriegelt.« Die drei zogen ihre Waffen und verteilten sich über das Haus. Ed entdeckte auf dem Boden eine Blutspur. Sie führte die Treppe hinauf. Als sie den Schuß hörten, war er schon auf dem Weg nach oben.

Sein Herzschlag drohte auszusetzen. Er hörte, wie jemand Graces' Namen erst rief und dann brüllte, ohne zu begreifen, daß das aus seinem Mund kam. Er sprang über Renockie hinweg und stellte sich mit der Waffe breitbeinig hin. Ed war bereit und mehr als nur gewillt zu töten.

Grace war zusammengebrochen und lag halb auf dem Bett. Sie hielt immer noch eine Schußwaffe in der Hand. Alle Farbe war aus ihrem Gesicht gewichen, und ein Schleier lag über ihrem Blick. Aber sie atmete noch. Ed zerstampfte Nelken, als er zu ihr eilte.

»Grace?« Er berührte sie an den Schultern, im Gesicht und am Haar. »Grace, sag mir, ob er dir etwas angetan hat. Sieh mich an. Sprich mit mir.« Er löste vorsichtig die Automatik aus ihrer Hand.

»Er war noch so jung. So furchtbar jung, ich konnte es gar nicht glauben. Und er hat mir Blumen mitgebracht.«

Ihr Blick wurde klarer, als Ed sich erhob und den Körper betrachtete, der einen Meter entfernt ausgebreitet auf dem Boden lag. »Er hat gesagt, er liebt mich.« Als sie anfing zu keuchen, drehte er sich wieder zu ihr um und wollte sie an sich ziehen. Aber sie wehrte ihn ab. »Laß nur, es geht schon. Mir fehlt nichts.«

Lowenstein erschien. »Renockie hat gesagt, Sie hätten ihm das Leben gerettet. Bravo, Sie haben wie ein richtiger Polizist reagiert.«

»Ja.« Grace' Kopf ruhte in ihrer Hand. »Ed, mir geht es wirklich einigermaßen. Ich fürchte nur, ich kann ohne fremde Hilfe nicht aufstehen.«

»Lehn dich an mich«, sagte er leise. »Wenigstens für einen Moment.«

Sie legte den Kopf an seine Schulter und nickte.

»Sie haben es hinter sich, junger Mann.« Ben kniete neben Jerald. Er hatte die Schußwunde bereits in Augenschein genommen. Ihm konnte niemand mehr helfen, auch die Ambulanz nicht, die Lowenstein gerufen hatte. »Wenn Sie sich noch irgend etwas von der Seele reden wollen, dann ist jetzt der rechte Moment dafür.«

»Ich habe keine Angst vor dem Sterben.« Jerald spürte keine Schmerzen. Das versüßte ihm den Tod. »Die letzte aller Erfahrungen. Desiree kennt sie. Sie hat sie bereits gemacht.«

»Haben Sie Desiree und Roxanne getötet, Jerald?«

»Ich habe ihnen das Beste gegeben, das ihnen je widerfahren ist.« Er hob leicht den Kopf und entdeckte Grace. »Desiree.«

Ed wollte Grace fortziehen, doch sie blieb stehen und blickte hinab auf den Jungen. Sie hatte immer wissen wollen, wie der Täter aussah, und jetzt würde sie diesen Anblick nie mehr vergessen können. Grace hatte Gerechtigkeit verlangt, doch in diesem Moment wußte sie nicht mehr, was darunter zu verstehen war.

»Ich komme wieder«, sagte Jerald. »Ich warte auf dich. Vergiß es nicht.« Seine Lippen verzogen sich zu einem Lächeln, und er starb.

»Komm mit nach unten, Grace.« Ed führte sie aus dem Zimmer.

»Glaubst du, wir werden je den Grund dafür erfahren? Ich meine, den wahren Grund?«

»In meinem Job lernt man früh genug, sich mit den Antworten zufriedenzugeben, die man bekommt. Setz dich, ich hole dir einen Brandy.«

»Da sage ich nicht nein.« Sie hockte sich aufs Sofa, zog die Knie an und bedeckte das Gesicht mit den Händen. »Ich habe ihm gesagt, ich wolle ihm nicht weh tun. Und bei Gott, es war mir ernst damit. Als er mir gegenüberstand und ich sah, wie jung er noch war, konnte ich ihn nicht mehr so hassen.«

»Hier, trink.«

»Danke.« Sie nippte erst vorsichtig an dem Glas und nahm dann einen großen Schluck. »Und ...« Sie schniefte und wischte sich mit dem Handrücken die Nase ab. »Wie war dein Tag?«

Ed stand nur da und betrachtete sie. Die Farbe kehrte langsam in ihr Gesicht zurück, und ihre Hände zitterten nicht mehr so stark. Grace war schon eine verdammt zähe Lady. Er kniete sich vor sie hin und nahm ihr den Schwenker aus der Rechten. Sie breitete die Arme aus, und er zog sie an sich.

»Ach, Ed, ich möchte in meinem ganzen Leben nicht noch einmal eine solche Angst ausstehen müssen.«

»Ich auch nicht.«

Sie drehte leicht den Kopf, bis ihre Lippen seinen Hals erreichen konnten. »Du zitterst ja.«

»Nein, das bist du.«

Grace lachte und hielt ihn fester. »Wer auch immer.«

Ben blieb an der Tür stehen, zögerte und räusperte sich kräftig.

»Verzieh dich, Paris.«

»In einer Minute. Also, wir haben Renockies Aussage, deswegen kannst du dir mit deiner noch etwas Zeit lassen, Grace. Ich lasse den ganzen Verein hier so bald wie möglich abrücken, damit ihr endlich allein sein könnt.«

»Danke.« Grace löste sich etwas von Ed, um ihm die Hand zu geben. »Du bist ein wahrer Freund, Ben.«

»Ich wünschte nur, wir wären etwas schneller wieder hiergewesen.« Er hielt ihre Hand für einen Moment fest. »Du hast ein paar sehr schlimme Minuten durchstehen müssen, Gracie. Tess will sicher von mir, daß ich dir sage, du kannst jederzeit bei ihr anrufen, wenn du mit jemandem über die Sache reden mußt.«

»Ich weiß. Richte ihr bitte aus, daß ich froh bin, ihr ihren Mann abends wieder zurückgeben zu können.«

Ben legte Ed eine Hand auf die Schulter. »Bis morgen, Partner.«

»Klar.« Als Ben gegangen war, drückte Ed Grace das Glas in die Hand zurück. »Trink noch etwas davon.«

»Mann, ich glaube, ich könnte die ganze Flasche brauchen.« Sie hörte Stimmen und Schritte auf der Treppe. Doch diesmal wußte Grace, wer sie verursachte, und zuckte nicht zusammen. »Ed, wenn es dir nichts ausmacht, möchte ich fort von hier und nach Hause.«

Er strich ihr kurz über die Wange und erhob sich dann. In diesem Moment, in dem er sie verlor, war es ihm unmöglich, in ihrer Nähe zu bleiben. »Tut mir leid, Grace, aber du kannst heute abend nicht nach New York zurück. Das wird erst in ein paar Tagen möglich sein, wenn du all den Papierkrieg hinter dir hast.«

»New York?« Sie stellte das Glas ab. »Ich habe gesagt, ich will nach Hause. Und das liegt nur eine Haustür weiter.« Als er sich zu ihr umdrehte und sie fassungslos anstarrte, fügte sie mit einem Grinsen hinzu: »Das heißt, natürlich nur, wenn dein Angebot noch gilt.«

»Tut es.« Er legte einen Arm um ihre Hüften. »Noch sieht es dort nicht gerade heimelig aus, Grace. In meinem Haus gibt es eine Menge zu tun.«

»Ich habe doch jetzt die Abende frei.« Sie schmiegte sich an ihn. »Ich glaube, ich habe dir noch nie erzählt, daß mir am Tag meiner Ankunft dein Haus gleich aufgefallen ist. Ich habe mir gewünscht, einmal in einem solchen Schmuckstück leben zu können. Laß uns heimgehen, Ed.«

»Sehr gern.« Er half ihr hoch.

»Ach, da wäre noch eine Sache.« Sie rieb sich mit den Handballen übers Gesicht, um die letzte Feuchtigkeit zu entfernen. »Ich habe nicht vor, deine Hemden zu bügeln.«

Nächtliches Schweigen

*Für meinen Vater,
mein erstes Idol*

Prolog

Los Angeles, 1990

Sie trat voll auf die Bremse, und der Wagen schleuderte hart gegen den Bordstein. Das Radio dröhnte weiter. Beide Hände fest vor den Mund gepreßt, versuchte sie, ein hysterisches Lachen zurückzuhalten. Einen Gruß aus der Vergangenheit hatte der Discjockey es genannt. Einen Gruß aus der Vergangenheit. Devastation spielte immer noch.

Irgendwie funktionierte ihr Verstand gut genug, um auf Kleinigkeiten zu achten: die Zündung auszuschalten, den Schlüssel abzuziehen, die Tür zu öffnen. Trotz der milden Abendluft zitterte sie. Feiner Nieselregen und steigende Temperaturen verursachten Nebelschwaden, die über den Bürgersteig wehten. Sie rannte hindurch, wobei sie wie unter Zwang ständig nach rechts, links und über die Schulter blickte.

Die Dunkelheit. Sie hatte beinahe vergessen, was sich in der Dunkelheit verbarg.

Der Geräuschpegel schwoll an, als sie die Tür aufstieß. Die glitzernden Lichter blendeten sie. Sie rannte weiter; wußte nur, daß sie vor Angst außer sich war und daß jemand, egal wer, ihr zuhören mußte.

Mit wild klopfendem Herzen lief sie durch die Halle. Mehr als ein Dutzend Telefone klingelten, Stimmen riefen durcheinander und verschwammen in einem Gemisch aus Schreien, Fragen und Beschwerden. Jemand fluchte unaufhörlich leise vor sich hin. Sie fand die Tür mit dem Schild ›Mordkommission‹ und unterdrückte ein Schluchzen.

Er saß zurückgelehnt am Schreibtisch, einen Fuß lässig auf einen abgewetzten Aktenordner gelegt, einen Telefonhörer zwischen Schulter und Ohr geklemmt, und war im

Begriff einen Styroporbecher mit Kaffee zum Mund zu führen.

Sie fiel auf den Stuhl vor seinem Schreibtisch. »Bitte hilf mir«, stieß sie hervor. »Jemand versucht, mich umzubringen.«

1

London, 1967

Emma war fast drei Jahre alt, als sie ihren Vater zum erstenmal traf. Sie wußte, wie er aussah, da ihre Mutter jede verfügbare Fläche der vollgestopften Dreizimmerwohnung mit sorgfältig aus Zeitschriften und Fanmagazinen ausgeschnittenen Fotos bedeckt hatte. Jane Palmer pflegte ihre Tochter von Foto zu Foto an der stockfleckigen Wand zu tragen und sich dann mit ihr auf dem staubigen, zerschlissenen Sofa niederzulassen, um ihr von der wundervollen Liebesbeziehung zwischen ihr und Brian McAvoy, dem Leadsänger der bekannten Rockgruppe Devastation, zu erzählen. Je mehr Jane trank, desto stärker verherrlichte sie diese Liebe.

Emma verstand nur Bruchstücke von dem, was man ihr erzählte. Sie wußte, daß der Mann auf den Fotos bedeutend war; daß er und seine Band sogar vor der Königin aufgetreten waren. Sie hatte gelernt, seine Stimme zu erkennen, wenn seine Songs im Radio gespielt wurden oder ihre Mutter eine der Platten aus ihrer Sammlung auflegte.

Emma mochte seine Stimme und das, was sie später als leichten irischen Akzent erkannte.

Einige Nachbarn redeten voll Mitleid über das arme kleine Ding von oben, deren Mutter eine Vorliebe für Gin und ein gefährliches Temperament hatte, weil man von Zeit zu Zeit Janes schrille Verwünschungen und Emmas verzweifeltes Schluchzen hören konnte. Dann kräuselten sich die Lippen der Frauen, und sie warfen einander wissende Blicke zu, während sie ihre Teppiche ausklopften oder die wöchentliche Wäsche aufhingen.

Zu Beginn des Sommers des Jahres 1967, dieses Sommers der Liebe, schüttelten sie nur die Köpfe, wenn sie die Schreie des kleinen Mädchens durch das offene Fenster der Palmerschen Wohnung hörten. Fast alle waren sich darin einig, daß die junge Jane Palmer ein so goldiges Kind gar nicht verdient hatte, aber das behielten sie für sich. In diesem Teil Londons kam niemand auf die Idee, eine solche Angelegenheit den Behörden zu melden.

Natürlich hatte Emma keine Ahnung von Begriffen wie Alkoholismus oder psychische Störungen, aber obwohl sie erst drei Jahre alt war, verstand sie es schon, die Launen ihrer Mutter einzuschätzen. Sie wußte genau, an welchen Tagen die Mutter lachen und sie knuddeln und wann sie schimpfen und sie schlagen würde. War die Stimmung in der Wohnung besonders gespannt, packte Emma ihren schwarzen Plüschhund Charlie und verkroch sich in dem Schrank unter der Küchenspüle, um in der feuchten Dunkelheit zu warten, bis die Mutter sich wieder beruhigt hatte.

An manchen Tagen war sie allerdings nicht schnell genug.

»Halt gefälligst still, Emma.« Jane zog die Bürste durch Emmas hellblondes Haar. Mit zusammengebissenen Zähnen widerstand sie dem Drang, ihrer Tochter damit quer über den Rücken zu schlagen. Heute würde sie nicht die Fassung verlieren, heute nicht. »Ich mache dich richtig hübsch. Du möchtest doch heute besonders hübsch aussehen, oder nicht?«

Emma lag nicht allzuviel daran, hübsch auszusehen, nicht, wenn die Bürstenstriche auf ihrer Kopfhaut brannten und ihr neues rosa Kleid so steif gestärkt war, daß es kratzte. Sie zappelte weiter auf dem Stuhl herum, als ihre Mutter versuchte, die widerspenstigen Locken mit einem Band zusammenzuhalten.

»Ich habe gesagt, du sollst stillhalten!« Emma quiekte vor Schmerz, als Jane sie hart am Hals packte. »Niemand will ein schmutziges, ungezogenes Kind.« Nach zwei tiefen Atemzügen lockerte Jane den Griff. Sie wollte keinesfalls, daß das Kind blaue Flecken bekam. Sie liebte es doch. Und blaue Flecken würden auf Brian einen sehr schlechten Eindruck machen, sollte er sie bemerken.

Nachdem sie Emma vom Stuhl hochgezogen hatte, legte ihr Jane fest die Hand auf die Schulter. »Mach nicht so ein mürrisches Gesicht, Mädchen.« Doch im großen und ganzen war sie mit dem Ergebnis zufrieden. Mit ihren blonden

Wuschellocken und den großen blauen Augen sah Emma wie eine verhätschelte kleine Prinzessin aus. »Na, sieh doch mal.« Janes Hände waren wieder sanft, als sie Emma zum Spiegel drehte. »Siehst du nicht niedlich aus?«

Emma zog eine störrische Flunsch, als sie sich in dem fleckigen Glas betrachtete. Ihre Stimme ahmte Janes Cockneyakzent nach, vermischt mit einem kindlichen Lispeln. »Das kratzt.«

»Eine Dame muß Unbequemlichkeiten in Kauf nehmen, wenn sie auf Männer wirken will.« Janes eigenes enges Mieder schnitt ihr ins Fleisch.

»Warum?«

»Das gehört zum Job einer Frau.« Sie drehte sich vor dem Spiegel und prüfte ihr Äußeres von allen Seiten. Das dunkelblaue Kleid schmeichelte ihrer üppigen Figur und brachte ihre vollen Brüste zur Geltung. Brian hatte ihre Brüste immer gemocht, erinnerte sie sich und fühlte einen kurzen Schub sexueller Erregung. Himmel, niemand je vor oder nach ihm konnte ihm im Bett das Wasser reichen. In ihm brannte ein wilder Hunger, den er hinter seiner kühlen, selbstbewußten Fassade so gut verbarg. Sie kannte ihn seit seiner Kindheit und war über zehn Jahre lang mit Unterbrechungen seine Geliebte gewesen. Niemand wußte besser als sie, wozu Brian in höchster Erregung fähig war.

Einen Moment lang stellte sie sich vor, wie es wäre, wenn er ihr das Kleid abstreifen, sie mit den Augen verschlingen und mit seinen schlanken Musikerfingern das enge Mieder aufhaken würde.

Sie waren gut miteinander ausgekommen, dachte sie und spürte ihre eigene Erregung. Sie würden wieder gut miteinander auskommen.

Reiß dich zusammen, befahl sie sich und griff nach der Bürste, um sich das Haar zu kämmen. Die Hälfte des Haushaltsgeldes hatte sie beim Friseur gelassen, um ihre schulterlangen, glatten Haare im gleichen Farbton wie die Emmas zu färben. Sie schüttelte den Kopf, daß die Haare flogen. Nach dem heutigen Tage würde sie sich nie wieder Sorgen um Geld machen müssen.

Ihre Lippen waren sorgfältig blaßrosa geschminkt – in derselben Farbe, die das Supermodel Jane Asher auf der Titelseite der neuen *Vogue* verwendet hatte. Nervös griff sie zu ihrem schwarzen Kajalstift und betonte die Augenwinkel stärker.

Fasziniert beobachtete Emma ihre Mutter. Heute duftete sie nach Parfüm statt nach Gin. Versuchsweise langte sie nach dem Lippenstift und bekam sofort einen Klaps auf die Hand. »Laß die Finger davon.« Ein weiterer Klaps. »Wie oft habe ich dir schon gesagt, du sollst meine Sachen nicht anfassen?«

Emma nickte, ihre Augen schwammen bereits in Tränen.

»Und fang bloß nicht an zu heulen. Ich will nicht, daß er dich das erste Mal mit roten Augen und verquollenem Gesicht sieht. Er sollte eigentlich schon hier sein.« In Janes Stimme schwang ein Unterton mit, der Emma veranlaßte, sich vorsichtig außer Reichweite zu begeben. »Wenn er nicht bald kommt...« Sie brach ab und listete im Geiste ihre Vorzüge auf, während sie sich im Spiegel bewunderte.

Schon immer war sie üppig, jedoch nie dick gewesen. Vielleicht saß das Kleid etwas eng, aber es betonte die richtigen Stellen. Dünne Frauen mochten ja in Mode sein, aber sie wußte, daß Männer die kurvenreichen bevorzugten, sobald das Licht ausging. Lange genug hatte sie von ihrem Körper gelebt, um sich dessen sicher zu sein.

Ihr Selbstvertrauen wuchs noch, als sie sich betrachtete und sich einredete, daß sie den blassen, ewig gelangweilten scheinenden Modellen glich, die zur Zeit in London tonangebend waren. Sie war nicht einsichtig genug zu erkennen, daß das neue Make-up ihr nicht stand und die neue Frisur ihr Gesicht bitter und hart erscheinen ließ. Sie wollte im Trend liegen, wie immer.

»Vielleicht glaubt er mir ja nicht – oder will mir nicht glauben. Kein Mann will Kinder.« Sie zuckte die Achseln. Ihr eigener Vater hatte sie nie gewollt, bis sich ihre Brüste zu entwickeln begannen. »Denk immer daran, Emmakind.« Ihr abschätzender Blick glitt über Emma. »Männer wollen keine Kinder. Sie wollen eine Frau nur für das eine, und was das ist, wirst du früh genug herausfinden. Wenn sie mit dir fertig sind, sind sie fertig, und du sitzt da mit einem dicken Bauch und gebrochenem Herzen.«

Sie griff nach einer Zigarette, rauchte mit kurzen, abgehackten Zügen, während sie auf und ab ging. Hätte sie doch nur etwas Gras, süßes, beruhigendes Gras, dachte sie, doch sie hatte das gesamte restliche Geld für Emmas neues Kleid ausgegeben. Die Opfer einer Mutter.

»Na ja, vielleicht will er dich ja nicht, aber nach dem ersten Blick kann er nicht abstreiten, daß du von ihm bist.« Mit schmalen Augen betrachtete sie ihre Tochter durch den Rauch und fühlte so etwas wie mütterlichen Stolz. Das kleine Biest war tatsächlich bildhübsch, wenn es sauber und ordentlich aussah. »Du bist sein gottverdammtes Ebenbild, Emmaschatz. In der Zeitung steht, daß er diese Wilson-Schlampe heiraten will – jede Menge Geld und was Besseres –, aber wir werden sehen, wir werden ja sehen. Er wird zu mir zurückkommen. Ich hab' immer gewußt, er kommt zurück.« Die Zigarette landete in einem überquellenden Aschenbecher und qualmte dort weiter. Jane brauchte dringend einen Drink – nur einen Schluck Gin, nur, um ihre Nerven zu beruhigen. »Du setzt dich aufs Bett. Bleib da sitzen und sei still. Und wehe, du gehst an meine Sachen, dann setzt es was.«

Als es an der Tür klopfte, hatte sie zwei Drinks heruntergekippt. Ihr Herz begann wild zu klopfen. Wie die meisten Alkoholiker fühlte sie sich nach ein paar Gläschen wesentlich attraktiver und selbstbewußter. Sie glättete ihr Haar, setzte ein, wie sie meinte, verführerisches Lächeln auf und öffnete.

Er sah blendend aus. Einen Augenblick sah sie nur ihn in der hellen Sommersonne, groß und schlank, mit seinen wehenden blonden Haaren und dem vollen, ernsten Mund, der ihm das Aussehen eines Dichters oder Apostels verlieh. Soweit sie überhaupt dazu fähig war, war sie verliebt.

»Brian. Nett von dir, kurz reinzuschauen.« Ihr Lächeln verblaßte, sowie sie die beiden Männer hinter ihm bemerkte. »Reist du neuerdings in Begleitung, Bri?«

Er war in schlechter Stimmung, verspürte einen unterschwelligen Zorn, daß er gezwungen war, Jane wiederzusehen, und gab daran hauptsächlich seinem Manager und seiner Verlobten die Schuld. Nun, da er einmal hier war, wollte er nur noch so schnell wie möglich wieder fort.

»Du erinnerst dich an Johnno?« Brian betrat die Wohnung. Der Geruch nach Gin, Schweiß und dem gestrigen Mittagessen erinnerten ihn unangenehm an seine eigene Kindheit.

»Klar.« Jane nickte dem großen Bassisten kurz zu. Er trug einen Diamantring am kleinen Finger und ließ sich einen buschigen schwarzen Bart stehen. »Du hast es zu was gebracht, wie, Johnno?«

Dieser blickte in die schäbige Wohnung. »Manche schaffen's eben.«

»Das ist Pete Page, unser Manager.«

»Miß Palmer.« Der ruhige Dreißiger zeigte beim Lächeln ein strahlendweißes Gebiß und streckte eine manikürte Hand aus.

»Ich hab' schon viel von Ihnen gehört.« Sie legte ihre Hand mit dem Rücken nach oben in die seine, eine Aufforderung, sie an die Lippen zu führen. Er übersah die Geste. »Sie haben unsere Jungs zu Stars gemacht.«

»Ich habe nur den Weg geebnet.«

»Vor der Königin spielen, Fernsehauftritte, ein neues Album in den Charts und demnächst eine große Amerikatournee.« Sie sah wieder zu Brian. Sein Haar fiel ihm fast bis auf die Schultern, sein Gesicht war schmal, blaß und empfindsam. Dieses Gesicht zierte die Zimmer von Jugendlichen auf beiden Seiten des Atlantiks, seit sein zweites Album, *Complete Devastation*, die Hitparaden erobert hatte. »Jetzt hast du ja alles, was du willst.«

Der Teufel sollte ihn holen, wenn er sich von ihr Schuldgefühle machen lassen würde, nur weil er etwas aus sich gemacht hatte. »Stimmt genau.«

»Manch einer kriegt mehr, als er verdient.« Sie warf das Haar zurück. Die Vergoldung ihrer großen Ohrringe blätterte bereits ab. Mit ihren vierundzwanzig Jahren war sie ein Jahr älter als Brian und hielt sich für sehr viel erfahrener. »Ich würde euch ja Tee anbieten, aber auf eine Party war ich nicht gefaßt.«

»Wir sind nicht zum Tee gekommen.« Brian schob die Hände in die Taschen seiner Jeans. Der mißmutige Gesichtsausdruck, den er während der gesamten Fahrt zur Schau getragen hatte, verstärkte sich. Er mochte jung sein, aber er hatte seine Lektionen gelernt. Diese abgewrackte, trinkfreudige Vettel würde ihm keinen Ärger mehr machen. »Diesmal habe ich die Polizei noch aus dem Spiel gelassen, Jane, nur wegen der alten Zeiten. Aber wenn du mich weiter dauernd anrufst, mit Drohbriefen bombardierst und Erpressungsversuche startest, glaub mir, dann wird das anders.«

Ihre zu stark geschminkten Augen verengten sich. »Du willst mir also die Bullen auf den Hals hetzen. Tu das nur, Freundchen. Wir wollen doch mal sehen, was passiert, wenn all deine kleinen Fans und ihr Spießbürgerpack von Eltern lesen können, wie du mich geschwängert und dann mit einem armen kleinen Mädchen sitzengelassen hast, während du in Geld schwimmst und dir ein schönes Leben machst. Wie würde das wohl ankommen, Mr. Page? Können Sie Bri und den Jungs dann noch einen Auftritt im Königshaus verschaffen?«

»Miß Palmer.« Petes Stimme blieb ruhig und gelassen. Er hatte Stunden damit verbracht, das Für und Wider der Lage abzuwägen. Ein Blick überzeugt ihn, daß das reine Zeitverschwendung gewesen war. Hier ging es nur um Geld. »Ich bin sicher, daß Sie Ihre persönlichen Angelegenheiten nicht in der Presse wiederfinden möchten. Ich denke auch, daß Sie nicht böswilliges Verlassen unterstellen sollten, wenn dies nicht vorgelegen hat.«

»Hört, hört. Ist er dein Manager, Brian, oder dein verdammter Rechtsanwalt?«

»Als ich dich verlassen habe, warst du nicht schwanger.«

»Da hatte ich noch keine Ahnung«, schrie sie und klammerte sich an Brians schwarze Lederweste. »Ich hab's erst zwei Monate später bestätigt bekommen, da warst du schon weg, und ich wußte nicht, wo ich dich suchen sollte. Ich hätte es wegmachen lassen können.« Als Brian versuchte, ihre Hände wegzuschieben, krallte sie sich nur noch stärker fest. »Ich kannte da ein paar Leute, die das für mich geregelt hätten, aber ich hatte davor noch mehr Angst als vor der Geburt.«

»Sie hat also ein Kind gekriegt.« Johnno setzte sich auf eine Stuhllehne und nahm sich eine Gauloise, die er mit einem schweren goldenen Feuerzeug anzündete. In den letzten zwei Jahren hatte er sich teure Angewohnheiten zugelegt. »Das heißt noch nicht, daß es von dir ist, Bri.«

»Es ist seins, du Scheißkerl.«

»Meine Güte.« Johnno zog ungerührt an seiner Zigarette und blies ihr den Rauch direkt ins Gesicht. »Ganz Dame, wie?«

»Laß gut sein, Johnno.« Petes Stimme blieb immer noch beherrscht. »Miß Palmer, wir sind hier, um die Sache ohne großes Aufsehen zu klären.«

Und genau das war ihre Trumpfkarte. »Jede Wette, daß Sie kein großes Aufsehen wollen. Du weißt genau, daß ich in dieser Zeit mit keinem anderen was hatte, Brian.« Sie lehnte sich gegen ihn und preßte ihren Busen an seine Brust. »Du erinnerst dich doch an Weihnachten, das letzte Mal, wo wir zusammen waren. Wir waren high, ein bißchen aufgedreht und haben keine Verhütungsmittel benützt. Und Emma wird im September drei.«

Und ob er sich erinnerte – besser, als ihm lieb war. Er war neunzehn gewesen, erfüllt von Musik, wie im Rausch. Irgendwer hatte Kokain mitgebracht, und nachdem er zum erstenmal geschnupft hatte, fühlte er sich wie ein Bulle, wild darauf, sie zu vögeln.

»Du hast also ein Baby bekommen und glaubst, es ist von mir. Warum hast du bis jetzt gebraucht, mir das zu sagen?«

»Wie gesagt, zuerst konnte ich dich nicht finden.« Jane leckte sich die Lippen und sehnte sich nach einem Drink. Es wäre sehr unklug, ihm zu erzählen, daß sie es eine Weile genossen hatte, die Märtyrerin zu spielen, die arme, ledige Mutter, ganz auf sich gestellt. Außerdem hatte es da den einen oder anderen Mann gegeben, der ihr ein wenig unter die Arme gegriffen hatte.

»Ich bin zu diesem Verein gegangen, du weißt schon, für Mädchen in Schwierigkeiten. Ich dachte, ich könnte sie vielleicht zur Adoption freigeben, aber als sie erst mal da war, brachte ich es nicht übers Herz. Sie hat genauso ausgesehen wie du. Ich dachte, wenn ich sie weggebe und du das erfährst, würdest du wütend auf mich sein. Ich hatte Angst, du würdest mir keine Chance mehr geben.«

Sie begann zu weinen, große, dicke Tränen, die ihr schweres Make-up verschmierten und um so abstoßender und erschreckender wirkten, als sie echt waren. »Ich wußte immer, daß du zurückkommst, Brian. Ich hab' deine Songs im Radio gehört, deine Poster in Plattenläden gesehen. Du hast es geschafft. Ich wußte ja immer, daß du es schaffen würdest, aber ich hätte nie gedacht, daß du so berühmt wirst. Dann habe ich nachgedacht...«

»Darauf möchte ich wetten«, murmelte Johnno.

»Ich habe nachgedacht«, knirschte sie. »Daß du vielleicht von dem Kind erfahren solltest. Ich bin zu deiner alten Wohnung gegangen, aber du warst weggezogen, und niemand wollte mir sagen. wohin. Aber ich hab' jeden Tag an dich gedacht. Hier.«

Sie nahm seinen Arm und wies auf die mit Fotos übersäte Wand. »Ich hab' alles, was ich über dich finden konnte, ausgeschnitten und aufgehoben.«

Er starrte auf Dutzende seiner Abbilder, und ihm drehte sich der Magen um. »O Gott.«

»Ich habe bei deiner Plattenfirma angerufen, bin sogar hingegangen, aber die haben mich wie Dreck behandelt. Ich sagte ihnen, daß ich die Mutter von Brian McAvoys kleiner Tochter bin, und da haben sie mich rausgeschmissen.« Wohlweislich verschwieg sie, daß sie in betrunkenem Zustand auf die Empfangsdame losgegangen war. »Dann habe ich das von dir und Beverly Wilson gelesen und war verzweifelt. Ich wußte zwar, daß sie dir nichts bedeuten konnte, nicht nach dem, was zwischen uns war, aber ich mußte irgendwie mit dir reden.«

»Zu Bevs Wohnung gehen und da wie eine Verrückte zu toben, war nicht unbedingt der beste Weg.«

»Ich mußte mit dir reden, dich dazu bringen, daß du mir zuhörst. Du weißt ja nicht, wie das ist, Brian, sich immer zu fragen, wie man die Miete bezahlen soll und ob genug Geld für Essen da ist. Ich kann mir keine schicken Sachen mehr kaufen oder abends ausgehen!«

»Also willst du Geld?«

Sie zögerte eine Sekunde zu lange. »Ich will dich, Bri, schon immer.«

Johnno drückte seine Zigarette im Topf einer Plastikpflanze aus. »Weißt du, Bri, hier wird dauernd von diesem Kind geredet, aber es ist keine Spur von ihm zu sehen.« Er stand auf und warf gewohnheitsmäßig seinen glänzenden dunklen Haarschopf zurück. »Können wir hier verschwinden?«

Jane warf ihm einen hinterhältigen Blick zu. »Emma ist im Schlafzimmer, und ich lasse nicht zu, daß ihr alle da reintrampelt. Das geht nur Brian und mich an.«

Johnno grinste sie an. »Du hast schon immer deine beste Arbeit im Bett geleistet, was, Schätzchen?« Ihre Augen trafen sich, und die Abneigung, die schon immer zwischen ihnen bestanden hatte, flackerte wieder auf. »Bri, sie mag ja mal eine Edelnutte gewesen sein, aber heute ist sie nur noch zweitklassig. Können wir weitermachen?«

»Du miese Schwuchtel!« Bevor Brian sie um die Taille fassen konnte, ging Jane auf Johnno los. »Du wüßtest ja gar nicht, was du mit einer richtigen Frau anfangen solltest, selbst wenn sie dich am Schwanz packen würde!«

Sein Grinsen blieb unverändert, aber seine Augen wurden hart. »Möchtest du's mal ausprobieren, Süße?«

»Zähl nur auf Johnno, wenn es darum geht, etwas in Ruhe zu besprechen«, brummte Brian vor sich hin und drehte Jane herum. »Du hast gesagt, das hier geht nur dich und mich an, also bleib dabei. Ich werde mir das Mädchen ansehen.«

»Die beiden aber nicht.« Sie zeigte Johnno die Zähne, der nur die Achseln zuckte und sich eine weitere Zigarette anzündete. »Nur du. Das bleibt Privatsache.«

»Gut, wartet hier.« Er hielt Jane am Arm fest, als sie ins Schlafzimmer ging. Es war leer. »Ich bin das Spielchen leid, Jane.«

»Sie versteckt sich, das ist alles. Die ganzen Leute machen

ihr Angst. Emma! Komm sofort zu Mamma!« Jane kniete sich neben das Bett und rappelte sich dann hoch, um den engen Schrank zu durchsuchen. »Vielleicht ist sie auf dem Klo.« Sie stürmte hinaus und riß die Tür zum Flur auf.

»Brian.« Von der Küchentür machte Johnno ihm ein Zeichen. »Hier ist etwas, was du dir ansehen solltest.« Er hob ein Glas und prostete Jane zu. »Du hast doch nichts dagegen, daß ich mir einen Drink genehmige, Schätzchen? Die Flasche war schon offen.« Mit dem Daumen seiner freien Hand deutete er auf den Schrank unter der Spüle.

Hier war der abgestandene Geruch noch stärker, schaler Gin, gärende Abfälle, vor sich hin schimmelnde Lumpen. Brians Schuhe blieben am Linoleum kleben, als er zum Schrank ging und sich bückte. Er öffnete die Tür und spähte hinein.

Klar erkennen konnte er das Mädchen nicht, er sah nur, daß es sich in die Ecke geduckt hatte und etwas Schwarzes im Arm hielt. Sein Magen hob sich, aber er versuchte zu lächeln.

»Hallo.«

Emma vergrub ihr Gesicht in dem schwarzen Fellbündel in ihrem Arm.

»Verdammte Gör, ich werde dir helfen, dich vor mir zu verstecken.« Jane wollte nach ihr greifen, aber ein Blick von Brian hielt sie zurück. Er streckte seine Hand aus und lächelte erneut.

»Ich fürchte, ich passe nicht mehr mit rein. Wie wär's, wenn du kurz rauskommst?« Er sah sie über ihre verschränkten Arme hinweg blinzeln. »Niemand tut dir weh.«

Er hat so eine schöne Stimme, dachte Emma, weich und melodisch, wie Musik. Das Licht aus dem Küchenfenster fiel auf sein sattblondes Haar und ließ es wie Engelshaar glänzen. Kichernd krabbelte sie hervor.

Ihr neues Kleid war schmierig und voller Flecken, ihr wuscheliges Babyhaar von einem Leck unter der Spüle feucht. Beim Lächeln zeigte sie weiße Zähnchen, ein Schneidezahn stand schief. Brian fuhr mit der Zunge über ein Gegenstück in seinem Mund. Als sie die Lippen krümmte, tanzte genau wie bei ihm ein Grübchen im linken Mundwinkel, und seine eigenen tiefblauen Augen sahen ihn an.

»Und dabei hatte ich sie so hübsch zurechtgemacht.« Janes Stimme klang weinerlich, der Geruch nach Gin ließ ihr das Wasser im Mund zusammenlaufen, aber sie hatte Angst, sich ein Glas einzuschenken. »Ich habe ihr extra gesagt, sie soll sich nicht schmutzig machen. Habe ich dir das nicht gesagt, Emma? Ich werde sie waschen gehen.« Sie faßte Emma so hart am Arm, daß das Mädchen in die Höhe sprang.

»Laß sie los.«

»Ich wollte sie doch nur...«

»Laß sie los«, wiederholte Brian mit flacher, bedrohlicher Stimme. Wenn er sie nicht unverwandt angestarrt hätte, wäre Emma wohl wieder unter die Spüle gekrochen. Sein Kind. Für einen Moment konnte er sie nur weiter anstarren, sein Kopf wurde leicht und sein Magen verkrampfte sich. »Hallo, Emma.« Nun schwang in seiner Stimme diese Süße mit, in die sich Frauen verliebten. »Was hast du denn da?«

»Charlie. Mein Hündchen.« Sie hielt Brian das Stofftier zur Inspektion hin.

»So ein schönes Hündchen.« Es drängte ihn, sie zu berühren, ihr über das Gesicht zu streichen, aber er beherrschte sich. »Weißt du, wer ich bin?«

»Auf den Fotos.« Zu jung, einem Impuls zu widerstehen, griff sie in sein Gesicht. »Schön!«

Johnno lachte und nahm einen Schluck Gin. »Typisch Frau.«

Ohne auf ihn zu achten, zupfte Brian an Emmas feuchten Locken. »Du aber auch.«

Er redete Unsinn, wobei er sie genau beobachtete. Seine Knie waren wie Gummi, und in seinem Magen tanzten ein paar Schmetterlinge. Beim Lachen verstärkte sich ihr Grübchen, es war, als würde er sich selbst zusehen. Es wäre einfacher und mit Sicherheit bequemer, dies abzustreiten, aber es war unmöglich. Gewollt oder ungewollt, er hatte sie gezeugt. Doch sie zu beschützen, hieß nicht, sie zu akzeptieren.

Er erhob sich und wandte sich an Pete. »Wir sollten besser zur Probe gehen.«

»Du willst weg?« Jane sprang auf und verstellte ihm den Weg. »Einfach so? Schau sie dir doch an!«

»Ich weiß, was ich sehe.« Ein plötzliches Schuldgefühl durchzuckte ihn, als Emma zum Schrank zurückschlich. »Ich brauche Zeit zum Nachdenken.«

»O nein, du haust mir nicht einfach ab. Du denkst nur an dich, wie immer. Was ist am besten für Brian, was ist am besten für seine Karriere. Ich lasse mich nicht noch mal beiseite stoßen.« Er war schon fast an der Tür, als sie Emma hochriß und ihm nachlief. »Wenn du gehst, bringe ich mich um.«

Er hielt lange genug inne, um sich umzudrehen. Diesen Text kannte er, er hätte ein Lied daraus machen können. »Das zieht schon lange nicht mehr.«

»Und sie.« Voller Verzweiflung stieß sie diese Drohung hervor und ließ sie in der Luft schweben. Ihr Griff um Emmas Taille wurde so fest, daß das Mädchen zu schreien begann.

Panik wallte in Brian hoch, als die Schreie des Kindes, seines Kindes, von den Wänden widerhallten. »Laß sie los, Jane, du tust ihr weh.«

»Was geht dich das an«, schluchzte Jane; ihre Stimme wurde schriller und schriller bei dem Versuch, ihre Tochter zu übertönen. »Du gehst einfach weg.«

»Nein, das tue ich nicht. Ich brauche nur Zeit, um über alles nachzudenken.«

»Klar, Zeit, damit dein sauberer Manager eine hübsche Geschichte erfinden kann, meinst du.« Ihr Atem ging heftig, sie hielt die sich wehrende Emma mit beiden Händen fest. »Ich will mein Recht, Brian.«

Er ballte die Fäuste. »Laß sie runter.«

»Ich bringe sie um.« Sie wurde ruhiger, konzentrierte sich auf diesen Gedanken. »Ich schwöre dir, ich schneide erst ihr die Kehle durch und dann mir selber. Kannst du damit leben, Brian?«

»Sie blufft doch nur«, murmelte Johnno, doch seine Handflächen wurden feucht.

»Ich habe nichts mehr zu verlieren. Glaubst du, ich will so weiterleben? Ganz allein das Gör großziehen, während die

Nachbarn über mich herziehen? Nie mehr ausgehen und mich amüsieren können? Denk darüber nach, Bri, und denk daran, was die Presse mit dir macht, wenn ich die ganze Geschichte erzähle. Und das mache ich – ich sage alles, bevor ich uns beide umbringe.«

»Miß Palmer.« Pete hob beruhigend die Hand. »Ich gebe Ihnen mein Wort, daß wir eine allseits befriedigende Lösung finden werden.«

»Laß Johnno Emma in die Küche bringen, Jane, und wir besprechen alles.« Brian näherte sich ihr vorsichtig. »Wir werden einen Weg finden, der für alle Seiten akzeptabel ist.«

»Ich will doch nur, daß du zu mir zurückkommst.«

»Ich bleibe noch hier.« Erleichtert bemerkte er, daß sie ihren Griff lockerte. »Wir reden darüber.« Er nickte Johnno leicht zu. »Wir reden jetzt über alles, komm, setzen wir uns erst mal.«

Zögernd nahm Johnno das Mädchen auf den Arm. Pingelig wie er war, rümpfte er die Nase, als er den unter der Spüle angehäuften Unrat sah, aber er trug sie in die Küche. Da sie nicht aufhörte zu weinen, nahm er sie auf den Schoß und streichelte ihr Haar.

»Komm schon, Häschen, nicht weinen. Johnno läßt nicht zu, daß dir etwas passiert.« Er schaukelte sie hin und her und überlegte, was seine Mutter wohl getan hätte. »Möchtest du einen Keks?«

Sie schluckte, nickte dann, die Augen immer noch feucht.

Er schaukelte sie weiter und stellte fest, daß sie unter all den Tränen und dem Schmutz ein einnehmendes kleines Ding war. Und eine McAvoy, gab er seufzend zu. Eine McAvoy durch und durch. »Können wir irgendwo welche stibitzen?«

Endlich lächelte sie und wies auf einen hohen Schrank.

Eine halbe Stunde später hatten sie die Platte mit Keksen fast geleert und süßen Tee getrunken, den er aufgebrüht hatte. Brian sah von der Küchentür aus zu, wie Johnno Grimassen schnitt und Emma zum Kichern brachte. Wenn alles, aber auch alles schiefging, dachte er, konnte man sich doch immer auf Johnno verlassen.

Er ging in die Küche und fuhr seiner Tochter mit der Hand durchs Haar. »Emma, möchtest du eine Fahrt mit meinem Auto machen?«

Sie leckte ein paar Krümel von den Lippen. »Mit Johnno?«

»Ja, mit Johnno.«

»Ich bin der absolute Renner.« Johnno stopfte sich den letzten Keks in den Mund.

»Ich möchte, daß du bei mir bleibst, Emma, in meinem Haus.«

»Bri...«

Brian hob die Hand und schnitt Johnno das Wort ab. »Es ist ein schönes Haus, und du könntest ein eigenes Zimmer bekommen.«

»Muß ich?«

»Ich bin dein Papa, Emma, und ich möchte gern, daß du bei mir lebst. Du kannst es ja mal versuchen, und wenn es dir nicht gefällt, überlegen wir uns etwas anderes.«

Emma musterte ihn aufmerksam und verzog den Mund zu einer Schnute. Sein Gesicht war ihr vertraut, aber es war irgendwie anders als auf den Fotos. Warum, das wußte sie nicht, und es interessierte sie auch nicht; allein seine Stimme gab ihr ein Gefühl der Sicherheit.

»Kommt Mama auch mit?«

»Nein.«

Ihre Augen füllten sich mit Tränen, aber sie hob ihren schäbigen schwarzen Hund und drückte ihn an sich. »Und Charlie?«

»Aber sicher.« Brian nahm sie auf den Arm.

»Ich hoffe nur, du weißt, was du tust.«

Über Emmas Kopf hinweg warf Brian Johnno einen Blick zu. »Das hoffe ich auch.«

2

Vom Vordersitz des silbernen Jaguar aus sah Emma das große Haus zum erstenmal. Sie war ein bißchen traurig, daß Johnno mit seinem komischen Bart nicht mehr da war, aber der Mann von den Fotos hatte sie mit den Knöpfen am Armaturenbrett spielen lassen. Zwar lächelte er nicht mehr, aber er schimpfte auch nicht, und er roch so gut. Das Auto roch auch gut. Sie drückte Charlies Schnauze in den Sitz und plapperte leise vor sich hin.

Das Haus aus wetterfestem grauen Stein, mit rautenförmigen Fenstern und geschwungenen Türmchen, erschien ihr riesig. Es war von dichtem grünem Rasen umgeben, und ein Duft nach Blumen lag in der Luft. Vor freudiger Erwartung grinste sie.

»Ein Schloß!«

Nun lächelte auch er. »Ja, das habe ich auch immer gedacht. Als ich klein war, wollte ich in so einem Haus leben. Mein Papa – dein Opa – hat hier im Garten gearbeitet.« Wenn er nicht gerade sturzbetrunken war, fügte Brian im Geist hinzu.

»Ist er auch hier?«

»Nein, er lebt in Irland.« In einem kleinen Cottage, erworben mit dem Vorschuß, den Pete ihm vor einem Jahr bewilligt hatte. »Irgendwann wirst du ihn und deine Onkel, Tanten und Cousins kennenlernen.« Er nahm sie auf, verblüfft über die Selbstverständlichkeit, mit der sie sich an ihn schmiegte. »Du hast jetzt eine Familie, Emma.«

Als er ins Haus ging, Emma noch immer auf dem Arm, hörte er Bevs helle, lebhafte Stimme.

»Ich denke an Blau, reines Blau. Ich kann mit diesem Blumengarten an der Wand einfach nicht leben. Und diese schrecklichen Wandbehänge kommen weg, es sieht hier ja aus wie in einer Höhle. Ich möchte Weiß, Weiß und Blau.«

Er wandte sich zur Wohnzimmertür und sah sie, umgeben von Dutzenden von Musterbüchern, am Boden sitzen. Ein Teil der Tapete war bereits abgerissen und die Wand teilweise neu verputzt. Bev nahm eine einzige Aufgabe gern von allen Seiten in Angriff.

Wie sie da inmitten von Schutt saß, wirkte sie klein und zerbrechlich. Ihr dunkles, kurzgeschnittenes Haar lag wie eine Kappe am Kopf, und an ihren Ohren glitzerten große Goldreifen. Ihre seegrünen, goldgefleckten Augen unter schweren Lidern verliehen ihr ein beinahe exotisches Aussehen, zumal sie von dem Wochenende, das sie auf den Bahamas verbracht hatten, noch sonnengebräunt war. Er wußte genau, wie sich ihre Haut anfühlen, wie sie schmecken würde.

Niemand, der dieses schmale Persönchen mit dem herzförmigen Gesicht so dasitzen sähe, in engen Hosen und einem weißen Hemd, die Beine untergeschlagen, käme auf die Idee, daß sie im zweiten Monat schwanger war.

»Bev.«

»Brian, ich hab' dich gar nicht gehört.« Sie drehte sich um, im Begriff aufzustehen, und hielt dann inne. »Oh.« Die Farbe wich aus ihrem Gesicht, als sie das Kind auf seinem Arm erblickte, aber sie fing sich rasch wieder und machte den beiden Dekorateuren, die sich wegen einiger Muster nicht einig wurden, ein Zeichen. »Brian und ich müssen die endgültige Auswahl noch besprechen. Ich rufe Sie gegen Ende der Woche an.«

Nachdem sie sie unter Versprechungen und Schmeicheleien hinausgedrängt und die Tür hinter ihnen geschlossen hatte, holte sie tief Luft und legte eine Hand schützend über ihren Bauch.

»Das ist Emma.«

Bev rang sich ein Lächeln ab. »Hallo, Emma.«

»'lo.« In einem Anflug von Schüchternheit vergrub Emma ihr Gesicht an Brians Hals.

»Emma, möchtest du ein bißchen fernsehen?« Brian gab ihr einen aufmunternden Klaps auf den Po. Als sie nicht reagierte, fuhr er verzweifelt fort: »Hier in dem Zimmer steht ein schöner großer Fernseher. Du und Charlie, ihr könnt auf dem Sofa sitzen.«

»Ich muß Pipi«, flüsterte sie.

»Ja, dann...«

Bev blies ihre Ponyfransen aus der Stirn. Beinahe hätte sie

gelacht, wäre ihr nicht so elend zumute gewesen. »Ich bring' sie auf die Toilette.«

Aber Emma klammerte sich noch fester an Brians Hals. »Ich glaube, ich bin der Auserwählte.« Er führte sie ins Bad, warf Bev noch einen hilflosen Blick zu und schloß die Tür.

»Kannst du schon, äh...« Er brach ab, als Emma ihr Höschen abstreifte und sich setzte.

»Ich mach' nicht mehr in die Hose«, meinte sie sachlich. »Mama sagt, nur dumme, ungezogene Mädchen tun das.«

»Du bist ja auch schon groß.« Er unterdrückte einen neuerlichen Wutanfall. »Und schon so klug.«

Sie war fertig und kämpfte sich in ihr Höschen. »Kommst du mit, fernsehen?«

»In einer Weile. Ich muß erst mit Bev reden. Sie ist wirklich lieb, weißt du«, fügte er hinzu und hob sie zum Waschbecken. »Sie lebt auch mit mir zusammen.«

Emma spielte einen Moment mit dem fließenden Wasser. »Wird sie mich schlagen?«

»Nein.« Er nahm sie fest in die Arme. »Niemand wird dich je wieder schlagen, das verspreche ich dir.«

Gerührt trug er sie an Bev vorbei in ein Zimmer mit einem gemütlichen Sofa und einem großen Schrankfernseher, den er einschaltete und eine lustige Schau aussuchte. »Ich bin bald zurück.«

Emma sah ihm nach, als er das Zimmer verließ, und bemerkte erleichtert, daß er die Tür offenließ.

»Wir gehen besser hier hinein.« Bev zeigte zum Wohnzimmer. Dort setzte sie sich wieder auf den Boden und machte sich an den Mustern zu schaffen. »Es scheint, daß Jane die Wahrheit gesagt hat.«

»Ja, Emma ist meine Tochter.«

»Das sehe ich, Bri. Sie sieht dir so beängstigend ähnlich.« Sie fühlte aufsteigende Tränen und haßte sich dafür.

»O Gott, Bev.«

»Nein, laß mich«, sagte sie, als er den Arm um sie legen wollte. »Ich brauche eine Minute Zeit, es ist ein Schock.«

»Für mich war es auch einer.« Er zündete sich eine Zigarette an und nahm einen tiefen Zug. »Du weißt, warum ich mit Jane Schluß gemacht habe.«

»Du hast behauptet, sie hätte dich am liebsten mit Haut und Haaren vereinnahmt.«

»Sie war unbeständig, Bev. Sie war schon so, als wir noch Kinder waren.«

Noch konnte sie ihm nicht ins Gesicht sehen. Sie selbst hatte ihn beschworen, Jane wiederzusehen und die Wahrheit über das Kind herauszufinden. Mit gefalteten Händen starrte Bev auf den staubigen Marmorkamin. »Du hast sie lange gekannt.«

»Sie war das erste Mädchen, mit dem ich geschlafen habe. Ich war gerade dreizehn.« Er rieb sich die Augen, wünschte, es wäre nicht so einfach, sich zu erinnern. »Mein Vater war regelmäßig betrunken und steigerte sich dann in einen seiner berüchtigten Wutanfälle, bis er das Bewußtsein verlor. Dann habe ich mich immer im Keller versteckt. Eines Tages war Jane da, als ob sie auf mich gewartet hätte, und bevor ich mich versah, hatte sie mich in den Klauen.«

»Bri, du mußt nicht alles wieder aufrühren.«

»Ich möchte, daß du Bescheid weißt.« Er ließ sich Zeit, sog den Rauch ein und stieß ihn langsam wieder aus. »Jane und ich hatten anscheinend viel gemeinsam. Bei ihr zu Hause gab's auch immer Krach, und nie war genug Geld da. Dann habe ich angefangen, mich für die Musik zu begeistern, und damit mehr Zeit verbracht als mit ihr. Sie flippte vollkommen aus, bedrohte mich und sich selbst. Da habe ich mich von ihr zurückgezogen.

Nicht viel später, als die Jungs und ich uns schon zusammengefunden hatten und um den großen Durchbruch kämpften, tauchte sie wieder auf. Wir sind damals in Spelunken aufgetreten und haben nur das Nötigste verdient. Vielleicht habe ich mich wieder mit ihr eingelassen, weil sie jemand war, der mich kannte und den ich kannte. Hauptsächlich aber, weil ich damals ein richtiges Arschloch war.«

Bev schnüffelte und lächelte verkrampft. »Du bist immer noch ein richtiges Arschloch.«

»Hmm. Wir waren jedenfalls fast ein Jahr lang wieder

zusammen, bis sie sich gegen Ende immer schlimmer aufführte. Sie versuchte, Unfrieden zwischen mir und den Jungs zu stiften, störte die Proben, machte Szenen. Einmal kam sie sogar in den Klub und bedrohte eins der Mädchen im Publikum. Hinterher hat sie immer geweint und mich angebettelt, ihr zu vergeben. Es kam dann soweit, daß ich nicht mehr sagen konnte, okay, schon gut, vergiß es. Sie sagte, wenn ich mit ihr Schluß machte, würde sie sich umbringen. Wir hatten uns gerade mit Pete zusammengetan und ein paar Auftritte in Frankreich und Deutschland gehabt, und er arbeitete unseren ersten Plattenvertrag aus. Wir haben London verlassen, und ich habe sie aus meinem Gedächtnis gestrichen. Ich wußte nicht, daß sie schwanger war, Bev, ich hatte die letzten drei Jahre keinen Gedanken mehr an sie verschwendet. Wenn ich die Zeit zurückdrehen könnte...« Er verstummte und dachte an das Kind im Nebenzimmer, mit dem schiefen Zähnchen und dem kleinen Grübchen. »Ich weiß nicht, was ich tun würde.«

Bev zog die Knie an und lehnte sich darauf. Als praktisch veranlagte junge Frau aus stabilen Familienverhältnissen fiel es ihr schwer, Kummer und Armut zu verstehen, obwohl genau diese Dinge in Brians Vergangenheit sie zu ihm hingezogen hatten.

»Die Frage ist wohl eher, was du jetzt tun sollst.«

»Ich habe schon etwas getan.« Er drückte seine Zigarette in einer Porzellanschale aus dem neunzehnten Jahrhundert aus, doch Bev machte sich nicht die Mühe, ihn darauf hinzuweisen.

»Was hast du getan, Bri?«

»Ich habe Emma zu mir genommen. Sie ist meine Tochter, und sie wird bei mir leben.«

»Ich verstehe.« Bev griff nach einer Zigarette. Seit sie schwanger war, hatte sie ihren gelegentlichen Alkohol- und Drogenkonsum aufgegeben, aber das Rauchen war eine hartnäckigere Angewohnheit. »Meinst du nicht, wir sollten darüber reden? Soweit mir bekannt ist, heiraten wir in ein paar Tagen.«

»Und ob!« Er faßte sie bei den Schultern und schüttelte sie

leicht, voller Angst, daß sie sich, wie so viele andere, von ihm abwenden würde. »Verdammt noch mal, Bev, ich wollte ja mit dir reden, aber ich konnte einfach nicht.« Als er sie losließ, sprang sie auf und versetzte den Musterbüchern einen Tritt. »Ich bin nur in diese schmierige, stinkende Bude gegangen, um Jane zu zwingen, uns in Ruhe zu lassen. Sie war genau wie früher, eine Minute hat sie gekreischt, dann wieder gebettelt. Sie sagte, Emma sei im Schlafzimmer, aber da war sie nicht.« Er bedeckte die Augen mit den Händen. »Bev, das Kind hat sich wie ein verängstigtes Tier unter der Spüle verkrochen.«

»O Gott.« Bevs Kopf sank auf die Knie.

»Jane wollte sie schlagen – sie wollte dieses kleine, zierliche Püppchen schlagen, nur weil es Angst hatte. Als ich sie sah... Bev, bitte sieh mich an. Als ich sie sah, dachte ich, ich sehe mich selber. Verstehst du das?«

»Ich versuch's ja.« Sie schüttelte den Kopf, kämpfte immer noch mit den Tränen. »Nein, lieber nicht. Ich will, daß alles wieder so ist wie heute morgen, als du weggegangen bist.«

»Meinst du, ich hätte sie einfach dalassen sollen?«

»Nein. Doch.« Sie drückte die Fäuste an die Schläfen. »Ich weiß es nicht. Wir hätten darüber sprechen sollen, wir hätten schon eine Lösung gefunden.«

Er kniete sich neben sie und nahm ihre Hände in die seinen. »Ich wollte eigentlich gehen, etwas durch die Gegend fahren und dann nach Hause kommen und mit dir reden. Jane sagte, sie bringt sich um.«

»Ach, Bri.«

»Damit wäre ich noch fertig geworden. Ich war wütend genug, um sie noch dazu anzustacheln. Aber dann hat sie gesagt, daß sie Emma auch umbringen würde.«

Bev legte eine Hand auf ihren Bauch, über das Kind, das in ihr wuchs und für sie bereits wundervolle Wirklichkeit war.

»Nein. Nein, das kann sie nicht so gemeint haben.«

»Sie hat.« Sein Griff verstärkte sich. »Ich weiß nicht, ob sie es wirklich getan hätte, aber in dem Moment war es ihr ernst. Ich konnte Emma nicht dort lassen, Bev. Ich hätte auch ein fremdes Kind nicht dort lassen können.«

»Nein.« Sie löste ihre Hände, um sein Gesicht zu streicheln. Ihr Brian, dachte sie, ihr lieber, süßer Brian. »Nein, das hättest du nicht. Wie hast du Jane dazu bekommen, Emma gehen zu lassen?«

»Sie war einverstanden«, entgegnete Brian kurz. »Pete hat die entsprechenden Dokumente aufgesetzt, damit ist alles legal.«

»Bri.« Ihre Hand lag an seiner Wange. Sie mochte verliebt sein, aber sie war nicht blind. »Wie?«

»Ich habe ihr einen Scheck über hunderttausend Pfund ausgestellt. Weiterhin bekommt sie jedes Jahr fünfundzwanzigtausend Pfund, bis Emma einundzwanzig ist.«

Bev ließ die Hand fallen. »Himmel, Brian, du hast das Mädchen gekauft?«

»Du kannst nicht kaufen, was dir bereits gehört.« Er spie die Worte beinahe aus; sie gaben ihm das Gefühl, am ganzen Körper schmutzig zu sein. »Ich habe Jane genug Geld gegeben, um sicherzugehen, daß sie sich von Emma und uns fernhält.« Seine Hand legte sich auf ihren Bauch. »Und von unserem Kind. Hör zu, die Presse wird sich auf die Geschichte stürzen, und das wird nicht immer leicht. Ich bitte dich, bleib bei mir und steh das mit mir durch. Gib Emma eine Chance.«

»Wo sollte ich wohl hingehen?«

»Bev...«

Sie schüttelte den Kopf. Zwar würde sie bei ihm bleiben, aber sie brauchte etwas Zeit. »In der letzten Zeit habe ich einiges über das Thema gelesen, und ich bin mir ziemlich sicher, daß man ein Kleinkind nicht so lange allein lassen sollte.«

»Stimmt. Ich gehe mal nachsehen.«

»Wir gehen beide nachsehen.«

Sie saß immer noch auf dem Sofa, die Arme fest um Charlie geschlungen. Der Lärm aus dem Fernseher störte sie offenbar nicht im Schlaf. Als Bev die Tränenspuren auf ihren Wangen bemerkte, wurde ihr Herz weich.

»Ich glaube, die Dekorateure sollten sich schleunigst um ein Schlafzimmer oben kümmern.«

Emma lag zwischen frischen, weichen Laken im Bett und kniff krampfhaft die Augen zusammen. Sie wußte, wenn sie sie öffnen würde, wäre es dunkel. Und in der Dunkelheit hielten sich Dinge verborgen.

Sie hielt Charlie eisern am Hals fest und lauschte. Manchmal machten die Dinge zischende Geräusche.

Jetzt konnte sie sie nicht mehr hören, aber sie waren da, das wußte sie. Warteten, daß sie die Augen aufmachte. Ein Schluchzen entfuhr ihr, und sie biß sich auf die Lippen. Mama wurde immer böse, wenn sie nachts weinte. Mama würde kommen, sie rütteln und sie ein dummes Baby nennen. Die Dinge würden unter das Bett und in die Ecken huschen, solange Mama da war.

Emma vergrub das Gesicht in Charlies vertrautem, übelriechendem Fell.

Ihr fiel ein, daß sie in einem anderen Haus war. Dem Haus, in dem der Mann von den Fotos wohnte. Etwas von der Angst verwandelte sich in Neugier. Er hatte gesagt, sie könne ihn Papa nennen. Komischer Name. Mit geschlossenen Augen probierte sie es aus, murmelte den Namen wie eine Beschwörung in die Dunkelheit.

Zusammen mit der dunkelhaarigen Frau hatten sie in der Küche Fisch und Chips gegessen. Musik hatte gespielt. In dem Haus spielte anscheinend ständig Musik. Immer, wenn der Papa-Mann etwas sagte, klang es wie Musik.

Die Frau hatte traurig ausgesehen, sogar wenn sie lächelte. Ob sie wohl nur wartete, bis sie mit ihr allein war, um sie dann zu schlagen?

Der neue Papa hatte sie gebadet. Emma erinnerte sich an seinen hilflosen Gesichtsausdruck, aber er hatte sie weder gezwickt noch ihr Seife in die Augen gerieben. Er hatte sie nach den blauen Flecken gefragt, und sie hatte gesagt, was ihre Mama ihr für diesen Fall befohlen hatte. Sie war ungeschickt. Sie war hingefallen.

Da hatte sie Ärger in seinen Augen aufsteigen sehen, aber er hatte ihr keinen Klaps versetzt.

Dann hatte er ihr ein T-Shirt gebracht, und sie mußte kichern, weil es ihr bis auf die Füße reichte.

Die Frau war mitgekommen, als er sie ins Bett brachte. Sie hatte auf der Bettkante gesessen und gelacht, während er eine Geschichte von Schlössern und Prinzessinnen erzählte.

Aber als sie erwachte, waren beide fort. Sie waren fort, und es war dunkel. Sie hatte Angst. Angst, die Dinge würden sie erwischen. Sie hatten riesige Zähne. Sie würden sie beißen, sie fressen. Ihre Mama würde kommen und sie verprügeln, weil sie nicht zu Hause in ihrem eigenen Bett war.

Was war das? Sie war sicher, ein flüsterndes Geräusch gehört zu haben. Vorsichtig durch die Zähne atmend, öffnete sie ein Auge. Die Schatten im Zimmer tanzten, wuchsen, griffen nach ihr. Emma versuchte, ihr Schluchzen zu unterdrücken und sich ganz klein zu machen, so klein, daß sie von den ekligen bösen Dingen im Dunkeln nicht gesehen und gefressen werden konnte. Ihre Mama hatte sie geschickt, weil sie mit dem Mann von den Fotos mitgegangen war.

Die Angst wurde so übermächtig, daß sie zu zittern und zu schwitzen begann, und entlud sich in einem entsetzten Aufschrei, als sie aus dem Bett kletterte und in die Diele stolperte. Irgend etwas zerbrach krachend.

Sie lag lang ausgestreckt am Boden, klammerte sich an den Hund und erwartete das Schlimmste.

Lichter gingen an und brachten sie zum Blinzeln. Die alte Angst machte einer neuen Platz, als sie Stimmen hörte. Emma wich zur Wand zurück und schaute wie erstarrt auf die Scherben der chinesischen Vase, die sie zerbrochen hatte.

Man würde sie schlagen. Fortschicken. In einen dunklen Raum sperren, damit sie gefressen würde.

»Emma?« Schlaftrunken und ein bißchen benommen von dem Joint, den er geraucht hatte, ehe Bev und er sich geliebt hatten, kam Brian auf sie zu. Sie rollte sich zusammen, wappnete sich für den Schlag. »Bist du in Ordnung?«

»Sie haben es zerbrochen«, flüsterte sie in der Hoffnung, sich zu retten.

»Sie?«

»Die Ungeheuer im Dunkeln. Mama hat sie geschickt, um mich zu holen.«

»Ach Emma.« Er rieb seine Wange an ihrem Haar.

»Brian, was...« Bev stürzte aus dem Zimmer und zog dabei den Gürtel ihres Morgenmantels fest. Dann sah sie, was von ihrer Dresdener Vase übriggeblieben war, seufzte leise und vermied es, auf die Scherben zu treten, als sie sich ihnen näherte. »Ist sie verletzt?«

»Ich glaube nicht. Sie hat nur furchtbare Angst.«

»Laß mal sehen.« Bev nahm Emmas Hand. Diese war zur Faust geballt, der Arm gespannt wie ein Drahtseil. »Emma.« Ihre Stimme wurde strenger, doch es lag keine Bosheit darin. Vorsichtig hob Emma den Kopf. »Hast du dich verletzt?«

Noch immer ängstlich deutete Emma auf ihr Knie. Auf dem weißen T-Shirt schimmerten ein paar Blutstropfen. Bev hob den Saum an. Der Kratzer war zwar lang, jedoch nicht tief. Trotzdem hätten die meisten Kinder deswegen wohl ein großes Geschrei angestimmt. Vielleicht tat Emma das nicht, weil der Kratzer, verglichen mit den blauen Flecken, die Brian auf ihrem Körper gefunden hatte, als er sie badete, nur eine Kleinigkeit war. In einer eher instinktiven als mütterlichen Geste beugte sich Bev hinunter, um einen Kuß auf die Wunde zu drücken. Als Emmas Mund sich daraufhin vor Überraschung öffnete, floß ihr Herz über.

»Gut, Süße, wir kümmern uns darum.« Sie nahm Emma auf und kitzelte sie am Hals.

»Da sind Ungeheuer im Dunkeln«, wisperte Emma.

»Dein Papi jagt sie weg, nicht, Bri?«

Sein irisches Erbe oder aber auch die Drogen machten ihn sentimental, als er sah, daß die Frau, die er liebte, sein Kind im Arm hielt. »Na klar, ich hack' sie in Stücke und schmeiß' sie dann raus.«

»Wenn du damit fertig bist, fegst du besser das hier auf.«

Emma verbrachte diese Nacht, die erste ihres neuen Lebens, in einem großen Messingbett, eng an ihren Papa und ihre neue Mama geschmiegt.

3

Wie jeden Tag, seit sie in dem neuen Haus lebte, saß Emma am Wohnzimmerfenster und schaute über den Garten, in dem Fingerhut und Akelei in voller Blüte standen, auf die lange kiesbestreute Auffahrt. Und wartete.

Sie hatte kaum zur Kenntnis genommen, daß ihre blauen Flecken langsam verblaßten. Niemand in dem großen neuen Haus hatte sie bislang geschlagen. Noch nicht. Jeden Tag hatte sie Tee bekommen, und die Freunde, die im Hause ihres Vaters ständig ein und aus gingen, hatten ihr Süßigkeiten und Spielsachen mitgebracht.

Emma fand das alles sehr verwirrend. Sie wurde jeden Tag gebadet, sogar wenn sie sich gar nicht schmutzig gemacht hatte, und bekam immer saubere Kleidung. Niemand hier nannte sie ein dummes Baby, weil sie sich in der Dunkelheit fürchtete. Die Lampe mit dem rosa Schirm brannte die ganze Nacht, so daß die Ungeheuer so gut wie nie in ihr neues Zimmer kamen.

Und dennoch wehrte sie sich dagegen, sich hier wohl zu fühlen. Sicher würde Mama bald kommen und sie wieder mitnehmen.

In dem schönen Auto war Bev mit ihr zum Einkaufen gefahren, in einen großen Laden voller herrlicher Kleider und angenehmer Düfte, und hatte taschenweise Sachen für Emma gekauft. Am besten gefiel ihr ein pinkfarbenes Organdykleid mit einem Rüschenrock. Sie hatte es an dem Tag tragen dürfen, an dem ihr Papa Bev geheiratet hatte, und war sich darin wie eine Märchenprinzessin vorgekommen. Dazu hatte sie schwarze Lackschuhe und weiße Strumpfhosen angehabt, und niemand hatte geschimpft, als sie sich die Knie schmutzig gemacht hatte.

Die Hochzeit, die trotz tiefhängender Regenwolken zuerst im Garten stattgefunden hatte, war Emma sehr ernst und feierlich erschienen. Einer der Männer, den alle Stevie riefen, hatte ein langes, weißes Hemd und weiße, sackartige Hosen getragen, auf einer schneeweißen Gitarre gespielt und dazu mit rauher Stimme gesungen. Emma hatte ihn für einen

Engel gehalten und Johnno nach ihm gefragt, aber der hatte nur gelacht.

Bev hatte einen Blumenkranz im Haar getragen und ein buntes, weitschwingendes Kleid, das um ihre Knöchel spielte. Emma hielt sie für die schönste Frau der Welt, und zum erstenmal in ihrem jungen Leben war sie von Neid erfüllt gewesen. So schön zu sein, erwachsen, und neben Papa zu stehen! Sie würde nie wieder Angst oder Hunger leiden. Und wie die Märchengestalten, die Brian so liebte, würde sie bis an das Ende ihrer Tage glücklich leben.

Der Regen hatte dann alle ins Haus getrieben, wo Sekt und Kuchen bereitstanden. Es wurde gesungen, gelacht und Musik gespielt. Überall im Haus hatte sie wunderschöne Frauen in kurzen, engen Röcken oder fließenden Baumwollgewändern gesehen. Einige von ihnen hatten ein großes Gewese um sie gemacht und ihr über das Haar gestreichelt, aber die meiste Zeit blieb sie sich selbst überlassen.

Niemand hatte bemerkt, daß sie sich drei Stück Kuchen genommen und den Kragen ihres neuen Kleides mit Eis verschmiert hatte. Außer ihr waren keine anderen Kinder auf der Party gewesen, und Emma war noch zu jung, um von den Größen der Musikwelt, die durch das Haus strichen, beeindruckt zu sein. Da sie sich langweilte und ihr von all dem Kuchen ein wenig übel war, war sie zu Bett gegangen und, durch die Geräusche von der Party eingelullt, sofort eingeschlafen.

Später war sie dann wieder aufgewacht. Voller Unruhe hatte sie Charlie aus dem Bett gezogen und wollte nach unten gehen, doch der schwere Rauch, der in der Luft hing, hatte sie zurückgehalten. Damit war sie nur allzu vertraut. Genau wie der Gingestank war der süßliche Marihuanageruch in ihrem Geist fest mit der Person ihrer Mutter verbunden. Jane hatte sie immer dann gepiesackt und geschlagen, wenn die Wirkung der Droge nachließ.

Wie ein Häufchen Elend hatte sie sich auf der Treppe zusammengerollt und bei Charlie Trost gesucht. Wenn ihre Mama hier war, würde sie sie mitnehmen, und Emma wußte, sie würde nie wieder das hübsche pinkfarbene Kleid tragen,

Papas Stimme hören oder mit Bev in die großen Läden gehen.

Als sie Schritte auf der Treppe hörte, hatte sie sich noch stärker zusammengerollt und war auf das Schlimmste gefaßt gewesen.

»Ja, hallo, Emmaschatz.« Zufrieden mit sich und der Welt, hatte Brian sich neben ihr niedergelassen. »Was machst du denn hier?«

»Nichts.« Sie hatte sich eng an ihren Stoffhund gekuschelt und sich so klein wie nur möglich gemacht. Wen man nicht sehen konnte, dem konnte man auch nichts tun.

»Das ist vielleicht 'ne Party!« Auf die Ellbogen gestützt hatte Brian die Decke angegrinst. In seinen kühnsten Träumen hatte er sich nicht ausmalen können, eines Tages Popgiganten wie McCartney, Jagger und Daltrey in seinem Haus zu begrüßen. Und dann die Hochzeit! Gütiger Himmel, er war verheiratet. Der Goldreif an seinem Finger bewies es.

Mit dem nackten Fuß dem Rhythmus der Musik von unten folgend, hatte er den Ring lange betrachtet. Der Gedanke, daß es kein Zurück mehr gab, gefiel ihm. Seine katholische Erziehung und sein Idealismus bestärkten ihn in dem Glauben, daß eine einmal getroffene Wahl für immer galt.

Es war einer der schönsten Tage seines Lebens gewesen, hatte er gedacht, während er in der Hemdtasche nach der Zigarettenpackung kramte. Wirklich einer der schönsten Tage überhaupt. Was machte es da schon, daß sein Vater zu bequem oder zu betrunken gewesen war, um die Flugtickets abzuholen, die er ihm nach Irland geschickt hatte? Alles, was Brian an Familie brauchte, hatte er hier.

Dann hatte er die Gedanken an die Vergangenheit energisch abgeschüttelt. Von heute an würde nur noch die Zukunft zählen, ein ganzes Leben lang.

»Wie wär's, Emma? Möchtest du runtergehen und auf Papas Hochzeit tanzen?«

Sie hatte die Schultern hochgezogen und kaum merklich den Kopf geschüttelt. Der Rauch, der wie geheimnisvoller Nebel durch die Luft waberte, ließ ihre Schläfen pochen.

»Möchtes du etwas Kuchen?« Er hatte sich gereckt, um sie

spaßhaft am Haar zu zupfen, doch sie war zurückgewichen. »Was ist denn?« Verständnislos hatte er ihr auf die Schulter geklopft.

Emmas ohnehin schon übervoller Magen hatte die Kombination von Furcht und zuviel Süßigkeiten nicht verkraftet. Ein heftiges Aufstoßen, und der gesamte Mageninhalt war über Brians Schoß geflossen. Sie gab ein jämmerliches Stöhnen von sich, ehe sie, fest an Charlie geklammert, liegenblieb; zu elend, um sich vor den zu erwartenden Schlägen zu schützen. Zu ihrer Überraschung hatte er angefangen zu lachen.

»Ich schätze, jetzt geht es dir sehr viel besser.« Zu high, um sich abgestoßen zu fühlen, hatte Brian sich hochgerafft und ihr die Hand hingehalten. »Und jetzt wird sich erst mal gewaschen.«

Emma verstand die Welt nicht mehr. Es hatte weder Schläge noch Ohrfeigen gegeben, statt dessen hatte er sie im Bad beide bis auf die Haut ausgezogen und Emma dann unter die Dusche geschoben. Beim Duschen hatte er sogar noch gesungen, irgendwas von betrunkenen Seeleuten, und so hatte sie ihre Übelkeit vergessen.

Reichlich unsicher auf den Beinen, hatte Brian die in Handtücher gehüllte Emma zurück in ihr Zimmer und ins Bett gebracht. Mit klatschnassen Haaren war er auf das Fußende des Bettes gefallen und hatte sofort zu schnarchen begonnen.

Emma war vorsichtig unter der Bettdecke hervorgekrabbelt, um sich neben ihn zu setzen, und hatte all ihren Mut zusammengenommen, sich über ihn gebeugt und einen feuchten Kuß auf seine Wange gedrückt. Zum erstenmal in ihrem Leben verspürte sie Liebe zu einem anderen Menschen; deshalb hatte sie Charlie unter seinen Arm geschoben und sich auf ihre Schlafseite gedreht.

Doch dann war er fortgegangen. Nur ein paar Tage nach der Hochzeit war ein großes Auto vorgefahren, und zwei Männer hatten Koffer aus dem Haus geschleppt. Papa hatte ihr einen Kuß gegeben und ihr ein schönes Geschenk versprochen. Emma konnte nur wortlos zusehen, wie er fortfuhr und aus ihrem Leben verschwand. Es fiel ihr schwer zu glauben, daß er zurückkommen würde, selbst dann nicht, als sie seine Stimme am Telefon hörte. Bev sagte, er sei in Amerika, wo die Mädchen bei seinem bloßen Anblick hysterisch zu kreischen begannen und die Fans seine Platten fast so schnell kauften, wie diese produziert wurden.

Aber seit er fort war, war das Haus still und leer, und manchmal weinte Bev.

Emma erinnerte sich an Janes Weinen, an die Schläge und Quälereien, die diese Tränen zu begleiten pflegten, und wartete, doch Bev schlug sie nie, nicht einmal in der Nacht, in der die Arbeiter gingen und sie ganz alleine in dem großen Haus waren.

Tag für Tag kuschelte sich Emma, Charlie im Arm, in den Sessel am Fenster und sah hinaus, träumte, daß das lange schwarze Auto die Auffahrt heraufkäme, die Tür sich öffnete und ihr Papa ausstiege.

Doch mit jedem Tag verstärkte sich ihre Gewißheit, daß er nie wieder zurückkommen würde. Er war gegangen, weil er sie nicht mochte, sie nicht wollte. Weil sie ein Störenfried war, und strohdumm dazu. Sie wartete nur noch darauf, daß auch Bev fortgehen und sie in dem großen Haus allein lassen würde. Dann würde Mama kommen.

Was ging nur in dem Kopf des Mädchens vor? wunderte sich Bev. Wie üblich saß Emma in dem Sessel am Fenster. Stundenlang konnte das Kind so sitzen, geduldig wie eine alte Frau. Selten beschäftigte sie sich mit etwas anderem als dem schäbigen alten Stoffhund, den sie mitgebracht hatte. Noch seltener bat sie um etwas.

Fast einen Monat lang war sie nun schon ein Teil ihres Lebens, aber Bevs Gefühle ihr gegenüber hatten sich noch nicht sehr geändert. Ihre Liebe zu Brian war jedoch so groß, daß es sie manchmal selbst erschreckte. Und Emma war sein Kind. Was immer sie auch angestrebt haben mochte, wie immer auch ihre Zukunftspläne ausgesehen hatten, es bedeutete wohl, daß sie jetzt auch ihr, Bevs, Kind war.

Es fiel schwer, Emma anzusehen und nicht angerührt zu sein. Mit Sicherheit lag das an ihrem Aussehen, da sie den gleichen engelhaften Eindruck machte wie Brian, aber mehr noch an der Aura von Unschuld, die das Kind umgab, eine Unschuld, die um so verwunderlicher war, wenn man die Umstände ihrer ersten drei Lebensjahre berücksichtigte. Unschuld und Demut, dachte Bev. Sie wußte, wenn sie in genau diesem Moment ins Zimmer gehen und Emma anbrüllen oder schlagen würde, das Kind würde die Mißhandlungen schweigend hinnehmen. Und darin lag eine noch größere Tragik als in der jämmerlichen Armut, aus der sie befreit worden war.

Brians Kind. Instinktiv legte Bev eine Hand über das wachsende Leben. Sie hatte sich so verzweifelt gewünscht, Brian sein erstes Kind schenken zu dürfen. Das war nun nicht mehr möglich. Trotzdem – jedesmal, wenn der Groll in ihr aufstieg, brauchte sie Emma nur anzusehen, und er ließ nach. Wie konnte sie jemandem grollen, der so furchtbar verletzlich war? Und doch konnte sie Emma nicht eine so selbstverständliche Liebe entgegenbringen, wie Brian das tat.

Sie wollte es auch gar nicht, gab Bev zu. Dies war das Kind einer anderen Frau, ein Bindeglied, das sie auf ewig an Brians Verhältnis mit einer anderen erinnern würde. Es spielte keine Rolle, daß all das schon fünf oder zehn Jahre zurücklag. Solange es Emma gab, würde Jane ein Teil ihres Lebens sein.

Für Emma begann ihre erste Beziehung zu einer anderen Frau, die nicht auf Furcht und Einschüchterung gegründet war. Sie und Bev kauften bei Harrods ein, bummelten durch den Green Park und aßen anschließend im Savoy. Bev nahm die Fotografen, die ihnen folgten und ständig Schnappschüsse machten, einfach nicht zur Kenntnis. Als sie Emmas Vorliebe für schöne Stoffe und leuchtende Farben entdeckte, stürzte sie sich in einen regelrechten Kaufrausch. Innerhalb von zwei Wochen quoll der Schrank des kleinen Mädchens, das mit nichts als einem Hemd am Leib zu ihr gekommen war, vor Kleidern über.

Aber nachts, wenn sie beide in ihrem Bett lagen und sich nach demselben Mann sehnten, nachts kam die Einsamkeit zurück.

Emmas Bedürfnisse waren schlicht. Sie wollte, daß Brian wiederkam, weil sie sich in seiner Gegenwart wohl fühlte. Sie hatte noch nicht gelernt, Liebe klar zu definieren oder darunter zu leiden.

Bev jedoch litt. Sie quälte sich mit der Vorstellung, Brian hätte genug von ihr, würde jemanden kennenlernen, der besser in seine Welt paßte. Sie vermißte den puren, befriedigenden Sex mit ihm. Es war so leicht zu glauben, daß er sie immer lieben, immer bei ihr bleiben würde, wenn man, von der Liebe erschöpft, schon fast im Einschlafen begriffen war. Aber nun, allein in dem breiten Messingbett, zermarterte sie sich ihr Hirn mit dem bösen kleinen Gedanken, Brian würde seine Einsamkeit mit anderen Frauen statt nur mit Musik vertreiben.

Als das Telefon klingelte, begann es bereits zu dämmern. Nach dem dritten Läuten griff Bev zum Hörer und räusperte sich. »Ja, hallo?«

»Bev?« Brians Stimme klang drängend.

Sofort hellwach, richtete sie sich im Bett auf. »Bri, was ist los? Ist etwas passiert?«

»Nichts. Alles. Bev, wir haben einen Bombenerfolg.« Sein Lachen klang benommen und aufgekratzt zugleich. »Jede Nacht kommen mehr Menschen. Wir mußten schon die Wachmannschaften verdoppeln, damit die Mädels nicht die Bühne stürmen. Es ist eine wilde Sache, Bev. Total verrückt. Heute nacht hat so eine Irre Stevies Ärmel erwischt, als wir gerade zum Auto wollten. Hat ihm glatt den Mantel runtergerissen. In der Zeitung nennen sie uns die Vorreiter einer zweiten britischen Invasion. Stell dir das vor!«

Bev sank in die Kissen zurück und bemühte sich um etwas mehr Begeisterung. »Das ist ja großartig, Brian. Hier im Fernsehen haben sie nur ein paar Ausschnitte gezeigt, nichts weiter.«

»Man kommt sich vor wie ein Gladiator, wenn man da auf der Bühne steht und den Jubel hört.« Es war ihm unmöglich, die Erregung und gleichzeitige Panik zu beschreiben, die er empfunden hatte. »Sogar Pete war beeindruckt.«

Bev dachte an den pragmatischen, nur ans Geschäft denkenden Manager und lächelte. »Dann müßt ihr wirklich eingeschlagen haben.«

»Und ob.« Er zog an dem Joint, der sein Glücksgefühl noch verstärken sollte. »Ich wünschte, du wärst hier.«

Im Hintergrund hörte sie Geräusche; laute Musik, untermalt von dem Gelächter von Männern und Frauen. »Das wünschte ich auch.«

»Dann komm her.« Er schob eine halbnackte, bedröhnte Blondine beiseite, die auf seinen Schoß klettern wollte. »Pack ein paar Sachen und buch einen Flug.«

»Wie bitte?«

»Das ist mein Ernst. Ohne dich macht alles nur halb soviel Spaß.« Auf der anderen Seite des Zimmers begann eine hochgewachsene Brünette sich langsam auszuziehen. Stevie, der Leadgitarrist, schluckte Valium wie Bonbons. »Hör mal, ich weiß, daß wir es für das Beste gehalten haben, wenn du zu Hause bleibst, aber das war ein Irrtum. Ich brauche dich hier, bei mir.«

Bev war nach Lachen und Weinen zugleich. »Du willst, daß ich nach Amerika komme?«

»So schnell wie möglich. Du triffst uns in New York, in – Scheiße, Johnno, wann sind wir eigentlich in New York?«

Johnno, auf einer Couch ausgestreckt, schenkte sich den letzten Rest Jim Beam ein. »Wo zum Teufel sind wir jetzt?«

»Egal.« Brian rieb sich die brennenden Augen und versuchte sich zu konzentrieren. Zuviel Schnaps, zuviel Rauch. »Pete kümmert sich um alles. Du brauchst bloß zu packen.«

Sie war bereits aus dem Bett gesprungen. »Und was mache ich mit Emma?«

»Bring sie einfach mit.« Erfüllt von Familiensinn, grinste Brian die Blondine an. »Pete besorgt ihr einen Paß. Heute nachmittag ruft dich jemand an und sagt dir, was zu tun ist. Himmel, ich vermisse dich so, Bev.«

»Ich vermisse dich auch. Wir kommen so schnell wie möglich. Ich liebe dich, Bri, über alles.«

»Ich liebe dich auch. Und bald hab' ich dich wieder.«

Im selben Moment, in dem er den Hörer auflegte, griff Brian nach der Brandyflasche, um seine innere Unrast zu betäuben. Er brauchte Bev jetzt, sofort. Allein ihre Stimme hatte ihn erregt.

Sie hatte genauso geklungen wie in jener Nacht, in der er sie kennengelernt hatte, schüchtern und etwas zögernd. Sie hatte so gar nicht in die verräucherte Kneipe gepaßt, in der er aufgetreten war. Und doch hatte sich hinter ihrer Schüchternheit etwas Starkes, Verläßliches verborgen. Sie war ihm seitdem nicht mehr aus dem Kopf gegangen.

Er hob die Flasche und nahm einen tiefen Zug. Anscheinend wollten sich Stevie und die Brünette nicht die Mühe machen, sich zum Liebesspiel in eines der Schlafzimmer zurückzuziehen. Die Blondine hatte von Johnno abgelassen und rieb ihren schlanken Körper nun an P. M., dem Drummer.

Halb belustigt, halb neidisch nahm Brian einen weiteren Schluck. P. M. war gerade einundzwanzig, mit einem runden, jugendlichen Gesicht und Aknepickeln am Kinn. Als die Blondine ihr Gesicht in seinem Schoß vergrub, schien er erfreut und entsetzt zugleich.

Brian schloß die Augen und nickte ein, den Kopf noch immer voll von Musik.

Er träumte von Bev und ihrer ersten gemeinsamen Nacht. Sie hatten in seiner Wohnung am Boden gesessen, ernsthaft über Musik und Poesie geredet und dabei einen Joint hin- und hergehen lassen. Er hatte nicht gemerkt, daß dies ihre erste Erfahrung mit Drogen gewesen war, genau wie er erst, als er in sie eingedrungen war, mitten auf dem Boden bei Kerzenlicht, festgestellt hatte, daß es zugleich auch ihre erste sexuelle Erfahrung war.

Sie hatte ein wenig geweint, aber statt sich deswegen schuldig zu fühlen, hatte er nur den Wunsch verspürt, sie zu beschützen. Er hatte sich vollkommen und auf eine fast poetisch zu nennende Weise verliebt. All das lag nun mehr als ein Jahr zurück, und seitdem hatte er keine andere Frau mehr angerührt. Immer wenn er in Versuchung geriet, sah er Bevs Gesicht vor sich.

Die Heirat war ein Geschenk an sie und das Kind, sein Kind, das sie trug, gewesen. Er hielt nichts von der Ehe – der

Dummheit, Liebe vertraglich zu besiegeln –, aber er empfand sie auch nicht als Falle. Doch in Bev hatte er zum erstenmal seit seiner elenden Kindheit etwas außer der Musik gefunden, was ihn beruhigte und zugleich erregte.

Ich liebe dich über alles.

Nein, er konnte das nicht so ernst und aufrichtig zu ihr sagen wie sie zu ihm. Vielleicht würde er das nie können. Doch er liebte, und die Liebe machte ihn loyal.

»Komm schon, mein Junge.« Ohne ihn völlig aufzuwecken, zog Johnno Brian auf die Füße. »Du gehörst ins Bett.«

»Bev kommt, Johnno.«

Mit hochgezogenen Brauen musterte Johnno das Gewirr von Körpern im Raum. »Soso.«

»Sie trifft uns in New York. Wir gehen nach New York, Johnno. Gottverdammtes New York! Weil wir die Größten sind!«

»Na prima.« Mit einem leisen Grunzen verfrachtete Johnno Brian ins Bett. »Schlaf dich aus, Bri. Morgen geht die Ochsentour von vorne los.«

»Muß Pete wecken«, murmelte Brian, als Johnno ihm die Schuhe auszog. »Paß für Emma. Muß mich um sie kümmern.«

»Ja, ja.« Leicht schwankend – sein Tribut an den Jim Beam – blickte Johnno auf seine neu erworbene Schweizer Uhr. Pete würde nicht begeistert sein, zu dieser Stunde aufgeweckt zu werden, aber es ließ sich nicht vermeiden.

4

Emma war von New York begeistert. Nach einem verspäteten Frühstück, bestehend aus Törtchen mit Erdbeermarmelade, ließ Brian sie in Bevs Obhut zurück. Doch diesmal machte ihr das nichts aus. Papa würde heute nacht im Fernsehen auftreten, und er hatte ihr versprochen, daß sie bei den Aufnahmen zuschauen dürfe.

In der Zwischenzeit fuhr sie mit Bev in dem großen weißen

Auto in der Stadt herum, und Emma amüsierte sich über Bevs blonde Perücke und die riesige Sonnenbrille mit den runden Gläsern. Ihre Begeisterung wirkte so ansteckend, daß Bev lächeln mußte. Emma liebte es, die Menschenmenge zu beobachten, die sich drängelnd über die Gehwege schob und, begleitet von wütenden Hupkonzerten, die Kreuzungen passierte. Da gab es Frauen in kurzen Röcken und hochhackigen Pumps, deren hochaufgetürmte Frisuren steinernen Skulpturen glichen. Andere wiederum waren mit Jeans und Sandalen bekleidet, und ihre langen, glatten Mähnen flossen ihnen wie geschmolzene Seide über den Rücken. An jeder Ecke boten Straßenverkäufer Hot Dogs, Limonade und Eis an, auf das sich die Fußgänger gierig stürzten. In der Abgeschiedenheit der kühlen Limousine bemerkte man die schweißtreibenden Außentemperaturen kaum. Die Luft vibrierte vor einer nervösen Erregung, die Emma zwar nicht verstand, jedoch genoß.

Unberührt von alldem hielt der Fahrer, der in seiner lohfarbenen Uniform und dem Hut mit der steifen Krempe ein schmuckes Bild bot, den Wagen an. Er persönlich hielt nicht viel von Musik, außer des handelte sich um Frank Sinatra oder Rosemary Clooney, aber er war sicher, daß seine beiden halbwüchsigen Töchter vor Freude außer sich sein würden, wenn er ihnen am Ende dieses Zwei-Tage-Jobs einige Autogramme mit nach Hause brächte.

»Wir sind da, Madam.«

»Oh.« Geistesabwesend starrte Bev aus dem Fenster.

»Das Empire State Building«, erläuterte der Fahrer mit großer Geste. »Soll ich Sie in einer Stunde wieder abholen?«

»Ja, in einer Stunde.« Bev nahm Emma fest an die Hand, als der Fahrer die Tür aufriß. »Komm, Emma. Nicht nur Devastation kommt ganz nach oben.«

Vor den Fahrstühlen hatte sich eine lange Schlange gebildet. Sie stellten sich hinten an, wobei sich ihnen zwei Leibwächter unauffällig an die Fersen hefteten, und wurden bald von der Menge verschluckt. Direkt hinter ihnen kam eine Gruppe französischer Studenten, alle mit Einkaufstaschen von Macy's beladen, die in ihrer raschen, melodischen Sprache durcheinander schnatterten. Babys greinten, Kinder quengelten. Aus der Duftwolke von Schweiß, Parfüm und nassen Windeln stieg Emma ein süßlicher Marihuanageruch in die Nase, aber niemand sonst schien ihn wahrzunehmen oder sich dafür zu interessieren. Sie wurden in einen Fahrstuhl geschoben.

Endlose Minuten später wurden sie wieder freigegeben, um erneut zu warten. Emma störte sich nicht daran. Solange Bev sie sicher an der Hand hielt, konnte sie sich den Hals nach all den Leuten verrenken. Glatzen, Schlapphüte, wunderliche Bärte. Als ihr der Hals steif wurde, beschäftigte sie sich mit den Schuhen. Da gab es Schnürsandalen, glänzende Lackschuhe, schneeweiße Turnschuhe oder schwarze Pumps. Einige Leute scharrten mit den Füßen, andere tippten mit der Fußspitze auf den Boden, ein paar traten von einem Bein auf das andere, aber kaum jemand stand still.

Als sie des Spielchens müde wurde, lauschte sie nur noch den Stimmen. Eine Gruppe junger Mädchen ganz in der Nähe diskutierte heiß. Emma beneidete die Teenager sofort.

»Stevie Nimmons ist der süßeste Typ überhaupt«, beharrte eines der Mädchen. »Er hat so schöne braune Augen, und dann dieser Schnurrbart!«

»Nein, Brian McAvoy«, korrigierte eine andere. »Er ist absolut Spitze.« Um ihren Standpunkt zu unterstreichen, entnahm sie ihrem Portemonnaie ein aus einer Fachzeitschrift ausgeschnittenes Bild. Ein hingebungsvolles Stöhnen ertönte, als sich die Mädchen darum scharten. »Ich könnte sterben, wenn ich ihn nur ansehe.«

Sie quietschten auf, und als sich die Leute nach ihnen umdrehten, dämpften sie ihr Gekicher mit den Händen.

Erfreut und verblüfft zugleich, sah Emma zu Bev hoch. »Die Mädchen sprechen von Papa.«

»Schtt!« Bev amüsierte sich zwar so über den Vorfall, daß sie Brian unbedingt davon erzählen wollte, aber sie trug Perücke und Sonnenbrille nicht ohne Grund. »Das weiß ich, aber niemand darf wissen, wer wir sind.«

»Warum nicht?«

»Das erkläre ich dir später.« Erleichtert registrierte Bev, daß sie endlich an der Reihe waren.

Emma spürte mit Entsetzen den Druck auf ihren Ohren, begleitet von aufsteigender Übelkeit. Sie biß sich auf die Lippen, schloß die Augen und wünschte verzweifelt ihren Vater herbei.

Wäre sie doch bloß nie hergekommen, oder hätte sie wenigstens Charlie als Trost mitgebracht! Mit aller Inbrunst, zu der eine Dreijährige fähig war, betete sie, daß sie ihr wunderbares Frühstück nicht über ihre neuen Schuhe erbrechen müsse.

Der Fahrstuhl stand still, die Türen gingen auf, und die Menge drängte lachend und durcheinander redend hinaus. Emma hielt sich eng an Bev und kämpfte immer noch mit der Übelkeit.

Sie blickte auf einen mit Souvenirs überladenen Stand und auf riesige Panoramafenster, durch die der Himmel und die Gebäudekulisse von Manhattan zu sehen waren. Überwältigt blieb sie stehen, während sich die Menge verteilte, und die Übelkeit verwandelte sich in Staunen.

»Das ist schon sehenswert, was, Emma?«

»Ist das die ganze Welt?«

Obwohl sie genauso beeindruckt war wie Emma, lachte Bev. »Nein, nur ein kleiner Teil davon. Komm mit, gehen wir nach draußen.«

Der Wind pfiff über sie hinweg und zerrte so stark an Emmas Rock, daß sie zurücktaumelte. Eher aufgeregt als verängstigt, spürte sie, daß Bev sie am Ärmel packte.

»Wir sind ganz hoch über der Welt, Emma.«

Beim Blick über das hohe Geländer tanzte Emmas Magen auf und ab. Die Welt lag unter ihr wie ein Spielzeugland, in dem Spielzeugautos und Busse ihren Weg verfolgten und die Häuser und Straßen eine Miniaturlandschaft bildeten.

Bev ließ sie durch eines der großen Fernrohre schauen, aber Emma bevorzugte die Aussicht, die sich ihren eigenen Augen bot.

»Können wir nicht hier wohnen?«

Bev hantierte an dem Fernrohr, bis sie die Freiheitsstatue im Bild hatte. »Hier, in New York?«

»Nein, hier oben.«

»Hier wohnt niemand, Emma.«

»Warum nicht?«

»Weil das eine Touristenattraktion ist«, gab Bev abwesend zurück. »Und eines der Wunder unserer Welt. In einem Wunder kann man nicht wohnen.«

Doch Emma schaute über das hohe Geländer und dachte, daß sie das wohl könnte.

Das Fernsehstudio imponierte Emma nicht besonders. Es erschein ihr längst nicht so groß und prächtig wie auf dem Bildschirm, und sie fand die Leute durchschnittlich. Doch die Kameras hatten es ihr angetan. Sie waren mannshoch und ausladend, und die Leute dahinter schienen bedeutend. Emma fragte sich, ob der Blick durch diese Kameras dem Blick durch das Fernrohr auf dem Empire State Building glich.

Noch ehe sie Bev diese Frage stellen konnte, begann ein klapperdürrer Mann mit lauter Stimme und dem ausgeprägtesten amerikanischen Akzent, den sie bislang vernommen hatte, zu sprechen. Von dem, was er sagte, konnte sie nur die Hälfte verstehen, aber sie schnappte das Wort ›Devastation‹ auf. Dann brach eine Hölle an Geschrei los.

Nach dem ersten Schrecken löste sich Emma von Bev und lehnte sich vor. Obwohl ihr der Grund für das Gekreische nicht einleuchtete, war ihr doch klar, daß es keinen Anlaß zur Furcht gab. Sie hörte den begeisterten Lärm der Jugend, der zur Decke emporstieg und von den Wänden widerhallte. Er brachte sie zum Grinsen, obwohl Bevs Hand in der ihren leicht zitterte.

Ihr gefiel die Art, wie sich ihr Vater gleich einem radschlagenden Pfau über die Bühne bewegte und seine klare, volle Stimme sich abwechselnd mit der Johnno oder Stevies vermischte. Unter dem hellen Scheinwerferlicht glänzte sein Haar wie pures Gold. Emma war ein Kind, und als ein solches vermochte sie die Magie des Augenblicks zu erkennen.

Solange sie lebte, würde sie das Bild der vier jungen Männer in ihrem Gedächtnis und ihrem Herzen bewahren, wie sie da auf der Bühne standen und in Licht, in Glück und Musik getaucht schienen.

Dreitausend Meilen entfernt saß Jane in ihrer neuen Wohnung. Auf einem Tischchen in Reichweite befanden sich ein Glas Gin sowie eine Unze kolumbianisches Gras. Dutzende von Kerzen brannten und versetzten sie, zusammen mit den Drogen, in eine verklärte Stimmung. Brians reiner Tenor klang aus der Stereoanlage.

Von dem Geld, das Brian ihr gegeben hatte, war sie nach Chelsea gezogen. Dieses Viertel wimmelte von jungen Künstlern – Musikern, Dichtern, Schauspielern und ihrem Gefolge. Sie hatte gehofft, hier in Chelsea einen zweiten Brian zu finden, einen Idealisten mit schönem Gesicht und zärtlichen Händen.

Wann immer ihr danach war, konnte sie in die Pubs gehen, der Musik lauschen und sich gelegentlich einen Begleiter für die Nacht aufgabeln.

Ihre Sechszimmerwohnung war mit nagelneuen Möbeln eingerichtet, ihr Kleiderschrank war mit Modellen aus den teuersten Boutiquen vollgestopft, und an ihrem Finger glitzerte ein protziger Diamantring, den sie vor einer Woche aus einer Laune heraus gekauft hatte. Er langweilte sie bereits.

Sie hatte angenommen, mit hunderttausend Pfund könnte sie die ganze Welt kaufen. Nun mußte sie feststellen, daß große Summen genauso schnell dahinschwanden wie kleine. Das Geld würde zwar noch eine Weile reichen, aber ihr war rasch der Gedanke gekommen, daß sie Emma unter Preis verkauft hatte.

Er hätte auch das Doppelte bezahlt, dachte sie, als sie ihren Gin schlürfte. Sogar noch mehr, egal wie sehr sich dieser Hundesohn Pete dagegen gesträubt hätte. Brian hatte Emma haben wollen, Kinder waren nun einmal seine schwache Seite. Sie hatte das wohl gewußt, war aber zu dumm gewesen, das auszunutzen.

Lumpige fünfundzwanzigtausend im Jahr. Wie um alles in der Welt sollte sie davon leben?

Vom Gin schon leicht angeschlagen, drehte sie sich einen Joint.

Von Zeit zu Zeit nahm sie immer noch einen Freier mit zu sich, wobei ihr genauso viel an Gesellschaft wie an Extraeinnahmen lag. Sie hatte sich nicht vorstellen können, daß sie Emma so sehr vermissen würde. Im Verlauf der Wochen gewann der Begriff von Mutterschaft eine neue, emotionale Bedeutung.

Sie hatte das Kind geboren. Sie hatte stinkende Windeln gewechselt. Sie hatte ihr sauer verdientes Geld für Essen und Kleidung ausgegeben. Und jetzt erinnerte sich der kleine Fratz vermutlich nicht einmal mehr an ihre bloße Existenz.

Sie würde sich einen Anwalt nehmen. Mit Brians Geld könnte sie sich den besten leisten. Das wäre sozusagen ausgleichende Gerechtigkeit. Jedes Gericht der Welt würde ein Kind seiner Mutter zusprechen. Sie würde Emma zurückbekommen. Oder besser noch, sie würde mehr Geld bekommen.

Wenn sie sie erst mal ein wenig bluten ließ, würden Brian und seine hochnäsige zweite Frau sie nie mehr vergessen. Niemand würde sie mehr vergessen, nicht die verfluchte Person, nicht die dämliche Öffentlichkeit und erst recht nicht ihre eigene kleine Göre.

Mit diesem Gedanken holte sie ihre Schachtel mit Methedrin hervor, bereit abzuheben.

5

Emma hielt es fast nicht mehr aus. Draußen fiel ein unangenehmer Graupelschauer, doch sie preßte ihr Gesicht weiter an die Scheibe in dem Versuch, etwas zu erkennen.

Bald würden sie kommen, hatte Johnno gesagt. Wohlweislich hatte sie es vermieden, ihn noch einmal zu fragen, wie bald denn nun, sonst hätte er sie angeraunzt. Doch sie konnte es kaum noch erwarten. Ihre Nase wurde kalt, und sie hüpfte von einem Bein auf das andere. Ihr Papa kam nach Hause, mit Bev und mit ihrem neuen Brüderchen. Darren. Der Name ihres Bruders war Darren. Sie flüsterte den Namen vor sich hin. Allein sein Klang ließ sie lächeln.

In ihrem Leben war noch nichts von solcher Bedeutung gewesen wie ein Bruder. Er würde ihr gehören, er würde sie brauchen, und sie würde ihn umsorgen, nach ihm sehen. Wochenlang hatte sie mit den Puppen, die nun ihr Zimmer füllten, geübt.

So wußte sie, daß man den Kopf sehr vorsichtig halten mußte, damit er nicht nach hinten fiel. Und manchmal wachten Babys mitten in der Nacht auf und schrien nach Milch. Nachdenklich rieb Emma über ihre eigene flache Brust und fragte sich, ob Darren dort wohl Milch finden würde.

Man hatte ihr nicht erlaubt, ihn im Krankenhaus zu besuchen. Darüber hatte sie sich so aufgeregt, daß sie sich zum erstenmal, seit sie in ihrem neuen Heim lebte, in einem Schrank versteckt hatte. Sie war immer noch wütend, aber sie wußte, daß es die Erwachsenen wenig interessierte, ob ein Kind wütend war oder nicht.

Erschöpft vom langen Stehen, setzte sie sich in den Sessel am Fenster, streichelte Charlie und wartete.

Der stetig fallende Regen machte sie schläfrig, und sie dachte an Weihnachten. Zum erstenmal hatte sie einen Strickstrumpf mit ihrem Namen darauf am Kamin vorgefunden. Unter dem geschmückten Weihnachtsbaum hatten sich Geschenke getürmt; Spielzeug, Puppen in hübschen Kleidern und anderes mehr. Am Nachmittag hatten sie alle Memory gespielt, sogar Stevie. Er hatte vorgegeben zu schummeln, um sie zum Lachen zu bringen, und sie dann huckepack durch das ganze Haus getragen.

Danach hatte ihr Vater die große Weihnachtsgans angeschnitten. Schläfrig von der Schlemmerei, hatte sie sich vor dem Kaminfeuer zusammengekringelt und der Musik zugehört.

Es war der schönste Tag ihres Lebens gewesen, der allerschönste. Bis heute. Das Geräusch eines Autos riß sie aus ihren Träumen. Sie drückte erneut das Gesicht an die Scheibe und spähte hinaus. Mit einem Schrei sprang sie aus dem Sessel.

»Johnno! Johnno! Sie sind da!« Sie flog geradezu durch die Diele, ihre Schuhe klapperten auf dem sorgfältig gebohnerten Parkett.

»Immer mit der Ruhe.« Johnno hörte auf, die Töne aufs Papier zu kritzeln, die ihm im Kopf herumgingen, und fing sie auf. »Wer ist da?«

»Papa und Bev und mein Baby.«

»Dein Baby, soso.« Er zog sie leicht an der Nase und wandte sich dann zu Stevie, der am Klavier herumexperimentierte. »Sollen wir rausgehen und den neuesten McAvoy begrüßen?«

»Ich komme schon.« P. M. stopfte sich das letzte Stück Teekuchen in den Mund, bevor er sich vom Boden erhob. »Ich frage mich nur, ob sie aus dem Krankenhaus gekommen sind, ohne von der Menge erdrückt zu werden?«

»Petes Sicherheitsvorkehrungen hätten James Bond vor Neid erblassen lassen. Zwei Limousinen als Lockvögel, zwanzig Riesenklötze von Leibwächtern, und dann die Flucht im Lieferwagen einer Blumenhandlung.« Lachend ging Johnno hinaus, Emma im Schlepptau. »Der Ruhm macht uns zu Bettlern, Emmaschatz, vergiß das nicht.«

Im Moment kümmerte sie weder Ruhm noch Bettler noch sonst irgend etwas. Sie wollte einzig und allein ihren Bruder sehen. Sowie die Tür aufging, riß sie sich von Johnno los und schoß hinaus.

»Laß mich ihn sehen«, verlangte sie.

Brian beugte sich vor und zog die Decke von dem Bündel in seinem Arm. Für Emma bedeutete dieser erste Blick auf ihren Bruder Liebe, reine, allumfassende Liebe. Es war soviel stärker als alles, was sie erwartet hatte.

Nein, eine Puppe war er nicht. Sogar im Schlaf bewegten sich seine dunklen Wimpern leise, sein kleiner Mund war feucht und seine weiche Haut wunderbar hell. Auf dem Kopf trug er eine kleine blaue Kappe, doch ihr Vater hatte ihr erzählt, daß sein Haar genau so schwarz wie Bevs war. Sein

Händchen war geballt; sie berührte es leicht mit den Fingerspitzen und spürte Wärme und eine ganz leise Bewegung.

Liebe stieg in ihr auf und erfüllte sie ganz.

»Na, was denkst du?« fragte Brian.

»Darren.« Sie sprach den Namen wie eine Liebkosung aus. »Er ist das schönste Baby der ganzen Welt.«

»Hat das hübsche McAvoy-Gesicht«, murmelte Johnno und verfluchte seine Sentimentalität. »Gut gemacht, Bev.«

»Danke, danke.« Sie war heilfroh, daß sie alles überstanden hatte. Keines ihrer Bücher hatte sie auf die heftigen, ziehenden Schmerzen einer Geburt vorbereitet. Sie war stolz darauf, ihren Sohn auf natürliche Weise zur Welt gebracht zu haben, obwohl die letzten Stunden qualvoll gewesen waren. Und nun wollte sie nur noch in Ruhe Mutter sein.

»Der Arzt sagt, Bev soll sich die nächsten Tage noch schonen«, äußerte Brian. »Möchtest du hochgehen und dich ausruhen?«

»Das letzte, was ich möchte, ist, mich schon wieder in ein Bett legen.«

»Dann komm und setz dich. Onkel Johnno macht dir was zu trinken.«

»Wunderbar.«

»Ich geh' nach oben und leg' das Baby ins Bett.« Brian grinste über P. M., der unbeholfen zurückwich. »Er beißt nicht, alter Junge, er hat noch gar keine Zähne.«

P. M. schob verlegen die Hände in die Taschen. »Bittet mich aber nicht, ihn anzufassen.«

»Kümmere dich um Bev. Sie hat's wirklich nicht leicht gehabt. Heute nachmittag kommt eine Kinderschwester, und bis dahin möchte ich vermeiden, daß Bev sich zuviel zumutet.«

»Das werde ich wohl noch fertigbringen.« P. M. schlenderte ins Wohnzimmer zurück.

»Wir bringen das Baby ins Bett«, verkündete Emma und griff nach einem Deckenzipfel. »Ich kann dir zeigen, wie man das macht.«

Emma vorneweg stiegen sie die Treppe hinauf.

Am Fenster des Kinderzimmers flatterten nun duftige

weiße Gardinen, und an den hellblau gestrichenen Wänden leuchteten aufgemalte Regenbögen. Die Korbwiege war umsäumt von zarter irischer Spitze, verziert mit rosa und blauen Satinbändern. Ein sechs Fuß großer Teddy bewachte einen altmodischen Kinderwagen, und am Fenster wartete ein antiker Schaukelstuhl.

Emma stand neben der Wiege, als ihr Vater Darren hineinlegte. Als er ihm die kleine Kappe abnahm, streichelte sie vorsichtig Darrens flaumiges schwarzes Haar.

»Wird er bald aufwachen?«

»Das weiß ich nicht. Ich komme immer mehr zu dem Schluß, daß Babys reichlich unberechenbar sind.« Brian bückte sich neben sie. »Wir müssen sehr vorsichtig mit ihm umgehen, Emma. Du siehst ja, wie hilflos er ist.«

»Ich werde nicht zulassen, daß ihm etwas passiert. Niemals.« Sie legte ihrem Vater die Hand auf die Schulter und beobachtete das schlafende Baby.

Emma war sich nicht sicher, ob sie Miß Wallingsford mochte oder nicht. Zwar hatte die junge Krankenschwester schöne rote Haare und nette graue Augen, aber sie gestattete Emma fast nie, den kleinen Darren zu berühren. Bev hatte Dutzende von Bewerberinnen geprüft und war mit Alice Wallingsford sehr zufrieden. Die junge Frau war fünfundzwanzig, kam aus gutem Hause, hatte hervorragende Referenzen und ein angenehmes Wesen.

In den ersten Monaten nach Darrens Geburt fühlte sich Bev dermaßen erschöpft und reizbar, daß Alice unbezahlbar wurde. Wichtiger noch war Bev die Gesellschaft einer anderen Frau, mit der sie sich über solche Dinge wie Zahnen, Stillen und Diäten unterhalten konnte. Sie war entschlossen, ihre schlanke Figur zurückzugewinnen und eine gute Mutter zu sein. Während Brian damit beschäftigt war, mit Johnno zusammen neue Songs zu schreiben oder mit Pete die Aufnahmen zu besprechen, setzte sie ihre Kraft darein, für sie alle das Heim zu schaffen, nach dem sie sich so sehnte.

Sprach Brian von solchen Dingen wie dem Krieg in Asien oder Rassenunruhen in Amerika, so hörte sie ihm zwar geduldig zu, aber ihre Gedanken kreisten einzig und allein um die Frage, ob die Sonne wohl schon warm genug schiene, damit sie mit Darren an die Luft gehen könnte. Sie brachte sich selbst das Brotbacken bei und übte sich im Stricken, während Brian seine Songs schrieb und gegen Krieg und Bigotterie wetterte.

Im selben Maße, wie sich ihre Körperfunktionen normalisierten, kehrte auch ihre innere Ruhe zurück. Für Bev begann die harmonischste Phase ihres Lebens: Ihr Sohn war gesund und munter, und ihr Mann behandelte sie im Bett wie eine Königin.

Darren an der Brust und Emma zu ihren Füßen saß sie in dem Schaukelstuhl am Kinderzimmerfenster. Am Morgen hatte es noch geregnet, aber nun war die Sonne strahlendhell hervorgekommen. Am Nachmittag würde sie mit dem Baby und Emma in den Park gehen können.

»Ich lege ihn jetzt hin, Emma.« Bev zog ihre Bluse über die Brust. »Er schläft tief und fest.«

»Kann ich ihn halten, wenn er aufwacht?«

»Ja, aber nur, wenn ich dabei bin.«

»Miß Wallingsford erlaubt mir nie, ihn auf den Arm zu nehmen.«

»Sie ist eben vorsichtig.« Bev strich Darrens Decke glatt und trat zurück. Jetzt war er bereits fünf Monate alt, dachte sie, und schon konnte sie sich ein Leben ohne ihn nicht mehr vorstellen. »Laß uns hinuntergehen und einen schönen Kuchen backen. Dein Papa liebt Schokoladenkuchen.«

Damit mußte sie sich wohl zufriedengeben. Emma folgte Bev nach draußen. Alice stand mit frischer Bettwäsche für das Kinderzimmer in der Diele.

»Er sollte eine Zeitlang schlafen, Alice«, meinte Bev. »Sein Bäuchlein ist voll.«

»Jawohl, Ma'am.«

»Emma und ich sind in der Küche.«

Eine Stunde später, als der Kuchen bereits abkühlte, knallte die Eingangstür. »Papa muß heute früher nach Hause gekommen sein.« Bev fuhr sich automatisch durchs Haar, ehe sie aus der Küche eilte, um ihren Mann zu begrüßen. »Bri, ich hab' noch gar nicht mit dir gerechnet... Was ist los?«

Er war leichenblaß, die Augen rotgerändert und trübe. Als Bev die Hände nach ihm ausstreckte, schüttelte er den Kopf, als wolle er sich von etwas befreien. »Er ist erschossen worden.«

»Wie?« Ihre Finger schlossen sich fest um die seinen. »Wer? Wer ist erschossen worden?«

»Kennedy. Robert Kennedy. Er ist tot.«

»O Gott. O mein Gott.« Unfähig, sich zu rühren, stand Bev da und starrte ihn an. Nur zu gut erinnerte sie sich an die Ermordung des Präsidenten der Vereinigten Staaten, und an die Trauer der fassungslosen Bevölkerung. Und nun sein Bruder, sein hoffnungsvoller jüngerer Bruder.

»Wir haben für das neue Album geprobt«, begann Brian. »Pete kam herein. Er hatte es im Radio gehört. Keiner von uns wollte es glauben, nicht ehe wir es mit eigenen Ohren gehört hatten. Verdammt noch mal, Bev, vor ein paar Monaten war es King, und jetzt das. Was ist nur mit unserer Welt los?«

»Mr. McAvoy...« Alice kam die Treppe herunter, ihr Gesicht so weiß wie ihre Schürze. »Ist es wahr? Sind Sie sicher?«

»Ja. Es klingt wie ein Alptraum, aber es ist wahr.«

»O nein, die arme Familie.« Alice zerrte an ihrer Schürze. »Die arme Mutter.«

»Er war ein guter Mann«, stieß Brian hervor. »Er wäre der nächste US-Präsident geworden, und er hätte diesem schrecklichen Krieg ein Ende gesetzt, dessen bin ich sicher.«

Emma bemerkte verstört die Tränen in den Augen ihres Vaters, doch die Erwachsenen waren zu sehr mit ihrem eigenen Kummer beschäftigt, um von ihr Notiz zu nehmen. Sie kannte niemanden namens Kennedy, doch sein Tod betrübte sie. Ob er ein Freund von Papa gewesen war? Oder ein Soldat in dem Krieg, von dem ihr Vater dauernd sprach?

»Alice, machen Sie uns bitte Tee«, murmelte Bev, als sie Brian ins Wohnzimmer führte.

»In was für eine Welt haben wir nur unsere Kinder gesetzt?

Wie soll das nur enden, Bev? Wann wird das je ein Ende haben?«

Leise ging Emma nach oben zu Darren und überließ die Erwachsenen ihrem Tee und ihren Tränen.

Eine Stunde später fanden Brian und Bev sie im Kinderzimmer. Sie summte eines der Wiegenlieder, die Bev oft zur Schlafenszeit gesungen hatte, und wiegte Darren auf dem Schoß.

Von Panik erfüllt, wollte Bev ins Zimmer stürzen, doch Brian hielt sie zurück. »Nicht doch. Es ist alles in Ordnung, siehst du das denn nicht?« Zuzusehen, wie Emma, das Baby sicher im Arm, versuchte, den viel zu großen Schaukelstuhl mit dem Fuß in Bewegung zu setzen, linderte seinen Schmerz ein wenig.

Mit einem Lächeln sah Emma hoch. »Er hat geweint, aber jetzt geht es ihm wieder gut. Er hat mich angelächelt.« Sie beugte sich vor und gab dem vor Wonne gurgelnden Baby einen Kuß. »Er liebt mich, nicht wahr, Darren?«

»Ja, er liebt dich.« Brian kniete sich vor den Schaukelstuhl, und schloß beide fest in die Arme. »Dem Himmel sei Dank für euch alle«, meinte er und streckte die Hand nach Bev aus. »Ohne euch würde ich wahrscheinlich den Verstand verlieren.«

6

Emma stellte mit Buchstaben bedruckte Klötzchen nebeneinander. Sie war sehr stolz darauf, lesen und buchstabieren zu lernen, und entschlossen, Darren zu unterrichten. »E-M-M-A.« Sie tippte das jeweilige Klötzchen an. »Emma. Sag Emma.«

»Ma!« Lachend verstreute Darren die Klötzchen. »MaMa.«

»*Em*-ma.« Doch sie lehnte sich vor und gab ihm einen Kuß. »Das hier ist leichter.« Sie stellte vier Klötzchen auf. »P-A-P-A. Papa.«

»Papa, Papa, Papa, Papa!« Zufrieden mit sich krabbelte

Darren auf seine stämmigen Beinchen und wollte zur Tür flitzen, um nach Brian Ausschau zu halten.

»Nein, Papa ist noch nicht hier, aber Mami ist in der Küche. Heute abend haben wir eine große Party, weil das neue Album fertig ist. Bald gehen wir wieder nach Hause, nach England.«

Obwohl sie das Haus in Amerika genauso gerne hatte wie das Schlößchen bei London, freute sie sich auf die Heimreise. Mehr als ein Jahr lang waren sie und ihre Familie mit der gleichen Selbstverständlichkeit zwischen England und Amerika hin- und hergeflogen wie andere Familien durch die Stadt fuhren.

Im Herbst 1970 war sie sechs Jahre alt geworden, und Bev hatte auf einem Hauslehrer bestanden. Sobald sie sich in England wieder eingelebt hatten, wußte sie, würde sie zur Schule gehen und mit Gleichaltrigen zusammen sein. Die Vorstellung war erschreckend und beglückend zugleich.

»Wenn wir wieder zu Hause sind, dann lerne ich noch viel mehr und bringe dir alles bei.« Während sie sprach, stapelte sie die Klötzchen zu einem ordentlichen Turm. »Guck mal, das ist dein Name, der beste Name überhaupt. Darren.«

Mit einem Freudenschrei ließ Darren sich fallen, um die Buchstaben in Augenschein zu nehmen. Er bedachte Emma mit einem schelmischen Lächeln und fuhr mit dem Arm hindurch. Die Klötzchen purzelten durcheinander. »Darren!« kreischte er. »Darren McAvoy!«

»Das kannst du am besten, was, Kleiner?« In drei Jahren waren Tonfall und Rhythmus von Emmas Stimme der Brians immer ähnlicher geworden. Grinsend begann sie, etwas aufzubauen, was Darren nicht so leicht zerstören konnte.

Ihr kleiner Bruder mit seinem dicken schwarzen Haar und den lachenden seegrünen Augen war ihr ein und alles. Der Zweijährige hatte das Gesicht eines Engels, jedoch das Temperament eines Teufelchens.

Sein Gesicht war auf den Titelseiten von *Newsweek*, *Photoplay* und *Rolling Stone* erschienen. Die Weltöffentlichkeit hatte eine innige Beziehung zu Darren McAvoy entwickelt. In seinen Adern floß das Blut irischer Bauern und standhafter, konservativer Briten, doch er wurde als Kronprinz angesehen. Ungeachtet aller Vorsichtsmaßnahmen, schafften es die Paparazzi doch, jede Woche neue Bilder von ihm zu schießen. Und die Fans verlangten nach mehr.

Jede Woche trafen Wagenladungen von Spielzeug ein, das von Bev an Krankenhäuser und Waisenheime verteilt wurde. Große Firmen unterbreiteten Angebote für Babynahrung, Kinderkleidung und Spielsachen, die sämtlich zurückgewiesen wurden. Trotz aller Anbetung und Bewunderung blieb Darren jedoch ein glückliches, gesundes Kleinkind voller Lebensfreude. Wäre er sich all der Aufmerksamkeit bewußt gewesen, die er erregte, hätte er sie zweifellos als ihm gebührend hingenommen.

»Das ist dein Schloß«, informierte Emma ihn und baute die Klötzchen auf. »Und du bist der König.«

»Ich König.« Darren plumpste auf sein windelgepolstertes Hinterteil.

»Ja. König Darren der Erste.«

»De Este«, wiederholte er. Die Bedeutung dieses Wortes kannte er nur zu gut. »Da-en Este.«

»Du bist ein guter König und liebst alle Tiere.« Emma zog den treuen Charlie näher, und Darren beugte sich gehorsam hinunter, um ihm einen nassen Kuß zu geben. »Und hier sind deine tapferen Ritter.« Alle Puppen und Stofftiere wurden in eine Reihe gestellt. »Da sind Papa und Johnno, Stevie und P. M. Und hier ist Pete. Der ist, äh... der Premierminister. Und da ist die schöne Lady Beverly.« Emma setzte ihre Lieblingspuppe in Positur.

»Mami.« Auch die Puppe bekam einen Kuß. »Mami is schön.«

»Sie ist die schönste Frau der Welt. Aber da ist eine böse Hexe hinter ihr her, die sperrt sie in einen Turm.« Für einen Augenblick sah Emma ihre eigene Mutter vor sich. »Alle Ritter müssen versuchen, sie zu retten.« Sie ahmte galoppierende Pferde nach. »Aber nur Ritter Papa kann sie befreien.«

»Ritter Papa!« Die Wortkombination erschien Darren so komisch, daß er sich auf dem Boden wälzte und das Schloß in seine Bestandteile zerlegte.

»Wenn du natürlich dein eigenes Schloß kaputt machst, dann gebe ich auf.«

»Ma.« Darren schlang die Arme um seine Schwester und drückte sie. »Meine Ma Ma. Farm spielen!«

»Gut, aber erst müssen wir die Klötze wieder einsammeln, oder Miß Wallingsford kommt mit ihrem ewigen ›Los, aufräumen, marsch!‹«

»Arsch! Arsch! Arsch!«

»Darren!« Emma schlug die Hände vor den Mund und kicherte. »Das sagt man nicht.«

Da er sie zum Lachen gebracht hatte, wiederholte er das Wort, so laut er konnte.

»Was kommen denn da für Töne aus dem Kinderzimmer?« Unsicher, ob sie sich amüsieren oder schelten sollte, stand Bev in der Tür.

»Er meint ›marsch‹«, erklärte Emma.

»Verstehe.« Bev breitete die Arme aus, und Darren kam zu ihr gerannt. »Das ist ein sehr wichtiges *M*, Freundchen. Und was heckt ihr zwei wieder aus?«

»Wir spielen Schloß, aber Darren macht lieber alles kaputt.«

»Darren der Demolierer.« Bev kitzelte ihren Sohn am Hals, bis er vor Freude quietschte. Seine Beinchen schlossen sich um ihre Taille, so daß sie ihn in seiner Lieblingsposition, mit dem Kopf nach unten, halten konnte.

Bev hätte es nie für möglich gehalten, eine solche Liebe zu empfinden. Sogar ihre Leidenschaft für Brian verblaßte neben der Liebe zu ihrem Sohn. Er gab ihr alles zurück, ohne es zu wissen; eine Umarmung, einen Kuß, ein Lächeln, und das kam immer zur rechten Zeit. Er brachte Sonne in ihr Leben.

»So, und jetzt geh und hilf deiner Schwester beim Aufräumen.«

»Das kann ich auch alleine.«

Bev setzte Darren ab und lächelte Emma zu. »Er muß lernen, seine Sachen selbst aufzuräumen, Emma, egal wie gerne du und ich ihm das abnehmen würden.«

Sie beobachtete die zwei, das zarte, hellhaarige Mädchen

und den dunklen, stämmigen Jungen. Emma war ein liebes, guterzogenes Mädchen geworden, das sich längst nicht mehr in Schränken versteckte. Brian hatte ihr Leben verändert. Und Bev hoffte, daß sie selbst auch dazu beigetragen hatten, Emma zu dem fröhlichen, unbeschwerten Kind zu machen, das sie heute war. Doch sie wußte, den Ausschlag hatte Darren gegeben. In der Liebe zu ihrem Bruder vergaß Emma Angst und Befangenheit. Im Gegenzug liebte Darren sie abgöttisch.

Schon als Baby hatte er am schnellsten zu weinen aufgehört, wenn Emma ihn tröstete. Jeder weitere Tag verstärkte das Band zwischen ihnen nur noch.

Vor einigen Monaten hatte Emma begonnen, Bev ›Mami‹ zu nennen, und nun fiel es Bev zunehmend schwerer, sie anzusehen und als Janes Kind zu betrachten. Sie konnte Emma nicht die heftige, fast verzweifelte Liebe entgegenbringen, die Darren von ihr empfing, aber ihre Gefühle waren warm und beständig.

Da er das klackernde Geräusch mochte, ließ Darren die Klötzchen einzeln in den Kasten plumpsen. »D«, rief er und hielt seinen Lieblingsbuchstaben hoch. »Dachs, Dach, Da-en!« Er ließ das Klötzchen fallen, zufrieden, mit seinem Buchstaben das lauteste Klackern erzielt zu haben. In dem Gefühl, seiner Pflicht nachgekommen zu sein, bestieg er sein rotweißes Schaukelpferd und galoppierte gen Westen.

»Wir spielen Farm.« Emma nahm die große Fisher-Price-Scheune samt Zubehörkasten vom Regal. Mehr bedurfte es nicht, um Darren von seinem Pferd zu locken. Er kippte den Kasten um und schüttelte die Tiere und rundgesichtigen Figuren heraus.

»Los, los!« kommandierte er, während seine ungeschickten Finger mit den Teilen des weißen Plastikzauns kämpften.

Emma hielt seine Hand fest, ehe sie zu Bev aufsah. »Spielst du mit?«

Sie hatte tausenderlei Dinge zu erledigen, dachte Bev, bei all den Leuten, die Brian für den Abend eingeladen hatte. Es schienen immer Leute im Haus zu sein, so als könne Brian noch nicht einmal ein paar Stunden allein verbringen. Wovor er eigentlich flüchtete, konnte sie nicht sagen, und sie bezweifelte, daß er selbst den Grund kannte.

Laß uns erst nach London kommen, hoffte sie. Zu Hause würde alles wieder seinen gewohnten Gang gehen.

Sie sah auf die Kinder, ihre Kinder, hinunter und lachte.

»Natürlich spiele ich mit.«

Als Brian ins Zimmer kam, war seine Familie gerade damit beschäftigt, den türkischen Läufer, der das Kornfeld darstellte, mit einer Flotte von Spielzeugtreckern umzupflügen. Noch ehe er etwas sagen konnte, sprang Emma auf.

»Papa ist da!« Sie stürzte sich mit einem Satz auf ihn, sicher, daß er sie auffangen würde.

Brian schwang sie hoch und gab ihr einen schallenden Kuß, ehe er seinen freien Arm um Darren legte. »Gib Papa einen dicken Schmatz«, forderte er und fuhr zurück, als der Junge einen harten, feuchten Kuß auf sein Kinn drückte. Mit beiden Kindern auf dem Arm bahnte sich Brian einen Weg durch das Gewirr von Plastikzäunen und Figuren, die den Boden bedeckten.

»Wieder auf der Farm?«

»Darrens Lieblingsspiel.« Bev wartete, bis Brian sich hingesetzt hatte, und grinste dann. Im Kreis seiner Familie lief Brian stets zu Hochform auf. »Ich fürchte, du hast dich mitten im Misthaufen niedergelassen.«

»Ach ja?« Er zog sie an sich. »Wäre nicht das erste Mal, daß ich in der Scheiße sitzen.«

»Scheiße«, wiederholte Darren mit perfekter Aussprache.

»Nur weiter so«, murmelte Bev.

Brian schmunzelte nur und piekte seinen Sohn zwischen die Rippen. »Was habt ihr denn nun vor?«

Darren wand sich aus Brians Griff, um auf Bevs Schoß zu klettern. Sie lehnte sich zurück. »Wir pflügen den Weizen unter, da wir beschlossen haben, Sojabohnen anzubauen.«

»Ein weiser Entschluß. Du bist schon ein richtiger Farmer, was, alter Junge?« Brian bohrte einen Finger in Darrens Bauch. »Wir müssen unbedingt mal nach Irland fahren. Da kannst du auf einem richtigen Traktor fahren?«

»Los, los.« Darren zappelte auf Bevs Schoß und sang seine Lieblingsworte vor sich hin.

»Darren kann erst auf einem Traktor fahren, wenn er größer ist«, berichtigte Emma und faltete die Hände über den Knien.

»Ganz recht«, stimmte Bev zu, in Richtung Brian nickend. »Genau wie er noch nicht die Kricketschläger oder das Fahrrad benutzen kann, das ihm irgend jemand gekauft hat.«

»Frauen«, meinte Brian zu Darren. »Keine Ahnung von Männersachen!«

»Arsch.« Darren war von seinem neuen Wort äußerst angetan.

»Wie bitte?« Brian probierte ein Lachen.

»Frag besser nicht.« Nach einer raschen Umarmung schob Bev Darren beiseite. »Laß uns lieber hier aufräumen und dann Tee trinken.«

»Prima Idee.« Brian sprang auf und griff nach Bevs Hand. »Emma, du bist dran, Schätzchen. Mami und ich haben vor dem Tee noch was zu erledigen.«

»Brian...«

»Miß Willingsford ist gerade unten.« Er schob Bev aus dem Zimmer. »Und vergiß nicht abzuwaschen.«

»Brian, das Kinderzimmer sieht aus wie nach einem Bombenanschlag.«

»Emma kümmert sich schon darum. Für sie ist Ordnung das halbe Leben.« Brian zog Bev ins Schlafzimmer. »Und außerdem tut sie das gern.«

»Und wenn schon. Ich...« Sie hielt seine Hände fest, die sich an ihrem T-Shirt zu schaffen machten. »Bri, es geht jetzt nicht. Ich hab' noch so viel zu erledigen.«

»Und das hier steht an erster Stelle.« Sein Mund legte sich über ihren, und er konstatierte befriedigt, daß ihre halbherzigen Abwehrversuche schwächer wurden. Ihre Hände glitten über seine Hüften.

»Gestern nacht stand das auch an erster Stelle. Und heute morgen wieder.«

»Immer.« Er zog den Reißverschluß ihrer Jeans auf, immer wieder überrascht, wie schlank und zerbrechlich sie war, und das nach zwei Kindern. Nein, einem Kind, korrigierte er sich. Häufig verdrängte er einfach den Gedanken, daß Bev nicht Emmas leibliche Mutter war. Doch obwohl ihm ihr Körper so vertraut war, kam es ihm jedesmal vor, als berühre er sie zum erstenmal.

Seit jenen Tagen in der alten, schäbigen Zweizimmerwohnung hatten sie es weit gebracht. Jetzt besaßen sie zwei Häuser in verschiedenen Ländern, doch ihre Freude am Sex war noch genau so stark wie damals, als seine Taschen leer und sein Kopf voller Hoffnungen und Träume war.

Ineinander verschlungen, rollten sie über das Bett, und ihre Münder fanden sich hungrig. Auf Bevs Gesicht spiegelte sich eine fast schmerzhafte Wonne, als sie sich über ihm aufrichtete.

Sie hatte sich kaum verändert. Ihr Haar fiel glatt und glänzend auf ihre Schultern, ihre milchweiße Haut war von der Hitze der Leidenschaft zartrosa überhaucht. Er hob den Kopf und begann, ihre Brüste mit langsamen, kreisenden Küssen zu bedecken. Ihr Kopf fiel nach hinten, und sie gab leise, hilflose Geräusche von sich, während er an ihrer Brust saugte.

In Bev hatte er die Schönheit gesucht. In Bev hatte er sie gefunden.

Er faßte ihre Hüften und zog sie auf sich, überließ ihr die Führung, bis die Welt um sie herum versank.

Nackt wie sie war, rekelte sich Bev und kuschelte sich dann an ihren Mann. Blinzelnd sah sie Sonnenlicht durchs Fenster fallen und wünschte, es wäre Morgen, einer jener herrlich faulen Morgen, an denen sie stundenlang im Bett bleiben könnten.

»Ich hätte nie gedacht, daß es mir Spaß machen würde, diese ganzen Monate lang hierzubleiben, während du die neue Platte aufnimmst. Aber es war herrlich.«

»Wir können noch ein bißchen bleiben.« Wie immer, nachdem er sie geliebt hatte, fühlte er sich, als würde er vor Energie bersten. »Wir könnten uns ein paar schöne

Wochen machen, rumgammeln und noch mal Disneyland besuchen.«

»Darren betrachtet Disneyland bereits als seinen ganz persönlichen Vergnügungspark.«

»Vielleicht sollten wir ihm einen bauen.« Brian rollte sich auf die Seite und stützte sich auf die Ellbogen. »Bev, ehe ich nach Hause gekommen bin, hatte ich noch eine kurze Besprechung mit Pete. ›Outcry‹ hat Platin bekommen.«

»O Bri, das ist ja wunderbar.«

»Es ist mehr als das. Ich hatte recht, Bev. Die Menschen hören uns zu, und die Botschaft kommt an. ›Outcry‹ ist zum Inbegriff für die ganze Friedensbewegung geworden. Wir können etwas bewirken, Bev.« In seiner Stimme schwang der verzweifelte Unterton eines Mannes mit, der sich seiner Sache nicht sicher ist und dies zu verbergen sucht. »Wir werden noch eine Single aus dem Album auskoppeln, ›Love Lost‹, denke ich, auch wenn Pete jammert, daß sie wohl kein kommerzieller Erfolg wird.«

»Ach Brian, das tut mir so leid.«

»Genau das ist der springende Punkt.« Die Worte klangen so barsch, daß Brian sich weitere ungeduldige Äußerungen verkniff und ruhiger fortfuhr: »Ich möchte es diesen korrupten, fetten Beamtenfürzen, die im Parlament, im Pentagon oder in der UN an der Macht sind, am liebsten in die Ohren blasen. Wir müssen etwas tun, Bev! Wenn die Leute mir nur zuhören, weil ich Hits schreibe, dann muß ich sicher sein, daß ich wenigstens etwas zu sagen habe.«

In seinem Penthouse im Herzen von L. A. saß Pete Page an seinem Schreibtisch und wägte die verschiedenen Möglichkeiten ab. Wie Brian war auch er über den Erfolg von ›Outcry‹ äußerst erfreut, nur daß ihn mehr der Umsatz als die sozialen Fragen interessierte. Dafür wurde er schließlich bezahlt.

Genau wie er es vor drei Jahren vorausgesagt hatte, waren Brian und die anderen heute ausgesprochen wohlhabend, und es war an ihm, dafür zu sorgen, daß sich dieser Wohlstand noch vermehrte.

Seit er sich das erste Demoband von Devastation angehört

hatte, wußte er, daß ihre Musik Gold wert war. Der rauhe, kompromißlose Sound entsprach genau dem Zeitgeist. Pete hatte bereits zwei anderen Gruppen zu Plattenverträgen verholfen, doch Devastation bedeutete den Schlüssel zum Ruhm.

Er hatte die Gruppe genauso gebraucht wie sie ihn. Er war mit auf Tournee gegangen, hatte in Kellerkneipen herumgesessen, den Plattenproduzenten Dampf gemacht und alle seine Verbindungen spielen lassen. Es hatte sich ausgezahlt; seine anfänglichen Erwartungen waren bei weitem übertroffen worden. Doch er wollte mehr. Für sie und für sich.

Allerdings begann er sich um die Band als Ganzes und die einzelnen Mitglieder zu sorgen. In der letzten Zeit waren sie ein bißchen eigenwillig geworden, Johnno mit seinen gelegentlichen Ausflügen nach New York, Stevie, der wochenlang verschwand. P. M. blieb zwar immer in Reichweite, hatte aber mit einer dieser ehrgeizigen Möchtegernschauspielerinnen angebandelt. Pete hielt die Sache für ernst. Und dann war da natürlich noch Brian, der bei jeder passenden und unpassenden Gelegenheit mit Antikriegsparolen um sich warf.

Verdammt, sie waren eine Band, eine Rockband, und alles, was der einzelne tat, betraf auch die Gruppe. Was die Gruppe tat, betraf den Umsatz. Jetzt wollten sie sogar die Tournee absagen, die nach dem Erscheinen des neuen Albums beginnen sollte.

Nein, er würde nicht zulassen, daß die Band, wie die Beatles, im Zenit ihrer Karriere auseinanderbrechen würde.

Mit einem tiefen Atemzug lehnte er sich zurück und dachte über die vier nach.

Da war zum Beispiel Johnno mit seinem Wagenpark – einem Bentley, einem Rolls und einem Ferrari. Soviel war sicher, dachte Pete mit einem feinen Lächeln, der Mann wußte Geld zu schätzen! Längst hatte er aufgehört, sich wegen Johnnos sexueller Vorlieben Gedanken zu machen, und hatte im Laufe der Jahre einen gesunden Respekt für dessen Intelligenz und Talent entwickelt.

Nein, um Johnno brauchte er sich keinerlei Sorgen zu

machen, entschied Pete, als er einige Papiere auf seinem Schreibtisch durchblätterte. Der war ein Mensch, der seine Privatangelegenheiten für sich behielt. Und beim Publikum war er wegen seines exzentrischen Outfits und seiner lockeren Art sehr beliebt.

Dann Stevie und die Drogen. Bislang waren seine Auftritte vom Drogenkonsum noch nicht beeinträchtigt worden, doch Pete hatte bemerkt, daß Stevies Stimmungsschwankungen häufiger und intensiver wurden. Während der letzten beiden Studioaufnahmen war er dermaßen weggetreten gewesen, daß selbst Brian, der in dieser Hinsicht auch kein Unschuldslamm war, sich geärgert hatte.

Ja, auf Stevie würde er ein Auge haben müssen.

Auf P.M. konnte man sich verlassen. Zwar war Pete abwechselnd belustigt und verdrossen über die Angewohnheit des Drummers, sogar das Kleingedruckte in jedem Vertrag zu studieren, dennoch konnte er ihm seinen Respekt nicht versagen. Der Junge hatte sein Geld gut angelegt. Als weitere erfreuliche – und profitable – Überraschung hatte sich die Anziehungskraft seines Dutzendgesichts auf das weibliche Geschlecht erwiesen. Die Befürchtung, P.M. wäre die Schwachstelle der Band, hatte sich als unbegründet herausgestellt.

Brian. Pete goß sich einen Schluck Chivas Regal ein und überlegte. Brian war zweifellos der Kopf und die Seele der Gruppe, seine Kreativität und sein Engagement spornte alle an.

Zum Glück hatte die Geschichte mit Emma keine negativen Auswirkungen gezeigt, sondern im Gegenteil die Sympathie der Öffentlichkeit erregt und den Plattenumsatz gesteigert. Sicher, ab und an mußte Pete sich noch mit Jane Palmer herumschlagen, aber die Beliebtheit der Band hatte unter alldem nicht gelitten, genausowenig wie unter Brians Heirat. Eigentlich hatte Pete Devestation ja als eine Gruppe junger, alleinstehender Männer präsentieren wollen, aber die Presse hatte Brians Familienleben begeistert aufgegriffen. Ein weiterer Pluspunkt.

Zum Nachteil gereichten die Demonstrationen der Friedensbewegung, die großen Reden und Brians Sympathie für die Demokratische Studentenbewegung, für die er sogar Flugblätter verteilte.

Pete war sich der Macht der Presse nur allzu bewußt. Mit einer einzigen unbedachten Äußerung konnte man die Massen gegen sich aufbringen, und der Plattenverkauf ging zurück. John Lennon zum Beispiel hatte sich vor einigen Jahren mit der spontanen, sarkastischen Bemerkung, die Beatles seien bekannter als Jesus, sein eigenes Grab geschaufelt. Und nun war Brian nah, zu nah daran, den gleichen Fehler zu begehen.

Natürlich hatte Brian das Recht auf seine politische Überzeugung, dachte Pete und nippte an seinem Whisky. Nur gab es einen Punkt, an dem man seine persönliche Meinung hintanstellen mußte. Stevies Hang zu Drogen und Brians Idealismus könnten katastrophale Folgen haben.

Doch es gab Möglichkeiten, diese zu vermeiden, und Pete hatte bereits einige erwogen. Die Öffentlichkeit mußte dazu gebracht werden, Stevie als genialen Musiker statt als Drogenfreak und Brian als hingebungsvollen Familienvater statt als selbsternannte Friedenstaube anzusehen.

Wenn das Image stimmte, würden nicht nur die Jugendlichen Platten und Fanmagazine kaufen, sondern auch deren Eltern.

7

Sie blieben noch zwei weitere Wochen in Kalifornien, genossen die langen, faulen Tage, liebten sich am Nachmittag und gaben Partys, die die ganze Nacht dauerten. Mitten in der Woche besuchten sie in sorgfältiger Maskerade Disneyland. Die Fotografen, die Pete angeheuert hatte, gingen so diskret vor, daß Bev sie nie bemerkte.

Sie beschloß, die Pille abzusetzen, und Brian schrieb Liebeslieder.

Als es fast an der Zeit war, nach England zurückzukehren,

richtete die Gruppe in Brians Haus ein informelles Hauptquartier ein, um die Einzelheiten zu besprechen.

»Wir sollten alle fahren.« Johnno trommelte auf dem Tisch herum. »*Hair* ist das bedeutendste Musical unserer Generation. Ein Rockmusical.« Der Begriff gefiel ihm. Wenn sie nach London zurückkehrten, hoffte er, könnten Brian und er gemeinsam ein Musical auf die Beine stellen, das *Hair* und den augenblicklichen Erfolg der Who, *Tommy*, noch übertreffen würde.

»Wir könnten ein paar Tage Zwischenstopp in New York einlegen«, fuhr er fort, »uns das Stück ansehen, mal so richtig auf die Pauke hauen und dann schnurstracks ab nach London!«

»Ziehen die sich wirklich nackt aus?« wollte Stevie wissen.

»Bis auf die Haut, mein Sohn. Das allein ist schon den Eintritt wert.«

»Ja, das sollten wir machen.« Brian, von Rauch und Stimmengewirr leicht benommen, legte den Kopf auf Bevs Knie. Er hielt sich bereits länger an ein und demselben Ort auf, als ihm das lieb war, und der Gedanke an New York gefiel ihm. »Pete soll das organisieren. Was meinst du dazu, Bev?«

Sie war von New York nicht besonders angetan, aber sie sah, daß Brians Entschluß feststand. Außerdem wollte sie die friedliche, gelöste Stimmung der letzten Wochen nicht verderben. »Das wäre schön. Vielleicht können wir mit Darren und Emma noch in den Zoo und in den Central Park gehen, ehe wir nach Hause fahren.«

Emma war verzückt. Sie erinnerte sich noch gut an ihre erste Reise nach New York, das Hotelzimmer mit dem riesigen Bett, die überwältigende Begeisterung, hoch über der Welt zu stehen, die wunderbaren Karusselfahrten im Central Park. All das wollte sie mit Darren teilen.

Während sie die Reisevorbereitungen trafen, versuchte Emma, ihm all diese Herrlichkeiten schmackhaft zu machen. Als Alice Wallingsford die Spielsachen zusammenpacken wollte, spielten Darren und sie aus reinem Mutwillen noch mit seiner geliebten Farm.

»Muhkuh!« Darren hielt das schwarzweiß gefleckte Plastiktier hoch. »Will Muhkuh sehen!«

»Ich glaube nicht, daß es im Zoo Muhkühe gibt, dafür aber Löwen.« Sie stieß ein Gebrüll aus, daß ihn vor Freude quietschen ließ.

»Du regst ihn zu sehr auf, Emma«, mahnte Alice sofort. »Und es ist bald Schlafenszeit.«

Emma verdrehte bloß die Augen. Darren, mit einem Jeansoverall und roten Kniestrümpfen bekleidet, tanzte wild um sie herum und versuchte, mit einem mißlungenen Salto Emmas Aufmerksamkeit zu erregen.

»Dieses Energiebündel.« Alice schnalzte mißbilligend mit der Zunge, obwohl sie im Grunde genommen von dem Jungen bezaubert war. »Ich habe keine Ahnung, wie wir ihn heute nacht zum Schlafen kriegen wollen.«

»Charlie nicht einpacken!« Ehe Alice das Stofftier in eine Kiste fallen lassen konnte, griff Emma ein. »Er muß mit mir im Flugzeug fliegen.«

Seufzend legte Alice den zerschlissenen Hund beiseite. »Er müßte mal gewaschen werden. Ich möchte nicht, daß du ihn dem Kleinen noch mal ins Bett legst.«

»Ich liebe Charlie«, verkündete Darren und probierte einen weiteren Salto. Er landete schmerzhaft auf seiner Miniaturwerkzeugkiste, aber statt zu weinen, griff er nach dem kleinen Holzhammer und trommelte damit auf den bunten Pflöcken herum. »Ich liebe Charlie«, johlte er zu dem Rhythmus.

»Das mag ja sein, mein Süßer, aber er fängt an zu riechen. Ich möchte keine Bazillen in deinem Bett haben.«

Darren schenkte ihr ein sonniges Lächeln. »Ich liebe Bazillen!«

»Ein richtiger Herzensbrecher, das bist du.« Alice nahm ihn auf und setzte ihn auf ihre Hüfte. »Jetzt läßt Alice dir ein schönes Bad ein, ehe du ins Bett gehst, mit ganz viel Schaum. Emma, laß die Sachen nicht einfach rumliegen«, fügte sie, an das Mädchen gerichtet, hinzu. »Du kannst baden, wenn Darren fertig ist, und dann deinen Eltern gute Nacht sagen.«

»Ja, Ma'am.« Sie wartete, bis Alice außer Sichtweite war,

ehe sie aufstand und Charlie holte. Er roch überhaupt nicht, dachte sie böse, als sie das Gesicht in seinem Fell vergrub. Und sie würde ihn auch weiterhin in Darrens Bett legen, weil Charlie auf ihn aufpaßte, während er schlief.

»Ich wünschte wirklich, du hättest nicht all diese Leute eingeladen.« Bev klopfte die Sofakissen auf, wohl wissend, daß das reine Zeitverschwendung war.

»Wir müssen uns doch verabschieden.« Brian legte eine Platte von Jimi Hendrix auf, die ihm zu Bewußtsein brachte, daß die Kunst ihren Schöpfer überdauerte. »Außerdem wartet in London ein Berg Arbeit auf mich. Ich möchte mich entspannen, solange ich noch kann.«

»Wie kann man sich entspannen, wenn hundert Leute im Haus herumlaufen?«

»Bev, bitte. Schließlich ist es unsere letzte Nacht.«

Bev wollte schon den Mund öffnen, um ihm eine passende Antwort zu geben, als Alice die Kinder hereinbrachte. »Da ist ja mein Junge.« Sie fing Darren auf, ehe sie Emma zuzwinkerte. »Ist Charlie für den Flug gerüstet?« Sie kannte und verstand Emmas Abneigung gegen das Fliegen und strich dem Mädchen beruhigend über das Haar.

»Er ist nur ein bißchen nervös. Wenn ich bei ihm bin, legt sich das.«

»Sicherlich.« Sie küßte Darren zart auf den Hals. »Frisch gebadet?« Eigentlich hatte Bev diese abendliche Aufgabe ja selbst übernehmen wollen, da sie nichts mehr liebte, als mit Darren in der Wanne zu planschen und ihn von Kopf bis Fuß einzuseifen.

»Beide gewaschen und fertig fürs Bett. Sie wollten nur noch gute Nacht sagen, ehe ich sie ins Bett stecke.«

»Ich mache das selber, Alice. Bei all dem Trubel heute hab' ich die Kinder kaum zu Gesicht bekommen.«

»In Ordnung, Ma'am. Ich packe dann fertig.«

»Papa?« Mit ihrem scheuen Lächeln wandte sich Emma an Brian. »Erzählst du uns eine Geschichte? Bitte!«

Alles, was er wollte, war, sich einen guten Joint zu Gemüte zu führen und der Musik zu lauschen, aber es war unmöglich, diesem Lächeln oder dem hellen, gurgelnden Lachen seines Sohnes zu widerstehen.

Er überließ Hendrix seinen Klagen und ging mit seiner Familie nach oben.

Zwei Geschichten waren nötig, ehe Darrens Augen zufielen. Er bekämpfte den Schlaf genauso wie alle sitzenden Tätigkeiten. Darren wollte rennen, toben, lachen oder Saltos schlagen, aber lieber noch wollte er jener strahlende junge Ritter sein, von dem sein Vater immer erzählte. Er wollte das magische Schwert schwingen und Drachen erlegen.

Gähnend begann er einzudösen. Er konnte Emma spüren und schlief ein, zufrieden, daß sie bei ihm war.

Als Bev ihn in sein Kinderbettchen trug, wachte er nicht wieder auf. Darren schlief, wie er alles tat: von ganzem Herzen. Bev zog die blaue Decke zurecht und bemühte sich, nicht daran zu denken, daß er bald aus dem Kinderbett herausgewachsen wäre.

»Er ist so niedlich.« Sie konnte sich nicht bremsen und streichelte vorsichtig die warme Wange.

Brian sah auf seinen Sohn hinab. »Wenn er so daliegt, kann man sich kaum vorstellen, daß er imstande ist, mit links ein Zimmer in seine Einzelteile zu zerlegen.«

Lachend legte Bev einen Arm um Brians Taille. »Er benutzt beide Hände.«

»Und die Füße noch dazu.«

»Ich habe noch nie erlebt, daß jemand das Leben so liebt. Wenn ich ihn anschaue, wird mir klar, daß ich alles habe, was ich mir je gewünscht habe. Ich sehe ihn vor mir, wie er in einem Jahr sein wird, oder in fünf. Das macht das Älterwerden irgendwie leichter.«

»Rockstars altern nicht.« Er runzelte die Stirn, und zum erstenmal nahm Bev einen Hauch von Sarkasmus – oder war es nur Ernüchterung? – in seiner Stimme wahr. »Entweder enden sie an der Nadel oder treten im weißen Anzug in Las Vegas auf.«

»Du nicht, Bri.« Ihr Arm legte sich fester um ihn. »Du wirst noch in zehn Jahren ganz oben sein.«

»Ich hoffe es jedenfalls. Na, wenn ich mir jemals einen weißen Anzug mit Lametta zulegen sollte, dann tritt mich in den Hintern.«

»Mit dem größten Vergnügen.« Ähnlich wie sie es bei den Kindern tat, streichelte sie beschwichtigend seine Wange. »Laß uns Emma ins Bett bringen.«

»Ich möchte doch nur das Richtige tun, Bev.« Er hob Emma hoch, um sie in ihr Zimmer zu tragen. »Für sie und für dich.«

»Du tust das Richtige.«

»Die Welt ist so verdammt daneben. Früher dachte ich immer, wenn wir es schafften, wirklich ganz nach oben schafften, dann würden die Leute auf uns achten, hören, was wir zu sagen haben. Heute bin ich mir dessen nicht mehr sicher.«

»Was ist denn mit dir los, Bri?«

»Ich weiß es nicht.« Vorsichtig ließ Brian Emma auf das Bett gleiten und wünschte, er könnte den genauen Grund für die Unrast, die Unzufriedenheit nennen, die ihn seit einiger Zeit plagte. »Vor Jahren, als wir kurz vor dem Durchbruch standen, da fand ich alles fantastisch. Die ganzen Mädchen, die uns anhimmelten, unser Bild in jeder Zeitschrift, unsere Musik andauernd im Radio.«

»Ist es das, was du wolltest?«

»Das war es, ist es, ich weiß nicht. Wie können wir die Menschen erreichen, ihnen begreiflich machen, was wir ihnen zu sagen haben, wenn sie jedes verdammte Konzert hindurch nur kreischen wie die Wilden? Wir sind eine Farce, bloß ein Bild, das Pete aufgebaut hat, um den Plattenverkauf anzukurbeln. Ich hasse das!« Frustriert ballte er die Fäuste. »Manchmal denke ich wirklich, wir sollten wieder ganz von vorne anfangen, in den Kneipen, wo die Leute zugehört oder getanzt haben, wenn wir spielten. Damals haben wir einen Draht zum Publikum gefunden. Ach, ich weiß auch nicht.« Er fuhr sich mit der Hand durchs Haar. »Ich schätze, ich hab' damals gar nicht kapiert, wieviel Spaß wir hatten. Bloß – es gibt kein Zurück.«

»Ich wußte ja gar nicht, daß du so denkst. Warum hast du nie mit mir darüber gesprochen?«

»Ich habe es selbst nicht gewußt. Es ist nur so, nun, ich

komme mir nicht mehr vor wie der eigentliche Brian McAvoy. Ich hatte keine Vorstellung davon, wie nervtötend es sein kann, wenn man noch nicht mal mit Kumpels einen trinken oder am Strand liegen kann, ohne daß man von den Leuten belästigt und um Autogramme gebeten wird.«

»Du kannst das ändern. Du könntest zum Beispiel nur noch Texte schreiben.«

»Kann ich nicht.« Er betrachtete die friedlich schlafende Emma. »Ich muß auftreten, singen. Jedesmal, wenn ich auf der Bühne stehe, oder im Studio, dann weiß ich ganz tief drinnen, daß es das ist, was ich will. Was ich brauche. Aber alles andere... Alles andere nervt, und das konnte ich nicht ahnen. Vielleicht liegt es an der Art, wie Hendrix und Janis Joplin gestorben sind, oder daran, daß die Beatles auseinandergingen. So eine Verschwendung, Bev. Es bedeutet das Ende, und ich bin noch nicht soweit.«

Sie legte ihm die Hand auf die Schulter, knetete die festen Muskeln. »Nicht das Ende. Nur eine Veränderung.«

»Jeder Schritt, der uns nicht nach vorne bringt, wirft uns zurück, verstehst du das denn nicht?« Doch er wußte, sie konnte ihn nicht verstehen, und so versuchte er, seine Gefühle in einfachere Worte zu kleiden. »Da gibt es mehrere Gründe. Pete will uns wieder auf Tournee schicken, Stevie will mit anderen Bands zusammenarbeiten oder diese Filmmusik machen. Es ist nicht mehr so wie früher, als wir vier eine Einheit waren und unsere Musik von Herzen kam. Jetzt zählen nur noch Image und Geld. Der Rubel muß rollen!«

Emma bewegte sich und murmelte im Schlaf.

»Und was wird, wenn Emma zur Schule kommt und Darren eines Tages aus dem Haus geht? Was für ein Leben werden sie führen müssen? Werden die Leute ihnen keine Ruhe lassen, nur weil ich ihr Vater bin? Ich wollte unbedingt vermeiden, daß sie so eine beschissene Kindheit haben wie ich, aber mache ich es denn besser? Was mute ich ihnen nur zu?«

»Bri, du machst dir zu viele Gedanken, aber gerade das liebe ich an dir so. Den Kindern geht es gut. Du brauchst sie doch nur anzusehen. Vielleicht haben sie keine ganz gewöhnliche Kindheit, aber sie sind glücklich, und wir werden dafür sorgen, daß das so bleibt. Wer du auch bist und was du auch darstellen magst, du bleibst ihr Vater. Um alles andere werden wir uns schon kümmern.«

»Ich liebe dich, Bev. Ich muß verrückt sein, mir derart den Kopf zu zerbrechen. Wir haben doch alles, was wir brauchen.« Er zog sie enger an sich und preßte seine Lippen in ihr Haar. Und dennoch wünschte er, er könnte verstehen, warum mit einem Mal alles viel zuviel geworden war.

Brians Unbehagen verschwand nach einigen Joints. Er war von Menschen umgeben, die ihn verstanden, die seine Wünsche und Hoffnungen nachempfinden konnten. Laute Musik und reichhaltige Auswahl an Drogen taten ein übriges. Koks, Gras, Grüner Türke, Speedies und Benzedrin waren vorrätig. Die wehmütige, anrührende Musik von Janis Joplin tönte aus der Stereoanlage. Brian hätte ihr stundenlang zuhören mögen, wenn sie mit ihrer heiseren Stimme ihr ›Ball and chain‹ herauskrächzte. Dann wurde er sich sehr der Tatsache bewußt, daß *er* am Leben war und immer noch die Chance hatte, etwas zu bewirken.

Er beobachtete Stevie, der mit einem Rotschopf im lila Mini tanzte. Dem bereitete es kein Kopfzerbrechen, als eine Galionsfigur des Rock angesehen zu werden und als Poster die Wände der Mädchenzimmer zu schmücken, sinnierte Brian, während er ein paar Salzbrezeln mit mildem irischen Whisky hinunterspülte. Stevie wechselte seine Freundinnen mit der gleichen Gedankenlosigkeit wie seine Hemden. Allerdings war er fast ständig stoned. Unwillig lächelnd, drehte sich Brian einen weiteren Joint und entschied, daß es an der Zeit war, sich in denselben Zustand zu versetzen.

Er distanziert sich schon wieder, grübelte Johnno, der aus einiger Entfernung bemerkt hatte, wie Brian sich absonderte. In der letzten Zeit war dies immer häufiger geschehen, doch Johnno war es als einzigem aufgefallen, vielleicht deshalb, weil er Brian von allen am nächsten stand.

Brian schien nur dann im Einklang mit sich selbst zu sein, wenn sie beide zusammensaßen und Songs schrieben, Melodien, Töne und Übergänge schufen.

Johnno wußte, daß der Tod von Hendrix und Joplin Brian – ebenso wie ihn selbst – tief getroffen hatte. Es war eine ähnlich niederschmetternde Erfahrung wie die Ermordung der Kennedy-Brüder gewesen. Den Menschen sollte es bestimmt sein zu altern und gebrechlich zu werden, ehe sie starben. Doch trotz seiner Erschütterung hatte er nicht solch starke Trauer empfunden wie Brian. Brian nahm alles viel zu schwer.

Sein Blick fiel auf Stevie, und das, was er sah, gefiel ihm ganz und gar nicht. Daß Stevie jede verfügbare Frau Amerikas vögelte, interessierte ihn einen Dreck. Anders verhielt es sich mit dem Drogenkonsum, über den Stevie immer mehr die Kontrolle verlor. Er gab keinen Pfifferling auf das Image des drogenfreien Rockstars, das sie aufbauen wollten.

Johnnos Blick wanderte zu P. M. Auch hier gab es ein kleines Problem. Nein, nicht mit Drogen, der arme, alte P. M. war nach einem einzigen Joint schon zu nichts mehr zu gebrauchen. Das Problem war dieses vollbusige blonde Flittchen, das sich vor zwei Monaten an den Drummer herangemacht hatte. Und P. M. schien es nicht eilig zu haben, sie loszuwerden.

Johnno musterte die langgesichtige, dunkeläugige Blondine genauer. Sie bestand nur aus Beinen und Titten, verpackt in ein enges rotes Kleid, und war längst nicht so hohlköpfig, wie sie vorgab. Hart wie Stahl, dachte er, und sie schlug genau die Töne an, die P. M. hören wollte. Wenn er nicht aufpaßte, würde sie ihn noch vor den Traualtar schleppen. Und die würde sich nicht bescheiden im Hintergrund halten wie Bev, die nicht!

Alle drei waren, jeder auf seine Weise, im Begriff, die Gruppe zu vernichten, und nichts bereitete Johnno mehr Sorgen.

Als Emma erwachte, vibrierte der Fußboden von den Bässen der Stereoanlage. Einen Moment blieb sie still liegen und lauschte, versuchte zu erkennen, welches Lied gerade gespielt wurde.

Mittlerweile hatte sie sich an die Partys gewöhnt. Papa hatte gerne Leute um sich, Musik und Gelächter. Sobald sie älter war, würde sie auch auf Partys gehen.

Bev sorgte immer dafür, daß das Haus sauber und aufgeräumt war, ehe die Gäste eintrafen. Emma hielt das für Unsinn. Am nächsten Morgen war das Haus immer in furchtbarer Unordnung, halbleere Gläser und überquellende Aschenbecher standen herum, und nicht selten fanden sich auf den Sofas und Stühlen noch einige übriggebliebene Gäste.

Emma überlegte, wie es wohl wäre, die ganze Nacht aufzubleiben, sich zu unterhalten, zu lachen, Musik zu hören. Erwachsenen schrieb niemand vor, wann sie ins Bett zu gehen oder ein Bad zu nehmen hatten.

Seufzend legte sie sich auf den Rücken. Die Musik wurde schneller, sie konnte das Pulsieren der Bässe in den Wänden spüren. Und da war noch etwas. Schritte, die die Diele entlangkamen. Miß Wallingsford, dachte Emma. Sie wollte gerade die Augen schließen und sich schlafend stellen, als ihr ein anderer Gedanke kam. Vielleicht wollten Papa und Mami nach ihr und Darren sehen. Wenn dem so wäre, könnte sie so tun, als ob sie gerade aufgewacht wäre, und sie dazu bringen, ihr von der Party zu erzählen.

Doch die Schritte wurden wieder leiser. Emma setzte sich auf und hielt Charlie ganz fest. Ihr war nach Gesellschaft zumute, nur für einen Augenblick. Sie wollte über die Party oder die Reise nach New York sprechen, wollte wissen, welcher Song gerade lief. Da saß sie, im Licht einer Mickey-Mouse-Lampe, ein kleines, verschlafenes Kind in einem rosa Nachthemd.

Weinte Darren? Sie lauschte ins Dunkel. Ganz sicher hatte sie trotz der dröhnenden Musik Darrens schwaches Schluchzen gehört. Ohne zu zögern, kletterte sie, Charlie unter den Arm geklemmt, aus dem Bett. Sie würde sich an Darrens Bett setzen, bis er sich beruhigt hatte, und Charlie für den Rest der Nacht als Wache zurücklassen.

Zu ihrer Überraschung war die Diele dunkel. Sonst brannte immer ein Licht, falls Emma nachts einmal ins Bad mußte. Einen bösen Moment lang fielen ihr die Ungeheuer wieder ein, die in den dunklen Ecken lauerten, und sie wollte bei dem grinsenden Mickey in ihrem Zimmer bleiben.

Doch dann stieß Darren einen heulenden Schrei aus.

Da ist nichts im Dunkeln, ermutigte Emma sich, als sie sich in die dunkle Diele wagte. Überhaupt nichts. Keine Monster, keine Geister, keine unheimlichen Gestalten.

Nun spielten die Beatles.

Emma leckte sich die Lippen. Es ist nur dunkel, sonst nichts, beruhigte sie sich. Als sie an Darrens Tür angelangt war, hatten sich ihre Augen an die Dunkelheit gewöhnt. Die Tür war zu. Da stimmte etwas nicht. Die Tür stand immer offen, damit man leichter hören konnte, wenn er aufwachte.

Vorsichtig streckte sie eine Hand aus und sprang dann zurück, weil sie meinte, hinter ihrem Rücken ein Geräusch zu hören. Mit wild pochendem Herzen inspizierte sie die dunkle Diele. Die tanzenden Schatten türmten sich wie namenlose Monster vor ihr auf und ließen ihr den Schweiß ausbrechen.

Es ist nichts, gar nichts, redete sie sich ein, nur Darren schreit sich die Seele aus dem Leib.

Sie drückte die Klinke nieder und stieß die Tür auf.

»*Come together*«, sang Lennon. »*Over me.*«

Zwei Männer hielten sich im Raum auf. Einer hielt Darren fest und versuchte verzweifelt, das vor Wut und Angst brüllende Kind zu bändigen, der andere hielt etwas in der Hand, etwas, das im Licht der Giraffenlampe auf dem Nachttisch glänzte.

»Was machen Sie da?«

Beim Klang ihrer Stimme fuhr der Mann herum. Aber er war kein Arzt, stellte Emma fest, obwohl sie eine Injektionsnadel in seiner Hand sah. Sie erkannte ihn wieder und wußte genau, daß er kein Arzt war. Außerdem war Darren nicht krank.

Der andere Mann fluchte fürchterlich und kämpfte darum, den sich mit aller Gewalt zur Wehr setzenden Darren festzuhalten.

»Emma«, sagte der Mann, den sie kannte, mit ruhiger, freundlicher Stimme. Er lächelte ein falsches, hinterhältiges Lächeln. Ihr wurde bewußt, daß er die Spritze noch immer in der Hand hielt, als er auf sie zuging. Sie drehte sich um und rannte los.

Hinter ihr schrie Darren auf. »Ma!«

Schluchzend floh sie die Diele entlang. Ihr von Panik verwirrter Verstand spiegelte ihr Monster vor, Monster, die mit ihren scharfen Zähnen im Dunkeln ausharrten, bereit, sie zu verfolgen.

Beinahe hätte er den Zipfel ihres wehenden Nachthemdes erwischt. Fluchend griff er nach ihr, seine Hand schloß sich um ihren Knöchel und rutschte dann ab. Sie jaulte auf, als ob sie sich verbrannt hätte. An der Treppe angelangt, schrie sie nach ihrem Vater, kreischte immer wieder seinen Namen.

Dann gaben ihre Beine nach, und sie fiel kopfüber die Treppe hinunter.

In der Küche hing jemand in der Durchreiche und bestellte fünfzig Pizzas. Kopfschüttelnd überprüfte Bev, ob noch genug Eis im Kühlschrank vorhanden war. Die Amerikaner waren Weltmeister im Eisverbrauch, dachte sie und gab dann einen Eiswürfel in ihren lauwarmen Wein, ehe sie sich zur Tür wandte.

Auf der Schwelle stand Brian.

Er legte ihr grinsend den Arm um die Taille und küßte sie lange und ausdauernd. »Hi.«

»Hi.« Das Weinglas noch in der Hand, schlang sie die Arme um Brians Hals. »Bri.«

»Hmm?«

»Wer sind all diese Leute?«

Lachend rieb er seine Nase an ihrem Hals. »Ganz egal. Du hast doch mich.« Aneinandergepreßt bewegten sie sich im Rhythmus der Musik. »Was hältst du davon, wenn wir uns nach oben verdrücken und der Horde das Haus überlassen?«

»Das wäre unhöflich.« Dennoch drückte sie ihn an sich. »Gemein, unhöflich und außerdem die beste Idee seit Stunden.«

»Na dann...« Sein halbherziger Versuch, sie hochzuheben, brachte sie beide ins Schwanken. Kühler Wein tropfte seinen Rücken hinunter, und Bev kicherte. »Vielleicht kannst du mich ja tragen«, schlug er vor. In dem Moment hörte er Emmas Schreie.

Als er herumwirbelte, stieß er einen kleinen Tisch um. Von Drogen und Alkohol benommen, stolperte er, fing sich wieder und stürmte in die Halle, wo sich bereits eine kleine Menschenmenge versammelt hatte. Er drängte sich hindurch und sah ein zusammengekrümmtes Bündel Mensch am Treppenabsatz liegen.

»Um Gottes willen, Emma!« Er hatte Angst, sie zu berühren. In ihrem Mundwinkel schimmerte Blut. Mit bebenden Fingern wischte er es fort und blickte auf, sah eine gesichtslose Menge, verschwommene Farben, konnte nichts klar wahrnehmen. Sein Magen verkrampfte sich, und der saure Inhalt stieg ihm die Kehle hoch.

»Ruf einen Notarzt«, brachte er noch hervor, dann beugte er sich wieder über seine Tochter.

»Nicht bewegen.« Mit kalkweißem Gesicht kniete sich Bev neben ihn. »Du solltest sie besser nicht bewegen. Wir brauchen eine Decke!« Einer der Umstehenden drückte ihr geistesgegenwärtig eine kleine afghanische Brücke in die Hand. »Sie kommt wieder in Ordnung, Bri.« Vorsichtig deckte Bev Emma zu. »Sie wird wieder gesund werden.«

Brian schloß die Augen und schüttelte fassungslos den Kopf, als wolle er das furchtbare Bild vertreiben. Doch als er sie wieder öffnete, lag Emma immer noch leichenblaß und leblos am Boden. Es war viel zu laut hier, die Musik schien von allen Seiten zu hämmern, und die flüsternden, tuschelnden Stimmen brausten um ihn herum. Da fühlte er eine Hand auf seiner Schulter, spürte einen raschen, aufmunternden Klaps.

»Der Notarzt ist unterwegs«, teilte ihm P. M. mit. »Halt durch, Bri.«

»Schmeiß sie raus«, flüsterte Brian und schaute hoch, direkt in Johnnos bleiches, zu Tode erschrockenes Gesicht. »Sorg dafür, daß alle hier verschwinden.«

Johnno nickte und begann, die Leute hinauszudrängen. Die Tür stand weit offen, die Nacht war von hellem Scheinwerferlicht erleuchtet und von Sirenengeheul durchdrungen.

»Ich gehe jetzt nach oben«, meinte Bev ruhig. »Ich erkläre Alice, was passiert ist, und sehe nach Darren. Wir fahren mit Emma ins Krankenhaus. Sie wird wieder gesund, Bri, ganz sicher.«

Er konnte nur hilflos nicken und auf Emmas stilles, blasses Gesicht hinunterschauen. Obwohl er gerne ins Bad gegangen wäre und den Finger in den Hals gesteckt hätte, um seinen Körper von all den Chemikalien zu befreien, mit denen er sich die ganze Nacht vollgepumpt hatte, wagte er es nicht, Emma alleine zu lassen.

Alles war wie ein Traum, dachte er, wie ein dumpfer, böser Traum. Doch er brauchte Emma nur anzusehen, um sich der Realität wieder allzu deutlich bewußt zu werden.

Das *Abbey Road*-Album lag noch immer auf dem Plattenteller, und ausgerechnet jetzt erklang das Stück, das einen hinterhältigen Mord zum Thema hatte. Maxwells Silberhammer fuhr nieder.

»Bri.« Johnno klopfte ihm auf den Arm. »Geh bitte beiseite, damit man Emma versorgen kann.«

»Wie bitte?«

»Geh beiseite.« Johnno zog Brian behutsam hoch. »Die Männer müssen sich um sie kümmern.«

Betäubt beobachtete Brian, wie die Sanitäter hereinkamen und sich über seine Tochter beugten. »Sie muß die Treppe heruntergefallen sein.«

»Das wird schon wieder.« Johnno warf P. M. einen hilflosen Blick zu. »Kleine Mädchen sind viel zäher, als man denkt.«

»Das stimmt.« Stevie, ein bißchen unsicher auf den Beinen, stand hinter Brian, beide Hände auf dessen Schulter gelegt. »Unsere Emma steckt doch so 'nen Sturz locker weg.«

»Wir begleiten euch ins Krankenhaus.« Pete gesellte sich zu ihnen. Zusammen sahen sie zu, wie Emma vorsichtig auf eine Bahre gehoben wurde.

Oben begann Bev zu kreischen... und schrie und schrie, bis das ganze Haus von ihren Schreien erfüllt war.

8

Wenn Lou Kesselring schlief, schnaubte er wie ein angeschossener Büffel. Hatte er sich, bevor er zu Bett ging, noch ein, zwei Bier einverleibt, schnaubte er gar wie zwei angeschossene Büffel. Seine Frau, mit der er seit siebzehn Jahren verheiratet war, löste dieses nächtliche Problem mittels Oropax. Lou wußte, daß Marge ihn auf ihre ruhige, gleichbleibende Weise liebte, und er gratulierte sich zu seiner Voraussicht, vor der Hochzeit nicht mit ihr geschlafen zu haben. Sonst durchaus aufrichtig, hatte er doch dies eine kleine Geheimnis für sich behalten. Als Marge schließlich dahinterkam, steckte sein Ring bereits an ihrem Finger.

Heute nacht war er wirklich kaputt wie ein Hund. Seit fast sechsunddreißig Stunden hatte er sein Bett nicht mehr gesehen. Nun, da der Fall Calarmi aufgeklärt war, würde er sich nicht nur eine Nacht mit ungestörtem Schlaf, sondern ein ganzes faules Wochenende gönnen.

Zwölf Stunden zuvor war er gezwungen gewesen, einen Mann zu töten, was zwar nicht zum erstenmal geschehen war, aber – Gott sei Dank – selten vorkam. Immer wenn seine Arbeit derartige Ausmaße annahm, brauchte er dringend einen gewissen Alltagstrott zum Ausgleich. Kartoffelsalat, gegrillte Hamburger und nachts den festen Körper seiner Frau an dem seinen. Das Lachen seines Sohnes.

Er war ein Cop, und ein guter dazu. In seinen sechs Jahren bei der Mordkommission hatte er nur zweimal von der Waffe Gebrauch machen müssen. Wie die Mehrzahl seiner Kollegen wußte er, daß die praktische Ausübung des Gesetzes in monotonen Tagesabläufen bestand: Beinarbeit, Papierkram,

Telefongespräche. Und Momente, Bruchstücke von Sekunden, des Terrors.

Ihm war gleichfalls bewußt, daß er als Cop mit Dingen in Berührung kam, von denen der Rest der Welt gar keine Vorstellung hatte – Mord, Bandenkriege, Messerstechereien, Blut, Dreck, Abschaum.

Obgleich Lou mit Leib und Seele bei seiner Arbeit war, bereitete diese ihm keinerlei Alpträume. Er war vierzig und hatte, seit er mit vierundzwanzig seine Dienstmarke erhalten hatte, Beruf und Privatleben strikt voneinander getrennt.

Doch manchmal fiel ihm das schwer.

Sein Schnarchen brach abrupt ab, als das Telefon klingelte; er rollte sich herum und streckte mit geschlossenen Augen instinktiv die Hand aus, um den Hörer von der Gabel zu reißen.

»Ja, Kesselring.«

»Bester hier, Lieutenant.«

»Verdammte Scheiße, was wollen Sie?« Er wußte, daß er ungestraft die von seiner Frau mißbilligten Sch...-Worte benutzen konnte, da Marge ihre Oropax in den Ohren hatte.

»Tut mir leid, Sie zu wecken, aber wir haben einen neuen Fall. Kennen Sie McAvoy, Brian McAvoy, den Sänger?«

»McAvoy?« Verschlafen rieb sich Lou das Gesicht.

»Devastation. Die Rockgruppe.«

»Ach ja. Richtig.« Er war kein großer Rockfan, hörte höchstens Elvis Presley oder die Everly Brothers. »Was ist denn passiert? Haben ein paar Kids die Musik so laut gedreht, daß ihnen das Hirn aus den Ohren geflogen ist?«

»Sein kleiner Sohn ist getötet worden. Sieht nach einer verpatzten Entführung aus.«

»O Scheiße.« Plötzlich hellwach, knipste Lou das Licht an. »Geben Sie mir die Adresse.«

Das Licht weckte Marge auf. Sie blinzelte und sah Lou nackt auf der Bettkante hocken und etwas auf seinen Block kritzeln. Ohne Murren stand sie auf, schlüpfte in ihren Bademantel und ging nach unten, um ihm einen Kaffee zu machen.

Lou fand Brian im Krankenhaus. Er war sich nicht sicher, was er eigentlich erwartet hatte. Er hatte Brian einige Male in der Zeitung oder im Fernsehen gesehen, wenn der Sänger Kritik am Vietnamkrieg geübt hatte. Lou hielt nicht viel von dieser Bande, die ständig stoned herumlief, sich das Haar bis zum Hintern wachsen ließ und an den Straßenecken Blumen verteilte. Andererseits hielt er auch nicht allzuviel vom Krieg. Einer seiner Brüder war in Korea gefallen, und sein Neffe hatte vor drei Monaten den Einberufungsbefehl nach Vietnam erhalten.

Aber im Augenblick war er weder an McAvoys politischer Einstellung noch an dessen Haartracht interessiert.

Er hielt inne und betrachtete den in einem Stuhl zusammengesunkenen Brian. In natura sah er jünger aus, stellte Lou fest. Jung, ein wenig zu mager und für einen Mann ungewöhnlich hübsch. Brian sah ihn mit jenem benommenen, fast entrückten Blick an, den der Schock mit sich bringt. Das Zimmer war voller Menschen, und aus den zahlreichen Aschenbechern kräuselte sich der Rauch.

Mechanisch führte Brian eine Zigarette an die Lippen, sog den Rauch ein, ließ die Zigarette wieder sinken und stieß eine Rauchwolke aus.

»Mr. McAvoy.«

Der Vorgang wiederholte sich, als Brian aufblickte. Er sah einen hochgewachsenen, schlanken Mann mit dunklem, sorgfältig aus dem länglichen Gesicht gekämmten Haar, der einen grauen Anzug und einen konservativen Schlips in demselben Farbton zu einem blütenweißen Hemd trug. Seine schwarzen Schuhe waren auf Hochglanz poliert, die Nägel sauber gepflegt, und auf seinem Kinn glänzte ein kleiner Kratzer, dort, wo er sich beim Rasieren geschnitten hatte.

Man achtet doch auf die seltsamsten Dinge, dachte Brian bei sich und zog erneut an der Zigarette.

»Ja.«

»Ich bin Lieutenant Kesselring.« Lou präsentierte ihm seine Dienstmarke, doch Brian achtete nicht darauf und sah ihm weiterhin voll ins Gesicht. »Ich muß Ihnen einige Fragen stellen.«

»Hat das nicht noch Zeit, Lieutenant?« Pete Page studierte die Dienstmarke mit hartem Blick. »Mr. McAvoy ist jetzt nicht in der Verfassung, Ihre Fragen zu beantworten.«

»Es wäre für uns alle besser, wenn wir die Voruntersuchungen rasch hinter uns brächten.« Lou setzte sich und legte die Hände auf die Knie, nachdem er seine Marke wieder verstaut hatte. »Es tut mir leid, Mr. McAvoy. Ich respektiere Ihren Schmerz, aber ich will den Schuldigen zur Verantwortung ziehen.«

Brian zündete sich eine neue Zigarette am Stummel der alten an und blieb stumm.

»Können Sie mir etwas über die Vorfälle des heutigen Abends sagen?«

»Sie haben Darren umgebracht. Meinen kleinen Jungen. Aus dem Bettchen gezerrt und einfach auf dem Boden liegengelassen.«

Todunglücklich griff Johnno nach seinem Kaffeebecher und wandte sich ab. Lou kramte einen Notizblock und einen frisch gespitzten Bleistift aus der Tasche.

»Haben Sie eine Ahnung, wer dem Jungen etwas zuleide tun wollte?«

»Nein. Jeder liebte Darren. Er ist so fröhlich, so lebenslustig.« Brians Hals war wie zugeschnürt, sein leerer Blick schweifte durch den Raum.

»Ich weiß, wie schwer das alles für Sie ist. Erzählen Sie mir von heute abend.«

»Wir hatten eine Party. Morgen fliegen wir alle nach New York, und da hatten wir diese Party gegeben.«

»Ich brauche eine Liste aller Anwesenden.«

»Ich weiß nicht. Vielleicht kann Bev...« Er brach ab, da er sich daran erinnerte, daß sich Bev in einem der unteren Räume befand und unter schweren Beruhigungsmitteln stand.

»Wir sollten gemeinsam schon imstande sein, eine ziemlich genaue Gästeliste aufzustellen«, warf Pete ein. Versuchsweise nahm er einen weiteren Schluck, doch der Kaffee brannte in seiner Kehle. »Aber ich kann Ihnen versichern, daß keiner von Brians Gästen zu so etwas fähig ist.«

Genau das wollte Lou herausfinden. »War Ihnen jeder Partybesucher persönlich bekannt, Mr. McAvoy?«

»Weiß ich nicht. Wahrscheinlich nicht.« Brian stützte einen Moment lang die Ellbogen auf die Knie, um die Hände fest gegen die Augen zu drücken. Der Schmerz tröstete ihn ein wenig. »Freunde und Freunde von Freunden und so weiter. Man öffnet die Tür, und die Leute kommen herein. Einfach so.«

Lou nickte, ohne jedoch zu begreifen. Er dachte daran, wie Marge Partys organisierte. Die sorgfältige zusammengestellte Gästeliste, die detaillierte Planung und Überprüfung des Büfetts. Die Party zum Anlaß ihres fünfzehnten Hochzeitstages war so gründlich vorbereitet worden wie ein Staatsbankett.

»Wir werden uns um die Liste kümmern«, entschied er. »Jetzt zu Ihrer Tochter. Emma, nicht wahr?«

»Ja, Emma.«

»Während der Party hat sie sich im Obergeschoß aufgehalten?«

»Ja, sie hat geschlafen.« Seine Kleinen, sicher und behütet, von allem ferngehalten. »Sie haben beide geschlafen.«

»Im selben Zimmer?«

»Nein, sie haben jeder ein eigenes Zimmer. Alice Wallingsford, unsere Kinderschwester, war oben bei ihnen.«

»Ja.« Man hatte Lou schon mitgeteilt, daß die Kinderschwester gefesselt, geknebelt und vollkommen verängstigt in ihrem eigenen Bett aufgefunden worden war. »Und die Kleine ist die Treppe heruntergefallen?«

Brians Hand schloß sich krampfhaft um den Becher, bis sich seine Finger durch das Styropor bohrten. Kaffee ergoß sich aus den Löchern und floß auf den Boden. »Ich hörte sie nach mir rufen. Ich kam gerade mit Bev aus der Küche.« Glasklar erinnerte er sich an jenen kurzen, erregenden Kuß, den sie kurz vor Emmas Schrei ausgetauscht hatten. »Wir rannten sofort zu ihr, und da lag sie, am Fuß der Treppe.«

»Ich sah sie fallen.« P. M.s rotgeränderte Augen zuckten. »Ich schaute hoch und sah sie stürzen. Es ging alles so schnell.«

»Sie sagten, daß sie schrie.« Lou wandte sich wieder an P. M. »War das, ehe sie gefallen ist, oder danach?«

»Ich... vorher. Genau, deswegen habe ich ja überhaupt hochgeschaut. Sie schrie, und dann hat sie wohl das Gleichgewicht verloren.«

Lou machte sich eine Notiz. Er mußte unbedingt mit dem kleinen Mädchen reden. »Ich hoffe, sie ist nicht allzu schwer verletzt?«

»Die Ärzte.« Brians Zigarette war inzwischen verglüht. Er ließ sie in den Aschenbecher fallen, griff nach dem kaputten Becher und trank den letzten Schluck des kalten, bitteren Kaffees. »Sie sind noch nicht wiedergekommen. Sie konnten mir noch nichts Konkretes sagen. Ich kann Emma doch nicht auch noch verlieren!« Seine Hände zitterten so stark, daß er etwas Kaffee verschüttete. Johnno setzte sich neben ihn.

»Emma ist zäh. Kinder fallen andauernd hin.« Er warf Lou einen wütenden Blick zu. »Können Sie ihn nicht endlich in Ruhe lassen?«

»Nur noch ein paar Fragen.« Lou war an derartige Ausbrüche gewöhnt. »Ihre Frau, Mr. McAvoy, sie hat doch Ihren Sohn gefunden?«

»Ja. Sie ist nach oben gegangen, als sie den Notarzt kommen hörte. Sie wollte nach Darren sehen... Wissen Sie, sie wollte sich vergewissern, daß er nicht aufgewacht war. Dann hörte ich sie schreien, nur noch schreien. Ich lief los. Ich fand sie in Darrens Zimmer, sie saß auf dem Boden und hielt ihn im Arm. Und sie schrie. Man mußte ihr ein Beruhigungsmittel geben.«

»Mr. McAvoy, sind Sie oder Ihre Familie jemals bedroht worden?«

»Nein.«

»Niemals?«

»Nein. Nun, ab und zu kamen mal Drohbriefe, aber die betrafen meistens politische Dinge. Pete hat alles aufbewahrt.«

»Wir brauchen alles, was innerhalb der letzten sechs Monate gekommen ist.«

»Das ist ein ganz schöner Berg Post«, gab Pete zu bedenken.

»Das kriegen wir schon hin.«

Brian ignorierte sie beide und sprang auf, als der Arzt das Zimmer betrat. »Emma«, sagte er nur. Mehr brachte er nicht heraus.

»Sie schläft jetzt. Sie hat eine Gehirnerschütterung, eine Fraktur am Arm und ein paar geprellte Rippen, aber keine inneren Verletzungen.«

»Wird sie wieder gesund?«

»Sie braucht in den nächsten Tagen noch intensive Pflege, aber ihre Aussichten sind sehr gut.«

Jetzt erst begann Brian zu weinen, etwas, wozu er weder beim Anblick des leblosen Körpers seines Sohnes noch während der Wartezeit in dem grün gestrichenen Raum, getrennt von seiner Familie, fähig gewesen war. Heiße, befreiende Tränen quollen zwischen seinen Fingern hervor, als er das Gesicht mit den Händen bedeckte.

Wortlos klappte Lou sein Notizbuch zu und hielt den Arzt zurück, der im Begriff war, den Raum zu verlassen. »Lieutenant Kesselring, Mordkommission.« Wieder zückte er seine Dienstmarke. »Wann ist die Kleine vernehmungsfähig?«

»Nicht vor ein, zwei Tagen.«

»Ich muß ihr so schnell wie möglich einige Fragen stellen.« Er reichte dem Arzt seine Karte. »Bitte verständigen Sie mich, sobald ich mit ihr reden kann. Was ist mit der Frau, mit Beverly McAvoy?«

»Sie steht unter Beruhigungsmitteln. Innerhalb der nächsten zehn oder zwölf Stunden wird sie nicht zu sich kommen. Und selbst dann bin ich nicht sicher, ob Sie sie vernehmen können – oder ob ich gewillt bin, das zuzulassen.«

»Rufen Sie mich an.« Lou warf noch einen Blick ins Wartezimmer. »Ich habe selbst einen Sohn, Doktor.«

Furchtbare Träume quälten Emma. Sie wollte nach ihrem Papa und nach ihrer Mami rufen, aber ihr war, als ob sich eine schwere Hand über ihren Mund und ihre Augen gelegt hätte. Ein ungeheures Gewicht schien sie niederzudrücken.

Das Baby schrie. Das Geräusch hallte in ihrem Zimmer, in ihrem Kopf wider, bis es ihr vorkam, als schrie Darren direkt in ihr selbst und suche sich zu befreien. Sie wollte, mußte sofort zu ihm, aber rund um ihr Bett lauerten doppelköpfige Schlangen und knurrende, zischelnde *Dinger* mit schwarzen Fangzähnen, von denen der Seiber herabtropfte. Immer wenn Emma versuchte, aus dem Bett zu klettern, kamen sie näher, zischten, geiferten, grinsten böse.

Wenn sie im Bett bliebe, wäre sie in Sicherheit. Aber Darren rief nach ihr.

Sie mußte jetzt tapfer sein, mutig genug, um zur Tür zu laufen. Als sie losrannte, verschwanden die Schlangen. Der Boden unter ihren Füßen schien zum Leben zu erwachen, sich zu bewegen, zu vibrieren. Sie blickte über die Schulter zurück. Doch da war nur ihr Zimmer, voller Spielsachen, mit ordentlich auf den Regalen aufgereihten Puppen und der freundlich grinsenden Mickey Mouse. Während sie die Lampe betrachtet, verwandelte sich das Grinsen in ein tückisches Schielen.

Sie rannte in die Diele, ins Dunkel.

Musik erklang. Die Schatten schienen im Rhythmus zu tanzen. Sie hörte Geräusche. Atem, schweren, feuchten Atem, eine Art Knurren und die Bewegung von etwas Trockenem, Gleitenden auf dem Holz. Als sie in Richtung von Darrens Geschrei lief, spürte sie den heißen Atem auf ihren Armen und rasche, bösartige Kniffe an ihrem Knöchel.

Die Tür war verschlossen. Sie zog und zerrte daran; unterdessen wurden die Schreie ihres Bruders immer schriller und gingen nur dann und wann in der Musik unter. Unter ihren kleinen Fäusten gab die Tür langsam nach. Sie konnte den Mann sehen, aber er hatte kein Gesicht. Sie sah nur das Glitzern seiner Augen, das Glänzen seiner Zähne.

Er kam auf sie zu, und plötzlich hatte sie vor ihm noch mehr Angst als vor den Schlangen und Monstern, den Zähnen und Klauen. In blinder Panik rannte sie davon, von Darrens lauter werdenden Schreien verfolgt.

Dann fiel sie, fiel in einen dunklen Abgrund. Sie vernahm ein Geräusch, ähnlich dem Knacken eines trockenen Zweiges, und wollte ihre Angst laut hinausschreien, doch sie fiel, still, endlos, hilflos, und die Musik und die Schreie ihres Bruder hallten in ihrem Kopf.

Als sie erwachte, war es hell. Die Puppen saßen nicht mehr auf den Regalen. Da waren gar keine Regale mehr, nur noch kahle Wände. Zuerst fragte sie sich, ob sie wohl in einem Hotel sei. Beim Versuch, sich zu erinnern, begannen die Schmerzen – heiße, dumpfe Schmerzen, die überall gleichzeitig zu hämmern schienen. Stöhnend drehte sie den Kopf zur Seite.

Ihr Vater schlief in einem Sessel. Sein Kopf war nach hinten gesunken und ein wenig zur Seite gelehnt. Unter dem Stoppelbart wirkte sein Gesicht bleich, und seine Hände lagen, zu Fäusten geballt, im Schoß.

»Papa.«

Brian erwachte sofort. Er sah seine Tochter im weißbezogenen Krankenhausbett liegen, die Augen groß und angsterfüllt. Tränen stiegen in ihm auf, würgten ihn im Hals und brannten in den Augen. Mit aller Kraft, die ihm noch geblieben war, kämpfte er sie nieder.

»Emma.« Er ging zu ihr, setzte sich auf die Bettkante und drückte sein erschöpftes Gesicht an ihren Hals.

Sie wollte den Arm um ihn legen, aber der schwere weiße Gipsverband hinderte sie daran. Sofort breitete sich die Angst wieder in ihr aus. In Gedanken hörte sie jenes trockene Knacken und spürte den darauf folgenden brennenden Schmerz. Das war kein Traum gewesen – und wenn all das wirklich passiert war, dann mußte der Rest auch...

»Wo ist Darren?«

Natürlich war das ihr erster Gedanke, dachte Brian und kniff die Augen fest zusammen. Wie sollte er es ihr nur beibringen? Wie konnte er ihr begreiflich machen, was er selbst noch nicht verstehen oder gar glauben konnte? Sie war doch nur ein Kind, sein einziges Kind.

»Emma.« Er küßte ihre Wange, ihre Schläfe, ihre Stirn, als könne er so irgendwie ihrer beider Schmerz lindern. Dann nahm er ihre Hand. »Erinnerst du dich noch an die

Geschichte über die Engel, die ich dir mal erzählt habe, und wie sie im Himmel leben?«

»Sie können fliegen, machen Musik und tun sich nie weh.«

Ja, er war wirklich raffiniert gewesen, dachte Brian bitter. Da hatte er sich sehr geschickt angestellt, so eine schöne Geschichte zu erfinden. »Das stimmt. Manchmal werden ganz besondere Menschen zu Engeln.« Er suchte in den dunklen Ecken seiner Erinnerung nach seinem katholischen Glauben und stellte fest, daß dieser schwer auf seinen Schultern lastete. »Manchmal liebt Gott diese Menschen so sehr, daß Er sie bei sich im Himmel haben möchte. Und dort ist Darren jetzt. Er ist ein Engel im Himmel.«

»Nein!« Zum erstenmal, seit sie vor mehr als drei Jahren unter der schmierigen Spüle hervorgekrochen war, stieß Emma ihren Vater von sich. »Ich will nicht, daß er ein Engel ist!«

»Ich auch nicht.«

»Dann sag Gott, er soll ihn zurückschicken«, befahl sie wütend. »Jetzt sofort!«

»Das kann ich nicht.« Wieder kamen ihm die Tränen, und diesmal konnte er sie nicht zurückhalten. »Er ist fort, Emma.«

»Dann will ich auch in den Himmel gehen und mich da um ihn kümmern.«

»O nein!« Die Furcht schnürte ihm die Kehle zu und ließ die Tränen versiegen. Seine Finger krallten sich in ihre Schulter und hinterließen zum erstenmal Spuren auf der Haut. »Das kannst du nicht tun, Emma. Ich brauche dich. Ich habe Darren verloren, aber du mußt bei mir bleiben.«

»Ich hasse Gott!« stieß sie wild hervor.

Und ich erst, dachte Brian, als er sie an sich drückte. Und ich erst.

In der Mordnacht hatten sich mehr als hundert Leute in und rund um das McAvoy-Haus aufgehalten. Lous Notizblock war mit Namen, Notizen und Eindrücken vollgekritzelt, ohne daß er jedoch der Lösung nähergekommen war. Sowohl die Tür als auch das Fenster vom Zimmer des Jungen waren geöffnet vorgefunden worden, obwohl das Kindermädchen darauf beharrte, das Fenster geschlossen zu haben, nachdem sie den Jungen ins Bett gebracht hatte. Sie war gleichfalls sicher, daß das Fenster verriegelt gewesen war. Und trotzdem waren keine Anzeichen eines gewaltsamen Eindringens zu sehen.

Unter dem Fenster hatten sie Fußabdrücke gefunden. Größe 11, schmunzelte Lou. Im Boden waren jedoch keine Spuren zu finden, die auf eine Leiter schließen ließen, und am Fensterbrett gab es keinerlei Hinweis auf ein Seil.

Das Kindermädchen war keine große Hilfe. Sie war wach geworden, als sich eine Hand über ihren Mund legte, dann hatte man sie gefesselt, geknebelt und ihr die Augen verbunden. Im Verlauf zweier Verhöre war ihre Einschätzung der Tatdauer von dreißig Minuten auf zwei Stunden gestiegen. Zwar stand sie auf seiner Liste der Verdächtigen ganz unten, aber Lou hatte dennoch einen Hintergrundbericht angefordert.

Doch nun mußte er mit Beverly McAvoy sprechen. Diese Vernehmung hatte er so lange wie möglich hinausgezögert.

»Fassen Sie sich so kurz wie möglich.« Der Arzt stand mit Lou vor Bevs Tür. »Wir haben ihr ein leichtes Beruhigungsmittel verabreicht, aber sie ist bei klarem Bewußtsein. Vielleicht zu klar.«

»Ich werde es ihr nicht noch schwerer machen, als es ohnehin schon ist.« Wie wäre das auch möglich, fragte er sich. Das Bild des kleinen Jungen hatte sich in sein Hirn eingebrannt. »Ich muß das Mädchen auch noch befragen. Ist das möglich?«

»Sie ist bei Bewußtsein. Ich weiß aber nicht, ob sie mit Ihnen sprechen wird. Sie hat bislang nur zu ihrem Vater ein paar Worte gesagt.«

Nickend betrat Lou den Raum. Die Frau saß aufrecht im Bett. Obwohl ihre Augen offen standen, richteten sie sich nicht auf ihn. Sie wirkte sehr schmal und kaum alt genug, um ein Kind zu haben. Geschweige denn eines zu verlieren. Sie war in eine hellblaue Bettjacke gehüllt, und ihre Hände lagen unbeweglich auf den weißen Laken.

Auf dem Stuhl neben ihr saß Brian, dessen unrasiertes Gesicht eine ungesunde graue Färbung zeigte. Seine Augen schienen älter, von Tränen und zu wenig Schlaf rot und verquollen, von Kummer umwölkt. Doch als er aufsah, las Lou noch etwas anderes in ihnen. Wut.

»Es tut mir leid, Sie zu stören.«

»Der Doktor hat Sie schon angekündigt.« Weder erhob Brian sich, noch deutete er auf einen Stuhl. Er starrte einfach weiter vor sich hin. »Wissen Sie schon, wer es getan hat?«

»Noch nicht. Ich würde gerne mit Ihrer Frau sprechen.«

»Bev.« Brian legte eine Hand über ihre, ohne daß sie reagierte. »Das ist der Polizeibeamte, der den Fall untersucht ... der versucht herauszufinden, was eigentlich passiert ist. Entschuldigung«, er blickte zu Lou. »Ich habe Ihren Namen vergessen.«

»Kesselring. Lieutenant Kesselring.«

»Der Lieutenant muß dir einige Fragen stellen.« Sie rührte sich nicht, kaum daß sie atmete. »Bev, bitte.«

Vielleicht lag es an der Verzweiflung in seiner Stimme, daß er sie tief dort erreichte, wo sie sich in sich selbst zurückgezogen hatte. Ihre Hand bewegte sich unruhig in der seinen. Für einen Augenblick schloß sie die Augen und hielt sie geschlossen, wünschte sich mit aller Kraft, tot zu sein, nichts mehr zu empfinden. Dann öffnete sie die Augen wieder und sah Lou ins Gesicht.

»Was möchten Sie wissen?«

»Alles, was Sie mir über diese Nacht sagen können.«

»Mein Sohn ist tot«, antwortete sie tonlos. »Was könnte jetzt noch wichtig sein.«

»Irgend etwas, was Sie mir erzählen können, könnte mir helfen, den Mörder Ihres Sohnes zu finden, Mrs. McAvoy.«

»Bringt mir das Darren zurück?«

»Nein.«

»Ich fühle gar nichts mehr.« Bev starrte ihn aus riesigen, übermüdeten Augen an. »Ich spüre weder meine Beine noch meine Arme noch meinen Kopf. Wenn ich es versuche, kommen die Schmerzen. Also versuche ich es am besten erst gar nicht, oder?«

»Eine Weile mag das helfen.« Lou zog sich einen Stuhl heran. »Bitte erzählen Sie mir alles, woran Sie sich erinnern.«

Ihr Kopf sank nach hinten, und sie blickte zur Decke. Ihre monotone Beschreibung der Party stimmte mit der ihres Mannes und der einiger anderer Gäste, die Lou verhört hatte, überein. Bekannte Gesichter, fremde Gesichter, Leute, die kamen und gingen. Irgendwer hatte über das Küchentelefon Pizza bestellt.

Das war neu, und Lou machte sich eine Notiz.

Mit Brian reden, Emma schreien hören – und sie dann am Fuß der Treppe finden.

»Da waren so viele Leute um uns herum«, murmelte sie. »Irgend jemand, wer, weiß ich nicht, hat den Notarzt gerufen. Wir haben sie nicht von der Stelle bewegt – wir hatten Angst davor. Dann haben wir die Sirenen gehört. Ich wollte mit ins Krankenhaus fahren, mit ihr und Brian, aber ich mußte erst noch nach Darren sehen und Alice wecken, um ihr zu sagen, was passiert ist.

Dann habe ich Emmas Mantel geholt. Warum, weiß ich nicht, ich dachte nur, sie würde ihn vielleicht brauchen. Ich bin in die Diele gegangen. Ich war ärgerlich, weil das Licht nicht brannte. Wir lassen Emmas wegen immer Licht in der Diele an. Sie hat im Dunkeln Angst. Darren nicht«, meinte sie mit dem Anflug eines Lächelns. »Der hat vor gar nichts Angst. Wir lassen in seinem Zimmer nur die Nachttischlampe an, das macht es uns leichter, wenn er nachts aufwacht. Das kommt häufig vor, er hat gern Gesellschaft.« Ihre Stimme begann zu zittern, und sie legte eine Hand vor ihr Gesicht. »Er ist nicht gern allein.«

»Ich weiß, wie schwer das für Sie ist, Mrs. McAvoy.« Doch sie war die erste am Tatort gewesen, hatte den Leichnam gefunden, hatte ihn berührt. »Ich muß wissen, was Sie vorfanden, als Sie den Raum betraten.«

»Ich fand mein Baby.« Energisch schüttelte sie Brians Hand ab, sie konnte es nicht ertragen, berührt zu werden. »Er lag auf dem Boden, neben seinem Bettchen. Ich dachte, oh, ich dachte, o Gott, er wollte herausklettern und ist hingefallen. Er lag so still da auf dem kleinen blauen Teppich. Ich konnte sein Gesicht nicht sehen. Ich nahm ihn hoch, aber er wachte nicht auf. Ich schüttelte ihn, ich schrie, aber er wachte nicht auf.«

»Haben Sie irgend jemand gesehen, Mrs. McAvoy?«

»Nein, es war niemand oben. Nur das Baby, mein Baby. Sie haben ihn mir weggenommen, und sie wollen ihn mir nicht wiedergeben. Brian, warum, um Gottes willen, gibst du ihn mir nicht wieder zurück?«

»Mrs. McAvoy.« Lou erhob sich. »Ich werde alles tun, was in meiner Macht steht, um den Schuldigen zu finden. Das verspreche ich Ihnen.«

»Was ändert das schon?« Sie fing an zu weinen, große, stille Tränen. »Was kann das schon ändern?«

Es würde etwas ändern, schwor sich Lou und trat in den Korridor. Es mußte einfach etwas ändern.

Emma studierte Lou mit solcher Intensität, daß er sich unbehaglich fühlte. Soweit er sich erinnerte, war dies das erste Mal, daß ein Kind in ihm das Bedürfnis auslöste, sein Hemd auf Flecken hin zu untersuchen.

»Ich habe Polizisten im Fernsehen gesehen«, meinte Emma, nachdem er sich vorgestellt hatte. »Sie erschießen Menschen.«

»Nur manchmal.« Er suchte nach Worten. »Siehst du gerne fern?«

»Ja. Darren und ich, wir mögen *Sesamstraße* am liebsten.«

»Und wer gefällt dir am besten? Ernie? Bert?«

Sie lächelte schwach. »Ich mag Oskar. Der ist so frech.«

Durch das Lächeln ermutigt, entfernte Lou das Gitter am Bett. Emma widersprach nicht, als er sich auf die Bettkante setzte. »Ich habe *Sesamstraße* schon lange nicht mehr gesehen. Wohnt Oskar immer noch in einer Mülltonne?«

»Ja. Und er schreit immer noch alle Leute an.«

»Ich schätze, das Schreien erleichtert manchmal. Weißt du, warum ich hier bin, Emma?« Anstelle einer Antwort drückte sie bloß einen alten schwarzen Stoffhund an sich. »Ich muß mit dir über Darren reden.«

»Papa sagt, er ist jetzt ein Engel im Himmel.«

»Dessen bin ich sicher.«

»Es ist nicht fair, daß er einfach so weggegangen ist. Er hat noch nicht einmal auf Wiedersehen gesagt.«

»Er konnte nicht.«

Das wußte sie selber, denn tief in ihrem Herzen verstand sie, was geschehen mußte, damit ein Mensch zu einem Engel wird.

»Papa sagt, daß Gott ihn bei sich haben wollte, aber ich glaube, das war ein Irrtum. Gott sollte ihn zurückschicken.«

Lou strich ihr übers Haar, von ihrer eigensinnigen Logik genauso angerührt wie vom Schmerz ihrer Mutter. »Es war ein Irrtum, Emma, ein ganz schrecklicher Fehler, aber Gott kann Darren trotzdem nicht zurückschicken.«

Sich eher rechtfertigend als schmollend, schob Emma die Unterlippe vor. »Gott kann alles tun, was Er will.«

Lou wurde klar, daß er sich auf unsicherem Boden bewegte. »Nicht immer. Manchmal tun Menschen Dinge, die Gott nicht in Ordnung bringen kann. Dann müssen wir das übernehmen. Ich glaube, du könntest mir helfen herauszufinden, wie es zu diesem Fehler gekommen ist. Willst du mir nicht von der Nacht erzählen, in der du die Treppe hinuntergefallen bist?«

Ihre Augen wanderten zu Charlie, und sie zupfte an seinem Fell. »Ich hab' mir den Arm gebrochen.«

»Ich weiß. Das tut mir leid. Ich habe selbst einen kleinen Jungen, der ist etwas älter als du, fast elf. Er hat sich den Arm gebrochen, als er auf dem Dach Rollschuhlaufen wollte.«

Beeindruckt sah sie ihn an. »Ehrlich?«

»Ehrlich. Die Nase hat er sich auch gebrochen. Er ist über das Dach hinausgeschossen und in den Azaleenbüschen gelandet.«

»Wie heißt er?«

»Michael.«

Emma hätte ihn gerne kennengelernt und gefragt, wie man sich fühlt, wenn man vom Dach fliegt. Es hörte sich sehr mutig an, wie etwas, das Darren gerne probiert hätte. Dann zerrte sie wieder an Charlies Fell. »Darren wäre im Februar drei geworden.«

»Ich weiß.« Lou nahm ihre Hand. Nach einer Weile schlossen sich ihre Finger um seine.

»Ich habe ihn am allerliebsten gehabt«, sagte sie schlicht. »Ist er tot?«

»Ja, Emma.«

»Und er kommt nie mehr zurück, auch wenn das ein Irrtum war?«

»Nein, tut mir leid.«

Sie mußte ihn etwas fragen, etwas, was sie ihren Vater nicht zu fragen wagte. Ihr Vater würde weinen und ihr vielleicht nicht die Wahrheit sagen. Aber dieser Mann mit den hellen Augen und der ruhigen Stimme würde nicht weinen.

»Ist es meine Schuld?« In den Augen, die sich auf Lou richteten, lag abgrundtiefe Verzweiflung.

»Wie kommst du denn darauf?«

»Ich bin weggerannt. Ich habe mich nicht um ihn gekümmert. Dabei habe ich versprochen, immer auf ihn aufzupassen, und das habe ich nicht getan.«

»Wovor bist du weggelaufen?«

»Vor den Schlangen«, antwortete sie ohne Zögern und erinnerte sich an den Alptraum. »Da waren Ungeheuer mit riesigen Zähnen, und die Schlangen.«

»Wo?«

»Um das Bett herum. Sie verstecken sich im Dunkeln und fressen gerne böse Mädchen.«

»Ich verstehe.« Lou zog seinen Notizblock hervor. »Wer hat dir das erzählt?«

»Meine Mama – meine Mama vor Bev. Bev sagt, da sind gar keine Schlangen, aber sie kann sie bloß nicht sehen.«

»Und in der Nacht, in der du gefallen bist, hast du die Schlangen gesehen?«

»Sie wollten mich nicht zu Darren lassen, als er weinte.«

»Darren hat geweint?«

Emma nickt, zufrieden, daß er an die Schlangen glaubte. »Ich hab' ihn gehört. Manchmal wacht er nachts auf, aber wenn ich ihn tröste und ihm Charlie gebe, schläft er ganz schnell wieder ein.«

»Wer ist Charlie?«

»Mein Hund.« Sie hielt Lou das Tier zur Besichtigung hin.
»Ein schöner Hund«, lächelte Lou und tätschelte Charlies staubigen Kopf. »Hast du Charlie in dieser Nacht zu Darren gebracht?«
»Ich wollte.« Ihr Gesicht umwölkte sich bei dem Versuch, sich zu erinnern. »Ich habe ihn mitgenommen, um die Schlangen und die Ungeheuer wegzuscheuchen. Die Diele war dunkel. Sonst ist sie nie dunkel. Sie waren da.«
Seine Finger krampften sich um den Bleistift. »Wer war da?«
»Die Monster. Ich konnte sie zischeln und tuscheln hören. Darren hat so laut geweint. Er brauchte mich.«
»Bist du in sein Zimmer gegangen, Emma?«
Sie schüttelte den Kopf. Ganz klar konnte sie sich selbst sehen, wie sie in der Diele stand und die Schatten um sie herum zischten und schnappten. »Nur an die Tür, da war Licht unter der Tür. Die Monster hatten ihn gepackt.«
»Hast du die Monster gesehen?«
»In Darrens Zimmer waren zwei Monster.«
»Hast du ihre Gesichter gesehen?«
»Die hatten keine Gesichter. Eins hat ihn festgehalten, so fest, daß er laut geweint hat. Er hat nach mir gerufen, aber ich bin weggerannt. Ich bin weggerannt und habe Darren den Monstern überlassen. Und sie haben ihn getötet. Sie haben ihn getötet, weil ich weggerannt bin!«
»Nein, nein.« Lou zog sie an sich und ließ sie sich ausweinen, während er ihr Haar streichelte. »Nein, du bist weggelaufen, um Hilfe zu holen, nicht wahr, Emma?«
»Ich wollte, daß Papa kommt.«
»Das war ganz richtig. Weißt du, Emma, in Darrens Zimmer, da waren keine Monster, sondern Männer, böse Männer. Du hättest sie nicht aufhalten können.«
»Ich habe versprochen, mich um Darren zu kümmern, nie zuzulassen, daß ihm etwas zustößt.«
»Du hast versucht, dein Versprechen zu halten. Niemand gibt dir die Schuld, Schätzchen.«
Aber da irrte er sich, dachte Emma. Sie selbst gab sich die Schuld. Und das würde sie immer tun.

Als Lou nach Hause kam, war es beinah Mitternacht. Er hatte Stunden an seinem Schreibtisch verbracht, hatte jede Notiz, jedes Fitzelchen an Information wieder und wieder überprüft. Als Cop mit jahrelanger Erfahrung wußte er genau, daß Objektivität absolut notwendig war. Dennoch berührte ihn der Mord an Darren McAvoy persönlich. Er konnte das Schwarzweißfoto des Jungen, der kaum aus dem Babyalter heraus war, einfach nicht vergessen. Das Bild hatte sich unauslöschlich in sein Hirn eingeprägt.

Und dann das Schlafzimmer des Kindes. Blau und weiß gestrichene Wände, ein Sammelsurium an Spielsachen, sorgfältig zusammengefaltete kleine Overalls auf dem Schaukelstuhl, daneben abgewetzte Turnschuhe.

Und die Injektionsspritze, noch immer mit Phenobarbitol aufgezogen, die in der Nähe des Bettchens gelegen hatte.

Die Täter hatten keine Gelegenheit gehabt, sie zu benutzen, dachte Lou grimmig. Sie waren nicht mehr dazu gekommen, die Nadel in eine Vene zu stechen und den Kleinen zu betäuben. Wollten sie ihn durch das Fenster fortschaffen? Hätte Brian McAvoy einige Stunden später einen Anruf und eine Lösegeldforderung erhalten? Hätte er seinen Sohn wohlbehalten zurückbekommen?

Jetzt würde es keinen Anruf, kein Lösegeld mehr geben.

Lou rieb seine erschöpften Augen und ging die Treppe hoch. Amateure, grübelte er. Einbrecher, Mörder. Wo zum Teufel waren sie jetzt? Wer zum Teufel waren sie?

Was ändert das schon?

O doch, es änderte etwas, dachte er bei sich und ballte die Fäuste. Gerechtigkeit machte immer einen Unterschied.

Die Tür zu Michaels Zimmer stand offen. Er hörte den leisen, regelmäßigen Atem seines Sohnes. Im fahlen Mondlicht erkannte er ein wüstes Durcheinander von Spielzeug und Kleidung auf dem Boden und dem Bett. Normalerweise hätte ihm dieser Anblick ein Seufzen entlockt. Woher kam nur Michaels Hang zur Unordnung? Sowohl er als auch seine Frau waren von Natur aus ordentlich, doch Michael hinterließ gleich einem Tornado überall Chaos und Verwüstung.

Ja, gewöhnlich hätte er nun eine Gardinenpredigt vorbereitet, die am nächsten Morgen fällig gewesen wäre. Aber heute nacht kamen ihm beim Anblick des Durcheinanders vor Dankbarkeit fast die Tränen. Sein Junge war in Sicherheit.

Er bahnte sich einen Weg zum Bett und mußte ein Marmeladenglas voller Matchboxautos beiseite schieben, ehe er sich auf dem Bett niederlassen konnte. Michael schlief auf dem Bauch, das Gesicht in das Kissen gepreßt, die Arme baumelnd und die Laken zerknautscht zu seinen Füßen.

Eine Weile saß Lou nur da und betrachtete das Kind, das er und Marge hervorgebracht hatten. Das dichte dunkle Haar, Erbteil seiner Mutter, hing ihm ins Gesicht. Die Haut war sonnengebräunt, zeigte aber noch die weiche Glätte der frühen Jugend. Die gekrümmte Nase verlieh seinem Gesicht, das ansonsten fast zu hübsch für einen Jungen gewesen wäre, den nötigen Charakter. Sein kräftiger, fester kleiner Körper begann bereits in die Höhe zu schießen. Überall schillerten Kratzer und blaue Flecke.

Zwei Fehlgeburten in sechs Jahren, dachte Lou jetzt. Dann endlich war Michael zur Welt gekommen, und in ihm vereinte sich alles, was an ihnen beiden gut war.

Lou erinnerte sich an den Ausdruck von Brian McAvoys Gesicht, den Schmerz, den Zorn, die Hilflosigkeit. O ja, er konnte das nachempfinden.

Michael bewegte sich leicht, als Lou ihm über die Wange strich. »Paps?«

»Ich wollte nur gute Nacht sagen. Schlaf weiter.«

Gähnend drehte sich Michael auf die Seite, wobei einige Autos klappernd zu Boden fielen. »Ich wollte es nicht kaputtmachen«, murmelte er.

Unfreiwillig lächelnd, drückte Lou die Hände vor die Augen. Er wußte nicht, was *es* war, und es kümmerte ihn auch nicht. »Okay. Ich liebe dich, Michael.«

Doch sein Sohn war bereits wieder tief und fest eingeschlafen.

9

Diesmal brachte es Lou nicht fertig, den Fall objektiv zu behandeln. Nun nahm er seine Arbeit mit nach Hause und widmete sich ihr mit verbissener Hingabe. Listen, Fotos und Notizen bedeckten den Schreibtisch in einer Ecke von Marges ordentlichem Wohnzimmer. Obwohl er sich auf erfahrene und zuverlässige Mitarbeiter stützen konnte, überprüfte Lou persönlich alle Ergebnisse. Er selbst hatte jeden einzelnen auf der Liste aufgeführten Partybesucher verhört, war die gerichtsmedizinischen Berichte durchgegangen und hatte wieder und wieder Darrens Zimmer durchsucht.

Der Mord lag nun schon zwei Wochen zurück, und Lou hatte absolut nichts in der Hand.

Für Amateure hatten sie ihre Spuren verdammt gut verwischt, konstatierte er. Und daß es sich um Amateure handelte, stand für ihn fest. Profis hätten weder riskiert, ein Kind zu töten, das für ein fettes Lösegeld gut war, noch hätten sie auf so stümperhafte Weise einen Einbruch vorgetäuscht.

Sie waren im Haus gewesen, hatten es durch die Eingangstür betreten. Auch davon war Lou überzeugt. Doch hieß das nicht unbedingt, daß sich ihre Namen auf der Liste befanden, die Pete Page zusammengestellt hatte. Halb Kalifornien hätte in jener Nacht ins Haus kommen können – und wäre mit einem Drink, einem Joint oder sonst etwas bewirtet worden.

Im Zimmer des Jungen waren außer denen der McAvoys und ihres Kindermädchens keine Fingerabdrücke gefunden worden, noch nicht einmal auf der Injektionsspritze. Beverly McAvoy war offenbar eine gute Hausfrau. Im Erdgeschoß herrschte zwar das nach einer Party übliche Durcheinander, doch das erste Stockwerk, der Wohnbereich der Familie, war tadellos sauber. Das hätte Marge gefallen, dachte Lou. Keine Fingerabdrücke, kein Staub, keine Anzeichen eines Kampfes.

Aber es hatte ein Kampf stattgefunden, ein Kampf auf Leben und Tod. Und während dieses Kampfes war Darren McAvoy, vielleicht unbeabsichtigt, erstickt worden.

All das mußte zwischen dem Moment, in dem Emma ihren

Bruder weinen hörte – wenn dies den Tatsachen entsprach – und dem Augenblick, in dem Beverly McAvoy nach ihrem Sohn sah, geschehen sein.

Wie lange hatte es gedauert? Fünf Minuten, oder zehn? Bestimmt nicht länger. Nach Meinung des Pathologen war Darren McAvoy zwischen zwei und halb drei nachts gestorben. Der Anruf beim Notarzt war um zwei Uhr siebzehn eingegangen.

Aber das half nichts, grübelte Lou. Es brachte nichts, die Zeiten zu vergleichen, Berge von Notizen zusammenzustellen, sorgfältig beschriftete Aktenordner anzulegen. Er mußte eine Unregelmäßigkeit, einen Namen, der nicht ins Gesamtbild paßte, eine Lüge finden.

Er mußte Darren McAvoys Mörder fassen, sonst würde ihn das Gesicht des Jungen ewig verfolgen. Wieder hörte er die tränenerstickte Frage seiner kleinen Schwester.

War es meine Schuld?

Brian konnte es kaum mehr ertragen. Tag für Tag strich er ruhelose durch das große Haus, Nacht für Nacht lag er neben einer Frau, die schon bei der leisesten Berührung vor Widerwillen erschauerte.

Er würde nie wieder der alte werden, dachte Brian. Nichts würde je wieder so sein wie früher. Auch der Alkohol vermochte seinen Schmerz nicht zu lindern, er betäubte ihn nur.

Noch nicht einmal Bev konnte er trösten, obwohl er sich verzweifelt bemühte. Er wollte ihr beistehen und zugleich von ihr getröstet werden, doch die eigentliche Bev hatte sich so tief in die blasse, stille Frau, die an seiner Seite gestanden hatte, als ihr Sohn der Erde übergeben wurde, zurückgezogen, daß er nicht an sie herankam.

Verdammt, dabei brauchte er sie jetzt. Er brauchte jemanden, mit dem er reden konnte, der ihm bestätigte, daß es immer eine Hoffnung gab, selbst in den dunkelsten Tagen seines Lebens.

Er würde Darren nie wiedersehen, ihn nie mehr halten, ihn nicht mehr aufwachsen sehen. Brian wünschte, er könnte Wut empfinden, aber war viel zu ausgelaugt. Nun, wenn es keinen Trost gab, dann würde er eben lernen, mit der Trauer zu leben.

Nahezu jeden Tag hing er am Telefon, immer in der Hoffnung, Kesselring hätte neue Erkenntnisse. Er benötigte einen Namen, ein Gesicht, irgend etwas, worauf er seinen hilflosen Zorn richten konnte.

Doch alles, was er hatte, waren ein leeres Kinderzimmer und eine Frau, die nur noch ein Schatten der Frau war, die er einst geliebt hatte.

Und Emma. Dem Himmel sei Dank für Emma.

Mit den Händen fest das Gesicht massierend, erhob er sich von dem Tisch, an dem er versucht hatte zu komponieren. Ohne Emma hätte er die vergangenen Wochen nicht überstanden. Ohne sie wäre er durchgedreht.

Auch Emma trauerte; still, unglücklich. Oft saß Brian noch über die Schlafenszeit hinaus bei ihr, erzählte ihr Geschichten, sang oder hörte ihr einfach zu. Sie vermochten sich gegenseitig zum Lächeln zu bringen, und wenn es geschah, ließ der Schmerz nach.

Immer, wenn Emma außer Haus war, wurde Brian von Angst gemartert. Noch nicht einmal die Leibwächter, die er angeheuert hatte, um Emma zur Schule und zurück zu begleiten, konnten die lähmende Furcht vertreiben, die sich einstellte, sobald das Kind zur Tür hinaus war.

Und wie würde ihm erst zumute sein, wenn er sich selbst aus dem Haus begeben mußte? Egal wie sehr er auch seinen Sohn vermissen mochte, der Tag würde kommen, an dem er auf die Bühne, ins Studio, zur Musik zurückkehren mußte. Er konnte wohl kaum ein sechsjähriges Mädchen ständig mit sich herumschleppen.

Sie bei Bev zu lassen, kam nicht in Frage. Jetzt nicht, und, wie Brian klar erkannte, auch nicht in der nahen Zukunft.

»Entschuldigung, Mr. McAvoy.«

»Ja, Alice?« Sie hatten Alice behalten, obwohl es jetzt kein Kind mehr zu betreuen gab. Alice betreute nun Bev, dachte Brian und fischte eine Zigarette aus der Packung, die er auf den Tisch geworfen hatte.

»Mr. Page möchte Sie sprechen.«

Brian musterte den Tisch, den Papierwust, die angefangenen Texte, die halbfertigen Songs. »Führen Sie ihn herein.«

»'lo, Bri.« Mit einem Blick erfaßte Pete, daß hier ein Mann vor ihm stand, der sich ohne nennenswerten Erfolg zur Arbeit zwang. Zusammengeknüllte Papierbögen, eine in einem überquellenden Aschenbecher verglimmende Zigarette, ein schwacher Geruch nach Schnaps, obwohl es kaum Mittag war. »Ich hoffe, ich störe dich nicht. Wir müssen einige geschäftliche Angelegenheiten besprechen, und ich fürchte, du wirst dir nicht die Mühe machen, in mein Büro zu kommen.«

»Nein.« Brian griff nach der Flasche, die sich stets in Reichweite befand. »Willst du was trinken?«

»Jetzt noch nicht, danke.« Pete nahm Platz und rang sich ein Lächeln ab. Zwischen ihnen herrschte eine gespannte Atmosphäre. Niemand schien zu wissen, wie er mit Brian umgehen, welche Fragen er stellen und welche er vermeiden sollte. »Wie geht es Bev?« tastete Pete sich vor.

»Weiß ich nicht.« Brian rettete seine Zigarette aus dem Aschenbecher. »Sie spricht kaum noch, geht kaum noch aus dem Haus.« Seufzend stieß er den Rauch aus und bedachte Pete mit einem Blick, in dem sowohl Bitten als auch Trotz lagen. Genauso hatte er Pete vor Jahren angesehen, als er ihn bat, die Band zu managen. »Pete, sie sitzt stundenlang in Darrens Zimmer. Sogar nachts. Manchmal wache ich auf, und dann finde ich sie da. Sie sitzt bloß in diesem verfluchten Schaukelstuhl.« Er nippte an seinem Glas und nahm dann einen tiefen Schluck. »Ich weiß einfach nicht mehr, was ich machen soll.«

»Hast du mal an eine Therapie gedacht?«

»Du meinst einen Psychiater?« Brian rückte ein Stück ab. Zigarettenasche fiel auf den Teppich. Als einfacher Mann aus einer einfachen Familie vertrat er die Meinung, daß private Probleme Privatsache zu bleiben hätten. »Was würde es ihr schon helfen, über ihr Sexleben zu sprechen oder zu erwähnen, daß sie ihren Vater gehaßt hat oder solchen Quatsch?«

»War nur ein Vorschlag, Bri.« Pete streckte die Hand aus,

um sie dann auf die Stuhllehne fallen zu lassen. »Man kann immerhin darüber nachdenken.«

»Selbst wenn ich das befürworten würde, wie soll ich Bev dazu überreden?«

»Vielleicht braucht sie nur noch etwas Zeit. Es ist ja erst ein paar Monate her.«

»Letzte Woche wäre er drei geworden. O Gott!«

Wortlos erhob sich Pete, um Brian mehr Whisky einzuschenken. Er reichte ihm das Glas und drückte Brian dann auf den Stuhl zurück. »Hast du was Neues von der Polizei gehört?«

»Ich telefoniere oft mit Kesselring. Sie sind noch kein Stück weiter. Irgendwie macht es das schlimmer, nicht zu wissen, wer es getan hat.«

Pete setzte sich wieder. Sie mußten diese Sache hinter sich bringen und an die Zukunft denken. »Was ist mit Emma?«

»Die Alpträume haben aufgehört, und der Gips kommt bald runter. Die Schule lenkt sie zwar ein bißchen ab, aber das Ganze kommt immer wieder durch. Man liest es in ihren Augen.«

»Hat sie sich noch an etwas erinnert?«

Brian schüttelte den Kopf. »Pete, ich weiß gar nicht, ob sie überhaupt etwas gesehen oder nur schlimm geträumt hat. Emma sieht überall Monster. Ich möchte, daß sie vergißt. Irgendwie müssen wir alle weiterleben.«

Pete überlegte kurz. »Das ist einer der Gründe, warum ich hier bin. Ich möchte dich ja nicht drängen, Brian, aber die Plattenfirma würde es gern sehen, wenn ihr auf Tournee geht, sobald das neue Album heraus ist. Ich habe abgelehnt, aber ich fürchte, eine Weigerung schadet euch nur.«

»Eine Tournee heißt, Emma und Bev zu verlassen.«

»Das ist mir klar. Du brauchst mir jetzt keine Antwort zu geben. Denk erst mal drüber nach.« Pete zündete sich eine Zigarette an. »Wir können Europa, Amerika und Japan ins Programm nehmen, wenn du und die Jungs einverstanden seid. Die Arbeit könnte dir helfen, mit all dem fertig zu werden.«

»Und der Plattenumsatz würde steigen.«

Pete lächelte schwach. »Genau. Heutzutage läuft ohne Tournee gar nichts. Da wir gerade beim Thema sind: Ich habe diesen Jungen, Robert Blackpool, unter Vertrag genommen. Ich glaube, ich habe ihn schon mal erwähnt.«

»Ja. Du sagtest, du würdest große Hoffnungen in ihn setzen.«

»Das tue ich auch. Sein Stil würde dir gefallen, Bri, und deswegen möchte ich auch, daß er bei ›On the Wing‹ dabei ist.«

Überrascht hielt Brian inne, ehe er einen weiteren Schluck nahm. »Wir machen doch sonst alles alleine.«

»Bis jetzt ja. Aber ein bißchen frischer Wind tut nur gut.« Einen Augenblick lang versuchte Pete, Brians Stimmung einzuschätzen. Da er spürte, daß Brian bereitwilliger reagierte, als er erwartet hatte, hakte er nach. »Dieses neue Stück liegt genau auf Blackpools Linie. Es kann nicht schaden, einem jungen Künstler eine Chance zu geben. Genauer gesagt, würde das eurem Ruf als Songschreiber nur guttun.«

»Ich weiß nicht recht.« Brian rieb sich die Augen. War das so wichtig? »Ich werde alles mit Johnno besprechen.«

»Schon passiert.« Pete lächelte zufrieden. »Er ist einverstanden, wenn du zustimmst.«

Brian fand Bev in Darrens Zimmer. Mit Überwindung trat er ein und bemühte sich, nicht auf das leere Bettchen, die ordentlich auf den Regalen gestapelten Spielsachen, den großen Teddy, den er und Bev vor Darrens Geburt gekauft hatten, zu achten.

»Bev.« Er nahm ihre Hand und wartete ohne große Hoffnung darauf, daß sie ihn anschaute.

Sie war viel zu dünn. Ihre Wangenknochen traten so stark hervor, daß ihr Gesicht hager wirkte, und ihre Augen blickten stumpf. Brian verspürte den starken Drang, sie bei den Schultern zu packen und so lange zu schütteln, bis sie zumindest einen Anflug von Leben zeigte.

»Bev, ich habe gehofft, daß du herunterkommst und mit mir Tee trinkst.«

Der Alkoholgeruch verursachte ihr Übelkeit. Wie konnte

er nur dasitzen, trinken und sich seiner Musik widmen? Sie entriß ihm ihre Hand und legte sie in den Schoß. »Ich möchte keinen Tee.«

»Ich hab' Neuigkeiten. P. M. hat geheiratet.«

Bev warf ihm einen gleichgültigen Blick zu.

»Wir sollen ihn doch mal besuchen. Er möchte mit seinem Strandhaus und seiner neuen Frau angeben.«

»Nie wieder gehe ich da hin.« In ihrer Stimme lag eine derart heftige Ablehnung, daß Brian zurückwich. Doch stärker noch als dieser Gefühlsausbruch überraschte ihn der Ausdruck ihrer Augen. Nackter Abscheu lag darin.

»Was willst du eigentlich von mir?« wollte er wissen, beugte sich vor und umklammerte die Lehne des Schaukelstuhls. »Was zum Teufel erwartest du von mir?«

»Laß mich doch einfach in Ruhe.«

»Ich habe dich in Ruhe gelassen. Stunden um Stunden hast du hier gesessen. Ich habe dich in Ruhe gelassen, obwohl ich dich so dringend gebraucht hätte. Nur eine einzige Geste, Bev! Und nachts habe ich dich in Ruhe gelassen und immer nur gewartet, daß du auf mich zukommst. Nur ein einziges Mal, Bev, er war doch auch mein Sohn!«

Stumm begann sie zu weinen. Als er sie an sich ziehen wollte, stieß sie ihn zurück. »Rühr mich nicht an! Ich halte das nicht aus.« Sowie er sie losließ, glitt sie aus dem Stuhl und floh zu dem Kinderbett.

»Du erträgst es nicht, wenn ich dich berühre«, begann er mit wachsendem Zorn. »Du erträgst es nicht, wenn ich dich anschaue, mit dir spreche. Stunde für Stunde, Tag für Tag sitzt du hier, als ob du die einzige wärst, die leidet. Hör auf damit, Bev. Es ist genug.«

»Du machst es dir leicht, nicht wahr?« Bev riß ein Laken aus dem Bett und preßte es an ihre Brust. »Du sitzt da, trinkst, schreibst deine Songs, so, als ob nichts wäre. Du machst es dir so verdammt einfach.«

»Nein, Bev, nein.« Müde wischte er sich die Augen. »Aber das Leben geht weiter. Darren ist tot, und ich kann es nicht ändern.«

»Nein, ändern kannst du nichts.« Seine Worte streuten

Salz in ihre Wunden, und der alte hilflose Zorn wallte in ihr auf. »Du mußtest ja unbedingt diese Party geben. Diese ganze Horde in unserem Haus. Deine Familie hat dir ja nie genügt, und nun ist Darren für immer fort. Du wolltest immer mehr, mehr Menschen um dich, mehr Musik. Nie hattest du genug. Und einer dieser Leute, die du in unser Haus gebracht hast, hat mein Baby getötet!«

Er brachte kein Wort heraus. Sie hätte ihm keinen größeren Schmerz zufügen können, selbst wenn sie mit einem Messer auf ihn eingestochen hätte. Der Schock wäre kaum größer gewesen. Sie standen da, das leere Kinderbett zwischen sich.

»Er hat die Monster nicht hereingelassen.« Emma stand in der Tür, die Schultasche baumelte von ihrer Schulter, die Augen brannten dunkel in dem blassen Gesicht. »Papa hat die Monster nicht hereingelassen.« Noch ehe Brian etwas erwidern konnte, stürzte Emma schluchzend davon.

»Gut gemacht«, knirschte er durch die zusammengebissenen Zähne. »Da du ja offensichtlich allein sein willst, nehme ich Emma und gehe.«

Bev wollte ihn zurückrufen, doch ihr fehlte die Kraft. Erschöpft und müde bis auf die Knochen, sank sie in den Schaukelstuhl zurück.

Brian brauchte eine gute Stunde, um Emma zu beruhigen. Nachdem sie sich in den Schlaf geweint hatte, begann er herumzutelefonieren. Sein Entschluß stand fest. Zuletzt sprach er mit Pete.

»Morgen fliegen wir nach New York«, teilte er ihm kurz mit. »Emma und ich. Wir schließen uns Johnno an. Ich brauche ein paar Tage, um eine gute Schule für Emma ausfindig zu machen und Sicherheitsvorkehrungen zu treffen. Wenn sie sich eingelebt hat, dann gehen wir nach Kalifornien und beginnen mit den Proben. Arbeite einen Tourneeplan aus, Pete, und sorg dafür, daß es eine lange Tournee wird.« Er kippte einen Schluck Whisky hinunter. »Wir sind bereit!«

10

»Sie will nicht wieder zurück.« Brian beobachtete Emma, die, mit ihrer neuen Kamera bewaffnet, durch das Studio streifte. Die Kamera war sein Abschiedsgeschenk gewesen, als sie an der Saint Catherine's Academy, einer bekannten New Yorker Mädchenschule, aufgenommen wurde. Bei diesem Abschied waren reichlich Tränen geflossen.

»Sie ist doch gerade mal einen Monat da«, erinnerte Johnno ihn. Dennoch gab es ihm einen Stich ins Herz, als er sah, wie das kleine Mädchen ein Bild von Stevies Gitarre, die in einem Ständer in der Ecke hing, machte. »Laß ihr ein bißchen Zeit, um sich anzupassen.«

»Mir scheint, wir alle tun nichts anderes, als uns anzupassen, so oder so.« Acht Wochen waren vergangen, seit er Bev verlassen hatte, und er sehnte sich noch immer nach ihr. Die Frauen, die er seither gehabt hatte, stellten nur eine Art Ersatzdroge dar, genau wie sein Drogenkonsum ihm nur eine vorübergehende Flucht ermöglichte. Beides linderte den Schmerz nur für kurze Zeit.

»Du könntest sie anrufen«, schlug Johnno vor, der aufgrund ihrer jahrelangen Freundschaft in Brian lesen konnte wie in einem Buch.

»Nein.« Mehr als einmal hatte er diese Möglichkeit erwogen. Doch die Zeitungen hatten ihre Trennung groß herausgebracht und auch seine häufig wechselnden Begleiterinnen seither nicht unerwähnt gelassen. Er fürchtete, daß alles, was Bev und er sich zu sagen hätten, die Dinge nur noch verschlimmern würde. »Meine ganze Sorge gilt jetzt Emma. Und der Tournee.«

»Es wird schon alles laufen.« Johnno warf einen vielsagenden Blick auf Angie Parks, P. M.s blonde, vollbusige Frau. »Mit ein paar Ausnahmen.«

Brian zuckte flüchtig mit den Achseln und fing an, auf dem Klavier herumzuhämmern. »Wenn sie diesen Filmvertrag kriegt, sind wir sie los.«

»Ein schlaues kleines Flittchen. Hast du diesen Riesenklotz von Diamanten gesehen, den sie P. M. aus dem Kreuz geleiert hat?« Johnno wiegte den Kopf hin und her und näselte affektiert: »Hach Gott, ist der vulgär!«

»Sie hat ihn halt in ihren Klauen. Und solange P. M. an ihr hängt, können wir gar nichts machen. Außerdem haben wir andere Probleme als die süße kleine Angie.« Brians Blick hing an Stevie, der soeben zurückkam.

Er verbringt immer mehr Zeit im Waschraum, stellte Brian fest, und das hat mit seiner Blase überhaupt nichts zu tun. Was auch immer Stevie geschnupft oder geschluckt haben mochte, diesmal hatte er regelrecht abgehoben. Er wirbelte Emma kurz herum und griff dann nach seiner Gitarre. Da der Strom abgeschaltet war, verklangen seine wüsten Akkorde ungehört.

»Am besten wartest du, bis er von seinem Trip wieder runter ist, ehe du mit ihm redest«, schlug Johnno vor. »Wenn du ihn dann erwischst.« Er wollte noch etwas hinzufügen, änderte dann aber seine Meinung. Brian hatte schon genug um die Ohren. Es würde seinen Zustand sicher nicht verbessern, wenn er ihm berichtete, was er gehört hatte, ehe sie New York verließen.

Jane Palmer schrieb ein Buch, das mußte man sich einmal vorstellen. Natürlich würde die eigentliche Arbeit, das Aneinanderreihen von Sätzen, von einem Ghostwriter erledigt werden. Trotzdem war er überzeugt, daß Jane ein ganz hübsches Sümmchen dafür kassierte. Und das, was sie in diesem öffentlichen Tagebuch so von sich gab, würde Brian sicher nicht erfreuen. Am besten überließ er die Geschichte Pete, beschloß Johnno, und behelligte Brian nicht mit einer Lawine, die schon ausgelöst worden war. Nicht vor Beendigung der Tournee.

Emma achtete nicht sonderlich auf die Proben. Sie kannte alle Lieder schon in- und auswendig. Die meisten stammten von Papas Album, und die anderen waren damals in Kalifornien aufgenommen worden.

Es schmerzte zu sehr, an Darren zu denken, also vermied Emma dies tunlichst. Doch dann überschwemmte sie ein jämmerliches Schuldgefühl, weil sie versuchte, Darren aus ihren Gedanken zu verbannen.

Außerdem vermißte sie Charlie. Den hatte sie in London zurückgelassen, in Darrens Bettchen. Hoffentlich kümmerte sich Bev um ihn. Und vielleicht würde eines Tages, wenn sie nach Hause zurückkehrte, Bev auch wieder mit ihr sprechen und lachen, so wie früher.

Zwar hatte Emma keine rechte Vorstellung von der Bedeutung von Buße, aber sie fühlte instinktiv, daß es richtig war, Charlie zurückzulassen.

Und dann die Schule. Sie war sicher, daß der Aufenthalt an diesem Ort, so weit entfernt von all ihren Lieben, ihre Strafe dafür war, daß sie nicht, wie versprochen, auf Darren aufgepaßt hatte.

Erinnerungen an frühere Strafen kamen auf, an Schläge, an Schreie. Das war einfacher zu ertragen, erkannte sie nun, den mit den Schlägen war auch die Strafe vorüber. Ihre augenblickliche Verbannung hingegen erschien endlos.

Papa bezeichnete das nicht als Strafe. Er behauptete, sie müsse eine gute Schule besuchen und fleißig lernen. Dort wäre sie auch in Sicherheit. Und dann diese Männer, die sie beschützen sollten! Emma haßte sie. Große, wortkarge Männer mit gelangweilten Augen, die Johnno und den anderen in keiner Weise ähnelten. Wie gerne wäre sie mit ihnen von Stadt zu Stadt gereist, hätte sogar das Fliegen in Kauf genommen. Sie hätte gerne in Hotels gewohnt, sich auf die Betten gelümmelt und per Zimmerservice Tee bestellt. Statt dessen mußte sie zurück zur Schule, zurück zu den Nonnen, die zwar freundliche Augen, jedoch harte Hände hatten, zurück zu Morgengebeten und Grammatiklektionen.

Ihr Vater stimmte ›Soldier Blues‹ an, ein weiterer Song über den Krieg; harte Worte, hervorgehoben durch noch härtere Rhythmen. Warum berührte das Lied sie so? Doch als Johnno mit einfiel, hob sie ihre Kamera.

Sie liebte das Fotografieren. Daß die Kamera viel zu kostspielig und für ein Kind ihres Alters schwierig zu handhaben war, kam ihr nicht in den Sinn. Genausowenig wie ihr der Gedanke gekommen war, daß das Geschenk gewissermaßen als Wiedergutmachung gedacht war; Wiedergutmachung dafür, daß Brian sie in diese düstere Schule gesteckt hatte.

»Emma.«

Sie drehte sich um und erblickte einen großen, dunklen Mann. Er gehörte nicht zu den Leibwächtern, aber sein Gesicht war ihr irgendwie vertraut. Dann kam die Erinnerung. Sie lächelte ein wenig. Er war freundlich besorgt gewesen, als er sie im Krankenhaus besucht hatte, und sie hatte sich nicht geschämt, an seiner Schulter zu weinen.

»Erkennst du mich wieder?« wollte Lou wissen.

»Ja. Sie sind der Polizist.«

»Genau.« Er legte dem Jungen an seiner Seite die Hand auf den Arm und versuchte, dessen Aufmerksamkeit von der Band abzulenken. »Das ist Michael. Ich hab' dir ja von ihm erzählt.«

Emma lächelte stärker, war jedoch zu schüchtern, um ihn nach der Rollschuhfahrt auf dem Dach zu fragen. »Hallo.«

»Hi.« Er gönnte ihr nur einen flüchtigen Blick, ehe seine Augen zu den vier Männern in der Mitte des Raumes zurückkehrten.

»Wir brauchen die Trompeten«, forderte Brian und befahl eine Pause. »Ohne die kriegen wir nicht den vollen Sound.« Sein Herz stand beinahe still, als er registrierte, wer da neben Emma stand. »Lieutenant.«

»Mr. McAvoy.« Mit einem warnenden Blick zu seinem Sohn ging Lou auf Brian zu. »Ich bedaure, Ihre Proben zu unterbrechen, aber ich muß noch einmal mit Ihnen sprechen. Und mit Ihrer Tochter, wenn es geht.«

»Haben Sie...?«

»Nein, nichts, was Sie nicht bereits wissen. Aber könnten Sie ein paar Minuten erübrigen?«

»Natürlich. Leute, ihr könnt essen gehen. Ich komme dann später.«

»Ich könnte hierbleiben«, bot Johnno an.

»Nein.« Brian klopfte ihm flüchtig auf die Schulter. »Danke.«

Emma bemerkte den Ausdruck in Michaels Augen. Der gleiche Glanz hatte in den Augen ihrer Schulkameradinnen gelegen, als sie herausbekommen hatten, wer ihr Vater war. Ihre Lippen kräuselten sich ein wenig. Ihr gefiel sein

Gesicht, die leicht gekrümmte Nase, die klaren grauen Augen.

»Möchtest du sie kennenlernen?«

Michael mußte seine schweißfeuchten Hände an den Jeans abwischen. »O ja, das wäre absolut super.«

»Ich hoffe, Sie haben nichts dagegen«, meinte Lou zu Brian, als er bemerkte, daß Emma ihm die Frage erspart hatte. »Ich habe meinen Sohn mitgebracht. Ist zwar nicht unbedingt gestattet, aber...«

»Schon gut.« Brian blickte den Jungen, der gerade Johnno anstrahlte, lange neidisch an. Wäre Darren mit elf auch so aufgeweckt, so lebhaft gewesen? »Wie wär's, wenn ich ihm unser neues Album schicke? Es soll erst in ein paar Wochen herauskommen. Damit ist er bestimmt der Star an seiner Schule.«

»Das wäre sehr nett von Ihnen.«

»Ach was. Ich werde das Gefühl nicht los, daß Sie dem, was Darren zugestoßen ist, mehr Zeit widmen, als Sie müßten.«

»Keiner von uns beiden hat eben einen Acht-Stunden-Job, Mr. McAvoy.«

»Richtig. Und ich habe Cops immer gehaßt.« Brian lächelte schwach. »Ich schätze, das tut man nur so lange, bis man einen braucht. Ich habe einen Privatdetektiv beauftragen lassen, Lieutenant.«

»Das weiß ich.«

Seltsamerweise fiel Brian das Lachen leicht. »Ich kann's mir denken. Man hat mir berichtet, daß Sie in den letzten Monaten mehr geleistet haben als fünf andere Cops zusammen. Das ist aber auch das einzige, was ich nicht von Ihnen erfahren habe. Man käme fast auf die Idee, daß Sie genauso hinter den Tätern her sind wie ich.«

»Er war ein hübscher Junge, Mr. McAvoy.«

»Ja, bei Gott, das war er.« Er betrachtete die Gitarre, die er noch immer in den Händen hielt, und widerstand dem Drang, sie mit Gewalt auf die Erde zu werfen. Statt dessen stellte er sie mit fast übertriebener Sorgfalt beiseite. »Worüber möchten Sie mit mir sprechen?«

»Ich will noch einmal auf einige Details eingehen. Ich weiß, daß es eintönig wird.«

»Macht nichts.«

»Ich möchte auch noch einmal mit Emma sprechen.«

Der unbeschwerte Moment war vorüber. »Sie kann Ihnen nichts weiter sagen.«

»Vielleicht habe ich noch nicht die richtigen Fragen gestellt.«

Brian fuhr sich mit der Hand durchs Haar. Er hatte es erst kürzlich ein ganzes Stück kürzer schneiden lassen und war immer noch verblüfft, wenn seine Finger ins Leere griffen. »Darren ist tot, und ich kann Emmas seelische Verfassung nicht aufs Spiel setzen. Sie ist im Moment sehr verletzlich. Erst sechs Jahre alt, und schon zum zweiten Mal in ihrem Leben völlig aus der Bahn geworfen. Sicher haben Sie gelesen, daß meine Frau und ich uns getrennt haben?«

»Das tut mir leid.«

»Für Emma ist es am schwersten. Ich möchte auf keinen Fall, daß sie sich weiter aufregt.«

»Ich werde sie nicht drängen.« Lou verwarf den Gedanken, eine Hypnosebehandlung vorzuschlagen.

Emma, die ihre Rolle als inoffizielle Gastgeberin sehr genoß, stellte Michael ihrem Vater vor. »Papa, das ist Michael.«

»Hallo, Michael.«

»Hallo.« Seine Zunge schien wie gelähmt, so daß Michael nur ein dümmliches Grinsen zustande brachte.

»Hörst du gern Musik?«

»Und ob. Ich hab' fast alle Ihre Platten.« Er hätte Brian furchtbar gern um ein Autogramm gebeten, wollte aber nicht zu aufdringlich erscheinen. »Es war super, Sie hier spielen zu hören und so. Absolut Spitze.«

»Danke, danke.«

Emma schoß ein Foto. »Papa schickt dir einen Abzug«, versprach sie und bewunderte im stillen Michaels Zahnlücke.

11

Saint Catherine's Academy, 1977

Nur noch zwei Wochen, dachte Emma. Noch zwei endlose, langweilige Wochen, und dann wäre sie für den Rest des Sommers frei. Sie könnte ihren Vater wiedersehen, und Johnno und all die anderen. Sie könnte leben, ohne ständig ermahnt zu werden, daß ihr Leben Gott gewidmet sei. Sie könnte vor sich hin träumen, ohne vor unkeuschen Gedanken gewarnt zu werden.

Ihrer Meinung nach mußten die Nonnen selbst voller unkeuscher Gedanken stecken, um diese auch jedermann sonst zu unterstellen.

Für ein paar kostbare Wochen würde sie in die Welt zurückkehren dürfen. New York. Emma schloß einen Moment die Augen und versuchte, den Lärm, die Gerüche, das Leben der Großstadt heraufzubeschwören. Seufzend stützte sie die Ellbogen auf den Schreibtisch, eine Nachlässigkeit, die Schwester Mary Alice veranlaßt hätte, strafend mit dem Lineal auf den Tisch zu schlagen. Statt sich mit den französischen Verben zu beschäftigen, die es zu konjugieren galt, schaute Emma träumerisch über den grünen Rasen zu den hohen Mauern, die die Schule von der sündigen Welt abschirmten.

Aber nicht von aller Sündhaftigkeit. Sie selbst war voller Sünde und dankbar dafür, daß ihre Mitbewohnerin, Marianne Carter, gleichermaßen schuldbeladen war. Ohne Marianne wären die Tage an der Saint Catherin's Academy zur Qual geworden.

Grinsend dachte Emma an ihre lustige, rothaarige, sommersprossenübersäte Zimmergenossin und beste Freundin. Marianne war eine Sünderin, klar, und leistete gerade jetzt Buße für ihre jüngste Verfehlung. Die Karikatur, die sie von der Ehrwürdigen Mutter angefertigt hatte, bedeutete stundenlanges Badezimmerschrubben.

Gäbe es Marianne nicht, Emma wäre davongelaufen. Nur – wohin?

Es gab nur einen einzigen Ort auf der Welt, wo sie sich gerne hingeflüchtet hätte, und das war zu ihrem Vater. Und der würde sie umgehend zurückschicken.

Nein, es war einfach nicht fair. Jetzt wurde sie bald dreizehn, war fast schon ein Teenager, und man sperrte sie in diese antiquierte Schule, um Verben zu konjugieren, den Katechismus aufzusagen und Frösche zu sezieren. Gräßlich!

Dabei war es nicht so, daß sie die Nonnen haßte. Na ja, gab sie zu, vielleicht haßte sie Schwester Immaculata, die Vorsteherin. Doch wer mochte schon jemanden mit verkniffenem Mund und warzenbedecktem Kinn, der eine Vorliebe dafür hatte, heranwachsende Mädchen für die geringfügigsten Vergehen zu bestrafen?

Papa hatte sich bloß amüsiert, als sie ihm von Schwester Immaculata erzählte.

Sie vermißte ihn so, vermißte sie alle.

Sie wollte nach Hause. Nur war ihr nicht ganz klar, wo sie eigentlich zu Hause war. Oft dachte sie an das Haus in London, das Schlößchen, wo sie für kurze Zeit so glücklich gewesen war. Dann fiel ihr Bev ein. Ihr Vater erwähnte Bev niemals, obwohl sie gar nicht geschieden waren. Die Eltern einiger ihrer Schulkameradinnen waren geschieden, aber darüber sprach man nicht.

Und immer noch mußte sie an Darren denken, ihren geliebten kleinen Bruder. Manchmal konnte sie sich kaum noch vorstellen, wie er ausgesehen, wie er geklungen hatte. Doch in ihren Träumen sah sie sein Gesicht kristallklar vor sich und hörte seine Stimme so deutlich, als ob er noch am Leben wäre.

Emma konnte sich an die Geschehnisse jener Nacht, in der ihr Bruder gestorben war, kaum noch erinnern. Die Nonnen gewöhnten jungen Mädchen solchen Unsinn wie Monster sehr rasch ab. Aber immer dann, wenn sie krank oder sehr aufgeregt war, träumte sie wieder von dieser Nacht und durchlebte erneut die furchtbare Angst in der dunklen Diele, hörte die Geräusche um sich herum, sah die Monster vor sich, die den schreienden, sich wehrenden Darren gepackt hatten. Dann fiel sie die Treppe hinunter.

Sobald sie aber aufwachte, war die Erinnerung ausgelöscht.

Marianne stürzte, vor Erregung zitternd, ins Zimmer und hielt Emma ihre Hände unter die Nase. »Ruiniert!« Sie ließ sich rücklings auf das Bett fallen. »Welcher französische Graf würde sie jetzt noch küssen wollen?«

»Harte Zeiten?« fragte Emma mit kaum verhohlenem Grinsen.

»Fünf Badezimmer. E-kel-haft! Igitt! Wenn ich aus diesem Bau rauskomme, halte ich mir eine Haushälterin für meine Haushälterin.« Sie rollte sich auf den Bauch und strampelte mit den Beinen. Emma lächelte bloß und genoß den Klang von Mariannes frischer amerikanischer Stimme. »Ich hab' gehört, wie Mary Jane Witherspoon zu Terese O'Malley gesagt hat, daß sie's diesen Sommer mit ihrem Freund tun will.«

»Wer denn?«

»Weiß ich nicht. Der Typ heißt Chuck oder Huck oder so.«

»Nein, Mary Jane oder Teresa.«

»Mary Jane, du Esel. Sie ist immerhin sechzehn und ganz gut entwickelt.«

Emma sah auf ihre eigene flache Brust hinunter und fragte sich, ob sie mit sechzehn einen nennenswerten Busen haben würde. Oder einen Freund.

»Und wenn sie schwanger wird, so wie Susan letzten Frühling?«

»Ach, Mary Janes Leute würden das schon regeln. Die haben Geld wie Heu. Außerdem nimmt sie da was, so Zäpfchen.«

»Jeder nimmt mal Zäpfchen.«

»So was doch nicht, Dummerchen. Geburtenkontrolle. Verhütung.«

»Ach so.« Wie immer beugte sich Emma Mariannes größerer Erfahrung.

»Weißt du, man führt so ein Ding in die heiligen Hallen ein, dann bildet sich Schaum, und schon sind die Spermien hinüber. Totes Sperma kann dich nicht anbuffen.« Marianne gähnte die Decke an. »Ich frag' mich, ob Schwester Immaculata es schon mal getan hat.«

Allein der Gedanke brachte Emma völlig aus der Fassung. »Bestimmt nicht. Vermutlich badet sie sogar in ihrer Tracht.«

»Heiliger Bimbam, fast hätt ich's vergessen.« Marianne kramte in den Taschen der zerknitterten Schuluniform und förderte ein Päckchen Marlboro zutage. Dann suchte sie nach Streichhölzern. »Irgendwer hat die hinter den Spülkasten im Klo gesteckt.«

»Und du hast sie mitgenommen.«

»Klar. Hilf dir selbst, so hilft dir Gott. Und ich hab' mir selbst geholfen. Mach die Tür zu, Emma.«

Sie teilten sich eine Zigarette und bliesen kleine Rauchwölkchen aus dem Fenster. Keiner von beiden schmeckte sie besonders, dennoch qualmten sie beide weiter. Es wirkte so erwachsen und galt zudem als Sünde.

»Noch zwei Wochen«, träumte Emma vor sich hin.

»Du fliegst nach New York. Und mich schicken sie wieder ins Ferienlager.«

»Halb so schlimm. Da gibt es keine Schwester Immaculata.«

»Das ist doch schon was.« Marianne bemühte sich um eine blasierte Pose. »Vielleicht kann ich meine Leute überreden, mich für ein paar Wochen zu meiner Großmutter zu lassen. Die Frau ist schwer in Ordnung.«

»Und ich werde jede Menge Bilder machen.«

Marianne nickte. Sie dachte bereits weiter. »Wenn wir hier rauskommen, nehmen wir uns ein Apartment, vielleicht in Greenwich Village oder L. A. Irgendwo, wo's cool ist. Ich werde Malerin und du Fotoreporterin.«

»Dann geben wir Partys.«

»Und was für welche! Und wir können die ausgeflipptesten Klamotten tragen.« Sie wies verächtlich auf ihre Schuluniform. »Nichts Kariertes!«

»Lieber sterben!«

»Nur noch vier Jahre...«

Emma starrte aus dem Fenster. Es fiel schwer, in Jahren

zu denken, wenn sie noch nicht einmal wußte, wie sie die nächsten zwei Wochen überstehen sollte.

Auf der anderen Seite des Kontinents studierte Michael Kesselring sein Spiegelbild. Er konnte es kaum glauben. Es war endgültig vorbei. Die Schule lag hinter ihm, und das Leben wartete. Natürlich gab es da noch das College, aber erst mal kam der Sommer.

Achtzehn war er jetzt; alt genug, zu trinken und zu wählen. Dank Präsident Carter wurden seine Zukunftspläne nicht vom Militärdienst getrübt.

Wie immer die auch aussehen mochte, dachte er.

Er hatte nicht die leiseste Ahnung, was er mit seinem Leben anfangen wollte. Sein Aushilfsjob in Buzzard's Tee Shirt Shop brachte genug Geld für Benzin und gelegentliche Verabredungen, aber er hatte gewiß nicht die Absicht, sein Leben mit dem Bedrucken von T-Shirts zu verbringen. Nur was er eigentlich tun wollte, das war ihm noch immer schleierhaft.

Irgendwie fand er es beängstigend, die Schultracht abzulegen, so, als würde er gleichzeitig auch seine Jugend abstreifen. Michaels Blick schweifte durch das Zimmer. Es war vollgestopft mit Kleidern, Erinnerungsstücken, Schallplatten und, seit seine Mutter es aufgegeben hatte, hier sauberzumachen, auch mit einer Sammlung von *Playboy*-Heften. Da hingen die Urkunden, die er für seine Leistungen in Leichtathletik und Baseball erhalten hatte. Dieselben Urkunden, erinnerte er sich, die Rose Anne Markowitz dazu bewogen hatten, auf den Rücksitz seines alten Pinto zu klettern und es zu der Musik von Joe Cocker mit ihm zu treiben.

Die Natur hatte ihn mit einem athletischen Körper, langen Beinen und guten Reflexen ausgestattet. Genau wie sein Vater, pflegte seine Mutter zu sagen. Michael nahm an, daß er in vieler Hinsicht auf seinen alten Herrn herauskam, obwohl ihre Beziehung von häufigen Auseinandersetzungen geprägt war. Über Haarlänge, Kleidung, Politik und die Frage, wann er abends zu Hause zu sein hatte. Captain Lou Kesselring war ein echter Pedant.

So waren Cops nun mal, vermutete Michael. Einmal war er so unvorsichtig gewesen, einen einzigen Joint ins Haus zu schmuggeln. Das hatte ihm einen Monat Hausarrest eingetragen. Ein paar lumpige Aufputschpillen zogen die gleiche Strafe nach sich.

Gesetz blieb Gesetz, wie der alte Lou gerne sagte. Zum Glück hatte Michael selbst nicht die leiseste Absicht, zur Polizei zu gehen.

Er riß die Quaste von seiner Kappe ab, ehe er sie zusammen mit seiner Schultracht auf das ungemachte Bett warf. Vielleicht war es eine sentimentale Handlung, die Quaste aufzubewahren, aber das brauchte ja keiner zu erfahren. Michael wühlte in seinem Kleiderschrank und fand die alte Zigarrenkiste, die seine wertvollsten Besitztümer enthielt. Den Liebesbrief, den Lori Spiker ihm in seinem ersten Jahr an der Schule geschrieben hatte – ehe sie ihn wegen eines Typen mit Harley und Tätowierungen fallen ließ. Die Eintrittskarte für ein Konzert der Rolling Stones. Die Erlaubnis zu diesem Konzertbesuch hatte er seinen Eltern förmlich abringen müssen. Der Kronkorken seiner ersten illegalen Flasche Bier. Grinsend schob er ihn beiseite und stieß auf den Schnappschuß von ihm und Brian McAvoy.

Das kleine Mädchen hatte Wort gehalten, dachte Michael. Nur zwei Wochen nach diesem unglaublichen Tag, an dem er seinen Vater begleiten durfte und Devastation kennengelernt hatte, war das Bild eingetroffen, zusammen mit einer taufrischen Pressung des neuesten Albums. Wochenlang hatten ihn seine Mitschüler beneidet.

Michael dachte an diesen Tag zurück, an die fast unerträgliche Aufregung, die schweißnassen Achselhöhlen. Schon lange hatte er sich nicht mehr daran erinnert. Und nun, vielleicht aufgrund seines neu erworbenen Erwachsenenstatus, erkannte er, daß die damalige Handlungsweise seines Vaters ausgesprochen ungewöhnlich gewesen war. Und untypisch. Nicht, daß sein Vater nicht für Überraschungen gut gewesen wäre, aber er war in dienstlicher Angelegenheit zu den Proben gegangen. Captain Lou Kesselring verband niemals Beruf und Privatleben.

Aber damals hatte er genau das getan.

Seltsamerweise sah er nun, da er sich an all das erinnerte, seinen Vater förmlich vor sich, wie er sich Nacht für Nacht durch Aktenberge hindurch arbeitete. Nie zuvor oder danach hatte sein Vater sich Arbeit mit nach Hause gebracht.

Der kleine Junge, Brian McAvoys kleiner Sohn, war ermordet worden. Die Zeitungen hatten die Sache groß herausgebracht und wärmten sie von Zeit zu Zeit wieder auf, vielleicht weil der Fall nie aufgeklärt worden war.

Der Fall, für den sein Vater zuständig gewesen war.

In genau diesem Jahr war Michael in das Baseballteam seiner Schule aufgenommen worden, und sein Vater hatte die meisten Spiele verpaßt. Und häufig auch das Abendessen.

Das alles war nun schon lange her, und Michael überlegte, ob sein Vater überhaupt noch an Brian McAvoy oder dessen toten Sohn dachte. Oder an das kleine Mädchen, das das Foto aufgenommen hatte. Es wurde behauptet, sie habe mit angesehen, was ihrem Bruder zugestoßen war, und habe darüber den Verstand verloren. Doch Michael war sie damals völlig normal erschienen. Er erinnerte sich verschwommen an ein zartes Ding mit hellem Haar und großen, traurigen Augen. Ihre Stimme war genauso weich wie die ihres Vaters gewesen.

Arme Kleine, dachte er und legte die Quaste über den Schnappschuß. Was wohl aus ihr geworden war?

12

Emma mochte kaum glauben, daß die Zeit schon fast wieder um war. In weniger als einer Woche würde sie an die Saint Catherine's Academy zurückkehren müssen. Marianne hatte ihr gefehlt, und bald würde sie die Freundin wiedersehen, könnte ihr dann von allen Ereignissen dieses Sommers berichten. Des schönsten Sommers ihres Lebens, obwohl sie nur zwei Wochen davon in New York zugebracht hatte.

Alle miteinander waren sie zunächst nach London geflogen, um dort Aufnahmen für einen Dokumentarfilm zu machen, und hatten wie in alten Zeiten im Ritz Tee getrunken. Emma hatte viel Zeit mit Johnno, Stevie und P. M. verbracht, ihnen zugehört und bei Fisch und Chips mit ihnen in der Küche gesessen, während sie über ihre Musik diskutierten.

Berge von Filmrollen warteten darauf, entwickelt zu werden. Sie würde die Fotos in ihr Album kleben, damit sie sie wieder und wieder anschauen und ihre Erinnerungen aufleben lassen könnte.

Sozusagen als verfrühtes Geburtstagsgeschenk hatte ihr Vater sie zum Friseur begleitet, wo man ihr die erste richtige Frisur ihres Lebens mache. Sie trug ihr schulterlanges Haar jetzt in Korkenzieherlocken und fühlte sich sehr erwachsen.

Außerdem begann sich ihre Figur endlich zu entwickeln.

Emma linste verstohlen in ihr Bikinioberteil. Nein, einen Traumbusen hatte sie noch nicht, aber zumindest konnte sie niemand mehr für einen Jungen halten. Schön braun war sie auch geworden. Anfangs hatte sie ja bezweifelt, daß sie die letzten Wochen in Kalifornien genießen könnte, aber allein wegen der Bräune hatte sich der Aufenthalt gelohnt.

Und erst das Wellenreiten! Ein regelrechter Feldzug war erforderlich gewesen, bis Brian ihr gestattet hatte, ihr Glück in den Wellen zu versuchen. Emma wußte, daß sie ihr hellrotes Surfbrett eigentlich Johnno verdankte, der Brian so lange gehänselt und geneckt hatte, bis dieser nachgab. Ohne Johnno würde sie jetzt noch als bloße Zuschauerin am Strand herumsitzen und alle anderen beim Wellenreiten beobachten.

Viel mehr als hinauszupaddeln und ins Wasser zu fallen brachte sie noch nicht fertig, aber jeder kleinste Fortschritt gab ihr die Möglichkeit, sich etwas weiter von den unter ihren Sonnenschirmen bratenden Leibwächtern zu entfernen. Lächerlich, dachte sie grimmig, als sie ihr Brett ins Wasser schleppte. Niemand hier hatte eine Ahnung, wer sie war.

Jedes Jahr hoffte sie, ihr Vater würde auf die Leibwächter verzichten, und jedes Jahr erlebte sie eine Enttäuschung. Zumindest konnten sie ihr nicht ins Meer folgen. Emma streckte sich der Länge nach auf dem Brett aus und paddelte durch das kühle Wasser. Obwohl ihr bewußt war, daß sie durch Ferngläser beobachtet wurde, stellte sie sich vor, sie wäre alleine oder, besser noch, Mitglied einer Gruppe von Teenagern, die den Strand bevölkerten.

Sie glitt über eine Welle und genoß das Auf und Ab, das ihren Magen hüpfen ließ. Meeresrauschen dröhnte in ihren Ohren, untermalt von der Musik aus Dutzenden von Transistorradios. Ein hochgewachsener Junge in blauer Badehose ließ sich von einer Welle sanft bis an den Strand tragen. Emma beneidete ihn sowohl um sein Können als auch um seine Freiheit.

Da ihr die Freiheit verwehrt blieb, würde sie sich eben darauf konzentrieren, das Können zu erlangen.

Ungeduldig wartete sie auf die nächste Welle, holte tief Atem, ging in die Hocke, richtete sich dann auf und ließ sich von der Welle mitreißen. Es gelang ihr, sich fast zehn Sekunden zu halten, ehe sie das Gleichgewicht verlor. Als sie wieder auftauchte, sah sie den Jungen in der blauen Badehose zu ihr hinschauen und sich dabei lässig sein dunkles, nasses Haar aus dem Gesicht streichen. Ihr Stolz befahl ihr, wieder auf das Brett zu krabbeln.

Ein Versuch folgte dem nächsten, und jedesmal rissen ihr die Wellen schon nach einigen Sekunden das Brett unter den Füßen weg. Jedesmal kämpfte sie sich mit schmerzenden Muskeln wieder hoch, paddelte weiter und wartete.

Bestimmt schlürften die Leibwächter jetzt ihre lauwarmen Drinks und belächelten ihre Ungeschicklichkeit. Jeder Fehlschlag bedeutete eine öffentliche Demütigung und trieb sie nur noch mehr an. Einmal mußte sie Erfolg haben, nur einmal! Einmal nur mußte es ihr gelingen, auf einer Welle bis zum Strand zu reiten.

Ihre Beinmuskeln zitterten vor Anstrengung, als sie sich aufrichtete. Mit tanzendem weißem Kamm rollte eine Welle auf sie zu. Emma war bereit, wollte sie, brauchte sie. Nur ein gelungener Ritt, ein Erfolg, der ihr ganz allein gehörte.

Sie erwischte die Welle genau richtig. Ihr Herz hämmerte wie wild, als sie über das Wasser schoß. Der Strand kam mit unglaublicher Geschwindigkeit näher. Das Dröhnen des Wassers war Musik in ihren Ohren. Einen kurzen Moment lang verspürte sie das Gefühl von Freiheit.

Der Wasserberg schloß sich hinter ihr, fegte sie vom Brett, schleuderte sie wieder hoch. Bruchteile von Sekunden sah sie die Sonne, dann versank sie wieder in den Wassermassen. Nach Luft ringend kämpfte sie gegen einen unsichtbaren Feind, der sie von allen Seiten bedrohte.

Ihre Lungen brannten. Mit aller Kraft bemühte sie sich, an die Wasseroberfläche zu gelangen, die über ihr schimmerte, doch sie wurde immer mehr in die Tiefe gezogen. Wie einen Spielball wirbelte das Wasser sie herum, bis die Wasseroberfläche außer Reichweite schien.

Als ihre Kräfte nachließen, fragte sie sich benommen, ob sie wohl beten sollte. Schon halb bewußtlos erinnerte sie sich an einen Satz aus der Bibel.

Vater, vergib mir, denn ich habe gesündigt.

Dann verklang das Gebet, und Musik schien in ihrem Kopf zu hallen.

Come together. Right now. Over me.

Panik erfüllte sie. Es war dunkel. Dunkel, und die Monster kamen wieder. Ihre Bemühungen, die Oberfläche zu erreichen, wurden schwächer und verebbten in einem wilden Zappeln. Sie öffnete den Mund, wollte schreien, brachte aber nur ein unartikuliertes Würgen hervor.

Dann spürte sie, daß Hände nach ihr griffen. Außer sich vor Angst, setzte Emma sich heftig zur Wehr, schlug um sich. Das Monster war wieder da; dasselbe, welches sie angelächelt hatte, dasselbe, welches sie töten wollte, so wie es Darren getötet hatte. Als sich ein Arm um ihren Hals schlang, tanzten rote Pünktchen vor ihren Augen und verblaßten, sowie sie die Oberfläche erreichte.

»Ganz ruhig«, redete ihr jemand zu. »Ich bringe dich an Land. Halt dich einfach an mir fest.«

Keuchend versuchte Emma, den Arm von ihrem Hals zu lösen, bis ihr klar wurde, daß nicht er ihr die Luft abschnürte. Sie konnte die Sonne wieder sehen, und als sie eine tiefen, schmerzhaften Atemzug nahm, brannte die Luft in ihrer

Kehle und nicht das Wasser. Sie war noch am Leben. Tränen der Scham und der Dankbarkeit stiegen ihr in die Augen.

»Gleich geht's dir wieder besser.«

Emma legte eine Hand auf den Arm, der sie hielt. »Ich bin rausgetrieben worden«, krächzte sie.

Ein glucksendes, etwas atemloses Lachen antwortete ihr. »Kann man wohl sagen. Aber Mannomann, du hast ja zuvor einen Spitzenritt hingelegt.«

Ja, das hatte sie, tröstete Emma sich und kämpfte mit aufsteigender Übelkeit. Dann spürte sie heißen, körnigen Sand auf der Haut und gestattete ihrem Retter, sie niederzulegen. Leider gehörten die ersten Gesichter, die sie wieder wahrnahm, ihren Leibwächtern. Zu schwach zum Sprechen, konnte sie ihnen nur einen bitterbösen Blick zuwerfen, der sie zwar nicht vertrieb, aber wenigstens am Näherkommen hinderte.

»Bleib noch ein paar Minuten liegen.«

Emma drehte den Kopf zur Seite und hustete einen Schwall Salzwasser aus. Von irgendwoher kam Musik – die Eagles, dachte sie betäubt. ›Hotel California‹. Vorher, im Dunkeln, da hatte sie auch Musik gehört, aber jetzt konnte sie sich nicht mehr auf die Worte oder die Melodie besinnen. Erneut hustend, blinzelte sie in die Sonne und richtete den Blick dann auf ihren Retter.

Es war der Junge mit der blauen Badehose. Wasser tröpfelte aus seinen dunklen Haaren. Auch seine Augen waren dunkel, von einem tiefen Grau und klar wie ein Bergsee.

»Danke.«

»Schon gut.« Er ließ sich neben ihr nieder, obwohl er sich in seiner Ritterrolle nicht allzu wohl fühlte. Die Jungs würden ihn wochenlang damit aufziehen. Aber er brachte es nicht übers Herz, die Kleine allein zu lassen. Schließlich war sie noch ein Kind. Ein verdammt hübsches noch dazu, dachte er, und sein Unbehagen wuchs. In brüderlicher Manie klopfte er ihr auf die Schulter und stellte fest, daß sie die größten, blauesten Augen besaß, die er je gesehen hatte.

»Ich schätze, mein Brett ist weg.«

Er legte schützend die Hand vor die Augen und suchte das Wasser ab. »Nein, Fred holt es rein. Ist ein schönes Brett.«

»Ich hab's erst seit ein paar Wochen.«

»Ja, ich hab' dich hier schon gesehen.« Er sah auf sie nieder, wie sie sich auf die Ellbogen stützte. Ihre nassen Locken kringelten sich um ihr Gesicht. Eine schöne Stimme hatte sie, überlegte er, weich und irgendwie melodisch. »Bist du Engländerin oder so?«

»Irin, jedenfalls zum Teil. Wir sind nur noch ein paar Tage hier.« Mit einem erleichterten Seufzer registrierte sie, daß der Junge namens Fred ihr Brett an Land zog. »Danke.« Da sie nicht wußte, was sie sagen sollte, konzentrierte sie sich darauf, den nassen Sand von ihrem Knie zu rubbeln.

Der Junge in der blauen Badehose winkte Fred und den anderen, die sich um sie geschart hatten, freundlich zu und bedeutete ihnen, sie in Ruhe zu lassen.

»Wenn mein Vater das hört, läßt er mich nie wieder aufs Wasser.«

»Er muß es ja nicht erfahren.«

»Er erfährt alles.« Emma vermied es, zu ihren Leibwächtern hinüberzuschauen.

»So was kann jedem mal passieren.« Wunderschöne Augen, dachte er wieder und blickte dann mit betonter Aufmerksamkeit auf das Meer. »Du hast deine Sache ganz gut gemacht.«

»Wirklich?« Sie errötete leicht. »Aber du warst wunderbar. Ich hab' dir zugesehen.«

»Danke für die Blumen.« Der Junge grinste und zeigte dabei eine kleine Zahnlücke.

Emma starrte ihn an, und eine Erinnerung blitzte in ihrem Hirn auf. »Du bist Michael.«

»Genau.« Sein Grinsen wurde breiter. »Aber woher kennst du meinen Namen?«

»Sicher erinnerst du dich nicht mehr an mich.« Sie setzte sich auf. »Wir haben uns schon mal getroffen, aber das ist lange her. Ich bin Emma. Emma McAvoy. Dein Vater hat dich einen Nachmittag zu den Proben mitgebracht.«

»McAvoy?« Michael fuhr sich mit der Hand durch das

tropfende Haar. »Brian McAvoy?« Sowie er den Namen aussprach, bemerkte er, daß Emma sich verstohlen umblickte, um zu prüfen, ob ihn jemand gehört hatte. »Jetzt fällt's mir wieder ein. Du hast mir ein Foto geschickt. Ich hab's immer noch.« Seine Augen verengten sich, als er über die Schulter spähte. »Also darum sind sie hier«, murmelte er und musterte die Leibwächter argwöhnisch. »Ich hab' sie für Spanner oder so was gehalten.«

»Leibwächter«, erwiderte sie tonlos und zuckte dann die Achseln. »Mein Vater macht sich Sorgen.«

»Darauf könnte ich wetten.« Ganz deutlich erinnerte er sich an das Polizeifoto eines kleinen Jungen.

»Ich habe deinen Vater nicht vergessen.« Emma zeichnete kleine Kreise in den Sand. »Er hat mich damals im Krankenhaus besucht, als wir meinen kleinen Bruder verloren haben.«

»Er ist jetzt Captain«, bemerkte Michael, dem nichts Besseres einfiel.

»Das ist schön.« Dazu erzogen, unter allen Umständen die Form zu wahren, bat sie: »Grüß ihn bitte von mir.«

»Mach ich.« Es entstand eine Pause, die nur von dem Geräusch der Wellen ausgefüllt war. »Äh, sag mal, magst du eine Cola oder so was?«

Die Frage verwirrte Emma. Zum erstenmal in ihrem Leben hatte sie sich länger als fünf Minuten mit einem Jungen unterhalten. Mit Männern dagegen schon, ihr ganzes Leben wurde ja von Männern bestimmt. Aber von einem Jungen, der nur ein paar Jahre älter war als sie, zu einer Cola eingeladen zu werden, war eine wundervolle und beglückende Erfahrung. Fast hätte sie zugestimmt, doch da fielen ihr die Leibwächter ein. Sie hätte es nicht ertragen, von ihnen beobachtet zu werden.

»Danke, aber ich gehe jetzt besser. Papa wollte mich in einigen Stunden abholen, aber für heute hab' ich genug vom Wellenreiten. Ich muß ihn nur anrufen.«

»Ich kann dich nach Hause bringen.« Unruhig zuckte er mit den Schultern. Zu dumm, sich einem Kind gegenüber gehemmt zu fühlen. Aber seit er in der neunten Klasse Nancy

Brimmer aufgefordert hatte, mit ihm zum Valentinsball zu gehen, war er nicht mehr so nervös gewesen. »Ich fahre dich nach Hause«, fuhr er fort, als Emma ihn wortlos anstarrte. »Wenn du möchtest.«

»Du hast doch bestimmt noch was vor.«

»Nein, eigentlich nicht.«

Er wollte nur ihren Vater wiedersehen, entschied Emma, und das plötzliche Glücksgefühl verschwand. Ein Junge wie er – nun, er mußte mindestens schon achtzehn sein – würde sich sicher nicht für sie interessieren. Aber mit der Tochter von Brian McAvoy war das natürlich etwas anderes. Sie zwang sich zu einem Lächeln. Immerhin hatte er ihr das Leben gerettet. Wenn sie ihn nur mit dem Anblick ihres Vaters belohnen konnte, dann würde sie das tun.

»Ich würde gern mit dir fahren, wenn es nicht zu viele Umstände macht.«

»Ach woher.« Er grub die Füße in den Sand. Vielleicht dachte sie, er wolle sie anbaggern.

»Dauert nur eine Minute.« Sie lief in Richtung ihrer Leibwächter davon und schnappte sich auf dem Weg ihr Strandtuch und ihre Tasche. »Mein Freund fährt mich nach Hause«, sagte sie in einem Ton, der keinen Widerspruch duldete.

»Miß McAvoy.« Der Mann namens Masters räusperte sich. »Es wäre besser, Sie würden Ihren Vater anrufen.«

»Es gibt keinen Grund, ihn zu stören.«

Sweeney, der zweite Mann, wischte sich die schweißnasse Stirn. »Ihr Vater würde es gar nicht gern sehen, wenn Sie zu einem Fremden ins Auto steigen.«

»Michael ist kein Fremder.« Der überhebliche Tonfall ließ sie innerlich zusammenzucken, aber sie wollte und konnte sich nicht vor Michael demütigen lassen. »Ich kenne ihn, und mein Vater kennt ihn auch. Michaels Vater ist Captain bei der hiesigen Polizei.« Emma streifte ein langes, buntes T-Shirt über ihren Bikini. »Außerdem fahren Sie uns ja sowieso hinterher, also was soll's?« Sie drehte sich um und ging hocherhobenen Hauptes auf Michael zu, der mit den Surfbrettern auf sie wartete.

»Komm schon.« Sweeney legte eine Hand auf Masters'

Schulter. »Laß der Kleinen doch den Spaß. Viel hat sie ja eh nicht.«

Michaels Benzinanzeige näherte sich bedrohlich dem roten Bereich, als die hohen Eisentore von Beverly Hills in Sicht kamen. Leise Überraschung zeichnete sich auf dem Gesicht des Wachpostens ab, ehe er einen Hebel umlegte und die Tore sich wieder schlossen. Michael fuhr die von Bäumen gesäumte Auffahrt entlang und bedauerte heftig, daß er nur abgetragene Sandalen und ein altes Sporthemd über seiner Badehose trug.

Das Haus bestand ganz aus rosa Stein und weißem Marmor, lag inmitten eines gepflegten grünen Rasens. Ein Pfau stolzierte majestätisch über das Gras.

»Hübsches Häuschen.«

»Es gehört eigentlich P. M. Oder vielmehr P. M.s Frau.« Plötzlich schämte sich Emma ein wenig der lebensgroßen Marmorlöwen, die den Eingang flankierten. »Irgendein Filmstar – ich kann mich nie an den Namen erinnern – hat es sich bauen lassen. Angie hat dann alles renoviert. Sie filmt gerade in Europa, also wohnen wir für ein paar Wochen hier. Hast du noch Zeit, mit reinzukommen?«

»Ja, ich hab' noch Zeit.« Zweifelnd blickte Michael auf den Sand, der an seinen Füßen klebte. »Wenn du sicher bist, daß das in Ordnung geht.«

»Natürlich.« Emma stieg aus dem Auto, demselben Wagen, mit dem Lou einst zu den Proben gefahren war. Geduldig wartete sie, bis Michael ihr Brett vom Dach losgemacht hatte, und stieg dann die Treppe hinauf. »Ich muß Papa erzählen, was passiert ist, sonst erfährt er's von den Leibwächtern. Ich hoffe, du hast nichts dagegen, wenn ich, nun ja, wenn ich die Geschichte ein bißchen bagatellisiere. Verstehst du?«

»Alles klar.« Die Art, wie er sie angrinste, ließ ihr Herz höher schlagen. »Eltern neigen dazu, aus einer Mücke einen Elefanten zu machen. Vermutlich können sie nichts dafür.«

Sowie Emma die Tür öffnete, hörte er die Musik. Eine Reihe donnernder Klavierakkorde, dann ein seltsames

Durcheinander von Tönen, und wieder die Akkorde. Emma nahm ihm ihr Brett ab und lehnte es an die Wand.

»Sie sind hier hinten.« Nach kurzem Zögern ergriff sie Michaels Hand und führte ihn durch die weite, in Weiß gehaltene Halle.

Ein Haus wie dieses hatte er noch nie zuvor gesehen, obwohl er zu verlegen war, dies zuzugeben. Die riesigen Räume waren durch große Durchgänge miteinander verbunden, und an den weißen Wänden leuchteten abstrakte Gemälde. Sogar der Fußboden schimmerte weiß, so daß Michael sich des Gefühls nicht erwehren konnte, er wandere durch einen Tempel.

Und dann sah er die Göttin, die über diesen Tempel wachte. Ihr Porträt hing über dem Kamin aus weißem Marmor; eine blonde Göttin mit einem Schmollmund, deren weißes, besticktes Kleid sich bedenklich über den üppigen Brüsten spannte.

»Wow!«

»Das ist Angie«, informierte ihn Emma naserümpfend. »Sie ist mit P. M. verheiratet.«

»Ah ja.« Seltsamerweise kam es Michael so vor, als würden ihn die Augen verfolgen und sich hungrig an ihm festsaugen. »Ich, äh, ich hab' ihren letzten Film gesehen.« Er erwähnte allerdings nicht, daß er danach einige erstaunliche und ausgesprochen erotische Träume gehabt hatte. »Tolle Frau!«

»Ja, das ist sie.« Trotz ihrer Jugend erkannte Emma schon, worin Angies Anziehungskraft auf das andere Geschlecht bestand. Ungeduldig zupfte sie Michael am Ärmel und ging weiter.

Sie kamen in den einzigen Raum, in dem Emma sich wohl fühlte – der einzige Raum innerhalb dieses Mausoleums, wo es P. M. gestattet worden war, seinen eigenen Geschmack auszuleben. Hier gab es Farbe: leuchtendes Blau, intensives Rot, warmes Gelb. Das Zimmer wurde von der Musik beherrscht; goldene Schallplatten schmückten die Wände. Am Fenster wucherten üppige Zimmerpflanzen. Ein Zitronenbäumchen war dabei, das P. M., wie Emma wußte, selbst gezogen hatte.

Ihr Vater saß an dem wunderschönen alten Flügel, der aus irgendeinem Film stammte, dessen Titel Emma immer wieder vergaß. Johnno, der eine seiner geliebten französischen Zigaretten paffte, saß neben ihm. Ein Berg von Papieren türmte sich auf dem Boden, und auf dem Teewagen stand ein großer Krug eisgekühlter Limonade. Die Gläser hinterließen bereits Ringe auf dem Holz.

»Papa.«

Brian blickte auf. Sein anfängliches Lächeln verblaßte, als er Michael sah. »Emma, du solltest anrufen, falls du früher nach Hause kommst.«

»Ich weiß, aber ich hab' zufällig Michael getroffen.« Emmas Lippen kräuselten sich bezaubernd, das Grübchen tanzte. »Ich bin rausgetrieben worden, und er hat mir geholfen.« Da sie es dabei belassen wollte, fuhr sie rasch fort: »Und ich dachte, du würdest ihn gern wiedersehen.«

Es verwirrte Brian gewaltig, seine Tochter, sein kleines Mädchen, Hand in Hand mit einem Jungen, nein, fast schon mit einem Mann zu sehen. »Wiedersehen?«

»Weißt du denn nicht mehr? Sein Vater hat ihn damals zu den Proben mitgebracht. Der Polizist.«

»Kesselring.« Brians Magen zog sich zusammen. »Du bist Michael Kesselring?«

»Ja, Sir.« Er war sich nicht sicher, ob es angemessen war, einer Berühmtheit des Musikgeschäfts die Hand zum Gruß hinzustrecken, so rieb er sie nervös an seiner sandigen Badehose ab. »Ich war ungefähr elf, als ich Sie kennengelernt habe. Es war prima.«

Aufgrund seiner langjährigen Bühnenerfahrung war Brian daran gewöhnt, seine Gefühle zu verbergen. Er sah in dem hochgewachsenen, dunkelhaarigen jungen Mann nicht Lou Kesselrings Sohn, sondern den Mann, zu dem sein eigener kleiner Junge vielleicht herangewachsen wäre. Dennoch lächelte er, als er sich vom Flügel erhob.

»Schön, dich wiederzusehen. Erinnerst du dich noch an Michael, Johnno?«

»Klar. Hast du deinen alten Herrn damals zu der E-Gitarre überreden können?«

»Ja.« Michael grinste geschmeichelt. »Ich hab' eine Zeitlang Unterricht genommen, aber ich war ein hoffnungsloser Fall. Jetzt spiele ich nur noch ein bißchen Mundharmonika.«

»Hol Michael doch mal eine Cola, Emma.« Brian deutete auf die Couch, wobei seine Ehering im Licht glitzerte. »Setz dich.«

»Ich möchte Sie nicht bei der Arbeit stören.«

»Unser Leben besteht aus Störungen.« Der Sarkasmus in Johnnos Stimme wurde durch ein Lächeln gemildert. »Wie gefällt dir unser Song?«

»Er ist großartig. Alles, was Sie machen, ist großartig.«

Belustigt hob Johnno eine Augenbraue. »Ein schlaues Kerlchen, Bri. Vielleicht sollten wir ihn engagieren?«

Michael wußte nicht recht, wie er die Bemerkung verstehen sollte. »Nein, ehrlich. Ich mag alles, was Sie machen.«

»Kein Discofan?«

»Disco ist ätzend.«

»Wirklich ein heller Junge«, stellte Johnno fest. Da er Brian noch etwas Zeit geben wollte, um sich an die Situation zu gewöhnen, sprach er weiter. »Du hast also unsere Emma am Strand getroffen?«

»Sie hatte Schwierigkeiten mit einer Welle, und ich hab' ihr geholfen.« Wie alle Teenager war Michael erfahren darin, die Erwachsenen auszutricksen, und ging daher lässig über den Vorfall hinweg. »Sie macht ihre Sache wirklich gut, Mr. McAvoy. Braucht nur noch ein bißchen Übung.«

Brian rang sich erneut ein Lächeln ab und spielte mit seinem Glas. »Du surfst viel?«

»Sooft ich kann.«

»Wie geht es deinem Vater?«

»Sehr gut. Er ist jetzt Captain.«

»Ich hab' davon gehört. Du mußt doch inzwischen mit der Schule fertig sein.«

»Ja, Sir. Im Juni hab' ich meinen Abschluß gemacht.«

»Und wie geht's nun weiter?«

»Nun, ich dachte, ich probier's mal mit dem College. Mein Vater zählt darauf.«

Johnno suchte nach seinen Zigaretten und bot Michael

eine an. Er nahm sie, obwohl sich ihm nach dem ersten tiefen Zug beinahe der Magen umdrehte. »So, so«, erkundigte sich Johnno mit milder Herablassung, »und nun hast du vor, in die Fußstapfen deines Vaters zu treten?«

»Tja.« Versuchsweise nahm Michael einen weiteren vorsichtigen Zug von der Gauloise. »Ich glaube nicht, daß ich zum Cop geboren bin. Mein Vater schon, der ist großartig. Er hat viel Geduld, wissen Sie. Zum Beispiel im Fall Ihres Sohnes, da hat er jahrelang dran gearbeitet, sogar nachdem der Fall schon zu den Akten gelegt worden ist.« Er hielt inne, beschämt, daß er das leidige Thema zur Sprache gebracht hatte. »Er ist halt sehr pflichtbewußt«, schloß er lahm.

»Das kann man wohl sagen.« Brian schenkte Michael das charmante, herzliche Lächeln, das seine Fans so an ihm liebten, und wünschte, er hätte seine Limonade mit etwas Rum vermischt. »Bestell ihm schöne Grüße von mir, ja?«

»Mach ich.« Erleichtert sah Michael Emma mit einem Tablett voller kalter Getränke hereinkommen.

Eine Stunde später begleitete sie ihn zum Auto. »Noch mal danke dafür, daß du Papa nicht erzählt hast, wie blöd ich mich angestellt habe.«

»Keine Ursache.«

»Doch. Er... er macht sich Sorgen.« Betrübt blickte sie zu den hohen Mauern, die das Grundstück umgaben. Überall, wo sie sich befand, schien sie von Mauern umschlossen zu sein. »Am liebsten würde er mich in Watte packen.«

Der Drang, ihr Haar zu berühren, war so stark und kam so unerwartet, daß er schon die Hand gehoben hatte, ehe er sich besann und seinen eigenen Haarschopf zerzauste. »Es muß schwer für dich sein, nach allem, was deinem Bruder zugestoßen ist und so.«

»Papa hat immer Angst, daß ich auch entführt werden könnte.«

»Du nicht?«

»Ich nicht. Die Leibwächter sind ja immer dabei. Ich bin nie alleine.«

Er zögerte einen Moment, die Hand schon an der Autotür. Nicht, daß er verknallt wäre oder so, redete er sich ein. Sie war doch nur ein Kind. »Vielleicht sehen wir uns morgen am Strand?«

Emma fühlte sich ganz als Frau. »Vielleicht.«

»Ich könnte dir ein paar Tips zum Wellenreiten geben.«

»Das wär' toll.«

Michael stieg ins Auto und fummelte mit den Schlüsseln herum, ehe er den Motor anließ. »Danke für die Cola und alles. War Klasse, deinen Vater wiederzusehen.«

»Alles klar. Tschüß.«

»Man sieht sich.« Als er die Auffahrt hinunterfuhr, wäre er beinahe auf dem Rasen gelandet, weil er sie im Rückspiegel beobachtete.

Danach kam er jeden Tag zum Strand, aber er sah sie nicht wieder.

13

Eine Stunde blieb ihnen noch. In einer Stunde würde Schwester Immaculata in ihren festen schwarzen Schuhen den Flur entlangschlurfen und ihre warzige Nase mißbilligend in jeden Raum stecken, um sich zu vergewissern, daß die Plattenspieler schweigen und alle Kleidungsstücke ordentlich in den Spinden hingen.

Eine Stunde noch. Emma fürchtete, daß die nicht ausreichen würde.

»Spürst du noch was?«

»Ein bißchen.«

Mariannes Augen wurden schmal. Auf dem Plattenteller drehte sich die neueste Scheibe von Billy Joel, und sie konnte seinen Worten nur zustimmen. Katholische Mädchen fingen viel zu spät damit an.

»Emma, du drückst dir jetzt seit zwanzig Minuten Eiswürfel an die Ohren. Du müßtest längst Frostbeulen haben.«

Eiskalte Tropfen rannen Emmas Arm herunter, doch sie preßte eisern das Eis an die Ohren. »Bist du sicher, daß du weißt, was du tust?«

»Natürlich.« Mariannes Hüften zeichneten sich unter dem schlichten Baumwollnachthemd ab, als sie zum Spiegel ging, um die kleinen Goldkugeln in ihren frisch durchstochenen Ohrläppchen zu bewundern. »Ich hab' meiner Cousine genau zugeguckt, als sie mir die Ohrlöcher gestochen hat.« Mit übertrieben französischem Akzent fuhr sie fort: »Und iisch 'abe alles Nötige hier. Eis, Nadel.« Frohlockend hielt sie die im Lampenlicht glitzernde Nadel hoch. »Und die Kartoffel, die wir uns in der Küche ausgeborgt haben. Zwei kleine Pieker, und deine öden Ohrläppchen verfügen über das Flair der großen Welt.«

Emma beäugte die Nadel mißtrauisch. Gab es denn keine Möglichkeit, aus dieser Sache mit intakten Ohrläppchen und unverletztem Stolz herauszukommen? »Ich hab' Papa nicht um Erlaubnis gefragt.«

»Herrgott noch mal, Emma, das ist deine persönliche Entscheidung. Du kriegst deine Tage, du hast schon Busen – na ja, ansatzweise zumindest«, fügte sie grinsend hinzu. »Du bist eine Frau!«

Wenn Frausein bedeutete, sich von seiner besten Freundin eine Nadel durch das Ohrläppchen bohren zu lassen, dann war dieser Zustand gleich weniger erstrebenswert. »Ich besitze gar keine Ohrringe.«

»Ich hab' dir doch gesagt, ich leih' dir welche von meinen. Ich hab' hunderte. Komm schon, beiß die Zähne zusammen.«

»Okay.« Tief durchatmend nahm Emma das Eis vom Ohr. »Aber sei vorsichtig.«

»Na klar.« Marianne kniete sich neben den Stuhl, um mit einem lila Filzstift eine kleine Markierung auf Emmas Ohrläppchen zu zeichnen. »Hör mal, wenn ich aus Versehen danebensteche und deine Halsschlagader treffe, vermachst du mir dann deinen Plattensammlung?« Kichernd drückte sie die Kartoffel hinter Emmas Ohr und stach zu.

Der Schmerz war mehr als unangenehm.

»Sehr gut.« Marianne legte den Kopf auf die Seite. »Wenigstens müssen sich meine Eltern keine Sorgen machen, daß ich je drogensüchtig werde. Sich Spritzen zu setzen, muß ekelhaft sein.«

Vor Emmas Augen drehte sich alles. »Du hast gesagt, ich würde gar nichts spüren.« Ihr Magen hob sich, und sie konzentrierte sich darauf, ruhig weiterzuatmen. »Scheiße, du hast auch nicht gesagt, daß ich was hören würde.«

»Ja, ja. Aber Marcia und ich haben uns vorher eine halbe Flasche Bourbon aus Daddys Hausbar reinzogen. Wir haben rein gar nichts mehr gehört oder gemerkt.« Marianne hob den Kopf und blickte die Freundin scharf an. Blut zeigte sich auf Emmas Ohr, ein kleiner Tropfen nur, doch sie fühlte sich in den Zombie-Film versetzt, den sie sich mit ihrer Cousine zusammen angesehen hatte.

»Wir müssen noch das andere Ohr machen.«

Emma schloß die Augen. »Alles, nur das nicht.«

»Du kannst nicht mit nur einem Ohrring rumlaufen. Wir haben's fast geschafft, Emma.« Mit klammen Händen zog sie die Nadel heraus und bereitete sich auf die zweite Runde vor. »Ich muß ja die ganze Arbeit machen. Du brauchst nur dazuliegen.«

Mit zusammengebissenen Zähnen bohrte sie der stöhnenden Emma die Nadel in das andere Ohrläppchen.

»Geschafft! Jetzt mußt du nur noch Jod drauftun, damit du keine Entzündung kriegst. Und kämm dir die Haare über die Ohren, damit die Schwestern erst mal nichts merken.«

Als sich die Tür öffnete, sprangen beide Mädchen erschrocken auf. Aber nicht Schwester Immaculata, sondern Teresa Louise Alcott, diese Nervensäge, stand, in einen pinkfarbenen Bademantel gehüllt, auf der Schwelle.

»Was treibt ihr denn da?«

»Wir feiern eine Orgie.« Marianne ließ sich wieder auf das Bett fallen. »Kannst du eigentlich nicht anklopfen?«

Teresa lächelte nur. Sie gehörte zu jenen übereifrigen, dienstbeflissenem Typ Mädchen, der sich immer freiwillig meldete, stets seine Aufgaben erledigte und als Musterschülerin galt. Marianne verabscheute sie aus tiefster Seele. Doch dickfellig, wie Teresa war, hielt sie alle Beleidigungen für Freundschaftsbeweise.

»Wow! Du läßt dir Ohrlöcher stechen!« Teresa inspizierte

die Goldkettchen, die von Emmas Ohren baumelten. »Die Ehrwürdige Mutter kriegt einen Anfall!«

»Warum kriegst du nicht mal einen Anfall, Teresa?« schlug Marianne vor. »Aber bitte in deinem Zimmer.«

Teresa grinste nur und setzte sich auf den Boden. »Hat das sehr weh getan?«

Emma schlug die Augen auf und wünschte Teresa die Pest an den Hals. »Nein. Ist ein herrliches Gefühl. Als nächstes macht Marianne mir die Nase. Willst du zusehen?«

Teresa ignorierte den Sarkasmus und betrachtete die manikürten Fingernägel. »Ich hätte furchtbar gern auch Ohrlöcher. Wenn Schwester Immaculata wieder weg ist, kannst du mir dann auch welche machen?«

»Ich weiß nicht recht, Teresa.« Marianne wechselte von Billy Joel zu Bruce Springsteen. »Ich hab' meinen Aufsatz noch nicht fertig. Eigentlich wollte ich heute abend daran arbeiten.«

»Ich bin längst fertig.« Teresa lächelte mit falscher Bescheidenheit. »Wenn du mir Ohrlöcher machst, kannst du abschreiben.«

Marianne tat so, als ob sie überlegte. »Gut, abgemacht.«

»Super. Oh, jetzt hätte ich beinahe vergessen, warum ich rübergekommen bin.« Sie wühlte in der Tasche ihrer pinkfarbenen Scheußlichkeit und holte einen Zeitungsausschnitt hervor. »Meine Schwester hat mir den geschickt, weil sie weiß, daß ich mit dir zur Schule gehe, Emma. Sie hat ihn aus *People* ausgeschnitten. Hast du die Zeitschrift schon mal gesehen? Klasse, sag' ich dir! Sie bringen Fotos von allen Stars. Letztens war Robert Redford auf der Titelseite. Sie schreiben über jeden, der in ist.«

»Ich kenne das Blatt«, sagte Emma kühl, um Teresa zum Schweigen zu bringen.

»Natürlich, da sind ja oft Berichte über deinen Vater drin. Ich wußte, daß du auf das hier ganz wild sein würdest, also hab' ich's rübergebracht.«

Da sich ihr Magen wieder beruhigt hatte, raffte Emma sich auf und griff nach dem Artikel. Sofort kam die Übelkeit mit aller Macht zurück.

DAS EWIGE DREIECK

Das Foto zeigte Bev, die sich mit einer anderen Frau am Boden wälzte. Ihr Vater, auf dessen Gesicht sich hilfloser Zorn abzeichnete, schien gerade nach ihr zu greifen. Bevs Kleid war zerrissen, und ihre Augen loderten vor Wut. Die gleiche Wut hatte in ihren Augen gelegen, als Emma sie das letzte Mal sah.

»Wußte ich's doch, daß dich das interessiert«, freute sich Teresa. »Deswegen hab' ich den Artikel auch sofort rübergebracht. Das ist doch deine Mutter, nicht wahr?«

»Meine Mutter.« Emma starrte Bevs Bild an, ohne es richtig wahrzunehmen.

»Die Blondine in dem Paillettenkleid. Wow, für so ein Kleid könnte ich sterben. Jane Palmer. Sie ist doch deine Mutter, stimmt's?«

»Jane.« Emma konzentrierte sich auf die andere Frau. Die alte Furcht stieg wieder in ihr hoch und schien sie zehn Jahre zurückzuversetzen. Genauso betäubt hatte sie sich gefühlt, als ein anderes Mädchen ihr eine Ausgabe von *Devastated*, die sie in die Schule schmuggeln konnte, gezeigt hatte. Auf der Rückseite prangte Janes Foto.

Es war Jane. Bev prügelte sich mit ihr, und Papa war auch dabei. Was hatte das zu bedeuten? Ein Hoffnungsschimmer keimte in ihr auf. Vielleicht hatten sich Papa und Mama versöhnt. Vielleicht wären sie alle bald wieder zusammen.

Sie schüttelte die wirren Gedanken ab und widmete sich wieder dem Text.

»Auf dem Londoner Wohltätigkeitsball im Mayfair war alles vertreten, was Rang und Namen hat, um sich für zweihundert Pfund Eintritt an Lachstatar und Champagner zu laben. Zusätzlich wurde ein kleiner Skandal serviert: Beverly Wilson, erfolgreiche Innenarchitektin und Noch-Ehefrau von Brian McAvoy (Devastation), geriet in eine hitzige Auseinandersetzung mit Jane Palmer, der früheren Geliebten von McAvoy und Autorin des momentanen Bestsellers *Devastated*. Über den Anlaß dieser handgreifli-

chen Debatte darf spekuliert werden, doch das Gerücht will wissen, daß die alte Rivalität wieder aufflammte. Jane Palmer ist die Mutter von McAvoys Tochter Emma (13), die eine Privatschule in den Staaten besucht.
Beverly Wilson, die seit Jahren von McAvoy getrennt lebt, hatte mit ihm einen Sohn, Darren, der vor sieben Jahren unter tragischen Umständen ums Leben kam. Der Fall wurde nie aufgeklärt.
McAvoy, der mit seiner neuen Freundin, der Sängerin Dory Cates, erschienen war, griff zwar persönlich in das Handgemenge ein, wechselte jedoch nur wenige Worte mit Beverly Wilson, die bald darauf mit P. M. Ferguson, dem Drummer der Band und Ex-Ehemann der Schauspielerin Angie Parks, den Ball verließ. Weder McAvoy noch Beverly Wilson gaben einen Kommentar zu dem Vorfall ab, doch Jane Palmer kündigte an, sie wolle dem Ereignis einige Seiten ihres neuen Buches widmen.
Um mit McAvoys eigenen Worten zu sprechen: ›Die Flammen früherer Leidenschaften scheinen wieder aufzuflackern.‹

Der Artikel ging noch weiter, gab die Kommentare einiger der Anwesenden wieder und beschrieb ausführlich die Kleider der Gäste, speziell die von Jane und Bev, die sie sich in Fetzen gerissen hatten. Doch Emma las nicht weiter. Das mußte sie sich nicht antun.

»Ist das nicht Wahnsinn? Da reißen sie sich in aller Öffentlichkeit gegenseitig die Kleider vom Leib!« Teresas Augen funkelten vor Schadenfreude. »Glaubst du, sie haben sich wegen deines Vaters in die Haare gekriegt? Jede Wette! Er ist aber auch absolut traumhaft. Kommt mir vor wie im Film!«

»Ach wirklich?« Da sie nur von der Schule fliegen würde, wenn sie Teresa an Ort und Stelle erwürgte, ließ Marianne den Gedanken fallen. Es gab andere, subtilere Wege, mit dieser Idiotin fertig zu werden. Zum Beispiel mit einer Nadel. Jawohl, sie würde Teresa die heißbegehrten Ohrlöcher stechen. Und wenn sie dabei das Eis vergäße, wäre das nur ein Irrtum, weiter nichts. »Du solltest jetzt besser gehen, Teresa. Schwester Immaculata kann jede Minute kommen.«

Vor Schreck leise quiekend, sprang Teresa auf. Auf keinen Fall wollte sie riskieren, sich Minuspunkte einzuhandeln. »Komm gegen zehn rüber, dann geb' ich dir meine Unterlagen, und du kannst mir die Ohrlöcher machen.«

»Wunderbar.«

Teresa kratzte an ihren Ohrläppchen. »Ich kann's kaum noch erwarten!«

»Und ich erst recht nicht.« Marianne wartete, bis sich die Tür hinter Teresa geschlossen hatte. »Diese Mistbiene«, knurrte sie verächtlich, dann legte sie Emma den Arm um die Schulter. »Alles in Ordnung?«

»Es wird nie vorbei sein.« Emma betrachtete erneut das Foto. Eine gute Aufnahme, stellte sie leidenschaftslos fest, gelungene Bildaufteilung, gut ausgeleuchtet. Die Gesichter wirkten nicht verschwommen, jede Einzelheit war klar erkennbar. Und den Haß in den Augen ihrer Mutter konnte man kaum übersehen. »Glaubst du, ich werde mal wie sie?«

»Wie wer?«

»Wie meine Mutter.«

»Komm schon, Emma. Als du sie das letzte Mal gesehen hast, warst du noch ein Baby.«

»Aber es gibt so was wie Vererbung. Gene und so weiter.«

»Quatsch!«

»Manchmal bin ich selber bösartig. Manchmal möchte ich genau so gemein sein, wie sie war.«

»Na und?« Marianne erhob sich, um Springsteen das Wort abzuschneiden, ehe Schwester Immaculata hereinkommen und die Platte konfiszieren konnte. »Jeder Mensch hat auch unangenehme Seiten. Du weißt doch, daß Fleisch ist schwach und der Mensch voll Sünde.«

»Ich hasse sie!« Welche Erleichterung, es laut auszusprechen, welch furchtbare, herrliche Erleichterung! »Ich hasse sie. Und ich hasse Bev, weil sie mich ablehnt, und Papa, weil er mich hier eingesperrt hat. Ich hasse die Männer, die Darren umgebracht haben. Ich hasse sie alle. *Sie* haßt auch alle. Das sieht man in ihren Augen.«

»Das ist okay. Manchmal hasse ich auch die ganze Welt. Und dabei kenne ich deine Mutter nicht mal.«

Emma mußte lachen. Wieso, konnte sie nicht erklären, aber sie mußte lachen. »Ich schätze, ich kenne sie selber nicht.« Seufzend fuhr sie fort: »Ich kann mich kaum noch an sie erinnern.«

»Na siehst du.« Zufrieden ließ sich Marianne zurücksinken. »Wenn du dich nicht an sie erinnern kannst, dann kannst du auch nicht wie sie werden.«

Das klang logisch. Emma mußte es einfach glauben. »Ich sehe ihr überhaupt nicht ähnlich.«

In dem Willen, gerecht zu urteilen, griff Marianne nach dem Artikel und studierte die Fotos eingehend. »Kein bißchen. Du gleichst in allem deinem Vater. Laß dir das von einer Künstlerin gesagt sein.«

Emma spielte an ihrem Ohrläppchen. »Willst du Teresa wirklich Ohrlöcher stechen?«

»Worauf du dich verlassen kannst – und zwar mit der stumpfesten Nadel, die ich auftreiben kann. Möchtest du dich vielleicht auch mal dran versuchen?«

Emma grinste.

14

Martinique, 1977

Noch nie zuvor war Emma so glücklich gewesen. Alles war perfekt, absolut perfekt. Tagsüber faulenzte sie in der Sonne, nachts lauschte sie hingerissen, wenn ihr Vater und Johnno musizierten. Sie beschummelte Johnno beim Kartenspiel und lief stundenlang mit ihrem Vater am Strand entlang. Zudem hatte sie jede Menge Filme verknipst und den Kopf voller Erinnerungen.

Wie konnte sie da ans Schlafen denken? Heute war ihre letzte Nacht auf Martinique, die letzte Nacht mit ihrem Vater. Die letzte Nacht der Freiheit. Morgen würde sie wieder im

Flugzeug sitzen, und dann wartete die Schule mit all ihren Vorschriften auf sie. Alles, aber auch alles unterlag strikten Regeln: wann man aufstehen und zu Bett gehen mußte, wie man sich zu kleiden und was man zu denken hatte.

Seufzend schüttelte sie den Kopf. Bald kommt der Sommer, tröstete sie sich. Sie würde nach London fliegen und Stevie und P. M. treffen. Sie würde ihnen bei den Aufnahmen zuschauen dürfen.

Irgendwie mußte sie die kommenden Wochen durchstehen. Ihre Ausbildung und ihre Sicherheit bedeuteten Papa so viel. Und er wünschte, daß man sich um sie kümmerte. Nun, letzteres war bei den Nonnen bestimmt gewährleistet, dachte sie böse. Fast den ganzen Tag stand man unter Aufsicht.

Sie konnte das Wasser hören und riechen. In weiser Voraussicht hatte sie sich nur schnell ein Paar Shorts übergestreift. Es war bereits spät, die Leibwächter schliefen wahrscheinlich schon. Um so besser. Sie würde ihre letzte Nacht alleine am Wasser verbringen, sich an den Strand setzen und aufs Wasser schauen, ohne daß jemand sie störte.

Eilig huschte sie durch die Halle der gemieteten kleinen Villa und schlich die Treppe hinunter. Mit angehaltenem Atem schlüpfte sie zur Tür hinaus und rannte los.

Eine Stunde hatte sie sich zugebilligt. Als sie auf Zehenspitzen zum Haus zurücktrippelte, war sie bis auf die Haut naß. Es hatte schließlich doch nicht genügt, nur aufs Wasser zu schauen. Leise betrat sie das Haus und wollte sich unauffällig in ihr Zimmer zurückziehen, als sie die Stimme ihres Vaters hörte. Sofort verbarg sie sich in einer dunklen Ecke.

»Reiß dich zusammen, Schätzchen. Alle anderen schlafen schon.«

Eine Frau kicherte und flüsterte dann mit starkem französischem Akzent: »Ich bin ja schon so still wie ein Mäuschen.«

Brian kam engumschlungen mit einer kleinen, kurvenreichen Brünetten ins Zimmer, die einen Sarong in knalligem Pink und hohe goldene Stilettos trug. »Ich bin ja so froh, daß du heute nacht gekommen bist, Chérie.« Mit beiden

Händen fuhr sie seinen Körper entlang und schlang dann die Arme um seinen Hals, um ihren Mund auf den seinen zu pressen.

Verlegen und verwirrt schloß Emma die Augen. Trotzdem hörte sie das wollüstige Stöhnen.

»Mmm. Du hast's aber eilig.« Die Französin arbeitete sich lachend zu Brians Hose vor. »Keine Angst, Chérie, du kriegst was für dein Geld. Aber du hast mir zuerst eine kleine Party versprochen.«

»Richtig.« Das würde helfen, hoffte er. Zwar war ihr Haar auch glatt und dunkel, doch ihre Augen schimmerten braun und nicht grün. Nun, nach ein, zwei Prisen Schnee würde ihm das nichts mehr ausmachen. Er ging zum Tisch, schloß eine kleine Schublade auf und entnahm ihr eine gläserne Phiole. »Partyzeit.«

Die Brünette klatschte in die Hände, ging hüftschwenkend zu dem Kaffeetischchen und kniete nieder.

Entsetzt beobachtete Emma ihren Vater, der mit geübter Bewegung einige feine Linien Kokain auf einen Spiegel schüttete. Sein Kopf näherte sich dem der Brünetten.

»Ah.« Die Französin lehnte sich zurück, ihre Augen funkelten. Mit der Fingerspitze tippte sie auf den Spiegel und verrieb den Staub auf ihrem Zahnfleisch. »Köstlich!«

Brian hakte einen Finger in ihren Sarong und zog sie an sich. Er fühlte sich großartig. Jung, stark, unbesiegbar. Seine Erregung steigerte sich, als er die Frau zu Boden stieß. Das erstemal wollte er sie rasch nehmen. Schließlich hatte er für die ganze Nacht bezahlt.

»Papa!«

Sein Kopf fuhr hoch. Träumte er etwa? Dort, im Dunkeln, stand seine Tochter, das Gesicht leichenblaß, die Augen dunkel und tränenfeucht. »Emma?«

»Emma?« Die Französin schnurrte den Namen geradezu. »Wer soll das sein, Emma?« Verärgert, daß Brians Aufmerksamkeit nicht mehr ihr galt, drehte sie sich um. Argwohn glomm in ihren Augen und wurde zu Interesse. »Aha, du stehst also auch auf Kinder. Schön, schön. Komm näher, meine Hübsche. Mach mit.«

»Halt den Mund, verdammt! Das ist meine Tochter!« Mit einiger Mühe erhob er sich. »Emma... Ich dachte, du bist im Bett.«

»Ja.« Ihre Stimme war kaum zu hören. »Ich weiß.«

»Du solltest nicht hier unten sein.« Er ging einen Schritt auf sie zu und nahm ihren Arm. »Du bist ja ganz durchgefroren. Und naß.« Die Droge begann Wirkung zu zeigen. »Wo warst du denn?«

»Ich bin an den Strand gegangen.« Sie wich seinem Blick aus und versuchte, sich loszumachen.

»Alleine? Du bist alleine an den Strand gegangen? Mitten in der Nacht?«

»Jawohl.« Wütend wirbelte sie herum und fletschte die Zähne, als ihr das schwere Parfüm der Französin in die Nase stieg. »Ich bin alleine an den Strand gegangen, und jetzt gehe ich ins Bett.«

»Du solltest es wirklich besser wissen.« Brian packte sie bei den Armen und schüttelte sie kräftig. »Du weißt ganz genau, daß du ohne Leibwächter nirgendwo hingehen sollst. Um Himmels willen, du warst ja schwimmen! Wenn du nun einen Krampf gekriegt hättest?«

»Dann wäre ich ertrunken.«

»Komm, Chérie, laß das Kind ins Bett gehen.« Die Brünette befaßte sich wieder mit dem Kokain. »Das hier ist 'ne Party.«

»Du hältst dein verfluchtes Maul!« brüllte Brian. Die Frau zuckte bloß die Achseln und schnaubte verächtlich. »Mach das nie wieder!« befahl Brian seiner Tochter. »Hast du mich verstanden?«

»O ja, ich habe verstanden.« Sie wandte sich ab. »Ich wünschte zwar bei Gott, ich hätte das nicht verstanden, aber ich hab's.«

»Wir sprechen darüber.«

»Über meinen Strandspaziergang oder über die da?« Emma deutete auf die Frau, die noch immer am Tisch kniete.

»Das geht dich nichts an.«

»Nein.« Ihre Lippen verzogen sich, doch die Stimme blieb

tonlos. »Nein, da hast du vollkommen recht. Dann gehe ich jetzt ins Bett und überlasse dich deiner Nutte und deinen Drogen.«

Da gab er ihr eine Ohrfeige. Sein Arm fuhr hoch, bevor er bemerkte, was er tat, und ehe er sich versah, klatschte seine Hand mitten in ihr Gesicht und zeichnete sich auf ihrer Wange ab, ein knallroter Beweis der Gewalt, die er doch so verabscheute. Fassungslos sah er auf seine Hand hinab... und sah seinen Vater vor sich.

»Emma...«

Mit einem Satz sprang sie zurück und schüttelte ungläubig den Kopf. Bislang hatte er kaum einmal die Stimme gegen sie erhoben, und nun, wo sie ihn zum erstenmal offen kritisierte, schlug er gleich zu. Sie drehte sich um und stapfte die Treppe hinauf.

Johnno ließ sie vorbei. Er stand, nur mit Boxershorts bekleidet, das Haar wirr, die Augen klein vor Müdigkeit, an der Treppe und sah ihr nach. »Nein, laß mich mit ihr reden«, meinte er, als Brian ihr folgen wollte. Er hielt den Freund am Arm fest. »Sie würde dir jetzt nicht zuhören, Bri. Ich gehe sie trösten.«

Brian nickte. Seine Handfläche brannte von dem Schlag. Er hatte sein Baby geschlagen! »Johnno – ich mach' das wieder gut. Ganz bestimmt!«

»Sicher.« Johnno klopfte ihm kurz auf die Schulter und deutete in den Raum. »Du schaffst besser hier etwas Ordnung.«

Sie konnte nicht einmal weinen. Emma saß, ungeachtet ihrer nassen Kleider, auf der Bettkante. Die Welt, die schöne, heile Welt, die sie um ihren Vater herum aufgebaut hatte, war zerbrochen. Sie war wieder allein.

Als sich die Tür öffnete, schrak sie zusammen, doch dann erkannte sie Johnno und sank auf das Bett zurück. »Mir geht es gut«, fauchte sie ihn an. »Ich brauche niemanden zum Händchenhalten!«

»Okay.« Trotzdem kam er herein und ließ sich neben ihr nieder. »Laß alles ruhig an mir aus.«

»Nein.«

»Glaub mir, das erleichtert. Warum ziehst du die nassen Klamotten nicht aus?« Er legte die Hand vor die Augen und spreizte dann grinsend die Finger. »Ich guck' auch nicht hin.«

Da sie sich irgendwie beschäftigen mußte, stand sie auf und suchte in ihrem Schrank nach einem Bademantel. »Du wußtest Bescheid, nicht wahr?«

»Worüber? Daß dein Vater eine Vorliebe für Frauen hat? Natürlich. Ich habe das schon befürchtet, als wir zwölf waren.«

»Ich meine das ernst, Johnno.«

So, sie wollte es ihm also nicht leicht machen. »Okay. Hör zu, Emmylein, ein Mann braucht nun mal Sex. Nur ist das nichts, womit man vor seiner Tochter protzt.«

»Er hat sie bezahlt. Sie ist eine Hure.«

»Was willst du jetzt hören?« In einen weißen Samtmantel gewickelt, stand sie vor ihm und wirkte plötzlich furchtbar jung und verletzlich mit ihrem nassen glatten Haar und den dunklen, enttäuschten Augen. Er nahm ihre Hand zwischen die seinen. »Soll ich dir sagen, daß die Nonnen recht haben? Daß es eine Sünde ist? Vielleicht stimmt das sogar. Aber im wirklichen Leben, Emma, im wirklichen Leben sündigen die Menschen nun mal. Brian war einsam.«

»Einsamkeit berechtigt also dazu, mit irgendeinem Fremden zu schlafen?«

»Gott wußte schon, was er tat, als er dafür sorgte, daß ich nie Vater werden würde«, murmelte Johnno zu sich selbst. Dann nahm er einen neuen Anlauf. Hier war absolute Aufrichtigkeit gefragt. »Weißt du, Kindchen, Sex ist eigentlich ziemlich bedeutungslos; das aufregende Gefühl ist schnell vorbei, und dann bleibt nur Leere und ein schaler Geschmack im Mund. Doch wenn du jemanden liebst, dann ist das anders. Eines Tages wirst du das selber herausfinden. Wenn echte Gefühle ins Spiel kommen, dann ist Sex, na, man könnte fast sagen, eine heilige Handlung.«

»Ich verstehe es einfach nicht, und ich will es auch nicht verstehen! Er ist losgegangen, hat diese Frau aufgegabelt und sie auch noch bezahlt! Und dann das Kokain! Ich hab's mit

meinen eigenen Augen gesehen. Ich wußte ja, daß Stevie...
aber von Papa hätte ich das nie gedacht. Niemals!«

»Es gibt viele Arten von Einsamkeit, Emma.«

»Nimmst du das Zeug auch?«

»Früher hab' ich's getan.« Es war ihm peinlich, ihr eine Schwäche einzugestehen. Seltsam, bis zu dem Moment, wo er ihr seine eigenen Verfehlungen beichten mußte, war ihm gar nicht bewußt geworden, wie sehr er sie liebte. »Ich hab' wohl nicht viel ausgelassen. Die sechziger Jahre, Emma, das mußte man einfach erlebt haben.« Leise lachend zog er sie näher zu sich heran. »Ich hab' die Drogen aufgegeben, weil ich keinen Sinn mehr darin gesehen habe. Außerdem paßte es mir nicht, die Kontrolle über mich zu verlieren. Deswegen bin ich aber noch lange kein Held. Ich hab's eben viel leichter, ich stehe nicht unter solchem Druck wie Brian. Er nimmt sich alles zu Herzen, ich nehm' alles, wie's kommt. Siehst du, für mich ist nur die Band wichtig, aber Brian sorgt sich um die ganze Welt. So war er schon immer.«

Emma hatte das Bild ihres Vaters, der den Kopf über die feinen weißen Linien beugte, noch immer vor Augen. »Aber das ist doch keine Rechtfertigung.«

»Nein.« Johnno lehnte seinen Kopf an ihren. »Wohl kaum.«

Jetzt rollten ihr doch heiße Tränen über die Wangen. »Ich will ihn nicht so sehen. Ich will das alles gar nicht wissen. Ich liebe ihn doch!«

»Das weiß ich. Er liebt dich auch. Wie wir alle.«

»Wenn ich nicht nachts rausgegangen wäre, wenn ich nicht hätte allein sein wollen, dann wäre das nicht passiert.«

»Du hättest es nur nicht mitbekommen. Passiert wäre es trotzdem.« Johnno gab ihr einen flüchtigen Kuß auf das Haar. »Jetzt mußt du akzeptieren, daß auch dein Vater Fehler hat.«

»Es ist nicht mehr so wie vorher, nicht wahr, Johnno?« Traurig ließ sie sich gegen ihn sinken. »Es wird nie wieder so sein wie vorher.«

15

New York, 1982

»Was meinst du, was er sagen wird?« Marianne wuchtete ihren Koffer aus dem Taxi, während Emma bezahlte.

»Er wird wahrscheinlich hallo sagen.«

»Ach geh, Emma.«

Emma strich ihr im Abendwind flatterndes Haar zurück. »Er wird fragen, was zum Teufel wir hier wollen, und ich werde es ihm erklären.«

»Und dann ruft er deinen Vater an, und wir landen beide am Galgen.«

»In diesem Staat wird niemand mehr gehängt.« Emma ergriff ihren eigenen Koffer und holte tief Atem. Es war gut, wieder hier zu sein. Und diesmal gedachte sie zu bleiben.

»Gaskammer, Erschießungskommando, alles egal. Dein Vater bringt uns um!«

Emmas Hand lag schon auf dem Türknauf. »Noch kannst du zurück.«

»Nie im Leben.« Marianne ordnete ihre kurzen roten Haare. »Dann mal rein in die Höhle des Löwen!«

Emma betrat das Haus und blieb kurz stehen, um den Hausmeister zu begrüßen. »Hallo, Carl.«

»Miß – wie, Miß McAvoy.« Carl legte sein Pastramisandwich beiseite und verbeugte sich. »Es muß schon über ein Jahr her sein. Sie sind ja erwachsen geworden.«

»Eine echte Collegefrau.« Lachend deutete sie auf Marianne. »Das ist meine Freundin, Miß Carter.«

»Erfreut, Sie kennenzulernen, Miß Carter.« Carl bürstete einige Krümel von seiner Uniform. »Weiß Mr. Donovan, daß Sie kommen?«

»Natürlich«, log Emma süß lächelnd. »Hat er Ihnen nichts gesagt? Typisch Johnno! Wir bleiben nur ein paar Tage.« Noch während sie sprach, näherte sie sich unauffällig den Fahrstühlen, um zu vermeiden, daß Carl oben anrief und die Katze zu früh aus dem Sack ließ. »Ich werde jetzt hier zur Uni gehen.«

»Ich dachte, Sie würden so eine Nobeluniversität in London besuchen.«

»Ich habe den Studienplatz gewechselt. Sie wissen doch, mein Herz hängt an New York.«

Als sich die Fahrstuhltüren hinter ihnen schlossen, verdrehte Marianne die Augen. »Du sprichst mit gespaltener Zunge, McAvoy.«

»Wieso, das meiste stimmt doch.« Emma kicherte nervös. »Ich bin seit zwei Monaten achtzehn. Zeit, unabhängig zu werden.«

»Ich bin seit sieben Monaten volljährig, und mein Vater hat trotzdem getobt, als ich an die New Yorker Uni gewechselt habe. Na ja, das ist geklärt. Und morgen suchen wir uns ein Apartment. Dann können wir endlich so leben, wie wir es schon immer wollten.«

»Genau. Und jetzt kommt die erste Hürde.« Der Fahrstuhl hielt an, und beide gingen langsam den langen, stillen Korridor entlang. »Überlaß das Reden mir«, warnte Emma, als sie vor Johnnos Tür standen. Da Marianne sie nur verblüfft anstarrte, erklärte sie seufzend: »Das letzte Mal, als du das große Wort geführt hast, mußten wir drei Samstage lang die Kirchenbänke polieren. Also halt den Mund.«

»Ich bin Künstlerin und kein Rechtsverdreher«, murmelte Marianne widerspenstig, setzte dann aber ihr gewinnendstes Lächeln auf.

»Johnno!« Emma warf sich in die Arme des Mannes. »Überraschung!«

»Nanu?« Er war nur halb bekleidet und von Wein und einem Mittagsschläfchen leicht beduselt. Mit beiden Händen hielt er Emma ein Stück von sich ab. Groß war sie geworden. In den letzten achtzehn Monaten war sie regelrecht in die Höhe geschossen. Gertenschlank, anmutig und beinahe elegant stand sie vor ihm, das hellblonde Haar fiel ihr, von Kämmen zurückgehalten, üppig und glänzend auf die Schultern. Sie trug enge, verwaschene Jeans, in die sie ein Rippenshirt gestopft hatte. Große Goldreifen schwangen an ihren Ohren. »Himmel, du siehst ja aus wie ein Model im Freizeitlook.« Sein Blick wanderte zu Marianne. »Da ist ja auch mein liebster Rotschopf. Was hast du denn mit deinen Haaren angestellt?« wollte er wissen und rieb über Mariannes Bürstenschnitt.

»Das ist jetzt in«, informierte sie ihn und hielt ihm die Wange hin. »Haben wir dich geweckt?«

»Allerdings. Aber ich sollte euch wohl erst mal reinlassen, ehe ich mich erkundige, was zum Teufel ihr hier wollt.« Er blickte nach unten. »Mit Gepäck.«

»Ach Johnno, es tut so gut, wieder hier zu sein. In dem Moment, wo ich am Flughafen ins Taxi gestiegen bin, hab' ich mich schon wie zu Hause gefühlt.« Emma ließ ihren Koffer fallen, sah sich kurz im Zimmer um, ließ sich dann auf die Couch plumpsen, rieb mit der Hand über die austernfarbenen Kissen und sprang wieder auf. »Und wie geht's dir?«

»Hmm.« Er kannte sie zu gut, um sich von ihrer aufgesetzten Lässigkeit täuschen zu lassen. »Ich stelle hier die Fragen. Wollt ihr was trinken?«

»Ja, bitte.«

Johnno ging zu einer drehbaren gläsernen Bar und entnahm ihr zwei alkoholfreie Getränke. »Gibt es irgendwelche Ferien, von denen ich nichts weiß?«

»Der Tag der Befreiung ist da. Marianne und ich habe zur New Yorker Universität gewechselt.«

»So, habt ihr das?« Johnno goß zwei Gläser Diätcola ein. »Wie kommt es, daß Brian das nicht erwähnt hat?«

»Er weiß nichts davon.« Emma nahm die beiden Gläser und reichte eines mit warnendem Blick an Marianne weiter. »Ehe du jetzt etwas sagst, hör doch bitte erst mal zu.«

Zur Antwort zupfte Johnno sie leicht am Ohr. »Wie bist du denn an Sweeney und seinem Kollegen vorbeigekommen?«

»Braune Perücke, Hornbrille und Humpeln.«

»Schlau eingefädelt.« Unsicher nippte er an ihrem Glas. Die Rolle des heimlichen Verbündeten behagte ihm ganz und gar nicht. »Kannst du dir vorstellen, was für Sorgen sich Brian machen wird?«

Das flüchtige Bedauern in ihren Augen wich harter Entschlossenheit. »Ich habe vor, ihn anzurufen und ihm alles zu erklären. Aber mein Entschluß steht fest, Johnno. Nichts, was du oder er oder sonstwer sagen könnte, wird mich davon abbringen.«

»Ich hab' ja noch gar nichts gesagt.« Stirnrunzelnd blickte er Marianne an. »Du bist auffallend still.«

»Man hat mich gewarnt. Ich hab' das alles mit meinen Eltern schon durchgekaut«, fügte sie schnell hinzu. »Sie sind zwar nicht unbedingt begeistert, aber was soll's? Emma und ich sind beide volljährig. Wir wissen, was wir wollen.«

Plötzlich kam Johnno sich alt vor. »Und das bedeutet, daß ihr von nun an tun und lassen könnt, was ihr wollt?«

»Wir sind keine Kinder mehr.« Die Worte waren heraus, ehe Emma der Freundin die Hand auf den Mund legen konnte.

»Setz dich hin, Marianne, und sei still!«

Emma nahm Johnno ihr Glas weg. »Ich weiß genau, was ich meinem Vater und dir verdanke, Johnno. Seit ich drei Jahre alt bin, habe ich immer alles getan, was er von mir verlangt hat. Nicht nur aus Dankbarkeit, das weißt du, sondern weil ich ihn mehr liebte als irgend jemand sonst auf der Welt. Aber ich kann so nicht weiterleben. Für ihn bleibe ich doch immer ein Kind, ein Kind, das er von allem fernhalten, das er beschützen will. Ich will nicht länger in seinem goldenen Käfig sitzen, ich will mein eigenes Leben leben.«

Etwas ruhiger öffnete sie ihren Koffer und nahm eine Mappe heraus. »Hier, das sind Fotos, die ich selber gemacht habe. Ich will versuchen, mir damit meinen Lebensunterhalt zu verdienen, und um das zu lernen, werde ich hier eine Schule besuchen. Marianne und ich werden uns ein Apartment teilen. Ich will Leute kennenlernen, Freunde gewinnen, ausgehen, im Park spazierengehen. Ich will am Leben teilnehmen und nicht immer nur zuschauen. Versteh mich doch bitte.«

»Sag mal, Emma, wie unglücklich warst du eigentlich?«

Emma lächelte leicht. »Ich wüßte nicht, wie ich das erklären sollte.«

»Vielleicht hättest du es mal versuchen sollen.«

»Ich habe es ja versucht. Er hat mich nicht verstanden. Er konnte mich nicht verstehen. Ich wollte doch nur bei ihm sein. Und da das nicht möglich war, habe ich versucht, so zu werden, wie er es gerne hätte. Aber dann diese Nacht auf Martinique...« Sie brach ab und suchte nach den richtigen Worten. Noch nicht einmal Marianne wußte, was sich in dieser Nacht zugetragen hatte. »Da hat sich alles geändert, auch meine Gefühle Papa gegenüber. Ich habe zu Ende gebracht, was ich begonnen hatte, Johnno, weil ich ihm das schuldig war. Das, und noch viel mehr, aber ich kann nicht mehr. Ich kann nicht mehr nach seinen Vorstellungen leben.«

»Ich werde mit ihm sprechen, Emma.«

»Danke.«

»Bedank dich nicht zu früh. Er ist imstande, einen Satz über den Atlantik zu machen und mir den Kopf abzureißen.« Nachdenklich öffnete Johnno die Mappe. »Ich wußte schon immer, daß du Talent hast«, murmelte er. »Ihr beide.« Er wies auf eine Zeichnung von Devastation, die an der Wand hing. »Ich habe dir gesagt, ich laß' es rahmen.«

Mit einem Freudenschrei sprang Marianne auf. Sie hatte die Zeichnung am Abend ihrer Abschlußfeier angefertigt. Das von Brian gemietete Haus war voller Leute gewesen, und Marianne, zu deren Fehlern bestimmt nicht übergroße Schüchternheit gehörte, hatte die vier Männer einfach gebeten, sie zeichnen zu dürfen. »Ich hätte nie geglaubt, daß es dir ernst damit war. Danke.«

»Also, du willst Bilder malen, und Emma will sie aufnehmen?«

»Stimmt genau. Zwar wird es uns schwerfallen, den hungernden Künstler zu spielen, da mir meine Großmutter einiges hinterlassen hat, aber wir werden's probieren.«

»Da wir gerade vom Verhungern sprechen: Habt ihr schon was gegessen?«

»Ich hab' mir am Flughafen einen Hot Dog einverleibt, während ich auf Emmas Flug gewartet habe«, grinste Marianne. »Aber das war was für den hohlen Zahn.«

»Dann sollten wir etwas essen, ehe ich Brian anrufe. Es könnte unsere Henkersmahlzeit sein.«

»Hey, Johnno. Konntest du nicht schlafen?« Beim Klang der zweiten männlichen Stimme fuhren beide Mädchen herum. Ein absoluter Traummann, der nichts außer einem Paar Joggingshorts trug, kam die Treppe herunter. »Ich hab' mich schon gefragt, wohin du verschwunden bist.« Er lächelte den Mädchen zu und fuhr mit den Fingern durch seine dunklen Locken. »Hallo. Ich wußte nicht, daß wir Gesellschaft haben.«

»Luke Caruthers, Emma McAvoy, Marianne Carter«, stellte Johnno vor. »Luke schreibt für verschiedene Zeitungen.« Nach kurzem Zögern gab er zu: »Er wohnt hier.«

Emma fehlten die Worte. Sie erkannte intime Vertrautheit sofort, wenn sie sie sah, hatte sie doch oft genug andere Menschen darum beneidet. »Hallo.«

»Du bist also Emma. Ich habe schon viel von dir gehört.« Lächelnd streckte Luke ihr die Hand hin. »Aber ich habe ein kleines Mädchen erwartet.«

»Nicht mehr«, brachte Emma hervor.

»Und du bist die Künstlerin.« Nun wurde Marianne mit diesem hinreißenden Lächeln bedacht. »Gute Arbeit.«

»Danke.« Sie erwiderte das Lächeln und hoffte, sie würde weltgewandt wirken.

»Ich habe den Damen eben etwas zu essen angeboten. Sie waren lange unterwegs.«

»Ein Mitternachtsimbiß klingt gut. Aber überlaßt das mir. Johnno würde uns nur vergiften.«

Marianne schwenkte zwischen Faszination und bürgerlicher Empörung. »Ich – äh – ich helfe dir.« Mit einem flüchtigen Blick auf Emma floh sie hinter Luke in die Küche.

»Ich fürchte, wir sind zur falschen Zeit gekommen«, begann Emma. »Ich wußte nicht, daß du einen... Mitbewohner hast.« Sie sog scharf den Atem ein. »Ich hatte keine Ahnung, Johnno, wirklich nicht.«

»Das am besten gehütete Geheimnis des Rock 'n' Roll«, meinte Johnno leichthin, doch seine Hände ballten sich zu Fäusten. »Also soll ich dir ein Zimmer im Waldorf bestellen?«

Ihre Wangen färbten sich blutrot. »Nein, natürlich nicht. Weiß Papa... natürlich weiß er es. Dumme Frage. Luke, äh, Luke ist sehr attraktiv.« Johnnos Augen glitzerten belustigt. »Ja, das finde ich auch.«

Die Röte vertiefte sich, doch sie blickte ihn unverwandt an. »Jetzt machst du dich über mich lustig.«

»Nein, Herzchen.« Seine Stimme klang weich. »Über dich nie.«

Emma studierte ihn aufmerksam, suchte nach Veränderungen, nach sichtbaren Spuren der Tatsache, von der sie soeben erfahren hatte, aber sie konnte nichts feststellen. Sie sah nur Johnno. Ihre Lippen krümmten sich leicht. »Nun, ich schätze, ich muß meine Pläne ändern.«

Er kam sich vor, als hätte man ihm einen Schlag versetzt, härter und schmerzhafter noch, als das die Fäuste der Freunde seiner Kinderzeit vermocht hatte. »Es tut mir leid, Emma.«

»Nicht halb so sehr wie mir«, entgegnete sie. »Jetzt muß ich mich von dem Gedanken verabschieden, dich zu verführen.« Zum erstenmal, seit sie ihn kannte, zeichnete sich vollkommene Verblüffung auf Johnnos Gesicht ab.

»Sag das noch mal!«

»Nun, ich habe immer gedacht, wenn ich erst mal erwachsen bin, wenn du in mir eine Frau siehst, dann würde ich dich besuchen, ein Abendessen bei Kerzenlicht vorbereiten, Musik auflegen und dich dann verführen. Du solltest mein erster Mann sein.«

Sprachlos starrte er sie an und sah Liebe in ihren Augen; Liebe, die schon ein Leben lang dauerte. Und Verständnis ohne Vorwürfe. Er trat einen Schritt auf sie zu und ergriff ihre Hand. Als ihm die Stimme wieder gehorchte, klang sie belegt. »Ich habe es nur sehr selten bedauert, schwul zu sein, aber das ist einer dieser seltenen Momente.«

»Ich liebe dich, Johnno.«

Er drückte sie an sich. »Ich liebe dich auch. Der Himmel weiß, warum, wo du doch so eine kleine Hexe bist.« Als sie zu lachen begann, gab er ihr einen Kuß. »Jetzt komm. Luke ist nicht nur eine Augenweide, sondern auch noch ein fantastischer Koch.«

Es war noch früh, als Emma erwachte. Kaffeeduft und die Geräusche einer TV-Show lockten sie in die Küche. Daß sie sich wie zerschlagen fühlte, hatte sie zunächst auf die Zeitverschiebung zurückgeführt, doch dann war ihr klargeworden, daß ihr das Erwachen in ungewohnter Umgebung nach einer unruhigen Nacht nicht bekommen war. Einen Moment lang fühlte sie sich unbehaglich, als sie in der Küchentür stand und Luke bei der Zubereitung des Frühstücks beobachtete.

Letzte Nacht, als sie alle bei Suppe und Sandwiches in der Küche saßen, hatte sie sich schon beinahe mit seiner Existenz abgefunden.

Schließlich hatte er gute Manieren, war witzig, charmant und überwältigend attraktiv. Und schwul. Wie Johnno, ermahnte sie sich eindringlich.

»Guten Morgen.«

Luke drehte sich um. Frisch rasiert und gekämmt wirkte er verändert, zumal er jetzt eine graue Bundfaltenhose, ein blaues Hemd und eine dazu passende Krawatte trug. Er sah aus wie ein leitender Angestellter, dachte Emma, und er bildete so einen starken Kontrast zu dem unkonventionellen Johnno.

»Hi. Ich bin davon ausgegangen, daß du bis heute nachmittag für die Welt gestorben bist. Kaffee?«

»Ja, danke. Ich konnte nicht schlafen. Marianne und ich wollen heute auf Wohnungssuche gehen. Und dann mache ich mir Gedanken, wie mein Vater wohl auf Johnnos Anruf reagiert hat.«

»Johnno kann sehr überzeugend sein.« Luke schob ihr eine Tasse Kaffee hin. »Ich glaube, ich kann dich aufheitern. Toast?«

»Nein.« Emma preßte eine Hand auf ihren rebellierenden Magen. »Weißt du, was dabei herausgekommen ist?«

»Es gab eine heiße Diskussion.« Luke blickte auf die Uhr und setzte sich dann neben sie. »Johnno hat deinem Vater einiges an den Kopf geworfen, was ich besser nicht wiederhole.«

»O je.«

»Und dann hat er bei allem, was ihm heilig ist, geschworen, ein Auge auf dich zu haben.«

»Und?«

»Schließlich, nach hartem Kampf, hat sich Brian damit einverstanden erklärt, daß du hier zur Uni gehst, aber nur...« fügte er hinzu, ehe Emma einen Freudentanz aufführen konnte, »nur unter der Bedingung, daß du die Leibwächter behältst.«

»Verdammt, ich will nicht, daß diese Schleicher mir auf Schritt und Tritt folgen! Da könnte ich genausogut ins Saint Chaterine's zurückgehen. Wann wird er endlich einsehen, daß nicht hinter jedem Busch ein Kidnapper lauert? Hier weiß doch niemand, wer ich bin, und keiner kümmert sich um mich.«

»Doch. Er.« Luke legte seine Hand über ihre. »Emma, manchmal müssen wir das nehmen, was wir kriegen können. Glaub mir, ich weiß das.«

»Ich will doch nur ein ganz normales Leben führen«, erklärte sie verzweifelt.

»Das wollen die meisten von uns.« Als Emma errötete, lächelte er nur. »Sieh mal, uns beiden liegt viel an Johnno. Ich schätze, das macht uns zu Freunden, richtig?«

»Ja, richtig.«

»Dann nimm einen freundschaftlichen Rat an. Betrachte die Angelegenheit mal so: Du möchtest in New York bleiben, ja?«

»Ja.«

»Du möchtest hier zur Uni gehen?«

»Ja.«

»Du möchtest eine eigene Wohnung haben?«

Frustriert sah sie ihn an. »Ja.«

»Nun, das kannst du alles haben.«

»Du hast recht«, gab sie zu. »Du hast vollkommen recht. Außerdem werde ich die Leibwächter schon abschütteln.«

»Das hab' ich überhört.« Wieder blickte er auf die Uhr. »So, ich muß los. Sag Johnno, ich bring' was vom Chinesen mit.« Er griff nach einer Aktentasche, dann schlug er sich an die Stirn. »Fast hätte ich's vergessen. Sind das deine?« Er zeigte auf die Mappe, die offen auf der Anrichte lag.

»Ja.«

»Gute Arbeit. Hast du was dagegen, wenn ich die mitnehme und ein paar Leuten zeige?«

»Das mußt du nicht. Nur weil ich mit Johnno befreundet bin, heißt das noch lange nicht, daß...«

»Halt die Luft an. Sieh mal, ich habe die Fotos zufällig gefunden und sie mir genauer angesehen. Und das, was ich gesehen habe, hat mir gefallen. Johnno hat mich nicht gebeten, dir Starthilfe zu geben, das würde er nie tun.«

Emma rieb die Hände an ihren Jeans. »Gefallen sie dir wirklich?«

»Ja. Ich kenne da verschiedene Leute. Mal seh'n, was ich für dich tun kann – wenn du willst.«

»Ich wäre dir sehr dankbar. Sicher, ich habe noch viel zu lernen – deswegen bin ich ja hier. Ich hab' auch schon an einigen Wettbewerben teilgenommen, aber...« Ihr wurde bewußt, daß sie unzusammenhängendes Zeug plapperte. »Danke. Ich weiß das zu schätzen.«

»Keine Ursache. Bis später.« Luke klemmte sich die Mappe unter den Arm und verschwand.

Emma blieb sitzen und dachte nach. Ihr Weg ins Leben hatte begonnen. Sie würde ihn bis zum Ende verfolgen.

16

»Sie gehört uns!«

Emma und Marianne standen Arm in Arm am Fenster ihrer neuerworbenen Wohnung in Soho. Emmas Stimme klang benommen und aufgeregt zugleich.

»Ich kann's noch gar nicht glauben«, murmelte Marianne.

»Glaub es. Sie gehört uns – samt zu hohen Decken, morschen Rohren und Wucherzinsen.« Emma tanzte vor Freude lachend um ihre Freundin herum. »Wir sind Wohnungsbesitzer, Marianne. Du, ich und die Manhattan Chase Bank.«

»Wir haben sie doch tatsächlich gekauft.« Marianne setzte sich auf den arg mitgenommenen Holzfußboden. Den Straßenlärm hörte man bis in den dritten Stock, in dem die Wohnung lag. Draußen krachte etwas, und sogar durch das geschlossene Fenster drangen die wütenden Schreie und Verwünschungen. All das klang wie Musik in ihren Ohren.

Die zu einer Wohnung umgewandelte alte Fabrikhalle war sehr groß und quadratisch geschnitten. Zur Straße hinaus gingen riesige Fenster, die einen atemberaubenden Blick über die Stadt boten.

Eine solide Investition, hatte Mariannes Vater knurrend zugegeben.

Komplette Idiotie, lautete Johnnos Urteil.

Investition oder Idiotie, die Wohnung gehörte ihnen. Immer noch mit den formellen Kostümen bekleidet, die ihnen bei der Vertragsunterzeichnung einen Anstrich von Respektabilität verleihen sollten, inspizierten beide ihr neues Heim, das Ergebnis wochenlanger Suche, unzähliger Anrufe bei Maklerbüros und wiederholten Vorsprechens bei verschiedenen Banken. Mochten andere auch die Wohnung für eine große, kahle Höhle mit fleckiger Decke und blinden Fenstern nennen, für sie war es die Erfüllung ihres Kindheitstraumes.

Dann sahen sie sich an, und in beiden Gesichtern spiegelte sich ein Anflug von Panik. Emmas befreites Lachen löste schließlich die Spannung. Untergehakt tanzten sie kreuz und quer durch ihr neues Heim.

»Unsere!« jubelte Emma, als sie atemlos innehielten.

»Unsere!« Sie schüttelten sich förmlich die Hände und brachen wieder in Gelächter aus.

»Okay, Mitbesitzerin«, begann Marianne. »Dann mal an die Arbeit.«

Mit Mariannes Sketchen, lauwarmer Pepsi und einem überquellenden Aschenbecher machten sie es sich auf dem Boden bequem. Hier mußte eine Trennwand hin, dort ein Treppenaufgang. Oben ein Studio, unten eine Dunkelkammer.

Pläne wurden gemacht und wieder verworfen, es wurde gezeichnet und radiert, bis Marianne schließlich mit ihrer Zigarette winkte. »Das ist es! Perfekt!«

»Eine echte Erleuchtung.« Emma belohnte sich mit einer weiteren Zigarette. »Du bist ein Genie!«

»Ich gebe es in aller Bescheidenheit zu.« Marianne schüttelte ihren Igelhaarschnitt und stützte sich auf die Ellbogen. »Danke für die Anregungen.«

»Nichts zu danken. Wir sind eben beide genial. Platz für alles, und alles an seinem Platz. Ich kann es kaum noch erwarten, bis – o Scheiße!«

»Was soll das heißen – Scheiße?«

»Kein Badezimmer. Wir haben das Bad vergessen.«

Nach einer kurzen Überprüfung zuckte Marianne die Achseln. »Vergiß das Bad. Wir benutzen das im YMCA.«

Emma streckte ihr bloß die Zunge heraus.

Marianne saß auf einer Trittleiter und pinselte zwei lebensgroße Portraits von Emma und ihr selbst an die Wand. Währenddessen hatte Emma es übernommen, für ihr leibliches Wohl zu sorgen, und verstaute gerade Lebensmittel in dem frisch überholten Kühlschrank.

»Emma, es klingelt!« brüllte Marianne in dem Versuch, den Radiolärm zu übertönen.

»Ich hab's gehört.« Emma packte zwei Grapefruits, einen Sechserpack Pepsi und ein Glas eingemachte Erdbeeren aus. Als die Klingel zum zweitenmal ertönte, deponierte sie die Sachen auf einem Regal und betätigte die Gegensprechanlage neben dem Fahrstuhl, dessen Türen sich direkt zum Wohnbereich öffneten. »Ja?«

»McAvoy und Carter?«

»Richtig.«

»Wir liefern ihre Betten.«

Emma drückte auf den Türöffner und stieß ein Indianergeheul aus.

»Was soll das?« erkundigte sich Marianne, die stirnrunzelnd ihr Werk betrachtete.

»Betten!« schrie Emma. »Wir haben Betten!«

»Mach keine faulen Witze. Nicht, während ich male, oder es knallt!«

»Ich mache keine Witze. Sie sind auf dem Weg nach oben.«

Marianne unterbrach ihre Arbeit und fuchtelte mit dem tropfenden Pinsel herum. »Richtige Betten?«

»Matratzen, Marianne«, Emma lehnte sich an die Leiter. »Bettgestelle.«

»Jesus!« Marianne drehte die Augen gen Himmel. »Das ist ja fast so schön wie ein Orgasmus.«

Als die Fahrstuhlglocke läutete, schoß Emma wie von der Tarantel gestochen durch den Raum. Doch alles, was sie sehen konnte, war eine plastikverpackte Matratze von königlichen Ausmaßen. »Wo soll sie denn hin?« fragte eine erstickte Stimme dahinter.

»Eine können Sie bitte gleich nach oben bringen.« Der Mann, auf dessen Kappe ›Buddy‹ gestickt war, seufzte gottergeben, wuchtete die Matratze über den Kopf und quälte sich die Treppe hoch. »Wir kriegen immer nur eine in den Fahrstuhl. Mein Kollege wartet unten.«

»Gut.« Emma betätigte erneut den Türöffner. »Richtige Betten«, sagte sie zu Marianne, die näher gekommen war.

»Bitte, wir sind nicht allein. Verdammt, das Telefon klingelt. Ich geh schon ran.«

Der Fahrstuhl stand still. Emma dirigierte den zweiten Mann – Riko, laut seiner Kappe – hinein und lächelte Buddy gewinnend zu, der auf dem Weg war, die Bettgestelle zu holen. Als sich die Fahrstuhltüren öffneten, grinste sie. Die Gestelle füllten die Kabine völlig aus. »Einer geht, einer kommt. Was Kaltes zu trinken gefällig?«

Brian kämpfte sich hinter den Betten hervor. »Gerne.«

»Papa!«

»Mr. Mc Avoy!« Marianne drehte das Radio leiser und wischte die farbverschmierten Hände an ihrem Overall ab.

»Sie stehen im Weg«, beklagte sich Buddy, der sich mit dem sperrigen Bettgestell abmühte.

»Papa«, stammelte Emma verwirrt. »Wir wußten nicht, daß du hier bist.«

»Offensichtlich nicht. Himmel, Emma, hier kann ja jeder raufkommen. Laßt ihr die Eingangstür immer offen?«

»Wir bekommen gerade Betten geliefert.« Emma zeigte auf Riko, der mit seiner Last ins Zimmer keuchte, dann lächelte sie zaghaft und gab ihrem Vater einen Kuß. »Ich dachte, du wärst in London?«

»Da war ich auch. Ich habe beschlossen, daß es höchste Zeit ist, mir mal anzusehen, wie meine Tochter so lebt.« Stirnrunzelnd blickte er sich in dem Raum um. Der Boden war mit Kleidungsstücken übersät, eine mit alten Zeitungen, einem halb geleertem Glas und einer Büchse Farbe bedeckte Kiste diente gleichzeitig als Tisch und als Sitzgelegenheit, und aus einem Radio auf dem Fensterbrett dröhnte Musik. Die Trittleiter, ein Kartentisch und ein einzelner Klappstuhl vervollständigten die Einrichtung.

»Um Himmels willen!« war alles, was Brian dazu einfiel.

»Wir leben im Moment auf einer Baustelle«, teilte Emma ihm betont freundlich mit. »Es sieht zwar nicht danach aus, aber wir sind fast fertig. Die Maurer müssen hier und da noch etwas tun, und am nächsten Montag kommt der Klempner und macht das Bad fertig.«

»Hier sieht es aus wie in einer Lagerhalle.«

»Einer Fabrikhalle, genauer gesagt«, unterbrach Marianne. »Wir haben den Raum mit Glasbausteinen unterteilt. Emmas Idee. Sieht toll aus, nicht wahr?« fuhr sie fort, nahm Brian am Arm und führte ihn durch die Wohnung.

»Das hier wird Emmas Schlafzimmer. Das Glas schafft einerseits etwas Privatsphäre, läßt aber andererseits genug Licht hinein. Ich ziehe nach oben – in so eine Art Kombination aus Studio und Schlafzimmer. Emmas Dunkelkammer ist schon fertig, und nächsten Montag ist unser Bad nicht nur funktionstüchtig, sondern auch noch eine Zierde der Wohnung.«

Brian mußte widerstrebend zugeben, daß sich hier Möglichkeiten boten. Widerstrebend deshalb, weil die neuen Gegebenheiten Emma weniger als sein kleines Mädchen denn als erwachsene Frau, als Fremde erscheinen ließen.

»Habt ihr beschlossen, auf Möbel zu verzichten?«

»Wir wollten warten, bis alles fertig ist.« Emma konnte nicht verhindern, daß sich ein harter Klang in ihre Stimme schlich. »Wir haben's nicht eilig.«

»Habt ihr wenigstens ein Bier da?« fragte Brian.

»Nein. Nur alkoholfreies.«

Voll innerer Unruhe ging Brian zum Fenster. Wollte sie

denn nicht einsehen, daß sie wie auf einem Präsentierteller lebte? Die riesigen Fenster, die Gefahren, die in der Stadt selbst lauerten. Nun, da er die Situation beurteilen konnte, zählte auch nicht mehr, daß er das Erdgeschoß gekauft und Sweeney nebst einem Kollegen dort einquartiert hatte. Jedesmal, wenn sie das Haus verließ, war sie verwundbar.

»Ich hatte gehofft, du würdest in eine bessere Gegend ziehen, in eine sicherere vor allem.«

»Ins Dakota, zum Beispiel?« fragte sie ironisch und hätte sich im selben Augenblick die Zunge abbeißen mögen. »Tut mir leid, Papa. Ich weiß, Lennon war ein Freund von dir.«

»Ja, das war er. Und das, was ihm zugestoßen ist, sollte dir eine Lehre sein. Er ist auf offener Straße erschossen worden, und zwar weder aus Habgier noch aus Leidenschaft, sondern einzig und allein deshalb, weil er im Licht der Öffentlichkeit stand. Du bist meine Tochter, Emma, und das macht dich genauso verwundbar.«

»Was ist denn mit dir?« konterte sie. »Jedesmal, wenn du auf der Bühne stehst, bildest du eine lebende Zielscheibe. Es muß nur ein Wahnsinniger im Publikum sein, was dann? Glaubst du, ich habe nicht daran gedacht?«

Er schüttelte den Kopf. »Nein, das wußte ich nicht. Du hast nie davon gesprochen.«

»Was hätte das genützt?«

Ohne etwas zu erwidern, setzte sich Brian auf das Fensterbrett und zündete sich eine Zigarette an. »Nein, Emma, so geht es nicht. Du kannst nicht ändern, wer und was du bist. Ich habe bereits ein Kind verloren. Ich könnte es nicht ertragen, wenn dem zweiten auch noch etwas zustoßen sollte.«

»Ich möchte nicht über Darren sprechen.« Der alte Schmerz stieg wieder in ihr hoch und schnürte ihr die Kehle zu.

»Wir sprechen über dich.«

»Nun gut. Ich kann nicht länger nach deinen Vorstellungen leben, sonst werde ich dich irgendwann einmal hassen. Deinetwegen habe ich das Saint Catherine's ertragen, Papa, und ein Jahr an einer Universität, die ich verabscheut habe.

Ich muß mein eigenes Leben leben. Und genau deshalb bin ich hier.«

Brian inhalierte genüßlich und sehnte sich nach einem Drink. »Fast glaube ich, es wäre mir lieber, du würdest mich hassen. Du bist doch alles, was ich habe.«

»Das ist nicht wahr.« Langsam ging Emma auf ihn zu. Aller angestaute Groll und alle nie verwundenen Enttäuschungen machten wieder der Liebe Platz, die sie schon immer für ihren Vater empfunden hatte. »Ich war noch nie alles, und ich werde nie alles für dich sein.« Vorsichtig glitt sie neben ihn und nahm seine Hand. Selbst für vorurteilslosere Augen als die einer Tochter sah er immer noch überwältigend gut aus. Die Jahre, die Wunden, die ihm das Leben zugefügt hatte, hatten zumindest äußerlich keine Spuren hinterlassen. Vielleicht war er ein wenig zu mager, doch die Zeit hatte noch keine Falten in sein Gesicht geätzt, und in seinem blonden Haar zeigten sich noch keine silbernen Fäden. Welche Magie hatte ihm nur das Altern erspart, während sie erwachsen geworden war? Emma behielt seine Hand in der ihren und wählte ihre nächsten Worte sehr vorsichtig.

»Das Problem besteht eher darin, daß du fast mein ganzes Leben lang alles warst, was ich hatte, und lange auch alles, was ich gebraucht habe. Aber, Papa, jetzt brauche ich mehr. Und alles, was ich verlange, ist, daß du mir die Chance gibst, es zu finden.«

Sein Blick schweifte zweifelnd durch den Raum. »Hier?«
»Nur für den Anfang.«

Es war ihm unmöglich, mit jemandem zu debattieren, den er so gut verstehen konnte. »Dann laß mich wenigstens eine Alarmanlage installieren.«

»Papa...«

»Emma«, unterbrach er und drückte ihre Hand, »ich brauche meinen Schlaf.«

Da mußte sie lachen, und ihre innere Anspannung ließ nach. »Na schön, betrachten wir sie als Geschenk zum Einzug. Bleibst du zum Essen?«

Erneut blickte er sich um. Er fühlte sich an seine allererste Behausung erinnert, obgleich diese eine ganze Ecke kleiner gewesen war. Erinnerungen kamen auf, an alte, abgewetzte Möbel, schlecht tapezierte, stockfleckige Wände, Liebe auf dem Fußboden mit Bev.

»Nein.« Plötzlich wollte er nur noch fort, wollte seine verlorene Jugend, die Hoffnungen und Träume von damals vergessen. »Wir wär's, wenn ich dich und Marianne zum Essen ausführe?«

Marianne lehnte sich gefährlich weit über das Treppengeländer. »Wohin?«

Brian grinste zu ihr hoch. »Du hast die Wahl.«

Nachdem sich Brian erst einmal mit Emmas Entscheidung abgefunden hatte, gefiel er sich in der Rolle des großzügigen Vaters. Er kaufte ihr eine Lithographie von Warhol, eine kostbare Tiffany-Lampe mit den Tierkreiszeichen darauf und einen kleinen, zartblau und rosa gemusterten Aubusson-Teppich. Kein Tag verging, an dem er nicht kurz hereinschaute und ihr ein neues Geschenk mitbrachte. Emma konnte ihn nicht davon abhalten, und als sie bemerkte, welche Freude er daran hatte, versuchte sie es auch nicht mehr.

An seinem letzten Abend in New York gaben sie ihre Einweihungsparty. Umzugskisten standen auf dem wertvollen Teppich, die Tiffanylampe verschönerte den Kartentisch, und Plastikschüsseln mußten sich mit dem zerbrechlichen Limoges-Porzellan vertragen, das Mariannes Mutter ihnen geschickt hatte. Dank Johnno war das Radio durch eine riesige Stereoanlage ersetzt worden, die die Wände erzittern ließ.

Eine buntgemischte Gesellschaft hatte sich eingefunden. Collegestudenten unterhielten sich mit Broadwaystars, Musiker diskutierten mit Malern. Von Jeans über Seide bis hin zu Abendgarderobe war alles vertreten. Die Wohnung war erfüllt von Gelächter und Debatten, die immer wieder in der dröhnenden Musik untergingen.

Etwas wehmütig erinnerte sich Emma an die Parties ihrer Kindheit, an die Leute, die sich auf dem Fußboden und auf den Kissen herumflezten und nichts als ihre Kunst im Kopf hatten. Sie nippte an ihrem Mineralwasser und spielte den stillen Beobachter, wie sie es schon immer getan hatte.

»Interessanter Abend.« Johnno tauchte neben ihr auf und legte ihr den Arm um die Schulter. »Ist noch Bier da?«

»Mal sehen.«

Emma dirigierte ihn in die Küche. Im Kühlschrank fanden sich nur noch eine angebrochene Flasche Wein und ein Sechserpack Beck's. Sie öffnete eine Flasche und reichte sie ihm.

»Fast wie in alten Zeiten«, behauptete sie.

»Mehr oder weniger.« Johnno schnüffelte an dem Glas in ihrer Hand. »Braves Mädchen.«

»Ich mache mir nicht viel aus Alkohol.«

»Dafür brauchst du dich nicht zu entschuldigen. Bri amüsiert sich blendend.« Er nickte zu der Wand hinüber, wo Brian auf dem Boden hockte und selbstvergessen an einer Gitarre zupfte.

Emma sah ihm zu, wie er dasaß, auf seiner Gitarre klimperte und für sich und die Gruppe, die um ihn herumstand, einen seiner Songs sang. Die Liebe zu ihm überflutete sie wie eine Welle. »So eine Privatvorstellung macht ihm genausoviel Spaß, wie auf der Bühne zu stehen.«

»Mehr noch«, meinte Johnno, ehe er die Bierflasche ansetzte. »Nur ist ihm das gar nicht bewußt.«

»Ich glaube, er sieht all das hier jetzt nicht mehr so verbissen.« Emma warf einen Blick auf das bunte Völkchen in ihrer Wohnung. Ihrer Wohnung. »Er hat eine Alarmanlage einbauen lassen, die für den Buckingham Palace ausgereicht hätte.«

»Stört dich das?«

»Nein. Nein, wirklich nicht. Allerdings vergesse ich dauernd die Codenummern.« Sie nippte an ihrem Glas, zufrieden damit, einfach nur in der Küche zu stehen und aus einigem Abstand dem Gelächter und der Unterhaltung zu lauschen. »Hat Luke dir erzählt, daß er meine Mappe an Timothy Runyun geschickt hat?«

»Er hat so was erwähnt.« Johnno wiegte den Kopf hin und her. »Irgendwelche Probleme?«

»Ich weiß nicht. Er hat mir einen Teilzeitjob als Assistentin angeboten.«

Johnno zog sie leicht an ihrem Pferdeschwanz. »Nur sehr wenige Leute haben das Glück, ganz oben anzufangen, Emmaschatz.«

»Das ist es nicht. Weißt du, Runyun ist einer der zehn führenden Fotografen Amerikas. Mit ihm zu arbeiten, wäre die Erfüllung eines Traumes.«

»Und?«

Sie wandte den Gästen den Rücken zu, um ihm fest in die Augen blicken zu können. »Also, warum bietet er mir einen Job an, Johnno? Wegen meiner Bilder, oder wegen dir und meinem Vater?«

»Vielleicht solltest du Runyun selbst fragen.«

»Das habe ich vor.« Emma spielte mit ihrem Glas. »Ich weiß, daß *American Photographer* meine Aufnahme auf Lukes Vorschlag hin abgedruckt hat.«

»So, so«, meinte Johnno milde. »Ich nehme an, die Aufnahme hat diese Ehre nicht verdient.«

»Es war ein verdammt gutes Foto, aber...«

Johnno lehnte sich an den Kühlschrank und nahm einen Schluck Bier. »Kopf hoch, Emma. Du kannst nicht dein Leben lang alles hinterfragen, was dir geschieht, sei es nun positiv oder negativ.«

»Es ist nicht so, daß ich Luke nicht dankbar bin. Er war von Anfang an ein guter Kumpel. Aber hier geht es um etwas anderes als darum, Marianne und mir Kochunterricht zu geben.«

»Allerdings«, bemerkte Johnno trocken.

»Ich möchte es aus eigener Kraft schaffen.« Sie warf energisch ihr Haar zurück, so daß die dünnen Goldkettchen in ihren Ohren tanzten. »Du hast deine Musik, Johnno. Ich denke genauso über meine Fotos.«

»Bist du gut?«

Stolz hob sie den Kopf. »Ich bin sogar sehr gut.«

»Na, dann.« Für ihn war die Sache erledigt, und er beschäftigte sich wieder mit der Party. »Interessantes Grüppchen.«

Emma hätte das Thema gerne noch fortgeführt, gab dann

aber auf und fuhr sich mit der Hand durchs Haar. »Schade, daß Stevie und P. M. nicht hier sind.«

»Vielleicht beim nächsten Mal. Man sieht ja trotzdem einige bekannte Gesichter. Wo hast du denn Blackpool aufgetrieben?«

»Eigentlich hat Papa ihn gestern zufällig getroffen. Er tritt nächstes Wochenende am Madison Square auf. Angeblich sind in der ganzen Stadt keine Karten mehr zu haben. Gehst du hin?«

»Das würde mir im Traum nicht einfallen. Ich bin nicht gerade ein Fan von ihm.«

»Aber er hat drei McAvoy/Donovan-Songs aufgenommen.«

»Geschäfte«, sagte Johnno abwehrend.

»Warum magst du ihn nicht?«

Johnno zuckte die Achseln. »Ich bin mir nicht sicher. Vielleicht liegt es an diesem selbstgefälligen Lächeln.«

Emma kramte im Schrank nach Chips. »Ich schätze, er hat allen Grund, stolz auf sich zu sein. Vier goldene Schallplatten, mehrere Grammys und dazu eine tolle Frau.«

»Tolle Exfrau, hab' ich mir sagen lassen. Im Moment befaßt er sich jedenfalls sehr eingehend mit unserem Rotschopf.«

»Marianne?« Emma fuhr herum und suchte den Raum ab. Ihr Blick blieb an ihrer Freundin haften, die engumschlungen mit Blackpool am Fenster saß. Eifersucht, vermischt mit Besorgnis, durchzuckten sie wie ein Blitz. »Gib mir eine Zigarette«, bat sie Johnno und versuchte, das Gefühl abzuschütteln.

»Sie ist schon ein großes Mädchen, Emma.«

»Natürlich.« Emma sog den starken Rauch ein und verzog das Gesicht. »Aber er ist alt genug, um ihr...« Sie brach ab, da ihr einfiel, daß Johnno vier oder fünf Jahre älter als Blackpool war.

»Gutes Kind.« Johnno lachte in sich hinein. »Schluck es runter.«

Diesmal lächelte sie nicht. »Sie... sie ist doch so behütet aufgewachsen.«

»Ja, sicher, Ehrwürdige Mutter.«

»Leck mich, Johnno.« Wütend griff Emma nach ihrem Glas und behielt Blackpool im Auge. Der Name paßte zu ihm, stellte sie fest, zu seinem dunklen, dichten Haar und der schwarzen Kleidung. Mit seinem empfindsamen Gesicht erinnerte er sie irgendwie an Heathcliff, ein Vergleich, der nicht als Kompliment gedacht war. Sie hatte die Charaktere der Bronte schon immer für eher selbstzerstörerisch als tragisch gehalten. Neben ihm wirkte die strahlende Marianne wie die Verkörperung purer Lebensfreude.

»Ich habe doch nur gemeint, daß sie die meiste Zeit ihres Lebens in dieser verdammten Schule verbracht hat.«

»In dem Bett neben deinem«, betonte Johnno.

Emma war nicht nach Lachen zumute. »Ja, sicher, das stimmt. Aber ich hatte noch die Zeit mit euch, ich hab' was vom Leben gesehen. Marianne kennt doch nur die Schule, das Ferienlager und ihr Elternhaus. Man sieht es ihr vielleicht nicht an, aber im Grunde genommen ist sie furchtbar naiv.«

»Ich mache mir um unseren Rotschopf keine Sorgen. Blackpool mag ein aalglattes Ekel sein, aber er ist kein Monster.«

»Nein, natürlich nicht.« Trotzdem nahm sich Emma fest vor, ein Auge auf Marianne zu haben. Sie zog an ihrer Zigarette, dann erschauerte sie plötzlich.

Jemand hatte eine neue Platte aufgelegt. Die Beatles. *Abbey Road*. Das erste Stück der A-Seite.

»Emma!« Alarmiert tastete Johnno nach ihrem Handgelenk. Ihr Puls raste, die Haut war eiskalt. »Was zum Henker ist los? Emma, sieh mich an!«

»He say one and one and one is three.«

»Dreh die Platte um«, flüsterte sie.

»Wie bitte?«

»Die Platte.« Ihr stockte der Atem; sie rang nach Luft. »Jonno, bitte. Stell sie ab.«

»Klar. Bleib hier.«

Rasch und geschickt bahnte er sich einen Weg durch die Menge, ohne sich von Neugierigen aufhalten zu lassen.

Emma krallte die Finger in einen Eckpfeiler, bis sie taub wurde. Sie nahm die Party nicht mehr wahr, sah die Leute nicht mehr, die sich unterhielten, lachten und Plastikgläser mit Weißwein oder Bierflaschen in der Hand hielten, sondern befand sich wieder in der dunklen Diele, sah die Schatten, hörte das Zischeln und Schnappen der Monster. Und die Schreie ihres kleinen Bruders.

»Emma!« Plötzlich stand Brian, Johnno an seiner Seite, in der kleinen Küche. »Was ist, Baby? Ist dir schlecht?«

»Nein.« Papa war da. Papa würde sie alle verscheuchen. »Nein, es ist Darren. Ich habe Darren weinen gehört.«

»Um Gottes willen!« Er packte sie fest an den Schultern und schüttelte sie. »Emma, sieh mich an!«

»Was ist?« Ihr Kopf fuhr hoch, und der unnatürliche Glanz in ihren Augen verschwand. Jetzt schimmerten Tränen darin. »Es tut mir leid. Es tut mir so leid. Ich bin weggelaufen.«

»Es ist alles in Ordnung.« Brian nahm sie in die Arme und sah Johnno über ihren Kopf hinweg besorgt an. »Wir sollten sie hier rausschaffen.«

»Am besten in ihr Schlafzimmer«, schlug Johnno vor. Vorsichtig schob er Emma aus der Küche und schloß die Glastür hinter ihnen, die die Geräusche der Party dämpfte.

»Leg dich hin, Emma«, redete Brian ihr beruhigend zu, als er sie auf das Bett drückte. »Ich bleibe bei dir.«

»Ich bin okay.« Die zwei Welten waren jetzt wieder voneinander getrennt. Emma wußte nicht, ob sie Trauer oder Verlegenheit empfinden sollte. »Ich weiß gar nicht, was diesen Anfall ausgelöst hat. Irgendwo hat es geklickt, und ich war wieder sechs Jahre alt. Es tut mir leid, Papa.«

»Schscht. Das macht nichts.«

»Es war die Musik«, überlegte Johnno nachdenklich. »Die Musik hat dich so aufgeregt.«

Emma leckte sich über die spröden Lippen. »Ja, es lag an der Musik. Diese Musik habe ich in der Nacht gehört, als ich aufwachte und Darren schrie. In der Diele hab' ich sie auch gehört. Ich hatte es ganz vergessen. Weißt du, ich konnte dieses Stück noch nie leiden, aber ich wußte nicht, warum. Heute nacht ist alles zurückgekommen, wahrscheinlich weil wir wieder eine Party hatten.«

»So, ich werde jetzt erst mal die Leute rausschmeißen.«
»Nein.« Sie hielt Johnno zurück, ehe er aufstehen konnte. »Ich möchte Marianne den Spaß nicht verderben. Mir geht es gut, ehrlich. Es war mir nur so, als hätte ich all das noch einmal durchlebt. Wenn ich doch nur bis zur Tür gekommen wäre, dann hätte ich vielleicht gesehen, wer...«
»Nein.« Brians Hand krampfte sich um ihre. »Es ist vorbei und erledigt. Das alles liegt hinter uns. Ich möchte, daß du nicht länger daran denkst.«
Emma fühlte sich zu elend, um mit ihm zu streiten. »Ich glaube, ich werde mich ein Weilchen ausruhen. Niemand wird mich auf der Party vermissen.«
»Ich bleibe hier«, entschied Brian.
»Nicht nötig. Mir geht's wieder gut, ich will nur ein bißchen schlafen. In ein paar Wochen ist schon Weihnachten, und dann komme ich nach London, wie versprochen. Eine ganze Woche lang.«
»Ich bleibe bei dir, bis du eingeschlafen bist«, beharrte Brian.

Als sie aus ihrem Alptraum erwachte, war er fort. Der Traum war so real, so erschreckend deutlich und lebensecht gewesen wie die Ereignisse vor zwölf Jahren. Kalter Schweiß perlte auf ihrer Haut, als sie nach dem Lichtschalter tastete. Sie brauchte Licht. Im Dunkeln konnte sich so viel verbergen.
Jetzt herrschte Stille. Fünf Uhr morgens, und alles war ruhig. Die Party war vorbei, und sie war alleine, sicher hinter den Glaswänden ihres Zimmers. Langsam, wie eine alte Frau, stieg sie aus dem Bett, um ihre Kleider abzulegen und in einen Bademantel zu schlüpfen. Behutsam schob sie die Tür auf und schaltete eine weitere Lampe ein.
Heillose Unordnung bot sich ihrem Blick. Der Geruch nach schalem Bier, kaltem Rauch, Parfüm und Schweiß hing in der Luft. Emma schielte nach oben zu Mariannes Schlafzimmer. Sie wollte sie jetzt nicht stören, indem sie das Chaos sofort beseitigte, obwohl ihre pingelige Natur sich dagegen sträubte. Sie würde bis Sonnenaufgang warten.
Da war noch etwas, was sie erledigen mußte, und sie

wollte es sofort tun, ehe die Bedenken die Oberhand gewannen. Sie griff zum Telefon und wählte die Nummer der Auskunft.

»Hallo. Ich hätte gern die Nummern von American Airlines, Pan Am und TWA.«

17

Sie würde keinerlei Schuldgefühle aufkommen lassen. Tatsache war, daß sich Emma im Augenblick weigerte, überhaupt etwas zu empfinden. Ihr war klar, daß ihr Vater einen Tobsuchtsanfall bekommen würde, wenn er herausfände, daß sie ohne Leibwächter nach Kalifornien geflogen war. Sie konnte nur hoffen, daß ihr Ausflug unbemerkt blieb. Mit etwas Glück könnte sie zwei Tage in Kalifornien verbringen, am Sonntag den Nachtflug erwischen und Montag morgen an ihren Kursen teilnehmen, als sei nichts gewesen. Nur Marianne war eingeweiht.

Dem Himmel sei Dank für Marianne, dachte Emma, als das Flugzeug sanft aufsetzte. Sie hatte keinerlei Fragen gestellt, nachdem sie bemerkt hatte, daß die Antworten der Freundin Qualen bereiteten. Statt dessen war sie im Morgengrauen aufgestanden, hatte sich mit einer blonden Perücke, Sonnenbrille und Emmas Mantel ausstaffiert und war, die Leibwächter im Schlepptau, mit dem Taxi zur Frühmesse gefahren.

Dieses Manöver ließ Emma genügend Zeit, zum Flughafen zu hetzen und einen Flug an die Küste zu buchen. Für Sweeney und seinen Partner verbrachte Emma McAvoy ein gemütliches Wochenende zu Hause. Sollten Brian oder Johnno anrufen, würde Marianne eben eine Ausrede erfinden müssen; darin war sie unschlagbar.

Jetzt ließ sich eh nichts mehr ändern. Sie war hier, und sie würde tun, was sie tun mußte.

Sie mußte das Haus noch einmal sehen. Zwar war es äußerst unwahrscheinlich, daß es ihr gelänge hineinzukommen, da das Haus schon vor Jahren verkauft worden war, aber sie mußte es zumindest noch einmal sehen.

»Zum Beverly Wilshire«, wies sie den Fahrer an.

Erschöpft ließ sie den Kopf gegen die Polster sinken und schloß die Augen hinter der dunklen Brille. In ihrem Wintermantel war ihr viel zu warm, aber sie konnte sich nicht dazu aufraffen, ihn auszuziehen. Sie brauchte einen Mietwagen, stellte sie ärgerlich schnaubend fest. Warum hatte sie sich nicht vorher darum gekümmert? Kopfschüttelnd beschloß sie, die Angelegenheit sofort zu regeln, nachdem sie die eilig in eine Tasche geworfenen Sachen ausgepackt hatte.

Die Geister der Vergangenheit schienen sie zu verfolgen, den Hollywood Boulevard entlang, in Beverly Hills, am Strand von Malibu und in den Bergen, die sich über L. A. erhoben. Bilder von ihr selbst stiegen in ihr auf, als Kind auf ihrer ersten Reise nach Amerika, von ihrem Vater, jünger als heute, der sie auf den Schultern durch Disneyland trug, von einer lächelnden Bev, die schützend eine Hand auf ihre Schulter legte. Und immer wieder Darren, der kichernd seinen Traktor über den Teppich fahren ließ.

»Miß?«

Emma blinzelte und konzentrierte sich auf den uniformierten Pförtner, der im Begriff war, ihr aus dem Taxi zu helfen.

»Wünschen Sie ein Zimmer?«

»Ja, bitte.« Mit mechanischen Bewegungen bezahlte sie das Taxi und ging durch das Foyer zur Rezeption. Als sie ihren Zimmerschlüssel in Empfang nahm, vergaß sie beinahe, daß sie das erstemal alleine unterwegs war.

In ihrem Zimmer öffnete sie ihre Reisetasche und faltete wie gewohnt ihre Wäsche sorgfältig zusammen, hängte ihre Kleider in den Schrank und verstaute die Toilettenartikel im Bad. Als alles erledigt war, griff sie zum Telefon.

»Zimmer 312, Miß McAvoy. Ich hätte gern einen Mietwagen. Für zwei Tage. Ja, so schnell wie möglich. Gut. Ich komme runter.«

Noch etwas blieb zu tun, doch das verursachte ihr Unbehagen. Sie schlug im Telefonbuch den Buchstaben K auf. Da stand es. Kesselring, L.

In ihrer sauberen Handschrift notierte Emma sich die Adresse. Er lebte also immer noch hier.

»Willst du dich den ganzen Morgen lang vollstopfen, Michael, oder wirst du endlich den Rasen mähen?«

Michael grinste seinen Vater an und schaufelte sich eine weitere Ladung Pfannkuchen auf den Teller. »Der Rasen ist groß. Ich brauche meine Kraft, stimmt's, Mom?«

»Seit der Junge ausgezogen ist, ißt er nicht mehr anständig.« Zufrieden, ihre beiden Männer wieder am Tisch zu haben, füllte Marge die Kaffeetassen nach. »Du bestehst nur noch aus Haut und Knochen, Michael. Ich habe da noch ein schönes Stück von dem Schinken, den ich letzte Woche gekocht habe. Das nimmst du nachher mit.«

»Gib diesem Schnorrer ja nicht meinen Schinken«, protestierte Lou.

Michael hob eine Augenbraue, dann verteilte er mehr Sirup auf seinen Pfannkuchen. »Paß auf, wen du einen Schnorrer nennst.«

»Du hast deine Wette verloren, aber ich sehe noch keine Anzeichen dafür, daß mein Rasen gemäht wird.«

»Gleich, gleich«, knurrte Michael und langte nach einem Würstchen. »Ich glaube, das Spiel war manipuliert.«

»Die Orioles haben gewonnen, in einem fairen Spiel. Und das ist über einen Monat her. Also bezahl deine Wettschulden.«

»Als Polizist solltest du wissen, daß Glücksspiel illegal ist.«

»Ein Grünschnabel wie du sollte erst gar keine Wetten abschließen. Der Rasenmäher steht im Schuppen.«

»Ich weiß, wo das Ding steht.« Michael erhob sich und legte seiner Mutter den Arm um die Schulter. »Wie hältst du es nur mit diesem Knaben aus?«

»Manchmal fällt's mir schwer.« Marge tätschelte ihrem Sohn lächelnd die Wange. »Paß auf die Rosenbüsche auf, Liebling.«

Michael warf den Rasenmäher an und genoß die physische Betätigung, den leichten Schweiß, der ihm auf die Haut trat. Allerdings freute er sich nicht sonderlich, die Wette verloren zu haben. Er haßte es zu verlieren.

Doch er hatte den Geruch des Rasens vermißt. Zwar gefiel ihm sein Apartment mit dem winzigen Swimmingpool im Haus und den lauten Nachbarn ganz gut, doch die Vororte mit ihren großen, dichtbelaubten Bäumen, den sauber gefegten Straßen, den Barbacues im Hinterhof und den Nachbarn, die sich über die Gartenzäune hinweg unterhielten, bedeuteten Heimat.

Viel hatte sich hier seit seiner Jugend nicht geändert. Die Nachbarn wetteiferten immer noch um den am besten gepflegten Rasen, den schönsten Garten, und sie liehen sich immer noch Werkzeuge aus, die sie dann zurückzugeben vergaßen.

Diese Umgebung vermittelte ihm ein Gefühl der Beständigkeit; etwas, das er erst zu schätzen gelernt hatte, nachdem er es aufgegeben hatte.

Der hintere Rasen und die Hälfte des vorderen waren bereits sauber getrimmt, als Michael sich zu fragen begann, warum sich sein Vater eigentlich nie einen Minitraktor zum Rasenmähen zugelegt hatte. Vor dem Haus hielt ein Mercedes-Kabrio, an das Michael wohl kaum einen zweiten Blick verschwendet hätte, wäre die Blondine hinter dem Steuer nicht gewesen. Er hatte eine Schwäche für Blondinen. Sie saß einfach nur da, das Gesicht halb unter einer dunklen Brille versteckt, während die Zeit verstrich.

Dann stieg sie langsam aus. Sie war groß und schlank, und unter ihrem dünnen Baumwollrock zeichneten sich lange, wohlgeformte Beine ab. Auch ihre Hände fielen ihm auf, zart, gut geformt und um ein graues Ledertäschchen geklammert.

Hübsch, nervös und von außerhalb, folgerte Michael. Und reich. Sowohl die Tasche als auch die Schuhe waren aus echtem Leder, und was da in ihren Ohren und am Handgelenk glitzerte, sah beileibe nicht nach Modeschmuck aus. Auch ihr Auftreten verriet die Oberklasse. Ihre Hände zeugten zwar von Nervosität, doch sie bewegte sich mit der Anmut einer Tänzerin.

Ohne Zögern kam sie auf ihn zu. Der Duft ihres Parfüms, leicht und irgendwie verführerisch, stieg ihm in die Nase und vermischte sich mit dem Geruch des frischgeschnittenen Grases.

Als sie ihn anlächelte, blieb ihm fast das Herz stehen.

»Hallo. Tut mir leid, Sie bei der Arbeit zu stören.«

Sein Mund wurde trocken. Es war verrückt. Lächerlich. Das konnte nicht sein. Diese Stimme – sie war ihm jahrelang nicht mehr aus dem Kopf gegangen, hatte ihn nicht mehr losgelassen. Als er sah, daß die junge Frau sich auf die Lippen biß, gab er sich einen Ruck und lächelte sie an.

»Hi, Emma. Hast du in der letzten Zeit ein paar anständige Wellen erwischt?«

Ihre Lippen öffneten sich erst überrascht, doch dann zeichnete sich die Freude des Wiedersehens deutlich in ihrem Gesicht ab. »Michael!« Am liebsten hätte sie sich in seine Arme geworfen. Der Gedanke trieb ihr das Blut in die Wangen, so streckte sie ihm nur die Hand hin. »Es tut gut, dich zu sehen.«

Seine Hand lag hart in der ihren und fühlte sich feucht an. Michael gab sie frei und wischte sich die Handfläche an seiner verwaschenen Jeans ab. »Du... du bist nie mehr zum Strand gekommen.«

»Nein.« Ihr Lächeln verflog. »Ich habe auch nie richtig Wellenreiten gelernt. Ich wußte nicht, daß du noch zu Hause wohnst.«

»Das tue ich auch nicht. Ich habe nur eine Wette verloren, so kriegt mein alter Herr ein paar Wochen lang einen kostenlosen Gärtner frei Haus.« Er wußte nichts mehr zu sagen. Sie sah so hübsch aus, so zerbrechlich, wie sie da in ihren teuren italienischen Pumps auf dem Rasen stand und ihr hellblondes Haar leicht im Wind wehte. »Wie ist es dir denn so ergangen?« fragte er schließlich unsicher.

»Gut. Und dir?«

»Geht so. Ich hab' ab und zu Bilder von dir in der Zeitung gesehen. Warst du nicht in so einem Wintersportort?«

»Sankt Moritz.«

»Kann sein.« Ihre Augen waren noch genau wie früher,

dachte er; groß, blau und traurig. Er konnte den Blick nicht von ihr abwenden. »Willst du hier irgend jemanden besuchen?«

»Nein. Oder doch. Eigentlich...«

»Michael.« Seine Mutter erschien in der Tür. »Willst du deiner Freundin nicht eine Erfrischung anbieten?«

»Doch, natürlich. Hast du ein paar Minuten Zeit?« fragte er, an Emma gewandt.

»Ja. Ich habe gehofft, kurz mit deinem Vater sprechen zu können.«

Michaels Hoffnungen zerplatzten wie ein Luftballon. Wie war er nur auf den Gedanken gekommen, sie sei seinetwegen hier? »Dad ist im Haus.« Er lächelte gequält. »Wahrscheinlich platzt er vor Schadenfreude.«

Emma folgte ihm zur Tür, die Marge offengelassen hatte. Mittlerweile hielt sie ihr Täschchen so krampfhaft umklammert, daß eine ungeheure Willensanstrengung vonnöten war, um diesen Griff wieder zu lockern.

Der Weihnachtsbaum prangte schon in vollem Schmuck, wie sie bemerkte. Ordentlich verpackte Geschenke lagen darunter, und das Haus war von Tannenduft erfüllt.

Emma nahm ihre Sonnenbrille ab und spielte nervös mit den Bügeln, während sie sich im Zimmer umsah.

»Setz dich doch.«

»Danke. Ich bleibe auch nicht lange. Ich will euch nicht das Wochenende verderben.«

»Klar, ich hab' mich schon die ganze Woche darauf gefreut, endlich den Rasen mähen zu dürfen.« Michael grinste und wies auf einen Sessel. »Ich hole meinen Vater.«

Noch ehe er das Zimmer verlassen konnte, kam Marge mit einem Tablett herein, auf dem ein Krug Eistee, Gläser und eine Platte selbstgebackener Plätzchen standen. »So, da bin ich wieder. Michael, knöpf dir das Hemd zu«, mahnte sie beiläufig, als sie das Tablett auf dem Kaffeetisch abstellte. »Schön, daß mal eine von deinen Bekannten hereinschaut.«

»Emma, das ist meine Mutter. Mom, Emma McAvoy.«

Marge erkannte das Mädchen sofort wieder. Bemüht, weder Sympathie noch Faszination zu zeigen, sagte sie freundlich: »O ja, natürlich. Ich habe immer noch den Zeitungsausschnitt – wo du mit Michael am Strand bist.«

»Mom...«

»Eine Mutter hat gewisse Vorrechte. Schön, dich zu sehen, Emma.«

»Danke. Entschuldigen Sie, daß ich einfach so hereingeschneit bin.«

»Unsinn. Michaels Freunde sind hier immer gern gesehen.«

»Emma wollte eigentlich zu Dad.«

»Ach so.« Die Mißbilligung in Marges Blick verschwand so schnell, wie sie gekommen war. »Er ist hinten und vergewissert sich, daß Michael keinen seiner Rosenbüsche umgepflügt hat. Ich werde ihn holen.«

»Einen einzigen Rosenbusch – und da war ich zwölf.« Michael stopfte sich ein Plätzchen in den Mund. »Und seitdem traut man mir nicht mehr über den Weg. Probier mal, Mom macht die besten Plätzchen überhaupt.«

Aus Höflichkeit nahm Emma eines, obwohl sie fürchtete, ihr Magen würde es nicht behalten. »Schön habt ihr's hier.«

Ihm fiel sein kurzer Besuch in Beverly Hills wieder ein. »Mir hat es hier immer gefallen.« Er beugte sich vor und legte seine Hand auf ihre. »Stimmt was nicht, Emma?«

Sie konnte sich nicht erklären, warum die mitfühlende Frage, die liebevolle Hand sie an den Rand ihrer Beherrschung brachten. Es wäre so einfach, sich an ihn zu schmiegen, ihm ihr Herz auszuschütten und sich von ihm trösten zu lassen. Aber was würde das helfen? »Ich weiß es selbst nicht genau.«

Als Lou eintrat, erhob sie sich und lächelte ihn zögernd an. Michael verspürte einen Anflug von Eifersucht. »Captain.«

»Emma.« Freudig überrascht ergriff er ihre Hände. »Und so erwachsen!«

In diesem Augenblick wäre sie beinahe zusammengebrochen, hätte ihren Kopf an seiner Brust geborgen und sich ausgeweint, wie sie es vor so langer Zeit schon einmal getan hatte. Statt dessen hielt sie nur seine Hände fest und studierte sein Gesicht. »Sie haben sich kaum verändert.«

»Das ist genau das Kompliment, das ein Mann von einer schönen Frau hören möchte.«

Diesmal war ihr Lächeln echt. »Nein, wirklich. Ich studiere Fotografie, und da bekommt man einen Blick für Gesichter. Es ist sehr freundlich von Ihnen, daß Sie etwas Zeit für mich haben.«

»Red keinen Unsinn. Setz dich wieder.« Lou schenkte sich ein Glas Eistee ein, um ihr Zeit zu geben, sich zu beruhigen. »Ist dein Vater auch in der Stadt?«

»Nein.« Sie spielte mit ihrem eigenen Glas, trank aber nicht. »Er ist in London – oder sonstwo. Ich lebe jetzt in New York, gehe da zur Uni.«

»Ich war seit Jahren nicht mehr in New York.« Lou ließ sich in einen gestreiften Ohrensessel sinken, der so vollkommen zu ihm paßte, daß Emma ihn sich kaum in einer anderen Sitzgelegenheit vorstellen konnte. »Fotografie, sagst du. Ich erinnere mich, als ich dich das letzte Mal sah, hattest du eine Kamera.«

»Ich habe sie immer noch. Papa behauptet immer, er habe, als er mir diese Nikon schenkte, Geister gerufen, die er jetzt nicht loswird.«

»Wie geht es Brian?«

»Gut.« Davon war sie jedoch alles andere als überzeugt. »Er hat viel zu tun.« Das stand allerdings fest. Tief durchatmend, beschloß sie, zur Sache zu kommen. »Er weiß nicht, daß ich hier bin. Ich wollte es nicht.«

»Warum nicht?«

Emma hob eine Hand und ließ sie dann hilflos wieder sinken. »Er würde sich nur aufregen, und er wäre furchtbar unglücklich, wenn er wüßte, daß ich Sie aufsuchen wollte, um mit Ihnen über Darren zu sprechen.«

»Michael, kannst du mir eben mal helfen?« Marge wollte aufstehn und taktvoll das Zimmer verlassen, doch Emma hielt sie kopfschüttelnd davon ab.

»Nein, bitte bleiben Sie. Es handelt sich hier nicht um eine Privatangelegenheit. Darrens Tod war nie unsere Privatsache.« Mit vor Erregung geröteten Wangen setzte sie ihr Glas ab. »Ich habe mich nur gefragt, ob Sie nicht vielleicht etwas wissen, irgend etwas, wovon die Presse damals keinen Wind bekommen hat und was man mir nicht erzählen wollte, weil ich noch zu jung war. Ich konnte diese Ereignisse lange Zeit einfach verdrängen, aber ganz überwinden werde ich das nie. Und letzte Nacht habe ich mich erinnert...«

»Woran?« Lou beugte sich vor.

»Nur an ein Lied«, murmelte sie fast unhörbar. »An ein Lied, das ich in jener Nacht gehört habe. Ich weiß es ganz genau, die Musik kam von unten, und ich habe sie gehört, als ich zu Darrens Zimmer ging. Einen Moment lang war alles ganz deutlich, ganz klar. Das Lied, die Worte, Darrens Schreie. Aber sehen Sie, ich komme nie bis zur Tür. Egal, wie sehr ich mich bemühe, mich zu erinnern, ich sehe mich immer nur in der Diele stehen.«

»Vielleicht bist du gar nicht weiter gekommen.« Lou starrte nachdenklich in sein Glas. Genau wie Emma hatte er den Fall lange Zeit aus seinem Gedächtnis gestrichen, trotzdem kehrten die Gedanken immer wieder zu ihm zurück. Er wußte, daß ihn das Gesicht des kleinen Jungen für immer verfolgen würde. »Emma, es stand nie fest, daß du wirklich den Raum betreten oder etwas gesehen hast. Du hast dir das damals vielleicht nur eingebildet, weil du so verstört warst. Genausogut kannst du etwas gehört haben, was dich erschreckte, bist dann zur Treppe gerannt, um deinen Vater zu rufen, und hinuntergefallen. Du warst doch erst sechs Jahre alt, und du hattest Angst im Dunkeln.«

Hattest – und hast, dachte sie. »Ich kriege einfach nicht mehr alles auf die Reihe. Und ich hasse diese Unsicherheit, den Gedanken, daß ich ihm hätte helfen, ihn hätte retten können.«

»Da kann ich dich beruhigen.« Lou stellte sein Glas ab und sah sie fest an. Sie sollte ihn jetzt als Cop, als offiziellen Vertreter des Polizeiapparates betrachten. »In dieser Nacht waren zwei Männer im Zimmer deines Bruders. Das Kindermädchen hat ausgesagt, sie habe zwei Männer flüstern gehört. Die Untersuchungen haben ergeben, daß die Spritze, die im Zimmer deines Bruders gefunden wurde, eine geringe Dosis eines Betäubungsmittels enthielt, die aber für ein Kind ausgereicht hätte. Zwischen dem Zeitpunkt, zu dem das Kindermädchen überwältigt wurde, und dem Moment, wo du gestürzt bist, liegen weniger als zwanzig Minuten. Es handelt sich um eine mißglückte Entführung, Emma, die zwar tragische Folgen hatte, aber gut durchdacht war. Irgend etwas ist dazwischengekommen und hat die Pläne der Täter durcheinandergebracht. Was, das werden wir vielleicht nie erfahren. Aber wenn du in das Zimmer gegangen wärst und versucht hättest, alleine mit den Kerlen fertigzuwerden, dann hättest du Darren auch nicht retten können, sondern wärst aller Wahrscheinlichkeit nach selbst getötet worden.«

Sie hoffte, betete, er möge recht haben, obgleich seine Worte sie nur wenig trösteten. Als sie sich eine Stunde später verabschiedete, schwor sie sich, ihm Glauben zu schenken.

»Du hast großes Glück mit deinen Eltern«, meinte sie zu Michael, der sie zum Auto begleitete.

»Ich hab' mich mittlerweile an sie gewöhnt.« Diesmal würde er nicht zulassen, daß sie wieder so schnell aus seinem Leben verschwand. An jenem Tag am Strand – war das wirklich schon fünf Jahre her? – hatte sie schön ausgesehen, schön und traurig zugleich. Irgend etwas an ihr hatte ihn damals berührt und tat es heute auch noch.

»Wie lange bleibst du noch in der Stadt?«

Emma blickte die Straße entlang. Die Gegend gefiel ihr. Kinder spielten ein paar Häuser weiter im Vorgarten, und aus der Ferne klang das Summen eines anderen Rasenmähers. Versonnen fragte sie sich, wie es wohl wäre, hier zu leben. »Ich fliege morgen nach Hause.«

Fast hätte er laut geflucht. »Das war aber ein kurzes Vergnügen.«

»Ich hab' am Montag wieder Kurse.« Sie sah ihn an und fühlte sich plötzlich genauso linkisch wie er. Er war attraktiver, als sie ihn in Erinnerung hatte – die kleine Zahnlücke, die leicht gekrümmte Nase. »Ich wünschte, ich hätte mehr Zeit.«

»Und was machst du jetzt?«

»Ich – ich wollte ein bißchen herumfahren. Hoch in die Berge.«

Er verstand, doch der Gedanke verursachte ihm Unbehagen. »Wie wär's mit Begleitung?«

Sie war schon im Begriff, das Angebot höflich abzulehnen, doch dann hörte sie sich sagen: »Ich würde mich freuen.«

»Dauert nur eine Minute.« Weg war er, ehe sie ihre Meinung ändern konnte. Er verschwand im Haus, kam kurz darauf wieder und ließ sich aufatmend auf den Beifahrersitz fallen. »Du hast mir eine weitere Stunde Fronarbeit erspart. Dad hält es nie im Leben durch zu warten, bis ich wieder da bin.«

»Stets zu Diensten.«

Eine Weile fuhr sie ziellos umher, genoß den Fahrtwind in ihren Haaren, die Musik aus dem Radio, die ungezwungene Unterhaltung. Als die klare Stimme ihres Vaters aus den Lautsprechern klang, kräuselte sie die Lippen.

»Ist das nicht ein komisches Gefühl?«

»Ihn zu hören?« Ihr Lächeln verstärkte sich. »Nein, gar nicht. Ich kannte seine Stimme schon, ehe ich ihn selber kannte. Wenn man an Papa denkt, denkt man an Musik. Bei dir ist es doch genauso. Dein Vater ist ein Cop. Ich bin überzeugt, daß du ihn dir ohne Waffe oder Dienstmarke gar nicht vorstellen kannst.«

»So ungefähr. Trotzdem fand ich es anfangs seltsam, für ihn zu arbeiten.«

»Für ihn arbeiten?«

»Ja, ich hab' letztendlich klein beigegeben. Ich bin in die Fußstapfen des alten Herrn getreten.«

18

»Du bist ein Cop?« Emma hielt an einem Stoppschild und nutzte die Gelegenheit, ihn prüfend zu betrachten.

»Ein Grünschnabel, wie mein Vater zu sagen beliebt.« Er

grinste sie an. »Was ist los? Sind mir plötzlich Hörner gewachsen?«

»Nein. Bloß – wenn ich an dich gedacht habe, dann nie als an einen Cop.«

»Das ist doch schon mal was. Ich hätte nie zu träumen gewagt, daß du überhaupt an mich denkst.«

Emma lachte. »Natürlich habe ich das getan. Als damals unser Bild in der Zeitung erschien, war ich wochenlang das beliebteste Mädchen der Schule. Ich hab' allerdings die ganze Geschichte ein bißchen zu meinen Gunsten abgewandelt.«

»Ich auch.« Michael legte seinen Arm um ihren Sitz und spielte mit ihren Haarspitzen. »Dieses Foto hat mir immerhin eine Verabredung mit Sue Ellen Cody eingebracht.«

»Wirklich?« Sie warf ihm einen scharfen Blick zu.

»Fünfzehn Minuten des Ruhmes. Ich habe immer gehofft, du kämst zurück.«

Emma zuckte die Achseln. »Sweeney hat mich bei Papa verpfiffen, und das war's dann. Gefällt dir dein Job?«

»Jetzt ja. Am Anfang hab' ich es gehaßt, aber man gewöhnt sich dran. Manches ist einfach Vorbestimmung, und egal was du tust, am Ende landest du doch genau da, wo du hingehörst. Du mußt hier abbiegen, wenn du zu dem Haus willst.«

Sie hielt an und blickte starr geradeaus. »Woher weißt du das?«

»Mein Vater hat mich ein paarmal mitgenommen, wenn er hier hochgefahren ist. Er hat immer nur dagesessen und das Haus angeschaut. Du solltest wissen, daß er die Geschichte nie vergessen hat, und er hat sich auch nie damit abgefunden, daß der Fall ungeklärt blieb.«

»Ich glaube, das wußte ich schon«, entgegnete sie langsam. »Darum wollte ich ihn auch wiedersehen, noch mal mit ihm sprechen. Du wußtest, wohin ich wollte?«

»Ich konnte es mir denken.«

»Warum bist du mitgekommen?«

»Ich wollte nicht, daß du allein dorthin gehst.«

Ihr Körper versteifte sich. Es dauerte nur einen winzigen Augenblick, dennoch fühlte er, daß ihre Schultern sich strafften und sie das Kinn hob. »Ich bin nicht aus Zucker, Michael.«

»Okay. Ich wollte mit dir zusammensein.«

Sie drehte sich um. In seinen Augen lag dieselbe liebevolle Zuneigung, die sie bei seinem Vater bemerkt hatte, aber dahinter steckte immer noch der Junge, der sie einst vom Strand nach Hause gefahren hatte. Langsam entspannte sie sich wieder. »Danke.«

Sie wendete und folgte seinen Anweisungen. Die Straßen schienen ihr fremd, und ihr kam der dumme Gedanke, daß sie ohne seine Hilfe das Haus nicht wiedergefunden hätte. Außer Michaels gelegentlichen Hinweisen, wechselten sie kein Wort mehr, sondern lauschten nur den beruhigenden Klängen von Crosby, Stills and Nash.

Er mußte ihr nicht sagen, wo sie zu halten hatte. Sie erkannte das Haus sofort wieder, da sie niemals vermocht hatte, das Bild völlig aus ihrer Erinnerung zu löschen. Das Haus war kaum verändert, nur stand jetzt ein Schild auf dem Rasen. ›Zu verkaufen‹.

»Nennen wir es Schicksal.« Michael nahm sie am Arm. »Möchtest du hineingehen?«

Ihre Hände verkrampften sich im Schoß. Da war ihr Fenster, das Schlafzimmerfenster, an dem sie einmal mit Darren gestanden und einen Fuchs beobachtet hatte.

»Ich kann nicht.«

»Gut. Wir können hier so lange sitzenbleiben, wie du willst.«

Bilder aus der Vergangenheit schossen durch Emmas Kopf. Sie sah sich als Kind, wie sie im Bach planschte und Bev lachte, als Darren mit nackten Füßen und hochgekrempeltem Overall darin herumtobte. Da war ein Picknick gewesen, sie hatten alle vier auf einer Decke unter den Bäumen gelegen, ihr Vater spielte leise auf seiner Gitarre, während Bev las und Darren in ihrem Schoß döste.

Sie hatte diesen Tag völlig vergessen. Wie konnte sie nur? Damals waren sie glücklich gewesen, eine richtige Familie. Am nächsten Tag hatte die Party stattgefunden, und nichts war mehr wie früher.

»Doch«, sagte sie abrupt, »ich möchte hineingehen.«
»Okay. Aber es wäre besser, wenn niemand weiß, wer du bist. Ich meine, wenn niemand den Zusammenhang kennt.«
Sie nickte und fuhr durch das geöffnete Tor.
Als sie vor der Tür standen, griff Michael nach ihrer Hand. Sie war eiskalt, zitterte aber nicht. Die Tür ging auf, und er lächelte so überzeugend, wie er konnte. »Hallo. Wir haben zufällig im Vorbeifahren das Schild gesehen. Wir suchen schon wochenlang nach einem Haus und haben in einer Stunde einen anderen Termin, aber wir konnten nicht widerstehen. Das Haus ist doch noch zu haben?«
Die Frau, sie mochte in den Vierzigern sein, sah beide lange an. Sie registrierte Michaels Arbeitshemd, die abgetragenen Jeans und Turnschuhe, doch sie erkannte auch, daß Emmas Rock und Bluse von Ralph Lauren stammten und ihre Pumps italienische Importware waren. Auch das Mercedes-Kabrio, das in der Einfahrt parkte, entging ihr nicht. All das entlockte ihr ein Lächeln. Das Haus stand seit fünf Monaten zum Verkauf, ohne daß ihr ein akzeptables Angebot unterbreitet worden war.
»Nun, wir haben einen Interessenten, aber der Vertrag ist erst am Montag unterschriftsreif.« Ihr Blick blieb an dem kleinen, mit Diamanten und Saphiren besetzten Ring an Emmas Hand haften. »Kommen Sie herein, ich zeige Ihnen das Haus. Ich bin Gloria Steinbrenner.«
»Nett, Sie kennenzulernen.« Michael schüttelte ihre Hand. »Michael Kesselring. Das ist Emma.«
Mrs. Steinbrenner bedachte beide mit einem strahlenden Lächeln. Zum Teufel mit den Maklern, dachte sie, vielleicht war sie hier auf eine Goldgrube gestoßen, und sie hatte vor, die Gelegenheit beim Schopf zu packen.
»Das Haus ist in hervorragendem Zustand. Ich liebe es einfach.« In Wahrheit verabscheute sie jeden einzelnen Stein. »Es bricht mir das Herz, es verkaufen zu müssen, aber, um offen zu sprechen, mein Mann und ich lassen uns scheiden, und für mich alleine ist es zu groß.«
»Oh.« Michael setzte ein, wie er hoffte, mitfühlendes Gesicht auf. »Das tut mir leid.«

»Ach was.« Sie winkte ab. »Sind Sie hier aus der Gegend?«
»Nein, wir... äh, wir sind aus New York«, log er. »Wir können es dort einfach nicht mehr ertragen, den Lärm, den Schmutz, die Menschenmassen. Stimmt's, Emma?«
Emma lächelte gezwungen. »Ja. Das Haus gefällt mir.«
»Nicht wahr? Das Wohnzimmer ist traumhaft, wie Sie ja sehen. Hohe Decken, echte Eichenbalken, viel Glas und reichlich Platz. Der Kamin zieht ausgezeichnet.«
Natürlich, dachte Emma. Hatte sie nicht oft genug davor gesessen? Das Zimmer war neu möbliert, und zwar mit allen Anzeichen schlechten Geschmacks. Scheußliche moderne Skulpturen zu einer protzigen Sitzgarnitur. Wo waren all die Kissen geblieben, und die Körbchen mit Strohblumen und Gräsern, die Bev so liebevoll arrangiert hatte?
»Das Eßzimmer ist hier drüben, aber dieses Plätzchen an der Terrassentür ist wie geschaffen für ein lauschiges Essen zu zweit.«
Nein, das stimmte alles nicht, seufzte Emma, die der Frau wie ein Roboter folgte. Bev hatte Pflanzen ans Fenster gestellt, einen wahren Dschungel von Zimmerpflanzen in alten Töpfen und Keramikgefäßen. Stevie und Johnno hatten einmal keuchend und schnaufend einen ganzen Baum für sie angeschleppt. Die Aktion war als Scherz gedacht, doch Bev hatte den Baum behalten und ein kitschiges Gipsrotkehlchen in die Zweige gesetzt.
»Emma?«
»Ja?« Sie fuhr herum und löste sich von den Gedanken an die Vergangenheit. »Tut mir leid.«
»Das ist in Ordnung.« Die Frau schien hocherfreut, daß Emma offensichtlich von dem Haus ganz gefangen war. »Ich habe nur gefragt, ob Sie gerne kochen.«
»Nicht allzu gern.«
»Die Küche ist auf dem neuesten Stand der Technik. Ich habe sie vor zwei Jahren überholen lassen. Alles eingebaut, Mikrowelle, Dunstabzugshaube, Herd mit Ceranfeld, viel Arbeitsfläche. Und ein großer Vorratsschrank, natürlich.«
Emma betrachtete die hochmoderne, sterile Küche. Nur fleckenloses Weiß und Chrom. Verschwunden waren die

Kupfertöpfe, die Bev so oft poliert und dann an die Wand gehängt hatte. Keine selbstgezogenen Kräuter mehr auf dem Fensterbrett. Kein Kinderstuhl für Darren, keine bunten Kochbücher mehr, keine Apothekengläser voller Gewürze.

Die Frau plapperte eifrig weiter, offenbar betrachtete sie die Küche als Prunkstück des Hauses, während Emma stille Trauer empfand.

Als das Telefon klingelte, entschuldigte Mrs. Steinbrenner sich und ging ins Nebenzimmer, wo sie erregt und ärgerlich auf irgend jemanden einredete.

»Hört sich an, als hätten wir eine Weile Ruhe«, meinte Michael leichthin. »Bist du sicher, daß du nach oben gehen willst?«

Nein, sicher war sie sich nicht. Alles andere als das. »Ich kann nicht kurz vor dem Ziel aufgeben.«

»Gut.« Ungeachtet ihrer früheren Proteste, sie sei nicht aus Zucker, legte er ihr den Arm um die Schulter, als sie die Treppe hinaufstiegen.

Die Türen standen offen – die Türen des Schlafzimmers, in dem ihr Vater und Bev einmal geschlafen hatten. Wo Emma sie manchmal nachts lachen hörte. Alice' Zimmer, das immer penibel aufgeräumt und ordentlich gewesen war, hatte man in ein Fernsehzimmer umgewandelt. Und da war ihr altes Zimmer. Sie blieb stehen und spähte hinein.

Die Puppen waren fort, die Mickey-Mouse-Lampe auch. Keine weißrosa Rüschenvorhänge flatterten mehr an den Fenstern. Lange Zeit hatte hier kein kleines Mädchen mehr geschlafen und geträumt. Der Raum wurde jetzt offensichtlich als Gästezimmer genutzt.

»Das war mein Zimmer«, erklärte Emma tonlos. »Damals hatte es eine Tapete mit Rosen- und Veilchenmuster, Rüschenvorhänge und eine weiße Tagesdecke auf dem Bett. Ich hatte Regale voller Puppen... es war die Art Zimmer, wie es sich alle kleinen Mädchen wünschen, zumindest eine Zeit lang. Bev hat das verstanden. Ich weiß gar nicht, wie ich auf die Idee gekommen bin, es könnte noch so aussehen wir früher.«

Er erinnerte sich an ein Zitat, das er einmal gelesen hatte

und das ihn tief beeindruckte. »Alles ändert sich, doch nichts vergeht.« Achselzuckend drehte er sich zu ihr um. Er war nicht der Typ, der mit Zitaten um sich warf. »In deinen Gedanken hat sich hier nichts verändert, und nur das zählt.«

Sie gab keine Antwort, sondern sah zu Darrens Zimmer hin. Die Tür stand ebenfalls offen, wie es auch in jener Nacht der Fall hätte sein sollen.

»Ich lag im Bett«, begann sie leise. »Irgend etwas hat mich geweckt. Die Musik. Ich glaube, es war die Musik. Ich konnte sie zwar nicht deutlich hören, aber ich konnte sie fühlen. Das Vibrieren der Bässe. Ich versuchte zu erkennen, welches Lied das war, und ich stellte mir vor, was die Leute da unten wohl gerade machten. Ich konnte es kaum erwarten, endlich alt genug zu sein, um aufbleiben zu dürfen. Dann hörte ich etwas. Irgend etwas«, murmelte sie und rieb sich die schmerzenden Schläfen. »Ich weiß nicht, was. Aber ich – Schritte!« Plötzlich blitzten Erinnerungsfetzen auf. Ihr Herz begann wie rasend zu pochen. »Ich hörte jemanden in der Diele. Ich hoffte, es wäre Papa oder Bev. Ich wollte mich eine Weile mit ihnen unterhalten, vielleicht hätten sie mir dann erlaubt, kurz mit nach unten zu kommen. Aber es war weder Papa noch Bev.«

»Ruhig.« Besorgt sah Michael feine Schweißtröpfchen auf ihre Stirn treten. Er nahm ihre Hand zwischen seine. »Ganz ruhig.«

»Darren hat geweint. Ich konnte ihn hören. Ich bin mir ganz sicher. Das war kein Traum. Ich hörte ihn weinen und stand auf. Alice hatte mir verboten, Charlie in sein Bett zu legen, aber Darren schlief gerne mit Charlie im Arm, und er weinte. Ich wollte ihm Charlie bringen und ihn beruhigen, damit er wieder einschläft. Aber die Diele war dunkel.«

Sie sah sich um. Diele und Schlafzimmer waren in helles Sonnenlicht getaucht. »Es war dunkel, und das war falsch. Sie haben für mich immer ein Licht angelassen. Ich hatte solche Angst im Dunkeln. Im Dunkeln warten die Ungeheuer.«

»Ungeheuer?« Michaels Augenbrauen zogen sich zusammen.

»Ich wollte nicht ins Dunkel, in die Diele gehen. Aber Darren hat nicht aufgehört zu weinen. Und dann, als ich in der Diele, im Dunkeln war, konnte ich die Musik hören. Sie war laut, und ich hatte Angst.«

Wie ein Schlafwandler bewegte sich Emma langsam zur Tür. »Ich konnte sie hören. Sie hockten in den Ecken. Sie zischten, kratzten an der Wand. Sie huschten über den Teppich.«

»Was hast du gehört?« fragte er behutsam. »Was war da?«

»Die Monster.« Sie blickte ihn an, ohne ihn zu sehen. »Ich hörte die Monster. Und... ich kann mich nicht erinnern. Ich weiß nicht mehr, ob ich an die Tür gegangen bin. Sie war zu, ich bin sicher, daß sie zu war, aber ich weiß nicht, ob ich sie aufgemacht habe.«

Emma blieb auf der Schwelle stehen. Einen kurzen Augenblick sah sie den Raum wieder so vor sich, wie er früher war – voll von Darrens Spielsachen und in hellen, freundlichen Farben gestrichen. Sein Bettchen, sein Schaukelstuhl, das glänzende neue Dreirad. Dann verschwamm das Bild vor ihren Augen, und sie befand sich wieder in der Gegenwart.

Ein Eichenholzschreibtisch, davor ein Ledersessel. Gerahmte Bilder, Glasregale voller Nippes.

Ein Arbeitszimmer. Sie hatten aus dem Raum ihres kleinen Bruders ein Arbeitszimmer gemacht.

»Ich bin gerannt«, sagte sie nach einer langen Pause. »Ich kann mich an nichts mehr erinnern, außer daß ich losgerannt und gefallen bin.«

»Du hast gesagt, du wärst zur Tür gegangen. Als mein Vater dich im Krankenhaus aufgesucht hat, hast du ihm erzählt, du hättest die Tür geöffnet.«

»Es war wie ein Traum. Und heute kann ich mich kaum noch erinnern. Als hätte jemand die Bilder ausgelöscht.«

»Das ist vielleicht ganz gut so.«

»Er war so niedlich.« Der Anblick des Raumes riß die kaum vernarbten Wunden wieder auf. »Ich habe ihn mehr geliebt als irgend etwas sonst auf der Welt. Jeder liebte ihn.« Tränenblind klammerte sie sich an ihm fest. »Ich muß hier raus!«

»Komm mit.« Michael führte sie durch die Diele zur Treppe, die sie in jener Nacht hinuntergefallen war, und warf

Gloria Steinbrenner, die aus der Küche gestürzt kam, einen verzeihungsheischenden Blick zu. »Entschuldigen Sie, aber meine Frau fühlt sich nicht wohl.«

»Ach.« Ihre anfängliche Verärgerung und Enttäuschung machten neuer Hoffnung Platz, als sie Emma ansah. »Sie braucht Ruhe. Das Haus ist ja ideal für Kinder. Sie wollen doch ihr Baby sicher nicht in New York aufwachsen lassen?«

»Nein.« Michael machte sich nicht die Mühe, den Irrtum zu korrigieren, sondern schob Emma zur Tür hinaus. »Wir melden uns!« rief er noch, als er sich auf dem Fahrersitz niederließ. Wären seine Gedanken nicht um Emmas aschfahles Gesicht und die Aussicht, ein Dreißigtausend-Dollar-Auto fahren zu können, gekreist, hätte er vielleicht den dunkelblauen Sedan bemerkt, der sich an ihre Fersen heftete.

»Entschuldige bitte«, flüsterte Emma.

»Was denn?«

»Ich hab' mich dumm benommen.«

»Du hast dich gut gehalten. Sieh mal, ich habe noch nie einen nahen Angehörigen verloren, aber ich kann dir nachfühlen, was das bedeutet. Steigere dich da nicht in etwas hinein, Emma.«

»Du meinst, ich soll es nicht so schwer nehmen?« Sie lächelte schwach. »Ich hoffe, das gelingt mir. Ich dachte, wenn ich wieder dort stünde, an genau derselben Stelle, und mich scharf konzentriere, dann käme die Erinnerung vielleicht wieder. Aber das war nicht der Fall...« Achselzuckend setzte sie die Sonnenbrille wieder auf. »Du warst wirklich ein guter Freund.«

»So bin ich«, brummte Michael. »Immer Kumpel. Hunger?«

Erst wollte sie verneinen, doch dann gab sie zu: »Halb verhungert.«

»Für einen Hamburger reicht's. Hoffe ich«, fügte er hinzu und zählte im Geiste sein Geld.

»Ich liebe Hamburger. Und da du so ein guter Kumpel warst, geht der auf meine Rechnung.«

Michael hielt vor einem McDonald's. Da er in seiner Brieftasche nur drei Dollar sowie die Telefonnummer einer Rothaarigen, an die er sich kaum noch erinnern konnte, entdeckte, schluckte er seinen männlichen Stolz hinunter.

»Ich dachte, wir könnten am Strand essen.«

»Gute Idee.« Emma schloß die Augen und lehnte sich zurück. Sie war froh, daß sie gekommen war. Froh, daß sie diese Treppe benutzt hatte. Froh, daß sie hier war, daß der warme Wind in ihren Haaren spielte und Michael neben ihr saß. »In New York hat es gegossen wie aus Eimern, als ich weggefahren bin.«

»Auch im sonnigen Kalifornien gibt es Universitäten.«

»Ich mag New York«, erwiderte sie abwesend. »Schon immer. Meine Freundin und ich haben da eine Wohnung gekauft. Mittlerweile ist sie fast bewohnbar.«

»Freundin?«

»Ja. Marianne und ich sind zusammen zur Schule gegangen. Wir haben uns schon als Kinder geschworen, eines Tages in New York zu leben. Jetzt ist es soweit. Sie ist Kunststudentin und malt auch selber.«

»Ist sie gut?«

»Sie ist sehr gut. Eines Tages werden sich die Galerien um ihre Bilder reißen. Sie hat die herrlichsten Karikaturen von den Nonnen gezeichnet.« Emma brach ab, da sie bemerkte, daß er die Stirn runzelte.

»Was ist?«

»Ein Cop schläft nie. Siehst du den Sedan da, genau hinter uns?«

Emma blickte über ihre Schulter. »Ja. Und?«

»Der fährt uns schon hinterher, seit wir die Hamburger geholt haben.« Er wechselte die Fahrspur. Der Sedan tat das gleiche. »Wenn es sich nicht so blöd anhören würde, würde ich sagen, wir werden verfolgt.«

Emma seufzte ergeben. »Das wird Sweeney sein.«

»Sweeney?«

»Mein Leibwächter. Ich schwöre dir, dieser Mann findet mich überall. Manchmal glaube ich, Papa hat mir einen Minisender unter die Haut gepflanzt.«

»Könnte sein. Das ergibt einen Sinn.« Doch Michael war nicht gewillt, sich auf so stümperhafte Weise beschatten zu lassen, nicht hier und nicht jetzt. »Ich werde ihn abhängen.«

Emma nahm die Brille ab. In ihren Augen leuchtete zum erstenmal, seit er sie kannte, echte Freude. »Wirklich?«

»Wart's ab. Dieser Flitzer hier gibt ihm Staub zu schlukken.«

»Dann los«, forderte sie ihn grinsend auf.

Michael trat das Gaspedal durch, schnitt einen Ford und beschleunigte auf achtzig. »Früher sind wir heimlich Rennen gefahren – Jugendsünden.« Er riß das Lenkrad herum, quetschte sich zwischen zwei BMWs, beschleunigte auf neunzig und schoß haarscharf an einem Caddy vorbei.

»Du bist gut.« Lachend drehte Emma sich im Sitz um und beobachtete den Verkehr. »Ich sehe ihn nicht mehr.«

»Er ist weiter hinten und versucht, an dem Caddy vorbeizukommen. Ich hab' den Caddyfahrer geschnitten, und der ist jetzt so sauer, daß er seine Wut an ihm ausläßt.« Michael raste auf eine Ausfahrt zu. Eine unerlaubte Drehung, ein Aufheulen des Motors, und er war auf der Gegenfahrbahn und schoß an dem Sedan vorbei, nahm dann das Gas weg und fuhr in gemäßigterem Tempo weiter.

»Wirklich gut«, wiederholte Emma. »Lernt man das auf der Polizeischule?«

»Manche Talente werden einem in die Wiege gelegt.« Er streichelte liebevoll das Lenkrad, als er das Auto am Straßenrand parkte. »Ein toller Wagen.«

Das Meer lag vor ihnen. Emma beugte sich vor und gab ihm einen Kuß auf die Wange. »Noch mal danke.« Ehe er antworten konnte, schnappte sie sich die Tüte mit den Hamburgern und rannte auf den Strand zu.

»Ich liebe das!« Lachend drehte sie sich im Kreis. »Ich liebe das Wasser einfach. Würde New York am Meer liegen, wäre ich im siebten Himmel.«

Er verspürte den sehnlichen Wunsch, sie in die Arme zu nehmen, sein Gesicht an ihrem Hals zu vergraben und herauszufinden, ob sie sich nur halb so gut anfühlte, wie sie aussah. Dann ließ sie sich in den Sand fallen und griff in die Tüte.

»Sie riechen köstlich.« Plötzlich bemerkte sie, daß er sie fasziniert anstarrte. »Ist was?«

»Nichts.« Er schluckte heftig. »Mir ist gerade etwas eingefallen. Damals, als Dad mich zu den Proben mitgenommen hat, sind wir hinterher auch zu McDonald's gegangen, und ich hab' mich gefragt, ob du wohl auch schon mal da warst. Du standest ja immer unter Aufsicht, mit all den Leibwächtern und so.«

»Papa oder Johnno haben mir manchmal Hamburger mitgebracht. Aber, Michael, kein Mitleid bitte. Nicht heute.«

»Okay. Reich mir die Fritten.«

Heißhungrig verschlangen sie ihre Mahlzeit und ließen keinen Krümel für die enttäuschten Möwen übrig. Dann rekelte sich Emma zufrieden. »Daran könnte ich mich gewöhnen. Einfach nur dasitzen und aufs Wasser schauen.« Sie schüttelte den Kopf, daß ihr Haar golden in der Sonne flirrte. »Ich wünschte, ich hätte mehr Zeit.«

»Ich auch.« Der Drang, sie zu berühren, wurde übermächtig. Als er sanft ihre Wange streichelte, drehte sie sich zu ihm hin und lächelte. Was sie in seinen Augen las, ließ ihr Herz schneller schlagen. Ihre Lippen öffneten sich; weniger überrascht als fragend.

Sein Mund legte sich auf ihren, ohne daß sie Widerstand leistete. Leise stöhnend lehnte sie sich an ihn, forderte ihn zu etwas auf, das sie selbst nicht richtig verstand. Seine Zunge erkundete ihren Mund, seine Zähne knabberten an ihren Lippen, und seine Hände strichen sanft über ihren Arm.

Ohne Zögern preßte sie ihren Körper an seinen und genoß die überwältigende Erfahrung.

Ob er wohl merkte, daß sie zum erstenmal so geküßt wurde? Daß sie zum erstenmal ein derartiges Gefühl verspürte? Hatte sie nicht ihr ganzes Leben lang auf diesen Augenblick gewartet?

»Es stimmt«, murmelte er und küßte sie erneut, sanft und behutsam.

»Was stimmt?«

»Du fühlst dich so gut an, wie du aussiehst. Das wollte ich schon lange herausfinden.«

Emma bemühte sich, einen klaren Kopf zu behalten. Tief in ihr stiegen Gefühle auf, die sie nie gekannt hatte und mit denen sie nicht fertig wurde. Es war zuviel, und es ging schnell. Verwirrt sprang sie auf und lief zum Wasser.

Männer verwechselten oft Verwirrung mit Gleichgültigkeit. Michael saß wie erstarrt da. Seine Gefühle ihr gegenüber waren alles andere als gleichgültig. Es war verrückt, aber er hatte sich in sie verliebt. Und sie? Sie war hübsch, elegant und sicher daran gewöhnt, die Aufmerksamkeit der Männer, reicher, bedeutender Männer, zu erregen. Mit einem kleinen Polizeibeamten würde sie wahrscheinlich nur spielen. Michael seufzte tief, stand auf und bemühte sich, genauso lässig über den Vorfall hinwegzugehen wie sie.

»Es wird spät.«

»Ja.« War sie von Sinnen? Emma konnte ihre Empfindungen nicht ordnen. Sie wollte gleichzeitig lachen, weinen, tanzen und sich in seine Arme werfen. Doch morgen war alles vorbei, dann würde sie dreitausend Meilen von ihm entfernt sein. Vermutlich tat sie ihm nur leid – ein armes reiches Mädchen, dem er aus purem Mitleid für einige Stunden die Illusion eines normalen Lebens vorgaukelte.

»Ich muß zurück. Michael, ich bin so froh, daß du heute mitgekommen bist, daß du etwas Zeit hattest.«

Er nahm ihre Hand – eine freundschaftliche Geste, mehr nicht, redete er sich ein. Zur Hölle mit Freundschaft! »Emma, ich möchte dich wiedersehen.«

»Ich weiß nicht recht...«

»Ruf mich an, wenn du wieder herkommst.«

Bei der Art, wie er sie ansah, wurde ihr abwechselnd heiß und kalt. »Mache ich. Ich – ich weiß noch nicht, wann ich es schaffe wiederzukommen.«

»Vielleicht wegen des Films?«

»Film?«

»Ja, die Dreharbeiten beginnen in ein paar Wochen in London, und danach werden hier Aufnahmen gemacht. Der Film«, fuhr er fort, als sie ihn verständnislos ansah, »der auf dem Buch deiner Mutter basiert. Angie wirkt mit, Angie Parks.« An ihrem Gesicht konnte er ablesen, daß er einen schwerwiegenden Fehler begangen hatte. »Tut mir leid, Emma. Ich dachte, du wüßtest das.«

»Nein«, erwiderte sie erschöpft. »Ich wußte es nicht.«

Beim ersten Läuten griff er zum Telefonhörer. Stundenlang hatte er, vor Aufregung schweißnaß, neben dem Telefon gesessen und gewartet. »Ja?«

»Ich habe sie gefunden.« Die Stimme, die ihm so vertraut war, bebte.

»Und?«

»Sie hat diesen Cop, Kesselring, aufgesucht. Über eine Stunde war sie da. Dann ist sie zu diesem gottverfluchten Haus gefahren. Wir müssen etwas unternehmen, und zwar schnell. Ich hab's dir schon immer gesagt.«

»Nimm dich zusammen.« Der Tonfall war brüsk, doch seine Hand zitterte, als er nach einer Zigarette griff. »Sie war also an dem Haus. Ist sie hineingegangen?«

»Das Scheißding steht zum Verkauf. Sie und der Typ, den sie dabeihatte, sind glatt reingekommen.«

»Was für ein Typ? Wer war dabei?«

»Ich glaube, das war der Sohn von dem Cop.«

»Gut.« Er machte sich eine Notiz. »Wo sind sie dann hingefahren?«

»Zu so einer verdammten Imbißbude.«

Die Bleistiftspitze brach ab. »Wie bitte?«

»Ich sagte, sie haben sich Hamburger geholt. Danach haben sie mich abgehängt. Aber ich weiß, wo sie übernachtet. Ich kann jemanden beauftragen, sich um die Sache zu kümmern. Schnell und schmerzlos.«

»Sei kein Idiot. Dazu besteht kein Anlaß.«

»Ich sag dir doch, sie hat diesen Cop besucht.«

»Ich habe dich schon verstanden.« Seine Hand war ganz ruhig, als er sich einen Drink einschenkte. Zum Vergnügen, nicht, um seine Nerven zu beruhigen. »Denk nach, um Himmels willen. Wenn sie sich an irgend etwas erinnert hätte, wäre sie dann in aller Ruhe Hamburger essen gegangen?«

»Ich denke nicht...«

»Du denkst nie, darin besteht dein Problem. Sie hat sich damals nicht erinnert, und sie erinnert sich heute nicht. Vielleicht war dieser Abstecher ihr letzter verzweifelter Versuch,

Licht in das Dunkel zu bringen, oder, wahrscheinlicher noch, reine Sentimentalität. Es gibt keinen Grund, Emma etwas anzutun.«

»Und wenn sie sich doch noch erinnert?«

»Unwahrscheinlich. Jetzt hör mir zu, und zwar ganz genau. Das erstemal war es ein Unfall, ein tragischer, nicht vorhersehbarer Unfall. An dem du schuld bist.«

»Die ganze Sache war deine Idee!«

»Genau, da ich von uns beiden der einzige bin, der Grips im Kopf hat. Aber es war ein Unfall. Ich habe nicht die Absicht, einen vorsätzlichen Mord zu begehen. Nicht, wenn es sich vermeiden läßt.«

»Du bist ein eiskalter Hurensohn!«

»Ja.« Er lächelte. »Ich empfehle dir, das nicht zu vergessen.«

19

In London fiel Schnee. Dicke, nasse Flocken schwebten vom Himmel, durchnäßten den Kragen und schmolzen kalt auf der Haut. Fast fühlte man sich in eine Weihnachtspostkarte versetzt – wenn man sich nicht gerade durch den dichten Verkehr der King's Road kämpfte.

Emma zog es vor, zu Fuß zu gehen. Sweeney war von ihrer Entscheidung sicher nicht sehr angetan, aber sie hatte Besseres zu tun, als sich um ihn Gedanken zu machen. Der Zettel mit der Adresse steckte in der Tasche ihres dicken Steppmantels, obwohl diese Gedächtnisstütze überflüssig war. Sie kannte die Adresse auswendig.

Seltsam, sich als erwachsene Frau, der es freistand zu gehen, wohin es ihr beliebte, durch Chelsea zu bewegen. Sie kam sich in London wie eine Touristin vor, und Chelsea war ihr so fremd wie die Kanäle von Venedig.

In den Straßen reihte sich eine Boutique an die andere. Antiquitätengeschäfte lockten gutgekleidete Passanten an, die in letzter Minute noch Weihnachtsgeschenke besorgen mußten und hilflos vor der riesigen Auswahl standen. Junge Mädchen in dicken Sweatshirts begutachteten lachend die Auslagen. Junge Männer standen fröstelnd in den Hauseingängen herum und bemühten sich, gelangweilt und blasiert zugleich zu wirken.

Am Sloane Square trotzte ein Blumenverkäufer dem Schnee und vermittelte die Illusion, man könne sich gegen harte Münze einen Hauch von Frühling ins Wohnzimmer holen. Die Farben und der Duft hatten Emma in Versuchung geführt, doch dann war sie weitergegangen, ohne in ihrem Portemonnaie nach Kleingeld zu kramen. Es wäre unpassend gewesen, ihrer Mutter mit einem Blumenstrauß in der Hand entgegenzutreten.

Ihre Mutter. Diese Tatsache war nicht zu leugnen, aber es war ihr unmöglich, Jane Palmer als ihre Mutter zu akzeptieren. Allein der Name war ihr fremd – genausogut hätte sie ihn in irgendeinem Buch gelesen haben können. Anders verhielt es sich mit dem Gesicht. Dieses Gesicht hatte sie ab und an in ihren Träumen verfolgt; ein Gesicht, welches sich dann vor Ärger verdunkelte und so stets einen Schlag ankündigte. Das Gesicht, das manchmal in *People*, dem *Enquirer* oder der *Post* abgebildet war.

Ein Gesicht aus der Vergangenheit, dachte Emma. Was hatte es noch mit ihr zu tun?

Doch warum war sie dann gekommen? Diese Frage stellte sich ihr immer wieder, während sie durch die engen Gassen spazierte. Die Antwort lag auf der Hand. Sie wollte etwas aus der Welt schaffen, das schon vor Jahren hätte geklärt werden sollen.

Emma überlegte im stillen, ob Jane es wohl für einen guten Witz gehalten hatte, in eines der besseren Viertel zu ziehen, dort, wo einst Oscar Wilde, Whistler und Turner gelebt hatten. Schriftsteller und Künstler wurden seit jeher von Chelsea magisch angezogen. Und Musiker. Mick Jagger besaß hier ein Haus. Oder hatte eines besessen. Emma interessierte es nicht im geringsten, ob die Stones hier noch residierten. Sie war nur wegen einer einzigen Person gekommen.

Vielleicht sagten Jane ja die Kontraste zu. Chelsea war ausgeflippt und bürgerlich, ruhig und wild zugleich. Es mußte ein Vermögen kosten, in einem dieser piekfeinen Häuser zu wohnen. Oder hing Janes Wahl mit Bev zusammen, die sich in demselben Bezirk niedergelassen hatte?

Auch das war bedeutungslos.

Sie blieb stehen und spielte nervös mit dem Riemen ihrer Handtasche, während der Schnee langsam auf ihr Haar fiel. Das Haus lag weit entfernt von der schäbigen kleinen Wohnung, die sie einst mit Jane geteilt hatte. Auf alt getrimmt, war es doch nur eine mißlungene Kopie eines viktorianischen Wohnsitzes. Trotzdem hätte das Haus auf seine Weise anziehend wirken können, wären der Weg gefegt und die Vorhänge einmal gewaschen worden. Niemand hatte sich die Mühe gemacht, einen Kranz an die Tür oder Lichterketten ins Fenster zu hängen.

Wehmütig dachte Emma an das Heim der Kesselrings. Obwohl in Kalifornien nie Schnee fiel, hatte das Haus eine weihnachtliche Wärme ausgestrahlt. Aber schließlich kam sie ja nicht nach Hause, um Weihnachten zu feiern. Sie kam überhaupt nicht nach Hause.

Tief durchatmend öffnete sie das Tor und stapfte durch den Schnee zur Eingangstür. Trotz ihrer pelzgefütterten Handschuhe waren ihre Hände eiskalt, als sie den Türklopfer hob und gegen das Holz fallen ließ.

Keine Antwort. Sie klopfte erneut, in der Hoffnung, daß niemand sie hörte. Wenn niemand öffnete, könnte sie sich dann einreden, sie habe ihr Bestes getan, um Jane ein für allemal aus ihrem Leben zu streichen? Plötzlich wollte Emma nur noch fortlaufen, fort von dem Haus, das etwas versprach, was es nicht halten konnte, fort von der Frau, die sie niemals ganz aus ihrem Leben zu verbannen vermocht hatte. Schon wollte sie sich erleichtert abwenden, da ging die Tür auf.

Emma brachte keinen Ton heraus. Stumm starrte sie die Frau in dem schmuddeligen roten Seidenkimono, der sich über ihren verfetteten Hüften spannte, an. Blondes Haar hing wirr um ein aufgequollenes, teigiges Gesicht. Das Gesicht einer Fremden. Es waren die Augen, die Emma wiedererkannte. Schmale, bösartige Augen, von Alkohol, Drogen oder Schlafmangel gerötet.

»Nun?« Fröstelnd schlang Jane den Kimono enger um sich. An ihren Fingern glitzerten Diamanten, und zu Emmas Entsetzen verbreitete sie den Geruch nach schalem Gin. »Hör zu, Herzchen, ich hab' Samstag nachmittag was besseres zu tun, als an der Tür rumzustehen.«

»Wer zum Teufel ist denn das?« fragte eine verärgerte männliche Stimme von oben. Jane warf einen gelangweilten Blick über die Schulter.

»Halt den Mund, ja?« brüllte sie zurück, dann wandte sie sich wieder an Emma. »Was ist? Du siehst ja, daß ich beschäftigt bin.«

Verschwinde, befahl sich Emma verzweifelt. Dreh dich um und mach, daß du wegkommst. Statt dessen hörte sie ihre Stimme, die wie die einer Fremden klang. »Ich möchte mit dir reden. Ich bin Emma.«

Jane rührte sich nicht vom Fleck. Nur ihre Augen verengten sich und ruhten lange auf Emma. Sie sah eine junge Frau vor sich, groß und schlank, mit einem feinen, blassen Gesicht und üppigen blonden Haaren. Sie sah Brian – dann wieder ihre Tochter. Einen Moment lang überkam sie so etwas wie Bedauern, doch dann verzogen sich ihre Lippen höhnisch.

»Sieh mal einer an. Klein Emma kommt nach Hause zu ihrer Mama. Reden willst du mit mir?« Das hohe, hysterische Lachen veranlaßte Emma, sich wie in Erwartung eines Schlages zu ducken. Doch Jane trat nur einen Schritt zurück. »Dann komm mal rein, Herzchen. Wir werden ein kleines Schwätzchen halten.«

Jane stellte bereits Berechnungen an, während sie Emma in ein unordentliches, durch dicke Vorhänge verdunkeltes Wohnzimmer führte. Ein vertrauter Geruch hing in der Luft – nach Schnaps und altem Rauch, der nicht von gewöhnlichen Zigaretten herrührte. Offenbar hatte sich nicht allzuviel geändert.

Janes Gedanken überschlugen sich. Brian würde seine jährlichen Zahlungen bald einstellen, und kein Betteln und kein Drohen würden einen weiteren Penny aus ihm herauspressen. Doch da war das Mädchen. Ihre kleine Emma. Eine Frau mußte an ihre Zukunft denken, dachte Jane. Besonders wenn sie einen teuren Geschmack und kostspielige Angewohnheiten hatte.

»Wie wär's mit einem kleinen Drink, zur Feier unseres Wiedersehens?«

»Nein, danke.«

Gleichgültig die Achseln zuckend, bediente Jane sich selbst. »»Auf die alten Familienbande!« Sie hob ihr Glas, prostete Emma zu und kicherte hämisch, als diese angelegentlich ihre Hände betrachtete. »Das soll sich einer vorstellen! Da stehst du nach all den Jahren einfach so vor der Tür.« Sie nahm einen tiefen Schluck und ließ sich auf das mit lila Samt bezogene Sofa fallen. »Setz dich, Emmalein, und erzähl mir was von dir.«

»Da gibt es nicht viel zu erzählen.« Emma setzte sich steif auf die äußerste Kante eines Stuhls. »Ich mache in London ein paar Tage Urlaub.«

»Urlaub? Ach ja, Weihnachten.« Jane tippte mit einem abgebrochenen Fingernagel an ihr Glas. »Hast du deiner Mama wenigstens ein Geschenk mitgebracht?«

Wortlos schüttelte Emma den Kopf. Sie fühlte sich mit einemmal wieder wie ein verängstigtes, einsames Kind.

»Das wäre doch wohl das mindeste gewesen, deiner Mutter nach all den Jahren eine kleine Aufmerksamkeit zu überreichen.« Abwinkend lehnte sich Jane zurück. »Mach dir nichts draus. Du warst noch nie eine liebevolle Tochter. Wie erwachsen du geworden bist!« Neidisch musterte sie Emmas Diamantohrringe. »Hast gut für dich gesorgt, wie? Teure Schulen, teure Klamotten, na ja.«

»Ich gehe jetzt zur Uni«, stammelte Emma hilflos. »Und ich habe einen Job.«

»Einen Job? Wozu zum Teufel brauchst du einen Job? Dein Alter stinkt doch vor Geld.«

»Es macht mir Spaß.« Emma haßte ihr unkontrolliertes Stottern. »Ich arbeite gern.«

»Nun, sehr helle warst du nie.« Stirnrunzelnd schenkte Jane sich Gin nach. »Wenn ich bedenke, wie ich all die Jahre geknausert und geknapst habe, mir nichts gönnen konnte, nur damit du ein Hemd auf dem Hintern und 'ne Mahlzeit im Bauch hattest. Und was ist der Dank? Immer nur hast du gejammert und geheult, und dann warst du auf und davon mit deinem Vater, ohne auch nur an deine arme Mutter zu denken. Hast dir ein schönes Leben gemacht, was, Mädchen? Papis kleine Prinzessin. Papis Liebling. Und an mich hast du wohl nie gedacht in all den Jahren?«

»Doch, ich habe an dich gedacht«, murmelte Emma.

Wieder tippte Jane an ihr Glas. Sie brauchte dringend einen Schuß, aber wenn sie den Raum verließe, würde Emma klammheimlich verschwinden, und ihre Chance wäre dahin. »Er hat dich gegen mich aufgehetzt.« Tränen des Selbstmitleids quollen aus ihren Augen. »Mein eigenes Fleisch und Blut! Er wollte dich für sich alleine haben, dabei war ich es, die die Schmerzen der Geburt ertragen und dich alleine großziehen mußte. Ich hätte dich nicht zur Welt bringen müssen«, fügte sie bösartig hinzu. »Sogar damals konnte man das regeln, wenn man die richtigen Leute kannte.«

Emmas Augen wurden dunkel. Sie sah ihrer Mutter fest ins Gesicht. »Und warum hast du das nicht getan?«

Janes Hände begannen zu flattern. Gin war ein armseliger Ersatz für Drogen. Doch sie war zu schlau, um zuzugeben, daß die Angst, einem Pfuscher in die Hände zu fallen, stärker gewesen war als die Angst vor der Geburt.

»Weil ich deinen Vater geliebt habe.« Die Worte klangen ehrlich, glaubte Jane doch beinah selbst dran. »Ich habe ihn immer geliebt. Du weißt ja, wir sind zusammen aufgewachsen. Und er hat mich auch geliebt, er hat mich angebetet. Wäre da nicht seine Musik, seine dämliche Karriere gewesen, wir wären heute noch zusammen. Aber er hat mich abserviert wie ein Stück Dreck. Außer seiner Musik interessiert ihn gar nichts. Oder glaubst du etwa, ihm liegt etwas an dir?« Leicht schwankend stand sie auf. »Einen Scheißdreck liegt ihm an dir. Ihm ging es nur um sein Image. Es durfte ja keiner auf die Idee kommen, daß der strahlende Held Brian McAvoy sein kleines Kind im Stich läßt.«

Die alten Zweifel, die alte Angst, nagten wieder an ihr.

Emma mußte sich förmlich zum Sprechen zwingen. »Er liebt mich. Er hat alles für mich getan.«

»Brian liebt nur Brian.« Jane legte die Hände auf Emmas Stuhllehne und beugte sich näher zu ihrer Tochter. In ihren Augen glitzerte reine Schadenfreude. Brian selbst konnte sie nicht mehr verletzen, obwohl sie alles erdenkliche versucht hatte. Emma zu quälen, war das Zweitbeste.

»Er hätte uns beide, ohne mit der Wimper zu zucken, unserem Schicksal überlassen, wenn er nicht Angst vor einem Skandal gehabt hätte. Ich habe ihm nämlich gedroht, die Presse zu informieren.«

Daß sie auch gedroht hatte, Emma und sich selbst umzubringen, erwähnte Jane nicht. Tatsächlich war ihr das so gleichgültig, daß sie es vergessen hatte.

»Er wußte – und sein beschissener Manager wußte es auch –, was passiert wäre, wenn die Presse die Geschichte groß herausgebracht hätte. Der hellste Stern am Himmel des Rock'n'Roll läßt sein uneheliches Kind im Slum aufwachsen! Also hat er dich mitgenommen und mir ein hübsches Sümmchen bezahlt, damit ich aus deinem Leben verschwinde.«

Die Worte, der Geruch, die Atmosphäre, all das verursachte Emma Übelkeit. »Er hat dich bezahlt?«

»Ehrlich verdientes Geld.« Jane nahm Emmas Kinn zwischen die Finger und drückte zu. »Ich habe jeden Penny davon verdient, und mehr. Er hat dich gekauft, und seinen Seelenfrieden dazu. Er ist billig davongekommen, aber sein Ziel hat er nicht ganz erreicht, oder? Seinen Seelenfrieden konnte er sich nicht kaufen!«

»Laß mich los!« Emma stieß Janes Hand von sich. »Faß mich ja nicht wieder an!«

»Du bist genauso mein Kind wie seins.«

»Nein!« Emma raffte sich auf und betete, daß ihre Beine sie tragen würden. »Nein, du hast mich verkauft – und damit alle Rechte, die du als Mutter vielleicht gehabt hättest. Er mag mich gekauft haben, Jane, aber er besitzt mich nicht.« Sie kämpfte mit den Tränen. Vor dieser Frau, an diesem Ort würde sie nicht anfangen zu weinen. »Ich bin heute hierhergekommen, um dich zu bitten, die Verfilmung deines Buches zu verhindern. Ich hoffte, du hättest vielleicht genug für mich übrig, um meine Wünsche in diesem Fall zu respektieren. Aber ich habe meine Zeit vergeudet.«

Oben begann Janes Liebhaber, wüste Flüche auszustoßen.

»Ich bin immer noch deine Mutter!« schrie Jane. »Das kannst du nicht ändern.«

»Nein, das kann ich nicht ändern, leider. Ich muß eben damit leben.« Mit diesen Worten ging Emma zur Tür.

»Du willst, daß ich den Film abblase?« Jane packte sie am Arm. »Wieviel wäre dir das denn wert?«

Beängstigend gefaßt drehte Emma sich um und maß ihre Mutter mit einem letzten langen Blick. »Bildest du dir wirklich ein, ich bezahle dich dafür. Da hast du dich ganz gewaltig verrechnet, Jane. Von mir siehst du keinen Penny.«

»Du Miststück!« Janes Hand klatschte auf ihre Wange. Emma wich dem Schlag nicht aus. Sie öffnete nur die Tür und verließ das Haus.

Lange Zeit wanderte sie einfach nur umher, wich Passanten und Hunden aus, ignorierte das Gelächter, die Motorengeräusche und die dröhnende Weihnachtsmusik um sie herum. Die Tränen waren versiegt. Vielleicht lag das an der Kälte oder an dem Lärm. Dadurch war es so leicht, an gar nichts zu denken. Und so hatte Emma, als sie sich vor Bevs Tür wiederfand, keine Ahnung, wie sie dorthin gekommen war oder daß sie diese Absicht gehabt hatte.

Entschlossen klopfte sie an. Jetzt war nicht die Zeit, lange nachzudenken. Es war an der Zeit, endlich die losen Fäden ihres Lebens zu verknüpfen.

Die Tür ging auf. Warme Luft, vermischt mit Tannenduft, strömte heraus. Im Hintergrund spielten Weihnachtslieder. Von Schneeflocken umtanzt, starrte Emma auf Alice hinunter. Wie seltsam es doch war, dachte sie, auf ihr altes Kindermädchen herabzuschauen. Die Zeit hatte sie selbst größer und Alice älter werden lassen. In Alice' Augen flackerte Wiedererkennen auf, und ihre Lippen zitterten.

»Hallo, Alice.« Emmas eigene Lippen verzogen sich mühsam zu einem Lächeln. »Schön, dich wiederzusehen.«

Alice blieb wie angewurzelt stehen. Langsam rannen Tränen aus ihren Augen.

»Alice, denk daran, Terry das Päckchen zu geben, wenn er vorbeikommt.« Bev eilte durch die Halle, einen schwarzen Pelz über dem Arm. »Ich bin bald wieder...« Sie hielt inne, und die kleine schwarze Handtasche entglitt ihren kraftlosen Händen. »Emma«, flüsterte sie.

Zuerst empfand sie Freude, den Wunsch, zur Tür zu laufen und Emma in die Arme zu nehmen. Dann kam die Scham.

»Ich hätte anrufen sollen«, begann Emma. »Ich war zufällig in der Stadt, und da dachte ich...«

»Ich bin so froh, daß du gekommen bist.« Bev gewann ihre Fassung wieder und trat lächelnd auf sie zu. »Alice.« Sie legte der Frau die Hand auf die Schulter und bat freundlich: »Wir könnten etwas Tee vertragen.«

»Du wolltest weggehen«, sagte Emma rasch. »Ich möchte dich nicht aufhalten.«

»Das macht nichts. Alice«, wiederholte sie. Die Frau nickte und verschwand. »Du bist so groß geworden«, murmelte Bev. Sie mußte sich zusammennehmen, um Emma nicht zu berühren. Sanft ergriff sie die behandschuhte Hand. »Kaum zu glauben – aber du frierst doch sicher. Komm herein.«

»Du hast etwas vor.«

»Nur die Party eines Geschäftsfreundes. Nicht so wichtig. Ich möchte wirklich, daß du bleibst.« Ihre Finger schlossen sich um Emmas Hand, und ihre Augen glitten beinah hungrig über das Gesicht des Mädchens. »Bitte.«

»Natürlich. Für ein paar Minuten.«

»Ich nehme deinen Mantel.«

Wie zwei höfliche, guterzogene Fremde nahmen sie in Bevs geräumigem hellem Wohnzimmer Platz.

»Schön hast du es dir gemacht.« Emma suchte nach den passenden Worten. »Ich habe schon gehört, daß du großen Erfolg als Innenarchitektin hast. Zu Recht, wie ich sehe.«

»Danke.« O Gott, was sollte sie nur sagen? Und was nicht?

»Meine Freundin und ich haben uns in New York eine Wohnung gekauft. Wir sind noch beim Umbau.« Emma räusperte sich und blickte zu dem lustig flackernden Kaminfeuer. »Ich hatte keine Vorstellung davon, wie kompliziert es ist, eine Wohnung einzurichten. Bei dir sah das immer so einfach aus.«

»New York«, meinte Bev. »Lebst du jetzt dort?«

»Ja. Ich gehe zur New Yorker Uni. Fotografie.«

»Gefällt es dir?«

»Ja, sehr.«

»Bleibst du lange in London?«

»Bis Neujahr.«

Eine lange, unbehagliche Pause entstand. Beide Frauen atmeten erleichtert auf, als Alice mit dem Tee kam. »Danke, Alice. Ich schenke selber ein.«

»Sie ist bei dir geblieben«, stellte Emma fest, als sie wieder alleine waren.

»Ja. Oder es ist vielmehr so, daß wir beieinander geblieben sind.« Es half Bev ein wenig, mit der Kanne, den Tassen und mit Gebäck zu hantieren. Zwar hatte sie weder Appetit noch Durst, aber das vertraute Ritual des Nachmittagstees trug zu ihrer Entspannung bei. »Nimmst du immer noch so viel Zukker und Sahne in den Tee?«

»Nein, ich bin durch und durch amerikanisiert.« In einer blauen Vase blühten frische Blumen. Tulpen. Emma fragte sich, ob Bev sie wohl von dem Blumenhändler am Square gekauft oder selbst gezogen hatte. »Jetzt hast du zuviel Zukker hineingetan.«

»Brian und ich machten uns immer Sorgen, daß du mal fett und zahnlos wirst, bei deiner Vorliebe für Süßes«, erzählte Bev, zuckte dann zusammen und suchte nach einem unverfänglicheren Thema. »Erzähl mir von deiner Fotografiererei. Welche Art von Aufnahmen machst du denn am liebsten?«

»Am liebsten fotografiere ich Menschen. Charakterstudien liegen mir mehr als Landschaftsaufnahmen oder Abstraktes. Ich hoffe, ich kann mich durchsetzen.«

»Wunderbar. Ich würde gerne mal Aufnahmen von dir sehen.« Wieder brach sie ab. »Vielleicht wenn ich nächstes Mal in New York bin.«

Emma betrachtete den mit hunderten kleiner, handbemalter Ornamente und weißen Spitzenschleifen geschmückten Weihnachtsbaum am Fenster. Sie hatte kein Geschenk für Bev mitgebracht, kein Päckchen von ihr würde unter dem Baum liegen. Aber vielleicht gab es doch eine Möglichkeit, Bev ein Geschenk zu machen.

»Warum erkundigst du dich nicht, wie es ihm geht, Bev?« fragte Emma behutsam. »Es wäre für uns beide leichter.« Bev sah ihr in die Augen, diese schönen, dunkelblauen Augen, die denen ihres Vaters so glichen.

»Wie geht es ihm?«

»Ich wünschte, ich wüßte es. Beruflich besser denn je. Die letzte Konzerttour... na, das weißt du vermutlich alles.«

»Ja.«

»Er dreht gerade einen Film, plant ein neues Album, macht Videos.« Emma legte eine Pause ein, dann platzte sie los: »Er trinkt zuviel.«

»Auch das habe ich gehört«, erwiderte Bev ruhig. »P. M. macht sich Sorgen um ihn. Aber die beiden... seit einigen Jahren ist ihre Beziehung etwas gespannt.«

»Ich möchte, daß er in eine Klinik geht.« Emma zuckte unruhig die Achseln. »Aber er will ja nicht hören. Dabei ist Stevie das beste Beispiel, was passieren kann, wenn... es hat keinen Sinn. Man kann mit ihm auch nicht vernünftig reden, weil bis jetzt weder seine Arbeit noch seine Gesundheit darunter gelitten haben. Aber...«

»Du machst dir Sorgen.«

»Ja. Ja, allerdings.«

Bevs Lächeln wurde weicher, ein Abglanz jenes Lächelns, an das sich Emma so gut erinnerte. »Bist du deswegen gekommen?«

»Zum Teil, denke ich. Es scheint eine Menge von Gründen zu geben, warum ich gekommen bin.«

»Emma, ich schwöre dir, wenn es irgend etwas gäbe, was ich tun könnte, wenn ich irgendwie helfen könnte, dann würde ich das tun.«

»Warum?«

Bev rührte in ihrer Teetasse, um Zeit zu gewinnen. »Brian und ich haben vieles miteinander geteilt. Egal wie lange das her ist, egal wie sehr man verletzt wurde, man vergißt alte Gefühlte nicht so einfach.«

»Haßt du ihn?«

»Nein. Nein, natürlich nicht.«

»Und mich?«

»Ach, Emma.«

Emma sprang auf. »Ich wollte dir diese Frage nicht stellen. Ich wollte nicht alles wieder aufrühren. Nur wollte ich... es ist nicht zu Ende. Ich weiß gar nicht, was ich heute eigentlich zu Ende bringen wollte.« Nachdenklich blickte sie ins Feuer. »Ich habe Jane besucht.«

Bevs Tasse klapperte auf die Untertasse, ehe sie die Kontrolle über ihre Hände wiedergewann. »O je!«

Lachend zupfte Emma ihr Haar zurecht. »Genau. O je. Ich mußte sie sehen, ich dachte, das würde mir helfen, mir über meine Gefühle klar zu werden. Und dumm, wie ich war, glaubte ich, ich könnte sie dazu bewegen, die Verfilmung ihres Buches zu stoppen. Du kannst dir nicht vorstellen, wie es ist, ihr zu ähneln, zu sehen, was sie ist, und dabei zu wissen, daß sie meine Mutter ist.«

»Was ich dir jetzt sage, ist die reine Wahrheit, Emma.« Bev sah sie lange an. Vielleicht gab es doch etwas, das sie tun konnte, nur eine Kleinigkeit, um den Fehler wiedergutzumachen, den sie vor all den Jahren begangen hatte. Als sie zu sprechen begann, klang ihre Stimme ruhig und bestimmt.

»Du bist ihr nicht ähnlich. In keiner Weise. Du warst ihr damals nicht ähnlich, als du zu uns gekommen bist, und daran hat sich bis heute nichts geändert.«

»Sie hat mich an Papa verkauft.«

»O Gott!« Bev schlug die Hände vor das Gesicht, dann ließ sie sie wieder sinken. »Es war alles ganz anders, Emma.«

»Er hat ihr Geld gegeben. Sie hat es genommen. Ich war nur eine Ware, die den Besitzer gewechselt hat und die dann dir angedreht wurde.«

»Das stimmt nicht. Es ist grausam, so etwas zu behaupten, grausam und dumm dazu! Ja, er hat sie bezahlt. Er hätte jeden Preis bezahlt, damit du in Sicherheit bist.«

»Sie sagt, er hat es wegen seines Images getan.«

»Sie lügt.« Bev ging zu Emma hinüber und nahm ihre Hand. »Hör mir jetzt gut zu. Ich kann mich noch genau an den Tag erinnern, an dem er dich mitgebracht hat. Ich weiß, wie du ausgesehen hast, und ich weiß, wie er aussah. Er war nervös, vielleicht auch ängstlich, aber fest entschlossen, das zu tun, was für dich am besten war. Nicht wegen der verdammten Presse, sondern weil du sein Kind warst.«

»Und jedesmal, wenn er oder du mich anschauten, dann habt ihr *sie* gesehen.«

»Brian nicht. Brian nie.« Seufzend legte Bev den Arm um Emmas Schulter und drückte sie auf das Sofa. »Ich vielleicht schon. Anfangs. Ich war so jung, Himmel, ich war so alt wie du jetzt. Wir waren verliebt, wollten heiraten. Ich war mit Darren schwanger. Und dann kamst du – ein Teil von Brian, mit dem ich gar nichts zu tun hatte. Ich hatte Angst vor dir. Wahrscheinlich habe ich dich sogar abgelehnt. Die Wahrheit war, ich wollte nichts für dich empfinden, außer eventuell Mitleid.« Als Emma sich losmachen wollte, hielt Bev sie fest. »Ich weigerte mich, dich zu lieben, Emma. Doch plötzlich tat ich es. Es war nicht geplant, ich habe mich nicht eines Tages hingesetzt und beschlossen, dir eine Chance zu geben. Ich habe dich einfach geliebt.«

Da brach Emma zusammen. Sie ließ ihren Kopf auf Bevs Schulter sinken und weinte, weinte hemmungslos und ohne sich ihrer Tränen zu schämen, während Bev ihr Haar streichelte.

»Es tut mir leid, Liebes. So furchtbar leid. Ich hätte für dich dasein müssen. Aber nun bist du erwachsen, und ich habe meine Chance vertan.«

»Ich dachte, du würdest mich hassen – wegen Darren.«

»Um Himmels willen, nein!«

»Du würdest mir die Schuld geben...«

»Nein.« Entsetzt fuhr Bev zurück. »Du lieber Gott, Emma, du warst ein Kind. Ich habe Brian die Schuld gegeben, und das war falsch. Ich habe mir die Schuld gegeben, und ich kann nur hoffen, daß das auch falsch war. Aber was für Fehler ich auch gemacht haben mag, ich habe nie dir die Schuld gegeben.«

»Ich hörte ihn weinen...«

»Schscht.« Sie hatte gar nicht gewußt, wie sehr Emma litt. Bev schloß einen Moment die Augen. Hätte sie diesen Kummer damals erkannt... Sie konnte nur hoffen, daß sie dann stark genug gewesen wäre, ihren eigenen Schmerz um des Kindes willen hintanzustellen. »Hör zu. Darrens Tod war das Schlimmste, das Schrecklichste und Schmerzhafteste, was mir in meinem ganzen Leben zugestoßen ist. Ich habe danach alle meine Freunde vergrault. In den ersten Jahren nach seinem Tod, da... ich war nicht mehr ich selbst. Ich habe eine Therapie gemacht, sie wieder abgebrochen, an Selbstmord gedacht, aber ich hatte nicht die Courage, ein Ende zu machen. Er war etwas ganz Besonderes, Emma. Manchmal konnte ich kaum glauben, daß er mein Sohn war. Und plötzlich war er fort, so schnell, so grausam, so sinnlos. Ich konnte nichts tun. Ich hatte mein Kind verloren. Und in meiner Trauer habe ich mich von meinem anderen Kind abgewandt und so dieses auch noch verloren.«

»Ich habe ihn auch geliebt. So sehr.«

»Das weiß ich.« Bev lächelte liebevoll. »Das weiß ich nur zu gut.«

»Dich auch. Ich habe dich vermißt.«

»Ich dachte, ich würde dich nie wiedersehen. Ich dachte, du könntest mir nie verzeihen.«

Sie war verblüfft. Verzeihen? Jahrelang hatte Emma in dem Glauben gelebt, sie sei diejenige, der man vergeben müsse, und nun war nach ein paar Worten die seelische Last, die sie mit sich herumtrug, leichter geworden, und sie konnte lächeln.

»Als ich klein war, habe ich dich für die schönste Frau der Welt gehalten. Das tue ich heute noch. Hast du etwas dagegen, wenn ich wieder Mami zu dir sage?«

Bev umarmte sie schweigend. Dann meinte sie: »Warte hier einen Augenblick. Ich habe etwas für dich.«

Allein gelassen suchte Emma in ihrer Handtasche nach einem Taschentuch. Gegen die Kissen gelehnt, trocknete sie ihre Augen. Bev war ihre Mutter und würde es immer bleiben. Zumindest diese quälende Frage war beantwortet.

»Ich habe ihn für dich aufgehoben«, lächelte Bev, als sie zurückkam. »Oder vielleicht habe ich ihn meinetwegen behalten. Er hat mich in vielen einsamen Nächten getröstet.«

Mit einem Freudenschrei sprang Emma auf. »Charlie!«

20

Seit zehn Wochen arbeitete Emma nun schon für Runyun. Sie mochte zwar nur eine kleine Assistentin sein, aber sie war Runyuns kleine Assistentin. In den letzten zehn Wochen hatte sie von ihm mehr gelernt als in all ihren Kursen, aus all ihren Büchern zusammen. Beim Schein des Rotlichts legte sie vorsichtig einen Abzug in das Fixierbad. Ja, sie hatte sich entschieden verbessert. Und sie gedachte, noch besser zu werden.

Besser noch als Runyun, eines Tages.

Beruflich lief alles bestens. Ihr Privatleben dagegen befand sich in Aufruhr.

Da war ihre Mutter. Wie sollte sie nur ihre Gefühle beschreiben? Zu wissen, daß die Frau, die ihr in dem schummrigen Zimmer in London gegenübergesessen hatte, ihr einst das Leben schenkte! Würde sie jemals imstande sein, ihre Gefühle genau zu analysieren? Und ihre Ängste? Trotz Bevs gegenteiligen Beteuerungen hatte sie dennoch nie die alte Angst überwinden können, eines Tages wie Jane zu werden. Lag tief in ihrem Inneren ein Same verborgen, der einmal Früchte bringen würde? War es ihr vorbestimmt, so zu werden wie sie?

Eine Trinkerin. Eine billige, verbitterte Trinkerin.

Wie konnte sie diesem Schicksal entrinnen, wo ihr doch die Anlagen dazu quasi in die Wiege gelegt worden waren. Ihre Mutter, ihr Großvater. Ihr Vater. Es half nichts, die Augen vor der Wahrheit zu verschließen. Der Mann, den sie auf dieser Welt am meisten liebte, war dem Alkohol genauso verfallen wie die Frau, die sie haßte.

Der Gedanke versetzte sie in Panik.

Sie wollte es nicht glauben. Doch sie mußte es glauben.

Es bringt doch nichts. Sinnlos, darüber weiter nachzugrübeln, sagte Emma sich. Sie nahm den Abzug aus dem Fixierbad und hängte ihn auf. Kritisch musterte sie die Aufnahme, ehe sie sich wieder hinter ihr Vergrößerungsgerät stellte.

Anstatt sich Sorgen um sich selbst zu machen, sollte sie sich besser um Marianne kümmern, beschloß Emma. Sie wußte, daß ihre Freundin neuerdings Vorlesungen schwänzte, um Robert Blackpool auf einen Drink oder zum Lunch zu treffen und anschließend mit ihm in die Clubs – Elaine's, Studio 54, Danceteria – weiterzuziehen, wo Blackpool sich von seinen Fans anhimmeln ließ.

Es gab Nächte, an denen Marianne erst im Morgengrauen nach Hause kam, tiefe Schatten unter den Augen und vor Neuigkeiten übersprudelnd. Schlimmer noch waren die Nächte, wo Blackpool im Apartment übernachtete, in Mariannes Studio. In Mariannes Bett.

Sie wünschte von ganzem Herzen, sich über Mariannes Glück freuen zu können. Und Marianne war glücklich. Sie war zum erstenmal heftig verliebt; in einen Mann, der sie allem Anschein nach vergötterte. Sie führte jetzt das aufregende, glanzvolle, dekadente Leben, nach dem sie sich beide gesehnt hatten, während sie hinter den hohen Mauern von Saint Catherine's gefangen waren.

Ärgerlich gestand Emma sich ein, daß sie schlicht und ergreifend eifersüchtig war. Sie verübelte es Marianne, daß sie, Emma, nur noch die zweite Geige in ihrem Leben spielte, und sie schalt sich kleinlich. Es irritierte sie, in Mariannes Gesicht die Spuren einer Liebesnacht zu bemerken, und sie schimpfte sich gehässig.

Dennoch war sie mit Mariannes Romanze nicht einverstanden. Sicher, Blackpool sah blendend aus, war ein interessanter und begabter Mann, das war nicht zu leugnen. Auf Mariannes Drängen hin hatte Emma eingewilligt, ihn zu fotografieren. Er war höflich und zuvorkommend gewesen, erinnerte sie sich, und er hatte ihr amüsante Komplimente gemacht – rein platonisch natürlich, schließlich war er ja der Liebhaber ihrer Freundin.

Liebhaber. Emma schnitt den Fotos eine Grimasse. Wahrscheinlich lag da der Hund begraben. Marianne und sie hatten immer alles miteinander geteilt – jeden Gedanken, jeden Plan, jeden Traum, und das über zehn Jahre lang. Aber dies war etwas, was sie nicht teilen konnten, und Mariannes offen zur Schau getragenes Glück erinnerte Emma ständig daran, daß diese eine Erfahrung ihr selbst fehlte.

Beinahe schämte sie sich für ihre Abneigung. Aber Blackpool war undurchsichtig; er war zu erfahren und hatte eine zu große Vorliebe für Nachtclubs und Frauen. Seine Augen wurden zu dunkel, wenn sie auf ihr ruhten – und zu selbstherrlich, wenn sein Blick an Marianne haften blieb. Doch in Wahrheit war Emma einfach nur neidisch auf ihre Freundin.

Es zählte doch nicht, daß sie Blackpool nicht mochte, redete Emma sich zu. Es zählte auch nicht, daß Johnno ihn nicht mochte und nicht mit hämischen Bemerkungen über Blackpools Hang zu Lederhosen und Silberketten geizte. Das einzige, was zählte, war Mariannes Liebe zu ihm.

Emma knipste das Licht an und rieb sich den schmerzenden Rücken. Die lange Arbeit in der Dunkelkammer hatte sie hungrig gemacht. Hoffentlich gefielen Runyun und den Leuten von *Rolling Stone*, mit denen sie sich in Verbindung gesetzt hatte, die Aufnahmen, die sie von Devastation gemacht hatte.

Sie war gerade dabei, den Kühlschrank einer genauen Musterung zu unterziehen, als sie den Fahrstuhl hörte. »Ich hoffe, du hast was Anständiges zu essen mitgebracht«, rief sie laut. »Der Kühlschrank ist genauso leer wie mein Magen!«

»Entschuldigung.«

Beim Klang von Blackpools Stimme drehte Emma sich ruckartig um. »Ich dachte, es wäre Marianne.«

»Sie hat mir einen Schlüssel gegeben.« Er lächelte leicht und ließ den Schlüssel vor Emmas Augen baumeln, ehe er ihn in die Hosentasche schob. »Wenn ich geahnt hätte, daß mich eine hungrige Frau erwartet, hätte ich was eingekauft.«

»Marianne hat noch Unterricht.« Emma sah auf die Uhr. »Sie muß bald zurückkommen.«

»Ich hab' Zeit.« Er kam in die Küche und blickte über ihre

Schulter. Emma wich automatisch zurück. »Kläglich«, meinte er, als er den Inhalt des Kühlschrankes begutachtete, nahm sich dann aber eine Flasche von dem Importbier, das Marianne extra für ihn vorrätig hielt. Dann musterte er Emma lange.

Sie hatte ihr Haar auf dem Kopf zusammengesteckt, damit es ihr bei der Arbeit nicht ins Gesicht hängen konnte. Unter seinem prüfenden Blick wurde ihr bewußt, daß ihre Jeans zu eng saßen und das überweite T-Shirt ständig über ihre Schulter rutschte.

»Tut mir leid, daß ich dir nichts anderes anbieten kann.«

Er hob kaum merklich die Augenbrauen, lächelte sie an und trank einen Schluck. »Mach dir deswegen keine Gedanken. Betrachte mich einfach als Familienmitglied.«

Die Küche war für sie beide zu eng. Als Emma sich an ihm vorbeidrängelte, bewegte er sich gerade so viel, daß sich ihre Körper aneinander rieben. Es war eine bewußte Aufforderung, die Emma erschreckte, da er bislang immer den netten, höflichen Freund gespielt hatte. Als sie zusammenzuckte, lachte er zufrieden.

»Mache ich dich nervös, Emma?«

»Nein.« Die Lüge war zu offensichtlich, um glaubhaft zu wirken. Zum erstenmal hatte sie ihn als Mann und nicht als Mariannes Freund angesehen. »Wollt ihr beiden ausgehen?«

»Das war der Plan.« Er hatte die Angewohnheit, sich mit der Zunge über die Zähne zu fahren, ehe er lächelte, als würde ihm das Wasser im Mund zusammenlaufen. »Willst du dich uns anschließen?«

»Ich glaube nicht.« Einmal hatte Marianne sie zum Mitkommen überredet, und Emma wurde von Club zu Club geschleift und war ständig auf der Flucht vor Paparazzi.

»Du kommst nicht genug unter Leute, Süße.«

Als er begann, mit ihren Haaren zu spielen, warf Emma den Kopf in den Nacken. »Ich habe zu arbeiten.«

»Da wir gerade davon sprechen: Hast du eigentlich die Fotos entwickelt, die du von mir geschossen hast?«

»Ja. Sie trocknen gerade.«

»Darf man mal sehen?«

Emma zuckte die Achseln und ging voraus, in ihre Dunkelkammer. Vor dem Kerl brauchte sie doch keine Angst zu haben, versicherte sie sich. Wenn er das Terrain sondieren wollte, um ihr einen flotten Dreier vorzuschlagen, dann würde sie ihm was anderes erzählen!

»Ich glaube, sie werden dir gefallen.«

»Ich bin aber sehr anspruchsvoll, Emmaschatz.«

Der Kosename verursachte ihr Gänsehaut, doch sie fuhr fort: »Ich habe mich bemüht, dich nachdenklich und ein bißchen arrogant wirken zu lassen.«

Sein Atem strich warm über ihren Nacken. »Und sexy?«

Ihr lief ein kurzer, unkontrollierter Schauer über den Rücken. »Manche Frauen finden Arroganz sexy.«

»Und du?«

»Ich nicht.« Sie wies auf die zum Trocknen aufgehängten Bilder. »Wenn dir eins gefällt, kann ich es dir vergrößern.«

Einen Moment lang lenkten ihn seine fotografischen Ebenbilder von dem Flirtversuch ab. Die Sitzung war ohne große Umstände direkt in der Wohnung abgehalten worden. Blackpool hatte sich einverstanden erklärt, da einerseits Marianne von der Idee so angetan war und er andererseits die Gelegenheit nutzen wollte, seinen Charme an Emma zu erproben. Er bevorzugte ganz junge Frauen – Frischfleisch, wie er es zynisch nannte –, besonders, seit bei seiner Scheidung viel schmutzige Wäsche gewaschen worden war. Seine Frau war dreißig, wetzte ihre böse Zunge gerne und pflegte ihm das Leben zur Hölle zu machen, so oft sie ihn der Untreue verdächtigte – wozu sie allen Grund hatte.

Blackpool mochte Mariannes Begeisterungsfähigkeit, ihren trockenen Humor und ihre hemmungslose Hingabe im Bett. Doch mit Emma, der ruhigen, stillen Emma verhielt es sich anders. Nur zu gerne hätte er ihre kühle, reservierte Fassade durchbrochen. Und das traute er sich auch zu. Außerdem würde ihr Vater außer sich sein – was den Reiz nur noch erhöhte. Mehr als einmal hatte sich Blackpool dem erotischen Wunschtraum hingegeben, beide Frauen gleichzeitig in sein Bett zu locken. Daß Emma vermutlich noch unberührt war, machte die Vorstellung um so verlockender.

Er verdrängte diesen angenehmen Gedanken und studierte aufmerksam die Schwarzweißfotos.

»Marianne behauptete, du seist gut, aber ich dachte, sie wollte bloß ihrer Freundin die Stange halten.«

»Nein.« Sogar in dem engen Raum brachte Emma es fertig, ihn auf Distanz zu halten. »Ich bin gut.«

Sein tiefes, heiseres Lachen jagte ihr einen Schauer über die Haut. Mit zitternden Knien wich sie weiter zurück. Er war aber auch zu attraktiv. Doch hinter der primitiven sexuellen Anziehungskraft lauerte etwas, das sie abstieß.

»Das bist du, Süße.« Ein leichter Geruch nach Leder, Schweiß und Bier umgab ihn. Sie hielt den Atem an.

»Stille Wasser sind offenbar tief.«

»Ich verstehe was von meiner Arbeit.«

»Sei nicht so bescheiden.« Beiläufig stützte er sich mit der Hand an der Wand ab und kesselte sie ein. Er witterte Gefahr; eine Lockung, der er nicht zu widerstehen vermochte. »Fotografie ist eine Kunst, nicht wahr? Und Künstler stehen unter einem besonderen Stern.« Er streckte die Hand aus und zog eine Nadel aus ihrem Haar. Unfähig, sich zu rühren, stand sie da, wie ein Kaninchen, das vor der Schlange zittert. »Künstler sind auf bestimmte Weise miteinander verbunden.« Langsam entfernte er eine weitere Haarnadel. »Was verbindet uns, Emma?«

Wie hypnotisiert starrte sie ihn an, konnte keinen klaren Gedanken fassen. Als sie abwehrend den Kopf schütteln wollte, verlor er die Beherrschung und riß sie an sich, fuhr mit der Hand durch ihr Haar und preßte seinen Mund hungrig auf ihre Lippen.

Dann geschah etwas, wofür sie sich ihr Leben lang verachten würde: Sie wehrte sich nicht. Einen Moment lang empfand sie brennendes Verlangen. Durch ihr Verhalten angestachelt fuhr seine Zunge zwischen ihre geöffneten Lippen. Da er ihr protestierendes Stöhnen mit Leidenschaft verwechselte, glitten seine Hände unter ihr T-Shirt und fanden ihre Brüste.

»Nicht! Bitte nicht!«

Er lachte nur. Ihr angstvolles Zittern brachte sein Blut in

Wallung. Voll heißer Begierde drückte er sie an sich, bis sich ihre leise Gegenwehr in panischer Angst verwandelte.

»Laß mich los!«

Jetzt setzte sie sich mit aller Kraft zur Wehr, krallte die Nägel in seine Lederjacke, kratzte und trat nach ihm. Er stieß sie so brutal gegen die Wand, daß die Flaschen auf dem Regal zu klappern begannen. Wie ein in die Enge getriebenes Tier schlug sie um sich, versuchte zu schreien, aber ihre Stimme versagte. Seine Hände zerrten am Reißverschluß ihrer Jeans. Ihr keuchendes Schluchzen erregte ihn bis zum Wahnsinn.

Für einen Augenblick gab er sie frei, um seine Hose zu öffnen. Verzweifelt suchte sie nach einem Ausweg. Ihr Blick fiel auf eine große Papierschere, sie wirbelte herum und packte sie mit beiden Händen.

»Bleib mir vom Leib!« befahl sie laut. Ihre Stimme klang rauh, und die Hände, die die Schere hielten, flatterten.

»Was soll das?« Blackpool deutete den wilden Ausdruck in ihren Augen richtig. Sie würde erst zustechen und dann nachdenken. Also doch noch Jungfrau, kombinierte er schwer atmend. Nur zu gerne hätte er diesen Zustand geändert. »Verteidigst du deine Unschuld? Vor einer Minute noch warst du nur allzu bereit, sie wegzuwerfen.«

Emma schüttelte nur den Kopf und hob drohend die Schere, als er vorsichtig einen Schritt auf sie zukam. »Mach, daß du rauskommst. Laß dich hier ja nicht wieder blicken. Wenn ich das Marianne erzähle...«

»Du wirst ihr gar nichts erzählen.« Er lächelte, ein hinterhältiges, gemeines Lächeln. »Wenn du das tust, dann hast du eine Freundin weniger. Sie wird dir kein Wort glauben, sie vertraut mir nämlich. Aber dich wird sie keines Blickes mehr würdigen, wenn ich ihr erzähle, daß du mich verführen wolltest.«

»Du bist ein mieser, verlogener Bastard!«

»Ganz recht, Emmaschatz. Aber weißt du, was du bist? Eine frigide Zicke!« Etwas ruhiger griff er nach seinem achtlos beiseite gestellten Bier und nahm einen tiefen Schluck. »Und dabei wollte ich dir nur einen Gefallen tun. Du hast nämlich Probleme, Süße, und zwar ganz gewaltige, aber nichts, was nicht mit einer guten Nummer behoben werden kann.« Immer noch lächelnd begann er, langsam über seine Hose zu reiben. »Glaub mir, ich kann's dir gut besorgen. Frag mal deine Freundin.«

»Raus!«

»Aber davon hast du keine Ahnung, was? Ihr süßen kleinen katholischen Unschuldslämmchen seid doch alle gleich, nur die Sünde im Kopf. Aber ich weiß, was in dir vorgeht, wenn du Marianne und mich nachts hörst. Weiber wie du, die schreien geradezu nach einer Vergewaltigung, da können sie's genießen und sich dabei einreden, sie wären trotzdem noch rein und unberührt. Dabei bettelt ihr alle nach mehr!«

Emmas Blick folgte seiner streichelnden Hand, und sie wedelte erneut mit der Schere. »Wenn ich die hier benutzen muß«, warnte sie langsam, »dann singst du anschließend im Knabenchor.«

Befriedigt stellte sie fest, daß die Farbe aus seinem Gesicht wich. Ihre Worte hatten ihn in Wut, aber mit Sicherheit auch in Angst versetzt.

»Du miese Hure!«

»Besser eine Hure als ein Eunuch«, erwiderte Emma betont ruhig, obwohl sie fürchtete, daß ihr die Schere jeden Moment aus den kraftlosen Fingern gleiten würde.

Die Fahrstuhltüren öffneten sich, und beide zuckten zusammen.

»Emma!« erklang Mariannes fröhliche Stimme. »Emma, bist du da?«

Blackpool warf Emma einen tückischen Blick zu. »Ich bin hier, Schatz. Emma hat mir die Fotos gezeigt.«

»Ach, sind sie fertig?«

Er drehte sich um und ging hinaus. »Ich habe auf dich gewartet«, hörte Emma ihn mit seidenweicher Stimme schnurren.

»Ich wußte nicht, daß du hier bist.« Mariannes atemlose Stimme verriet ihr, daß die zwei sich küßten. »Laß uns mal einen Blick auf die Fotos werfen.«

»Was willst du mit den Fotos, wenn du das Original in Lebensgröße vor dir hast?«

»Robert...« Mariannes Protest endete in einem unterdrückten Stöhnen. »Aber Emma ist...«

»Die ist beschäftigt. Ich hab' mich schon den ganzen Tag auf dich gefreut.«

Emma blieb stocksteif stehen, während sich die murmelnden Stimmen entfernten. Ganz sachte schloß sie die Tür der Dunkelkammer. Nur nichts hören. Sich nur nicht vorstellen, was oben vor sich ging. Ihre Beine gaben unter ihr nach, und sie ließ sich erschöpft in einen Stuhl sinken. Die Schere fiel klappernd zu Boden.

Er hatte sie berührt, dachte sie angeekelt. Er hatte sie berührt, und, Gott möge ihr verzeihen, sie hatte es einen Augenblick lang genossen. Seine anklagenden Worte entsprachen der Wahrheit. Sie hatte ihm die Entscheidung überlassen wollen, und dafür haßte sie ihn. Und sich selbst.

Das Telefon neben ihr klingelte bereits eine geraume Zeit, ehe sie die Energie aufbrachte, den Hörer abzunehmen. »Ja?«

»Emma – Emma, bist du das?«

»Ja.«

In der Leitung knisterte es. »Hier ist Michael. Michael Kesselring.«

Benommen starrte Emma auf die Fotos auf ihrem Arbeitstisch. »Ja, Michael?«

»Ich... ist alles in Ordnung? Stimmt was nicht?«

Beinahe hätte sie laut aufgelacht. »Nein, was sollte denn nicht stimmen?«

»Du hörst dich so komisch an.«

Der Schock über den Zwischenfall mit Blackpool war so stark, daß sie es nicht ertragen konnte, mit einem Mann auch nur zu sprechen. »Das bildest du dir ein.«

»Hör zu, ich muß dich sehen. Ich könnte für ein paar Tage runterkommen.«

»Ich will dich nicht sehen.«

»Um Himmels willen, Emma!«

»Nein. Ich wüßte nicht, warum. Dich wiederzusehen, das würde meine Pläne stören. Verstehst du?«

»Ja. Nein.« Es gab eine lange Pause. »Ich werde es versuchen. Viel Glück, Emma.«

»Danke, Michael. Mach's gut.«

Als er aufgelegt hatte, ließ Emma ihren Tränen freien Lauf. Alles nur eine Reaktion auf diese scheußliche Szene mit Blackpool, redete sie sich zu. Sie wünschte Michael wirklich nur das Beste. Fluch über ihn und alle Männer!

Sie verschloß die Tür, drehte das Radio laut auf, warf sich auf den Boden und weinte wie nie zuvor in ihrem Leben.

21

New York, 1986

Die Wohnung sah aus wie nach einem Wirbelsturm. Nun, dachte Emma, man konnte Marianne alles nachsagen, nur keine übertriebene Ordnungsliebe. Im Wohnzimmer lagen Zeitschriften verstreut, zwei knallrote leere Handtaschen waren in eine Ecke geworfen worden, daneben fand sich ein einzelner hochhackiger Schuh in derselben gräßlichen Farbe, und der Fußboden war mit Schallplatten übersät. Emma hob eine auf und legte sie auf den Plattenteller. Aretha Franklin.

Lächelnd erinnerte sie sich, daß Marianne diese Platte letzte Nacht gespielt hatte, während sie ihre wüste Packaktion beendete. Kaum vorstellbar, daß Emma und die Wohnung jetzt fast ein Jahr lang ohne Marianne auskommen mußten.

Eine lila Seidenbluse und ein rotes Top waren Mariannes hektischer Suche nach unbedingt erforderlichen Kleidungsstücken ebenfalls entgangen. Die Möglichkeit, ein Jahr in Paris, an der Ecole des Beaux Arts, zu studieren, war letztendlich doch zu verlockend gewesen. Emma freute sich zwar für die Freundin, aber es kam sie hart an, auf einmal mutterseelenallein in der Wohnung zu stehen.

Einen Moment blieb sie still stehen und lauschte. Durch die Musik von Aretha Franklin drang der leise, stetige Straßenlärm, vermischt mit dem klaren, kräftigen Sopran einer Nachbarin, einer angehenden Opernsängerin, die bei geöffneten Fenstern eine Arie aus der *Hochzeit des Figaro* einstudierte. Emma fühlte sich plötzlich verloren. Lächerlich, schalt sie sich selbst, du bist doch nicht allein in New York. Doch genau so kam sie sich vor.

Nicht mehr lange, ermahnte sie sich, als sie Bluse und Schuh auf der untersten Treppenstufe deponierte. Sie mußte selbst ans Packen denken. In zwei Wochen würde sie in London sein und mit Devastation auf Tournee gehen, diesmal in offizieller Mission, als autorisierte Fotografin. Die Bezeichnung hatte sie sich verdient, dachte Emma zufrieden, als sie den ersten Koffer auf das Bett wuchtete. Sie hatte den Auftrag erhalten, nachdem ihr Vater sie gebeten hatte, Devastation für das Cover des neuen Albums zu fotografieren. Für *Lost the Sun*. Das originelle Schwarzweißfoto hatte solchen Anklang gefunden, daß sogar Pete sich mit Kommentaren über Vetternwirtschaft zurückgehalten hatte. Keinen Ton hatte er gesagt, als man sie aufforderte, auch das nächste Plattencover zu gestalten.

Daß gerade er, in seiner Funktion als Manager der Gruppe, sie zu der Tournee eingeladen hatte, vermittelte ihr ein Gefühl tiefer Befriedigung. Ein festes Honorar und Spesen. Runyun hatte zwar gemeckert, aber nur kurz – irgend etwas von Kommerzialisierung der Kunst.

London, Dublin, Paris – kurzer Besuch bei Marianne – Rom, Barcelona, Berlin. Nicht zu vergessen all die Städte dazwischen. Die Europatournee war mit zehn Wochen veranschlagt. Danach würde sie das verwirklichen, was ihr seit fast zwei Jahren vorschwebte. Sie würde ihr eigenes Studio eröffnen.

Wo war bloß ihre schwarze Kaschmirjacke? Emma eilte die Treppe hoch und hob im Vorbeigehen Bluse und Schuh auf. Das Gemisch aus Düften faszinierte sie. Terpentin und Opium. Marianne hatte ihr Studio so hinterlassen, wie sie auch darin gelebt hatte: in komplettem Chaos. In allen verfügbaren Gefäßen, vom Mayonnaiseglas bis hin zur Dresdener Vase, steckten Pinsel, Zeichenkohle und kleine Bürsten. Aufgezogene Leinwände lehnten überall an den

Wänden. Drei farbverkleckste Arbeitskittel hingen achtlos über den Stühlen.

Am Fenster stand immer noch Mariannes Staffelei, und daneben ein Becher, dessen Inhalt Emma lieber nicht genauer untersuchen mochte. Kopfschüttelnd wandte sich Emma zum Schlafraum, der eigentlich nur aus einer Nische bestand. Mit den Jahren hatte Mariannes Malerei langsam aber sicher von dem ganzen Raum Besitz ergriffen. Das riesige Bett mit dem Rattankopfteil war zwischen zwei Tische gequetscht. Auf dem einen stand eine Lampe, deren Schirm wie ein Damenhut geformt war, auf dem anderen klebte ein halbes Dutzend heruntergebrannter Kerzen.

Das Bett war ungemacht. Seit sie beide das Saint Catherine's verlassen hatten, weigerte sich Marianne aus Prinzip, ihr Bett zu machen. Im Schrank entdeckte Emma drei Kleidungsstücke, die sämtlich von ihr stammten. Die schwarze Kaschmirjacke hing zwischen einem roten Lederrock, den sie völlig vergessen hatte, und einem ›I love New York‹-Sweatshirt. Soviel dazu.

Emma nahm die Sachen an sich, dann setzte sie sich auf Mariannes zerwühltes Bett.

Sie würde die Freundin vermissen. Alles hatten sie miteinander geteilt; Kummer, Freude, Probleme. Zwischen ihnen gab es keine Geheimnisse. Außer einem. Allein der Gedanke daran ließ Emma erschauern.

Sie hatte Marianne nie von dem Zwischenfall mit Blackpool erzählt. Sie hatte überhaupt niemandem davon erzählt. Oft genug hatte sie das vorgehabt, besonders in jener Nacht, in der Marianne in der Gewißheit nach Hause gekommen war, Blackpool würde sie bitten, ihn zu heiraten.

»Sieh mal, was er mir geschenkt hat.« Marianne zeigte ihr ein Diamantherz, das an einer goldenen Kette um ihren Hals hing. »Er hat gesagt, ich soll ihn nicht vergessen, während er in Los Angeles ist und sein neues Album aufnimmt.« Ausgelassen war sie durch die ganze Wohnung gehüpft.

»Hübsch«, zwang sich Emma zu sagen. »Wann muß er denn los?«

»Er ist schon weg. Ich hab' ihn zum Flughafen gebracht.«

Erleichterung überflutete Emma.

»Ich hab' eine halbe Stunde lang im Auto gesessen und geheult wie ein Schloßhund, als er weg war. So ein Blödsinn! Er kommt ja zurück.« Übersprudelnd vor Freude, warf Marianne Emma die Arme um den Hals. »Emma, er wird mich heiraten. Ich bin ganz sicher.«

»Du willst ihn heiraten?« Die Erleichterung verwandelte sich in bleischwere Sorge. Noch immer fühlte sie seine Hände auf ihrem Körper. »Aber Marianne, er ist...«

»Wie er sich von mir verabschiedet hat, wie er mich angesehen hat, als er mir die Kette umlegte... Emma, beinahe hätte ich ihn angebettelt, mich doch mitzunehmen. Aber ich will, daß er mich bittet. Ich weiß, daß er das tun wird.«

Natürlich tat er das nicht.

Marianne hatte jeden Abend förmlich am Telefon geklebt, war Tag für Tag, so schnell sie konnte, nach Hause gehetzt, um auf Nachricht von ihm zu warten. Kein Wort war gekommen.

Nach drei Wochen lieferte ihnen das Fernsehen den ersten Hinweis, warum es sich so verhielt. Blackpool war gefilmt worden, als er, wie üblich in schwarzes Leder gekleidet, eine junge, brünette Chorsängerin zu irgendeiner Hollywoodveranstaltung begleitete. Bald erschienen Fotos der beiden in allen Zeitungen.

Zuerst hatte Marianne die Liaison nicht ernst genommen. Dann hatte sie versucht, ihn zu erreichen. Keine Reaktion. *People* brachte einen ausführlichen Bericht über Blackpools neue Liebe. Auf Mariannes Anruf hin wurde ihr mitgeteilt, Mr. Blackpool mache Urlaub auf Kreta. Er hatte die Brünette mitgenommen.

Emma erhob sich und trat ans Fenster. Noch nie zuvor hatte sie Marianne dermaßen am Boden zerstört erlebt. Ihr war ein Stein vom Herzen gefallen, als Marianne sich endlich aus ihrer Depression befreite und Blackpool mit allen Flüchen und Schimpfworten belegte, die sie kannte – und das waren nicht wenige. Dann hatte sie mit großer Geste das Diamantherz aus dem Fenster geworfen. Emma hoffte heimlich, irgendeine Stadtstreicherin möge es finden.

Sie war darüber hinweggekommen, dachte Emma belustigt, und sie hatte sich mit neuem Elan an ihre Arbeit gestürzt. Kein Künstler konnte Großes vollbringen, wenn er nicht schon einmal Kummer und Schmerz durchlebt hatte, pflegte sie zu sagen.

Emma konnte nur wünschen, sie selbst wäre imstande, so rasch zu vergessen. Sie würde sich ihr Leben lang an alles erinnern, jedes Wort, jede anklagende Beschimpfung. Ihre einzige Rache hatte darin bestanden, all seine Fotos samt den Negativen zu verbrennen.

Doch das war vorbei, sagte sie sich streng und stand auf. Ihr Problem lag darin, daß sie sich an alles viel zu klar erinnern konnte. Ob es nun ein Segen oder ein Fluch war, sie sah Dinge, die vor einem oder auch vor zwanzig Jahren geschehen waren, so glasklar und deutlich vor sich wie ihr eigenes Gesicht im Spiegel.

Bis auf eine Nacht ihres Lebens. Die lag in nebulösen Träumen verborgen.

22

Emma wählte ein Weitwinkelobjektiv und kauerte sich am Fuß der Bühne nieder. Kein Zweifel, Devastation zeigte sich bei den Proben in genauso guter Form wie bei Konzerten. Von den Aufnahmen, die sie bisher gemacht hatte, war sie sehr angetan. Im Geiste kalkulierte sie bereits, wieviel Zeit die Arbeit in der Dunkelkammer in Anspruch nehmen würde.

Im Moment fotografierte sie die leere Bühne, die Instrumente, die Anlage und die Verstärker, während sich die Gruppe eine Stunde Mittagspause gönnte. Besonders das elektrische Keyboard und der riesige Flügel faszinierten sie. Vielleicht konnte sie mit Hilfe ihrer Fotos dem Publikum die Hintergründe des Musikgeschäftes näherbringen.

Die schon arg mitgenommene Martin erinnerte sie an den Mann, der sie spielte. Stevie war genauso ein alter Hase und genauso brilliant wie das Instrument, das ihn schon seit zwanzig Jahren begleitete. Der grellbunt gemusterte Tragegurt war ihr letztes Weihnachtsgeschenk an ihn gewesen.

Neben der Martin wirkte Johnnos türkisfarbener Fender-Baß beinahe frivol. Gleich seinem Besitzer verbarg das Instrument seine wahren Qualitäten hinter einer schillernden Fassade.

Quer über die Baßtrommel von P. M.s Schlagzeug verlief das Logo der Band. Auf den ersten Blick machte die Anlage keinen besonders imponierenden Eindruck. Erst bei genauerer Betrachtung offenbarten sich die Feinheiten, wie das komplizierte Arrangement der einzelnen Elemente, die drei Paar Trommelstöcke, die blitzenden Chromteile, die P. M. stets eigenhändig polierte.

Und dann natürlich die Gibson, die ihr Vater eigens hatte anfertigen lassen. Das Instrument war offensichtlich als Gebrauchsgegenstand und nicht als Spielzeug gedacht; ohne überflüssigen Zierat, nur mit einem schlichten schwarzen Gurt ausgestattet. Doch das Holz glänzte in sattem Gold, und der Ton war so süß und rein, daß es dem Zuhörer die Tränen in die Augen trieb.

Emma senkte die Kamera und berührte mit einer Hand sanft den Gitarrenhals. Als Musik erklang, riß sie die Hand erschrocken zurück. Einen Augenblick lang kam es ihr so vor, als habe ihre Berührung die Gitarre zum Leben erweckt. Erstaunt blickte sie über die Bühne. Die magische Musik kam von hinten.

Leise ging sie den Tönen nach.

Er saß im Schneidersitz auf dem Boden vor einer Garderobe. Seine langen, elegant geformten Finger streichelten zärtlich über die Saiten, während er gedankenverloren nur für sich selbst sang.

Seine Stimme klang warm und weich. Das dunkelblonde Haar fiel wie ein Vorhang über sein Gesicht, als er sich über die Gitarre beugte. Emma schlich wortlos näher. Da sie sein Spiel nicht unterbrechen wollte, duckte sie sich vorsichtig und hob die Kamera. Das Klicken des Auslösers riß ihn aus seiner Versunkenheit, und er blickte hoch.

»Entschuldigung. Ich wollte Sie nicht stören.«

Seine Augen, von demselben Goldton wie sein Haar, trafen die ihren und hielten sie fest. Das blasse, empfindsame Gesicht paßte zu seiner Stimme, und die vollen, geschwungenen Lippen verzogen sich zu einem, wie sie meinte, schüchternen Lächeln.

»Kein Mann würde sich nicht gerne von Ihnen stören lassen.« Abwesend zupfte er weiter an der Gitarre, während er sie betrachtete. Sie war ihm zuvor schon aufgefallen, und nun bot sich zum erstenmal die Gelegenheit, sie genauer anzusehen. Der nachlässig gebundene Pferdeschwanz betonte ihre klaren, feinen Gesichtszüge. »Hi. Ich bin Drew Latimer.«

»Hallo – ach ja, natürlich. Ich hab' Sie gar nicht erkannt.« Was sicherlich der Fall gewesen wäre, dachte Emma, wenn sie nicht von der Musik vollkommen gefangen gewesen wäre. Sie hielt ihm ihre Hand hin. »Sie sind doch der Leadsänger von Birdcage Walk. Mir gefällt Ihre Musik.«

»Danke.« Er hielt ihre Hand fest, bis sie sich neben ihn kniete. »Ist das Fotografieren Ihr Hobby oder Ihr Beruf?«

»Beides.« Unter seinem intensiven Blick beschleunigte sich Emmas Puls. »Hoffentlich nehmen Sie es mir nicht übel, daß ich einfach so eine Aufnahme von Ihnen gemacht habe. Ich hörte Sie spielen und ging der Musik nach.«

»Ich bin froh, daß Sie das getan haben.« So viel hatte er eigentlich gar nicht sagen wollen. »Gehen Sie doch heute abend mit mir essen, dann können Sie noch hundert weitere Fotos schießen.«

»Noch nicht einmal ich fotografiere beim Essen«, lachte sie.

»Dann lassen Sie die Kamera zu Hause.«

Sie wartete einen Moment, um sicherzugehen, daß ihre Stimme ihr gehorchte. »Ich muß noch arbeiten.«

»Vielleicht zum Frühstück? Lunch? Auf einen Schokoriegel?«

Kichernd erhob sie sich. »Ich weiß zufällig, daß Sie allerhöchstens Zeit für einen Schokoriegel hätten. Sie sind die Vorgruppe für Devastation morgen abend.«

Er gab ihre Hand nicht frei. So einfach würde er sie nicht davonkommen lassen. »Anderer Vorschlag. Ich besorge Ihnen eine Eintrittskarte für das Konzert, und Sie gehen anschließend mit mir was trinken.«

»Ich gehe sowieso zu dem Konzert.«

»Gut. Wen muß ich also aus dem Weg räumen?« Drew hielt seine Gitarre in der einen und Emmas Finger in der anderen Hand. Sie bemerkte, daß sein Hemd bis zur Taille offenstand und helle, weiche Haut freigab. Mit einer einzigen geschmeidigen Bewegung sprang er auf. »Sie werden mich bei meinem großen Auftritt doch nicht allein lassen? Ich brauche moralische Unterstützung.«

»Sie sehen nicht so aus, als ob Sie die nötig hätten.«

Als Emma sich losmachen wollte, verstärkte Drew seinen Griff. »Es klingt zwar banal, aber es ist die reine Wahrheit. Sie sind die schönste Frau, die ich je gesehen habe.«

Geschmeichelt und verwirrt zugleich suchte Emma nach Worten. »Vielleicht sollten Sie häufiger ausgehen.«

Er lächelte siegesgewiß. »Gute Idee. Wo würden Sie gerne hingehen?«

Emma schwankte zwischen Panik und dem Wunsch zu lachen. Hinter der Bühne raschelte es, und man hörte Stimmengewirr. Die Musiker kamen zurück. »Ich muß jetzt wirklich gehen.«

»Verraten Sie mir wenigstens Ihren Namen. Ein Mann sollte doch wissen, wer ihm das Herz gebrochen hat.«

»Mein Name ist Emma. Emma McAvoy.«

»Au weia.« Drew fuhr zusammen und ließ ihre Hand fallen. »Tut mir leid, ich hatte ja keine Ahnung. Jetzt stehe ich da wie ein Idiot.«

»Wieso?«

»Brian McAvoys Tochter, und ich mache ungeschickte Annäherungsversuche!«

»So ungeschickt waren die gar nicht«, murmelte sie und räusperte sich, als sich ihre Blicke trafen. »Ich muß zurück. Es war... sehr nett, Sie kennengelernt zu haben.«

»Emma.« Befriedigt bemerkte er, daß sie zögerte und sich dann umdrehte. »Vielleicht haben Sie während der nächsten zehn Wochen ja doch mal Zeit für besagten Schokoriegel.«

»Wir werden sehen.« Mit einem Aufatmen ging Emma zur Bühne zurück.

Kurz darauf erhielt sie ein mit einer rosa Schleife verziertes Milky Way, zusammen mit ihrem ersten Liebesbrief. Der Bote war schon längst wieder weg, als sie immer noch in der Tür stand und verzückt das Briefchen anstarrte.

> Emma,
> wenn wir erst mal in Paris sind, gebe ich mir
> mehr Mühe. Doch fürs erste eine kleine Erinnerung an unsere erste Begegnung. Ich werde an
> Sie denken.
>
> Drew

Ein Schokoriegel! Über einen ganzen Korb voll Diamanten hätte sie sich kaum mehr freuen können. Da niemand sie beobachtete, drehte sie lachend einige Pirouetten, schnappte sich dann aus einem Impuls heraus ihre Jacke und stürmte aus dem Haus.

Wieder öffnete Alice die Tür, aber diesmal weinte sie nicht. Ihre Lippen krümmten sich nur leicht, als sie Emma ansah. »Du bist zurückgekommen?«

»Ja. Hallo, Alice.« Emma mußte sich zusammennehmen, um nicht vor Freude um sie herumzutanzen. Statt dessen gab sie ihrem überraschten früheren Kindermädchen einen Kuß auf die Wange. »Ja, ich bin wieder da. Ich wollte zu Bev. Ist sie zu Hause?«

»Sie ist oben, in ihrem Büro. Ich sage ihr Bescheid.«

»Danke.« Am liebsten hätte Emma laut gesungen. In ihrem ganzen Leben war sie noch nicht so glücklich gewesen. Wenn sich alle Verliebten so fühlten, dann hatte sie viel zu lange auf diese Erfahrung gewartet. In einer Bodenvase leuchtete ein Bouquet aus Narzissen und Hyazinthen. Emma beugte sich darüber und sog den süßen Duft ein.

»Emma.« Bev, einen Bleistift hinter dem Ohr und eine große schwarzgefaßte Brille auf der Nase, eilte die Treppe herunter. »Ich bin so froh, dich zu sehen.« Sie schlang die Arme um das Mädchen und drückte es an sich. »Du hast mir ja gesagt, daß du nach London kommst, aber ich dachte, du hättest keine Zeit, um mich zu besuchen.«

»Ich habe alle Zeit der Welt.« Emma fiel ihr strahlend um den Hals. »Ach, Mami, ist das nicht ein herrlicher Tag.«

»Ich habe die Nase noch nicht zur Tür rausgestreckt.« Bev hielt sie auf Armeslänge von sich, und ihre Augen hinter der Lesebrille wurden schmal. »Du siehst aus wie eine Katze, die Sahne geschleckt hat. Was ist los?«

»Sehe ich so aus?« Emma preßte die Hände an ihre Wangen. »Tatsächlich?« Lachend hakte sie sich bei Bev ein. »Ich mußte mit jemanden reden, ich hab's einfach nicht mehr ausgehalten. Papa ist mit Pete und dem neuen Roadmanager unterwegs. Aber er wäre eh nicht der Richtige gewesen.«

»Nein?« Bev nahm ihre Brille ab und legte sie auf den Wohnzimmertisch. »Wofür wäre er nicht der Richtige gewesen?«

»Ich habe gestern jemanden kennengelernt.«

»Jemanden?« Bev deutete auf einen Sessel und ließ sich dann selbst auf der Lehne nieder, während Emma ruhelos auf und ab ging. »Einen männlichen Jemand vermutlich.«

»Einen wundervollen männlichen Jemand. Ich weiß, ich höre mich an wie eine Idiotin – wo ich mir doch immer geschworen habe, nie solchen Blödsinn von mir zu geben, aber er ist fantastisch, so süß und so witzig.«

»Hat dieser fantastische, süße, witzige Mann auch einen Namen?«

»Drew. Drew Latimer.«

»Birdcage Walk.«

Kichernd umarmte Emma Bev, ehe sie ihr nervöses Hin und Her wieder aufnahm. »Du bist auf dem laufenden.«

»Natürlich.« Bev runzelte einen Augenblick die Stirn, dann schalt sie sich eine zimperliche Närrin, weil Emmas Affäre mit einem Musiker sie beunruhigte. Ein Esel schimpft den anderen Langohr, dachte sie reuevoll. »Sieht er in natura so gut aus wie auf den Fotos?«

»Besser.« Emma erinnerte sich an sein Lächeln, an den

warmen Ausdruck seiner Augen. »Wir sind hinter der Bühne regelrecht zusammengerasselt. Er hat auf dem Boden gesessen, Gitarre gespielt und gesungen, wie Papa das manchmal macht. Wir haben uns unterhalten, und er hat mit mir geflirtet. Ich fürchte, ich habe nur Unsinn geredet.« Sie zuckte die Achseln. Unsinn oder nicht, sie wollte jedes einzelne Wort im Gedächtnis behalten. »Und das Allerbeste war, er kannte mich nicht. Er hatte nicht die geringste Idee, wer ich bin.«

»Macht das einen Unterschied?«

»Und ob. Er hat sich gefreut, mich zu sehen, verstehst du? Mich, und nicht Brian McAvoys Tochter. Jeder, mit dem ich bislang ausgegangen bin, war im Grunde genommen an Papa interessiert oder wollte wissen, wie man sich als Brian McAvoys Tochter so fühlt. Aber Drew hat mich zum Essen eingeladen, ohne zu wissen, wer ich bin. Es hat ihn nicht interessiert. Und als ich es ihm gesagt habe, da war er, na ja, ein bißchen verlegen. Ich fand seine Reaktion einfach süß!«

»Bist du mit ihm ausgegangen?«

»Nein, ich war so durcheinander, und außerdem hatte ich ein bißchen Angst. Aber heute hat er mir geschrieben. Und – ach, Mami, ich kann es kaum erwarten, ihn wiederzusehen. Ich wünschte, du könntest heute abend dabeisein.«

»Du weißt, daß das nicht geht, Emma.«

»Ja, ja, ich weiß.« Emma holte tief Atem. »Ich hab' mich noch nie so gefühlt. Irgendwie...«

»Ganz leicht im Kopf und außer Atem?«

»Ja«, gab sie lachend zu. »Genau so.«

Bev hatte einmal das gleiche Gefühl verspürt. Einmal nur. »Du hast viel Zeit, um ihn näher kennenzulernen. Laß es langsam angehen.«

»Das habe ich immer getan«, brummte Emma. »Hast du es mit Papa auch langsam angehen lassen?«

Es tat weh. Nach über fünfzehn Jahren tat es immer noch weh. »Nein. Ich wollte auf niemanden hören.«

»Du hast auf deine innere Stimme gehört. Mami...«

»Bitte, laß uns nicht von Brian sprechen.«

»Gut. Nur eines noch. Papa fährt zweimal im Jahr nach Irland, zu Darrens Grab. Einmal an Darrens Geburtstag, und einmal an... im Dezember. Ich dachte, das solltest du wissen.«

»Danke.« Bev drückte Emmas Hand. »Aber du bist doch nicht gekommen, um über so traurige Dinge zu reden?«

»Nein, allerdings nicht.« Emma legte eine Hand auf Bevs Oberschenkel. »Ich habe eine lebenswichtige Bitte an dich. Ich brauche für heute abend etwas absolut Atemberaubendes zum Anziehen. Kommst du mit und hilfst mir beim Aussuchen.«

Erfreut sprang Bev auf. »Ich hole meine Jacke.«

Emma hatte sich schon beinahe überzeugt, daß es unsinnig war, sich über ihre Kleidung Gedanken zu machen. Sie war hier, um zu fotografieren, und nicht, um mit dem Leadsänger der Vorgruppe zu schäkern. Es gab so viel zu tun. Die Ausrüstung und die Beleuchtung mußten überprüft werden, sie mußte den Helfern und den Rauchkanonen ausweichen, so daß sie bald vergaß, über eine Stunde auf ihre Kleidung verwendet zu haben.

Das Publikum strömte bereits in den Saal, obwohl das Konzert erst in einer halben Stunde begann. Fliegende Händler hatten überall ihre Stände aufgebaut und verkauften Sweatshirts, T-Shirts, Poster und Schlüsselanhänger. In den achtziger Jahren war der Rock'n'Roll nicht mehr allein das Lebensgefühl der rebellierenden Jugend, sondern purer Kommerz.

In ihrem schlichten schwarzen Kostüm konnte sie unerkannt durch die Menge streichen und Bilder von den Fans machen, die sich an den Ständen drängten, um Erinnerungsstücke an das große Konzert zu erstehen. Die Person ihres Vaters stand im Mittelpunkt der Gespräche. Lächelnd erinnerte sich Emma an jenen Tag vor so langer Zeit, an dem sie vor dem Fahrstuhl des Empire State Building gewartet hatte. Damals war sie knapp drei gewesen, und heute, neunzehn Jahre später, versetzte Brian McAvoy noch immer Teenagerherzen in Aufruhr.

Langsam schlenderte sie weiter. Der Ausweis am Revers ihres Kostüms verschaffte ihr Zutritt zu allen Einrichtungen des Konzertsaales. Der Sicherheitsbeamte nickte nur und winkte sie durch.

Hinter der Bühne ging es zu wie im Tollhaus. Ein Verstärker war ausgefallen, Kabel hatten sich verheddert, und ein verzweifelter Techniker stürzte herein und wieder hinaus, um überall noch Hand anzulegen. Emma machte ein paar Aufnahmen und überließ dann Techniker und Beleuchter ihrer Arbeit, während sie sich zu den Garderoben begab, um ihren Job zu erledigen.

Ihr schwebten Aufnahmen in der Art vor, wie sie sie früher einmal gemacht hatte. Papa und die anderen in der Garderobe, kettenrauchend, Gummibärchen oder gebrannte Mandeln kauend, lachend, blödelnd. Bei diesem Gedanken mußte sie lächeln, und in diesem Moment lief sie Drew in die Arme. Er schien auf sie gewartet zu haben.

»Hallo.«

»Hi.« Emma spielte nervös mit dem Riemen ihrer Kamera. »Ich wollte mich noch für Ihr Geschenk bedanken.«

»Ich dachte zuerst an Rosen, aber dafür war es schon zu spät. Sie sehen großartig aus.«

»Danke.« Emma musterte ihn genauer. Er war bereits in Bühnenaufmachung, einem weißen, silberverzierten Lederanzug und kniehohen Stiefeln. Mit seinem kunstvoll zerzausten Haar und dem leichten Lächeln machte er den Eindruck eines flotten Cowboys.

»Sie übrigens auch«, brachte Emma schließlich hervor, als sie bemerkte, wie lange sie ihn schon anstarrte. »Sie sehen auch großartig aus.«

»Wir wollen ja auch Aufsehen erregen.« Drew rieb seine Handflächen an der Hose. »Wir sind vor Aufregung alle ganz krank. Don – unserem Bassisten – ist speiübel. Er hängt gerade über der Schüssel.«

»Mein Vater sagt immer, je aufgeregter man ist, desto besser spielt man.«

»Dann müßten wir einen Riesenerfolg haben.« Versuchsweise nahm er ihre Hand. »Haben Sie sich überlegt, ob sie später auf einen Drink mitgehen?«

Sie hatte an nichts anderes gedacht. »Eigentlich wollte ich...«

»Ich dränge zu sehr.« Drew holte tief Atem. »Aber ich kann nichts dafür. Als ich Sie das erstemal sah, da dachte ich nur, die oder keine.« Er fuhr sich mit der Hand durch sein geltrunkenes Haar. »Ich stelle mich wohl ziemlich blöd an.«

»Tun Sie das?« Emma hatte das Gefühl, er müsse ihr Herz klopfen hören.

»Ja. Ich will es mal so formulieren: Emma, bitte retten Sie mir das Leben. Schenken Sie mir eine Stunde Ihrer Zeit.«

Langsam krümmten sich ihre Lippen, bis das Grübchen in ihrem Mundwinkel zu tanzen begann. »Aber gerne.«

Sie nahm die Musik und den anschließenden tosenden Beifall kaum wahr. Als das Konzert zu Ende war und ihr Vater, klatschnaß geschwitzt, ein letztes Mal auf die Bühne kam, wurde ihr klar, daß schon ein Wunder geschehen mußte, damit sie zumindest einige der Fotos, die sie geschossen hatte, verwenden konnte.

»Ich bin am Verhungern.« Brian, dem vor lauter Geschrei und Beifall die Ohren klingelten, wischte sich das Gesicht ab und ging Richtung Garderobe. »Was meinst du, Emma? Sollen wir diese Relikte der Rockmusik dazu überreden, irgendwo eine Pizza essen zu gehen?«

Emma zögerte; sie fühlte sich nicht unbedingt wohl in ihrer Haut. »Nun ja, ich würde schon gerne – ich hab' noch was zu erledigen.« Sie küßte ihren Vater flüchtig. »Du warst wundervoll.«

»Was hast du denn anderes erwartet?« wollte Johnno wissen, der sich gerade durch die Menge schlängelte. Er senkte seine Stimme zu einem heiseren Krächzen. »Wir sind eine Legende!«

Mit hochrotem Gesicht gesellte sich P. M. zu ihnen. »Diese Lady Annabelle – die mit den furchtbaren Haaren –, also die ist...«

»Die da drüben, in rotem Wildleder und mit Diamanten behängt?« fragte Emma.

»Ja, die. Irgendwie hat sie sich hinter die Bühne geschlichen.« Obwohl P. M.s Stimme betroffen klang, funkelte unterdrückte Belustigung in seinen Augen. »Als ich sie fortschicken wollte, hat sie – hat sie...« Er räusperte sich. Offenbar fiel es ihm schwer fortzufahren. »Sie hat versucht, mich anzumachen.«

»Großer Gott! Ruf die Polizei!« Johnno legte ihm beruhigend den Arm um die Schulter. »Solche Frauen gehören hinter Schloß und Riegel. Ich weiß, wie du dich jetzt fühlst, Herzchen. Benutzt und beschmutzt, nicht wahr? Komm, schütte Onkel Johnno dein Herz aus. Wo hat sie dich denn angefaßt, und wie? Du kannst ruhig ins Detail gehen.«

Brian lachte in sich hinein, als die zwei sich entfernten. »Unser P. M. zieht immer so aufgedonnerte Schnecken an. Man möchte es kaum glauben, wenn man ihn so ansieht.«

Sein Tonfall klang beinahe liebevoll. Doch plötzlich erstarrte sein Lächeln. Ein paar Meter entfernt lehnte Stevie schweißüberströmt und mit totenblassem Gesicht an der Wand. Er sah mindestens zehn Jahre älter aus als der Rest der Band.

»Komm, mein Junge.« Brian legte wie unabsichtlich einen Arm um Stevies Hüfte und stützte ihn. »Jetzt brauchen wir erst mal eine Dusche und was Herzhaftes zu essen.«

»Papa, kann ich dir helfen?«

Abwehrend den Kopf schüttelnd, führte Brian Stevie zu seiner Garderobe. Das hier war etwas, was er weder seiner Tochter noch sonst jemandem überlassen konnte. »Nein, ich kümmere mich schon um ihn.«

»Ich – ich seh dich dann später«, murmelte Emma, doch die Tür hatte sich bereits hinter ihm geschlossen. Da sie sich auf einmal verloren vorkam, machte sie sich auf die Suche nach Drew.

23

In den darauffolgenden Wochen verbrachte Emma ihre gesamte Freizeit mit Drew. Nächtliche Mahlzeiten zu zweit, Spaziergänge im Mondschein, eine gestohlene Stunde am Nachmittag. Diese Treffen waren um so aufregender, um so intimer, da sie so wenig Zeit füreinander hatten.

In Paris machte sie ihn mit Marianne bekannt. Sie trafen sich in einem kleinen Café am Boulevard St.-Germain, wo Touristen wie Einheimische bei Rotwein und *Café au lait* saßen, während die Welt an ihnen vorüberzog.

In ihren weißen Spitzenstrumpfhosen und dem engen, kurzen Rock wirkte Marianne eher wie eine Einheimische. Der Igelhaarschnitt war verschwunden, sie trug ihr leuchtendrotes Haar jetzt kurz und glatt, in sehr französischem Stil. Doch die Stimme, die Emmas Namen quiekte, war immer noch ausgesprochen amerikanisch.

»Du hier, ich kann's kaum glauben! Kommt mir vor, als wäre es schon Jahre her. Laß dich mal anschauen. Mann, siehst du gut aus! Widerlich!«

Lachend warf Emma ihr Haar in den Nacken. »Und du entsprichst haargenau den landläufigen Vorstellungen von einer französischen Kunststudentin. *Très chic et sensuel.*«

»Das ist hier genauso wichtig wie das Essen. Du mußt Drew sein.« Marianne, den einen Arm immer noch um Emma gelegt, streckte ihm die Hand hin.

»Freut mich, dich endlich kennenzulernen. Emma hat mir schon viel von dir erzählt. Na los, setzt euch. Wißt ihr, daß Picasso viel in diesem Lokal verkehrt hat? Ich komme jeden Tag hierher und probiere einen anderen Tisch aus. Wenn ich jemals den Stuhl erwische, auf dem er gesessen hat, werde ich wohl in Trance fallen.« Sie nahm ihr Glas. »Wein?« fragte sie Drew. Auf sein bestätigendes Nicken winkte sie dem Kellner. »*Un vin rouge et un café, s'il vous plaît.*« Dann sah sie Emma vielsagend an. »Wer hätte gedacht, daß Schwester Magdalenas öder Französischunterricht sich doch mal auszahlt?«

»Dein Akzent tut immer noch in den Ohren weh.«

»Ich weiß. Aber ich arbeite daran. Wie läuft denn die Tournee?«

»Devastation war noch nie besser.« Emma lächelte Drew an. »Und die Vorgruppe ist sensationell.«

Er legte eine Hand über ihre. »Wir haben großen Anklang gefunden.« Sein Blick wanderte von Marianne zu Emma. »Bis jetzt läuft alles prima.«

Marianne nippte an ihrem Wein und musterte ihn. Wenn ihr religiöse Kunst liegen würde, hätte sie ihn als Johannes den Täufer gemalt. Er wirkte genauso träumerisch und gedankenverloren. Vielleicht auch als Hamlet, als tragische Figur. Der Kellner brachte die Getränke, und Marianne lächelte. Am ehesten hätte er ihr als Modell für den jungen Brian McAvoy dienen können. Sie fragte sich, ob Emma die Ähnlichkeit wohl aufgefallen war.

»Und wo geht's von hier aus hin?« erkundigte sie sich.

»Nach Nizza.« Drew streckte die Beine aus. »Aber ich hab's nicht eilig, Paris zu verlassen.« Nachdenklich beobachtete er den wüsten Tumult aus Autos und Fahrrädern auf der Straße. »Wie ist es denn, hier zu leben?«

»Laut. Aufregend.« Marianne lachte. »Einfach wunderbar. Ich habe ein kleines Apartment direkt über einer Bäckerei. Es gibt nichts, aber auch gar nichts, was sich mit dem Duft aus einer französischen Bäckerei am frühen Morgen vergleichen läßt.«

Nach einer Stunde beugte sich Drew zu Emma und küßte sie. »So, ich muß zur Probe, und ich weiß, daß ihr euch viel zu erzählen habt. Ich seh' dich heute abend. Dich hoffentlich auch, Marianne.«

»Ich freu' mich schon drauf.« Sie, und mit ihr die Hälfte aller anwesenden Frauen, sah ihm nach, als er das Café verließ. »Ich glaube, das ist der schönste Mann, den ich je gesehen habe.«

»Nicht wahr?« Emma ergriff Mariannes Hand. »Er gefällt dir doch, oder nicht?«

»Warum sollte er mir nicht gefallen? Er sieht toll aus, ist charmant, unterhaltsam, witzig.« Sie grinste. »Vielleicht tauscht er ja dich gegen mich ein?«

»Ich würde zwar nur sehr ungern meine beste Freundin ermorden, aber...«

»Dann hab' ich nichts zu befürchten. Er hat ja nur Augen für dich. Ich weiß allerdings nicht, warum. Nur wegen deiner großen blauen Augen? Manche Typen haben echt keinen Geschmack.« Sie lehnte sich zurück. »Emma, du siehst rundherum glücklich aus.«

»Bin ich auch.« Emma holte tief Atem, genoß den Duft nach Wein und Blumen. Den Duft von Paris. »Ich glaube, ich liebe ihn.«

»Ernsthaft? Hätte ich nie gedacht.« Lachend tätschelte Marianne ihr Gesicht. »Mädchen, das steht dir offen ins Gesicht geschrieben. Wenn ich dich jetzt malen würde, weißt du, wie ich das Bild nennen könnte? *Die Verblendete*. Was sagt denn dein Vater dazu?«

Emma trank einen Schluck von ihrem kalten Kaffee. »Er hat großen Respekt vor Drews Talent als Musiker und Komponist.«

»Ich meine, was hält er von dem Mann, in den sich seine Tochter verliebt hat?«

»Weiß ich nicht. Wir haben noch nicht darüber gesprochen.«

Mariannes Brauen verschwanden beinahe unter ihren Ponyfransen. »Du meinst, du hast ihm noch nichts gesagt?«

»Nein.«

»Warum nicht?«

»Genau weiß ich das nicht.« Emma schob die Kaffeetasse beiseite. »Ich möchte es für mich behalten, zumindest eine Weile lang. Er hält mich doch immer noch für ein Kind.«

»Das tun alle Väter. Meiner ruft mich zweimal pro Woche an, um sich zu vergewissern, daß ich keinem zwielichtigen französischen *comte* ins Netz gegangen bin. Ich wünschte nur, es wäre so.« Da Emma nicht lächelte, neigte Marianne leicht den Kopf. »Glaubst du, er hat was dagegen?«

»Ich weiß es nicht.« Nervös knetete Emma ihre Hände.

»Emma, wenn das mit dir und Drew was Ernstes ist, dann kriegt er es früher oder später doch raus.«

»Leider. Ich hoffe nur, später.«

Nicht viel später.

Emma saß auf der Terasse ihres Hotelzimmers in Rom und genoß die Morgensonne. Obwohl die Frühstückszeit längst vorbei war, saß sie im Morgenmantel am Tisch und überprüfte ihre neuesten Aufnahmen, während der Kaffee kalt wurde. Die Fotos waren nicht allein für Pete bestimmt, sie plante, einige für ein eigenes Buch zu verwenden.

Lächelnd betrachtete sie ihr Lieblingsfoto von Drew. Sie hatte es im Bois de Boulogne aufgenommen, einen Moment, ehe er sie geküßt hatte. Und ihr gesagt hatte, daß er sie liebte.

Er liebte sie. Emma schloß die Augen und reckte die Arme gen Himmel. Sie hatte sich nach diesen Worten gesehnt, aber keine Ahnung gehabt, wie glücklich sie sie machten, bevor er sie ausgesprochen hatte. Nun konnte sie sich ihren Zukunftsträumen hingeben, sich vorstellen, wie es wohl wäre, mit ihm zu leben, mit ihm zu schlafen, ihn zu heiraten und eine Familie zu gründen.

Bislang hatte sie nicht erkannt, wie sehr sie sich dies wünschte. Einen Mann, der sie liebte, ein eigenes Heim, Kinder. Sie könnten so glücklich miteinander sein. Wer würde die Probleme im Leben eines Musikers wohl besser verstehen als eine Frau, die bei einem aufgewachsen war? Sie könnte ihn bei seiner Arbeit unterstützen, und er würde das gleiche für sie tun.

Nach der Tournee, dachte sie. Nach der Tournee würden sie Zukunftspläne schmieden.

Das Klopfen an der Tür riß sie aus ihren Träumen. Sie hoffte, es wäre Drew, der mit ihr frühstücken wollte wie schon ein-, zweimal zuvor. Doch es war ihr Vater.

»Papa, so eine Überraschung! Seit wann bist du denn so früh auf den Beinen?«

»Manchmal bin ich eben unberechenbar.« Brian, der eine zusammengefaltete Zeitung in der Hand hielt, betrat das Zimmer, blickte zuerst zum Bett und dann zu seiner Tochter. »Bist du allein?«

»Ja.« Verwirrt sah sie ihn an. »Warum? Ist was nicht in Ordnung?«

»Das sollst du mir sagen.« Er drückte ihr die Zeitung in die

Hand. Das Foto war nicht zu übersehen, das Foto von ihr und Drew. Man mußte nicht unbedingt Italienisch verstehen, um die Botschaft zu erfassen. Sie hielten sich eng umschlungen, ihr Gesicht war ihm zugeneigt, und in ihren Augen lag der verzückte Ausdruck einer Frau, die soeben von ihrem Geliebten geküßt worden war.

Sie konnte nicht sagen, wo das Foto entstanden war. Es interessierte sie auch nicht. Für sie zählte nur, daß jemand einen zutiefst privaten Augenblick gestört und diese Privatangelegenheit auch noch in der Presse breitgetreten hatte.

Emma feuerte das Blatt quer durch den Raum und ging steifbeinig auf den Balkon. Sie brauchte frische Luft. »Hol sie doch der Teufel«, knurrte sie wütend. »Warum können sie uns nicht in Ruhe lassen?«

»Wie lange triffst du dich schon mit ihm, Emma?«

Sie blickte sich um. Der Wind trieb ihr hellblonde Haarsträhnen ins Gesicht. »Seit Beginn der Tournee.«

Brian schlug sich an die Stirn. »Also schon seit Wochen! Und du hast es nicht für nötig befunden, mir davon zu erzählen?«

Emma warf den Kopf zurück. »Ich bin über einundzwanzig, Papa. Ich muß meinen Vater nicht erst um Erlaubnis bitten, wenn ich mich mit jemandem verabrede.«

»Du wolltest es vor mir geheimhalten. Komm gefälligst rein!« bellte er. »Die verfluchten Reporter haben das Hotel ständig im Visier.«

»Na und?« verteidigte sie sich. »Alles, was wir tun und lassen, wird irgendwann publik. Das ist der Preis des Ruhms.« Emma wies auf die Berge von Aufnahmen auf dem Tisch. »Ich tue ja selbst nichts anderes.«

»Das ist nicht dasselbe, und du weißt das.« Zornig fuhr Brian sich durchs Haar. »Aber die Frage ist im Moment zweitrangig. Ich will wissen, was zwischen dir und Drew vorgeht.«

»Willst du wissen, ob ich mit ihm ins Bett gehe? Da kann ich dich beruhigen. Die Antwort lautet nein. Aber das geht dich nichts an, Papa. Genau wie du mir vor Jahren gesagt hast, daß mich dein Sexualleben nicht zu interessieren hat.«

»Ich bin dein Vater, verdammt.« Er konnte sich selber hören. Irgendwie war er zum Vater einer erwachsenen Frau geworden. Und er hatte keine Ahnung, wie er damit umgehen sollte. Als seine Stimme wieder ruhiger klang, sagte er: »Emma, ich liebe dich. Nur deswegen mache ich mir Sorgen.«

»Dafür gibt es keinen Grund. Ich weiß, was ich tue. Ich liebe Drew, und er liebt mich.«

Ihm fehlten die Worte. Um die Pause zu überbrücken, griff er nach ihrer Kaffeetasse und goß die kalte Brühe hinunter. »Du kennst ihn erst seit ein paar Wochen. Du weißt doch gar nichts von ihm.«

»Er verdient sich seinen Lebensunterhalt mit seiner Gitarre!« rief Emma. »Wenn es das ist, was dich stört, dann machst du dich lächerlich.«

»Das letzte, was ich möchte, ist, daß du dich mit einem Musiker einläßt. Emma, du weißt doch, was das bedeutet. Die Anforderungen, der Druck und der Ruhm. Ich weiß nichts von diesem Jungen, außer daß er ehrgeizig und begabt ist.«

»Ich weiß alles, was ich wissen muß.«

»Du solltest dich mal hören, du klingst wie eine Schallplatte. Ob du willst oder nicht, du kannst es dir nicht erlauben, auf einen Mann reinzufallen, nur weil er ein hübsches Gesicht hat und behauptet, daß er dich liebt. Dazu hast du zuviel Geld, und zuviel Macht.«

»Macht?«

»Niemand, der mich kennt, könnte daran zweifeln, daß ich alles für dich tun würde. Alles, was du willst.«

Langsam kam ihr die Erkenntnis. Tränen der Wut stiegen in ihre Augen. »Das ist es also. Du meinst, Drew interessiert sich nur für mich, weil ich Geld habe? Und weil du dich vielleicht dazu bringen könntest, ihm bei seiner Karriere ein bißchen zu helfen? Es ist ja auch kaum vorstellbar, daß er oder irgendein anderer Mann Interesse an mir hat oder sich in mich verliebt. Nur in mich.«

»Natürlich nicht, aber...«

»Doch, genau das denkst du! Wie könnte auch jemand

mich anschauen, ohne dich dahinter zu sehen?« Sie wirbelte herum und preßte die Hände an die Balkontür. Ein Objektiv glitzerte im Garten, als die Sonne darauf fiel. Sollten sie doch ihre verdammten Fotos schießen!

»Emma, es tut mir leid.« Er wollte sie berühren, doch sie wich zurück. »Was tut dir leid? Du kannst ja nichts dafür, oder? Und ich habe gelernt, damit zu leben, mich sogar darüber lustig zu machen. Aber diesmal, diesmal habe ich einen Menschen gefunden, dem etwas an mir liegt, der sich für meine Gedanken und Gefühle interessiert. Der noch nie mehr von mir wollte als meine Gesellschaft. Und du willst mir das zerstören!«

»Ich will dir gar nichts zerstören. Ich will nur nicht, daß du verletzt wirst.«

»Du hast mich selber schon verletzt. Laß mich in Ruhe, Papa. Und laß Drew in Ruhe. Wenn du dazwischenfunkst, dann werde ich dir nie verzeihen, das schwöre ich dir.«

»Ich habe nicht die Absicht dazwischenzufunken, wie du so schön sagst. Ich will dir nur helfen. Ich will verhindern, daß du einen Fehler machst.«

»Ich mache meine eigenen Fehler. Du hast weiß Gott selber genug gemacht. Jahrelang habe ich mitangesehen, wie du nur getan hast, was du wolltest – und mit wem du wolltest. Du bist deinem Glück davongelaufen, Papa. Ich werde das nicht tun.«

»Du weißt, wie man Salz in die Wunden streut«, erwiderte er ruhig. »Das war mir bislang gar nicht bewußt.« Und mit diesen Worten ließ er sie alleine.

Drew legte Emma den Arm um die Schulter. Sie standen auf einer anderen Terrasse, in einer anderen Stadt. Doch der altertümliche Reiz des Ritz Madrid war an Emma verschwendet. Zwar hörte sie das leise Plätschern der Springbrunnen, roch den Duft der Blumen, doch sie hätte sich sonstwo befinden können. Trotz ihrer trüben Stimmung empfand sie Drews Umarmung als tröstlich, und sie rieb ihr Gesicht an seinem Arm.

»Ich hasse es, wenn du traurig bist, Emma.«

»Ich bin nur ein bißchen müde, aber nicht traurig.«

»Du bist seit Wochen völlig aus dem Häuschen, seitdem du dich mit Brian gestritten hast. Meinetwegen.« Er nahm den Arm von ihrer Schulter. »Ich möchte dir auf gar keinen Fall Schwierigkeiten bereiten.«

»Das hat nichts mit dir zu tun.« Drew drehte sich langsam um. Im Mondlicht schimmerten seine Augen dunkel. »Wirklich nicht. Er würde bei jedem anderen Mann genauso reagieren. Papa hat mich schon immer allzusehr behütet. Viel rührt daher... du weißt ja, was mit meinem Bruder passiert ist.«

Er küßte sie sanft auf die Schläfe. »Ich weiß, das muß für euch beide hart gewesen sein, aber das ist doch schon lange her.«

»Es gibt Dinge, die man nie vergißt.« Sie fröstelte trotz der warmen Sommernacht. »Das macht es mir ja so schwer. Ich kann ihn verstehen. Er hat alles für mich getan, nicht nur in materieller Hinsicht, sondern überhaupt.«

»Er betet dich an. Das sieht man an der Art, wie er dich anschaut.« Drew streichelte ihre Wange. »Ich weiß, was in ihm vorgeht.«

»Ich liebe ihn auch. Aber ich kann nicht länger nach seinen Vorstellungen leben, das ist mir schon lange klar.«

»Er traut mir nicht.« Sein Feuerzeug flackerte auf, dann zog ein strenger Tabakgeruch durch die Luft. »Ich kann's ihm nicht verdenken. Ich stehe auf der Ruhmesleiter ganz unten und muß erst hochklettern.«

»Dazu brauchst du mich nicht.«

Er stieß eine Rauchwolke aus. »Trotzdem kann ich ihn gut verstehen. Wir sind eben alle beide verrückt nach dir.«

»Er wird sich wieder beruhigen. Er kann einfach nicht akzeptieren, daß ich erwachsen bin. Und verliebt.«

»Wenn ihn irgendwer erweichen kann, dann du.« Drew schnippte seinen Zigarettenstummel in den Garten, dann zog er sie an sich. »Ich bin froh, daß du heute abend nicht ausgehen wolltest.«

»Ich bin nicht so wild auf Clubs und Parties.«

»Ein richtig altmodisches Mädchen bist du, was?« Seine Lippen berührten leicht die ihren.

»Stört es dich?«

»Einen Abend mit dir allein zu verbringen?« Seine Hände wanderten langsam über ihren Oberkörper, während er weiter mit ihrem Mund spielte. »Sehe ich so aus?«

»Du siehst toll aus.« Ihr stockte der Atem, als seine Finger leicht über ihre Brüste streichelten. Sie waren klein und zart und zitterten leise. Seine Erregung steigerte sich.

»Du bist süß«, murmelte er. »So süß.« Sein Mund wurde fordernder, hungriger, und er begann, sie vorsichtig zum Bett zu führen. »Die Tournee ist bald zu Ende.«

»Ich weiß.« Sie bog den Kopf zurück, als seine Lippen sanft an ihrem Hals saugten.

»Wenn alles vorbei ist, kommst du dann nach London zurück, Emma?«

Emma zitterte innerlich. Zum erstenmal gab er ihr zu verstehen, daß ihre Beziehung von Dauer sein konnte. »Ja, ich komme nach London.«

»Wir werden noch viele solche Nächte haben.« Langsam drückte er sie auf das Bett nieder und fuhr fort, mit sanfter Stimme auf sie einzureden, da er die Stimmung nicht verderben wollte. »Wir können jede Nacht zusammen verbringen.« Geschickt öffnete er ihren Gürtel und zog ihre Bluse aus der Hose. »Dann kann ich dir zeigen, was ich für dich empfinde, Emma. Immer wieder. Laß mich!«

»Drew.« Als sein Mund tiefer glitt, stöhnte sie seinen Namen. Seine streichelnde Zunge versetzte sie in nie gekannte Erregung. Jetzt, sagte sie sich, während seine Finger ihren Körper erkundeten. Jetzt.

Seine Schultern spannten sich unter ihren Händen. Für einen so schlanken, fast zierlichen Mann hatte er erstaunlich kräftige Schultern und Arme. Emma liebte das Spiel seiner Muskeln unter der Haut.

Dann wanderte seine Hand zum Reißverschluß ihrer Hose, und seine kundigen Finger machten sich daran zu schaffen.

»Nein!« Das Wort war heraus, ehe sie es verhindern konnte. Da er nicht aufhörte, an ihrer Kleidung zu zerren, kämpfte sie sich, den Tränen nahe, frei. »Nein, Drew, bitte nicht!« Er ließ sie los, wartete. »Es tut mir leid«, flüsterte sie. »So leid. Ich... ich kann nicht.«

Keine Antwort. Im Dunkeln konnte sie sein Gesicht nicht erkennen.

»Ich weiß, es ist unfair.« Ärgerlich wischte sie eine Träne von ihrer Wange. »Vielleicht haben die Nonnen bessere Arbeit geleistet, als sie es sich je hätten träumen lassen, oder es ist wegen Papa, ich weiß nicht. Ich brauche einfach mehr Zeit. Auch wenn du jetzt wütend bist, ich kann nicht. Noch nicht.«

»Du willst mich also nicht?« Seine Stimme klang merkwürdig tonlos.

»Du weißt, daß es nicht so ist.« Sie griff nach seiner Hand und spürte, wie sich seine Finger versteiften. »Vermutlich bin ich nur ängstlich – und unsicher.« Beschämt zog sie seine Hand an die Lippen. »Drew, ich möchte dich nicht verlieren. Bitte gib mir noch Zeit.«

Mit einem erleichterten Seufzen registrierte sie, daß seine Anspannung nachließ. »Du wirst mich nicht verlieren, Emma. Laß dir soviel Zeit, wie du brauchst. Ich werde warten.« Er zog sie an sich und begann, sie mit der einen Hand zärtlich zu streicheln. Die andere ballte er im Dunkeln krampfhaft zur Faust.

24

Emma und Drew heirateten in aller Stille. Keine Feier, keine Gäste, keine Mitteilung in der Presse. Niemand wußte davon, noch nicht einmal Marianne. Schließlich war sie über einundzwanzig, dachte Emma, und weder auf die Erlaubnis noch auf die Billigung anderer angewiesen.

Zugegeben, eine Traumhochzeit war es nicht. Kein weißes Kleid mit Schleier. Keine Blumen außer der pinkfarbenen Rose, die Drew ihr überreicht hatte. Keine Musik, keine Tränen.

Was machte das schon, redete Emma sich ein. Tat sie nicht

genau das, was sie wollte? Ihre Handlungsweise mochte selbstsüchtig erscheinen, aber hatte sie nicht einmal im Leben das Recht, nur an sich zu denken? Wie hätte sie es Bev oder Marianne erzählen und ihren Vater übergehen können? Sie hatte ihn nicht dabeihaben wollen, nicht neben ihr stehen sehen. Er sollte sie nicht an ihren Mann übergeben.

Sie wollte sich ihm selbst schenken.

Um der eintönigen Zeremonie etwas Glanz zu verleihen, trug Emma ein ausgefallenes Seidenkleid in fast demselben Farbton wie die Rose, mit Spitze am Mieder und spitzengefaßtem Saum.

Unwillkürlich mußte sie an die Hochzeit ihres Vaters denken, die erste Hochzeit, an der sie teilgenommen hatte. Die glücklich lächelnde Bev, ihr strahlender Vater, und Stevie, ganz in Weiß, mit Engelsstimme singend. Die Erinnerung trieb ihr die Tränen in die Augen, doch sie hielt sie zurück, als Drew ihre Hand nahm.

Lächelnd streifte er ihr den schlichten Diamantring über den Finger. Seine Hand fühlte sich warm und fest an, als er mit klarer, deutlicher Stimme gelobte, sie zu lieben, zu ehren und ihr die Treue zu halten. Das war es, wonach sie sich so sehnte. Geliebt zu werden. Als Drew sie küßte, glaubte sie ihm seine Worte.

Nun war sie nicht länger Emma McAvoy, sondern Emma McAvoy Latimer, eine neue Frau, die ihr Leben und ihre Liebe Drew gewidmet hatte. Ein neues Leben begann.

Was machte es schon, daß ihr frischgebackener Ehemann sofort nach der Zeremonie ins Plattenstudio hetzen mußte? Wer könnte die Anforderungen, die an einen Musiker gestellt werden, besser verstehen als sie? Die Blitzhochzeit während der Aufnahmen für sein neues Album war schließlich ihre Idee gewesen. So hatte sie Zeit, die Hotelsuite herzurichten, in der sie ihre Hochzeitsnacht verbringen würden. Alles sollte perfekt sein.

Das Zimmer war jetzt voller Blumen; Treibhausrosen, Orchideen, Narzissen, von ihr eigenhändig in Vasen und Krügen arrangiert. Sogar im Badezimmer hatte sie einen Korb mit blühendem Hibiskus aufgestellt.

Ein Dutzend weißer, nach Jasmin duftender Kerzen wartete darauf, romantische Stimmung zu verbreiten. Eisgekühlter Champagner stand bereit, und das Radio untermalte die Szene mit leiser Musik.

Dann gönnte Emma sich ein ausgiebiges Bad, cremte sich sorgfältig am ganzen Körper ein und benutzte ein leichtes Parfüm. Ihr Körper sollte genauso makellos sein wie der Raum, wie diese Nacht. Sie kämmte sich das Haar, bis ihr Arm schmerzte, und stand dann lange unschlüssig vor dem Kleiderschrank, bis sie schließlich einen weißen, spitzenbesetzten Morgenmantel wählte.

Der Spiegel zeigte ihr das Bild einer glücklichen Braut. Emma schloß die Augen. Jetzt fühlte sie sich auch wie eine Braut. Ihre Hochzeitsnacht. Die schönste Nacht ihres Lebens. Bald würde Drew hereinkommen, seine goldfarbenen Augen würden lange auf ihr ruhen und sich dann verdunkeln. Er würde sanft, liebevoll und geduldig mit ihr umgehen. Fast konnte sie seine schlanken, erfahrenen Finger auf ihrer Haut spüren. Er würde ihr sagen, wie sehr er sie liebte, wie sehr er sie begehrte. Dann würde er sie ins Schlafzimmer tragen und sie alles lehren.

Geduldig. Zärtlich. Leidenschaftlich.

Um zehn Uhr war sie besorgt. Um elf beunruhigt. Um Mitternacht fast außer sich. Im Studio hatte man ihr mitgeteilt, Drew sei schon vor Stunden aus dem Haus gegangen.

Sie befürchtete das Schlimmste. Ein schrecklicher Unfall. Er hatte es so eilig gehabt, zu ihr und dem großen, weichen Bett zu kommen, daß er einen Moment unaufmerksam gewesen war, und sein Auto... Niemand wußte, wo sie zu erreichen war, kein Arzt, kein Polizeibeamter würde sie benachrichtigen. Gerade jetzt konnte Drew schwerverletzt im Krankenhaus liegen und vergebens nach ihr rufen.

Gerade war sie dabei, die Liste der Krankenhäuser durchzugehen, als sich der Schlüssel im Schloß drehte. Noch ehe sich die Tür öffnete, war Emma schon da, riß sie auf und warf sich in Drews Arme.

»Ach, Drew, ich hatte so furchtbare Angst!«

»Nun mal ganz ruhig.« Er klopfte ihr leicht aufs Hinterteil.

»Bißchen nervös, wie?«

Er war betrunken, es ließ sich nicht leugnen. Die Worte klangen verschwommen, sein Gang war unsicher, und er roch nach Alkohol. Sie trat einen Schritt zurück und starrte ihn entsetzt an. »Du hast getrunken!«

»Bloß 'ne kleine Feier mit den Kumpels. 'n Mann heiratet ja nicht jeden Tag.«

»Aber du... du wolltest um zehn Uhr hier sein.«

»Himmel, Emma, du fängst doch wohl nicht jetzt schon an, an mir herumzunörgeln?«

»Nein, nur – Drew, ich hab' mir solche Sorgen gemacht.«

»Jetzt bin ich ja da, oder nicht?« Drew ließ seine Jacke achtlos auf den Boden fallen. Er trank nicht oft, doch heute nacht war ein Drink auf den anderen gefolgt, ohne daß er es bemerkt hatte. Heute nacht war er seinem Ziel ein gutes Stück nähergekommen. »Laß dich mal anschauen. Tatsächlich, das perfekte Bild einer schüchternen Braut. Wie hübsch – unsere schöne Emma, ganz in Weiß.«

Sie errötete, als sie Begierde in seinen Augen aufflammen sah. So hatte sie sich die Nacht vorgestellt, genau so. »Ich hab' mich nur für dich schön gemacht.« Voll unschuldigen Vertrauens glitt sie in seine Arme und bot ihm ihren Mund.

Er tat ihr weh. Sein heißer, fordernder Mund bedeckte den ihren, seine Zähne knabberten hart an ihrer Unterlippe, und er drückte sie so fest an sich, daß sie keine Luft mehr bekam. Blitzartig zuckte die Erinnerung an den Zwischenfall mit Blackpool durch ihren Kopf, und sie versuchte, sich von ihm loszumachen. »Drew, bitte!«

»Keine Spielchen, nicht heute nacht.« Er packte ihr Haar und zog ihren Kopf fest nach hinten. »Du hast mich lange genug hingehalten, Emma. Keine Ausreden mehr!«

»Nein, das nicht, nur – Drew, können wir nicht...?«

»Du bist jetzt meine Frau. Wir spielen das Spiel nach meinen Regeln.«

Ungeachtet ihrer flehentlichen Bitten stieß er sie zu Boden, riß ihr grob den Seidenmantel auf und entblößte ihre Brüste, um ungeduldig daran zu saugen. Sein Tempo machte ihr angst. So sollte es nicht sein, dachte sie verzweifelt, so nicht.

Es konnte nicht richtig sein, im hellen Lampenlicht mit zerfetzten Kleidern auf dem Boden zu liegen.

Seine Finger krallten sich schmerzhaft in ihre Hüften, sein Mund preßte sich so fest auf ihren, daß sie, von Whiskydunst eingenebelt, zu würgen begann und versuchte, seinen Namen zu rufen. Er erstickte ihre Abwehrversuche, indem er ihre Hände mit eisernem Griff festhielt, und drang mit einem einzigen brutalen Stoß in sie ein.

Vor Schock und Schmerz schrie sie auf, doch er ignorierte ihre Qual und stieß weiter wie ein Irrer in sie hinein. Schluchzend blieb sie liegen, bis er über ihr zusammenbrach, zur Seite rollte und sofort zu schnarchen begann.

Am nächsten Morgen kam er zerknirscht und beschämt zu ihr und bat sie um Verzeihung. Er war betrunken gewesen, ja, das war auch die einzige Entschuldigung für sein Verhalten. Nie wieder würde etwas Derartiges geschehen. Er hielt sie im Arm, streichelte ihr Haar und flüsterte ihr Versprechungen zu, die sie nur allzugern glaubte. Ihr war, als sei in ihrer Hochzeitsnacht ein anderer Mann bei ihr gewesen und habe sie gelehrt, wie roh und gefühllos Sex sein konnte. Von ihrem Ehemann empfing sie jedenfalls nur Zärtlichkeit. So ging ihr erster Tag als Frischvermählte zu Ende, indem sie zufrieden in Drews Armen lag und rosarote Zukunftspläne schmiedete.

In der löblichen Absicht, endlich den Abwasch zu erledigen, bequemte sich Michael in die Küche. Der gute Vorsatz war jedoch schnell dahin, als er sah, daß die Spüle überquoll und die gesamte Küche sich in heilloser Unordnung befand. Anklagend blickte er sich um. Hatte er nicht die ganzen letzten Wochen nur Überstunden gemacht? Warum, zum Teufel, konnte der Abwasch sich nicht von alleine erledigen?

Seufzend beschloß er, sich vor dem Frühstück und der Lektüre der Morgenzeitung um die Sache zu kümmern. Er begann, Teller, Becher, Tassen und Besteck zusammenzuräumen, um die ganze Bescherung auf einmal im Mülleimer verschwinden zu lassen. Zum großen Verdruß seiner Mutter benutzte er nur Wegwerfgeschirr, was ihm eine Menge Arbeit ersparte. Obwohl seine kleine Küche mit einer Spülmaschine ausgestattet war, hatte er deren Dienste noch nie in Anspruch nehmen müssen.

Zufrieden mit seinem Werk durchstöberte er dann den Küchenschrank, schob eine Flasche Zigeunersauce und ein Glas Erdnußbutter beiseite, bis er auf den Karton mit Getreideflocken stieß. Er schüttete sich eine große Schüssel voll und goß dann den dampfenden Kaffee über die Flocken.

Diese Köstlichkeit hatte er durch puren Zufall entdeckt, als er eines Morgens völlig vertieft am Tisch saß und sein Frühstück schon beinahe verzehrt hatte, ehe ihm aufging, daß er versehentlich den Kaffee über die Flocken gegossen hatte und die eigentlich dafür bestimmte Milch sich in der Kaffeetasse befand. Doch noch ehe Michael sich setzen und seine Mahlzeit genießen konnte, wurde er durch ein heftiges Klopfen an der Hintertür unterbrochen.

Auf den ersten Blick schien ein riesiger grauer Fußabtreter Einlaß zu begehren, wenn man einmal davon absah, daß Fußabtreter nicht mit dem Schwanz wedeln und lange rosa Zungen aus dem Maul hängen lassen können. Ergeben öffnete Michael die Tür und wurde von dem zottigen übergroßen Hund enthusiastisch begrüßt.

»Zieh hier bloß keine Show ab.« Michael schob die riesigen Tatzen von seiner nackten Brust, wobei ein Großteil des Schmutzes, der daran geklebt hatte, an ihm hängenblieb.

Conroy, Stammbaum zweifelhaft, saß auf dem Linoleum und grinste. Er roch so widerlich, wie es einem Hund nur möglich war, was ihn aber offensichtlich kalt ließ. Sein Fell war verfilzt und voller Kletten. Michael mochte kaum glauben, daß er Conroy vor ungefähr zwei Jahren aus einer Schar niedlicher, verspielter Welpen ausgesucht hatte. Mit der Zeit hatte sich Conroy zu dem abgrundtief häßlichsten Köter entwickelt, den man sich vorstellen konnte. Diese kleine Laune der Natur belastete den Hund jedoch nicht weiter.

Conroy grinste immer noch und hob eine Pfote, wobei sowohl er als auch sein Herrchen wußten, daß diese Geste nichts mit Unterwürfigkeit zu tun hatte.

»Du glaubst doch nicht im Ernst, daß ich diese Pfote schüttele? Wer weiß, wo die vorher gesteckt hat? Du bist wieder diesem Flittchen hinterhergestiegen, stimmt's?«

Conroy verdrehte die Augen. Wäre es ihm möglich gewesen, hätte er wohl anerkennend durch die Zähne gepfiffen.

»Leugnen ist zwecklos. Du hast das ganze Wochenende damit verbracht, dich im Dreck zu suhlen und diesem streunenden Beaglemischling hinterherzuhecheln. Keinen Gedanken hast du an mögliche Folgen oder an meine Gefühle verschwendet.« Michael drehte sich um und suchte im Kühlschrank herum. »Das eine sage ich dir. Wenn du sie noch mal schwängerst, dann siehst du selber zu, wie du klarkommst. Hundertmal hab' ich dich schon gewarnt. Wir leben in den Achtzigern, Freundchen. Safer Sex ist angesagt.«

Er warf Conroy ein Würstchen zu, was dieser gierig schnappte und mit einem Bissen verschlang. Etwas nachgiebiger fütterte Michael ihn mit weiteren Resten, ehe er sich seinen kaffeegetränkten Getreideflocken widmete.

Er war mit seinem Leben zufrieden. In einen Vorort zu ziehen, hatte sich als goldrichtig erwiesen. Hier hatte er alles, was er wollte: ein Stück Rasen, damit er über die Notwendigkeit des Mähens mosern konnte, ein paar Bäume und das, was von den Blumenbeeten seines Vorgängers übriggeblieben war.

Zuerst hatte er sich mal als Gärtner versucht, doch seine Fähigkeiten auf diesem Gebiet ließen sehr zu wünschen übrig, also hatte er das Ganze wieder aufgegeben. Conroy war damit sehr zufrieden. Niemand versohlte ihm das Fell, wenn er die Beete umgrub.

Manchmal, wenn Michael im Garten unter den Bäumen saß, dann dachte er an Emma. Diesen Gedanken pflegte er so schnell wie möglich zu verdrängen.

Sicher, es hatte andere Frauen für ihn gegeben. Nichts Ernsthaftes, doch andere Frauen. Aber im Grunde genommen lebte er für seine Arbeit. Mittlerweile hatte er akzeptiert, daß er über ein ausgesprochenes Talent für Polizeiarbeit sowie über einen ausgeprägten Gerechtigkeitssinn verfügte. Zwar brachte er für den Papierkram nicht die gleiche Geduld auf wie sein Vater, aber er kam zurecht, beklagte sich nicht über die langen, oft monotonen Streifgänge oder Einsätze und machte vor allen Dingen nicht voreilig von der Waffe Gebrauch.

»Gestern hat man auf mich geschossen«, teilte er Conroy im Konversationston mit. Der Hund begann uninteressiert sein Fell nach Flöhen abzusuchen. »Wenn dieser Spinner Erfolg gehabt hätte, ständest du jetzt auf der Straße, Kumpel. Und bilde dir bloß nicht ein, dein Beagleflittchen würde dich aufnehmen.«

Conroy blickte zu ihm hin, grunzte und beschäftigte sich wieder mit seinen Flöhen.

»Ein Gang zum Tierarzt«, brummte Michael mit vollem Mund. »Ein einziger Besuch, und schnippschnapp sind die Tage des Herumhurens für dich vorbei.« Erfreut, das letzte Wort zu haben, schlug er die Zeitung auf.

Die üblichen Nachrichten über Kämpfe im Nahen Osten. Eine neue Terrorismuswelle. Irgendwelches Geschwätz über die wirtschaftliche Lage. Im Lokalteil ein Bericht über die Festnahme eines gewissen Nick Axelrod, der im Drogenrausch seine Geliebte mit einer Axt erschlagen hatte.

»Das ist der Typ«, informierte Michael seinen Hund und hielt Conroy die Zeitung hin. »Da steht's. Ich hab' ihn in einer miesen kleinen Bude aufgetrieben, wo er die Tapete von der Wand gekratzt und nach Jesus gebrüllt hat. Siehst du, da steht mein Name. Detective Michael Kettlerung. Ja, ich weiß, ich weiß, aber ich bin wirklich gemeint. Wenn du dich schon nicht für die aktuellen Ereignisse interessierst, dann mach dich wenigstens nützlich und hol mir meine Zigaretten. Na los!«

Stöhnend setzte sich Conroy, ein Hinken vortäuschend, in Bewegung, doch Michael hatte sich wieder in die Zeitung vertieft und schenkte ihm keinerlei Beachtung. Er kam zum Kulturteil.

Seine Finger verkrampften sich, als er auf das Bild starrte.

Emma! Sie sah hinreißend aus. Dieses scheue Lächeln, diese riesigen, sanften Augen. Sie trug ein knappes, trägerloses Kleid, und ihr Haar floß in dicken, weichen Wellen über ihre Schultern.

Doch um ihre Schultern lag außerdem ein Arm, und dieser Arm gehörte unzweifelhaft einem Mann. Michael betrachtete ihn stirnrunzelnd.

Drew Latimer. Name und Gesicht waren ihm bekannt. Für Michaels Geschmack lächelte der Typ allzu siegesgewiß. Doch dann befaßte er sich wieder mit Emma, sog jeden Zentimeter ihres Gesichts in sich auf. Conroy kam zu ihm getappt und ließ eine vollgesabberte Schachtel Winston in seinen Schoß fallen. Sein Herrchen reagierte nicht.

Sehr langsam, als wäre sie in einer Fremdsprache verfaßt, las er die Schlagzeile.

ROCKPRINZESSIN EMMA MCAVOY HEIRATET IHREN TRAUMPRINZEN

> Emma McAvoy, Tochter des Sängers Brian McAvoy (Devastation) und der Schriftstellerin Jane Palmer, wurde gestern in aller Stille mit Drew Latimer (26), dem Leadsänger der Gruppe Birdcage Walk, getraut. Das junge Paar lernte sich während der letzten Europatournee von Devastation kennen.

Michael konnte nicht weiterlesen. »Um Himmels willen, Emma!« Er schloß die Augen und ließ die Zeitung auf den Tisch fallen. »O Gott.«

Emma war von New York wie elektrisiert. Sie konnte es kaum erwarten, Drew die Stadt zu zeigen und ihr erstes Weihnachtsfest mit ihm zusammen in ihrer Wohnung zu verleben.

Die verspätete Ankunft der Maschine störte sie genausowenig wie der naßkalte Graupelschauer. Vierwöchige Flitterwochen, die wegen der Fertigstellung von Drews Album verschoben werden mußten, warteten auf sie. Sie wollte diese Zeit in New York, in ihrer Wohnung verbringen. Die Braut würde sich in eine Ehefrau verwandeln.

Erfreulich war auch das Bewußtsein, das Haus für sich allein zu haben. Kein Sweeney mehr in der Wohnung unter ihnen.

»Es kommt mir vor, als wären Jahre vergangen, seit ich das letztemal hier war.« Zwar hatte Mariannes Vater sich bitterlich über ihre Weigerung beklagt, einen Untermieter zu nehmen, aber Emma war heilfroh, daß die Wohnung während ihrer Abwesenheit nicht von Fremden bewohnt worden war.

»Nun?« Sie kämmte ihr feuchtes Haar mit den Fingern durch. »Was sagst du dazu?«

»Viel Platz hier.« Drews Blick schweifte über die rohen Mauern, den nackten Boden, die kitschige chinesische Vase, die Emma in irgendeinem obskuren Laden aufgetrieben hatte. »Ein bißchen... spartanisch.«

»Warte, bis ich die Weihnachtsdekoration fertig habe. Marianne und ich besitzen eine ganze Sammlung Weihnachtsschmuck.« Emma suchte in ihrer Tasche nach einem Trinkgeld für den Fahrer, der, diskret hüstelnd, die Koffer neben ihr abstellte. »Danke.«

Der Mann strich den Zwanziger ein. »Danke, Ma'am. Frohe Weihnachten.«

»Frohe Weihnachten.« Emma warf ihren Mantel in die Ecke und rannte zum Fenster. »Drew, komm her und schau dir die Aussicht an. Von Mariannes Studio aus ist der Blick noch besser, aber mir wird jedesmal ganz schwindelig.«

»Sehr hübsch.« Er sah eine dreckige Straße und ein entsetzliches Verkehrsgewühl. »Emma, ich frage mich bloß, warum du nicht in eine bessere Gegend gezogen bist.«

»Weil ich nicht wollte.«

»Weißt du, es ist ja sehr nett hier, und für zwei Studentinnen sicher genau richtig, aber jetzt müssen wir umdenken.« Als sie sich abwandte, strich er ihr über das Haar. »Und außerdem wollen wir ja nicht dauernd mit Marianne zusammenkleben, so reizend sie auch ist.«

»Daran hatte ich gar nicht gedacht... sie kommt erst in ein paar Monaten zurück.«

»Vielleicht solltest du mal mit dem Denken anfangen?« Drew nahm seinen Worten etwas von ihrer Schärfe, indem er

Emma leicht auf die Augenbraue küßte. Hübsches Gesicht und wenig Hirn, meinte er bei sich und tätschelte ihre Wange. »Ich habe mir sagen lassen, daß es ziemlich viel Zeit in Anspruch nimmt, in New York eine Wohnung zu finden, und teuer und nervenaufreibend ist es außerdem noch. Wenn wir also zwischen London und hier hin- und herpendeln sollen, dann brauchen wir eine bessere Unterkunft. O Mann, ist das kalt hier.«

»Ich habe die Heizung abgedreht, während wir weg waren.« Emma beeilte sich, sie wieder aufzudrehen.

»Immer praktisch, was, Schatz?« Die Bemerkung klang höhnisch, doch er lächelte sie an. »Ich denke, wir werden uns die paar Wochen hier schon amüsieren. Schließlich braucht man in den Flitterwochen, wenn sie auch leicht verspätet stattfinden, nicht viel mehr als ein Bett.« Er lachte über ihr Erröten und nahm sie dann in die Arme, um sie lange und wollüstig zu küssen. »Wir haben doch ein Bett, Emma?«

»Ja.« Sie drückte ihn an sich. »Es müßte nur frisch bezogen werden.«

»Darum kümmern wir uns später.« Er schob sie durch die Tür, zerrte bereits an ihrem Pullover.

Sie wußte, es würde schnell gehen, nicht so wild und schmerzhaft wie in ihrer Hochzeitsnacht, aber zu schnell. Doch wie sollte sie ihm das begreiflich machen? Tief in ihrem Herzen wußte sie, daß es da mehr geben mußte als eine rasche Fummelei im Dunkeln. Die Matratze war eiskalt. Doch als er in sie eindrang, lange bevor sie bereit war, fühlte sein Körper sich heiß an. Emma schlang die Arme um ihn, wärmte sich an ihm und wartete auf die Explosion, von der sie bislang nur gelesen hatte.

Als er von ihr abließ, erschauerte sie. Nur vor Kälte, sagte sie sich, und einen Augenblick später bestätigte Drew diese Vermutung.

»Hier ist es so kalt wie in der Antarktis.«

»Es wird nicht mehr lange dauern. In der Truhe sind ein paar Decken.«

Sie langte nach ihrem Pullover, doch Drew hielt sie

zurück. »Ich sehe dich gerne nackt, Emma. Du brauchst dich doch vor mir nicht mehr zu schämen.«

»Nein.« Verlegen öffnete sie die Truhe. Er wühlte in den Taschen seiner Jacke nach Zigaretten.

»Vermutlich gibt's hier weder was Eßbares noch irgendwas zu trinken, zur Vorbeugung gegen eine Lungenentzündung.«

»In der Küche ist noch Cognac. Aber ich hab' total vergessen, Lebensmittel einzukaufen. Weißt du was? Ich spring mal eben runter in den Laden und besorg' uns was. Du kannst ja inzwischen ein heißes Bad nehmen, und dann mach' ich uns was zu essen.«

»Prima.« Es kam ihm nicht in den Sinn, sie zu begleiten. »Bring mir noch ein paar Glimmstengel mit, ja?«

»Mach' ich.« Diesmal hinderte er sie nicht daran, sich anzuziehen. »Bin gleich wieder da.«

Als die Tür hinter ihr zugefallen war, stand er auf, schlüpfte in seine Jeans und schenkte sich einen Cognac ein, obwohl es ihn verstimmte, daß keine Cognacschwenker im Haus waren.

Sie hatte doch tatsächlich angenommen, er würde von diesem Stall begeistert sein! Miese Gegend, dachte er und trank einen weiteren Schluck. Er hatte nicht die Absicht, hier zu leben. Sein ganzes Leben lang hatte er hoch hinausgewollt, und nun, da er es geschafft hatte, war das Beste gerade gut genug. Lächerlich, daran zu zweifeln.

Er war in armseligen Verhältnissen aufgewachsen. An seinem Cognac nippend, studierte Drew Emmas Portrait an der Wand und überlegte, wo er herkam und wo er hinwollte. Zwar konnte er für sich nicht in Anspruch nehmen, seine Kindheit in bitterer Armut in den Slums verbracht zu haben, aber viel hatte nicht gefehlt.

Ein schäbiges Mietshaus, ein schmutziger Hinterhof, geflickte Jeans. Drew verabscheute seine Herkunft, die Arbeiterklasse, der er entstammte. Er haßte seinen Vater, der ihm dieses Leben aufgezwungen hatte, da ihm jeglicher Ehrgeiz abging. Kein Rückgrat hatte der Alte gehabt, dachte Drew verächtlich. Keinen Mumm in den Eiern. Kein Wunder, daß seine Frau ihm davongelaufen war und ihn mit den drei Kindern hatte sitzenlassen.

Zweifellos erwartete sie mehr vom Leben, als ständig am Rande des Existenzminimums dahinzuvegetieren. Wie konnte er ihr das verübeln. Sie widerte ihn an.

Jetzt würde er seinen Weg machen, nach ganz oben. Er prostete Emmas Portrait zu. Wenn seine naive kleine Frau ihm dabei unter die Arme greifen würde, könnten sie glücklich und in Frieden leben.

Aber die Hosen würde er anhaben!

Ein, zwei Wochen würde er es hier aushalten. Doch dann würden sie umziehen, in eine dieser großen, eleganten und teuren Wohnungen am Central Park. Fürs erste jedenfalls. Er hatte nichts dagegen, einen Teil des Jahres in New York zu verbringen. New York gefiel ihm. Noch besser gefielen ihm die Beziehungen, die Emma hier hatte.

Drew ging zur Stereoanlage und durchstöberte den Plattenstapel, bis er eine Scheibe fand, die ihm zusagte. *Complete Devastation*. Es war nur angemessen, dachte er belustigt, dem alten Herrn die gebührende Ehre zu erweisen. Ohne ihn, ohne die Tournee wäre er niemals imstande gewesen, sich an Emma heranzumachen. Man stelle sich vor, sie war tatsächlich dämlich genug zu glauben, er habe nicht gewußt, wer sie war und was sie für ihn tun konnte!

Kopfschüttelnd legte er die Platte auf. Musik erfüllte den Raum.

Nein, es würde ihm nicht allzu schwerfallen, Emma zu ertragen. Obwohl sie im Bett eine Niete war – eine echte Enttäuschung, gab sie sich die größte Mühe, ihm zu gefallen. Von dem Moment an, wo er sie zum erstenmal gesehen hatte, hatte er auf ihr gespielt wie auf seiner Gitarre. Und sein Erfindungsreichtum würde sich auszahlen. In barer Münze.

Sie würde sich mit ihrem Vater schon wieder versöhnen. Der alte Herr hatte die Heirat ganz gut aufgenommen, und sein Hochzeitsgeschenk – fünfzigtausend Pfund, auf Emmas Namen zwar, aber bereits auf das gemeinsame Konto eingezahlt – war mehr als großzügig gewesen.

Das Verhältnis zwischen Vater und Tochter war noch

immer gespannt, doch das würde sich schon noch legen, dessen war Drew sicher. Sein Status als Brian McAvoys Schwiegersohn würde sich rentieren. Und in der Zwischenzeit hatte er eine sehr, sehr reiche Frau. Eine sehr naive reiche Frau.

Lachend wandte sich Drew zum Fenster. Gab es eine idealere Gefährtin für einen ehrgeizigen Mann? Er mußte nur sein Temperament etwas zügeln und dafür sorgen, daß Emma glücklich war, dann würde ihm alles, was er sich erträumte, in den Schoß fallen.

25

Sie zogen schließlich in ein elegantes zweigeschossiges Apartment an der Upper West Side. Da der Umzug Drew so viel zu bedeuten schien, bemühte Emma sich, über die Tatsache hinwegzusehen, daß sie nun im elften Stock wohnten. Wenn sie dort am Fenster stand und hinunterschaute, wurde ihr unweigerlich schwindelig. Die Höhenangst war ein ständiger Quell des Ärgernisses. Auf dem Dach des Empire State Buildings zu stehen, das hatte ihr nichts ausgemacht, aber kaum schaute sie im vierten Stock aus dem Fenster, drehte sich alles um sie, und ihr Magen spielte verrückt.

Drew hatte ganz recht, dachte sie, wenn er sie ermahnte, sie müsse lernen, das zu überwinden.

Die neue Wohnung bot auch Vorteile. Emma mochte die hohe, getäfelte Decke im großen Schlafzimmer, das aufwendig geschnitzte Treppengeländer, die gemütlichen, in die Wand eingelassenen Sitznischen und das im Schachbrettmuster gefliese Foyer.

In der Hoffnung, daß die Gesellschaft ihrer Stiefmutter ihr helfen würde, den Umzug zu verschmerzen, hatte Emma Bev gebeten, die Inneneinrichtung zu übernehmen. Zugegeben, mit seinem herrlichen Blick über den Central Park und der großzügigen, geschwungenen Treppe war das

Apartment sehr hübsch. Zudem hatte Emma ihrer Vorliebe für Antiquitäten und Kuriositäten freien Lauf gelassen und es mit einem Stilgemisch von Queen Anne bis Popart möbliert.

Weitere Pluspunkte bildeten in ihren Augen die hohen Fenster, der kleine, glasüberdachte Balkon, wo sie ihre Pflanzen ziehen konnte, und die geringe Entfernung zu Johnnos Wohnung.

Sie sahen sich fast jeden Tag. Johnno begleitete sie auf ihren Streifzügen durch die Antiquitätengeschäfte, eine Beschäftigung, der Drew nichts abgewinnen konnte. Auch hatte er sich angewöhnt, ein-, zweimal die Woche zum Abendessen vorbeizukommen oder mit ihnen auszugehen. Wenn ihr Vater schon ihre Ehe nicht billigte, war es tröstlich, zumindest Johnnos Zustimmung zu haben, zuzuhören, wie er und Drew über Musik diskutierten. Emma war freudig überrascht, als Johnno und Drew begannen, gemeinsam Songs zu schreiben.

Sie hingegen widmete sich ganz der Hausfrauentätigkeit, bemühte sich, für sich selbst, für Drew und für die Kinder, die sich noch nicht einstellen wollten, ein Heim zu schaffen.

Daß Drew möglichst bald eine Familie gründen wollte, hatte sie zugleich überrascht und erfreut. Trotz aller Differenzen und aller Gegensätze, die sie hinsichtlich ihres Geschmacks und ihrer Ansichten festgestellt hatte, teilten sie diesen einen Traum.

Wie es wohl sein mochte, ein Kind zu tragen, zu fühlen, daß Drews Kind in ihr wuchs? In ihren Tagträumen stellte sie sich oft vor, wie sie und Drew einen Kinderwagen durch den Park schieben würden. Ob auf ihren Gesichtern auch jenes stillvergnügte stolze Lächeln liegen würde, das sie bei jungen Elternpaaren bemerkt hatte?

Als die Zeit ins Land ging, ermahnte sie sich zur Geduld. Der Tag würde schon noch kommen. Es lag am Streß; sie wünschte sich einfach viel zu verzweifelt ein Kind. Wenn sie erst einmal gelernt hätte, sich bei der Liebe zu entspannen, käme alles wie von selbst.

Zu Frühjahrsbeginn machte sie dutzendweise Aufnahmen

von schwangeren Frauen, Babys und Kleinkindern, die sich im Park vergnügten und die warme Sonne genossen. Neid keimte in ihr auf.

Die Pläne, ein eigenes Studio zu eröffnen und ein Buch herauszubringen, waren vorläufig verschoben worden, dennoch verkaufte Emma auch weiterhin ihre Aufnahmen. Im großen und ganzen war sie mit ihrem Leben zufrieden. In ihrer Freizeit erweiterte sie ihre Mappe, legte eine Kochbuchsammlung an und begann, die Menüvorschläge im Fernsehen zu verfolgen. Es schmeichelte ihr, wenn Drew ihre Kochkünste lobte. Da ihn ihre Fotografiererei offensichtlich langweilte, gab sie es bald auf, ihm neue Aufnahmen zu zeigen oder ihre Arbeit mit ihm zu besprechen.

Er schien sie am liebsten als Nur-Hausfrau zu sehen. Und im ersten Jahr ihrer Ehe war sie einzig und allein bemüht, ihn zufriedenzustellen.

So stürzte sie sich in die Hausarbeit; versuchte, ihre Enttäuschung zu verbergen, wenn sie ein ums andere Mal feststellen mußte, daß sie nicht schwanger war, und verdrängte das Schuldgefühl, das jedesmal aufkam, wenn Drew sie für ihre Kinderlosigkeit verantwortlich machte.

Es war Runyun, der sie aus dieser einförmigen Routine erlöste.

Emma stürmte in das Apartment, eine Flasche Champagner in der einen, einen Tulpenstrauß in der anderen Hand. »Drew? Drew, bist du da?«

Sie setzte die Flasche ab und schaltete das Radio ein.

»Würdest du die Güte haben, das Ding abzustellen?« Drew erschien, nur mit einer Turnhose bekleidet, auf der Treppe. Sein Haar war zerzaust, die Augen verquollen, und er hatte sich noch nicht rasiert. Ein typischer Morgenmuffel. »Du weißt, daß ich gestern bis in die Nacht gearbeitet habe. Es ist ja wohl nicht zuviel verlangt, morgens Ruhe zu halten.«

»Entschuldigung.« Rasch drehte Emma das Radio ab und senkte die Stimme. Einige Monate des Zusammenlebens mit Drew hatten sie gelehrt, daß mit ihm nicht gut Kirschen essen war, ehe er seinen Frühstückskaffee getrunken hatte. »Ich wußte nicht, daß du noch schläfst. Ich dachte, du wärst weggegangen.«

»Es soll auch Leute geben, die nicht mit den Hühnern aufstehen müssen, um etwas Produktives zu leisten.«

Ihre Hand schloß sich fester um die Blumen. Sie wollte sich die Freude nicht durch einen Streit verderben lassen. »Soll ich dir einen Kaffee machen?«

»Von mir aus. An Schlaf ist eh nicht mehr zu denken.«

Emma brachte Blumen und Champagner in die Küche. Der enge Raum war durch eine mit Glasbausteinen abgeteilte Frühstücksecke erweitert worden. Sie hatte alles in Blau und Weiß gehalten – dunkelbraue Arbeitsflächen, weiße Möbel und Geräte, hellblaue und weiße Bodenfliesen. In der Ecke stand ein antiker Küchenschrank, den sie eigenhändig weiß lackiert hatte. Er enthielt eine Sammlung kobaltblauer Gläser.

Die Kakteen in den blauen Übertöpfen erhielten frisches Wasser, dann machte sich Emma daran, das Frühstück zuzubereiten. Dreimal die Woche kam eine Hilfe, doch eine gelungene Mahlzeit zu kochen, bereitete ihr ebensoviel Vergnügen wie das Entwickeln einer guten Aufnahme. Sie legte Drews Lieblingswürstchen auf den Grill, ehe sie die Kaffeebohnen mahlte.

Ein paar Minuten später betrat Drew, mit nacktem Oberkörper und immer noch unrasiert, die Küche. Der appetitliche Duft hob seine Stimmung sofort. Er sah es gern, wenn Emma am Herd stand und für ihn kochte. Es bestätigte ihm, daß sie ihm gehörte, egal wer sie war und wieviel Geld sie hatte.

Er ging zu ihr hin und küßte sie auf den Hals. »Morgen.« Ihr Lächeln verblaßte, als seine Hand nach ihren Brüsten tastete.

»Frühstück ist in einer Minute fertig.«

»Prima. Ich bin halb verhungert.« Er zwickte sie unsanft in die Brustwarze.

Emma haßte es, wenn er das tat, hielt sich aber mit Kommentaren zurück und schenkte ihm wortlos Kaffee ein. Wenn sie ihn bitten würde, die Kneiferei zu unterlassen, würde er es erst recht tun. Nur um sie zu necken, wie er behauptete.

Du bist viel zu empfindlich, Emma. Du hast keinen Sinn für Humor.

»Ich hab' Neuigkeiten.« Sie reichte ihm die Tasse. »Oh, Drew, wundervolle Neuigkeiten.«

Seine Augen wurden schmal. War sie endlich schwanger? Wenn Brian ein Enkelkind bekam, würde sich einiges ändern. »Warst du beim Arzt?«

»Nein, ich – nein, ich bin nicht schwanger, Drew. Tut mir leid.« Das vertraute Schuldgefühl stieg wieder in ihr auf. In seinem Gesicht zeichnete sich Enttäuschung ab, ehe er sich an den Tisch setzte.

»Es braucht halt seine Zeit«, murmelte sie, während sie zwei Eier in die Pfanne schlug. »Ich messe doch regelmäßig meine Temperatur.«

»Sicher, sicher.« Er zündete sich eine Zigarette an und musterte sie durch den Rauch. »Du tust dein Bestes.«

Sie öffnete schon den Mund, um etwas zu erwidern, verkniff sich dann aber die Bemerkung. Jetzt war nicht der Moment, ihn daran zu erinnern, daß an einer Schwangerschaft immer zwei Leute beteiligt waren. Bei ihrer letzten Auseinandersetzung über dieses Thema hatte er eine Lampe zertrümmert und war aus der Wohnung gerannt. Sie hatte bis zum Morgengrauen wach gelegen und sich mit Vorwürfen gequält.

»Ich war bei Runyun. Ich hab' dir ja gesagt, daß ich da hingehen wollte.«

»Hmmm? Ach, der. Der hochnäsige alte Knabe. Dieser Hintertreppenfotograf.«

»Er ist nicht hochnäsig.« Sinnlos, sich über die Bezeichnung ›Hintertreppenfotograf‹ zu ärgern. »Er ist ein bißchen wunderlich«, gab sie lächelnd zu. »Manchmal nervt er, aber hochnäsig ist er nicht.« Sie brachte Drew seinen Teller und setzte sich, ehe sie herausplatzte: »Er arrangiert eine Ausstellung für mich. Meine erste Ausstellung!«

»Ausstellung?« fragte Drew, den Mund voller Wurst. »Wovon redest du eigentlich?«

»Von meiner Arbeit, Drew. Ich habe dir erzählt, daß ich dachte, er wolle mir wieder einen Job geben, aber das war nicht alles.«

»Du brauchst keinen Job. Du weißt, wie ich darüber denke. Ich will nicht, daß du mit diesem schmierigen alten Sack zusammenarbeitest.«

»Nein, aber – ist ja egal. Er hält mich für gut. Es fällt ihm zwar schwer, das zuzugeben, aber er hält mich für gut. Er finanziert die Ausstellung.«

»Eine dieser entzückenden kleinen Veranstaltungen, wo die Leute ergriffen durch einen Raum wandern und verzückt auf die Bilderchen starren? Und dann so idiotische Bemerkungen ablassen: ›Welche Ausdruckskraft! Wie ergreifend!‹«

Emma erstarrte. Langsam wickelte sie die Tulpen aus, bis ihr Zorn verflogen war. Sicher waren seine Worte nicht verletzend gemeint. »Das ist ein wichtiger Schritt in meiner Karriere. Schon als Kind habe ich davon geträumt. Ich dachte, du würdest das verstehen.«

Hinter ihrem Rücken verdrehte Drew die Augen. Vermutlich waren jetzt ein paar Streicheleinheiten angebracht. »Natürlich verstehe ich das. Wann ist denn der große Tag, Schatz?«

»Im September. Er will mir genug Zeit lassen.«

»Hoffentlich stellst du auch ein paar Aufnahmen von mir aus.«

Emma rang sich ein gequältes Lächeln ab, als sie die Tulpen auf den sonnenüberfluteten Tisch stellte. »Aber ja. Du weißt doch, daß du mein Lieblingsmotiv bist.«

Sie war sicher, daß Drew ihr nicht mit Absicht das Leben schwermachte, doch er beanspruchte neuerdings so viel Zeit, daß ihre Arbeit darunter litt. Es sei an der Zeit, das New Yorker Nachtleben zu genießen, meinte er und bestand darauf, sie von Club zu Club zu schleifen. Er mußte mal ausspannen, also flogen sie für eine Woche auf die Jungferninseln. Er wollte neue Freunde gewinnen, also war das Apartment immer voller Menschen. Wenn sie selbst keine Gäste hatten, fand garantiert irgendwo anders eine Party statt. Und ständig waren ihnen die Paparazzis auf den Fersen. Wohin sie auch gingen, was sie auch taten, es war am nächsten Tag in der Zeitung zu lesen.

Immer, wenn Emma fürchtete, unter dem Druck zusammenzubrechen, erinnerte sie sich daran, daß sie sich genau dieses Leben ersehnt hatte, als sie hinter den Mauern von Saint Catherine's gefangen war. Doch die Realität erwies sich als anstrengender und langweiliger, als sie geahnt hatte.

Jeder wußte, daß das erste Jahr einer Ehe zugleich das schwerste war, tröstete sie sich. Man mußte Zugeständnisse machen, und man brauchte Geduld. Wenn sich ihre Ehe und ihr Leben als weit schwieriger und weit weniger aufregend herausstellten, als sie sich das vorgestellt hatte, dann bewies das nur, daß sie sich nicht genug Mühe gab.

»Komm, Schatz, das hier ist 'ne Party.« Drew schwang sie herum, so daß ihr Mineralwasser überschwappte. »Sei doch etwas lockerer!«

»Ich bin müde, Drew.«

»Du bist ewig müde.«

Seine Finger gruben sich in ihr Gesäß, als sie sich losmachen wollte. Drei Nächte lang hatte sie ohne Unterbrechung in ihrer Dunkelkammer gearbeitet. Bis zur Ausstellung waren es nur noch sechs Wochen, und sie war nervös wie eine gereizte Katze. Und wütend, gab sie zu. Wütend, weil ihr Mann nicht das geringste Interesse an ihrer Arbeit zeigte. Wütend, weil er ihr erst vor zwei Stunden mitzuteilen geruht hatte, er habe ein paar Freunde eingeladen.

Ein paar Freunde! Hundertfünfzig Leute drängten sich in den Räumen. Die Musik dröhnte. In den letzten Monaten hatten sich diese Stegreifpartys gehäuft. Die Alkoholrechnung war auf fünfhundert Dollar pro Woche geklettert. Um das Geld tat es ihr nicht leid. Auch nicht um den Zeitaufwand, wenn es sich denn um Freunde handelte. Aber zu den Freunden hatten sich immer mehr Schnorrer und Schmarotzer gesellt. Letzte Woche hatten sie das Apartment in einem fürchterlichen Zustand hinterlassen. Das Sofa voller Flecken, Brandlöcher in ihrem orientalischen Teppich. Aber schlimmer als das, schlimmer auch als die zerbrochen Kristallvase oder die verschwundene Porzellanschüssel waren die Drogen.

Sie hatte eine Gruppe von Leuten, die sie nie zuvor gesehen hatte, in ihrem Gästezimmer, das eigentlich als Kinderzimmer gedacht war, vorgefunden, wo sie unbekümmert Kokain schnupften.

Drew versprach ihr hoch und heilig, der Vorfall würde sich nicht wiederholen.

»Du bist doch bloß sauer, weil Marianne nicht gekommen ist.«

Nicht eingeladen worden war, korrigierte Emma im stillen. »Das ist es nicht allein.«

»Seit sie wieder in der Stadt ist, hast du mehr Zeit mit ihr in eurer alten Wohnung verbracht als hier mit mir.«

»Drew, ich habe sie seit fast zwei Wochen nicht mehr gesehen. Zwischen meiner Arbeit und unserem gesellschaftlichen Leben bleibt mir ja keine Zeit.«

»Aber Zeit, um dich herumzutreiben, die hast du!«

Sie fuhr zurück und stieß seine Hand wutentbrannt beiseite. »Ich gehe ins Bett!«

Ohne auf die Rufe und das Gelächter zu achten, bahnte sie sich einen Weg durch die Menge. An der Treppe holte er sie ein. Sein brutaler Griff verriet ihr, daß er genauso zornig war wie sie.

»Laß mich los!« fauchte sie. »Du willst ja wohl keine handgreifliche Auseinandersetzung hier, vor deinen Freunden.«

»Das klären wir oben.« Er quetschte ihren Arm so hart, daß sie aufschrie, und schleifte sie dann hinter sich her.

Auf einen Streit war sie vorbereitet, sie freute sich beinah auf eine lautstarke Auseinandersetzung. Gewitter reinigten schließlich die Luft. Doch als sie die Schlafzimmertür öffnete, schnappte sie nach Luft.

Ihr antiker Spiegel diente als Unterlage für feine Kokainlinien. Vier Köpfe beugten sich kichernd über ihre Frisierkommode und schnüffelten das weiße Pulver ein. Ihre Sammlung alter Parfümflaschen war achtlos beiseite geschoben worden. Eine lag zerbrochen am Boden.

»Raus hier!«

Vier Köpfe ruckten hoch, und vier verquollene Augenpaare beäugten sie ungläubig.

»Raus, hab' ich gesagt. Verschwindet aus meinem Zimmer, und verschwindet aus meinem Haus!«

Ehe Drew sie zurückhalten konnte, packte sie den nächstbesten, einen Mann, der doppelt so schwer war wie sie, am Kragen und zerrte ihn hoch.

»Hey, ist ja gut, wir teilen.«

»Raus!« wiederholte sie und stieß ihn zur Tür.

Danach kam Bewegung in die Gesellschaft. Eine Frau blieb lange genug stehen, um Drew mitfühlend die Wange zu streicheln. Emma knallte die Tür hinter ihnen zu, dann fuhr sie auf ihren Mann los.

»Jetzt reicht es mir aber! Ich mache das nicht länger mit, Drew. Diese Leute verschwinden jetzt, und ich will sie hier nie wieder sehen.«

»So, willst du das nicht?« erwiderte er unnatürlich ruhig.

»Ist dir denn schon alles egal? Das ist unser Schlafzimmer. Drew, sieh dir an, was sie mit meinen Sachen gemacht haben. Sie waren an meinem Schrank.« Aufgebracht wies sie auf einen Haufen Kleidungsstücke am Boden. »Der Himmel weiß, was sie diesmal zerbrochen oder gestohlen haben, aber das ist nicht mal das Schlimmste. Ich kenne diese Leute noch nicht einmal, und sie benutzen mein Schlafzimmer als Drogenumschlagplatz. Ich dulde keine Drogen in meinem Haus!«

Er holte aus, ohne daß sie die Bewegung richtig wahrnahm. Mit dem Handrücken schlug er ihr so hart ins Gesicht, daß sie der Länge nach zu Boden fiel. Sie schmeckte Blut, hob benommen eine Hand und betastete ihre aufgeplatzte Lippe.

»Dein Haus?« Unsanft zog er sie auf die Füße. Ihre Bluse zerriß knirschend, als er sie von sich stieß. Sie krachte auf den Nachttisch, und ihre geliebte Tiffanylampe zerbrach in tausend Stücke. »Du verwöhntes kleines Miststück! Es ist also dein Haus, wie?«

Zu schockiert, um sich zu wehren, rollte Emma sich schutzsuchend zusammen, als er von neuem auf sie losging. Ihre Schreie gingen in der Musik unter.

»Unser Haus. Das weißt du verdammt gut. Es ist genausogut meines wie deines. *Alles* gehört ebenso mir wie dir. Glaub ja nicht, daß du mir Vorschriften machen kannst. Und glaub ja nicht, du könntest mich vor meinen Freunden ungestraft zum Narren machen.«

»Aber ich...« Sie brach ab und duckte sich, als er wieder die Hand hob.

»So ist es besser. Ich werde dich wissen lassen, wenn ich dein Gejammer hören möchte. Du denkst, alles geht nach deiner Nase, was, Emma? Nun, da wollen wir heute keine Ausnahme machen. Du wolltest allein sein? Der Wunsch wird dir erfüllt.« Drew griff zum Telefon und riß den Stecker aus der Wand. »Du wirst so lange hierbleiben, wie ich es für richtig halte.« Mit aller Kraft warf er das Telefon an die Wand, ehe er die Tür hinter sich zuschlug und abschloß.

Schwer atmend blieb Emma zusammengerollt auf dem Bett liegen, zu betäubt, um die Schmerzen zu spüren. Ein Alptraum, dachte sie. Sie hatte schon schlimmere Alpträume gehabt. Ihr fielen die Schläge und Beschimpfungen wieder ein, die ihre ersten drei Lebensjahre begleitet hatten.

Verwöhntes kleines Miststück.

War das Janes Stimme, oder Drews?

Zitternd streckte sie eine Hand aus. Der kleine schwarze Stoffhund aus ihren Kindertagen saß auf dem Kissen. Emma kuschelte sich an ihn und weinte sich in den Schlaf.

Als Drew am nächsten Morgen die Tür aufschloß, lag sie in tiefem Schlaf. Leidenschaftslos sah er auf sie hinab. Eine Gesichtshälfte war geschwollen. Er mußte verhindern, daß sie sich die nächsten Tage in der Öffentlichkeit zeigte.

Zu dumm, dermaßen die Beherrschung zu verlieren, dachte er. Zutiefst befriedigend zwar, aber unvorsichtig. Aber forderte sie ihn nicht immer heraus? Er tat sein Bestes, oder etwa nicht? Und das war beileibe nicht leicht. Ein Mann könnte genausogut einen toten Vogel im Bett haben. Und immerzu quasselte sie von ihrer dämlichen Ausstellung, verschwand stundenlang in der Dunkelkammer, anstatt sich um ihn zu kümmern.

Seine Arbeit, seine Bedürfnisse kamen an erster Stelle. Höchste Zeit, daß sie das begriff.

Eine Frau hatte sich um ihren Mann zu kümmern, und um nichts sonst. Es war ihre Pflicht, für ihn dazusein, ihm zu helfen, dafür zu sorgen, daß er das erreichte, was er wollte.

Vielleicht hatten die Schläge auch ihr Gutes gehabt. Von nun an würde sie es sich zweimal überlegen, ehe sie sich seinen Wünschen widersetzte.

Aber nun, da er ihr gezeigt hatte, wer der Herr im Haus war, konnte er es sich leisten, großzügig mit ihr zu verfahren. Süße kleine Emma, dachte er. Sie war so leicht zu lenken.

»Emma.« Vorsichtig um die Scherben der zerbrochenen Lampe herumgehend näherte sich Drew dem Bett. Ihre Augen öffneten sich, und er las Angst darin. Gut. »Baby, es tut mir so leid.« Sie zuckte zusammen, als er ihr Haar streichelte. »Ich weiß gar nicht, was in mich gefahren ist. Kann mich nicht erinnern. Man sollte mich einsperren für das, was ich dir angetan habe.«

Emma gab keine Antwort. Wie ein Echo klangen die Entschuldigungen ihrer Mutter in ihren Ohren.

»Du mußt mir verzeihen, Emma. Ich liebe dich doch. Nur – du hast mich so angebrüllt, mich vor allen gedemütigt. Es war nicht mein Fehler. Ich weiß, daß diese Bande nichts in unserem Schlafzimmer verloren hatte, aber was kann ich denn dafür? Ich hab' sie hinterher selber rausgeschmissen«, log er, ohne mit der Wimper zu zucken. »Es war halt ein Wutanfall. Als ich die Typen hier drin gesehen habe, bin ich ausgerastet. Und dann bist du auch noch auf mich losgegangen.«

Stille Tränen glitzerten hinter Emmas Wimpern.

»Ich werde dir nie wieder weh tun, Emma, ich schwöre es dir. Wenn du willst, dann – dann gehe ich fort. Du kannst die Scheidung einreichen, obwohl ich mir ein Leben ohne dich gar nicht vorstellen kann. Aber ich werde gehen. Es ist nur so, daß – es kommt alles zusammen. Unser Album verkauft sich schlechter als erwartet. Den Grammy haben wir auch nicht gekriegt. Und... ich muß die ganze Zeit daran denken, wie gerne ich ein Baby hätte.«

Er vergrub den Kopf in den Händen und begann gekonnt zu schluchzen. Vorsichtig tastete Emma nach seinem Arm. Drew unterdrückte ein Lachen, nahm ihre Hand und kniete neben dem Bett nieder. »Bitte, Emma. Ich weiß, deine ewige Nörgelei und dein Gekeife sind keine Entschuldigung für mein Verhalten. Gib mir noch eine Chance. Ich werde alles tun, um das wieder gutzumachen.«

»Wir werden darüber reden«, murmelte sie leise.

Da er sein Gesicht in die Laken preßte, konnte sie sein höhnisches Lächeln nicht sehen.

26

Es fanden keine Partys mehr statt. Gewiß, ab und an kamen noch Leute zu Besuch, aber nur solche, mit denen Emma sich verstand. Keine Horden wildfremder Menschen tummelten sich mehr in ihrer Wohnung, und Drew verhielt sich so liebevoll und aufmerksam wie in der Zeit, als sie sich kennengelernt hatten. Bestimmt war dieser gewalttätige Wutausbruch ein einmaliger Vorfall gewesen.

Sie hatte es selbst herausgefordert. Diese Worte hämmerte er ihr so oft ein, daß sie letztendlich selbst davon überzeugt war. Sie hatte ihm für etwas die Schuld in die Schuhe geschoben, wofür er nichts konnte. Anstatt ihm zu vertrauen, zu ihm zu halten, hatte sie ihn gereizt und vor allen Leuten blamiert.

Und immer, wenn er die Beherrschung verlor, wenn sie rasende Wut in seinen Augen aufflackern sah, er die Fäuste ballte oder seine Lippen schmal wurden, konnte er gute, sogar einleuchtende Gründe angeben, warum sie die Ursache dafür war.

Die Wunden verheilten. Der Schmerz verging. Drew bemühte sich sogar, Interesse für ihre Arbeit aufzubringen, obwohl er es nie unterließ, sie darauf hinzuweisen, daß ihr

Hobby, wie er es nannte, viel zuviel von der Zeit in Anspruch nahm, die sie eigentlich ihm und seiner Karriere hätte widmen sollen.

Eine hübsche Aufnahme, pflegte er zu sagen, wenn man was für alte, Tauben fütternde Damen übrig hatte. Und deshalb hatte sie ihn stundenlang allein gelassen? Nur um mit ein paar Schwarzweißfotos von Leuten, die nichts Besseres zu tun hatten, als im Park herumzusitzen, nach Hause zu kommen?

Natürlich würde er sich heute mit belegten Broten zufriedengeben, er hatte ja nur sechs Stunden ununterbrochen komponiert. Vermutlich war es an ihm, die Schmutzwäsche in den Waschsalon zu bringen, obwohl er den ganzen Nachmittag hart gearbeitet hatte.

Nein, sie brauchte sich keine Gedanken zu machen. Wenn ihr ihre Arbeit wirklich so verdammt wichtig war, würde er sich eben einen weiteren Abend mit sich selbst beschäftigen.

Jegliche Kritik, die er äußerte, war geschickt in Komplimente verpackt. Sie sah einfach zum Anbeißen aus, wenn sie am Herd stand und für ihn kochte. Er freute sich jedesmal, wenn er nach Hause kam und sie dort auf ihn wartete.

Ja, er gab selber zu, daß er sie hinsichtlich der Art, wie sie sich kleidete und ihr Haar trug, beeinflussen wollte. Aber schließlich war sie seine Frau, und als solche mußte sie ein gewisses Image pflegen.

Ganz besonders intensiv befaßte er sich mit der Frage, was sie zu ihrer Ausstellung anziehen sollte. Aber, beruhigte er sie, er wollte ja nur, daß sie so vorteilhaft wie möglich aussah. Und sie mußte wohl selbst zugeben, daß ihr Geschmack in Kleiderfragen recht provinziell war.

Es war schon richtig, sie hätte ihren schwarzen Seidenanzug mit der goldbestickten Jacke dem enganliegenden, auffällig verzierten und mit Federn besetzten Fummel vorgezogen, den er für sie ausgesucht hatte. Doch, wie er ihr erklärte, war sie jetzt eine Künstlerin und mußte sich dementsprechend kleiden. Ihm zu Gefallen, und weil es sie freute, von ihm als Künstlerin bezeichnet zu werden, hatte sie sich bereit erklärt, das Kleid zu tragen. Dazu schenkte er ihr ein paar klobige, mit bunten Steinen besetzte Ohrringe. Im stillen hielt Emma sie für geschmacklos, doch er hatte sie ihr eigenhändig an den Ohren befestigt.

Als sie die kleine Galerie erreichten, begann ihr Magen auf und ab zu tanzen. Drew klopfte ihr beruhigend auf die Hand.

»Komm schon, Emma, es ist ja nicht so, als würdest du vor zehntausend kreischenden Fans auf der Bühne stehen. Es handelt sich doch nur um eine Hinterhofausstellung.« Lachend half er ihr aus dem Auto. »Die Leute werden die Bilder von Brian McAvoys kleinem Liebling schon kaufen, ob sie ihnen nun gefallen oder nicht.«

Tief verletzt blieb Emma stehen. »Drew, das ist nicht gerade die Ermutigung, die ich jetzt brauche. Ich wollte einmal etwas aus eigener Kraft schaffen, verstehst du?«

»Du bist auch nie zufrieden.« Er packte sie so hart am Arm, daß sie sich vor Schmerz wand. »Da versuche ich, dir eine Freude nicht zu verderben, gute Miene zu bösem Spiel zu machen, und was tust du? Du meckerst nur!«

»Ich hab's doch nicht so gemeint...«

»Natürlich, du meinst es ja nie so. Vielleicht möchtest du lieber alleine hineingehen?«

»Bestimmt nicht.« Nervosität und Frustration verstärkten das Hämmern hinter ihren Schläfen noch. Warum fand sie bloß nie die richtigen Worte? Gerade heute nacht wollte sie ihn keinesfalls verärgern. »Drew, es tut mir leid. Ich wollte dich nicht anschnauzen. Ich bin nur furchtbar aufgeregt.«

»Schon gut.« Gnädig akzeptierte er ihre Entschuldigung, tätschelte herablassend ihre Hand und führte sie in die Galerie.

Auf Runyuns Rat hin waren sie spät gekommen. Er wollte, daß sein Star erst dann erschien, wenn die Galerie bereits voll und die Leute schon mit den Bildern vertraut waren. Mit Adleraugen beobachtete er die Tür und stürzte sich sofort auf Emma, als diese am Arm ihres Mannes den Raum betrat.

Runyun war ein kleiner, untersetzter Mann, der stets einen schwarzen Rollkragenpullover zu schwarzen Jeans trug. Emma hatte ihn anfangs verdächtigt, ein betont künstlerisches Image zu pflegen, war aber bald dahintergekommen, daß der Mann sich aus purer Eitelkeit schwarz kleidete. Er hoffte, so schlanker zu wirken. Auf dem kurzen, stämmigen Hals saß ein riesiger Kahlkopf, und buschige, graugesprenkelte Brauen wölbten sich über auffallend hellgrünen Augen.

Gegen seine mächtige Hakennase war er machtlos, doch die zu dünn geratenen Lippen versteckte er unter einem Schnurrbart à la Clark Gable, was seine unansehnliche Erscheinung jedoch nur noch betonte. Und trotzdem hatten ihn seine drei Frauen nicht wegen seines abstoßenden Äußeren verlassen, sondern weil er ausschließlich mit seiner Kunst verheiratet war.

Er begrüßte Emma mit finsterem Blick. »Du lieber Gott, du siehst ja aus wie ein Filmsternchen, das darauf aus ist, den Produzenten zu verführen. Na, mach dir nichts draus«, fügte er hinzu, ehe Emma reagieren konnte. »Misch dich ein bißchen unter die Leute.« Doch Emma starrte mit blankem Entsetzen in die Menge, auf schlichte Seide, edlen Schmuck und glänzendes Leder.

»Du wirst mich jetzt nicht blamieren, indem du in Ohnmacht fällst«, befahl Runyun leise.

»Nein.« Sie atmete tief durch. »Das werde ich nicht tun.«

»Gut.« Die Höflichkeit gebot dem Fotografen, auch Drew zu begrüßen, den er auf den ersten Blick verabscheut hatte. »Die Presse ist schon zahlreich vertreten, und das Büffet ist bereits halb leergeräumt. Ich fürchte, dein Vater ist von irgendwem ziemlich in die Enge getrieben worden.«

»Papa ist hier?«

»Dort drüben.« Runyun deutete vage in den Raum. »Jetzt geh und setz ein selbstsicheres Gesicht auf.«

»Ich habe nicht geglaubt, daß er kommen würde«, flüsterte Emma Drew zu.

»Natürlich kommt er.« Drew hatte fest damit gerechnet. Er legte Emma mit gespielter Zärtlichkeit den Arm um die Schulter. »Um nichts in der Welt würde er dieses Ereignis versäumen. Komm, gehen wir zu ihm.«

»Ich will nicht.«

Die liebevolle Umarmung verwandelte sich in einen

schmerzhaften Griff. »Emma, er ist dein Vater. Spiel mir jetzt nicht die beleidigte Leberwurst!«

Mechanisch lächelnd drängte sich Emma an Drews Seite durch die Menge, wechselte hier und da ein paar Worte mit den Anwesenden. Als sie hörte, wie Drew mit ihr prahlte, fühlte sie sich besser. Seine Anerkennung, auf die sie so lange warten mußte, erfüllte sie mit Stolz. Wie dumm sie doch gewesen war, dachte sie. Anzunehmen, er würde ihr ihre Arbeit verübeln. Innerlich schwor sie sich, von nun an mehr Zeit mit ihm zu verbringen, mehr auf seine Bedürfnisse einzugehen.

Schon immer hatte sie sich gewünscht, gebraucht zu werden. Und nun, als sie Drew zulächelte, der begeistert mit anderen Gästen über ihre Aufnahmen diskutierte, war sie sicher, daß dies der Fall war.

Er bestand darauf, daß sie ein Glas Champagner nahm, an dem sie jedoch kaum nippte.

Brian stand inmitten einer Gruppe von Leuten vor einem Portrait, das ihn mit Johnno zeigte. Mit einem starren, aufgesetzten Lächeln ging sie zu ihm hinüber. »Papa.«

»Emma.« Zögernd ergriff er ihre Hand. Sie sah so... so fremd aus.

»Schön, daß du gekommen bist.«

»Ich bin stolz auf dich.« Seine Finger schlossen sich so fest um ihre Hand, als wolle er eine unterbrochene Verbindung wiederherstellen. »Sehr, sehr stolz.«

Ehe sie antworten konnte, fand sie sich in einem Blitzlichtgewitter wieder. War da nicht auch ein Blitz der Verärgerung über sein Gesicht gezuckt, oder hatte sie sich das nur eingebildet? Er lächelte schon wieder.

»Na, Brian, wie kommt man sich so vor, wenn seine Tochter im Rampenlicht steht?«

Brian ignorierte den Reporter und sah Emma unverwandt an. »Ich freue mich für dich.« Mit einiger Selbstüberwindung bot er Drew seine Hand. »Drew.«

»Brian, ist sie nicht großartig?« Drew drückte einen Kuß auf Emmas Schläfe. »Ich weiß gar nicht, wer von uns beiden nervöser gewesen ist, Emma oder ich. Ich hoffe, du kannst ein paar Tage bleiben. Komm doch mal vorbei und sieh dir unsere Wohnung an. Zum Abendessen?«

Es fuchste Brian, daß die Einladung von Drew und nicht von seiner Tochter kam. »Bedaure, ich fliege morgen früh nach L. A.«

»Emma?«

Sie drehte sich überrascht um. »Stevie!« Lachend schlang sie die Arme um seinen Hals. »Ich bin ja so froh, dich zu sehen!« Einen Schritt zurücktretend musterte sie ihn. »Du siehst gut aus.« Und das entsprach der Wahrheit. Er würde nie wieder dem strahlenden, gutaussehenden Stevie ihrer Kindertage gleichen, aber er hatte zugenommen, und die dunklen Schatten unter seinen Augen waren verschwunden. »Ich wußte nicht, daß du... keiner hat mir gesagt, daß...« Daß du aus der Klinik raus bist, dachte sie.

Er grinste verständnisvoll. »Wegen guter Führung entlassen«, erklärte er ihr, dann drückte er sie an sich. »Ich habe sogar meine private Ärztin mitgebracht.« Er gab Emma frei, um eine Hand auf die Schulter der Frau an seiner Seite zu legen, die er als seine Psychotherapeutin vorstellte. »Darf ich dich mit Katherine Hayes bekanntmachen?«

»Hallo.« Die brünette kleine Frau lächelte freundlich. »Und herzlichen Glückwunsch.«

»Danke.«

»Ich war Ihre erste Kundin«, fuhr Katherine fort. »Das Bild von Stevie und seiner Gitarre. Die totale Liebe. Ich konnte nicht widerstehen.«

»Und dann hat sie stundenlang Analysen von sich gegeben.« Stevie witterte einen leichten Geruch nach Scotch und kämpfte gegen das alte Verlangen an. »P. M. ist auch da.« Er beugte sich zu ihr und dämpfte seine Stimme zu einem boshaften Flüstern. »Er hat Lady Annabelle mitgebracht.«

»Nein, wirklich?«

»Ich glaube, sie haben sich verlobt. Aber er hüllt sich da in vornehmes Schweigen.« Stevie zwinkerte ihr zu, nahm Katherines Arm und schlenderte weiter.

Emma mußte lächeln, als sie sich bei Drew einhakte. »Ich werde mal nach P. M. schauen.« Sie warf ihrem Vater einen fragenden Blick zu.

Was sollte er dazu sagen? Sie hatte Stevie weit liebevoller begrüßt als ihren eigenen Vater. Aber es war weder die richtige Zeit noch der richtige Ort, um reinen Tisch zu machen. »Geh ruhig. Ich seh' dich dann später.«

»Ja, geh du nur, Emma.« Drew küßte sie flüchtig. »Ich leiste deinem Vater Gesellschaft, dann können wir beide gegenseitig mit dir angeben. Ist sie nicht unglaublich?« begann er, kaum daß Emma ihm den Rücken zukehrte.

So fühlte sie sich auch. Unglaublich. Mit so vielen Menschen, so viel Interesse an ihrer Arbeit hatte sie nicht gerechnet. Doch immer noch fragte die böse kleine Stimme in ihrem Kopf, ob sie denn wirklich glaubte, die Leute seien wegen ihr und ihrer Arbeit hier. Wollten sie nicht vielmehr ihren Vater besichtigen? Emma bemühte sich nach Kräften, die Stimme zu ignorieren.

Da war ja P. M. Er hatte es offenbar aufgegeben, Lady Annabelle entkommen zu wollen. Tatsächlich schien er sich bestens zu amüsieren. Seine Begleiterin trug ein smaragdgrünes Lederkleid zu zitronengelben Schlangenlederstiefeln, und das auffallende rote Haar stand ihr wild vom Kopf ab. Nach einer zehnminütigen Unterhaltung wurde Emma klar, daß die Frau bis über beide Ohren verliebt war.

Gut so. P. M. verdiente diese Art von Anbetung, diese Art von, nun, Vergnügen.

Leute kamen und gingen, die meisten jedoch blieben. Runyun hatte sich die Anwesenheit ihres Vaters geschickt zunutze gemacht und spielte fortwährend Musik von Devastation. Erstaunt stellte Emma fest, daß auf über einem Dutzend der Aufnahmen ein unauffälliger blauer Punkt klebte. Verkauft.

Ein hochtrabender kleiner Mann drängte sie in eine Ecke und begann, auf sie einzureden. In dem Moment sah sie Marianne. »Entschuldigen Sie mich.« Ehe sie die Flucht ergreifen konnte, hatte sich die Freundin schon zu ihr durchgekämpft.

»Da ist ja der Star des Abends.« Sie gab Emma einen schallenden Kuß und zog sie an sich. Eine Chanelwolke hüllte sie ein. »Nun hast du es geschafft. Ein langer Weg vom Saint Catherine's nach hier.«

»O ja.« Emma kniff die Augen zusammen, wie um sich zu vergewissern, daß sich die Gegenwart nicht plötzlich in Rauch auflöste.

»Sieh mal, wen ich entdeckt habe.«

»Bev!« Emma löste sich aus Mariannes Armen und flog in Bevs. »Ich dachte nicht, daß du es schaffen würdest.«

»Um nichts in der Welt hätte ich deine erste Ausstellung versäumt.«

»Wir sind zusammen reingekommen, und ich hab' sie sofort erkannt«, erklärte Marianne und bediente sich an den Resten des Büffets. »Weißt du noch, wie du mal eine Aufnahme von mir gemacht hast, in einem alten Malerkittel und Rugbysocken? Ein absolut fantastischer Mann hat die gerade gekauft. Man sollte ihm eine Chance geben, das Original kennenzulernen.«

»Jetzt wird mir klar, warum du sie so magst«, kommentierte Bev, während Marianne sich durch die Menge schlängelte. »Na, wie fühlst du dich so?«

»Großartig. Aber es ist irgendwie... beängstigend.« Emma preßte eine Hand auf ihren grummelnden Magen. »Am liebsten hätte ich mich für ein Stündchen auf die Toilette verzogen und geheult. Ich bin so froh, daß du gekommen bist.« Dann bemerkte sie, daß Brian nur ein paar Meter entfernt stand. »Papa ist auch hier. Willst du nicht mit ihm sprechen?«

Bev brauchte den Kopf kaum zu drehen. Unruhig spielte sie mit ihrem Abendtäschchen. Nach all den Jahren waren die alten Gefühle immer noch da. Nichts hatte sich geändert.

»Sicher«, meinte sie leichthin. Hier, inmitten der Menge, hatte sie nichts zu befürchten. Emmas Nacht. Sie sollten sich beide für sie freuen.

Er kam auf sie zu. War es möglich, fragte sich Bev, daß ihm das Wiedersehen genauso zu schaffen machte wie ihr?

Waren seine Handflächen feucht vor Nervosität? Schlug sein Herz schneller?

Er wagte nicht, sie zu berühren, doch seine Bemühungen, sie mit gleichmütiger Stimme zu begrüßen, scheiterten kläglich. »Schön, dich zu sehen.«

»Dich auch.« Bev klammerte sich an ihrer Tasche fest.

»Du siehst...« Wunderschön! Hinreißend! »...gut aus.«

»Danke. Mir geht es auch gut. Ich freue mich so für Emma.« Bev sah sich um, doch Emma hatte sich unauffällig entfernt. »Du mußt sehr stolz auf sie sein.«

»O ja.« Er nahm einen tiefen Schluck aus dem Whiskyglas in seiner Hand. »Darf ich dir etwas zu trinken besorgen?«

Immer höflich, dachte Bev. Immer Kavalier. »Nein, danke. Ich will mich noch ein bißchen umsehen. Vielleicht kaufe ich ja ein Bild.« Aber zuerst würde auch sie die Toilette aufsuchen und einige Tränen vergießen. »War nett, dich wiederzusehen, Bri.«

»Bev...« Wie konnte er sich nur einbilden, er würde ihr noch etwas bedeuten. »Auf Wiedersehen.«

Emma behielt die beiden im Auge. Am liebsten hätte sie sie mit den Köpfen zusammengestoßen! Waren sie den blind? Es war weder Einbildung noch Wunschdenken, was sie da sah, dazu war sie eine viel zu geschulte Beobachterin. Die Augen, die Gesten, die Mimik, alles das verriet ihr, daß die zwei sich noch immer liebten. Und Angst vor den eigenen Gefühlen hatten. Sie holte tief Atem und steuerte in Richtung ihres Vaters. Vielleicht konnte sie ihm ein paar Takte sagen...

»Emmaschatz.« Johnno packte sie um die Taille. »Ich mach' jetzt den Abflug.«

»Du kannst noch nicht gehen. Bev ist hier.«

»So? Na, dann werd' ich mal sehen, ob sie jetzt Lust hat, mit mir durchzubrennen. Übrigens hab' ich einen Schatten aus deiner Vergangenheit getroffen.«

»Aus meiner Vergangenheit?« Sie lachte. »Ich habe keine.«

»Doch, doch. Ein schwüler Sommertag am Strand. Ein hübscher junger Kerl in blauer Badehose.« Gleich einem Magier, der ein Kaninchen aus dem Hut zaubert, hob Johnno den Arm.

»Michael?«

Wie seltsam, ihn hier wiederzusehen, dachte Emma. In Anzug und Krawatte sah er blendend aus, schien sich aber unbehaglich zu fühlen. Das dichte, dunkle Haar war immer noch nicht ordentlich geschnitten. Sein Gesicht war schmaler, kantiger geworden, so daß die leicht gekrümmte Nase ihm einen ganz besonderen Reiz verlieh. Die Hände in den Hosentaschen stand er da und machte den Eindruck, als würde er am liebsten im Erdboden versinken.

»Ich – äh – ich war in der Stadt, also...«

Vor Freude lachend, umarmte sie ihn. Sein Herz setzte einen Moment aus. Langsam, vorsichtig befreite er seine Hände und legte sie auf ihren Rücken. Sie fühlte sich noch genauso an wie in seiner Erinnerung, schlank, fest und zerbrechlich.

»Es ist einfach herrlich. Ich kann noch gar nicht glauben, daß du wirklich hier bist.« Auf einmal war alles wieder greifbar. Ein Nachmittag – nein, zwei – am Strand. Die Gefühle, die sie ihm erst als Kind, dann als Frau entgegengebracht hatte, kamen mit Macht zurück, so unerwartet, daß sie sich an ihm festhielt, zu nah, zu lange. Als sie ihn freigab, schimmerten ihre Augen feucht. »Es ist lange her.«

»Ja, müssen ungefähr vier oder fünf Jahre sein. Du siehst toll aus.«

»Du auch. Ich hab' dich noch nie so schick gekleidet gesehen.«

»Nun...«

»Bist du beruflich in New York?«

»Ja.« Die Antwort war eine glatte Lüge, doch zur Hölle mit der Wahrheitsliebe. Er hatte nicht die Absicht, vor ihr wie ein Idiot dazustehen. »Ich hab' von deiner Ausstellung gelesen.« Das entsprach der Wahrheit, nur daß er die kurze Notiz zu Hause am Frühstückstisch gelesen und sich daraufhin drei Tage freigenommen hatte.

»Na, was denkst du?«

»Worüber?«

»Die Ausstellung.« Wie schon einmal nahm sie ihn bei der Hand und zog ihn mit sich.

»Sie ist wirklich gut. Ich verstehe zwar nicht viel von Fotografie, aber deine Aufnahmen gefallen mir. Ehrlich gesagt...«
»Ehrlich gesagt?« hakte sie nach.
»Ich hatte keine Ahnung, daß du so etwas fertigbringst. Wie das Bild hier.« Er blieb vor einer Aufnahme stehen, die zwei Männer, die Wollmützen über die Ohren gezogen und in zerschlissene Mäntel gehüllt, zeigte. Einer lag schlafend auf alten Kartons, der andere blickte aus erschöpften, hoffnungslosen Augen direkt in die Kamera. »Ein anrührendes und beeindruckendes Bild.«
»New York besteht nicht nur aus der Madison Avenue.«
»Aber um beide Seiten der Stadt gleichermaßen objektiv darzustellen, dazu gehört Talent und Einfühlungsvermögen.«
Überrascht sah sie ihn an. Genau das hatte sie mit ihren Studien der Stadt, von Devastation, von Menschen zu erreichen versucht. Beide Seiten herauszuarbeiten. »Für jemanden, der nichts von Fotografie versteht, triffst du den Nagel genau auf den Kopf. Wann fliegst du zurück?«
»Morgen, mit der ersten Maschine.«
»Oh.« Sie ging weiter, erstaunt, welch große Enttäuschung sie verspürte. »Ich hatte gehofft, du könntest ein paar Tage bleiben.«
»Ich war mir gar nicht sicher, ob du überhaupt noch mit mir redest.«
»Michael, das ist lange her. Ich habe damals überreagiert, weil – mir ist etwas sehr Unangenehmes passiert. Aber das ist jetzt nicht mehr von Bedeutung.« Lächelnd küßte sie ihn auf die Wange. »Friede?«
»Friede.«
Immer noch lächelnd hob sie eine Hand zu seinem Gesicht.
»Emma!«
Drews Stimme ertönte hinter ihr, und sie fuhr schuldbewußt zusammen, fast als habe er Michael und sie zusammen im Bett statt in einem überfüllten Raum erwischt. »Drew, du hast mich vielleicht erschreckt! Das ist Michael Kesselring, ein alter Freund von mir. Michael, mein Mann Drew.«

Drew schlang besitzergreifend einen Arm um Emmas Taille und nickte Michael frostig zu. »Emma, es gibt noch mehr Leute, die dich kennenlernen möchten. Du vernachlässigst deine Pflichten.«

»Mein Fehler«, entschuldigte sich Michael sofort, betroffen, wie schnell das Leuchten in Emmas Augen erstarb. »Wir haben uns lange nicht gesehen. Ich gratuliere, Emma.«

»Danke. Grüß deine Eltern bitte von mir.«

»Mache ich.« Der Wunsch, sie von ihrem Mann wegzureißen, war so stark, daß Michael sich bremsen mußte. Eifersucht, sagte er sich, pure, reine Eifersucht.

»Michael.« Drew war bereits im Begriff, sie fortzuzerren. »Meld dich mal wieder.«

»Klar.« Er nahm sich ein Glas von dem Tablett, das eben herumgereicht wurde, und sah den beiden nach. Wenn er einfach nur eifersüchtig war, dann mußte er sich doch ernsthaft fragen, warum es ihn mit jeder Faser seines Instinkts dazu trieb, seine Faust in Drew Latimers hübsches Gesicht krachen zu lassen.

Weil Emma seine Frau war, gestand Michael sich ein. Und weil er selbst sie begehrte.

Diesmal war Drew nicht angetrunken. Während des gesamten langen, grausamen langweiligen Abends hatte er sich nur an zwei Gläsern Champagner festgehalten, da er unbedingt einen klaren Kopf sowie die Kontrolle über sich selbst behalten wollte. Es würde sich schon noch lohnen, Kotaus vor Brian McAvoy zu machen. Und er hatte es sehr geschickt angestellt. Jeder Idiot konnte sehen, daß Drew Latimer seiner Frau die Sterne vom Himmel holen würde. Für diese schauspielerische Leistung sollte man ihm einen Oskar verleihen!

Und während der ganzen Zeit, in der er den verliebten Ehemann spielen mußte, hatte sie sich in ihrem Erfolg gesonnt und mit ihrer Nobelschule und ihren hochnäsigen Freunden angegeben.

Am liebsten hätte er ihr vor allen Leuten, vor laufender Kamera gezeigt, wer das Sagen hatte.

Doch ihrem Papi hätte das gar nicht gefallen. Ihm nicht,

den Produzenten und Sponsoren nicht, und den Speichelleckern um Brian McAvoy auch nicht. Nicht lange, und sie alle würden vor Drew Latimer kriechen, schwor er sich. Dann würde Emma bezahlen.

Anfangs hatte er schon beinah beschlossen, ihr ein bißchen Ruhm zu gönnen. Dann hatte sie die Unverschämtheit besessen, mit diesem ›Freund‹ herumzuhängen. Sie verdiente eine Lektion, und er war genau der Mann, sie ihr zu erteilen.

Während der Heimfahrt schwieg er. Emma schien das nicht zu stören, sie war im Halbschlaf versunken. Nein, sie gab nur vor zu schlafen, meinte Drew. Wahrscheinlich hatte sie schon Pläne geschmiedet, um sich mit diesem Schleimer Kesselring zu treffen.

Er stellte sich die zwei im Hotelzimmer, zusammen im Bett vor und hätte fast laut gelacht. Kesselring mußte sich auf eine Enttäuschung gefaßt machen, wenn er entdeckte, daß die süße kleine Emma im Bett zu gar nichts taugte. Doch Kesselring würde keine Gelegenheit bekommen, das herauszufinden. Niemand betrog Drew Latimer! Diesen Punkt würde er zu Hause ein für allemal klarstellen.

Emma träumte vor sich hin, als der Wagen hielt. Seufzend lehnte sie den Kopf an Drews Schulter.

»Ich komme mir vor, als wäre ich die ganze Nacht auf den Beinen gewesen.« Schläfrig kuschelte sie sich an ihn. »Die ganze Nacht erscheint mir wie ein Traum. Ich kann's kaum erwarten, bis die Kritiken erscheinen.«

Als würde sie schweben, dachte Emma. Noch nie hatte sie sich so vollkommen im Einklang mit sich und der Welt gefühlt. Kaum waren sie durch die Tür, schlüpfte sie bereits aus ihren Sachen. »Ich denke, ich werde...«

Ohne Vorwarnung schlug er zu, so hart, daß sie die zwei kleinen Stufen zum Wohnzimmer hinauffiel. Stöhnend tastete sie ihr Gesicht ab. »Drew!«

»Hure! Du heimtückische kleine Hure!«

Verschwommen sah sie, daß er auf sie zukam, und versuchte instinktiv, sich zur Seite zu drehen. »Drew, nicht! Bitte! Was hab' ich denn getan?«

Er zerrte sie an den Haaren hoch und schlug ihr mit aller

Kraft ins Gesicht, ehe sie schreien konnte. »Du weißt verdammt gut, was du getan hast! Du miese Hure!« Seine Faust schmetterte gegen ihre Brust, so daß sie kraftlos zu Boden sank.

»Die ganze Nacht, die ganze gottverdammte Nacht mußte ich da rumstehen, dämlich grinsen und so tun, als ob mich deine beschissenen Aufnahmen interessieren. Bildest du dir etwa ein, irgend jemand ist wegen deiner zweitklassigen Fotos gekommen?« Seine Nägel gruben sich tief und schmerzhaft in ihre Schulter, wo sie rote Male hinterließen. »Bildest du dir ein, irgend jemand wäre deinetwegen dagewesen? Nein, meine Süße, die wollten alle nur Brian McAvoys kleine Tochter und Drew Latimers Frau sehen. Du? Du bist ein Nichts!« Wieder stieß er sie zu Boden.

»Um Gottes willen, nicht schlagen! Bitte nicht!«

»Sag du mir nicht, was ich zu tun habe!« Ihr Flehen steigerte seine Raserei nur noch; er trat nach ihr, verfehlte knapp ihre Rippen, doch sein Fuß traf hart auf ihren Hüftknochen. »Du hältst dich wohl für was Besonderes, du Stück Dreck! Aber mich wollten die Leute sehen, mich! Und ich bin auch derjenige, der hier zu bestimmen hat. Ist das klar?«

»Ja.« Emma versuchte, sich zusammenzurollen, und betete inständig, er möge sie liegenlassen, bis der Schmerz nachließ. »Ja. vollkommen klar.«

»Ist dieser Michael deinetwegen gekommen?« Drew riß brutal an ihrem Haar.

»Michael?« Betäubt schüttelte sie den schmerzenden Kopf. »Nein.«

»Lüg mich nicht an!« Schläge prasselten auf sie herab, wieder und wieder, bis jegliche Empfindung erstarb. »Es war alles geplant, was? ›Ach, Drew, ich bin so müde, ich gehe gleich ins Bett.‹ Du wolltest dich davonschleichen und mit *ihm* schlafen.«

Verneinend schüttelte sie den Kopf. Sofort erfolgte ein weiterer Schlag.

»Gib's zu, du wolltest mit ihm schlafen! Gib's zu!«

»Ja.«

»Deswegen auch dieses Kleid. Du wolltest deine Beine zeigen und ihn mit deinen nutzlosen kleinen Titten scharfmachen!«

Unklar erinnerte sie sich, daß Drew dieses Kleid ausgewählt hatte. Er hatte es doch ausgesucht, oder? Sie wußte es nicht mehr.

»Und dann hast du dich von ihm abtatschen lassen, vor allen Leuten. Du wolltest ihn haben, nicht wahr?«

Emma nickte. Sie hatte Michael umarmt. Und er hatte sich so warm und sicher angefühlt, daß sie einen Augenblick lang etwas empfunden hatte – was war es nur gewesen? Sie konnte sich an nichts mehr erinnern.

»Du wirst ihn nicht wiedersehen.«

»Nein.«

»Niemals.«

»Nein, nie wieder.«

»Und dieses Hurenkleid ziehst du mir auch nie wieder an.« Drews Hand griff in ihr Mieder, und mit einem Ruck riß er ihr das Kleid vom Leib. »Du weißt, daß du eine Strafe verdient hast, Emma?«

»Ja.« Ihre Gedanken überschlugen sich. Sie hatte Mamas Parfüm verschüttet, obwohl sie genau wußte, daß sie Mamas Sachen nicht anfassen durfte. Sie war ein ungezogenes, böses Mädchen und mußte bestraft werden.

»Es ist nur zu deinem Besten.«

Emma schrie nicht mehr, bis er seinen Gürtel aus der Hose zog, sie auf den Bauch rollte und sie zu schlagen begann. Doch lange, ehe er aufhörte, waren ihre Schreie schon verstummt.

27

Diesmal sah er keinen Grund, sich zu entschuldigen. Sie mußte zehn Tage im Bett verbringen, bis sie wieder einigermaßen hergestellt war, und während dieser ganzen Zeit erklärte er ihr, daß sie und nur sie allein an ihrer Lage die Schuld trug. Ihr gesunder Menschenverstand widersprach diesen Anschuldigungen, sagte ihr, daß Drew im Unrecht war, daß er verrückt war. Doch er machte ihr immer wieder klar, daß er nur in ihrem eigenen Interesse handelte.

Hatte sie nicht nur an sich selbst gedacht? Hatte sie nicht Woche für Woche damit verbracht, ihre Ausstellung vorzubereiten und ihren Mann links liegengelassen? Hatte sie nicht ihre Ehe in aller Öffentlichkeit in Mißkredit gebracht, indem sie mit einem anderen Mann flirtete?

Sie hatte ihn zu seiner Handlungsweise gezwungen. Sie hatte Strafe verdient. Ihn traf keine Schuld.

Nach der Ausstellung klingelte das Telefon einige Tage lang fast unaufhörlich, doch Emma nahm keine Anrufe entgegen. Zuerst war ihr Kiefer so geschwollen und schmerzte so stark, daß sie kaum sprechen konnte. Drew machte ihr Eisbeutel zurecht und fütterte sie mit Suppe, und er verabreichte ihr schmerzstillende Tabletten, damit sie zumindest einigermaßen schlafen konnte.

Dann erklärte er ihr, daß die Leute sie nur als Vorwand benutzten, um an ihn heranzukommen. Doch sie mußten Zeit für sich haben, nicht wahr, damit sich endlich Nachwuchs einstellte.

Sie hatte sich doch immer eine Familie gewünscht, oder nicht? Sie wollte doch glücklich sein, umsorgt und gehegt werden? Wenn sie nicht so viel Zeit und Kraft auf ihre Arbeit verwendet hätte, dann wäre sie schon längst schwanger. War es nicht das, was sie wollte?

Während ihrer Rekonvaleszenzzeit stellte er ihr diese Fragen wieder und wieder, und sie stimmte ihm zu. Aber Zustimmung reichte nicht aus.

Es war dunkel, als sie erwachte, und sie war allein. Dann hörte sie die Musik. Nur ein Traum, beruhigte sie sich, während sie darum kämpfte, völlig wach zu werden. Doch als sie die Augen öffnete, jetzt vollkommen da, konnte sie die Musik noch immer hören, diese furchtbaren Worte, gesungen von einem Mann, der längst tot war. Mit zitternden Fingern tastete sie nach dem Schalter der Nachttischlampe, drehte daran, drehte wieder, aber nichts geschah. Der Raum blieb dunkel, und die Schatten kamen näher.

Die Musik wurde lauter und lauter, bis sie verzweifelt die Hände gegen die Ohren preßte. Doch die Musik drang durch ihre Finger in ihren Kopf, hämmerte und dröhnte, bis sie zu schreien begann, so laut sie nur konnte.

»Aber Emma. Ist ja gut.« Drew war da, hielt sie, streichelte ihr Haar. »Wieder ein Alptraum? Du solltest ja eigentlich darüber hinweg sein, nicht?«

»Die Musik.« Keuchend klammerte sie sich an ihn. Er war ihr Rettungsanker, der einzige Halt, den sie hatte. Er würde sie aus diesem Strudel der Angst und des Wahnsinns befreien. »Es war kein Traum. Ich habe es genau gehört. Dieses Lied – ich habe dir davon erzählt, Drew – dieses Lied wurde in der Nacht gespielt, als Darren starb.«

»Was für Musik?« Unauffällig schob Drew die Fernbedienung der Stereoanlage beiseite. Befriedigt nahm er zur Kenntnis, daß sie am ganzen Körper zitterte. Also hatte sein Trick gewirkt, dachte er. Eine gute Methode, um sie in Angst und Schrecken zu versetzen und sicherzugehen, daß sie vollkommen von ihm abhängig war.

»Aber ich hab' sie doch gehört.« Emma begann zu schluchzen, ihre Zähne schlugen klappernd aufeinander. »Und das Licht, das Licht ist nicht angegangen.«

»Du bist zu alt, um dich im Dunkeln zu fürchten«, meinte Drew freundlich, stöpselte vorsichtig die Lampe wieder ein und knipste den Schalter ein. »Besser?«

Sie vergrub ihr Gesicht an seiner Schulter und nickte. »Danke.« Eine Welle der Dankbarkeit überschwemmte sie, als das Licht anging, und ihr Körper entspannte sich. »Laß mich nicht allein, Drew. Bitte laß mich nicht allein.«

»Ich hab' dir doch versprochen, mich um dich zu kümmern.« Lächelnd fuhr er fort, ihr Haar zu streicheln. »Ich werde dich nie alleine lassen, Emma. Du brauchst keine Angst zu haben.«

Um die Weihnachtszeit war Emma beinahe wieder glücklich. Drew nahm ihr alle Alltagsgeschäfte ab. Er suchte ihre Kleidung aus, überwachte ihr Anrufe und erledigte ihre finanziellen Angelegenheiten.

Alles, was sie zu tun hatte, war, den Haushalt zu versorgen und für ihn dazusein. Sie brauchte keinerlei Entscheidungen mehr zu treffen. Ihre Dunkelkammer wurde zugesperrt, ihre Fotoausrüstung weggeschlossen. Wenn sie an ihre Arbeit dachte, versank sie unweigerlich in Depressionen.

Zu Weihnachten schenkte er ihr einen großen, tränenförmigen Diamantanhänger. Aus irgendeinem Grund brachte dieses Geschenk sie zum Weinen.

Sie unterzog sich verschiedenen Fruchtbarkeitstests. Als diese intimen Probleme in der Presse breitgetreten wurden, litt sie zunächst schweigend unter dieser Demütigung, dann würdigte sie die Zeitungen keines Blickes mehr. Was interessierte es sie, was in der Welt vorging? Ihre Welt bestand aus sieben Räumen mit Blick auf den Central Park.

Als die Ärzte ihr bescheinigten, daß keine körperlichen Ursachen für ihre Unfruchtbarkeit vorlagen, schlug sie zögernd vor, Drew solle einige Tests vornehmen lassen.

Daraufhin schlug er sie bewußtlos und schloß sie zwei volle Tage in ihrem Schlafzimmer ein.

Die Alpträume kamen immer wieder, manchmal zweimal die Woche. Ab und zu beruhigte Drew sie und tröstete sie, bis die Panik nachließ, öfter allerdings schimpfte er sie eine dumme Kuh, beklagte sich, daß sie seinen Schlaf störe, und überließ sie ihrer Angst.

Und als er eines Tages unvorsichtig genug war, die Fernbedienung neben dem Bett und das *Abbey Road*-Album auf dem Plattenteller liegen zu lassen, da war sie bereits zu erschöpft, um davon Notiz zu nehmen.

Mit der Zeit erkannte sie, beinahe unbeteiligt, was er ihr antat, was er aus ihr machte. Der Mann, in den sie sich verliebt hatte, existierte nicht mehr. Was blieb, war ein Monster, das sie in dem Apartment im elften Stock wie eine Gefangene hielt.

Sie dachte daran fortzulaufen. Zwar ließ er sie nur selten mehr als einige Stunden allein und begleitete sie stets, wenn sie ausging, doch manchmal, wenn sie nachts schlaflos im Bett lag, träumte sie von Flucht. Sie würde Marianne oder Bev anrufen, oder ihren Vater. Man würde ihr helfen.

Doch Scham sowie die Zweifel, die er in ihrem Herzen gesät hatte, hielten sie davon ab.

Er hatte sie nie wieder mit dem Gürtel geschlagen, jedenfalls nicht bis zu der Nacht, in der die Verleihung des American Music Award stattfand und er und seine Band übergangen wurden.

Emma wehrte sich nicht. Sie erhob auch keinen Einspruch. Als er sie mit den Fäusten zu malträtieren begann, zog sie sich in sich selbst zurück, so wie sie sich einst unter der Küchenspüle verkrochen hatte, und war nicht mehr erreichbar.

In seiner Raserei beging Drew einen schwerwiegenden Fehler. Er sagte ihr, warum er sie geheiratet hatte.

»Wozu bist du eigentlich zu gebrauchen?« Sie lag auf dem Boden, kämpfte gegen den auf- und abebbenden Schmerz an, während er durch das Zimmer tobte und alles kurz und klein schlug, was ihm im Weg stand. »Glaubst du, ich wollte mein Leben mit einem verwöhnten, dämlichen Flittchen verbringen, das im Bett kaum zu ertragen ist?«

Während der Preisverleihung war er gezwungen gewesen, dazusitzen und lächelnd zuzusehen, wie ein anderer die Bühne betrat und den Preis, der eigentlich ihm gebührte, entgegennahm. Nun machte er seinem angestauten Frust Luft, indem er die edlen Waterford-Gläser eines nach dem anderen zertrümmerte.

»Was hast du denn je getan, um mir zu helfen? Nichts. Und was hab' ich nicht alles für dich getan! Ich habe dir das Gefühl gegeben, wichtig für mich zu sein, begehrenswert. Ich habe zumindest einen Hauch von Romantik in dein langweiliges, uninteressantes Leben gebracht.«

Von seiner Zerstörungswut erschöpft, beugte er sich zu ihr hinunter und riß sie an dem, was von ihrem Kleid übriggeblieben war, auf die Füße. »Und du warst wirklich so blöd zu glauben, ich hätte nicht gewußt, wer du bist!« Er schüttelte sie kräftig, doch sie nahm die Mißhandlung kaum wahr, konnte sich kaum auf sein Gesicht konzentrieren. Längst war sie jenseits von Angst und Hoffnung.

Seine Augen, dunkel vor Wut, verengten sich zu schmalen Schlitzen. Nackter Haß lag darin.

»Du hast dich angestellt wie ein Schulmädchen, Emma, stotternd und errötend. Ich hätte beinahe laut gelacht. Und trotzdem hab' ich dich geheiratet und nichts weiter von dir erwartet, als daß du mir bei meiner Karriere hilfst. Aber hast du jemals deinen Vater gebeten, ein paar Hebel in Bewegung zu setzen? Nein.«

Emma gab keine Antwort. Schweigen war die einzige Waffe, die ihr geblieben war.

Angewidert ließ er sie los. Mit trübem Blick sah sie zu, wie er durch das Chaos stapfte, in das er ihr Heim verwandelt hatte.

»Du solltest langsam anfangen, ein bißchen nachzudenken. Überleg dir lieber bald, wie du mir all die Zeit, die ich in dich investiert habe, zurückzahlen könntest.«

Emmas Augen schlossen sich, doch sie weinte nicht mehr. Dazu war es zu spät. Sie mußte Pläne machen.

Die erste wirklich Hoffnung auf Flucht kam in ihr auf, als sie hörte, daß Johnnos früherer Freund Luke an AIDS gestorben war.

»Er war mein Freund, Drew.«

»Er war eine verdammte Schwuchtel.« Drew klimperte auf dem riesigen neuen Flügel herum, den er vom Geld seiner Frau gekauft hatte.

»Er war mein Freund«, wiederholte sie, bemüht, das Zittern in ihrer Stimme zu verbergen. »Ich muß zu der Beerdigung gehen.«

»Du mußt nirgendwo hingehen.« Er blickte auf und lächelte sie an. »Dein Platz ist hier, bei mir, und nicht bei der Trauerfeier für irgendeinen warmen Bruder.«

Da begann sie, ihn zu hassen, und war selber überrascht, daß sie noch derartige Gefühle aufbringen konnte. Es war so lange her, seit sie zum letztenmal irgend etwas empfunden hatte. Ausgerechnet eine Tragödie hatte ihr die Augen geöffnet. Ihre Ehe war zum Scheitern verurteilt; sie würde sich scheiden lassen. Schon wollte sie den Mund öffnen, um eine dementsprechende Bemerkung zu machen, dann blickte sie nachdenklich auf seine langen, schlanken Finger, die über die Tasten glitten. So schlank diese Finger waren, soviel Kraft stecke auch darin. Einmal hatte sie ihn um die Scheidung gebeten, mit dem Ergebnis, daß er sie beinahe erwürgt hatte.

Es hatte keinen Sinn, ihn zu erzürnen. Doch es gab eine wirksame Waffe.

»Drew, es ist allgemein bekannt, daß Luke ein Freund von mir war, und auch von Johnno und Papa. Wenn ich nicht hingehe, dann werden die Journalisten behaupten, daß ich die Bekanntschaft leugne, weil er an AIDS gestorben ist. Und das könnte auch dir schaden, besonders jetzt, wo du mit Papa dieses Benefizkonzert planst.«

Drew hämmerte auf den Tasten herum. Wenn diese Hexe nicht bald aufhörte zu quengeln, dann würde er ihr das Maul stopfen müssen. »Es interessiert mich einen Scheißdreck, was in der Presse steht. Ich gehe nicht zu der Beerdigung von diesem Freak.«

Emma zügelte ihr Temperament. Es ging um ihr Leben. Ihre Stimme klang weich und schmeichelnd, als sie beharrte: »Ich versteh' dich ja, Drew. Ein junger Mann wie du, so... so männlich.« Das Wort blieb ihr beinahe in der Kehle stecken. »Das Benefizkonzert wird hier und in Europa im Fernsehen übertragen, und der Erlös ist für die Aidsforschung bestimmt, also genau für das, woran Luke gestorben ist.« Sie hielt inne, um die Worte wirken zu lassen. »Ich kann mit Johnno hingehen. Und dich vertreten«, fügte sie rasch hinzu.

Er blickte sie aus trüben Augen an. Ein Ausdruck lag darin, den sie kannte und fürchtete. »Hast es eilig wegzukommen, was, Schätzchen?«

»Nein.« Emma überwand sich, trat hinter ihn und berührte sein Haar. »Ich hätte es viel lieber, wenn du mitkommst. Wir könnten hinterher mal Urlaub machen.«

»Verdammt, Emma, du weißt, daß ich arbeiten muß. Typisch, daß du nur an dich denkst.«

»Natürlich. Entschuldige.« Der unterwürfige Rückzieher war nur zum Teil gespielt. »Nur – ich wünschte, wir kämen mal für ein paar Tag hier raus. Nur wir zwei. Ich werde Johnno anrufen und ihm sagen, daß ich nicht mitkommen kann.«

Drew überlegte einen Augenblick. Dieses Benefizkonzert konnte für ihn den Durchbruch bedeuten, und dann würde er sich von Birdcage Walk trennen und eine Solokarriere starten. Schließlich war er der Star, und die anderen standen ihm nur im Weg.

Was er brauchte, war möglichst viel Rummel um seine Person, Artikel in den Zeitungen und so. Wenn diese Beerdigung das vorantreiben könnte, gut. Außerdem wäre es herrlich, Emma eine Weile los zu sein.

»Ich denke, du solltest hingehen.«

Ihr Herzschlag setzte fast aus. Sei vorsichtig, warnte sie sich. Mach jetzt keinen Fehler. »Also kommst du mit?«

»Nein. Aber du wirst schon ein, zwei Tage allein zurechtkommen. Johnno ist ja dabei. Sieh zu, daß du einen gebührend betroffenen Eindruck machst, und laß ein paar passende Sätze über das traurige Schicksal der Aidskranken fallen.«

Sie trug ein schlichtes schwarzes Kostüm. Da Drew jeden ihrer Schritte überwachte, konnte sie sonst nichts mitnehmen. Sie brauchte ja wohl kaum irgendwelchen modischen Schnickschnack für eine Trauerfeier, oder? fragte er. Schwarze Pumps und eine große schwarze Geldbörse, die zugleich als Handtäschchen diente, wurden ihr gestattet. Während sie auf dem Bett saß, kontrollierte Drew sogar ihr Schminktäschchen.

Da er ihren Paß und ihre Kreditkarten in Verwahrung genommen hatte – du gehst mit solchen Dingen viel zu leichtsinnig um, Emma –, war sie vollkommen abhängig von ihm. Er buchte die Flüge, Hin- und Rückflug. Vierzehn Stunden Freiheit. Ihr Abflug von La Guardia war um Viertel nach neun, und um halb elf am selben erwartete er sie zurück. Großzügig hatte er ihr vierzig Dollar in bar zugesteckt, und weitere fünfzehn hatte sie heimlich aus der Haushaltskasse entnommen. Sie war sich dabei wie eine Diebin vorgekommen. Das Geld steckte in ihrem Schuh. Wenn sie die Zehen bewegte, konnte sie es fühlen und wurde von Aufregung und Scham erfüllt.

Sie hatte ihn angelogen.

Lüg mich ja nie an, Emma. Ich finde es ja doch heraus, und dann kriegst du die Quittung.

Sie würde nie wieder zurückkommen.

Glaub nicht, daß du mich verlassen kannst, Emma. Ich finde dich. Ich finde dich überall, und dann wird es dir sehr leid tun.

Sie lief fort.

So schnell kannst du gar nicht laufen, Emma, damit du mir entkommst. Du gehörst mir. Du brauchst jemanden, der auf dich aufpaßt.

»Emma? Verdammt, Emma, hör mir zu!«

Sie fuhr erschrocken zusammen, als er sie hart an den Haaren zog. »Entschuldige.« Ihre Finger verkrampften sich, kalter Schweiß brach ihr aus.

»Du bist aber auch zu dämlich. Der Himmel weiß, was du ohne mich anfangen würdest.«

»Ich... ich habe an Luke gedacht.«

»Spar dir deine Trauermiene auf, bis du weg bist. Du machst mich krank. Johnno wird jeden Moment hier sein, um dich abzuholen.« Er beugte sich so nah zu ihr, daß sein Gesicht ihr gesamtes Blickfeld ausfüllte. »Was sagst du, wenn er dich fragt, wie es dir geht?«

»Daß alles in bester Ordnung ist. Daß es dir leid tut, zu Hause zu bleiben, aber daß du Luke ja nicht gekannt hast und dir bei seiner Beerdigung fehl am Platze vorgekommen wärst.« Wie ein Papagei plapperte sie die Instruktionen nach, die er ihr erteilt hatte. »Und ich muß sofort wieder zurück, weil du eine leichte Grippe hast und ich mich um dich kümmern will.«

»Wie es sich für eine liebende Ehefrau gehört.«

»Ja.«

»Sehr gut.« Ihre Unterwürfigkeit stieß ihn ab. Keinen Mucks hatte sie von sich gegeben, als er ihr letzte Nacht eine Tracht Prügel verpaßt hatte, um ihr noch einmal gründlich einzubläuen, wer der Herr im Hause war, ehe sie wegfuhr.

Natürlich hatte er darauf geachtet, weder im Gesicht noch an anderen sichtbaren Körperteilen Spuren zu hinterlassen. Wenn sie zurückkäme, würde sie ihr blaues Wunder erleben. Er gedachte, sie daran zu erinnern, daß der Platz einer Frau im Haus war und nirgendwo sonst.

Dort, wo auch der Platz seiner Mutter gewesen wäre, dachte Drew bösartig. Doch Hure, die sie war, hatte sie es dort nicht lange ausgehalten und ihn mit diesem Wrack von Vater allein gelassen. Hätte der alte Esel ihr ab und zu die Leviten gelesen, wäre es nie so weit gekommen.

Er lächelte Emma zu. Nein, dann hätte seine Mutter, genau wie Emma, gehorsam dagesessen und getan, was man ihr sagte. Jede Frau brauchte einen Mann, der ihr zeigte, wo es langging.

»Vielleicht ist es doch keine so gute Idee, wenn du zu der Trauerfeier gehst.«

Befriedigt sah er, wie ihre Augen groß wurden. Es bereitete ihm eine diebische Freude, mit ihr zu spielen wie die Katze mit der Maus.

Emmas Hände wurden feucht, doch sie zwang sich zur Ruhe.

»Wenn du willst, bleibe ich hier, Drew.«

Er streichelte so liebevoll über ihr Gesicht, daß sie sich erinnerte, wie es mit ihnen begonnen hatte. Irgendwie verschlimmerte diese Erinnerung die Situation noch. »Nein, geh du nur, Emma. Schwarz steht dir gut. Bist du sicher, daß dieses Luder Marianne nicht kommt?«

»Ja. Johnno hat gesagt, sie kann es nicht einrichten.«

Noch eine Lüge, eine, die Johnno hoffentlich nicht aufdecken würde. Drew hatte alles getan, um Marianne und sie zu entzweien, und solchen Erfolg damit gehabt, daß ihre alte Freundin weder anrief noch vorbeischaute.

»Dann ist es ja gut. Wenn ich herausfinde, daß sie doch da war, dann wirst du das bereuen, Emma. Sie übt einen schlechten Einfluß auf dich aus, diese Schlampe. Die hat doch nur vorgegeben, deine Freundin zu sein, damit sie sich an deinen Vater ranmachen kann. Und an mich. Ich habe dir ja erzählt, daß sie hinter mir her ist, erinnerst du dich?«

»Ja.«

»Ah, da ist Johnno. Nun mach schon, setz dieses süße, traurige Lächeln auf, das wir alle so an dir lieben.« Automatisch krümmten sich Emmas Lippen. »So bist du ein braves Mädchen. Und denk daran, den Reportern gegenüber das Benefizkonzert zu erwähnen«, schärfte er ihr ein, als sie nach unten gingen. »Sieh zu, daß du ihnen klarmachst, wie sehr ich mich dafür einsetze, Geld zur Bekämpfung dieser furchtbaren Seuche aufzutreiben.«

»Natürlich, Drew. Ich werde es nicht vergessen.« Entsetzt stellte sie fest, daß ihre Knie nachgaben. Vielleicht sollte sie doch besser zu Hause bleiben. Drew hatte ihr wieder und wieder eingetrichtert, wie hilflos sei ohne ihn war. »Drew, ich...« Doch Johnno stand bereits in der Tür.

»Hallo, Kleines.« Er legte tröstend und trostsuchend zugleich den Arm um sie. »Ich bin froh, daß du mitkommst.«

»Ja.« Ängstlich blickte sie sich nach Drew um. »Ich mußte einfach hingehen.«

Während des gesamten Fluges wurde sie von Dämonen geplagt. Drew würde ihr hinterherkommen. Er hatte herausgefunden, daß sie die fünfzehn Dollar mitgenommen hatte und würde sie dafür bestrafen. Er hatte ihr am Gesicht abgelesen, daß sie nicht beabsichtigte zurückzukommen.

Ihre Angst war so groß, daß sie sich nach der Landung in Miami an Johnnos Arm klammerte und die wartende Menschenmenge nach Drew absuchte. Als sie am Auto anlangten, war sie in Schweiß gebadet, zitterte am ganzen Körper und rang nach Luft.

»Emma, ist dir schlecht?«

»Nein.« Sie leckte über ihre ausgetrockneten Lippen. Da! Dort stand ein schlanker, blonder Mann. Die letzte Farbe wich aus ihrem Gesicht. Doch dann drehte der Mann sich um. Es war nicht Drew. »Ich bin bloß ziemlich durcheinander. Kann ich – kann ich eine Zigarette haben?«

Drew hatte ihr das Rauchen verboten, ihr sogar einmal den Finger angebrochen, als er sie dabei erwischte. Aber er war ja nicht hier, erinnerte sie sich, als sie sich die Zigarette anzündete. Sie war mit Johnno allein im Auto.

»Es wäre besser gewesen, wenn du zu Hause geblieben wärst. Ich hatte keine Ahnung, daß dich das alles so mitnimmt.« Johnno war selbst viel zu sehr in seinen Kummer versunken, um ihr eine große Hilfe zu sein.

»Mir geht es gut«, versicherte sie ihm. Wie ein Gebet wiederholte sie diese Worte im Geiste wieder und wieder.

Von der eigentlichen Trauerfeier bekam Emma nicht viel mit. Die Worte, die Grabreden, all das rauschte an ihr vorbei. Sie vermochte noch nicht einmal zu weinen. Hoffentlich würde Luke ihr verzeihen, daß sie keine sichtbare Trauer an den Tag legte, aber sie fühlte sich, als sei sie selbst tot. All ihre Gefühle erschienen erstorben. Langsam entfernten die Menschen sich von der stillen Grabstätte, von den rosaweißen Marmorsteinen, von dem Blumenmeer. Emma nahm all ihre Kraft zusammen und folgte ihnen.

»Johnno.« Marianne hielt ihn auf und legte ihm sanft die Hand auf den Arm, ehe sie ihn anstelle der üblichen Beileidsfloskeln küßte. »Ich wünschte, er hätte mehr Zeit gehabt, mir das Kochen beizubringen«, erklärte sie, um Johnno zum Lachen zu bringen.

»Du warst sein einziger Mißerfolg auf diesem Gebiet.« Er wandte sich an Emma. »Der Fahrer bringt dich zum Flughafen zurück. Ich muß noch in Lukes Apartment, mich um ein paar Dinge kümmern. Bist du okay?«

»Ja.«

»Dich hatte ich hier nun gar nicht erwartet.« Obwohl sie sich für sich selber schämte, brachte Marianne es nicht fertig, einen freundlichen Tonfall anzuschlagen.

»Ich... ich wollte unbedingt kommen.«

»So?« Marianne öffnete ihre Tasche und stopfte ein zusammengeknülltes Papiertuch hinein. »Seit wann hast du denn Zeit für alte Freunde?«

»Marianne...« Sie konnte hier nicht so einfach mit ihren Problemen herausplatzen. Es wimmelte von Reportern, die sie beobachteten und zu fotografieren versuchten. Drew würde Fotos von Marianne und ihr zu Gesicht bekommen und wissen, daß sie ihn belogen hatte. Verzweifelt blickte sie sich um. »Kann ich... ich muß...«

»Alles in Ordnung mit dir?« Marianne nahm ihre Sonnenbrille ab und sah Emma besorgt an. »Du siehst grauenhaft aus.«

»Ich muß mit dir reden. Hast du ein paar Minuten Zeit?«

»Ich hatte bis jetzt immer ein paar Minuten Zeit, wenn Not am Mann war«, gab Marianne zurück und kramte in ihrer Tasche nach Zigaretten. »Ich dachte, du würdest sofort zurückfahren.«

»Nein.« Jetzt mußte sie die Katze aus dem Sack lassen. »Ich gehe nicht wieder zurück.«

Durch den Rauchschleier hindurch musterte Marianne sie verwundert. »Wie bitte?«

»Ich gehe nicht wieder zurück«, wiederholte Emma. Entsetzt stellte sie fest, daß ihr die Stimme versagte. »Können wir irgendwoanders hingehen. Bitte. Irgendwohin.«

»Klar.« Marianne hakte sich bei Emma unter. »Wir nehmen ein Taxi.«

Bis zu Mariannes Hotel war es nicht weit. Da Emma am ganzen Körper zu zittern begann, hielt Marianne es für das beste, sie dorthin mitzunehmen. Sie gingen direkt in ihre Suite mit einem herrlichen Blick über den weißen Sandstrand und das tiefblaue Meer. Marianne hatte dem Raum bereits ihren Stempel aufgedrückt, indem sie ihre Kleidung über alle verfügbaren Sitzgelegenheiten verstreute. Sie fegte ihre Reisekleidung, ein dickes Sweatshirt und enge Hosen, von einem Stuhl, bedeutete Emma, sich zu setzen und griff nach dem Telefon.

»Ich hätte gerne eine Flasche Grand Marnier, zwei Cheeseburger, medium bitte, dazu Pommes frites und einen Liter Pepsi, eisgekühlt, wenn's geht. Zwanzig Dollar für den, der in einer Viertelstunde damit hier ist.« Zufrieden entfernte sie ein Paar Turnschuhe von einem anderen Stuhl und setzte sich. »So, Emma, jetzt erzähl mir mal, was los ist.«

»Ich habe Drew verlassen.«

Immer noch nicht bereit, der Freundin vollends zu vergeben, streckte Marianne die Beine aus. »Gut, das ist angekommen, aber warum denn? Ich dachte, du wärst wunschlos glücklich mit ihm?«

»O ja, ich bin sehr glücklich. Drew ist wundervoll, er tut alles für mich...« Ihre eigene Stimme klang ihr hohl in den Ohren. Angeekelt brach sie ab. »O Gott, manchmal glaube ich schon selbst daran.«

»Woran?«

»An das, was er mir eingeredet hat. Was ich sagen soll. Marianne, ich weiß nicht, mit wem ich sonst sprechen könnte. Und wenn ich mir nicht hier und jetzt alles von der Seele rede, dann werde ich's nie tun. Ich wollte Johnno alles erzählen, ich hab' auch angefangen, aber ich hab's nicht fertiggebracht.«

»Schon gut.« Da Emma ihr viel zu blaß erschien, stand Marianne auf, um die Balkontür zu öffnen. Seeluft strömte herein. »Laß dir nur Zeit. Geht es um eine andere Frau?« Marianne sah wortlos zu, wie Emma begann, sich hin- und herzuwiegen und lauthals zu lachen.

»Gütiger Himmel!« Ehe sie es verhindern konnte, ging das Gelächter in ein würgendes Schluchzen über. Marianne nahm tröstend ihre Hand.

»Bleib ruhig, Emma. Reg dich nicht so auf, du schadest dir nur selbst. Wir alle wissen, daß die meisten Männer Schweinehunde sind. Wenn Drew fremdgegangen ist, dann schmeiß ihn raus.«

»Er hat keine andere Frau«, stieß Emma hervor.

»Einen anderen Mann?«

Emma kämpfte mit den Tränen. Wenn sie dem Drang zu weinen nachgab, würde sie vielleicht nie wieder aufhören können. »Nein. Ich habe keine Ahnung, ob Drew mich betrügt, und es ist mir auch egal.«

»Wenn keine andere Frau im Spiel ist, womit schlägst du dich denn dann herum?«

»Schlagen – das ist es ja gerade.« Nie hätte sie gedacht, daß es ihr so schwerfallen würde, diese erbärmliche Tatsache einzugestehen. Die Worte saßen ihr wie ein dicker, heißer Klumpen in der Kehle. Vor Scham konnte sie kaum weitersprechen. Nimm dich zusammen und bring es hinter dich, befahl sie sich. »Wenn ich hier so sitze, dann kommt es mir so vor, als hätte ich mir alles nur eingebildet, als wäre alles nur halb so schlimm. Er konnte so lieb sein, Marianne, so aufmerksam. Ich erinnere mich, wie er mir manchmal morgens eine Rose ans Bett gebracht hat. Wie er für mich gesungen hat, wenn wir allein waren, so als wäre ich die einzige Frau der Welt für ihn. Er sagte, er liebt mich, und alles, was er wollte, sei, mich glücklich zu machen. Und dann mache ich immer wieder etwas falsch – ich weiß gar nicht, was – irgendwas ist immer – und dann... er schlägt mich!«

»Er tut was?« Wenn Emma behauptet hätte, Drew seien Flügel gewachsen und er sei zum Fenster hinausgeflogen, Marianne hätte es eher geglaubt. »Er schlägt dich?«

Emma war zu sehr in sich versunken, um den ungläubigen Unterton wahrzunehmen. »Manchmal kann ich tagelang nicht richtig laufen. In der letzten Zeit ist es schlimmer geworden.« Blicklos starrte sie auf ein pastellfarbenes Gemälde an der Wand. »Manchmal glaube ich, er will mich umbringen.«

»Emma, sieh mich an!« Marianne nahm das Gesicht der Freundin in beide Hände. Sie sprach jetzt sehr langsam. »Versuchst du, mir mitzuteilen, daß Drew dich körperlich mißhandelt?«

»Ja.«

Marianne pfiff leise durch die Zähne. Diese Nachricht war schwer zu verdauen. »Trinkt er, nimmt er Drogen?«

»Nein. Ich habe ihn nur einmal betrunken erlebt – in unserer Hochzeitsnacht. Er nimmt auch keine Drogen. Drew haßt es, die Kontrolle über sich zu verlieren. Es liegt an mir. Offenbar sage oder tue ich immer das Falsche, irgend etwas Dummes, und das bringt ihn so auf.«

»Jetzt mach mal 'nen Punkt!« Kochend vor Zorn sprang Marianne auf und ging im Raum auf und ab wie ein gefangener Tiger. »Du hast in deinem ganzen Leben noch nichts Dummes getan. Wir lange geht das schon so, Emma?«

»Den ersten Krach hatten wir ein paar Monate, nachdem wir umgezogen sind. Es war nicht so schlimm, er hat mich damals nur einmal geschlagen. Und hinterher hat es ihm so leid getan, daß er anfing zu weinen.«

»Mir blutet das Herz«, knurrte Marianne, ging zur Tür und

ließ den Zimmerkellner herein. »Lassen Sie nur, Sie brauchen nicht zu servieren.« Sie unterschrieb die Rechnung, steckte ihm den versprochenen Zwanziger zu und schob ihn zur Tür hinaus. Erst mal eine Stärkung, beschloß sie und schenkte zwei Gläser Grand Marnier ein.

»Trink das«, befahl sie streng. »Ich weiß, du kannst das Zeug nicht leiden, aber wir haben beide einen Schluck nötig.«

Emma nippte vorsichtig an ihrem Glas. Sofort breitete sich die Wärme in ihrem ganzen Körper aus. »Ich weiß nicht, was ich jetzt machen soll. Anscheinend kann ich keine eigenen Entscheidungen mehr treffen.«

»Dann laß mich mal ein paar Minuten für dich entscheiden. Ich bin dafür, diesen Hurensohn zu kastrieren.«

»Ich kann nicht mehr zurück, Marianne. Wenn ich zu ihm zurückgehe, dann – dann werde ich irgend etwas Schreckliches tun. Ich weiß es!«

»Na, das ist doch schon mal eine Entscheidung. Kannst du was essen?«

»Nein, noch nicht.« Sie mußte noch einen Moment still sitzenbleiben, um die Ungeheuerlichkeit ihres Handelns zu erfassen. Sie hatte Drew verlassen. Sie war entkommen. Und nun hatte sie ihre Freundin, ihre älteste und beste Freundin zu Hilfe gerufen. Emma schloß die Augen. Erneut stieg Scham in ihr hoch.

»Marianne, es tut mir schrecklich leid. Ich weiß, daß ich deine Anrufe nicht beantwortet habe, daß sich unsere Freundschaft in den letzten Monaten abgekühlt hat. Aber er hat mir den Kontakt mit dir verboten.«

Marianne zündete zwei Zigaretten an und reichte eine an Emma weiter. »Deswegen laß dir jetzt mal keine grauen Haare wachsen.«

»Er hat mir sogar gesagt, daß du..., daß du versucht hast, ihn mir wegzunehmen.«

»Wovon träumt der denn nachts?« Fast hätte sie laut losgelacht, doch Emmas Gesichtsausdruck hinderte sie daran. »Du hast ihm doch wohl nicht geglaubt?«

»Nein, eigentlich nicht. Aber... es gab Zeiten, da habe ich

ihm alles abgenommen, was er mir weisgemacht hat. Es war einfacher so.« Wieder schloß sie die Augen. »Aber das schlimmste war, daß es mir nichts ausgemacht hätte.«

»Wenn du mich bloß angerufen hättest!«

»Ich konnte mit dir nicht darüber reden, und ich hätte es nicht ertragen, wenn du die Wahrheit über unsere Beziehung herausgefunden hättest.«

»Ich hätte dir geholfen.«

Emma konnte nur hilflos den Kopf schütteln. »Ich schäme mich so.«

»Wofür denn?«

»Ich habe mich nicht gewehrt, oder? Er hat mir ja schließlich keine Pistole an die Schläfe gehalten. Das zumindest hat er nie getan. War ja auch nicht nötig.«

»Ich weiß auch keinen Rat, Emma. Oder doch. Du solltest zur Polizei gehen.«

»Alles, nur das nicht! Ich sehe die Schlagzeilen schon vor mir. Außerdem – wer würde mir glauben? Drew wird einfach alles abstreiten.« Erneut schlich sich Angst in ihr Gesicht, in ihre Stimme. »Er kann so überzeugend sein, Marianne, dem kaufen die Leute alles ab.«

»Gut, lassen wir die Cops mal beiseite und suchen dir einen Anwalt.«

»Ich – ich brauche noch etwas Zeit. Ich kann einfach noch nicht mit Außenstehenden darüber reden. Ich will nur so weit weg von ihm wie möglich.«

»Okay. Planen wir also eine Verschwörung. Aber erst wird gegessen. Ich kann besser denken, wenn ich was im Magen habe.«

Sie überredete Emma, wenigstens ein paar Bissen zu sich zu nehmen, dann flößte sie ihr Pepsi ein, in der Hoffnung, das Koffein würde etwas Farbe in Emmas Wangen bringen.

»Wir machen uns in Miami ein paar schöne Tage.«

»Nein.« Emma konnte jetzt klarer denken. Von all den wilden Plänen, die sie während der letzten zwei Tage geschmiedet hatte, ließ sich nur einer verwirklichen. »Ich kann noch nicht einmal über Nacht bleiben. Hier würde er mich zu allererst vermuten.«

»Dann nach London, zu Bev. Sie hilft dir garantiert.«

»Geht nicht. Drew hat meinen Paß im Safe eingeschlossen. Ich hab' noch nicht mal mehr einen Führerschein, den hat er zerrissen.« Emma setzte sich auf. Sogar die paar Happen, die sie gegessen hatte, lagen ihr wie ein Stein im Magen. »Marianne, ich habe fündundfünfzig Dollar bei mir – fünfzehn davon habe ich vom Haushaltsgeld abgezweigt. Ich habe keine Kreditkarten mehr, die hat er mir schon vor Monaten weggenommen. Alles was ich besitze, trage ich am Leib.«

Marianne schenkte sich einen weiteren Grand Marnier ein. Da hatte sie die ganze Zeit in ihrer Wohnung gesessen und ihren verletzten Stolz gepflegt, während Emma durch die Hölle gegangen war.

»Mach dir wegen Geld keine Sorgen. Bei mir hast du immer Kredit. Ich hebe erst mal etwas Bargeld ab, und dann gebe ich dir eine Vollmacht für meine Kreditkarte. Du hast die Wahl. Visa, Master Card oder American Express.«

»Du hältst mich sicher für eine ziemlich klägliche Figur.«

»Nein, ich halte dich für die beste Freundin, die ich je hatte.« Tränen brannten in Mariannes Augen. »Am liebsten würde ich den Kerl umbringen!«

»Bitte sag niemanden etwas davon. Noch nicht.«

»Gut, wenn du nicht willst. Aber ich finde, dein Vater sollte davon erfahren.«

»Nein. Zwischen Papa und mir steht es ohnehin nicht zum besten. Ich glaube, ich brauche nur dringend etwas Zeit. Zuerst dachte ich daran, in die Berge zu fahren, mir ein Häuschen im Wald zu mieten, aber ich fürchte, ich kann die Einsamkeit nicht ertragen. Ich möchte in einer großen, lauten Stadt untertauchen. Am liebsten in L. A. Immer, wenn ich an Flucht gedacht habe, war das mein Ziel. Außerdem habe ich in der letzten Zeit wieder viel geträumt.«

»Von Darren?«

»Ja. Die Alpträume haben vor ein paar Monaten wieder angefangen, und sie lassen mir keine Ruhe. Ich muß noch einmal nach L. A., und dazu kommt, daß Drew mich dort bestimmt nicht sucht.«

»Ich komme mit.«

Emma nahm dankbar Mariannes Hand. »Ich habe gehofft, daß du das tun würdest. Nur für eine Weile.«

28

Das Schlafzimmer war dunkel und schmutzig. Janes letzte Putzfrau hatte eine Woche zuvor gekündigt und nebenbei noch einen silbernen Kerzenleuchter mitgehen lassen. Jane hatte den Diebstahl gar nicht bemerkt. Sie verließ ihr Schlafzimmer nur noch, um gelegentlich in der Küche nach Eßbarem zu suchen, und quälte sich japsend und schnaufend die Treppe wieder hoch. Wie ein Hamster hortete sie Drogen, Alkohol und Lebensmittel in ihrem Zimmer.

Einst war das Zimmer schön eingerichtet gewesen, mit Janes geliebten roten Samtvorhängen am Fenster und am Bett. Die Vorhänge am Fenster hingen, mittlerweile grau vor Staub, immer noch da, doch die, die das große runde Bett umgaben, hatte Jane in einem Wutanfall heruntergerissen und benutzte sie jetzt als zusätzliche Bettdecke, da ihr so oft kalt war.

Die rotsilberne Tapete war fleckig. Jane pflegte ihren Liebhabern alles hinterherzuwerfen, was ihr in die Hände fiel – Lampen, Nippsachen, Flaschen. Deswegen hatte sie auch solche Schwierigkeiten, einen Mann länger als zwei Nächte in ihrem Bett zu halten.

Der letzte, ein großer, muskulöser Dealer namens Hitch, hatte ihre Launen länger als die meisten seiner Vorgänger ertragen, sie dann, als es ihm zuviel wurde, bewußtlos geschlagen und war unter Mitnahme ihres Diamantrings in wärmere Gefilde verschwunden, um nach angenehmerer Gesellschaft Ausschau zu halten.

Aber er hatte ihr einen Drogenvorrat dagelassen. Auf seine Weise war Hitch in Menschenfreund.

Jane hatte seit über zwei Monaten nicht mehr mit einem Mann geschlafen, was sie allerdings nicht weiter störte. Wenn ihr der Sinn nach einem Orgasmus stand, brauchte sie nur zur Spritze zu greifen. Es kümmerte sie auch nicht, daß niemand mehr anrief oder vorbeischaute. Nur während der kurzen Phase, in der die Wirkung der Droge nachließ, geriet sei in weinerliche Stimmung und überließ sich ihrem Selbstmitleid. Und ihrer Wut. Wenn sie überhaupt noch etwas empfand, dann Wut.

Der Film war längst nicht so gut angekommen wie erwartet. Viel zu schnell war er von den Kinos in die Videotheken gewandert, und da Jane so schnell wie möglich Geld sehen wollte, hatte sie die Videorechte voreilig verkauft, sehr zum Ärger ihres Agenten. Jane hatte ihn schließlich gefeuert und die Sache selbst in die Hand genommen.

Nein, reich war sie durch den Film nicht geworden. Die lumpigen hunderttausend Pfund schwanden bei ihrer Lebensweise dahin wie Schnee in der Sonne. Und ihr neues Buch wurde schon wieder überarbeitet. Sie würde keinen Penny sehen, ehe der Ghostwriter nicht mit seiner Arbeit fertig war.

Auch ihre ergiebigste Quelle war versiegt. Die Schecks von Brian, auf die sie sich immer verlassen hatte, blieben aus. Dabei ging es ihr nicht nur um Geld, dachte Jane. Solange er zahlte, konnte er sie nicht aus seinem Leben streichen.

Wenigstens hatte auch er nicht das wirkliche Glück gefunden. Jane war stolz darauf, an dieser Tatsache nicht ganz schuldlos zu sein. Wenn sie ihn schon nicht haben konnte, verschaffte es ihr zumindest eine gewisse Befriedigung, daß auch keine andere Frau ihn lange zu fesseln vermochte.

Ab und zu träumte sie auch heute noch davon, daß er sich besinnen, zu ihr zurückkommen und sie um Verzeihung bitten würde. In ihrer Fantasie wälzte sie sich mit ihm auf dem roten Samtbett, liebte ihn wieder so wild und leidenschaftlich wie vor vielen Jahren. Jane gab sich immer noch der Illusion hin, ihr Körper sei so fest und wohlgerundet wie der eines jungen Mädchens.

Dabei war sie mittlerweile so unförmig aufgedunsen, daß es beinahe grotesk wirkte. Ihre Brüste hingen schlaff herunter, die Taille war unter Fettwülsten verschwunden, und der fischweiße Bauch stand vor, als sei sie schwanger. Alles an ihr schwabbelte und wackelte, wenn sie sich bewegte.

Jane schaltete das Licht ein und suchte nach ihrer Pfeife. Gierig daran ziehend, lag sie auf dem Bett und dachte nach. Sie brauchte Geld, viel Geld, wenn sie ihre Lieferanten bezahlen wollte. Außerdem mußte sie sich dringend neue Kleider anschaffen, um wieder auf Parties gehen und Aufmerksamkeit erregen zu können.

Lächelnd sog sie erneut an der Pfeife.

Es gab einen Weg, um an Geld zu kommen, doch sie mußte es sehr, sehr schlau anstellen. Die Droge verlieh ihr Flügel. Es war an der Zeit, ihre Trumpfkarte auszuspielen.

Ganz hinten in ihrer Kommode fand sie einen Kasten Briefpapier, schöne, pastellfarbene Briefbögen, auf die in einer Ecke ihr Name aufgedruckt war. Eine Weile lang betrachtete sie es entzückt, dann suchte sie, unablässig vor sich hin murmelnd, nach einem Kugelschreiber. Nur eine kleine Versicherung, dachte sie, als sie zu schreiben begann. Natürlich würde sie ihren Namen entfernen, ihre Mutter hatte ja schließlich keine Idiotin großgezogen.

Langsam, wie ein Kind, fügte sie, die Zunge zwischen die Zähne geklemmt, Wort an Wort. Am Ende war sie mit ihrer Leistung so zufrieden, daß sie vergaß, ihre Anschrift zu entfernen. Briefmarken lagen auch in dem Kasten. Leise vor sich hin summend, klebte sie gleich drei davon auf den Umschlag, bewunderte ihr Werk und versuchte, sich an die Adresse zu erinnern.

Kesselring, Detective
Los Angeles, Kalifornien
U.S.A.

Nach kurzem Nachdenken schrieb sie noch ›Dringend‹ in eine Ecke und unterstrich das Wort.

Auf der Suche nach einem geeigneten Versteck stapfte sie nach unten und machte in der Küche halt, wo sie eine ganze Packung Eis herunterschlang. Der Briefumschlag

bekam einige Flecken ab, als sie sich das Eis gierig mit einem
Eßlöffel in den Mund schaufelte.

»Dusselige Ziege«, murmelte sie, als ihr ihre letzte Putzfrau einfiel. »Kann noch nicht mal 'n verdammten Brief einwerfen. Werd' sie rausschmeißen.« Empört watschelte sie aus der Küche und bückte sich mit sichtlicher Mühe, um den Brief unter der Eingangstür durchzuschieben, ehe sie sich wieder nach oben, zu ihrer Pfeife, zurückzog.

Erst nach einer Woche dachte sie wieder an ihren Plan. Verschwommen erinnerte sie sich daran, besagten Brief geschrieben zu haben – ihre Versicherung. Sie hatte ihn versteckt, bloß – wo? Die Tatsache, daß sie das Versteck vergessen hatte, störte sie jedoch weit weniger als ihr schwindender Lebensmittel- und Drogenvorrat. Auch die letzte Flasche Gin war leer. Jane griff zum Telefon. In ein paar Stunden wären ihre Geldsorgen ein für allemal erledigt, dachte sie.

Der Hörer wurde nach dem dritten Klingeln abgehoben. »Hallo, Süßer. Jane hier.«

»Was willst du?«

»Spricht man so mit einer alten Freundin?«

Ein gottergebenes Seufzen ertönte. »Ich habe gefragt, was du willst.«

»Nur ein kleines Schwätzchen unter Freunden, mein Lieber.« Jane kicherte. Erpressung war doch ein Heidenspaß. »Ich bin im Moment ein bißchen knapp bei Kasse.«

»Ist das mein Problem?«

»Es könnte deines werden. Weißt du, wenn ich knapp bei Kasse bin, dann beginnt sich mein Gewissen zu regen. Und ausgerechnet in der letzten Woche mußte ich viel an Brians armen kleinen Jungen denken. Das geht mir wirklich an die Nieren.«

»Der Junge war dir schon immer scheißegal.«

»Harte Worte, Süßer. Du sprichst immerhin mit einer Mutter. Immer wen ich an meine kleine Emma denke, die jetzt erwachsen und verheiratet ist, dann fällt mir der Kleine wieder ein. Der wäre jetzt auch schon erwachsen, wenn er noch leben würde.«

»Ich habe keine Zeit für deine Spielchen.«

»Du solltest dir besser Zeit nehmen.« Janes Stimme wurde schärfer. »Ich hab' mir nämlich gedacht, daß ich diesem Cop in den Staaten vielleicht einen kleinen Tip geben sollte. Du erinnerst dich doch an ihn? Kesselring heißt er. Stell dir vor, nach all den Jahren weiß ich sogar noch seinen Namen.« Jane lächelte. Und dabei hielt sie jeder für hirnlos. Nun, nicht mehr lange.

Er verfluchte sich für sein langes Zögern. »Es gibt nichts, was du ihm erzählen könntest.«

»Nein? Wir werden sehen, nicht wahr? Ich dachte, ich könnte ihm schreiben. Sie werden den Fall wieder aufrollen, besonders wenn sie ein paar konkrete Namen haben. Deinen zum Beispiel.«

»Wenn du das alles wieder aufrührst, bist du selber dran.« Die Stimme des Mannes am anderen Ende der Leitung klang noch immer beherrscht, obwohl ihm der Schweiß über den Rücken lief. »Du hängst in der Sache genauso mit drin wie ich.«

»Nicht doch. Ich war ja gar nicht da, oder? Ich hab' dem Jungen kein Haar gekrümmt.« Wie hieß er doch gleich? Donald? Dennis? Na ja, das interessierte ja niemanden. »Nein, ich hab' den Jungen nicht angerührt. Aber du. Und das war Mord. Mord verjährt nicht so schnell.«

»Sie haben mir nie etwas nachweisen können, und das werden sie auch nie tun.«

»Mit etwas Unterstützung vielleicht doch. Willst du's drauf ankommen lassen?«

Nein, das wollte er nicht. Sie wußte genau, daß er kein Risiko eingehen würde. Er war dort angelangt, wo er immer hingewollt hatte, und er gedachte, dort zu bleiben. Um jeden Preis. »Wieviel?«

Sie lächelte. »Ich glaube, eine Million Pfund müßte reichen.«

»Du hast den Verstand verloren!«

»Ich hab's geplant«, kreischte Jane in den Hörer. »Das Ganze war meine Idee, und ich hab' keinen Penny gesehen. Zeit, die Konten auszugleichen, Süßer. Du bist ein reicher Mann, dir tut das Geld nicht weh.«

»Es wurde niemals ein Lösegeld gezahlt«, erinnerte er sie.

»Weil du die Sache vermasselt hast. Seit zwei Jahren hab' ich von Brian keinen Penny mehr bekommen. Emma ist erwachsen, und ich bin für ihn erledigt. Nennen wir die Million meine Altersversorgung. Mit dem Geld werde ich einige Zeit auskommen und muß dich nicht mehr belästigen. Wenn du es morgen abend herbringst, dann brauche ich mein Briefchen nicht abzuschicken.«

Stunden später wußte Jane nicht mehr, ob sie nun angerufen oder das Ganze nur geträumt hatte. Was war mit dem Brief? Wo hatte sie ihn versteckt? Um ihr Gedächtnis anzuregen, griff sie nach ihrer Pfeife. Das Beste wäre sicherlich, einen neuen Brief zu schreiben. Und wenn er nicht bald, sehr bald auftauchen würde, dann würde sie einen weiteren Anruf tätigen.

Jane setzte sich, um den neuen Brief zu beginnen, und nickte unmittelbar darauf ein.

Ein nicht enden wollendes Klingeln an der Tür weckte sie. Warum ging diese dämliche Putzfrau nicht hin und öffnete. Alles mußte man selber tun. Keuchend quälte sich Jane die Treppe hinunter.

Sowie sie ihn sah, kam die Erinnerung zurück. Er stand in der Tür, hielt eine Aktentasche in der Hand und schaute sie grimmig an. O ja, dachte Jane. Man mußte alles selber tun. »Komm rein, Sportsfreund. Ist ja schon eine Weile her.«

»Das ist kein Freundschaftsbesuch.« Bei ihrem Anblick fühlte er sich an ein fettes, schmutziges Schwein erinnert.

»Aber, aber. Wir sind doch alte Bekannte. Komm, trinken wir einen Schluck. Oben im Schlafzimmer, da erledige ich alle meine Geschäfte.«

Fast schüchtern legte sie eine Hand auf seinen Arm. Er duldete die Geste in dem Wissen, daß er diesen Anzug verbrennen würde. »Wir können übers Geschäft reden, wo du willst. Aber mach voran.«

»Immer in Eile.« Jane stampfte die Treppe hinauf, wobei ihre umfangreichen Hüften in heftige Bewegung gerieten. Er beobachtete sie, wie sie sich krampfhaft am Geländer festhielt, hörte ihr stoßweises Keuchen. Nur ein kleiner Stoß, überlegte er, und sie würde kopfüber die Treppe hinunterstürzen. Niemand würde daran zweifeln, daß es sich um einen Unfall handelte. Die Versuchung war so groß, daß er schon die Hand ausstreckte, doch dann nahm er sich zusammen. Es gab eine bessere, eine sicherere Lösung.

»So, da sind wir, Süßer.« Janes Gesicht war hochrot angelaufen, als sie sich schnaufend auf das Bett fallen ließ. »Nenn mir dein Gift.«

Der Gestank würgte ihn in der Kehle. Der ganze Raum wurde nur von einer einzigen Lampe erleuchtet, und in dem düsteren Licht konnte er Berge schmutziger Wäsche, Mahlzeitenreste, leere Kartons, Dosen und Flaschen erkennen. Ein fast greifbarer Fäulnisgeruch hing in dem Zimmer, so daß er nur vorsichtig durch die Zähne zu atmen wagte.

»Ich möchte nichts trinken.« Er vermied es, irgend etwas zu berühren, nicht allein wegen der Fingerabdrücke, sondern auch aus Angst vor Bakterien.

»Wie du willst. Was hast du mir mitgebracht?«

Der Besucher stellte die Aktentasche neben sie. Auch die würde er verbrennen. Dann stellte er eine Zahlenkombination ein und ließ die Schlösser aufschnappen. »Hier ist ein Teil des Geldes.«

»Ich hab' dir doch gesagt...«

»Über Nacht kann man keine Million in bar auftreiben. Du wirst dich schon gedulden müssen.« Er schob die Tasche näher zu ihr hin. »Dafür habe ich dir etwas anderes mitgebracht, das dich aufmuntern wird. Ein Zeichen guten Willens.«

Auf den gebündelten Scheinen lag eine durchsichtige Plastiktüte, die ein weißes Pulver enthielt. Janes Herzschlag beschleunigte sich bei diesem Anblick, und der Speichel lief ihr im Mund zusammen. »Das sieht man gern!«

Ehe sie nach dem Päckchen greifen konnte, zog er die Tasche aus ihrer Reichweite. »Na, wer hat es denn jetzt eilig?« Sie sollte noch ein bißchen zappeln. Feiner Schweiß trat auf ihr Gesicht und lief ihr über die Wangen. Sie war nicht der erste Junkie, mit dem er zu tun hatte, daher wußte er genau, wie man mit solchen Leuten umgehen mußte. »Das hier ist reines Heroin. Allererste Qualität. Ein Schuß, und du fühlst dich wie im Himmel.« Oder landest direkt in die Hölle, wenn man daran glaubte, dachte er. »Es ist alles für dich, Jane. Aber vorher mußt du mir etwas zurückgeben.«

Nackte Gier funkelten in ihren Augen. »Was willst du?«

»Den Brief. Du gibst mir den Brief und läßt mir ein paar Tage Zeit, um das restliche Geld zu beschaffen, und das Zeug gehört dir.«

»Den Brief?« Den hatte sie komplett vergessen. Ihre Augen hingen gebannt an dem Päckcken weißen Pulvers. »Es gibt keinen Brief. Ich habe keinen geschrieben.« Ach so, ihre Versicherung, erinnerte sie sich. Tückisch fuhr sie fort: »Noch nicht. Noch habe ich keinen geschrieben. Was nicht ist, kann ja noch werden. Laß mich das Zeug kurz probieren, und dann reden wir weiter.«

»Nein, wir reden jetzt.« Es würde ihm ein Vergnügen sein, sie zu töten, dachte er, als er angewidert Speicheltröpfchen in ihrem Mundwinkel glänzen sah. Die Sache mit dem Jungen war ein Unfall gewesen, ein tragisches Versehen, das er zutiefst bedauerte. Zwar neigte er an sich nicht zur Gewalttätigkeit, aber es würde ihm eine ungeheure Befriedigung verschaffen, mit seinen eigenen Händen das Leben aus Jane Palmer herauszupressen.

»Ich habe den Brief schon angefangen.« Verstört schielte Jane zu ihrem Schreibtisch. »Aber ich wollte auf dich warten. Wenn wir ins Geschäft kommen, dann vergesse ich die Sache.«

Aufmerksam studierte er ihr Gesicht. Sie würde ihn nicht anlügen, dazu hatte sie nicht genug Grips. »Abgemacht. Bedien dich.«

Jane grabschte mit beiden Händen so gierig nach der Plastiktüte, daß er einen Moment lang fürchtete, sie würde sie mit den Zähnen zerfetzen und den Inhalt wie Marzipan hinunterschlingen. Doch statt dessen watschelte sie, so schnell es ihr ihre Körperfülle erlaubte, zu ihrem Nachttisch und kramte nach ihren Utensilien.

Abgestoßen und fasziniert zugleich, beobachtete er die Prozedur. Leise vor sich hin murmelnd, streute sie mit zitternden Händen eine kleine Prise auf einen Löffel, gab Zitronenessenz dazu und kochte die Mischung über einer Kerze auf, ehe sie die Spritze aufzog. Tränen traten ihr in die Augen, als sie versuchte, eine Vene zu treffen. Dann schloß sie die Augen, lehnte sich zurück und wartete auf den Flash.

Irgend etwas stimmte nicht. Ihr war, als würde sie in Flammen stehen. Flüssiges Feuer rann durch ihre Adern, ihre Augen traten aus den Höhlen, und ihr ganzer Körper begann konvulsivisch zu zucken. Sie versuchte zu schreien, brachte aber keinen Ton mehr hervor.

Er sah zu, wie sie starb, fand aber kein Vergnügen an dem unappetitlichen Vorgang. Jane Palmer besaß im Tod nicht mehr Würde als im Leben. Ihr Mörder drehte ihr den Rücken zu, entnahm seiner Tasche ein Paar Gummihandschuhe und streifte sie über. Der unvollendete Brief wanderte in die Aktentasche, ehe er begann, das Zimmer gründlich zu durchsuchen und sich zu vergewissern, daß er nichts Belastendes zurückgelassen hatte.

Brian grunzte unwillig, als das Telefon ihn weckte. Versuchsweise setzte er sich auf, doch sofort begann es in seinem Kopf zu hämmern, als würde ihn jemand mit einem Schmiedehammer bearbeiten. Schützend legte er eine Hand über die Augen und langte nach dem Hörer.

»Was ist?«

»Bri? P. M. hier.«

»Ruf wieder an, wenn ich sicher bin, daß ich noch lebe.«

»Bri – wahrscheinlich hast du die Morgenzeitung noch nicht gesehen?«

»Der Kandidat hat hundert Punkte. Ich werde die von morgen lesen, vorher wollte ich nämlich nicht aufwachen.«

»Jane ist tot, Brian.«

»Jane?« Es dauerte volle zehn Sekunden, ehe die Mitteilung angekommen war. »Tot? Sie ist tot? Wie ist denn das passiert?«

»Überdosis. Letzte Nacht ist sie gefunden worden, von einem früheren Liebhaber oder Dealer oder beidem. Da hat sie aber schon ein paar Tage in der Wohnung gelegen.«

Brian rieb sich die verklebten Augen. »O Gott.«

»Ich dachte, du solltest es erfahren, ehe dir die Presse auf den Pelz rückt. Außerdem hab' ich angenommen, daß du es Emma selbst sagen willst.«

»Emma?« Mühsam richtete Brian sich auf. »Ach so, ja. Ich ruf' sie an. Danke, daß du mir sofort Bescheid gesagt hast.«

»Keine Ursache. Bri...« P. M. brach ab. Eigentlich hatte er Brian sein Beileid ausdrücken wollen, doch er bezweifelte, daß überhaupt jemand um Jane trauerte. »Ich sehe dich dann später.«

»Okay.«

Brian blieb einen Moment lang regungslos im Bett liegen. Er hatte Jane länger gekannt als irgend jemand sonst, ausgenommen Johnno. Einst hatte er sie geliebt, ehe die Liebe in Haß umgeschlagen war. Und nun war sie tot.

Er stand auf und trat ans Fenster. Das Sonnenlicht blendete ihn dermaßen, daß sein Kater schlimmer wurde. Ohne nachzudenken, goß er sich einen Schluck Whisky ein und stürzte ihn hinunter. Fast bedauerte er, daß er außer den pochenden Kopfschmerzen, die der Whisky nur wenig linderte, nichts empfinden konnte.

Sie war die erste Frau, mit der er geschlafen hatte.

Brian drehte sich um und betrachtete die Brünette, die zwischen den zerknüllten Satinlaken in seinem Bett schlief. Für sie empfand er auch nichts. Er achtete immer sorgfältig darauf, nur mit solchen Frauen zu schlafen, die keinerlei Zuneigung erwarteten, sondern sich mit ein paar Liebesnächten zufriedengaben. Diese flüchtigen sexuellen Begegnungen erforderten keine persönlichen Gefühle.

Einmal hatte er den Fehler begangen, sich mit einer Frau einzulassen, die mehr verlangte. Jane hatte ihn komplett vereinnahmen wollen und ihm nie die Freiheit gelassen, so zu leben, wie es ihm beliebte.

Dann traf er Bev. Auch sie hatte mehr verlangt, aber bei ihr war er bereit gewesen zu geben. Alles zu geben. Auch sie hatte sein Leben unverhältnismäßig stark beeinflußt. Kein Tag war seither vergangen, an dem er nicht an sie gedacht hatte. Er begehrte sie immer noch.

Jane hatte sich geweigert, aus seinem Leben zu verschwinden. Bev hatte sich geweigert, es mit ihm zu teilen.

Ihm blieb seine Musik, mehr Geld, als er sich jemals erträumt hatte, und eine endlose Abfolge von Frauen, die ihm nichts bedeuteten.

Und nun war Jane tot.

Er wünschte, er könnte um das Mädchen trauern, das er einst gekannt hatte, um das lebenshungrige, eifrige Mädchen, das behauptet hatte, ihn über alles zu lieben. Aber dieses Mädchen sowie der Junge, der er einmal gewesen war, waren schon vor langer Zeit gestorben.

Er würde Emma anrufen. Sie sollte es erfahren, obwohl er gewisse Zweifel hegte, daß ihr diese Nachricht großen Kummer bereiten würde. Sobald er sich vergewissert hatte, daß sie ihn nicht brauchte, würde er nach Irland fahren, zu Darren. Und dort einige stille Tage verleben.

29

»Bist du sicher, daß du klarkommst?«

»Ja.« Emma drückte Mariannes Hand, während sie in Richtung Abflughalle gingen. »Mir geht es gut. Ich werde noch ein paar Tage bleiben, um, nun, um zur Ruhe zu kommen.«

»Du weißt, daß ich hierbleiben würde.«

»Ich weiß.« Ein Händedruck reichte nicht mehr aus, also drehte Emma sich um und umarmte die Freundin. »Alleine hätte ich das alles nicht durchgestanden.«

»Doch, das hättest du. Du hast viel mehr Kraft, als du glaubst. Hast du nicht die Kreditkarten gesperrt, die Konten aufgelöst und den Vermögensverwalter angewiesen, ein geheimes Konto einzurichten?«

»Das waren deine Ideen.«

»Weil du nicht praktisch genug denkst. Ich wollte verhindern, daß dieser Bastard sich auch nur einen Penny unter den Nagel reißt. Außerdem finde ich immer noch, du solltest ihn anzeigen.«

Emma schüttelte wortlos den Kopf. Gerade begann sie, ihren Stolz wiederzugewinnen. Wenn sie jetzt zur Polizei ging, würde die Presse, die Öffentlichkeit von ihren Problemen erfahren, und das bedeutete eine neuerliche Demütigung.

»Gut, warten wir noch damit.« Marianne war nicht gewillt, Drew ungeschoren davonkommen zu lassen. »Bist du sicher, daß dein Bankmensch den Mund hält und keinem verrät, wo du bist?«

»Ja. Schließlich ist er mein Vermögensverwalter. Als ich ihn über meine bevorstehende Scheidung informiert habe, da ist er in die Gänge gekommen. Wahrscheinlich ödet ihn die jahrelange Beschäftigung mit dem Geld anderer Leute so an, daß ihm eine dicke fette Scheidung gerade recht kommt.«

Scheidung, dachte sie. So ein großes Wort. Ein endgültiges Wort.

Marianne ging eine Weile still weiter. Dann meinte sie: »Früher oder später findet er heraus, wo du dich aufhältst.«

»Das ist mir klar.« Sofort wich das Bedauern der Nervosität. »Ich möchte nur genügend Abstand gewinnen, daß nichts, was er sagt oder tut, mich dazu bringt, zu ihm zurückzugehen.«

»Geh zum Anwalt«, drängte Marianne. »Kurbel die Dinge endlich an!«

»Sobald dein Flugzeug gestartet ist.«

Marianne scharrte unruhig mit den Füßen, dann steckte sie sich einen Kaugummi in den Mund. Daß man aber auch in dem ganzen Flughafengebäude nicht rauchen durfte! »Hör zu, Emma, es ist jetzt erst ein paar Wochen her, daß wir – daß wir hierhergekommen sind. Ist es dir auch bestimmt nicht lieber, wenn ich noch ein paar Tage bleibe?«

»Ich will dich nicht länger von deiner Malerei abhalten. Das ist mein Ernst«, fügte sie hinzu, ehe die Freundin Einspruch erheben konnte. »Wenn ein Kennedy dir einen Auftrag erteilt, dann ist dein Ruf gesichert. Mach das Bild fertig, ehe Caroline ihre Meinung ändert.«

»Ruf mich an.« Mariannes Flug wurde aufgerufen. »Jeden Tag!«

»Mach ich.« Eine Minute noch. »Wenn das alles hinter mir liegt, will ich meine Wohnungshälfte zurückhaben.«

»Sie gehört dir. Es sei denn, ich heirate diesen Zahnarzt und ziehe nach Long Island.«

»Welchen Zahnarzt?«

»Den, der mir unbedingt eine Wurzelbehandlung aufschwatzen will.«

Emmas Lippen verzogen sich leicht. Das Lächeln fiel ihr inzwischen nicht mehr so schwer. »Das ist ja mal eine Neuigkeit. Ausgerechnet ein Zahnarzt. Igitt!«

Es tat gut, Emma einmal von Herzen lächeln zu sehen. »Mag sein, aber er hat wunderschöne braune Augen. Bloß die Hände sind so behaart. Ich weiß nicht, ob ich mich in behaarte Hände verlieben kann.«

»Besonders wenn die dauernd in deinem Mund herumfummeln. Das ist dein letzter Aufruf.«

»Du rufst mich an?«

»Ganz bestimmt.« Sie würde nicht weinen, schwor Emma sich, jetzt nicht. Marianne umarmte sie ein letztesmal und rannte los.

Emma blieb am Fenster stehen und wartete, bis das Flugzeug sich in Bewegung setzte. Nun war sie allein. Auf sich gestellt. Nun mußte sie ihre Entscheidungen wieder selbst treffen, ihre eigenen Fehler machen, ihre Meinung äußern. Der Gedanke erschreckte sie. Es war noch gar nicht so lange her, erinnerte sie sich, da war sie alleine in London gewesen. Sie hatte sich zum erstenmal in ihrem Leben frei gefühlt, und sie war verliebt gewesen.

Jetzt war sie nicht verliebt. Gott sei Dank!

Aufmerksam suchte sie die Menschenmenge nach einem gewissen Gesicht ab. Kurz zuvor hatte sie in der lauten, überfüllten Halle noch das Gefühl der Anonymität verspürt. Nun, da sie alleine war, fühle sie sich nur noch verwundbar.

Sie wurde die Angst nicht los, Drew könne sich irgendwo in der Menge versteckt halten – dort, hinter der kinderreichen Familie vielleicht, oder zwischen den Gruppen von Geschäftsleuten, die auf den Flug nach Chicago warteten. Mit gesenktem Kopf ging sie an einem Geschenkartikelladen vorbei. Er konnte dort sein, die Waren betrachten und warten. Er würde herauskommen, sie anlächeln und beim Namen nennen, ehe er seine Finger hart in ihre Schulter krallen würde. Mit aller Kraft kämpfte sie gegen den Drang an, zur Abflughalle zurückzuhasten und darum zu bitten, das Flugzeug aufzuhalten, damit Marianne die Maschine wieder verlassen konnte.

»Emma?«

Keuchend rang sie nach Atem. Ihre Beine wurden weich wie Butter als sich eine Hand auf ihre Schulter legte.

»Emma? Bist du es wirklich?«

Aschfahl und panikerfüllt starrte sie Michael an. Er sagte etwas, sie konnte es an seinen Lippen ablesen, aber das Rauschen in ihrem Kopf machte es ihr unmöglich, seine Worte zu verstehen.

Die Freude in seinem Gesicht erstarb. Sanft drückte er sie auf einen Stuhl, was ihn kaum Kraft kostete, da sie fast von alleine in sich zusammensank. Er wartete, bis sich ihr stoßweiser Atem wieder beruhigt hatte.

»Besser?«

»Ja, mir geht es wieder gut.«

»Fällst du immer beinahe in Ohnmacht, wenn du zufällig alte Freunde triffst.«

Emma lächelte gequält. »Eine meiner schlimmsten Angewohnheiten. Du hast mich erschreckt.«

»Das hab' ich gemerkt.« ›Erschreckt‹ war milde ausgedrückt, dachte er. ›Zu Tode erschreckt‹ traf eher zu. Genauso hatte sie ausgesehen, als er sie vor mehr als zehn Jahren aus dem Wasser gezogen hatte. »Wartest du eine Minute hier? Ich muß meinen Eltern eben erklären, warum ich so plötzlich weggerannt bin.«

»Ja, ich warte.« Das Versprechen war leicht zu halten, da ihre Beine sie noch nicht wieder tragen wollten. Sowie sie alleine war, bemühte sie sich, tief durchzuatmen. Sie hatte sich schon lächerlich genug gemacht und wollte sich vor ihm keine weitere Blöße geben. Als er einen Moment später wiederkam, hatte sie ihre Selbstkontrolle zurückgewonnen.

»Wo willst du denn hin?« fragte sie.

»Ich? Nirgendwohin. Meine Mutter muß zu irgendeiner Tagung, und Dad begleitet sie. Ich hab' die beiden nur zum Flughafen gebracht, weil Dad nicht gern sein Auto am Flughafen stehenläßt. Bist du gerade erst angekommen?«

»Nein, ich bin schon seit zwei Wochen hier. Ich hab' eine Freundin weggebracht.«

»Bist du beruflich hier?«

»Nein. Oder eher: Ja und nein.«

Eine Maschine war gerade gelandet, und Ströme von Menschen ergossen sich in die Halle. Unwillkürlich hielt sie erneut nach Drew Ausschau.

»Ich muß gehen.«

»Ich komme ein Stück mit.« Er bot ihr nicht die Hand an, da er spürte, daß sie vor einer Berührung zurückscheuen würde. »Du bist also mit deinem Mann hier.«

»Nein.« Ihre Augen blickten wachsam umher. »Er ist in New York. Wir...« Sie mußte sich erst daran gewöhnen, es auszusprechen, es wirklich ernst zu meinen. »Wir haben uns getrennt.«

»Oh.« Michael verkniff sich ein freudiges Grinsen. Dann fiel ihm Emmas Reaktion auf seine überraschende Begrüßung ein. »Das tut mir leid. Seid ihr freundschaftlich auseinandergegangen?«

»Ich hoffe es.« Sie fröstelte. »Mann, ist das kalt hier.«

Michael öffnete schon den Mund, um weitere Fragen zu stellen, überlegte es sich dann aber anders. Hier war nicht der richtige Ort, um sie über ihr Ehe oder deren Scheitern auszuquetschen. »Wie lange bleibst du noch in der Stadt?«

»Das kann ich dir wirklich nicht sagen.«

»Wie wär's mit einem Drink?«

»Keine Zeit. Ich habe in einer Stunde eine Verabredung.«

»Dann geh heute abend mit mir essen.«

Ihre Lippen krümmten sich leicht. Sie hätte gerne mit einem Freund zu Abend gegessen. »Ach, weißt du, ich lasse es hier ganz ruhig angehen. Bis jetzt war ich noch gar nicht auswärts essen.«

»Wie wär's denn dann mit einem Hinterhofbarbecue, bei mir?«

»Nun, ich...«

»Hier hast du meine Adresse.« Da er ihr keine Zeit lassen wollte, die Einladung abzulehnen, zog er eine Karte hervor und kritzelte rasch etwas auf die Rückseite. »Komm um sieben, dann schmeißen wir ein paar Steaks auf den Grill. Kein großer Aufwand.«

Bis dahin war ihr gar nicht bewußt gewesen, wie sehr es ihr davor gegraut hatte, allein in ihrem Zimmer zu hocken und dort ein einsames Abendessen einzunehmen, wobei ihr nur der Fernseher Gesellschaft leistete. »Gut, abgemacht.«

Er war drauf und dran, ihr anzubieten, sie ins Hotel zu fahren, als sein Blick auf die vor dem Eingang wartende weiße Limousine fiel.

»Sieben Uhr«, wiederholte er.

Sie schenkte ihm noch ein letztes Lächeln, ehe sich ihre Wege trennten. Michael fragte sich, ob er am Freitagnachmittag noch eine Putzfrau auftreiben sollte. Emma ging an der Limousine vorbei und reihte sich in die Warteschlange am Taxistand ein. Gedankenverloren drehte sie die Karte um.

DETECTIVE M. KESSELRING
MORDKOMMISSION

Schaudernd steckte sie die Karte ein. Seltsamerweise war es ihr gänzlich entfallen, daß er ein Cop war. Wie sein Vater.

Michael stopfte die Zeitungen, die sich in den vergangenen Wochen angesammelt hatten, ganz hinten in seinen Kleiderschrank. Die beiden Mülltonnen platzten bereits aus allen Nähten. Wie konnten ein Mann und ein Hund nur so viel Müll anhäufen? Und wieso war es in einer Stadt wie Los Angeles nicht möglich, am Freitagnachmittag eine Putzfrau zu bekommen?

Also wienerte er die Küche selbst, wobei er eine ganze Flasche Scheuermilch verbrauchte, die er von seiner Nachbarin ausgeborgt hatte. Danach roch das ganze Haus wie ein Pinienwald, doch daran ließ sich jetzt nichts mehr ändern. Dann lockte er Conroy mittels eines Würstchens ins Badezimmer. Doch als Michael nackt in die Wanne stieg und Wasser einlaufen ließ, zögerte der Hund. Er wußte nur zu gut, daß das Würstchen als Bestechungsversuch zu werten war. Schließlich sprang er in die Wanne, und Michael schloß die Glastür.

»Beiß die Zähne zusammen und steh's durch«, schlug er vor, als der Hund sich zu sträuben begann.

Conroy ertrug die Säuberungsaktion so standhaft wie ein alter Soldat. Sein gelegentliches Jaulen konnte man als Antwort auf Michaels Gesang ansehen. Als sie schließlich beide in große Handtücher gewickelt waren, suchte Michael im Wäscheschrank nach seinem Fön, wobei ihm eine Bratpfanne in die Hände fiel, die er schon längst abgeschrieben hatte.

Zuerst wurde der beleidigte Conroy gefönt. »Du solltest mir dankbar sein«, ließ Michael ihn wissen. »Was meinst du, was du jetzt für Chancen hast. Deine Streunerin wird dir zu Füßen liegen und keinen Blick mehr an diesen eingebildeten Schäferhund verschwenden.«

Michael benötigte eine halbe Stunde, um das überflutete Badezimmer trockenzulegen und von Hundehaaren zu befreien. Er stand gerade ziemlich ratlos vor dem Salat, als er ein Auto vorfahren hörte. Ein Taxi hatte er allerdings nicht erwartet, eher mit einer großen Limousine oder einem flotten Leihwagen gerechnet. Er sah zu, wie Emma dem Fahrer einige Banknoten reichte.

Ein leichter Wind zerrte an ihrem Haar und dem weiten T-Shirt, dessen männlicher Schnitt sie noch schmaler und femininer erscheinen ließ. Sie fuhr sich mit einer Hand durch das Haar und strich es nervös aus dem Gesicht, während sie zu dem Haus hinüberschaute. Ihm war schon am Flughafen aufgefallen, daß sie abgenommen hatte. Viel zu stark, wie er jetzt feststellte. Sie wirkte, als könne ein Windstoß sie fortwehen.

Auch ihr gesamtes Auftreten war verändert. Eine zögernde Scheu lag in der Art, wie sie sich bewegte und unsicher umblickte, die er oft bei Verdächtigen in einem Kriminalfall bemerkt hatte. Und bei Opfern von Gewaltverbrechen. Da sie aussah, als würde sie am liebsten wieder kehrtmachen, öffnete er rasch die Tür.

Emma erstarrte, dann legte sie eine Hand über die Augen, blinzelte in die Sonne und erkannte ihn. »Ich hab's sofort gefunden. Du hast dir also ein Haus gekauft«, meinte sie und schämte sich sofort für diese unbeholfene Bemerkung. »Die Gegend gefällt mir.«

Ehe sie ins Haus gehen konnte, schoß Conroy in der festen Absicht, sich so lange im Dreck zu wälzen, bis der letzte Rest des ekelhaften Shampoogeruchs verflogen war, zur Tür hinaus.

»Hiergeblieben!« brüllte Michael ihm nach.

Dieser Befehl prallte an Conroy wirkungslos ab. Erst als Emma sanft nach ihm rief, blieb er stehen. »Du hast ja einen Hund«, stellte sie entzückt fest und beugte sich zu ihm hinunter, um seinen Kopf zu streicheln. »Du bist aber ein Prachtkerl!« Conroy, der ihr da voll und ganz zustimmte, setzte sich vor sie hin und gestattete ihr, ihn hinter den Ohren zu kraulen. »So ein schöner Hund!«

Niemand hatte ihn je zuvor als schönen Hund bezeichnet. Conroy schielte unter seiner Wolle verliebt zu ihr hoch, dann drehte er den Kopf und feixte zu Michael hinüber.

»Jetzt haben wir die Bescherung.« Michael streckte ihr die Hand hin, um ihr aufzuhelfen. »Von nun an wird er regelmäßig Komplimente erwarten.«

»Ich wollte schon immer einen Hund haben.« Conroy rieb seinen Kopf an Emmas Hose, ein Bild hündischer Ergebenheit.

»Fünfzig Dollar, wenn du den hier gleich mitnimmst.« Michael zog die lachende Emma ins Haus.

»Schön hast du's hier.« Langsam schlenderte sie durch den Raum. Das Tapsen der Hundepfoten hinter ihr hatte etwas Beruhigendes.

Der große graue Sessel wirkte so gemütlich, als ob man darin schlafen könne. Die lange Couch lud förmlich zu einem Mittagsschläfchen ein. Auf dem Boden lag eine rot und grau gestreifte indianische Decke, die als Teppich diente – und als Unterlage für Conroy. Durch die halb heruntergelassenen Jalousien drang streifiges Sonnenlicht in den Raum.

»Ich hatte mir eher ein schickes Apartment am Strand vorgestellt. Ach, *Mariannes Beine*.« Erfreut betrachtete Emma das gerahmte Foto über der Couch.

»Das habe ich bei deiner Ausstellungseröffnung gekauft.«

Emma zog eine Augenbraue in die Höhe. »Warum?«

»Warum ich es gekauft habe?« Michael runzelte nachdenklich die Stirn. »Weil es mir gefallen hat. Bitte erwarte jetzt nicht irgendwelche tiefsinnigen Bemerkungen über Beleuchtungseffekte und so weiter. Ich halte es einfach für eine großartige Aufnahme.«

»Deswegen hättest du es nicht gleich kaufen müssen. Ich kenne doch Runyuns unverschämte Preise. Außerdem schulde ich dir weit mehr als nur ein Bild.«

»Du hast mir ja schon einmal eins geschenkt.«

Sie erinnerte sich an das Foto, das sie von ihm und ihrem Vater gemacht hatte. »Damals war ich noch kein Profi.«

»Ein früher McAvoy bringt bestimmt ein hübsches Sümmchen, falls ich mich mal entschließe, das Bild zu verkaufen.« Michael berührte sie leicht am Arm und wunderte sich, daß sie instinktiv zurückfuhr. Vermutlich war das eine ganz natürliche Reaktion, so kurz nach dem Scheitern ihrer Ehe. »Laß uns in die Küche gehen. Ich habe gerade angefangen, das Essen zu machen.«

Der Hund folgte ihnen und legte anbetend den Kopf auf Emmas Fuß, als sie sich am Tisch niederließ. Michael schenkte zwei Gläser Wein ein und stellte das Radio an. Nat King Coles seidenweiche Stimme füllte den Raum, während Emma abwesend Conroys Kopf mit dem anderen Fuß streichelte.

»Wie lange wohnst du schon hier?«

»Fast vier Jahre.« Michael genoß ihre Anwesenheit. Sonst hatte er nur selten Gesellschaft, wenn man von Conroy einmal absah. Unsicher musterte er den auf der Anrichte wartenden Gemüseberg und wünschte, er hätte sich von seiner Nachbarin ein Salatrezept geben lassen. Dann griff er nach einem großen Messer – gleichfalls eine Leihgabe – und begann, den Kopfsalat kleinzuschneiden.

»Was soll das denn werden?« erkundigte Emma sich.

»Ich mache Salat.« Da sie ihn verwundert ansah, hielt er inne. »Magst du keinen Salat?«

»Doch, doch.« Emma stand auf, um die Zutaten genauer in Augenschein zu nehmen. Vier dicke Tomaten, sechs Paprikaschoten, Lauch, Pilze, ein kleiner Kürbis, ein ganzer Blumenkohl und ein Bund Möhren. »Meinst du, das reicht?«

»Ich mache immer große Mengen«, schwindelte Michael. »Conroy ist ganz wild auf Salat.«

»Ah ja.« Emma nahm ihm lächelnd das Messer aus der Hand. »Ich schlage vor, du kümmerst dich um die Steaks und ich mich um den Salat.«

»Du kannst kochen?«

»Ja.« Lachend entfernte sie die äußeren Salatblätter. »Du nicht?«

»Nicht besonders gut.« Sie duftete verführerisch nach einem leichten, blumigen Parfüm. Am liebsten hätte er sein Gesicht an ihrem Hals vergraben, doch als er ihr vorsichtig das Haar zurückstrich, hob sie den Kopf und sah ihn mißtrauisch an. »Ich hätte nie gedacht, daß du kochen kannst«, sagte er schnell.

»Es macht mir Spaß.«

Er stand so nah bei ihr, daß ihre Körper sich beinahe berührten, trotzdem jagte ihr seine Nähe keine Angst ein. Während sie eine Paprikaschote säuberte, wurde ihr klar, daß er einer der wenigen Menschen war, in dessen Gegenwart sie diese Angst nicht verspürte. Ein gewisses Unbehagen vielleicht, doch keine Angst.

»Du machst das prima.«

»Ich bin fünffacher Weltmeister im Gemüseputzen.« Emma schob ihn beiseite. »Wirf schon mal den Grill an, ja?«

Etwas später brachte sie die Salatschüssel in den Garten, vergewisserte sich, daß er wenigstens mit den Steaks zurechtkam, und verschwand wieder im Haus. Womit sollte sie bloß den Tisch decken? Sie hatte lediglich eine Riesenpakkung Pappteller im Küchenschrank entdeckt. Eine genauere Inspektion förderte drei leere Bierdosen, einen Karton mit Ketchup- und Senftütchen sowie einen ungeheuren Vorrat an Fertiggerichten zutage, bloß keine Teller. Als sie die Spülmaschine öffnete, stellte sie fest, daß er dort seine schmutzige Wäsche hortete, und fragte sich, ob es wohl irgendwo im Haus eine mit Geschirr gefüllte Waschmaschine gab.

Schließlich entdeckte sie in der Mikrowelle zwei Teller und zwei Steakmesser samt Gabeln.

Als die Steaks gar waren, hatte sie den Tisch gedeckt, so gut sie konnte.

»Ich konnte kein Salatdressing finden.«

»Richtig. Hab' ich vergessen.« Michael legte die Steaks auf den Teller. Jetzt, wo sie hier war und sich offensichtlich wohl fühlte, wie sie so dasaß, ihn anlächelte und mit einer Hand Conroys Kopf kraulte, schalt er sich einen Idioten, weil er versucht hatte, den perfekten Hausmann zu spielen.

Falls sie sich diesmal wirklich näherkommen sollten, wäre es besser, diese Beziehung nicht unter Vorspielung falscher Tatsachen zu beginnen.

»Paß auf, daß Conroy nicht auf dumme Gedanken kommt«, rief er ihr zu, als er über das kleine Gartentor kletterte. Kurz darauf brachte er eine Flasche Salatsauce und eine dicke blaue Kerze mit. »Schönen Gruß von Mrs. Petrowski.«

Lachend blickte Emma zum Nachbarhaus, wo eine Frau gerade den Kopf zur Hintertür hinausstreckte. Es erschien ihr ganz natürlich, der Nachbarin kurz zuzuwinken.

»Sind das ihre Teller?«

»Ja.«

»Hübsch.«

»Diesmal wollte ich dir mehr bieten als Hamburger am Strand.«

Emma reichte ihm die Salatschüssel. »Ich bin wirklich froh, daß du mich eingeladen hast. Wir hatten damals in New York nicht viel Zeit füreinander. Ich hätte dir so gern die Stadt gezeigt.«

»Nächstes Mal«, meinte er und schnitt in sein Steak.

Die Mahlzeit zog sich bis zum Einbruch der Dämmerung

hin. Emma hatte beinahe vergessen, wie schön es sein konnte, sich über belanglose Dinge zu unterhalten, bei Kerzenschein und Musik im Garten zu sitzen und den Abend zu genießen. Conroy, der die Hälfte ihres Steaks verspeist hatte, lag zu ihren Füßen und schnarchte zufrieden. Zum erstenmal nach dem monatelangen Nervenkrieg vermochte sie sich ein wenig zu entspannen.

Michael bemerkte die Veränderung, die mit ihr vorging. Ganz langsam, quasi Stück für Stück schien ihre innere Verkrampfung nachzulassen. Kein Wort hatte sie bisher über ihre Ehe oder die Trennung von ihrem Mann verloren, ein Umstand, den Michael äußerst ungewöhnlich fand. Viele seiner Freunde hatten sich scheiden lassen und während der gesamten Zeit und auch noch danach von nichts anderem mehr geredet.

Als Rosemary Clooneys verführerisch Stimme aus dem Radio klang, stand er auf und zog Emma hoch. »Nach den Oldies kann man am besten tanzen«, erklärte er, obwohl Emma abwehrend die Hand hob.

»Aber ich möchte wirklich nicht...«

»Stell dir vor, was Mrs. Petrowski für Augen machen wird.« Sanft drückte er Emma an sich, bemüht, die Umarmung rein freundschaftlich zu halten.

Unwillkürlich paßte Emma sich seinen Bewegungen an, schloß die Augen und konzentrierte sich darauf, sich zu entspannen, die Gefühle, die in ihr aufstiegen, zu ignorieren. Sie wollte ihren inneren Frieden nicht aufs Spiel setzen.

Der Wind hatte sich beinahe gelegt. Langsam bewegten sie sich im Rhythmus der Musik und warfen in der aufsteigenden Dämmerung schwarze, tanzende Schatten auf das Gras. Seufzend öffnete Emma die Augen. Am Horizont ging die Sonne in einer rotschimmernden Farbenglut unter.

»Als ich heute abend auf dich gewartet habe, da ist mir klargeworden, daß wir uns schon achtzehn Jahre lang kennen.« Michael streichelte mit einem Finger über ihre Hand. Diesmal zuckte sie nicht zurück, sondern hielt ganz still. »Achtzehn Jahre«, wiederholte er. »Und die Tage, die ich mit dir verbracht habe, kann ich an zehn Fingern abzählen.«

»Als wir uns das erstemal getroffen haben, da hast du mich gar nicht bemerkt.« Ihre Nervosität war verflogen. »Du warst viel zu sehr von Devastation gefesselt.«

»Elfjährige Jungen können das andere Geschlecht noch nicht wahrnehmen. Diese speziellen Sehnerven entwickeln sich erst ab dem dreizehnten, in besonders frühreifen Fällen ab dem zwölften Geburtstag.«

Leise in sich hineinlachend, ließ sie zu, daß er sie enger an sich zog. »Ich hab' das mal irgendwo gelesen. Voll ausgebildet sind sie erst, wenn der heranwachsende junge Mann der neuen Ausgabe von *Sports Illustrated* wegen der Mädchen im Badeanzug entgegenfiebert und nicht wegen der Fußballergebnisse.« Als Michael grinste, hob Emma eine Augenbraue. »Dein Pech. Ich war regelrecht in dich verschossen.«

»Warst du das?« Seine Finger glitten ihren Rücken hinauf, um mit ihren Haaren zu spielen.

»Und wie. Dein Vater hat mir von deiner Rollschuhfahrt mit anschließendem Flug vom Dach erzählt. Ich wollte dich unbedingt fragen, was das für ein Gefühl war.«

»Wann? Nachdem ich wieder bei Bewußtsein war?«

»Während des Fluges.«

»Ich war schätzungsweise drei Sekunden in der Luft, und das waren die tollsten drei Sekunden meines Lebens.«

Genau das hatte sie hören wollen. »Wohnen deine Eltern immer noch in diesem Haus?«

»Keine zehn Pferde könnten sie dazu bringen, dort auszuziehen.«

»Ich finde es herrlich, so einen Zufluchtsort zu haben, einen Ort, wo man sich immer zu Hause fühlt. So ging es mir mit meiner und Mariannes Wohnung in New York.«

»Willst du da wieder einziehen, wenn du zurückgehst?«

»Ich weiß es nicht.« Der gequälte Ausdruck erschien wieder in ihren Augen. »Vielleicht gehe ich gar nicht wieder zurück.«

Sie mußte ihren Mann sehr geliebt haben, dachte Michael, wenn ihr die Trennung dermaßen zu schaffen machte. »Hier gibt's ein paar nette Häuschen am Strand. Du bist doch so gern am Wasser.«

»Ja.«

Irgendwie mußte er sie zum Lächeln bringen. »Möchtest du immer noch Wellenreiten lernen?«

In ihrem Lächeln lag Wehmut. »Ich habe seit Jahren nicht mehr daran gedacht.«

»Am Sonntag hab' ich frei. Dann kriegst du eine Privatstunde.«

Emma blickte hoch. Der Herausforderung in seinen Augen konnte sie nicht widerstehen. »In Ordnung.«

Michael drückte einen leichten Kuß auf ihre Schläfe, so zart, daß sie es kaum spürte. »Weißt du, Emma, als ich gesagt habe, daß es mir leid tut, daß du und dein Mann...« Er zog ihre Hand an die Lippen. »Das war gelogen.«

Die Worte waren kaum heraus, als er merkte, daß Emma sich zurückzog. Sie drehte sich um und begann, die Teller und Platten einzusammeln. »Ich helfe dir beim Abwasch.«

Er trat zu ihr hin und legte eine Hand über ihre. »Das hat dich aber nicht sehr überrascht.«

Emma zwang sich, ihn anzusehen. Seine Silhouette zeichnete sich dunkel gegen den mitternachtsblauen Himmel ab, und sogar in diesem Licht konnte sie erkennen, daß seine Augen mit einem unergründlichen, leicht ungeduldigen Ausdruck auf ihr ruhten.

»Nein«, gab sie zu, wandte sich ab und trug die Teller ins Haus.

Es kostete ihn beträchtliche Mühe, jetzt nicht nachzuhaken. Sie war im Augenblick extrem verletzlich, mahnte er sich. Was nach einer gescheiterten Ehe nur allzu verständlich war. Er würde ihr Zeit lassen, solange er konnte.

Emmas innere Ruhe war dahin. Was war sie nur für eine Frau? Gerade hatte sie den einen Mann verlassen, und schon fühlte sie sich so stark zum nächsten hingezogen. Nein, besser nicht darüber nachdenken. Ihr Entschluß stand fest. Nie wieder würde sie sich gefühlsmäßig verzetteln, nie wieder zulassen, daß man sie verletzte, nur weil sie einen anderen Menschen liebte. Sie wollte nur noch fort, in die Sicherheit ihres Hotelzimmers, und diesen Abend vergessen.

»Es ist schon spät. Ich muß wirklich los. Rufst du mir bitte ein Taxi?«

»Ich bringe dich zurück.«

»Das ist nicht nötig. Ich kann...«

»Emma, ich sagte, ich bringe dich zurück.«

Mach Schluß damit, befahl sie sich. Sofort. »Danke.«

»Entspann dich, Emma. Wenn du noch nicht für eine überwältigend romantische Affäre zwischen uns bereit bist, ich kann warten. Ich hab' schon achtzehn Jahre Übung.«

Sollte sie sich darüber amüsieren oder ärgern? »Zu einer Affäre gehören immer zwei«, entgegnete sie leichthin. »Und ich habe mich aus diesem Geschäft zurückgezogen.«

»Wie ich schon sagte, ich kann warten.« Michael griff nach den Autoschlüsseln. Conroy, der das wohlvertraute Klimpern hörte, sprang lauthals bellend auf.

»Er fährt gerne Auto«, erklärte Michael. »Aus, Conroy!«

Der Hund, der genau wußte, wo er seine Verbündeten zu suchen hatte, schlich mit gesenktem Kopf zu Emma. »Nimm ihn doch mit«, bat sie, als Conroy sich an ihre Beine lehnte.

»Ich hab' nur einen MG.«

»Es stört mich nicht, wenn's eng wird.«

»Du bist hinterher voller Haare.«

»Und wenn schon.«

Conroy verfolgte die Unterhaltung mit gespitzten Ohren. Michael hätte schwören können, daß der Hund in sich hineinkicherte. »Also gut, Conroy, du hast gewonnen.« Michael wies auf die Autotür. Siegesgewiß sprang Conroy auf und fegte mit seinem aufgeregt wedelndem Schwanz Emmas Täschchen vom Tisch.

Als Michael sich danach bückte, sprang der Verschluß auf, und der Inhalt ergoß sich über den Boden. Noch ehe er eine Entschuldigung stammeln konnte, fiel sein Blick auf die Achtunddreißiger Smith and Wesson. Emma sah schweigend zu, wie er die Waffe aufhob und nachdenklich in der Hand wog. Es handelte sich um die beste Automatik dieses Kalibers, die Smith and Wesson zu bieten hatte, und sie war offensichtlich für den Gebrauch bestimmt. Michael untersuchte die Waffe, stellte fest, daß sie geladen war, und legte sie dann zurück.

»Wozu brauchst du sie?«

»Ich habe einen Waffenschein.«

»Das habe ich nicht gefragt.«

Emma kniete nieder, um ihre Brieftasche, die Puderdose und den Kamm einzusammeln. »Ich lebe in New York, wie du wohl weißt«, erklärte sie gelassen, obwohl sich ihr Magen zusammenzog, wie immer, wenn sie log. »In Manhattan besitzen viele Frauen eine Waffe. Als Schutz.«

Er blickte auf ihren Scheitel hinab. »Du hast sie also schon länger.«

»Jahre.«

»Das ist ja interessant. Dieses Modell ist nämlich erst vor sechs Monaten herausgekommen, und so, wie diese Waffe aussieht, hast du sie sicher erst seit ein paar Tagen in der Tasche.«

Als sie aufstand, zitterten ihr die Knie. »Ist das ein Verhör? Solltest du mir dann nicht erst meine Rechte vorlesen?«

Emma bebte vor unterdrückter Panik, ihre Kehle war staubtrocken, ihr Magen verkrampft. Er war ernsthaft wütend, das konnte sie der Art entnehmen, wie sich seine Augen verdunkelten und wie er sich bewegte, als er bedrohlich auf sie zukam. »Das ist meine Sache. Bring mich ins Hotel, und dann...«

»Erst will ich wissen, warum du dieses Ding mit dir herumschleppst, warum du mich anlügst und warum du heute nachmittag am Flughafen so verdammt verängstigt ausgesehen hast!«

Sie gab keine Antwort, sondern sah ihn nur aus müden, resignierten Augen an. Einmal hatte ihn ein Hund auf genau die gleiche Art angeblickt, erinnerte sich Michael. Eines Nachmittags, er mußte damals ungefähr acht gewesen sein, war dieser Hund in ihren Garten gekrochen und dort liegengeblieben. Seine Mutter hatte zunächst an Tollwut gedacht, doch als sie das Tier zum Arzt schafften, stellte sich heraus, daß es geschlagen worden war, und zwar so oft und so grausam, daß der Tierarzt es einschläfern mußte.

Der Gedanke, Emma könne ähnliches widerfahren sein, verursachte ihm Übelkeit. Sie wich vor ihm zurück.

»Was hat er dir angetan?« Am liebsten hätte er die Frage herausgeschrien, aber er brachte nur ein wütendes Zischen hervor.

Sie schüttelte nur den Kopf. Conroy gab es auf, an der Tür zu kratzen, und blieb still sitzen.

»Emma, was zum Teufel hat er mit dir gemacht?«

»Ich – ich muß gehen.«

»Um Himmels willen, Emma.« Als er nach ihrem Arm greifen wollte, drückte sie sich entsetzt an die Mauer. Ihre Augen wirkten nicht länger müde, sondern es lag Furcht darin.

»Nicht. Bitte nicht.«

»Ich fasse dich nicht an, okay?« Jahrelanges Training befähigte ihn, seine Stimme sanft und beruhigend klingen zu lassen. Er sah ihr fest in die Augen. »Ich werde dir nicht weh tun.« Ohne den Blick von ihr zu wenden, schob er die Waffe wieder in ihr Täschchen und legte es beiseite. »Du brauchst vor mir keine Angst zu haben.«

»Habe ich auch nicht.« Trotz dieser Worte zitterte sie am ganzen Körper.

»Du hast Angst vor ihm, vor Latimer.«

»Ich möchte nicht über ihn sprechen.«

»Ich kann dir helfen, Emma.«

Hoffnungslos schüttelte sie wieder den Kopf. »Nein, das kannst du nicht.«

»O doch. Hat er dich bedroht?« Da sie keine Antwort gab, kam er behutsam noch einen Schritt näher. »Hat er dich geschlagen?«

»Ich lasse mich von ihm scheiden. Was macht das jetzt noch für einen Unterschied?«

»Einen gewaltigen. Wir können einen Haftbefehl beantragen.«

»Das will ich nicht. Ich muß die Sache hinter mich bringen. Michael, ich kann mit dir nicht darüber reden.«

Er schwieg einen Moment, da er spürte, daß ihre Angst nachließ und er sie nicht in neuerliche Schrecken versetzen wollte.

»Gut. Ich kenne einige Einrichtungen, an die du dich wenden kannst. Dort gibt es Leute, die deine Situation verstehen.«

Glaubte er wirklich, daß irgendwer ihre Situation verstehen konnte? »Ich will mit niemanden reden. Und ich will schon gar nicht, daß alle Welt davon in der Zeitung liest – am Frühstückstisch womöglich. Halt dich doch einfach da raus. Das geht dich überhaupt nichts an.«

»Wirklich nicht?« antwortete er ruhig. »Wirklich nicht, Emma?«

Auf einmal schämte sich Emma ihrer harten Worte. In seinen Augen las sie etwas, das sie dringend brauchte – wenn sie nur den Mut hätte, seine Hilfe anzunehmen. Er bat sie nur um ihr Vertrauen. Doch sie hatte schon einmal einen Menschen ihr Vertrauen geschenkt.

»Michael, das ist mein Problem, und damit werde ich alleine fertig.«

Jedes weitere Wort könnte alles zerstören. Michael gab nach. »Gut. Aber denk bitte darüber nach. Du mußt das nicht alleine durchstehen«

»Er hat mir all meine Selbstachtung genommen«, erwiderte sie langsam. »Wenn ich mich nicht selber wehre, dann werde ich sie nie zurückgewinnen. Und jetzt bring mich bitte ins Hotel, ich bin furchtbar müde.«

30

Dieses Luder glaubt wirklich, sie würde damit durchkommen, dachte Drew. Sie meint, sie könne einfach zur Tür hinausspazieren, und das wär's dann gewesen. Aber er würde es ihr schon zeigen, sobald er sie gefunden hatte. Und er würde sie finden. Er bedauerte zutiefst, sie vor ihrer Abreise nicht grün und blau geschlagen zu haben.

Er hätte sie nicht aus den Augen lassen sollen. Man konnte ihr nicht trauen. Die einzigen Frauen, denen ein Mann trauen konnte, waren die Nutten. Die machten die Beine breit, nahmen das Geld, und fertig.

Daß Emma die Frechheit besessen hatte, einfach abzuhauen! Diese Unverschämtheit, ihr Konto leerzuräumen und seinen Kredit zu sperren! Noch nie war er sich so gedemütigt vorgekommen wie an jenem Tag bei Bijan, wo der Verkäufer den Kaschmirmantel, den Drew sich ausgesucht hatte, mit dem kühlen Kommentar zurücknahm, seine Kreditkarte sei ungültig.

Dafür würde sie bezahlen!

Und dann hatte ihm dieser hochnäsige Anwalt die Papiere unter die Nase gehalten. Sie wollte also die Scheidung. Aber nur der Tod würde sie scheiden!

Der New Yorker Anwalt war keine große Hilfe gewesen, hatte nur herumgedruckst und ihn schließlich an eine andere Kanzlei verwiesen. Mrs. Latimer wünschte nicht, daß ihr Aufenthaltsort bekannt wurde. Nun, er würde ihren Aufenthaltsort bald herausfinden, und dann konnte sie was erleben.

Zuerst hatte er befürchtet, sie könne zu ihrem Vater geflüchtet sein. Jetzt, wo das Benefizkonzert vor der Tür stand und seine Pläne für eine Solokarriere Formen annahmen, hätte es ihm gerade noch gefehlt, einen so einflußreichen Mann wie Brian McAvoy gegen sich zu haben. Doch dann rief Brian an, um Emma über den Tod ihrer Mutter zu informieren. Gott sei Dank hatte er, Drew, sofort geschaltet und Brian erzählt, Emma sei mit ein paar Freundinnen ausgegangen. Er war überzeugt, daß er genau das richtige Maß an Bestürzung und Verständnis in seine Stimme gelegt hatte, als er versprach, Emma von dem traurigen Ereignis zu berichten.

Wenn McAvoy nicht wußte, wo sein Miststück von Tochter war, dann wußten es die anderen Bandmitglieder auch nicht. Die hielten zusammen wie Pech und Schwefel. Drew dachte an Bev, aber er war eigentlich sicher: Wenn Emma in London wäre, hätte ihr alter Herr davon Wind bekommen.

Oder vielleicht steckten sie alle unter einer Decke, lachten hinter seinem Rücken über ihn. In diesem Fall würde Emma die Quittung bekommen – mit Zinsen.

Seit über zwei Wochen war sie verschwunden. Er hoffte

fast, sie habe sich gut amüsiert, denn sie würde für jede Stunde teuer bezahlen.

Drew zog beim Gehen die Schultern hoch, da der eisige Wind an seiner Lederjacke, die die schlimmste Kälte abhalten sollte, zerrte. Aber die Wut, die sich in ihm aufgestaut hatte, wärmte ihn. Grinsend überquerte er die Straße und ging zu Emmas alter Wohnung.

Er war mit der U-Bahn gekommen, ein deprimierendes Erlebnis, doch unter diesen Umständen sicherer als ein Taxi. Es war höchste Zeit, etwas zu unternehmen... etwas für Marianne sehr Unangenehmes. Bei dem Gedanken lachte Drew laut auf. Es würde ihm ein besonderes Vergnügen sein.

Emma hatte ihn angelogen. Marianne war auf der Beerdigung gewesen. Er hatte Fotos von den beiden in der Zeitung gesehen. Und es war so sicher wie das Amen in der Kirche, daß Marianne in der ganzen Sache mit drin hing. Sie wußte, wo Emma sich versteckt hielt. Und wenn er erst mal mit ihr fertig war, würde sie darum betteln, es ihm verraten zu dürfen.

Der Schlüssel, den Emma ihm vor Monaten gegeben hatte, paßte noch. Drew drückte die Codenummer, um den Fahrstuhl zu öffnen. Hoffentlich lag sie noch im Bett.

In der Wohnung herrschte Stille. Leise schlich Drew durch das Zimmer und die Treppe hinauf. Vor lauter Vorfreude klopfte sein Herz wie wild. Um so größer war die Enttäuschung, als er das leere Bett sah. Die Laken waren zwar zerknittert, jedoch kalt. Vor lauter Frust begann er, die Wohnung kurz und klein zu schlagen. Es dauerte fast eine Stunde, bis er sich abreagiert hatte, indem er die Kleider zerfetzte, Glas und Porzellan zertrümmerte und sämtliche Polstermöbel mit einem großen Fleischermesser aus der Küche aufschlitzte.

Dann fielen ihm die Bilder ein, die oben im Studio gestapelt waren. Mit gezücktem Messer machte er sich auf den Weg, als das Telefon klingelte. Bei dem Geräusch schrak er zusammen. Blut tropfte von seiner Lippe, die er sich in seiner Zerstörungswut aufgebissen hatte.

Nach dem vierten Läuten schaltete sich der Anrufbeantworter ein.

Als Emmas Stimme erklang, hätte er beinahe den Hörer von der Gabel gerissen, aber er konnte sich gerade noch beherrschen. »Entweder bist du noch im Bett oder du steckst bis zu den Ellbogen in Farbe, also ruf mich zurück, möglichst noch heute vormittag. Ich will nämlich später zum Strand, Wellenreiten üben. Zehn Sekunden kann ich mich schon halten. Sei nicht neidisch, aber hier in L. A. hat es schon fast dreißig Grad. Ruf zurück, ja?«

L. A., dachte Drew. Er drehte sich um und starrte lange auf Emmas Bild an der Wand.

Emma war schon beinahe zur Tür hinaus, als Marianne anrief. Sorgfältig verschloß sie die Tür hinter sich, ehe sie ans Telefon ging.

»Hi.« Mariannes Stimme klang schläfrig und zufrieden.

»Selber Hi. Bist du gerade erst aufgestanden? In New York muß es doch schon Mittag sein.«

»Ich bin noch nicht auf.« Marianne kuschelte sich in die Kissen. »Ich liege noch im Bett, in dem des Zahnarztes, um genau zu sein.«

»Macht er dir eine Füllung?«

»Sagen wir, er hat Qualitäten, die über die Zahnmedizin hinausgehen. Ich habe per Fernabfrage meinen Anrufbeantworter abgehört. Wie geht's dir?«

»Prima. Ehrlich.«

»Freut mich zu hören. Ist Michael auch am Strand?«

»Nein, bei der Arbeit.«

Marianne rümpfte die Nase. Wenn sie schon nicht selbst auf Emma aufpassen konnte, dann verließ sie sich darauf, daß der Cop diese Aufgabe übernahm. Nebenan rauschte die Dusche. Warum kam ihr neuer Liebhaber denn nicht ins Bett zurück, anstatt Körperpflege zu betreiben? »Karies oder schwere Jungs, ein Mann muß seine Pflicht tun. Hör zu, ich denke daran, in ein paar Wochen runterzukommen.«

»Um zu sehen, ob ich okay bin?«

»Genau. Und um diesen Michael kennenzulernen, den du

mir all die Jahre vorenthalten hast. Mach's gut, Emma. Ich ruf' morgen wieder an.«

Michael mochte den Streifendienst. Papierkram und stundenlange Telefonate lagen ihm weniger. Er zog die Hektik der Straße vor.

Am Anfang hatte er viel Spott über sich ergehen lassen müssen. Der Sohn des Captains. Teils waren die Bemerkungen gutmütiger Natur, teils nicht. Er hatte sich seine Dienstmarke hart erkämpft.

Von einem verlassenen Schreibtisch klaute er einen Doughnut, den er im Stehen verzehrte und dabei die Zeitung durchblätterte, die ein Kollege neben der Kaffeemaschine liegengelassen hatte.

Zuerst widmete er sich dem Comicteil. Nach einer Nacht wie dieser brauchte er etwas Aufheiterndes. Dann wandte er sich dem Sportteil zu, blätterte mit einer Hand weiter und hielt die Kaffeetasse in der anderen.

JANE PALMER STIRBT AN ÜBERDOSIS

Jane Palmer (46), frühere Geliebte von Brian McAvoy und Mutter der gemeinsamen Tochter Emma, wurde in ihrer Londoner Wohnung tot aufgefunden. Als Todesursache nimmt die Polizei Drogenmißbrauch an. Die Leiche wurde am Sonntagnachmittag von einem gewissen Stanley Hitchinson entdeckt.

Der Artikel enthielt zwar nur die spärlichen Tatsachen, unterstellte zwischen den Zeilen aber Selbstmord. Fluchend warf Michael die Zeitung auf den Tisch zurück, griff nach seiner Jacke und machte McCarthy ein Zeichen.

»Ich bin in einer Stunde wieder da. Muß noch was erledigen.«

McCarthy legte eine Hand über den Hörer, den er ans Ohr geklemmt hatte. »Und was ist mit den drei Früchtchen hier?«

»Die sind dann auch noch da. Eine Stunde«, wiederholte er und rannte hinaus.

Er fand sie am Strand. Sie war zwar erst seit einigen Tagen wieder Teil seines Lebens, aber er kannte ihre Gewohnheiten. Jeden Tag kam sie hierher, immer an denselben Platz. Nicht zum Wellenreiten, das war nur eine Ausrede. Sie saß nur in der Sonne, schaute aufs Meer oder lag unter dem weißblauen Sonnenschirm und las. Und ihre Wunden heilten.

Sie sonderte sich immer von den anderen Menschen ab, die ein Sonnenbad nahmen oder am Strand spazierengingen. Auch wenn sie keinen Wert auf Gesellschaft legte, war sie doch froh, nicht alleine zu sein. In ihrem schlichten blauen Badeanzug hatte sie bereits die Aufmerksamkeit mehrerer Männer erregt, doch ein Blick genügte, um sie in ihre Schranken zu weisen.

Michael kam es so vor, als habe sie eine gläserne Mauer um sich herum errichtet, dünn, abweisend und undurchdringlich. Er fragte sich, ob sie die Menschen um sich herum überhaupt wahrnahm.

»Emma.«

Er haßte es, sie zusammenzucken zu sehen, diese rasche, unfreiwillige Bewegung, die Panik verriet. Das Buch fiel ihr aus der Hand, und hinter der Sonnenbrille füllten sich ihre Augen mit Angst, die aber so schnell verschwand, wie sie gekommen war. Ihre Lippen verzogen sich leicht, und ihr Körper entspannte sich wieder. Michael bemerkte diesen Wechsel von Panik zur Ruhe, und das innerhalb weniger Sekunden, sehr wohl. Es war offensichtlich, daß sie an ein Leben in ständiger Furcht gewöhnt war.

»Michael, ich habe heute gar nicht mit dir gerechnet. Hast du geschwänzt?«

»Nein, ich hab' nur ein paar Minuten Zeit.«

Er ließ sich neben ihr nieder. Eine leichte Brise blähte seine Jacke auf, so daß sie kurz das Schulterhalfter erkennen konnte. Es versetzte ihr jedesmal von neuem einen Schock, wenn sie an seinen Beruf erinnert wurde. Er entsprach so gar nicht ihrer Vorstellung von einem Polizisten. Sie konnte sich nicht vorstellen, daß er jemals Gebrauch von seiner Waffe machen würde.

»Du siehst erschöpft aus, Michael.«

»Harte Nacht.« Sie lächelte leicht, und er konnte ihr die Gedanken vom Gesicht ablesen. Sie dachte, er habe eine heiße Verabredung gehabt. Warum sollte er ihr erzählen, daß er sich den größten Teil der Nacht mit den Leichen von vier Jugendlichen befaßt hatte. »Emma, hast du heute schon die Zeitung gelesen?«

»Nein.« Sie hatte bewußt auf Zeitungen und Fernsehen verzichtet. Die Probleme der Welt und anderer Menschen lagen auf der anderen Seite der gläsernen Mauer. Doch sie fühlte instinktiv, daß er ihr etwas zu sagen hatte, was sie nicht hören wollte. »Was ist denn los?« Ihre Besorgnis wuchs, als er ihre Hand ergriff. »Ist etwas mit Papa?«

»Nein.« Michael verfluchte sich dafür, daß er nicht sofort zur Sache gekommen war. Emmas Hand in seiner war eiskalt geworden. »Es geht um Jane Palmer, Emma. Sie ist tot.«

Sie starrte ihn an, als würde er in einer ihr unbekannten Sprache reden. »Tot? Wie?«

»Sieht nach einer Überdosis aus.«

»Ich verstehe.« Emma entzog ihm ihre Hand und blickte auf das Meer hinaus. Das Wasser schillerte in einem überwältigenden Farbenspektrum, das von einem blassen Grün in Ufernähe bis hin zu einem tiefen, irisierenden Blau am Horizont reichte. Auf einmal wünschte sie sich, allein dort draußen zu treiben, weit weg von allem, in ewiger Ruhe.

»Erwartest du jetzt irgendwelche Gefühlsregungen von mir?« murmelte sie.

Er wußte, daß diese Frage weniger an ihn als an sie selbst gerichtet war. »Nein. Man kann nicht um jemanden trauern, der einem nichts bedeutet hat.«

»Weißt du, ich habe sie nie geliebt, schon als Kind nicht. Damals habe ich mich dafür geschämt. Es tut mir leid, daß sie tot ist, aber das ist ein unpersönliches Bedauern, das man auch empfindet, wenn man in der Zeitung liest, daß Menschen bei einem Autounfall oder einem Wohnungsbrand ums Leben gekommen sind.«

»Das ist genug.« Er spielte mit einer ihrer Haarsträhnen, eine Angewohnheit, die er in der letzten Zeit angenommen hatte. »Ich muß zurück, aber so gegen sieben müßte ich alles erledigt haben. Wie wär's, wenn wir ein bißchen an der Küste entlangfahren. Du, ich und Conroy.«

»Gern.« Als er aufstand, griff sie haltsuchend nach seiner Hand. Dann drehte sie sich um und schaute wieder auf das Meer.

Kurz nach drei betrat Drew das Beverly Wilshire, das erste Hotel, das er überprüfte. Er fand es zugleich erfreulich und abstoßend, daß Emma so berechenbar war. Immer das Connaught in London, das Ritz in Paris, das Little Six Bay auf den Jungferninseln und immer das Beverly Wilshire, wenn sie in L. A. war.

Er setzte sein charmantestes Lächeln auf und ging hinein. Glück gehabt, dachte er, als er die junge, attraktive Frau am Empfang anstrahlte und bemerkte, wie sich der höfliche, unbeteiligte Gesichtsausdruck in Begeisterung verwandelte, sowie sie ihn erkannte.

»Guten Tag, Mr. Latimer.«

Er legte einen Finger über die Lippen. »Das bleibt jetzt unter uns, ja? Ich möchte meine Frau überraschen und habe dummerweise ihre Zimmernummer vergessen.«

»Mrs. Latimer wohnt hier?« Das Mädchen hob eine Braue.

»Ja. Ich hatte noch geschäftliche Verpflichtungen und konnte daher erst später nachkommen. Finden Sie doch bitte heraus, welche Zimmernummer sie hat.«

»Natürlich.« Ihre Finger glitten über die Tastatur des Computers. »Bei uns ist niemand namens Latimer registriert.«

»Nein? Vielleicht hat sie sich unter McAvoy eingetragen.« Drew zügelte seine Ungeduld, während der Computer leise klickte.

»Es tut mir leid, Mr. Latimer, aber wir haben auch keine Mrs. McAvoy.«

Am liebsten hätte er dem Mädchen den schlanken Hals umgedreht. Mühsam beherrschte er sich und machte ein verwundertes Gesicht. »Das ist ja komisch. Ich bin ganz sicher, daß ich die Hotels nicht verwechselt habe. Emma wohnt immer im Wilshire.« Rasch wog er die verschiedenen Möglichkeiten ab, dann lächelte er. »Ach, jetzt fällt's mir wieder ein. Wie konnte ich das nur vergessen? Sie war ein paar Tage mit einer Freundin hier und hat wahrscheinlich das Zimmer unter deren Namen behalten. Sie wissen ja, wie schwierig es ist, wenn man ein bißchen Ruhe haben will. Versuchen Sie's mal unter Marianne Carter, wahrscheinlich im dritten Stock. Emma hat Probleme mit der Höhe.«

»Ja, da haben wir sie. Suite 305.«

»Na Gott sei Dank. Es hätte mir gar nicht gefallen, meine Frau zu verlieren.« Ungeduldig wartete er auf den Schlüssel. »Sie haben mir sehr geholfen, Schätzchen.«

»Es war mir ein Vergnügen, Mr. Latimer.«

O nein, dachte er, als er zum Fahrstuhl ging. Es würde ihm ein Vergnügen sein. Und was für eines.

Er war nicht allzu enttäuscht, als er die Suite leer fand. Eigentlich war es so viel besser. Aus seiner Tasche holte er einen kleinen Kassettenrecorder und einen schweren, festen Ledergürtel, dann zog er die Vorhänge zu, zündete sich eine Zigarette an und wartete.

»Kesselring.« Ein junger Detective riß die Tür zum Verhörzimmer auf, wo Michael und McCarthy gerade gemeinsam einen Verdächtigen bearbeiteten. »Telefon.«

»Ich bin beschäftigt, Drummond. Soll eine Nachricht hinterlassen.«

»Hab' ich schon versucht. Sie sagt, es handelt sich um einen Notfall.«

Michael stieß einen bösen Fluch aus, dann dachte er an Emma. »Hoffentlich vermißt du mich nicht«, sagte er im Hinausgehen zu Swan, dann setzte er sich auf die Ecke seines Schreibtisches und griff zum Hörer. »Kesselring.«

»Michael? Hier spricht Marianne Carter, eine Freundin von Emma.«

»Ja und?« Verärgert suchte er in seiner Tasche nach Zigaretten. »Sind Sie in der Stadt?«

»Nein, ich rufe aus New York an. Ich bin gerade in die

Wohnung gekommen. Ich – jemand hat sie total verwüstet.«

Michael rieb sich die erschöpften Augen. »Vielleicht sollten Sie sich besser an die örtliche Polizei wenden. Aber ich komme natürlich gerne auch für ein paar Stunden runter.«

Sie war nicht in der Stimmung für sarkastische Bemerkungen. »Die Wohnung interessiert mich einen Dreck. Ich mache mir Sorgen um Emma.«

»Was hat sie denn damit zu tun?«

»Die Wohnung ist regelrecht auseinandergenommen worden. Alles zerfetzt, aufgeschlitzt oder zerbrochen. Das war Drew, davon bin ich überzeugt. Wahrscheinlich hat er noch Emmas Schlüssel. Ich weiß nicht, wieviel sie Ihnen erzählt hat, aber der Kerl ist gewalttätig. Der ist gemeingefährlich. Und ich...«

»Okay. Immer mit der Ruhe. Jetzt sehen Sie erst mal zu, daß Sie da rauskommen. Gehen Sie zu Nachbarn oder in ein Hotel und rufen Sie die Polizei.«

»Er ist nicht hier.« Verdammt, warum konnte sie sich bloß nicht klar und verständlich ausdrücken? »Michael, ich fürchte, er weiß, wo sie ist. Sie hat eine Nachricht auf dem Anrufbeantworter hinterlassen. Wenn er da gerade in der Wohnung war oder das Band abgehört hat, dann weiß er, wo sie sich aufhält. Dem ist alles zuzutrauen! Ich hab' versucht, Emma zu erreichen, aber sie war nicht in ihrem Zimmer.«

»Ich kümmere mich darum. Verschwinden Sie jetzt aus der Wohnung und rufen Sie die Cops.« Ehe Marianne antworten konnte, knallte er den Hörer auf.

»Kesselring, falls du jetzt lange genug mit deiner Liebsten geschäkert hast, dann...«

»Los, komm«, unterbrach Michael seinen Partner und lief zur Tür.

»Was zum...«

»Komm«, wiederholte Michael. Er ließ bereits den Motor an, als McCarthy ins Auto sprang.

31

Emma kam gegen vier Uhr ins Beverly Wilshire zurück. Während sie am Strand saß und nachdachte, hatte sie eine Entscheidung getroffen. Sie würde ihren Vater anrufen. Mit Sicherheit hatte er von Janes Tod erfahren und versucht, sich mit ihr in Verbindung zu setzen.

Das würde ein unangenehmes, aber ein notwendiges Gespräch werden. Es war an der Zeit, ihm mitzuteilen, daß sie Drew verlassen hatte. Vielleicht würde es sich sogar als Vorteil erweisen, daß die Presse jeder Sensation so hinterhergierte. Die öffentliche Bekanntgabe ihrer Trennung könnte sie aus ihrem fortwährenden Dämmerzustand reißen, und eventuell würde sie endlich ihre ständige Angst verlieren.

Sie ging durch den Korridor zu ihrem Zimmer und kramte dabei in der Tasche nach ihrem Schlüssel. Ihre Finger berührten das warme Metall der Pistole. Auch das mußte aufhören, schwor sie sich. Sie würde keine Waffe mehr mit sich herumtragen, und sie würde nicht mehr ständig über ihre Schulter blicken.

Als sie die Zimmertür öffnete, zuckte sie zusammen. Die Vorhänge ließen nicht den geringsten Lichtstrahl durch. Im stillen verfluchte sie das Zimmermädchen, ließ die Tür hinter sich zufallen und tastete nach dem Lichtschalter.

Dann hörte sie die Musik. Ihre Finger erstarrten, unfähig, den Lichtschalter zu betätigen. Diese unheimlichen, unverwechselbaren Töne, die sie in ihren Träumen verfolgten. Der ermordete Lennon begann zu singen.

Plötzlich flammte das Licht auf. Emma taumelte wimmernd zurück. Ein Gesicht tauchte vor ihrem geistigen Auge auf, verschwommen nur, doch beinahe zu erkennen. Dann sah sie Drew.

»Hallo, Emmaschatz. Hast du mich vermißt?«

Emma erwachte aus ihrer Trance und rannte zur Tür. Doch er war schneller. Immer schon war er schneller gewesen. Ein Schlag, und sie verlor das Gleichgewicht. Ihre Tasche flog in hohem Bogen durch das Zimmer. Immer noch lächelnd drehte Drew den Schlüssel herum und legte die Kette vor.

»Wir wollen doch nicht gestört werden, nicht wahr?«
Seine Stimme klang so freundlich, so liebevoll, daß es Emma eiskalt den Rücken herunterlief. »Wie hast du mich gefunden?«

»Ach, ich habe so meine Methoden, Emma. Sagen wir, zwischen dir und mir besteht ein bestimmtes Band. Habe ich dir nicht gesagt, ich würde dich überall finden?«

Hinter ihr spielte die Musik weiter. Alles war ein Alptraum. Könnte sie das doch nur glauben. Sie hatte sie häufig, diese Träume, hörte die Musik im Dunkeln. Sie würde bald schweißüberströmt erwachen, so wie ihr jetzt der Schweiß am Körper herunterlief. Und dann wäre alles vorbei.

»Rate mal, was ich bekommen habe, Emma. Eine Scheidungsklage. Das war nicht sehr nett von dir. Wo ich doch seit zwei Wochen krank vor Sorge um dich bin. Du hättest ja entführt werden könnten.« Er grinste teuflisch. »Oder ermordet, so wie dein armer kleiner Bruder.«

»Nicht!«

»Ah, es regt dich auf, von ihm zu sprechen, nicht wahr? Die Musik scheint dich auch aufzuregen. Soll ich sie abstellen?«

»Ja.« Wenn sie die Musik nicht mehr hörte, würde sie wieder klar denken können. Dann würde sie wissen, was zu tun war.

»Na gut.« Er trat einen Schritt auf den Rekorder zu, dann blieb er stehen. »Nein, ich denke, wir lassen sie an. Du mußt lernen, dich den Dingen zu stellen, Emma. Habe ich dir das nicht schon immer gesagt?«

Ihre Zähne klapperten. »Ich stelle mich ihnen.«

»Gut. Sehr gut. Nun, als erstes wirst du diesen Schnösel von Anwalt anrufen und ihm sagen, daß du deine Meinung geändert hast.«

»Nein.« Vor lauter Angst konnte sie nur flüstern. »Ich gehe nicht mehr zu dir zurück.«

»Natürlich tust du das. Du gehörst nämlich mir. Du hattest deinen Spaß, Emma, mach es dir nicht noch schwerer.« Als sie abwehrend den Kopf schüttelte, stieß er einen langen, genüßlichen Seufzer aus, zuckte seine Hand blitzschnell vor und schlug ihr mitten ins Gesicht. Sie flog rücklings auf einen Tisch, wobei eine Lampe krachend zu Boden fiel. Ihr Mund füllte sich mit Blut.

Durch den Schmerzschleier hindurch sah sie ihn auf sich zukommen, und sie begann zu schreien. Ein Tritt in den Magen schnitt ihre Schreie ab und nahm ihr den Atem. Als sie sich schutzsuchend zusammenzurollen versuchte, begann er, langsam und methodisch auf sie einzuprügeln.

Dieses Mal setzte sie sich zur Wehr. Ein Schlag gegen sein Kinn verblüffte ihn so sehr, daß sie außer Reichweite kriechen konnte. Jemand hämmerte an die Tür und verlangte im Befehlston, hereingelassen zu werden. Als sie sich aufraffte und unsicher zur Tür wankte, packte er sie erneut.

»Du willst es auf die harte Tour, was, Emma?« Rasend vor Wut riß er ihr die Kleider vom Leib, seine Nägel krallten sich in ihr Fleisch. Ihre Gegenwehr stachelte ihn nur noch mehr an. Diesmal würde er ihr eine Lektion erteilen, die sie ihr Leben lang nicht vergessen sollte.

Emma hörte jemanden bitten, betteln, Versprechungen ausstoßen, ohne gewahr zu werden, daß es ihre eigene Stimme war, die diese jammernden Töne von sich gab. Sie fühlte die Schläge kaum noch. Drew drosch mit bloßen Fäusten auf sie ein, blind für alles außer dem Wunsch, es ihr heimzuzahlen.

»Hast du geglaubt, du könntest mich einfach so sitzenlassen, du mieses Luder? Hast du geglaubt, ich lasse zu, daß du alles ruinierst, wofür ich gearbeitet habe? Eher bringe ich dich um!«

Die Schmerzen waren überall. Bei jedem Atemzug schienen Dutzende kleiner, scharfer Messer in ihren Körper zu schneiden. Nie zuvor war es so schlimm gewesen. Schlimm genug zwar, aber doch nicht so. Benommen versuchte sie, sich an einem Stuhlbein in die Höhe zu ziehen, aber ihre Finger, naß von ihrem eigenen Blut, glitten daran ab.

Emma gab auf. Sie hatte nicht mehr genug Kraft, um gegen ihn anzukommen. Wie aus weiter Ferne spürte sie, daß er sie hochriß und mit aller Gewalt von sich stieß. In ihrem Brustkorb knackte etwas, so daß sie laut aufschrie. Die Schmerzen wurden unerträglich. Nur noch halb bei Bewußtsein, blieb sie liegen.

»Dreckstück! Du verdammte Hure!« Keuchend ging Drew wieder auf sie los. Blut rann aus seiner Nase, und seine Augen blickten irr. Wahnsinn loderte darin. Emma war klar, daß er nun die Schwelle überschritten hatte. Dieses Mal würde er sich nicht damit zufrieden geben, sie zu verprügeln. Diesmal würde er sie totschlagen wie einen tollwütigen Hund. Schluchzend kroch sie langsam von ihm fort.

Dann sah sie, daß er einen Gürtel in der Hand hielt. Ihr Schluchzen verwandelte sich in ein verzweifeltes Jammern, während sie sich über den Teppich zog. Er schwang den Gürtel im Takt der Musik und kam immer näher.

Jemand rief nach ihr, schrie immer wieder ihren Namen. Holz splitterte. Hörte sie wirklich Holz splittern, oder brach ihr Körper in zwei Teile? Beim ersten Schlag mit dem Gürtel griff sie haltsuchend ins Leere. Ihre Finger trafen auf Metall. Blindlings schloß sich ihre Hand um die Pistole. Mit einem würgenden Schluchzen rollte sie sich herum und blickte in Drews Gesicht, der gerade mit dem Gürtel ausholte.

Ihr Arm mit der Waffe fuhr hoch.

In dem Moment, in dem Drew mit erstauntem Gesicht zurückwich, brach Michael die Tür auf. Noch ehe er eingreifen konnte, drückte Emma ab, wieder, wieder und wieder. Sie betätigte den Abzug noch, lange nachdem die Waffe nur noch klickte, lange nachdem Drew leblos am Boden lag.

»Großer Gott«, entfuhr es McCarthy.

»Halt die Leute draußen!« Michael beugte sich zu Emma, schlüpfte aus seiner Jacke und hüllte sie darin ein. Ihre Kleider bestanden nur noch aus ein paar blutgetränkten Fetzen. Emma rührte sich nicht, sondern feuerte immer noch aus der leeren Waffe in die Luft. Michael versuchte, sie ihr abzunehmen, doch ihre Hand hatte sich um das Metall verkrampft.

»Emma. Baby. Jetzt ist alles in Ordnung. Es ist vorbei.« Sanft strich er ihr das Haar aus dem Gesicht und mußte erneut die in ihm aufsteigende rasende Wut unterdrücken. Ihr Gesicht war nur noch eine einzige blutige Masse, ein Auge bereits zugeschwollen, das andere glasig vor Schock.

»Gib mir die Pistole, Baby. Du brauchst sie nicht mehr. Es ist alles gut.« Er drehte ihr Gesicht zu sich hin. Mit dem, was von ihrer Bluse übriggeblieben war, wischte er ihr vorsichtig das Blut ab. »Ich bin es, Michael. Hörst du mich, Emma? Michael. Es ist alles gut.«

Ihr Atem ging stoßweise, und ihr Körper zitterte wie unter Schüttelfrost. Michael zog sie an sich und wiegte sie hin und her, bis die Verkrampfung nachließ und er ihr die Waffe aus der Hand winden konnte. Sie weinte nicht mehr, sondern stöhnte nur noch leise wie ein verwundetes Tier.

»Der Notarzt ist unterwegs.« Nach einem flüchtigen Blick auf Drews Leiche kniete sich McCarthy neben Michael. »Der hat sie ganz schön zugerichtet, was?«

Ohne Emma loszulassen, drehte Michael den Kopf und musterte Drew Latimers sterbliche Überreste lange. »Zu schade, daß man nur einmal sterben kann.«

»Ja.« McCarthy stand kopfschüttelnd auf. »Sieh dir das an. Dieser Hurensohn hält immer noch den Gürtel fest.«

Brian saß im hohen, süß duftenden Gras neben Darrens Grab und beobachtete die vorüberziehenden Wolken. Jedesmal kam er in der Hoffnung hierher, endlich Frieden zu finden. Jedesmal war diese Hoffnung vergeblich. Trotzdem kam er immer wieder.

Auf dem kleinen marmornen Grabstein waren nur ein Name und zwei Daten eingemeißelt. Die Jahreszahlen lagen erbärmlich nahe beieinander.

Seine Eltern lagen ganz in der Nähe begraben, doch obgleich Brian sie jahrzehntelang gekannt hatte, war ihm das Gesicht seines Sohnes deutlicher in Erinnerung geblieben.

Vom Friedhof aus konnte er die frischgepflügten Felder überblicken; braune Flecken, die sich von dem satten Grün der Wiesen abhoben. Buntgescheckte Kühe grasten friedlich vor sich hin. Es war noch früh am Morgen. Ein Morgen in Irland war ideal, um einfach nur dazusitzen, und zu träumen. Das Licht schien so weich, beinahe milchig, wie man es nur in Irland fand. Außer dem gelegentlichen Bellen eines Hundes und dem entfernten Summen eines Traktors herrschte Stille.

Bei seinem Anblick blieb Bev stehen. Sie hatte nicht gewußt, daß er auch hier war. All die Jahre hatte sie es sorgfältig vermieden, zur gleichen Zeit wie Brian hierherzukommen. Er sollte sie hier nicht sehen, an dem Grab, an dem sie vor so vielen Jahren nebeneinander standen.

Beinahe hätte sie wieder kehrtgemacht. Doch in der Art, wie er dasaß, die Hände auf die Knie gestützt, und in die Ferne schaute, lag etwas Verlorenes. Er wirkte einsam.

Beide waren sie einsam.

Leise kam sie näher. Er hörte sie nicht; erst als ihr Schatten über ihn fiel, hob er den Kopf. Wortlos legte sie den Fliederstrauß, den sie mitgebracht hatte, neben den Grabstein und kniete seufzend nieder.

Still lauschten sie dem Wind, der in dem hohen Gras rauschte, und dem Schnurren des Traktors.

»Möchtest du, daß ich gehe?« fragte er schließlich.

»Nein.« Liebevoll strich Bev mit der Hand über das weiche Gras, unter dem ihr Sohn schlief. »Er war so schön!«

»Ja.« Brian kämpfte mit den Tränen. Es war lange her, daß er hier das letztemal geweint hatte. »Er sah dir so ähnlich.«

»In ihm hat sich das beste von uns beiden vereinigt.« Bevs Stimme klang ruhig. Wie Brian blickte sie zu den Bergen hinüber. In all den Jahren hatten sie sich kaum verändert. Doch das Leben ging weiter. Das war die härteste Lektion gewesen, die sie lernen mußte. »Er war so voller Lebensfreude. Und er hatte dein Lächeln, Bri. Deins und Emmas.«

»Er war immer glücklich. Wenn ich an ihn denke, dann sehe ich ihn nur glücklich.«

»Meine größte Angst war immer, daß ich vergessen würde. Daß sein Gesicht und die Erinnerung an ihn mit der Zeit verblassen würden. Aber das war nicht der Fall. Ich erinnere mich noch genau an sein Lachen, dieses Lachen, das einfach so aus ihm herausgesprudelt war. Ich habe ihn zu sehr geliebt, Bri.«

»Man kann nicht zu sehr lieben.«

»Doch.« Sie schwieg eine Weile. »Glaubst du, daß alles

umsonst ist? Daß alles, was er war und hätte sein können, mit seinem Tod dahin ist?«

»Nein.« Zum erstenmal sah er sie direkt an. »Nein, das glaube ich nicht.«

Seine Antwort machte den ganzen Unterschied deutlich. »Aber ich habe das zuerst gedacht. Wahrscheinlich habe ich deswegen so sehr gelitten. Der Gedanke, daß so viel Schönheit, so viel Freude nur so kurze Zeit existiert hat, war mir unerträglich. Aber mit der Zeit habe ich erkannt, daß ich einem Irrtum unterlegen bin. Er lebt in meinem Herzen weiter. Und in deinem.«

Brian sah an ihr vorbei zu den fernen Bergen. »Es gibt Zeiten, da möchte ich nur vergessen. Zeiten, in denen ich alles tue, nur um zu vergessen. Es ist so furchtbar, sein eigenes Kind zu überleben.«

»Wenn du diese Erfahrung gemacht hast, dann weißt du, daß dir auf dieser Welt nichts Schlimmeres mehr widerfahren kann. Wir hatten ihn zwei Jahr lang, Bri. Daran will ich mich erinnern.« Sie nahm seine Hand und spürte, wie sich seine Finger um sie schlossen. »Es tut mir leid, daß ich meinen Schmerz nicht mit dir teilen konnte, so wie ich die Freude mit dir geteilt habe. Ich war selbstsüchtig, ich dachte, wenn ich alles für mich behalte, dann gehören die Erinnerungen nur mir. Aber das ist nicht wahr. Der Kummer und die Erinnerungen gehören uns, so wie Darren uns gehört hat.«

Brian entgegnete nichts. Tränen würgten ihn im Hals. Voller Verständnis nahm Bev ihn in die Arme. So blieben sie engumschlungen und still sitzen, bis die Sonne höher stieg und den auf dem Gras glitzernden Tau trocknete.

»Ich hätte dich nie verlassen dürfen«, murmelte er.

»Wir haben uns gegenseitig im Stich gelassen.«

»Warum?« Er verstärkte seinen Griff. »Warum?«

»Ich habe lange darüber nachgedacht. Ich glaube, wir konnten es nicht ertragen, glücklich zu sein. Ich habe gedacht, daß es falsch wäre, nach seinem Tod glücklich zu sein. Daß es sein... sein Andenken beschmutzen würde.«

»Bev.« Brian vergrub sein Gesicht in ihrem Hals. »Geh nicht weg. Bitte, geh nicht.«

»Nein«, antwortete sie ruhig. »Ich werde nicht gehen.«
Hand in Hand gingen sie zum Haus zurück. Sonnenlicht durchflutete die Räume, als sie nach oben gingen, langsam begannen, sich gegenseitig auszuziehen und nur innehielten, um lange, zärtliche Küsse auszutauschen.

Er war nicht mehr der junge Mann, der sie einst geliebt hatte, genausowenig wie sie noch dieselbe Frau war wie früher. Heute nahmen sie sich mehr Zeit, fielen nicht mehr ungeduldig auf das Bett, sondern ließen sich langsam darauf niedersinken. Heute wußten sie, daß jeder Moment kostbar war. Sie hatten schon so viele vergeudet.

Doch obwohl sie eine geistige Wandlung durchgemacht hatten, fanden ihre Körper wie von selbst zueinander. Die langen Jahre der Trennung schienen ausgelöscht. Brian preßte seinen Mund an Bevs Hals und sog den vertrauten, so lange entbehrten Duft ihrer Haut ein.

Auch als sich ihre Leidenschaft steigerte, bemühten sie sich, jede Sekunde auszukosten, sich nicht mehr von ihrem Begehren beherrschen zu lassen. Bevs Hand krallte sich in Brians Haar, in dem schon die ersten Silberfäden schimmerten, und sie seufzte vor Lust und Glück. Dann begann sie, ihn zu streicheln, erkundete jeden Zentimeter seines Körpers von neuem, entdeckte Altvertrautes wieder.

Später lagen sie still nebeneinander. Bevs Kopf ruhte auf Brians Schulter. Zwanzig Jahre war es her, dachte sie. Ihr halbes Leben lang hatte sie von ihm getrennt gelebt, und doch erschien ihr ihre Vereinigung so selbstverständlich, als sei es erst gestern gewesen, daß sie, die Körper noch schweißnaß von der Liebe, so dagelegen hatten. Unter ihrer streichelnden Hand spürte sie das Pochen seines Herzens.

»Es ist so sehr wie früher.« Brian sprach ihre Gedanken laut aus. »Und doch so anders.«

»Ich wollte nicht, daß das geschieht. Nicht, nachdem es mich soviel Kraft gekostet hat, mich all die Jahre von dir fernzuhalten.« Bev hob den Kopf und sah ihn ernst an. »Ich wollte nie wieder jemanden so lieben.«

»Nur mit dir ist es jemals so gewesen. Denk nicht, daß ich dich wieder gehen lasse. Diesmal nicht.«

Sie strich ihm durch das Haar. »Ich hatte immer Angst, daß du mich nicht in demselben Maße brauchst wie ich dich.«

»Diese Angst war unbegründet.«

»Ja, ich weiß.« Sie beugte sich zu ihm hinunter und küßte ihn. »Wir haben so viel Zeit verloren, Bri. Bitte komm wieder nach Hause.«

Den ganzen Tag lang blieben sie in dem alten Bett, redeten, lachten, liebten sich. Es war bereits spät, als das Telefon klingelte. Da es keine andere Möglichkeit zu geben schien, diese Unterbrechung zu beenden, nahm Brian den Hörer ab.

»Hallo?«

»Brian McAvoy?«

»Am Apparat.«

»Hier spricht Michael Kesselring. Ich habe schon die ganze Zeit versucht, Sie zu erreichen.«

»Kesselring?« Sofort bedauerte er, den Namen ausgesprochen zu haben, da Bev neben ihm erstarrte. »Was gibt es denn?«

»Es geht um Emma.«

»Emma?« Mit plötzlich staubtrockenem Mund setzte Brian sich auf. Bev legte ihm besorgt die Hand auf die Schulter. »Ist ihr etwas zugestoßen?«

Aus Erfahrung wußte Michael, daß es das Beste war, direkt auf den Punkt zu kommen, doch es fiel ihm schwer, die richtigen Worte zu finden. »Sie ist im Krankenhaus, hier in L. A. Sie ist...«

»Ein Unfall? Hat sie einen Unfall gehabt?«

»Nein, sie ist böse zusammengeschlagen worden. Ich werde Ihnen alles erklären, sobald Sie hier sind.«

»Geschlagen? Emma ist geschlagen worden? Ich verstehe das alles nicht.«

»Sie ist in ärztlicher Behandlung. Man hat mir versichert, daß sie wieder gesund wird, aber sie wird Sie brauchen.«

»Wir kommen, so schnell wir können.«

Bev war bereits aus dem Bett gesprungen und in ihre Kleider geschlüpft. »Was ist denn passiert?«

»Ich weiß es nicht. Sie liegt in L. A. im Krankenhaus.« Fluchend kämpfte Brian mit seinen Hemdknöpfen.

»Laß mich mal.« Rasch knöpfte Bev ihm das Hemd zu. »Es wird alles wieder gut. Bri. Emma ist zäher, als sie aussieht.«

Er konnte nur wortlos nicken und sie einen Augenblick lang eng an sich drücken.

32

Es war dunkel. Eine fast unwirkliche, seltsam fern anmutende Welle des Schmerzes überschwemmte ihren ganzen Körper, umgab sie wie ein warmes, rotes Meer, bedeckte sie und zog sie in die Tiefe, weit weg von Luft und Licht. Emma versuchte, sich freizustrampeln, unter den Wellen wegzutauchen, aber sie konnte dem dumpfen, allgegenwärtigen Schmerz nicht entgehen. Doch der Schmerz war zu ertragen. Die Dunkelheit und die Stille stellten eine viel größere Quelle des Schreckens dar.

Sie konnte kein Glied rühren. Voller Entsetzen stellte sie fest, daß sie nicht genau sagen konnte, ob sie stand, saß oder lag. Ihre Arme und Beine waren vollkommen gefühllos, nur dieser nagende Schmerz pochte unablässig in ihrem Körper. Sie versuchte, zu sprechen, nach Hilfe zu rufen, doch ihre lautlosen Schreie verhallten ungehört.

Sie war verletzt, wahrscheinlich schwer. Nur zu gut erinnerte sie sich an den haßerfüllten Blick, mit dem Drew sie bedacht hatte. Er hatte auf sie gewartet. Vielleicht war er immer noch da, beobachtete sie, lauerte im Dunkeln, und dieses Mal würde er...

War sie schon tot?

Ein anderes, weitaus stärkeres Gefühl gesellte sich zu den Schmerzen. Wut. Sie wollte nicht sterben. Unter Aufbietung all ihrer Willenskraft versuchte Emma, die Augen zu öffnen, doch es gelang ihr nicht.

Eine Hand streichelte sacht ihr Haar. Schon diese federleichte Berührung genügte, um den Schmerz in Panik zu verwandeln.

»Schschtt, Emma. Jetzt ist alles gut. Du brauchst nur Ruhe.«

Es war nicht Drew. Weder die Stimme noch die Hand gehörte Drew.

»Du bist in Sicherheit, ich schwöre es dir.«

Michael. Emma versuchte, seinen Namen zu rufen; dankbar dafür, daß sie nicht alleine im Dunkeln war. Daß sie lebte. Dann rollte eine neue dunkelrote Welle über sie hinweg.

Die ganze Nacht schwebte Emma zwischen Bewußtlosigkeit und Wachen, obwohl die Ärzte Michael gesagt hatten, daß sie die Nacht durchschlafen würde. Die Angst war stärker als alle Beruhigungsmittel. Sowie der künstliche Dämmerzustand sich lichtete, hielt die Angst Emma in ihren Krallen.

Michael redete ihr die ganze Nacht lang gut zu, erklärte ihr immer wieder, daß sie in Sicherheit sei. Seine Stimme oder auch seine Worte schienen sie ein wenig zu beruhigen, also blieb er sitzen, hielt ihre Hand und sah sie an.

Sie würde nicht sterben. Zwar würde sie sowohl physische als auch psychische Schmerzen auszustehen haben, aber sie würde leben. Das volle Ausmaß des seelischen Traumas war zu dieser Stunde noch nicht abzusehen. Er konnte nur warten. Und sich immer wieder die gleichen Vorwürfe machen.

Er hätte ihr stärker zusetzen sollen. Während er ihren tiefen, rasselnden Atemzügen lauschte, verfluchte sich Michael für sein Zögern. Wenn er den Hebel an den richtigen Stellen angesetzt hätte, dann hätte er herausbekommen, wie schlimm die Dinge wirklich standen. Verdammt, schließlich war er ein Cop! Er sollte wissen, wie man die Leute zum Reden brachte.

Und was hatte er getan? Nachgegeben! Er wollte ihr Zeit lassen, ihre Privatsphäre respektieren. Privatsphäre, mein Gott! Er hatte ihre Privatsphäre respektiert, anstatt sie sofort in Schutzhaft zu nehmen. Er hatte ihr Zeit gelassen, anstatt die New Yorker Kollegen zu bitten, einen Haftbefehl auszustellen.

Es war seine Schuld. Weil er seinen Job nicht ordentlich erledigt hatte, weil er persönliche Gefühle über dienstliche

Verpflichtungen gestellt hatte, lag sie nun hier, im Krankenhaus.

Nur einmal ließ er sie kurz allein, als Marianne und Johnno aus New York eintrafen.

»Michael.« Johnno nickte ihm kurz zu. »Was ist passiert?«

Michael rieb sich die vom Neonlicht im Flur geblendeten Augen. »Latimer. Sieht so aus, als sei er in ihr Hotelzimmer eingedrungen.«

»O Gott.« Marianne hielt einen kleinen Stoffhund in der Hand. »Wie schlimm ist es?«

»Schlimm genug.« Das Bild der auf dem Teppich hingestreckten Emma stand ihm noch deutlich vor Augen. »Er hat ihr drei Rippen gebrochen und die Schulter ausgerenkt. Sie hat innere Verletzungen und ich weiß nicht wie viele Prellungen und Fleischwunden. Ihr Gesicht... die Ärzte meinen, sie kommt ohne plastische Chirurgie aus.«

Mit zusammengebissenen Zähnen starrte Johnno auf die geschlossene Tür. »Wo ist dieser Hundesohn?«

»Tot.«

»Gut. Wir möchten sie sehen.«

Michael wußte, daß die Ärzte über sein Verhalten schon mehr als verärgert waren, aber er hatte sie mit Hilfe seiner Dienstmarke dazu überredet, ihn an Emmas Bett sitzen zu lassen. »Geht ihr schon mal. Ich kläre das mit der Krankenschwester und warte in der Cafeteria auf euch.« Wie Johnno starrte er auf die geschlossene Tür. »Sie steht unter schweren Beruhigungsmitteln.«

Um ihnen etwas Zeit zu geben, hielt sich Michael in der Cafeteria an einem Kaffee fest und ließ noch einmal jeden Moment des Tages Revue passieren. Was hätte er anders, besser machen können? Alles eine Frage des Timings, dachte er bedrückt. Wenn er die Tür fünf Minuten eher aufgebrochen hätte, wäre alles vielleicht ganz anders gekommen.

Als die zwei wiederkamen, stand Michael auf. Mariannes Augen waren rot verschwollen, aber sie sah nicht so aus, als würde sie in Ohnmacht fallen. Sie ließ sich auf den Stuhl fallen, den Michael ihr freigemacht hatte. »Ich hätte sie nicht alleine lassen dürfen.«

»Es ist nicht deine Schuld«, tröstete Johnno sie.

»Nein, es ist nicht meine Schuld. Trotzdem hätte ich sie niemals alleine lassen dürfen.«

Johnno ignorierte die Nichtraucherzeichen, zündete eine Zigarette an und reichte sie an Marianne weiter. »Während des Fluges hatte Marianne mir berichtet, was da vor sich gegangen ist. Ich vermute, du weißt bereits, daß Latimer Emma über ein Jahr lang mißhandelt hat.«

Michael zerdrückte den leeren Styroporbecher zwischen den Fingern. »Die Einzelheiten kenne ich noch nicht. Sobald Emma dazu in der Lage ist, werde ich ihre Aussage aufnehmen.«

»Aussage?« Marianne blickte hoch. »Warum muß sie denn eine Aussage machen?«

»So läuft das nun mal ab.« Wieder schaute Michael zu Emmas Tür hin. »Reine Routine.«

»Aber du übernimmst das bitte selber«, warf Johnno ein. »Ich möchte nicht, daß sie einem Fremden alles erzählen muß.«

»Ja, ich werde ihre Aussage selbst zu Protokoll nehmen.«

Marianne musterte ihn, ohne auf die immer länger werdende Asche ihrer Zigarette zu achten. Er sah entschieden besser aus als auf dem Foto, das vor über zehn Jahren in der Zeitung erschienen war, auch wenn die Anspannung der letzten Stunden Spuren hinterlassen hatte. Tiefe Schatten lagen unter seinen Augen, und er wirkte erschöpft und ausgelaugt. Dennoch stufte sie ihn als einen Mann ein, auf den man sich verlassen konnte. Und trotz Emmas gegenteiliger Behauptung entsprach Michael Kesselring exakt Mariannes Vorstellungen von einem Cop.

»Hast du Drew getötet?«

Sein Blick wanderte zu ihr hinüber. Mehr als irgend etwas sonst auf der Welt wünschte er sich, diese Frage bejahen zu können. »Nein. Ich kam zu spät.«

»Wer denn?«

»Emma.«

»Um Himmels willen«, war alles, was Johnno dazu einfiel.

»Hört zu, ich lasse sie nicht gerne alleine«, sagte Michael.

»Ihr wollt euch doch bestimmt erst mal ein Zimmer nehmen und etwas ausruhen.«

»Wir bleiben hier.« Marianne griff nach Johnnos Hand. »Wir können uns an Emmas Bett abwechseln.«

Mit einem zustimmenden Nicken verschwand Michael wieder in Emmas Zimmer.

Beim Morgengrauen kam Emma wieder ganz zu sich. Das Licht, so dämmrig es auch sein mochte, bedeutete eine Erleichterung. Die Nacht war von so vielen Träumen, so vielen seltsamen Träumen erfüllt gewesen. Die meisten verschwanden wieder, Gespenster der Nacht, die das Sonnenlicht scheuten. Aber sie wußte, der Alptraum war wiedergekommen. Fast konnte sie noch die Musik und das Zischen der Schatten hören.

Schlaftrunken versuchte sie, sich aufzurichten, doch ihre Glieder schienen tonnenschwer. Außerdem konnte sie nur ein Auge öffnen. Mit einer Hand tastete sie umher, spürte den Verband – und erinnerte sich.

Panik. Sie füllte ihre Lungen, würgte sie in der Kehle. Als sie den Kopf zur Seite drehte, sah sie Michael. Er hing in einem Stuhl neben ihrem Bett, das Kinn war ihm auf die Brust gesunken, und mit einer Hand hielt er die ihre fest. Eine leichte Bewegung der Finger genügte, um ihn hochschrecken zu lassen.

»Hey.« Lächelnd zog er ihre Finger an seine Lippen. Vor lauter Erschöpfung klang seine Stimme rauh. »Guten Morgen.«

»Wie...« Sie schloß das Auge wieder, verärgert, daß sie nur ein fast unhörbares Flüstern herausbrachte. »Wie lange?«

»Du hast die ganze Nacht geschlafen. Schmerzen?«

Sie hatte Schmerzen. Trotzdem schüttelte sie den Kopf. Die Schmerzen waren der Beweis, daß sie am Leben war. »Es ist wirklich passiert, nicht wahr? Alles ist wirklich passiert.«

»Es ist vorbei.« Michael legte ihre Hand an seine Wange, beinahe genauso trostbedürftig wie sie. »Ich sage der Schwester Bescheid. Sie will wissen, wenn du aufwachst.«

»Habe ich ihn getötet, Michael?«

Er schwieg einen Augenblick. Ihr Gesicht war zerschlagen und bandagiert. Er hatte zwar schon Schlimmeres gesehen, aber nicht oft. Und dennoch lag ihre Hand ganz ruhig in der seinen. »Ja. Ich werde es für den Rest meines Lebens bedauern, daß du mir zuvorgekommen bist.«

Emma hielt seine Hand ganz fest. Tief in ihr, unter all den Schmerzen und der Erschöpfung, mußten doch noch andere Gefühle verborgen sein. »Ich fühle mich vollkommen leer und ausgebrannt. Ich empfinde keine Trauer, keine Erleichterung, keine Reue. So, als wäre ich innerlich ausgehöhlt.«

Michael wußte, wie es war, eine Waffe in der Hand zu halten, zu zielen und abzudrücken. Auf ein menschliches Wesen zu schießen. Im Dienst. In Notwehr. Und doch – egal wie einleuchtend die Gründe sein mochten, die Tat verfolgte einen.

»Du hast das einzige getan, was dir übriggeblieben ist. Daran mußt du denken. Mach dir jetzt keine Sorgen darüber.«

»Er hatte so eine wunderschöne Stimme. Ich glaube, ich habe mich zuerst in seine Stimme verliebt. Warum mußte das alles so enden?«

Darauf wußte er auch keine Antwort.

Michael überließ Emma der Obhut der Schwester und ging in die Cafeteria, wo Marianne an Johnnos Schulter döste.

»Sie ist wach.«

»Wach?« Marianne schoß hoch. »Wie geht es ihr?«

»Den Umständen entsprechend.« Michael holte sich einen Kaffee und rührte abwesend Milchpulver hinein. »Sie erinnert sich an alles, was vorgefallen ist, und sie fängt bereits an, es zu verarbeiten. Die Schwester ist bei ihr, und der Arzt muß jeden Moment kommen. Ihr dürft bestimmt bald zu ihr.«

Als Emmas Bild über den Fernsehschirm flimmerte, brach die Unterhaltung abrupt ab. Der Bericht war kurz und knapp gehalten und nur hier und da mit Schnappschüssen von Emma und Drew illustriert. Danach kam ein Interview mit der Rezeptionistin des Hotels und zwei Zeugen, die den Lärm gehört und die Polizei benachrichtigt hatten.

Ein Mann mittleren Alters, dessen Haar sich bereits lichtete, gab mit vor Aufregung geröteten Wangen seine Schilderung ab. Michael erinnerte sich, ihn beiseite geschoben zu haben, ehe er die Tür aufbrach.

»Ich habe nur lautes Krachen und Scheppern gehört. Die Frau hat geschrien und ihn angefleht, endlich aufzuhören. Das Ganze hat sich ziemlich böse angehört, also hab' ich selbst an die Tür gehämmert. Dann kamen die Cops. Einer hat die Tür aufgebrochen. Eine Sekunde lang konnte ich die Frau sehen, sie lag blutend auf dem Teppich. Eine Waffe hatte sie in der Hand, und sie hat geschossen, bis sie keine Munition mehr hatte.«

Fluchend griff Michael zum Telefon.

Auf dem Bildschirm erschien die Krankenhausfront, und ein Reporter gab mit ernstem Gesicht bekannt, daß Emma McAvoys Zustand noch immer kritisch sei.

»Jetzt hören Sie mir mal gut zu«, fauchte Michael in den Hörer. »Wie Sie das machen, ist mir egal, aber halten Sie mir diese Bluthunde vom Leib! Ich möchte vierundzwanzig Stunden am Tag einen Posten vor ihrer Tür haben, der die Reportermeute draußen hält. Keiner darf zu ihr, ist das klar? Ich werde heute nachmittag selber eine Erklärung abgeben.«

»Du kannst sie nicht aufhalten«, meinte Johnno, als Michael den Hörer auf die Gabel knallte.

»Wenigstens eine gewisse Zeit.«

Johnno erhob sich. Er hielt es für sinnlos, Michael darauf hinzuweisen, daß Emma den Preis des Ruhmes nur zu gut kannte. Ihr ganzes Leben lang hatte sie ihn bezahlen müssen. »Marianne, geh du zu Emma. Ich spendiere unserem Bullen ein Frühstück.«

»Ich möchte kein...«

»Klar möchtest du.« Johnno schnitt Michael das Wort ab. »Du hast nicht jeden Tag Gelegenheit, mit einer Legende zusammen Rühreier zu verdrücken. Nun geh schon, Marianne. Sag Emma, ich komme gleich nach.« Er wartete, bis Marianne sich in Bewegung gesetzt hatte. »Als ich Emma das erste Mal sah, war sie drei Jahre alt. Sie hatte sich unter der Küchenspüle in Janes schmieriger Wohnung verkrochen.

Damals hatte sie schon einiges mitgemacht, aber sie ist darüber hinweggekommen. Sie wird auch jetzt darüber hinwegkommen.«

»Ich hätte einen Haftbefehl beantragen müssen«, sagte Michael leise. »Ich hätte darauf bestehen müssen.«

»Wie lange liebst du Emma schon?«

Michael gab keine Antwort, sondern seufzte nur tief. »Fast mein ganzes Leben lang.« Er ging zum Fenster, riß es auf, stützte sich auf das Fensterbrett und ließ den warmen Wind um sein Gesicht wehen. »Fünf Minuten. Wenn ich fünf Minuten eher dagewesen wäre, dann hätte ich ihn erledigt. Ich hatte ja meine Dienstwaffe schon in der Hand. Ich hätte ihn für sie töten müssen, so wäre es richtig gewesen.«

»Aha, das männliche Ego meldet sich zu Wort.« Johnno lächelte sarkastisch. »Ich kann deine Gefühle nachempfinden, trotzdem denke ich in diesem Punkt anders. Ich bin froh, daß Emma diesen Hurensohn eigenhändig weggeputzt hat, darin liegt eine gewisse ausgleichende Gerechtigkeit. Ich wünschte nur, sie hätte die Chance dazu bekommen, ehe er ihr das antun konnte. Jetzt komm, mein Junge.« Freundschaftlich klopfte er Michael auf die Schulter. »Zeit, daß du was in den Magen kriegst.«

Michael war zu müde, um mit ihm zu streiten. Sie waren schon fast am Fahrstuhl, als die Türen aufglitten und Brian und Bev herausstürmten.

»Wo ist sie?« erkundigte sich Brian.

»Gleich den Gang runter. Marianne ist bei ihr. Bleib hier.« Johnno nahm Brian am Arm. »Beruhige dich erst mal, ehe du da reinplatzt. Emma hat für lange Zeit genug Aufregung gehabt.«

»Johnno hat recht, Bri.« Trotz ihrer eigenen nervlichen Anspannung bemühte sich Bev, Brian zu beschwichtigen. »Wir wollen die Sache nicht noch schlimmer machen. Aber wir müssen wissen, was – wie es dazu kam. Können Sie mir das sagen?« fragte sie Michael. »Nach Ihrem Anruf haben wir uns sofort auf den Weg gemacht.«

»Gestern hat Drew Latimer Emma hier ausfindig gemacht, in ihrem Hotel.«

»Ausfindig gemacht?« unterbrach Brian. »Was soll das heißen? Waren sie denn nicht zusammen?«

»Seit sie die Scheidung eingereicht hat, hält sich Emma vor ihm versteckt.«

»Scheidung?« Brian versuchte, seine durch Schlafmangel und Sorge verwirrten Gedanken zu ordnen. »Ich habe noch vor einigen Wochen mit Emma telefoniert, und sie hat mit keinem Wort eine Scheidung erwähnt.«

»Das konnte sie auch nicht«, informierte ihn Michael. »Weil sie Angst hatte. Latimer hat sie fast während ihrer ganzen Ehe schwer mißhandelt.«

»Das kann doch nicht wahr sein.« Brian fuhr sich mit der Hand durchs Haar. »Er vergötterte sie geradezu, ich habe es selbst gesehen.«

»Klar.« Michael konnte nicht anders, er mußte seiner angestauten Wut freien Lauf lassen. »Ein liebender Gatte, wie er im Buche steht! Ein gottverdammter Schläger, das ist er! Darum hatte sie solche Angst. Und darum liegt sie jetzt mit zerschlagenem Gesicht und gebrochenen Rippen hier drin. Weil seine Liebesbezeugungen sie fast umgebracht haben!«

Brians Lippen zitterten. Seine Hand schloß sich so fest um die seiner Frau, daß die Knöchel weiß hervortraten. »Er hat sie geschlagen? Wollen Sie damit sagen, daß er für Emmas Zustand verantwortlich ist?«

»Genau.«

Kochend vor Zorn packte Brian Michael am Hemd. »Wo ist er?«

»Tot.«

»Nimm dich zusammen, Bri.« Johnno drückte Brians Schulter, da er es für unklug hielt, sich zwischen die beiden aufgebrachten Männer zu stellen. »Du hilfst Emma nicht, wenn du in die Luft gehst.«

»Ich will sie sehen.« Brian zog Bev an sich. »Und zwar sofort.« In diesem Moment kam Marianne aus dem Zimmer und ließ die Tür offen. Sprachlos starrte Brian auf seine im Bett liegende Tochter.

»Baby.« Haltsuchend legte er einen Arm um Bev, als er auf sie zuging.

Emma blickte sie an. Mit einer Hand tastete sie nach ihrer Wange, dann bedeckte sie ihr zerstörtes Gesicht mit beiden Händen. Ihre Eltern sollten sie nicht so sehen. Doch Brian zog ihr liebevoll die Hände weg.

»Emma.« Sanft küßte er sie auf die Schläfe. »Es tut mir leid. Es tut mir so leid.«

Da verlor Emma die Beherrschung. Schluchzend stammelte sie immer wieder Entschuldigungen, Erklärungen, Beteuerungen, bis ihr vor Erschöpfung schwindelig wurde. »Ich weiß wirklich nicht, wie all das geschehen konnte. Oder warum. Ich wollte doch nur, daß mich jemand liebt, einfach nur mich. Ich wollte eine Familie, und ich dachte... ich dachte, er wäre wie du.«

Bei diesen Worten war Brian den Tränen nah. »Mach dir jetzt keine Gedanken mehr. Versuch zu vergessen. Niemand wird dir je wieder weh tun, das schwöre ich dir.«

»Du bist in Sicherheit, das ist alles, was zählt.« Sacht strich Bev Emma das Haar aus dem Gesicht. »Nur das zählt.«

»Ich habe ihn getötet«, murmelte Emma. »Hat man dir gesagt, daß ich es war?«

Über den Kopf seiner Tochter hinweg sah Brian Bev schokkiert an. »Es – es ist alles vorbei.«

»Ich habe nicht auf dich gehört. Ich wollte dir ja nicht glauben.« Emma hielt die Hand ihres Vaters fest. »Ich war wütend und beleidigt, weil du glaubtest, er würde mich nur benutzen, um an dich heranzukommen.«

»Emma, nicht.«

»Du hattest recht.« Die Worte wurden von einem tiefen, traurigen Seufzen begleitet. »Er hat mich nie gewollt, nie geliebt. Und als ich ihm nicht das verschafft habe, was er sich wünschte, da fing er an, mich zu hassen.«

»Ich möchte nicht, daß du dich weiter mit diesen Gedanken herumschlägst«, beharrte Brian. »Du sollst dich ausruhen und wieder gesund werden.«

Er hatte recht, dachte Emma. Sie war viel zu erschöpft, um klar denken zu können. »Ich bin froh, daß du hier bist, Papa. Es tut mir leid, daß ich so unnachgiebig war, daß ich mich dir gegenüber so schäbig verhalten habe.«

»Wir waren beide im Unrecht, und damit hat es sich.« Brian lächelte ihr zu. »Jetzt haben wir ja soviel Zeit.«

»Wir möchten, daß du nach Hause kommst, sobald es dir besser geht.« Bev streichelte Brians Wange. »Mit uns.«

»Mit euch beiden?«

»Ja.« Brian hob eine Hand. »Wir haben viel Zeit, um die Dinge wieder ins Lot zu bringen, wir alle.«

»Als ich heute morgen aufgewacht bin, da war mein erster Gedanken, daß ich nie wieder glücklich sein könnte«, sagte Emma langsam. »Aber ich freue mich für euch. Über alles andere muß ich später nachdenken.«

»Keine Eile.« Bev gab ihr einen Kuß auf die Wange. »Und jetzt lassen wir dich schlafen.«

»Kesselring.« Es war schon Mittag, als McCarthy Michael in der Cafeteria des Krankenhauses fand. »Bist du hier eingezogen?«

»Kaffee?«

»Nicht, wenn ich danach so aussehe wie du.« Er warf Michael eine Tasche zu. »Frische Klamotten und Rasierzeug. Ich hab' deinen Hund gefüttert.«

»Danke.«

McCarthy änderte seine Meinung hinsichtlich des Kaffees und meckerte leise über das abgepackte Milchpulver. Meistens machte es ihm Spaß, seinen Partner ein wenig zu hänseln, aber im Moment hatte der alte Mike wirklich genug am Hals. »Wie geht's ihr?«

»Sie hat ziemliche Schmerzen.«

»Dwier braucht ihre Aussage.« In McCarthys Stimme klang Verachtung mit, als er den diensthabenden Captain erwähnte.

»Ich kümmere mich darum.«

»Er weiß, daß du eine... freundschaftliche Beziehung zu dem Opfer unterhältst. Er will, daß ich das übernehme.«

»Ich kümmere mich darum«, wiederholte Michael und schüttete Zucker in seinen Kaffee; zur Energiegewinnung, nicht wegen des Geschmacks. Den Geschmack nahm er kaum noch wahr. »Hast du einen Stenographen mitgebracht?«

»Ja. Er wartet schon.«

»Ich sehe mal nach, ob Emma bereit ist.« Michael schluckte den Kaffee wie eine bittere Medizin, dann warf er den Becher angeekelt weg. »Wie steht's in Sachen Presse?«

»So gegen zwei wollen sie eine Erklärung.«

Michael blickte kurz auf die Uhr, dann ging er sich umziehen. Eine Viertelstunde später betrat er Emmas Zimmer. P. M. saß an ihrem Bett. Wie alle anderen sah er ziemlich mitgenommen aus; schockiert, übermüdet und besorgt. Aber er hatte Emma zum Lächeln gebracht.

»P. M. wird Vater«, erklärte diese.

»Herzlichen Glückwunsch.«

»Danke.« Es verursachte P. M. Unbehagen, an Emmas Bett zu sitzen und nach den richtigen Worten zu suchen. Stevie war mit ihm aus London gekommen, und am Flughafen hatten sie dann die Schlagzeilen gesehen. Keiner von ihnen hatte gewußt, was er dazu sagen sollte, geschweige denn, was sie zu Emma sagen sollten. »Ich gehe jetzt. Wir kommen heute abend noch mal vorbei.«

»Danke für die Blumen.« Emma strich mit der Hand vorsichtig über die Veilchen auf ihrem Nachttisch. »Sie sind wirklich schön.«

»Ja, dann...« Hilflos blieb P. M. einen Moment in der Tür stehen, dann ließ er sie mit Michael alleine.

»Er fühlt sich nicht wohl in seiner Haut«, murmelte Emma. »Wie die anderen auch.« Ihre Finger zerrten unruhig an der Bettdecke, dann zupften sie an Charlies Fell. »Ich sehe es in ihren Augen, wenn sie hereinkommen. Vermutlich sehe ich ziemlich schrecklich aus.«

»Das ist das erstemal, seitdem ich dich kenne, daß du auf ein Kompliment aus bist.« Michael setzte sich neben sie. »Den ganzen Tag lang sind die Leute hier ein- und ausgegangen. Du bist gar nicht zur Ruhe gekommen.«

»Ich fühle mich auch wohler, wenn ich nicht alleine bin. Du bist ja auch die ganze Nacht bei mir geblieben.« Emma streckte ihm die Hand hin. »Ich habe gehört, wie du mit mir geredet hast, und da wußte ich, daß ich noch am Leben bin. Dafür wollte ich mich bedanken.«

»Ich liebe dich, Emma.« Michael ließ seine Stirn auf ihre Hände sinken; eine Geste, auf die sie nicht reagierte, während er Mühe hatte, seine Gefühle wieder unter Kontrolle zu bringen. »Falsche Zeit, falscher Ort.« Seufzend erhob er sich und ging im Zimmer auf und ab. »Da ich es nun einmal ausgesprochen habe, wirst du hoffentlich auch darüber nachdenken. Und wenn du jetzt dazu in der Lage bist, hätten wir gerne deine Aussage.«

Sie sah zu, wie er im Zimmer hin und her lief. Es gab nichts, was sie ihm sagen konnte, nicht jetzt, wo sie innerlich erkaltet war. Wenn alles anders gekommen wäre... Sie fragte sich, ob wirklich alles anders gekommen wäre, wenn sie seine Hilfe angenommen, ihm vertraut hätte. Aber nun ließ sich nichts mehr ändern.

»Wer nimmt meine Aussage zu Protokoll?«

»Ich.« Als Michael sich zu ihr umdrehte, hatte er sich wieder völlig in der Gewalt. »Ich kann aber auch eine Polizeibeamtin holen, wenn dir das lieber ist.«

»Nein.« Die nervösen Finger begannen, an den Veilchen zu rupfen. »Nein, mach du das bitte.«

»Der Stenograph wartet draußen.«

»Gut, laß uns anfangen. Ich möchte es hinter mich bringen.«

Der Bericht fiel ihr schwerer als erwartet, denn obwohl sie angenommen hatte, alle ihre Gefühle seien erstorben, waren anscheinend noch genug übrig, um wieder Scham aufkommen zu lassen. Emma konnte Michael nicht ins Gesicht sehen. Im Verlauf der Befragung erzählte sie ihm jede Einzelheit, hoffte, daß die Angst, die Scham und die Demütigung vergehen würden, wenn sie sich einmal jedes Detail von der Seele reden konnte. Doch als sie ihren Bericht beendet hatte, fühlte sie sich weder befreit noch erleichtert, sondern einfach nur ausgelaugt.

Mit einem Kopfnicken entließ Michael den Stenographen. Er wagte kaum zu sprechen.

»Ist das alles?« wollte Emma wissen.

Wieder nickte er. Er mußte hier raus. »Wir lassen das jetzt tippen, und wenn du meinst, daß du dazu in der Lage bist, kannst du es durchlesen und unterschreiben. Ich komme später noch mal wieder.«

Er verließ das Zimmer und ging zum Fahrstuhl. McCarthy hielt ihn auf. »Dwier will, daß du endlich die Presseerklärung abgibst. Den Journalisten steht schon der Schaum vor dem Mund.«

»Scheiß auf die Presse. Ich muß an die Luft.«

In London las Robert Blackpool den Zeitungsbericht. Er bereitete ihm ein ungeheures Vergnügen. All dieser Mord-aus-Leidenschaft und Ende-eines-Traumes-Unsinn! Sie hatten es sogar geschafft, ein paar Fotos zu schießen, verschwommen und unscharf zwar, doch immens befriedigend. Emma auf der Tragbahre. Ihr Gesicht war bis zur Unkenntlichkeit zerschlagen, und das freute Blackpool ungemein.

Er hatte ihr die Zurückweisung niemals verziehen.

Zu schade, daß Latimer sie nicht zu Tode geprügelt hatte. Aber es gab auch noch andere Möglichkeiten der Rache.

Er griff zum Telefon und verlangte die Londoner *Times*.

Pete erblaßte, als er den Artikel am nächsten Morgen las. Robert Blackpool, der sein tiefes Bedauern über den Tod eines hoffnungsvollen jungen Künstlers wie Latimer ausdrückte, verwies auf einen Zwischenfall, der sich vor einigen Jahren zwischen ihm und Emma McAvoy abgespielt hatte. Seiner Ansicht nach war sie wegen seiner Beziehung zu ihrer Mitbewohnerin furchtbar eifersüchtig geworden und hatte ihn, als er auf ihre Annäherungsversuche nicht einging, mit einer Schere bedroht.

Die Schlagzeile lautete:

LIEBESHUNGRIGE EMMA GREIFT ZUR GEWALT

Nicht lange, und der Artikel war in aller Munde. Vermutungen über die Hintergründe von Emmas Handlungsweise wurden angestellt. Hatte sie ihren Mann in Notwehr oder aus Eifersucht erschossen?

Pete wählte eine Nummer.

»Du bist ein gemeingefährlicher Irrer!«

»Ich wünsche dir gleichfalls einen guten Morgen«, kicherte Blackpool. Er hatte mit dem Anruf gerechnet.

»Was fällt dir eigentlich ein, so eine Scheiße zu verbreiten? Ich hab' schon genug Ärger mit der Presse.«

»Ist das mein Problem? Wenn du mich fragst, hat die kleine Emma nur gekriegt, was sie verdient.«

»Ich frage dich aber nicht. Du wirst das zurücknehmen!«

»Warum sollte ich? Ich kann die Publicity brauchen. Du bist doch der erste, der behauptet, Klappern gehört zum Handwerk.«

»Du nimmst das zurück!«

»Oder?«

»Ich pflege keine leeren Drohungen auszustoßen, Robert. Glaub mir, es kann sehr ungesund sein, die Leichen im Keller anderer Leute auszugraben.«

Es gab eine lange Pause. Dann: »Das war ich ihr schuldig.«

»Mag sein. Das geht mich nichts an. In den letzten Jahren haben deine Platten nicht gerade die Hitparaden gestürmt, nicht wahr? Und die Plattenfirmen sind sehr wählerisch geworden. Du willst dir doch zu diesem Zeitpunkt keinen neuen Manager suchen, oder?«

»Laß gut sein, Pete. ich glaube, keiner von uns beiden möchte eine langjährige Freundschaft aufkündigen.«

»Da wäre ich mir nicht so sicher. Wärm weiter solche Geschichten auf, und ich lasse dich fallen wie eine heiße Kartoffel.«

»Du brauchst mich doch ebensosehr wie ich dich!«

»Das möchte ich bezweifeln.« Pete lächelte in den Hörer. »Das möchte ich doch sehr bezweifeln.«

33

Michael lief unruhig im Flur auf und ab, hielt kurz inne, um seine Zigarette auszutreten und nahm dann seine Wanderung wieder auf. »Die Sache gefällt mir nicht.«

»Es tut mir leid, daß du so darüber denkst.« Emma atmete vorsichtig durch. Auch nach drei Wochen schmerzten ihre Rippen noch bei jeder unvorsichtigen Bewegung. »Aber ich halte es für richtig, und ich bin fest dazu entschlossen.«

»Am selben Tag, an dem du aus dem Krankenhaus entlassen wirst, eine Pressekonferenz abzuhalten, das ist in meinen Augen einfach nur unvernünftig.«

»Es ist besser, eine offizielle Stellungnahme abzugeben, als um den heißen Brei herumzureden«, sagte Emma leichthin, doch unter der Leinenjacke fühlte sich ihre Haut eiskalt an. »Glaub mir, ich verstehe mehr von solchen Dingen als du.«

»Spielst du auf den Unsinn an, den Blackpool verbreitet hat? Das ist längst Schnee von gestern. Er hat sich selbst am meisten damit geschadet.«

»Blackpool interessiert mich nicht. Ich denke an meine Familie und daran, was sie in den letzten Wochen durchgemacht hat. Ich will diese Erklärung abgeben.« Sie ging entschlossen in den Konferenzsaal, blieb dann plötzlich stehen und drehte sich um. »Die polizeilichen Ermittlungen haben ergeben, daß ich in Notwehr gehandelt habe. In den vergangenen drei Wochen ist es mir fast gelungen, selbst daran zu glauben. Ich möchte meine Weste sauber halten, Michael.«

Jegliche Argumentation war sinnlos. Mittlerweile kannte er sie gut genug, um sie zu verstehen. Trotzdem gab er nicht auf. »Die Presse steht zu neunundneunzig Prozent hinter dir.«

»Und das eine Prozent hinterläßt einen dunklen Fleck auf einer ansonsten weißen Weste.«

Etwas milder gestimmt, streichelte er mit dem Daumen über ihre Wange. »Hast du dich mal gefragt, warum das Leben einem oft so merkwürdige Streiche spielt?«

»Ja.« Sie lächelte. »Ich fange an zu glauben, daß Gott ein Mann sein muß. Kommst du mit rein?«

»Na sicher.«

Die Pressevertreter warteten bereits mit schußbereiten Kameras und gezückten Mikrofonen. In dem Moment, wo Emma das Podium betrat, brach ein von schockiertem Geflüster begleitetes Blitzlichtgewitter los. Emma war noch sehr blaß, so daß die halb verheilten Prellungen und Quetschungen einen lebhaften Kontrast zu der bleichen Haut bildeten. Das linke Auge war zwar nicht mehr zugeschwollen, schillerte aber immer noch in allen Regenbogenfarben.

Als sie zu sprechen begann, verstummte das Gemurmel.

Emma hatte inzwischen gelernt, sich auf die Tatsachen zu beschränken und keinerlei emotionale Regung zu zeigen. Was sie wirklich dachte und fühlte, behielt sie für sich. Nach acht Minuten war alles vorüber. Sie hatte nur eine kurze Erklärung vorbereitet, und während sie diese verlas, war sie Pete erneut dafür dankbar, daß er sie überarbeitet hatte. Ohne auf die Kameras und die aufmerksamen Blicke der Anwesenden zu achten, spulte sie ihren Text ab und trat vom Mikrofon zurück. Vorher hatte sie bekanntgegeben, daß sie keine Fragen beantworten würde, aber die Fragen kamen trotzdem.

Sie hatte sich gerade, eine Hand auf Michaels Arm, zum Gehen gewandt, als ein besonders zudringlicher Fragesteller sie bedrängte.

»Warum sind Sie eigentlich bei ihm geblieben, wo er Sie doch all die Monate mißhandelt hat?«

Obwohl sie nicht beabsichtigte, darauf zu antworten, sah sie sich unwillkürlich um. Immer noch prasselten Fragen auf sie nieder, doch nur diese eine blieb haften.

»Warum ich bei ihm geblieben bin?« wiederholte sie. Augenblicklich herrschte wieder Stille. Die Erklärung zu verlesen, war Emma nicht weiter schwergefallen; dabei handelte es sich nur um offizielle Worte, die sie nicht persönlich berührten. Doch diese eine schlichte Frage traf sie mitten ins Herz.

»Warum bin ich bei ihm geblieben?« überlegte sie laut. Auf einmal erschien ihr die Beantwortung dieser Frage lebenswichtig. »Ich weiß es nicht. Wenn mir vor zwei Jahren jemand vorhergesagt hätte, daß ich eines Tages derartige Mißhandlungen widerstandslos hinnehmen würde, ich hätte ihn für verrückt erklärt. Aber ich weigere mich zu glauben, daß ich das geborene Opfer bin.« Sie warf Michael einen raschen, verzweifelten Blick zu. »Und dennoch bin ich geblieben. Drew hat mich geschlagen und gedemütigt, wo er nur konnte, aber ich habe ihn nicht verlassen. Oft genug habe ich mir vorgestellt, einfach fortzulaufen. Ich sah mich in den Fahrstuhl steigen, aus dem Haus gehen und loslaufen. Aber ich tat nichts dergleichen. Und als ich ihn dann verließ, geschah es aus demselben Grund, aus dem ich zuvor geblieben bin: weil ich Angst hatte. Also ergibt das Ganze keinen Sinn. Es ergibt keinen Sinn«, wiederholte sie, drehte sich um und verließ den Saal, ohne auf weitere Fragen einzugehen.

»Das hast du gut gemacht«, meinte Michael. »Komm, wir nehmen den Seitenausgang. McCarthy wartet schon mit dem Auto.«

Sie fuhren nach Malibu, zu dem Strandhaus, das ihr Vater gemietet hatte. Emma blieb während der Fahrt auffallend ruhig. Die eine Frage ging ihr nicht aus dem Kopf.

Warum sind Sie geblieben?

Morgens saß Emma am liebsten auf der Terrasse, schaute aufs Wasser oder lauschte dem Gezeter der Möwen, und später wanderte sie oft lange am Strand entlang. Die äußeren Spuren der Mißhandlungen waren verschwunden. Ab und zu hatte sie noch Schmerzen im Brustraum, und am Kinn war eine dünne Narbe zurückgeblieben, die leicht zu entfernen gewesen wäre, hätte Emma darauf Wert gelegt. Aber die Narbe war kaum zu sehen, und sie erinnerte Emma an das Geschehene.

Die Alpträume bildeten eine weitere Mahnung. Sie kamen mit erschreckender Regelmäßigkeit und vermischten Altes und Neues miteinander. Manchmal lief sie als Kind die dunkle Diele entlang, manchmal als Erwachsene. Auch die Musik spielte wieder, aber jetzt klang sie gedämpft, so, als käme sie von weit her. Oft hörte sie Darrens Stimme ganz klar und deutlich, doch dann übertönte plötzlich Drew ihren kleinen Bruder. Ob Frau oder Kind, immer stand sie wie erstarrt vor der Tür; zu verängstigt, um sie zu öffnen.

Und immer, wenn sich ihre Hand um die Türklinke schloß, sie herunterdrücken und die Tür öffnen wollte, dann erwachte sie schweißgebadet.

Die Tage verliefen ruhig. Emma beobachtete, wie ihr Vater und Bev sich um einen Neuanfang bemühten, und das trug viel dazu bei, ihre seelischen Verletzungen zu heilen. Das Haus klang oft von Gelächter wieder, Bev experimentierte in der Küche herum, und Brian saß im Schatten und zupfte an seiner Gitarre. Es kam Emma so vor, als seien die beiden niemals getrennt gewesen. Nun, da sie den entscheidenden Schritt gewagt hatten, fiel es so leicht, zwanzig Jahre zu überbrücken.

Nur sie selbst konnte die Fehler, die sie in der Vergangenheit gemacht hatte, nicht mehr berichtigen.

Sie blieben sechs Monate in dem Haus am Strand, obwohl Emma wußte, daß es ihre Eltern nach London zurückzog. Dort hatten sie ihr Heim; etwas, das sie, Emma, erst noch finden mußte.

Sie vermißte New York nicht besonders, obgleich ihr Marianne fehlte. Die Monate mit Drew hatten ihr die Stadt verleidet. Sie würde dorthin zurückkehren, schwor Emma sich. Aber sie würde nie wieder dort leben.

Lieber saß sie hier am Wasser und genoß die Sonne auf ihrer Haut. In New York hatte sie sich oft verloren gefühlt. Hier war sie nur selten allein.

Johnno war zweimal zu Besuch gekommen, jedesmal für zwei Wochen. Zu ihrem Geburtstag schenkte er ihr eine Brosche in Form eines aus einer rubinroten Flamme aufsteigenden goldenen Phoenix. Sie trug die Brosche oft, wobei sie jedesmal wünschte, selbst den Mut zu haben, ihre Schwingen wieder auszubreiten.

P. M. und Lady Annabelle heirateten. Auf dem Weg in die Flitterwochen, die sie in der Karibik verbringen wollten, machten sie einen kurzen Abstecher nach L. A. Die offensichtliche Liebe, die die frischgebackene Mrs. Ferguson ihrem Mann entgegenbrachte, gab Emma beinahe wieder das Vertrauen in die Ehe zurück. Obwohl sich ihre Schwangerschaft nicht mehr verbergen ließ, hatte Annabelle zur Hochzeit einen weißen Ledermini getragen. P. M. schien von ihr begeistert zu sein.

Auch jetzt hatten sie Gesellschaft. Letzte Nacht waren Stevie und Katherine Hayes eingetroffen. Noch lange, nachdem sie zu Bett gegangen war, hatte Emma ihren Vater mit Stevie musizieren hören und wehmütig an die Tage ihrer Kindheit gedacht, als ihr Vater sie gleich Cinderella auf einen nie endenden Ball entführt hatte.

»Guten Morgen.«

Katherine stand hinter ihr, mit zwei Kaffeebechern in der Hand. »Hallo.«

»Ich sah dich hier sitzen und dachte, du hättest vielleicht gern einen Kaffee.«

»Danke. Ist es nicht ein wundervoller Morgen?«

»Mmmm. Viel zu schade, um ihn zu verschlafen.« Katherine ließ sich in den Stuhl neben Emma sinken. »Sind wir die einzigen, die schon auf sind?«

»Ja.« Emma nippte an ihrem Kaffee.

»Auf Reisen kann ich immer schlecht schlafen. Ich vermute, du findest hier Fotomotive in Hülle und Fülle.«

Emma hatte seit über einem Jahr keine Kamera mehr angerührt und war überzeugt, daß Katherine sich dessen bewußt war. »Ein schönes Fleckchen Erde ist das hier.«

»Ein gewaltiger Unterschied zu New York, nicht wahr?«

»Ja.«

»Wäre es dir lieber, wenn ich dich allein ließe?«

»Nein, entschuldige bitte.« Emma tappte ungeduldig mit den Fingern gegen ihren Becher. »Ich wollte nicht grob sein.«

»Aber du fühlst dich in meiner Gegenwart unbehaglich.«

»Das liegt an deinem Beruf.«

Katherine streckte die Beine aus. »Ich bin als Freund hier, nicht als Arzt.« Sie wartete einen Moment und beobachtete eine Möwe, die auf den Wellen schaukelte. »Aber ich wäre weder ein guter Freund noch ein guter Arzt, wenn ich nicht versuchen würde, dir zu helfen.«

»Mir geht es gut.«

»Du siehst gut aus. Aber wie steht es mit den unsichtbaren Wunden?«

Emma zwang sich, ihr ruhig und beherrscht ins Gesicht zu blicken. »Wie heißt es doch so schön? Die Zeit heilt alle Wunden.«

»Wenn dem so wäre, dann hätte ich keinen Patienten mehr. Deine Eltern machen sich Sorgen, Emma.«

»Das ist absolut nicht nötig. Ich will es nicht!«

»Sie lieben dich.«

»Drew ist tot«, rief Emma. »Er kann mir nichts mehr tun.«

»Er kann dich nicht mehr schlagen«, stimmte Katherine zu. »Aber er kann dich immer noch verletzen.« Schweigend nippte sie eine Weile an ihrem Kaffee und schaute auf die Wellen. Dann meinte sie: »Du bist nur zu höflich, um mir zu sagen, ich soll mich zum Teufel scheren.«

»Ich denke darüber nach.«

Lachend drehte Katherine sich um. »Irgendwann erzähle ich dir mal, mit welch ausgesuchten Schimpfworten Stevie mich belegt hat. Du würdest dich wundern.«

»Liebst du ihn?«

»Ja.«

»Willst du ihn heiraten?«

Die Frage brachte Katherine aus dem Konzept. Sie zuckte die Achseln. »Frag mich das in sechs Monaten noch mal. Bev erzählte mir, daß du dich mit einem gewissen Michael triffst.«

»Er ist ein Freund.«

Ich liebe dich, Emma.

»Nur ein Freund«, wiederholte sie, als sie den Kaffeebecher beiseite schob.

»Er ist Detective, nicht wahr? Der Sohn des Mannes, der den Mord an deinem Bruder untersucht hat.« Emmas ablehnendes Schweigen ignorierend, fuhr sie fort: »Ist es nicht seltsam, wie das Leben manchmal in Kreisen verläuft? Es erinnert mich an den Hund, der seinem eigenen Schwanz hinterherjagt. Als ich Stevie traf, hatte ich gerade eine sehr unerfreuliche Scheidung hinter mir. Ich war am Boden zerstört, meine Meinung von den Männern war unter den Nullpunkt gesunken und bewegte sich im negativen Bereich. Stevie habe ich vom ersten Augenblick an verabscheut, persönlich, meine ich. In beruflicher Hinsicht fühlte ich mich verpflichtet, ihm zu helfen – und ihn möglichst schnell wieder loszuwerden. Und wie sieht es jetzt aus?«

Obwohl sie eigentlich nicht mehr mochte, trank Emma noch einen Schluck Kaffee. »Hast du dich damals als Versager gefühlt?«

»Wegen meiner Ehe?« Katherine behielt ihren leichten Tonfall bei. Sie hatte auf eine derartige Frage gewartet. »Ja. In gewisser Hinsicht war ich das auch. Aber dann müßte man die Hälfte der Menschheit als Versager betrachten. Weißt du, das schwerste ist nicht, sich als Versager zu bezeichnen, sondern sein Versagen zu akzeptieren.«

»Ich habe bei Drew versagt, und ich akzeptiere das. Ist es das, was du von mir hören willst?«

»Ich will überhaupt nichts von dir hören, es sei denn, du selbst möchtest mit mir reden.«

»Ich habe bei mir selber versagt.« Emma sprang auf und knallte ihren Kaffeebecher auf den Tisch. »All die Monate war es meine Schuld. Ist das die richtige Antwort?«

»Das sollst du mir sagen.«

Mit einer bösen Verwünschung auf den Lippen drehte Emma sich um und lehnte sich über das Geländer. »Hör auf damit. Wenn ich einen Psychiater wollte, dann hätte ich schon längst einen aufgesucht.«

Katherine erhob sich. Sie war nicht so groß wie Emma, aber sie strahlte eine starke Autorität aus, als sie mit schneidender Stimme sagte: »Kennst du eigentlich die Statistiken? Weißt du, wie viele Frauen pro Jahr mißhandelt werden? Ich schätze, in diesem Land ist es eine alle achtzehn Sekunden. Überrascht?« fragte sie, als Emma sie verwundert ansah. »Glaubst du, du gehörst einem exklusiven Klub an? Du bist beileibe kein Einzelfall, Emma. Und weißt du, wie viele Frauen trotz allem bei ihren Peinigern bleiben? Mehr, als du dir vorstellen kannst. Und das liegt nicht immer daran, daß sie keine Freunde oder keine Familie haben, die ihnen helfen würden. Es liegt auch nicht immer daran, daß diese Frauen arm oder ungebildet sind. Nein, sie haben Angst, weil man ihnen alle Selbstachtung genommen hat. Sie schämen sich, und sie wissen nicht, was sie tun sollen. Auf eine, der geholfen wird, kommen zehn, die auf sich gestellt sind. Du hast es überlebt, Emma, aber du hast es noch nicht überstanden.«

»Nein, das habe ich noch nicht.« In Emmas tränenfeuchten Augen funkelte Wut. »Jeden Tag muß ich damit leben. Glaubst du, es hilft mir, darüber zu reden, nach Gründen zu suchen, Entschuldigungen zu finden? Wen interessiert schon, warum es geschehen ist? Es ist geschehen, und damit basta! Und jetzt gehe ich eine Stunde spazieren.« Abrupt drehte Emma sich um und rannte die Treppen hinunter zum Strand.

Katherine verfügte über einen beträchtlichen Vorrat an Geduld. Zwei Tage lang verlor sie kein Wort über die Unterhaltung zwischen ihr und Emma. Sie wartete ihre Zeit ab, während Emma eine höfliche Distanz wahrte.
  Die Tage verflogen rasch. Da Katherine zum erstenmal in den Staaten war, bot sich Stevie als Reiseführer an. Stundenlange Besichtigungstouren führten sie zu allen Touristenattraktionen, von Disneyland bis hin zur Knoxberry Farm. Am Abend besuchten sie Nachtclubs, manchmal alleine, manchmal zusammen mit den anderen. Doch am liebsten verbrachte Katherine die Abende mit Stevie zu Hause und lauschte stundenlang seinem Gitarrenspiel.
  Dennoch dachte sie unablässig über Emma nach. Stevie hatte Verständnis dafür – vielleicht war das einer der Gründe, warum sie sich in ihn verliebt hatte –, daß sie hier helfen mußte, auch wenn die Hilfe zurückgewiesen wurde.
  Ihre Chance kam eines Morgens, als sie Emma in aller Herrgottsfrühe nach unten gehen hörte. Als Katherine ihr folgte, stellte sie fest, daß die Küche hell erleuchtet war. Emma saß am Küchentisch und starrte aus dem Fenster ins Dunkel.
  »Ich brauche einen Tee«, meinte Katherine leichthin und machte sich am Herd zu schaffen. »Wenn ich so früh aufwache, habe ich immer Lust auf eine Tasse Tee.« Kommentarlos ging sie über die Tränenspuren auf Emmas Wangen hinweg und klapperte mit Tassen und Untertassen. »Ich bewundere deine Mutter, Emma. Sie hat ein Händchen dafür, mit ein paar Kleinigkeiten eine kahle Küche in den gemütlichsten Raum im Haus zu verwandeln. Meine eigene

Küche kommt mir dagegen so steril vor wie ein Operationssaal.«

Sie maß etwas Tee ab und gab ihn in eine bunte Kanne, die wie eine Kuh geformt war.

»Gestern hat Stevie mir die Universal-Studios gezeigt. Bist du schon mal da gewesen?« Ohne Emmas Antwort abzuwarten, fuhr sie fort: »Ich konnt' hinter die Kulissen des ›Weißen Hais‹ schauen, und da habe ich mich gefragt, warum mir der Film solche Angst eingejagt hat. Alles eine Frage der Illusionen und Spezialeffekte.« Sie goß den Tee mit sprudelndem Wasser auf, um ihn einige Minuten ziehen zu lassen. »Weißt du, sobald man die Dinge außerhalb ihres bestimmten Zusammenhanges sieht, verlieren sie ihren Schrecken. So wird aus einem furchterregenden Monster plötzlich nur ein mechanischer Fisch.«

»Der Film hat nichts mit dem wirklichen Leben zu tun.«

»Nein, aber ich fand schon immer, daß sich da interessante Parallelen zeigen. Nimmst du Sahne?«

»Nein, danke.« Emma schaute eine Weile wortlos zu, wie Katherine mit der Teekanne hantierte. Dann platzte sie, ohne zu überlegen, heraus: »Manchmal kommt mir die Zeit mit Drew auch wie ein Film vor, wie etwas, das ich als unbeteiligter Zuschauer betrachte. Und dann wieder, an Morgen wie diesem, wenn ich schon vor dem Morgengrauen aufwache, dann denke ich, ich bin wieder in New York, in unserem Apartment, und er schläft neben mir. Ich kann ihn förmlich atmen hören, da im Dunkeln. Diese letzten Monate kommen mir vor wie ein Film, den ich irgendwann einmal gesehen habe. Bin ich deswegen verrückt?«

»Nein, du bist nur eine Frau, die eine furchtbare Zeit durchgemacht hat.«

»Aber er ist tot. Ich weiß, daß er tot ist. Warum sollte ich mich immer noch vor ihm fürchten?«

»Tust du das denn?«

Emma konnte die Hände nicht ruhig halten. Nervös machte sie sich an den Gegenständen auf dem Tisch zu schaffen. Ein Weinglas stand noch von gestern da, eine Schüssel mit Obst und die zur Teekanne passende Zuckerdose.

»Er hat mit sämtlichen Tricks gearbeitet. Der reinste Psychoterror. Ich habe ihm alles über Darren erzählt; alles, woran ich mich erinnert habe, natürlich. All meine Gefühle und Ängste habe ich vor ihm ausgebreitet. Und... er ist nachts, nachdem ich eingeschlafen bin, heimlich aus dem Bett gestiegen.« Mit einem Mal brach eine nicht mehr aufzuhaltende Wortflut aus ihr heraus. »Er hat diese Platte aufgelegt, das Lied, das in der Nacht von Darrens Tod gespielt wurde. Dann hat er nach mir gerufen, immer wieder meinen Namen geflüstert, bis ich im Dunkeln aufgewacht bin. Ich wollte immer als erstes das Licht einschalten, aber er hat den Stecker rausgezogen, so daß ich im Dunkeln im Bett gesessen habe und nur beten konnte, daß es endlich aufhört. Wenn ich dann angefangen habe zu schreien, kam er zurück und erzählte mir, ich hätte nur geträumt. Wenn ich jetzt Alpträume habe, dann liege ich nur wie erstarrt im Bett und habe Angst, gleich geht die Tür auf und er kommt herein.«

»Hattest du heute nacht einen Alptraum?«

»Ja.«

»Kannst du ihn mir beschreiben?«

»Diese Träume sind vom Grundmuster her alle gleich. Sie spielen in der Nacht, in der Darren ermordet wurde. Ich wache auf, so wie damals. Die Diele ist dunkel, die Musik läuft, und ich habe Angst. Dann höre ich Darren weinen. Manchmal komme ich bis zu seiner Tür, und Drew steht da. Manchmal ist es jemand anders, aber ich weiß nicht, wer.«

»Willst du denn wissen, wer es ist?«

»Wenn ich wach und in Sicherheit bin, dann ja. Aber während des Traumes nicht. Mir kommt es so vor, als würde etwas Schreckliches passieren, wenn ich ihn erkenne oder wenn er mich berührt.«

»Fühlst du dich von diesem Mann bedroht?«

»Ja.«

»Woher weißt du, daß es sich um einen Mann handelt?«

»Ich...« Emma zögerte. Das nächtliche Schwarz hellte sich langsam auf, und durch das geöffnete Fenster drang das Gekreische der Möwen, das an das Weinen kleiner Kinder erinnerte. »Woher ich das weiß? Keine Ahnung, aber ich bin ganz sicher, daß es ein Mann ist.«

»Empfindest du die Männer im allgemeinen als Bedrohung – nach dem, was Drew dir angetan hat?«

»Ich habe keine Angst vor Papa oder Stevie. Und vor Johnno oder P. M. habe ich mich noch nie gefürchtet.«

»Vor Michael?«

Emma trank einen Schluck des inzwischen kaltgewordenen Tees. »Ich habe keine Angst, daß Michael mich verletzen könnte.«

»Aber Angst hast du. Wovor?«

»Daß ich nicht fähig bin...« Kopfschüttelnd brach sie ab. »Das Problem liegt nicht bei Michael, sondern bei mir.«

»Emma, deine Abneigung gegen eine körperliche Beziehung ist im Moment nur allzu verständlich, da dein letztes Erlebnis ausschließlich mit Schmerzen und Demütigungen verbunden war. Dein Verstand sagt dir zwar, daß dies weder der Zweck noch das übliche Ergebnis einer sexuellen Begegnung ist, doch zwischen dem Verstand und dem Gefühl liegen Welten.«

Bei diesen Worten mußte Emma beinahe lächeln. »Willst du mir weismachen, daß meine Alpträume eine Folge sexueller Frustration sind?«

»Freud würde das sicher so formulieren«, erwiderte Katherine. »Allerdings stehe ich seinen Theorien eher skeptisch gegenüber. Im Augenblick erwäge ich nur die verschiedenen Möglichkeiten.«

»Ich denke, wir können Michael streichen. Er hat mich nie gebeten, mit ihm ins Bett zu gehen.«

Nicht, ›ihn zu lieben‹, hielt Katherine fest, sondern ›mit ihm ins Bett zu gehen‹. Diese Bemerkung könnte noch einmal von Bedeutung sein. »Möchtest du das denn gerne?«

Mit dem Morgenlicht war auch das Gefühl der Sicherheit zurückgekehrt. »Ich habe mich schon oft gefragt, ob Psychiater nicht einfach nur Klatschbasen sind.«

»Gut, lassen wir das. Darf ich mal einen Vorschlag machen?«

»Sicher.«

»Nimm dir deine Kamera, geh los und mach ein paar Bilder. Drew hat dir so viel weggenommen. Warum beweist du dir nicht selber, daß er dir nicht alles nehmen konnte?«

Emma wußte selber nicht genau, warum sie Katherines Rat befolgte. Es gab nichts, was sie zum Fotografieren reizte. Ihr Lieblingssujet waren immer die Menschen gewesen, aber von denen hatte sie sich schon zu lange ferngehalten. Dennoch vermittelte es ihr ein gutes Gefühl, wieder eine Kamera in der Hand zu halten, verschiedene Objektive auszuprobieren, eine bestimmte Aufnahme zu entwerfen.

Den ganzen Morgen verbrachte sie damit, Palmen und Gebäude durch den Sucher zu betrachten. Die so entstandenen Aufnahmen waren zwar nicht preisverdächtig, das wußte sie, doch mit der Zeit klappten die altvertrauten Handgriffe wieder wie von selbst. Gegen Mittag hatte sie bereits zwei Filme verknipst und fragte sich ernsthaft, warum sie ihre geliebte Arbeit so lange vernachlässigt hatte.

Fast unbewußt lenkte sie ihren Wagen in Richtung von Michaels Haus. Der Sonntagnachmittag war einfach zu schön, um ihn alleine zu verbringen. Sie hatte seit Jahren keine Aufnahme mehr von ihm gemacht. Und Conroy würde ein besonders reizvolles Motiv abgeben. All das waren einleuchtende Erklärungen, an denen sie sich festhielt, bis sie vor seinem Haus anlangte.

Obwohl sein Auto in der Einfahrt stand, reagierte er so lange nicht auf ihr Klopfen, daß sie schon dachte, sie hätte ihn verpaßt. Schon beim ersten Klopfen hatte der Hund angefangen, aus vollem Hals zu kläffen, und nun jaulte und kratzte er hinter der Tür. Emma hörte Michael fluchen und grinste.

Als sie ihn in der Tür stehen sah, wußte sie, daß sie ihn aus dem Bett geholt hatte. Obwohl es schon Mittag war, blickte er sie verschlafen an. Er trug nur Jeans, die er offensichtlich rasch übergestreift und nicht richtig geschlossen hatte. Benommen rieb er sich mit einer Hand das Gesicht.

»Emma?«

»Ja. Entschuldige, Michael. Ich hätte vorher anrufen sollen.«

Er blinzelte in die Sonne. »Ist etwas nicht in Ordnung?«

»Alles bestens. Hör zu, ich muß weiter. Ich bin nur zufällig in der Gegend.«

»Nein, komm rein.« Michael schielte vorsichtig über seine Schulter. »O Scheiße.«

»Michael, ich glaube, ich komme ungelegen. Ich kann doch...« Sie trat über die Schwelle und versuchte, in dem Dämmerlicht etwas zu erkennen. »Ach herrje!« Mehr fiel ihr dazu nicht ein. Das Wohnzimmer sah aus, als ob die Vandalen darin gehaust hätten. »Ist bei dir eingebrochen worden?«

»Nein.« Zu betäubt, um auf solche Äußerlichkeiten zu achten, zog Michael Emma in die Küche. Der Hund umkreiste sie bellend.

»Das muß ja eine wüste Party gewesen sein«, stellte Emma fest; leicht verstimmt, daß er sie nicht eingeladen hatte.

»Von wegen. Lieber Gott, gib, daß Kaffee im Haus ist«, murmelte er, während er in den Schränken herumkramte.

»Hier.« In der Spüle entdeckte sie eine Dose Kaffee neben einer Tüte Kartoffelchips. »Soll ich vielleicht...?«

»Nein.« Er schob sie zur Seite. »Ich kann doch wohl noch einen verdammten Kaffee machen. Conroy, wenn du nicht sofort die Schnauze hältst, dann erwürge ich dich mit deiner eigenen Leine.« Um den Hund zu beschwichtigen, schüttete Michael die Chips auf den Boden. »Wie spät ist es eigentlich?«

Emma räusperte sich und entschied, daß es zum jetzigen Zeitpunkt sehr ungeschickt wäre, ihn darauf hinzuweisen, daß die Kaffeemaschine mit einer Digitaluhr ausgestattet war. »Ungefähr halb eins.«

Michael schnitt dem Kaffeelot in seiner Hand eine Grimasse. Offenbar hatte er nicht richtig mitgezählt. Als er eine weitere Ladung Kaffee in den Filter gab, hob Emma ihre Kamera und drückte auf den Auslöser. »Tut mir leid«, entschuldigte sie sich, als er sie aus glasigen Augen ansah. »Reine Reflexbewegung.«

Er gab keine Antwort, sondern durchsuchte einen weiteren Schrank. Was für ein Morgen! Er hatte einen fauligen Geschmack im Mund, hinter seiner Stirn schien eine ganze Jazzkapelle zu hämmern, und anscheinend waren seine Augen auf Golfballgröße angeschwollen. Zu allem Überfluß waren ihm auch noch die Getreideflocken ausgegangen.

»Michael...« Emma näherte sich ihm vorsichtig, nicht weil er sie einschüchterte, sondern weil sie fürchtete, jeden Augenblick schallend loszulachen. »Wie wäre es, wenn ich dir dein Frühstück mache?«

»Womit denn?«

»Setz dich.« Energisch drückte Emma ihn auf einen Stuhl. »Fangen wir mit dem Kaffee an. Wo sind deine Tassen?«

»In der Küche.«

»Okay, okay.« Eine kurze Suche förderte eine Packung übergroßer Styroporbecher zutage. Der Kaffee erinnerte sie an zähen Schlamm und sah ungefähr genauso appetitlich aus. Trotzdem stürzte Michael das Gebräu in einem Zug hinunter. Als das Koffein ihn soweit wiederbelebt hatte, daß er seine Umgebung wahrnehmen konnte, sah er, wie Emma ihren Kopf in den Kühlschrank steckte.

Sie sah absolut wundervoll aus in ihrer dünnen Bluse und den hellblauen leichten Sommerhosen. Ihr Haar floß ihr offen über den Rücken, so, wie er es am liebsten hatte. Aber was suchte sie in seinem Kühlschrank?

»Was machst du denn da?«

»Dein Frühstück. Ein Ei ist noch da. Wie hättest du es denn gerne?«

»Gekocht.« Er schenkte sich den Becher erneut randvoll.

»Die Würstchen sind schon zartgrün, und irgendwas hier drin scheint zum Leben zu erwachen.« Sie nahm das Ei, ein Stück Käse und einen Rest Brot aus dem Kühlschrank. »Ich habe noch nie gesehen, daß sich der Inhalt eines Kühlschrankes aus eigener Kraft fortbewegt. Hast du eine Bratpfanne?«

»Ich glaube schon. Warum?«

»Schon gut.« Emma hatte sie bereits entdeckt und ging daran, ihm ein improvisiertes Sandwich zuzubereiten. Dann nahm sie sich eine Flasche Ginger Ale und setzte sich ihm gegenüber. »Michael, ich möchte ja nicht aufdringlich erscheinen, aber wie lange haust du schon so?«

»Ich hab' das Haus vor vier Jahren gekauft.«

»Und du lebst immer noch! Du mußt ausgesprochen zäh sein, Michael.«

»Ich denke daran, hier gründlich sauberzumachen.«

»Ich schlage vor, du mietest einen Bulldozer.«

»Jetzt muß ich mich beim Essen auch noch beleidigen lassen.« Michael sah zu, wie sie ein Foto von dem schlafenden Conroy, der die Pfoten vorsichtshalber über der Chiptüte gekreuzt hatte, schoß.

Sie lächelte ihn an. »Geht's dir besser?«

»Langsam komme ich mir wieder vor wie ein Mensch.«

»Ich bin ein bißchen rumgelaufen – Zeit, daß ich wieder anfange zu arbeiten. Ich dachte, du hättest vielleicht Lust, für ein paar Stunden mitzukommen.« Auf einmal fühlte sie sich in seiner Gegenwart befangen. Jetzt, wo er wieder hellwach war und sie über die Reste seines Frühstücks hinweg beobachtete, schien sich die Situation verändert zu haben. »Ich weiß, daß du in der letzten Zeit viel zu tun hattest.«

»Allein gegen die Mafia. Conroy, du Faulpelz, hol mir meine Zigaretten.« Der Hund öffnete unwillig grunzend ein Auge. »Na los!« Mit einem fast menschlich klingenden Seufzer raffte Conroy sich hoch und trottete hinaus. »Du bist mir aus dem Weg gegangen, Emma.«

Erst wollte sie diese Tatsache schlichtweg leugnen. »Stimmt. Tut mir leid. Du warst ein wirklich guter Freund, und ich...«

»Wenn du jetzt wieder mit dieser Scheiße von wegen alte Freunde und so anfängst, dann werde ich ernsthaft sauer.« Michael nahm die Zigarettenpackung, die Conroy in seinen Schoß fallen ließ, dann stand er auf, um den Hund hinauszulassen.

»Ich werde es nicht wieder erwähnen.«

»Gut.« Er drehte sich um. Sechs lange Monate hatte er darauf gewartet, daß sie vor seiner Tür stehen würde, und nun, da sie gekommen war, konnte er seinen Zorn nicht unterdrücken. »Warum bist du hergekommen?«

»Das hab' ich dir doch schon gesagt.«

»Du wolltest beim Fotografieren Gesellschaft haben, und da hast du dich vertrauensvoll an den guten alten Michael gewandt.«

Emma setzte die Flasche Ginger Ale ab und erhob sich. »Das hätte ich wohl besser unterlassen. Es tut mir leid, daß ich dich gestört habe.«

»Rein und raus«, murmelte er. »Das ist eine schlechte Angewohnheit von dir, Emma.«

»Ich bin nicht hergekommen, um mit dir zu streiten.«

»Wirklich zu schade. Es ist höchste Zeit, ein paar Dinge zu klären.«

Er trat einen Schritt auf sie zu, woraufhin sie zurückwich. Etwas Schlimmeres hätte sie kaum tun können.

»Ich bin nicht Latimer, zum Teufel. Es steht mir bis hier, daß du jedesmal an ihn denkst, wenn ich dir auch nur einen Schritt zu nahe komme. Wenn wir einen Streit haben, dann wird er zwischen dir und mir und niemanden sonst ausgetragen.«

»Ich habe nicht die Absicht, mich mit dir zu zanken.« Ohne zu überlegen griff Emma nach der Flasche und warf sie gegen die Wand. Ein Strom von Ginger Ale und Glassplittern ergoß sich in die Spüle. Über ihre eigene Handlungsweise verblüfft, blieb Emma stocksteif stehen und blickte zur Spüle.

»Willst du noch eine?«

»Ich muß gehen.« Sie löste sich aus ihrer Erstarrung und langte nach ihrer Kamera, doch er war schneller und hielt ihre Hand fest.

»Diesmal nicht. Du verschwindest nicht einfach wieder aus meinem Leben, Emma, nicht, ehe ich nicht gesagt habe, was ich schon längst hätte sagen sollen.«

»Michael ...«

»Sag jetzt nichts. Seit ich denken kann, habe ich dich schon begehrt. Erinnerst du dich noch an jenen Tag am Strand vor all den Jahren, an dem ich dich nach Hause gebracht habe? Damals war ich so verrückt nach dir, daß ich kaum denken konnte. Ich war gerade siebzehn, und noch Wochen später bist du mir nicht mehr aus dem Kopf gegangen. Wieder und wieder habe ich den ganzen Strand nach dir abgesucht, aber du bist nicht mehr gekommen.«

»Ich konnte nicht.« Sie drehte sich um, ohne jedoch den Versuch zu machen, das Haus zu verlassen.

»Ich bin darüber hinweggekommen.« Michael schüttelte eine Zigarette aus der Packung und durchsuchte eine Schublade, in der er Streichhölzer vermutete. »Ich dachte, ich hätte es überwunden, doch dann bist du zurückgekommen. Da mähe ich meinen Rasen und denke an nichts Böses, und plötzlich stehst du vor mir. Es hat mir fast den Atem verschlagen. Verdammt, da war ich kein Junge mehr, und ich war auch nicht mehr nur verknallt.«

Emmas Stimme wollte ihr nicht recht gehorchen. Eine andere, unbekannte Angst breitete sich in ihr aus. »Du konntest mich doch kaum.«

Michael sah ihr ernst in die Augen. »Du weißt, daß das nicht stimmt, Emma. Zwischen uns war von Anfang an etwas Besonderes. Denk an den Tag am Strand, wo ich dich das erste Mal geküßt habe. Das erste und einzige Mal. Doch ich habe es nie vergessen. Und dann warst du fort.«

»Ich mußte gehen.«

»Mag sein.« Er schnippte seine Zigarettenkippe zur Tür hinaus. »Damals habe ich mir eingeredet, daß es einfach nur der falsche Zeitpunkt war. Jahrelang habe ich mir das gesagt, immer wieder, bis ich schließlich selber dran glaubte.« Michael ging auf sie zu und hielt sie an den Oberarmen fest. Obwohl er spürte, daß sie zitterte, gab er sie nicht frei. Diesmal nicht. »Wann wird denn endlich der richtige Moment kommen, Emma?«

»Ich weiß wirklich nicht, was du jetzt von mir hören willst.«

»Blödsinn. Du weißt ganz genau, was ich von dir hören will.«

»Ich kann nicht.«

»Du willst nicht«, berichtigte er. »Wegen ihm. Deine Heirat hat mir fast das Herz gebrochen, und ich war derjenige, der damit leben mußte. Manchmal kommt es mir so vor, als hätte ich mein halbes Leben damit verbracht, dir nachzutrauern. Vielleicht wäre es mir gelungen, dich aus meinem Leben zu verbannen, doch dann bist du wieder zurückgekommen.«

»Ich...« Emma fuhr mit der Zunge über ihre trockenen Lippen. »Ich konnte nicht anders.«

In seine Augen trat ein Ausdruck, den sie noch nie zuvor gesehen hatte. »Ich dachte, diesmal würde alles anders kommen. Ich habe es jedenfalls gehofft. Und dann – als ich herausfand, was er dir angetan hat, da bin ich fast verrückt geworden. All diese Monate hatte ich Angst, dich zu berühren, Angst, dich zu verschrecken. Gib ihr Zeit, habe ich gedacht. Laß ihr Zeit, darüber hinwegzukommen. Zum Teufel damit!«

Er riß sie an sich und preßte seine Lippen hungrig auf die ihren.

34

Das hatte sie nicht erwartet. Sie saß in der Falle. Es war nicht zu leugnen, daß er sie mit seinem Körper, seinem wie Feuer brennenden Mund gefangenhielt. Sie hatte angenommen, die Berührung eines Mannes würde in ihr nur Widerwillen und Furcht hervorrufen, doch diesmal war alles anders. Sie wurde von so vielen unterschiedlichen Gefühlen überwältigt, daß die Welt sich um sie zu drehen begann. Wärme, Sicherheit und plötzlich aufflammende Begierde.

Auf keinen Fall wollte sie sich ihrem Verlangen ausliefern, ihm ausliefern. Nie wieder würde sie zulassen, daß ein anderer Mensch eine solche Macht über sie gewann. Doch bevor sie sich zur Wehr setzen konnte, löste er sich von ihr.

Wortlos blickte er sie an. Unfähig, sich zu bewegen, stand Emma da, ihre Augen leuchteten riesig in dem blassen Gesicht, und ihr Atem ging rasch. Ja, er hielt sie in der Tat gefangen, doch diesmal war das bedeutungslos. Für sie zählten nur die Gefühle, die in ihr tobten, wirkliche, lebendige Gefühle, die sie schon längst erloschen geglaubt hatte.

Sein Ärger war verflogen, nur noch das nackte Verlangen

stand in seinen Augen. »Du sollst keine Angst vor mir haben, Emma.«

Die Entscheidung lag allein bei ihr. Es waren ihre Wünsche, ihre Träume, die sie gefangenhielten. »Das habe ich auch nicht.«

Seine Hände wanderten von ihrer Schulter zu ihrem Gesicht und umfaßten es zärtlich, ohne daß sie Widerstand leistete. Sie versuchte auch nicht mehr, ihn von sich zu schieben, als sich ihre Lippen erneut trafen. Obwohl ihr Puls raste, schien ihr Körper sich wie von selbst zu entspannen. Es war ihre Entscheidung, und sie hatte sie viel zu lange hinausgezögert, dachte sie noch, ehe sie außer Michael nichts mehr wahrnahm.

Er spürte die Veränderung, die in ihr vorging, die zögernde, unsichere Hingabe, als ihre Lippen sich öffneten und ihr Körper wie kraftlos gegen ihn sank. Selbst am ganzen Leibe zitternd, bedeckte er ihr Gesicht mit Küssen, bis sie die Arme um ihn schlang und seinen Mund suchte.

Ohne seine Lippen von ihr zu lösen, hob er sie hoch und trug sie ins Schlafzimmer.

Die Vorhänge ließen nur vereinzelte gelbliche Sonnenstrahlen durch, die den Raum in ein fahles Licht tauchten.

Als er sie auf das Bett sinken ließ, stöhnte Emma leise auf. Sie wußte, jetzt würde alles schnell gehen, viel zu schnell. Dabei wünschte sie sich so sehr, er würde seine Zärtlichkeiten fortsetzen, doch sie wußte es besser. Dachte sie.

Er legte sich neben sie, doch anstatt sich über sie zu rollen und ungeduldig an ihrer Kleidung zu zerren, vergrub er sein Gesicht an ihrem Hals, atmete ihren Duft ein, saugte liebevoll an ihrer Haut. Ihre Finger, die mit dem dichten Haar auf seiner Brust spielten, raubten ihm fast den Verstand.

Schwer atmend begann er, sie mit seiner Zunge zu reizen, bewegte sich langsam, verführte sie mit seinen Händen, bis feurige Sterne hinter Emmas Augen tanzten. Sie wartete darauf, daß er sie nahm, doch er fuhr fort zu geben.

Seine fordernden Hände ließen sie erschauern, doch in diesem Zittern lag keine Furcht. Hier, bei ihm, hatte sie endlich die Liebe, die Leidenschaft gefunden, nach der sie sich ihr ganzes Leben lang gesehnt hatte. Zum erstenmal im Leben begehrte sie einen Mann. Voller Verlangen klammerte sie sich an ihn, fuhr mit den Händen in sein Haar und zog seinen Kopf zu sich herunter, um in seinen Küssen zu ertrinken.

Als er sie ein Stück von sich fortschob, gab sie ein protestierendes Stöhnen von sich und griff erneut nach ihm.

»Laß mich dich anschauen«, stieß er hervor. »Ich habe so lange darauf gewartet.«

Emma hielt ganz still, als er mit der Hand durch ihr lose herabfallendes Haar fuhr und dann begann, ganz langsam ihre Bluse aufzuknöpfen. Sein Mund senkte sich auf ihre Brust, und er fuhr fort, mit seiner Zunge über ihre Haut zu spielen, bis ihre Augen sich vor Leidenschaft verdunkelten.

Seine Hände waren überall zugleich, streiften ihr behutsam die Kleider vom Leib, während sein Mund diesem Weg folgte.

»Bitte.« Emmas Atem kam stoßweise, ihr Körper fieberte vor Verlangen, und dennoch war es nicht genug, nicht annähernd genug. »Ich will...« Ihre Hände krallten sich in sein Haar, als sie sich unter ihm aufbäumte.

»Sag es mir«, verlangte er heiser. Seine Erregung hatte einen Punkt erreicht, an dem er sich kaum noch beherrschen konnte. Mühsam hielt er sich zurück. »Sieh mich an, Emma. Sag es mir!«

Sie blickte ihn an. In seinen Augen konnte sie sich selbst erkennen. »Ich will dich«, brachte sie schließlich hervor, zog ihn zu sich herunter und drückte ihn an sich, bis er sie ganz erfüllte.

Danach schlief sie erschöpft ein. Er saß lange neben ihr, streichelte ihr Haar und überlegte, wie er sie zu einem Teil seines Lebens machen konnte. Obwohl er sie liebte, solange er denken konnte, hatte er keine Vorstellung davon gehabt, wie es sein würde, ihr Liebhaber zu werden. Unzählige Male hatte er davon geträumt, mit ihr zu schlafen, doch die Realität übertraf alles.

Es gab niemanden wie Emma.

Was auch kommen mochte, er durfte sie nicht wieder verlieren.

Als sie erwachte, war er fort. Sie blieb einen Augenblick still liegen und versuchte zu begreifen, was mit ihr geschehen war. Es erschien ihr unglaublich, daß sie all diese Dinge getan hatte, ohne auch nur einen Moment zu zögern und ohne es zu bereuen. Noch vor wenigen Stunden war sie der festen Überzeugung gewesen, nie wieder die Berührung eines Mannes ertragen zu können. Aber heute war es zum erstenmal so gewesen, wie sie es sich vorgestellt hatte. Lächelnd rollte sie sich auf den Bauch und überlegte, ob sie sich anziehen und ihn suchen gehen sollte.

Dann fiel ihr Blick auf die Pistole, die, noch in ihrem Halfter, am Stuhl neben dem Bett hing. Sie selbst hatte schon einmal zur Waffe gegriffen, erinnerte Emma sich. Obwohl nur Bruchstücke des Schreckens, den sie mit Drew erlebt hatte, in ihrem Gedächtnis haften geblieben waren, liefen diese letzten Minuten wie ein Film vor ihr ab. Sie sah ganz genau vor sich, wie ihre Hände sich um die Waffe geschlossen und abgedrückt hatten. Sie hatte getötet.

Die Erkenntnis dessen, wozu sie fähig war, schnürte ihr den Magen zu. In weniger als zwei Jahren hatte sie geliebt, geheiratet und getötet. Für den Rest ihres Lebens würde sie sich fragen, wie es dazu gekommen war.

Als sich die Schlafzimmertür öffnete, griff sie automatisch nach der Bettdecke.

»Prima. Du bist wach.« Michael, mit einer Hähnchentüte und einem Sechserpack Cola beladen, kam ins Zimmer. »Du hast doch sicher Hunger.«

Er hatte ein T-Shirt und Jeans übergestreift, war aber immer noch barfuß. Auf Emma wirkte er eher wie ein Strandläufer als wie ein Mann, der von der Waffe Gebrauch machen würde. Ehe sie antworten konnte, beugte er sich zu ihr hinunter und küßte sie so innig, daß sie keinen klaren Gedanken mehr fassen konnte.

»Wir veranstalten ein Picknick.«

»Ein Picknick?« wiederholte sie ungläubig. »Wo?«

»Hier.« Er ließ die Hähnchentüte auf das Bett fallen. »Dann

kriegen die Nachbarn wenigstens keinen Herzinfarkt, weil du nackt bist.«

Sie lachte. »Ich könnte mich ja anziehen.«

Er setzte sich zu ihr auf das Bett und sah sie lange an. »Ich wünschte wirklich, du würdest so bleiben.« Grinsend öffnete er eine Flasche Cola und langte in die Hähnchentüte. »Na, hast du Hunger?«

Die Hähnchen rochen köstlich. Emma schaute zu, wie er in eine Keule biß, und fuhr sich mit der Hand durch das zerzauste Haar. »Ich kann doch nicht so essen!«

»Na klar kannst du das.« Er hielt ihr die Keule hin. Emma nahm einen Bissen, dann lächelte sie verlegen.

»Nein, ehrlich nicht.«

Michael ließ die Hähnchenkeule in die Tüte fallen, zog sein T-Shirt über den Kopf und streifte es ihr über.

Sie kämpfte mit den Ärmeln. »Viel besser.« Dem T-Shirt haftete noch sein Geruch an, und zu ihrer Verblüffung stellte Emma fest, daß dieser Duft sie erregte. »Ich hab' noch nie ein Picknick im Bett veranstaltet.«

»Verläuft nach denselben Regeln wie ein Picknick am Strand. Wir essen, hören Musik und dann lieben wir uns. Auf diese Weise vermeiden wir den Sand.«

Sie nahm die Flasche, die er ihr anbot, und trank einen Schluck. Ihre Kehle war strohtrocken. »Ich weiß gar nicht, wie all das passieren konnte.«

»Macht nichts. Ich zeige es dir gerne noch einmal.«

»War es...?« Verärgert über sich selbst, brach sie ab.

»Du wolltest mich doch wohl nicht fragen, ob es schön für mich war?«

»Nein.« Er grinste sie an. »So was ähnliches. Vergiß es.«

Zufrieden mit sich und der Welt kitzelte Michael sie am Arm. »Setzen wir mal eine Bewertungsskala von eins bis zehn fest, okay?«

»Michael, hör auf.«

»Wieso? Du rangierst schließlich ganz oben.«

Er brachte sie durcheinander. »Für mich ist es nie so gewesen«, murmelte sie. »Ich habe nie... Ich hätte nie gedacht, daß ich...« Erneut schwieg sie einen Moment, doch dann nahm sie all ihre Kraft zusammen. »Ich dachte, ich wäre frigide.«

Beinahe hätte er laut gelacht, doch etwas in ihrem Gesicht hielt ihn davon ab. Schon wieder Latimer, dachte Michael. Es dauerte einige Sekunden, bis er seine Stimme wieder in der Gewalt hatte. »Da hast du falsch gedacht.«

Diese lässige Antwort entkrampfte die Situation. Emma blickte hoch und lächelte. »Wenn ich an jenem Tag am Strand, als ich dich geküßt habe, meinem Instinkt gefolgt wäre, dann wüßte ich das schon längst.«

»Warum folgst du ihm nicht jetzt?«

Sie zögerte, dann schlang sie die Arme um seinen Hals und küßte ihn. Michael warf seine halb abgenagte Hähnchenkeule achtlos hinter sich. Lachend rollten sie zusammen über das Bett.

»Bleib heute nacht hier.«

Die Sonne ging schon unter, als Emma sich anzog. »Nicht heute nacht. Ich muß nachdenken.«

»Das habe ich befürchtet.« Er griff nach ihr und zog sie an sich. »Ich liebe dich, Emma. Warum denkst du nicht darüber mal nach?«

Zur Antwort schloß sie nur die Augen.

»Bitte glaub mir doch.«

»Ich möchte dir ja glauben«, entgegnete sie. »Aber im Moment traue ich meiner Urteilskraft nicht so recht. Es ist noch gar nicht so lange her, da dachte ich, Drew liebt mich und ich ihn. Beides war falsch.«

»Verdammt noch mal, Emma!« Michael biß sich auf die Lippen und ging zum Fenster, um die Vorhänge zu öffnen. Dämmerlicht fiel in das Zimmer.

»Ich stelle keine Vergleiche an.«

»Ach nein.«

»Nein.« Er kann die Tragweite meiner Gefühle nicht verstehen, dachte sie. »Weißt du, meine Probleme haben nicht erst mit Drew begonnen, was schon schlimm genug gewesen wäre. Ich muß mir erst darüber klarwerden, was ich wirklich will, ehe ich mich entscheide.«

»Ich hatte nicht vor, ein Datum festzusetzen.«

Seufzend küßte sie ihn auf die Schulter. »Papa und Bev kehren bald nach England zurück.«

Er fuhr herum, und sogar in dem dämmrigen Licht konnte sie die Wut in seinen Augen sehen. »Wenn du daran denkst mitzugehen, dann überleg es dir noch mal.«

»Du kannst mich nicht einschüchtern, Michael. Die Zeiten sind vorbei.« Erst als sie die Worte laut ausgesprochen hatte, erkannte sie, daß sie der Wahrheit entsprachen. »Ich denke daran, in dem Strandhaus zu bleiben. Papa und Bev müssen ihr Leben leben, und ich muß entscheiden, was ich mit meinem anfange.«

»Willst du, daß ich dich in Ruhe lasse?«

»Nicht zu sehr.« Wieder schlang sie die Arme um seinen Hals. »Ich möchte dich nicht verlieren, da bin ich mir ganz sicher. Ich weiß nur noch nicht, wie es weitergehen soll. Können wir nicht einfach eine Zeitlang so weitermachen?«

»Na gut. Aber eins möchte ich klarstellen, Emma. Ich werde nicht ewig warten.«

»Ich auch nicht.«

35

Michael faßte sich in Geduld. Die Füße auf den Schreibtisch gelegt, studierte er angelegentlich die Decke. Aus dem Hörer drang eine schrille, aufgeregt plappernde Stimme, die ihm in den Ohren weh tat. Früher oder später würde man die kleine Ratte schon noch drankriegen, schätzte er. Hoffentlich früher.

»Hör zu, Kumpel«, unterbrach er das Geschnatter. »Ich komme immer mehr zu der Überzeugung, daß Springer dein Freund war. Ja, ja, Worte kosten nichts. Er mag zwar nur ein kleiner Halunke sein, aber du weißt ja, wenn die Bullen erst mal eine Witterung aufgenommen haben, dann...« Wieder lauschte er dem unzusammenhängenden Gerede. Es gab doch wirklich nichts Unzuverlässigeres als einen Zeugen, dem die Angst im Nacken saß.

»Schön, schön. Du willst nicht hierherkommen, also werden wir dich finden.« Michael blickte hoch, als der Sergeant ihm einen Stapel Akten und Briefe auf den Tisch knallte. »Versuch du dein Glück nur auf der Straße. Im Leichenschauhaus sind noch Plätze frei.« Während er die Akten durchblätterte, hörte er mit einem Ohr zu. »Eine weise Entscheidung. Frag nach Detective Kesselring.«

Michael hängte ein und schnitt dem Papierberg eine Grimasse. Eigentlich hatte er ja fünf Minuten erübrigen wollen, um Emma anzurufen, aber das konnte er jetzt wohl vergessen. Resigniert wandte er sich der Post zu.

»Hey, Kesselring, wo bleiben deine zehn Piepen Beitrag zur Weihnachtsfeier?«

Wenn er noch einmal das Wort ›Weihnachten‹ hörte, dann würde er einen Mord begehen, entschied Michael. Vorzugsweise an Santa Claus persönlich. »McCarthy schuldet mir zwanzig. Haltet euch an ihn.«

»Hey.« McCarthy, der seinen Namen gehört hatte, kam zu ihm herüber. »Wo bleibt deine Weihnachtsstimmung?«

»In deinem Portemonnaie.«

»Immer noch sauer, weil dein Herzblatt Weihnachten in London verbringt? Laß sie sausen, Kesselring. Die Welt wimmelt von Blondinen.«

»Verpiß dich.«

McCarthy drückte dramatisch eine Hand auf die Herzgegend. »Muß Liebe schön sein!«

Ohne ihn weiter zu beachten, musterte Michael den Umschlag. Seltsam, genau dann, wenn er schwarze Gedanken hinsichtlich dieser Stadt hegte, traf ein Brief aus London ein. Als Absender war eine Anwaltspraxis angegeben. Was konnte eine Londoner Anwaltspraxis von ihm wollen? Als er den Umschlag aufschlitzte, fielen ihm ein Begleitschreiben und ein weiterer rosafarbener Briefumschlag entgegen. Auf dem Umschlag prangte eine bekannte Adresse. Jane Palmer.

Obwohl er alles andere als abergläubisch war, starrte Michael den Umschlag lange an und dachte über Botschaften aus dem Jenseits nach. Dann öffnete er den Brief und betrachtete die ungelenke Handschrift. Innerhalb von fünf

Minuten stand er samt Brief im Büro seines Vaters und sah Lou beim Lesen zu.

>Sehr geehrter Detective Kesselring.

>Sie haben damals den Mord an Brian McAvoys Sohn untersucht. Ich bin sicher, Sie erinnern sich noch an den Fall, ich jedenfalls tue es. Wenn Sie Interesse haben, dann kommen Sie nach London. Es war meine Idee, aber die anderen haben alles vermasselt. Wenn Ihnen die Information was wert ist, dann können wir ins Geschäft kommen.
>   Mit freundlichen Grüßen
>   Jane Palmer

»Was hältst du davon?« wollte Michael wissen.

»Vielleicht wußte sie etwas.« Lou rückte seine Brille zurecht und überflog den Brief noch einmal. »Als das Verbrechen verübt wurde, war sie sechstausend Meilen weit weg. Wir konnten sie nie damit in Verbindung bringen. Aber...« Er hatte sich schon immer gefragt, ob Jane daran beteiligt gewesen war.

»Die Briefmarke ist ein paar Tage, bevor ihre Leiche gefunden wurde, abgestempelt worden. Wegen der unvollständigen Anschrift ist der Brief hin- und hergeschickt worden, bis er schließlich bei dem Rest ihrer Papiere landete. Über acht Monate lang«, meinte Michael unzufrieden.

»Und wenn es nur acht Tage gewesen wären, was hätte das geändert. Sie war schon tot.«

»Wenn sie die Wahrheit gesagt hat, und wenn sie wußte, wer den Jungen auf dem Gewissen hat, dann hätte jemand sie aus dem Weg räumen können. Jemand, der von dem Brief nichts wußte. Ich will den Bericht einsehen, und ich will mit dem Beamten sprechen, der damals dafür zuständig war.«

Lou drehte den Brief hin und her. Es hatte keinen Sinn, Michael darauf hinzuweisen, daß der Brief an den Beamten gerichtet war, der mit diesem Fall betraut wurde. »Es ist immerhin eine Möglichkeit. Der Brief ist der erste konkrete Hinweis, den wir seit zwanzig Jahren haben.« Er erinnerte sich an das Polizeifoto eines kleinen Jungen, dann sah er seinen eigenen Sohn an. »Ich vermute, du fährst nach London.«

Emma rollte Plätzchenteig aus, aber sie war nicht ganz bei der Sache. Das Weihnachtsfest hatte sie schon immer geliebt, und zum erstenmal seit ihrer Kindheit würde sie dieses Fest wieder im Kreis ihrer Familie feiern. Die Küche duftete nach Zimt und Gewürzen, Weihnachtslieder klangen aus den Boxen, und Bev suchte gerade die Zutaten für einen Plumpudding zusammen. Draußen schneite es in dicken, weißen Flocken.

Doch Emmas Herz befand sich nicht hier, sondern sechstausend Meilen entfernt bei Michael.

Als sie die Ausstechförmchen in den Teig drückte, legte Bev ihr den Arm um die Schultern. »Ich bin so froh, daß du hier bist, Emma. Es bedeutet deinem Vater und mir sehr viel.«

»Mir auch.« Emma stach ein Plätzchen in Form einer Schneeflocke aus und legte es auf das Backblech. »Als ich noch klein war, da durfte ich das schon machen. Wenn Johnno hier wäre, dann hätte er schon ein paar geklaut und roh gefuttert.«

»Was meinst du, warum ich ihn mit Bri weggeschickt habe?« Bev sah Emma zu, wie sie Zuckerstreusel über den Plätzchen verteilte. »Du vermißt Michael, nicht wahr?«

»Ich hätte nie gedacht, daß ich ihn so sehr vermissen würde. Dabei ist es doch nur für zwei Wochen.« Emma schob das Backblech in den Ofen. Nachdem sie die Uhr eingestellt hatte, knetete sie den restlichen Teig durch, um ihn erneut auszurollen. »Wahrscheinlich ist es ganz gut, wenn ich ein bißchen Abstand gewinne. Es geht alles zu schnell.«

»Katherine sagt, du machst große Fortschritte.«

»Ich denke schon. Ich bin ihr sehr dankbar, daß sie die letzten Monate in L. A. geblieben ist. Dabei war ich anfangs so dagegen«, fügte sie lächelnd hinzu. »Aber es hilft mir wirklich, über alles zu reden.«

»Hast du immer noch Alpträume?«

»Nicht mehr so häufig wie früher. Aber ich arbeite wieder. Das Buch nimmt langsam Formen an.« Emma hielt inne, das Ausstechförmchen noch in der Hand. »Vor einem Jahr noch war Weihnachten ein Alptraum für mich. Dieses Jahr ist alles wunderbar.« Die Küchentür flog auf, und Emma fiel das Förmchen aus der Hand. »Michael?«

»In Person.«

Ohne zu überlegen, warf Emma sich in seine Arme. Noch ehe sie zu Wort kommen konnte, legte sich sein Mund auf ihren.

»Ich kann noch gar nicht glauben, daß du wirklich hier bist.« Emma machte sich los und begann lachend, ihn abzuklopfen. »Jetzt bist du voller Mehl.«

»Ich hab' noch was zu erledigen.« Bev wischte sich die Hände an einem Handtuch ab und verließ die Küche.

»Du hast doch gesagt, du könntest nicht kommen«, begann Emma.

»Mein Dienstplan hat sich geändert.« Michael drückte sie an sich. Ihr warmer Mund weckte sein Verlangen. »Frohe Weihnachten.«

»Wie lange kannst du bleiben?«

»Ein paar Tage.« Er blickte zum Herd. »Was ist denn das für ein Krach?«

»Ach, meine Plätzchen.« Emma schaltete die Zeituhr aus und rettete ihr Werk. »Ich habe beim Backen an dich gedacht. Und ich habe mir gewünscht, du wärst nicht so weit fort.« Mit dem Backblech in der Hand schaute sie ihn an. »Wenn du willst, dann komme ich mit dir zurück.«

»Du weißt, was ich will.« Michael spielte mit ihrem Haar. »Aber ich weiß auch, daß du die Zeit mit deiner Familie brauchst. Ich werde warten, bis du zurückkommst.«

»Ich liebe dich.« Die Worte kamen ihr so leicht über die Lippen, daß es sie selber wunderte.

»Sag das noch mal.«

Seine Augen ruhten mit einem derart intensiven Ausdruck auf ihr, daß sie ihm beschwichtigend über die

Wange streichelte. »Ich liebe dich, Michael. Es tut mir leid, daß ich so lange gebraucht habe, um es dir zu sagen.«

Wortlos zog er sie an sich und hielt sie fest. Für einen Moment befand sich alles, was er sich je gewünscht hatte, in seinen Armen.

»Ich wußte es schon, als ich dich in New York bei meiner Ausstellung sah. In diesem Augenblick ist es mir klargeworden.« Erleichtert, daß die Worte endlich heraus waren, schmiegte sie ihr Gesicht an seinen Hals. »Aber dieses Gefühl hat mir Angst eingejagt. Ich glaube, all die Jahre hatte ich einfach nur Angst. Und als du eben zur Tür hereingekommen bist, hat sich alles wie von selbst geregelt.«

»So leicht wirst du mich nicht wieder los.«

»Gut.« Sie ließ ihren Kopf gegen seinen sinken. »Wie wär's mit einem Plätzchen.«

Michael suchte nach Ausreden. Zwar haßte er es, Emma anzulügen, aber er hielt es für besser, die Gründe, die ihn nach London geführt hatten, für sich zu behalten.

All seine freie Zeit verbrachte er mit Emma. Sie war von der Möglichkeit, ihm London zeigen zu können, begeistert und schleifte ihn vom Tower zum Piccadilly Circus und weiter zur Wachablösung und zur Westminster Abbey. Obwohl es ihr nicht schwergefallen war, ihn zu überreden, im Haus der McAvoys zu wohnen, hatte er sein Hotelzimmer behalten. Nach der anstrengenden Besichtigungstour lagen sie stundenlang im Bett.

Die Akten halfen ihm auch nicht weiter. Die Untersuchungen waren schließlich mit dem Ergebnis ›Tod durch Unfall‹ abgeschlossen worden. Am Tatort waren nur Fingerabdrücke von Jane, ihrer früheren Putzfrau und des Dealers, der die Leiche entdeckt hatte, gefunden worden. Die Alibis der beiden letztgenannten Personen waren wasserdicht. Die Nachbarn hatten zwar kein gutes Haar an der verstorbenen Jane Palmer gelassen, aber in der Nacht ihres Todes weder etwas gesehen noch gehört.

Michael arbeitete sich methodisch durch die Polizeifotos. Und da bezeichneten die Leute ihn als unordentlich, dachte er, als er den Dreck betrachtete, in dem Jane Palmer gehaust hatte und gestorben war. Wieder und wieder untersuchte er die Fotos unter dem Vergrößerungsglas.

Inspektor Carlson, der für den Fall Palmer zuständig gewesen war, sah ihm geduldig dabei zu.

»Das war vielleicht ein Schweinestall«, meinte er. »Ehrlich gesagt, hatte ich so was vorher noch nie gesehen. Oder gerochen. Das alte Mädchen hat schon ein paar Tage da geschmort.«

»Waren nur ihre Fingerabdrücke auf der Spritze?«

»Ja. Sie hat sich selbst erledigt.« Carlson nahm seine Hornbrille ab, um die Gläser zu putzen. »Wir haben zuerst an Selbstmord gedacht, aber das paßte nicht zu ihr. Wir vermuten, daß das Heroin zu rein war und sie nicht daran gedacht hat, die Dosis zu verringern.«

»Wo hat sie das Zeug hergehabt? Von diesem Typen, diesem Hitch?«

Der Inspektor verzog verächtlich die Lippen. »Der ist doch nur ein kleines Rädchen im Getriebe. Der hat gar nicht die Verbindungen, um an so reinen Stoff ranzukommen.«

»Wenn er es nicht war, wer dann?«

»Das haben wir nie herausgefunden. Wir nehmen an, daß sie sich den Stoff selbst beschafft hat. Sie war ja mal 'ne Art Berühmtheit und hatte dementsprechende Beziehungen.«

»Haben Sie den Brief gesehen, den sie an unsere Abteilung geschickt hat?«

»Deswegen rollen wir den Fall ja wieder auf, Detective. Wenn der Mord hier mit einem Mord in Ihrem Land in Verbindung steht, dann können Sie auf unsere Unterstützung zählen.« Carlson schob die Brille wieder auf seine Nase. »Es ist zwar schon zwanzig Jahre her, aber keiner von uns hat den Fall Darren McAvoy vergessen.«

Nein, niemand hatte ihn vergessen, dachte Michael, als er sich in Brians eichengetäfeltem Büro niederließ und den Mann beobachtete, der den Brief seiner früheren Geliebten las.

Ein lustig flackerndes Feuer wärmte den Raum. Gemütliche Sessel vor dem Kamin luden zum Sitzen ein. Die Wände und Regale waren voll von Preisen, Auszeichnungen und Fotos. Eine Bar in der Ecke des Raumes enthielt nur Mineralwasser und alkoholfreie Getränke. Michael wartete, bis Brian ihn ansah.

»Ich habe alles mit meinem Vater besprochen. Wir sind der Meinung, Sie sollten davon erfahren.«

Verstört griff Brian zu einer Zigarette. »Du hältst den Brief für echt?«

»Ja.«

Brian hantierte mit seinem Feuerzeug herum. In der untersten Schublade seines Schreibtisches lag eine noch nicht angebrochene Flasche irischen Whiskys, eine Prüfung, die er sich selbst auferlegt hatte, seit er vor sechs Wochen den letzten Tropfen getrunken hatte.

»Und ich habe geglaubt, ich wüßte, wozu sie fähig ist. Ich kann das einfach nicht verstehen.« Er sog den Rauch so gierig ein wie ein Ertrinkender die rettende Luft. »Warum hätte sie Darren etwas zuleide tun sollen?« Er vergrub sein Gesicht in den Händen. »Das galt mir. Mich wollte sie treffen.«

»Wir glauben immer noch, daß Darrens Tod ein Unfall war.« Die Worte waren wohl kaum ein großer Trost, dachte Michael. »Natürlich wollte man ein Lösegeld erpressen.«

»Ich habe Jane doch schon für Emma bezahlt. Sie hätte das Kind umgebracht, direkt vor meinen Augen. In ihrem Jähzorn hätte sie das fertiggebracht. Aber einen solchen Plan auszuhecken ...« Brian schüttelte den Kopf. »Ich kann nicht glauben, daß der von ihr stammt.«

»Sie hatte Hilfe.«

Brian erhob sich und wanderte durch den Raum. Greifbare Beweise seines Erfolges schmückten die Wände; goldene Schallplatten, Grammys, American Music Awards. Alles Zeichen dafür, daß er mit seiner Musik etwas Unvergängliches geschaffen hatte.

Dutzende von Fotos hingen daneben. Devastation gestern und heute, Brian zusammen mit anderen Sängern, Musikern, Politikern, die er unterstützt hatte, Berühmtheiten des Showgeschäfts. Dazwischen hing ein gerahmter Schnappschuß von Emma und seinem toten Sohn, die am Ufer eines

Baches saßen und in die Kamera lächelten. Auch diese beiden hatte er geschaffen.

Zwanzig Jahre waren vergessen, und er saß wieder im Gras in der Sonne und hörte das Lachen seiner Kinder. »Ich glaubte, ich hätte all das hinter mir.« Brian rieb sich die Augen und wandte sich von dem Bild ab. »Ich möchte nicht, daß Bev davon erfährt, jetzt noch nicht. Ich werde es ihr selbst sagen, wenn ich es für richtig halte.«

»Das liegt bei Ihnen. Ich wollte Ihnen nur mitteilen, daß ich den Fall wieder aufnehmen werde.«

»Bist du so engagiert wie dein Vater?«

»Ich denke schon.«

Brian nahm diese Aussage wortlos zur Kenntnis. Doch er mußte an sein anderes Kind denken. »Was ist mit Emma? Soll sie das alles noch einmal durchmachen?«

»Ich werde alles tun, was in meiner Macht steht, um Emma unnötige Aufregung zu ersparen.«

Brian öffnete eine Flasche Ginger Ale, ein armseliger Ersatz für Whisky. »Bev ist der Meinung, daß du in sie verliebt bist.«

»Das ist richtig.« Michael lehnte den ihm angebotenen Drink ab. »Ich möchte sie heiraten, sobald sie dazu bereit ist.«

Brian trank die Flasche in einem Zug leer. Sein Durst schien unstillbar. »Ich habe ihre Beziehung zu Drew entschieden abgelehnt, allerdings aus den falschen Motiven. Wenn ich sie nicht so bedrängt hätte, wenn ich nicht so dagegen gewesen wäre, ob sie dann gewartet hätte?«

»Latimer war auf Sie aus und auf das, was Sie für ihn tun konnten. Ich will nur Emma und nichts anderes.«

Seufzend ließ Brian sich wieder in seinen Stuhl sinken. »Emma war schon immer der schönste und beständigste Teil meines Lebens. Etwas, was ungewollt und ungeplant entstanden ist und sich als das größte Glück überhaupt erwiesen hat.« Der Anflug eines Lächelns erschien auf seinem Gesicht und machte ihn plötzlich seiner Tochter sehr ähnlich. »An jenem Tag in P. M. s furchtbarem Haus, als Emma dich vom Strand mitgebracht hat, da hast du mich schon verunsichert. Ich habe dich angesehen und gedacht, dieser Junge wird mir Emma fortnehmen. Muß mein irisches Erbe sein«, sagte er.

»Wir Iren sind alle entweder Säufer, Dichter oder Seher. Anscheinend bin ich alles auf einmal.«

»Ich kann sie glücklich machen.«

»Ich nehme dich beim Wort.« Brian betrachtete den Brief ein letztes Mal. »Genau so wichtig wie die Suche nach dem Mörder meines Sohnes ist mir das Glück meiner Tochter.«

»Papa, P. M. und Annabelle sind mit dem Baby da. Ach, entschuldige bitte.« Emma blieb stehen, die Hand noch immer an der Türklinke. »Ich wußte nicht, daß du hier bist, Michael.«

»Du warst gerade einkaufen, als ich zurückkam.« Möglichst unauffällig entfernte Michael den Umschlag und ließ ihn in seine Tasche gleiten.

»Ist etwas nicht in Ordnung?«

»Nein, nein.« Brian kam um den Schreibtisch herum und gab ihr einen Kuß. »Ich habe nur Michael ins Gebet genommen. Er scheint ernsthafte Absichten auf meine Tochter zu haben.«

Fast hätte sie ihm das abgenommen, doch dann sah sie in seine Augen. »Was ist los?«

»Das habe ich dir eben gesagt.« Brian legte ihr einen Arm um die Schulter und wollte sie aus dem Zimmer schieben, doch sie drehte sich zu Michael um.

»Lügt mich nicht an!«

»Ich habe Absichten auf seine Tochter«, konterte Michael.

Emma schüttelte den Arm, der um ihre Schulter lag, energisch ab. »Zeigst du mir bitte mal den Brief da in deiner Tasche?«

»Ja, aber nicht jetzt.«

»Papa, würdest du uns bitte einen Moment alleine lassen?«

»Emma...«

»Bitte.«

Widerstrebend schloß Brian die Tür hinter sich.

»Ich habe Vertrauen zu dir, Michael«, begann sie dann. »Wenn du mir sagst, daß Papa und du wirklich nur über unsere Beziehung gesprochen habt, dann glaube ich dir.«

Michael setzte schon zu einer Lüge an, dann besann er

sich. »Nein, das ist nicht alles, worüber wir gesprochen haben. Setz dich doch bitte.«

Das würde unangenehm werden. Unwillkürlich faltete Emma die Hände im Schoß, wie sie es zuletzt als Schulmädchen getan hatte, wenn sie das, was sie erwartete, fürchtete. Statt zu sprechen, nahm Michael den Brief aus der Tasche und reichte ihn ihr.

Als sie den Absender sah, rann ihr ein kalter Schauer über den Rücken. Die Botschaft einer Toten, dachte sie und wünschte, sie könnte über diesen pathetischen Satz lachen. Dann öffnete sie den Umschlag und las den Brief schweigend durch.

Sie war ihrem Vater so ähnlich, stellte Michael fest. Ihr Gesichtsausdruck, die Trauer in ihren Augen, die Art, wie sie dasaß. Ehe sie sich äußerte, faltete sie den Brief wieder zusammen und gab ihn Michael zurück.

»Bist du deswegen hier?«

»Ja.«

Ihre dunklen, bekümmerten Augen trafen die seinen. »Es wäre mir lieber gewesen, wenn du gekommen wärst, weil du die Trennung von mir nicht länger ertragen kannst.«

»Kann ich auch nicht.«

Emma ließ den Kopf sinken. Es fiel ihr schwer, einen klaren Gedanken zu fassen. »Glaubst du das, was in dem Brief steht?«

»Es geht nicht darum, was ich glaube«, erwiderte er diplomatisch. »Ich verfolge nur eine Spur.«

»Ich glaube daran.« Emma stand das letzte Bild von Jane, die mit verbittertem Gesicht in der Tür des schmutzigen Hauses lehnte, noch deutlich vor Augen. »Sie wollte Papa verletzen. Sie wollte ihn leiden sehen. Ich erinnere mich noch ganz genau, wie sie ihn angeschaut hat, als er mich mitnahm. Ich war fast noch ein Baby, aber ich erinnere mich.«

Sie holte tief Atem. Tränen waren hier fehl am Platze. »Wie ist es möglich, einen Menschen gleichzeitig so zu lieben und zu hassen, wie sie es tat? Wie ist es möglich, daß Liebe in solchen Haß umschlägt? Sie hat sich an der Ermordung eines kleinen Jungen beteiligt, nur weil sie Papa Leid zufügen wollte.«

Er beugte sich zu ihr herunter und nahm den Brief, der noch immer in ihrem Schoß lag, wieder an sich. »Vielleicht. Aber mit diesem Brief hat sie etwas in Bewegung gesetzt, was uns auf die Spur des Mörders führen könnte.«

»Ich weiß, wer es ist.« Emma schloß die Augen. »Es ist irgendwo tief in meinem Inneren begraben, aber ich weiß es. Und diesmal werde ich es herausfinden.«

Als die Musik ertönte, stand sie, nur mit ihrem Lieblingsnachthemd bekleidet, in der dunklen Diele und hielt Charlie umklammert. Darren weinte. Sie wollte zurück ins Bett, in die Sicherheit ihres eigenen Zimmers, wo die Nachttischlampe beruhigendes Licht verbreitete. Doch sie hatte versprochen, immer auf Darren achtzugeben, und er weinte.

Sie trat einen Schritt vor, aber ihr Fuß berührte den Boden nicht. Sie schien auf einer dunklen Wolke zu schweben. Im Hintergrund vernahm sie das Zischen und Scharren der Ungeheuer, die das Dunkel liebten. Der Ungeheuer, die böse kleine Mädchen fraßen, wie ihre Mama zu sagen pflegte.

Es war so dunkel, daß sie den Weg nicht fand. Durch die Musik klangen immer wieder andere, unheimlichere Geräusche durch. Sie ging dem Geschrei ihres kleinen Bruders nach, wobei sie versuchte, sich ganz klein zu machen, so klein, daß niemand sie sehen konnte. Schweiß rann ihren Rücken hinunter.

Ihre Hand schloß sich um die Türklinke, drückte sie langsam herunter, schob die Tür auf.

Grobe Hände packten sie beim Arm.

»Ich habe dir doch gesagt, du entkommst mir nicht, Emma.« Drew legte ihr eine Hand um den Hals und drückte zu. »Ich habe dir gesagt, ich finde dich überall.«

»Emma!« Michael hielt ihre wild umherschlagenden Arme fest und zog sie an sich. »Wach auf, Emma, wach auf! Es war nur ein Traum.«

Emma rang nach Atem. Obwohl ihr langsam bewußt

wurde, wo sie war und wer sie festhielt, schien es ihr, als liege Drews Hand noch immer um ihren Hals.

»Das Licht«, stieß sie hervor. »Bitte mach das Licht an.«

»Sofort. Bleib ganz ruhig.« Ohne sie loszulassen, schaltete Michael die Lampe an. »So. Jetzt sieh mich an, Emma.« Er umfaßte ihr Kinn und hob ihr Gesicht etwas an. Sie bebte am ganzen Körper, ihr Gesicht wirkte im Lichtschein totenbleich. Feine Schweißtröpfchen glänzten auf ihrer Haut. »Es war nur ein Traum«, beruhigte er sie. »Du bist hier, bei mir.«

»Ich bin okay.«

Michael legte ihr die Bettdecke um die zuckenden Schultern. »Ich hole dir ein Glas Wasser.« Als sie nickte, stand er auf und ging in das Badezimmer nebenan. Emma zog die Knie an die Brust und lauschte dem Geräusch des fließenden Wassers. Sie wußte wieder, wo sie sich befand. Im Hotelzimmer, mit Michael. Sie hatte ihn eine Nacht lang für sich haben wollen, ehe er in die Staaten zurückkehrte. Obwohl sie sich jetzt ganz sicher war, daß sie nur geträumt hatte, betastete sie ihren Hals. Fast glaubte sie, man müsse Drews Fingerabdrücke darauf sehen.

»Trink einen Schluck.«

Gehorsam nippte Emma an dem Glas. Es brannte weniger stark als erwartet. »Es tut mir leid, Michael.«

Er war weder an Entschuldigungen interessiert, noch wollte er zugeben, daß er genauso entsetzt war wie sie. Es hatte sich angehört, als würde sie im Schlaf ersticken und verzweifelt versuchen, nach Luft zu schnappen.

»Wie oft kommt das vor?«

»Zu oft.«

»Wolltest du deswegen nie eine ganze Nacht mit mir verbringen?«

Emma hob die Schultern und schaute unglücklich in ihr Glas.

Michael klopfte die Kissen auf. »Erzähl mir davon.«

Als sie geendet hatte, starrte er blicklos ins Leere. Sie war jetzt ganz ruhig, das konnte er ihren gleichmäßigen Atemzügen entnehmen. Er war derjenige, der unter Hochspannung stand.

»Wahrscheinlich hat der Brief diesen Traum ausgelöst«, murmelte sie. »Früher habe ich nur gebetet, diese Alpträume möchten endlich aufhören. Jetzt will ich sie zu Ende bringen. Ich will endlich sehen, was sich hinter dieser Tür befindet.«

Michael preßte seine Lippen in ihr Haar. »Hast du Vertrauen zu mir?«

Sein Arm verlieh ihr ein Gefühl der Sicherheit. »Ja.«

»Ich werde alles tun, was in meiner Macht steht, um den Mörder deines Bruders zu finden.«

»Das ist so lange her.«

»Ich habe da so einige Ideen. Mal sehen, ob ich das Puzzle zusammensetzen kann.«

Sie ließ sich gegen ihn sinken und wünschte, sie könnte einfach so liegenbleiben, den Kopf an seine Schulter gelehnt. »Ich weiß, daß ich dir versprochen habe, mit dir zurückzukommen, wenn du das willst. Aber ich muß bleiben. Ich muß mit Katherine sprechen. Nur ein paar Wochen.«

Er gab keine Antwort, sondern versuchte, sich mit dem Gedanken anzufreunden. »Während du hier bist, überleg dir doch mal, ob du es wohl ertragen könntest, mit einem Cop verheiratet zu sein. Aber denk gründlich darüber nach.«

»Ja.« Emma legte die Arme um ihn. »Liebe mich, Michael.«

Der verräucherte kleine Club war gerammelt voll, die Musik dröhnte, und der Alkohol war offenbar mit Wasser versetzt. Auf der Tanzfläche drängelten sich die Menschen, die zuckenden Leiber glänzten unnatürlich unter den bunten Lichtern. Drogen und Geldscheine wurden so beiläufig ausgetauscht wie Telefonnummern.

Er war derartige Etablissements nicht gewohnt und hegte ganz sicher keine Vorliebe dafür. Leise fluchend quetschte er sich an einen kleinen Ecktisch und bestellte einen Scotch.

»Für ein Gespräch unter vier Augen hättest du dir einen geeigneteren Ort aussuchen können.«

Sein Gesprächspartner grinste und kippte seinen Whisky hinunter. »Vertrauliches bespricht man am besten in der Öffentlichkeit.« Mit einem goldenen Feuerzeug zündete er sich eine Zigarette an. »Das Gerücht will wissen, daß Jane geplaudert hat.«

»Ich weiß von dem Brief.«

»So, und du hast es nicht für nötig gehalten, das zu erwähnen?«

»Richtig.«

»Muß ich dich daran erinnern, daß das, was dich betrifft, auch mich angeht?«

»Der Brief hat nur mit Jane zu tun, nicht mit uns.« Er wartete, bis die Kellnerin seinen Drink vor ihn hingestellt hatte, dann nahm er den Faden wieder auf. »Aber es gibt etwas, das viel ernstere Auswirkungen haben könnte. Emma hat beunruhigende Träume.«

Der andere Mann lachte bloß und stieß eine Rauchwolke aus. »Was gehen mich Emmas Träume an?«

»Eine Menge. Denn die betreffen uns beide. Sie ist in therapeutischer Behandlung, und zwar bei der Psychologin, die auch Stevie Nimmons konsultiert hatte.« Nach einem Schluck von seinem Scotch entschied er, daß man mit dem Gebräu die halbe Menschheit vergiften könnte. »Es sieht so aus, als ob sie ihr Erinnerungsvermögen wiedergewinnt.«

In dem Gesicht des zweiten Mannes zeigte sich ein Anflug von Angst, der aber rasch bloßer Wut Platz machte. »Ich wollte sie schon vor Jahren aus dem Weg räumen.«

»Damals war das nicht nötig.« Sein Gesprächspartner zuckte die Achseln. »Aber jetzt sieht die Sache anders aus.«

»Ich habe nicht die Absicht, mir zum jetzigen Zeitpunkt noch die Hände schmutzig zu machen, alter Freund. Kümmere du dich mal schön selbst darum.«

»Ich habe schon Jane zum Schweigen gebracht.« Seine Stimme klang immer noch ruhig. »Wir müssen Emma im Auge behalten. Wenn sie uns gefährlich werden kann, bist du an der Reihe.«

»Gut. Aber ich tue es nicht, weil du es so willst, sondern weil ich mit Emma noch eine Rechnung offen habe.«

»Mr. Blackpool, würden sie mir wohl ein Autogramm geben?«

Er legte sein Feuerzeug auf den Tisch und lächelte die gutgebaute, rothaarige junge Frau an. »Natürlich, Süße. Ist mir ein Vergnügen.«

36

»Michael möchte mich heiraten.«

Katherine hob kaum merklich eine Augenbraue. »Und wie denkst du darüber?«

Ob dieser Standardbemerkung eines Therapeuten mußte Emma beinahe lachen. »Ich bin nicht allzu überrascht. Seit einiger Zeit weiß ich schon, daß er nur auf eine passende Gelegenheit gewartet hat, um mich zu fragen. Und wenn ich mit ihm zusammen bin, dann kann ich fast glauben, daß es gutgeht. Ein eigenes Heim und eine Familie, das habe ich mir schon immer gewünscht.«

»Liebst du ihn?«

»Ja.« In diesem Punkt gab es keinen Zweifel. »Ja, ich liebe ihn.«

Die Antwort kam ohne Zögern, registrierte Katherine. »Aber du hast hinsichtlich einer Heirat deine Bedenken?«

»Man kann nun wirklich nicht behaupten, daß ich gute Erfahrungen mit der Ehe gemacht habe.«

»Läßt sich denn Michael mit Drew vergleichen?«

»In welcher Hinsicht?«

Katherine sah sie nur schweigend an.

»Beide sind attraktive, willensstarke Männer.«

»Nichts weiter?«

Emma ging ruhelos im Zimmer auf und ab. Das Haus war still und leer. Es galt als ungeschriebenes Gesetz, daß sie jeden Nachmittag gegen drei mit Katherine alleine gelassen wurde. Eigentlich hatte sie gar nicht über Michael, sondern über ihre Alpträume sprechen wollen, doch ihre Gedanken kreisten ständig um ihn.

»Nein, nichts weiter. Sogar ehe ich herausfand, daß Drew gewalttätig war, hätte ich keine Gemeinsamkeiten feststellen können. Drew war achtlos im Umgang mit anderen Menschen, er war unfähig, jemandem echte Zuneigung entgegenzubringen. Wenn er wollte, konnte er ausgesprochen aufmerksam und charmant sein, aber das geschah nur aus Berechnung. Er erwartete immer eine Gegenleistung.«

»Und Michael?«

»Er zeigt echtes Interesse an anderen Menschen, zum Beispiel liebt er seine Familie... und mich. Er engagiert sich für andere, deshalb ist er auch in seinem Job so gut. Treue ist für ihn kein Fremdwort, verstehst du? Ich hätte nie geglaubt, daß ich noch einmal mit einem Mann zusammensein wollte. Mit ihm ins Bett gehen wollte. Doch als Michael und ich uns das erstemal geliebt haben, da habe ich Gefühle verspürt, die ich nie für möglich gehalten hätte.«

»Wenn du von Drew sprichst, heißt es ›ins Bett gehen‹, bei Michael sagst du ›sich lieben‹.«

»Tatsächlich?« Emma schenkte Katherine eines ihrer seltenen Lächeln. Eine Erinnerung kam in ihr auf – Johnno, der auf dem Bett ihres Hotelzimmers auf Martinique saß. *Wenn echte Gefühle ins Spiel kommen, dann ist es fast eine heilige Handlung.* »Man braucht keinen akademischen Grad, um das herauszubekommen.«

»Nein.« Zufrieden sank Katherine in die Kissen zurück. »Fühlst du dich in physischer Hinsicht wohl bei Michael?«

»Nein. Aber es ist eine wundervolle Art von Unbehagen.«

»Erregend?«

»Das auch. Aber ich kann nicht... ich kann nie die Initiative ergreifen.«

»Möchtest du das denn?«

»Ich weiß es nicht. Ich glaube – ich würde ihm gern zeigen, was ich für ihn empfinde. Aber ich habe Angst, etwas falsch zu machen.«

»Was denn genau?«

Verwirrt hob Emma die Hände und ließ sie wieder fallen. »Ich bin mir nicht sicher. Vielleicht könnte ich etwas tun, das ihn ärgert, oder...« Ungeduldig drehte sie sich zum Fenster.

»Ich kann Drew einfach nicht vergessen. Ich werde nicht los, was er einmal zu mir gesagt hat. Wie ungeschickt ich mich im Bett anstellen würde. Ich wäre lächerlich, hat er behauptet.« Wütend darüber, daß sie Drew noch immer gestattete, ihr Leben zu beeinflussen, wandte Emma sich wieder zu Katherine.

»Hast du schon mal darüber nachgedacht, daß dein angebliches Versagen im Bett zum großen Teil an deinem Partner und den Umständen liegen könnte?«

»Ja. Hier drin.« Emma tippte kurz mit dem Finger an ihre Schläfe. »Ich weiß, daß ich weder gefühlskalt noch leidenschaftslos bin. Trotzdem habe ich Angst davor, auf Michael zuzugehen; Angst, ich könnte etwas verderben.« Nachdenklich spielte sie mit einer kleinen Kristallpyramide, in der sich das Licht in allen Regenbogenfarben brach. »Und dann diese Alpträume. Ich habe vor Drew jetzt fast soviel Angst wie zu seinen Lebzeiten. Wenn ich ihn nur aus meinen Träumen verbannen könnte, wenn ich sein Gesicht und seine Stimme aus meinem Unterbewußtsein löschen könnte, dann wäre es mir vielleicht möglich, den nächsten Schritt mit Michael zu wagen.«

»Willst du das wirklich?«

»Natürlich. Glaubst du denn, ich will auch weiterhin bestraft werden?«

»Wofür?«

»Dafür, daß ich etwas, was er wünschte, nicht schnell genug ausgeführt habe. Oder daß ich dieses oder jenes falsch gemacht habe.« Erregt stellte sie die Kristallpyramide ab und kreuzte die Arme vor der Brust. »Oder dafür, daß ich ein unpassendes Kleid getragen habe. Daß ich Michael liebte. Er wußte es, er wußte, was ich für Michael empfand.« Emma nahm ihre nervöse Wanderung durch den Raum wieder auf. »Als er uns zusammen sah, auf meiner Ausstellung, da wußte er es. Deshalb hat er mich geschlagen. Ich mußte ihm versprechen, Michael nie wiederzusehen, und trotz dieses Versprechens hat er mich weiterhin geschlagen. Er wußte, daß ich mein Versprechen nicht halten würde.«

»Ein Versprechen, daß man unter Zwang abgegeben hat, ist nichts wert.«

Diese Logik wollte Emma nicht einleuchten. »Der springende Punkt ist, daß ich versucht habe, mein Versprechen zu halten, aber ich war dazu nicht in der Lage. Ich konnte einfach nicht. Also hat er mich bestraft.«

Emma ließ sich auf einen Stuhl fallen. »Ich habe gelogen«, fuhr sie eher zu sich als zu Katherine gewandt fort. »Ich habe Drew und mich selbst belogen.«

Katherine lehnte sich vor und fragte sanft: »Warum taucht Drew wohl in deinem Traum auf, dem Traum von der Nacht, in der Darren starb?«

»Damals habe ich auch gelogen«, murmelte Emma tonlos. »Ich habe mein Versprechen nicht gehalten und auf Darren achtgegeben. Deswegen haben wir ihn verloren. Papa und Bev haben sich verloren. Ich hatte geschworen, immer auf Darren aufzupassen, nie zuzulassen, daß ihm etwas geschieht. Aber ich habe mein Versprechen gebrochen, und niemand hat mich je dafür bestraft. Niemand hat mir die Schuld gegeben.«

»Doch. Du selber. Hast du dir nicht selbst die Schuld gegeben? Dich selbst bestraft?«

»Wenn ich doch nur nicht weggerannt wäre – er hat nach mir gerufen.« Für Bruchteile von Sekunden erinnerte sie sich an die Stimme, die sie verfolgt hatte, als sie die dunkle Diele entlanggeflohen war. »Er hatte solche Angst, und trotzdem bin ich nicht zu ihm zurückgegangen. Ich wußte, daß sie ihm weh tun würden, aber ich bin fortgelaufen. Und so ist er gestorben. Ich hätte bleiben müssen. Es wäre meine Pflicht gewesen, bei ihm zu bleiben.«

»Hättest du ihm denn helfen können?«

»Ich bin weggerannt, weil ich Angst um mich hatte.«

»Du warst ein Kind, Emma.«

»Wo liegt da der Unterschied? Ich habe ein Versprechen abgegeben. Man hält seine Versprechen, egal wie schwer es auch sein mag. Ich habe Drew eines gegeben, und ich bin bei ihm geblieben, weil...«

»Weil?«

»Weil ich eine Strafe verdient hatte.« Entsetzt schloß Emma die Augen. »O Gott. Bin ich etwa die ganzen Monate bei ihm geblieben, weil ich für Darrens Tod bestraft werden wollte?«

Katherine fühlte einen kurzen Augenblick lang eine tiefe Befriedigung. Genau darauf hatte sie hinausgewollt. »Zum Teil bestimmt. Du hast einmal gesagt, daß Drew dich an Brian erinnert. Du hast dir selber die Schuld an Darrens Tod gegeben, und in der kindlichen Vorstellungswelt folgt auf Schuld unweigerlich die Strafe.«

»Als ich Drew heiratete, wußte ich nichts von seiner Gewalttätigkeit.«

»Nein, du hast nur die schöne Fassade gesehen. Ein hübscher junger Mann mit einer wunderschönen Stimme. Romantisch. Bezaubernd. Du hast jemanden ausgewählt, den du für sanft und liebevoll gehalten hast.«

»Ich habe mich geirrt.«

»Ja, in bezug auf Drew hast du dich geirrt. Er hat dich und viele andere getäuscht. Er war ein Blender, nach außen hin so anziehend und so lieb, daß du die Überzeugung gewonnen hast, das zu verdienen, was er dir antat. Er hat deine Verwundbarkeit erkannt, benutzt und ausgebeutet. Du hast nicht um Prügel gebettelt, Emma. Genausowenig wie du für den Tod deines Bruders verantwortlich bist.« Katherine nahm Emma bei der Hand. »Ich glaube, wenn du diese Tatsache akzeptierst, voll und ganz, dann wirst du dich an den Rest erinnern. Und sobald du dich erinnerst, werden die Alpträume vergehen.«

»Ich werde mich erinnern«, flüsterte Emma. »Und diesmal werde ich nicht davonlaufen.«

Die Wohnung hatte sich kaum verändert. Marianne hatte ihr nur teilweise ihre eigene bizarre Note verliehen. Ein lebensgroßer aufblasbarer Plastik-Godzilla, eine riesige Plastikpalme, die immer noch im vollen Weihnachtsschmuck prangte, obwohl der Winterschlußverkauf schon im vollen Gang war, und ein ausgestopfter Beo, der vor dem Fenster in einem Reifen schaukelte, waren hinzugekommen. Die

Wände waren mit Mariannes Gemälden vollgestellt, und das Studio roch nach Farbe, Terpentin und Calvin Kleins Obsession.

Emma, die nur ein weites Sweatshirt, das über eine Schulter fiel, und mit Diamanten und Saphiren besetzte Ohrringe – ein Weihnachtsgeschenk ihres Vaters – trug, saß auf einem Stuhl in der Mitte des Raumes.

»Du bist total verkrampft«, beklagte sich Marianne, deren Bleistift flink über das Papier glitt.

»Das sagst du jedesmal, wenn du mich zeichnest.«

»Nein, du bist wirklich nicht entspannt.« Marianne schob den Bleistift in ihr Haar, das ihr jetzt in wilden Locken bis auf die Schultern fiel. »Liegt das daran, daß du wieder in New York bist?«

»Ich weiß es nicht. Vielleicht.« Doch in den letzten Tagen in London hatte sie gleichfalls unter ständiger Spannung gestanden. Sie konnte das Gefühl nicht loswerden, bespitzelt und verfolgt zu werden.

Blödsinn. Emma holte tief Atem. Aller Wahrscheinlichkeit nach rührte ihre innere Anspannung daher, daß sie endlich offen über ihre Probleme gesprochen hatte. Doch seit sie sich ihre ganze Qual von der Seele geredet hatte, fühlte sie sich im Grunde erleichtert.

»Sollen wir aufhören?« Trotz dieser Frage zog Marianne den Bleistift aus dem Haar und zeichnete eifrig weiter. Seit jeher wollte sie diesen stillen, wehmütigen Ausdruck in Emmas Augen festhalten. »Wir könnten einen Stadtbummel machen und mal bei Elizabeth Arden reinschauen. Ich hab' seit Wochen keine Kosmetikerin mehr gesehen.«

»Mir ist schon aufgefallen, wie furchtbar elend du aussiehst.« Emma lächelte, so daß das Grübchen in ihrem Mundwinkel zu tanzen begann. »Wie kommt's? Vitamine? Makrobiotik? Sex? Du siehst großartig aus.«

»Vielleicht Liebe.«

»Der Zahnarzt?«

»Wer? Ach was. Das ständige Gerede über Wurzelbehandlungen hat unserer Beziehung den Rest gegeben. Nein, er heißt Ross. Ich kenne ihn seit sechs Monaten.«

»Sechs Monate. Und du hast ihn nie zuvor erwähnt?«

»Ich wollte kein Unheil heraufbeschwören.« Achselzuckend riß Marianne das Blatt ab und begann, eine neue Zeichnung vorzubereiten. »Dreh dich mal ein bißchen, ja? Den Kopf mehr zur Seite. So ist's gut.«

»Was Ernstes?« Emma schaute aus dem Fenster. Auf der Straße hasteten die Menschen vorbei, offenbar trieb sie der scharfe Wind, der Regen oder Schneeschauer verhieß, nach Hause. Ein Mann stand rauchend im Eingang des Feinkostgeschäftes gegenüber. Emma hätte schwören können, daß er direkt zu ihr hochschaute. »Wie bitte?« fragte sie, als ihr bewußt wurde, daß Marianne mit ihr sprach.

»Ich sagte, es könnte ernst werden. Ich wünsche es mir. Unglücklicherweise handelt es sich um einen Senator.«

»Welchen?«

»Virginia. Kannst du dir das vorstellen? Ich mitten unter diesen aufgeputzten Washingtoner Ehefrauen?«

»Ja«, erwiderte Emma lächelnd. »Kann ich mir gut vorstellen.«

»Nachmittagstee und Protokolle.« Marianne rümpfte die Nase. »Wenn ich daran denke, daß ich womöglich eine ganze Rede über das Thema Verteidigungshaushalt durchstehen muß. Was gibt es denn da so Interessantes?«

»Nichts.« Kopfschüttelnd wandte sich Emma vom Fenster ab. »Da steht bloß ein Mann unten auf der Straße.«

»Na so was. Mitten in New York. Nicht schon wieder verkrampfen, Emma.«

»Entschuldige.« Bewußt blickte Emma in eine andere Richtung und versuchte, sich zu entspannen. »Verfolgungswahn«, meinte sie leichthin. »Und wann lerne ich den Herrn Politiker kennen?«

»Er ist in D. C.« Mit zwei Bleistiftstrichen warf Marianne Emmas Augenbraue auf das Papier. »Wenn du es nicht so eilig hättest, nach L. A. zurückzukommen, könntest du nächstes Wochenende mitkommen.«

»Also ist es doch was Ernstes.«

»Ziemlich. Emma, was ist denn da draußen bloß so faszinierend?«

»Es ist dieser Mann. Es kommt mir so vor, als ob er mich die ganze Zeit anschaut.«

»Klingt eher nach übertriebener Eitelkeit als nach Verfolgungswahn.« Marianne trat selber ans Fenster. »Wahrscheinlich wartet er auf Kunden. Verkappter Drogenhändler«, entschied sie. »Da wir gerade beim Thema sind: Was ist mit Michael? Willst du diesem Mann samt seinem Hund den Abschied geben?«

»Ich brauche Zeit.«

»Du hast dir mit Michael Zeit gelassen, seitdem du dreizehn bist«, stellte Marianne fest. »Wie fühlt man sich denn, wenn ein Mann seit über zehn Jahren hinter einem herrennt?«

»Ganz so ist das nicht.«

»Doch, genau so. Ich bin sowieso überrascht, daß er es fertiggebracht hat, in L. A. zu bleiben, obwohl du ein paar Tage hier verbringst.«

»Er möchte mich heiraten.«

»Welch eine Neuigkeit! Wer hätte das gedacht!«

»Ich schätze, ich will einfach noch nicht so weit vorausplanen.«

»Ja, weil du das Wort ›Heirat‹ aus deinem Vokabular gestrichen hast. Also, was wirst du tun?«

»Bitte?«

»Wirst du Michael heiraten?«

»Ich weiß es nicht.« Wieder schaute Emma aus dem Fenster. Der Mann stand immer noch da. »Ich werde abwarten, bis ich ihn wiedersehe. Vielleicht denken wir beide jetzt anders, wo sich die Dinge beruhigt haben und das Leben seinen normalen Gang geht. Verdammt!«

»Was ist?«

»Ich weiß gar nicht, warum ich nicht schon längst darauf gekommen bin. Papa hat wieder einen Leibwächter angeheuert.« Sie drehte sich um und sah Marianne mißtrauisch an. »Du weißt nicht zufällig etwas davon?«

»Nein.« Auch Marianne blickte wieder aus dem Fenster. »Brian hat keinen Ton davon gesagt. Mensch, Emma, der Kerl steht einfach nur da. Wie kommst du darauf, daß er deinetwegen hier ist?«

»Wenn du dein ganzes Leben lang unter Beobachtung gestanden hast, dann merkst du so was.« Ärgerlich trat sie vom Fenster zurück, wirbelte dann herum und riß es mit einem wütenden Fluch weit auf. »Hey!« Ihr unvermuteter Schrei verblüffte sie mindestens genauso wie den Mann auf der Straße. »Sagen Sie Ihrem Boß, ich kann auf mich selber aufpassen. Wenn ich Sie in fünf Minuten noch hier sehe, dann rufe ich die Polizei!«

»Geht's dir jetzt besser?« fragte Marianne hinter ihr.

»Viel besser.«

»Ich bin mir nicht sicher, ob er dich von hier aus hören konnte.«

»Der hat mich gehört«, sagte Emma zufrieden. »Da, siehst du? Er verschwindet.« Ein bißchen benommen zog sie den Kopf zurück. »Komm, laß uns gehen.«

Michael befaßte sich eingehend mit einigen Computerausdrucken. Es hatte ihn mehrere Tage Arbeit gekostet, diese Listen zu erstellen und zu vergleichen. In den letzten Wochen hatte er sich in den Fall Darren McAvoy genauso verbissen wie sein Vater vor zwanzig Jahren. Wort für Wort war er die Akten durchgegangen, hatte jedes Foto Zentimeter für Zentimeter betrachtet und wieder und wieder die Vernehmungsprotokolle gelesen. Soweit es ihm möglich war, versuchte er sich an seinen Besuch in dem Haus, damals mit Emma, zu erinnern, und hielt sämtliche Einzelheiten gleichfalls schriftlich fest.

Aufgrund der peinlich genauen Ermittlungen seines Vaters und Emmas Erinnerungsvermögens konnte er die Nacht von Darrens Tod im Geiste ziemlich genau nachvollziehen.

Musik. Er dachte an die Beatles, die Stones, Janis Joplin, die Doors.

Drogen. Alles von Gras bis hin zu LSD, großzügig geteilt.

Unterhaltungen, Diskussionen, Klatsch. Gelächter. Politische Debatten. Über Vietnam, Nixon und die Frauenbewegung.

Leute, die kamen und gingen. Einige waren eingeladen,

andere tauchten einfach auf. Keiner achtete auf ein unbekanntes Gesicht. Förmliche Einladungen galten als spießbürgerlich. Das Leben stand im Zeichen von Frieden, Liebe und Gemeinschaftlichkeit. So schön sich das anhörte, für einen Cop Anfang der Neunziger war es frustrierend.

Michael war im Besitz der Gästeliste, die sein Vater zusammengestellt hatte. Natürlich war diese beklagenswert unvollständig, aber dennoch ein Anfang. Tage hatte er damit verbracht herauszufinden, wo sich die auf der Liste erwähnten Leute in der Nacht von Jane Palmers Tod aufgehalten hatten. Sechzehn von ihnen, darunter alle vier Mitglieder von Devastation, ihr Manager und Bev McAvoy waren in London gewesen. Obwohl er sie am liebsten von der Liste der Verdächtigen gestrichen hätte, überprüfte Michael die Alibis sehr sorgfältig.

Zwölf Namen hatte der Computer ausgespuckt. Sollte es tatsächlich eine Verbindung zwischen zwei Morden, die im Abstand von zwanzig Jahren begangen worden waren, geben, dann mußte sie auf dieser Liste zu finden sein.

»Damit kann man schon mal arbeiten.« Michael beugte sich über die Schulter seines Vaters, so daß sie beide den Ausdruck betrachten konnten. »Ich möchte da gerne ins Detail gehen und alle möglichen Verbindungen zwischen diesen zwölf Personen und Jane Palmer ausleuchten.«

»Die McAvoys stehen auch auf deiner Liste. Du glaubst doch nicht etwa, daß sie ihren eigenen Sohn getötet haben?«

»Nein. Es geht mir um den Zusammenhang.« Michael öffnete einen Ordner. Er hatte verschiedene Namen mit gestrichelten Linien verbunden, so daß das Ganze einem von Brian, Bev und Jane angeführtem Familienstammbaum glich. Darunter standen die Namen von Emma und Darren. »Ich habe das mit Hilfe der Verhör-Protokolle zusammengestellt. Nehmen wir mal Johnno.« Michael fuhr mit dem Finger eine Linie entlang. »Er ist Brians ältester Freund, sie haben die Band zusammen gegründet. Während ihrer gesamten langen Trennung von Brian ist er auch mit Bev in Kontakt geblieben. Und er kennt Jane am längsten.«

»Was ist mit dem Motiv?«

»Entweder Geld oder Rache«, erläuterte Michael. »Beides trifft zweifellos auf Jane Palmer zu, aber bei allen anderen auf der Liste können wir nur Vermutungen anstellen. Blackpool.« Michaels Finger bewegte sich weiter nach unten. »Zum Zeitpunkt von Darrens Tod war er nur ein Mitläufer. Sein großer Durchbruch kam erst Monate später, als er einen Song aufnahm, den Brian und Johnno geschrieben haben. Dann wurde Pete Page sein Manager.« Er zog die Linien nach, die Blackpool mit Brian, Johnno, Pete und Emma verbanden.

»Kennt er die Palmer?« wollte Lou wissen.

»Konnte ich noch nicht herausfinden.«

Lou lehnte sich zurück und nickte beifällig. »Da stehen Namen auf deiner Liste, die sogar mir bekannt sind.«

»Alle Größen des Rock'n'Roll.« Michael, der auf der Kante seines Schreibtisches Platz genommen hatte, zündete sich eine Zigarette an. »Wenn man als Hauptmotiv für diese Entführung Geldgier unterstellt, dann sind die meisten Personen auf dieser Liste aus dem Schneider. Und hier kommt Jane ins Spiel. Wenn die Idee von ihr stammt, könnte sie Erpressung, Drogen, Sex oder irgend etwas sonst benutzt haben, um jemand anders unter Druck zu setzen und so über diesen Jemand an Brian heranzukommen, mit Umweg über Darren. Sie hat Emma einmal dazu benutzt, ihn zurückzugewinnen, und hat nur Geld bekommen. Aber sie wollte mehr. Und die beste Möglichkeit, es zu bekommen, führte über Brians Sohn.«

Michael erhob sich und ging im Büro hin und her, während er den Faden fortspann. »Wenn sie ins Haus gelangt wäre, hätte sie das Ding vermutlich selbst gedreht. Doch sie war die letzte Person, die man dort willkommen geheißen hätte. Also hat sie jemand gefunden und irgendeinen Hebel angesetzt, um ihn gefügig zu machen.«

»Das klingt so, als ob du sie gut verstehst.«

»Ich glaube, das tue ich auch. Wenn wir davon ausgehen, daß die Entführung ihre Idee war, dann müssen wir einen Zusammenhang finden. Irgendwer auf dieser Liste war daran beteiligt.«

»Im Kinderzimmer hielten sich in dieser Nacht zwei Leute auf.«

»Und einer davon muß sich im Haus ausgekannt haben. Er mußte wissen, wie die Räume genutzt wurden, wer in welchem Zimmer gewohnt hat, wo die Kinder geschlafen haben und wie der Tag gewöhnlich verlief. Also muß derjenige sowohl mit Brian als auch mit Jane in Verbindung stehen.«

»Du vergißt eines, Michael.« Lou lehnte sich zurück, um seinen Sohn aufmerksam zu mustern. »Wenn dein Name auf diesem Blatt stünde, wie viele Linien würden zu dir führen? Nichts behindert eine Ermittlung so sehr wie persönliches Engagement.«

»Und nichts motiviert stärker.« Michael drückte seine Zigarette aus. »Ich bin mir nicht sicher, ob ich ohne Emma auch ein Cop geworden wäre. Sie ist damals zu uns gekommen, weißt du noch? So um Weihnachten rum. Sie wollte dich sehen.«

»Ja, ich erinnere mich.«

»Sie brauchte Hilfe, und so kam sie zu dir. Das hat mich stutzig gemacht. Vielleicht, habe ich mir gedacht, besteht die Polizeiarbeit ja doch nicht nur aus Protokollen, Formularen und Akten. Vielleicht konnte man ja wirklich Menschen helfen, die sonst keinen Ausweg mehr wußten. Irgend jemand muß schließlich wissen, was zu tun ist.«

Bewegt blickte Lou auf die Papiere auf seinem Schreibtisch. »Ich habe vor zwanzig Jahren nicht gewußt, was zu tun ist.«

»Welche Farbe hatten Darren McAvoys Augen?«

»Grün«, antwortete Lou. »Wie die seiner Mutter.«

»Siehst du? Du hast nie vergessen, nie aufgegeben. So, jetzt muß ich Emma vom Flughafen abholen. Kann ich den Kram hierlassen? Ich will nicht, daß sie das zu Gesicht bekommt.«

»Ja.« Lou hatte die feste Absicht, die Berichte seines Sohnes noch einmal Wort für Wort durchzugehen. »Weißt du was, Michael? Du hast dich zu einem guten Cop gemausert.«

»Eben ganz der Vater.«

37

Emma hatte sich selbst Zurückhaltung auferlegt. Ihre Beziehung zu Michael machte allzu rasante Fortschritte. Sie würde das Tempo ganz vorsichtig ein wenig drosseln. Ihr Buch stand kurz vor der Veröffentlichung; es war an der Zeit, ein eigenes Studio zu eröffnen und eventuell über eine weitere Ausstellung nachzudenken.

Wie konnte sie ihre eigenen Gefühle beurteilen? Ihr Leben war viel zu turbulent verlaufen. Es war so leicht, Liebe mit Dankbarkeit und Freundschaft zu verwechseln. Und dankbar war sie ihm, daran würde sich auch nie etwas ändern. Fast während ihres gesamten Lebens war Michael ihr Freund gewesen, immer gegenwärtig, auch wenn er sich weit von ihr entfernt aufhielt. Ihre Entscheidung war für sie beide das beste.

Sie hielt sich an dem Riemen ihres Fotokoffers fest, als sie durch die Zollkontrolle ging.

Da war er. Er bemerkte sie in demselben Augenblick wie sie ihn. Und all die vernünftigen, logischen Entscheidungen, die sie getroffen hatte, als sie dreitausend Meilen von ihm entfernt war, fielen in sich zusammen. Noch ehe sie ihn beim Namen rufen konnte, war er bei ihr, hob sie auf die Arme und küßte sie lange und ausdauernd, was zur Belustigung und auch zur Verärgerung der anderen Passagiere beitrug, denen er den Weg versperrte.

Als sie wieder zu Atem kam, streichelte sie kurz seine Wange. »Hi.«

»Hi.« Wieder küßte er sie. »Schön, dich zu sehen.«

»Ich hoffe, du hast nicht allzulang gewartet.«

»Es müssen jetzt über elf Jahre sein.« Michael, der Emma noch immer auf dem Arm hielt, wandte sich in Richtung Ausgang.

»Willst du mich nicht runterlassen?«

»Ich denke gar nicht daran. Wie war dein Flug?«

»Ruhig.« Lachend küßte sie ihn auf die Nase. »Michael, du kannst mich doch nicht durch den ganzen Flughafen tragen.«

»Es gibt kein Gesetz, das es mir verbietet. Ich hab's überprüft. Du hast doch sicher Gepäck dabei?«
»Ja, natürlich.«
»Willst du das jetzt sofort abholen?«
Emma erwiderte sein Grinsen, dann schlang sie die Arme um seinen Hals und ließ sich von ihm zum Ausgang tragen.

Zwei Stunden später lagen sie, eine Schüssel Eiskrem zwischen sich, in ihrem Bett.
»Seit ich dich kenne, habe ich lauter schlechte Angewohnheiten angenommen. Früher habe ich nie im Bett gegessen.« Emma tauchte ihren Löffel in das Eis und bot ihn Michael an. »Marianne und ich haben zu Schulzeiten immer Schokoriegel in unserem Zimmer gehortet und die nachts heimlich ins Bett geschmuggelt. Furchtbar dekadent kamen wir uns dabei vor.«
»Ich dachte immer, Mädchen pflegen nachts Jungs ins Zimmer zu schmuggeln.«
»Nein, bloß Schokolade. Von Jungs haben wir nur geträumt. Sex war unser Hauptthema, und was haben wir die Mädchen beneidet, die angeblich schon Erfahrungen hatten.« Sie lächelte ihn an. »Aber die Realität hat alle Erwartungen übertroffen.«
Michael spielte mit dem Spaghettiträger ihres Tops, der ihr von der Schulter gerutscht war. »Wenn ich hier einziehen würde, könnten wir unseren Horizont in dieser Hinsicht noch gewaltig erweitern.«
Er sah sie antwortheischend an. Emma wußte nicht, was sie dazu sagen sollte. »Michael, ich habe mich noch nicht entschieden, ob ich dieses Haus behalten oder mich nach einem anderen umsehen soll.« Zwar entsprach diese Behauptung durchaus der Wahrheit, doch beiden war klar, daß es eigentlich eher eine Ausrede als eine Antwort war. »Ich brauche genug Platz für ein Studio und eine Dunkelkammer. Es muß doch einen Ort geben, wo das alles möglich ist.«
»Hier in L. A.?«
»Ja.« New York würde nie wieder ihre Heimat werden. »Ich möchte hier von vorne anfangen.«

»Gut.«

Offenbar hatte er keine Ahnung, was sie unter einem Neuanfang verstand. »Ich muß mich darauf konzentrieren, Material für eine neue Ausstellung zusammenzutragen. Ich habe hier bereits einige Kontakte geknüpft, und wenn das mit dem Buch klappt...«

»Welchem Buch?«

Emma glättete die Laken und atmete einmal tief durch. »Meinem Buch. Vor ungefähr achtzehn Monaten habe ich die Rechte verkauft. Es handelt von Devastation und enthält Fotos aus meiner Kinderzeit bis hin zu der letzten Tournee, auf der ich Papa begleitet habe. Das Datum des Erscheinens ist schon mehrfach verschoben worden, weil... wegen allem, was geschehen ist. Aber jetzt soll es in sechs Monaten rauskommen.« Emma blickte aus dem Fenster. Der Wind hatte aufgefrischt und trieb graue Regenschwaden gegen die Scheibe. »Ich habe auch schon ein Konzept für ein zweites Buch entworfen. Der Verleger scheint interessiert zu sein.«

»Warum hast du mir nichts davon gesagt?« Ehe sie eine Entschuldigung stammeln konnte, nahm er ihr Gesicht in beide Hände und küßte sie. »Und wir haben nur Mineralwasser, um das Ereignis zu begießen.«

Emmas Anspannung ließ merklich nach. »Na und?«

»Meine Mutter bringt mich um, wenn du ihr nicht ein paar Erstausgaben signierst.«

Das war alles? dachte sie verwundert. Keine Forderungen, keine Fragen, keine boshafte Kritik? »Ich... der Verleger möchte, daß ich damit auf Werbetour gehe. Das bedeutet, daß ich öfter mal verreisen muß.«

»Und wann kann ich dich im Fernsehen bewundern?«

»Ich – ich weiß noch nicht. Ich habe dem Verleger gesagt, daß ich voll und ganz zur Verfügung stehe, wenn das Buch erscheint.«

Ihr Tonfall ließ ihn aufhorchen. »Soll das ein Test sein, Emma? Wartest du darauf, daß mir Reißzähne wachsen, wenn du mir erzählst, daß du ein eigenes Leben führst?«

»Vielleicht.«

»Tut mir leid, dich enttäuschen zu müssen.« Michael war im Begriff aufzustehen, doch sie hielt ihn zurück.

»Nicht. Falls ich mich nicht fair verhalte, entschuldige bitte, aber für mich ist es nicht immer leicht. Ich weiß, daß es unfair ist, Vergleiche anzustellen, aber unbewußt geschieht das schon mal.«

»Dann gib dir mehr Mühe«, schlug er lakonisch vor und langte nach seinen Zigaretten.

»Verdammt, Michael, er ist meine einzige Vergleichsbasis. Ich habe nie mit einem anderen Mann zusammengelebt, nie mit einem anderen geschlafen. Du verlangst von mir, daß ich so tue, als ob nichts geschehen sei, als ob ich niemals benutzt oder verletzt wurde. Ich soll das alles vergessen und einfach so weiterleben, damit du dich um mich kümmern kannst. Jeder Mann, der in meinem Leben bislang eine Rolle gespielt hat, wollte über mich bestimmen, weil er mich für zu schwach, zu dumm oder zu hilflos hielt, um meine eigenen Entscheidungen zu treffen.«

»Ist ja gut.«

Doch Emma war nicht mehr zu bremsen. »Mein Leben lang haben andere mir vorgeschrieben, was ich zu tun und zu lassen habe. Alles nur zu meinem Besten, versteht sich. Papa hat von mir verlangt, die Geschichte mit Darren zu vergessen, nicht darüber nachzugrübeln. Was er mit seinem eigenen Leben machte, ging mich natürlich auch nichts an. Dann hat Drew alles für mich geregelt. Ich war zu naiv, um mich um meine finanziellen Angelegenheiten, um meine Freunde oder meine Arbeit zu kümmern. Und ich war so daran gewöhnt, meine Wege vorgeschrieben zu bekommen, daß ich, ohne aufzumucken, alles mitgemacht habe. Jetzt soll ich wieder alles vergessen und mich an dich halten, damit du den großen Beschützer spielen kannst.«

»Glaubst du, daß ich deswegen hier bin?«

Sie drehte sich um. »Stimmt das denn nicht?«

»Teilweise vielleicht.« Michael stieß genüßlich den Rauch aus, ehe er seine Zigarette ausdrückte. »Wenn man jemanden liebt, hat man automatisch den Wunsch, ihn zu beschützen. Trotzdem will ich nicht, daß du vergißt, was zwischen dir und Latimer vorgefallen ist. Ich will, daß du lernst, damit zu leben, aber du sollst es beileibe nicht vergessen.«

»Das werde ich auch nicht.«

»Ich auch nicht.« Michael stieg aus dem Bett und ging zu ihr hinüber. Der Regen klatschte immer noch gegen die Fenster, untermalt vom Heulen des Windes. »Ich werde nie vergessen, was er dir angetan hat. Und von Zeit zu Zeit werde ich mir wünschen, er wäre noch am Leben, so daß ich ihn eigenhändig ins Jenseits befördern könnte. Aber ich werde auch nie vergessen, daß du nicht aufgegeben hast. Du hast den Kampf aufgenommen, und du hast überlebt. Du und schwach?« Vorsichtig zeichnete er die feine Narbe an Emmas Kinn nach. »Glaubst du wirklich, ich halte dich für schwach? Ich habe gesehen, was er an diesem Tag mit dir gemacht hat. Das Bild werde ich für den Rest meines Lebens vor Augen haben. Du hast dich nicht unterkriegen lassen, Emma.«

»Nein, und ich werde nie wieder zulassen, daß irgend jemand mein Leben kontrolliert.«

»Ich bin nicht dein Vater!« Er spie die Worte förmlich aus. »Und ich bin nicht Latimer. Ich will dein Leben nicht kontrollieren, sondern daran teilhaben.«

»Ich weiß selber nicht, was ich eigentlich will. Ich komme immer wieder zu dir zurück, und das erschreckt mich, weil ich nichts dagegen tun kann. Ich will nicht von dir abhängig sein, auch nicht gefühlsmäßig.«

»Verdammt, Emma!« Als das Telefon klingelte, fluchte er.

»Es ist für dich.« Emma hielt ihm den Hörer hin.

»Ja?« Er griff nach seinen Zigaretten, hielt dann inne. »Wo? In zwanzig Minuten. Ja, gut.« Er legte auf und sah Emma an, wobei er bereits in seine Jeans stieg. »Ich muß weg.«

Sie nickte nur. Es hatte Tote gegeben, das konnte sie ihm vom Gesicht ablesen.

»Wir sind hier noch nicht fertig, Emma.«

»Nein.«

Er legte sein Halfter um. »Ich bin zurück, so schnell ich kann.«

»Michael.« Instinktiv schlang sie die Arme um ihn. »Bis bald.«

Als er fort war, hatte sie keine Lust mehr, ins Bett zu kriechen. Der Regen war jetzt so dicht geworden, daß sie das Meer kaum noch erkennen konnte, sondern nur noch das Donnern der Wellen hörte. Das graue Licht, verbunden mit dem monotonen Geräusch des Wassers, hatte etwas Beruhigendes. Es war kühl genug, um das Feuer im Kamin zu entzünden, und sowie es hell brannte, rief sie beim Flughafen an, um ihr Gepäck liefern zu lassen.

Dann erst fiel ihr auf, daß sie zum erstenmal ganz allein im Haus war, in einem Haus, das ihr vielleicht bald gehören würde. Nachdem sie sich einen Tee aufgebrüht hatte, schlenderte sie langsam durch die Räume. Wenn sie das Haus kaufte, wäre eine Umgestaltung vonnöten. Der Raum über der Küche zum Beispiel konnte zu einem Studio ausgebaut werden. Das Licht dort war ideal – wenn die Sonne schien, natürlich.

Im oberen Stockwerk lagen drei große, luftige Schlafzimmer, viel zuviel Platz eigentlich, doch ihr gefiel die Geräumigkeit des Hauses. Nachdenklich schaute sie auf die Uhr. Ein Anruf beim Makler könnte sich lohnen. Doch ehe sie den Hörer aufnehmen konnte, klingelte das Telefon.

»Emma?«

»Papa.« Sie ließ sich auf der Sofalehne nieder.

»Ich wollte nur wissen, ob du gut angekommen bist.«

»Alles in bester Ordnung. Wie geht's dir?«

»Im Moment ist alles ein bißchen hektisch. Wir nehmen gerade die letzten Songs auf, aber es wird noch genug Zeit bleiben, um zu dir runterzukommen.«

»Papa, ich habe gesagt, mir geht es gut. Es gibt wirklich keinen Grund, warum du die lange Reise machen solltest.«

»Erstens möchte ich dich sehen, zweitens sind wir für drei Grammys nominiert.«

Emma erhob keine weiteren Einwände. »Natürlich. Herzlichen Glückwunsch.«

»Wir dachten daran, gemeinsam aufzukreuzen. Du kommst doch zur Verleihung?«

»Liebend gerne.«

»Vielleicht möchtest du Michael mitbringen. Pete besorgt euch die Eintrittskarten.«

»Ich frage ihn. Aber er steckt im Augenblick bis zum Hals in Arbeit.«

»Regel du das. Ende der Woche kommen wir, um mit den Proben zu beginnen. Pete läßt fragen, ob du bei der Verleihung einen Teil der Präsentation übernehmen möchtest.«

»Ich weiß nicht so recht.«

»Es würde mir viel bedeuten, wenn du die Ankündigung übernimmst, falls Johnno und ich den Grammy für den Song des Jahres erhalten.«

Sie lächelte. »Und falls nicht, kann ich immer noch eure Namen vorlesen.«

»Genau. Du paßt doch gut auf dich auf, nicht wahr?«

»Ja, darüber wollte ich mit dir sprechen.« Emma klemmte den Hörer an das andere Ohr. »Papa, ich will keinen Leibwächter mehr. Ich bin durchaus in der Lage, auf mich selbst achtzugeben, also zieh ihn wieder ab.«

»Welchen Leibwächter?«

»Den, den du angeheuert hast, ehe ich London verließ.«

»Ich habe niemanden eingestellt, Emma.«

»Hör zu, ich...« Sie brach ab. Er hielt zwar oft Dinge vor ihr verborgen, aber er log sie niemals an. »Du hast also niemand beauftragt, mir zu folgen?«

»Nein. Ich bin gar nicht auf den Gedanken gekommen, das könnte notwendig sein. Hat dich jemand belästigt? Ich kann auch schon früher dasein...«

»Nein.« Seufzend rieb sie sich die Augen. »Niemand hat mich belästigt. Marianne hat recht, ich leide unter Verfolgungswahn. Ich schätze, ich habe mich einfach noch nicht daran gewöhnt, zu kommen und zu gehen, wie es mir beliebt, aber ich gedenke, das zu tun.« Wie um ihre Worte zu bestätigen, traf sie rasch eine Entscheidung. »Sag Pete, daß ich mich freuen würde, die Grammys zu überreichen. Ich gehe gleich morgen auf die Suche nach einem passenden Kleid.«

»Wegen der Proben wird sich jemand mit dir in Verbindung setzen. Halt dir einen Abend frei, Bev und ich möchten dich und Michael gerne zum Essen ausführen.«

»Ich frage ihn. Er ist... Papa«, fragte sie aus einem Impuls heraus, »weswegen hast du eigentlich gegen Michael nichts einzuwenden?«

»Er ist dein Fels in der Brandung, und er liebt dich genauso sehr wie ich. Er wird dich glücklich machen, und mehr will ich nicht.«

»Das weiß ich. Ich hab' dich lieb, Papa. Bis bald.«

Vielleicht war alles wirklich ganz einfach, dachte sie, als sie den Hörer einhängte. Sie hatte einen Mann gefunden, der sie liebte und glücklich machen konnte. Emma zweifelte weder an Michaels Gefühlen noch an ihren eigenen. Nur wußte sie nicht, ob sie fähig war, ihm all seine Liebe zurückzugeben.

In einen Regenmantel gewickelt, lief sie aus dem Haus. Zumindest konnte sie Michael mit einer warmen Mahlzeit überraschen, wenn er zurückkam.

Es bereitete ihr großes Vergnügen, den Einkaufswagen durch die Gänge zu schieben, hier etwas aus dem Regal zu nehmen, dort etwas auszuwählen. Schließlich schleppte sie drei bis zum Platzen gefüllte Einkaufstüten zum Auto zurück. Obwohl es erst drei Uhr nachmittags war, mußte sie schon das Licht einschalten, da der Regen die Straße in ein schummriges Licht tauchte.

Kaum jemand sonst war unterwegs. Vermutlich warteten die meisten Leute den Sturm ab, ehe sie einkaufen gingen. Vielleicht fiel ihr deshalb der Wagen hinter ihr sofort auf. Er bog ab, wo sie abbog, und hielt immer den gleichen Abstand zu ihr. Emma schaltete das Radio ein und bemühte sich, den anderen Wagen zu ignorieren.

Verfolgungswahn, schimpfte sie im stillen.

Dennoch blickte sie unwillkürlich immer wieder in den Rückspiegel und mußte feststellen, daß die Doppelscheinwerfer unverändert hinter ihr leuchteten. Emma gab Gas, ein bißchen mehr, als auf der nassen, glatten Straße angebracht war. Die Scheinwerfer blieben auf gleicher Höhe hinter ihr. Auch als sie das Gas wegnahm, fiel ihr Verfolger gleichfalls zurück. Nervös auf ihre Unterlippe beißend schwenkte sie scharf nach links, wobei ihr Wagen ausbrach und leicht ins Schleudern geriet. Der Fahrer hinter ihr riß ebenfalls das Steuer nach links und schlingerte gefährlich über die Straße.

Emma bemühte sich verzweifelt, ihren Wagen wieder unter Kontrolle zu bekommen, gab dann Vollgas und raste nach Hause, darum betend, daß der kleine Vorsprung genügen würde.

Sie hatte die Finger schon am Türgriff, ehe sie die Handbremse anzog. Nur ins Haus, in Sicherheit! Auf keinen Fall wollte sie sich schutzlos im Freien aufhalten, wenn das andere Fahrzeug hier auftauchte. Ohne an ihre Einkäufe zu denken, sprang sie aus dem Wagen und schrie vor Schreck auf, als sich eine Hand auf ihren Arm legte.

»Lady!« Der junge Mann fuhr zurück und verlor beinahe das Gleichgewicht. »Was ist denn los?«

»Was wollen Sie?«

Regen tropfte von einer blauen Kappe auf eine platte, sommersprossige Nase. Die Augen waren nicht zu erkennen. »Ist das Ihr Haus?«

Emma hielt die Schlüssel fest in der Hand. Besser als gar keine Waffe, dachte sie. »Warum?«

»Ich habe hier drei Gepäckstücke, American Airlines Flug Nummer 457 aus New York, für Emma McAvoy.«

Ihr Gepäck! Fast hätte sie laut gelacht. »Entschuldigung. Sie haben mich irritiert. Sie sind hinter mir hergefahren, seit ich den Supermarkt verlassen habe, und ich dachte schon, jemand verfolgt mich.«

»Ich warte seit zehn Minuten hier«, korrigierte er und hielt ihr ein Klemmbrett unter die Nase. »Bitte hier unterschreiben.«

»Aber...« Sie sah gerade noch ein Fahrzeug langsam auf das Haus zukommen. Die Person hinter dem Steuer war in dem dichten Regen nicht zu erkennen. »Es tut mir leid«, wiederholte sie. »Würden Sie bitte hier warten, bis ich meine Einkäufe ins Haus gebracht habe?«

»Hören Sie mal, Lady, ich hab' noch mehr zu tun.«

Emma zog einen Zwanziger hervor. »Bitte.« Ohne sein Einverständnis abzuwarten, ging sie zum Auto, um es auszuräumen.

Im Haus angelangt überprüfte sie als erstes, ob alle Türen verschlossen waren. Das Kaminfeuer verbreitete ein beruhigendes Licht und gemütliche Wärme, so daß Emma bald davon überzeugt war, einen Fehler gemacht zu haben. Und als das andere Fahrzeug innerhalb der nächsten zwanzig Minuten nicht mehr auftauchte, war sie sich dessen ganz sicher.

Das Kochen trug zu ihrer Entspannung bei, die Düfte, die aus dem Topf aufstiegen, die leise Musik. Draußen wurde es langsam dunkel, während der Regen immer noch unaufhörlich leise zur Erde fiel. Wieder vollkommen beruhigt, beschloß Emma, nach oben zu gehen und auszupacken.

Das Geräusch eines Wagens, der draußen vorbeifuhr, schürte ihre Panik von neuem. Wie erstarrt blieb sie am Fuß der Treppe stehen und blickte aus dem dunklen Fenster. Bis dato war ihr noch gar nicht aufgefallen, welch leichtes Ziel sie in dem hell erleuchteten Haus bot. Bremsen quietschten, und eine Autotür fiel zu.

Sie war gerade auf dem Weg zum Telefon, als sie Schritte vor der Tür hörte. Ohne zu zögern, lief sie zum Kamin und packte den Feuerhaken, der daneben lag. Besser als nichts.

Sie war allein, und er wußte das, dachte Emma entsetzt, und nur, weil sie dumm genug gewesen war, bei voller Festbeleuchtung, ohne die Vorhänge zu schließen, im Haus herumgelaufen war. Da stand das Telefon. Sie würde Hilfe herbeirufen, und wenn die Hilfe nicht schnell genug eintraf, dann würde sie sich selbst helfen.

Ihr Herz klopfte wie wild, als sie den Hörer abnahm.

»Emma! Ich ertrinke hier draußen!«

»Michael?« Der Hörer entglitt ihrer Hand und fiel zu Boden. Achtlos warf sie auch den Feuerhaken beiseite und stürzte zur Tür, um mit unsicheren Fingern aufzuschließen. Als sie die Tür geöffnet und sich in seine Arme geworfen hatte, lachte sie bereits wieder.

38

Es trieb Emma zum Wahnsinn, daß sie immer noch ständig über ihre Schulter schaute, ohne sich dessen bewußt zu sein. Fast eine Woche war vergangen, seit sie in das Haus am Strand zurückgekehrt war – und seit Michael und Conroy inoffiziell bei ihr eingezogen waren. Ein Test, dachte sie manchmal, ein Test für die Zukunft, an die sie langsam wieder zu glauben begann. Mit Michael zu leben, ihr Bett und ihre Zeit mit ihm zu teilen, gab ihr kein Gefühl von Gefangenschaft, sondern von Normalität, ja fast von Glück.

Doch trotz ihrer inneren Zufriedenheit meinte Emma immer noch, sie würde beobachtet. Meistens achtete sie nicht auf dieses Gefühl oder verdrängte es einfach, indem sie sich einredete, ihr seien wahrscheinlich wieder Reporter oder Fotografen auf den Fersen, die Material für einen Exklusivbericht benötigten.

Diese Leute konnten sie und das, was sie mit Michael zusammen aufbaute, nicht berühren.

Dennoch hielt sie die Türen verschlossen und Conroy immer dicht bei sich, wenn sie alleine war.

Wie oft sie sich auch sagen mochte, daß sie Gespenster sah, sie fuhr fort, auf der Hut zu sein. Sogar wenn sie mitten im hellen Sonnenlicht den Rodeo Drive entlangging, kam es ihr so vor, als bohrten sich Augen in ihren Rücken.

Eigentlich war sie mehr verlegen als ängstlich, und trotzdem wünschte sie, sie hätte die Limousine genommen, anstatt selber zu fahren.

Auch in einem anderen Punkt hatte sie sich getäuscht. Sie hatte angenommen, es würde ihr Freude bereiten, nach einem schicken Outfit für den Abend der Grammy-Verleihung zu suchen, sich von den Verkäuferinnen verwöhnen und verhätscheln zu lassen, aber sie war nur erleichtert, als alles vorüber war und sie die Kleiderschachtel auf dem Rücksitz des Wagens verstauen konnte.

Dieser leidige Verfolgungswahn, dachte sie bei sich. Wenn sie Katherine davon erzählte, würde diese nur auf übliche Psychiatermanier die Augenbraue heben und interessierte kleine Geräusche von sich geben. Die arme Emma! Ihr Geisteszustand war doch immer noch bedenklich labil! Jetzt glaubt sie schon, sie wird verfolgt, hat Angst, daß jemand ins Haus eindringt, sobald sie es verläßt. Und dann dieses seltsame Knacken im Telefon. Ob sie wohl abgehört wird?

O je! Emma rieb sich die Schläfen und lachte gequält. Demnächst würde sie sich noch vor dem Schlafengehen vergewissern, daß niemand unter ihrem Bett lag. Dann wäre sie wirklich reif für die Klapsmühle.

Sie parkte vor dem Auditorium und griff nach ihrer Kamera. Fast wie in alten Tagen, dachte sie belustigt. Devastation probte, und sie machte Aufnahmen davon.

Das Bewußtsein, die Vergangenheit bewältigt zu haben und für die Zukunft gerüstet zu sein, empfand sie als äußerst befriedigend.

Als sie aus ihrem Auto stieg, stellte sich Blackpool ihr in den Weg.

»So sieht man sich wieder, Emmylein.«

Es erboste sie ungemein, daß sie unwillkürlich zusammenzuckte, sowie sie ihn erkannte. Ohne ihn einer Antwort zu würdigen, wollte sie sich an ihm vorbeischlängeln, doch er versperrte ihr den Weg und drückte sie mit ebensolcher Leichtigkeit gegen ihr Auto, wie er sie einst gegen die Wand ihrer Dunkelkammer gedrückt hatte.

Lächelnd strich er mit dem Zeigefinger über ihren Nacken. »Begrüßt man so alte Freunde?«

»Geh mir aus dem Weg!«

»Deine Manieren lassen aber sehr zu wünschen übrig.« Blackpool riß sie so hart am Haar, daß sie nach Luft schnappte. »Kleine Mädchen, die im Überfluß aufwachsen, werden immer zu verwöhnten, zickigen Biestern. Ich dachte, dein Mann hätte dir Benehmen beigebracht – ehe du ihn umgebracht hast.«

Emma begann am ganzen Körper zu zittern, doch nicht vor Angst, wie sie schnell erkannte, sondern vor Wut, heißer, kaum zu unterdrückender Wut. »Du Dreckskerl! Laß mich in Ruhe!«

»Wir zwei werden uns jetzt ein bißchen unterhalten, wir

beide ganz alleine. Los, steig ein!« Er zog sie an den Haaren mit sich.

Emma riß sich mit einem Ruck los und rammte ihren Fotokoffer mit aller Gewalt in seinen Unterleib. Als er sich vor Schmerz zusammenkrümmte, wich sie zurück und prallte gegen einen anderen Körper. Ohne nachzudenken wirbelte sie herum und hätte beinahe Stevie eine schallende Ohrfeige versetzt.

»Halt, halt.« Er fing ihre Hand ab, ehe sie mit seiner Nase kollidieren konnte. »Du wirst dich doch nicht an einem armen ehemaligen Junkie vergreifen, der hier nur in Ruhe Gitarre spielen möchte.« Sacht legte er ihr die Hand auf die Schulter. »Gibt es irgendwelche Probleme?«

Verächtlich drehte sich Emma nach Blackpool um, der sich wieder etwas erholt hatte und mit geballten Fäusten an ihrem Auto stand. Freude, gepaart mit tiefer Zufriedenheit, überkam sie. Sie hatte sich erfolgreich zur Wehr gesetzt! »Nein, es gibt keine Probleme.« Arm in Arm mit Stevie ging sie zum Theater.

»Was sollte das denn bedeuten?«

Das zufriedene Lächeln lag immer noch auf Emmas Gesicht. »Ach, nichts. Der Kerl ist einfach nur ein unverschämter Aufreißer.«

»Und du bist ja eine echte Amazone! Ich bin herbeigeeilt, um dir in der Not beizustehen, aber die Dienste des weißen Ritters wurden verschmäht.«

Emma küßte ihn lachend auf die Wange. »Du hättest ihn unangespitzt in den Boden geschlagen.«

»Ich weiß nicht. Immerhin ist er größer als ich. Besser, daß du selbst ihn erledigt hast. Ein blaues Auge macht sich im Fernsehen nicht so gut.«

»Ein Veilchen hätte dir glänzend gestanden; es zeugt von Mut und Tapferkeit.« Sie legte ihm den Arm um die Taille. »Erzähl Papa bitte nichts davon.«

»Brian ist ziemlich flott mit den Fäusten. Ich hätte Blackpool nur zu gerne ein paar Zähne ausspucken sehen.«

»Ich auch«, murmelte sie. »Dann warte wenigstens, bis die Verleihung vorbei ist.«

»Einem hübschen Gesicht konnte ich noch nie widersprechen.«

»Apropos: Hast du Katherine inzwischen überreden können, dich zu heiraten?«

»Nein, aber so langsam wird sie schwach. Sie ist in London geblieben, sagt, sie hätte zu viele Patienten und könnte nicht weg, aber im Grunde genommen will sie nur testen, ob ich alleine klarkomme.«

»Und? Tust du das?«

»Ich denke schon. Komm, da drüben steht Bri.«

Emma verschwendete keinen weiteren Gedanken an Blackpool, und sie schaute auch nicht mehr ständig über ihre Schulter, sondern war viel zu sehr von ihren Fotos in Anspruch genommen, wenn sie nicht gerade über Musik diskutierte oder Geschichten aus alten Zeiten lauschte.

P. M. verschwand als erster. Ihn zog es zu Frau und Kind zurück.

»Er wird alt«, behauptete Johnno, der sich auf den Stuhl neben ihr plumpsen ließ. »Aber Himmel, wir werden alle alt. Nicht mehr lange, und du fügst uns die letzte Schmach zu und machst uns alle zu Großvätern.«

»Johnno, irgendwie schaffen wir es immer, deinen Schaukelstuhl zum Mikrofon zu schieben.«

»Du bist ein Biest, Emma.«

»Ich hatte einen guten Lehrer!«

Die Dämmerung brach bereits herein, als Emma zu ihrem Auto ging. Irgendwann im Laufe des Nachmittags hatte Regen eingesetzt. Die Straßen glänzten vor Nässe, die Luft war kühl und neblig. Emma graute es vor ihrem leeren Haus. Michael arbeitete noch, wie es in der letzten Zeit häufig vorkam.

Sie ließ den Motor an und drehte das Radio auf, wie immer, wenn sie ziellos umherfuhr. Sie würde sich ein paar Stunden lang mit sich selbst beschäftigen, einfach nur die Straßen entlangfahren, zum Strand vielleicht, oder auch in die Berge.

Mit sich und der Welt im Einklang, gab sie Gas und ließ sich von der Musik überfluten. Da sie nicht in den Rückspiegel sah, bemerkte sie auch den Wagen nicht, der sich unauffällig hinter ihr einordnete.

Michael überprüfte zum x-ten Mal seine Listen. Er hatte eine weitere Verbindung herstellen können. Die Arbeit ging quälend langsam voran, doch jedes neue Glied in der Kette brachte ihn seinem Ziel näher.

Jane Palmer hatte viele Männer verschlissen. Jeden einzelnen ausfindig zu machen, würde sein Lebenswerk werden, dachte Michael grimmig. Doch jetzt hatte er einen aufgespürt, dessen Name auf der Liste stand.

Die Palmer war mit Hilfe von Brians Geld aus ihrer schäbigen kleinen Behausung in eine große, komfortable Wohnung in Chelsea gezogen, wo sie von 1968 bis 1971 lebte, ehe sie das Haus in der King's Road kaufte. Und die meiste Zeit des Jahres 1970 hatte ein Mann die Wohnung mit ihr geteilt, ein aufstrebender junger Nachtclubsänger namens Blackpool.

Michael rieb sich die übermüdeten Augen, bis sie brannten. Höchst interessant, dachte er: Während die McAvoys in den Bergen von Hollywood lebten, hatte Jane Palmer mit Blackpool zusammengewohnt. Blackpool, der in dieser Dezembernacht die bewußte Party der McAvoys besucht hatte.

Und war es nicht mehr als merkwürdig, daß Jane in ihrem Buch diese Beziehung unterschlagen hatte? Sie, die jeden erwähnte, der auch nur den geringsten Grad an Berühmtheit in Anspruch nehmen durfte, hatte Blackpool, dessen Name Mitte der Siebziger in aller Munde war, keiner Bemerkung gewürdigt. Das konnte nur einen Grund haben. Keiner der beiden wünschte, daß man sich an diese Beziehung erinnerte.

McCarthy lugte ins Zimmer. »Kesselring, wirst du heute noch mal fertig? Ich habe Hunger.«

»Robert Blackpool hat von Juni '70 bis Februar '71 mit der Palmer Wohnung und Bett geteilt.«

»Jeder kriegt, was er verdient!«

Michael drückte McCarthy eine Mappe in die Hand. »Ich brauche alles Wissenswerte über Blackpool.«

»Und ich brauche ein Steak!«

»Ich spendier' dir ein halbes Rind«, versprach Michael, als sie in den Gemeinschaftsraum zurückgingen.

»Weißt du, Partner, die ganze Geschichte hat deinen Sinn für Humor ruiniert. Und meinen Appetit. Blackpool ist ein großer Star, verdammt. Dem kannst du nicht so einfach einen zwanzig Jahre zurückliegenden Fall anhängen.«

»Mag sein, aber alles reduziert sich jetzt auf acht Namen, und seiner ist einer davon.« Michael setzte sich an seinen Schreibtisch und zündete sich eine Zigarette an. »Irgendwer hat sich an meiner Pepsi vergriffen!«

»O Gott! Ich ruf' sofort die Bullen!« McCarthy beugte sich vor. »Mike, jetzt mal im Ernst, du bist von dieser Sache regelrecht besessen.«

»Willst du mir Vorschriften machen, Mac?«

»Ich bin dein gottverdammter Partner, Mann. Wenn du darauf bestehst, ja, dann will ich dir Vorschriften machen. Wir müssen deine Arbeit mit erledigen, während du dich in diesen Fall verrennst, also mach mal halblang.«

Durch den Rauchschleier hindurch maß Michael seinen Partner mit einem langen Blick. Seine Stimme klang gefährlich sanft, als er meinte: »Ich weiß sehr gut, wie ich meinen Job zu machen habe.«

Er befand sich auf schlüpfrigem Boden. McCarthy wußte nur zu gut, wieviel Spott und Hänselei Michael in den ersten Jahren hatte einstecken müssen. »Aber ich bin außerdem noch dein Freund, und als solcher sage ich dir, daß du niemandem nützt, wenn du so weitermachst, deiner Herzensdame am allerwenigsten.«

Langsam beruhigte sich Michael wieder. »Ich bin ganz nah dran, das spüre ich. Es kommt mir nicht mehr so vor, als läge das alles zwanzig Jahre zurück, sondern so, als wäre es erst gestern geschehen und ich wäre unmittelbar dabeigewesen.«

»Du hörst dich an wie dein alter Herr.«

»Genau.« Michael stützte die Ellbogen auf den Tisch und rieb sich das Gesicht. »Ich glaube, ich werde verrückt.«

»Typischer Fall von Überarbeitung. Gönn dir ein paar freie Stunden. Sieh das Ganze lockerer.«

Michael starrte auf die Papiere, die sich auf seinem Schreibtisch häuften. »Ich geb' dir ein Steak aus, wenn du mir die Informationen über Blackpool besorgst.«

Emma hielt an und betrachtete durch die Nebelschwaden hindurch das Haus. Sie hatte sich gar nicht bewußt dazu entschlossen, hierherzufahren. Vor Jahren hatte sie schon einmal im Auto gesessen, mit Michael, und auf das Haus gestarrt, erinnerte sich Emma. Nur war damals ein sonniger Tag gewesen.

Die Fenster waren erleuchtet, doch Emma konnte keine Umrisse von den Bewohnern wahrnehmen. Sie fragte sich, wer nun dort leben mochte. Schlief ein Kind in ihrem ehemaligen Zimmer, oder dort, wo Darrens Bettchen einmal stand? Sie hoffte es jedenfalls. Die Tragödie sollte nicht ewig ihre Schatten werfen. Einst war dies ein fröhliches Haus gewesen, voller Leben und Gelächter. Emma hoffte, es würde heute wieder so sein.

Alles hatte sich verändert, sie selbst vielleicht am stärksten. Sie fühlte sich nicht länger als bloßer Schatten jener Männer, die ihr Leben so stark bestimmt hatten. Schließlich und endlich konnte sie sich als Ganzes akzeptieren und nicht nur als Teil derer, die sie liebte.

Hoffentlich würde sie heute nacht von dem Haus träumen. Und wenn das geschähe, dann würde sie die Tür öffnen. Sie würde stehenbleiben, in das Zimmer treten und ihr Weg würde sie endlich zum Licht führen.

Emma löste die Handbremse und fuhr langsam die enge Straße zurück. Vor sechs Monaten wäre sie noch nicht in der Lage gewesen, alleine hierherzukommen, sich all ihren Gefühlen zu stellen. Es tat so gut, keine Angst mehr zu haben.

Die Scheinwerfer tauchten so plötzlich in ihrem Rückspiegel auf und kamen so nahe, daß Emma geblendet wurde. Instinktiv legte sie eine Hand vor die Augen, um das grelle Licht zu dämpfen.

Vermutlich betrunken, dachte sie, während sie nach einer Möglichkeit suchte, den Wagen vorbeizulassen.

Als das Auto sie von hinten rammte, umklammerte sie automatisch das Steuerrad. Der kurze Moment des Schocks kostete sie wertvolle Sekunden, so daß sie gefährlich nah an die Leitplanke geriet. Die Reifen quietschten auf, als sie das Lenkrad herumriß, und das Herz schlug ihr bis zum Hals.

»Arschloch!« Mit zitternden Händen wischte sie sich einen Tropfen Blut von der Lippe, die sie vor Schreck aufgebissen hatte. Dann wurde sie erneut von den Lichtern geblendet, und der Sicherheitsgurt schnitt scharf in ihren Brustkorb, als ihr Verfolger sie zum zweitenmal erwischte.

Zum Nachdenken oder gar zur Panik war keine Zeit. Ihr hinterer Kotflügel schabte knirschend an der Leitplanke entlang. Der Wagen hinter ihr fiel etwas zurück, während sie haarscharf an einer riesigen Eiche vorbeischoß und mit überhöhter Geschwindigkeit eine S-Kurve nahm.

Da war er wieder! Ehe die Lichter ihr die Sicht raubten, konnte sie einen Blick auf den Wagen erhaschen; und dieses Bild brannte sich fest in ihr Gedächtnis ein.

Das war kein Betrunkener. In einem Winkel ihres Gehirns breitete sich nackte Panik aus. Jemand versuchte, sie zu töten, und das war eine Tatsache, keine Ausgeburt ihrer Fantasie und keine Wahnvorstellung. Sie konnte die Scheinwerfer ganz klar erkennen, hörte das Knirschen, wenn Metall auf Metall traf, spürte das Vibrieren der Lenkung.

Jetzt tauchte ihr Gegner links von ihr auf, versuchte, sie von der Straße abzudrängen. Emma konnte sich selbst schreien hören, während sie verzweifelt das Gaspedal durchtrat und um die nächste Kurve raste.

Sie würde ihn nicht abhängen können. Emma blinzelte gegen das Licht und bemühte sich, einen klaren Kopf zu behalten. Sein Wagen war größer und schneller, außerdem befand sich der Jäger dem Gejagten gegenüber immer im Vorteil. Die Straße ließ ihr keinen Raum, ihn auszumanövrieren, und sie führte ohne Abzweigung steil nach unten.

Er ging wieder auf Kollisionskurs. Sie konnte den dunklen Umriß des Wagens, der näher und näher kam – so wie eine Spinne im Netz auf ihr Opfer zukroch –, genau erkennen. Jeden Moment würde er sie über die Klippen schieben.

Mit dem Mut der Verzweiflung lenkte sie scharf nach links und nutzte den Überraschungsmoment, um einen kleinen Vorsprung herauszuschinden. Doch dann sah sie die Lichter, die auf sie zukamen.

Mit einem stillen Gebet auf den Lippen nutzte sie ihre letzte Chance und beschleunigte. Das entgegenkommende Fahrzeug wich auf die Gegenfahrbahn aus, Bremsen kreischten, ein wütendes Hupen ertönte. Sie bekam gerade noch mit, daß der Wagen hinter ihr nach rechts ausbrach.

In der Kurve hatte sie einen Augenblick lang das Gefühl, ganz allein auf der Straße zu sein. Dann hörte sie das Krachen, das sich mit ihren eigenen Schreien vermischte, während sie die kurvenreiche Straße hinunterschoß, auf die rettenden Lichter von L. A. zu.

McCarthy hatte recht behalten. Nach einer Mahlzeit und einer einstündigen Pause fühlte Michael sich nicht nur besser, sondern er konnte auch wieder klar denken. Als Sohn eines Cops konnte er sich nur seiner eigenen Kontaktpersonen, sondern auch der seines Vaters bedienen. Er rief Lous Pokerfreund an, der bei der Einwanderungsbehörde tätig war, dann seinen Kontaktmann beim Straßenverkehrsamt und schließlich Inspektor Carlson in London.

Keiner war sehr erfreut, zu dieser Stunde behelligt zu werden, doch nach einer warmen Mahlzeit fiel es Michael leicht, seinen Charme zu versprühen.

»Ich weiß, es ist nicht zulässig, Inspektor, und es tut mir wirklich leid, Sie zu stören – o je, ich habe die Zeitverschiebung total vergessen. Es tut mir *sehr* leid. Ja, ich bräuchte ein paar Hintergrundinformationen. Robert Blackpool. Ja, der Blackpool. Ich möchte wissen, wer er ist, woher er kommt und was vor 1970 geschehen ist, dann kann ich die Fäden entwirren.« Rasch machte er sich eine Notiz, Pete Page anzurufen. »Alles, was Sie herausfinden können. Sobald ich was weiß, sind Sie der erste, der...«

Er brach ab, als Emma hereinstürmte, die Augen glasig vor Entsetzen. Ein Blutstropfen schimmerte auf ihrer Schläfe.

Sie fiel auf den Stuhl vor seinem Schreibtisch. »Bitte hilf

mir«, stieß sie hervor. »Jemand versucht, mich umzubringen.«

Michael schnitt Inspektor Carlson einfach das Wort ab. »Was ist passiert?« Besorgt nahm er ihr Gesicht in seine Hände.

»Auf der Straße in den Bergen... ein Auto... wollte mich abdrängen.«

»Bist du verletzt?« Michael untersuchte sie rasch. Es schien nichts gebrochen.

Andere Stimmen riefen durcheinander, von allen Seiten. Ein Telefon klingelte und klingelte. Plötzlich kamen die Lichter auf sie zu, der Raum drehte sich vor ihren Augen, dann rutschte sie vom Stuhl.

Etwas Kühles, Feuchtes bedeckte ihre Stirn. Stöhnend öffnete sie die Augen.

»Alles okay«, beruhigte sie Michael. »Du warst eine Minute weggetreten. Hier, trink das. Es ist nur Wasser.«

Den Kopf an seinen Arm gebettet, nippte sie vorsichtig. Sie war in Sicherheit. Auf unerklärliche Weise war sie wieder in Sicherheit. »Ich will mich aufsetzen.«

»Vorsichtig.«

Emma blickte sich verwirrt um. Sie befand sich in einem Büro, vermutlich in dem von Michaels Vater. Einmal war sie schon hier gewesen, als sie sehen wollte, in welcher Umgebung Michael arbeitete. Sehr schlicht und einfach. Ein ordentlich aufgeräumter Schreibtisch, mit dem Bild einer Frau in der Ecke. Michaels Mutter. Hinter dem Schreibtisch stand ein weiterer Mann, dünn, mit zurückweichendem Haar.

»Entschuldigung. Sie sind Michaels Partner?«

»McCarthy.«

»Ich habe Sie vor ein paar Tagen kennengelernt.«

Er nickte. Sie mochte erschüttert sein, aber ihr Verstand funktionierte.

»Emma.« Michael berührte sacht ihre Wange, damit sie ihn ansah. »Erzähl uns, was passiert ist.«

»Ich dachte, ich hätte mir das eingebildet.«

»Was?«

»Daß jemand hinter mir her ist. Kann ich bitte noch etwas Wasser haben?«

»Natürlich.« Ihre Hände zitterten so stark, daß Michael ihr den Becher an die Lippen hielt. »Wer war hinter dir her?«

»Das weiß ich nicht. Seit ich London verlassen habe, dachte ich... vielleicht habe ich Halluzinationen.«

»Erzähl mir alles.«

»Ich glaubte, jemand verfolgt mich.« Emma schielte mißtrauisch zu McCarthy, suchte in seinen Augen nach Zweifel oder Belustigung. Doch er saß nur ruhig auf dem Schreibtisch und hörte ihr zu. »Ich war mir ganz sicher. Nach so vielen Jahren mit Leibwächtern weiß man, wenn man beobachtet wird. Warum das so ist, kann ich allerdings nicht erklären.«

»Das mußt du auch nicht«, beschwichtigte Michael. »Weiter.«

Als sie ihn ansah, kamen ihr beinahe die Tränen. Er meinte es so, wie er es sagte. Sie würde ihm nie etwas erklären müssen. »Schon während meines Aufenthaltes in New York ist mir jemand aufgefallen, der Mariannes und meine Wohnung bespitzelt hat. Zuerst war ich überzeugt, Papa hätte wieder einen Leibwächter angeheuert. Aber als ich ihn fragte, verneinte er das, und so dachte ich, ich hätte mich geirrt. Und dann, in der ersten Nacht in L. A., ist mir ein Auto vom Supermarkt nach Hause gefolgt.«

»Du hast mir nie davon erzählt.«

»Ich wollte, aber...« Emma überlegte eine Weile. »Ich kam mir so dumm vor. Ich dachte, jemand wäre im Haus gewesen, während ich unterwegs war, und dann fand ich, daß das Telefon irgendwie komisch klang, so, als ob ich abgehört würde. Typisch für Leute, die unter Verfolgungswahn leiden.«

»Laß den Unsinn, Emma.«

Beinahe lächelte sie. Michael ließ einfach kein Selbstmitleid bei ihr aufkommen. »Ich kann zwar nicht beweisen, daß all diese Vorfälle mit dem Unfall von heute nacht zusammenhängen, aber ich fühle es.«

»Kannst du jetzt darüber reden?« Er hatte ihr bewußt etwas Zeit gelassen; nun waren ihre Hände merklich ruhiger, und der glasige Ausdruck war aus ihren Augen verschwunden.

»Ja.« Tief durchatmend bemühte sie sich, alles, was ihr von dem Ereignis draußen auf der Straße im Gedächtnis geblieben war, möglichst zusammenhängend zu berichten. »Ich bin einfach weitergefahren«, endete sie. »Ich weiß nicht, ob jemand verletzt worden ist oder was aus dem anderen Wagen wurde. Ich habe gar nicht darüber nachgedacht, bis ich heil hier angekommen war. Ich bin nur weitergefahren.«

»Du hast genau richtig gehandelt. Sieh dir mal ihren Wagen an«, instruierte Michael seinen Kollegen. »Emma, konntest du den Fahrer erkennen?«

»Nein.«

»Das Auto? Typ? Farbe?«

»Ja.« Wieder ganz ruhig nickte sie. »Ich habe mir so viele Details gemerkt, wie ich nur konnte. Der Wagen war dunkelblau oder schwarz – ich bin mir nicht sicher. Ich verstehe nichts von Automarken, aber es war ein großer Wagen, nicht so ein kleiner wie meiner. Könnte ein Cadillac oder Lincoln gewesen sein. Nummernschild von L. A.-MBE, glaube ich, aber im Nebel konnte ich die letzten Nummern nicht erkennen.«

»Das hast du prima gemacht.« Er küßte sie liebevoll. »So, und jetzt bringen wir dich ins Krankenhaus.«

»Ich will nicht ins Krankenhaus!«

Er fuhr mit dem Finger über ihre Schläfe. »Du hast hier eine Beule so groß wie ein Hühnerei.«

»Ich merke gar nichts davon. Ich will nicht, Michael. Ich habe für den Rest meines Lebens genug von Krankenhäusern.«

»Na schön. Dann wird dich jetzt jemand nach Hause fahren und bei dir bleiben.«

»Kannst du das nicht machen?«

»Ich muß erst die Sache hier klären«, begann er und schaute dann auf, als McCarthy eintrat.

»Sie müssen ja gefahren sein wie der Teufel, Miß McAvoy.«

»Emma«, sagte sie. »Ich hatte viel zu große Angst, um darüber nachzudenken.«

»Mike, kommst du mal für 'ne Minute mit?«

»Bleib sitzen. Ich bin gleich wieder da«, meinte Michael, als er aufstand. Dann bemerkte er den Gesichtsausdruck seines Partners und schloß die Tür hinter sich. »Nun?«

»Keine Ahnung, wie sie es geschafft hat, mit heilen Knochen da rauszukommen. Der Wagen sieht aus, als ob er zwischen zwei Dampfwalzen geraten ist.« Beiläufig legte er Michael die Hand auf den Arm. »Ich habe veranlaßt, daß einer der Jungs die Krankenhäuser überprüft, ehe ich mir den Wagen angesehen habe. Gerade kam die Meldung. Schwerer Unfall in den Bergen. Sie mußten den Typen aus einem funkelnagelneuen Cadillac befreien. Blackpool«, sagte er und bemerkte, daß Michaels Augen sich verengten. »Er liegt im Koma.«

39

Michael stand am Fuß des Krankenhausbettes und musterte den Mann, der versucht hatte, Emma zu töten. Es hatte ihn schlimm erwischt. Sein Gesicht war nur noch eine Fratze, und sollte er mit dem Leben davonkommen, würde er den Gesichtschirurgen eine Menge Arbeit bescheren. Doch sein Leben hing an einem seidenen Faden. Er hatte zu viele innere Verletzungen davongetragen.

Michael interessierte es herzlich wenig, ob Blackpool überlebte oder starb. Er benötigte nur fünf Minuten.

Mittlerweile hatte er den Hintergrundbericht über dessen Leben erhalten, unvollständig zwar, doch sehr aufschlußreich. Der Mann, der hier mit dem Tode rang, hieß eigentlich Terrance Peters und war bei der Polizei kein Unbekannter. Sein Vorstrafenregister reichte von Ladendiebstahl über Vandalismus bis hin zu verschiedenen Eigentumsdelikten. Später hatte er dann vornehmlich Frauen überfallen, gedealt und sich mit Einbrüchen über Wasser gehalten, ehe er einen anderen Namen annahm und als Nachtclubsänger sein Glück versuchte. Er war in London untergetaucht, und obwohl man ihn mehrerer Unfälle verdächtigte, hatte man ihm nie etwas nachweisen können.

Das Blatt wendete sich, als er sich mit Jane Palmer zusammentat.

Und zwar zum Schlechteren, dachte Michael. Zwanzig Jahre haben wir gebraucht, du Scheißkerl, aber jetzt haben wir dich.

»Mr. Blackpool ist nicht vernehmungsfähig«, gab der Arzt zu bedenken. »Er braucht Ruhe.«

»Ich fasse mich kurz.«

»Ich kann Sie nicht mit ihm allein lassen.«

»Wunderbar. Zeugen sind mir immer willkommen.« Michael trat zu dem Bett. »Blackpool!« Die Lider des Verletzten flackerten, beruhigten sich, dann flackerten sie wieder. »Blackpool, ich muß mit Ihnen über Darren McAvoy reden.«

Blackpool öffnete mühsam die Augen. Sein Blick war vor Schmerz getrübt. »Sind Sie'n Cop?«

»Richtig.«

»Verpissen Sie sich. Ich hab' Schmerzen.«

»Wenn ich Zeit habe, bedaure ich Sie. Freund, du gehst auf deine letzte Reise. Also...«

»Wo ist der Arzt?«

»Ich bin Dr. West, Mr. Blackpool. Sie sind...«

»Schaffen Sie mir diesen Hurensohn vom Hals!«

Ohne auf ihn zu achten, beugte Michael sich vor. »Es ist ein guter Zeitpunkt, um Ihr Gewissen zu erleichtern.«

»Ich habe keins.« Blackpools hämisches Lachen endete in einem röchelnden Keuchen.

»Man kann nie wissen. Wir wissen alles über Sie, auch von der verpatzten Entführung von Brian McAvoys kleinem Jungen.«

»Sie hat sich also erinnert.« Da Michael keine Antwort gab, schloß Blackpool die Augen. Haß und Wut waren stärker als die Schmerzen. »Typisch, daß dieses Luder sich an mich erinnert und nicht an ihn. Ein ganz leichter Job, hat er gesagt. Ohne Risiko. Schnapp dir den Kleinen und kassier ein ordentliches Lösegeld. Dabei war er an Geld gar nicht interessiert. Und dann, als alles danebenging, hat der feine Herr sich rausgehalten. Überließ es mir, die Spuren zu beseitigen. Vertrau mir, hat er gesagt, behalt die Nerven, und du kriegst alles, was du willst.«

»Wer?« fragte Michael eindringlich. »Wer war mit dabei?«

»Zehntausend Pfund hat er abgedrückt. Reichte zwar nicht an die Million ran, die wir verlangen wollten, aber immerhin – ein nettes Sümmchen. Mußte nur die Ruhe bewahren und alles ihm überlassen. Der Kleine war tot, und das Mädchen litt unter Amnesie. Ein Trauma, hat er gesagt. Klein-Emma stand unter Schock, konnte sich nicht erinnern. Keiner würde davon erfahren, und er würde dafür sorgen, daß ich ganz nach oben komme. In McAvoys Fahrwasser.«

Wieder lachte er und rang dabei nach Atem.

»Sie müssen jetzt gehen, Detective.«

Michael schüttelte den Arzt ab. »Einen Namen, verdammt. Nennen Sie einen Namen!«

Blackpool öffnete mühsam die rotgeränderten, wässrigen und immer noch tückisch blickenden Augen. »Fahr zur Hölle!«

»Die Sache bricht dir den Hals«, knirschte Michael. »Entweder krepierst du hier in diesem Bett oder du atmest eine Ration Giftgas ein. Schön legal. Aber du bleibst auf der Strecke. Nur – du kannst alleine gehen oder ihn mitnehmen, das liegt bei dir.«

»Sie kriegen ihn dran?«

»Ich kümmere mich persönlich darum.«

Lächelnd schloß Blackpool wieder die Augen. »Page war's. Pete Page. Sagen Sie ihm, wir sehen uns in der Hölle wieder.«

Emma beobachtete einige Arbeiter, die die großen Schiebetüren am Ende der Bühne instand setzten. In wenigen Stunden würde sie durch eine dieser Türen schreiten und zum Mikrofon gehen. »Ich hab' Lampenfieber«, gestand sie Bev. »Lächerlich, nicht wahr? Ich brauche einfach nur dazustehen, die Namen zu verlesen und die Auszeichnungen zu überreichen.«

»Möglichst an deinen Vater und Johnno. Komm, gehen wir in die Garderobe. Die dürfte jetzt leer sein, alle anderen sind beschäftigt.«

»Willst du denn nicht in den Saal gehen?« Emma schaute auf ihre Uhr. »In zehn Minuten fangen sie an.«

»Noch nicht. Hoppla, entschuldige, Annabelle.«

Emma hätte sich ohrfeigen können, weil sie ihre Kamera zu Hause gelassen hatte. Die in einen knallrosa, mit Goldmünzen verzierten Seidenanzug gehüllte Annabelle, die gerade dabei war, eine Windel zu wechseln, bot wirklich ein Bild für Götter.

»Keine Sorge. Er ist schon fast trocken.« Annabelle nahm den kleinen Samuel Ferguson auf den Arm und knuddelte ihn. »Ich wollte ihn nur noch schnell füttern und trockenlegen. Heute abend konnte ich ihn ja schlecht bei seinem Kindermädchen lassen, dann hätte er ja Papas großen Auftritt versäumt.«

Emma sah dem Baby in die schläfrigen Augen. »Ich glaube nicht, daß er durchhält.«

»Er muß nur ein kleines Schläfchen machen.« Annabelle bettete ihren Sohn auf das Sofa. »Würdet ihr wohl für ein paar Minuten auf ihn aufpassen? Ich muß P. M. suchen.«

»Aber sicher«, murmelte Bev, beugte sich über das Baby und streichelte den kleinen Kopf.

»Es dauert höchstens zehn Minuten.« Zögernd blieb Annabelle an der Tür stehen. »Bist du sicher? Wenn er aufwacht...«

»Dann werden wir ihn schon beruhigen«, versprach Bev.

Mit einem letzten besorgten Blick auf ihren Sohn schloß Annabelle leise die Tür hinter sich.

»Wer hätte gedacht, daß die flippige Lady Annabelle mal eine so hingebungsvolle Mutter wird?« meinte Emma belustigt.

»Ein Baby verändert dich.« Bev setzte sich auf die Sofalehne, um den schlafenden Samuel nicht zu wecken. »Ich wollte mit dir unter vier Augen sprechen.«

Unwillkürlich tastete Emma nach der Beule an ihrer Schläfe. »Halb so schlimm. Kein Grund zur Sorge.«

Bev nickte. »Dazu komme ich später. Erst habe ich dir etwas zu sagen, obwohl ich mir nicht sicher bin, wie du das aufnehmen wirst.« Sie holte tief Atem. »Brian und ich bekommen ein Kind.«

Vor Verblüffung blieb Emma der Mund offenstehen. »Ein Baby?«

»Ja, ich weiß. Wir waren selber überrascht, obwohl wir es uns gewünscht haben. Nach all den Jahren – eigentlich sind wir nicht ganz bei Trost. Ich bin fast zweiundvierzig.«

»Ein Baby«, wiederholte Emma.

»Kein Ersatz für Darren«, betonte Bev. »Nichts und niemand kann Darren je ersetzen. Und es ist auch nicht so, daß wir dich nicht lieben, wie man eine Tochter nur lieben kann, aber...«

»Ein Baby!« Lachend schloß Emma ihre Stiefmutter in die Arme. »Ach, ich freue mich ja so für dich. Und für mich. Für uns alle. Wann ist es denn soweit?«

»Ende des Sommers.« Bev hielt Emma ein Stückchen von sich entfernt und sah ihr ernst ins Gesicht. Doch was sie dort las, trieb ihr die Tränen in die Augen. »Wir haben befürchtet, du würdest dich aufregen.«

»Aufregen? Ich?« Emma fuhr sich mit dem Handrücken über die Wange. »Warum sollte ich mich aufregen?«

»Es bringt Erinnerungen zurück. Brian und ich müssen uns mit unserer eigenen Vergangenheit auseinandersetzen. Ich hätte nie gedacht, daß ich mir einmal ein anderes Kind wünschen würde, aber, Emma, ich freue mich wahnsinnig. Ich will dieses Kind haben, für mich, für Bri, aber – ich weiß, wie sehr du Darren geliebt hast.«

»Wir alle haben ihn geliebt.« Genau wie vor über zwanzig Jahren legte Emma eine Hand auf Bevs Bauch. »Ich kann es kaum noch erwarten. Ich werde dieses Kind genauso lieben wie Darren, und diesmal wird alles gutgehen.«

Kaum hatte sie zu Ende gesprochen, da gingen plötzlich die Lichter aus, und schlagartig stieg die alte Angst in Emma hoch, so daß sie automatisch nach Bevs Hand tastete.

»Alles in Ordnung«, beruhigte Bev. »Nur ein Kurzschluß. In einer Minute haben sie das repariert. Ich bin ja hier.«

»Ich bin okay.« Diese unkontrollierte, lächerliche Angst vor dem Dunkel war eine weitere Schwäche, die es ein für allemal zu überwinden galt, befahl Emma sich. »Vielleicht ist es nur die Garderobenbeleuchtung. Ich gehe mal nachsehen.«

»Ich komme mit.«

»Nein.« Emma tastete sich zur Tür, deren Umrisse sie in der Finsternis kaum erkennen konnte. Ein raschelndes Geräusch hinter ihr ließ sie herumfahren. Das Baby bewegt sich, redete sie sich ein, obwohl ihr Mund wie ausgetrocknet schien. Es gab keine Monster, und sie hatte auch keine Angst im Dunkeln.

Ihre suchende Hand fand die Türklinke, aber statt Erleichterung durchströmte sie eine wilde, unbegründete Angst. Sie sah sich die Tür öffnen. Öffnen und ins Zimmer schauen. Das Baby weinte. Welches Baby? Benommen versuchte sie, die zwei Babys auseinanderzuhalten, das, welches hinter ihr auf dem Sofa schlief, und das, welches in ihrer Erinnerung weiterlebte.

Instinktiv zog Emma die Hand zurück. Sie würde die Tür nicht öffnen. Sie wollte nichts sehen. Ihr Herzschlag schien in ihrem Kopf widerzuhallen – im Rhythmus einer Musik, die sie nie vergessen hatte.

Diesmal war es kein Traum, mahnte Emma sich. Sie war hellwach. Fast ihr ganzes Leben lang hatte sie darauf gewartet, endlich zu erfahren, was jenseits dieser Tür lag.

Mit klammen Fingern schob sie die Tür auf; die wirkliche und die, vor der sie in ihren Träumen so oft gestanden hatte. Und da wußte sie es.

»O Gott!«

»Emma.« Bev, die das Baby tröstend auf den Arm genommen hatte, streckte die Hand nach ihr aus. »Was ist?«

»Es war Pete.«

»Bitte? Ist Pete schon da?«

»Er war damals in Darrens Zimmer.«

Bevs Finger schlossen sich um Emmas Arm. »Was sagst du da?«

»Er war in jener Nacht bei Darren. Als ich die Tür öffnete, hat er sich zu mir umgedreht und mich angesehen. Jemand anders hat Darren festgehalten, so fest, daß er weinte. Ich kannte ihn nicht. Pete hat mich angelächelt, aber er war böse auf mich. Ich rannte fort, obwohl das Baby weinte.«

»Es ist Samuel«, murmelte Bev. »Nicht Darren. Emma, komm, setz dich.«

»Es war Pete.« Stöhnend barg Emma ihr Gesicht in den Händen. »Ich habe ihn genau gesehen.«

»Und ich habe gehofft, du würdest dich nicht erinnern.«

Als Emma die Hände sinken ließ, sah sie ihn auf der Schwelle stehen. In der einen Hand hielt er eine Taschenlampe. In der anderen eine Pistole.

Bev, die das Baby fest an sich drückte, starrte auf den Schatten in der Tür. »Ich verstehe nicht ganz. Was geht hier vor?«

»Emma ist überreizt.« Pete sprach ganz ruhig, wobei sein Blick eindringlich auf Emma ruhte. »Du kommst besser mit mir.«

Nicht noch einmal, dachte Emma verzweifelt. Es durfte nicht noch einmal geschehen. Ohne nachzudenken warf sie sich auf Pete. Die Taschenlampe fiel ihm aus der Hand, so daß der geisterhafte Lichtstrahl seltsame Figuren an die Wand und an die Decke malte.

»Lauf!« schrie sie Bev zu, während sie versuchte, wieder auf die Füße und aus Petes Nähe zu kommen. »Nimm das Baby und lauf! Hol Hilfe! Er wird ihn umbringen.« Wütend trat sie nach Pete, der sie zu packen versuchte. »Er darf nicht noch ein Baby umbringen. Hol Papa!«

Mit dem greinenden Baby im Arm floh Bev in Richtung Bühne.

»Es ist zu spät«, sagte Emma, als Pete sie auf die Füße zog. »Das Spiel ist aus. Sie werden jeden Moment hier sein.«

Auf der Bühne gingen bereits die Scheinwerfer an. Rufe und das Trappeln herbeieilender Füße kamen immer näher.

Pete, mittlerweile zu allem entschlossen, stieß Emma vor sich her. Als das kalte Metall der Waffe ihr Kinn berührte, gab sie ihren Widerstand auf. »Sie wissen, daß du es warst.«

»Sie hat mich nicht gesehen«, knurrte er. »Es war zu dunkel, sie kann mich nicht erkannt haben.« So mußte es einfach sein. Er weigerte sich, eine andere Möglichkeit in Betracht zu ziehen, sonst war alles vorbei.

»Bev weiß es.« Emma zuckte zusammen, als er sie die Treppe hinaufzerrte. »Jeder weiß jetzt Bescheid. Sie kommen und holen dich, Pete. Du hast verloren.«

Das durfte nicht sein. Er hatte zu hart gearbeitet, alles zu sorgfältig geplant. »O nein. Ich weiß, was ich zu tun habe. Ich bringe das in Ordnung.«

Die Bühne wimmelte inzwischen von Menschen. Pete packte ihr Haar fest mit der Linken. »Wenn du schreist, erschieße ich dich.«

Er brauchte Zeit zum Nachdenken. Hastig schleifte er die sich sträubende Emma zum Lastenfahrstuhl. Seine Aufmerksamkeit war einen Augenblick von ihr abgelenkt, während er seine Chancen abwog. Diesen Augenblick nutzte Emma, um die Phoenixbrosche von ihrer Jacke zu lösen und zu Boden fallen zu lassen.

Dabei hatte er sich alles so leicht vorgestellt. In der Dunkelheit, in der allgemeinen Verwirrung wollte er sie sich schnappen. In seiner Tasche steckten die Tabletten, die zu nehmen er sie zwingen wollte. Er hatte ihr ein schnelles, schmerzloses Ende zugedacht.

Aber nun war alles anders gekommen.

Wie beim ersten Mal.

»Warum?« Von ihrer Höhenangst überwältigt, sank Emma in dem Aufzug zu Boden. »Warum hast du Darren das angetan?«

Kalter Schweiß lief ihm in Strömen am Körper hinunter und durchtränkte sein leichtes Leinenhemd. »Ihm sollte nichts geschehen. Es sollte ein... ein Werbegag sein.«

Emma erfaßte den Sinn dieser Worte nicht gleich. »Was?«

»Deine Mutter kam auf diese Idee.« Er blickte auf sie hinunter. Nein, sie würde ihm keine allzugroßen Schwierigkeiten bereiten. Sie war jetzt schon so weiß wie ein Laken. Immer schon war ihr in Flugzeugen oder Fahrstühlen übel geworden. Höhenangst. Nachdenklich betrachtete er die Knopfleiste des Fahrstuhls. Warum war er nicht schon eher darauf gekommen?

Die Grammy-Verleihung würde gleich eröffnet werden. So lief das Showbusineß nun mal ab. Lebte nur von Illusionen. Und während Millionen Fernsehzuschauer wie gebannt auf den Bildschirm starrten, suchten ein paar vereinzelte Leute hinter der Bühne nach Emma. Hier oben hatte er genug Zeit zum Nachdenken, dazu, den nächsten Schritt zu planen.

Der Fahrstuhl erzitterte und blieb stehen. »Wovon sprichst du eigentlich?«

»Von Jane. Sie hat ständig mehr Geld verlangt, drohte, die Presse zu informieren. Zuerst hat mir dieser Gedanke schlaflose Nächte beschert, bis ich erkannt habe, daß der Rummel um deine Person den Plattenumsatz gewaltig gesteigert hat.« Pete riß sie hoch. Ihre Haut fühlte sich klamm an, und die Beine wollten sie nicht recht tragen. Um so besser. Er legte ihr einen Arm um den Hals und stieß sie die nächste Treppe hoch.

Sie mußte ihn zum Sprechen bringen. Emma kämpfte Angst und Übelkeit entschlossen nieder. Bev war mit dem Baby entkommen, und bald würde man sie hier finden.

Jetzt konnte sie ruhig schreien, was die Lungen hergaben, dachte Pete. Hier oben würde niemand sie hören. Er schob eine Tür auf und schubste Emma aufs Dach. Der eisige Wind pfiff ihr ins Gesicht, brachte sie wieder ganz zu sich.

»Wir sind bei Darren stehengeblieben.« Die Augen fest auf ihn gerichtet, wich sie langsam zurück. Das Dach war in helles Sonnenlicht getaucht, und in einem Winkel ihres Bewußtseins fragte sie sich, wie es möglich war, daß sie sich nach so langer Zeit endlich aus dem Dunkel befreit hatte. »Ich will wissen, warum...« Ihr Rücken stieß an eine niedrige Mauer. Leicht schwankend, blickte sie in die Tiefe, biß dann die Zähne zusammen und konzentrierte sich auf ihr Gegenüber. »Erklär mir, was du in Darrens Zimmer zu suchen hattest.«

Er konnte es sich leisten, Nachsicht zu üben. Beinahe

wären ihm die Dinge aus der Hand geglitten, aber nun schöpfte er wieder Hoffnung. Er würde einen Ausweg finden. »Anfangs ging alles gut. Dann kamen die Probleme. Innerhalb der Band gab es Zwistigkeiten. Irgendwie mußten sie aufgerüttelt werden. Jane schleppte Blackpool an, verlangte, daß ich einen Star aus ihm machen sollte, einen größeren Star als Brian. Und sie forderte mehr Geld. Dann betrank sie sich.« Pete winkte unwillig ab. »Auf jeden Fall bot sie mir eine Lösung an. Wir wollten Darren entführen. Die Presse würde sich auf die Story stürzen, uns würde das die Sympathie des Publikums einbringen, die Platten würden sich besser verkaufen, die Band sich wieder zusammenfinden und Blackpool und Jane könnten das Geld behalten. Jedem wäre damit gedient gewesen.«

Weder die Höhe noch die auf sie gerichtete Pistole jagten ihr länger Angst ein. Die Sonne ging langsam unter, während sie Pete fassungslos ansah. »Willst du damit sagen, daß mein Bruder sterben mußte, nur damit euer Plattenumsatz steigt?«

»Es war ein Unfall. Blackpool hat die Nerven verloren. Dann kamst du noch dazu. Es war einfach eine unglückliche Verkettung von Umständen.«

»Eine unglückliche...« Da begann sie zu schreien, laut und anhaltend, als sie auf ihn losging.

40

Als Michael hereinstürmte, befand sich alles im Garderobenbereich in Aufruhr. Im Saal dröhnte Applaus auf, als ein weiterer Gewinner bekanntgegeben wurde.

»Wo ist sie?«

»Er hat sie mitgenommen.« Bev, von ihrer überstürzten Flucht mit dem Baby noch immer außer Atem, klammerte sich in Brians Arm. »Er ist bewaffnet. Sie hat ihn abgelenkt, so daß ich mit dem Kleinen davonkommen konnte, um Hilfe zu holen. Pete«, sagte sie wie betäubt. »Es war Pete.«

»Es ist erst ein paar Minuten her«, erklärte Brian. »Die Sicherheitsbeamten sind bereits hinter ihm her.«

»Ausgänge sichern und das Gebäude abriegeln«, rief Michael McCarthy zu. »Fordere Verstärkung an. Wir müssen jedes Stockwerk absuchen. Wohin sind sie verschwunden?«

Mit gezogener Waffe jagte er den Flur entlang und präsentierte einem uniformierten Wächter seine Dienstmarke.

»Dieses Stockwerk ist hermetisch abgeriegelt. Er ist auch nicht Richtung Bühne geflüchtet. Wir nehmen an, daß er sie nach oben gebracht hat.«

»Ich brauche zwei Männer.« Michael rannte die Stufen hoch. Hinter ihm dröhnte die Musik, die zu einem hohlen Echo verklang, je höher er kam. Mit schweißfeuchten Händen entsicherte er seine Waffe und suchte das Terrain ab. Ein Geräusch auf den Stufen ließ ihn herumwirbeln und einen wütenden Fluch ausstoßen, als er die vier Männer erkannte. »Machen Sie, daß Sie hier wegkommen.«

»Das geht uns alle an«, beharrte Brian.

»Ich habe keine Zeit, um mich mit Ihnen zu streiten.« Michael bückte sich und hob eine kleine, glitzernde Brosche auf. »Gehört die Emma?«

»Sie hat sie heute nacht getragen«, bestätigte Johnno. »Ich habe sie ihr vor einiger Zeit geschenkt.«

Michael blickte zum Fahrstuhl, dann ließ er die Brosche in seine Tasche gleiten. »Sie gebraucht ihren Verstand«, murmelte er anerkennend, drückte auf den Fahrstuhlknopf und beobachtete die Nummern, die auf der Lichtleiste aufleuchteten. »Sagt McCarthy, er hat sie ganz nach oben gebracht.« Der Fahrstuhl begann zu rumpeln, was Michael veranlaßte, ein stilles Gebet gen Himmel zu senden.

»Wir kommen mit.« Brian ließ nicht locker.

»Das ist Sache der Polizei.«

»Privatsache«, korrigierte Brian. »Hier handelt es sich um eine persönliche Angelegenheit. Wenn er ihr etwas antut, bringe ich ihn um.«

Michael musterte die vier Männer hinter ihm grimmig. »Da müßt ihr euch leider hinten anstellen.«

Heftig nach Atem ringend, stieß Pete Emma so hart zurück, daß diese der Länge nach zu Boden stürzte. »Gib es auf, Emma. Ich möchte dich nicht unnötig quälen.«

»Er war doch noch ein Baby.« Emma raffte sich hoch. »Als er geboren wurde, hast du ihm einen silbernen Becher geschenkt, mit seinem Namen darauf. Und an seinem ersten Geburtstag hast du für seine Party ein Pony gemietet. Wie konntest du das nur tun?«

»Ich hatte ihn gern.«

»Du hast ihn umgebracht.«

»Ich habe ihm kein Haar gekrümmt. Blackpool ist zu grob mit ihm umgegangen, er ist in Panik geraten. Ich wollte dem Jungen nichts tun.«

»Nein, du wolltest ihn nur benutzen, ihn und die Angst und den Kummer meines Vaters, und alles wegen der Publicity. O ja, ich sehe die Schlagzeilen regelrecht vor mir«, fügte sie hinzu. »Brian McAvoys kleiner Sohn entführt! Rockstar zahlt fürstliches Lösegeld für sein geliebtes Kind! Das war deine eigentliche Absicht, stimmt's? Fotos in allen Zeitungen, Berichte im Fernsehen. Haufenweise Reporter, die nach einer Stellungnahme der verzweifelten Eltern lechzen. Und das Ganze noch mal von vorne, wenn das Baby sicher und wohlbehalten in die liebenden Arme seiner Eltern zurückkehrt. Nur daß Darren nie zurückgekehrt ist.«

»Das war ein tragischer...«

»Erzähl du mir nichts von Tragik!« Der Kummer über das sinnlose Ende ihres kleinen Bruders war stärker als ihre Angst. Obwohl ihr bewußt war, daß seine Pistole auf sie zielte, berührte sie das wenig. Die Erinnerung, die nach all diesen Jahren endlich zurückgekehrt war, hinterließ in ihrem Inneren eine dumpfe, hohle Leere. Schmerzlicher noch traf sie die Erkenntnis, daß alles umsonst gewesen war.

»Du warst auf seiner Beerdigung, du Heuchler! Mit gesenktem Blick und mitfühlendem Gesichtsausdruck standest du da, und während der gesamten Zeit wußtest du genau, daß du dein Ziel trotzdem erreicht hast. Ein kleiner Junge mußte sterben, unglücklicherweise, aber du hattest die ungeteilte Aufmerksamkeit der Presse. Du konntest deine verdammten Platten verkaufen!«

»Ich habe der Band mein halbes Leben gewidmet«, sagte Pete langsam. »Ich habe sie geformt, sie aufgebaut, Verträge ausgehandelt, mir ihre Probleme angehört, Lösungen gefunden. Wer war denn wohl für ihren Erfolg verantwortlich, heh? Wer hat dafür gesorgt, daß die Plattenfirmen sich an die Spielregeln hielten? Wer hat sie ganz nach oben gebracht?«

Emma trat einen Schritt auf ihn zu, doch ihr Überlebenswille erwies sich stärker als ihre Wut. Sowie er die Waffe bewegte, blieb sie stehen. »Glaubst du wirklich, sie hätten dich gebraucht?« fragte sie mit vor Verachtung heiserer Stimme. »Glaubst du wirklich, auf dich wäre es irgendwie angekommen?«

»Ich habe sie zu dem gemacht, was sie heute sind.«

»Nein. Sie haben dich zu dem gemacht, was du heute bist.«

Ohne etwas zu erwidern griff Pete in seine Tasche. »Wie dem auch sei, der heutige Abend wird das Bild der Legende noch verstärken. Brian und Johnno sind die Favoriten für den Song des Jahres, und mit etwas Glück sahnt die Band auch noch weitere Preise ab. Ich hielt es für eine werbewirksame Geste, dich den Preis überreichen zu lassen. Brians Tochter, die tragische Witwe Drew Latimers. Tragödien verkaufen sich gut«, fügte er achselzuckend hinzu. »Nun, heute abend wird es eine weitere geben.« Er hielt ihr zwei kleine weiße Tabletten hin. »Nimm die. Sie sind sehr stark. Es wird dir die Sache erleichtern.«

Emma blickte auf die Tabletten, dann wieder in sein Gesicht. »Ich habe nicht die Absicht, mir irgend etwas leichter zu machen.«

»Auch gut.« Er steckte die Tabletten wieder in die Tasche. »Es ist ein langer, langer Sturz, Emma.« Er packte sie mit festem Griff am Oberarm und schob sie auf den Abgrund zu. »Bis du unten aufschlägst, bin ich schon wieder auf dem Weg nach unten.« Sein Plan stand jetzt fest. »Ich wollte nach dir sehen, als das Licht ausging, aber du hast durchgedreht. Ich war so besorgt, daß ich dir bis hierher gefolgt bin, aber du warst vollkommen hysterisch, und ich kam zu spät; ich konnte dich nicht retten. Das werde ich mir nie verzeihen. Ich wußte ja, daß du dich all die Jahre für den Tod deines Bruders verantwortlich gefühlt hast, und schließlich konntest du mit dieser Schuld nicht länger leben. Furchtbar!« Er drehte sie herum, so daß sie in die gähnende Tiefe schauen mußte. Einer der Kämme, die ihr Haar hielten, löste sich und trudelte ins Leere. »Niemand außer dir weiß etwas, und niemand sonst wird es je erfahren.«

Emma krallte sich an ihm fest und schob sich Stück für Stück von der Mauer fort. Einen Moment verlor er das Gleichgewicht, und er ließ sie kurz los. Dann legte sich sein Arm wie eine Eisenklammer um ihre Taille, und er versuchte, sie hochzuheben.

Der Boden rutschte unter ihr weg, sie wankte und warf sich dann mit ihrem ganzen Gewicht gegen ihn. Himmel und Erde drehten sich vor ihren Augen. Sie stieß einen angsterfüllten Schrei aus, während sie darum kämpfte, die Balance wiederzuerlangen.

In diesem Augenblick brach Michael die Tür auf und rief etwas, doch keine der zwei in einen tödlichen Kampf verstrickten Gestalten achtete auf ihn. Michael sah, daß Pete seine Waffe hob, und feuerte, ohne zu zögern.

Eine Hand zerrte an Emma, zog sie vorwärts, bis ihr Körper halb über die Kante hing. Petes Gesicht erschien vor ihr, die Augen riesengroß und dunkel vor Angst. Seine Finger glitten von ihrem Handgelenk ab und lösten sich. Dann fiel er, fiel in die endlose Tiefe, und sein Schwung riß sie mit.

Hände packten sie, zogen sie vom Abgrund fort. Wieder verlor sie den Boden unter den Füßen, doch diesmal hielt sie jemand sicher in den Armen. Durch das Brausen in ihren Ohren hindurch hörte sie ihren Namen, wieder und wieder.

»Michael.« Ohne ihn anzusehen, ließ sie den Kopf auf seine Schulter sinken. »Michael, laß mich nicht los.«

»Nie.«

»Ich habe mich erinnert.« Jetzt endlich begann sie zu schluchzen, und durch den Tränenschleier hindurch konnte sie ihren Vater erkennen, der neben ihr stand. »Papa, ich habe mich erinnert.« Tränenblind streckte sie die Hand nach ihm aus.

Emma schaute in das Feuer, das Stevie im Kamin entfacht hatte. Er stand wortlos neben ihr, die Hände in den Hosentaschen vergraben. Alle waren sie mitgekommen; ihr Vater, P. M. und seine Familie, Johnno. Bev bereitete unzählige Kannen Tee zu.

Obgleich niemand das Wort ergriff, spürte Emma, daß sich der Schock langsam in Bestürzung verwandelte. Auf so viele Fragen würde niemals eine Antwort gefunden werden, so viele Fehler konnten nie wieder berichtigt werden, und jeder von ihnen empfand eine Art Reue, die niemals ganz vergehen würde.

Doch sie hatten überlebt, dachte Emma. Trotz allem, was ihnen widerfahren war, dem einzelnen und der Gruppe, hatten sie überlebt. Und in dieser Tatsache lag ein gewisser Triumph.

Langsam erhob sie sich und ging auf die Terrasse hinaus, wo Brian saß und auf das Meer schaute. Er litt still vor sich hin, stellte Emma fest, da es in seiner Natur lag, Probleme in sich hineinzufressen und in seinem Inneren zu verarbeiten, bis er seinen Gefühlen in einem Lied, einer Melodie oder einer Tonfolge Luft machte. Sie setzte sich neben ihn und lehnte ihren Kopf an seine Schulter.

»Er war einer von uns«, sagte Brian nach einer kurzen Pause. »Er war von Anfang an bei uns.«

»Ich weiß.«

»Als ich sah, wie er seine Hände auf dich legte, da hätte ich ihn am liebsten eigenhändig umgebracht. Und jetzt... Ich kann kaum glauben, daß all das wirklich geschehen ist. Warum?« Er drehte sich um und nahm seine Tochter in die Arme. »Warum um alles in der Welt hat er das getan?«

Emma hielt ihn an sich gedrückt und lauschte dem Geräusch der Wellen. Keinesfalls durfte sie ihm die Gründe für Petes Taten erklären. Wenn er die wahren Beweggründe für dessen Handlungsweise erfahren würde, könnte er nie wieder mit Leib und Seele Musik machen. »Ich weiß es nicht.

Und wenn wir ein Leben lang darüber nachgrübelten, es würde doch nichts bringen. Wir müssen damit leben, Papa. Nicht vergessen, sondern verarbeiten.«

»Ein neuer Anfang?«

»Um Gottes willen, nein.« Sie lächelte leicht. »Um nichts in der Welt möchte ich noch einmal von vorne anfangen, nicht jetzt, wo ich endlich weiß, wohin ich gehöre. Ich muß nie wieder vor etwas Angst haben, und ich werde mir nie wieder die Schuld an Darrens Tod geben, denn diesmal bin ich nicht weggelaufen.«

»Es war nie deine Schuld, Emma.«

»Keinen von uns trifft Schuld. Komm herein.« Sie schob ihn ins Zimmer, in die Wärme, dann ging sie schweigend zum Fernseher und schaltete ihn ein. »Ich möchte hören, wie dein Name genannt wird.«

»Jetzt wird's ernst, Leute.« Als die Kandidaten für den Song des Jahres angekündigt wurden, legte Johnno Brian die Hand auf die Schulter.

Emma hielt den Atem an, dann lachte sie befreit auf, als die Namen Brian McAvoy und Johnno Donovan fielen. »Ich gratuliere! Ach, ich wünschte, ich hätte euch den Preis überreichen können!«

»Nächstes Jahr«, grinste Johnno.

»Das ist ein Versprechen«, bestätigte Emma ernst. »Es bedeutet, wir dürfen nicht zulassen, daß diese Ereignisse unser Leben ruinieren. Ich ...« Ein Klopfen an der Tür unterbrach sie.

»Aha, der liebestrunkene grauäugige Bulle naht«, spottete Johnno.

»Du halt dich geschlossen.« Emma war schon an der Tür, den aufgeregt hechelnden Conroy dicht auf den Fersen. »Michael?«

»Tut mir leid, daß es so lange gedauert hat.« Michael hielt den Hund am Halsband fest. »Alles okay?«

»Alles okay. Wir verteilen gerade Glückwünsche. Papa und Johnno haben den Preis für den Song des Jahres gewonnen.«

»Eigentlich wollten wir gerade gehen.« Bev griff schon

nach ihrem Mantel. Wenn sie je einen Mann gesehen hatte, der mit einer Frau allein sein wollte, so war es Michael. »In der Küche ist noch Tee«, fügte sie hinzu. Ehe Emma Einwände erheben konnte, umarmte Bev sie. »Die Zeit ist zu kostbar, um sie zu vergeuden«, murmelte sie dann. »Michael, ich danke dir.«

Nacheinander verließ die kleine Gruppe das Haus, während ein gelangweilter Conroy sie beschnüffelte und sich dann gähnend in eine Ecke verzog.

»Du hast doch nichts dagegen, wenn wir morgen abend alle zusammen essen?« wollte Emma wissen.

»Nein.« An den morgigen Tag wollte er gar nicht denken. Nur das Heute zählte. »Komm her.« Er streckte die Arme nach ihr aus, und als sie sich an ihn schmiegte, hielt er sie nur wortlos fest. In den vergangenen Stunden hatte er gedacht, er habe seine innere Ruhe wiedergefunden, doch jetzt brach alles wieder über ihn herein.

Beinahe hätte er sie für immer verloren.

Emma spürte, wie seine Muskeln sich spannten. »Bitte nicht«, flüsterte sie. »Es ist vorbei. Diesmal ist es wirklich vorbei.«

»Schscht.« Michael preßte seinen Mund hart auf den ihren, wie um sich davon zu überzeugen, daß sie wirklich da war. Lebte. Ihm gehörte. »Wenn er...«

»Er hat nicht.« Sanft nahm Emma sein Gesicht zwischen ihre Hände. »Du hast mir das Leben gerettet.«

»Ja.« Er löste sich von ihr und schob die Hände in die Hosentaschen. »Wenn du eine Dankesrede halten willst, bring es hinter dich.«

Emma legte den Kopf schief. »Wir hatten noch keine Gelegenheit, miteinander zu reden.«

»Es tut mir leid, daß ich nicht mit dir zurückkommen konnte.«

»Das verstehe ich. Vielleicht war das ganz gut so, so sind wir beide ein wenig zur Ruhe gekommen.«

»Ich werde damit einfach nicht fertig.« Ihr Bild stand ihm noch allzu lebhaft vor Augen, wie sie halb über dem Abgrund geschwebt hatte. Wie um sich davon zu befreien begann er, im Zimmer auf und ab zu gehen. »Und wie war dein Tag?«

Sie grinste. Die Dinge könnten sich wirklich nicht besser entwickeln. »Bestens. Und bei dir?«

Michael zuckte die Achseln. Rastlos spielte er mit einigen Glastieren, die auf dem Tisch standen, dann überwand er sich. »Emma, ich weiß, daß du müde sein mußt.«

»Bin ich nicht.«

»Und daß es der falsche Zeitpunkt ist.«

»Nein.« Wieder lächelte sie. »Wer sagt das?«

Erstaunt drehte Michael sich um. Er fand, daß sie überwältigend aussah in ihrem fließenden Kleid. Der warme Schein des Feuers ließ ihre Haare wie Gold glänzen und verlieh ihrer Haut einen seidigen Schimmer. »Ich liebe dich. Ich glaube, ich habe dich schon immer geliebt, aber bislang hatten wir noch nicht viel Zeit füreinander. Ich würde dir ja gern sagen, daß ich bereit bin, noch zu warten.« Er nahm einen Kristallschmetterling in die Hand, drehte ihn hin und her und stellte ihn dann wieder hin. »Aber dazu bin ich nicht bereit.«

»Michael, wenn ich noch Zeit bräuchte, dann würde ich sie mir nehmen.« Sie trat einen Schritt auf ihn zu. »Was ich brauche, das bist du.«

Aufatmend zog er ein kleines Kästchen aus der Tasche. »Das habe ich schon vor einigen Monaten gekauft. Ich wollte es dir zu Weihnachten schenken, aber damals hättest du es wohl noch nicht angenommen. Weißt du, eigentlich hatte ich mir ja eine romantische Szene ausgemalt; Dinner bei Kerzenlicht, leise Musik und so weiter.« Leise lachend drehte er das Kästchen in der Hand. »Aber für eine romantische Untermalung ist es jetzt wohl zu spät.«

»Willst du es mir jetzt geben?«

Wortlos hielt er ihr das Kästchen hin.

»Ehe ich es aufmache, möchte ich dir etwas sagen.« Aufmerksam sah sie ihm ins Gesicht, registrierte jede Regung, jedes Zucken. »Vor fünf oder sechs Jahren hätte ich weder das hier noch dich zu schätzen gewußt, nicht so, wie ich das heute kann.«

Ihre Hände zitterten leicht, als sie den Verschluß aufschnappen ließ. »O Michael, ist der schön! Entzückt betrachtete sie den Ring. »Wunderschön.«

»Kann man wohl sagen«, entgegnete er. »Nimm ihn, und damit hat es sich.«

»Das ist ja wohl der romantischste Heiratsantrag, den eine Frau sich nur wünschen kann.«

»Ich hab' dich schon viel zu oft gefragt. Aber wie wäre es denn damit?« Er küßte sie sanft. »Kein Mensch kann dich je mehr lieben als ich. Ich brauche nur ein ganzes Leben, um es dir zu beweisen.«

»Das ist besser.« Emmas Augen wurden feucht. »Viel besser.« Sie nahm den Ring heraus und untersuchte ihn von allen Seiten. »Was haben die drei Kreise zu bedeuten?« fragte sie, während sie mit der Fingerspitze die drei ineinander verschlungenen Linien nachzog.

»Einer steht für mein Leben, einer für deines.« Michael nahm ihr den Ring aus der Hand und steckte ihn ihr an den Finger. »Und der dritte steht für unser gemeinsames Leben. Wir gehören schon so lange zusammen, Emma.«

Sie nickte, dann blickte sie ernst zu ihm hoch. »Wenn das so ist, dann möchte ich mit dem dritten Kreis beginnen, Michael. Und zwar sofort.«

QUELLENVERZEICHNIS

VERLORENE LIEBE/*Brazen Virtue*
Copyright © 1988 by Nora Roberts
Published by Arrangement with Bantam Books, a division of
Bantam Doubleday Dell Publishing Group, Inc.
Copyright © der deutschsprachigen Ausgabe 1995 by
Wilhelm Heyne Verlag GmbH & Co. KG, München
Aus dem Amerikanischen von Marcel Bieger
(Der Titel erschien bereits in der Allgemeinen Reihe
MIT DER BAND-NR. 01/9527.)

NÄCHTLICHES SCHWEIGEN/*Public Secrets*
Copyright © 1990 by Nora Roberts
Published by Arrangement with Bantam Books, a division of
Bantam Doubleday Dell Publishing Group, Inc.
Copyright © der deutschsprachigen Ausgabe 1995 by
Wilhelm Heyne Verlag GmbH & Co. KG, München
Aus dem Amerikanischen von Nina Heyer
(Der Titel erschien bereits in der Allgemeinen Reihe
mit der Band-Nr. 01/9706.)

Nora Roberts

Bestsellerautorin Nora Roberts schreibt Romane der anderen Art: Nervenkitzel mit Herz und Pfiff!

Eine Auswahl:

Verborgene Gefühle
01/10013

Dunkle Herzen
01/10268

Der weite Himmel
01/10533

Die Tochter des Magiers
01/10677

Tief im Herzen
01/10968

Insel der Sehnsucht
01/13019

Gezeiten der Liebe
01/13062

Das Haus der Donna
01/13122

Hafen der Träume
01/13148

Träume wie Gold
01/13220

Die Unendlichkeit der Liebe
01/13265

Rückkehr nach River's End
01/13288

Tödliche Liebe
01/13289

Verlorene Seelen
01/13363

Lilien im Sommerwind
01/13468

Der Ruf der Wellen
01/13602

Ufer der Hoffnung
01/13686

HEYNE